U0596212

寧波大學中國語言文學學科項目成果

白榆集校注

NAL
宁波学术文库
JD72.201213

（明）屠隆 撰
張萍 李亮偉 校注

浙江大學出版社
ZHEJIANG UNIVERSITY PRESS

前言

屠隆（一五四三—一六〇五），字長卿，別字緯真，號赤水，別署由拳山人、一衲道人、娑羅主人等，晚稱鴻苞居士，明代寧波府鄞縣人。萬曆四年（一五七六）中浙江鄉試，萬曆五年中進士第，授潁上縣令。萬曆七年（一五七九）調任青浦縣令。萬曆十一年（一五八三），遷禮部儀制司主事。萬曆十二年（一五八四）十月，因刑部主事俞顯卿彈劾其與西寧侯宋世恩淫縱而遭罷官。其後多居故里，間出交遊。

屠隆博學多才，交遊廣泛，下筆千言立就，一生著述甚豐，爲明代重要詩文、戲曲作家。傳世著作，有詩文集《屠長卿集》十九卷、《由拳集》二十三卷、《白榆集》二十八卷、《棲真館集》三十一卷、《娑羅館逸稿》二卷，傳奇《曇花記》《修文記》《彩毫記》三部，雜著《鴻苞》四十八卷，清言小品《娑羅館清言》二卷、《續娑羅館清言》一卷，佛學著作《佛法金湯》一部。另有大量佚詩佚文及歸屬尚有争議之《考盤餘事》四卷。

此中最有影響之三部詩文集，《由拳集》刊刻於萬曆八年（一五八〇），得名於青浦別稱，爲其三十八歲前之作品集；《棲真館集》刻於萬曆十八年（一五九〇），主要收録萬曆十四年至萬曆十七年間（一五八六—一五八九）之作品；《白榆集》雖初刻於萬曆二十二年（一五九四），但集中絶大部分作品要比《棲真館集》中作品早，主要集中於萬曆七年至萬曆十四年（一五七九—一五八六）。收録時間下限，《程思玄太學誄》可確考爲萬曆十八年（一五九〇）所作，序中記：『萬曆十八年十一月初九日丁未，新都程君太學思玄卒。』此期間内，屠隆經歷調任、升遷、罷官等仕途之浮沉，與各色友人尤其是當時文壇重要人物之交遊日益密切；拜曇陽子王燾貞爲師學道則令他對佛道漸入沉迷。可以説，此乃屠隆人生中最爲豐富多變之階段。正如程涓《白榆集序》中所言：『泱泱乎視《由拳》則絜大，瑟瑟乎視《棲真》則較精，犂然鼓吹衆氏而錯出百家言。』此時期創作之《白榆集》，自然也成爲研究屠隆生活、思想、文學觀之重要文獻。如屠隆與《金瓶梅》早期收藏者劉守有、劉承禧父子以及守有婿周叔南（一名淑南）的交往，即可在其中找到新證據。

《白榆集》得名於白榆社。白榆，原爲星名，亦稱『榆躔』。徽州府歙縣東南有白榆山，汪道昆《太函集》卷七十五《遊黄山記》有言：『其地錯部婁而屬斗山，蓋聚星之義也。』故以所在之地名社。主持白榆社之汪道昆欲擴大詩社聲勢，邀屠隆入社，之後又允諾刊刻《白榆集》。丁應泰《屠赤水白榆集序》記：『太函每談藝，臚數海内諸名家，輒首及雲杜本寧李先生、東海長卿屠先生云。二先生先後入新都，締白榆社。而長卿且再至，尋簉其所著業而質太函。太函嘉之，忻然任爲序，社中生程元方伯仲任剞劂行焉。甫鳩工，而司馬下世，梓人且散去。元方不但已也，司馬有成言，益督之。踰年而告成事。』萬曆二十一年（一五九三）汪道昆去世之後，白榆社同道程問仁（字元方）將書稿繼續付梓，並於次年完成刊刻。

《白榆集》刻成不久，祁承㸁《澹生堂藏書目》即有著録。此外，黄虞稷《千頃堂書目》、徐乾學《傳是樓書目》、《明史・藝文志》、丁仁《八千卷樓書目》等均對《白榆集》有著録。《四庫全書總目》卷一七九別集類《存目》六，載其提要：『《白榆集》二十卷（江蘇巡撫采進本），明屠隆撰。隆有《篇海類編》，已著録。是集詩八卷，文十二卷。隆爲人放誕風流，文章亦才士之綺語。陳子龍《明詩選》謂其詩如沖繁驛舍，陳列壺觴，頃刻辦就，而少堪下箸。文尤語多藻繪，而漫無持擇，蓋沿王、李之塗飾，而又兼涉三袁之纖佻也。』此中稱『文十二卷』，而傳世之《白榆集》刻本中，罕見『文十二卷』本。

今見《白榆集》版本，計有：明萬曆二十二年（一五九四）程元方刻本《白榆集》二十八卷，前有萬曆甲午丁應泰序、萬曆癸巳程涓序，國家圖書館、上海圖書館藏，浙江圖書館藏本僅文二十卷，缺詩八卷；明萬曆二十八年（一六○○）龔堯惠刻本《白榆集》二十八卷，前有萬曆庚子江夏丁應泰序、萬曆庚子新都程涓序，《續修四庫全書》集部一三五九册、《四庫全書存目叢書》集部一八○册據以影印；明刻本《白榆集》文二十卷，無序，臺灣偉文圖書出版社有限公司一九七七年九月影印出版（全二册），收於《明代論著叢刊本》第三輯；《白榆集》二十八卷，收於（明）屠隆著、汪超宏主編《屠隆集》第三册、第四册，浙江古籍出版社二○一二年出版。二十八卷本《白榆集》包括：詩八卷，其中賦、五言古詩一卷，七言古詩二卷，五言律詩、五言排律一卷，七言律詩三卷，五言絶句、六言絶句、七言絶句、詞一卷；文二十卷，其中序四卷，記一卷，書（含啟）九卷，論（附諸考小序）一卷，策、表、議、誄、行狀一卷，神道碑銘、墓誌銘二卷，傳、贊、跋、箋紙銘一卷，祭文一卷。均按文體分類編排。

萬曆二十二年（一五九四）程元方本《白榆集》係初刻，清晰工整，但僅有兩家圖書館完整庋藏，較爲罕見。萬曆二十八年（一六〇〇）龔堯惠本應爲覆刻，《續修四庫全書》與《四庫全書存目叢書》皆影印收録，因而較爲常見；但字跡時有漫漶，錯訛較多，且有缺頁、錯簡。如：《續修四庫》和《存目叢書》中《白榆集》文集卷二末尾，誤植進八首本屬《白榆集》詩集卷二之七言古詩，而詩集卷二則皆缺此八首詩；《四庫全書存目叢書》所收《白榆集》文集卷一缺第十八頁。

本次整理校注，以《續修四庫全書·集部》第一三五九册影印明萬曆龔堯惠刻本爲底本，簡稱『底本』；校以明萬曆二十二年（一五九四）程元方刻本，簡稱『程元方本』；《四庫全書存目叢書》所收《鴻苞集》與《白榆集》有部分同題篇目，用作參校。在校注體例上，與二〇一六年十月由浙江大學出版社出版之《由拳集校注》保持一致，以期形成系列，通過對屠隆作品之深度整理，進一步强化浙東文化之研究與傳播。

本書作爲寧波市浙東文化研究基地、寧波大學中國語言文學學科項目，在申報和校注過程中，承蒙寧波大學人文與傳媒學院張偉、周志鋒、聶仁發、張如安等諸多教授，同仁大力支持與解疑釋惑；我們還參考了衆多有關屠隆研究之文獻資料及辭書，特别是徐朔方、汪超宏、吴新苗、徐美潔等專家學者之研究成果；出版過程中，浙江大學出版社吴偉偉女士、王榮鑫先生等付出了辛勤勞動。我們在此一併表示誠摯謝意！書中錯誤、不足之處，誠請專家學者、讀者不吝賜教。

張萍　李亮偉

二〇一八年十一月於寧波大學

白榆集校注凡例

一、標點、分段

標題中不用標點。詩歌，凡一題數首者，若詩題中已表明首數，則一首爲一段，兩首之間不空行；文章，凡一題數首者，第二首起以『又』爲題。

二、校勘

以《續修四庫全書·集部》第一三五九册影印明萬曆龔堯惠刻本爲底本，簡稱『底本』；校以明萬曆二十二年（一五九四）程元方刻本，簡稱『程元方本』；以《四庫全書存目叢書》所收《鴻苞集》中同題篇目爲參校。

凡改正底本，一般都作校記，説明底本訛字、缺字、衍字、疑義字等。校本錯訛，一般不另出校記；與底本有别字詞，則以校記説明。

文中用正字。保留通假字，一般不出校。

對底本中因表示尊崇而空格、另行之格式，均予以廢除。

校勘文字置於每題正文之後，編號每題自爲起訖。校文序號用『①②③……』表示。

三、注釋

本書詩集主要注釋人名、地名(其中包括一部分指代人或地之詞語)。一般不對人名、地名作泛泛介紹,而是有的放矢,把注釋之重點放在作者所用人名、地名之取義和所關涉之事物上。重出者,注明見某卷某題某注,若其取義和所關涉之事物有不同者,則作補充。本書文集亦以注釋地名、人名爲主。限於篇幅,所注人名、地名重點爲與屠隆交游、行跡有關者,或標題中涉及者;所用典故之注釋,書證一般從略。

注釋排於校記之後,若該篇無校記,置於正文之後。注文序號用『〔一〕〔二〕〔三〕……』表示。

屠赤水① 白榆集序[一]

江夏丁應泰元父譔[二]

當嘉靖間，六七大夫修西京之業[三]，闕下斌斌然以理義之文應，薄海内外想聞其丰采。天不憖遺，李君早世[四]，不佞不及濟南。從鄉曲而習下雉[五]，從公車而得弇州[六]，從筮仕而親太函[七]。三君子者油油然而下，不佞爲之遜席者屢矣。不佞令新都且久[八]，而狎侍太函。太函每談藝，臚數海内諸名家，輒首及雲杜本寧李先生[九]、東海長卿屠先生云[一〇]。二先生先後入新都，締白榆社。而長卿且再至，尋篋其所著業而質太函。太函嘉之，忻然任爲序，社中生程元方伯仲任剞劂行焉[一一]。甫鳩工，而司馬下世[一二]，梓人且散去。元方不但已也，司馬有成言，益督之。踰年而告成事。元方貽書不佞：『太函頽矣，弇山、甑甀先後崩且坼[一三]，誰爲導《白榆集》者？夫子固有意乎？』

記余客長卿海陽[一四]，凡浹月，日呼酒竟夕。語文則自卦畫、典墳、索丘、《左》《史》傳語，肇自《三》《五》，以及先秦、西京、建安、開元升降之格，諸子百家之言，以至二氏虚寂之旨[一五]，五金八石，萬物之性，山川之幻靈，鬼神之情狀，元會運世之終始，遞叩而遞得之，莽不可以窮詰。長卿又鋭於思而饒於材，寂寥數語，結搆自豪，頃刻萬言，淋漓自喜，以立取而立應，毋所躓於楮，腐於毫。夫非人傑之絶資、作者之極則乎哉？

今其集具在，分部者二，分卷者二十，計言者餘億萬。騷賦似楊、枚[一六]；五言古凌三曹[一七]，出二謝[一八]，次紹六朝；七言歌行出樂府，時時太白之致[一九]；近體五七言律、若排律，備具大曆諸子；詩餘、詞餘，絶類宋元；序記、疏啟、表議、策論、碑銘、贊傳、哀誄之文，出東、西京；書牘出《左》《國》而放于漢魏。靡所不該而有也。長卿具此，亦足以雄矣。

長卿兩爲令，善修良。以不能附會，僅得入爲郎卿典客，忌者顧得甘心中之。長卿罷矣。長卿矢從事無生之學，攝玄空，希太上。而既罷，夷然故吾，中無幾微動，僊僊乎采真行遊，益自落穆世外。菲萋之言，安所冒長卿也。

不幾於盜首陽而蹶柳下者耶[二〇]？嗟乎！太函終而嘉靖間六七大夫且盡，熙朝之人文無餘矣。幸而才如長卿，後慶棄之牢騷闃寂之鄉，早躓而晚達，遠出六七大夫下。豈文章之爲賈窮思哉？文以窮而後工，亦以工而後傳。窮何病焉？祇以成長卿之不朽而已！

本寧李先生業已退耕江漢，文人多窮，固非虚語。余謬序長卿集而質之李先生，庶幾乎太函無浮譽哉。元方伯仲急太函於没而急長卿於窮，沾沾然行其集而無私帳中之秘，其陳義亦良足重矣。是爲序。

萬曆庚子②蠟日

校勘

①屠赤水：程元方本無。

②庚子：程元方本作『甲午』。

注釋

［一］屠赤水：屠隆，本名儱，更名龍，再更名隆。字長卿、緯真，號赤水、鴻苞居士等。鄞縣人。萬曆五年（一五七七）進士，除潁上縣知縣。調青浦縣令，遷禮部主事。後罷歸。隆富才華，爲詩千言立就，語多藻繪。著有《由拳集》《白榆集》《栖真館集》《鴻苞》等。《明史》卷二百八十八《文苑四》有傳，附《徐渭傳》後。

［二］江夏：明武昌府江夏縣，今湖北武昌。丁應泰元父：丁應泰，字元父，號衡嶽，武昌江夏人。萬曆十一年（一五八三）進士，初授休寧知縣。萬曆十七年（一五八九）陞刑科給事中，後歷官山西按察司照磨、登封知縣、兵部職方司主事。

［三］西京：西漢長安。西京之業，指西漢鴻文。修西京之業，指倡導『文必秦漢』等主張之文學復古運動。如王世貞《弇州四部稿》卷一百十六《文部・策四首・湖廣第四問》：『當弘、正間，天下不勝其質，人文之所蘊崇浡發而爲李、何、徐、薛輩，相與脩明騷雅西京之業，頗翕然争言古矣。』王世貞所稱爲弘治、正德間之李夢陽等人，丁應泰所稱爲嘉靖間之李攀龍等人。闕下：宫闕之下。

［四］李君：指李攀龍。攀龍字於鱗，號滄溟，歷城（今山東濟南）人。明嘉靖十九年（一五四〇）鄉試第二，後賜同進士出身。歷刑部廣東司主事、陝西提學副使、浙江按察司副使、河南按察使等。文學上，與王世貞、謝榛等宣導文學復古運動，爲『後七子』文學集團領袖。有《滄溟先生集》。李攀龍隆慶四年（一五七〇）去世，終年五十七歲。故文中有『早世』『不及濟南』語。

［五］下雉：西漢置縣，治今湖北陽新縣東，屬江夏郡。此處指下雉人吴國倫。吴國倫字明卿，號川樓子、南嶽山人。嘉靖二十九年（一五五〇）進士，官兵部給事中。忤嚴嵩，謫南康府推官，後纍遷河南左參政。詩名甚盛，與李攀龍、王世貞、謝榛、宗臣、梁有譽、徐中行等六人並稱『後七子』。有《甔甀洞稿》《甔甀洞續稿》。

［六］弇州：王世貞，字元美。號鳳洲，又號弇州山人，太倉（今江蘇太倉）人。明代文學家、史學家。『後七子』領袖。纍官至刑部尚書，移疾歸，卒贈太子少保。有《弇山堂别集》《嘉靖以來首輔傳》《觚不觚録》《弇州山人四部稿》等。《明史》卷二百八十七《王世貞傳》：『世貞始與李攀龍狎主文盟，攀龍殁，獨操柄二十年。才最高，地望最顯，聲華意氣籠蓋海内。一時士大夫及山人、詞客、衲子、羽流，莫不奔走門下。片言褒賞，聲價驟起。』

［七］太函：指汪道昆。汪道昆又名守昆，初字玉卿，後改字伯玉，號南明、南溟、高陽生，又署太函氏、泰茅氏、天遊子、方外司馬、天都外臣等，安徽歙縣人，復古派『重紀五子』之一。嘉靖二十六年（一五四七）進士，與張居正、王世貞爲同年。歷任義烏知縣、南京工部主事、户部主事、兵部員外郎、襄陽知府、福建按察使、福建巡撫等職，嘉靖四十五年（一五六六）罷歸；隆慶四年（一五七〇），以原職撫治鄖陽，之後，歷任湖廣巡撫、兵部右侍郎、兵部左侍郎。萬曆三年（一五七五）致仕，其後林居，直到離世。有《大雅堂雜劇》四種、《太函副墨》《太函集》詩文一百二十卷。

［八］新都：指休寧縣。休寧縣三國吴時屬新都郡，隋大業初爲新安郡治。

［九］雲杜：古縣名，西漢時置，西魏時廢，故治在今湖北京山縣新市鎮。用爲地名。本寧李先生：李維楨，字本寧，别號雲杜主人。湖北京山人。隆慶二年（一五六八）進士，選爲翰林庶吉士，授編修，進修撰，以博聞强記著稱於當時。後出爲陝西參議，浮沉外僚幾三十年。天啟初以布政使家居。年七十余，召修《神宗實録》，纍官至禮部尚書。年八十卒。善屬文，爲王世貞所稱賞，爲『末五子』之一。有《大泌山房集》。《明史》卷二百八十八有傳。

［一〇］東海：指我國東部濱海地區，此稱寧波。長卿屠先生：屠隆，字長卿。

［一一］程元方伯仲：程問仁、程問學兄弟。兩人曾與屠隆同入白榆社。程問仁，字元方，休寧人。徽商程鎖長子。程問學，字思玄，程鎖仲子，太學生，有詩名，萬曆十八年（一五九〇）卒。屠隆有《程思玄小像贊》，見本書文集卷十九。《白榆集》初刻本爲程元方萬曆二十二年（一五九四）所刻。

［一二］司馬：指汪道昆。官至兵部侍郎，故稱。

［一三］弇山：指王世貞，號弇州山人，著有《弇山堂别集》。甔甀：指吴國倫，著有《甔甀洞稿》《甔甀洞續稿》。

［一四］海陽：休寧縣之古稱。

［一五］二氏：釋氏、老氏，指佛、道二家。

［一六］楊枚：揚雄和枚乘。『楊』同『揚』。

［一七］三曹：曹操、曹丕、曹植。

［一八］二謝：謝靈運、謝朓。

［一九］太白：李白，字太白。

［二〇］首陽：本爲山名，相傳伯夷、叔齊於此隱居，故以指二人。《論語·季氏》：『伯夷、叔齊，餓於首陽之下，民到於今稱之。』《史記·伯夷列傳》：『武王已平殷亂，天下宗周，而伯夷、叔齊耻之，義不食周粟，隱於首陽山，采薇而食之。』柳下：柳下惠，春秋時魯國大夫。相傳其曾夜宿城門，時天大寒，遇一無家女子來托宿，柳下惠恐其凍死，使坐於懷，以衣覆之，至曉不爲亂。

白榆集序

新都程涓巨源著[一]

東海屠長卿先生，故藉諸生，稱古文辭，傾海内作者。既上公車，兩拜劇縣令。於時懸書邑國[二]，爲《由拳集》，峨峨乎高者躪九峰[三]，津津乎深者潤三泖[四]，斐然成一家言。及先生以治行高等拜爲主客郎，薄海内外争趣先生京師，總持風雅，其門如市。忌者顧得而甘心中之，於是絶纓疑而滅燭罷，先生以道民行矣。于時筴而傳之于越，爲《栖真集》。彬彬乎而富宗廟百官，飄飄乎而遊仙巘壑，卓然多大方之家言。先生既堅自罷，而居常修古卑今，屬辭不廢。寤寐三天子[五]，由東海而訴新都。始至則講業太函[六]，繼至則乞靈素岳[七]。悉簇先後所就業，質成司馬而社白榆[八]，是爲《白榆集》。決決乎視《由拳》則絜大，瑟瑟乎視《栖真》則較精，犂然鼓吹衆氏而錯出百家言。司馬氏亟多之，以屬余宗太學元方伯仲梓而布焉[九]，謂不惠涓序矣。不惠謝不敏，而司馬固命之：『余固自有導也，欲以生質也。生好言屠先生，先生何脩而得此哉！』

不惠辭不獲，敬起而颺言。語有之：『天不人不因，人不天不成。』先生所因而成者，畢有合也。國家稽古右文，直將超漢唐而比虞夏，著作代有興焉。天造之初亡論已，一盛於成、弘，再盛於德、靖，海内靡然向風。至隆、萬之間，六七大夫勃然起，盛矣，美矣，蔑以加矣。資適逢世，是文章乘王氣時也，著述遞起，薦紳炳然，多經世之業。由是尸祝古先，糠粃近代，祖《騷》禰《選》，薄宋黜元，重熙累洽，中外相應，時則優爲之矣。天地弄美秀之氣，盛于東南，而迫盡乎江海。先生家甬江之北[一〇]，大江四面環抱，海門之秀奔薄雄結，寥廓潏浡之靈寔鍾焉。其斯以王百谷、匯陜區，俊民豪賢比屋接軫，震旦文明之域所鳩聚而醖釀者[一一]，詎不爲先生助耶？

夫人幼學而困帖括，壯行而困功令，及免官而計無復之，困於自廢，嵬然著作之庭，瞠乎其後，望望然去之矣。先生治博士業故有儁聲，爲令令名，爲郎郎名，早服重積，孳孳靡替。即攖不根之謗，而益務不厭之勤。居常耻爲豪舉，欿然自下。即其操行犖犖，亡急近名。嚴事則推先進，獎拔則急末流。師資麗澤，庶幾論世而遍宇内。已無所蘄其交，人無所愛其情矣。稽時則如彼，揆地則如此，取人則修益，若是，其無方天因而人成。先生脩此三者，固全也，文不在茲乎？

先生早負重名，文采風流，照耀海内，海内計以爲有七賢六逸風致[一二]。即而就之，則恂恂然木彊少文，易簡而已，嘿存而已。跡先生名者，猶然疑於市虎；習先生狎者，雖有三至之言，若風馬牛不相及。虎豹來田，飭騶虞而貘貐之矣。文人多阨，固當先生。且也先生晚而師友造化，冥心太上，睢睢盱盱，儵忽混沌，雖有毁譽，置之兩忘。純白備而不居，正常解而使去，安事沾沾雜組爲也？即《由拳》《栖真》《白榆》三集者，鼎立而並行，不啻蒭狗視之耳，于先生何有哉！有以觀竅，無以觀妙，請以有無之間就正司馬，司馬當別有眇論持焉。

不惠涓生也賤，交先生淺而深得其爲人，不避不文，敘其大概若此。言亡足爲先生重，而祇毋爲先生贅矣。

萬曆庚子①春正月吉

校勘

① 庚子：程元方本作『癸巳』。

注釋

[一] 程涓巨源：程涓，字巨源，安徽休寧人。辰州知府程廷策之子，制墨大家程君房之族弟。徽州著名出版家。據《（嘉慶）休寧縣志》，程涓工詩文。家有來鹿園，賓朋茗飲，酬唱爲樂。有《千一疏》《巨源集》。

[二] 邑國：本稱古代大夫、諸侯之封地，此指屠隆爲令之青浦縣。

[三] 九峰：指佘山、天馬山、横山、小昆山、鳳凰山、厙公山、辰山、薛山和機山等九座山峰，在今上海市松江區境内。《明一統志·松江府》引舊志：『府稱澤國，以九峰勝。』

[四] 三泖：即泖水，古湖名。古代泖水之大體位置在今上海市青浦區西南、松江縣西和金山縣西北，是湖水相連之大片湖蕩。現已多淤積。《明一統志》卷九《松江府·山川》：『三泖，在府城西南三十六里。』《吴地志》載：『泖有上、中、下三名。《圖經》：西北抵山涇，水形圓者曰圓泖，亦曰上泖。南近泖橋，水勢闊者曰大泖，亦曰下泖。自泖橋而上，縈繞百餘里曰長泖，一名谷泖，亦曰中泖。』

[五] 三天子：山名，即率山，在休寧縣。明李賢等撰《明一統志》卷十六《徽州府·山川》：『率山，在休寧縣東南四十里，率水出焉。《山

海經》云「三天子山在率東」，謂此。』

［六］太函：汪道昆，署太函氏。見丁應泰《屠赤水白榆集序》注釋［七］。

［七］素岳：指三天子山。

［八］司馬：指汪道昆。官至兵部侍郎，故稱。

［九］元方伯仲：程問仁、程問學兄弟。詳見丁應泰《屠赤水白榆集序》注釋［一一］。

［一〇］甬江：在浙東寧波，其源頭有姚江、奉化江兩支，二江在寧波府城東門外合流後，稱甬江，東流至鎮海入海。

［一一］震旦：指中國，源自古代印度對中國之稱呼。

［一二］七賢：竹林七賢。魏晉時阮籍、嵇康、山濤、向秀、阮咸、王戎、劉伶不合流俗，志趣相投而相與友善，常宴集於竹林之下，肆意酣暢，時人號爲『竹林七賢』。六逸：竹溪六逸。唐代李白、孔巢父、韓准、裴政、張叔明、陶沔隱居於徂徠山竹溪，嘯傲泉石，人稱『竹溪六逸』。

目録

詩集卷之二

七言古詩一

詩集卷之三

詩集卷之四

五言律詩

五言排律

詩集卷之五

七言律詩一

詩集卷之六

七言律詩二

詩集卷之七

七言律詩三

詩集卷之八

文集卷之一

序　一

文集卷之二

序　二

文集卷之三

序　三

文集卷之四

序　四

文集卷之五

記

文集卷之六

書　一

文集卷之七

書 二

文集卷之八

書 三

文集卷之九

書四

文集卷之十

書五

文集卷之十一

書六

文集卷之十二

書七

文集卷之十三

書　八

文集卷之十四

書　九

文集卷之十五

文集卷之十六

白榆集校注詩集卷之一

賦

明月樹賦[一] 爲沈嘉則先生[二]

隱侯秀世[三]，轢古躪今。標韻朗暢，才美鬱沈。埋光削跡，退栖中林[四]。截孤雲而抱影，指冥鴻以喻心。窺遊魚于青沚，舒鳳嘯於碧岑。時而行遊，泠然御風。揚颿江上，蠟屐山中。或采璚芝，或拾古松。東探林屋之洞[五]，南躡大王之峰[六]。發響摩蒼煙，送歌凌飛淙。歸來掩關，獨立巀嶭。乃築高閣之蒼蒼，開芳樹而延明月。不户不牖，豁焉蕭曠。峰巒四面而繚崇垣，又取丹霞以爲屏障。長江日夜走其下，天漢轆轆而挂其上。虚空不壞，巨石無恙。仰逼帝座，頫臨盤渦。夾以杉栝，冒以藤蘿。近而眺之，眇緑樹兮若薺；遠而矚之，堆列岫兮青螺。當三五之良夜，吾想夫君之婆娑[七]。

陰峰日落，高秋登臺。涼風灑衣，神飈蕩迴。海水乍湧，望舒忽來。芙蓉露披，平江鏡開。初隱岫而半珪，漸溶溶而出篋。緑煙盡滅，絳雲微接。疎星斜點，水光相曄。萎蕤芳蘭之隄，裴徊紫苔之閤。驪龍獻此大珠，神女呈其寶靨。澹清輝之媚人，客匡坐而搖箑。又如青陽布令，萬物增耀。荑冒長阪，莎彌大道。春湛湛而可憐，月娟娟而始照。入楊柳而蕭疎，經芍藥而窈窕。濯春羅之毵毵，羌把酒而孤嘯。又如平沙莽屯，空雲凍咽。江光低斂，人跡杳絶。林開鳥驚，萬里如揭。明月在天，下映殘雪。維彼幽人，登覽超越。披鶴氅，擫龍笙，吸灝氣，收凄清。羨姮娥之耐絶冷，思泛黄鵠于瑶京。

若乃履綦來，莓苔破，佳賓零亂，朗月宵墮，解衣磐薄，歌吹荅和。彈碁則松風薦爽，鳴琴則山溜入座。又若花逕雨歇，雲房鐘斷，車馬不喧，郊居蕭散，蘭膏欲落，桂魄初滿。遶赤欄而獨行，度白苧而聲緩。其藏書則《楞嚴》《檀經》，《陰符》《黄庭》，總二酉之秘藏[八]，發五嶽之英靈。飛揚則四海相蕩，沉寂則六合爲冥。其臨文則上蒐九天，下窮九淵，思奔罔象，毫掞雲煙。試登高而望遠，羅震旦而成篇。

吁嗟，噫嘻！高臺既傾，曲池亦平。楚舞電滅，吴歌露零。悵柔絲之與菀蔓，野鳥下而飛蟲鳴。念繁華其何益，豈若兹臺之表幽貞？抱朴見素，乘理來往。千秋一瞬，大地一掌。苟睹其然，何物不妄？樂哉兹丘，悠悠天壤。朝暾非不嘉，夕月尤足賞。于是爲之歌，歌曰：『川原澄兮雲氣鮮，瑶臺朗兮兔魄圓。掇紅蘭于長谷，寫朱弦于山泉。』復歌曰：『昨日登臺兮衆草柔，今日登臺兮風颼颼。良夜一何短，明月一何遒。登臺既有酒，君不樂兮空憂。』

注釋

[一] 明月榭：沈明臣居所之臺榭名，在寧波府鄞縣（今寧波市海曙區）之櫟社。《由拳集》卷八有《登沈嘉則先生明月榭》。沈明臣有《夜與屠柴二生坐明月榭》（《豐對樓詩選》卷十五）。

[二] 沈明臣：字嘉則，號句章山人，晚號櫟社長。明鄞縣人。平生作詩七千餘首，與王穉登、王叔承同稱爲萬曆年間三大『布衣詩人』。著有《豐對樓詩選》四十三卷、《越草》一卷。另著有《荆溪唱和詩》《吴越遊稿》《通州志》等。《列朝詩集》丁集卷九有傳。屠隆曾師事沈氏多年。《由拳集》卷十九有《沈嘉則先生傳》。

[三] 隱侯：本指南朝梁沈約（謚號『隱侯』），因沈約居尚儉素，嘗立宅東田，矚望郊阜，自有情致，後人稱美郊野居處，以『隱侯』比擬，如唐吴仁璧《南徐題友人鄰居》：『待到秋深好時節，與君長醉隱侯家。』屠隆亦因以稱居住於櫟社之明月榭主人沈明臣。

[四] 中林：林野。《詩·周南·兔罝》：『肅肅兔罝，施于中林。』清馬瑞辰《毛詩傳箋通釋》：『《爾雅》：「牧外謂之野，野外謂之林。」中林猶云中野。』三國諸葛亮《宅銘》：『跡逸中林，神凝巖端。』沈明臣營築於櫟社之明月榭，處寧波府城之野外，四明山東麓。

[五] 林屋之洞：即林屋洞，在林屋山（處太湖之濱，屬今蘇州市吴中區）西部。《雲笈七籤》等載爲道教第九洞天。

[六] 大王之峰：即大王峰，又稱紗帽巖、天柱峰，在福建武夷山九曲溪。

〔七〕夫君：古人稱所思念之友人，此處稱沈明臣。
〔八〕二酉：原本指大酉、小酉二山，在今湖南省沅陵縣西北。相傳山有洞穴藏書，秦人曾隱此讀書。見《太平御覽》卷四九引《荆州記》。後以『二酉』喻藏書處。

逍遥子賦〔一〕

逍遥子禀性冲夷，抱志幽獨，形羸氣充，外通内朴。既怳①蕩而少營，亦清虚而寡慾。絀機械以完真，削崖異而混俗。弗拒以峻，我守者谷。勿捷②以徑，我堅其輻。仕靡耽榮，學靡干禄。進不能滑稽圜詭以媚人，退乃脱落鶻爽而翔于寥廓。所味者道，所嗜者古。究竅妙于玄門〔二〕，遵名教于鄒魯〔三〕。託逍遥于漆園〔四〕，學澹漠于鄭圃〔五〕。悟真空于古佛，求不退于浄土。參三氏之大同〔六〕，以五陵爲教主〔七〕。遊方外而非蕩，遊方内而非苦。處高貴而不盈，履窪下而罔寙。窮源象帝之先〔八〕，蒐形萬物之母。世法不驚其神，有生不滑其府。時而發其鉅麗，吐其菁華，無津以涯，象罔所嗟。有爛其葩，帝所宰邪。

當其湛也，歸虚大壑〔九〕；當其浮也，弱水流沙〔一〇〕。當其和也，雞卵龍珠；當其峭也，魚腸鏌鋣。當其緩也，遊空之絲；當其疾也，下阪之車。當其質也，垂秋之實；當其藻也，迎春之華。其適以驩也，條風鼓瑟；其愁以慘也，急雪悲笳。其潔以朗也，峨眉皓月；其秀以逸也，玉洞青霞。人但見其儵忽變幻之氣，沉雄權奇之才，發爲雷電，鬱爲龍蛇，而不知其所收者曠，所寄者遐也。忽焉冥寂，如龍投鉢；奄焉嗒焉，如鳥巢佛。霜降兮水清，華落兮葉脱。其心則死，其機則活。每實腹而虚心，亦弱志而强骨。神遊天上，形遊人間。形遊者有間，神遊者無端。形遊者與人爲徒，神遊者與天齊肩。或形閉一室而神之八極，或手策一杖而足躡千山。蹈虚而往，觸實而還。吾不能知其去之與來，又安能名其凡之與仙？無端者難狀，有間者可言。乃營六合，乃覽大荒，乃構神室，乃築虚堂。割鴻濛以爲棟，截虹霓以爲梁。通日月以開牖，列星辰以翼廊。引蒼煙以爲竈，結白雲以爲房。挂銀河以捲幔，疊青霞以舖牀。十洲三島以爲别業〔一一〕，胡麻沆瀣以爲資糧。

若夫春陽生矣，春鳥鳴矣，渌波平矣，垂柳榮矣，二八青童，三五良朋，戴九華之冠，垂五紋之纓，曳飛雲之履，抱鳴鳳之笙，鞚鞍散步，杖③策徐行。既踏花而照水，亦藉草而傳觥。南陌聞斑鳩之語，東郊聽黄鸝之聲。若夫紅藥謝堦，朱荷出沼，靈龜戲萍，嘉魚躍藻，檉柳垂絲，垣牆蔭蔦，風泠泠而度牖，月娟娟而在篠，爰釣幽人，爰恣冥討。偃卧石室之陰，舒嘯長松之杪。若夫秋飈颼飀，秋天嵯峨，山增其秀，水增其波，霄露下而樹冷，鐘聲出而雲和，石牀無人掃，黄葉何其多，欒風日之凄緊，收清氣而婆娑。若夫寒花斷紅，枯草罷緑，冰合迴谿，雪深茅屋，樵人晚歸，漁舠夜泊，凍雲平而闊垂，亂峰死而尖矗，或披一簑于修阪，或策一蹇于深麓。呼濁酒而蕩胸，尋梅花而娱目。

爾其山居泬寥，茅齋清曠，杉栝成行，藤蘿相向，蘭葉乍焚，松花初釀。童子報而客到，石潭映而月上。器廢形骸，禮忘揖讓。或酒或茗，一謳一唱。即天地其可遺，混物我而齊喪。又或客去屏喧，雲來助幽，跡與俗遠，心將道謀。授十六觀於闕賓之白馬[一二]，領五千言于函谷之青牛[一三]，以致虚守静爲玄津之筏[一四]，以求真除妄爲般若之舟。期身心之大定，務性命之雙修。又或瓢笠自隨，孤雲野鶴，擷靈秀于九州，訪異人于五嶽。不擇④朱門，不厭藜藿。或一朝而走千峰，或十日而留一壑。詎敢謂盧敖之遊[一五]？亦庶幾榮期之樂[一六]。

浮航普陀[一七]，朝大士于南海[一八]；裹糧竺國[一九]，參釋迦于西天[二〇]。沙羅聽五色之鳥[二一]，玉池采九品之蓮[二二]。少林觀面壁之處[二三]，曹谿想衣鉢之年[二四]。顧瞻曲阜[二五]，乃過東魯[二六]；佩服苦縣[二七]，乃入西秦[二八]。白鹿青羊，叩玉虚于玄嶽[二九]；翠麐丹鳳，謁金母于崑崙[三〇]。恒有太陰[三一]，岱有元君[三二]，華有玉女[三三]，衡有南真[三四]，石室許史[三五]，緱嶺⑤王喬[三六]，重陽七真[三七]，句曲三茅[三八]，莫不萬里獨往，一日再朝。目眩金幢，耳聞笙簫。唱和步虚之曲，賡歌白雲之謡。居則棲霞而瞑，出則御風而行。所居非室，所駕非軿。心與炁合，體與道并。是真排虚空而直上，安知世俗之所營？

嗟乎！富貴可求也，當食廢筯，低而斷腸。斷腸何爲？我思金張[三九]。臨樂三歎，潸焉涕下。涕下何爲？我傷王謝[四〇]。身都將相，連姻戚里[四一]。奕葉貂蟬，累世金紫。列屋萬間，擊鐘千指。仰之者若泰山，奔之者若流水。時移運去，倏爾銷淪。高門大第，以屬他人。朱輪華轂，今無一存。花飛電滅，化爲灰塵。雖榮華于一旦，終零落乎千春。功名可立也，飾智矜能，賈勇斗力。精乃銷亡，玄髮早白。僥倖乎其所難成，馳騖乎其所必得。麟閣丘墟[四二]，雲臺陳跡[四三]。子孟不終[四四]，韓彭離戚[四五]。沉碑計左，勒石寡識。存青史之空名，于白骨乎何益？聲色歌舞可娱也，香粉骷髏，妖狐鬼祟。生假芳澤，死同凶穢。而使人志戀神迷，精枯形悴。以火自熬，以劍自劊。在時受毒，没爲流淚。笑彼夫其何昏，嗟千載而如醉。舞衣爲土，歌扇爲灰。兔游金谷[四六]，鼠走銅臺[四七]。南國一以去[四八]，西陵竟不回[四九]。

嗚呼，悲哉！余登城郭，人民如煙，蛾眉老醜，黑髮華顛，代復一代，年復一年，瞬息俛仰，已非昔焉。若寒暑之相推，若洪波之遭還，庸知有生之爲累，惟情識之是牽。得失外擾，憂喜內煎。苦海火宅之中，既無解脱；蜉蝣蟪蛄之晷，寧有長延？余望丘隴，鬱纍蒙茸，疇爲厮養，疇爲王公，朝遊上國，暮閟幽宫。吾不知其燕韓之與趙魏，吾不知其椎魯之與英雄。千憂百慮，一往俱空。茅茨華屋，總逐飄風。又何用決東海之波，錮南山之銅者哉？又有埋光沉照而逃于酒，一飲一石，解酲五斗，載冥其心，載濡其首。或散髮而披襟，亦雷轟而鯨吼。故有但願醲酒銷腸，不與日月齊光。請監步兵，喜得地黄；願封酒泉，自號醉鄉。逢虎不怖，墜車不傷。蜾蠃二豪，睥睨八荒。頹然而遊混沌，一醉而到羲皇[五〇]。昔人有欲蠏螯酒船以送頹陽，在世無恨，恨飲酒不足以爲嗟傷者矣。然猶謂沉湎非德，荒淫多敗。孔曰無亂[五一]，釋列五戒[五二]，性情以陶，腑臟以壞。奈何頌酒之德，忘酒之害？酒以遺物，酒去而物來；醉以銷憂，醉過而憂在。孰與夫栖神抱炁，致壹致專。以太和之湯，而滌其腸胃；以龍胎之醴，而沃其丹田。氣不外騖，神將內完。彼得全于酒，何如得全于天，而冲然泠然，存以綿綿者乎？又有娱情水石，玩心花鳥，耽于藝事，託于技巧。情有所屬，則物不能遷；興有所寄，則他不能擾。要之，猶假外物以自鎮，終于性命之末了。聖人不云乎：得其一，萬事畢。至潛者非外，至精者非物，而⑥胡爲以其自鎮者，反以自滑？

吾有三寶，曰精、氣、神。通天通地，生物生人。放之不在六合，收之不在吾身。摶之無影，執之無垠⑦。驟而索之不可得，徐而竇之良可珍。古有英雄豪傑，瓌人偉士，能愛惜黔首，摶⑧節憑生，人爲之給，家爲之盈，而不能自嗇其精；能駕馭群雄，鞭撻海内，弄愚庸⑨于股掌，使天下于指臂，而不能自御其氣；能呼召風雨，移易星辰，一言疾于桴鼓，一智妙于轉輪，而不能自調其神。內寶不足，乃索之于表。少嚼其味，以爲美好，暫得亦可娱，失去不可保。得之則菩提，失之則煩惱。嘘之則榮，瘁之則槁。又何以齊得喪、一壽夭、出病死、離生老？是非吾之所謂寶也。

夫儵然而有，孰爲之造？儵然而無，孰爲之耗？有生必滅，不滅者神；有形必壞，不壞者道。陰陽者命也，太虚者性也，玄詣者聖也，實修者證也。靡善匪聖也，靡惡匪逕也。有爲之善，猶爲陰陽之陶鑄；無爲之善，乃執乎造化之欛柄。欛柄在我，何物不超，何情不冥，何境不寥？出塵非潔，居塵非淆；處寂非頑，遇喧非囂；罹苦非扼，履順非驕；圓通非佹，變化非妖。蟲臂鼠肝，以爲幻相；山河陵谷，以爲海潮。物有去來，而我無去來；歲有昏朝，而我無昏朝。混人群，絶町畦，而不爲蹠盭；步日月，蹈金石，而不爲虛枵。又安往而不得其所逍遥者哉？乃于是乎仰天而嘯，蹋地而歌，太虛不荅，流雲自過。拾野花之的的，眄碧山而嵯嵯。

校勘

①悅：底本原作『祝』，據程元方本改。

②捷：原作『倢』，據意改。

③杖：底本模糊不清，據程元方本補。

④擇：底本原作『釋』，據程元方本改。

⑤嶺：原作『領』，據意改。

⑥而：底本模糊不清，據程元方本補。

⑦垠：底本原作『根』，據程元方本改。

⑧撙：原作『樽』，據意改。

⑨愚庸：程元方本作『庸愚』。

注釋

［一］逍遥子：作者自擬，以見其志。本書文集卷五《發青谿記》云：『（萬曆十年）臘月初六日，至東阿縣……鞍馬累日，面目皴皺，鬢髮爲枯，而懷抱殊不作惡，亦竟忘其罷。馬上口占詩，日可數十首，藁之腹中，歇馬酒肆，輒索筆研書之。作《逍遥子賦》一篇以見志，亦馬上腹藁也。』

［二］玄門：指老子所稱衆妙之門。《老子》：『道可道，非常道。名可名，非常名。無名，天地之始；有名，萬物之母。故常無欲，以觀其妙；常有欲，以觀其徼。此兩者同出而異名，同謂之玄。玄之又玄，衆妙之門。』

［三］鄒魯：指孔孟之家鄉。孟子故鄉在鄒，孔子故鄉在魯。

［四］漆園：地名或園名，莊子嘗爲漆園吏。

［五］鄭圃：鄭國之圃田，列子故居。《列子·天瑞》：『子列子居鄭圃，四十年人無識者。國君、卿大夫眎之，猶衆庶也。』

[六]三氏：指儒道釋。

[七]五陵爲教主：指曇陽大師。本書文集卷十九《沈太史傳》：『會曇陽大師道成，爲五陵教主，而多所皈依。』王世貞《弇州山人續稿》卷一百五十九《書真仙通鑑後》：『先師曇陽子詩所謂五陵教主，世多不能悉，而注真君（按：指許遜）傳者以東門之鎮爲宛陵，南門之鎮爲浩陵，西門之鎮爲鵲陵，北門之鎮爲涪陵，中門之鎮爲泰陵，以實其分野，太遠而名亦創新，未知其是否。』曇陽大師姓王名桂，字燾貞，太倉（婁東）人，明嘉靖間翰林學士王錫爵之次女。因聘夫早夭，矢志修道練氣，自號曇陽子。後廣收弟子，包括其父王錫爵以及名流王世貞兄弟、沈懋學、屠隆等人。衆人推波造勢，傳説神奇。王桂於萬曆八年（一五八〇）九月九日羽化（辟穀而死），致數萬人圍觀，轟動一時。

[八]象帝：指天帝。《老子》：『吾不知誰之子，象帝之先。』河上公注：『道自在天帝之前。此言道乃先天地生也。』王弼注：『不亦似帝之先乎！帝，天帝也。』

[九]歸虚大壑：傳説爲大海中無底之谷。《列子·湯問》：『渤海之東，不知幾億萬里，有大壑焉，實惟無底之谷，其下無底，名曰歸墟。』

[一〇]弱水：傳説中昆侖山下之一處水名。《山海經·大荒西經》：『（昆侖之丘）其下有弱水之淵。』《後漢書·西域傳·大秦》：『西有弱水、流沙，近西王母所居處。』

[一一]十洲：傳説大海中神仙居住之處。《海内十洲記》：『漢武帝既聞王母説八方巨海之中有祖洲、瀛洲、玄洲、炎洲、長洲、元洲、流洲、生洲、鳳麟洲、聚窟洲。有此十洲，乃人跡所稀絶處。』三島：亦稱『三山』，傳説中之海上三神山。晉王嘉《拾遺記·高辛》：『三壺，則海中三山也。一曰方壺，則方丈也；二曰蓬壺，則蓬萊也；三曰瀛壺，則瀛洲也。』

[一二]罽賓：漢朝時西域國名。該句用佛教傳播（取經）事典。十六觀，爲佛教十六種觀想法，出《觀無量壽經》；白馬，指白馬馱經。

[一三]函谷：函谷關。該句用老子過函谷關留五千言《道德經》事典。《史記·老子列傳》：『老子修道德，其學以自隱無名爲務。居周久之，見周之衰，乃遂去。至關，關令尹喜曰：「子將隱矣，强爲我著書。」於是老子乃著書上下篇，言道德之意五千餘言而去，莫知其所終。』司馬貞索隱引漢劉向《列仙傳》：『老子西遊，關令尹喜望見有紫氣浮關，而老子果乘青牛而過也。』

[一四]玄津：猶苦海。屠隆《曇花記·法眷聚會》：『蒙大師不恡寶筏，使良人遂度玄津，浩刼可灰，佛恩難報。』

[一五]盧敖：秦時燕方士，相傳爲始皇入海求神仙藥，不獲而隱遁。《淮南子·道應訓》：『盧敖遊乎北海，經乎太陰，入乎玄闕，至於蒙谷之上。』

[一六]榮期：指春秋時高士榮啟期。榮啟期知足常樂，《列子·天瑞》：『孔子遊於太山，見榮啓期行乎郕之野，鹿裘帶索，鼓琴而歌。孔子問曰：「先生所以樂，何也？」對曰：「吾樂甚多。天生萬物，唯人爲貴，而吾得爲人，是一樂也；男女之别，男尊女卑，故以男爲貴，吾既得爲男矣，是二樂也；人生有不見日月、不免繦褓者，吾既已行年九十矣，是三樂也。貧者，士之常也；死者，人之終也。處常得終，當何憂哉！」孔子曰：「善乎！能自寬者也。」』

〔一七〕普陀：普陀山，在今浙江舟山市，爲舟山群島之一。中國佛教四大名山之一，觀世音菩薩道場。

〔一八〕大士：佛教對菩薩之通稱，此指觀世音菩薩（世稱觀音大士）。南海：本泛指南方之海（包括今東海），此指觀世音菩薩所在處。觀世音菩薩亦稱南海觀音。

〔一九〕竺國：即天竺國，古印度之别稱。唐李賀《馬詩二十三首》：『蕭寺馱經馬，元從竺國來。』唐無名氏《天竺國胡僧水晶念珠》：『天竺胡僧踏雲立，紅精素貫鮫人泣。』

〔二〇〕釋迦：釋迦牟尼。西天：即天竺國，因在中國之西，故稱。唐耿湋《贈海明上人》：『來自西天竺，持經奉紫微。』唐皇甫曾《錫杖歌送明楚上人歸佛川》：『上人遠自西天至，頭陀行遍南朝寺。』

〔二一〕沙羅：沙羅門，即天竺國。宋樂史《太平寰宇記・四夷・西戎・天竺國》：『天竺國，後漢通焉，即漢時身毒國。初，張騫使大夏，見邛竹杖、蜀布，問之，大夏國人曰：「吾往身毒市之。」即天竺也。或云摩陁迦，或云沙羅門，在蔥嶺之南，去月氏東南數千里，地方三萬餘里，其中分爲五天竺。』唐玄奘《大唐西域記・印度總述》：『詳夫天竺之稱，異議糾紛，舊云身毒，或曰賢豆，今從正音，宜云印度。』

〔二二〕玉池：指佛教西天極樂世界之九品蓮池。

〔二三〕少林：嵩山少林寺。面壁之處：指東土禪宗初祖菩提達摩在少林寺面壁處，《五燈會元・東土祖師・菩提達磨大師》：『當魏孝明帝孝昌三年也，寓止於嵩山少林寺，面壁而坐，終日默然。人莫之測，謂之壁觀婆羅門。』

〔二四〕曹溪：水名，在今廣東省韶關市曲江區雙峰山下。曹溪有寶林寺，禪宗六祖慧能於此演法，是爲禪宗南宗。其衣鉢相傳，唐柳宗元《曹溪大鑒禪師碑》云：『凡言禪，皆本曹溪。』

〔二五〕曲阜：今山東曲阜，原魯國國都，孔子故里。

〔二六〕東魯：魯地之别稱。

〔二七〕苦縣：古縣名，老子故里所在地。春秋時，苦縣初屬陳國，及陳被楚滅，屬楚。《史記・老子列傳》：『老子者，楚苦縣厲鄉曲仁里人也。』

〔二八〕西秦：泛指函谷關以西之秦國舊地。

〔二九〕玉虚：玉虚宫，武當山宫殿群之一，全稱『玄天玉虚宫』，道教指玉虚爲玉帝居處。玄嶽：道教傳説真武大帝嘗修道於武當山，因名武當山爲玄嶽。

〔三〇〕金母：神話傳説中之西王母。南朝梁陶弘景《真誥・甄命授》：『所謂金母者，西王母也。』崑崙：崑崙山，神話傳説中爲仙境，上有瑶池等，西王母所居處。屠隆《由拳集》卷一《歡賦》：『謁西王母，登彼崑崙。』

〔三一〕恒：指北嶽恒山。太陰：指北方之神。

〔三二〕岱：山名，即東嶽泰山。元君：泰山女神，全稱『天仙玉女泰山碧霞元君』。

〔三三〕華：指西嶽華山。玉女：指得道成仙之秦穆公女兒弄玉。傳説弄玉與蕭史成仙，嘗於華山居處。華山有玉女峰、玉女洞、玉女洗頭盤等，均以之命名。

〔三四〕衡：指南嶽衡山。南真：即魏華存，字賢安，晉任城（今山東濟寧）人。相傳在南嶽衡山入道，爲道教中之紫虚元君，又稱南嶽夫人、魏夫人，亦稱『南真』。

〔三五〕石室：道教傳説中之神仙洞府。許史：指晉代道教著名人物許遜。遜曾爲旌陽令，頗有政聲。後於南昌創辦道院，立淨明道派。民間相傳其升仙，奉爲尊神，人稱許天師、許真君。

〔三六〕緱嶺：即緱氏山，在今河南偃師縣。王喬：即王子喬，字子晉。神話中人物，傳爲周靈王太子。漢劉向《列仙傳·王子喬》：『王子喬者，周靈王太子晉也。好吹笙作鳳凰鳴。遊伊洛間，道士浮丘公接上嵩高山。三十餘年後，求之於山上，見柏良曰：「告我家：七月七日待我於緱氏山巔。」至時，果乘鶴駐山頭，望之不可到。舉手謝時人，數日而去。』

〔三七〕重陽：指全真教祖庭重陽宫，在今陝西西安市鄠邑區祖庵鎮。相傳全真派祖師王重陽於此修煉、成道，故名。七真：王重陽之七位大弟子，即馬丹陽、邱長春、譚長真、劉長生、郝廣甯、王玉陽、孫清静，稱全真七子。

〔三八〕句曲：山名，又稱茅山，道教所稱之第八洞天。在今江蘇句容市東南。三茅：漢代茅盈、茅固、茅衷三兄弟。相傳其隱於句曲山，得道成仙。參見《梁書·陶弘景傳》《雲笈七籤》。

〔三九〕金張：漢時金日磾、張安世二家族之並稱。二氏子孫相繼，七世榮顯富貴。屠隆《由拳集》卷四有《感懷十首》云：『齷齪金張家，區區誇鼎鐘。』

〔四〇〕王謝：東晉時瑯琊王氏、陳氏謝氏二望族。

〔四一〕戚里：帝王外戚聚居之地。

〔四二〕麟閣：漢麒麟閣，在未央宫中。《三輔黄圖·閣》：『天禄麒麟閣，蕭何造，以藏秘書處賢才也。』漢武帝元狩年間（前一二二至前一一七）打獵獲麒麟，圖其像於閣，遂名。漢宣帝時，圖霍光、張安世、蘇武等十一功臣像於閣上，以表揚其功勳和作紀念。後人以畫像於『麒麟閣』爲最高榮譽。南朝梁虞羲《詠霍將軍北伐》：『當令麟閣上，千載有雄名。』

〔四三〕雲臺：東漢洛陽南宫中之臺閣名。漢明帝永平（五八—七五）中，爲追念助光武帝中興漢室之功臣鄧禹、岑彭、馮異等二十八將，圖像於雲臺。後世用以泛指紀念功臣名將之所。

〔四四〕子孟：漢代霍光，字子孟。爲著名權臣，曾仕武帝、昭帝、宣帝三朝，秉政二十年。霍光於地節二年（前六八）病逝，地節四年（前六六）霍家因謀反遭族誅。甘露三年（前五一），漢宣帝憶往昔功臣，令人圖十一功臣像於麒麟閣，霍光列居第一。

［四五］韓彭：指漢初開國功臣淮陰侯韓信與建成侯彭越。二人最終均遭朝廷殺害及滅族。

［四六］金谷：指西晉巨富石崇之别業金谷園。屠隆《由拳集》卷三《行路難四首》：『君不見，石家金谷花滿園，須臾野蔓生荒原。』

［四七］銅臺：指三國曹操所建之銅雀臺，在漳水之上。爲滅袁紹後建，以彰顯其平定四海之功。屠隆《由拳集》卷三《行路難四首》：『君不見，魏武銅臺走牛羊，昔日金釵歌舞場。』

［四八］南國：此指杭州。

［四九］西陵：地名，杭州西湖孤山西泠橋一帶，舊稱西陵。南朝樂府《蘇小小歌》：『我乘油壁車，郎乘青驄馬。何處結同心，西陵松柏下。』蘇小小墓亦在西陵。唐李賀《蘇小小墓》：『西陵下，風吹雨。』屠隆《由拳集》卷九《蘇小小墓》：『日落西陵冷莫潮，美人南國恨蕭條。江邊草緑青驄去，墓上花開紅粉銷。』

［五〇］羲皇：指伏羲氏。傳説伏羲氏之世，其民恬澹，陶淵明《與子儼等疏》：『五六月中，北窗下卧，遇凉風暫至，自謂是羲皇上人。』

［五一］孔：指孔子。《論語・鄉黨》：『惟酒無量，不及亂。』

［五二］釋：釋迦牟尼，指佛教。佛教有五戒：不殺生、不偷盜、不邪淫、不妄語、不飲酒。《晉書・會稽文孝王道子傳》：『臣聞佛者清遠玄虚之神，以五誡爲教，絶酒不淫。』《魏書・釋老志》：『又有五戒，去殺、盜、淫、妄言、飲酒，大意與仁、義、禮、智、信同，名爲異耳。』

五言古詩

遊仙詩

大道鼓群品，鉅細含元氣。鑿志雕冲玄，養德全和粹。夸毘夭天年，至人獨秀世。元神苟無虧，不死良可冀。鴻濛開寓縣［一］，赤松爲雨師［二］。黄帝訪崆峒［三］，大隗隱具茨［四］。姑射歷冰雪［五］，王母臨瑶池［六］。老聃葆谷神［七］，關尹識其奇［八］。玄文五千言，靈光照萬期。王喬棄人世［九］，弄月緱山巔［一〇］。一遇浮丘伯［一一］，千秋凌紫煙。琴高吸沆瀣［一二］，清虚何泠然。青天御赤龍，萬人争喧闐。浩蕩安期生［一三］，采藥蓬萊上。海樹晶丹霞，天風卷白浪。東方渡紫淵［一四］，鞭虎遊漭瀁。朝去暮歸來，空爲神母愴［一五］。帝皇不能知［一六］，奇縱本宏放。麻姑自天姥[一七]，方平亦神人[一八]。導從一何都，麾幢軒高旻。共言浮世事，局促不足陳。三度見清淺，滄海行揚塵。峨峨魏夫人[一九]，修真領南嶽。西華秦毛女[二〇]，飛行出寥廓。近世有真人，授道登上清。發枕得鴻寶，吹簫學鳳鳴。紅顏生羽翼，丹臺留姓名。一朝遂沖舉，人貌而天行。復有文章伯[二一]，綵毫一何綺。琅函啟靈媛，北面稱弟子。萬事脱手空，智滅群動止。向來飛揚意，蜩螗盡枯死。采藥碧山阿，選石青谿沚。造化有至寶，朗秀天門開。精華發麗藻，聲名鬱崔嵬。太白豈凡骨[二二]，淮南故儁才[二三]。英雄一掉臂，逍遥絶蓬萊。小儒昧大道，褌虱與醯雞。幽玄出坱圠①，欲叩無端倪。何况擾擾者，七聖終然迷[二四]。求之不可得，往往謂迂怪。慾火煎其膏，塵沙棲其帶。身坐晷刻中，目營千歲外。黄河奔不休，白日吾將奈？憐予滄海東，四十抗塵容。半生費心力，慚愧工雕蟲。年來厭馳逐，息影憩長松。丹經苦難入，石髓不可逢。空念留皮骨，誰爲鑿心胸？潸焉涕淚下，傷此浮世踪。何當遂西走，立槁終南峰[二五]？

校勘

① 圠：原作『北』，據意改。

注釋

[一] 鴻濛：指宇宙形成前之混沌狀態。寓縣，指天下。『寓』，同『宇』。《史記·秦始皇本紀》：『大矣哉，宇縣之中，承順聖意。』裴駰集解：『宇，宇宙；縣，赤縣。』

[二] 赤松：赤松子，傳説中之仙人。雨師：神話傳説中之司雨之神。漢劉向《列仙傳》：『赤松子者，神農時雨師也。服水玉以教神農，能入火自燒。往往至崑崙山上，常止西王母石室中，隨風雨上下。炎帝少女追之，亦得仙俱去。至高辛時，復爲雨師。今之雨師本是焉。』

[三] 崆峒：山名，又作空同。傳爲黄帝從廣成子得長生至道之山。《莊子·在宥》：『黄帝立爲天子，十九年，令行天下，聞廣成子在於空同之上，故往見之。』

[四] 大隗：傳説中之神名。具茨：山名，嵩山之餘脈，在今河南省新密布。傳説大隗隱於具茨山，《莊子·徐無鬼》：『黄帝將見大隗乎具茨之山，方明爲御，昌寓驂乘，張若、謵朋前馬，昆閽、滑稽後車。』

[五] 姑射：姑射山，在山西臨汾，《隋書·地理志》：『臨汾有姑射山。』冰雪：指姑射山之神人。其肌膚若冰雪，《莊子·逍遥遊》：『藐姑

射之山，有神人居焉，肌膚若冰雪，淖約若處子。』

［六］王母：即西王母，神話傳説中之一位女仙人。瑶池：傳説爲西王母之池名，在崑崙山上。《穆天子傳》卷三：『乙丑，天子觴西王母於瑶池之上。』《史記·大宛列傳論》：『崑崙其高二千五百餘里，日月所相避隱爲光明也。其上有醴泉、瑶池。』

［七］老聃：李耳，字伯陽，又稱老子、老聃。春秋末期楚國苦縣（今河南鹿邑）人，著名思想家、哲學家，道家學派創始人。著有《老子》五千言，亦名《道德經》。《老子》云：『谷神不死。』

［八］關尹：指函谷關令尹喜。關尹識其奇，《史記·老子列傳》：『老子修道德，其學以自隱無名爲務。居周久之，見周之衰，乃遂去。至關，關令尹喜曰：「子將隱矣，强爲我著書。」於是老子乃著書上下篇，言道德之意五千餘言而去。』

［九］王喬：即王子喬，字子晉。神話傳説中人物，傳爲周靈王太子。見本卷《逍遥子賦》注釋［三六］。

［一〇］緱嶺：即緱氏山，在今河南偃師縣。傳説中王喬乘鶴謝時人處。見本卷《逍遥子賦》注釋［三六］。

［一一］浮丘伯：即浮丘公，神話傳説中之仙人，嘗接引王子喬上嵩山。見本卷《逍遥子賦》注釋［三六］。

［一二］琴高：神話傳説中之仙人。漢劉向《列仙傳·琴高》：『周末趙人，能鼓琴，爲宋康王舍人，浮遊冀州涿郡間。後與諸弟子期，入涿水取龍子，某日當返。至期，弟子候於水旁，琴高果乘鯉而出。留一月，復入水去。』

［一三］安期生：秦、漢間齊人，一説琅琊人。傳説曾從河上丈人習黄老之説，賣藥東海邊。秦始皇東遊，與語三日夜，賜金璧數千萬，皆置之阜鄉亭而去，留書及赤玉舄一雙爲報。後始皇遣使入海求之，未至蓬萊山，遇風波而返。後之方士、道家因謂其爲居於海上之神仙。事見《史記·樂毅列傳》、劉向《列仙傳》等。

［一四］東方：指東方朔。朔字曼倩，平原（今屬山東）人。西漢辭賦家。漢武帝即位，徵四方士人，東方朔上書自薦，詔拜爲郎。後任常侍郎、太中大夫等職。《漢書·東方朔傳》稱其性格詼諧，言詞敏捷，滑稽多智，常在武帝前談笑取樂，『然時觀察顔色，直言切諫』。後世傳其爲神仙，漢劉向《列仙傳·東方朔》：『宣帝初，棄郎以避亂世，置幘官舍，風飄之而去。後見於會稽，賣藥五湖。智者疑其歲星精也。』紫淵：即紫海，傳説中之海名。屠隆《由拳集》卷二《十賢贊·東方朔》：『東方多端，機穎絶倫。天子俳優，上帝弄臣。濯衣紫海，食桃崑崙。偶踏宫庭，金馬隱淪。』

［一五］神母：指西王母。

［一六］帝皇：皇帝。

［一七］麻姑：神話中仙女名。傳説東漢桓帝時曾應仙人王遠（字方平）召，降於蔡經家，爲一美麗女子，年可十八九歲，手纖長似鳥爪。蔡經見之，心中念曰：『背大癢時，得此爪以爬背，當佳。』方平知經心中所念，使人鞭之，且曰：『麻姑，神人也，汝何思謂爪可以爬背耶？』麻姑自云：『接侍以來，已見東海三爲桑田。』又能擲米成珠，爲種種變化之術。事見晉葛洪《神仙傳》。

［一八］方平：即神話傳説中之仙人王遠，字方平。晉葛洪《神仙傳・王遠》載，方平爲東海人，舉孝廉，官至中散大夫。博學五經，尤明天文圖讖河洛之要，逆知天下盛衰之期。九州吉凶，觀諸掌握。後棄官，入山修道，道成。漢孝桓帝聞之，連徵不出。方平成仙後，曾降臨吴胥門蔡經家，簫鼓、侍從、車乘、儀仗等甚衆。『經父母私問經曰：「王君是何神人，復居何處？」經答曰：「常治崑崙山，往來羅浮山、括蒼山。此三山上，皆有宫殿，宫殿一如王宫。王君常任天曹事，一日之中，與天上相反覆者數遍。地上五嶽、生死之事，悉關王君。王君出時，或不盡將百官，惟乘一黄麟，將士數十人侍，每行，常見山林在下，去地常數百丈，所到，山海之神皆來奉迎拜謁。」』

［一九］魏夫人：即魏華存，字賢安，晉任城（今山東濟寧）人。在南嶽衡山入道，爲道教中之紫虚元君，又稱『南嶽夫人』『魏夫人』，亦稱『南真』。見本卷《逍遥子賦》注釋［三四］。

［二〇］西華：西嶽華山。秦毛女：傳説中修道於華山之秦代宫人，後爲仙女。劉向《列仙傳・毛女》：『毛女者，字玉姜，在華陰山中，獵師世世見之，形體生毛，自言秦始皇宫人也，秦壞，流亡入山避難，遇道士谷春，教食松葉，遂不飢寒，身輕如飛，百七十餘年，所止巖中有鼓琴聲云。』華山主峰西北有毛女峰、毛女洞。

［二一］文章伯：對文章大家之尊稱，此指李白。屠隆另有寫李白之傳奇劇本《綵毫記》。

［二二］太白：李白，字太白。

［二三］淮南：指西漢淮南王劉安。劉安好讀書，有文才。曾招致賓客方術之士作《鴻烈》，即《淮南子》。因劉安篤好神仙黄白之術，後世相傳其升仙。

［二四］七聖：指傳説中之黄帝、方明、昌寓、張若、謵朋、昆閽、滑稽七人。《莊子・徐無鬼》：『黄帝將見大隗乎具茨之山，方明爲御，昌寓驂乘，張若、謵朋前馬，昆閽、滑稽後車，至於襄城之野，七聖皆迷，無所問塗。』北周庾信《至老子廟應詔》：『路有三千別，途經七聖迷。』唐李白《上雲樂》：『中國有七聖，半路頹鴻荒。』

［二五］終南：終南山。

衆芳亭燕坐［一］

亭空日初澹，坐對青崖小。鮮雲度虚牖，斜光瀉明了。山鵲來幽篁，池魚上嘉藻。縣齋聊足寄［二］，長林夾迴谿。息機復抱拙，忘言桃李蹊。吏散晚峰紫，兀然居士棲。焚香滿清磬，繙經臨竹西。調心有真訣，觀化無端倪。往者既已逝，來者不可稽。一言悟禪觀，煩惱爲菩提。雖非面壁日，離塵躡丹梯。

注釋

［一］衆芳亭：在青浦縣廨中。方應選《方衆甫集》卷十二《簡鄧麟石明府》載：『青署有衆芳亭，花鳥襲人。』屠隆離任青浦後作《與陸君策》（《白榆集》文集卷十二），中有『衆芳亭明月無恙，虚照清池』句。

［二］縣齋：此指青浦縣齋。

紫煙閣［一］

高閣凌紫煙，花低繡佛前。下疑人世隔，上與星漢連①。有官心不染，無事身安禪。香清燭逾冷，夜静雲轉鮮。開簾迎寶月，掩户冥諸天。凡慮日以滌，得意誰與宣？繁華歘露電，苦爲憂喜纏。萬物無不妄，迷人自相煎。吾今解空理，塵居遊眇綿。

衙齋有幽趣［二］，何異在東林［三］。太空本無礙，吾自障吾心。吾心苟無障，萬象從蕭森。朝霞帶寒水，夕陽明遠岑。清齋禮大士［四］，高誦海潮音。詎云超上乘，聊用洗靈襟。端居視飛鳥，興至横鳴琴。逍遥玩人代，寧敢廢欽欽。此身諒非我，况乃問升沉。

校勘

① 連：底本模糊不清，據程元方本補。

注釋

［一］紫煙閣：具體不詳，據詩中『衙齋有幽趣，何異在東林』等意，應在青浦縣廨中。又屠隆《三山遊記》有言：『秣陵長干寺沙門欽義，渡江來朝普陀，訪余紫煙閣。』時屠隆在青浦。

［二］衙齋：指青浦縣齋。

［三］東林：廬山東林寺。晉慧遠法師創建。

［四］大士：觀音大士。

青谿泛舟[一]

輕舟凌長谿，仲夏風物緊。遥看青靄移，坐惜紅芳盡。鳥從東皋下，日向西峰隱。所喜孤雲併，暫謝群動引。乘理遊虚空，安能事紆軫？盥手酌清泉，無言獨微哂。

注釋

[一]青谿：青浦之別稱。《由拳集》卷十二《青溪集敘》：『青溪者何？青浦也。青浦，古由拳地，居雲間西鄙，爲澤國空波。四周多鷗、菱芡，景小楚楚。』

聞周元孚至自楚却寄[一]

元孚澹蕩人，皎皎歷冰雪。楚服好椒蘭，時人忌芳潔。一官不稱意，煙濤弄明月。心好①川烏冥，調入山雲咽。五月下巴陵[二]，扁舟向吴越。吴越有故人，平生肝膽親。一爲折柳別，幾見絳桃春。欣從大湖至，日望大湖濱。喚婦釀緑酒，呼童采紫蓴。寧能惜明燭？好與話風塵。卿官不稱意，吾亦爲小吏。丈夫懷遠心，豈爲浮沉計？相思總含情，相見不共涕。寒暄草草罷，便及水雲鄉。君行多澤國，一半入微茫。鳧雁空沙浄，蒹葭晚日凉。高峰壓雲夢[三]，野水足瀟湘[四]。漸遠荆門樹[五]，蕭條秣陵路[六]。江吞鐘磬深，寺挂星河曙。欲覓六朝僧，不辨千巖處。俄停揚子橈[七]，東風吹落潮。逢人訪吴會[八]，斜日眺②金焦[九]。青螺天表抹，碧殿波間摇。渡江須一葉，中流混六合。黿鼉可作梁，曜靈莽相挾。後有洪濤催，前有暗浪接。身世都浮空，震旦不盈睫[一〇]。平生汗漫遊，兹覺心賞愜。眼前吾與子，託身在天壤。雖抗風雲心，實帶煙霞相。骯髒不自銷，大才洴澼絖。一旦淪泥塗，千秋爲悒悵。寧令身坎廩，肯使氣凋喪。寂寞與道謀，飛揚自天放。白壁如不收，青山故無恙。迎君愁送君，聚散恨秋雲。津樹蒼茫合，河梁慘澹分[一一]。終期同皓首，結屋枕谿濆。樫蘿最深處，長嘯出人群。

校勘

① 好：程元方本作『將』。

② 眺：底本原作『朓』，據程元方本改。

注釋

［一］周元孚：周弘禴（一作宏禴），字元孚，號二魯，湖北麻城人。『弇州四十子』之一。萬曆二年（一五七四）進士，授户部主事，歷任無爲州同知，遷順天府通判。萬曆十三年（一五八五）春上疏指斥宦官亂朝政，觸帝怒，謫代州判官，後遷南京兵部主事。十七年（一五八九），又疏諫請早建皇儲，尋召爲尚寶丞。明年進監察御史，巡視寧夏邊務，又因連坐降職，謫澄海典史。有《澄海集》，撰《代州志》二卷。《明史》卷二三四有傳。

［二］巴陵：舊郡名、縣名，治所在今湖南岳陽。

［三］雲夢：古藪澤名。《周禮·夏官·職方氏》：『正南曰荆州，其山鎮曰衡山，其澤藪曰雲夢。』

［四］瀟湘：瀟水和湘水之合稱，指湘江流域。

［五］荆門：山名，在今湖北宜都市西北長江南岸。李白《渡荆門送别》：『渡遠荆門外，來從楚國遊。』王維《漢江臨眺》：『楚塞三湘接，荆門九派通。』

［六］秣陵：金陵（今南京）之别稱。因秦代置秣陵縣。《明一統志》卷六《應天府》：『秦始皇以金陵有都邑之氣，改曰秣陵。』

［七］揚子：揚子江，長江在南京以下江段之舊稱，因揚子津而得名。

［八］吴會：秦漢時置會稽郡，治所在吴縣，郡縣連稱吴會。其故地範圍，後世亦以吴會稱之。

［九］金焦：金山和焦山。均在今江蘇鎮江市。

［一〇］震旦：指中國，源自古代印度對中國之稱呼。

［一一］河梁：河橋。漢李陵、蘇武送别，李陵《與蘇武》詩：『攜手上河梁，遊子暮何之？……行人難久留，各言長相思。』後世借『河梁』指送别之地。

詠懷詩四首 有序

詠懷者，懷廷尉、宗伯、學憲、印公也［一］。余自栖心道門，每懷獨往。顧方困世法，抱志未伸。孟冬出行田間，悵望婁上[二]，興懷四公，爰有此作。

廷尉

孟冬行田間，肅肅披草莽。寒霜落夜波，空煙出朝爽。忽憶王子喬[三]，滅跡青霞上。少年富才華，鴻名照天壤。中歲遇至人[四]，揮手謝塵鞅。一領要眇言，早悟群動妄。葉落見天根，智黜冥象罔。逍遥步雲房，陰蘿殿門敞。金磬挂松風，澹月霽以朗。偶采青芝遊，始覺紅蘭長。手把八空氣，須彌人於掌。名字注上清，玄理超惚怳。會見千秋下，山頭鶴來往。

宗伯

山川發靈氣，休嘉應千年。冥探石函記，高誦金笥篇。夫子璚樹枝，骨法理應僊。篤生乃上智，大道排冥筌。天樂日盈耳，列真時周旋[五]。夕侍金母側[六]，朝謁虚皇前[七]。回谿弄碧月，高殿生紫煙。門將蒼虎守，書付青鳥傳。吾身有至寶，富貴良可捐。養德合無爲，抱神栖自然。念此心紆軫，其如塵網牽。

學憲

學憲上根人，琅琅抱奇穎。秉心故清真，好道何勇猛。脱屣浮世榮，徹悟片言頃。朝披華山雲[八]，暮泛黄河艇。歸來築幽室，坐使喧囂屏。動與禽魚親，静合煙蘿暝。月破廣殿陰，露下微鐘冷。清齋朝上真，紅霞落幡影。哲兄與令弟[九]，同時涉玄境。不聞王延壽[一〇]，頡頏緱山嶺[一一]。英雄多此輩，世人那得省？

道印

吾師高足徒[一二]，印公最清發。戒律一何嚴，釋典亦已徹。况乃生佛世，靈篇授真訣。身如龍樹雲[一三]，心了虎谿月[一四]。面壁復多年，神超智乃絶。黄葉積寺門，青松秀巖穴。風微鐘韻清，雨濕龕燈滅。余將渡迷津，終然藉寶筏。

注釋

[一]廷尉：指王世貞。廷尉本爲秦漢時掌刑獄之官名，王世貞官至刑部尚書，因以稱之。宗伯：指少宗伯王錫爵。少宗伯爲禮部侍郎之別稱，王錫爵此前任禮部右侍郎，因稱之。王錫爵字元馭，號荊石，蘇州府太倉人。嘉靖四十一年（一五六二）會試第一，廷試第二。授編修，纍遷至國子監祭酒。萬曆五年（一五七七）陞詹事府詹事，兼掌翰林院。萬曆六年（一五七八）進禮部右侍郎。因剛直不阿，得罪張居正，遂回故里。屠隆此時恰任職於青浦，而有交往。後張居正死，王錫爵拜禮部尚書，官至首輔。傳見《明史》。學憲：王世懋，字敬美，號麟洲，江蘇太倉人。王世貞弟。嘉靖三十八年（一五五九）進士，歷任南京禮部儀制司主事、員外郎、尚寶縣丞、江西參議、陝西學政、福建提學，終於南京太常寺少卿。有《王奉常集》《關洛記遊稿》等。《明史》有傳。王世貞《弇州續稿》卷一四〇有《亡弟中順大夫太常寺少卿敬美行狀》。印公：指王鼎爵，字家馭，號和石，太倉（今江蘇太倉）人。王錫爵弟。隆慶二年（一五六八）進士，授刑部主事，調禮部，移疾歸。後補禮部主客司郎中，時錫爵爲禮部右侍郎，爲避嫌疑，改任南京吏部驗封司。久之，擢河南提學副使。張居正柄國，錫爵以抗張居正歸，媚居正者欲拔鼎爵以詆錫爵，鼎爵辭，還鄉以著書爲事。《明史》有傳。王鼎爵時在南京吏部驗封司任職，故有此稱。

[二]婁上：婁江岸上，此指婁東太倉。婁江西起蘇州婁門，東至太倉。太倉王氏家族以衣冠詩書著稱。

[三]王子喬：神話傳説人物，王子喬遇浮丘公而上嵩高山，得道成仙，見本卷《逍遥子賦》注釋[三六]。屠隆此處以稱王世貞。

[四]至人：王子喬所遇之仙人浮丘公，屠隆此處以指王世貞所拜之曇陽大師。曇陽大師，見本卷《逍遥子賦》注釋[七]。

[五]列真：指衆仙人。道教稱得道之人爲真人。漢馮衍《爵銘》：『富如江海，壽配列真。』

[六]金母：即西王母，道教之尊神。唐韋渠牟《步虚詞》：『西海辭金母，東方拜木公。』

[七]虚皇：道教「三清」之元始天尊，別號虚皇大道君。唐吴筠《步虚詞》：『爰從太微上，肆覲虚皇尊。』

[八]華山：西嶽華山。在陝西華陰縣。

[九]哲兄：指王世貞，生於一五二六年。令弟：王錫爵生於一五三七年，王世懋生於一五三六年，故有此稱。三人均學道，拜曇陽子爲師。

[一〇]王延壽：東漢人王延壽，作有《魯靈光殿賦》，與王子晉等均爲古人中以夙慧稱者。

[一一]緱山嶺：緱山又稱緱氏山，位於今河南省偃師市東南。相傳周靈王太子晉在此升仙。漢劉向《列仙傳·王子喬》：『王子喬者，周靈王太子晉也。好吹笙作鳳凰鳴。遊伊洛間，道士浮丘公接上嵩高山。三十餘年後，求之於山上，見柏良曰：「告我家：七月七日待我於緱氏山巔。」至時，果乘鶴駐山頭，望之不可到。舉手謝時人，數日而去。』

[一二]吾師：指曇陽大師王燾貞。王燾貞，名桂，字燾貞，嘉靖年間翰林學士王錫爵次女，太倉人。因聘夫早夭，轉而修建恬憺觀，矢志修道練氣，自號曇陽子，並收其父大學士王錫爵以及文壇盟主王世貞兄弟等人爲徒。萬曆八年（一五八〇）九月九日羽化（辟穀絕食而死），

年僅二十三歲，幾萬人圍觀，炫極一時。屠隆在青浦令上，拜王燾貞爲師學道。

［一三］龍樹：古印度高僧，迦毘摩羅尊者之弟子，善説法要，著作甚富，爲三論宗、真言宗等之祖。因其母於樹下生之，乃以其樹之名阿周陀那爲字；以龍成其道，故以龍配字，號曰『龍樹』。

［一四］虎谿：在廬山東林寺門前。相傳晉代東林寺慧遠法師送客不過谿，過則虎輒號鳴，因名虎谿。唐李白《廬山東林寺夜懷》：『霜清東林鐘，水白虎谿月。』屠隆以『身如龍樹雲，心了虎谿月』稱譽道印，其『龍樹』『虎谿』皆活用，以謂其學佛修養之高。

寄答汪長文［一］

我聞大雷山，迴峰絶青天。故人栖其上，一入忘歲年。閑門挂秋月，空樓出朝煙。牀頭積松葉，厨下過流泉。幽居異人境，冲抱長蕭然。我行苦吏牘，百憂日相煎。言念栖霞子，時掃大石眠。曾無白雲期，空有白雲篇。

注釋

［一］汪長文：名禮約，字長文，後字士峵，號石雪，鄞縣（今浙江寧波）人。太學生。從沈明臣學詩，得其指授。家居四明山之大雷山下。清李鄴嗣敘傳、胡文學輯選《甬上耆舊詩》卷二十一《汪長文先生禮約傳》：『嘗一客京師，遊於太學，未幾即棄歸。所居曰大雷山房，嵐棲雲構，人望之若三壺仙宅。先生至中年即盡謝客，坐卧一山樓著書。……先生所居，當四明徑口。初，嘉則遊四明，從大雷入，先宿汪氏山房，搜討故事。先生與同行，每至一奇處，輒相酬唱有詩。嘉則記其首，合爲《四明遊籍》一卷。一時詞人競相傳寫。屠長卿、余君房諸先生俱爲作序。』傳又見《（乾隆）鄞縣志》卷十六《人物傳》。《由拳集》卷五有《感懷五十五首·汪太學長文》。

寄答劉子威侍御［一］

丹霞曜朝日，碧漢羅秋星。伊人握大物，山川助精靈。雄藻含神霧，吐辭妙天經。高者凌岱嶽［二］，深者沉玄冥［三］。刳心出四極，日月奔不停。秦皇登之罘［四］，軒轅臨洞庭［五］。舉世皆《下里》［六］，誰爲識者聽？余少好雕蟲，西京及黃初［七］。中歲逐牛馬，此道日以疎。三年離百憂，雙眉不一舒。罷勞思少憩，息影逃玄虚。文繁精乃亡，誇者寶其智。偶與真人期[八]，一得當關吏[九]。徐甲終爲枯[一〇]，文始那可冀[一一]？吾聞劉武威，面有煙霞氣。請思太上言[一二]，會應函中記。

注釋

[一]劉子威：劉鳳，字子威，長洲（今江蘇蘇州）人。嘉靖二十三年（一五四四）進士，除推官。徵授監察御史，左遷興化推官，遷河南僉事。有《澹思集》十六卷，屠隆爲作《劉子威先生澹思集敘》，見《白榆集》文集卷二。

[二]岱嶽：泰山。

[三]玄冥：指極深遠幽寂之處。

[四]秦皇：秦始皇。之罘：山名。在今山東煙臺市北。《史記·秦始皇本紀》：『二十九年，始皇東遊……登之罘刻石。』

[五]軒轅：黄帝。《史記·五帝本紀》：『黄帝者，少典之子，姓公孫，名曰軒轅。』洞庭：指洞庭之野。《莊子·天運》：『北門成問於黄帝曰：「帝張《咸池》之樂於洞庭之野，吾始聞之懼，復聞之怠，卒聞之而惑，蕩蕩默默，乃不自得。」帝曰：「女殆其然哉！吾奏之以人，徵之以天，行之以禮義，建之以太清。」』

[六]下里：下里巴人，古代民間通俗歌曲。宋玉《對楚王問》：『客有歌於郢中者，其始曰《下里》《巴人》，國中屬而和者數千人……其爲《陽春》《白雪》，國中屬而和者數十人。』《文選》李周翰注：『《下里》《巴人》，下曲名也。』

[七]西京：本指西漢都城長安，此以稱西漢鴻文。與『黄初』均指文學。黄初，本指魏之年號，此以稱『黄初體』詩歌。宋嚴羽《滄浪詩話·詩體》：『以時而論，則有建安體、黄初體。』原注：『魏年號，與建安相接，其體一也。』屠隆言『余少好雕蟲，西京及黄初』，乃謂自己爲詩文力追漢魏。

[八]真人：道教所稱得道之人，此指老子。

[九]關吏：指函谷關令尹喜。《列仙傳·關令尹》：『關令尹喜者，周大夫也。善内學，常服精華，隱德修行，時人莫知。老子西遊，喜先見其氣，知有真人當過，物色而遮之，果得見老子。老子亦知其奇，爲著書授之。後與老子俱遊流沙，化胡，服苣勝實，莫知其所終。』

[一〇]徐甲：人名，傳説爲老子之雇工。《太平廣記》卷一《神仙·老子》，引晉葛洪《神仙傳》：『老子有客徐甲，少賃於老子，約日雇百錢。計欠甲七百二十萬錢。甲見老子出關遊行，速索償，不可得，乃倩人作辭詣關令，以言老子……老子問甲曰：「汝久應死，吾昔賃汝，爲官卑家貧，無有使役，故以《太玄清生符》與汝，所以至今日。汝何以言吾？吾語汝到安息國固當以黄金計直還汝，汝何以不能忍？」乃使甲張口向地，其《太玄真符》立出於地，丹書文字如新。甲成一聚枯骨矣。喜知老子神人，能復使甲生，乃爲甲叩頭請命，乞爲老子出錢還之。

老子復以《太玄符》投之，甲立更生。喜即以錢二百萬與甲，遣之而去。」

［一一］文始：尹喜，道教尊爲「文始真人」。

［一二］太上：太上道君。道教尊神。

寄曾大司空[一]

山川雄楚甸，煙月開荆門。祝融鎮南服[二]，洞庭吞中原。下有洪濤合，上有白雲屯。美人珮芳潔，江介多蘭蓀。大國擅靈哲，實生瑶與琨。峨峨大司空，至人秀乾坤。知幾故有道，觀物超無垠。春華麗絶代，冲然貴其根。應世妙玄德，卷舒龍蛇存。功烈被天壤，鴻名一何尊。心將眷蘿薜，跡乃溷華軒。一登廣莫府，獨寤逍遥園。曾聞鶴上人，親遺雲中言。凌空雙劍化，映月孤霞騫。功成堪度世，遊戲於崑崙。文成與鄴侯[三]，總以千秋論。泥塗望霄漢，日暮勞心魂。

注釋

［一］曾大司空：指曾省吾，时任工部尚書。省吾字三省，號確庵，晚年自號恪庵。湖廣承天府鍾祥縣（今屬湖北荆門）人。嘉靖三十五年進士。隆慶末年，以右僉都御史巡撫四川。萬曆元年（一五七三），四川敘州土司都掌蠻起事，曾省吾領兵十四萬平蠻。萬曆三年（一五七五）陞兵部左侍郎，旋擢南京左都御史，八年（一五八〇）召拜工部尚書。萬曆十年（一五八二）張居正死後，受牽連，被勒令致仕。萬曆十二年（一五八四）十月削籍爲民。編著《確庵先生西蜀平蠻全録》。《白榆集》文集卷七有《奉曾大司空》文。

［二］祝融：南嶽衡山最高峰之名，此代指衡山。南服：指南方。古代王畿以外地區分爲五服，因稱南方爲「南服」。南朝宋謝瞻《王撫軍庾西陽集別時爲豫章太守庾被徵還東》：「祗召旋北京，守官反南服。」《文選》李善注：「南服，南方五服也。」

［三］文成：指明代劉基，謚號文成。劉基字伯温，青田（今屬浙江文成縣）人，早年曾仕元，後棄官隱居以待時。復出助朱元璋，爲明朝開國元勳。劉基才力雄厚，通經史，懂軍事，精象緯，運籌帷幄，民間傳其神機妙算，被神化。鄴侯：唐代李泌。字長源，京兆（今陝西西安）人，既是著名政治家，亦慕神仙。歷仕玄宗、肅宗、代宗、德宗四朝，德宗時，官至宰相，封鄴縣侯，世人因稱李鄴侯。好山水，曾先後多次隱居，栖身嵩嶽、華嶽、終南、衡嶽等名山，博覽群書。《新唐書·李泌傳》：「願隱衡山，有詔給三品禄，賜隱士服，爲治室廬。」《資治通鑒》卷二

百三十三：『泌有謀略，而好談神仙詭誕。』

送冏伯孝廉北上公車[一]

英英南國彦，文機掞天章。門風有藍田，家學服青箱。少年拈彩筆，一一掩隋梁。來自鬱蕭宮[二]，借色翠瓔房[三]。雲鑣騁天步，超然覽大荒。一授靈人記[四]，栖神入壙埌[五]。人言列僊籍，從古多姓王。長史及玉斧[六]，同日朝虛皇[七]。世緣苦未了，冥鴻下來翔。聲名爲時有，安得久雲廊？暫辭煙霞外，相依日月旁。道精以治身，其餘總粃糠。行矣買人爵，努力勤皇王。曈曈徼日出，流光射扶桑。六龍迅於矢，倏忽而頹陽。功成謝①人代，不成亦何傷？平原與鄴侯[八]，千載無低昂。勿以土苴物，易吾珪與璋。

校勘

①謝：底本原無，據程元方本補。

注釋

[一]冏伯：王士騏，字冏伯。江蘇太倉人，王世貞長子。萬曆十年（一五八二）鄉試第一，萬曆十七年（一五八九）進士，由禮部儀制主事，改吏部員外郎。有《馭倭録》《醉花庵詩》等。

[二]鬱蕭宮：指天宮。范成大《乾道己丑守括被召再過釣臺自和十年前小詩刻之柱間後五年自西掖帥桂林癸巳元日雪晴復過之再用舊韻三絶》：『浮生渺渺但飛埃，問訊星宮又獨來。天上人間最高處，爲君題作鬱蕭臺。』元郭翼《遊仙詞》：『鬱蕭臺上會羣仙，龍燭飛光曉夜然。玉殿歸來環珮冷，白雲猶護古苔篇。』

[三]翠瓔房：道教稱説玉宸靈寶君所居之『上清』境中，有蕊珠宮、太和殿、翠瓔房等。詩人以喻仙境，元王逢《句容縣望三茅峰》：『門邑抱重岡，三茅峰頡頏。地呈青玉案，雲羃翠瓔房。』

[四]靈人：仙人，此指曇陽大師王燾貞。曇陽子萬曆八年（一五八〇）九月九日羽化，留有《師真遺言》，居隆作有《師真傳》，王世貞作有《曇陽大師傳》。

[五]壙埌：遼闊之野。《莊子·應帝王》：『遊無何有之鄉，以處壙埌之野。』

[六]長史：許穆（一名謐），因曾官護軍長史，故稱。許穆爲東晉丹陽句容人，少知名，儒雅清素，博學有才。後歸隱於茅山。梁陶弘景《真誥》卷二十稱其『雖外混俗務，而内修真學，密授教記，遵行上道，挺分所得，乃爲上清真人』。道教尊爲上清派第三代宗師。玉斧：許穆之子許翽，小名玉斧。梁陶弘景《真誥》卷二十：『小男名翽，字道翔，小名玉斧。正生，幼有珪璋標挺，長史器異之。郡舉上計掾主簿，並不赴。清秀瑩潔，糠粃塵務。居雷平山下，修業勤精，恒願早遊洞室，不欲久停人世，遂詣北洞告終。』道教稱『雷平山真人許君』。屠隆以許穆、許翽父子喻王世貞、王士騏父子。

[七]虚皇：道教『三清』之元始天尊，別號虚皇大道君。唐吴筠《步虚詞》：『爰從太微上，肆覲虚皇尊。』

[八]平原：晉人陸機，曾官平原内史，後人因稱其『陸平原』。陸機本吴人，吴亡後出仕西晉，與弟陸雲至洛陽，以文才傾動一時。其仕宦經歷頗爲曲折，成都王司馬穎任其爲平原内史。太安二年（三〇三）任後將軍、河北大都督，率軍討伐長沙王司馬乂，兵敗被殺。鄴侯：唐代李泌，封鄴縣侯，故稱。見本卷《寄曾大司空》注釋[三]。

留別王敬美道丈二首[一]

江壖巨波吼，地撼龍子宫。流潦滿南國，九陌無西東。不惜毛骨苦，所嗟杼柚空。征夫復行邁，父老凄以恫。感彼歲云暮，念此問左窮。疾風捲飛藿，日照寒沙紅。况乃别良友，輕車蹙枯蓬。風煙莽前路，豈不眷微躬？知命自無悶，守道貴玄同。栖神泊夷曠，安能問險兇？高天易揮手，流思雙鵷鴻。

夫君五陵客[二]，風期颯泠然。千秋吸靈氣，一往凌紫煙。采芝林屋洞[三]，控鶴華陽巔[四]。論才一何俊，揣骨故應仙。嗟我戀五斗，歲晏馳迍邅。同門而異趣，反顧無乃邅。猶復念儔侣，琅琅錫瑶篇。高標既云邈，孤懷難爲宣。風塵儻不入，憂勞詎能煎？大道無町畦，含光以自全。我行涉苦海，君留耕璚田。回首煙霞友，長雲没遥天。去去望鞭影，庶其求冥筌。

注釋

[一]王敬美：王世懋，字敬美，號麟洲，江蘇太倉人。王世貞弟。王世懋、屠隆等均拜曇陽子爲師，故稱王世懋爲道丈。

［二］五陵客：即五陵豪客之省稱。五陵爲西漢五個皇帝陵墓所在地，即長陵、安陵、陽陵、茂陵、平陵五縣。因漢代皇帝立陵墓，多遷富家豪族及外戚居住於陵墓附近，故五陵地區多豪族，其子弟以任俠豪放著稱。《漢書·原涉傳》：「郡國諸豪及長安五陵諸爲氣節者，皆歸慕之。」唐李白《白馬篇》：「龍馬花雪毛，金鞍五陵豪。」後以五陵客稱豪邁有志之士。

［三］林屋洞：即林屋洞天。林屋爲山名，在太湖洞庭西山。道教所稱「十大洞天」之一，號稱「元神幽虛之洞天」。陸龜蒙《奉和襲美太湖詩·入林屋洞》：「知名十小天，林屋當第九。」

［四］華陽巔：華陽即華陽洞天，在江蘇茅山，道教所稱「十大洞天」之「金壇華陽洞天」。茅山道士好鶴，有鶴臺。宋孫覿《茅山鶴會鑄鐘疏》：「望中天之華表，以迎遼鶴之歸；達東序之金鐘，而聽蒲牢之吼。」宋文天祥《賀寶慶王守》：「跨茅山鶴，來從勾曲之洞天；分竹使符，出領濂溪之霽月。」元薩都剌《送李恕可隨王宗師入京》：「借得茅山鶴，乘風飛上天。」

夜宿恬憺觀二首［一］

夜宿寥陽宫［二］，神皋帶緑沼。玉界故𤫟瓏，金窗鬱縹緲。露下寒河青，孤月出天表。絳蠟高復然，爐煙細猶裊。跏趺法座前，深夜轉幽悄。靈風颯然來，殿角紅雲繞。帳開旛影動，香氣觸林鳥。知是飆車回，虎佩鞶囊小。鶴舞空不下，簫響霞俱杳。冥心參上真，抽身苦不早。慚媿雲華篇，何時拾瑶草？瑶草亦易逢，塵緣尚難了。所貴領清虚，浮榮何足道。

吾師五陵主［四］，普度發弘願。立教獎人倫，給孤與苦縣。道成乃登霞，白日步青漢。日月閟雲房，風雲護龍篆。自從違靈音，三載猶昏旦。人生火宅中，百年奔駭電。伊余抱素心，誤爲塵網絆。苦海浩無津，吾師夙所歎。慜然下寶筏，拯我于彼岸。諸有所①以空，一官尚爲幻。嚴城促簡書，薜蘿詎能戀？暫憩亦泠然，一往何由見。出門即泥沙，長途急霜霰。努力佩遺言，忘身乃無患。智固不如愚，貴豈能勝賤？

校勘

① 所：程元方本作「漸」。

注釋

［一］恬憺觀：在太倉（婁東），曇陽大師王燾貞修道之觀，及羽化後，其龕亦入觀中。

［二］寥陽宮：仙家宮殿，道教稱元始天尊所居，在大羅天上。宋呂南公《三門橋望五星峰》：『平排五青尖，似拱寥陽宮。』宋朱熹《作室爲焚修之所擬步虛辭》：『歸命仰璚極，寥陽太帝居。』一般以喻宮觀，屠隆此詩喻恬憺觀。

［三］五陵主：《漢書·原陟傳》載：『郡國諸豪及長安五陵諸爲氣節者，皆歸慕之。』此處以五陵主指衆人皆歸慕曇陽子。王世懋《王奉常集》卷四十九文部《書曇陽大師傳後》稱：『若我曇陽大師通極性命，會三教精，證印聖師，爲五陵主。豈非參同妙徹，光大幽深，我震旦之至盛者歟。』

春日風雪過開之綺雲館作［一］

一從馬蹄來，悔與煙霞别。差可同心人，高天共殘月。曉起庭户寒，流風入迴雪。初陽忽相照，爐香坐來歇。遂令名理廢，泠然人世絶。寂寞道所貴，去巧存其拙。跏趺大士前，端居悟生滅。瓶水胡以凍？窗篠胡以咽？我欲參此理，但恐生分别。宰官居士心，一往形骸徹。

注釋

［一］開之：馮夢禎，字開之，號具區，别署真實居士，秀水（今浙江嘉興）人。萬曆五年（一五七七）會試第一，授編修。萬曆七年（一五七九），因忤權相張居正以病歸，萬曆十年（一五八二）補官，不久父死，丁憂在家。萬曆二十年（一五九二）復起爲南國子司業，擢南翰林，官至南國子祭酒。萬曆二十六年（一五九八）免官後家居。著有《快雪堂集》六十四卷、《快雪堂漫録》一卷、《歷代貢舉志》等。錢謙益《初學集》卷五一有《南京國子監祭酒馮公墓誌銘》。綺雲館：馮夢禎在京城之居所名。

登彭城子房山與仲文［一］

留侯昔佐漢［二］，頓轡此巖阿。青天夜無人，碧山自嵯峨。古祠縈灌木，石户垂陰蘿。田烏下楚隴，牧羊猶楚歌。我與使君來，古路送殘日。林昏列炬開，月照衆山出。飛煙漸廓朗，洪河復蕩潏。一往成萬古，遂與伊人失。伊人煙霞姿，濁世號英雄。玄心栖道真，其智乃如龍。受命在素書，拔劒浮雲空。椎秦秦莫得，事漢漢莫籠。手提造化柄，遊戲太虛中。偶讀青童歌，始知紫煙客。時危故奮身，事了應匿跡。雷罷列缺收，風止波濤息。譬彼逆旅人，往來寓空宅。區區萬户侯，安能罥冥極？楚漢今煙草，伊人去不還。當時一歇馬，千秋名其山。縣崖雖可陟，高韻邈難攀。桂酒露湑湑，日暮催心顔。

注釋

［一］彭城：又名涿鹿，均今江蘇省徐州市之舊稱。相傳堯封彭祖於此，爲大彭氏國。春秋時彭城屬宋地。秦代實行郡縣制，設彭城縣。劉邦、項羽皆起於彭城，項羽建都於此。東漢末年，曹操將徐州刺史部由郯城移治彭城，彭城始稱徐州。彭城境内歷史上發生過許多戰事，爲兵家必争之地。子房山：在徐州城東二里。原名雞鳴山，相傳楚漢相争時，張良在此吹簫作楚聲以退楚兵。張良字子房，後人因更名子房山。山有子房廟（又稱子房祠、留侯廟）。仲文：姜士昌，字仲文。丹陽人，南京禮部尚書姜寶子。萬曆八年（一五八〇）進士，任户部主事，掌管徐州倉，兼理關務。後歷員外郎、陝西提學副使、江西參政等職。天啟初，贈太常少卿。

［二］留侯：張良，字子房。先世爲戰國時韓國人。傳説張良遇黄石公，得《太公兵法》。後佐劉邦，助其建立漢政權，以功封留侯。晚年好黄老，學辟穀，棄人間事，欲從赤松子遊。《史記·留侯世家》：『留侯乃稱曰：「家世相韓，及韓滅，不愛萬金之資，爲韓報讎彊秦，天下振動。今以三寸舌爲帝者師，封萬户，位列侯，此布衣之極，於良足矣。願棄人間事，欲從赤松子遊耳。」乃學辟穀，道引輕身。』

遼陽曲四首[一]

銅焦夜鳴急，胡兒犯塞垣[二]。營開勁弓滿，大將坐轅門。不見短兵接，但聞哀角喧。邊人無所惜，所幸老稚存。月黑胡騎去，疾如風雨奔。參軍草露布，列校收櫜鞬。營前牛酒熟，城上歌吹繁。天明寡婦哭，邊人死荒村。流血草木腥，積骸天地昏。婦啼向人語，之死寧無冤？胡馬既以去，誰當殺元元？須臾官軍至，吞聲不敢言。

遼陽八九月，草死邊風肅。匈奴領燕支[三]，炰烋盡所欲。駿騎馱黄金，氈車載寶玉。敝弓委長衢，羸馬棄大陸。收之歸轅門，併作横吹曲。安所得首虜？關前有樵牧。

孤城白日大，慟哭長城下。男兒産邊垂，人命猶蜾蠃。老稚各相戒，寄語負薪者。秋高莫夜行，遠出向原野。亡猿禍林木，寒燒成遺火。寧遇胡兒掠，毋遭漢兒邏。胡兒猶可生，漢兒來殺我。

快馬走健兒，乘傳日夜馳。大車白玉牀，小車黄金卮。胡女顔如花，不畏邊風吹。累月教歌舞，金翠紛相披。妖豔真絶世，云將有所遺。暮發列侯印，朝搴大將旗。立功有長策，安事邊垂爲？斬虜千萬級，不如一燕支。

注釋

［一］遼陽：秦漢時屬遼東郡，後爲州、府、路、行省、縣等名。遼陽乃遼東地區中心城市，多個時期爲嚴疆重鎮。明代，遼東爲軍鎮，屬『九邊』之一，鎮守總兵官駐遼陽（今遼寧省遼陽市）。屠隆友人顧養謙曾以右僉都御史巡撫遼東。

［二］胡兒：遼東古有東胡族，曾被燕昭王時大將秦開奔襲，驅却其千里之外。該詩中『胡兒』『胡女』『胡騎』等詞之『胡』，均因以泛指少數民族。

［三］燕支：指美女。

送曾于健侍御左遷還吉水［一］

美人出製錦，孳孳勤萬民。精誠厲皦日，逸氣凌秋旻。閭左歸慈父，豪右驚明神。一朝奉徵書，來爲驄馬客。嗚珂散林曙，垂鞭禁煙直。緋衣侵殿香，白簡摇霜色。臺端席未暖，言事何慨慷。朝聞奪柱下，夕見指江鄉。榮貴亦可戀，其如烈士腸。理櫂河冰合，驅車隴阪長。秉心甘荼蓼，寒風吼枯桑。廬山白雲冷［二］，六載遥相望。暫歸理芝术，古路饒松篁。匡君遺藥竈［三］，惠遠留禪房［四］。高吟掇明月，閒眠送斜陽。幽事良足快，寥廓行翺翔。但恐罥薜蘿，遂欲忘珪組。自非沮溺徒［五］，奇抱尚須吐。匣劍有光怪，安得老塵土？一了英雄心，乃作煙霞主。

注釋

［一］曾于健：曾乾亨，字于健，號健齋，曾同亨之弟。吉水（今江西吉水縣）人。屠隆萬曆五年（一五七七）同年進士，授合肥知縣。遷御史。後歷監察御史、大理寺少卿等職。

［二］廬山：即今江西廬山，又稱匡山、匡廬山。《後漢書・郡國志・廬江郡》：『潯陽南有九江，東合爲大江。』劉昭注引慧遠《廬山記略》：『有匡俗先生者，出殷周之際，隱遯潛居其下，受道於仙人而共嶺，時謂所止爲仙人之廬而命焉。』《太平御覽》卷一百八十一：『《郡國志・廬山》：周武王時，有匡俗先生，字君孝，兄弟七人皆有道術，結廬於此。仙去，空廬尚存，故曰廬山。』

［三］匡君：指匡俗。

［四］惠遠：即東晉高僧慧遠，世人稱遠公。慧遠居廬山三十餘年，結廬講學，東林寺爲其所開創。掘池植白蓮，同慧永、慧持、劉遺民、雷次宗等結社，同修浄土之法，稱白蓮社。後人尊爲浄土宗初祖。見晉無名氏《蓮社高賢傳》、南朝梁慧皎《高僧傳》。

［五］沮溺：長沮和桀溺。借指避世之隱士。《論語・微子》：『長沮、桀溺耦而耕，孔子過之，使子路問津焉……（長沮）曰：「滔滔者，天下皆是也，而誰以易之？且而與其從辟人之士也，豈若從辟世之士哉？」』

贈湯義仍進士［一］

吹萬布騐宕，震旦何煙熅［二］。萬形各有閡，不閡惟原神。初陽潛蚼動，霜降宿莽陳。商聲下庭葉，清角出游鱗。銅鐘感蜀山，古鐵應蕤賓。金石訇然開，飆車蹈星辰。乘理豈迂怪，至人抱其真。方諸與陽燧，要以氣類親①。同巷匿不見，九州猶比隣。睽離本無故，契合寧有新。寸心杵臼在，片語桑陰申。夫君操大雅，負氣亦磷磷。風期竊相似，終慚玉與珉。同爲蘭省客，當前詎無因。胸懷久不吐，宛轉如車輪。丈夫一言合，何爲復逡巡。願奉盤匜往，投醪飲醲醇。青雲儻提挈，勉旃千載人。

校勘

①親：底本模糊不清，據程元方本補。

注釋

［一］湯義仍：湯顯祖，字義仍，號海若、若士、清遠道人、繭翁。臨川人。萬曆十一年（一五八三）進士。官南京太常博士，遷禮部主事。後因彈劾申時行，謫徐聞典史。遷遂昌知縣，頗有政績。終因不附權勢，辭職歸里，專心戲劇及詩詞創作。戲劇有《還魂記》（《牡丹亭》）、《紫

敘記》、《南柯記》、《邯鄲記》，合稱『臨川四夢』。詩文集有《紅泉逸草》《問棘郵草》《玉茗堂集》。作此詩時，居隆任禮部儀制司主事，湯顯祖以新科進士觀禮禮部，由此結識。

[一二] 震旦：指中國，源出古印度對中國之稱呼。

圯橋進履圖爲胡民部賦[一]

天地斡元化，屈伸猶張弓。滄海不辭下，洪濤欲排空。神龍未騰驤，伏爪與蚍同。玄豹養文采，乃隱大霧中。士也遭風雲，叱日鞭豐隆。當其蟠泥途，屈體如凡庸。能大不習細，何以稱英雄？子房跌宕人[二]，束髮美白皙。婦姿而龍性，翕蕩空八極。勁風自西來，咸陽黯無色[三]。匹夫椎彊秦[四]，大索不可得。何物黃石翁[五]，化剛爲選耎。廣心出冥寥，高足示偃蹇。孺子解折節，納履何款款。無復猛氣存，坐令雄心短。長跽授素書，六合從舒卷。

注釋

[一] 圯橋：指張良爲黃石公進履而得《太公兵法》之橋，在下邳（今江蘇徐州市睢寧縣古邳鎮境內）小沂水上。《史記·留侯世家》：『良嘗閒從容步遊下邳圯上。有一老父，衣褐，至良所，直墮其履圯下，顧謂良曰：「孺子，下取履！」良愕然，欲毆之。爲其老，彊忍，下取履。父曰：「履我！」良業爲取履，因長跪履之。父以足受，笑而去。良殊大驚，隨目之。父去里所，復還曰：「孺子可教矣。後五日平明，與我會此。」良因怪之，跪曰：「諾。」五日平明，良往，父已先在，怒曰：「與老人期，後，何也？」去，曰：「後五日早會。」五日鷄鳴，良往，父又先在，復怒曰：「後，何也？」去，曰：「後五日復早來。」五日，良夜未半往。有頃，父亦來，喜曰：「當如是。」出一編書，曰：「讀此則爲王者師矣。後十年興。十三年，孺子見我濟北，穀城山下，黃石即我矣。」』北魏酈道元《水經注·沂水》：『一水逕城東，屈從縣南，亦注泗，謂之小沂水。水上有橋，徐泗間以爲圯，昔張子房遇黃石公於圯上，即此處也。』胡民部：指胡世祥，號曙峰，廣東人，官南京户部郎中。曾入陳芹主持之青溪社。

[二] 子房：張良，字子房。

[三] 咸陽：秦都城。

[四] 匹夫：稱有勇無謀者，指早年之張良與力士。《史記·留侯世家》：『（張良）得力士，爲鐵椎重百二十斤。秦皇帝東遊，良與客狙擊秦皇帝博浪沙中，誤中副車。秦皇帝大怒，大索天下，求賊甚急，爲張良故也。良乃更名姓，亡匿下邳。』

〔五〕黄石翁：即黄石公，授張良兵書之老父。

春夜雙寺看月〔一〕

浮煙散九衢，孤月照雙樹。天河澹微鐘，星白夜疑曙。雲堂禮金僊〔二〕，香嚴寶花聚。津梁寧有罷，大道本無住。心境故雙冥，尼珠破沈昏。除境不除心，轉爲生滅根。喧亦非世路，寂亦非空門。瀑水豈不響？流雲豈不奔？自得静中相，彌清人外魂。月光滿大千，舉手不可拾。既含樓閣虚，復浸衣裳濕。坐觀山河空，靈籟寒風入。

注釋

〔一〕雙寺：明成化元年（一四六五）太監劉嘉林舍宅建寺，爲大應法王下院；成化十六年（一四八〇）太監劉祥、高通等人將之改建爲雙寺，即嘉慈寺和廣濟寺。今存廣濟寺，在北京市西城區雙寺胡同。

〔二〕雲堂：僧堂。金僊：指佛。

宿雙寺〔一〕

大雨響空林，雲垂四野幕。須臾鳴雹收，春陰散寥廓。丹霞夾層城，斜陽薄虚閣。暮色澹如水，雲房坐來清。松外斷人跡，花間聞磬聲。迦毗作梵語，刹那學禪悦。仰視天宇朗，了然理障徹。未入白雲深，輒與紅①塵别。既得對高僧，况復待明月。

校勘

① 紅：底本原作「紈」，據程元方本改。

注釋

[一] 雙寺：指京城嘉慈寺和廣濟寺，參見上篇注釋[一]。

由虎跑散步入三天竺[一]

行行入靈境，漸與人世别。懸厓墮青冥，迴合莽膠轕。石路忽中斷，長天乍披豁。頫視谿水平，危梁陟横截。潭上不見人，空沙皓如雪。脩岡帶神皋，雲房在清樾。當窗映椶櫚，偃户饒松栝。僧衣挂垂蘿，落日煙磬發。山厨接飛溜，琤琤駛且冽。瓊簾寒不收，玄珠歕可咄。龕燈蒼虎守，野霧紫麏滅。攬衣肅然恐，四顧迴寥泬。惜無和歌人，孤賞自幽絶。

注釋

[一] 虎跑：泉名，在杭州西湖西南原大慈山白鶴峰下大慈寺（後名虎跑寺，今慧禪寺）中。宋潛説友《咸淳臨安志》卷三十八：『舊傳性空禪師嘗居大慈山，無水，忽有神人告之曰：「明日當有水矣。」是夜二虎跑地作穴，泉湧出，因名。』虎跑泉爲西湖名勝。三天竺：杭州天竺山有三座著名古刹，分别稱爲上、中、下天竺寺，合稱三天竺。

登吴山宫觀眺羅刹江[一]

山殿控鉅野，孤高壓名邦。鑿空出洞門，劃雲開石窗。挐攫勢不止，谽谺氣何龐。上奔駭落日，下走盤長江。天空野風急，地湧寒濤撞。松根疑捲去，萬峰入淙淙。神靈好權譎，龍驤嶜焉降。僧帶白雲孤，鳥抉青冥雙。逡巡海月細，微鐘動旛幢。

注釋

[一]吴山：在杭州西湖東南，又名胥山。上有寺觀、子胥祠等。羅刹江：錢塘江之别名。元陶宗儀《輟耕録・浙江潮候》：『浙江一名錢唐江，一名羅刹江。所謂羅刹者，江心有石，即秦望山脚横截波濤中。商旅船到此，多值風濤所困而傾覆，遂呼云。』羅刹，惡鬼名。

送王蓋竹先生還天台[一]

東南割神秀，天台盤海色。朗月射陰崖，飛流映丹壁。石梁横巨壑[二]，下窺窅然黑。造化界神區，遠與塵境隔。曾無樵牧人，但有仙靈宅。谿上聞鐘聲，巖前留虎跡。洞門暗松葉，山路明桃花。天青神姝出，垂瑲浣空沙。豐干弄白雲[三]，寒山滅紫霞[四]。華陽與桐柏[五]，乘流飯胡麻。至今耽奇人，往往接靈異。仿佛見琳宫[六]，咫尺不能至。夫子住山中，風期久出世。學道悟性空，讀書知了義。時吐山林言，總帶煙霞氣。偶來觀帝京，玉露開金掌。暫逐馬蹄塵，不作馬蹄想。區中畢俗緣，人外得玄賞。夢入蘿月深，耳邊松風響。明發指家山，泠然遂獨往。

注釋

[一]王蓋竹：王胤東，字伯祚，號蓋竹，明台州府臨海縣人。博學，嘗爲常州府學訓導。著有《台嶺集》《回浦集》等。天台：山名，在今浙江省天台縣北。南朝陶弘景《真誥》：『〔山〕當斗牛之分，上應台宿，故名天台。』

[二]石梁：天台山上一處天然石橋，其一側爲懸崖，橋下溪水流出即跌成瀑布，稱石梁飛瀑，爲著名景觀。

[三]豐干：唐代天台山國清寺僧人。傳見宋贊寧《宋高僧傳》卷一九、宋釋道原《景德傳燈録》卷二七。

[四]寒山：唐代僧人，早年漫遊四方，後隱居台州唐興縣寒巖（今屬天台縣），號寒山子。與國清寺僧人豐干、拾得相善，時有往還。傳説入滅於寒巖石穴。寒山好吟詩，常書之於竹木石壁上，他人輯爲《寒山詩集》。其詩多山林幽隱之趣，如曰：『登陟寒山道，寒山路不窮。溪長石磊磊，澗闊草濛濛。苔滑非關雨，松鳴不假風。誰能超世慮，共坐白雲中。』『有一餐霞子，其居諱俗遊。論時實蕭爽，在夏亦如秋。幽澗常瀝瀝，高松風颼颼。其中半日坐，忘却百年愁。』傳見宋贊寧《宋高僧傳》卷一九、宋釋道原《景德傳燈録》卷二七。

[五]華陽：指南朝著名道士陶弘景。齊武帝時，曾往天台山煉丹。後隱居茅山，號華陽真逸。桐柏：指桐柏徵君徐靈府。徐靈府爲唐代道士，號默希子，錢塘天目山人。隱居天台山石室，以脩煉自樂。武宗詔徵之，力辭免。後絶粒卒。著有《天台山記》《三洞要略》《玄鑑》

等。事蹟見《曆世真仙體道通鑒》卷四〇、《三洞群仙録》卷六。

［六］琳宫：仙宫。《初學記》卷二三引《空洞靈章經》：『衆聖集琳宫，金母命清歌。』唐吴筠《游仙》：『上元降玉闥，王母開琳宫。』又常以喻道觀。

奉送蔡師出按淮陽［一］

驅車出薊門［二］，交河冰乍裂［三］。凄卉變條風，寒雲散華闕。花氣吹平林，陰厓尚殘雪。吾師抗前旌，斗酒城南别。天高煙沙輕，日落葭蕭咽。行行指淮甸，持斧心何雄。布德乘時令，采詩知國風。郡縣負弩矢，父老迎花驄。嬰情詎小鮮，惆余存大東。西方蝃蝀滅，南陌靈雨凍①。簿領亦多暇，焚香官舍空。神飆入松栝，朗月挂簾櫳。攤書謝塵鞅，求古尋鴻濛。

校勘

① 雨凍：底本原作『南櫳』，據程元方本改。

注釋

［一］蔡師：蔡時鼎，字台甫，漳浦人。萬曆二年（一五七四）進士。歷知桐鄉、元城，爲治清嚴。徵授御史。累陞至南京禮部郎中。《明史》卷二百三十有傳。時因疏救丁此吕，出爲兩淮巡鹽。淮陽：晉義熙中置淮陽郡，故城在明鳳陽府泗州故徐城東北一百五十里。

［二］薊門：即薊丘，位於北京城西德勝門外西北隅。明蔣一葵《長安客話·古薊門》：『京師古薊地，以薊草多得名……今都城德勝門外有土城關，相傳是古薊門遺址，亦曰薊丘。』

［三］交河：河名，在明河間府交河縣（今屬河北滄州泊頭市），滹沱、高河二水交流，稱交河。

送羊子豫侍御出按江南［一］

夫子昔與我，刳心事大道。逆旅數促膝，微言剖竅妙。混迹尚玄同，抱影立深峭。真元在密緯，弢精復埋照。

標此人外蹤，泠風吹窅窱。煙霞紛孤朗，日月鬬雙眺。游世操虛舟，群動等溷嬲。郵客有去來，靈宅無静躁。飛揚氣彌沈，摇蕩神不掉。雖在珪組中，何異栖雲嶠。我留直蘭省，君行稱憲臣。江南多靈境，水石何粼粼。神皋帶迢遰，僊山盤煙熅。椶葉覆古洞，桃花照通津。春日出按部，芳甸洽嘉辰。野鳴黄栗留，麏麚隨車輪。陽和蘇萬物，因之歌采真。誰知乘驄客，乃是驂鸞人。塵世本①幻跡，神明示應身。終然尋實際，去與洪崖鄰。

校勘

①本：底本原作「不」，據程元方本改。

注釋

［一］羊子豫：羊可立，字子豫，號崧原，河南汝陽人。萬曆五年（一五七七）進士，授安邑知縣。遷監察御史，正直敢言，曾彈劾張居正。萬曆十二年（一五八四）按察兩淮鹽政，制定《鹽法條例》。擢太常卿。後忤當道，謫任地方官。著有《濯纓亭集》《中臺三疏》等。江南：此處特指兩淮地區。

紫陽庵作［一］

靈峰盤陰森，一一疑飛鶱。天窗開石扇，玲瓏雲霧屯。斜陽挂寒溜，秋潭生夜喧。清泠若神瀵，下浸古松根。仙人煉藥處，至今遺蜕存。山風吹鶴巢，天香送金磬。竹房寂無人，暝色返孤映。犬吠浣花源，猿迷采芝逕。平生愛林栖，端居愜幽興。

注釋

［一］紫陽庵：在杭州瑞石山。明田汝成《西湖遊覽志》卷十二載：「宋嘉定間邑人胡傑居此，建集慶堂，元至元間道士徐洞陽得之，改爲紫陽庵。」後有興廢。馮夢禎作有《重修紫陽菴記》。

東湖宿大慈寺[一]

坐覽湖山上，高霞澹空色。疎花竹牀深，暝葉松門積。荒陂絶人行，但有蒼麑跡。勁風灒洪波，浮天摇崱屴。陰崖石氣寒，古洞水痕泐。雲堂晚鐘微，日落野煙白。僧定香轉清，猿啼境逾寂。學道割情戀，胡爲眷泉石？堀堁①日紛輪，欣賞此晨夕。挂冠來何遲，永願謝羈勒。

校勘

① 堁：原作『蜾』，據意改。

注釋

[一] 東湖：寧波東錢湖之簡稱。大慈寺：在東錢湖畔福泉山。始建於五代後晉天福三年（九三八），南宋時丞相史彌遠立爲功德寺，宋寧宗賜『教忠報國寺』匾額，明洪武十五年（一三八二）改名大慈寺。

大伾山莊詩[一]

大伾横秀色，千盤上雲表。古佛開叢林，寒溜崩墓道。陰洞夕陽入，天挂秋虹杳。中有黑霧屯，外有丹霞繞。奥窔①潛蛟龍，風雷時夭矯。桃花夾石梁，樵人行木杪。下視無底壑②，目眴神亦掉。往往見僊人，吹笙拾瑶草。我聞逍遥子，卜築此幽棲。礀琴浮濕煙，山厨接迴谿。窗楹隔修竹，清猿日夜啼。老僧共焚香，玉童教煉藥。偶對花間奕，不知松子落。坐遺浮生累，高情寄寥廓。

校勘

① 窔：底本原作『交』，據程元方本改。
② 蹔：底本原缺，據程元方本補。

注釋

［一］大伾：山名，在河南省浚縣城東，史上曾佛道興旺，寺觀衆多。尤以有始於北魏所刻大石佛著稱。

寄沈士範因憶先太史君典［一］

幽州積古雪［二］，南國吹條風［三］。杲日照芳甸，緑草摇春叢。陵陽有靈跡［四］，霞洞開玲瓏。天插石屏峭，水映松門空。美人玄豹姿，霧隱盤陀上。衛玠神清泠［五］，王①珣氣散朗［六］。采秀寄孤標，鳴弦愜心賞。我友昔云逝，瑶華隔三春。結思水曲燕，流恨山陽人［七］。有子差足快，儼然具風神。關門疎煙黄［八］，交河暮沙白［九］。匹馬空踟蹰，雙魚不可得。丹霞麗城隅，萬里睹顔色。雅抱出世心，且養凌霄翼。努力駕風雲，無爲眷蘿薜。

校勘

① 王：原作『玉』，據意改。

注釋

［一］沈士範：沈有則，字士範，號少逸。屠隆故人沈懋學之長子，萬曆三十八年（一六一〇）進士。著有《九邊策要》《紫煙閣》。傳見《（光緒）宣城縣志》卷十八人物志。君典：沈懋學，字君典，號少林、百雲山樵（白雲樵），宣城（今屬安徽）人。萬曆五年（一五七七）狀元，授修撰，乞病歸。萬曆十年（一五八二），朝廷再召，赴京途中病逝。追謚文節。有《郊居遺稿》十卷。與屠隆交好，約爲婚姻。屠隆《白榆集》文集卷十九有《沈太史傳》。
［二］幽州：本古九州之一。《周禮·夏官·職方氏》：『東北曰幽州。』《爾雅·釋地》：『燕曰幽州。』屠隆此處泛指古燕國地域，大致即

今河北北部及遼寧一帶。

〔三〕南國：泛指南方。

〔四〕陵陽：即陵陽子明，又稱『陵陽子』，道教神話人物。《列仙傳・陵陽子明》：『陵陽子明者，銍鄉人也，好釣魚。於旋溪釣得白龍，子明懼，解釣，拜而放之。後得白魚，腹中有書，教子明服食之法。子明遂上黄山，採五石脂，沸水而服之。三年，龍來迎去，止陵陽山上。』宣城有旋溪、陵陽山，傳説爲陵陽子明釣得白龍處。北魏酈道元《水經注・沔水三》：『又東，旋溪水注之，水出陵陽山下。逕陵陽縣西，爲旋溪水。昔縣人陵陽子明釣得白龍處，後三年，龍迎子明上陵陽山。山去地千餘丈。』

〔五〕衛玠：西晉末名士，字叔寶，河東安邑（今屬山西夏縣）人。才情横溢，善於清談，又玉潔冰清，風神秀異。《晉書・衛瓘傳》附：『玠字叔寶，年五歲，風神秀異。……總角乘羊車入市，見者皆以爲玉人，觀之者傾都。驃騎將軍王濟，玠之舅也，儁爽有風姿，每見玠，輒歎曰：「珠玉在側，覺我形穢！」又嘗語人曰：「與玠同遊，冏若明珠之在側，朗然照人。」……後劉惔、謝尚共論中朝人士，惔又云：「杜乂膚清，叔寶神清。」』

〔六〕王珣：東晉名士，字元琳，小字法護，琅琊臨沂（今山東臨沂市）人。因功封東亭侯。屠隆稱『王珣氣散朗』，多據史載，《晉書・王珣傳》：『桓玄與會稽王道子書曰：「珣神情朗悟，經史明徹，風流之美，公私所寄。」』《世説新語・雅量》：『王東亭爲桓宣武主簿，既承藉，有美譽，公甚欲其人地爲一府之望。初，見謝失儀，而神色自若。坐上賓客即相貶笑，公曰：「不然。觀其情貌，必自不凡，吾當試之。」後因月朝閣下伏，公於内走馬直出突之，左右皆宕仆，而王不動。名價於是大重，咸云：「是公輔器也。」』《世説新語・賞譽》：『謝（安）公領中書監，王東亭有事應同上省。王後至，坐促，王謝雖不通，太傅猶斂厀容之。王神意閑暢，謝公傾目。還，謂劉夫人曰：「向見阿瓜，故自未易有，雖不相關，正是使人不能已已。」』

〔七〕山陽：指魏嵇康、吕安在山陽縣（在今河南焦作市境内）之舊居地。嵇康、吕安被人陷害後，友人向秀經過其山陽舊居，聞鄰人吹笛之聲，產生了對亡友的無盡思念，作《思舊賦》。

〔八〕關門：指古薊門關。《明一統志・順天府》：『古薊門關，在薊州，唐置薊州，蓋取此。』後以泛稱北京一帶。

〔九〕交河：河名，在明河間府交河縣（今屬河北滄州泊頭市），滹沱、高河二水交流，稱交河。

送孫文融扶太夫人喪還勾餘〔一〕

我有生平友，搴芳抱明潔。弢精而吐華，風期暢勁越。天藻一以爛，靈光庶不伐。乘時在要津，沖虛朗披豁。

旭日麗頳霞，秋潭下寒月。心自空八埏，身漸登九列。一朝失賢母，仰天泣成血。魚軒萬里歸，河梁遲明①發。賓朋走如雲，相送各凄絶。幽州邊氣深，飛沙被林樾。鳴禽變時卉，天高風猶烈。長飆淩洪河，日落水聲咽。精誠感烏傷，高墳傍禹穴[二]。有生故應尊，至情詎云割？

校勘

① 明：底本原作『朗』，據程元方本改。

注釋

[一] 孫文融：孫鑛，字文融，號月峰、湖上散人。浙江餘姚人。萬曆二年（一五七四）會試第一，歷仕太常寺少卿、兵部侍郎、加右僉都御史，遷南兵部尚書，加封太子少保，參贊機務。一生著作宏富，達四十餘種七百餘卷。有《評經》十六卷、《今文選》十二卷、《評史記》一百三十卷、《評漢書》七十卷、《韓非子節鈔》二卷、《翰苑瓊琚》十二卷、《後越絶》十卷、《排律辨體》十卷、《居業編》十二卷等，並有《孫月峰全集》傳世。太夫人：指孫鑛之母楊氏，孫陞妻，封夫人，贈一品夫人，有《孫夫人詩集》一卷。古代對官吏之母尊稱太夫人。勾餘：古代餘姚、慈溪、鄞縣一帶，均稱勾餘，此處指餘姚。

[二] 禹穴：指紹興會稽山夏禹葬地。《史記·太史公自序》：『二十而南遊江、淮，上會稽，探禹穴。』裴駰集解引張晏曰：『禹巡狩至會稽而崩，因葬焉。上有孔穴，民間云禹入此穴。』

贈張洪陽司成四首[一]

元化①如轉轂，淋漓散無垠。總逐有無相，詎如生滅因？榮華遞飄忽，摧毀亦逡巡。陰陽陶萬物，不能陶至人。大亦無須彌，細亦無微塵。雷霆擊海水，了不驚其神。所寓盡郵傳，含光葆天真。來往躡空碧，乘理駕飈輪。玄風一何暢，夢寐欽哲民。

青蓮産濁水，愛此孤芳根。古來得道者，大慧如沉昏。口吐牟尼珠，要言故不煩。仰擘虚空碎，俯踏崑崙翻②。情冥境俱適，所履無寂喧。迹將世路溷，心與高霞騫。萬緣到手盡，抱虚守丹元。浮雲住空宅，何必桃花源。回首驂鸞鶴，飄飄空八垠。

割水與鏤冰，人生石火逝。何物超三界，而不廢世諦？四大詎屬余，幻形載虛器。誰者爲真我，煌煌照千禩。有住即漏因，無相三摩地。偉哉通人識，太清絶纖翳。希言弢慧光，密緯固靈炁。童子侈雕蟲，朴散神乃敝。撫己涕沾膺，寶筏庶可冀。

大道貴埋照，揚聲忌掣鈴。爨下匿靈人[二]，金門隱星精[三]。上帝忽見召[四]，其事乃始明。夫子下濁世，夙昔居瑶京[五]。一身應八百，偶罥三事榮[六]。黄閣列珪組[七]，丹臺書姓名[八]。余少厲耿介，頗矜千秋情。一聞柱下旨[九]，學道在尊生。逝將舍文苑，相期遊化城[一〇]。

校勘

① 化：底本原作『佳』，據程元方本改。

② 翻：底本原作『翩』，據程元方本改。

注釋

[一] 張洪陽：張位，字明成，號洪陽，江西新建縣（今南昌市新建區）人。隆慶二年（一五六八）進士，改庶吉士，授翰林院編修，預修《世宗實録》。因忤張居正，謫徐州。居正卒，招爲左中允。後歷官南京尚寶丞、國子監祭酒、吏部侍郎兼東閣大學士、吏部尚書、武英殿大學士等。著有《問奇集》《警心類編》《閑雲館集鈔》《叢桂山房匯稿》《詞林典故》等。《明史》卷二一九有傳。司成，指主管世子品德教育。《禮記·文王世子》：『樂正司業，父師司成。』孔穎達疏：『父師主太子成就其德行也。』張位先后任國子監司業、祭酒，掌監學之政，故稱司成。

[二] 爨下：指厨房。靈人：神仙。

[三] 金門：指漢代宮門金馬門，爲宦者署門。星精：指東方朔，漢應劭《風俗通義》卷二：『俗言東方朔太白星精，黄帝時爲風后，堯時爲務成子，周時爲老聃，在越爲范蠡，在齊爲鴟夷子皮。言其神聖，能興王霸之業，變化無常。』東方朔曾爲金馬門待詔，自謂避世於金馬門。《史記·滑稽列傳》：『朔曰：「如朔等，所謂避世於朝廷間者也。古之人，乃避世於深山中。」時坐席中酒酣，據地歌曰：「陸沈於俗，避世金馬門。宮殿中可以避世全身，何必深山之中，蒿廬之下！」』又，金門亦可指唐代宮門金明門，則星精指李白。因李白曾待詔翰林（在金明門內），又曾被賀知章稱爲『太白星精』。五代王定保《唐摭言·知己》載：『李太白始自蜀至京，名未甚振，因以所業贄謁賀知章。知章覽《蜀道

難》一篇，揚眉謂之曰：「公非人世之人！可不是太白星精耶？」」

［四］上帝：天帝。

［五］瑶京：玉京，天帝所居。

［六］三事：三事大夫，即三公。《詩經·雨無正》：『三事大夫，莫肯夙夜。』孔穎達疏：『三事大夫，爲三公耳。』

［七］黄閣：指三公官署，因廳門涂以黄色（以避天子之紅色），故稱。《宋書·禮志二》：『三公黄閤，前史無其義……三公之與天子，禮秩相亞，故黄其閤，以示謙不敢斥天子，蓋是漢來制也。』

［八］丹臺：道教所稱神仙之居處。唐白居易《酬趙秀才贈新登科諸先輩》：『君看名在丹臺者，盡是人間修道人。』

［九］柱下：指老子，因老子曾爲周柱下史，故稱。柱下旨，則指老子《道德經》之旨意。

［一〇］化城：幻化之城郭，本佛教用以比喻小乘之境界，爲衆生修行途中暫以止息之所。屠隆糅合佛道，以喻學道之途。

范生詩[一]

范生名應龍，性至孝。清真好道，高義絶人。其行具余傳中，又爲之詩。

范生號有道，抱朴心無營。漢潁絶機事[二]，吕梁①蹈精誠[三]。刲股見純孝，苦行逃時名。垂簾開卜肆，季主與君平[四]。家貧復好施，釜甑常不盈。翳桑活靈輒[五]，壺漿下爰旌[六]。長齋禮天竺[七]，息影尊餘生。白日謝塵鞅，青天聞唄聲。余昔宰由拳[八]，簿領躬飭毖。雖乏彈琴風，頗遵戴星理。部中有任棠[九]，當門但②注水。余欽霞外迹，折節拜龍丘[一〇]。君亦用感激，謬許賢令儔。將母云南邁，遠送長河舟。挽纜凌枉③渚[一一]，拾穗行道周[一二]。母聞欲分橐，鴻逝不可求。計吏飛雙舄，遥遥赴京闕。千里挐輕舠，痛哭臨江别。東走落迦山[一三]，海濤白如雪。夜謁曇真宫[一四]，北斗墮寒月。奔義駛湧泉，好道惄饑渴。余遭讒人喙，挂冠出國門[一五]。阻凍潞河上[一六]，野曠塵沙昏。邊霜隕木葉，朔風捲蓬根。君聞投袂起，雪涕申苦言。郭亮抱孤憤[一七]，寒朗傷煩冤[一八]。人情不足問，神理顧安存？蒼皇咭征夫，出門何草草。不裹三日糧，遠涉萬里道。行經露筋祠[一九]，那逢擊絮媪[二〇]。餒病不能前，足罷顔色槁。途窮委頓還，此心良未灰。吾以赴賢達，安能死蒿萊？數月疾差已，努力復西來。鬻室治輕裝，捐貲賴良友。皂帽僅裹頭，青衫不掩肘。八極詎爲遥[二一]，六尺亦何有？余時旅泊久，殘陽照茅茨。有客尚滿座，有酒仍盈巵。欻扉報君至，入門天淒其。長號跽伏地，淚下如斷縻。四座盡感泣，掩袂各歔欷。手出兩白鏹，納余懷哀中。忍飢餘口吻，留以表深衷。傷哉古廉吏，官舍常屢空。人知原郭俠[二二]，誰信黔婁窮[二三]。昔年去朝天，行李太蕭索。梁上懸雙魚，門前守一鶴。罷官亦奚論，何以理歸橐？客心慕高義，挈之遊五都[二四]。遂欲叫閶闔[二五]，提章繞周廬[二六]。道遇紫衣叟[二七]，叩馬訴④踟躕。莽莽雲月澹，哀哀聲淚俱。忽去滅蹤跡，轉盻空蒼煙。南還約共載，物色竟杳然。第急使君難，不附使君船。玄豹嘯暗谷[二八]，俊鶻搏秋天。千載高士傳，寥寥玄晏篇[二九]。

校勘

① 梁：底本原作『果』，據程元方本改。

② 但：底本原作『沮』，據程元方本改。

③ 杜：底本原作『柱』，據程元方本改。

④ 訴：底本原作『訢』，據程元方本改。

注釋

[一] 范生：名應龍，人稱范孝子，青浦人。爲人篤信厚道。本書文集卷五《發青谿記》：『入觀中……是夜，跏趺大師蓮座下，至三鼓起，步月中庭。有一人在階上，問之，則邑人范孝子也。孝子名應龍，嘗刲股以已親疾。貧而賣卜，得錢，具一日饘粥，餘者即以賑人，若嚴君平之爲人。而又好道，奉佛唯謹。』詩序中『余傳』指《鴻苞》卷四十七《范孝子傳》，亦敘范應龍聞屠隆蒙冤罷官後赴京城爲屠申冤事。

[二] 漢潁：漢水和潁水，此指居漢陰之老人和居潁陽箕山之許由。『漢潁絶機事』，用『漢陰抱甕』和『許由棄瓢』二典。《莊子·天地》載，漢陰老人用甕從井中取水澆菜地，不願使用機械，認爲機械是智巧機詐之産物，不合自然之『道』。後人遂用『漢陰抱甕』表示純樸無邪，對事物無所刻意用心。漢蔡邕《琴操·箕山操》載，堯時許由隱居箕山，常以手捧水而飲。人見其無器，以一瓢遺之。由飲畢，以瓢掛樹。風吹樹動，歷歷有聲，由以爲煩擾，遂取瓢棄之。屠隆《由拳集》卷二十二《先君丹溪公誄》亦用二典：『棄瓢箕水，抱甕漢陰。高揖羲皇，實忘機心。』

[三] 呂梁：《莊子·達生》中有『呂梁丈夫蹈水』事：『孔子觀於呂梁，县水三十仞，流沫四十里，黿鼉魚鱉之所不能游也。見一丈夫游之，以爲有苦而欲死也。使弟子並流而拯之。數百步而出，被髮行歌而遊於塘下。孔子從而問焉，曰：「吾以子爲鬼，察子則人也。請問：蹈水有道乎？」曰：「亡。吾無道。吾始乎故，長乎性，成乎命。與齊俱入，與汩偕出，從水之道而不爲私焉。此吾所以蹈之也。」孔子曰：「何謂始乎故，長乎性，成乎命？」曰：「吾生於陵而安於陵，故也；長於水而安於水，性也；不知吾所以然而然，命也。」』後人用此表示合

自然之道。

［四］季主：司馬季主，西漢時卜者。《史記·日者列傳》：『司馬季主者，楚人也。卜於長安東市。』君平：嚴遵，字君平。西漢高士，好黄老，講授《老子》，賣卜於成都。《漢書·王貢兩龔鮑傳序》：『君平卜筮於成都市……裁日閲數人，得百錢足自養，則閉肆下簾而授《老子》。』

［五］靈輒，春秋時晉人，嘗飢困受食於趙盾，而不忘孝敬母親，趙盾又遺其母簞食與肉。後靈輒知恩圖報。《左傳·宣公二年》：『初，宣子（趙盾）田於首山，舍於翳桑，見靈輒餓，問其病，曰：「不食三日矣。」食之，舍其半。問之，曰：「宦三年矣，未知母之存否。今近焉，請以遺之。」使盡之，而爲之簞食與肉，寘諸橐以與之。既而與爲公介，倒戟以禦公徒而免之。問何故，對曰：「翳桑之餓人也。」問其名居，不告而退，遂自亡也。』

［六］爰旌：爰旌目，古代寓言故事中人物。屠隆以喻處貧困中之君子。《吕氏春秋·介立》：『東方有士焉，曰爰旌目。將有適也，而餓於道。狐父之盜曰丘，見而下壺餐以餔之。爰旌目三餔之而後能視，曰：「子何爲者也？」曰：「我狐父之人丘也。」爰旌目曰：「譆，汝非盜耶？胡爲而食我？吾義不食子之食也！」兩手據地而吐之，不出，喀喀然遂伏地而死。』

［七］天竺：印度之古稱。禮天竺，謂奉佛。

［八］由拳：本古縣名，秦始皇三十七年（前二一〇）改長水縣爲由拳縣（縣治在今嘉興南），屬會稽郡，東漢屬吴郡。屠隆曾知青浦縣，以青浦縣屬古由拳地，因稱青浦爲由拳。

［九］任棠：東漢漢陽上邽人，隱者。曾誘導漢陽太守龐參清明理政。《後漢書·龐參傳》：『參爲漢陽太守。郡人任棠者，有奇節，隱居教授。參到，先候之。棠不與言，但以薤一大本，水一盂，置户屏前，自抱孫兒伏於户下，主簿白以爲倨。參思其微意，良久曰：「棠是欲曉太守也。水者，欲吾清也。拔大本薤者，欲吾擊强宗也。抱兒當户，欲吾開門恤孤也。」』

［一〇］龍丘：西漢末隱士龍丘萇，隱居會稽郡龍丘山（位於今龍遊縣東），與同郡嚴光、鍾離意相友善。任延爲會稽都尉時，以禮延聘爲議曹祭酒。《後漢書·任延傳》：『吴有龍丘萇者，隱居太末，志不降辱。王莽時，四輔三公連辟，不到。掾吏白請召之，延曰：「龍丘先生躬德履義，有原憲、伯夷之節。都尉埽灑其門，猶懼辱焉，召之不可。」遣功曹奉謁，修書記，致醫藥，吏使相望於道。積一歲，萇乃乘輦詣府門，願得先死備録。延辭讓再三，遂署議曹祭酒。』

［一一］枉渚：本古地名，枉水流入沅水之小水灣，《楚辭·九章·涉江》：『朝發枉渚兮，夕宿辰陽。』屠隆此處以稱水邊。

［一二］道周：路旁。《詩經·有杕之杜》：『有杕之杜，生於道周。彼君子兮，噬肯來遊？中心好之，曷飲食之？』

［一三］落迦山：即洛迦山，《華嚴經》：『於此地方有山，名補怛洛迦，彼有菩薩，名觀自在。』屠隆此處所稱之落（洛）迦山，在舟山群島普陀山東南約五公里處，傳説爲觀世音菩薩修行處。

〔一四〕曇真宮：即恬憺觀，在太倉（婁東），曇陽大師修道之觀，及羽化後，其龕亦入觀中。

〔一五〕國門：國都之城門。《周禮・地官・司門》：『司門掌授管鍵，以啓閉國門。』

〔一六〕潞河：即白河，又稱北運河。主河段在今北京市通州區。

〔一七〕郭亮：字恒志，東漢汝南朗陵人。李固弟子。固被梁冀誣陷殺害，露屍於四衢，令有敢臨者加其罪。亮年始成童，遊學洛陽，乃左提章鉞，右秉鈇鑕，詣闕上書，乞收固屍。不許，因往臨哭，陳辭於前。太后憐之，得襚斂歸葬。見《後漢書・李固傳》。朱勃：字叔陽，東漢扶風平陵人。官至雲陽令。早年與同郡馬援爲友。援遠征五陵五溪蠻病死，却遭饞蒙冤，勃上書，慷慨陳狀。見《後漢書・馬援列傳》。

〔一八〕寒朗：東漢魯國薛地人。明帝永平中，以謁者守侍御史，與三府掾屬共考案楚王劉英謀逆獄，知隧鄉侯耿建等人受誣，心傷其冤，上書漢明帝，並疑天下無辜類多如此，終使明帝自幸洛陽獄録囚徒，理出千餘人，糾正寃案。見《後漢書・寒朗傳》。

〔一九〕露筋祠：又稱露筋廟，在今江蘇高郵市。宋祝穆《方輿勝覽・高郵軍・祠廟・露筋廟》：『去城三十里。舊傳有女子夜過此，天陰蚊盛，有耕夫田舍在焉，其嫂止宿，女曰：「吾寧處死，不可失節。」遂以蚊死，其筋見焉。』

〔二〇〕擊絮媪：捶洗綿絮之女子，伍子胥所乞食之人。漢袁康《越絶書・荆平王内傳》：『（子胥）至溧陽界中，見一女子，擊絮於瀨水之中。子胥曰：「豈可得託食乎？」女子曰：「諾。」即發簞飯，清其壺漿而食之。子胥食已而去，謂女子曰：「掩爾壺漿，毋令之露。」女子曰：「諾。」子胥行五步，還顧，女子自縱於瀨水之中而死。』

〔二一〕八極：八方極遠之地。

〔二二〕原郭：太原郭泰（『原郭』與『黔婁』對舉）。郭泰字林宗，東漢名士。容貌魁偉，博通墳籍，善談論。嘗遊洛陽，與李膺等交遊。曾被舉『有道』（漢代舉薦科目之一），因見東漢王朝腐敗，不應徵召，淡於名利，歸鄉執教，教授學生數千人。能以德行導人，人稱『有道先生』。卒，蔡邕爲撰碑文，曰：『吾爲碑銘多矣，皆有慚德，唯郭有道無愧色耳。』《後漢書》有傳。屠隆以郭有道比范生，開篇即云『范生號有道』。

〔二三〕黔婁：春秋時貧士，齊人（一説爲魯人）。隱居不仕，修身清節。晉皇甫謐載之入《高士傳》。晉陶潛《詠貧士》：『安貧守賤者，自古有黔婁。』

〔二四〕五都：五方都會，此指北京。明佘翔《送屠長卿還四明》：『車騎如雲結五都，少年誰不避呼盧。故鄉明日黄冠去，曾否君王賜鏡湖。』

〔二五〕閶闔：指宮門。

〔二六〕周廬：建於皇宮四周以爲警衛之廬舍。《史記・秦始皇本紀》：『衛令曰：「周廬設卒甚謹，安得賊敢入宮？」』

〔二七〕紫衣叟：著紫色公服者，指貴官。

〔二八〕玄豹：喻隱者。漢劉向《列女傳・陶答子妻》：『南山有玄豹，霧雨七日而不下食者，何也？欲以澤其毛而成文章也，故藏而遠害。』南朝齊謝朓《之宣城出新林浦向板橋》詩：『雖無玄豹姿，終隱南山霧。』

〔二九〕玄晏：晉人皇甫謐，隱居不仕，自號玄晏先生。玄晏篇指其所著《高士傳》。

答贈程元方〔一〕

我乘新安艇〔二〕，灘瀨何洄沿。灘灘清且駛，江樹揺雲煙。漸達三天都〔三〕，罙阻窮佪邅。群山合沓起，碧石梳紅泉。土風亶龐厚，人物多豪賢。函翁執牛耳〔四〕，諸子何蟬連。元方菀三秀，含毫抽上玄。偉哉中郎識〔五〕，寶我論衡篇。詎省媿虛薄，義將金石宣。

注釋

〔一〕程元方：程問仁，字元方。見丁應泰《屠赤水白榆集序》注釋〔一一〕。

〔二〕新安：新安江。發源於徽州（今安徽黄山市）休寧縣境内，東入浙江省西部，經淳安至建德與蘭江匯合，東北流入錢塘江。新安郡即徽州，位於新安江上游，古稱新安。

〔三〕三天都：全稱三天子都，古山名，即休寧縣之率山。

〔四〕函翁：汪道昆，署太函氏。見丁應泰《屠赤水白榆集序》注釋〔七〕。

〔五〕中郎：東漢蔡邕，因官至左中郎將，人稱『蔡中郎』。蔡邕爲著名學者、文學家，而慧眼識寶，珍視王充《論衡》。《後漢書·王充傳》李賢注：『袁山松書曰：「充所作《論衡》，中土未有傳者。蔡邕入吴始得之，恒祕玩，以爲談助。」』唐劉知幾《史通·鑒識》：『適使時無識寶，世缺知音，若《論衡》之未遇伯喈，《太玄》之不逢平子，逝將煙燼火滅，泥沈雨絶，安有殁而不朽，揚名於後世者乎？』屠隆謂『偉哉中郎識，寶我論衡篇』，乃以蔡邕珍視王充《論衡》，以比喻程元方爲其刊刻《白榆集》。

答贈程思玄〔一〕

思玄美瓊玖，泠泠摽清識。況以葭莩親，結託文章伯〔二〕。神精久濡染，元氣受裂礫。東阿早登壇〔三〕，爾據應劉席[四]。辭藻紛坌涌，而内抱純白。函中一傾蓋[五]，不言心莫逆。忽枉瑶華音，娓娓寫胸臆。徵我有道碑[六]，高義永無泐。萱草榮北堂[七]，荆花樹西宅[八]。張仲稱孝友[九]，太丘表通德[一〇]。文人好慢世，欽欽士所則。

注釋

[一]程思玄：程问学，字思玄。見丁應泰《屠赤水白榆集序》注釋[一一]。

[二]文章伯：對文章大家之尊稱，此指汪道昆。

[三]東阿：東阿王，指三國魏曹植。魏明帝太和三年（二二九），曹植封東阿王。曹植才氣早著。工詩文，筆力雄健，成就卓越，爲建安文學代表人物。

[四]應劉：應瑒、劉楨，『建安七子』中人物。

[五]函中：函宇中。實指結識於白榆社。

[六]有道：指東漢名士郭泰。郭泰曾被薦舉『有道』，因見東漢王朝腐敗，不應徵召，歸鄉執教，能以德行導人，人稱『有道先生』。有道碑，指郭泰卒後，蔡邕爲之所撰碑文，蔡邕有言：『吾爲碑銘多矣，皆有慚德，唯郭有道無愧色耳。』見《後漢書·郭太傳》。屠隆以『有道碑』喻己文。

[七]萱草：喻程思玄之母親。北堂：指母親之居室。

[八]荆花：喻程元方、程思玄兄弟，取同枝並茂之意。

[九]張仲：周宣王時卿士，與尹吉甫一同輔佐周宣王。《詩經·小雅·六月》敘述尹吉甫北伐玁狁勝利歸來：『飲御諸友，炰鱉膾鯉。侯誰在矣，張仲孝友。』毛傳：『善父母爲孝，善兄弟爲友。』

[一〇]太丘：東漢陳寔，曾爲太丘長，故稱。陳寔修德清静，甚有高名。長子陳紀，字元方。少子陳諶，字季方。二子均以至德稱於世，不相上下。南朝宋劉義慶《世説新語·德行》載陳寔對二子功德之評價：『陳元方子長文有英才，與季方子孝先各論其父功德，争之不能決，諮於太丘。太丘曰：「元方難爲兄，季方難爲弟。」』

答贈程延清[一]

延清未把握，文字託神交。少年美修姱，遠意結冥寥[二]。題書緘素鯉，江上問緯蕭[三]。緯蕭護落子[四]，學道耽玄超。檻外屯神霧，門前吼靈潮。溷迹自奏壤，抗志在煙霄。鳳鵠日冲舉，蟲魚徒刻雕。髮短須①亦禿，安復事嘐嘐？成子以士古，我退處君苗[五]。

校勘

①須：程元方本作『毫』。

注釋

[一]程延清：未詳。

[二]冥寥：冥寥子，屠隆之號。

[三]緯蕭：本義爲編織蒿草，此指編織蒿草之河上丈人。見下條注釋。

[四]落子：指丈人之子，落於水而得明珠者。《莊子·列御寇》：『河上有家貧恃緯蕭而食者，其子没於淵，得千金之珠。其父謂其子曰：「取石來鍛之！夫千金之珠，必在九重之淵，而驪龍頷下。子能得珠者，必遭其睡也。使驪龍而寤，子尚奚微之有哉？」』宋林希逸《莊子口義》：『此意蓋喻人之求富貴者皆危道也。』三國魏阮籍《詠懷》：『河上有丈人，緯蕭棄明珠。』

[五]君苗：崔君苗，東晉時人。據《晉書·陸機傳》載：『弟雲嘗與書曰：「君苗見兄文，輒欲燒其筆硯。」』君苗之典，後多以指文人謙虚，覺得自己文章或學問不如别人，欲將筆硯焚之，發誓不再寫作。

寄左司馬汪伯玉先生[一]

二儀莽膠葛[二]，元氣含渾淪。萬物揚藹藿，欻忽歸其根。泄越道所忌，至人寶沉昏。亦有揭朗日，煌煌照八垠[三]。竺乾富函藏[四]，莊老垂玄言[五]。抽機炙輠出，持論秋濤翻。溟涬和天倪，還復收真元。火德曜無我，醇穌以爲飧。函翁抱上智[六]，洪河通崑崙[七]。總持會三教，探委窮靈源。學道悟聖諦，人尠闚藩垣。直達無名始，深入不二門。性命既了徹，人倫一何敦。高文菀鴻暢，屼如衡岱尊[八]。百代坐相失，萬象咸來奔。人争希咳唾，家競購瑶琨。雕彩豈不盛，中有玄德存。豐下協充符，標峻孤霞騫。道本兼華實，境將妙寂喧。曰余趨下風，稟令奉櫜鞬。

猶復事冲挹，意氣卑温温。偉哉大導師，矢志靡敢諼。雲中墮琳札，陰翳開朝暾。何以答明貺，因風寄芳荃。

注釋

［一］汪伯玉：汪道昆字伯玉，嘉靖二十六年（一五四七）進士，官至兵部左侍郎。萬曆三年（一五七五）致仕，其後林居學道。屠隆應汪道昆之召入白榆社。見丁應泰《屠赤水白榆集序》注釋［七］。《白榆集詩集》卷二有七言古詩《寄左司馬汪伯玉先生》。

［二］二儀：指天、地。

［三］八垠：即八垓，八方之界限。

［四］竺乾：天竺，古印度之别稱。《弘明集·正誣論》：『老子即佛弟子也。故其經云：「聞道竺乾，有古先生，善入泥洹，不始不終，永存緜緜。」竺乾者，天竺也。泥洹者，梵語，晉言「無爲」也。若佛不先老子，何得稱先生？』屠隆『竺乾富函藏』句，指天竺多佛經。

［五］莊老：莊子、老子之合稱。屠隆『莊老垂玄言』句，指莊子和老子留下了《莊子》和《老子》兩部書。

［六］函翁：汪道昆，署太函氏，晚號函翁。

［七］洪河：指黄河。崑崙：崑崙山。

［八］衡岱：指南嶽衡山和東嶽泰山。

白榆集校注詩集卷之二

七言古詩一

荊堂篇寄壽程母戚畹邵太夫人六十[一]

荊堂卜築荊山椒，華榱繡棟入煙霄。堂下兒孫棻玉樹，堂上太母峩金翹。太母之胄本戚畹，錢唐王氣通靈潮[二]。祖姑惠后孕龍種[三]，實啟神孫承大統[四]。父玘内託椒房親[五]，金吾緹綺荷榮寵。太母擇嫁程長君[六]，淑女徽蘭葉嘉夢[七]。長君義俠鴟夷儔[八]，千金聚散如輕漚。往來行賈結豪俊，布衣聲聞傾王侯。雨香南國花臺屐，雪滿東吴笠澤舟[九]。太母温温性婉嫕，玉葉金枝不自貴。口吟樛木逮庶姬，身着浣裙飾良娣。有子奕奕稱三荆[一〇]，絡秀千載同榮名。即今六十開壽燕，華燭高照舞衣明。天酒傾來泛兕爵，雲謡譜入和龍笙。知母舊隷西王籍[一一]，我亦清都守廁客[一二]。仙郎愛我清霞言，遠託鸞書奏瑶席。願母駐景留朱顔，羅郁相傳煉金液[一三]。

注釋

[一] 荊堂：爲徽州程氏堂名，本書文集卷十九有《跋荊堂銘卷》。戚畹：即戚里，帝王外戚聚居之地。此指邵太夫人乃帝王外戚，即詩中言『太母之胄本戚畹』。邵太夫人：徽州商人程鎖之妻，程問仁、程問學、程問策之母。據本書文集卷十六《程思玄太學誄》，邵氏爲孝惠皇太后從女侄，錢塘人，生程問仁（字元方）兄弟。居隆與程氏交誼頗深，《白榆集》初刻本爲程元方萬曆二十二年（一五九四）所刻。

[二]錢唐：指杭州。

[三]祖姑惠后：指孝惠皇太后。爲邵仁之女，憲宗皇帝朱見深之妃，興獻帝朱祐杬之母，嘉靖皇帝朱厚熜之祖母。

[四]神孫：指嘉靖皇帝朱厚熜。

[五]父玘：指邵太夫人之父邵玘，字以先，金華府蘭溪縣人。永樂四年(1406)進士，擢監察御史。歷官江西按察使、福建按察使、南京都察院左副都御史。

[六]程長君：指程鎖。

[七]葉嘉：喻清白之士，見蘇軾《葉嘉傳》。此喻程長君。

[八]鴟夷：即鴟夷子皮，春秋時范蠡之號。《史記·越王勾踐世家》：『范蠡浮海出齊，變姓名，自謂鴟夷子皮。耕於海畔，苦身戮力，父子治産。居無幾何，致産數千萬。齊人聞其賢，以爲相。范蠡喟然嘆曰：「居家則致千金，居官則至卿相，此布衣之極也。久受尊名，不祥。」乃歸相印。盡散其財，以分與知友鄉黨。』

[九]笠澤：太湖之古稱。

[一〇]三荆花：喻程氏兄弟，取同枝並茂之意。

[一一]西王：西王母之簡稱。

[一二]清都：神話傳説中天帝所居之處。《列子·周穆王》：『清都、紫微、鈞天、廣樂，帝之所居。』

[一三]羅郁：傳説爲九嶷山一得道仙女之名，號萼緑華。見南朝梁陶弘景《真誥·運象》，其且言『此女已九百歲矣』。

露觔祠[一]

六月炎熇，遵彼湖曲。日之夕矣，女也野宿。有蚊如雷利於鏃。天生萬物，蚊何爲乎？彼蚊其何知，乃嚼貞女膚。他人有帷帳，嫂入女也止。帷帳而生，不如野死。吁嗟乎，女筋可露，女行不可污！湖風蕭蕭古祠暮。

注釋

[一]露觔祠：即露筋祠（『觔』同『筋』），又稱露筋廟，在今江蘇高郵市。詳見本書詩集卷一《范生詩》注釋[一九]。

西泠歌贈陸君策[一]

西泠橋上月光滿[二]，斷虹垂天水痕淺。曲岸横塘秋瀨清，菱葉荷花莫風緩。疊嶂層巒四面來，丹霞碧洞忽中開。天寒大寺霜鐘急，野曠孤舟鐵篴哀。花塢春流銜竹户，往往人家湖上住。水仙龍女夜深出，雜珮金翹①踏沙去。雲間陸生神氣澄，青崖雙足扶蒼藤。蚤歲才華奪南國，經年蹤跡多西泠。聞道卿家峰泖秀，薜蘿無情挂虚牖。一自平橋借馬蹄，無數秋花生鵠首。竈吐茶煙濕水雲，風和琴響增山溜。問君終占第幾峰，我亦來巢鶴上松。即令漁父猶迷路，縱是樵人亦偶逢。

校勘

①翹：底本原作「翅」，據程元方本改。

注釋

[一]陸君策：陸萬言，字君策，號咸齋。松江府華亭人，萬曆四年（一五七六）舉人。工書畫。

[二]西泠橋：杭州西湖一橋名。又名「西陵橋」「西林橋」，在孤山西北。宋周密《武林舊事・湖山勝概》：「西陵橋，又名西林橋，又名西泠。」

容膝軒爲喻邦相賦[一]

美人爲政多徜徉，神情散朗遊混茫。湖上來乘青雀舫，山中故有白雲房。泠風蕭蕭生虚牖①，凉月毿毿滿石牀。憐君高才宦不達，十年作吏埋星霜。金華山中松子大[二]，西泠橋下荷花香[三]。萬里久淹仙署客，一官長治水雲鄉。却憶青山長蘿薜，蕭灑高齋可容膝。香爐茗椀宿有緣，松桂獼猴黯無色。在世常懷出世心，夢入煙霞尋不得。

校勘

① 蕭蕭：程元方本作『肅肅』。

注釋

［一］容膝軒：喻邦相之書齋名，詩中謂『蕭灑高齋可容膝』。喻邦相：喻均，字邦相，明新建縣（今江西南昌新建區）人。隆慶二年（一五六八）進士。初任工部主事，坐謫楚中，量移天台。後任蘭溪令、杭州府同知、松江知府、按察副使等職。著有《山居文稿》等。

［二］金華山：在今浙江省金華市區之北，爲龍門山脈支脈，自今浦江縣東南綿延至蘭溪市城東，長約五十餘公里。金華山爲道教名山，有赤松宫等勝跡。《明一統志》：『《越絶》曰：此山古聖採藥，高且神。黄初平初起於此，成仙。山之東有卧羊山，即初平叱石處。旁有小山，名煉丹山。山之西有尖峰山，孤石特秀，狀類芙蓉。』

［三］西泠橋：杭州西湖一橋名。見前篇注釋［二］。

讀蕭諫議使琉球録歌［一］

天王威德行荒服［二］，萬里遣使波臣國［三］。人生蹈海良獨難，行者惴惴填魚腹。一出都門成死别，反顧安得不躊躇？事不避難臣子情，公也掀髯慷慨行。十行雷電銜天詔，六傳風雲擁使旌。親朋走送哭衢路，道旁觀者如堵城。飄然乘舟泛溟渤，長帆插天雪色明。蛟龍抱珠海若卧［四］，金鰲不動水怪清。遠山數點抹青黛，萬里無波一鏡平。須臾惡風捲地起，濁浪洪濤急且駛。二儀簸蕩日月昏［五］，萬怪千靈吼海底。長年三老魂亦奪［六］，舟中之人慟不止。公也蝘蜓視神龍，冠服端坐蓬窗中。達生委命了不恐，澄心定氣澹若空。萬死間關達海岸，終成嘉禮宣皇風。君不見，韓嫣金丸行廣陌［七］，都尉新聲被恩澤［八］。子卿雪窖十九年［九］，持節歸來頭盡白。又不見，班生投筆何昂藏［一〇］，萬里遠使黄沙場。輕將性命飼豺虎，玉關人老悲星霜［一一］。蕭公磊砢亦如此［一二］，報國孤忠久自矢。艅艎遠涉鯨鯢鄉［一三］，當時一身榆葉耳。烈士古來多苦心，安能全軀保妻子！

注釋

［一］蕭諫議：指蕭崇業。字允修，號乾養，雲南臨安衛人。隆慶五年（一五七一）進士，選翰林院庶吉士，繼授兵科給事中，又歷户、工二科給事中。萬曆四年（一五七六）奉使往封琉球國世子尚永爲中山王，是年六月渡海抵其國，十月還閩，著《使琉球録》，記其行事儀節及琉球山川風俗。後歷太常寺少卿、南右僉都御史等職。琉球：琉球王國，疆域即今琉球群島。明朝册封琉球島統治者爲琉球王。

［二］天王：此稱天子、皇上。

［三］波臣國：指琉球國。

［四］海若：傳説中之海神。

［五］二儀：指天、地。

［六］長年：船工。宋人戴埴《鼠璞・篙師》：『海壖呼篙師爲長年……蓋推一船之最尊者言之。』三老：柁工。杜甫《撥悶》詩：『長年三老遥憐汝，捩舵開頭捷有神。』仇兆鰲注：『蔡注：「峽中以篙師爲長年，舵工爲三老。」邵注：「三老，捩船者；長年，開頭者。」』

［七］韓嫣：西漢人，字王孫，韓王信之曾孫。善佞，漢武帝爲膠東王時，嫣與學書相愛，武帝以爲親信。嫣擅騎射，常以金爲丸。漢劉歆撰、晉葛洪輯《西京雜記》卷四：『韓嫣好彈，常以金爲丸，所失者日有十餘。長安爲之語曰：「苦饑寒，逐金丸。」京師兒童每聞嫣出彈，輒隨之，望丸之所落，輒拾焉。』

［八］都尉：指西漢樂工、漢武帝李夫人之兄李延年。李延年善歌，善作新變聲。得武帝寵幸，爲協律都尉。《史記・佞幸列傳》載其『與上卧起，甚貴幸，埒如韓嫣』。

［九］子卿：指西漢蘇武。武字子卿，武帝天漢元年（前一〇〇）以中郎將身份出使匈奴，因事被扣。蘇武不懼威脅，拒絶利誘，堅貞不屈，滯留匈奴達十九年。其間有被幽置大窖而齧雪咽旃、北海牧羝而掘野鼠去草實充饑等經歷，艱苦卓絶。昭帝始元六年（前八一）獲釋，持節回朝，鬚髮盡白。拜爲典屬國。見《漢書・李廣蘇建列傳》。

［一〇］班生：東漢班超。超投筆從戎，《後漢書・班超傳》：『（超）家貧，常爲官傭書以供養。久勞苦，嘗輟業投筆歎曰：「大丈夫無它志略，猶當效傅介子、張騫立功異域，以取封侯，安能久事筆研間乎？」』後立功西域，封定遠侯。

［一一］玉關：玉門關。班超在西域計三十一年，功勳卓著。晚年老病衰困，上疏乞歸，有言：『臣不敢望到酒泉郡，但願生入玉門關！』見《後漢書・班超傳》。

［一二］蕭公：指蕭崇業。

［一三］鯨鯢鄉：喻琉球國海域。

送趙兼父侍御請告還金華[一]

石梁仙人桃花色[二]，酷好煙霞已成癖。朝種河陽縣裏花[三]，暮栽御史庭中栢[四]。乍可宮雲下珮環，無端山月紫蘿薜。飄然便出春明門[五]，言借青谿煮白石。誰道金華牧羊兒[六]，却是長安驄馬客[七]。長松倒挂絶壁陰，洞門雙開張玉琴。石牀蒼苔積來厚，天寒黄葉飛滿林。山人一别六七載，鳥啼猿嘯總關心。尋僧不憚雪霜冷，采芝豈知雲霧深。君今暫得歸洞府，野風蕭蕭聞猛虎。差疆馬上聽朝雞，長樂鐘殘月華吐[八]。此行未許卧丹丘[九]，還與君王行繡斧。他年相約訪赤松[一〇]，結廬欲選最高峰。胡麻沆瀣時時有，白鹿青羊處處逢。

注釋

[一]趙兼父：趙崇善，字伯兼，號石梁，浙江蘭溪人。萬曆五年（一五七七）進士，官山東道監察御史、太常寺少卿。常與徐用檢、徐天民、葉良相等講學於邑東天真山庵。萬曆三十二年（一六〇四）卒。著有《證語》。焦竑《澹園續集》有《太常寺少卿石梁趙公墓誌銘》。屠隆《由拳集》卷二有《酬趙兼父》。金華：趙崇善家鄉蘭溪縣（今蘭溪市），明屬金華府。金華府以金華山得名。山在今金華市區之北，爲龍門山支脈，自今浦江縣東南綿延至蘭溪市城東，長略五十餘公里，面積五百餘平方公里。

[二]石梁仙人：此稱趙崇善，趙號石梁。

[三]河陽縣：古縣名，在今河南省孟州市西。晉人潘岳爲河陽令時，遍樹桃李，《白氏六帖》卷七十七《縣令·河陽花》：「潘岳爲河陽令，樹桃李花，人號曰：『河陽一縣花。』」或因趙崇善曾爲縣官（未詳），故有此句。

[四]御史庭中柏：漢代御史府中列植柏樹，《漢書·朱博傳》：「（御史）府中列柏樹，常有野烏數千棲宿其上，晨去暮來，號曰『朝夕烏』。」後世以柏臺、柏署等稱御史官署。因趙崇善爲御史，故有此句。

[五]春明門：唐代都城長安之東正門，稱春明門。後世因以指代京都。

[六]金華牧羊兒：原指晉人黄初平，後世借稱世外之人。據晉人葛洪《神仙傳·黄初平》載，初平放羊金華山中，遇道士，隨其修道成仙。唐李白《古風》：「金華牧羊兒，乃是紫煙客。」

[七]長安：指京都。驄馬客：又稱驄馬使，指御史。《後漢書·桓典傳》：「（典）辟司徒袁隗府，舉高第，拜侍御史。是時宦官秉權，典

執政無所回避。常乘驄馬，京師畏憚，爲之語曰：「行行且止，避驄馬御史。」』唐代張南史《送李侍御入茅山采藥》詩：『聊聽驄馬使，卻就紫陽仙。』唐代李嘉祐《早秋京口旅泊章侍御寄書相問因以贈之時七夕》詩：『祗有同時驄馬客，偏宜尺牘問窮愁。』

［八］長樂：漢長樂宮，漢初皇帝在此視朝。借指朝廷宮殿。

［九］丹丘：神話傳説中仙人所居之地。《楚辭·遠遊》：『仍羽人於丹丘兮，留不死之舊鄉。』

［一〇］赤松：赤松子。據晉人葛洪《神仙傳·黄初平》載，黄初平得道後改字爲赤松子。

邵伯湖［一］

大湖茫茫十萬頃，日夜乾坤浸溟涬。天風下來洪波起，觸石排空一何猛。百靈奔迫雷雨聲，六合摇動山河影。赤縣神州莽不見［二］，慘澹孤懸白日冷。造化元氣不壅閼，何得乃爾勢飄忽？不獨惡風能作濤，簸弄亦恐馮神物。即看鳧鴈愁砰訇，獨有魚龍愛空闊。劈天千尺帆檣過，亂峰一抹煙霧多。漢女遭之亦解珮［三］，洛神那敢嬌凌波［四］。咫尺東南恐浮去，突兀孤城將奈何。風濤快哉足容與，人生險絶亦應睹。老龍吹笛鼉擊鼓，琴高大嘯馮夷舞［五］。一杯一曲送斜陽，雙槳雙帆進前浦。長天隱約見揚州，海上紅霞月光吐。

注釋

［一］邵伯湖：又名棠湖，在今江蘇省揚州市江都區邵伯鎮，接高郵市界。清張文端《運河圖説》：『謝安鎮廣陵，見步丘地勢西高東下，每春夏湖水漲，東浸民田，而西又苦旱。安爲築埭以界之，高下兩利，名邵伯埭。』後人追思謝安治水之德，將其比作周代輔佐成王之召伯（古『召』與今『邵』同字），故埭、鎮、湖皆稱邵伯。

［二］赤縣神州：指『中國』。戰國時齊人騶（鄒）衍創立『大九州』學説，《史記·孟子荀卿列傳》載其觀點：『中國名曰赤縣神州。赤縣神州内自有九州，禹之序九州是也，不得爲州數。中國外如赤縣神州者九，乃所謂九州也。於是有裨海環之，人民禽獸莫能相通者，如一區中者，乃爲一州。如此者九，乃有大瀛海環其外，天地之際焉。』後以赤縣神州借指中原或中國。

［三］漢女：指漢皋二女。張衡《南都賦》：『耕父揚光於清泠之淵，遊女弄珠於漢皋之曲。』《文選》李善注引《韓詩外傳》：『鄭交甫將南適楚，遵彼漢皋臺下，乃遇二女，佩兩珠，大如荆雞之卵。』《後漢書·馬融傳》：『湘靈下，漢女遊。』李賢注：『漢女，漢水之神女。』

[四] 洛神：洛水之神。三國魏曹植《洛神賦》：『凌波微步，羅襪生塵。』

[五] 琴高：古仙人。漢劉向《列仙傳·琴高》：『周末趙人，能鼓琴，爲宋康王舍人，浮遊冀州涿郡間。後與諸弟子期，入涿水取龍子，某日當返。至期，弟子候於水旁，琴高果乘鯉而出。留一月，復入水去。』馮夷：即河伯，《莊子·大宗師》：『馮夷得之，以遊大川。』成玄英疏：『姓馮名夷，弘農華陰潼鄉堤首里人也。服八石，得水仙。大川，黄河也。天帝錫馮夷爲河伯，故游處盟津大川之中也。』

寄瞿生甲[一]

瞿生十三誦古文，抱書北走叩九閽[二]。歷抵王侯無所言，但言有父離煩冤。少年早已破萬卷，西京大曆相吐吞[三]。向客慷忼一何烈，試以文章風雨奔。語罷青天白日淡，對之四座驚心魂。予也一見呼小友，斗間夜氣雙龍吼。長才健筆高摩空，短袖單衫不掩肘。諸君聞之徒歎息，竝馬來過窮巷窄。眼看瞿生落彩毫，一一盡作青霞色。聲名頃刻滿燕都[四]，但願生兒如此雛。此雛生來丹穴鳳，有父況是南海珠。積毀煩冤近已雪，歸去荆門弄煙月。涕淚還含千古情，風塵已是三年別。洞庭魚龍黯欲收，吟殘帝子蒼梧秋。神劍飄零有時合，且題尺牘慰離愁。

注釋

[一] 瞿生甲：瞿甲，字孟堅。明湖廣黄梅（今湖北黄梅縣）人，瞿九思長子。瞿九思，字睿夫，號慕川，湖北黄梅人。萬曆元年（一五七三）舉人，以授徒講學爲業。蒙冤流放，長子瞿甲年十三，作書數千言，遍投公卿，爲父訟冤。《明史》卷二八八《瞿九思傳》：『縣令張維翰違制苛派，民聚毆之。維翰坐九思倡亂。巡按御史向程劾維翰激變。吏部尚書張瀚言御史議非是，九思遂長流塞下。子甲，年十三，爲書數千言，歷抵公卿，訟父冤。甲弟罕，亦伏闕上書求宥。屠隆作《訟瞿生書》，遍告中外，馮夢禎亦白於楚中當事，而張居正故才九思，乃獲釋歸。』瞿甲能詩文，十九歲中舉，惜早卒。屠隆與瞿氏父子之交往，可參見《由拳集》卷五《感懷詩五十五首·瞿孝廉睿夫》、卷六《贈瞿九思》《瞿童子詩》、卷九《贈瞿睿夫還楚》、卷十一《寄瞿生甲》、卷十六《與瞿睿夫》，《白榆集》詩集卷四《聞瞿孟堅墮車傷足不赴公車而還使人物色之不得其的耗爲之愴然有作》、卷五《寄瞿睿夫二首》、卷六《淮南道中懷瞿孟堅》《懷故人瞿睿夫聞其令子得雋楚中兼爲識喜》、卷八《聞瞿孟堅擢桂楚中喜賦四首》，《白榆集》文集卷七《與瞿睿夫》、卷八《爲瞿睿夫訟冤書》、卷十二《與瞿文學睿夫》等。

[二] 九閽：九天之門。喻朝廷。

［三］西京：西漢長安，此借指西漢鴻文。與其對舉之『大曆』，則指唐代大曆諸子律詩。

［四］燕都：又稱燕京，北京之別稱。因其地曾爲燕國國都而得名。

泖上澄照寺作［一］有序

泖上澄照寺逢鏡上人［二］，談禪至夜半。忽聞門外蕩槳聲，問之，則故人施可嘉、莫廷韓、徐長孺、楊爾傅見尋［三］。爲之清言達曙矣。作此留山中。

煙濤茫茫最深處，却有山僧水中住。寺門亂石不通橋，落日殘鐘在枯樹。作吏余懷出世心，偶逢慧遠話東林［四］。沙明月上天初霽，經罷香銷夜欲沉。眠鷗忽起大波響，門外何人蕩雙槳？乃是故人抱素琴，夜半來尋煙水深。山僧煮茶佐名理，雞鳴水中天已曙。可惜都無沽酒處，爲愛煙雲不能去。

注釋

［一］泖上：即泖湖上。泖湖有上、中、下三泖。宋何薳《春渚紀聞・泖茆字异》：『今觀所謂三泖，皆漫水巨浸。春夏則荷蒲演迤，水風生涼；秋冬則葭葦藂藹，魚嶼相望，初無江湖凄凛之色。所謂冬暖夏涼者，正盡其美。』又參見程涓《白榆集序》注釋［四］。澄照寺：《（乾隆）江南通志》卷四十五《輿地志・寺觀三・松江府》：『澄照禪院，在泖中。唐乾符間老僧如海作井亭，施湯茗，建塔五層，標燈，爲往來之望。明嘉靖間，僧智明建大雄殿。其徒自正於隆慶六年築石隄以爲外護，建寶藏閣以奉大藏經。陸樹聲與弟樹德置常住田，太倉王世貞爲之記。……萬曆元年復建青浦，泖以西俱屬焉。』澄照寺又稱長水寺、福田禪院。屠隆有《長水塔院記》，見本書文集卷五。

［二］鏡上人：未詳。

［三］施可嘉：未詳。莫廷韓：莫是龍，字雲卿，更字廷韓，號秋水，又號後明、玉關山人、虛舟子等。明南直隸松江府華亭（今上海松江）人。不喜科舉業而攻古文辭及書法、繪畫，以貢生終。爲文學家、書畫家、藏書家。著有《畫説》《石秀齋集》《廷韓遺稿》。《明史》卷二百八十八《董其昌傳》後附有莫是龍小傳。徐長孺：徐益孫，字長孺，又字孟孺，華亭人。國子監生。『弇州四十子』之一。清陳田《明詩紀事》庚籤卷三十上，録其詩一首，陳氏案語云：『孟孺名列「弇州四十子」。余從屠長卿《由拳集》見孟孺文，有六朝人風致。……孟孺非惟擅文藻，且有至行。母卒，結廬墓側，作文誓墓，不復應舉。』屠隆於青浦任上與其相識，結爲好友。楊爾傅：未詳。

［四］慧遠：東晉高僧慧遠法師。參見卷一《送曾于健侍御左遷還吉水》注釋［四］。東林：廬山東林寺，慧遠法師創建。屠隆此句以慧

遠喻鏡上人。

李之文落第詩以慰之[一]

我家賢甥酷似舅，年少風流迥絶塵。詩情酒德太不淺，狂來便擲頭上巾。六尺侏儒髮復短，居然上帝之弄臣。去年上書不得意，今年雄文復見棄。不見汝舅坎廪時，鷫鷞無光古花碎。丈夫得失多偶然，時來拂袖行青天。時苟不來爾將奈？詩酒可以銷華年。胡姬壚頭足簫管[二]，夜闌燈長歌復緩。曲房朱絲亦快人，只是能令鬢髮短。不如學道守清真，焚香讀書見古人。抱才如子真堪貴，家有名田况不貧。

注釋

[一]李之文：李先嘉，字之文，爲屠隆外甥。鄞縣人。諸生，善詩文，工書法。《甬上耆舊詩》稱其爲山人，後以子貴封御史。著有《秋水亭集》《青蓮館逸稿》。傳見《(康熙)鄞縣志》卷十七《名賢傳》。

[二]胡姬：指當壚賣酒之女子。漢辛延年《羽林郎》：『昔有霍家奴，姓馮名子都。依倚將軍勢，調笑酒家胡。胡姬年十五，春日獨當壚。』唐李白《少年行》：『落花踏盡遊何處，笑入胡姬酒肆中。』

贈伯英諸孫[一]

公卿昔事先皇帝，弘正之間説襄惠[二]。一爲御史坐烏臺，數轉尚書開甲第。長鬚玉貌儼天人，步出朝班羨至尊。博大温然號長者，天下饑寒盡在門。待臣舉火詎三百，或稱假子乞恩澤。人以告公公不嗔，呼來賞酒賜顔色。看汝狀貌知可兒，我爲爾翁即亦得。天才藻逸奔巨波，興酣對客揮長歌。終身不識攢眉事，衮衣玉帶嘗婆娑。盛德高門本天道，今來孫子何其多。諸孫伯英更璚玖，作詩工文兼善酒。二十人稱混沌翁，百年一醉無何有。我昔閑垂東海綸，伯英相隨情最厚。自從作吏五湖旁[三]，却馳春夢三江口[四]。君來視我平原村，大笑入門冬月温。半壁殘燈濕寒雨，繞林黄葉照青尊。叩以新詩殊可誦，不忝風流太宰孫。君不見，古來大臣傷刻薄，身後子孫何寂寞。

注釋

［一］伯英：屠隆侄孫，具體不詳。諸孫：本家孫輩。

［二］襄惠：襄惠公屠滽。滽字朝宗，號丹山，明成化二年（一四六六）進士。歷任監察御史、右僉都御史、右都御史、左都御史。官至吏部尚書，進太子太傅。卒謚襄惠。著有《丹山集》。

［三］五湖：此指太湖。《國語·越語下》：『果興師而伐吴，戰於五湖。』韋昭注：『五湖，今太湖。』屠隆爲青浦令，處太湖出水之下游，故稱『作吏五湖旁』。

［四］三江口：姚江、奉化江在寧波城東門外合流爲甬江，此處人稱『三江口』。屠隆舊業位於三江口旁之桃花渡附近。

唁和叔［一］

嗟！和叔，爾勿呼天踏地向人哭。且縱飲我牀頭之濁醪，聽我清言叩哀玉。樂生今死灰［二］，燕王唤不回。蝦蟆盤跚是龍驤，寶刀磨滅生青苔。世上兒童若解事，古來不説荆人哀。君家朱門高碧瓦，一朝歌鐘寂如啞。門前楊柳空插天，坐使他人來繫馬。天生爾才良有因，豈使王孫終賤貧。百年藜藿堪充口，七尺芙蓉不避人。磊落胸中罩今古，俛首寧愁無阿堵。君不見，洞庭雙鬟牧雨工［三］，蛾眉慘淡泣龍女。神物失意亦如此，男兒有懷那得吐？留取兩行青血痕，灑向鮑叔千秋墓前土［四］。

注釋

［一］和叔：屠本中，字紹華，一字和叔，號舜宇。屠滽重孫，屠隆族孫，屠大貞次子。諸生。

［二］樂生：指戰國時著名軍事家樂毅。被燕昭王拜爲上將軍，立有大功。

［三］洞庭雙鬟：指洞庭龍女。龍女被父母做主嫁與涇川龍王之次子，婚姻不幸。唐人李朝威《柳毅傳》：『（柳毅）見有婦人，牧羊於道畔。毅怪視之，乃殊色也。……（婦）泣而對曰：「賤妾不幸……」。妾，洞庭龍君小女也。父母配嫁涇川次子，而夫婿樂逸，爲婢僕所惑，日以

厭薄。既而將訴於舅姑，舅姑愛其子，不能禦。迨訴頻切，又得罪舅姑。舅姑毀黜以至此。」言訖，歔欷流涕，悲不自勝。』雨工：雨師，行雨之神。《柳毅傳》：『（柳毅）問曰：「吾不知子之牧羊，何所用哉？神祇豈宰殺乎？」女曰：「非羊也，雨工也。」「何爲雨工？」曰：「雷霆之類也。」毅顧視之，則皆矯顧怒步，飲齕甚異。而大小毛角，則無別羊焉。』

［四］鮑叔：鮑叔牙，春秋時齊國大夫。重義，知人善用，早年與貧困之管仲相交，後推薦管仲爲相，輔佐齊桓公成就霸業。

元夕集王使君宅觀燈［一］

郡城元夕天雨雪，萬户笙歌鬱不發。陽春只在王公家，複閣重簷何巀嵲。高燒火樹亂疎星，滿院華燈代明月。交情三歲直忘年，此夕登君玳瑁筵。雨雪故應欺客髩，蟾蜍知是爲君圓。菡萏臨池水光瀉，縱有春風吹不謝。使君況是掞天才，儘多佳句酬良夜。落筆頃刻百韻成，一一盡作金石聲。昔聞瀟洒朱司業［二］，甲第花燈與天接。司業去後蠟炬殘，園裏寒霜照黄葉。人生如此不用哀，與君一日觀燈當一迴。

注釋

［一］王使君：未詳。

［二］朱司業：指朱大韶。韶字象元（一作象玄），明松江府華亭人，藏書家。嘉靖二十六年（一五四七）進士，官選庶常，授檢討，南國子監司業。未幾解職還家。建墅『文園』，別建橫經閣、快閣等，藏圖書、彝鼎、名畫等。常有高朋滿座，鑒賞書畫，談論詩文。著有《經術堂集》等。

贈文長諸孫［一］

當時笑拍洪厓肩［二］，我髮垂垂君少年。芳草平沙江上鴈，桃花落日渡頭船［三］。自從先生逐五斗，老去門前數株柳。君到高齋春燭紅［四］，共説西風別來久。鬢邊白雪漸欺人，江上青山無恙不？看君談笑似當時，往往能工大曆詩。聞道江花爛如錦，相期歸作平原飲。興至休停琥珀杯，醉來便拂珊瑚枕。

注釋

［一］文長：屠隆侄孫。餘未詳。

［二］洪厓：傳説中黄帝近臣伶倫之仙號，亦作『洪涯』。漢人蔡邕《郭有道林宗碑》：『將蹈洪崖之遐跡，紹巢許之絶軌。』晋人郭璞《遊仙詩》：『左挹浮丘袖，右拍洪崖肩。』

［三］桃花：指桃花渡。屠隆舊業位於寧波城三江口旁之桃花渡附近。

［四］高齋：高雅之書齋。此指屠隆爲縣令時縣衙内燕居、讀書之處，即下首詩中所稱之『衙齋』。

贈李之芳［一］

人言似舅即賢甥，萬葉王孫世雙美。往往海内傳之久，風韻如今説小李。度曲吹笙妙入神，却疑子晋是前身［二］。亦有嘉言霏玉雪，春山朗映空潭月。木蘭雙槳報君來，却遇衙齋花正開。微辭調笑儘瀟洒，袖出瑶華日盈把。懶聽河陽縣裏鶯［三］，春風欲試垂楊馬。我亦將行君暫留，與君爛醉櫻桃下。

注釋

［一］李之芳：屠隆之甥，應是李先嘉（字之文）之兄。《由拳集》卷十二《壽李翁六十序》：『李翁三丈夫子。中子之文彬彬雅儒生，而孟、季則豪舉有父風。三子者，其氣局不同，皆賢子也。』之芳、之文、之華三兄弟，《由拳集》卷十五《寄李之文》：『聞之芳已棄去學士業，操舟從范蠡計。……之華上舍已入京不？入京可過我潁上。』

［二］子晋：王喬，字子晋。神話傳説中人物，傳爲周靈王太子。見卷一《逍遥子賦》注釋［三六］。

［三］河陽縣：古縣名，在今河南省孟州市西。晋人潘岳爲河陽令時，遍樹桃李。屠隆此處以河陽縣比自己爲令之青浦縣。

贈崑崙山人遊天台訪顧益卿使君［一］

嗟哉崑崙生，布衣輕王侯。胸中有五嶽［二］，筆底無千秋。世上浮名不挂齒，馬蹄半踏空山裏。醉來白眼傲青天，颯颯松風入雙耳。只今作者紛如雲，英雄立名多未真。讀君之詩見標格，泠泠水石清無塵。王屋襄陽①賴吐氣[三]，令予未敢輕山人。往來蹤跡遍吴越，更言欲問桃源津[四]。但使昂藏雙足快，寧辭落拓一身貧。顧侯胡公俱倜儻[五]，生平大義白日朗。一葬死友吴門下[六]，却尋知己天台上。天台石梁海面垂[七]，海風日日來相吹。千樹萬樹絳桃發，洞裏仙人愛賦詩[八]。遥想胡麻初飯罷，狂歌浩蕩把青芝。

校勘

①陽：底本模糊不清，據程元方本補。

注釋

[一] 崑崙山人：王叔承，明代旅行家。蘇州府吴江人。初名光胤（又更名靈岳），字叔承，以字行。後又更字承父、子幻。號崑崙山人，王世貞《弇州山人續稿》卷七十四《崑崙山人傳》稱：叔承『嘗慕崑崙山在西大荒，稱天柱，因自號崑崙山人』。王叔承家貧，早年即棄舉子業。好遊，足跡遍及吴越閩楚齊魯燕趙塞上等地。與王錫爵爲布衣之交。其詩歌爲王世貞兄弟所稱。有《吴越遊編》《楚遊編》《嶽遊編》諸集。傳附《明史》卷二八八《文苑·王穉登傳》後。《（乾隆）震澤縣志》卷十九《人物》亦有傳。天台：天台山，在今浙江省天台縣。顧益卿：顧養謙，字益卿，號冲庵，南直隸通州（今江蘇南通城區）人。嘉靖四十四年（一五六五）進士，歷任工部主事、郎中、福建按察僉事、廣東參議、副使。坐事調爲雲南僉事，撫服順寧土官，進浙江右參議。改薊州鎮兵備，再進爲右僉都御史，巡撫遼東。以戰功陞右副都御史，歷南京户部右侍郎，總理糧儲。改兵部左侍郎。又奉命爲薊遼總督兼經略朝鮮軍務。後爲右都御史兼工部右侍郎，總理河道。終協理京營戎政、右都御史兼兵部左侍郎。顧養謙爲人倜儻豪邁，以才武稱於薊遼。有《冲庵撫遼奏議》《督撫奏議》等。事蹟見《明史稿》卷二一二。屠隆作此詩時，顧養謙任浙江右參議。

[二] 五嶽：古人對五大名山之總稱，但各書所指略有不同，大致是東嶽泰山、南嶽衡山、西嶽華山、北嶽恒山、中嶽嵩山。屠隆此處用以泛稱名山。

[三] 王屋：王屋山。在今山西省陽城、垣曲兩縣間，相傳黄帝曾訪道此山。襄陽：位於今湖北省西北部，漢江中游平原腹地，因地處襄水之陽而得名。襄陽有諸葛亮躬耕隱居之古隆中，有漢末名士龐德公及唐代詩人孟浩然、皮日休隱居之鹿門山等。屠隆此處用王屋、襄陽，亦是以之泛稱靈秀山川。

[四] 桃源津：桃源之津渡。既典出陶淵明《桃花源記》，又切合天台山之傳説。相傳山中有桃源溪、桃源洞（劉阮洞），漢人劉晨阮肇入

山採藥，循溪遇仙。宋人高似孫《剡録》卷三《仙道》據歷代傳説記載：『劉晨、阮肇，剡縣人。漢明帝永平十五年採藥於天台山，望山頭有一桃樹，取食之，又流水中有胡麻飯屑，二人相謂曰：「去人不遠。」因過水，深四尺許，行一里，又度一山，出大溪，見二女，顔容絶妙，便喚劉阮姓名，問「郎來何晚也？」館服精華，東西帷幔寶絡，左右盡青衣，下胡麻飯、山羊脯，設甘酒，歌調作樂，日暮止宿。住半年，天氣和適，常如二三月。鳥鳴悲慘，求歸甚切。女喚諸仙女歌吹送還鄉。鄉中怪異，驗得七代子孫，傳聞祖翁入山，不知何在。太康八年，失二公所在。』

［五］顧侯胡公：指顧養謙與胡涍。胡涍，字原荆，號蓮渠，無錫人。嘉靖四十四年（一五六五）進士，先後知永豐縣、安福縣，陞任廣西道監察御史。直言敢諫，終因進言不慎，被貶爲民。著有《采真堂集》等。《白榆集》文集卷十八有《明故御史蓮渠胡公墓誌銘》。

［六］死友：指胡涍，萬曆七年（一五七九）卒。吴門：此處指無錫。本書文集卷十八《明故御史蓮渠胡公墓誌銘》有『葬君蠡湖之桃花塢』句。

［七］天台石梁：天台山上一處天然石橋，其一側爲懸崖，橋下溪水流出即跌成瀑布，稱石梁飛瀑，爲著名景觀。

［八］洞裏仙人：喻王叔承遊天台入桃源爲神仙。

贈方衆父［一］

青溪之水青如苔［二］，杏花落盡辛夷開。堂上正逢春酒熟，門前忽報故人來。美酒既十千，故人亦三五。鐘沉碧海天半昏，城映紅霞月初吐［三］。鵶啼吏散燭影中，高齋坐來河漢空［四］。手驅白雲到蘭槳，便令滿座生春風。諸君總是煙霞骨，方生名理復不乏。他年相約華陽顛［五］，洞口松蘿儘堪結。既尋雙樹乞真言，並向五龍傳睡法。而今且自混風塵，此物終屬英雄人。

注釋

［一］方衆父：方應選，字衆甫，亦作衆父，别號明齋，華亭（今屬上海）人。萬曆十一年（一五八三）進士。官知汝州，至盧龍兵備副使。有《方衆甫集》十四卷。屠隆任青浦令時與之相識，《由拳集》卷五《感懷詩五十五首》有《方孝廉衆父》。

［二］青溪：青浦之别稱。《由拳集》卷十二《青溪集敘》：『青溪者何？青浦也。』

［三］城：此指青浦縣城。

［四］高齋：此指青浦衙齋。

［五］華陽巔：華陽即華陽洞天，在江蘇茅山，道教所稱『十大洞天』之『金壇華陽洞天』。

贈陳道醇［一］

陳生侏儒不足數，骨相么麽氣食虎。前身上帝之弄臣［二］，香案前頭歌且舞。群真粲然啟玉齒［三］，天門散花笑諸女［四］。偶騎黃鵠離瑶京［五］，下來人喚東方生［六］。看君聰明真絕世，談仙説佛往往精。近與異人傳要眇，乘風同試蘇門嘯［七］。雲暝松陰猨獨栖，月白天空鶴雙叫。嗟予作吏營丹砂，與君有分卧青霞。何處英雄是退步，相逢不用問桃花。

注釋

［一］陳道醇：陳繼儒，字仲醇，一字道醇。華亭（今上海松江）人。幼穎異，初爲儒生，尋焚棄儒冠，絕意仕途，隱居昆山，後居東佘山，專心著述。工詩善文，擅書法、繪畫，與董其昌齊名。著述頗富，有《眉公全集》《晚香堂小品》等。

［二］上帝：天帝。

［三］群真：群仙。

［四］諸女：指天女。化用『散花天女』之典。

［五］瑶京：即玉京，天帝所居之處。

［六］東方生：漢代東方朔。班固《漢書·東方朔傳》載其性格詼諧，言詞敏捷，滑稽多智，常在武帝前談笑取樂。屠隆《由拳集》卷二有《十賢贊·東方朔》：『東方多端，機穎絕倫。天子俳優，上帝弄臣。濯衣紫海，食桃崑崙。偶踏宮庭，金馬隱淪。戲恐侏儒，數折舍人。公卿爾汝，萬乘常嗔。跡類挑撻，心棲道真。悠悠當世，孰知其神？』

［七］蘇門：指蘇門山。位於今河南省輝縣市，係太行山支脈。魏晉人孫登善長嘯，隱居蘇門山。《晉書·阮籍傳》：『籍嘗於蘇門山遇孫登，與商略終古及棲神導氣之術。登皆不應，籍因長嘯而退。至半嶺，聞有聲若鸞鳳之音，響乎巖谷，乃登之嘯也。』山有嘯臺遺跡。

贈張長輿[一]

吴王霸氣開東吴[二]，山川北走雄太湖。茫茫三萬六千頃，洪濤硤擊青天孤。黄浦入海連蓬壺[三]，人文往往秀菰蘆。雙龍死去海水枯[四]，陽侯①夜出沙鳥呼[五]。元氣翕蕩野草蘇，後來精靈無代無。即今復見張長輿，才名東髮天壤俱，五嶽四瀆盡向毫端趨[六]。我昔漁釣東海隅[七]，讀君之詩美且都，思君望君不異紅珊瑚。一見把臂同踟躕，酒酣睥睨空萬夫。振衣大嘯心神麤，天風況復來相扶，雄豪千載歸吾徒。君不見吴王劍石白日徂[八]，至今古血青模糊。

校勘

① 陽侯：原作『楊侯』，據意改。

注釋

[一] 張長輿：張所敬，字長輿，上海龍華人。張所望之兄。諸生，有文聲，號黄鶴旌高士，明鄉飲賓。著有《峰泖先賢志》《酒志》《騷苑補》《秉燭叢談》《雪航漫稿》《潛玉齋稿》《春雪篇》《解技篇》等，輯《明詩藻》，並撰《西牌樓張氏世譜》。屠隆《由拳集》卷五《感懷詩五十五首》中有《張文學長輿》，何三畏《雲間志略》卷廿一有《張文學長輿先生傳》。

[二] 吴王：由詩末『吴王劍石』語，此『吴王』指闔閭。吴國王位傳至闔閭時，以伍員爲相，孫武爲將軍，國力强盛，曾大破楚國，稱霸一時。

[三] 黄浦：黄浦江。太湖水經松江（吴淞江）東流，至上海合黄浦江入海。蓬壺：即蓬萊仙山。晉人王嘉《拾遺記·高辛》：『三壺則海中三山也。一曰方壺，則方丈也；二曰蓬壺，則蓬萊也；三曰瀛壺，則瀛洲也。形如壺器。』

[四] 雙龍：喻晉人陸機、陸雲兩兄弟。《晉書·陸雲傳》：『矯翮南辭，翻棲火樹；飛鱗北逝，卒委湯池。遂使穴碎雙龍，巢傾兩鳳。』屠隆『雙龍』句，化用民間關於蘇軾父子兄弟之傳説。民間謂英傑之人物爲一方山川所鍾，山川靈秀之氣彙聚於人，則草木爲之枯，若干年後才復蘇。宋張端義《貴耳集》：『蜀有彭老山，東坡生則童，東坡死復青。』宋人謝維新《古今合璧事類備要》後集卷十『眉山生三蘇』條：『蘇洵生

軾、轍，以文章名世，故時人謠曰：「眉山生三蘇，草木盡皆枯。」元人吴澄《吴文正集》卷九十八《題東坡古木圖》：『當年眉山孕三蘇，曾聞眉山草木枯。』機、雲爲吴人，近海，故屠隆謂『雙龍死去海水枯』。

〔五〕陽侯：古代傳説中之波濤神。

〔六〕五嶽：古人對五大名山之總稱，此泛指名山。四瀆：古人對長江、黄河、淮河、濟水之合稱，此泛指江河。

〔七〕東海隅：此指寧波，屠隆故鄉。

〔八〕吴王劍石：蘇州虎丘有試劍石，傳説爲闔閭得干將所獻寶劍後，揮劍劈石，石斷爲二。宋人周弼《吴王試劍石》：『吴王鑄劍成，自謂古難比。試之高山巔，石裂斷横理。』屠隆《由拳集》卷七《贈王百穀》詩有『秋冷吴王試劍石』句，又卷十一《雜詩二十首》中有《吴王試劍石》詩。白日徂，唐李白《古風》：『榮華東流水，萬事皆波瀾。白日掩徂暉，浮雲無定端。』王琦注：『徂暉，落日之光也。』

王佘峰爲其友人嵓泉居士索詩輒爲賦之〔一〕

王君自是煙霞客，風骨稜稜雙眼碧。修真半百棄諸生，青蘿掩門拒大石。閑房坐卧虎亦守，深山采芝人不識。更言道友老①巖泉，林扉結伴經多年。手持緗素道名字，向余乞取瑶華篇。余乃風塵人，勉作煙霞語。古洞靈源出神瀵，深松倒挂多仙鼠。王君勝氣亦勝情，廿年自愛空山行。獨放此人叩林屋，王君策杖長相迎。更無鄰舍分煙火，只有林猨聞嘯聲。

校勘

①老：程元方本作『者』。

注釋

〔一〕王佘峰：王成孚，字佘峰，青浦人。本書文集卷五《發青谿記》：『時道者王佘峰來送。佘峰名成孚，故諸生。五十棄青衿學道，脇不貼席者五年，光景殊勝，蓋結丹矣。與余爲方外交，余爲卜一庵佘山之麓，得一意静養，庶幾其道之大成。然其爲人，修眉碧眼，望而知其非凡品也。』嵓泉居士：未詳。

山中吟

我家海上之青山[一]，山頭白雲時往還。藤梢①細月行花裏，水濺空巖洒竹間。仙源有路春長入，石屋無門夜不關。踏花只共野人語，蕩槳真如沙鳥閑。自從奔走江南道，馬蹄半入紅塵老。生平耳目非我有，俯仰眉嫵向人好。歲月其如石火何，却逐浮名喪至寶。昨夢丘中人，題書寄深省。既報青山空，復言白雲冷。山空雲冷胡不歸，荒猨叫破秋天暝。四明回合無風塵[二]，八窗高敞開星辰。洞簫泠泠響空碧，凌風一喚樊夫人[三]。樊夫人，偕雲華[四]，不知何年栖紫霞，十洲三島俱爲家[五]。粲然忽啟玉齒笑，笑我不歸寂寞羞桃花。桃花爛熳紅映天，垂楊婀娜春風前。野麋亂飲幽澗水，仙鼠倒挂洞門煙。偶因騎馬衝泥去，憶得鋪花掃石眠。

校勘

①梢：原作『捎』，據意改。

注釋

［一］海上之青山：因屠隆故鄉寧波，詩中又寫四明、樊夫人等，故指四明山。

［二］四明：四明山。宋羅濬《寶慶四明志》卷四《敘山》記：四明山，『唐末有高士謝遺塵隱於是山之南雷。嘗至吴中，謂陸龜蒙曰：「吾山有峰，最高四穴在峰上，每天宇晴霽，望之如户牖，相傳謂之石窗，故兹山名曰四明山。」』

［三］樊夫人：相傳爲東漢末年上虞令劉綱之妻，二人俱得道術。晉人葛洪《神仙傳》卷六載：『綱與夫人入四明山，路值虎以面向地不敢仰視，夫人以繩縛虎牽歸，繫於牀脚下。』後二人同升天。四明山中有升仙橋、祠廟等。

［四］雲華：雲華夫人。《太平廣記》卷五十六《女仙・雲華夫人》引《集仙録》：『雲華夫人，王母第二十三女，太真王夫人之妹也，名瑶姬。』

［五］十洲：傳説大海上神仙居住之處。三島：傳説海上之三神山。見本書詩集卷一《逍遥子賦》注釋［一一］。

題范太僕天平山圖[一]

太僕先生文正孫[二]，青山結伴遊吴門[三]。文正雖亡靈氣在，高墳磊落枕山根[四]。太僕不忘桑梓地，歲時來自平原村[五]。墳前酹酒蒼苔石，落日登山望秋色。崖撑樹樹蘸湖青[六]，雨洗峰峰插天碧。亂雲飛去茅屋孤，空林無人啼鳥寂。先生策杖凌高丘，竹外花間事事幽。仍驅此山入筆研，誰當畫者顧虎頭[七]。煙霞片片如可拾，墨氣淋漓黯不收。我本山中麋鹿性，何時共踏青松逕，石湖無風水如鏡[八]。

注釋

[一]范太僕：范惟一，字于中（一字允中），號洛川、中方，松江華亭（今上海市松江區）人。北宋范仲淹十六世孫。嘉靖二十年（一五四一）進士，歷山東少參、浙江提學副使，官至南京太僕寺卿。有《范太僕集》十四卷，屠隆曾爲此集作序，見《白榆集文集》卷二。傳見《明詩綜》卷四十八、陸樹聲《陸文定公集》卷七《范公墓誌銘》。

[二]文正：范仲淹，謚號文正。

[三]吴門：蘇州之别稱。

[四]山根：此指天平山東麓，范家祖墳在此（按，范仲淹墳不在此，在河南洛陽市伊川縣萬安山南側）。天平山位於蘇州古城西南二十餘里。

[五]平原村：指晉人陸機之家鄉。機嘗官平原内史，人稱陸平原。弟陸雲即有《與兄平原書》之稱。陸機爲吴郡吴縣華亭（今上海市松江區）人，今范惟一亦華亭人，故屠隆美稱其「來自平原村」。

[六]湖：此指太湖。天平山頂可眺望太湖，有望湖臺、照湖鏡（巨石）等景點。

[七]顧虎頭：東晉顧愷之，字長康，小字虎頭，晉陵無錫人。博學多才，尤長繪畫。

[八]石湖：湖名，由太湖支流形成，位於蘇州古城西南十餘里，上方山之東麓。相傳爲范蠡入五湖之口。宋范成大晚年居此，隨高下爲亭觀，湖山勝絶，繪圖以傳，孝宗書「石湖」二字賜之。

虎頭孫子歌贈顧仲方秘書[一]

虎頭孫子顧仲方，意態蕭閑風骨蒼。興到裁詩灑蘭雪，有時落筆寫林塘。花前玉缸亂壺矢，醉後雲煙忽滿紙。令我對之心茫然，如在千巖萬壑裏。江南脩竹多名園，顧君好客如平原[二]。蘭橈朝泛湖雨歇，桃笙夜奏山溜喧。揭來日日侍金華，揮毫染翰爛明霞。長安遂比兩都貴，天子猶將三絶誇。入隨鳳輦千花映，出傍龍池萬柳斜[三]。歸來開尊宴佳客，宮燕飛盡啼城鴉。與君吴門本舊識[四]，今日燕臺復相匿[五]。秋風吹人藝扇哀，八月天寒露華白。流光如此可奈何，一曲銅鞮酒一石。

注釋

[一] 虎頭：東晉顧愷之，小字虎頭。虎頭孫子，謂顧仲方爲顧愷之之後世子孫。顧仲方：顧正誼，字仲方，華亭人。顧中立之子。顧中立官至參知政事，正誼以父蔭官中書舍人。以詩、散曲、畫馳名。

[二] 平原：即『平原君』趙勝，戰國『四公子』之一，趙武靈王之子。封於東武城，號『平原君』。禮賢下士，好客，門下食客至數千人。

[三] 龍池：此稱宮中水池。

[四] 吴門：蘇州之別稱。

[五] 燕臺：即燕王臺，又稱黄金臺。戰國時燕昭王爲招賢納士所築。

赤帝玄夷歌贈黄白仲[一]

赤帝玄夷授神禹[二]，九州茫茫入疆理。奇形寶鼎知神姦，玉札金書藏宛委。越王勾踐提風雷[三]，壯士臨江羽騎開。天插石帆春樹擁[四]，雪崩羅刹暮濤哀[五]。錢塘蘇小油碧車[六]，夷光明妝行浣沙[七]。香銷南國留江草，土蝕西陵空暮花[八]。伯圖王氣遞相送，秀色娥眉亦何用？千秋英爽歸人文，才子今看黄白仲①。白仲才，何高華，秋水澄其波，芙蓉揚其葩。長松千尺壓巨石，飛瀑百道灑明霞。去年杖策遊吴會[九]，淋漓彩毫空六代。憑陵酒家殊未央，睥睨侯王太無賴。狂呼踏上謝公墩[一〇]，大江疎雨斜陽外。今年慷慨尋燕丘[一一]，風沙茫茫四望愁。昭王死去古臺冷[一二]，馬骨千金棄不收。時清豪士無所用，惟有醉卧胡姬樓[一三]。余亦低眉在閑局[一四]，繡澁刀環野苔緑。曼倩金門終玩世[一五]，子雲玄草未諧俗[一六]。馬蹄噂喈何爲乎②，與君放浪琴與築。漁陽三撾，梁州一曲，青天爲低，白日不速。斗斜河轉明月盡，請君登堂剪紅燭。

校勘

① 今：底本原作『金』，據程元方本改。

② 乎：底本原作『手』，據程元方本改。

注釋

［一］黄白仲：黄之璧，字白仲，號娑羅居士。明紹興府上虞縣人。工詞章，善書畫，與屠隆友善，名重一時。鬱鬱不得志，客死安慶。有《娑羅館詩集》。《（光緒）上虞縣志》有傳。

［二］赤帝：炎帝神農氏。相傳會稽宛委山禹穴，原爲赤帝陽明之府。玄夷：指玄夷蒼水使，傳説中授大禹治水金簡之人。神禹：大禹之尊稱。漢趙曄《吴越春秋·越王無余外傳》：『禹乃東巡，登衡嶽，血白馬以祭，不幸所求。禹乃登山，仰天而嘯。因夢見赤繡衣男子，自稱玄夷蒼水使者，聞帝使文命於斯，故來候之。「非厥歲月，將告以期，無爲戲吟。」故倚歌覆釜之山，東顧謂禹曰：「欲得我山神書者，齋於黄帝巖嶽之下三月。庚子登山發石，金簡之書存矣。」禹退，又齋三月。庚子，登宛委山，發金簡之書。案金簡玉字，得通水之理。』明章潢《圖書編》卷六十四《會稽山》：『宛委山（按，爲會稽山之一峰）有石匱壁立，中有孔穴，號陽明洞，即舊經所謂三十六洞天之十一洞也。夏禹發之，得赤珪如日，碧珪如月，又中得金簡玉字之書，悟百川之理。賀知章《纂山記》曰：「黄帝號宛委穴，爲赤帝陽明之府，於此藏書。大禹始於此穴得書，復於此穴藏書，因謂之禹穴。」』

［三］越王勾踐：春秋時越國國君允常之子，允常與吴争霸，被闔閭所敗而死，勾踐繼位。勾踐元年，以勇士敗吴師。《史記·越王勾踐世家》：『允常卒，子勾踐立，是爲越王。元年，吴王闔廬聞允常死，乃興師伐越。越王勾踐使死士挑戰，三行至吴陳，呼而自剄。吴師觀之。越因襲擊吴師，吴師敗於檇李，射傷吴王闔廬。』

［四］石帆：山名。《明一統志》卷四十五《紹興府·山川》：『石帆山，在府城東一十五里，遥望如張帆臨水。唐宋之問詩：「石帆來海

上，天鏡出湖中。」

［五］羅刹：惡鬼名。唐慧琳《一切經音義》卷二五：「羅刹，此云惡鬼也，食人血肉，或飛空或地行，捷疾可畏也。」屠隆此句「雪崩羅刹暮濤哀」，乃寫錢塘江潮水。

［六］錢塘蘇小：南朝齊錢塘名妓蘇小小。出行常坐油壁香車，十九歲亡故。墓在今杭州孤山西泠橋畔。

［七］夷光：春秋末年越國美女。施姓，或稱先施，別名夷光，亦稱西子、西施。苧羅（今浙江諸暨）人，早年在苧蘿山下溪石上浣紗。越王勾踐敗於會稽，范蠡取西施獻吴王夫差，致其迷惑荒政。越遂亡吴。後范蠡帶西施同泛五湖。事見《吴越春秋·勾踐陰謀外傳》。

［八］西陵：此指蘇小小墓地。在今杭州孤山西泠橋一帶，舊稱西陵。屠隆詩言「香銷南國留江草，土蝕西陵空暮花」，參《由拳集》卷八《登吴山遠眺》，其亦謂「西陵空草色」，又卷九《蘇小小墓》亦謂：「日落西陵冷莫潮，美人南國恨蕭條。江邊草緑青驄去，墓上花開紅粉銷。」

［九］吴會：秦漢時置會稽郡，治所在吴縣，郡縣連稱吴會。其故地範圍，後世亦以吴會稱之。

［一〇］謝公墩：即謝安墩。晉謝安與王羲之登臨處。在明南京朝天宫後（今南京市蔣山半山上）。唐李白《登金陵冶城西北謝安墩》詩：「冶城訪古跡，猶有謝安墩。」自注：「此墩即晉太傅謝安與右軍王羲之同登，超然有高世之志。」

［一一］燕丘：此指戰國時期燕昭王爲延攬天下士所築之黄金臺。又稱金臺、燕臺、燕王臺。明蔣一葵《長安客話》云：「都城黄金臺，出朝陽門，循濠而南，至東南角，巋然一土阜也。日薄崦嵫，茫茫落落，吊古之士登斯臺者，輒低睠顧，有千秋靈氣之想。京師八景有曰「金臺夕照」，即此。」

［一二］昭王：燕昭王。古臺：即黄金臺。

［一三］胡姬樓：胡姬賣酒之樓。胡姬，指當壚賣酒之女子。

［一四］閑局：閑而無事之官署。

［一五］曼倩：西漢東方朔，字曼倩。金門：指漢代宫門金馬門，爲宦者署門。東方朔曾爲金馬門待詔，自謂避世於金馬門。

［一六］子雲：西漢揚雄，字子雲，蜀郡成都人。雄不諧世俗，惟博覽群書，勤於著述，成爲著名學者、思想家、文學家、語言學家。文學方面長於辭賦，思想方面撰著有《太玄》《法言》等。

寄左司馬汪伯玉先生［一］

上帝之居何陡絶，雕窗繡柱金爲闕。桂旗芝蓋光有無，白雲戌削紅雲結。日月不照雷霆低，剛風吹冷天門裂。中有靈人掌香案［二］，彩筆淋漓走飛電。校書夜直寥陽宫［三］，草詔晨登鬱蕭殿［四］。偶然騎龍下清都［五］，仙才霞氣摇瓊琚。金箱大嶽玄夷籙[六]，玉版名山委宛書[七]。羵羊赤鵲神靈識，海鼉龍鮓玄鑒虛。片片春山抹青黛，泠泠秋水嬌紅蕖。文章劈海破高浪，勳名復在雲臺上[八]。司馬英雄治五兵[九]，黄石素書天莽蕩[一〇]。朔雪并刀擁建牙，胡風代馬親乘障。身兼數器驅寰中，眼前君與瑯琊公[一一]。千秋名成髮漸短，七尺氣在心轉空。翛然訪道襄城去[一二]，一日竹杖凌煙虹。

注釋

[一] 汪伯玉：汪道昆字伯玉，嘉靖二十六年（一五四七）進士，官至兵部左侍郎。萬曆三年（一五七五）致仕，其後林居學道。屠隆應汪道昆之召入白榆社。見丁應泰《屠赤水白榆集序》注釋[七]。

[二] 靈人：神仙。靈人掌香案，即上帝身邊之香案吏。喻宫廷中隨侍帝王之官員。唐元稹《以州宅誇於樂天》詩：『我是玉皇香案吏，謫居猶得住蓬萊。』

[三] 寥陽宫：仙家宫殿，道教稱元始天尊所居，在大羅天上。

[四] 鬱蕭殿：道教傳説大羅天上有鬱蕭臺、鬱蕭殿。明劉基《步虚詞》：『太微啟靈宇，紫殿含祥風。圓光照無外，梵炁來冲融。仙人魚鱗次，羽葆朝當中。離羅鬱蕭臺，縹緲浮太蒙。』本書詩集卷三《送范國士侍御以言事免官歸高安》：『上帝高居鬱蕭殿，天官女史列香案。』

[五] 清都：神話傳説中天帝所居之處，喻帝王之都城。

[六] 金箱：金制之箱，用以珍藏寶物。唐王勃《尋道觀》：『玉笈三山記，金箱五嶽圖。』大嶽：指衡嶽。玄夷籙：指玄夷蒼水使所授大禹之金簡玉字書。

[七] 名山：指會稽山。委宛書：指宛委穴（禹穴）之藏書。『金箱大嶽玄夷籙，玉版名山委宛書』二句，詳見上一首詩之注釋[一二]。二句喻秘籍。

[八] 雲臺：東漢洛陽南宫中之臺閣名。漢明帝永平中，爲追念助光武帝中興漢室之功臣鄧禹、岑彭、馮異等二十八將，圖像於雲臺。後世用以泛指紀念功臣名將之所。又以能圖畫於雲臺，稱美留下顯赫功名者。

[九] 司馬：此稱汪道昆。

[一〇] 黄石：黄石公，授張良兵書之老父。黄石素書，泛指兵書。

[一一] 瑯琊公：指王世貞。其出山東瑯琊王氏一系，故稱。

[一二] 襄城：古地名（在今河南襄城縣），相傳黄帝訪道至於襄城之野。《莊子·徐無鬼》：『黄帝將見大隗乎具茨之山，方明爲御，昌寓

驂乘，張若、謵朋前馬，昆閽、滑稽後車，至於襄城之野，七聖皆迷，無所問塗。適遇牧馬童子，問塗焉，曰：「若知具茨之山乎？」曰：「然。」「若知大隗之所存乎？」曰：「然。」黄帝曰：「異哉，小童！非徒知具茨之山，又知大隗之所存。請問爲天下。」小童曰：「夫爲天下者，亦若此而已矣，又奚事焉！予少而自遊於六合之内，予適有瞀病，有長者教予曰：若乘日之車，而遊於襄城之野。今予病少痊，予又且復遊於六合之外。夫爲天下，亦若此而已。予又奚事焉！」黄帝曰：「夫爲天下者，則誠非吾子之事，雖然，請問爲天下。」小童辭。黄帝又問。小童曰：「夫爲天下者，亦奚以異乎牧馬者哉！亦去其害馬者而已矣！」黄帝再拜稽首，稱天師而退。」

贈龍君善[一]

洞庭龍子矜國色[二]，秋水芙蕖照天碧。涇陽小兒太無良[三]，坐使靈人委芳澤。落日浦口來牧羊，巾袖慘澹波臣惻[四]。江花野草俱含情，霧鬢風鬟啼不得。君本高才美丰神，衛家叔寶傾都人[五]。不作昂藏虎觀客[六]，却令握齒馬蹄塵。去年相見清谿曲[七]，水盡天空飛屬玉。青翰舟中采射干，白鷗沙上醉醽醁。今年復遇燕市旁[八]，壚頭月出天蒼茫。英雄結交在意氣，腰間請看雙魚腸。

校勘

①請：原作『靖』，據意改。

注釋

[一]龍君善：龍膺，字君善，又字君御，湖南武陵人。萬曆八年（一五八〇）進士，歷任徽州推官、國子監博士、禮部主事、陝西參政等職。著有《九芝集》。

[二]洞庭龍子：洞庭龍王之女。唐人李朝威《柳毅傳》傳奇，載其嫁與涇川龍王之次子，婚姻不幸。見本卷《唁和叔》注釋[三]。

[三]涇陽小兒：涇川龍王之次子。

[四]波臣：指水族。

[五]衛家叔寶：衛玠，字叔寶。晉河東安邑（今屬山西夏縣）人，爲當時名士，中國古代著名美男子。傳附《晉書·衛瓘傳》。

〔六〕虎觀：即漢未央宮中之白虎觀，爲講論經學之所。後泛指宫廷中講學處。

〔七〕清谿曲：指青浦縣。

〔八〕燕市：戰國時燕國國都。此指北京。晉左思《詠史》：『荆軻飲燕市，酒酣氣益震。』

秋夜同郭舜舉蔡伯華王季孺金玄朗詹政叔燕萬伯修宅聽李金吾彈琵琶〔一〕

城烏啞啞起暮色，秋煙捲盡寒河白。銀鞍寶馬大道平，夜醉雲中豪士宅〔二〕。雲中豪士生窮邊，空城罷馬無人煙。疾風長逐狐兔走，大雪獨擁弓刀眠。結髮戲入焉支陣〔三〕，摐金伐鼓彈鵾絃。中年釋褐在禁闥〔四〕，雄心不除氣逾烈。頭上千秋壯士冠，胸中一斗英雄血。家僮盡解隴上歌〔五〕，有時自按伊州闋〔六〕。雝雞膾鯉羅硨磲，客來總是荆高徒〔七〕。醉試騰裝插羽箭，狂呼擊劍連長殳。疎星乍低紫匼匝，華燭斜映紅氍毹。須臾金吾理新曲，調絃移柱風簌簌。滿堂賓客不敢喧，野曠天高絶沙漠。一再落指何泠泠，輕霞細月入窅冥。瑶臺神女凌空度〔八〕，桂旗芝蓋從群靈〔九〕。碧雲無聲杳然去，松頂天風墮鶴翎。忽然急節響鏜鎝，萬馬千兵行颯沓。笳悲鼓咽虜氣陰，日落沙昏陣門合。瞥地蕭閒神氣夷，淙淙澗水流迴谿。青樓小婦作情語，欲吐不吐整金篦。無端更寫千秋恨，却似明妃初嫁啼〔一〇〕。人生何物稱快意，昂藏不減丈夫氣。除却雲臺立大功〔一一〕，便從石室書名字〔一二〕。不然花前有玉缸，爛醉彈絃倚豪士。安能局促五侯門〔一三〕，低首攢眉向天地。

注釋

〔一〕郭舜舉：郭子直，字舜舉，號汾源。浙江崇德人。隆慶五年（一五七一）進士。歷官兵部主事、山西參議、福建按察副使。著有《三遊草》等。蔡伯華：蔡文範，字伯華，號青門。江西新昌（今宜豐縣）人。隆慶二年（一五六八）進士，歷官刑部主事、福建鹽運判官、兵部武庫司郎中、湖廣督學僉憲、廣東左參議。有《緇雲齋稿》《甘露堂集》《青門先生文集》等。王季孺：王亹，字季孺，號少廣。浙江慈溪人。萬曆十一年（一五八三）進士，選庶吉士，授編修。博學，工詩、古文，兼善書法，有《禮記纂注》《雲山日記》《濡雲館全集》等。《（天啟）慈溪縣志》第八卷小傳載，王亹在朝，『是時屠隆入爲儀曹郎，兩人相推重，傾動都門』。金玄朗：金朗，字玄朗。王兆雲《皇明詞林人物考》補遺：『金朗，字玄朗，蘇州吳縣人。起家甚貧。先世墓誌，王元美先生志之詳矣。其人短小精悍，多氣節。嘗爲董儀部伯念客，遊長安，使氣五侯七貴間，人目爲狂生。著有《於謳集》，客死東平州，州守聞其名，爲之經紀其喪以歸。』詹政叔：詹濂，又名泮，字政叔（一作正叔），歙縣休寧人。以刻印奔走江湖，善朱文印。交遊甚廣，汪道昆招屠隆入白榆社，即由詹政叔遺家奴邀請。萬伯修：萬世德，字伯修，號邱澤（一作丘澤），晚年更號震澤，明山西偏頭關（今偏關縣）人。隆慶五年（一五七一）進士。曾任南陽、元城、寶坻知縣，出任陝西按察使僉事，備兵西寧。官至都察院右副都御史兼兵部右侍郎，總督薊遼。生有膂力，喜騎射。因積勞成疾，萬曆三十一年（一六〇三）歿於任上。有《海防奏議》。屠隆有《大司馬萬公傳》，收於《（道光）偏關志·藝文志》。李金吾：未詳。

［二］雲中：雲中郡。此稱萬世德籍貫，萬爲偏頭關人，地屬古雲中郡。

［三］焉支：山名。又稱燕支山、胭脂山、删丹山。在今甘肅省永昌縣西，山丹縣東南。原爲匈奴地。《史記·匈奴列傳》：『漢使驃騎將軍去病將萬騎出隴西，過焉支山千餘里擊匈奴，得胡首虜萬八千餘級，破得休屠王祭天金人。』

［四］禁闥：宮廷之門户。此指朝廷。

［五］隴上：泛指秦隴及其西北一帶地方。《隴上歌》爲隴上流行之一首詩歌，收入《樂府詩集·雜歌謡辭》，爲悼念抗擊匈奴而死之晉都尉陳安作。

［六］伊州：州名。唐置，故城在今新疆哈密縣。伊州闋，指伊州地區流行之曲。唐代，伊州音樂傳入中原，經過加工，又有伊州大曲。《新唐書·禮樂志十二》：『天寶樂曲，皆以邊地名，若《凉州》《伊州》《甘州》之類。』《樂府詩集·近代曲辭一·伊州》引《樂苑》：『《伊州》，商調曲，西京節度嘉運所進也。』白居易《伊州》詩：『老去將何散老愁，新教小玉唱《伊州》。』

［七］荆高徒：荆軻、高漸離一類人物。

［八］瑶臺：指傳説中之神仙居處。

［九］群靈：群仙。

［一〇］明妃：即漢王昭君。昭君名嬙，字昭君。漢元帝時宫女，被遠嫁與匈奴單于。晉代避晉文帝司馬昭諱，改稱明君，又稱明妃。明妃初嫁啼，據《後漢書·南匈奴傳》：『昭君字嬙，南郡人也。初，元帝時以良家子選入掖庭。時呼韓邪來朝，帝勑以宫女五人賜之。昭君入宫數歲，不得見御，積悲怨，乃請掖庭令求行。呼韓邪臨辭大會，帝召五女以示之。昭君豐容靚飾，光明漢宫，顧景裴回，竦動左右。帝見大驚，意欲留之，而難於失信，遂與匈奴。』

［一一］雲臺：東漢洛陽南宫中之臺閣名。漢明帝永平中，爲追念助光武帝中興漢室之功臣鄧禹、岑彭、馮異等二十八將，圖像於雲臺。後世用以泛指紀念功臣名將之所。又以能圖畫於雲臺，稱美留下顯赫功名者。

［一二］石室：此指傳説中之神仙洞府。全句謂修道成仙。

［一三］五侯：《漢書·元后傳》：『河平二年，上悉封舅譚爲平阿侯、商成都侯、立紅陽侯、根曲陽侯、逢高平侯。五人同日封，故世謂之

「五侯」。』後泛指權貴豪門。

排空歌贈佘宗漢山人[一]

君不見天漢西轉，黄河東流，四時寒暑遞相送，五星日月奔不休。峋嶁崆峒[二]，精光磨滅亦已久，玄夷白澤[三]，靈怪茫昧而難求。又不見北邙之陽[五]，西陵之陰[五]，喪車朝出，歌鐘夕沉，香澤去體，螻蟻來侵。牛羊不識王侯貴，斜煙疎雨鬼嘯林。丈夫眼中一斗淚，此時不聽雍門琴[六]。佘夫子，少年負跅弛。雙目營千秋，一官困百里。感此何茫然，寒灰寸心死。車耳虎子安用爲？ 一朝挂冠稱處士。放浪湖海茫無涯，浮生到處乘枯槎。口呑采石磯頭月[七]，足踏蓬萊峰頂霞[八]。彩毫南國書題遍[九]，爛醉長干卧酒家[一〇]。去年大叫黄山上[一一]，聲荅天風萬松響。不衫不履驚市人，識者云是全椒長[一二]。今年悲歌燕市來[一三]，滹沱易水濺濺哀[一四]。四顧無人野煙白，仰天慟哭昭王臺[一五]。華屋朱門不一盻，五侯七貴如浮埃[一六]。散髮走入西山裏[一七]，自①掃黄葉眠蒼苔。吁嗟乎，人生迫迮苦網羅，跳身物外堪婆娑。以君昂藏凌雲氣，聽佘磊落排空歌。相期天門躡飛電，下視海水揚白波。下視海水揚白波，雖有紅塵奈爾何！

校勘

① 自：底本原作『目』，據程元方本改。

注釋

[一] 佘宗漢：名翔，字宗漢，號鳳台，莆田人。嘉靖三十七年（一五五八）舉人。官全椒知縣。因事被罷官之後浪迹江湖。著有《薜荔園集》。

[二] 峋嶁：山名，南嶽衡山七十二峰之一，亦作衡山之別稱。傳大禹登衡山而獲金簡玉字之書，得治水之要。崆峒：山名，傳説軒轅黄帝訪廣成子於崆峒之上，聞至道，得長壽。

[三] 玄夷：玄夷蒼水使，傳説中授大禹治水金簡之人。見本卷《赤帝玄夷歌贈黄白仲》注釋[一]。白澤：傳説黄帝所得之神獸名。《雲笈七籤》卷一百：『黄帝得白澤神獸，能言，達於萬物之情。』

［四］北邙：北邙山。在洛陽之北，東漢、魏、西晉時代，王侯公卿多葬於此。漢梁鴻《五噫歌》：『陟彼北芒兮，噫！顧瞻帝京兮，噫！』唐沈佺期《邙山》詩：『北邙山上列墳塋，萬古千秋對洛城。』

［五］西陵：曹操陵墓名。墓在河南省臨漳縣西。《彰德府志・地理志二》：『操且死，令施繐帳於上，朝晡，上酒及糗糧，使宮人歌吹帳中，望吾西陵。』南齊謝朓《銅雀臺》詩：『鬱鬱西陵樹，詎聞歌吹聲。』

［六］雍門：齊國賢人雍門子周。居齊城雍門，亦號雍門子。善琴。漢劉向《説苑・善説》：『孟嘗君曰：「先生鼓琴亦能令文悲乎？」雍門子周曰：「臣何獨能令足下悲哉……然臣之所爲足下悲者一事也。夫聲敵帝而困秦者君也，連五國之約南面而伐楚者又君也。天下未嘗無事，不從則橫。從成則楚王，橫成則秦帝，楚王秦帝，必報讎於薛矣。夫以秦楚之强而報讎於弱薛，譬之猶摩蕭斧而伐朝菌也，必不留行矣。天下有識之士無不爲足下寒心酸鼻者，千秋萬歲之後，廟堂必不血食矣！」孟嘗君聞之悲淚盈眶。子周於是引琴而鼓，孟嘗君增悲流涕曰：「先生之鼓琴，令文立若破國亡邑之人也。」』後因以『雍門琴』指哀傷之曲調。

［七］采石磯：在今安徽省馬鞍山市長江東岸，相傳爲李白醉酒捉月溺死之處。有李白衣冠冢、捉月亭、太白樓等古跡。

［八］蓬萊峰：此泛指名山。安徽天柱山有蓬萊峰，廣東羅浮山有蓬萊峰，等等。

［九］南國：泛指南方。

［一〇］長干：古代建康里巷名。《文選・左思〈吴都賦〉》：『長干延屬，飛甍舛互。』劉逵注：『江東謂山岡間爲「干」。建鄴之南有山，其間平地，吏民居之，故號爲「干」。中有大長干、小長干，皆相屬。』屠隆此處借指南京。

［一一］黄山：在今安徽省黄山市，古名黟山。相傳黄帝與容成子、浮丘公嘗合丹於此，唐以後又稱黄山。黄山三十六峰，以天都、蓮花二峰最高。

［一二］全椒長：全椒縣令。

［一三］燕市：戰國時燕國國都。此指北京。

［一四］滹沱：滹沱河。《明一統志・保定府・山川》：『滹沱河，在東鹿縣南三十里。來自晉州，經縣境達深州，至直沽入於海。』屠隆《由拳集》卷八《渡滹沱河》：『萬里渡滹沱，邊城落日多。沙長浮曲岸，雪盡見流波。目送歸人急，心懸征馬過。凄凉問燕趙，余亦好悲歌。』易水：河流名，在河北省西部。源出易縣境，入南拒馬河。荆軻入秦行刺秦王，燕太子丹等餞别於易水。《史記・刺客列傳》載，荆軻往刺秦王，『太子及賓客知其事者，皆白衣冠以送之。至易水之上，既祖取道，高漸離擊筑，荆軻和而歌，爲變徵之聲，士皆垂淚涕泣。又前而歌曰：「風蕭蕭兮易水寒，壯士一去兮不復還！」復爲羽聲忼慨，士皆瞋目，髮盡上指冠。於是荆軻就車而去，終已不顧。』屠隆《由拳集》卷三《易水歌》：『木葉下兮天雨霜，壯士西去兮易水長，北風烈烈兮吹咸陽。』

［一五］昭王臺：即燕王臺，又稱燕臺、黄金臺。戰國時燕昭王爲招賢納士所築。明薛蕙《昭王臺》：『燕昭無故國，薊野有空臺。寂寞黄

金氣，凄涼滄海限。』屠隆『四顧無人野煙白，仰天慟哭昭王臺』二句，意近陳子昂《登幽州臺歌》：『前不見古人，後不見來者。念天地之悠悠，獨愴然而涕下！』

〔一六〕五侯：泛指權貴豪門。見上一首詩注釋〔一三〕。七貴：西漢時七個以外戚關係把持朝政之家族。《文選・潘岳〈西征賦〉》：『窺七貴於漢庭，譸一姓之或在。』李周翰注：『漢庭七貴：吕、霍、上官、丁、趙、傅、王。並后族也。』屠隆此處以泛指權貴。

〔一七〕西山：即今北京西山。爲太行山北段之餘脈。

題李龍眠畫十八學士圖〔一〕

太原將種自真主〔二〕，龍顏秀異氣食虎。英雄莽蕩扶日月，嶽瀆精靈走風雨〔三〕。當時磊塊十八人，一一收來天册府〔四〕。紅雲紫氣浮咸陽〔五〕，繡柱珠簾開玉堂。秦王不時賜清燕〔六〕，諸公暇日多徜徉。堂上伶人進鼓樂，堂下稚子羅酒漿。彈碁六博神仙戲，箜篌阮咸海濤沸。狂呼轟飲郇公厨〔七〕，異品甘香大官味。須臾内侍出琱盤，雪藕紅梨雜丹荔。諸公睥睨空河山，一翁酕醄喪天地。更有散步涼風前，息影幽棲大樹邊。似是有官心不染，山林之韻何蕭然。高梧垂楊冷陰合，門外馬蹄何雜沓。草色青青大道平，荷香冉冉清池匝。當場授簡各自誇，袖中争握白榆花。兒童厮養饒樂事，偷彈座上雙琵琶。一片壺冰世稀有①，名字南箕與北斗。文章不乏掞天才，廊廟還輸經國手。入排金闔獻密謀，退坐玉堂飲名酒。丈夫時來則如此，天際浮雲爾何有？華屋高蓋人所賢，蓬累終身亦不醜。龍眠居士龍爲徒，落筆矯矯煙模糊。點染不數閻立本〔八〕，我披肅肅神氣俱。旁人盡道神仙客，爲仙不足官有餘。嗚呼，我欲唤起老居士，爲我再寫一幅四皓商山圖〔九〕。

校勘

① 冰：底本原作『水』，據程元方本改。

注釋

〔一〕李龍眠：北宋著名畫家李公麟，字伯時。安徽舒城人，神宗熙寧三年（一〇七〇）進士。晚年居龍眠山，號龍眠居士。擅畫人物、佛道像。十八學士：指唐太宗李世民爲秦王時開文學館（唐高祖武德四年）所聘之十八學士。據《舊唐書·褚亮傳》，始太宗既平寇亂，留意儒學，乃於宮城西起文學館，以待四方文士。於是以杜如晦、房玄齡、于志寧、蘇世長、薛收、褚亮、姚思廉、陸德明、孔穎達、李玄道、李守素、虞世南、蔡允恭、顔相時、許敬宗、薛元敬、蓋文達、蘇勗等十八人爲文學館學士。及薛收卒，復徵劉孝孫入館。尋遣人圖其狀貌（按《封氏聞見記》謂閻立本圖），題其名字爵里，命褚亮爲之像贊，號《十八學士寫真圖》，藏之書府，以彰禮賢之重。後世畫家如宋徽宗、李公麟、劉松年等都創製或臨摹過十八學士圖，流傳久遠。

［二］太原將種：指李世民。李世民之父李淵，戎馬一生，極有軍事才能，隋朝大業十三年（六一七）拜太原留守。時值天下大亂，李淵從太原起兵，攻佔長安，次年稱帝。李世民爲李淵次子，早年即隨父從軍，至勸父太原起兵，建唐基業，以及唐朝建立之後，征戰四方，平定内外之亂，鞏固基業，屢立大功。後受禪即帝位。故屠隆稱其『太原將種』。真主：真命天子，賢明皇帝。李世民即位之後，開創了『貞觀之治』。

［三］嶽瀆精靈：喻精英人才，亦即『河嶽英靈』。

［四］天冊府：即天策府，指秦王府。文學天策府，李世民被封爲天策上將後在洛陽所建府邸。《新唐書·杜如晦傳》：『天策府建，爲中郎。』《資治通鑒·唐高祖武德四年》：『以世民爲天策上將，領司徒、陝東道大行臺尚書令，增邑二萬户，仍開天策府，置官屬。』

［五］咸陽：應爲洛陽，屠隆誤。天策府在洛陽。

［六］秦王：李世民。唐高祖武德元年（六一八），李世民進封秦王。

［七］郇公：唐代韋陟，襲封郇國公。好治饌羞，厨多美味。唐人馮贄《雲仙雜記》卷三：『韋陟厨中，飲食之香錯雜，人入其中，多飽飫而歸。語曰：「人欲不飯筋骨舒，夤緣須入郇公厨。」』因以『郇公厨』稱膳食精美之家。

［八］閻立本：唐著名畫家，雍州萬年人。尤以人物畫最著名，武德九年（六二六）奉秦王李世民命畫《秦府十八學士圖》，寫真傳神，享譽一時。貞觀十七年（六四三）奉詔畫長孫無忌、魏徵等二十四功臣像於凌煙閣，亦國家盛事。後世流傳其作品較多。

［九］四皓：秦末高士東園公、角里先生、綺里季、夏黄公四人，避亂隱居商山。因四人鬚眉皆白，世稱『商山四皓』。『商山四皓』成爲歷代繪畫題材，李公麟繪有《四皓商山圖》，亦流傳久遠。

石雪山人歌寄贈汪長文［一］

石雪山人太高潔，碧山無雲石如雪。撑崖鑿室青天陰，路插天門開陡絶。朝曦暮靄非一狀，盡取千峰作屏障。海月倒挂大雷西，石蹬斜盤四明上。衣裳夜染空翠濕，曉日登樓亂煙入。門前飛霞真可餐，竈下流泉不用汲。山花斑斑映緑荑，檉蘿曲曲抱青谿。經年人跡往來斷，惟有荒猨春夏啼。山人屢月不出山，自言學得五龍眠。白皙鬚眉朗可數，隱囊紗帽何飄然。有時閑踏雪峰去，人道逍遥鶴上仙。更尋丹檢玉笥語，深入靈巖捫洞府。風吹空穴窺玄熊，月黑長林過蒼虎。買田谷口耕胡麻，當門繞舍種桃花。散髪追凉坐河漢，采芝歌罷騖煙霞。高人體氣清絶有如此，使我低頭浩歎悲年華。

注釋

［一］汪長文：汪禮約，字長文，號石雪，家居四明山之大雷山下。見本書詩集卷一《寄答汪長文》詩及注釋［一］。

寄贈楊伯翼[一]

四明山中多異人，楊家伯翼稱絶倫。口吐清池玉菡萏，身是上界金麒麟。少時相見即相好，雙龍颯颯如有神。青天共蕩木蘭槳，碧波不動桃花津。自從束帶趨簿領，一別江沙白鷗冷。偶讀南華浩蕩言，頗傷石火須臾影。豈有河陽潘令花[二]，浪説丹砂葛洪井[三]。楊生笑我塵沙裹，那得便領煙霞境？饒他五陵八百人[四]，且占太湖三萬頃。楊生楊生磊落姿，相思不異璚樹枝。久向名山藏姓字，每于朗月見風期。但使有心修白業①，豈愁無地種青芝。

校勘

①業：底本模糊不清，據程元方本補。

注釋

［一］楊伯翼：楊承鯤，字伯翼，寧波府鄞縣人。御史楊美益之子。工詩善書，爲諸生時即得沈明臣稱奇，後爲太學生，名滿京師。交遊名士，極有聲譽。惜英年早逝。有《西清閣詩草》四卷、《碣石編》二卷傳世。《甬上耆舊詩》卷二十一、《列朝詩集小傳》丁集下、《（康熙）鄞縣志》卷十七有傳。屠隆《由拳集》卷五有《感懷五十五首·楊孝廉伯翼》。

［二］河陽：古縣名，在今河南省孟州市西。潘令：晉人潘岳，嘗爲河陽令。時遍樹桃李，《白氏六帖》卷七十七《縣令·河陽花》：『潘岳

爲河陽令，樹桃李花，人號曰：「河陽一縣花。」」

［三］葛洪井：晉葛洪煉丹之井。

［四］五陵：西漢五個皇帝陵墓所在地，即長陵、安陵、陽陵、茂陵、平陵五縣。因漢代皇帝立陵墓，多遷富家豪族及外戚居住於陵墓附近，故五陵地區多豪族、豪人。

青霞山人歌爲王受吾［一］

青霞山人清若冰，山空霞起朝爽澄。文藻翩翩秀五色，多才往往人嗟稱。博物好古總奇絶，四十意氣何凌兢。夜捫吴劍山雲黑，曉讀秦碑海日升。毫端妙手如王獻［二］，畫裏新詩壓右丞［三］。長安不聞天子呼［四］，酕醄只醉黄公壚［五］。前年北邊飲酥酪［六］，去年南海探珊瑚。千峰半踏馬蹄裂，百壺欲吸海水枯。歸來不住青山宅，翻然復作五湖客。江月湖煙亂入船，落日無人晚天碧。與余相見宿所諧，入門放杖脱芒鞋。不取雕龍佐名理，止留繡佛伴清齋。吾今心已在煙霞，五嶽三山總是家。萬事君應付寥廓，一官吾自悲年華。門前緑竹堪銷暑，池上紅蓮欲吐花。

注釋

［一］王受吾：號青霞山人。本書詩集卷七有《九日佘宗漢明府宋忠甫君侯李叔玄民部王受吾秘書季孺吉士秦君陽文學金玄朗黄白仲詹政叔三山人朱汝修楊士駿二侍御集佘冥寥館分元字》。餘不詳。

［二］王獻：指王獻之。東晉琅琊臨沂人，字子敬，王羲之子。工草隸。

［三］右丞：指唐王維。維官終尚書右丞，人稱王右丞。王維詩畫皆妙，蘇軾《書摩詰〈藍田煙雨圖〉》：「味摩詰之詩，詩中有畫；觀摩詰之畫，畫中有詩。」

［四］天子：原典指唐明皇。全句原典爲杜甫《飲中八仙歌》寫李白：「李白斗酒詩百篇，長安市上酒家眠，天子呼來不上船，自稱臣是酒中仙。」

［五］黄公壚：即「黄公酒壚」。魏晉時王戎與阮籍、嵇康等人會飲之處。劉義慶《世説新語・傷逝》：「〔王戎〕經黄公酒壚下過，顧謂後車客：『吾昔與嵇叔夜、阮嗣宗共酣飲於此壚。竹林之遊，亦預其末……』」後世以「黄公酒壚」指朋友聚飲之所。唐李頎《别梁鍠》詩：「朝朝

飲酒黃公壚，脱帽露頂爭叫呼。』

［六］北邊：北方邊地。

于燕芳年二十以布衣上書自稱華亭民余讀未竟色動亟命召入相見信有正平之才索予以長牋答之不許復索長歌又不許無何折節閉門讀書不與外事者三年余聞而作此贈之[一]

于生二十才嶙峋，芒鞋布帽行風塵。手握靈蛇動光怪，上書自稱華亭民。有才不減禰處士[二]，登堂長揖驚衆賓。禮貌疎野氣豪逸①，令君大喜門吏嗔。漁陽摻撾真絶調，捉刀那有牀頭人[三]。于生于生太骯髒，讀君之文高破浪。瘦馬稜稜在骨奇，世人齪齪多皮相。聞君折節方下帷，竹房山路回風吹。請看黃石橋邊叟[四]，莫問淮陰市上兒[五]。

校勘

① 疎：底本原作『陳』，據程元方本改。

注釋

［一］于燕芳：字仲馭。松江人。著有《燕市雜詩》《剿奴議撮》等。

［二］禰處士：指漢末名士禰衡。衡富於文才。與孔融交好，孔融作有《薦禰衡表》，將其推薦於曹操。衡恃才傲物，《後漢書·禰衡傳》：『融既愛衡才，數稱述於曹操。操欲見之，而衡素相輕疾，自稱狂病，不肯往，而數有恣言。操懷忿，而以其才名，不欲殺之。聞衡善擊鼓，乃召爲鼓史，因大會賓客，閲試音節。諸史過者，皆令脱其故衣，更著岑牟、單絞之服。次至衡，衡方爲《漁陽》參撾，蹀躍而前，容態有異，聲節悲壯，聽者莫不慷慨。衡進至操前而止，吏訶之曰：「鼓史何不改裝，而輕敢進乎？」衡曰：「諾。」於是先解衵衣，次釋餘服，裸身而立，徐取岑牟、單絞而著之，畢，復參撾而去，顔色不怍。操笑曰：「本欲辱衡，衡反辱孤。」』衡未得曹操任用，終被黃祖殺害。衡有《鸚鵡賦》等傳世，劉勰《文心雕龍·才略》稱：『禰衡思鋭於爲文。』李白《望鸚鵡洲悲禰衡》詩贊其『吴江賦鸚鵡，落筆超群英』；又《經亂離後天恩流夜郎憶

舊遊書懷贈江夏韋太守良宰》道：『顧慚禰處士，虛對鸚鵡洲。』

[三] 牀頭人：指曹操。南朝宋劉義慶《世説新語·容止》：『魏武將見匈奴使，自以形陋不足雄遠國，使崔季珪代，帝自捉刀立牀頭。既畢，令間諜問曰：「魏王何如？」匈奴使答曰：「魏王雅望非常，然牀頭捉刀人，此乃英雄也。」魏武聞之，追殺此使。』

[四] 黄石橋邊叟：即黄石公，漢末張良於圯橋所遇之老父。見本書詩集卷一《圯橋進履圖爲胡民部賦》注釋[一]。

[五] 淮陰市上兒：指侮辱韓信之淮陰少年。《漢書·韓信傳》：『淮陰少年又侮信，曰：「雖長大，好帶刀劍，怯耳！」衆辱信，曰：「能死，刺我；不能，出跨下！」於是信孰視，俛出跨下。一市皆笑信，以爲怯。』

留别元美先生[一]

王夫子，棄官學道如長史[二]，秀骨朱顔編貝齒。姓名久注上清籍，人間暫溷風塵耳。少年綵筆亦太横，急峽①驚雷一何駛。出語穿天心，蟠胸絶地紀。平生那得有不知，磔裂元氣鴻蒙死。力掃千古把一麾，不是仙才寧有此？一領瑶札從雲華[三]，眼前萬事如空花。楚楚星冠與雲履，飲以天酒飯胡麻。夜來笙簧滿空碧，群真攜汝宴茅家[四]。茅家三君各治一峰上，汝亦有弟耽煙霞[五]。羡君鶴駕終排霧，笑我馬蹄空踏沙。踏沙去去雪霜重，落日荒荒大雲凍。朝向紅塵行，暮作青山夢。人生性命不自了，鐘鼎浮名亦何用？赤松雲房知我心[六]，定須訪爾華陽洞[七]。

校勘

① 峽：底本模糊，據程元方本補。

注釋

[一] 元美：王世貞，字元美。

[二] 長史：指東晉許穆（一名謐），因曾官護軍長史，故稱。後爲道教上清派第三代宗師。見本書詩集卷一《送冏伯孝廉北上公車》注釋[六]。

[三] 雲華：雲華夫人。《太平廣記》卷五十六《女仙·雲華夫人》引《集仙録》：『雲華夫人，王母第二十三女，太真王夫人之妹也，名瑶姬。』

［四］群真：群仙。茅家：傳説漢代茅盈與弟衷、固采藥修道成仙於句曲山（因名茅山），世稱『三茅真君』。
［五］弟：指王世懋。見本書詩集卷一《留别王敬美道丈二首》注釋［一］。
［六］赤松：赤松子。據晉人葛洪《神仙傳·黄初平》載，黄初平得道後改字爲赤松子。雲房：道人所居之屋。
［七］華陽洞：即華陽洞天，在江蘇茅山，道教所稱『十大洞天』之『金壇華陽洞天』。

南滁大雪歌［一］

昨日何日，故人一尊虎丘月［二］；今日何日，馬頭十丈南滁雪。昨日何日，金陵管絃喧酒家；今日何日，關山石裂穿寒沙。從來雨雪多江北，回首江南淚沾臆。所以古人惜河梁，昨日之尊那可得。西風太有權，濁酒都無力。冷如鬼手捉馬鞭，狐裘蒙茸亦何益。寒山日落牛羊眠，往往茅屋見人煙。茅屋人家絶可憐，黄茅颭出青松巔。自住山上屋，還耕山下田。童子撈魚谿水①邊，女兒賣酒工數錢。三家五家自來往，年深不問城市還。門前雪花大如手，萬片瓊瑶寫枯柳。火煨榾柮啖蹲鴟，藜羹麥飯地黄酒。生遊死葬寒山下，一生不向長安走［三］。而我胡爲冰雪中，馬蹄踏破行千峰。繁華富貴轉眼空，山中之人笑殺儂。

校勘

① 童子撈魚谿水：底本此後至《彭城將使君邀登蘇子瞻放鶴亭作》八首，誤植至文集卷二《嘯廬四賦序》『再讀之』句中『再』與『讀之』間，今據程元方本改。

注釋

［一］南滁：對滁州南部地區之稱呼。唐李嘉祐《留别毗陵諸公》詩：『北固潮聲滿，南滁草色閒。』屠隆《發青谿記》：『廿六日，達南滁。大雪，渡清流關……』
［二］虎丘：蘇州虎丘。虎丘賞月爲古人佳興韻事，詩文多有記載。見白居易《憶舊遊寄劉蘇州》、明李流芳《遊虎邱小記》等。
［三］長安：指京城。

贈王季孺孝廉[一]

王君蕭疎才本僊，手驅不律空蒼煙。峨眉寒積千年雪[二]，太華香生十丈蓮[三]。去年采真向閩粤，大王峰頭卧明月[四]。珠光曉燭龍子宫，水氣夜含神女襪。醉呼九仙下瑶京[五]，青天無人墮紫笙。洞口雲封丹竈冷，竹間花與石牀平。歸來秀句滿縑素，衣裳猶然帶雲霧。似煉金骨乘雲行，不飾蛾眉取人妒。花驚葉動空山長，鳥去猿來只醉鄉。子微天上占仙籍[六]，許碏人間作酒狂[七]。萬事蒼茫何所戀，馬蹄盈盈踐霜霰。曼倩應爲漢帝來[八]，紫泥白日鞭雷電。侏儒公卿無等倫[九]，窶數守宫何足辨？親隨龍輦上秋河，笑弄鶯花踏春殿。待詔金門十八年[一〇]，相期終在寥陽見[一一]。

注釋

[一]王季孺：王萓，字季孺。見本卷《秋夜同郭舜舉蔡伯華王季孺金玄朗詹政叔燕萬伯修宅聽李金吾彈琵琶》注釋[一]。

[二]峨眉：峨眉山。唐盧綸《送夔州班使君》：『萬嶺岷峨雪。』元袁桷《百一歌》：『峨眉積雪不動塵。』明張宇初《題方壺真人竒峯雪霽圖歌》：『岷峨太古雪。』

[三]太華：太華山，即西嶽華山。華山有東、西、南、北、中五峰，狀似蓮華（花），故名華山。又其西峰亦曰蓮花峰。唐李白《西嶽雲臺歌送丹丘子》：『白帝金精運元氣，石作蓮花雲作臺。』

[四]大王峰：在福建武夷山，又名天柱峰、紗帽巖。

[五]九仙：九類仙人。《雲笈七籤》卷三：『九仙者，第一上仙，二高仙，三火仙，四玄仙，五天仙，六真仙，七神仙，八靈仙，九至仙。』此泛指衆仙。瑶京：即玉京。此泛指仙都。

[六]子微：唐司馬承禎，字子微。河内温（今河南焦作市温縣）人，早年於嵩山師事潘師正，後遍遊名山，隱居浙江天台山，自號『天台白雲子』。武則天、睿宗、玄宗時都曾召至京都。世傳與陳子昂、盧藏用、宋之問、王適、畢構、李白、孟浩然、王維、賀知章爲『仙宗十友』。道教上清派茅山宗尊爲第十二代宗師。著有《修真秘旨》。

[七]許碏：唐高陽人。唐沈汾《續仙傳》卷上：『許碏自稱高陽人也。少爲進士累舉不第，晚學道於王屋山。周遊五嶽名山洞府，後從

峨嵋山經兩京，復自荆、襄、汴、宋抵江淮，茅山、天台、四明、仙都、委羽、武夷、霍桐、羅浮，無不徧歷。到處皆於石崖峭壁人不及處題云：「許碏自峨嵋山尋偃月子到此！」覩筆蹤者，莫不歎其神異，竟莫詳偃月子也。後多遊廬、江間，嘗醉吟曰：「閬苑花前是醉鄉，踏翻王母九霞觴。群仙拍手嫌輕薄，謫向人間作酒狂。」好事者或詰之，曰：「我天仙也。方在崑崙就宴，失儀見謫。」人皆笑之，以爲風狂。後當春景，插花滿頭，把花作舞，上酒家樓醉歌，昇雲飛去。』

[八]曼倩：漢東方朔，字曼倩。見本書詩集卷一《遊仙詩》注釋[一四]。

[九]侏儒：身材異常短小者。古代帝王、權貴好以侏儒爲倡優取樂，故借以指迎合帝王權貴而取寵者。《漢書・東方朔傳》載東方朔對上問，曰：『朱儒長三尺餘，奉一囊粟，錢二百四十。臣朔長九尺餘，亦奉一囊粟，錢二百四十。朱儒飽欲死，臣朔飢欲死。』

[一〇]金門：指漢代宫門金馬門，爲宦者署門。東方朔曾爲金馬門待詔，自謂避世於金馬門。

[一一]寥陽：寥陽宫，仙家宫殿，道教稱元始天尊所居，在大羅天上。

長歌行贈萬丘澤武選[一]

長安日暮焚蘭膏[二]，壚頭相逢雁門豪[三]。雁門豪客文武具，意氣直欲凌秋濤。談天炙轂富才藻[四]，自言恥作揚馬曹[五]。十石氂弧插大箭，五花龍紋拔寶刀。朝逐胡雛行苜蓿，夜迎俠客傾蒲萄。邊聲蕭蕭朔雲滿，雪落關門繡旗捲。看君有才復有情，好聽悲絲與急管。白猿黃石何縱横，紅燭青娥復宛轉。軍中倚馬不足陳，牀頭捉刀差快人。偶然得之眉睫下，一笑便將肝膽親。嗟余空騎紫騮馬，平生不踏長城下。身如芸香老蠹魚，咿嚘刺促胡爲者？自顧何物堪壓卿，執鞭相向人所驚。男兒鬚眉蔡澤是[六]，英雄膂力要離輕[七]。激昂風雲赴然諾，惟餘一片古人情。

注釋

[一]萬丘澤：萬世德，字伯修，號丘澤。見本卷《秋夜同郭舜舉蔡伯華王季孺金玄朗詹政叔燕萬伯修宅聽李金吾彈琵琶》注釋[一]。

[二]長安：指京城。

[三]雁門豪：雁門豪士，指萬世德。萬世德爲明山西偏頭關（今偏關縣）人。

[四]談天：戰國齊人鄒衍，其語宏大迂怪，稱『談天』。炙轂：戰國齊人淳于髡，能言善辯，《史記・孟子荀卿列傳》：『談天衍，雕龍奭，

炙轂過髡。』司馬貞索隱：『劉向《別録》「過」字作「輠」。輠，車之盛膏器也。炙之雖盡，猶有餘津，言髡智不盡如炙輠也。』居隆以『談天炙轂』，喻萬世德風趣善談。

［五］揚馬曹：漢揚雄、司馬相如等輩，指其唯有文才。

［六］蔡澤：戰國燕人，善辯，足智多謀。爲秦昭王相，獻計滅東周。

［七］要離：春秋時吴國著名刺客。爲吴王闔閭謀刺出奔在衛之慶忌，出發前要離請吴王戮其妻子，斷其右手，以得罪出奔來詐取慶忌信任。至衛國，慶忌果信之。要離與慶忌共渡江，於中流刺中慶忌，但因力微被慶忌及手下抓獲。慶忌感其爲天下勇士，釋令還吴旌忠。要離伏劍自殺。事見《吕氏春秋·忠廉》、漢趙曄《吴越春秋·闔閭内傳》。

彭城歌贈姜使君仲文[一]

使君握節何瀟灑，七尺芙蓉五花馬。青年早貴知不希，白雪高歌和者寡。一片雄心楚水西，千秋俠氣彭城下。彭城山川楚故都[二]，楚王叱吒空萬夫[三]。酒酣拔劍斫海水，六合股慄來相趨[四]。事雖不立良已矣，意氣自足傾吾徒。彭城北走連沛上[五]，萬里寒雲起芒碭[六]。當時漢帝湯沐宮[七]，擊筑歌風氣何壯。大殿今爲灰，高臺自無恙[八]。吁嗟使君來此城，豐沛父老稱神明。文章吏治兩多暇，登高吊古曠未平。山川不逐英雄去，日月尚掛英雄名。去年經過此霜月，濁河湯湯野風烈。使君置酒戲馬臺[九]，楚歌楚舞儼相列。眼前霸氣銷白煙，抵掌雄豪向余説。西園飛蓋夜蒼茫[一〇]，北斗孤城天陡絶。使君白皙婉清揚，余也眇小文弱無所長。兩人相得不解事，激昂往往横大荒。綵毫汝奪天孫手[一一]，匕首余懷烈士腸。綵毫物所妒，匕首余將藏。待君了却千秋意，然後相尋五嶽旁。君不見，張子房[一二]。

注釋

［一］彭城：即徐州。姜使君仲文：姜士昌，字仲文。萬曆八年（一五八〇）進士，任户部主事，掌管徐州倉，兼理關務。見本書詩集卷一《登彭城子房山與仲文》注釋［一］。

［二］楚故都：西楚霸王項羽建都彭城。

〔三〕楚王：指項羽。

〔四〕六合：天地四方，指天下。

〔五〕沛上：指沛縣。漢高祖劉邦家鄉爲沛縣豐邑。

〔六〕芒碭：莽山和碭山。《史記·高祖本紀》：『秦始皇帝常曰東南有天子氣，於是因東遊以猒之。高祖即自疑，亡匿，隱於芒碭山澤巖石之間。吕后與人俱求，常得之。高祖怪問之。吕后曰：「季所居，上常有雲氣，故從往常得季。」高祖心喜。』南朝宋裴駰集解：『徐廣曰：「芒，今臨淮縣也；碭縣在梁。」駰按，應劭曰：「二縣之界，有山澤之固，故隱於其間也。」』唐張守節正義：『《括地志》云：「宋州碭山縣，在州東一百五十里，本漢碭陽縣也。」碭山在縣東。』又正義：『顔師古曰：「京房《易兆候》云：何以知賢人隱四方？常有大雲五色具，而不雨，其下有賢人隱矣。」故吕后望雲氣而得之。』芒、碭二山，明代俱屬徐州碭山縣。《明史·地理志·徐州·碭山》：『東南有碭山，其北有芒山。』

〔七〕漢帝：指漢高祖劉邦。湯沐宮：指沛宮。《史記·高祖本紀》：『高祖還歸，過沛，留。置酒沛宮，悉召故人父老子弟縱酒，發沛中兒得百二十人，教之歌。酒酣，高祖擊筑，自爲歌詩曰：「大風起兮雲飛揚，威加海内兮歸故鄉，安得猛士兮守四方！」令兒皆和習之。高祖乃起舞，慷慨傷懷，泣數行下。謂沛父兄曰：「遊子悲故鄉。吾雖都關中，萬歲後吾魂魄猶樂思沛。且朕自沛公以誅暴逆，遂有天下，其以沛爲朕湯沐邑，復其民，世世無有所與。」』

〔八〕高臺：指歌風臺。《明一統志》卷十八《徐州》：『歌風臺，在沛縣治東南，泗水西岸，漢高祖征英布還沛，宴父老於此。歌曰：「大風起兮雲飛揚……」後人因以歌風名臺，立石，篆刻歌風辭於其上。』

〔九〕戲馬臺：項羽滅秦後自立爲西楚霸王，定都彭城，於城南因山築臺，以觀戲馬，故名戲馬臺。

〔一〇〕西園：三國曹魏園林名，在鄴城。曹氏父子、鄴下文人常遊宴西園，曹植《公宴詩》：『清夜遊西園，飛蓋相追隨。』居隆此處用指當前夜聚之園林。

〔一一〕天孫：傳説中巧於織造之仙女。

〔一二〕張子房：張良，字子房。助劉邦建立漢政權後，功成身退。

沛縣登歌風臺吊漢高祖〔一〕

彭城沛邑漢帝宫〔二〕，山川峭拔風土雄。三月驅車猶烈風，高天捲沙白日蒙。牛羊散野城郭空，我來不見隆準公〔三〕，但見平原草緑寒花紅。隆準公，英雄哉！亭長去〔四〕，帝王來〔五〕。去時蕭蕭提一劍，來時千騎萬乘驅雲雷。

椎牛置酒燕湯沐[六]，黄屋左纛虹霓開。前殿歌風氣逾猛，後宫擊筑聲復哀。百官歡呼父老醉，酒酣日落登高臺。當時王氣收，豪傑霍然起。他人裂土握重兵，公也蒼皇奔迫不得止。須臾劍光奮，義旗指，函谷一破子嬰死[七]。鴻門不能驚[八]，巴蜀不能喜[九]。黄石爲之用[一〇]，白帝當之靡[一一]，韓彭如狙項如豕[一二]。往來大業五載耳，世上英雄有如此。吁嗟乎！咸陽宫殿空蒼煙[一三]，彭城故都無墓田[一四]。神州赤縣掌上懸，公也歸來奏管絃。管絃歡娱歡不足，急雨飄風一何速。沛上山河已非漢，邑中父老死相續。故宫曾無片瓦覆[一五]，藤蘿倒挂野人屋，歌風之碑煙霜磨滅不可讀[一六]。遥望芒碭[一七]，鬱乎高丘，青天不動黄河流。大雲垂垂幕其上，龍蛇虎豹紛蚩尤[一八]。千秋萬歲後，魂氣當來遊。

注釋

[一]歌風臺：見前首詩注釋[八]。

[二]漢帝宫：即沛宫。見前首詩注釋[七]。

[三]隆準公：指漢高祖劉邦。《史記·高祖本紀》：「高祖爲人，隆準而龍顔。」準，鼻也。

[四]亭長：劉邦早年曾爲泗水亭長。

[五]帝王：指劉邦後爲帝王。

[六]湯沐：即湯沐邑，指沛縣。見前首詩注釋[七]。

[七]函谷：函谷關。子嬰：秦始皇孫，扶蘇弟，名子嬰。秦二世（胡亥）三年（前二〇七）九月，趙高逼殺胡亥，立子嬰爲秦王。十月，劉邦率兵入關，子嬰投降，秦亡。在位僅四十六天。後爲項羽所殺。

[八]鴻門：地名，在臨潼東。項羽會宴劉邦於此。『鴻門不能驚』事，見《史記》所載鴻門宴。

[九]巴蜀：劉邦與項羽争關中失利時，被項羽封爲『漢王』，巴蜀及漢中爲其領地。

[一〇]黄石：指黄石公，授張良兵書者。張良助劉邦建立漢政權。

[一一]白帝：相傳劉邦斬白蛇，白蛇爲白帝之子。《史記·高祖本紀》：『高祖被酒，夜徑澤中，令一人行前。行前者還報曰：「前有大蛇當徑，願還。」高祖醉，曰：「壯士行，何畏！」乃前，拔劍擊斬蛇。蛇遂分爲兩，徑開。行數里，醉，因卧。後人來至蛇所，有一老嫗夜哭。人問何哭，嫗曰：「吾子，白帝子也，化爲蛇，當道，今爲赤帝子斬之，故哭。」人乃以嫗爲不誠，欲笞之，嫗因忽不見。後人至，高祖覺。後人告高祖，高祖乃心獨喜，自負。諸從者日益畏之。』

［一二］韓彭：韓信與彭越之並稱。項：項羽。

［一三］咸陽宫殿：秦都咸陽宫殿，被項羽大火焚燒。

［一四］彭城故都：西楚霸王項羽故都彭城。

［一五］故宫：指沛宫。見上首詩注釋［七］。

［一六］歌風之碑：指歌風臺上篆刻着劉邦《大風歌》歌辭之石碑。見前首詩注釋［八］。

［一七］芒碭：莽山和碭山。見前首詩注釋［六］。

［一八］蚩尤：本爲傳説中九黎族首領，與黄帝戰於涿鹿，失敗被殺。相傳其與黄帝決戰時霧塞天地，故此處借指雲霧。

任城登太白酒樓［一］

任城東邊濟水頭，垂楊南陌鳴鳲鳩。王孫三五騎紫騮，嬌女二八彈箜篌。竹葉到手那復留，桃花向人勸未休。高城富貴多王侯，駙馬都尉大長秋。羅衣朝映珊瑚鈎，寶扇夜上木蘭舟。繁華零落隨蒿丘，姓名滅没不可求。白也一爲脱綺裘［二］，任城至今存酒樓。當胸磊塊六合收，綵毫淋漓元氣浮。憑欄雙目送汀洲，滄溟浩蕩齊州一點如輕鷗［三］。手持北斗大酌銀河流，織女渴死黄姑愁［四］。樓中之人去不返［五］，樓外斜陽又將晚。青天碧海無人管，繡箔珠簾爲誰捲？江頭墓花野風浣，估客登樓月光滿［六］。依舊金尊催玉板，使我對之心欲斷。人生何疾箭何緩，奈何不飲仰天蹋地成悽惋。吾聞紀叟善釀埋土灰［七］，千秋零露生荒苔，日月不照松花開。人間已銷金雀釵，地下仍餘鸚鵡杯。鬼燈四滅，白楊①颯颯神火來，公與何人沽夜臺［八］？公乎公乎唤不回，酒樓愁絶空崔嵬。

校勘

①楊：原作『揚』，據意改。

注釋

［一］任城：舊廢縣，舊治在今山東省濟寧市區。太白酒樓：唐李白寄家任城，《太平廣記》卷二百一《才名·李白》引《本事詩》，謂李

白：『於任城縣搆酒樓，日與同志荒宴其上，客至少有醒時。邑人皆以白重名，望其里而加敬焉。』唐咸通二年（八六一），沈光爲該樓篆書『太白酒樓』匾額。此後該樓代有修繕。元移址新建。明洪武二十四年（一三九一），濟寧左衛指揮使狄崇重建太白樓。

［二］白也：指李白。杜甫《春日憶李白》：『白也詩無敵。』後因用作李白代稱。

［三］齊州：猶中州，指『中國』。《爾雅・釋地》：『岠齊州以南……』郭璞注：『齊，中也。』邢昺疏：『中州，猶言中國也。』齊州一點，化用唐李賀《夢天》詩句：『遥望齊州九點煙，一泓海水杯中瀉。』

［四］織女：織女星，民間衍化爲神話人物。《月令廣義・七月令》引南朝梁殷芸《小説》：『天河之東有織女，天帝之子也。年年機杼勞役，織成雲錦天衣，容貌不暇整。帝憐其獨處，許嫁河西牽牛郎。嫁後遂廢織紝，天帝怒，責令歸河東，但使一年一度相會。』黄姑：牽牛星，民間衍化爲神話人物，爲織女之夫。《玉臺新詠・歌辭二首》：『東飛伯勞西飛燕，黄姑織女時相見。』吴兆宜注引《歲時記》：『河鼓、黄姑，牽牛也。皆語之轉。』

［五］樓中之人：指李白。

［六］估客：本稱行商，此指詩人，化用南朝宋劉義慶《世説新語・文學》典：『袁虎少貧，嘗爲人傭載運租。謝鎮西經船行，其夜清風朗月，聞江渚間估客船上有詠詩聲，甚有情致，所誦五言又其所未嘗聞，歎美不能已。即遣委曲訊問，乃是袁自詠其所作詠史詩，因此相要，大相賞得。』

［七］紀叟：宣城人，姓紀，名不詳。善釀酒，酒名老春。李白常向其沽酒。紀叟死，李白作《哭宣城善釀紀叟》詩悼之：『紀叟黄泉裏，還應釀老春。夜臺無李白，沽酒與何人？』

［八］夜臺：墓穴，借指陰間。

劉御史歌［一］

丞相怒［二］，烈士戍。驄馬來，烈士災。陰風蕭蕭神靈哭不止，黄沙荒荒烈士死。吁嗟乎！劉御史。遼陽天黑白日没［三］，下有猰貐上有鶻，磨牙鑿齒據其窟。山鬼不敢弔，河伯不敢出，妻子那及收骸骨。嗚呼噫嘻！何人殺孔融［四］？何人殺臧洪［五］？男兒出身報天子，俛首屈死蓬蒿中。雲旗獵獵紅滿空，天兵下來銜煙虹，將軍十道開寶弓。誰當迎御史，上帝特遣關龍逢［六］。關龍逢，握公手。釀天河，挹北斗。拂公塵埃飲公酒，人間嶮巇天上否。遊戲白玉堂，逍遥黄金牖，椒山青霞亦公友［七］。自公去矣廓氛霾，天清地朗日月開。墓前銅雀化爲灰，塞外金雞謪成回。公不在矣，使我心哀。我哀何爲公不答？仰視高空寒颯颯，白雲蒼茫九關合。乾坤轂轉人事遷，天子下詔褒忠賢。鬼蜮射人，虹霓障天，殲我烈士古路邊。榮以大官寵大篇，子孫仍賜綿上田[八]。蕙殽桂醴焚紙錢，年年寒食墓門煙。

注釋

[一]劉御史：劉臺，字子畏，江西安福人。隆慶五年（一五七一）進士，授刑部主事。萬曆初，出任遼東巡按御史。萬曆四年（一五七六）上疏彈劾首輔張居正，入獄，廷杖一百，除名，充軍廣西。至潯州暴卒。第二年，御史江東之訴劉臺冤，朝廷下詔恢復劉臺官職。天啟初，追謚『毅思』。有《精忠堂稿》。

[二]丞相：指張居正。

[三]遼陽：劉臺任遼東巡按御史，遼東即遼河以東地區，明爲軍鎮，『九邊』之一。屠隆時代，鎮守總兵官駐遼陽（今遼寧省遼陽市）。

[四]孔融：字文舉。東漢末年人。富於才氣，仕宦經歷豐富。爲人剛直敢言，對曹操多有侮慢之辭，後遭構陷，被曹操殺害。

[五]臧洪：字子源。東漢末年人。爲人雄氣壯節，曾討伐董卓。後在袁紹手下任職，治理青州，多有政績。袁紹憚其能，徙爲東郡太守，結怨。終被袁紹殺害。

[六]關龍逢：人名，夏桀之臣。桀荒淫無度，龍逢直言進諫，被桀囚拘斬殺。《莊子·胠篋》：『昔者龍逢斬、比干剖。』

[七]椒山：楊繼盛，字仲芳，號椒山。嘉靖二十六年（一五四七）進士，初歷南京吏部主事、兵部員外郎。因彈劾仇鸞開馬市之議，被貶爲狄道典史。後遷諸城知縣、南京户部主事、刑部員外郎、兵部武選司員外郎。嘉靖三十二年（一五五三），因彈劾嚴嵩十大罪，遭誣下獄，遇害。穆宗隆慶時追贈太常少卿，謚號『忠愍』。有《楊椒山集》。青霞：沈煉，字純甫，號青霞。嘉靖十七年（一五三八）進士。任溧陽知縣，徙茌平知縣，入爲錦衣衛。性剛直，上疏彈劾嚴嵩十大罪，遭廷杖五十，削官爲民。終遭誣陷被殺。天啟初追謚『忠愍』。有《青霞集》。

[八]綿上：古地名，春秋時晉地。介之推隱於綿上山中而死，晉文公求之不獲，遂以綿上之田爲其祭田。《左傳·僖公二十四年》：『晉侯賞從亡者，介子推不言禄，禄亦弗及……遂隱而死。晉侯求之，不獲，以綿上爲之田，曰：「以志吾過，且旌善人。」』

去婦歸爲趙汝師太史作[一]

穎陽有回照，寒花發故枝。明鏡破復合，勝于未破時。妾顏如芙蓉，妾心如兔絲。自從結髮事君子，白日黃河兩相矢。芙蓉窈窕爲君憐，兔絲纏綿爲君死。鴛鴦交棲蓮並頭，翡翠雙飛木連理。雞鳴起視夜，明星尚在天。挑燈事膏沐，對鏡理釵鈿。班氏長辭輦[二]，樊姬不食鮮[三]。爲君織綃雙燕下，爲君拂枕百花前。只道恩深無以喻，詎料蛾眉有人妬。傾城色進漢帝疎[四]，掩袖讒工楚王惡[五]。黄金賦冷坐閑門，紈扇歌哀委中路。含情含恨下堦行，收淚收聲出宫去。雕楹朱户生青苔，襍佩寶釵捐土灰。金箱宛轉疊文錦，銀鑰葳蕤不忍開。敢望凌波踏春殿，自分鉛華掩夜臺。頃刻桑田變滄海，時移運轉讒人敗。日月下照妾心明，雨露不改君恩在。迎妾香車映紫騮，賜妾玉環飄繡帶。登君之車入君堂，使妾感泣涕成行。重歌桃花五明扇，重上珊瑚七寶牀。即使紅顔化枯骨，賜環之恩那可没。

注釋

[一] 去婦：被丈夫休棄之婦。《漢書·王吉傳》：『東家有樹，王楊婦去；東家棗完，去婦復還。』去婦歸，即去婦復還之意。趙汝師：趙用賢，字汝師，號定宇。江蘇常熟人。隆慶五年（一五七一）進士，選庶吉士。萬曆初授檢討，抗疏論張居正奪情，遭廷杖六十，並貶爲平民。張居正死後復故官，進右贊善，充經筵講官，官終吏部左侍郎。卒謚『文毅』。工詩文。有《三吴文獻志》《松石齋集》《國朝典章》《因革録》。

[二] 班氏：班婕妤。班況之女，漢成帝時選入後宫，有賢才，得寵幸爲婕妤。後趙飛燕入宫，班婕妤失寵、遭讒。慮禍自求供養太后於長信宫。世傳作品《自悼賦》《擣素賦》《怨歌行》（亦稱《團扇歌》）。

[三] 樊姬：楚莊王之姬。樊姬爲諫止楚莊王狩獵，不食禽獸之肉，使勤於政事。漢劉向《列女傳·楚莊樊姬》：『樊姬，楚莊王之夫人也。莊王即位，好狩獵。樊姬諫不止，乃不食禽獸之肉。王改過，勤於政事。』

[四] 傾城色：指漢武帝寵幸之李夫人，爲音樂家李延年、貳師將軍李廣利之妹。《漢書·外戚傳上·李夫人》：『延年侍上起舞，歌曰：「北方有佳人，絶世而獨立。一顧傾人城，再顧傾人國。寧不知傾城與傾國，佳人難再得。」上嘆息曰：「善！世豈有此人乎？」平陽主因言延年有女弟，上乃召見之，實妙麗善舞，由是得幸。』

[五] 掩袖讒工：用楚懷王寵妃鄭袖狡黠善妒、與美人争風設陷事，《韓非子·内儲説下》：『魏王遺荆王美人，荆王甚悦之。夫人鄭袖知王悦愛之也……因爲（謂）新人曰：「王甚悦愛子，然惡子之鼻。子見王，常掩鼻，則王長幸子矣。」於是新人從之。每見王，常掩鼻。王謂夫人曰：「新人見寡人常掩鼻，何也？」對曰：「不知也。」王强問之，對曰：「頃嘗言惡聞王臭。」王怒曰：「劓之。」』唐駱賓王《爲徐敬業討武曌檄》：『掩袖工讒，狐媚偏能惑主。』

彭城姜使君邀登蘇子瞻放鶴亭作[一]

彭城刺史龍爲友[二]，文章斫地擘天手。手提招摇弄北斗，大叫滄溟萬山吼。所至蹤跡落人間，嶽瀆風雨轆轆隨公走。鴻濛元氣日告罷，羲和六龍在公後[三]。揭來高卧黄茅岡，賦詩載酒傾秋缸。綵毫十丈，五丁鉅霝不敢扛[四]。斷岡裂石鑿亭子，勁風蕭蕭開八窗。長河煙銷落日紫，鐵笛乍起魚龍撞。呼來碧海月千頃，目送青天鶴一雙。自公神遊去八極，雲旗芝蓋無消息。亭今兀兀吞寒煙，鶴亦茫茫墮宫碧。霜花不蝕蒼崖碑，知是山靈護真蹟。時移代謝浩劫灰，我與使君今復來。一日蘇耽棄我去，千秋華表令人哀。有酒空澆亭下土，春風又緑巖前苔。山崔嵬，水瀠洄，吊古興哀徒爾爲。一曲斜陽送一杯，與君爛醉白雲堆。

注釋

[一]姜使君：姜士昌，字仲文。萬曆八年（一五八〇）進士，任户部主事，掌管徐州倉，兼理關務。見本書詩集卷一《登彭城子房山與仲文》注釋[一]。蘇子瞻：宋蘇軾，字子瞻。熙寧十年（一〇七七）四月至元豐二年（一〇七九）三月知徐州。放鶴亭：《明一統志》卷十八《徐州・宫室》：「放鶴亭，宋熙寧間雲龍山人張天驥作於東山之麓。山人有二鶴，旦則望西山而放，暮則傍東山而歸，故名。蘇軾作記。」

[二]彭城刺史：指蘇軾。

[三]羲和：神話傳説中人物，駕御日車之神。《楚辭・離騷》：「吾令羲和弭節兮，望崦嵫而勿迫。」王逸注：「羲和，日御也。」日乘車，駕以六龍。

[四]五丁：神話傳説中之五個大力士。《藝文類聚》卷七引漢揚雄《蜀王本紀》：「天爲蜀王生五丁力士，能獻山，秦王（秦惠王）獻美女與蜀王，蜀王遣五丁迎女。見一大虵入山穴中，五丁並引虵，山崩……」鉅霝：河神名。霝，靈之古字。後魏酈道元《水經注》卷四《河水》：「左丘明《國語》云：華嶽本一山當河，河水過而曲折，河神巨靈，手蕩脚踏，開而爲兩，今掌足之跡，仍存華巖。」明張萱《疑耀・鉅靈》：「鉅靈之跡，傳載所紀，多在蜀中。《水經》所稱鉅靈，謂河神。」

白榆集校注詩集卷之三

七言古詩二

公子行贈宋西寧忠甫[一]

邯鄲雕窗結文綺[二]，上客從容躡珠履[三]。何物盤跚複道行[四]，當樓一笑美人死。大梁錦席登華軒[五]，公子自起迎夷門[六]。路傍劒客願刎頸[七]，宫中娥眉解報恩[八]。易水壯士偶一言[九]，金盤擎出玉臂寒。仰天氣觸白虹走[一〇]，徐姬匕首血不乾[一一]。淮南好文復好道[一二]，八公風霜挾鴻寶[一三]。雲中雞犬去不回，藥竈空存桂花老。西園飛蓋引應劉[一四]，高臺置酒彈箜篌[一五]。彩毫煌煌照千古，鄴都零落漳河流[一六]。邇來一一推王孫，圖書滿架生灰塵。歌姬孌童閉門坐，布衣投刺典謁嗔。粱①肉但飽厮養卒，結交那有賢豪人？華轂朱輪紫騮馬，出入輝光驚四鄰。眼中西寧差快意，玉帶貂蟬誇早貴。二十秀雅如諸生，翩翩大有凌雲氣。稱詩作賦耽典墳，好客留賓開邸第。田蚡安肯容灌夫[一七]，孟德猶能殺鼓吏[一八]。狂生罵座君不知，醉看孤燭光淋漓。長者寧辭親結襪，貴人却乃羞低眉。大梁諸公死去久[一九]，寥寥千載見風期。

校勘

①粱：原作『梁』，據文意改。

注釋

［一］宋西寧忠甫：宋世恩，字忠甫，世襲西寧侯。慕屠隆高才，以兄事隆，宴遊甚歡。後爲刑部主事俞顯卿彈劾與屠隆淫縱，被停俸半年。

［二］邯鄲：此指戰國時趙國都城邯鄲。『邯鄲』以下四句言『戰國四公子』之趙國公子平原君趙勝禮賢下士之事。《史記·平原君虞卿列傳》：『平原君趙勝者，趙之諸公子也。諸子中勝最賢，喜賓客，賓客蓋至者數千人。』

［三］上客：上等門客。秦圍邯鄲，趙使平原君求救，合縱於楚，毛遂自薦同往，説楚王成功，平原君以遂爲上客。見《史記·平原君虞卿列傳》。珠履：珠寶所飾之履。《史記·春申君列傳》：『春申君客三千餘人，其上客皆躡珠履。』

［四］何物：指平原君鄰家躄者。《史記·平原君虞卿列傳》：『平原君家樓臨民家。民家有躄者，槃散行汲。平原君美人居樓上，臨見，大笑之。明日，躄者至平原君門，請曰：「臣聞君之喜士，士不遠千里而至者，以君能貴士而賤妾也。臣不幸有罷癃之病，而君之後宮臨而笑臣。臣願得笑臣者頭。」平原君笑應曰：「諾。」躄者去，平原君笑曰：「觀此豎子，乃欲以一笑之故殺吾美人，不亦甚乎！」終不殺。居歲餘，賓客門下舍人稍稍引去者過半。平原君怪之，曰：「勝所以待諸君者未嘗敢失禮，而去者何多也？」門下一人前對曰：「以君之不殺笑躄者，以君爲愛色而賤士，士即去耳。」於是平原君乃斬笑躄者美人頭，自造門進躄者，因謝焉。其後門下乃復稍稍來。是時齊有孟嘗，魏有信陵，楚有春申，故爭相傾以待士。』

［五］大梁：此指戰國時魏國都城大梁。『大梁』以下四句言魏國公子信陵君魏無忌禮賢下士之事。

［六］公子：指信陵君。夷門：指大梁夷門之守門吏侯嬴。《史記·魏公子列傳》：『魏有隱士曰侯嬴，年七十，家貧，爲大梁夷門監者。公子聞之，往請，欲厚遺之。不肯受，曰：「臣脩身潔行數十年，終不以監門困故而受公子財。」公子於是乃置酒大會賓客。坐定，公子從車騎，虚左，自迎夷門侯生。侯生攝弊衣冠，直上載公子上坐，不讓，欲以觀公子。公子執轡愈恭。侯生又謂公子曰：「臣有客在市屠中，願枉車騎過之。」公子引車入市，侯生下，見其客朱亥，俾倪，故久立與其客語，微察公子，公子顔色愈和。當是時，魏將相宗室賓客滿堂，待公子舉酒。市人皆觀公子執轡。從騎皆竊罵侯生。侯生視公子色終不變，乃謝客就車。至家，公子引侯生坐上坐，遍贊賓客，賓客皆驚。酒酣，公子起，爲壽侯生前。侯生因謂公子曰：「今日嬴之爲公子亦足矣！嬴乃夷門抱關者也，而公子親枉車騎自迎嬴，於衆人廣坐之中，不宜有所過，今公子故過之。然嬴欲就公子之名，故久立公子車騎市中，過客，以觀公子，公子愈恭。市人皆以嬴爲小人，而以公子爲長者，能下士也。」於是罷酒，侯生遂爲上客。』

［七］劍客：指侯嬴。信陵君爲救趙，用侯嬴計獲得兵符後，將往晉鄙軍合符，《史記·魏公子列傳》：『公子過謝侯生。侯生曰：「臣宜從，老不能。請數公子行日，以至晉鄙軍之日，北鄉自剄，以送公子。」……公子與侯生決，至軍，侯生果北鄉自剄。』

［八］娥眉：此指魏安釐王之如姬。如姬爲報恩助信陵君竊符救趙。《史記·魏公子列傳》載，魏安釐王二十年（前二五七），秦兵圍趙邯

鄲。趙數遣魏王及公子信陵君書，請救於魏。魏王使將軍晉鄙將十萬衆救趙。後魏王畏秦，使人止晉鄙，留軍壁鄴以觀望。信陵君急欲救趙，侯嬴獻計：『嬴聞晉鄙之兵符常在王卧内，而如姬最幸，出入王卧内，力能竊之。嬴聞如姬父爲人所殺，如姬資之三年，自王以下欲求報其父仇，莫能得。如姬爲公子泣，公子使客斬其仇頭，敬進如姬。如姬之欲爲公子死，無所辭，顧未有路耳。公子誠一開口請如姬，如姬必許諾，則得虎符奪晉鄙軍，北救趙而西却秦，此五霸之伐也。』公子從其計，請如姬。如姬果盜晉鄙兵符與公子。遂救邯鄲。

［九］易水壯士：指荆軻。燕太子丹派荆軻赴秦刺殺秦王，送行至易水之上，荆軻慷慨高歌：『風蕭蕭兮易水寒，壯士一去兮不復還！』屠隆此處因稱荆軻爲易水壯士。『偶一言』及下句：荆軻謀刺秦王時，請求以樊於期首級進獻秦王，以獲取信任。樊於期袒臂搤捥，慷慨自刎。樊於期原爲秦國將軍，因伐趙失敗，畏罪逃往燕國，被燕太子丹收留。秦王怒，殺戮其父母宗族，懸賞千金邑萬家以購樊於期之頭。《史記·刺客列傳》：『荆軻曰：「今行而毋信，則秦未可親也。夫樊將軍，秦王購之金千斤，邑萬家。誠得樊將軍首與燕督亢之地圖，奉獻秦王，秦王必説見臣，臣乃得有以報。」太子曰：「樊將軍窮困來歸丹，丹不忍以己之私而傷長者之意，願足下更慮之。」荆軻知太子不忍，乃遂私見樊於期，曰：「秦之遇將軍可謂深矣，父母宗族皆爲戮没。今聞購將軍首金千斤，邑萬家，將奈何？」於期仰天太息，流涕曰：「於期每念之，常痛於骨髓，顧計不知所出耳。」荆軻曰：「今有一言可以解燕國之患，報將軍之仇者，何如？」於期乃前曰：「爲之奈何？」荆軻曰：「願得將軍之首以獻秦王，秦王必喜而見臣，臣左手把其袖，右手揕其胷，然則將軍之仇報而燕見陵之愧除矣。將軍豈有意乎？」樊於期偏袒搤捥而進曰：「此臣之日夜切齒腐心也，乃今得聞教！」遂自剄。太子聞之，馳往，伏屍而哭，極哀。既已不可奈何，乃遂盛樊於期首函封之。』『易水壯士』以下四句，言燕太子丹養義士報復秦王之事。

［一〇］仰天句：言荆軻俠氣干白虹事，《史記·魯仲連鄒陽列傳》：『昔者荆軻慕燕丹之義，白虹貫日，太子畏之。』裴駰集解引應劭曰：『精誠感天，白虹爲之貫日也。』屠隆《由拳集》卷四《感懷十首》：『荆卿歌易水，俠氣干白虹。』

［一一］徐姬：指徐夫人，趙國鑄劍名家。《史記·刺客列傳》：『於是太子豫求天下之利匕首，得趙人徐夫人匕首，取之百金。使工以藥焠之，以試人，血濡縷，人無不立死者。乃裝爲遣荆卿。』按，唐司馬貞《史記索隱》稱：『徐，姓；夫人，名，謂男子也。』屠隆稱其爲徐姬，作女性。

［一二］淮南：指西漢淮南王劉安。安爲漢高祖劉邦之孫，淮南厲王劉長之子。博學善文辭，又禮賢下士，門下薈萃之文人衆多。劉安與門客爲辭賦，有《招隱士》流傳：『桂樹叢生兮山之幽，偃蹇連蜷兮枝相繚。……攀援桂枝兮聊淹留。』『淮南』以下四句言劉安好文又好道之事。

［一三］八公：劉安門客，有蘇非、李尚、左吴、田由、雷被、毛被、伍被、晉昌八人，稱『八公』。後人以劉安好方技，將『八公』附會爲神仙，晉葛洪《神仙傳》卷六：『淮南王安好神仙之道，海内方士從其遊者多矣。一旦有八公詣之……曰：「我等之名，所謂文五常、武七德、枝百英、壽千齡、葉萬椿、鳴九臯、修三田、岑一峯也，各能吹噓風雨，震動雷電，傾天駭地，迴日駐流，役使鬼神，鞭撻魔魅，出入水火，移易山川，變

化之事，無所不能也。」……乃取鼎煮藥使王服之，骨肉近三百餘人同日昇天，雞犬舐藥器者，亦同飛去。」

〔一四〕西園：三國曹魏園林名，在鄴城。曹氏父子、鄴下文人常遊宴西園，曹植《公宴詩》：『公子敬愛客，終宴不知疲。清夜遊西園，飛蓋相追隨。』應劉：應瑒、劉楨之合稱，二人均爲『建安七子』中人物，受到公子曹丕、曹植禮遇。應瑒《公宴詩》：『公子敬愛客，樂飲不知疲。和顔既以暢，乃肯顧細微。』劉楨《公宴詩》：『永日行遊戲，歡樂猶未央。……輦車飛素蓋，從者盈路旁。』

〔一五〕高臺：曹植《箜篌引》：『置酒高殿上，親友從我遊。中厨辦豐膳，烹羊宰肥牛。秦箏何慷慨，齊瑟和且柔。陽阿奏奇舞，京洛出名謳。樂飲過三爵，緩帶傾庶羞。主稱千金壽，賓奉萬年酬。……』

〔一六〕鄴都：又稱鄴城（今河北臨漳縣西南鄴北城遺址）。東漢末年，曹操擊敗袁紹後，即在此經營王都，大興宫苑。屠隆《由拳集》卷一《歡賦》：『孟德芟除四方蒿萊，雄圖既就，猛士歸來，引漳河以爲池，鑄銅雀以爲臺，清吹干雲，步輦轟雷，高歌烈士，泰山崔巍。陳王妙才，應劉卓犖，寶馬金羈，光輝歷落，出馳東郊，歸宴平樂，神飆蕩空，青山映閣。』漳河：指臨漳之漳河。唐王維《送熊九赴任安陽》：『魏國應劉後，寂寥文雅空。漳河如舊日，之子繼清風。』

〔一七〕田蚡：西漢景帝皇后王娡同母弟，武帝時官至丞相。灌夫：字仲孺，西漢潁陰（今河南許昌）人。以勇猛聞名，漢景帝時爲代國宰相。漢武帝時，歷任淮陽太守、太僕、燕國宰相等職，後觸法免官。爲人好使酒。曾赴丞相田蚡宴，使酒罵座，終至被斬。事見《史記・魏其武安侯列傳》。

〔一八〕孟德：曹操，字孟德。鼓吏：掌鼓之吏，又作『鼓史』。此指禰衡。參見上卷《于燕芳年二十以布衣上書自稱華亭民余讀未竟色動亟命召入相見信有正平之才索予以長牋答之不許復索長歌又不許無何折節閉門讀書不與外事者三年余聞而作此贈之》注釋〔一一〕。禰衡恃才傲物，反復羞辱曹操，《後漢書・禰衡傳》：『操怒，謂融曰：「禰衡豎子，孤殺之猶雀鼠耳！顧此人素有虚名，遠近將謂孤不能容之，今送與劉表，視當何如。」於是遣人騎送之。』

〔一九〕大梁諸公：指信陵君等人。

薊門行贈顧益卿使君〔一〕

薊門日落大旗赭〔二〕，疾風捲蓬雪鋪野。健兒夜走滹沱冰〔三〕，寶刀血照蒲梢馬。焉支慘澹牛羊稀〔四〕，胡人聚哭陰山下〔五〕。使君行邊今李牧〔六〕，威名昔年著南國。十萬樓船清海怪，長戟短兵風雨速。一朝提劍驚西來，父老闞前拜羽纛。牧馬匈奴畏近邊，風煙不動壯士眠。一自龍堆卸金甲〔七〕，便從虎帳開瓊筵。空霜地白暮天霽，城寒戍壘月痕細。騰裝插羽下南樓，急管哀弦復西第。粉面妖童歌十行，鐵騎貔貅舞千隊。揮毫自草箜篌篇，紅燭淋漓客皆醉。白日難銷俠烈心，黄雲不壓英雄氣。五陵三輔奔車輪[八]，幕下盡是賢豪人。湯生茹生自我輩[九]，宜城一石空千春[一〇]。若爲望去思瓊樹，恨不同來吐錦裀。吁嗟乎，薊丘崩頹樂毅死[一一]，穀城荒凉黄石逝[一二]。廣武一歎秋雲駛[一三]，紛紛成名徒豎子[一四]。眼中英雄使君耳[一五]！丈夫出處何足言，爲龍爲蛇亦偶然。君今留卧邊頭月，余也歸耕海上田。曾授靈書二十四，昌蒲紫花封洞天。他年好待驂鸞鶴，接汝嵩陽玉女巔[一六]。

注釋

[一] 顧養謙，字益卿。時任薊州鎮兵備。參見上卷《贈崑崙山人遊天台訪顧益卿使君》注釋[一]。

[二] 薊門：即薊丘。見本書詩集卷一《奉送蔡師出按淮陽》注釋[二]。

[三] 滹沱：滹沱河。見上卷《排空歌贈佘宗漢山人》注釋[一四]。

[四] 焉支：山名。見上卷《秋夜同郭舜舉蔡伯華王季孺金玄朗詹政叔燕萬伯修宅聽李金吾彈琵琶》注釋[三]。

[五] 陰山：山脈名，在今内蒙古自治區中部。《史記・匈奴列傳》：『趙武靈王……築長城，自代並陰山下。』唐張守節正義：『《括地志》曰：「陰山在朔州北塞外突厥界。」』唐王昌齡《出塞》：『但使龍城飛將在，不教胡馬度陰山。』

[六] 李牧：戰國時趙國名將。曾長期駐守代地雁門，防備匈奴。其治軍有方，用奇兵大破匈奴，使匈奴若干年不敢接近趙國邊境。後秦軍攻趙，牧屢破之。以功封武安侯。

[七] 龍堆：白龍堆之略稱，古西域沙丘名，在今新疆天山南路。《漢書・匈奴傳下》：『豈爲康居、烏孫能踰白龍堆而寇西邊哉，乃以制匈奴也。』唐岑參《獻封大夫破播仙凱歌》之四：『洗兵魚海雲迎陣，秣馬龍堆月照營。』

[八] 五陵：五陵豪客之省稱。五陵爲西漢五個皇帝陵墓所在地，即長陵、安陵、陽陵、茂陵、平陵五縣。因漢代皇帝立陵墓，多遷富家豪族及外戚居住於陵墓附近，故五陵地區多豪族，其子弟以任俠豪放著稱。三輔：初爲西漢治理京畿地區三個職官之合稱，後亦指其所轄地區。《太平御覽》卷一六四引《三輔黄圖》：『武帝太初元年改内史爲京兆尹，以渭城以西屬右扶風，長安以東屬京兆尹，長陵以北屬左馮翊，以輔京師，謂之三輔。』後世以『三輔』泛稱京城附近地區。

[九] 湯生：湯有光，字慈明，通州（今北京市通州區）人。邑諸生，萬曆年間曾入顧養謙薊遼幕府。晚年與范鳳翼爲忘年交，結山茨社。有《湯慈明詩集》。范鳳翼《范勛卿詩文集》文集卷二有《湯慈明詩序》。《明詩紀事》庚籤卷三十有小傳。茹生：茹天成，字懋集。無錫人。萬曆間山人，曾刻印漢劉向編《楚騷》《屈原傳》。屠隆本卷《贈湯慈明》：『最喜天涯遇良友，更得茹生若瓊玖。』

〔一〇〕宜城：本古縣名，因其地產酒，故屠隆此處用以稱酒。《明一統志》卷六十《襄陽府·古蹟》：『宜城故城在宜城縣南九里，本楚鄢縣，漢改曰宜城，屬南郡。其地出美酒，梁元帝詩：「宜城醖酒今朝熟，停鞍繫馬暫棲宿。」』

〔一一〕樂毅：戰國時著名軍事家。燕昭王以千金買馬骨、築黄金臺等措施招賢納士，於是士争相湊燕，樂毅自魏往。助昭王發憤圖强，昭王二十八年（前二八四），樂毅爲上將軍，攻佔齊都臨淄，下齊七十餘城。被封爲昌國君。

〔一二〕穀城：穀城山。黄石：指秦末隱士黄石公，即授張良《太公兵法》之圯上老人。見本書詩集卷一《圯橋進履圖爲胡民部賦》注釋〔一〕。

〔一三〕廣武：古城名。故址在今河南滎陽市東北廣武山上。有東西二城，隔澗相對。楚、漢相争時，各占一城，互相對峙，多番争奪，相持數月，終因楚軍缺糧，軍心涣散，項羽被迫與劉邦約和。魏晉人阮籍登廣武山發長歎，《晉書·阮籍傳》：『嘗登廣武，觀楚漢戰處，歎曰：「時無英雄，使豎子成名！」』

〔一四〕豎子：對人之鄙稱，猶今稱『小子』。阮籍口中乃稱劉邦，屠隆此處爲借喻。

〔一五〕使君：原典指劉備，屠隆此處指顧益卿使君。《三國志·蜀志·先主傳》：『曹公從容謂先主曰：「今天下英雄，惟使君與操耳！本初之徒，不足數也。」』

〔一六〕嵩陽玉女巔：即嵩陽玉女峰，嵩山七十二峰之一，古有修道者居之。唐陳子昂《續唐故中嶽體玄先生潘尊師碑頌》：『初學茅山濟江水，乃入華陽洞天裏。道逢真人升玄子，授以寶書青台旨。令守嵩山玉女峰，雲棲窮林今五紀。』李白《送楊山人歸嵩山》：『我有萬古宅，嵩陽玉女峰。長留一片月，掛在東溪松。爾去掇仙草，昌蒲花紫茸。歲晚或相訪，青天騎白龍。』

青谿道士吟留别京邑諸游好

青谿道士餐白石〔一〕，掃地焚香坐空碧。月映蒹葭秋水寬，雪覆栟櫚暮雲坼。山深路僻無人煙，沙冷天空留虎跡。可惜一朝不自堅，來作清朝蘭省客〔二〕。烈日騎馬堀堁中，搔首乾坤嗟迫迮。下筆連蜷雌蜺氣，吐口夭矯丹霞色。雄心不除俠骨存，十年學道亦何益。何物美器橫相加，藉藉聲滿長安陌〔三〕。長安大道連平沙，王侯戚里紛豪華。銀臺畫閣三千尺，繡箔珠樓十萬家。省郎卜居窮巷裏〔四〕，車馬趨之若流水。争設瓊筵借彩毫，朝入西園暮東邸。摛辭盡道李王孫〔五〕，執轡皆稱魏公子〔六〕。主人轟飲醉向天〔七〕，淋漓紅燭落花前。銀漢半斜沉夜柝，繁霜歌罷彈哀弦。有客醒然不御酒〔八〕，獨擁香爐對暝煙。吁嗟乎！美服人所指，器盈神理殃。爲歡尚未畢，含沙已在旁。

匹夫睚眦修匕箸，惡聲狺狺安可量。子蘭讒屈平[九]，登徒毁宋玉[一〇]。謂奏相如琴[一一]，未滅淳于燭[一二]。禰生鼓吏慚未能[一三]，幼輿丘壑無不足[一四]。青天何高高，白日去莽莽。出門眼看北邙山[一五]，令人萬事抛漭瀁。玉柙珠襦寒雨中，金罍寶瑟高堂上。不聞黄鵠遊洿池[一六]，豈有神龍挂魚網。我欲掩口笑古人，古人英雄亦不達。子房赤松待興漢[一七]，范蠡五湖須霸越[一八]。即如蒙①莊與灌園[一九]，安用雲臺懸日月[二〇]。馬蹄雞肋空有無，欲休即休何所圖。亦不用百官祖道集征虜[二一]，亦不用君王詔書賜鑒湖[二二]。一騎蕭然下風雪，空壕斜日啼城烏。恥爲執虎子[二三]，甯待車生耳[二四]。嬾視張儀舌[二五]，不問待詔齒[二六]。是非野鶴騫孤霞，恩怨金鳩擘海水。脱我今日之紅塵，還我舊時之白雲。王績罷官同坐酒[二七]，介推身隱詎須文[二八]。風雷不能爲之驅，陰陽不能爲之鑄。胡鷹翻然掣金鎖[二九]，碧落茫茫墮秋霧。銅馬當年悔陸沉[三〇]，自憐黑髮早抽簪。當門楊柳黏天碧，繞屋松杉滿地陰。故人他日如相訪，萬樹桃花何處尋？

校勘

① 蒙：原作『濛』，據意改。

注釋

[一] 青谿道士：屠隆自稱。

[二] 蘭省客：指任職於禮部。唐鄭谷《次韻和禮部盧侍郎江上秋夕寓懷》：『夢歸蘭省寒星動，吟向莎洲宿鷺驚。』

[三] 長安：指京城。

[四] 省郎：屠隆去職前爲禮部郎中，故稱。

[五] 李王孫：唐李賀。賀字長吉，爲李唐諸王孫，其《金銅仙人辭漢歌》序中自稱『唐諸王孫李長吉』。李賀文才出衆，其詩長於想象，極富盛名。

[六] 魏公子：戰國時魏國公子信陵君魏無忌。信陵君禮賢下士，嘗爲侯生執轡。

[七] 主人：指西寧侯宋世恩。因慕屠隆高才，以兄事隆，常在府中設宴歡集。

[八] 有客：指告密者。宋世恩、屠隆因之被刑部主事俞顯卿以淫縱之名彈劾。屠隆被革職，宋世恩被停俸半年。

［九］子蘭：人名，楚懷王之子、楚頃襄王之弟，頃襄王時官至令尹。屈平：屈原，名平字原。屈原遭子蘭及上官大夫等人誣害，被流放。《史記・屈原賈生列傳》：『……令尹子蘭聞之，大怒。卒使上官大夫短屈原於頃襄王。頃襄王怒而遷之。』

［一〇］登徒：登徒子。宋玉：楚國文人，曾事頃襄王。宋玉《登徒子好色賦》：『大夫登徒子侍於楚王，短宋玉曰：「玉爲人體貌閑麗，口多微辭，又性好色。願王勿與出入後宮。」』

［一一］相如：漢司馬相如。相如曾以琴挑卓文君，《史記・司馬相如列傳》：『是時卓王孫有女文君新寡，好音，故相如繆與（臨邛）令相重，而以琴心挑之。相如之臨邛，從車騎，雍容閒雅甚都；及飲卓氏，弄琴，文君竊從户窺之，心悦而好之，恐不得當也。既罷，相如乃使人重賜文君侍者通殷勤。文君夜亡奔相如，相如乃與馳歸成都。』

［一二］淳于：淳于髡，戰國時齊威王之客卿。能言善辯，數以機智之語諷諫齊威王。屠隆此處『淳于燭』之語，典出《史記・滑稽列傳》，齊威王八年（前三四九），楚發兵加齊，齊威王使淳于髡之趙請救兵，得以解危。威王大説，置酒後宮，召髡賜之酒。問曰：『先生能飲幾何而醉？』淳于髡回答：『日暮酒闌，合尊促坐，男女同席，履舄交錯，杯盤狼藉，堂上燭滅，主人留髡而送客，羅襦襟解，微聞薌澤，當此之時，髡心最歡，能飲一石。』淳于髡實際是談『酒極則亂，樂極則悲』之理。

［一三］禰生：漢末名士禰衡。衡善擊鼓，曹操召爲鼓吏。參見上卷《于燕芳年二十以布衣上書自稱華亭民余讀未竟色動亟命召入相見信有正平之才索予以長牋答之不許復索長歌又不許無何折節閉門讀書不與外事者三年余聞而作此贈之》注釋［二］。

［一四］幼輿：晉人謝鯤，字幼輿。性豁達，具見識，能嘯歌，善鼓琴，尚玄學清談，寄情山水。《晉書・謝鯤傳》：『嘗使至都，明帝在東宫見之，甚相親重。問曰：「論者以君方庾亮，自謂何如？」答曰：「端委廟堂，使百僚準則，鯤不如亮；一丘一壑，自謂過之。」』《世説新語・巧藝》：『顧長康畫謝幼輿在巖石裏。人問其所以，顧曰：謝云「一丘一壑，自謂過之」，此子宜置丘壑中。』元趙孟頫亦畫有《謝幼輿丘壑圖》。

［一五］北邙山：在洛陽之北，東漢、魏、西晉時代，王侯公卿多葬於此。

［一六］洿池：水塘。《宋書・符瑞志中》：『麒麟者，仁獸也……不食不義，不飲洿池，不入坑穽，不行羅網。』

［一七］子房：漢張良，字子房。赤松：赤松子，相傳爲上古時神仙。張良助劉邦建立漢政權後，好黄老，學辟穀，棄人間事，欲從赤松子遊。

［一八］范蠡五湖：傳説范蠡助越王破吴後，遂扁舟遨遊五湖。

［一九］蒙莊：指莊周。周爲宋國蒙人，故稱。《史記・老子韓非列傳》：『莊子者，蒙人也，名周。周嘗爲蒙漆園吏。』灌園：指戰國時隱士於陵仲子（又作於陵子仲）。楚王聞其賢，遣使持金百鎰，欲聘以爲相，仲子辭之，與家人逃去，爲人灌園。《史記・魯仲連鄒陽列傳》：『於陵子仲辭三公爲人灌園。』《高士傳》載其事。唐陳子昂《感遇》詩：『灌園何其鄙，皎皎於陵中。』

［二〇］雲臺：東漢洛陽南宮中之臺閣名。漢明帝永平中，爲追念助光武帝中興漢室之功臣鄧禹、岑彭、馮異等二十八將，圖像於雲臺。

後世用以泛指揚名或紀念功臣名將之所。

［二一一］征虜：亭名。爲征虜將軍謝安立，因以爲名。在今江蘇省南京市江寧區東。南朝宋劉義慶《世説新語·雅量》：『支道林還東，時賢並送於征虜亭。』因成著名送别之地。

［二一二］鑒湖：又稱鏡湖，在會稽山陰。傳其名始於王羲之，唐徐堅《初學記》卷八《州郡部·江南道·鏡水》：『《輿地志》曰：「山陰南湖，縈帶郊郭，白水翠巖，互相映發，若鏡若圖。故王逸少云：山陰路上行，如在鏡中遊。」』唐賀知章晚年乞爲道士還鄉里，玄宗勅賜鏡湖剡川一曲。見《新唐書·隱逸傳》。

［二一三］執虎子：分掌便壺之官員。便壺因形作伏虎狀，故名虎子。《漢官儀》卷上：『侍中……往來殿中，故謂之侍中。分掌乘輿服物，下至褻器虎子之屬。』唐陸龜蒙《奉酬襲美苦雨見寄》詩：『唾壺虎子盡能執，舐痔折枝無所辭。』屠隆此處以『執虎子』稱賤官。

［二一四］車生耳：官高者，其車兩旁設屏障，反出如耳，用以遮擋塵泥。《太平御覽》卷四九六引漢應劭《漢官儀》：『里語云：「仕宦不止車生耳。」』

［二一五］張儀：戰國時期著名縱横家、外交家。張儀以口才爲資本，《史記·張儀列傳》：『張儀已學而遊説諸侯。嘗從楚相飲，已而楚相亡璧，門下意張儀，曰：「儀貧無行，必此盜相君之璧。」共執張儀，掠笞數百，不服，醳之。其妻曰：「嘻！子毋讀書遊説，安得此辱乎？」張儀謂其妻曰：「視吾舌尚在不？」妻笑曰：「舌在也。」儀曰：「足矣！」』

［二一六］待詔：指漢東方朔。《漢書·東方朔傳》：『朔初來，上書曰：「臣朔……年十二學書，三冬文史足用。十五學擊劍。十六學《詩》《書》，誦二十二萬言。十九學孫、吴兵法，戰陣之具，鉦鼓之教，亦誦二十二萬言。凡臣朔固已誦四十四萬言。又常服子路之言。臣朔年二十二，長九尺三寸，目若懸珠，齒若編貝，勇若孟賁，捷若慶忌，廉若鮑叔，信若尾生。若此，可以爲天子大臣矣。臣朔昧死再拜以聞。」朔文辭不遜，高自稱譽，上偉之，令待詔公車。奉禄薄，未得省見。』宋楊億《漢武》：『待詔先生齒編貝，那教索米向長安。』

［二一七］王績：字無功，絳州龍門人。隋末唐初著名詩人。性嗜酒，其飲至五斗不亂，時稱『斗酒學士』，自號『五斗先生』，自作《五斗先生傳》。《新唐書·隱逸傳》：『大業中，舉孝悌廉潔，授秘書省正字。不樂在朝，求爲六合丞，以嗜酒不任事，時天下亦亂，因劾，遂解去。歎曰：「網羅在天，吾且安之！」乃還鄉里。……高祖武德初，以前官待詔門下省。故事，官給酒日三升，或問：「待詔何樂邪？」答曰：「良醖可戀耳！」侍中陳叔達聞之，日給一斗，時稱「斗酒學士」。貞觀初，以疾罷。復調有司，時太樂署史焦革家善釀，績求爲丞，吏部以非流不許，績固請曰：「有深意。」竟除之。革死，妻送酒不絶，歲餘，又死。績曰：「天不使我酣美酒邪？」棄官去。』《五斗先生傳》：『有五斗先生者，以酒德遊於人間。有以酒請者，無貴賤皆往，往必醉，醉則不擇地斯寢矣，醒則復起飲也。常一飲五斗，因以爲號焉。』

［二一八］介推：介之推，春秋時晉文公（重耳）之臣。重耳逃亡，介之推追隨十九年，歷盡艱辛，立下大功。重耳歸國繼位，賞賜隨從之臣，而不及介之推。事見《左傳·僖公二十四年》。

〔二九〕胡鷹：屠隆自喻。唐李白《贈崔郎中宗之》：『胡鷹拂海翼，翱翔鳴素秋。驚雲辭沙朔，飄蕩迷河洲。有如飛蓬人，去逐萬里遊。登高望浮雲，髣髴如舊丘。日從海旁没，水向天邊流。長嘯倚孤劍，目極心悠悠。歲晏歸去來，富貴安所求。』

〔三〇〕銅馬：指宦者衙署門前之銅馬，其門稱作『金馬門』。

桃花嶺歌爲楊太宰賦〔一〕

東華妙炁結溟涬〔二〕，扶桑直接蓬萊頂〔三〕。上有縹緲金銀宫〔四〕，寒覆丹霞幾千頃。海岱英靈産異人〔五〕，排空卜築桃花嶺。回峰盤盤磴道斜，天窗石扇開谽谺。煙光不斷界飛瀑，日色倒射含空沙。黄栗留鳴紫麏出，度索仙桃萬樹花。仙翁吹笙桃樹底，流水長天散如綺。茅屋惟聞雞犬聲，疑在清都白雲裏〔六〕。世緣未了三事催，一朝强爲蒼生起。暫别群真領百官〔七〕，斟酌元氣吹斗垣。海内黔黎總按堵，天下豪傑皆彈冠。長安兒童識司馬〔八〕，澤國風雷避灌壇〔九〕。冰壺玉衡秋月朗，致君直在黄虞上〔一〇〕。然後歸耕東海雲，繡嶺桃花尚無恙。君不見子房人中龍〔一一〕，布衣取萬户，翻然訪赤松〔一二〕。又不見鄴侯何突兀〔一三〕，朝披一品衣，夜抱九仙骨〔一四〕。我翁寬仁博大意，豁如混茫滄海涵太虚。清德古來掩胡質〔一五〕，長者寧獨稱魏舒〔一六〕？長髯玉貌天人表，姓名定列丹臺書〔一七〕。

注釋

〔一〕桃花嶺：明楊巍别業。楊巍《桃花嶺詩集序》：『余家離縣城北一里許，有土嶺，高可丈餘……嶺在海邊斥鹵之地……嶺之南北，余有薄田百畝，性宜植桃、榆、柳、桑、棗，余最愛桃，植之尤多，好事者因呼桃花嶺云。』楊太宰：楊巍，字伯謙，號夢山，又稱二山先生，山東濟南府海豐縣（今無棣縣）人。嘉靖二十六年（一五四七）進士，歷官武進知縣、山西巡撫、陝西巡撫、兵部侍郎、户部尚書、工部尚書、吏部尚書等。萬曆十八年（一五九〇）年累書乞歸，時年近八十。致仕歸鄉後十五年，九十二歲而卒。工詩，有《家存詩稿》等。

〔二〕東華：該詞既爲地域名，指東方；又爲神名，指東華帝君，道教傳説之神。傳説他由東華至真之氣化生於碧海之上，分治東極。有扶桑大帝、木公、東王公等稱呼。他與西王母分理陽、陰二氣，育養天地，陶鈞萬物。唐杜光庭《墉城集仙録》：『在昔道氣凝寂，湛體無爲，將欲啟迪玄功，生化萬物，先以東華至真之氣，化而生木公焉。木公生於碧海之上，蒼靈之墟，以主陽和之氣，理於東方，亦號曰王公焉。』宋《三教搜神大全》卷一：『東華者，以帝君東華至真之氣化而生也，分治東極，居東華之上也。』

［三］扶桑：東方古國名。《南齊書·東南夷傳贊》：『東夷海外，碣石、扶桑。』《梁書·諸夷傳·扶桑國》：『扶桑在大漢國東二萬餘里，地在中國之東，其土多扶桑木，故以爲名。』蓬萊：蓬萊山，傳説中之神山名。亦常泛指仙境。《史記·封禪書》：『自威、宣、燕昭使人入海求蓬萊、方丈、瀛洲，此三神山者，其傳在勃海中。』

［四］金銀宫：傳説仙人所居之以黄金白銀築成之宫。郭璞《遊仙詩》：『神仙排雲出，但見金銀臺。』《文選》李善注：『《漢書》：「齊威宣、燕昭使人入海，求蓬萊、方丈、瀛洲。此三神山者，仙人及不死之藥皆在焉，而黄金白銀爲宫闕。」』

［五］海岱：指渤海至泰山間之地域。《書·禹貢》：『海岱惟青州。』漢孔安國傳：『東北據海，西南距岱。』

［六］清都：神話傳説中天帝所居住之處。

［七］群真：群仙。

［八］長安：指京城。司馬：指司馬光。司馬光聰穎、博學，早傳人口，爲人、從政又温良謙恭，剛正不阿，故甚得人心。《宋史·司馬光傳》：『群兒戲於庭，一兒登甕，足跌没水中，衆皆棄去，光持石擊甕破之，水迸，兒得活。其後京、洛間畫以爲圖。』宋張淏《雲谷雜紀》卷三：『司馬温公元豐末來京師，都人奔趨競觀，即以相公目之，左右擁塞，馬至不能行。及謁時相於私第，市人登樹騎屋窺瞰之，隸卒或止之，曰：「吾非望而君，願一識司馬公耳。」至於呵叱不退，而屋瓦爲之碎，樹枝爲之折。』

［九］灌壇：指灌壇令，傳説姜太公嘗任之。晋張華《博物志》卷七：『太公爲灌壇令，武王夢婦人當道夜哭，問之，曰：「吾是東海神女，嫁於西海神童。今灌壇令當道，廢我行。我行必有大風雨，而太公有德，吾不敢以暴風雨過，是毁君德。」武王明日召太公，三日三夜，果有疾風暴雨從太公邑外過。』後世用以代指有德行之地方官吏。

［一〇］黄虞：黄帝、虞舜之合稱。此句化用杜甫《奉贈韋左丞丈二十二韻》詩：『致君堯舜上，再使風俗淳。』

［一一］子房：漢張良，字子房。

［一二］赤松：赤松子，相傳爲上古時神仙。見上首詩注釋［一七］。

［一三］鄴侯：唐代李泌，封鄴縣侯，故稱。見本書詩集卷一《寄曾大司空》注釋［三］。

［一四］九仙：九類仙人。此泛指衆仙。見本書詩集卷二《贈王季孺孝廉》注釋［五］。

［一五］胡質：字文德，三國時曹魏楚壽春（今安徽壽縣）人。官至荆州刺史、征東將軍。爲官多政績，而能守清白之操，卒後家無餘財。其子名威，俱有清名。《三國志·魏志·胡質傳》裴松之注：『《晋陽秋》曰：威字伯虎，少有志尚，厲操清白。質之爲荆州也，威自京都省之。家貧，無車馬僮僕，威自驅驢單行，拜見父。停廐中十餘日，告歸。臨辭，質賜其絹一匹，爲道路糧。威跪曰：「大人清白，不審於何得此絹？」質曰：「是吾俸禄之餘，故以爲汝糧耳。」威受之，辭歸。每至客舍，自放驢，取樵炊爨，食畢，復隨旅進道，往還如是。質帳下都督，素不相識，先其將歸，請假還家，陰資裝，百餘里要之，因與爲伴，每事佐助經營之，又少進飲食，行數百里。威疑之，密誘問，乃知其都督也，因取

向所賜絹答謝而遣之。後因他信，具以白質。質杖其都督一百，除吏名。其父子清慎如此。於是名譽著聞，歷位宰牧。晉武帝賜見，論邊事，語及平生，帝歎其父清，謂威曰：「卿清孰與父清？」威對曰：「臣不如也。」帝曰：「以何爲不如？」對曰：「臣父清恐人知，臣清恐人不知，是臣不如者遠也。」」

［一六］魏舒：字陽元。任城樊人，歷仕魏晉，官至司徒。《晉書·魏舒傳》：「舒有威重德望，禄賜散之九族，家無餘財。以年老，每稱疾遜位。時論以爲晉興以來，三公能辭榮善終者，未之有也。太熙元年薨，時年八十二，謚曰康。」

［一七］丹臺：道教所稱神仙之居處。《藝文類聚》卷七八引《真人周君傳》：「羨門子曰：「子名在丹臺玉室之中，何憂不仙？」」

送顔質卿舍人同詹政叔登泰山［一］

大地奔騰元氣積，岱宗崔嵬帝座逼［二］。千盤萬轉走紆迴，天門倒挂銀河側。碧殿鐘聲落暗波，扶桑夜半海霞赤。野草寒雲御路平，七十二君留馬跡［三］。漢碣秦碑盡莽蒼，金函玉牒無消息。上界笙簫嶽帝聞［四］，桃花雞犬住元君［五］。煙霞昏曉山川合，雷雨陰晴天地分。舍人道炁羲皇上［六］，詹生俠骨何骯髒。兩君結束名山遊，大叫天風驚海浪。靈書神物經千秋，匕首虹光高十丈。五松凉泠暮濤哀，龍鱗剥落空蒼苔。鉅野蕭①條散青靄，使人對此雄心灰。我昔自署冥寥子［七］，奈何風塵困燕市。緘題曾寄摩崖石，波臣動色山靈喜。即今胡鷹掣鎖來，布襪芒鞋行萬里。早晚携笻②到上頭，尚平五嶽從茲始。

校勘

①蕭：原作「瀟」，據文意改。

②笻：原作「筑」，據文意改。

注釋

［一］顔質卿：顔素，字質卿，號與樸，安徽懷寧人。萬曆二年（一五七四）進士。授中書舍人，移疾歸。尋起南大理卿，歷尚寶卿，至應天府丞。性耽簡寂，非性道之書不貯胸臆。爲學祖程陸，易簡直裁，以見性爲宗。與袁宗道、焦弱侯等人相切磋，宗道謂其『氣和骨硬，心腸潔

淨，眼界亦寬』。學者私謚『簡一先生』。著有《易研詩文》數卷。傳見《（康熙）安慶府志》卷十六《鄉賢》。詹政叔：詹濂，又名泮，字政叔（一作正叔），歙縣休寧人。以刻印奔走江湖。

〔二〕岱宗：泰山。古人以泰山爲五嶽之首，諸山所宗，故稱。古代帝王泰山封禪，封禪之文鐫於玉簡，斂於金匣，封埋於祭壇下。

〔三〕七十二君：相傳遠古時代有七十二位君王封泰山禪梁父。《史記·封禪書》：『古者封泰山禪梁父者，七十二家。』《史記·孝武本紀》：『封禪七十二王，唯黄帝得上泰山封。』唐張守節《正義》：『《河圖》云：「王者封太山禪梁父，易姓登崇，有七十二君也。」』

〔四〕嶽帝：東嶽大帝，泰山之神。

〔五〕元君：全稱『天仙玉女泰山碧霞元君』，住泰山碧霞宫，爲泰山女神，又稱泰山夫人、泰山娘娘。

〔六〕羲皇：指伏羲氏。傳説伏羲氏之世，其民恬澹，陶淵明《與子儼等疏》：『五六月中，北窗下卧，遇凉風暫至，自謂是羲皇上人。』

〔七〕冥寥子：屠隆自號。屠隆又有冥寥館、文言筆記小説《冥寥子遊》等。

贈謝仲毓山人〔一〕

雙鳧翩翩青谿濱〔二〕，後車之載多俊民。自謂已傾江左彦〔三〕，那得復有謝山人？山人魴魚獨在後〔四〕，諸君豈是陽鱎倫〔五〕？扁舟斗笠水瀺灂，煙濤茫茫不可索。即今相逢逆旅間，濁酒荒城意寥廓。伊余逸氣凌紫霓〔六〕，偶落黄塵驅馬蹄〔七〕。身是石室金臺物〔八〕，名與青蓮賀監齊〔九〕。含香婆娑在開局〔一〇〕，安能低眉老刺促。燭短更長雁柱聲，天寒日落烏栖曲。一朝挂冠歸水雲，采石茫茫鑒湖緑〔一一〕。山人鬚眉何軒軒，新詩秀絶清心魂。入門把臂嗟何晚，北斗歷亂明星繁。畏途吾喜抽身蚤，青山獨抱煙霞老。汝本布衣在丘壑，胡爲齪齪長安道〔一二〕？歸來好及春風前，共躡金庭拾瑶草〔一三〕。

注釋

〔一〕謝仲毓：山人，與屠隆、李言恭、歐禎伯、王百穀等有交誼。

〔二〕雙鳧：兩隻水鳥，喻雙履，特用爲地方官故實。典出《後漢書·方術傳上·王喬》：『王喬者，河東人也。顯宗世，爲葉令。喬有神術，每月朔望，常自縣詣臺朝。帝怪其來數，而不見車騎，密令太史伺望之。言其臨至，輒有雙鳧從東南飛來。於是候鳧至，舉羅張之，但得一隻鳥焉。乃詔尚方診視，則四年中所賜尚書官屬履也。』青谿濱：指青浦縣。

［三］江左彦：江左俊才。江左，即江東，指長江下游以東地區。

［四］魴魚：喻有才德、請而未必至者。典出漢劉向《説苑·政理》：『宓子賤爲單父宰，過於陽晝，曰：「子亦有以送僕乎？」陽晝曰：「吾少也賤，不知治民之術。有釣道二焉，請以送子。」子賤曰：「釣道奈何？」陽晝曰：「夫扱綸錯餌，迎而吸之者，陽橋也。其爲魚，薄而不美。若存若亡，若食若不食者，魴也。其爲魚也，博而厚味。」宓子賤曰：「善！」於是未至單父，冠蓋迎之者交接於道，子賤曰：「車驅之，車驅之！夫陽晝之所謂陽橋者至矣。」於是至單父，請其耆老尊賢者，而與之共治單父。』

［五］陽鱎：即『陽橋』，亦作『陽撟』『陽喬』，喻不召而自至者。

［六］伊余：自稱，我。三國魏曹植《責躬詩》：『伊余小子，恃寵驕盈。』

［七］黄塵：黄色之塵土，喻塵世。

［八］石室：傳説中之神仙洞府。金臺：傳説中之神仙居處。《海内十洲記·昆侖》：『其一角有積金爲天墉城，而方千里，城上安金臺五所，玉樓十二所。』南朝宋劉義慶《幽明録》：『海中有金臺，出水百丈，結搆巧麗，窮盡神功。』

［九］青蓮：李白，號青蓮居士。賀監：賀知章，嘗官秘書監，晚年自號『秘書外監』，故稱。

［一〇］含香：古代尚書郎奏事答對時，口含雞舌香以去穢。此處指禮部曹郎之官署。閒局：閒而無事之官署。

［一一］采石：采石磯。在當塗縣長江東岸（今屬安徽馬鞍山市），爲牛渚山北部突出於江中之部分。相傳爲李白醉酒捉月之處。鑒湖：又稱鏡湖，在會稽山陰。賀知章晚年乞還鄉里，玄宗勅賜鏡湖剡川一曲。

［一二］長安道：指京城之道路，或通往京城之道路。漢樂府有横吹曲辭《長安道》，言客子見聞與感受。後世詩人亦時詠之，唐顧况《長安道》：『人無衣，馬無草，何不歸來山中老。』白居易《長安道》：『君不見外州客，長安道，一回來，一回老。』貫休《長安道》：『憧憧合合，八表一轍。黄塵霧合，車馬火熱。名湯風雨，利輾霜雪。千車萬馱，半宿關月。』

［一三］金庭：山名。在今浙江嵊州，爲道教三十六小洞天之一。宋張君房《雲笈七籤》卷二十七：『第二十七，金庭山洞，周迴三百里，名曰金庭崇妙天。』屠隆此處泛指道教名山。

贈別鍾公旦文學［一］

潞河層冰野風烈［二］，日落空城暮飛雪。寒燈濁酒四壁孤，饑烏嘐嘐雁凄切。何者美人被褐來，入門月朗青天開。長嘯懷中出片刺，自言家住①越王臺[三]。少年干時不得意，黄塵一道漁陽騎[四]。燕昭墓下十載栖[五]，督亢亭前幾回醉[六]。逆旅相逢意氣真，披肝各許賢豪人。君舞魚腸猶莽蒼，我辭雞肋已沉淪。看君雄才骨法好，談笑風雲致身早。鳳吹低臨御路長，龍旗高捲華清曉。四明狂客高陽徒[七]，長安十九卧酒壚。一朝含沙起尊俎，詔許黄冠歸鑒湖[八]。二月②揚帆五兩速，春風吹空海草緑。故人他年倘見尋，白浪湖舠映修竹。

校勘

① 住：原作「主」，據程元方本改。

② 月：原作「足」，據程元方本改。

注釋

[一] 鍾公旦：未詳。

[二] 潞河：即白河，又稱北運河。主河段在今北京市通州區。

[三] 越王臺：在今紹興市種山（又名府山、卧龍山）。《明一統志》卷四十五《紹興府》：「越王臺，舊在種山東北，越王勾踐登眺之所。宋汪綱復建在山之西麓。」

[四] 漁陽：古地名，唐漁陽郡，治所在漁陽（今天津市薊州區）。因其西北有漁山，城在山南，故名漁陽。

[五] 燕昭墓：燕昭王墓。明末清初孫承澤《春明夢餘録》卷七十《陵園》：「燕昭王墓，《九州要記》曰在古漁陽北之無終山，《一統志》云在府西清河岸側之燕丹村。」

[六] 督亢亭：亭名。《明一統志》卷一《順天府·古蹟》：「督亢亭，在涿州城東南一十五里，遺址高丈餘，周七十步。」按，督亢爲古地名，戰國時乃燕國膏腴之地。荆軻刺秦王時，爲取得秦王信任，獻督亢地圖。《史記·燕召公世家》：「太子丹陰養壯士二十人，使荆軻獻督亢地圖於秦，因襲刺秦王。」督亢之地域範圍，大致在今河北省涿州市東南及其附近定興縣、高碑店市、固安縣一帶平衍地區。

[七] 四明狂客：唐賀知章，自號「四明狂客」。高陽徒：「高陽酒徒」之省稱。《史記·酈生陸賈列傳》：「初，沛公引兵過陳留，酈生踵軍門上謁……使者出謝曰：「沛公敬謝先生，方以天下爲事，未暇見儒人也。」酈生瞋目案劍叱使者曰：「走！復入言沛公，吾高陽酒徒也，非儒人也。」」後用以指嗜酒而放蕩不羈者。杜甫《飲中八仙歌》，賀知章在其列。屠隆以賀知章自喻。

[八] 黄冠：道士之冠，借指道士。宋陸游《書喜》詩：「掛冠更作黄冠計，多事常嫌賀季真。」鑒湖：又稱鏡湖，在會稽山陰。賀知章晚年

乞爲道士還鄉里，玄宗勅賜鏡湖剡川一曲。

題王諫議家畫五大山水歌[一]

砥　柱[二]

真宰簸弄元氣奔[三]，天漢倒瀉崑崙翻[四]。洪流蕩潏磢六合[五]，鬼母夜哭神姦昏[六]。日月五星驚鄂跳不止，妖蛟老龍拏雲攫雨而騰騫。自從玄夷蒼水授金簡[七]，龍門一鑿開河源[八]。况復鉅靈擘大嶽[九]，石勢中斷高掌存[一〇]。建瓴激矢走溟渤，硡訇溔淼看無垠。雍州百二壘空耳[一一]，目光眩瞀摧心魂。乃有一山突兀陡絶立水中，似從天門閃爍乘陰陽霹靂而欻化。砯崖削壁劚剛風，波濤四面撼其下。有時黑雲黃霧罩六幕，萬本①號嗄颯杳冥。棲鶻夜半數驚起，神靈羽蓋不敢停。忽然寥廓四開朗，孤峰露出摇晴沙。頂吞皓月，根盤丹霞。鮫室嵌澒洞，石扇浮谽谺。瑶姬龍女杳然去[一二]，水碧天青空岸花。吁嗟乎，上帝豈好怪[一三]，操蛇之神弄狡獪[一四]，千秋安問礪與帶[一五]？中原變幻尚如此，何况蓬萊五山瀛海外[一六]。王君畫此生綃中，時時風雨響泙湃。王君王君，無乃自寫其胸中之磊塊！

校勘

①本：程元方本作『木』。

注釋

[一]王諫議：王紘，字少儀，號江埜，湖廣石首縣人。嘉靖八年（一五八〇）進士，官給事中、御史。有《食研堂集》《王諫議摘稿》。丁宿章《湖北詩徵傳略》卷三十五載：『紘入諫垣，值太宰汪鋐用事，紘糾同列疏發鋐貪污狀，上迫於公議，罷鋐，轉怒科臣之彈劾者，紘因免歸。家居二十餘年，屢薦不起，因遊太學時曾以詩文受知於嚴分宜，值其當國，故託疾以避之也。』

[二] 砥柱：山名。又稱三門山。在今河南省三門峽市，當黃河中流。以山在激流中矗立如柱，故名。北魏酈道元《水經注·河水四》：『砥柱，山名也，昔禹治洪水，山陵當水者鑿之，故破山以通河，河水分流，包山而過，山見水中若柱然，故曰砥柱也。』今因整治河道，山已炸毁。

[三] 真宰：宇宙之主宰。

[四] 天漢：天河。

[五] 六合：天地四方。

[六] 鬼母：傳説中之神名。南朝梁任昉《述異記·鬼母》：『南海小虞山中，有鬼母，能産天下鬼。一産千鬼，朝産之，暮食之。今蒼梧有鬼姑神是也，虎頭、龍足、蟒目、蛟眉。』神姦：鬼神怪異之物。漢王充《論衡·儒增》：『安能入山澤不逢惡物，辟除神姦乎？』

[七] 玄夷蒼水：玄夷蒼水使，傳説中授大禹治水金簡之人。見上卷《赤帝玄夷歌贈黃白仲》注釋[二]。

[八] 龍門：即禹門口。黃河流經今山西省河津市西北和陝西省韓城市東北處之大缺口，其處峭壁對峙，河水落差極大，咆哮奔放，聲如萬雷，因稱龍門。《尚書·禹貢》：『導河積石，至於龍門。』河源：黃河之源頭。

[九] 鉅靈：黃河之神。見上卷《彭城姜使君邀登蘇子瞻放鶴亭作》注釋[四]。大嶽：指西嶽華山。

[一〇] 高掌：指華山東峰仙人掌。晉潘岳《西征賦》：『眺華嶽之陰崖，覿高掌之遺蹤。』元張翥《題〈華山圖〉》：『巨靈高掌削芙蓉，影落黃河一絲水。』

[一一] 雍州：古九州之一。《書·禹貢》：『黑水西河惟雍州。』孔穎達疏：『計雍州之境，被荒服之外，東不越河，而西踰黑水。王肅云「西據黑水、東距西河」，所言得其實也。』

[一二] 瑶姬：女仙人，又稱雲華夫人。《太平廣記》卷五十六《女仙·雲華夫人》引《集仙録》：『雲華夫人，王母第二十三女，太真王夫人之妹也，名瑶姬。』龍女：龍王之女。

[一三] 上帝：天帝。

[一四] 操蛇之神：指山神，傳説其手中常握蛇。《列子·湯問》記愚公移山，『操蛇之神聞之，懼其不已也，告之於帝。帝感其誠，命夸娥氏二子負二山，一厝朔東，一厝雍南』。

[一五] 礪與帶：喻山與河。《史記·高祖功臣侯者年表序》：『封爵之誓曰：「使河如帶，泰山若厲，國以永寧，爰及苗裔。」』明沈采《千金記·定謀》：『黃河一帶山如礪，惟有盟言不可更。』

[一六] 蓬萊五山：傳説中海上有蓬萊等五座仙山，《列子·湯問》：『一曰岱輿，二曰員嶠，三曰方壺，四曰瀛州，五曰蓬萊。』瀛海：大海。漢王充《論衡·談天》：『九州之外，更有瀛海。』

洞庭[一]

洞庭空闊浩彌彌，元氣混茫不見底。波濤怒挾天漢流，吞吐荆南六千里[二]。春風拍浪開桃花，萬片帆檣疾於矢。但聞烏啼猨嘯兩岸空，霎時天地如鴻蒙。其上有巴陵黄鶴控巫峽[三]，樓臺掩扶摧天風。仙人下來瑶席冷，綃衣玉佩朝霞紅。竹杖青蛇望空舉，綵雲西①没横螮蝀。其下有水府深黑不可見，乍有乍無光閃電。洞庭龍君珊瑚牀[四]，軒軒高坐凌虚殿[五]。武夫虯鬚氣若雲[六]，嬌女風鬟淚如綫[七]。何人乘船吹鐵篴[八]，急節崩騰響裂石。轉入湘娥寶瑟聲[九]，月滿蘼蕪水痕碧。令人對此雄心降，好着青天一釣艭。我欲領取水雲十萬頃，鵁鶄屬玉飛滿窗。

校勘

①西：程元方本作『滅』。

注釋

[一]洞庭：洞庭湖。

[二]荆南：荆州稱荆南，此泛指南方。

[三]巴陵：舊郡、縣名，治所在今岳陽。巫峽：長江三峽之一。

[四]洞庭龍君：洞庭龍王。

[五]凌虚殿：洞庭龍君之宫殿，唐李朝威《柳毅傳》中作『靈虚殿』。

[六]武夫：《柳毅傳》中，龍宫有武夫，爲柳毅揭水引路者。

[七]嬌女：指洞庭龍女。見本書詩集卷二《咭和叔》注釋[三]。又《柳毅傳》：『毅……昨下第，閑驅涇水之濱，見大王愛女牧羊於野，風鬟雨鬢，所不忍視。毅因詰之，謂毅曰：「爲夫婿所薄，舅姑不念，以至於此。」悲泗淋漓，誠怛人心。』龍女獲救之後，返回洞庭龍宫，『若喜若悲，零淚如絲』。

[八]何人：指隱士、神仙。吹鐵篴，宋朱熹《武夷精舍雜詠·鐵笛亭序》：『〔劉君〕善吹鐵笛，有穿雲裂石之聲。』元薩都剌《升龍觀夜燒香印上有吕洞賓老樹精》詩：『鐵笛一聲吹雪散，碧雲飛過岳陽樓。』元陳泰《南山歌》：『岳麓山前一葉舟，夜看明月湘江流。湘江月色流不

盡，洞庭漠漠君山秋。回舟喚美酒，醉看湖上樓。華陽仙人吹鐵篴，吹起白浪蛟龍愁。』

［九］湘娥：又稱湘妃、湘夫人、湘靈。屈原《遠遊》：『使湘靈鼓瑟兮，令海若舞馮夷。』張衡《西京賦》：『感河馮，懷湘娥。』《文選》李善注引王逸曰：『言堯二女，娥皇、女英隨舜不及，墮湘水中，因爲湘夫人。』唐錢起《省試湘靈鼓瑟》：『善鼓雲和瑟，常聞帝子靈。』宋張孝祥《水調歌頭·泛湘江》：『湘妃起舞一笑，撫瑟奏清商。』

金山［一］

大江滔滔流日夕，控壓乾坤畫南北。潮湧千帆瓜步青［二］，雲連萬樹揚州白。何來小山一點浮虛空，吞江截浪開琳宮［三］。細路半壁生海月，高窗四面來天風。塵氛杳然夏無暑，靈境不與人世通。岸坼沙崩大石走，深潭龍起黿鼉吼。洪波欲捲孤峰去，黑霧暗霾亦何有。須臾天朗青黛出，歷歷松杉抱寒溜。老僧禪房都不扃，藤花倒垂煙蘿冥。挂衲猶畏鶴巢冷，洗缽似嫌漁浦腥。日暮疎鐘度空水，談經説法龍女聽。吁嗟乎，長安紅塵高十丈，吾已拂衣遊滄蕩。埋憂地下，寄愁天上。好携雞犬住此地，興到乘船踏高浪。

注釋

［一］金山：又名浮玉，在今江蘇鎮江市西北。原本屹立於長江之中，後因泥沙淤積，長江水道北移，清光緒年間起逐漸與南岸相連。

［二］瓜步：瓜步山，在江蘇南京市六合區東南。古時瓜步山南臨大江，唐白居易《奉酬淮南牛相公思黯見寄》：『日落龍門外，潮生瓜步前。』

［三］琳宮：此指金山寺。

錢塘［一］

羅剎江深萬波集［二］，兩峰橫束海門急［三］。八月銀山雪屋來，陽侯辟易天吴泣［四］。高城欲捲大地浮，餘沫直濺青冥濕。鴟夷白馬夜濤中［五］，鰲身倒翻列炬紅。却如疾雷砰轟破山嶽，五丁六甲雲旗獵獵火滿空［六］。又如水犀強弩大戰乎江上［七］，萬面疊鼓聲逢逢。吴兒弄潮凌不測［八］，出没來往若梭織。豈是神人鞭石足踏黿鼉梁［九］，天地浮生輕一擲。萬家井竈帶西陵［一〇］，白骨寒沙勾踐營［一一］。昔日雄圖悵何在，隔江斜月斷霞橫。無恙布帆白如雪，行人送盡暮潮聲。淘洗千古英雄氣，濁酒漁歌一葦輕。

注釋

［一］錢塘：錢塘江之省稱。錢塘江爲浙江之下游。錢塘又作『錢唐』。

［二］羅刹江：錢塘江之别稱。明陶宗儀《輟耕録·浙江潮候》：『浙江一名錢唐江，一名羅刹江。所謂羅刹者，江心有石，即秦望山脚，横截波濤中。商旅船到此，多值風濤所困而傾覆，遂呼云。』

［三］海門：内河通海之處。

［四］陽侯：古代傳説中之波濤神。天吴：水神名。《山海經·海外東經》：『朝陽之谷，神曰天吴，是爲水伯。』

［五］鴟夷：此指伍子胥。鴟夷原本指革囊，伍子胥遭讒自殺，吴王夫差以鴟夷革盛其屍，投於江中。後世以鴟夷稱伍子胥，傳説其爲波濤之神。《史記·伍子胥列傳》：『吴王聞之大怒，乃取子胥屍盛以鴟夷革，浮之江中。』唐元稹《相憶淚》：『會向伍員潮上見，氣充頑石報心讐。』張祜《送盧弘本浙東觀省》：『懷中陸績橘，江上伍員濤。』明李夢陽《射潮引》：『錢塘八月潮水來，蛟龍奮怒濤爲雷。天旋地坼不可止，此中云有鴟夷子。』又相傳錢塘江漲潮之時，伍子胥乘素車白馬在潮頭之中。《太平廣記》卷二百九十一《神一·伍子胥》引載《錢塘志》：『伍子胥累諫，吴王賜屬鏤劍而死。臨終，戒其子曰：「懸吾首於南門，以觀越兵來。以鮧魚皮裹吾屍，投於江中，吾當朝暮乘潮，以觀吴之敗。」自是，自海門山潮頭洶高數百尺，越錢塘漁浦方漸低小。朝暮再來，其聲震怒，雷奔電走百餘里。時有見子胥乘素車白馬在潮頭之中，因立廟以祠焉。』屠隆此句『鴟夷白馬夜濤中』，乃糅合傳説。

［六］五丁：神話傳説中之五個大力士。見上卷《彭城姜使君邀登蘇子瞻放鶴亭作》注釋［四］。六甲：陽神名，供天帝所驅使。《宋史·律曆志四》：『六甲，天之使，行風雹，筴鬼神。』

［七］水犀：指披水犀甲之水軍。《吴越春秋·勾踐伐吴外傳》：『今夫差衣水犀甲者，十有二萬人。』宋蘇軾《八月十五日看潮五絶》其五：『安得夫差水犀手，三千强弩射潮低。』軾自注：『吴越王（錢鏐）嘗以弓弩射潮頭，與海神戰，自爾水不進城。』强弩射潮事，又見《宋史·河渠志七》：『浙江通大海，日受兩潮。梁開平中，錢武肅王（按，錢鏐謚號）始築捍海塘，在候潮門外。潮水晝夜衝激，版築不就，因命彊弩數百以射潮頭，又致禱胥山祠。既而潮避錢塘。』

［八］吴兒：吴地少年，此指弄潮兒。宋潘閬《酒泉子》詞：『弄潮兒向濤頭立，手把紅旗旗不濕。』蘇軾《八月十五日看潮五絶》其四：『吴兒生長狎濤淵，冒利輕生不自憐。』周密《觀潮》：『吴兒善泅者數百，皆披髮文身，手持十幅大彩旗，爭先鼓勇，溯迎而上，出没於鯨波萬仞中，騰身百變，而旗尾略不沾濕，以此誇能。』

[九]神人：指傳説中爲秦始皇於海上驅石作橋者。《太平御覽》卷四：『《三齊略》曰：秦始皇作石橋於海上，欲過海看日出處。有神人驅石去不速，神人鞭之皆流血。今石橋猶赤色。』

[一〇]西陵：地名，杭州西湖孤山西泠橋一帶，舊稱西陵。

[一一]勾踐營：指越王勾踐曾駐扎軍隊處。

灩澦[一]

巴江挂天大雷吼[二]，石轉沙迴急峽走。白虹萬道斷復續，偃樹垂蘿厓壁陡。天寒水落象馬堆[三]，怒濤噴薄松聲哀。兩岸群山不留睫，孤帆擘空如箭來。煙棧冥冥没鳥羽，龍氣吹波晝多雨。朗夜高江凉月奔，峽女嬌花碧霞舉[四]。輕舟浩蕩凌大荒，榜人擊汰復鳴榔[五]。日冷青楓天際坐，叢薄蕭蕭猿叫霜。估客迴沿浦口宿[六]，水痕斜對廟門緑①[七]。短衫窄袖隔蓬窻，莫唱青谿小姑曲[八]。蜀道巴江險絶②天下無，安能千金抵一壺？西泠③若耶如鏡鋪[九]，畫橋游舫連城隅。歸來兮，清尊嫋嫋開紅蕖。

校勘

① 緑：原作『一』，據程元方本改。

② 絶：原作『口』，據程元方本改。

③ 泠：原作『冷』，據文意改。

注釋

[一]灩澦：灩澦堆之省稱，礁石堆之名，在長江三峽之瞿塘峽口，爲天下至險之地。宋樂史《太平寰宇記》卷一百四十八《山南東道七·夔州·奉節縣》：『灧澦堆，周圍二十丈，在州西南二百步蜀江中心瞿唐峽口。冬水淺，屹然露百餘尺。夏水漲，没數十丈。其狀如馬，舟人不敢進。……諺曰：「灧澦大如襆，瞿唐不可觸。灧澦大如馬，瞿唐不可下。灧澦如大鱉，瞿唐行舟絶。灧澦大如龜，瞿唐不可窺。」』唐杜甫《灩澦堆》詩：『巨石水中央，江寒出水長。』一九五八年疏通長江航道時被炸没。

[二]巴江：古稱流經巴地之長江爲巴江。

［三］馬堆：指灧澦堆象馬之形狀，諺曰：『灧澦大如馬，瞿唐不可下。』

［四］峽女：指傳説中之巫山神女。見屈原《山鬼》、宋玉《高唐賦》《神女賦》、杜光庭《墉城集仙録》等。宋歐陽修《荷花賦》：『遠而望之，杳如峽女行雲，而朝朝暮暮。』神女峰傳説爲神女所化。唐杜甫《大歷三年春白帝城放船出瞿塘峽久居夔府將適江陵漂泊有詩凡四十韻》：『神女峰娟妙，昭君宅有無。』

［五］榜人：船夫。司馬相如《子虛賦》：『榜人歌，聲流喝，水蟲駭，波鴻沸。』

［六］估客：指行商。

［七］廟門：指白帝廟門。

［八］青谿小姑：傳説中之青谿神女。《樂府詩集》有神弦歌《青溪小姑曲》。

［九］西泠：橋名，在杭州西湖孤山西北，橋洞映水如圓鏡。若耶：溪名，在浙江紹興市南，溪水出若耶山，澄澈如鏡。

潞河贈别蔡參軍孺觀［一］

君不見五斗學士號醉鄉［二］，日給美醖供徜徉，白眼睥睨輕侯王。翻然挂冠坐酒過，東皋歸去弄斜陽［三］。又不見青蓮逸氣横高秋［四］，花牋彩毫金殿頭［五］。十一直華清①［六］，十九卧酒樓。内侍宫中成貝錦，片帆一日凌滄洲［七］。我亦爲郎性落拓，早罷含香問丘壑。關河凍合阻行舟［八］，積雪寒雲下城郭。感君此地結綢繆，手挈玉壺慰離索。故園啼鳺嬌春風，歸家正及櫻桃紅。布韈沙晴見麋鹿，蘭橈水暖銜鴛鴻。回首故人在遠道，迢遰相思寄芳草。藥裏關心萬事慵，斸苓剷术蒼山老。

校勘

①清：原本模糊，據程元方本補。

注釋

［一］潞河：即白河，又稱北運河。主河段在今北京市通州區。蔡參軍孺觀：未詳。

［二］五斗學士：指隋末唐初詩人王績。見本卷《青谿道士吟留別京邑諸游好》注釋［一七］。

［三］東皋：東面之向陽高地。王績故鄉有之，績號東皋子。績『坐酒過』而歸鄉隱居之中，時常登眺。其『弄斜陽』事，見王績《野望》詩：『東皋薄暮望，徙倚欲何依。樹樹皆秋色，山山唯落暉。牧人驅犢返，獵馬帶禽歸。相顧無相識，長歌懷采薇。』

［四］青蓮：指李白，白號『青蓮居士』。

［五］金殿：指宮殿。『花牋彩毫金殿頭』，謂李白供奉翰林時揮灑詩筆事。

［六］華清：華清宮。此處泛指宮殿。本句中，『直』同『值』，當值，值勤。『十一』，謂十分之一時間。下句『十九』謂十分之九時間。

［七］滄洲：濱水之地，此稱逍遥放曠之江湖上。李白《江上吟》：『興酣落筆摇五嶽，詩成嘯傲凌滄洲。』又《夜泊黄山聞殷十四吴吟》：『朝來果是滄洲逸，酤酒提盤飯霜栗。』

［八］關河：關山河川。

顧朗生江左名流與余彼此相慕悦有年未嘗結訖余在燕京座客常滿時朗生亦客京師絶不相見比余被讒挂冠東去發舟潞河朗生提壺策蹇遠送河干且手出五詩贈别余感其高義賦長歌以贈之［一］

余昔譚藝華陽館［二］，繡虎雕龍履綦滿［三］。出聯寶騎青絲長，坐滅星河紅燭短。布帽金貂總在門，各吐肝腸鮑與管［四］。一朝投劾謝朝雞，尊空客散煙霜凄。寒生襆被荒城暮，獨宿孤帆野水西。感君相送意何厚，走馬提壺來浦口。已欽高義凌雲霄，更出新詩若瓊玖。微雨纔清廣陌塵，春風漸入河橋柳。躊躇宛轉情無端，令人感歎平生歡。世人並只趨蘭省，君獨何爲問籜冠？聞君家近延陵廟［五］，余亦將買梁谿櫂［六］。男兒傾蓋在片言，何況彈琴本同調。桃花雞犬作比隣，朗月青天共長嘯。

注釋

［一］顧朗生：山人，居吴會，與胡應麟、王百穀等交好。有《當情集》。《明文海》卷二百六十五序五十六有安紹芳《當情集序》：『余友朗生顧氏，譽擅雕龍，才同繡虎。夙耽逸致，尤遂幽情。間於一編示余，曰《當情集》。余三復之。片語單詞，咸申膠漆；悲歌歡笑，盡指河山。

字字肝腸，言言涕淚。』江左：即江東，指長江下游以東地區。

［二］華陽館：屠隆自稱其燕京寓所。

［三］繡虎：此指擅長詩文者。語出《玉箱雜記》：『曹植七步成章，號繡虎。』見宋曾慥編《類説》卷四引。雕龍：此指善於修飾文辭者。語出《史記·孟子荀卿列傳》：『騶衍之術迂大而閎辯，奭也文具難施，淳于髡久與處，時有得善言。故齊人頌曰：「談天衍，雕龍奭，炙轂過髡。」』裴駰集解引劉向《别録》：『騶奭脩衍之文，飾若雕鏤龍文，故曰「雕龍」。』

［四］鮑與管：春秋時鮑叔牙與管仲。因兩人相知極深，後人常以比喻交誼深厚之友。宋范仲淹《得李四宗易書》詩：『須期管鮑垂千古，不學張陳負一朝。』

［五］延陵廟：延陵季子廟。在今江蘇省丹陽市延陵鎮境内。春秋時期吴王壽夢第四子季札，爲具有遠見卓識之政治家和外交家。季札受封於延陵（今常州），史稱延陵季子。

［六］梁谿：水名，在今江蘇省無錫市，源出惠山，北接運河，南入太湖。故又爲無錫之古稱。無錫處太湖之濱，典型之江南水鄉，出行、休閒多用舟棹。明皇甫汸《贈程子》：『一泛梁溪棹，飄飄不係心。』

留别萬伯修［一］

長卿爲郎如曼倩［二］，闒鞳虛聲走寓縣［三］。玩世混俗了不營，香爐彩筆金華殿［四］。四海望氣青雲高，一夫含沙白日變。交遊扼腕稱不平，酌酒相勞涕泗横。神理忌盈滿，時俗妬大名。乃有提章抗疏叫閶闔，出門拔劍衝冠纓。壯哉公等自雄快，無乃俱非曠士情。自從海客離三島［五］，洞門閒封白雲老。窗中玉女怨桃花，石上金函冷瑶草。似是山靈解唤人，仙源猶自不迷津。鶴背竦身排紫霧，馬頭揮手别紅塵。風高三月黄河立，大帆細雨吹空濕。落日煙消沙渚平，迴塘水滿鷗鳧集。東南回首謝故人，何處青天問斗笠？

注釋

［一］萬伯修：萬世德，字伯修，號丘澤。見上卷《秋夜同郭舜舉蔡伯華王季孺金玄朗詹政叔燕萬伯修宅聽李金吾彈琵琶》注釋［一］。

［二］曼倩：漢東方朔，字曼倩。

[三] 寓縣，指天下。『寓』，同『宇』。

[四] 金華殿：在漢未央宫，爲帝王受業之所。後亦借指内庭。

[五] 海客：來自海上之客。屠隆爲寧波人，因自稱海客。李白《夢遊天姥吟留别》：『海客談瀛洲。』三島：蓬萊、方丈、瀛洲。傳説中之三神山。

寄壽方翁 有引

方翁者，余友衆甫之尊人也[一]。翁年六十，萬曆十二年正月十五，乃其生朝。衆甫時新拜冀州牧，歸而稱觴。

江南正月陽和回，青天碧海無纖埃。盈盈三五望舒①滿[二]，九衢絲管紛如雷[三]。何者一翁披鶴氅，芙蓉之冠高崔嵬。仙人戲踏彩雲下，遊女遥淩香霧來。水緑燈光映天酒，雪消花氣吹瑶臺[四]。郎君拜官自丹陛[五]，五馬專城詫新貴[六]。花前玉板按低箏，門外朱輪羅小隊。舞罷跽進九霞觴，親顔夜染絳桃醉。好風徐度白雲謡，翕赫浮空千萬騎。雲林書通許穆家[七]，蕚緑親幸羊權第[八]。滿堂賓客不敢喧，聽君密授長生言。

校勘

① 舒：原本模糊，據程元方本補。

注釋

[一] 衆甫：方應選，字衆甫，亦作衆父。見上卷《贈方衆父》注釋[一]。尊人：此爲對衆甫父親之敬稱。

[二] 望舒：神話中爲月駕車之神。《楚辭·離騷》：『前望舒使先驅兮，後飛廉使奔屬。』王逸注：『望舒，月御也。』屠隆此處借以指月亮。

[三] 九衢：四通八達之路，指繁華街市。

[四] 瑶臺：指傳説中之神仙居處。

[五] 丹陛：宫殿之臺階，此借稱朝廷。

［六］五馬：漢時太守乘坐之車用五匹馬駕轅，因借稱太守。專城：指任主宰一城之州牧、太守。

［七］雲林：道教傳説中之雲林右英夫人，名媚蘭，字申林，王母第十三女，嬪上清左卿許真人（許穆）。屠隆謂『書通許穆家』，世傳有《七月二十八日夕右英夫人授書此詩以與許長史》《九月六日夕雲林喻作與許侯》《十月十七日雲林夫人作與許侯》等等，見南朝梁陶弘景《真誥》、明馮惟訥編《古詩紀》等。許穆：東晉丹陽句容人，曾爲餘姚令、尚書郎、護軍長史、給事中等。後歸隱於茅山學道，爲上清真人。道教尊爲上清派第三代宗師。見本書詩集卷一《送冏伯孝廉北上公車》注釋［六］。

［八］萼緑：道教傳説中仙女萼緑華。南朝梁陶弘景《真誥》卷一：『萼緑華者，自云是南山人，不知是何山也。女子年可二十，上下青衣，顔色絶整。以升平三年十一月十日夜降羊權。自此往來，一月之中輒六過來耳。』羊權：字道輿，羊忱少子，泰山人，南朝梁簡文帝時任黄門郎。後居茅山，得道。

九疑篇贈周淑南[一]

古來南國多英靈，山川奔峭不得停。波摇神女雙環碧，天入黄陵九朵青[二]。娉婷一去蒼梧冷[三]，月明時見衣裳影。啼妝有淚水竹斑，寶瑟無聲暮花瞑。九疑秀色何巃嵸①[四]，文章往往含芙蓉。屈宋而下代不乏[五]，朗如皦日照春松。周郎二十工詞賦，落筆盈盈花上露。吟成白雪三楚香[六]，奪得紅霞二妃妬[七]。曾向荆王臺上遊[八]，荆王臺下江水流。汀蘭岸芷應相識，峽雨巫雲不可求[九]。看君眉宇嬌渌水，洞庭雲夢六千里[一〇]。峰巒曲曲盡可疑，朝光青青暮光紫。文章變幻亦如此，錢起湘靈從此始[一一]。

校勘

① 嵸：原作『蓯』，據意改。

注釋

［一］周淑南：即周叔南，周弘祖（少魯）子，周弘禴（元孚）侄，劉守有婿，屠隆門人。麻城人。屠隆《栖真館集》卷七《哭周叔南》詩敘云：『叔南，余門人。其尊人少魯侍御、季父元孚民部，皆與余相善。』詩末有注：『叔南丈人劉金吾，亦與余厚善。』本書文集卷二十有《戲爲生祭

周叔南文》。

[二] 黃陵：傳説爲舜之二妃墓所在地，在湖南省湘陰縣北，濱洞庭湖。唐韓愈《黃陵廟碑》：『湘旁有廟曰黃陵，自前古以祠堯之二女舜二妃者。』

[三] 蒼梧：地名。相傳舜崩於蒼梧之野，葬於九嶷山（蒼梧山）。《戰國策·楚策》：『楚地……南有洞庭、蒼梧。』《史記·五帝本紀》：『虞舜者……踐帝位三十九年，南巡狩，崩於蒼梧之野，葬於江南九疑，是爲零陵。』

[四] 九疑：山名，在今湖南寧遠縣。『疑』亦作『嶷』。《山海經·海内經》：『南方蒼梧之丘，蒼梧之淵，其中有九嶷山，舜之所葬，在長沙零陵界中。』郭璞注：『其山九谿皆相似，故云「九疑」。』唐李涉《寄荆娘寫真》詩：『蒼梧九疑在何處，斑斑竹淚連瀟湘。』

[五] 屈宋：屈原和宋玉。二人長於辭賦，並稱屈宋。

[六] 三楚：此指古楚地。因五代時馬殷據長沙，周行逢據武陵，高季興據江陵，均在古楚地，故稱古楚地爲三楚。

[七] 二妃：舜之二妃娥皇女英。

[八] 荆王臺：即楚王臺，唐沈佺期《巫山高》：『神女向高唐，巫山下夕陽。裴回作行雨，婉孌逐荆王。』唐羅隱《渚宫秋思》：『楚城日暮煙靄深，楚人駐馬還登臨。襄王臺下水無賴，神女廟前雲有心。』明王慎中《西江月·詠雨中芙蓉》：『神遊夢作雨雲狂，不到荆王臺上。』

[九] 峽雨巫雲：宋玉《高唐賦》謂楚襄王與宋玉遊於雲夢之臺，玉曰：『昔者先王嘗游高唐，怠而晝寢，夢見一婦人曰：「妾，巫山之女也，爲高唐之客。聞君游高唐，願薦枕席。」王因幸之。去而辭曰：「妾在巫山之陽，高丘之岨，旦爲朝雲，暮爲行雨，朝朝暮暮，陽臺之下。」』

[一〇] 洞庭：洞庭湖。雲夢：楚大澤名。

[一一] 錢起：唐著名詩人，『大曆十才子』之一。初，錢起參加進士試（天寶十載），作《省試湘靈鼓瑟》：『善鼓雲和瑟，常聞帝子靈。馮夷空自舞，楚客不堪聽。苦調凄金石，清音入杳冥。蒼梧來怨慕，白芷動芳馨。流水傳瀟浦，悲風過洞庭。曲終人不見，江上數峰青。』該詩甚得文主嘉美，擢置高第。見《唐才子傳》。

長安元夕聽武生吴歌[一]

出不願金絡青絲踏垂柳，入不願繡箔雕楹對虚牖。人生不聽武生歌，百歲流年空飲酒。武生眉撫橫春雲，石家櫻桃何足論[二]？千人楚調誰堪和，一曲吴歈總斷魂。初疑絳河響流月，再聽泠風舞迴雪。欲換故遲聲轉媚，繁音已盡意不歇。秦家公主吹欲低[三]，洞庭女兒悲乍咽[四]。鴛鴦渌水浸明霞，蜻蜓暮飛紅蓼花。有時娟娟入庭葉，有時裊裊留空沙。洛陽誤識金吾子[五]，片言不合翻然起。誰家王孫喚得來，對酒當歌月華紫。生情生態世所無，却令英雄存心死。武生莫惜宛轉歌，爲君大醉金叵羅。朱顔皓齒今不樂，白日黄河當奈何。

注釋

[一]武生：未詳。

[二]石家櫻桃：東晉列國後趙武帝石虎之優僮鄭櫻桃。見《晉書·載記·石季龍上》。

[三]秦家公主：春秋時秦穆公之女弄玉，相傳其善吹簫，能作鳳鳴。

[四]洞庭女兒：洞庭龍女。其悲泣感人，見本書詩集卷二《唁和叔》注釋[三]。

[五]金吾子：對金吾官員之稱呼。金吾爲武職官名，負責皇帝大臣警衛、儀仗以及徼循京師、掌管治安等。唐陸龜蒙《樂府雜詠·金吾子》：「嫁得金吾子，長聞輕薄名。」屠隆此處所稱之「金吾子」，具體所指何人，不詳。

走筆荅董伯念膳部[一]

長安小兒聲啞啞，當街大笑蘭省客。清眉瘦面肩若山，天寒衝泥委巷窄。風高雪花大於手，邊城蕭蕭亂雲黑。油幕在首捉馬鞭，仰視遥空凍欲坼。人言畫省爲仙郎，寒林蕭竦風葉黄。署中盡日煨榾柮，布衾如水澆藤牀。鼠囓殘冰雀墮樹，老鶴暮影與人長。董生有才朗寒玉，相共凄清差不俗。一官雖冷興自佳，不廢焚香與燒燭。長安馬蹄未爲貴，安得與君在驢背，踏入梅花月輪碎。

注釋

[一]董伯念：董嗣成，字伯念，號青棠。烏程（今浙江湖州）人，禮部尚書董份孫。萬曆八年（一五八〇）進士，授禮部主事，官至禮部員外郎。以疏争忤旨，奪職歸。擅詩書畫，有《青棠詩集》。《明史》卷二三三有傳。屠隆與董嗣成多有詩文贈答，本書詩集本卷除本詩外，還有《贈董伯念膳部》，卷七有《同龍君善飲董伯念齋中時伯念以請告將歸吴興》《送董伯念予告還吴興四首》；文集卷十一有《報董伯念》。屠隆另爲董嗣成《二遊稿》作序（見《栖真館集》卷十《二遊稿敘》）。

送鄒爾瞻給諫以言事左遷南比部[一]

昔年批鱗氣昂藏，間關萬里投南荒[二]。冰霜裹血身不死，星虹抹劍貧無裝。陰霾蔽天天慘澹，鵂鶹晝出豺虎張。時人爭欲借名字，親朋那敢送河梁。含沙吹水瘴雲黑，山鬼嘯月蠻煙黃。須臾陵谷變墟井，雹滅花飛雙泡影。已拚白骨葬炎州，誰道青春登華省。香名滿世服美官，祥麐威鳳人所歎。婆娑可以致大位，離憂無復挂眉端。烈士由來心獨苦，寧能優遊坐公府。夜半朝衣檢皂囊，數進危言犯明主。幾日僊郎玉陛行，一朝逐客金陵去[三]。金陵山川清且嘉，六朝如夢空煙花。閉門掃石看雲起，野寺焚香到日斜。

注釋

[一] 鄒爾瞻：鄒元標，字爾瞻，號南皋，吉水（今屬江西）人。萬曆五年（一五七七）進士。以疏論張居正奪情事，謫戍貴州都勻衛。張氏敗，起爲吏科給事中，以忠直名。爲南京兵部主事，轉吏部，歷吏、刑二部員外、刑部郎中。罷官家居，泰昌元年（一六二〇）起爲大理卿，陞刑部右侍郎，轉左都御史。遭閹黨忌恨，迫而辭歸。崇禎繼位贈太子太保，謚忠介。有《願學記》《鄒南皋集》。

[二] 南荒：指南方荒涼之地。投南荒，指謫戍貴州都勻衛。

[三] 金陵：南京。

送范國士侍御以言事免官歸高安[一]

上帝高居鬱蕭殿[二]，天官女史列香案。桂樹夾路守蛟龍①，飈車橫空繞雷電。丹霞翠霧護玉清[三]，群靈罕得見其面②。何物小臣亦戇哉，挾書大叫天門開。片言稜稜摇岳瀆，帝怒落職金銀臺[四]。君家舊住香爐頂[五]，瀑布銀河挂秋影。野色疎花碧洞虚，罄聲殘月蒼煙冷。從容稽首下彤闈[六]，昨日繡服今布衣。風高劍浦雙龍過[七]，雲斷瑶空一鶴飛。殿中神羊詎不貴，安能捲舌絶瘖欬。邇來豪傑多豫章[八]，曾君鄒君俱磊塊[九]。朝陽三鳳世所希[一〇]，青史千秋定誰在。

校勘

① 龍：原本模糊，據程元方本補。

② 面：底本空缺，據程元方本補。

注釋

[一]范國士：范儁，字國士，高安人。萬曆五年（一五七七）進士，任義烏知縣。萬曆十一年（一五八三）徵授御史，萬曆十二年（一五八四）正月因疏陳時政被斥，里居數十年卒。天啓初復官，贈光禄少卿。《明史》卷二三四有傳。高安：縣名。今江西高安市。

[二]上帝：天帝。鬱蕭殿：道教傳説大羅天上有鬱蕭臺、鬱蕭殿。

[三]玉清：道家三清境之一，爲元始天尊所居。此處代稱元始天尊。

[四]金銀臺：傳説中仙人所居之以黄金白銀築成之宫。郭璞《遊仙詩》：『神仙排雲出，但見金銀臺。』

[五]香爐頂：江西廬山香爐峰。

[六]彤闈：朱漆宫門，借指宫廷。

[七]劍浦：指延平津，相傳晉時龍泉、太阿兩劍於此化龍而去。《晉書·張華傳》載，張華使雷焕爲豐城令。焕掘地得寶劍龍泉、太阿，送一劍與張華，留一自佩。後『華誅，失劍所在。焕卒，子華爲州從事，持劍行經延平津，劍忽於腰間躍出墮水。使人没水取之，不見劍，但見兩龍各長數丈，蟠縈有文章，没者懼而反。須臾光彩照水，波浪驚沸，於是失劍。』

[八]豫章：古郡名，治所在今江西南昌。

[九]曾君：指曾乾亨，字于健，號健齋，江西吉水人。萬曆五年（一五七七）與屠隆同年進士，授合肥知縣，陞御史。萬曆十一年（一五八三）彈劾尚書張學顔祖護李成梁，觸怒萬曆帝，貶爲海州判官。後歷陞監察御史、大理少卿。鄒君：指鄒元標。

[一〇]朝陽三鳳：指曾乾亨、鄒元標、范儁三人，同爲言官，因疏陳時政被斥。

春夜集潘士遠宅[一]

王孫結客傾都城，并刀代馬獵胡纓。粉面虯鬚氣颯颯，白日義重黄金輕。雅量能容灌仲①孺[二]，肝腸輸與田先生[三]。春城置酒候花色，午夜宮門月華直。盤中時出五侯鯖[四]，座上應多萬里客。何人談碁稱國工，少年擊劍生雄風。亦有按歌調絶俗，更看作賦聲摩空。爛熳金波竹葉釀，蒼茫汗血桃花驄。六街無人月在手[五]，戲擘天河撞北斗。君爲布衣無不宜，我視微官亦何有。紫煙滅盡夜轉佳，杳如空山坐寒溜。如此清暉不盡歡，明朝花落風雨寒。

校勘

①仲：底本原作「伸」，據程元方本改。

注釋

[一]潘士遠：潘雲驤，字士遠，上海人，潘恩之孫，潘允端之子。從仕郎直内閣誥敕房中書舍人。萬曆十七年（一五八九）卒，享年四十四歲。徐學謨撰有《明從仕郎直内閣誥敕房中書舍人潘君墓誌銘》。

[二]灌仲孺：西漢灌夫，字仲孺。曾赴丞相田蚡宴，使酒罵座。見本卷《公子行贈宋西寧忠甫》注釋[一七]。

[三]田先生：指戰國時燕國處士田光。光有勇謀，燕太子丹折節重客，聞光賢，與謀報秦仇，光以老辭，薦荆軻。丹囑以「國之大事，願先生勿泄」。光遂自刎明志，世稱節俠。見《史記·刺客列傳》。

[四]五侯：指漢成帝母舅王譚、王根、王立、王商、王逢時五人，因同日封侯，號五侯。鯖，肉和魚混烹之雜燴。五侯鯖，指漢代婁護合王氏五侯家珍膳而烹飪之雜燴。《西京雜記》卷二：「五侯不相能，賓客不得來往。婁護、豐辯，傳食五侯間，各得其懽心，競致奇膳，護乃合以爲鯖，世稱五侯鯖，以爲奇味焉。」唐韓翃《送劉長上歸城南別業》詩：「朝還會相就，飯爾五侯鯖。」

[五]六街：唐、宋都城皆有六條中心大街，故以泛稱京城街市。

弄臣篇贈詹政叔[一]

紅雲崩騰白雲走，霹靂轟轟撞北斗。閶闔天門夜不關，六丁蒼茫萬靈吼。喧傳上帝失弄臣，玉樓寂寞天女嗔。大索三界不可得，却在人世嬲風塵。頭顱輪與魏公子[二]，戲笑親箠郭舍人[三]。偶乘馬蹄踏燕土[四]，使酒無賴氣食虎。唾壺裂盡天地昏，如意揮殘日月舞。大醉搥碎黄金臺[五]，長安市上觀如堵[六]。嗟！弄臣一何雄，俯吸碧海，仰截青虹。儵忽千金到手盡，模糊萬物入眼空。瞽爾論心有蜾蠃①，當其失意無王公。人言骨相合貧賤，不禁陽狂丘壑中。世上束縛冠與履，放爾洸洋自栩栩。王母遺之亦解頤[七]，三尺鉅靈應識汝[八]。

校勘

① 蠃：原作『嬴』，據文意改。

注釋

[一] 弄臣：原指東方朔，屠隆《由拳集》卷二《十賢贊・東方朔》：『東方多端，機穎絶倫。天子俳優，上帝弄臣。』本詩中，屠隆自稱。詹政叔：詹濂，又名泮，字政叔（一作正叔），歙縣休寧人。見上卷《秋夜同郭舜舉蔡伯華王季孺金玄朗詹政叔燕萬伯修宅聽李金吾彈琵琶》注釋[一]。

[二] 魏公子：戰國時魏國公子信陵君魏無忌。信陵君禮賢下士，嘗爲侯生執轡。後信陵君救趙，侯嬴用計爲之獲取兵符，並自刭以報。見《史記・信陵君列傳》。

[三] 郭舍人：漢武帝所寵倖之倡優，擅投壺。晉葛洪《西京雜記》卷五：『武帝時，郭舍人善投壺……每爲武帝投壺，輒賜金帛。』

[四] 燕土：即燕地，指北京。

[五] 黄金臺：又稱昭王臺、燕王臺、燕臺，戰國時燕昭王爲招賢納士所築。此句仿李白『我且爲君搥碎黄鶴樓』（《江夏贈韋南陵冰》）。

[六] 長安：指京城。

[七] 王母：西王母。

[八] 鉅靈：傳説中王母派至人間告訴漢武帝求道方法之短人。《漢武故事》：『東郡送一短人，長五寸，衣冠具足。上疑其精，召東方朔。至，朔呼短人曰：「巨靈，阿母還來否？」短人不對，因指謂上：「王母種桃，三千年一結子，此兒不良，已三過偷之。失王母意，故被謫來此。」上大驚，始知朔非世中人也。』

贈董伯念膳部[一]

美人家住青谿曲，朝飛倉庚暮屬玉。月明衆壑杳然空，雨過群峰淡如沐。高低密葉暗山厨，遠近疏花映茅屋。

玉洞長穿虎豹行，石牀獨抱雲霞宿。笑呼童子採青芝，親見仙人騎白鹿。生來坐占谿山幽，寒松修竹風颼颼。五色文心發靈籟，千年秀句驚神州。策罷天人直華省，長安嘖嘖稱琳球。風神散朗氣豪逸，攫雨拏雲一何疾。生平不受魏其嗔[二]，少小好與田光暱[三]。出看廣陌飛紫騮，入據曲房彈寶瑟。花前潦倒金叵羅，座上淋漓銀不律。與余相見即相投，各吐肝腸挂白日。世人心知良獨難，九河三峽多波瀾[四]。君歌我舞亦足快，臭味何論椒與蘭。年年解道朱顔改，夜夜寧辭紅燭殘。

注釋

[一] 董伯念：董嗣成，字伯念。見本卷《走筆荅董伯念膳部》注釋[一]。

[二] 魏其：漢魏其侯竇嬰。竇嬰與爲人剛直、使酒任性之灌夫爲至交。見《史記・魏其武安侯列傳》。屠隆此句『生平不受魏其嗔』，乃謂董伯念直爽、好酒。

[三] 田光：戰國時燕國著名處士、義士。荆軻本爲衛人，入燕後與田光爲友。屠隆此句『少小好與田光暱』，乃謂董伯念崇尚和結交隱士、義士。

[四] 九河：指黃河。原稱大禹時黃河之九條支流，《尚書・禹貢》：『九河既道。』後人因以『九河』稱黃河。三峽：長江瞿塘峽、巫峽和西陵峽之合稱。

陸母太夫人壽歌[一]

上元夫人朝玉京[二]，相期王母邀太清[三]。赤霜之袍紫霓旌，青童口吹白玉笙[四]，瑶姬玄女寶幢迎[五]。暫來人世婆娑行，衣裳霞氣猶爛盈。鍊炁服食餐雲英，三度清淺看蓬瀛[六]。吁嗟神母合有子，有子今爲柱下史[七]。前身或恐是李耳[八]，鄴侯風神待詔齒[九]。夫人今且住塵囂，環佩曾趨絳節朝[一〇]。名花寶月當生朝，仙人來奏白雲謡[一一]，朱顔銀鬟宜春宵。五花丹誥雙鳳翹，夫人自有九霞綃。堂上阿母瑟初鼓，階下郎君彩衣舞。世上榮華盡不數，我欲爲君歌天姥。

注釋

[一] 陸母：未詳，或爲陸樹聲母。

[二] 上元夫人：神話傳説爲西王母之小女阿環。任上元之官，統領十方玉女名録，稱『上元夫人』。唐李白《上元夫人》：『上元誰夫人，偏得王母嬌。』玉京：天帝所居，又稱瑶京。

[三] 太清：道教所稱『三清』之一，爲元始天尊所化法身道德天尊所居之地，其境在玉清、上清之上。此處泛指仙境。

[四] 青童：仙童。

[五] 瑶姬：道教傳説爲西王母之第二十三女，又稱雲華夫人。《太平廣記》卷五六引《集仙録》：『雲華夫人，王母第二十三女，太真王夫人之妹也，名瑶姬。』玄女：道教所奉之天上神女，又稱九天玄女。見《雲笈七籤》卷一百《軒轅本紀》和卷一一四《九天玄女傳》。

[六] 蓬瀛：道教傳説之海上神山蓬萊和瀛洲。晋葛洪《神仙傳》卷三：『王遠，字方平，東海人也。……麻姑自説：「接待以來，已見東海三爲桑田。向到蓬萊，水又淺於往昔會時略半也。豈將復還爲陵陸乎？」方平笑曰：「聖人皆言海中行復揚塵也。」』

[七] 柱下史：指御史。原本爲周、秦時官名，因其常侍立殿柱之下，故名。即漢以後之御史。《史記·張丞相列傳》：『而張蒼乃自秦時爲柱下史，明習天下圖書計籍。』司馬貞索隱：『周秦皆有柱下史，謂御史也。所掌及侍立恒在殿柱之下。』

[八] 李耳：即老子。老子曾爲周柱下史。

[九] 鄴侯：唐代李泌，封鄴縣侯，故稱。見本書詩集卷一《寄曾大司空》注釋[三]。

[一〇] 絳節朝：指天廷，上帝所居。絳節，爲道教傳説中上帝或仙君之儀仗。唐杜甫《玉臺觀》詩：『中天積翠玉臺遥，上帝高居絳節朝。』宋陸游《老學庵筆記》卷九：『天下神霄，皆賜威儀，設於殿帳座外。面南，東壁，從東第一架六物：曰錦繖、曰絳節、曰寶蓋、曰珠幢、曰五明扇、曰旌。』屠隆《綵毫記·仙官列奏》亦云：『太清宫殿九霞高，玉珮羣真絳節朝。』

[一一] 仙人句：典出《穆天子傳》卷三：『乙丑，天子觴西王母於瑶池之上。西王母爲天子謡曰：「白雲在天，山陵自出。道里悠遠，山川間之。將子無死，尚能復來？」』

庚辰五月沈嘉則王百谷馮開之田叔見枉青浦署作[一]

五月炎歊海氣黑，癡龍倒卷天河坼。余呼九關上帝嗔，疾風破山飛霹靂。浩浩江湖不得奔，手障百川泥没厀。六尺小臣筋力疲[二]，四十頭顱半欲白。故人念我作吏苦，同日相過同咄惜。余病雖尪意氣麤，便與雄談開玉壺。

目射青天紫煙滅，筆摇五嶽群靈趨。諸公乘醉歌白紵[三]，大海況復來明珠。吾鄉隱侯老祭酒[四]，布衣蕭蕭雪盈首。文章縛虎向南山，名字騎龍踏北斗。近時天壤有王郎[五]，舌底縱横繞電光。落筆往往太綺麗，讀之能令牙齒香。太史馮生烱雙睫[六]，笑對諸公睨六合。胸中藻思爛春雲，頭上進賢等秋葉。我家田叔萬石儔[七]，近來亦復追風流。自言浩蕩閶門下[八]，傍人飲酒聽箜篌。四三曹偶大才子，一到卿雲夜夜紫。高言逸氣動天文，五星奔迫白日駛。余也小吏悲陸沉，歲月無情毛髮侵。低頭未免時人笑，抗手能得英雄心。但使英雄獨憐我，笑殺時人無不可。

注釋

[一] 沈嘉則：沈明臣，字嘉則，鄞縣人。見本書詩集卷一《明月榭賦》注釋[一二]。王百谷：王穉（又作稚）登，字百穀，或作百谷、伯穀，號半偈長者、青羊君、廣長庵主等。生於江陰，移居吴門（蘇州）。隆萬年間（一五六七至一六二〇）著名布衣詩人，「弇州四十子」之一。有《王百穀集》。與屠隆交情甚厚，常往來唱和。屠隆爲王稚登父親作《王處士小傳》（《由拳集》卷十九），並爲其《竹箭編》作序（《白榆集》文集卷一）。馮開之：馮夢禎，字開之。見本書詩集卷一《春日風雪過開之綺雲館作》注釋[一]。田叔：屠本畯，字田叔，又字豳叟，號漢陂，晚年自號豳叟、憨先生、乖龍丈人等。鄞縣人，屠大山之子。曾以父蔭任太常寺典簿、禮部郎中、兩淮運司同知，官至福建鹽運司同知。鄙視名利，言語詼諧，風流儒雅，好讀書，至老不輟，對植物及海洋生物多有研究，著有《山林經濟籍》《閩中海錯疏》等。《列朝詩集小傳》丁集有傳。屠本畯爲屠隆族孫，兩人關係密切。青浦署：青浦縣署。

[二] 六尺小臣：屠隆自稱。

[三] 諸公：稱沈明臣諸人。白紵，樂府吴舞曲名。南朝宋鮑照《白紵歌》：「古稱《淥水》今《白紵》，催弦急管爲君舞。」《新唐書・禮樂志下》：「《清樂》三十二曲中有《白紵》，吴舞也。」宋張先《天仙子・公擇將行》：「瑶席主，杯休數，清夜爲君歌《白苧》。」

[四] 吾鄉隱侯：指沈明臣。見《明月榭賦》注釋[三]。祭酒：古代饗宴時酹酒祭神之長者。後泛稱年長或位尊者。

[五] 王郎：指王百谷。

[六] 太史馮生：指馮開之。

[七] 我家田叔：指屠本畯。本畯爲屠隆族孫，故稱。

[八] 閶門：蘇州城門名。

寄劉觀察先生[一]先生觀察浙中時，余受國士之知。

君不見豐城劍[二]，獨夜雙龍吼。歲月老去多，泥沙積來厚。千秋不遇張司空[三]，空有精光干北斗。又不見爨下桐[四]，一出烈火中，清音滿天地。不是中郎妙鑒賞[五]，煙塵漫滅道旁棄。男兒重知己，拂拭開風神。少年坎廩不稱意，夫子憐才一何真。力驅春風吹枯草，令我感激思古人。三年迢遞南中去[六]，炎徼蠻天沐煙霧。萬死難酬國士恩，寸心易斷昆明路[七]。如今作吏低兩眉，局促安有胸中奇？慙爲肉食相，敢忘布衣時？數口長貧三尺在，願言持此報相知。

注釋

[一] 劉觀察：劉翾，字元翰，又字見嵩，四川内江人。二〇〇六年七月内江市發掘劉翾墓，墓門刻有『明浙江參政見嵩劉公之墓』，並出土『明浙江參政見嵩劉公墓誌』。劉翾爲嘉靖四十一年（一五六二）進士。令渭南，以異政召爲御史。後備兵浙江，禦倭寇有功，陞大參。劉翾任浙江巡海副使時，於屠隆有知遇之恩。屠隆《由拳集》卷九有《燕齊道中懷觀察劉公》，卷十三《與沈君典三首》中稱『家師劉見嵩先生』，卷十五《與馮開之四首》言『西蜀劉先生觀察明州，於弟有知己大恩』。明楊德周《明故文林郎禮部儀制司主事赤水屠公墓誌銘》：『……巡海使者劉公，試以《溟海波恬賦》，……一日而名噪東南。』（《甬上屠氏宗譜》卷二十二）

[二] 豐城：古縣名，位於今江西省中部。豐城劍，傳説寶劍龍泉、太阿沉埋豐城獄底，《晉書・張華傳》載，吴滅晉興之際，斗、牛之間常有紫氣。張華邀雷煥共觀天文，煥曰：『寶劍之精，上徹於天耳。』並謂劍在豫章豐城。華即使煥爲豐城令，『煥到縣，掘獄屋基，入地四丈餘，得一石函，光氣非常，中有雙劍，並刻題，一曰龍泉，一曰太阿。其夕斗、牛間氣不復見焉。』龍泉、太阿二劍爲雙龍，見本卷《送范國士侍御以言事免官歸高安》注釋[七]。

[三] 張司空：晉張華。華歷任多職，晚年遷司空。

[四] 爨下：竈下。爨下桐，《後漢書・蔡邕傳》：『吴人有燒桐以爨者，邕聞火烈之聲，知其良木。因請而裁爲琴，果有美音。而其尾猶焦，故時人名曰「焦尾琴」焉。』

[五] 中郎：漢蔡邕，因其官至左中郎將，人稱『蔡中郎』。邕爲著名文學家、書法家，又善鼓琴，精通音律。

［六］南中：指川南、雲貴、嶺南等地。

［七］昆明：明雲南府治所在地。

贈程子虛［一］

咄咄東華大帝君［二］，天門朗照開人文。無端小童歌青裙［三］，六合靈氣相氤氳。幻出才子大崩奔，使我耳目零亂如秋雲。眼前一一南海珠，筆端總寫金芙蕖。意氣長林風葉疏，日爲諸公輟簿書。我才不足情有餘，門外何來程子虛，手驅煙月黃山隅［四］。相看共剪西窗燭，大池星滿摇空緑。更兼吴士摻舴艋，好取天河瀉醽醁。夜深雄談落神飈，猛虎欲到風蕭蕭。自拚山店爲官舍，況借疏鐘荅海潮。嗟余墮地幾四十，頭顱短去劒花澁。鍾鼎富貴我不愛，竹帛修名幾時立。不如早與公等尋一丘，瑶草瓊枝等閑拾。五嶽四瀆真可期，金母木公定長揖。

注釋

［一］程子虛：程本中，字子虛，歙縣人。早慧，入南太學，屢試不售，遂放縱聲色。與汪道昆等同入豐干社。汪道昆《太函集》卷三十五有《程子虛傳》。屠隆《栖真館集》卷七有《挽程子虛》。

［二］東華大帝君：道教傳説之神，與西王母分治東、西極。有扶桑大帝、木公、東王公等稱呼。見本卷《桃花嶺歌爲楊太宰賦》注釋［二］。

［三］小童歌青裙：典出南朝梁陶弘景《真誥·甄命授》：『昔漢初，有四五小兒路上畫地戲。一兒歌曰：「著青裙，入天門，揖金母，拜木公。」……所謂金母者，西王母也。』

［四］黃山：又名黟山，在今安徽省黃山市。相傳黃帝與容成子、浮丘公嘗合丹於此，故名。

贈湯慈明［一］

春風五雨凌滄洲，水紋漲緑沙如丘，王雎鼓翼澤雉遊。絲絲楊柳覆船頭，夜凉簫管咽中流。王孫新抱蘼蕪愁，自言爲客敝貂裘。登艫酌酒海欲曙，絳河銀燭天疑秋，今夕何夕得同舟。同舟美人若霞舉，家在蕪城舊禁籞[二]。牙旗十萬羽林兒，錦纜三千殿脚女[三]。月明鳳下憶吹簫，火照烏棲驚列炬。六代風華此擅場，花牋秀句應堪數。歌鐘撲地連香塵，樓堞臨江弄煙雨。有時立馬看狼山[四]，興到乘橈泛牛渚[五]。以玆綵筆太紛紜，瓜步靈潮建業雲[六]。鮑照才盡江淹死[七]，南國詞人今到君。君才千秋足玄賞，落落高情復雲上。十年相望白鷗汀，一旦追隨青雀舫。酒中累月見情真，行吟散髮惜餘春。芳草時時能媚客，桃花步步可憐人。最喜天涯遇良友，更得茹生若瓊玖[八]。齊搴杜若過橋邊，共醉蒹葭宿浦口。嗟余博物愧司空[九]，吐氣安能占北斗。昔去無將匹馬遥，今來似挾雙龍吼。

注釋

[一] 湯慈明：湯有光，字慈明。見本卷《薊門行贈顧益卿使君》注釋[九]。

[二] 蕪城：指廣陵城。南朝宋時因戰亂而荒蕪，鮑照作《蕪城賦》，因得名。禁籞：禁苑周圍之藩籬，代指禁苑。

[三] 殿脚女：對隋煬帝巡遊江都時牽挽龍舟女子之稱呼。舊題唐顔師古《隋遺録》卷上：『至汴，上御龍舟……每舟擇妍麗長白女子千人，執雕板鏤金檝，號爲殿脚女。』

[四] 狼山：在今江蘇南通市南郊，爲名勝地。

[五] 牛渚：牛渚磯，又稱采石磯。在今安徽馬鞍山市采石鎮，乃牛渚山北部突出於江中之部分，爲名勝地。

[六] 瓜步：瓜步山，在江蘇南京市六合區東南。瓜步臨大江，唐白居易《奉酬淮南牛相公思黯見寄》：『日落龍門外，潮生瓜步前。』建業：南京之古稱。

[七] 鮑照：字明遠，南朝宋著名文學家。其《擬行路難》《蕪城賦》《登大雷岸與妹書》等最爲人們傳誦。江淹：字文通，南朝文學家。其《恨賦》《别賦》久負盛名；詩歌與鮑照齊名，合稱『江鮑』。

[八] 茹生：茹天成，字懋集。無錫人。見本卷《薊門行贈顧益卿使君》注釋[九]。

[九] 司空：指晉人張華。華歷任多職，晚年遷司空，故稱。張華著有《博物志》。志中記豐城寶劍事，見本卷《寄劉觀察先生》注釋[一一]。

送丁右武侍御謫潞安司理迎母南還[一]

豫章先生衝冠士[二]，白簡青驄柱下史。然諾片語向客傾，生平寸心爲人死。神馬騰驤蒲類寒，寶刀颯沓妖虹紫。上書大叫天門邊，風馳電擊龍蜿蜒。一官謫去非其罪，獵纓西笑浮雲前。馬頭不覽中條色[三]，杖底且拂香爐煙[四]。心知聶政尚有母[五]，昂藏七尺未可捐。繡衣脱却披萊綵[六]，親製雲謡登舞筵。孤帆海月横空笛，兩岸江花下瀨船。羨君此行亦足快，五嶽當胸隱磊塊。古來英雄得道人，匿跡收聲發靈籟。不見高天霹靂飛，須臾雲盡虚空在。

注釋

[一]丁右武：丁此吕，字右武，江西新建人。萬曆五年（一五七七）與屠隆同年進士，由漳州府推官徵授御史，因劾禮部侍郎高啓愚，坐謫潞安推官，尋遷太僕寺丞，歷浙江布政使司右參政。考察論黜，復謫戍邊疆。有《世美堂稿》。《明史》卷二二九有傳。《由拳集》卷五《感懷詩五十五首》中有《丁郡理右武》，卷十六有《與丁右武》；《栖真館集》卷十三有《與丁右武》。潞安：府名。原爲潞州，明嘉靖八年（一五二九）陞州爲潞安府，治所在上黨縣（今山西長治市）。司理：推官。其掌理一府之刑名、贊計典，故稱。

[二]豫章先生：指丁右武。因其爲新建（今江西省南昌市新建區）人，新建古屬豫章地，故稱。

[三]中條：中條山。位於山西省南部。

[四]香爐：江西廬山香爐峰。

[五]聶政：戰國時韓國人，著名俠客。韓大夫嚴仲子欲請聶政刺殺仇人韓相俠累，數次至門請托，具以酒禮重金，聶政以養老母之故，未肯相許。至老母以天年終後，方出爲嚴仲子報仇。見《史記·刺客列傳》。

[六]萊：老萊子，春秋末楚國隱士。萊綵，指老萊子孝養父母，身穿五彩衣，取悦父母。《藝文類聚》卷二十引《列女傳》載：「老萊子孝養二親，行年七十，嬰兒自娱，著五色采衣。嘗取漿上堂，跌僕，因卧地爲小兒啼，或弄烏於親側。」

鄒舍人歌[一]

朱樓大道連城闉，楊花撲鞍雨洗塵。西山紅霞落日晚，馬上相逢鄒舍人。舍人少年楚才子，自言家住瀟湘水。夢澤魚龍枕簟中[二]，衡巖雲霧窗楹裏[三]。六尺文弱意氣麤，兩眼睥睨空萬夫。讀書爲文有神力，星辰嶽瀆毫端趨。口吹西王白玉琯[四]，手探南浦紅珊瑚[五]。元氣淋漓爛天藻，萬里雲霄致身早。藜火疏星齊閣涼[六]，蘭膏殘月華清曉[七]。山川大國青黛多，旌旗羽獵荆王過[八]。一帶微波没漢女[九]，千秋斑竹哀湘娥[一〇]。所以荆人競霞舉，跌宕聲沉轉凄楚。風急天空野鶴來，江翻海立妖蛟舞。平生不愛塵綱牽，焚香約友謀清緣。語罷起①行修竹下，醉來小卧落花前。看君落穆真吾黨②，快意風流得心賞。區區九州不足遊，相期七十二峰上[一一]。

校勘

① 起：原作「上」，據程元方本改。

② 黨：原作「下」，據程元方本改。

注釋

[一] 鄒舍人：鄒觀光，字孚如。德安府雲夢（今湖北雲夢縣）人。萬曆八年（一五八〇）進士。授吏部主事。因言論不合，乞歸。著有《鄒孚如集》。本書詩集卷七有《贈鄒舍人孚如》。

[二] 夢澤：雲夢澤。

[三] 衡巖：指南嶽衡山。

[四] 西王：西王母。白玉琯：白玉製成之管樂器，六孔，如笛。《大戴禮記·少間》：『西王母來獻其白琯。』《晉書·律曆志上》：『黄帝作律，以玉爲管，長尺，六孔，爲十二月音。至舜時，西王母獻昭華之琯，以玉爲之。』

[五] 南浦：此指南海邊。

[六] 閣：原典爲漢天禄閣，此指鄒舍人所處之館閣。《三輔黄圖》卷六：『劉向於成帝之末校書天禄閣，專精覃思。夜，有老人著黄衣，植青藜杖，叩閣而進。見向暗中獨坐誦書，老父乃吹杖端，煙然，因以見向，授《五行》《洪範》之文。恐詞説繁廣忘之，乃裂裳及紳，以記其言。至曙而去，請問姓名，云：「我是太乙之精，天帝聞卯金之子有博學者，下而觀焉。」』

[七] 華清：唐有華清宫。此處指明代宫殿。

[八] 荆王：楚王。

[九] 漢女：漢水之神女。

[一〇] 湘娥：又稱湘妃、湘夫人、湘靈。見本卷《題王諫議家畫五大山水歌·洞庭》注釋[九]。

[一一] 七十二峰：南嶽衡山，有七十二峰。

董逃篇[一]

君不見董逃夙昔縱横年，隻手障日力回天。揮霍山河在指臂，片言睚眦死道邊。公子聯鑣金馬下[二]，豪奴使酒朱樓前。一朝富貴掩灰土，鍾乳胡椒入天府[三]。銅雀摧頹吼夜風，石馬荒凉卧秋雨。又不見貂璫日侍君王側，玉帶朱衣藉恩澤。口中白日生風雲，掌上青天飛霹靂。空憐壯士輸頭顱，但與宵人借羽翼。忽然滄桑世事翻，龍蛇窟壞狐鼠奔。主恩猶待以不死，匹馬蕭蕭出國門。吁嗟乎！霍氏之禍驂乘始[四]，梁家事敗秦宫死[五]，古來奸雄總如此。吐氣冲虹霓，拔劍斫海水。坐令六合氛霾開，天清地晶露泚泚。壯哉批龍鱗，不異履虎尾。誰爲千秋人，江李二御史[六]。

注釋

[一]董逃：初爲漢代民歌中之襯音，每句歌畢必綴『董逃』或『董桃』，無實義。漢末，人們以『董逃』之『董』字指董卓，暗喻其跋扈殘暴，終將敗逃。《後漢書・五行志一》：『靈帝中平中，京都歌曰：「承樂世，董逃。遊四郭，董逃。蒙天恩，董逃。帶金紫，董逃。行謝恩，董逃。整車騎，董逃。垂欲發，董逃。與中辭，董逃。出西門，董逃。瞻宫殿，董逃。望京城，董逃。日夜絶，董逃。心摧傷，董逃。」案，董謂董卓也。言雖跋扈縱其殘暴，終歸逃竄，至於滅族也。』屠隆此詩，諷刺歷代奸雄。

[二]金馬下：金馬門下。金馬門爲漢代宫門。

[三]天府：指朝廷藏物之府庫。入天府，指籍没歸天府。唐元載，代宗時官至宰相，多受賄賂，貪得無厭，後事敗，籍其家，他物之外，竟有鍾乳五百兩，胡椒八百石。見《新唐書・元載傳》。

[四]霍氏：指西漢權臣霍光家族。《漢書・霍光傳》：『初，霍氏奢侈，茂陵徐生曰：「霍氏必亡。夫奢則不遜，不遜必侮上。侮上者，逆道也。在人之右，衆必害之。霍氏秉權日久，害之者多矣。天下害之，而又行以逆道，不亡何待？」……宣帝始立，謁見高廟，大將軍光從驂乘，上内嚴憚之，若有芒刺在背。後車騎將軍張安世代光驂乘，天子從容肆體，甚安近焉。及光身死，而宗族竟誅。故俗傳之曰：「威震主者不畜。霍氏之禍，萌於驂乘。」』

[五]梁家：東漢權臣梁冀家族。梁冀跋扈貪亂，最終招致滅族，見《後漢書・梁冀傳》。唐李賀有《榮華樂》諷刺之。秦宫：梁冀之嬖

奴。《後漢書・梁冀傳》：『冀愛監奴秦宮，官至太倉令，得出入壽（按梁冀之妻孫壽）所。壽見宮，輒屏御者，託以言事，因與私焉。宮内外兼寵，威權大震，刺史二千石皆謁辭之。』又《後漢書・天文下》：『大將軍梁冀使太倉令秦宮刺殺議郎邴尊，又欲殺鄧后母宣，事覺，桓帝收冀及妻壽襄城君印綬，皆自殺。誅諸梁及孫氏宗族，或徙邊。是其應也。』

［六］江李二御史：江東之和李植。江東之，字長信，號念所，歙縣人。萬曆五年（一五七七）進士，授行人，擢御史。與御史李植彈劾馮保、徐爵，受知於萬曆帝。遼東巡按御史劉臺因上疏彈劾首輔張居正，被充軍廣西，至潯州暴卒。江東之訴劉臺冤，使劉臺得以恢復名譽、官職。後江東之歷太僕少卿，以事左遷兵部員外郎，官終右僉都御史、巡撫貴州。有《瑞陽阿集》十卷。傳附《國朝獻徵録》卷六十三『鄒元標』後。李植：字汝培，江都人。其經歷與江東之頗爲相似。萬曆五年（一五七七）進士，選庶吉士，授御史。先後彈劾馮保、潘季馴。後歷太僕少卿、右僉都御史、巡撫遼東。

採花涇篇贈徐文卿［一］

採花涇上花事繁，王雎鼓翼倉庚喧。南國明璫交雜佩，西園公子開酒尊［二］。沙棠之舟木蘭槳，微風渌水横塘上。羅衣香裏寶扇摇，玉簫聲中暗波響。陸家兄弟傾吴都［三］，空青水碧世所無。屬鳿一雙雪皓皛，鴛鴦七十煙模糊。美人蕭條黄耳去［四］，月冷花殘海空曙。堤邊不見蕩槳人，浦口猶餘採花處。千秋秀色平原村，只今惟有偃王孫［五］。偃王孫子美白皙［六］，少年才氣何翩翩。枝枝璚蘂真無價，朵朵芙蓉信可餐。京潞風塵馬蹄緩［七］，與君送目南雲滿。今年雪凍邊氣深，來歲花開水痕暖。可憐開時不在家，何由擊楫卧空沙。石瀨猶疑聽清吹，衣裳曾得染明霞。青山一出是紅塵，進賢寧似華陽巾。相將頭白始歸去，五湖荷花笑煞人。

注釋

［一］採花涇：在明松江府華亭縣（今上海市松江區），明張國維《吴中水利全書》卷四《松江府》：『白龍潭在府城西谷陽門外，廣十餘頃。北又通二里涇。東出與城濠合，北爲採花涇。採花涇，北通二里涇。其東爲北花園，園東北有夜遊涇，相傳陸氏夜遊處。』屠隆本詩集卷四《雲間十詠》中有《採花涇》。徐文卿：徐琰，字文卿，松江人，大學士徐階姪。

［二］西園公子：原典指曹植、曹丕，參見上卷《公子行贈宋西寧忠甫》注釋［一四］。屠隆此處爲借喻。

［三］陸家兄弟：晉人陸機、陸雲。陸氏華亭人，採花涇附近之夜遊涇，即相傳爲陸氏夜遊處。吴都：指蘇州，因陸氏華亭晉時屬吴郡吴縣，其治所蘇州，舊爲春秋時吴國都城，故稱。

［四］美人：喻才德美好之人。《詩·邶風·簡兮》：『云誰之思，西方美人。』鄭玄箋：『思周室之賢者。』唐柳宗元《初秋夜坐贈吴武陵》：『美人隔湘浦，一夕生秋風。』潘緯注：『謂吴武陵。』屠隆此處喻陸家兄弟。黄耳：陸機有犬名黄耳，《晉書·陸機傳》：『機有駿犬，名曰黄耳，甚愛之。既而羈寓京師，久無家問，笑語犬曰：「我家絶無書信，汝能齎書取消息不？」犬摇尾作聲。機乃爲書，以竹筩盛之而繫其頸。犬尋路南走，遂至其家。得報，還洛。其後因以爲常。』

［五］偃王孫：徐偃王之後人。徐偃王，相傳爲周穆王時徐國國君。徐偃王好行仁義，徐國被楚所滅。其後人遷徙吴越者較多。

［六］偃王孫子：此處特指徐文卿。

［七］京潞：指京城。

贈吴生［一］

嗟嗟！吴生流落居人下，四十年前騎駿馬。風塵失意何足憐，一日持杯一蕭灑。金谷園中花滿谿［二］，眼前一一成香泥。古來得失都如此，酒後花深鶯亂啼。

注釋

［一］吴生：未詳。

［二］金谷園：西晉巨富石崇之别業園林。

君不見

君不見上有上帝貴，下有后土尊。百神列宿相擁衛，五嶽四瀆還崩奔。元氣何淋漓，大化總委謝。日月朝從滄海升，星河夜向天門挂。六合之内何所爲，六合之外君豈知。井中碧落逗一線，開口談天紛如卮。鴟向①鵷雛嚇腐鼠，鳩輕鵬鳥嘲天池。朝生暮死亦何有，無乃翻爲達者嗤。君不見雷霆響烈烈，蜩螗聲啁啁。撞鐘泰山頂，況乃罡風遒。揚帆涉滄海，安得有細流？巨跡踏八荒，大語驚千秋。庸夫無遠心，曠士多高韻。太息擾擾者，終作朝菌盡。寧爲神理責，不受世俗嗔。趨時在得意，所樂須及身。烹羊飲美酒，一醉蛾眉人。時來且富貴，死去當灰塵。所以古人好雲壑，不與區區世人角。谿面閑看碧浪生，峰頭笑引丹霞落。光陰駛如梏，世事俱電露。萬物無不壞，一官豈常住。乞身我有青山歸，君到歸時向何處？君今笑我愚且騃，我亦哀君喚不回。試看牛羊秋草裏，舊時金谷②與銅臺。

校勘

① 向：原作『白』，據程元方本改。

② 谷：原作『往』，據程元方本改。

贈吴山人昌齡[一]

吴山人，佳公子，瘦骨清眉舌如綺。三十瀟瀟老禿翁，一身落拓乾坤裹。華屋朱門賣與人，窮巷蓬蒿而已矣。門前獨枕大江流，江上青山晚來紫。彈琴度曲往往精，近日新詩滿人耳。面帶煙霞相合貧，布袍桐帽無風塵。更有清言堪絶倒，高譚揮麈空四鄰。座無君卿客不樂，安車争欲迎山人。耽玄好道自言尊，繁華剥盡見天根。前身頭陀無乃是，灰心直欲投空門。空門歲月眇萬劫，世事蒼茫等秋葉。余亦當今學道人，繡佛齋前片語合。君爲布衣真自雄，我雖有官轉眼空。一瓢一笠無不可，胡爲齷齪居樊籠？嗚呼，胡爲齷齪居樊籠！黄猨大叫玄鶴冲，與爾歸去青山中。

注釋

[一] 吴山人昌齡：吴叔嘉，字昌齡，鄞縣人。據本書文卷五《發青谿記》，吴叔嘉爲吴仁甫之孫，與屠隆有親。《由拳集》卷五《感懷詩五

十五首》有《吴徵君叔嘉》。

送楊漢卿之金陵兼柬馮咸甫[一]

金陵之山鬱岧嶢，驛路清霜明板橋。長帆大艑日來往，江上潮聲送六朝。六朝送盡秋霧白，銀鞍寶馬俱蕭條。我昔南中夢來久[二]，羨君今日登牛首[三]。細雨斜陽萬寺鐘，啼鴉曉月千門柳。此時楊生策蹇驢，踏花夜出秦淮口[四]。秦淮口，多酒樓，酒樓簾捲珊瑚鈎。雕簷低覆紅罘罳，美人二八彈箜篌。箜篌新聲佳且麗，渌水娟娟轉白苧。櫻桃樹下門巷深，思君望君宿何處？雲間馮生爾故人[五]，相逢共醉壚頭春。風吹騮馬人如玉，雨洗天街香作塵。愧我頭顱今老大，流水無情白日謝。青山解得笑王孫，空負秦淮明月夜。秦淮明月白紛紛，一片晴湖没彩雲。因人更作金陵夢，霜落天寒①好送君。

校勘

① 寒：底本模糊不清，據程元方本補。

注釋

[一] 楊漢卿：楊當時，字漢卿。甬東（今浙江舟山）人，萬曆間篆刻工，能詩，工篆書。曾刻《秦漢印統》第一、三、五卷；與蘇宣（爾宣）同爲潘雲傑摹刻古印成《潘氏集古印花》，成書於萬曆三十四年（一六〇六）。馮咸甫：馮大受，字咸甫。松江人。萬曆七年（一五七九）舉人，曾任山陽知縣，慶元知縣。有《竹素園集》。王世貞《弇州山人四部續稿》卷五十三有《馮咸甫竹素園集序》稱：『今中原之音豪厲而江左之音柔靡，咸甫則既能調之矣。』屠隆本書文集卷一有《馮咸甫詩草序》。

[二] 南中：南方。

[三] 牛首：山名，金陵名勝，在今南京市江寧區。

[四] 秦淮口：秦淮河入江處。

[五] 雲間：松江縣之古稱。馮生：指馮咸甫。

金生歌[一]

金生才氣傾吴都[二]，短小白皙美丈夫。少年覽古破萬卷，魚龍瀺灂吞五湖。谿上沙明見神女，江邊劍冷啼專諸[三]。朅來西山醉落日，酒態淋漓坐超忽。呼盧浮白花氣深，擊筑彈棊月華出。咿嚘不肯傍王侯，自①言身中有傲骨。一語落落便拂衣，何處青山不可歸？千金綿上能辭賞[四]，一箭聊城堪解圍[五]。嗟余與爾本同調，却被微官苦相嬲。坐使英雄如檻猿，齷齪低眉向人笑。今我何爲馬上塵，相期共理湖中櫂。

校勘

① 自：原作『香』，據程元方本改。

注釋

[一] 金生：未詳。

[二] 吴都：指蘇州。

[三] 專諸：春秋時吴國刺客。吴國堂邑（今江蘇省南京市六合區）人。爲吴公子光（即吴王闔閭）刺殺吴王僚，僚死，專諸亦被僚之侍衛所殺。事見《史記·刺客列傳》。據宋范成大《吴郡志》，專諸墓在閶門外。

[四] 綿上：古地名，春秋時晉地。介之推辭封賞，隱於綿上山中而死。

[五] 聊城：戰國時齊國城市。屠隆此句用齊人魯仲連一箭下聊城之典故。魯仲連好奇偉俶儻之畫策。燕將攻佔齊國聊城，田單欲收復，久攻未下。魯仲連修書一封，以箭射入城中。燕將讀書後，泣三日，自殺。聊城亂，田單奪回聊城。齊欲封魯仲連爵，不受，逃隱於海上，曰：『吾與富貴而詘於人，寧貧賤而輕世肆志焉。』見《史記·魯仲連鄒陽列傳》。

贈朱汝修[一]

下蔡佳人何婉孌[二]，家在河南多隴阪[三]。劉安好文復好道[四]，手招八公鬭仙館[五]。山上井竈今猶存[六]，雲中雞犬去不返。玉琯聲遥青挂疎，金校堆冷白日晚。佳人攜家亦北游，飛沙積雪古幽州。少年讀書有遠韻，高言落筆鏘琳球。枕中鴻寶煙霞繞，肘後金丹沆瀣浮。入山採藥逢樵牧，有時結駟交王侯。香鑪茗椀夜寂寞，名花脩竹客淹留①。飛觥授簡窮勝事，海色東曙河西流。直欲淋漓破萬卷，安能鹵莽營千秋。余本野客卧雲霧，偶來作吏含香署。與君相見即相投，數過開尊坐嘉樹[七]。司空望氣知劒埋[八]，太史占天奏星聚[九]。愧無玄草示侯芭[一〇]，但喜清芬對叔度[一一]。一登廣武歎英雄[一二]，再讀靈光失辭賦[一三]。君猶白雪競高歌，余已青山領深趣。相期還訪濠梁翁[一四]，戲踏靈峰紫煙去。

校勘

① 留：原作「惡」，據程元方本改。

注釋

[一]朱汝修：朱宗吉，字汝修，壽州人，太醫院御醫。有《朱汝修詩草》。

[二]下蔡：楚邑名，故城在今安徽鳳台縣。宋玉《登徒子好色賦》：「嫣然一笑，惑陽城，迷下蔡。」《文選》李善注：「陽城、下蔡，二縣名，蓋楚之貴介公子所封，故取以喻焉。」吕延濟注：「陽城、下蔡，楚之二郡名，蓋貴人所居，中多美人。」

[三]河南：黄河以南。此爲泛稱。

[四]劉安：西漢淮南王劉安。

[五]八公：劉安門客，有蘇非、李尚、左吴、田由、雷被、毛被、伍被、晉昌八人，稱「八公」。見本書詩集卷三《公子行贈宋西寧忠甫》注釋[一三]。

[六]山上：指八公山。在淮南（今安徽淮南市西與壽縣交界處），相傳劉安曾與蘇非等八位門客活動於此山，故名。

[七]嘉樹：嘉樹軒，屠隆京城寓所。

[八]司空：指晉人張華。華歷任多職，晚年遷司空，故稱。張華望氣知劒埋事，參見本卷《寄劉觀察先生》注釋[一一]。

[九]太史：掌管天文曆法之官名。屠隆該句用典，《世説新語·德行》：「陳太丘（按，陳寔，字仲弓，爲太丘長）詣荀朗陵（按，荀淑，字季和，任朗陵令），貧儉無僕役，乃使元方將車，季方持杖後從。長文尚小，載著車中。既至，荀使叔慈應門，慈明行酒，餘六龍下食。文若亦小，

坐著膝前。於時太史奏：「真人東行。」』南朝梁劉孝標注引南朝宋檀道鸞《續晉陽秋》曰：『陳仲弓從諸子姪造荀父子，於時德星聚，太史奏：「五百里賢人聚。」』

［一〇］侯芭：又名侯輔，西漢巨鹿人，揚雄弟子，從雄學《太玄》《法言》。《漢書·揚雄傳》：『巨鹿侯芭常從雄居，受其《太玄》《法言》焉。』

［一一］叔度：東漢黄憲，字叔度，汝南慎陽（今河南正陽）人。學行深純之士。《世説新語·德行》：『周子居常云：「吾時月不見黄叔度，則鄙吝之心已復生矣。」郭林宗至汝南造袁奉高，車不停軌，鸞不輟軛。詣黄叔度，乃彌日信宿。人問其故，林宗曰：「叔度汪汪如萬頃之波，澄之不清，擾之不濁，其器深廣，難測量也。」』

［一二］廣武：古城名、山名，楚漢相争之古戰場。魏晉人阮籍登此，歎曰：『時無英雄，使豎子成名！』見本卷《薊門行贈顧益卿使君》注釋［一三］。

［一三］靈光：指東漢人王延壽所作《魯靈光殿賦》，極富文采。靈光殿爲漢景帝子魯恭王劉餘建。其建築、壁畫等甚美。故址在今山東曲阜市東。

［一四］濠梁翁：指莊子。濠梁爲淮河南岸支流濠水上之石梁，在明鳳陽府舊城西南（今鳳陽縣境内），昔莊子觀魚處。《莊子·秋水》：『莊子與惠子遊於濠梁之上。莊子曰：「鯈魚出遊從容。是魚之樂也。」惠子曰：「子非魚，安知魚之樂？」莊子曰：「子非我，安知我不知魚之樂？」』

贈周生還吴興［一］

周郎嫣然性落穆，身世輕風載黄鵠。生來家本蝦蟆陵［二］，作客今依龍子國［三］。少年警敏多藝事，擊劍弄丸風雨速。朝驅腰裹出東郊，夜倚箜篌醉華屋。月下曾觀神母碁，花間戲共仙人博。朅來燕丘何徜徉［四］，燕姬酒肆客疎狂。黑水灣前懷督亢［五］，黄金臺下哭昭王。天荒涿鹿秋千架［六］，日落盧龍蹴鞠場［七］。大將旗開掣黄霧，匹馬又向雲中去［八］。邊氣寒深金僕姑，角聲吹老丁都護。馬蹄踏穿筋力微，飄然便指五湖歸［九］。清秋蕩槳月横浦，薄暮回船水濕衣。

注釋

［一］周生：未詳。吴興：湖州之古稱。

［二］蝦蟆陵：地名，在長安南。唐白居易《琵琶行》：『自言本是京城女，家在蝦蟆陵下住。』

［三］龍子國：此指吴興。因在太湖邊，爲水鄉，故稱。

［四］燕丘：指燕昭王爲延攬天下士所築之黄金臺。

［五］督亢：古地名，爲戰國時燕國膏腴之地。見本卷《贈别鍾公旦文學》注釋［六］。

［六］涿鹿：地名。故城在今河北省涿鹿縣南。《莊子・盜蹠》：『黄帝……與蚩尤戰於涿鹿之野，流血百里。』成玄英疏：『涿鹿，地名，今幽州涿鹿郡是也。』

［七］盧龍：古要塞名，爲燕山山脈東段一隘口，即今河北遷西縣北喜峰口。

［八］雲中：秦、漢、唐時州郡名，各時期轄境不等，在今内蒙古、山西境内。此處泛指北地邊關。

［九］五湖：此指太湖及附近四湖。漢趙曄《吴越春秋・夫差内傳》：『入五湖之中。』徐天祐注引韋昭曰：『胥湖、蠡湖、洮湖、滆湖，就太湖而五。』

中秋燕郭舜舉兵部宅［一］

中秋夜醉令公家，更深雲盡月吐華。座客半是五陵俠［二］，邊風不動天無沙。妖童新度梁州曲，豪士自鼓漁陽撾。滿庭玉露桂花冷，金杯盡入山河影。六街如水爽氣空，疑在長湖三萬頃。殘螢數點媚秋衣，變宫流徵娱清輝。何人拔劍忽起舞，英雄猛氣横金微。大星兩落北斗亂，眼看百道虹光飛。郭夫子，何瀟灑！一夕風波尊俎中，十年漂泊邊垂下。歸來髮短雄心存，猶是當時和歌者。世事閲盡浮雲輕，榮華飄忽流電驚。矜名鬬智取大利，意氣千秋莽未平。銅臺上食亦何用［三］，金谷草荒寒露生［四］。以兹感歎增慨慷，白骨不到空名香。明月既在天，美酒復盈觴。何物蜾蠃[①]，何物侯王？丈夫眉頭，無日不揚。人間火宅那可住，倒翻銀漢遊清凉。

校勘

①嬴：原作『嬴』，據程元方本改。

注釋

［一］郭舜舉：郭子直，字舜舉。見上卷《秋夜同郭舜舉蔡伯華王季孺金玄朗詹政叔燕萬伯修宅聽李金吾彈琵琶》注釋［一］。

［二］五陵俠：五陵豪俠。見本卷《薊門行贈顧益卿使君》注釋［八］。

［三］銅臺：漢末曹操之銅雀臺之省稱。

［四］金谷：西晉石崇金谷園之省稱。

題玉芝館［一］

洞門蕭蕭靈雨響，窗前一夜青芝長。空簾不動香出花，瞳曨旭日開明霞。主人燕坐白雲墮，客去猶復鳴箏坐。青谿寒溜通平池，落花數點竹千箇。

注釋

［一］玉芝館：由本書下卷有《夏日過譚氏玉芝園》詩，以及《石渠寶笈》卷三之《明人書扇十册》：『第三册凡十六幅，……第十六幅，草書五言律詩，款識云：「夏日過訪孟褰先生玉芝館作，屠隆。」』疑其主人姓譚，字孟褰。餘不詳。

贈董玉几山人［一］

玉几山人家越絶［二］，石帆秦望參差列［三］。揭來燕市二十年，杖底煙雲護雙闕。蓬累朱門浩蕩行，子雲筆札君卿舌［四］。案上長披東觀書［五］，檻前半落西山月［六］。抽毫授簡青尊賒，擊筑彈棊白日斜。居貧不受灌夫駡［七］，結客曾過朱亥①家［八］。好古躭奇工薤粟，蒼茫黯淡神靈哭。赤雀銜來玉簡文，玄夷捧出金函籙［九］。巨碣魚龍没水求，大碑風雨摩崖讀。向來此物知有神，蒼頡史籀俱灰塵[一〇]。銀爲不律鐵作限，董君大雅今無倫。禹穴蘭亭日在眼[一一]，勸君莫老長生春。玉洞丹霞堪杖策，桃花野水待垂綸。

校勘

① 亥：原作『方』，據程元方本改。

注釋

[一] 董玉几山人：董體仁，號玉几山人，四明人，曾寓居燕地。善刻印。歐大任《歐虞部集》旅燕集卷四有《題董體仁玉几山房》。胡應麟《少室山房集》卷三十七有《過董中翰體仁余廿載前舊友也別後始授室燕中今一子已踰冠矣感念今昔爲之憮然》。

[二] 越絶：越地之邊境，泛指越地。古越國建都會稽（今浙江紹興），後以『越』代稱浙江或浙東地區。唐司空曙《奉和常舍人晚秋集賢即事寄徐薛二侍郎》：『地遠姑蘇外，山長越絶東。』

[三] 石帆：山名，在紹興。見上卷《赤帝玄夷歌贈黄白仲》注釋[四]。秦望：山名，又稱刻石山，相傳爲秦始皇遊會稽刻石處，《明一統志》卷四十五《紹興府·山川》：『在府城東南四十里，爲衆峰之傑。史記始皇嘗登此以望東海，因名。』

[四] 子雲：西漢谷永，字子雲。博學經書，工筆札。君卿：西漢樓護，字君卿。護善辯，《漢書·游俠傳·樓護》：『字君卿……爲人短小精辯，論議常依名節，聽之者皆竦。與谷永俱爲五侯上客，長安號曰：「谷子雲筆札，樓君卿唇舌。」』

[五] 東觀：原爲東漢洛陽南宫内觀名，班固等曾於此修《漢記》。後因以稱國史修撰之所，或稱宫中藏書之所。

[六] 西山：即今北京西山。爲太行山北段之餘脈。

[七] 灌夫：字仲孺，西漢人，嘗使酒罵座。見本卷《公子行贈宋西寧忠甫》注釋[一七]。

[八] 朱亥：戰國魏人，隱於大梁屠中，被侯嬴薦與信陵君。在竊符救趙事件中，朱亥椎殺將軍晉鄙。見《史記·魏公子列傳》。

[九] 玄夷：玄夷蒼水使，傳説中授大禹治水金簡之人。見上卷《赤帝玄夷歌贈黄白仲》注釋[二]。

[一〇] 蒼頡：古代傳説中漢字之創造者。通常作『倉頡』。

[一一] 禹穴：指紹興會稽山夏禹葬地。見本書詩集卷一《送孫文融扶太夫人喪還勾餘》注釋[二]。蘭亭：亭名，《明一統志》卷四十五《紹興府·宫室》：『在山陰縣西南二十五里。晉王羲之與諸賢會處，有《蘭亭序》。』

黄山山人歌贈吴孝甫[一]

黄山山人吴孝甫，風情蕭散復豪舉。少年結屋向嵒間①，前有熊羆②後猛虎。采芝長嘯歸來遲，流雲滿牀月當户。高松蒼蒼含古色，一一拏雲攫河鼓。阬谷窈窕藤蘿閟，慘澹精靈夜深語。男兒寧肯老一丘，杖策終然走吴楚。即今攜家住廣陵[二]，大艑乘濤弄煙雨。世間日月如轉蓬，荒猨大叫黄山空。昔年取醉長干里[三]，金裝寶馬珊瑚紅。歌舞倡樓極妙麗，結交酒肆多英雄。五嶽都來雙足下，千秋總盡一杯中。男兒生不封侯佩朱紱，布衣放浪吾願畢。當胸磊塊不自銷，往往跌宕見英物。萬事脱手應倏然，不爲仙人即爲佛。不仙不佛即亦得，生時飲酒死埋骨。丈夫踪跡廓落有如此，八紘湫隘如篝羅[四]，三十六峰[五]回首堆青螺。排風騎氣差足多，黄山黄山奈爾何？

校勘

①間：程元方本作『阿』。
②羆：原作『熊』，據程元方本改。

注釋

[一]吴孝甫：吴治，字孝甫，『黄山山人』應爲其號。明隆慶、萬曆間蘇州人，能詩工畫。據明朱謀垔《畫史會要》卷四：『吴治字孝甫，吴郡人。學趙子固墨梅，枝干盤折，花蕊疎秀，清寒之氣沁人肺腑。題句時有別字，往往如此。萬曆中遊豫章。』
[二]廣陵：指揚州。
[三]長干里：古建鄴里巷名，故址在今江蘇省南京市南。樂府詩有《長干行》。後世常以『長干』借指南京。
[四]八紘：八方極遠之地。泛指天下。《淮南子·墬形訓》：『九州之外，乃有八殥……八殥之外，而有八紘，亦方千里。』高誘注：『紘，維也。維落天地而爲之表，故曰紘也。』湫隘：低下狹小。
[五]三十六峰：黄山有三十六峰。

白榆集校注詩集卷之四

五言律詩

寄周元孚[一]

寂寞淹郎署，歸來楚水湄[二]。名高神理妬，才大古今疑。孤月林扉白，深江石壁垂。浣紗聊自得，知不恨娥眉。

注釋

[一] 周元孚：周弘禴（一作宏禴），字元孚。見本書詩集卷一《聞周元孚至自楚却寄》注釋[一]。

[二] 楚水湄：因周弘禴爲湖北麻城人，故稱歸來『楚水湄』。

潞河晚泊二首[一]

迥①浦落帆盡，長堤帶郭斜。暮煙平吐樹，春雨薄沉沙。白艇藏漁市，黄茅覆酒家。一瓢雲水外，不復問年華。

何物妬綸巾，乾坤一放民。女蘿縈灌木，官柳出層闉。花映春遊騎，煙迷晚渡人。回舟見新月，痛飲得天真。

校勘

①迴：程元方本作『廻』。

注釋

［一］潞河：即白河，又稱北運河。主河段在今北京市通州區。

雲居庵作［一］

煙巒最深處，野鳥啼空山。日暮蟬聲急，松高鶴夢閒。漁舟花裏出，僧屐雨中還。客去禪逾寂，焚香獨掩關。

注釋

［一］雲居庵：杭州西湖東南吴山有雲居庵，據明張岱《西湖尋夢》載，爲宋元祐間佛印禪師所建。

哭姚進士［一］

颯沓雲霄上，俄然掩夜臺。天高虹氣死，霜冷雁聲哀。有母登機杼，無家問草萊。願乘緱氏鶴［二］，一歲一歸來。

注釋

［一］姚進士：未詳。

［二］緱氏：指緱氏山，簡稱緱山。在今河南省偃師市，相傳王子喬於此升仙。王子喬在緱氏山所乘鶴，稱緱氏鶴，或緱山鶴。

慧山寺[一]

斜日照東林，泉聲響玉琴。雲來栖樹杪，僧轉入峰陰。渌酒真堪醉，璚芝不可尋。石門高韻在[二]，感歎欲彌襟。

注釋

[一] 慧山寺：在今江蘇無錫慧山（惠山）。

[二] 石門：慧山一景點。石門高韻，指明代無錫文化名人邵寶在石門之韻事。傳説早期之『石門』二字即爲邵寶所書。

八公山[一]

落日到山家，千峰變紫霞。磵松窺絶壑，瀑水濺寒花。仙路知無盡，吾生信有涯。一官今夢覺，早晚鍊丹砂。

注釋

[一] 八公山：在淮南（今安徽淮南市西與壽縣交界處），相傳漢淮南王劉安曾與蘇非、李尚、左吴、田由、雷被、毛被、伍被、晉昌八位門客登臨、活動於此山，故名。八公被後人附會爲神仙。

崧澤袁將軍祠[一]

將軍埋骨地，千載尚名村。殘碑剥風雨，廢隴牧雞豚。香火開新廟，麾幢出夜魂。英雄總如此，今古不須論。

注釋

[一]崧澤：地名，在明青浦縣。袁將軍祠：晉左將軍、吴國内史袁山松（又作袁崧），遇孫恩之亂，筑滬瀆壘禦之，後兵敗身死，墓在明青浦縣，其地因稱『崧澤』（亦作『嵩澤』）。萬曆八年（一五八〇）屠隆任知縣時，建袁將軍祠。屠隆本書詩集卷五又有《嵩澤弔袁將軍二首》。

二陸祠二首[一]

歎息英靈去，祠成落照多。梁初喧鳥雀，門已挂藤蘿。龍劍埋青草，文星没絳河。空然持桂酒，不飲奈公何？

細雨濕微茫，高丘大樹荒。軍容吞漢魏，文藻壓齊梁。烈士心無恨，名山骨可藏。門前五湖水，日日浸斜陽。

注釋

[一]二陸：晉人陸機和陸雲。陸機，字士衡；陸雲，字士龍。兄弟均爲著名詩人、辭賦家，合稱『二陸』。其作品，宋人徐民瞻輯有《晉二俊文集》，明人張溥輯有《陸平原集》《陸清河集》。二陸祠，位於青浦縣，屠隆任縣令時曾主持復建。《由拳集》卷十八《二陸先生祠記》：『兩先生華亭人，而青浦者，故華亭西鄙。今兩先生墓寔在青浦，則今固青浦人也。不佞來令兹邑，既已祀兩先生學宫，復爲之建祠專祀焉。』

周元孚至吴門負約不至以詩憾之二首[一]

一水盈衣帶，三秋傷别離。到門人不見，猶作隔年期。冷露蒹葭外，空庭風雨時。君能忘夙昔，吾亦罷相思。

徘徊不一過，梁月奈君何？山豈名迴雁[二]，公今無渡河。自憐花逕寂，何處馬蹄多？幸有磚礫在，孤吟向薜蘿。

注釋

[一]周元孚：周弘禴（一作宏禴），字元孚。見本書詩集卷一《聞周元孚至自楚却寄》注釋[一]。吴門：蘇州之别稱。

[二]迴雁：南嶽衡山有迴雁峰，峰極高，雁不能過，故名。屠隆此處乃借以爲喻。

感悟四首

人理受天畀，雲霞物外高。悟來真自哂，氣盡欲誰豪？至寶寧終曜，虛名或可逃。月明殘潦在，片石阻炎囂。

薄俗詎須論，人言巧者尊。嫌喧終未寂，益智不如昏。雲霧屯松杪，谿流洗竹根。無愁堪送老，夕月與朝暾。

鐘磬發清音，空山生遠心。飛蟲管生滅，流照問升沈。峽束車争道，峰迴鳥息陰。藤蘿挂石壁，風至忽鳴琴。

蓬户滿蠨蛸，天寒雨雪瀌。將因營萬載，寧復悟來朝。物遣神應淡，思深理自超。虛空任來去，吾豈託陵苕？

哭伯兄四首[一]

甯戚布衣單[二]，姜肱襆被寒[三]。面常無飽色，眉不挂愁端。野潦迷樵徑，江風吹釣①竿。平生真自快，今日理應安。

小弟困諸生，家貧鄉里輕。官今叨散吏，俸始及吾兄。聊以供遲暮，胡然隔死生？塤篪翻苦調，悽咽不成聲。

門②前吏索租，堂上客呼盧。取酒黄金盡，彈碁白日徂。瘦真同野鶴，懶可狎鷗鳧。落落荒丘在，年年芳草蘇。

獨立問蒼茫，寒雲擁大荒。河流積凍雪，木葉變清霜。死去千秋短，悲來一日長。吞聲兼抆淚，垂白在高堂。

校勘

① 釣：底本原作『鈎』，據程元方本改。

② 門：底本模糊，據程元方本補。

注釋

[一] 伯兄：指屠佃。屠隆有五兄，佃爲長，字治卿，號東山。據《甬上屠氏宗譜》卷七《世略》：『佃，濬長子。字治卿，號東山，行元五十

一。生正德十五年（一五二〇）庚辰九月二十一日亥時，居仍父舊。卒萬曆八年（一五八〇）七月九日亥時，享年六十有一。』居隆本書文集卷二十有《哭伯兄東山先生文》。

［二］甯戚：春秋時衛國人。初懷才不遇，後遇齊桓公，用爲客卿。《楚辭·離騷》：『甯戚之謳歌兮，齊桓聞以該輔。』王逸注：『甯戚修德不用，退而商賈，宿齊東門外。桓公夜出，甯戚方飯牛，叩角而商歌。桓公聞之，知其賢，舉用爲客卿，備輔佐也。』洪興祖補注引《三齊記》載其歌：『南山矸，白石爛，生不遭堯與舜禪。短布單衣適至骭，從昏飯牛薄夜半。長夜漫漫何時旦？』居隆謂『甯戚布衣單』，本此。

［三］姜肱：字伯淮，東漢彭城廣戚人。性篤孝，兄弟三人，友愛天至，常同被而寢，共卧起。《後漢書·姜肱傳》：『姜肱……家世名族。肱與二弟仲海、季江，俱以孝行著聞。其友愛天至，常共卧起。』李賢注引《謝承書》：『肱性篤孝，事繼母恪勤。母既年少，又嚴厲。肱感《愷風》之孝，兄弟同被而寢，不入房室，以慰母心。』後人遂以其事喻兄弟友愛。

夏日縣齋即事八首［一］

新月映蒲團，凉風吹竹冠。鈎簾遲暝色，拂水作清瀾。心已空諸界，身猶多一官。卑棲無可喜，有喜是愁端。

荒園塵世隔，野水暗渠通。鼠挂松枝裏，龜遊蓮葉東。静中無一法，何物未能空。美酒良朋夜，清言高燭紅。

謀生生有涯，欲去去無家。薄禄貧交盡，一官雙鬢華。名將逃薜荔，妬不到煙霞。何限秦公子［二］，千秋説種瓜。

當機巧若神，抱甕復何人［三］？不敢非卿法，還應任我真。山煙送清磬，花雨洗香塵。身世長如此，何言要路津。

長林皓月初，高樹緑煙疎。露冷驚宵燭，荷圓名夜舒。魚龍窺寂寞，河漢坐清虚。猶自嫌多事，焚香與讀書。

官濁夢魂清，蕭然無所營。庭空黄鳥下，吏散白雲生。父老譚爲政，兒童識性情。但求吾自適，安用取時名。

老去日蕭騷，狂來猶自豪。滑稽終不類，磬折詎云勞？向夕吟微雨，追凉呼濁醪。揚帆亦足快，江上有風濤。

雲水問幽踪，生涯託瘦笻。漸能驅害馬，兼欲廢雕龍。不淺濠梁興［四］，言窺柱下宗［五］。何當抱孤影，滅跡向青峰①。

校勘

①峰：底本不清，據程元方本補。

注釋

〔一〕縣齋：此指青浦縣齋。

〔二〕秦公子：指邵平。邵平爲秦國東陵侯，秦亡後，淪爲布衣，於長安城東青門外種瓜，瓜味甜美。後世人謂『東陵瓜』『邵平瓜』『青門瓜』等，皆因以美稱退官之人事農耕種以營生。

〔三〕抱甕：原典指漢陰丈人。《莊子·天地》：『子貢南遊於楚，反於晉，過漢陰，見一丈人將爲圃畦，鑿隧而如井，抱甕而出灌，然用力甚多而見功寡。子貢曰：「有械而出灌，一日浸百畦，用力甚寡而見功多，夫子不欲乎？」爲圃者仰而視之曰：「奈何？」曰：「鑿木爲機，後重前輕，挈水若抽，數如溢湯，其名爲槔。」爲圃者忿然作色而笑曰：「吾聞之吾師，有機械者必有機事，有機事者必有機心。機心存於胸中，則純白不備，則神生不定；神生不定者，道之所不載也。吾非不知，羞而不爲也。」』後世以『抱甕人』稱美對事物無所刻意用心、安於拙陋淳樸生活之人。

〔四〕濠梁：淮河南岸支流濠水上之石梁，在明鳳陽府舊城西南（今鳳陽縣境内），昔莊子觀魚處。濠梁興，原典指莊子觀魚樂之興，見《莊子·秋水》。

〔五〕柱下：指老子或老子《道德經》，以老子曾爲周柱下史，故稱。南朝梁劉勰《文心雕龍·時序》：『詩必柱下之旨歸，賦乃漆園之義疏。』

雲間十咏①〔一〕有引

余身纓冠服，志在丘樊。覽古揮毫間多感慨。雖雅乏詞人之致，然風蟬雨蚓，時鳴天機，不能自止。比待罪由拳〔二〕，故江東沃壤勝區〔三〕，自昔霸主豪傑之所經營，才人韻士之所藻繪。山川名跡，往往而在，前人舊多題咏〔四〕。余不揣，偶檢舊題，爲之副響，用貽後來。

春申浦〔五〕

峨峨楚王孫〔六〕，遺跡在洪源〔七〕。花朗妖姬映〔八〕，谿虚野吹繁。空名青史挂，老樹白雲屯。氣折豪華盡，千秋恨李園[九]。

校勘

① 十咏：底本不清，據程元方本補。

注釋

[一] 雲間：松江府之别稱。據劉義慶《世説新語·排調》，晉人陸雲曾對人自稱『雲間陸士龍』。陸雲爲當時吴郡吴縣華亭人，華亭爲後世松江府治所，故松江府以『雲間』爲别稱。屠隆時，松江府領華亭縣、上海縣、青浦縣。

[二] 由拳：本古縣名。屠隆因青浦縣屬古由拳地，以稱青浦。

[三] 江東：長江在蕪湖、南京間作西南南、東北北流向，古人因稱長江蕪湖以下南岸地區爲江東。

[四] 前人：所指者衆，以宋人爲例，如唐詢（字彦猷）有《華亭十詠》、梅堯臣有《依韻和唐彦猷華亭十詠》、韓維有《和彦猷在華亭賦十題依韻》、王安石有《次韻唐彦猷華亭十詠》，許尚更作《華亭百詠》。

[五] 春申浦：即黄浦。明張國維《吴中水利全書》卷四《水脈·松江府》：『黄浦，一名春申浦，相傳爲春申君鑿，以黄姓名浦，爲南境巨川。』清齊召南《水道提綱》卷十五：『黄浦，亦曰春申浦，在松江府城東南十八里，既會吴淞，俗稱吴淞，爲黄浦江其上源，即嘉興府秀州塘水與蘇州府澱山湖水滙爲上中下三泖湖。』春申，即『戰國四公子』之楚春申君黄歇。明鄭若曾《江南經略》卷一下『黄浦考』：『黄浦，爲松江府南境巨川，戰國時楚滅吴，封春申君黄歇於故吴城，命工開鑿。土人相傳，稱爲黄浦，又稱春申浦。』

[六] 楚王孫：此指春申君黄歇。歇早年遊學博聞，善辯，事頃襄王，爲左徒。與太子熊完入質秦，止秦攻楚。熊完即位（楚考烈王），歇爲令尹，封春申君，賜淮北十二縣爲封地，後又改封江東。歇因城故吴墟，以爲都邑。歇重養士，門下食客三千。考烈王六年，歇救趙卻秦；次年滅魯。考烈王二十二年，楚遷都壽春，歇封於吴，行相事。

[七] 洪源：大水之源頭，此指黄浦江之上游。

[八] 妖姬：此處隱射李園之妹、楚考烈王王后。《史記·春申君列傳》：『楚考烈王無子，春申君患之，求婦人宜子者進之，甚衆，卒無子。趙人李園持其女弟，欲進之楚王，聞其不宜子，恐久毋寵。李園求事春申君爲舍人，已而謁歸，故失期。還謁，春申君問之狀，對曰：「齊王使使求臣之女弟，與其使者飲，故失期。」春申君曰：「娉入乎？」對曰：「未也。」春申君曰：「可得見乎？」曰：「可。」於是李園乃進其女弟，即幸於春申君。知其有身，李園乃與其女弟謀。園女弟承間以説春申君曰：「楚王之貴幸君，雖兄弟不如也。今君相楚二十餘年，而王無

子，即百歲後將更立兄弟，則楚更立君後，亦各貴其故所親，君又安得長有寵乎？非徒然也，君貴用事久，多失禮於王兄弟，兄弟誠立，禍且及身，何以保相印江東之封乎？今妾自知有身矣，而人莫知。妾幸君未久，誠以君之重而進妾於楚王，王必幸妾；妾賴天有子男，則是君之子爲王也，楚國盡可得，孰與身臨不測之罪乎？」春申君大然之，乃出李園女弟，謹舍而言之楚王。楚王召入幸之，遂生子男，立爲太子，以李園女弟爲王后。楚王貴李園，園用事。」

［九］李園：即楚考烈王王后李氏（漢袁康《越絶書・外傳・春申君》謂其名環）之兄。《史記・春申君列傳》：『李園既入其女弟，立爲王后，子爲太子，恐春申君語泄而益驕，陰養死士，欲殺春申君以滅口，而國人頗有知之者。』春申君有門客朱英勸説先除殺李園，未被其採納，致使遺恨無窮。《史記・春申君列傳》：『楚考烈王卒，李園果先入，伏死士於棘門之内。春申君入棘門，園死士俠刺春申君，斬其頭，投之棘門外。於是遂使吏盡滅春申君之家。而李園女弟初幸春申君有身而入之王所生子者遂立，是爲楚幽王。……太史公曰：吾適楚，觀春申君故城宫室，盛矣哉！初，春申君之説秦昭王，及出身遣太子歸，何其智之明也！後制於李園，旄矣。語曰：「當斷不斷，反受其亂。」春申君失朱英之謂邪？』

顧野王讀書堆［一］

希馮秀巖穴，高韻掩時賢。香挹花間露，清分竹裏煙。春莎平墓道［二］，秋雨漲湖田。颯颯長林下，黄狐飲澗泉。

注釋

［一］顧野王：原名顧體倫，字希馮，南朝吴郡吴縣人。因仰慕西漢博學、行能高妙之馮野王，更名爲顧野王。長期居亭林（明屬華亭縣，今屬上海金山區亭林鎮），人稱顧亭林。歷梁武帝大同四年（五三八）太學博士、陳國子博士、黄門侍郎、光禄大夫等。博通經史、天文、地理、卜筮、蟲篆，擅長丹青，尤長文字訓詁學。著有《輿地志》《玉篇》等，後者爲《説文解字》之後一部著名字書。讀書堆：《（乾隆）江南通志》卷三十一《輿地志・古蹟・松江府》：『讀書堆，在華亭縣亭林寶雲寺後，陳顧野王讀書於此。堆高數丈，横亘數十畝，林樾蒼然。野王墨池在其側。』

［二］墓道：顧野王墓在蘇州楞伽山下。《明一統志》卷八《蘇州府》：『顧野王墓，在楞伽山下。松江又有野王讀書堆。高啟詩：「南朝舊碑倒，墓近樵蘇道。應與讀書堆，離離總秋草。」』

寒穴泉[一]

靈巖開雪竇，玉乳冷朝暾。瀉落經雲葉，流來津竹根。將因鑑毛髮，兼得洗心魂。坐對真清絶，山風吹石門。

注釋

［一］寒穴泉，在金山。《明一統志》卷九《松江府·山川》：『寒穴泉，在金小山，居海中，鹹水浸灌，泉出山頂，味獨甘冽，朝夕流注不竭。王安石《華亭十詠》詩：「神泉冽冰霜，高穴與雲平。空山渟千秋，不出嗚咽聲。山風吹更寒，山月相與清。北客不到此，如何洗煩酲。」』又：『金山，在府城東南九十里海中。《吴地記》云：有平坡，可容二十人坐。山北有寒穴，出甘泉。』

吴王獵場[一]

霸業在宣威，高原試合圍。後宫開騎吹，前隊捲戎衣。霜落胡鷹後，山空秋兔肥。雄圖收野火，樵牧晚凉歸。

注釋

［一］吴王獵場：在華亭谷東，三國時吴王孫權曾在此行獵，故名。宋梅堯臣《宛陵集》卷四十四《依韻和唐彦猷華亭十詠·吴王獵場》題下注：『在華亭谷東，今其地爲桑陸。』宋李壁《王荆公詩注》卷十九《吴王獵場》『吴王好射虎，但射不操戈』句下注：『《吴志》：孫權好射虎，所乘馬爲虎所傷，投以雙戟，虎却廢。常從張世擊以戈，獲之。』

秦皇馳道[一]

風煙包九州，八駿想同遊。颯颯神鞭下，蕭蕭鬼語愁。松高清蹕響，雲白海風秋。自是無靈氣，三山實可求[二]。

注釋

［一］秦皇馳道：在崑山南四里。宋梅堯臣《宛陵集》卷四十四《秦始皇馳道》題下注：『在崐山南四里，有大闕，通吴城。』元徐碩《至元嘉禾志》卷十四《古蹟·松江府》：『秦始皇馳道，在府西北崑山南四里，相傳有大岡路西通吴城，即馳道也。《輿地志》云：「秦始皇至會稽句

章，渡海經此。」按，漢賈山《至言》所謂「秦爲馳道之麗，東窮燕齊，南極吴楚」者，非此歟？』

〔二〕三山：指傳説中之海上三神山，爲方丈、蓬萊、瀛洲。

採花涇〔一〕

澤國泛沙棠，波摇羽扇凉。並開青菡萏，雙映紫鴛鴦。玉管吹花氣，金杯薦月光。何如不入洛〔二〕，長往水雲鄉。

注釋

〔一〕採花涇：在明松江府華亭縣，相傳，三國陸瑁在此建别業，晉陸機陸雲舊遊處。見上卷《採花涇篇贈徐文卿》注釋〔一〕。

〔二〕洛：指洛陽。『入洛』，用陸機陸雲事。晉太康末年，陸機、陸雲一同入洛陽，得到張華等人推重，名噪河洛。《晉書·張載傳》：『洎乎「二陸入洛，三張減價」，考覈遺文，非徒語也。』但二陸亦由入洛而步入仕途，不能激流勇退，最終遇害。

黄耳冢〔一〕

生來多慧性，死去即名村。亦有獼猴果，何論鸜鵒言。水深迷草徑，月冷吠花源。索莫平原里〔二〕，應憐舊主恩。

注釋

〔一〕黄耳冢：據《明一統志》卷九《松江府·古蹟》，在陸機宅邨之南。陸機有犬名黄耳，見上卷《採花涇篇贈徐文卿》注釋〔四〕。又元徐碩《至元嘉禾志》卷十四《古蹟·松江府》：『黄耳塚，按《述異記》，陸機小時頗好獵，在吴有家客獻快犬，曰黄耳。機仕洛，常將自隨。此犬黠慧，能解人語。機久無家問，爲書盛以竹筒，繫犬頸，犬回吴到機家，得答書復馳還洛。後犬死，還葬機家村南二百步，聚土爲墳，村人呼爲黄耳塚。按商芸《小説》云，後分華亭村南爲黄耳村，以犬塚爲號焉。』

〔二〕平原里：指陸機故里。陸機曾任平原内史，後世稱其爲『陸平原』。

三女岡[一]

三女臨妝鏡，千花嬌映人。金釵没黄土，玉骨化青燐。昔有宫娥侍，今爲野鳥隣。繁華總如此，所以貴清真。

注釋

〔一〕三女岡：吴王葬三女之地，在舊華亭縣東門外八十里，今上海市奉賢區南橋鎮北。宋王安石《臨川文集》卷十三《次韻唐彦猷華亭十詠·三女崗》題下自注：『吴王葬三女於此。』《大清一統志》卷五十八《松江府·山川》：『三女岡，《吴郡圖經》：「在華亭縣東門外八十里，吴王葬三女於此。」顧野王《分野樞要》：「吴王葬女在今南橋鎮北三里，有高岡是其處。」或云吴王葬妃之處，宋祝穆《方輿勝覽》卷三《嘉興府·山川》：「三女岡，在華亭縣東南八十里，相傳吴王葬妃於此。」』

赤烏碑[一]

高碣俯江潭，禪牀嵌石龕。經聲秋樹冷，寶相夜燈含。歲久鼂龍剥，波深罔象探。向來成壞理，好語杜征南[二]。

注釋

〔一〕赤烏碑：爲一塊吴赤烏年間建寺之碑刻，原在静安寺，宋代已没於江中。該寺明代屬上海縣，今屬上海市静安區。《明一統志》卷九《松江府·古蹟》：『赤烏碑，在静安寺，乃孫吴赤烏中創寺碑刻。宋祥符遷寺，而碑没於江。元錢岳詩：「悲凉斷刻三江底，想像雄文六代全。」』

〔二〕杜征南：西晉杜預，字元凱，京兆杜陵（今陝西西安東南）人，著名政治家、軍事家，伐吴建功。卒贈征南大將軍，後世因稱『杜征南』。杜預有沉碑之事，《晉書·杜預傳》載：『預好爲後世名，常言「高岸爲谷，深谷爲陵」，刻石爲二碑，紀其勳績，一沉萬山之下，一立峴山之上，曰：「焉知此後不爲陵谷乎？」』

滬瀆壘[一]

取酒臨秋澗，寒花故壘紅。血沉金鏃冷，鬼嘯白楊空。鳥度悲風外，月明清露中。采蘋何處薦？流淚向袁公[二]。

注釋

[一] 滬瀆壘：古壘名。先後爲東晉吴郡内史虞潭築以防海盜、東晉吴國内史袁山松重築以防孫恩之工事。其故址地屬明上海縣（今屬上海市閔行區），但宋代已淪入江中。《晉書・虞潭傳》載虞潭任吴郡内史時，『修滬瀆壘，以防海抄（按即海盜），百姓賴之』。《資治通鑑》卷一百十一《晉紀三十三・安皇帝丙》載，隆安四年『吴國内史袁崧築滬瀆壘，以備恩』。元徐碩《至元嘉禾志》卷四《江海・松江府》：『滬瀆江，在府東北一百一十里。考證：《吴郡記》「松江東瀉海曰滬海，亦謂之滬瀆」。……江側有滬瀆壘，蓋虞潭、袁崧防海之處。』

[二] 袁公：指袁山松。袁山松築滬瀆壘之明年，孫恩陷滬瀆，袁山松被害。

夏夜小集得乾字

良夜不成歡，人生此會難。露侵銀燭淡，杯引絳河乾。摇箑山光亂，吟詩鶴夢殘。醉來還問客，五斗是何官[一]？

注釋

[一] 五斗：五斗米之省稱，本指官俸微薄。《晉書・隱逸傳・陶潛》載，潛爲彭澤令時，『郡遣督郵至縣，吏白應束帶見之，潛歎曰：「吾不能爲五斗米折腰，拳拳事鄉里小人邪！」義熙二年，解印去縣。』後因指微官（如縣令）。

送藍丞歸隱南康[一]

賢聲父老傳，落落莽風煙。行路無知己，歸耕有薄田。三江彭澤地[二]，九月菊花天。山色斜陽外，思君足晏眠。

注釋

[一] 藍丞：未詳。南康：明南康縣，今江西省贛州市南康區。

［二］三江：未詳其具體所指。南康縣境内章江等江河，均爲贛江之上源，最終匯入彭蠡湖。又或爲泛指，如唐王勃《秋日登洪府滕王閣餞別序》：『襟三江而帶五湖。』彭澤：此指彭蠡澤（即彭蠡湖，今鄱陽湖）。

登鳳凰山二首［一］

行役坐山樊，陰蘿水氣昏。寒花生石壁，古路入松根。暫與閒雲寂，猶嫌啼鳥喧。開尊來野趣，隨地洗心魂。

林響踏空沙，川光映紫霞。獮①猴竊山果，童子拾松花。風磴千盤折，寒江一帶斜。僧來背殘日，落葉滿袈裟②。

校勘

① 獮：底本原作『佩』，據程元方本改。

② 裟：原作『娑』，據文意改。

注釋

［一］鳳凰山：《明一統志》卷九《松江府·山川》：『鳳凰山，在府城北二十三里。華亭有九峰，爲邑之勝，此其一也。』

廢　縣［一］

縣廢居民散，庭空野草長。霜鐘鳴破寺，茅屋伴斜陽。古道惟黄犢，酸風多白楊。興亡亦天道，把酒立蒼茫。

注釋

［一］廢縣：古由拳縣治舊址，位於青浦縣長泖。

金澤寺四首[一]

聞道東林勝[二]，年深碧殿荒。青蘿生大佛，黄葉到空房。燭冷分湖月，鐘清帶夜霜。布衣真吏隱，隨意踏長廊。

石氣剥松根，波聲撼寺門。看雲成野趣，選竹令①山尊。鳥下如相識，僧來不共言。宦情今②轉薄，早晚謝③塵喧。

群峭插天陰，孤村抱雨深。心閑因水國，地勝在雲林。葉響寒猿過，風高曙鼓沈。平生愛空寂，寧獨爲登臨。

一夕宿招提，蕭條野水西。沙頭横亂艇，竹裏出鳴雞。霧樹昏巖洞，霜苔滑石梯。性空元不染，底是世人迷。

校勘

① 令：程元方本作『命』。

② 今：底本原作『合』，據程元方本改。

③ 謝：底本原作『樹』，據程元方本改。

注釋

[一] 金澤寺：又名頤浩寺，在青浦金澤鎮。明張國維《吴中水利全書》卷十八引曹胤儒《蘇州府水道志》：『金澤寺即頤浩寺，四面皆湖漾。』乾隆《江南通志》卷四十五《輿地志・寺觀三・松江府》：『頤浩寺，在金澤鎮。宋景定中，里人費輔之始創經堂，僧道崇主之，其徒如信開拓，遂成大刹。元元貞中賜今額。明萬曆五年，徐階以賜衮留鎮山門，乃於殿西北作樓三楹貯之，莫如忠題曰「有衮樓」。』

[二] 東林：廬山東林寺，晉慧遠法師創建。此處以美稱金澤寺。

泛澱山湖三首[一]

扁舟凌紫氛，蕭洒絶人群。浦暗遥吞樹，湖空不碍雲。浪推沙鳥出，風挾寺鐘聞。故有滄洲癖，徘徊眷夕曛。

帆去疾如矢，浮生當奈何。青林迎疊鼓，白日弄驚波。目送吴天濶，窗收野色多。空津雲霧裹，凌亂起漁歌。鳬雁寫波容，蒹葭日氣濃。天深入雙槳，水大浸孤峰。濁酒愁無客，清歌響觸龍。尊前探秀句，忽到九芙蓉[二]。

注釋

[一] 澱山湖：明張内藴、周大韶《三吴水考》卷四《松江府水利考·青浦縣水道考》：『澱山湖，在縣治西南三十里，與崑山分界。西以蔡浜嘴、東以蹌開河爲限，北屬崑山，南隸青浦。源自太湖，歷龍山湖、陳湖、白蜆江而來，週二百餘里。左有澱山，以故名焉。松郡諸水，莫大於此湖。』

[二] 九芙蓉：指九峰，即佘山、天馬山、横山、小昆山、鳳凰山、厙公山、辰山、薛山和機山。

首夏遊超果寺因過陸君策水竹居[一] 時余素食，與有道者王君[二]趺坐申旦。

偶踏雲門寺[三]，因尋水竹居。涼風吹古屋，斜日照殘書。白飯堪施鳥，青蘇不煮魚。夜深高燭盡，星漢入檐虚。

注釋

[一] 超果寺：《明一統志》卷九《松江府·寺觀》：『在府城西三里。本名長壽，唐建，宋改今名。有觀音大士像，本錢武肅王宫中所祈禱者。』陸君策：陸萬言，字君策，號咸齋。松江府華亭人，萬曆四年（一五七六）舉人。水竹居：陸萬言居所名，具體未詳。

[二] 王君：指王成孚，字佘峰，青浦人。本書文集卷五《發青谿記》：『時道者王佘峰來送。佘峰名成孚，故諸生。五十棄青衿學道，脇不貼席者五年，光景殊勝，蓋結丹矣。與余爲方外交，余爲卜一庵佘山之麓，得一意静養，庶幾其道之大成。然其爲人，修眉碧眼，望而知其非凡品也。』王成孚爲有道者，又本書詩集卷二有《王佘峰爲其友人嵩泉居士索詩輒爲賦之》，可參讀。

[三] 雲門寺：浙江紹興雲門寺，因晉王獻之居此，嘗有五色祥雲，後詔建寺，號雲門。屠隆此處以美稱超果寺。

贈錢太守[一]

官爲二千石，家無八百桑。興來時采藥，老去欲休糧。白日松陰冷，青山鶴影長。看君多道氣，五嶽可徜徉。

注釋

［一］錢太守：未詳。

螢

小焰泠無煙，繁星不在天。傍人窺羽扇，拂水照池蓮。緩逐涼風度，光因白露鮮。最宜憑夜閣，明滅竹林邊。

白頭公

四十頭先白，一官心尚玄。問公不作吏，何故亦皤然？情識悲膏火，年華感逝川。因公還攬鏡，歎息落花前。

鶴

矯翼淩霄漢，嬾栖支遁園[一]。山空桂花冷，夜静松露翻。長鳴振厓谷，高韻標丘樊。所貴在物外，詎肯戀華軒？

注釋

［一］支遁：字道林，東晉陳留（今河南開封市）人。早年隱餘杭山，後出家。精通佛老，尚清談，與名士孫綽、謝安、王羲之等有交遊。支

遁好鶴，嘗養鶴，後放歸自然。南朝宋劉義慶《世説新語·言語》：『支公好鶴，住剡東岇山，有人遺其雙鶴。少時翅長欲飛，支意惜之，乃鎩其翮。鶴軒翥不復能飛，乃反顧翅，垂頭，視之如有懊喪意。林曰：「既有凌霄之姿，何肯爲人作耳目近玩！」養令翮成，置，使飛去。』

中秋夜集

不厭中秋雨，天街暮色虚。蟲鳴帶流水，螢冷入殘書。緑酒傾河漢，華鐙代望舒[一]。因憐故人好，轉與世情疎。

注釋

[一] 望舒：爲月駕車之神，借指月亮。

青谿即事二首[一]

涼雨沐神皋，陂塘浸野蒿。詎須嗟落莫，差可避煩囂。水國多菱芡，山田足蟹螯。静憐池上月，清露滴松醪。

分符得水縣，蕭瑟總堪憐。處處張漁網，家家紡木綿。波聲喧客夢，山翠借厨煙。落日船回浦，聞歌半採蓮。

注釋

[一] 青谿：指青浦。

留别沈孟嘉[一]

秋空墮黄葉，寒月去青谿。官舍依龍子，煙霜又馬蹄。語深香燼落，花冷燭光低。不用提壺送，銷魂湖水西。

注釋

［一］沈孟嘉：據本書文集卷五《發青谿記》，沈孟嘉爲崑山人。餘未詳。

留别郁孟野［一］

三年同患難，聊一詠河梁。淚與秋雲積，心知别路長。單車行野日，短褐逗天霜。江海風波闊，松蘿且竹房。

注釋

［一］郁孟野：郁承彬，字孟野，華亭人，屠隆爲青浦令時交好之士子。

秋海棠

秋日自娟娟，紅雲妬不前。尚是青皇色，貪分白帝權。無香何足恨，有露轉應妍。好與芙蓉並，絲絲裊暮煙。

虎　丘［一］

丘壠鬱蒙茸，金銀夜氣濃。年深荒佛殿，况乃問歌鐘。殘月掛枯樹，寒星入斷峰。詎須恨麋鹿，把酒對青松。

注釋

［一］虎丘：蘇州名勝，在古城閶門外。

弇州園池上泛月[一]

寒塘映華屋，清夜泛蘭舟。月照水逾白，波平樹不流。花從霧裏出，魚在鏡中遊。故是方平宅[二]，渾疑到十洲[三]。

注釋

[一] 弇州園池：王世貞之園池。王世貞號弇州山人，家有弇州山堂，又稱弇山園（簡稱弇園），在太倉（今江蘇太倉）。爲明代江南園林之傑作，出自園藝家張南陽之手。

[二] 方平：神話傳説中之仙人王遠，字方平。見本書詩集卷一《遊仙詩》注釋[一八]。

[三] 十洲：傳説大海上神仙居住之處。見本書詩集卷一《逍遥子賦》注釋[一一]。

彭城渡黄河[一]

彭城臨廣岸，俯仰霸圖空。白日照殘雪，黄河多烈風。所嗟人向北，不似水流東。回首滄溟曲，山山雲霧中。

注釋

[一] 彭城：今江蘇省徐州市之舊稱。彭城曾爲西楚霸王項羽之故都。

劉觀察先生罷官歸蜀感賦[一]

罷官君亦得，歸種瀼西田[二]。日月淹高足，山林借盛年。浣花平帶郭[三]，濯錦闊浮天[四]。載酒吟詩處[五]，逍遥可命篇。

注釋

[一]劉觀察先生：劉翾，蜀地内江人。劉翾任浙江巡海副使時，於屠隆有知遇之恩。見本書詩集卷三《寄劉觀察先生》注釋[一]。

[二]瀼西：本指蜀中奉節瀼水西岸之地，唐杜甫曾卜居於此，其《瀼西寒望》詩：『瞿塘春欲至，定卜瀼西居。』屠隆此處借以指劉翾歸蜀耕種之處。

[三]浣花：浣花溪，在成都西郊，爲錦江支流。唐杜甫成都草堂即在浣花溪邊。

[四]濯錦：濯錦江，即成都錦江。古人於江中濯錦，其色彩鮮潤逾於常，故名。

[五]載酒吟詩處：原典指蜀中嘉州（今樂山市）凌雲山，宋蘇軾《送張嘉州》詩：『少年不願萬户侯，亦不願識韓荆州。頗願身爲漢嘉守，載酒時作凌雲遊。』屠隆此處以指劉翾歸蜀後漫遊吟詩之處。

任城道中聞殷無美方衆甫梅客生諸君登第識喜[一]

昔去曾三刖[二]，今來始一鳴。人心驚異寶，天意借横行。風緩聞筝細，花高與殿平。爲君浮大白，野店月華清。

注釋

[一]任城：舊廢縣，舊治在今山東省濟寧市區。殷無美：殷都，字無美，一字開美，蘇州嘉定人，『四十子』之一。萬曆十一年（一五八三）進士，除夷陵知州。入爲兵部員外。歷郎中，後調南刑部。有《殷無美詩集》《殷無美文集》《爾雅齋文集》。方衆甫：方應選，字衆甫，亦作衆父。見本書詩集卷二《贈方衆父》注釋[一]。梅客生：梅國禎，字客生（又稱克生），麻城（今湖北麻城）人。萬曆十一年（一五八三）進士，授固安知縣，後官至兵部右侍郎，總督宣（宣府）、大（大同）、山西軍務。

[二]三刖：用卞和獻玉於君而三刖其足之典故，喻曾應試未售之意。唐杜牧《池州送孟遲先輩》：『子既屈一鳴，余固宜三刖。』

聞瞿孟堅墮車傷足不赴公車而還使人物色之不得其的耗爲之愴然有作[一]

汝父行遭蹶，君車墮復傷。胡然連破甑，詎不戒垂堂？歌罷抽長劍，悲來叫大荒。扁舟雲水闊，何處望瀟湘[二]。

注釋

[一] 瞿孟堅：瞿甲，字孟堅，瞿九思長子。年十九舉於鄉，早卒。見本書詩集卷二《寄瞿生甲》注釋[一]。

[二] 瀟湘：此代指楚地。因瞿甲家湖北黄梅，爲故楚地。

懷田叔六首[一]

叔也逃名客，長吟招隱詩。樓窗開曉日，石竹蔭清池。放鶴疎鐘午，焚香夜漏遲。歸來好相傍，多恐誤花時。

僧瓦覆蒼藤，朝來露氣澄。種蕉延野鹿，留飯與山僧。自喜塵緣減，猶嫌洒態增。了知官況薄，詎必是無能？

煙霞吾有託，爲卜①水雲鄉。可治辛夷塢[二]，曾開紫葯房。無將入高蓋，只便禮空王[三]。投老雙棲處，閒眠弄夕陽。

李愿歸盤谷[四]，王維住輞川[五]。花間隱碁石，竹裏出茶煙。網挂魚腥浦，波平鳥下田。門開見太白，不費買山錢。

大海白煙鋪，群鷗下可呼。携舟臨岸曲，引客坐城隅。嬌女嗔花落，兒童説歲除。空中何所有，茶竈與香爐。

古渡浣桃花[六]，平林吞白沙[七]。聽經香積寺[八]，看菊野人家。隱迹混人世，禪心見物華。一官堪自穢，慙媿説煙霞。

校勘

①卜：底本原作『上』，據程元方本改。

注釋

[一]田叔：屠本畯，字田叔，鄞縣（今寧波）人，屠大山之子。爲屠隆族孫。見上卷《庚辰五月沈嘉則王百谷馮開之田叔見枉青浦署作》注釋[一]。

[二]辛夷塢：種植辛夷之塢。塢，爲周邊高中間低之谷地。唐王維輞川别墅有辛夷塢，《新唐書·王維傳》：『别墅在輞川，地奇勝，有華子岡、欹湖、竹裏館、柳浪、茱萸沜、辛夷塢。』王維《辛夷塢》詩：『木末芙蓉花，山中發紅萼。澗户寂無人，紛紛開且落。』

[三]空王：佛之尊稱。

[四]李愿：中唐時隴西人，韓愈之友。盤谷：在唐孟州濟源縣（今河南濟源市），李愿歸隱其間。韓愈《送李愿歸盤谷序》：『太行之陽有盤谷。盤谷之間，泉甘而土肥，草木叢茂，居民鮮少。或曰：「謂其環兩山之間，故曰盤。」或曰：「是谷也，宅幽而勢阻，隱者之所盤旋。」友人李愿居之。』

[五]王維：唐代詩人。輞川：水名，亦山谷名。其地屬終南山，在今陝西省藍田縣南。王維置别墅於此。

[六]古渡：指桃花渡。屠隆别業位於寧波城三江口旁之桃花渡附近。

[七]白沙：地名。距桃花渡不遠，今屬寧波市江北區。

[八]香積寺：本佛教著名古刹，全國有多處，如唐長安樊川香積寺，王維《過香積寺》詩：『不知香積寺，數里入雲峰。古木無人徑，深山何處鐘。泉聲咽危石，日色冷青松。薄暮空潭曲，安禪制毒龍。』因寧波古代無香積寺，屠隆此處應爲以之泛稱佛寺。

春日懷桃花别業十首[一]

昔住桃花屋，窗開雪浪崩。黄狐行亂葦，蒼鼠戲垂藤。海黑腥龍氣，沙明見佛燈。乘潮欲飛去，真不禁馮陵。

秋蛟怒不休，水氣鬬連牛。古路天邊没，洪波竈下流。浮槎采菰米，乞火向漁舟。落日捐雙珮，曾陪龍女遊。

緩步踏江村①，沙晴晚日暄。偶然逢野老，相送出柴門。曲岸隱漁吹，平橋落水痕。歸來坐長薄，星月飯黄昏。

出門無所恨，但恨別蒹葭。月照翻輕浪，鷗飛帶淺沙。看花驚老大，種竹換隣家。羨殺安期輩[二]，三山食巨瓜[三]。

怪底鵁鶄集，翻思鵝鸛冲。饑來餐荇菜，倦矣卧雲松。郭帶潮音洞[四]，門當太白峰[五]。天風忽相借，是處躡靈蹤。

我家大江上[六]，心與大江空。雷雨千峰白，朝霞半壁紅。海神驅石路[七]，泉客織綃宮[八]。忽漫吹長笛，驚鼉響夜風。

五月黃魚熟，千帆劈浪過。煙中列酒舍，花底掛漁蓑。人語水禽亂，簫聲估客多。傍船歌越女，步步欲凌波。

村村鳴社鼓，處處櫂空舲。江水一灣緑，廟門雙樹青。行人背殘日，斷隴入寒星。自爇松明火，閑開寶積經。

每當桃花月，苦憶桃花津。輕舠入東郭，濁酒過西隣。數問林中叟，多非世上人。年華不相待，猶自溷風塵。

水國眠鷗冷，霜天到雁遲。少時心所狎，真與性相宜。葭菼空煙積，芙蓉晚露披。有家堪勑斷，況乃一官爲。

校勘

① 村：底本原作「材」，據程元方本改。

注釋

[一] 桃花別業：屠隆別業之名，在寧波城三江口旁之桃花渡附近。

[二] 安期：即安期生，傳説中爲居於海上之神仙。見本書詩集卷一《遊仙詩》注釋[一三]。《史記·孝武本紀》：「（李）少君言上曰：「……臣嘗遊海上，見安期生食巨棗，大如瓜。安期生仙者，通蓬萊中，合則見人，不合則隱。」」

[三] 三山：指傳説中之海上三神山，爲方丈、蓬萊、瀛洲。

[四] 潮音洞：因城郭臨江，此指漲潮時發出音響之洞穴。

[五] 太白峰：在寧波城東二十餘公里，山麓有阿育王寺。

[六] 大江：屠隆桃花渡別業在三江口附近，三江口爲姚江、奉化江合流爲甬江之處。

[七] 海神：指傳説中爲秦始皇於海上驅石作橋之神人。見上卷《題王諫議家畫五大山水歌·錢塘》注釋[九]。

［八］泉客：即鮫人。晉張華《博物志》卷九：『南海外有鮫人，水居如魚，不廢織績。』南朝梁任昉《述異記》卷上：『鮫人，即泉先也，又名泉客。南海出鮫綃紗，泉先潛織。』綃宫：即龍綃宫，《述異記》卷上：『南海有龍綃宫，泉先織綃之處。』

治平寺[一]

宛轉入招提，雲堂湖水西。流泉從竈出，山鳥隔花啼。佛帶蘿陰古，僧來暝色低。東林留勝事[二]，玄度託幽栖。

注釋

［一］治平寺：在蘇州上方山麓，臨石湖。

［二］東林：廬山東林寺，晉慧遠法師創建，其勝跡頗多。此處以稱美治平寺。

鶂栖園[一]

蒼茫雲水態，寥廓使君情[二]。鶴傍松崖古，魚游石瀨清。斜穿洞逾迥，陡插徑初平①。新②雨增山溜，空琴滴暮聲。

校勘

①平：底本原作『年』，據程元方本改。

②新：底本原作『行』，據程元方本改。

注釋

［一］鶂栖園：未詳。

[二] 使君：未詳所指何人。

夏日過譚氏玉芝園[一]

爲眷丘中賞，聊尋物外言。荷香凉入酒，松色暗當門。屋冷雲長覆，池平水不喧。逝將謝塵鞅，散髮坐花源。

注釋

[一] 譚氏玉芝園：未詳。

訓黄侍御四首[一]

短褐去邊雲，蒼茫別使君。土牆野色暗，蘆管莫聲聞。羸馬猶堪策，枯魚手自焚。滄江足投老，隱矣不須文。

雪盡條風暖，冰開野水流。誰携燕市筑[二]，獨上鑑湖舟[三]。芳樹蔭黄鳥，平蕪亂白鷗。延陵豈不達[四]，吾意訪披裘[五]。

真成涉苦海，政得返中林。酒德媿猶淺，宦情應不深。停杯候花色，移席就桐陰。日暝空香裏，了知無住心。

雲白天青外，彌看静者尊。殘霞帶蘿月，飛瀑灌松門。息影今無累，含沙亦是恩。十居隣福地，玉篋授真言。

注釋

[一] 黄侍御：未詳。

[二] 燕市：戰國時燕國之都市。《史記・刺客列傳》：『荆軻嗜酒，日與狗屠及高漸離飲於燕市。』燕市筑，指高漸離之筑。高漸離善擊筑，《史記・刺客列傳》載其送别荆軻：『至易水之上，既祖，取道，高漸離擊筑，荆軻和而歌，爲變徵之聲，士皆垂淚涕泣。』

[三] 鑑湖：即鏡湖，在會稽山陰。賀知章晚年乞還鄉里，玄宗敕賜鏡湖剡川一曲。

[四] 延陵：指季札，春秋時期吴王壽夢第四子，爲具有遠見卓識之政治家和外交家、賢人。季札受封於延陵（今常州），史稱延陵季子。

屠隆《由拳集》卷二《十賢贊・延陵季子》稱美：『延陵明德，博識多聞。達觀天壤，特立塵氛。』

［五］披裘：披裘者，指清貧孤高之士。漢王充《論衡・書虛》：『傳言延陵季子出遊，見路有遺金。當夏五月，有披裘而薪者。季子呼薪者曰：「取彼地金來！」薪者投鐮於地，瞋目拂手而言曰：「何子居之高，視之下，儀貌之壯，語言之野也？吾當夏五月，披裘而薪，豈取金者哉！」』

同范太僕莫廷韓徐長孺彭欽之泛舟青谿登天馬山憩蕭寺限韻［一］

停舟大寺南，盡日看晴嵐。水曲雲遲度，沙虛日倒含。谷風腥虎豹，石蘚繡瞿曇［二］。且結煙蘿賞，無爲人世談。

注釋

［一］范太僕：指范惟一。莫廷韓：莫是龍，字廷韓。徐長孺：徐益孫，字長孺。見本書詩集卷二《泖上澄照寺作》注釋［三］。彭欽之：彭汝讓，字欽之。青浦人，國子監生。屠隆爲青浦令時對其頗爲賞識。《由拳集》卷五《感懷詩五十五首》有《彭文學欽之》。彭汝讓曾爲《由拳集》作後敘。屠隆爲彭汝讓《北征稿》作序，見本書文集卷四。彭汝讓撰有《木几冗談》等清言小品集。傳見《（光緒）青浦縣志》卷十九《人物傳・文苑》。天馬山：松江九峰之一。蕭寺：古人對佛寺之泛稱。唐李肇《唐國史補》卷中：『梁武帝造寺，令蕭子雲飛白大書「蕭」字，至今一「蕭」字存焉。』

［二］瞿曇：亦譯「俱譚」「具譚」「喬答摩」，即釋迦牟尼佛姓氏。《遼史・禮志六》：『悉達太子者，西域淨梵王子，姓瞿曇氏，名釋迦牟尼。以其覺性，稱之曰「佛」。』此處代指佛像。

五言排律

夢登太和[一]

夢上太和峰，青天杖緑筇。猛風摇曲磴，烈日挂飛淙。飲澗馴雙鹿，拏雲拔五龍[二]。寒濤起松栝，秀黛掩芙蓉。初月千峰紫，斜陽萬壑舂。崚嶒天轉近，詰屈路逾重。海東盤如帶，雷低吼若蜂。晴光上界朗，雨氣下方濃。霞度斜穿鬢，星流亂貼胸。石壇青桂合，金殿白雲封[三]。幢蓋群靈會，香花衆樂供。神芝洞府秘，寶籙道家宗。麟鳳仙厨異，醍醐天酒醲。亦曾聞勝事，何處躡靈蹤。望去雲鴻接，俄然笙鶴衝。空懷紫煙客，不住絳桃容。俯仰氣俱盡，踟蹰意頗慵。天門豁清曙，松露作深冬。大地波聲細，皇州曉色籠。有山皆出霧，無殿不鳴鐘。覽眺平生好，驅馳世事慵。逝將愜幽賞，井竈一相從。

注釋

[一] 太和：太和（大龢）山，即今湖北武當山。爲道教名山。

[二] 五龍：武當山有五龍峰，山麓有五龍宫。

[三] 金殿：在武當山金頂，建造於明永樂十四年（一四一六），銅鑄鎏金，爲武當山最著名之道教建築。

寄魏懋權太常[一]

才名君獨早，束髮事墳丘。氣壓西京壯[二]，風高北地遒。冥心棲混沌，抗志絶岣嶁[三]。拂峽山靈咄，探珠川后愁[四]。興來驅萬境，語到失千秋。龍劍司空賞[五]，神駒伯樂收[六]。懋權少以才受知琅琊公[七]。瓊芝生玉洞，國寶號天球。文彩抒三策，嘉名動九州。罡風搏俊鶻，楛矢射犛牛。隻字雞林重[八]，連篇鳳閣求[九]。大呼驚左馬[一〇]，徐嚮奪曹劉[一一]。巨石神人鑿，鮮雲巧匠鏤。汲①多泉必美，姤重物應尤。寂寞代空往，蒼茫世罕儔。相思邈河漢，作吏在滄洲[一二]。水潦深過膝，風沙障滿頭。將迎常磬折，版鍤②每畚鞲。野宿親魑鬼，泥行狎禿鶖。瞪眸怒罔象[一三]，蓬鬢祝甌窶[一四]。自以肱俱折，何言手不龜。蒿藜俱失色，薜荔總蒙羞。舊業風中絮，新知水上漚。含毫無藻思，填腹有煩憂。世路交難借，夫君義可投。龍輿馳峻坂，鵬羽刷洪流。藝亦由神解，心將與道謀。願言承謦欬，與子結綢繆。儻一因陽雁，題書盟海鷗。

校勘

① 汲：底本原作「汳」，據程元方本改。

② 鍤：底本原作「鍾」，據程元方本改。

注釋

[一]魏懋權：魏允中，字懋權，號昆溟，河南南樂人，早年鄉試第一，爲王世貞所賞識，與顧憲成、劉廷蘭並稱「三解元」。萬曆八年（一五八〇）進士，除太常博士，遷吏部考功主事。惜早卒。有《魏仲子集》。

[二]西京：本指西漢都城長安，此以稱西漢鴻文。

[三]峋嶁：南嶽衡山七十二峰之一，亦作衡山之别稱。傳大禹登衡山而獲金簡玉字之書，得治水之要。

[四]川后：河神。曹植《洛神賦》：「於是屏翳收風，川后静波。」《文選》吕向注：「川后，河伯也。」

[五]司空：指晉張華。華晚年遷司空，故稱。《晉書·張華傳》載，張華曾使豐城令雷煥掘得雙龍寶劍。

[六]伯樂：姓孫，名陽，春秋秦穆公時人，以善相馬著稱。

[七]琅琊公：指王世貞。其出山東琅琊王氏一系，故稱。王世貞任河南按察使時，賞識諸生魏允中之文才。

[八]雞林：此處爲雞林行賈之省稱。雞林，指新羅國；雞林行賈，爲對新羅商人之稱呼，典出《新唐書·白居易傳》：「居易於文章精切……雞林行賈售其國相，率篇易一金。」後用於表達贊美人文章精美，引起商人趨購之意。

[九]鳳閣：指朝廷。

〔一〇〕左馬：左丘明、司馬遷之合稱。

〔一一〕曹劉：曹植、劉楨之合稱。

〔一二〕滄洲：水鄉。此屠隆自言爲官於青浦。

〔一三〕罔象：傳説中之水怪名。

〔一四〕甌窶：狹小之高地。祝甌窶，典出《史記·滑稽列傳》：『〔臣〕見道傍有禳田者，操一豚蹄，酒一盂，祝曰：「甌窶滿篝，污邪滿車。」』

弔李太白〔一〕

李侯何浩蕩〔二〕，才氣朗秋旻。萬葉王孫貴，千秋俠士踪。雕龍摧六代，捫虱控三秦。氣縛南山虎，思猋東郭逡。自言金粟是〔三〕，無乃歲星真〔四〕。語語芙容秀，時時光景新。狂來人不識，創出古無倫。白日奔雷電，青天出鳳麟。機鋒横錯落，座客駭逡巡。巴曲聞天樂，神光滅鬼燐。雨沈鐘鼓死，風擊海濤齋。岱岳舒高曠，江湖託隱淪。青霞緑玉杖，丹洞紫陽巾。月笛吹三弄，煙蘿卧十春。崇朝登殿閣，出入耀車輪。酒肆酣歌客，詞林供奉臣。揮毫駛風雨，抽藻亂星辰。睥睨輕中使，沈吟賞貴嬪。無時不中聖，有句輒通神。未解千花妬，寧辭萬乘嗔。當胸多磊塊，入眼失嶙峋。行矣孤標在，終然八極人。主恩賜雲壑，浪跡便風塵。南國陵陽伴〔五〕，東林惠遠隣〔六〕。雲門路杳杳〔七〕，鏡水石粼粼〔八〕。松葉堪同暝，桃花數問津。青山落君手，美酒亦沾唇。但得千回醉，安能一日顰。長流窮自適，高咏老逾珍。巨浪蛟龍狎，寒燈魑魅親。蘼蕪芳可掇，蘭茝細堪紉。人代欽才子，乾坤作放民。死應歸曼倩①〔九〕，生不吊靈均〔一〇〕。名獨雄文著，心將大義伸。官因飲酒棄，家以散金貧。國士汾陽淚〔一一〕，英雄劇孟身〔一二〕。執鞭向高家，挂劍指荒榛。遮莫遊青漢，將非跨赤鱗。臨風惟慘憺，俯景一酸辛。落落緣才大，飘飘得數屯。異時同調在，肝膽向誰陳？

校勘

①倩：底本原作『情』，據程元方本改。

注釋

［一］李太白：唐李白，字太白。

［二］李侯：對李白之尊稱。唐杜甫《贈李白》：『李侯金閨彦，脱身事幽討。』又《與李十二白同尋范十隱居》：『李侯有佳句，往往似陰鏗。』

［三］金粟：金粟如來（即維摩詰）之省稱。李白《荅湖州迦葉司馬問白是何人》詩：『青蓮居士謫仙人，酒肆藏名三十春。湖州司馬何須問，金粟如來是後身。』

［四］歲星：即木星。傳説漢東方朔爲歲星。元陶宗儀《説郛》卷一百十一上載漢郭憲《東方朔傳》：『朔未死時，謂同舍郎曰：「天下人無能知朔，知朔者，唯大王公耳。」朔卒後，武帝得此語，即召大王公問之曰：「爾知東方朔乎？」公對曰：「不知。」「公何所能？」曰：「頗善星歷。」帝問：「諸星皆具在否？」曰：「諸星具在，獨不見歲星十八年，今復見耳。」帝仰天嘆曰：「東方朔生在朕傍十八年，而不知是歲星哉！」』又，相傳李白曾被賀知章稱爲『太白星精』（太白星乃金星，又名啟明、長庚），五代王定保《唐摭言・知己》載：『李太白始自蜀至京，名未甚振，因以所業贄謁賀知章。知章覽《蜀道難》一篇，揚眉謂之曰：「公非人世之人！可不是太白星精耶？」』

［五］南國：南方。陵陽：即陵陽子明，又稱『陵陽子』，道教神話人物。見本書詩集卷一《寄沈士範因憶先太史君典》注釋［四］。

［六］東林：廬山東林寺。惠遠：即東晉高僧慧遠法師，東林寺開創人。參見卷一《送曾于健侍御左遷還吉水》注釋［四］。

［七］雲門：雲門寺，在浙江紹興。

［八］鏡水：鏡湖，在浙江紹興。

［九］曼倩：漢東方朔，字曼倩。

［一〇］靈均：屈原之字。《離騷》：『名余曰正則兮，字余曰靈均。』

［一一］汾陽：指唐郭子儀，因平亂有功，被封爲汾陽王。史載李白與郭子儀交情，初李白識郭子儀之才，後郭子儀報德。《新唐書・李白傳》：『安禄山反，（白）轉側宿松、匡廬間，永王璘辟爲府僚佐，璘起兵，逃還彭澤，璘敗，當誅。初，白遊并州，見郭子儀，奇之，子儀嘗犯法，白爲救免。至是，子儀請解官以贖，有詔長流夜郎。』

［一二］劇孟：西漢著名游俠，極有威望和能力。見《史記・游俠列傳》。

孟冬行部經舊縣作

原野踏來長，低回黯斷腸。人家總蕭瑟，風日更蒼茫。水涸橋痕碧，煙昏野燒黃。枯楊吟淅淅，獨鳥下荒荒。

昔號鳴騶里，今爲牧豕場。田夫耕廢縣，山鼠過頹牆。露葉堆僧舍，霜藤挂佛堂。狐驕行大澤，鬼嘯響陰廊。老樹影俱瘦，幽花冷自香。孤龕逗寒雨，疎磬發斜陽。蝸蝕銷金篆，苔侵剥畫梁。行人感今昔，父老説逃亡。無乃征傜重，兼因饑饉傷。祇言財賦地，寧惜沮洳鄉。去歲風飄屋，頻年水没牀。荷鋤力田畝，負鍤治河防。病婦衣多結，衰翁鬢有霜。家貧仍畏吏，租去已無糧。沙上拾殘葦，牆邊卧矮桑。天心莽難訊，人事有悲凉。大國連甍在，高門列宿張。車輪若流水，服食擬侯王。鐘鼓千燈豔，鶯花九陌芳。吴歌儼相亞，楚舞復成行。玉①管留春色，金屏綴夜光。富應厭粱肉，貧不飽糟糠。吏治真無補，空慚邑②綬章。

校勘

① 玉：底本原作『至』，據程元方本改。
② 邑：底本原作『色』，據程元方本改。

哭君典太史[一]

生死不分明，胡然造物情。冥冥魂易散，落落恨難平。帝急收靈寳，神應妬大名。龍亡昏北斗，麐死哭東京[二]。雄略推黄石[三]，文章吐赤瑛。猿公朝擊劍[四]，鬼母夜談兵。虎帳邊風疾，龍堆①塞月横[五]。揮金遍梁楚[六]，結客滿幽并[七]。赴義雙鞬在，投軀七尺輕。才高堪用大，心小亦持盈。華削開金掌[八]，星輝指玉衡[九]。舊爲香案吏[一〇]，人道禁垣卿[一一]。日竝寸心朗，天將隻手擎。光芒新出匣，名字市登瀛[一二]。空負千秋氣，都無一事成。山川堪下淚，豪傑總吞聲。迹似崩高浪，名疑誤太清。青崖破雷電，白日走精英。神馬方騰踏，飆車忽下迎。兵書藏絶峽[一三]，劒爲掩佳城[一四]。坐惜滄溟逝，誰扶岱嶽傾。士林成慘憺，大地失峥嶸。不得金門隱[一五]，虚傳木帝精[一六]。未能驂獨鶴，先已跨長鯨。早應函中記，將從炭市行。懶殘無復驗，磨勒祇堪驚。詎謂松喬侶[一七]，才同木槿榮。徒聞持五戒，竟不滅三彭。杲日凄凉出，孤煙莽蕩生。雲荒丹鳳闕[一八]，沙冷白鷗盟。何限同心恨，終傷異代更。長安一把臂[一九]，遥夜數飛觥。歲晏秋蓬折，離思春草縈。山谿維短櫂，水縣飽香秔[二〇]。識性忘吾汝，連姻復弟兄。共將天路遶，還約鹿門耕[二二]。松葉燒丹竈，桃花映紫笙。前期今已矣，後事杳難評。汝死真幽怪，吾生亦贅瘻。媿無能贖命，何必論沾纓。

校勘

① 堆：底本原作『推』，據程元方本改。

注釋

[一]君典：沈懋學，字君典。見本書詩集卷一《寄沈士範因憶先太史君典》注釋[一]。

[二]東京：指作《東京賦》之張衡。《東京賦》：『解罘放麟。』麐同麟。

[三]黄石：黄石公，授與張良兵書者。

[四]猿公：喻劍術高明之隱者。典出漢趙曄《吳越春秋·勾踐陰謀外傳》：『越有處女出於南林，國人稱善……越王乃使使聘之，問以劍戟之術。處女將北見於王，道逢一翁，自稱曰袁公，問於處女：「吾聞子善劍，願一見之。」女曰：「妾不敢有所隱，唯公試之。」於是袁公即杖箖箊竹，竹枝上頡橋，末墮地，女即捷末，袁公則飛上樹，變爲白猿。』

[五]龍堆：白龍堆之略稱，古西域沙丘名。後指邊塞地。

[六]梁楚：此指古梁國和楚國之舊地。

[七]幽并：此指古幽州和并州之舊地。

[八]華：指西嶽華山。金掌：金掌峰。

[九]玉衡：北斗七星之第五星名，此泛指北斗。

[一〇]香案吏：指宮廷中隨侍帝王之官員。

[一一]禁垣卿：指宮廷中任高級職務之官員。

[一二]瀛：瀛洲。登瀛，即登瀛洲。指得到榮寵，如登仙界。唐李肇《翰林志》：『唐興，太宗始於秦王府開文學館，擢房玄齡、杜如晦一十八人，皆以本官兼學士，給五品珍膳，分爲三番更直宿於閣下，討論墳典，時人謂之「登瀛洲」。』

[一三]絶峽：長江西陵峽西段之兵書寶劍峽，相傳因諸葛亮藏兵書於絶壁上而得名。

[一四]佳城：指墓地。漢劉歆撰、晉葛洪輯《西京雜記》卷四：『滕公駕至東都門，馬鳴跼不肯前，以足跑地久之。滕公使士卒掘馬所跑

地，入三尺所，得石槨。滕公以燭照之，有銘焉……曰：「佳城鬱鬱，三千年見白日。吁嗟滕公居此室！」滕公曰：「嗟乎天也！吾死其即安此乎？」死遂葬焉。』

［一五］金門：即金馬門，爲宦者署門。漢東方朔曾爲金馬門待詔，自謂避世於金馬門。

［一六］木帝精：即歲星（木星）精。傳説漢東方朔爲歲星精。見本卷《弔李太白》注釋［四］。

［一七］松喬：神話傳説中之仙人赤松子與王子喬之並稱。

［一八］丹鳳闕：帝闕。此代指京城。

［一九］長安：指京城。

［二〇］水縣：此指青浦縣。

［二一］鹿門：鹿門山之省稱。山在湖北襄陽，漢末名士龐德公及唐代詩人孟浩然、皮日休等曾隱居此山，故爲著名隱逸之地。

白榆集校注詩集卷之五

七言律詩一

東郡登光岳樓[一]

高閣崔嵬混太虛，大荒東去獨躇躕。横波白日雕窗合，陡插中天繡柱孤。微辨①牛羊平野外，忽驚風雨太山隅[二]。酒酣戲踏雲間路，咫尺群靈不敢呼。

校勘

① 辨：程元方本作「辯」。

注釋

［一］東郡：指明東昌府，以其爲秦漢时之東郡地，故稱。光岳樓：又名望岳樓、東昌樓、余木樓，在東昌府治所聊城（今山東省聊城市東昌府區古城），始建於明洪武七年（一三七四）。《（康熙）聊城縣志·藝文志》載明李贊《題光岳樓詩序》：「余過東昌，訪太守金天錫先生。城中一樓，高壯極目。天錫攜余登之，直至絶閣，仰視俯臨，毛髮欲豎。因歎斯樓天下所無，雖黄鶴、岳陽，亦當望拜，乃今百年矣，尚寞落無名稱，不亦屈乎？因與天錫評，命之曰「光岳樓」，取其近魯有光於岱岳也。」

〔二〕太山：即泰山。

贈吴生

吴生者，先朝仁甫學士仲子〔一〕。學士以文采風流名海内，吴生亦有文，善譚笑，與不佞交善。及不佞作吏雲間〔二〕，吴生見過，而短褐不掩肘，貧甚。不佞不勝任昉諸子之歎〔三〕，作此贈之。

三年不見貧逾甚，四海相投舌尚存。世有千金買歌笑，誰能一飯與王孫？到來秋水浮官舍，歸去寒潮滿華門。剪燭西堂明月夜，人情翻覆與君論。

注釋

〔一〕仁甫：吴惠，字仁甫，鄞縣人。正德辛未（一五一一）進士，選翰林庶吉士，授檢討，轉國子司業。嘉靖初陞南京翰林侍講學士，歷官至太常寺卿。有《北川文集》。

〔二〕雲間：此指青浦縣。

〔三〕任昉：字彦昇，南朝梁樂安博昌（今山東博興）人。昉富於文才，爲著名駢文家、詩人。歷仕宋、齊、梁，爲官清廉節儉，周濟貧困。好交遊，獎掖文士，聲望著於當世。然世道炎凉，昉死後，家境貧寒而諸子皆幼，竟乏贍卹。唐李商隱《讀任彦升碑》：『任昉當年有美名，可憐才調最縱横。』《梁書·任昉傳》：『初，昉立於士大夫間，多所汲引，有善己者，則厚其聲名。及卒，諸子皆幼，人罕贍卹之。』梁劉孝標作有《廣絶交論》，諷刺曾受任昉汲引之舊交。

莫廷韓吴孝甫小集得花字〔一〕

鳥下城隅吏散衙，開尊與客坐蒹葭。胸中一夕生丘壑，世上千秋看莫邪。鐘遞泠風響脩竹，池空明月笑疎花。誰言牢落柴桑令〔二〕，不是蓬蒿仲蔚家〔三〕。

注釋

［一］莫廷韓：莫是龍，字雲卿，更字廷韓。見本書詩集卷二《泖上澄照寺作》注釋［三］。吴孝甫：吴治，字孝甫。見本書詩集卷三《黄山山人歌贈吴孝甫》注釋［一］。

［二］柴桑令：本指晉陶淵明，此處屠隆自喻。

［三］仲蔚家：張仲蔚之家。張仲蔚，晉平陵人，高士，隱居嵩陽。晉皇甫謐《高士傳》卷中：『張仲蔚者，平陵人也。與同郡魏景卿俱修道德，隱身不仕。明天官博物，善屬文，好詩賦。常居窮素，所處蓬蒿没人，閉門養性，不治榮名，時人莫識，唯劉、龔知之。』晉陶淵明《詠貧士》其六：『仲蔚愛窮居，繞宅生蒿蓬。』唐李白《魯城北郭曲腰桑下送張子還嵩陽》：『誰念張仲蔚，還依蒿與蓬。』

送袁履善南遊天台鴈宕諸山兼訊袁黄巖明府［一］

送君明月響空舲，滿擔煙霞布襪青。猶怪一瓢風謖謖，獨行千澗水泠泠。人間已解王官印，天上仍爲處士星。此去定逢勾漏令［二］，不知何洞注丹經。

注釋

［一］袁履善：袁福徵，字履善，又字非之，號太冲，松江華亭（今屬上海）人。嘉靖二十三年（一五四四）進士，授刑部主事。以論事謫沔陽州，後遷唐府左長史，以忤宦官落職歸，家居六十年。曾與李攀龍、王世貞、宗臣等結社，有『小詞林』之稱。其家藏書頗豐。著有《袁履善集》。《（嘉慶）松江府志》卷五十三有傳，《栖真館集》卷二十七有《袁履善先生像贊》。天台鴈宕諸山：在今浙江東南部台州、温州境内。袁黄巖明府：袁應祺，字文穀，號肖海，興化人。萬曆二年（一五七四）進士，授黄巖知縣。後擢户部主事，督理昌平糧餉。有《浮玉山人集》。

［二］勾漏令：本指晉葛洪，此處喻黄巖知縣袁應祺。勾漏，山名，在今廣西北流縣東北。因其有溶洞勾曲穿漏，故名。爲道家第二十二洞天。漢置勾漏縣，隋廢。晉葛洪曾求爲勾漏令以煉丹，《晉書·葛洪傳》：『以年老，欲鍊丹以祈遐壽，聞交阯出丹，求爲勾漏令。』

楊公亮太史奉使東藩暫留西湖却寄［一］

天書遥指白雲封，兼理名山緑玉筇。好去岱宗捫日觀［二］，偶來水國看芙蓉［三］。舟行露下空江笛，月滿谿南大寺鐘。我欲翻然追紫氣，塵沙何日得從容。

注釋

［一］楊公亮：楊德政，字公亮，號早休居士，鄞縣人。萬曆五年（一五七七）進士，改庶吉士，除編修。歷官福建參議、廣西提學、陝西提學、山東參政，終於福建按察使。有《夢鹿軒稿》。東藩：東方州郡之泛稱。西湖：杭州西湖。

［二］岱宗：泰山。

［三］水國：水鄉。

送周明府入覲［一］

疊鼓鳴笳不住聲，萬人相送使君行。天寒十月過秦望［二］，朔旦雙鳧入漢京［三］。葉落關河嘶去馬，花開馳道語流鶯。大官賜燕酬筐篚，定醉彤墀白玉笙。

注釋

［一］周明府：周之基，字季子，湖南湘潭人。萬曆十一年（一五八三）進士，歷官鄞縣知縣、蠡縣知縣、刑部主事、刑部郎中、瑞州知府等。有《紫山遺集》。據《（康熙）鄞縣志》卷八《職官》，周之基萬曆十一年至十六年（一五八三—一五八八）任鄞縣知縣。

［二］秦望：山名，在紹興府城東南四十里。見本書詩集卷三《贈董玉几山人》注釋［三］。

［三］漢京：指都城。

送楊別駕考績之京［一］

朝天奏績五雲高，家在神京長鳳毛［二］。金殿爐香薰綵筆，玉河官柳映緋袍［三］。西山爽氣堪支笏［四］，南國才名欲贈刀［五］。此日送君飛木葉，寒沙鳧雁滿江皋。

注釋

［一］楊別駕：楊少邨，徐州人，兵部侍郎楊守謙子。萬曆八年至十五年（一五八〇——一五八七）任寧波府通判。時進京上計。別駕，通判之習稱。

［二］神京：帝都。

［三］玉河：北京城内一條河流名，爲通惠河之一段。

［四］西山：即今北京西山。爲太行山北段之餘脈，都城西邊一道天然屏障。

［五］南國：泛稱南方。

壽袁履善二首［一］

老去無官名自尊，悟來大道總何言。鳥啼江雨雲中路，犬吠花源郭外村。入谷煙霞堪結伴，登樓河漢正當門。青冥紫邏無人住［二］，日暮風吹洗藥盆。

背郭臨谿開曲房，天低平望極蒼茫。采芝夜卧青霞館［三］，辟穀朝餐白石糧。歲月總銷邛竹杖，生涯半在水雲鄉。知君名注丹臺久［四］，早晚凌霄鶴駕翔。

注釋

［一］袁履善：袁福徵，字履善。見本卷《送袁履善南遊天台雁宕諸山兼訊袁黄巖明府》注釋［一］。

［二］紫邏：本爲山名、洞名，在河南汝州，宋張君房《雲笈七籤·神仙感遇上·鄭南海紫邏任叟》中稱其爲神仙靈境。元張翥《小遊仙詞》：「道人寄我紫邏山，時復賣藥來人間。」屠隆此處用「紫邏」非實指，乃爲比喻。

［三］青霞館：此亦非實指，乃因其名稱之仙道氣息以稱美袁履善「采芝」修道之居處。

［四］丹臺：道教所稱神仙之居處。見本書詩集卷一《贈張洪陽司成四首》注釋［八］。

集履善海月樓限韻［一］

片片芙蓉落大江，忽看秋色在西窗。坐臨高閣天陰半，目抉浮雲鳥去雙。深醉儘飜青玉案，清歡不問碧油幢。

年來銷盡飛揚意，獨有詩魔未肯降。

注釋

［一］履善：袁福徵，字履善。海月樓：袁福徵居所之樓名。

送范司理之南比部［一］

閑曹喜得白雲司，水木清泠出世姿。已識一官如露電，爲言吾道總希夷。遠心强半依僧舍，高韻應堪入畫師。共約他年嵩少下［二］，買田十畝種青芝。

注釋

［一］范司理：范守己，字介儒，號岫雲，又號御龍子，洧川（今河南長葛）人。萬曆二年（一五七四）進士，授松江府推官，遷南京刑部主事，官至按察司僉事。撰有《御龍子集》《肅皇外史》等。

［二］嵩少：嵩山之别稱。在今河南登封市。

送沈君典北上四首［一］

黄石兵符鴻寶文［二］，浮生一半五湖濆。玲瓏海月開丹壁，窈窕僧房卧白雲。吾道總非丘壑相，才名早已世人聞。蒲萄酒似江波緑，斜日疎煙獨送君。

百年那得指冥鴻，四海行看起卧龍。蘭逕晚雲抛竹杖，花宫明月聽宵鐘。即逢霄漢新恩下，不改煙霞舊日容。見説丹臺留姓字，了知出處是浮踪。

交情原不隔雲泥，兩過蘼蕪緑雨谿。我有一官同野鶴，君行雙闕聽朝雞［三］。沙含遠樹帆如雪，水泛空舲月滿隄。清夢未能忘薜荔，愁來落日敬亭西[四]。

俠氣全銷名益尊，白雲送出謝公墩[五]。門前客散金應盡，枕上書成劍不昏。莫謂清朝堪避世，由來烈士解酬恩。我行先掃峰頭月，共約煙蘿閉石門。

注釋

[一] 沈君典：沈懋學，字君典。

[二] 黄石：黄石公，授張良兵書之老父。黄石兵符，泛指兵書。

[三] 雙闕：宫殿門前兩邊高臺上之樓觀，此借指宫門。

[四] 敬亭：敬亭山，在今安徽省宣城市北。沈懋學爲宣城人。

[五] 謝公墩：即謝安墩。晉謝安與王羲之登臨處。在明南京朝天宫後（今南京市蔣山半山上）。

訊孫以德太史[一]

雪夜花時竟杳然，蟲絲掩户送流年。官爲金馬含香吏，家近華陽小洞天[二]。蘭若疎鐘侵爽氣，松巖斜日好高眠。何時同結蘇門侶[三]，一嘯凌風入紫煙。

注釋

[一] 孫以德：孫繼臯，字以德，號柏潭，江蘇無錫人。萬曆二年（一五七四）狀元，授翰林院修撰。歷任經筵講官、少詹事兼侍讀學士、禮部轉吏部侍郎等職。晚年講學於東林書院。卒贈禮部尚書。有《孫宗伯集》十卷。《明詩綜》卷五十七有傳。

[二] 華陽小洞天：即道教所稱『十大洞天』之『金壇華陽洞天』，在江蘇茅山。

[三] 蘇門：蘇門山，位於今河南省輝縣市。魏晉人孫登善嘯，隱居此山。見本書詩集卷二《贈陳道醇》注釋[七]。

送黄太史還朝[一]

揭天絲管雜鳴榔，正及芙蓉遶郭香。送客聞歌多麗曲，何人不道是仙郎？江摇雲樹含秋色，帆挂星河覺夜凉。此去東方真大隱[二]，可堪湖上夢鴛鴦。

注釋

[一] 黄太史：未詳。

[二] 東方：漢東方朔。自稱避世於朝廷。

送陸伯生同黄太史北上[一]

圖書三徑未爲窮，何事天涯學斷蓬。况有歌聲出金石，不妨秋色冷梧桐。馬蹄踏破迎闗月，鐵笛吹殘響夜風。知爾聲名高入洛，近聞龍劍賞司空[二]。

注釋

[一] 陸伯生：陸應陽，字伯生，號古塘，青浦人。陸郊子，申時行門客。能詩善書，爲人孤傲清高，淡泊名利，號稱『雲間高士』。著有《笏溪草堂集》《廣輿記》等。傳見《（光緒）青浦縣志》卷十九《人物傳・文苑》。

[二] 司空：指晉張華。華晚年遷司空，故稱。《晉書・張華傳》載，張華曾使豐城令雷焕掘得雙龍寶劍。

夏夜泛舟青谿得東字[一]

千家隱隱夕陽中，一葦蕭蕭浦潋東。疎樹晴摇樓映水，斷霞初散月當空。花明子夜嬌華燭，簫咽中流度冷風。

欲繼清歡遲三五，芙蕖開①向酒杯紅。

校勘

①開：原作『間』，據程元方本改。

注釋

［一］青谿：指青浦。

水上聞簫

誰家玉管正氤氳，半入天風半入雲。一自秦嬴樓上罷［一］，却來漢女水邊聞［二］。響侵銀浦波相瀉，夢醒魚龍夜欲分。寶月斜沉紅燭冷，露華凄斷泣湘君［三］。

注釋

［一］秦嬴：指秦穆公女兒弄玉。秦爲嬴姓，故稱。相傳弄玉好樂，蕭史善吹簫作鳳鳴，穆公以女弄玉妻之，爲作鳳樓。二人吹簫，鳳凰來集，後乘鳳飛去。事見漢劉向《列仙傳》。

［二］漢女：漢水之神女。《後漢書·馬融傳》：『湘靈下，漢女遊。』李賢注：『漢女，漢水之神女。』

［三］湘君：湘水之神。

寄陳伯符［一］

府中年少更何人［二］？花使曾探上苑春［三］。可奈傾都看衛玠［四］，向來作賦擬安仁［五］。門閑時有孤雲住，官冷應無長吏嗔。媿我稱兄真老大，低眉羞澀在風塵。

注釋

［一］陳伯符：陳泰來，字伯符，一字上交，平湖（今屬浙江嘉興）人。萬曆五年（一五七七）進士，時年僅十九歲，授順天府教授，進國子博士。後陞爲禮部員外郎，因趙南星案牽連，貶爲饒平典史。卒贈光禄少卿。有《貟嶠集》。《明詩綜》卷五十一有傳。陳泰來爲屠隆同科進士。

［二］府中：指順天府中。

［三］上苑：皇家園林。此句用唐新進士在杏園受皇帝賜宴事典。

［四］衛玠：西晉末名士，古代著名美男子。見本書詩集卷一《寄沈士範因憶先太史君典》注釋［五］。

［五］安仁：潘岳，字安仁。西晉文學家。才、貌俱佳，其《閒居賦》《秋興賦》等甚爲知名。《晉書·潘岳傳》：『岳美姿儀，辭藻絶麗。』南朝梁鍾嶸《詩品》：『潘才如江。』

寄沈少卿［一］

沈郎纖瘦美風姿，袖裏芙蓉七尺披。才子名高兼善吏，水衡官冷不妨詩。霜清古洞丹霞色，月白空山青桂枝。我在泥塗君貴仕，臨風未敢説相思。

注釋

［一］沈少卿：沈季文，字少卿，吴江人。萬曆五年（一五七七）進士，授工部主事，纍遷福建參政，河南副都御使。《（乾隆）震澤縣志》卷十五《名臣》有傳。

寄座主朱太史先生二首［一］

三年澤國困饑傷［二］，父老流離井逕荒。星漢空懸天咫尺，蒹葭半住水中央。一官轉與泥沙近，雙髩都如秋葉黃。行矣他時雲壑下，佇看北斗挹天漿。

滄洲小吏合沉淪，霄漢無才可致身。牢落三年空送老，淒涼數口不辭貧。風波只自依龍子[三]，寒暑那能比雁臣[四]。敢向明時忘暮夜，關西伯起舊門人[五]。

注釋

[一] 朱太史：朱賡，字少欽，號金庭，山陰（今紹興）人。隆慶二年（一五六八）進士，改庶吉士，授翰林編修，萬曆六年（一五七八）以侍讀爲日講官，歷禮部左、右侍郎。纍官至禮部尚書，兼東閣大學士。卒後贈太保，謚文懿。有《文懿公集》。座主，爲明清舉人、進士對其主考官或總裁官之稱呼。朱賡爲屠隆應進士試時之座主。

[二] 澤國：此指青浦縣。

[三] 龍子：龍王之子。

[四] 雁臣：古代北方少數民族首領，秋至京師朝覲，春還部落，人稱雁臣。北魏楊衒之《洛陽伽藍記·城南龍華寺》：『北夷酋長遣子入侍者，常秋來春去，避中國之熱，時人謂之雁臣。』

[五] 關西伯起：東漢楊震，字伯起。弘農華陰（今陝西華陰東）人。通曉經籍，博覽群書，又因華陰地居函谷關西，有『關西孔子楊伯起』之稱。《後漢書·楊震傳》：『楊震，字伯起……震少好學，受《歐陽尚書》於太常桓鬱，明經博覽，無不窮究。諸儒爲之語曰：「關西孔子楊伯起。」』楊震居官正直清廉，爲東漢名臣。

寄沈茂仁太史[一]

近來潘左正雲興[二]，怪底長安紙價增[三]。才子氣堪凌綵筆，少年官欲比壺冰。芸香朝閣聞金磬，御苑秋河度玉繩。莫問故人滄海曲，飄零久矣失飛騰。

注釋

[一] 沈茂仁：沈自邠，字茂仁，號几軒，又號茂秀，秀水（今浙江嘉興）人，沈德符之父。萬曆五年（一五七七）進士，改庶吉士，授檢討，歷修撰，與修《大明會典》。著有《尚書衷引》《歸省述征》《沈修撰詩文集》等。《（光緒）嘉興府志》卷五十二《人物》有傳。

[二] 潘左：晉著名文學家潘岳和左思之並稱。鍾嶸《詩品》稱「潘才如江」。左思《三都賦》成，豪富之家競相傳抄，洛陽爲之紙貴。

[三] 長安：指都城。

寄沈肩吾太史二首[一]

蛾眉衰颯鬢毛斑，負汲提筐大道間。自以將迎銷白日，不因啼笑損朱顏。閑傷苜蓿秋風裏，無數芙蓉緑水灣。霜冷劍花空鏽①澁，生涯多只在青山。

天柱峰高不可捫[二]，空勞使節問河源[三]。故人老去官仍拙，末路塵多智益昏。樗散衹今宜洞壑[四]，歲星自古在金門[五]。幽栖何日依田父，高枕斜陽卧樹根。

校勘

① 鏽：原作「繡」，據文意改。

注釋

[一] 沈肩吾：沈一貫，字肩吾，號龍江、蛟門。寧波府鄞縣人。隆慶二年（一五六八）進士，選庶吉士，授檢討。萬曆二年（一五七四），出任會試同考官，後歷任翰林院編修、日講官兼經筵講官、左春坊左中允兼翰林院編修、侍讀學士、右春坊右諭德、吏部左侍郎兼侍讀學士，加太子賓客。萬曆十二年（一五八四），陞詹事府少詹事，兼翰林院侍讀學士。萬曆二十二年（一五九四），出任南京禮部尚書，後兼東閣大學士，加少傅兼太子太傅、吏部尚書、建極殿大學士。家居十年卒，贈太傅，謚文恭。有《喙鳴詩文集》等，《明史》卷二一八《列傳》有傳。屠隆與沈一貫爲同鄉，多有詩書往來。

[二] 天柱峰：神話傳説中昆崙山上之天柱，漢東方朔《神異經·中荒經》：「崑崙之山有銅柱焉，其高入天，所謂天柱也，圍三千里，周圓如削。」

[三] 河源：黄河之源頭。《山海經·北山經》：「敦薨之山……敦薨之水出焉，而西流注於泑澤。出於昆崙之東北隅，實惟河原。」

[四] 樗散：本指樗木材劣，不堪其用而被閑置。此處爲屠隆自謙。

[五]歲星：指漢東方朔，見上卷《弔李太白》注釋[四]，屠隆此處以喻沈肩吾。金門：金馬門。

寄君房箕仲四首[一]

三年作吏五湖旁[二]，萬事蕭條兩鬢蒼。竹几藤牀多暇日，雲曹水部總仙郎。空憐綠樹巖前長，閑煞芙蕖鏡裏香。墨綬生涯君莫問，紅塵馬首送殘陽。

天坼黄河不問津，空令書劍飽風塵。向來慚愧詒芳草，今日真成負故人。政拙衹堪高士笑，宦貧猶免大官嗔。鹿門早晚躬耕去[三]，翠壁丹霞絶四隣。

故人久矣妬花封[四]，況是青谿碧樹重[五]。泖澱晴開雙寶鏡[六]，峰巒高削九芙蓉[七]。雲邊鐘冷來山寺，竹裏泉香度石淙。吴地風光雖信美，縣齋奈可不從容。

片雲西北是京華，慘澹吴門落日斜。得意錢郎正霄漢[八]，貧時管鮑在泥沙[九]。愁來一水迴青黛，望入千峰變紫霞。不信安仁憔悴甚[一〇]，但看白露老蒹葭。

注釋

[一]君房：余寅，字君房，晚年改字僧杲，學者稱漢城先生。鄞縣人。萬曆八年（一五八〇）進士，授工部都水司主事，清廉自持，時人稱『余水部，真如水』。歷任禮部員外郎、按察御史等職，官至太常寺少卿。爲人性亢厲，狷然獨行；爲詩質而峭介似其人。有《農丈人詩集八卷文集二十卷》及《乙未私志》《同姓名録》《吴越遊稿》等。《（康熙）鄞縣志》卷十七有傳。箕仲：沈九疇，字箕仲，號東霍。鄞縣人。屠隆友人沈明臣之侄。萬曆五年（一五七七）與屠隆同科進士，授刑部主事，歷江西督學副使、四川參政、陝西右布政使、江西左布政使等職。有《曲轅居集》行世。《（康熙）鄞縣志》卷十七有傳。

[二]五湖：此指太湖。《國語・越語下》：『果興師而伐吴，戰於五湖。』韋昭注：『五湖，今太湖。』

[三]鹿門：鹿門山，在湖北襄陽。後漢龐德公隱此。後用以泛指隱居之地。

[四]花封：對佳縣之美稱。典出西晉潘岳爲河陽令時故事。潘岳於縣中遍种桃李，其縣被稱爲花封。

[五]青谿：指青浦縣。

〔六〕泖瀫：泖湖和瀫山湖。

〔七〕九芙蓉：指九峰，即佘山、天馬山、横山、小昆山、鳳凰山、厙公山、辰山、薛山和機山。

〔八〕錢郎：唐代詩人錢起、郎士元之並稱。錢起爲天寶十載（七五一）進士，歷任秘書省校書郎、司勳員外郎、考功郎中、翰林學士等，爲「大曆十才子」之一。郎士元爲天寶十五載（七五六）進士，歷任拾遺、補闕、校書等職，官至郢州刺史。二人詩名盛於當世，人稱「錢郎」。元辛文房《唐才子傳·郎士元》：「與員外郎錢起齊名，時朝廷自丞相以下出牧奉使，無兩君詩文祖餞，人以爲愧。」其珍重如此。

〔九〕管鮑：管仲和鮑叔牙之並稱。管鮑之交爲千古佳話，《史記·管晏列傳》：「管仲夷吾者，潁上人也。少時常與鮑叔牙遊，鮑叔知其賢。管仲貧困，常欺鮑叔，鮑叔終善遇之，不以爲言。」

〔一〇〕安仁：西晉潘岳，字安仁。

讀李惟寅貝葉稾却寄〔一〕

讀罷高篇意不忘，西山爽氣到林塘〔二〕。扶桑秋曙銀河淡，絶壑春聲碧樹凉。藻思直懸何水部〔三〕，布衣不獨孟襄陽〔四〕。大梁公子淮南賦〔五〕，并作千年俠骨香。

注釋

〔一〕李惟寅：李言恭，字惟寅，號青蓮居士，江蘇盱眙人。明開國功臣、岐陽武靖王李文忠裔孫，萬曆三年（一五七五）襲封臨淮侯，守備南京，纍官至太保總督京營戎政。李惟寅爲武臣，亦好學能詩，折節寒素，交遊甚多。室名貝葉齋，有《貝葉齋稿》四卷，屠隆、歐大任爲之序（屠序見本《白榆集》文集卷一，歐序見《歐虞部集十五種》文集卷七）。另有《青蓮閣集》十卷、《日本考》。《明詩綜》卷五十四、《列朝詩集小傳》丁集上有傳。

〔二〕西山：此處用典，非特指某山。典出南朝宋劉義慶《世説新語·簡傲》：「王子猷作桓車騎參軍，桓謂王曰：『卿在府久，比當相料理。』初不答，直高視，以手版拄頰云：『西山朝來，致有爽氣。』」

〔三〕何水部：南朝梁詩人何遜。因其曾任尚書水部郎，世稱何水部。

〔四〕孟襄陽：唐代詩人孟浩然。孟浩然布衣一生，因其爲襄陽（今湖北襄陽）人，世稱孟襄陽。

〔五〕大梁公子：未詳。

寄瞿睿夫二首[一]

思君明月滿巴陵[二]，夢斷洪波響洞庭。欲採驪珠迷楚澤，不將寶瑟怨湘靈。春迴細雨芳蘭長，谷暗秋風①苦竹青。夜奏朱絃望星斗，銀河瀉入水泠泠。

昔日長安酒肆中，塵沙草草得英雄。三年漂泊成風馬，兩度相思寄澤鴻。楚調清泠霜月淡，吴歌凄斷水煙空。與君各抱千秋意，但願青山白首同。

校勘

①風：程元方本作『雲』。

注釋

［一］瞿睿夫：瞿九思，字睿夫，號慕川，湖北黄梅人。舉萬曆元年（一五七三）鄉試，以授徒講學爲業。曾從羅洪先、耿定向治理學。後以聚衆反對知縣違制苛派，受誣下獄，長流塞下。子甲，年十三，爲書數千言，歷抵公卿，訟父冤。甲弟罕，亦伏闕上書求宥。屠隆作《爲瞿睿夫訟冤書》，遍告中外，馮夢禎、張居正亦從中周旋，瞿終被釋放返里。撰有傳記體史書《萬曆武功録》。

［二］巴陵：古郡縣名，治所在今湖南岳陽。因瞿睿夫爲湖北黄梅人，湖北湖南均爲古楚地，故詩中巴陵、洞庭、楚澤、湘靈、芳蘭、苦竹、楚調等均爲借楚地名物以言情。

寄張太史[一]

好風一夜鳳毛生，獨鼓雲和湘水明[二]。劒氣千秋懸北斗，筆花五色照西京[三]。明珠碧海今無價，玉笥丹臺舊有名[四]。遥想著書天禄上[五]，紅雲散盡月華清。

注釋

［一］張太史：指張元忭（一作汴）。字子藎，號陽和。浙江山陰（今紹興）人，張岱曾祖。隆慶五年（一五七一）登進士第一，授翰林修撰。萬曆十五年（一五八七）陞左春坊左諭德，兼翰林侍讀。卒於官。著有《不二齋文選》等。傳見《明史》卷二八二。時張元忭使楚。

［二］湘水：湘江。湘靈善鼓瑟，《楚辭·遠遊》：『使湘靈鼓瑟兮，令海若舞馮夷。』唐錢起《省試湘靈鼓瑟》：『善鼓雲和瑟，常聞帝子靈。』

［三］西京：長安。此指北京城。

［四］玉笥：山名，道教所稱三十六小洞天之第十七玉笥山洞，在今江西永新縣。《雲笈七籤》卷二七：『三十六小洞天……第十七玉笥山洞，周迴一百二十里，名曰太玄法樂天。在吉州永新縣，真人梁伯鸞主之。』丹臺：爲神仙之居所。

［五］天祿：天祿閣。漢代未央宫中藏書閣名。著名學者劉向、劉歆、揚雄等曾先後校書於此。

寄楊伯翼時伯翼居先大理公喪久不通訊［一］

遠自濠梁轉入吴［二］，飄零三載各踟躕。劍寒秋鍔芙容死，月落空江野水枯。我以紅塵銷髩髮，君將清淚滴珊瑚。蘼蕪總是思公子，獨立蒼茫一字無。

注釋

［一］楊伯翼：楊承鯤，字伯翼，寧波府鄞縣人。御史楊美益之子。見本書詩集卷二《寄贈楊伯翼》注釋［一］。大理公：楊美益，字以謙。嘉靖二十六年（一五四七）進士，官太僕寺少卿、山西監察御史等。

［二］濠梁：爲淮河南岸支流濠水上之石梁，在明鳳陽府舊城西南（今鳳陽縣境内），昔莊子觀魚處。屠隆曾爲潁上縣令，縣屬鳳陽府。後屠隆轉任青浦縣令，青浦縣舊屬吴地，故自謂『遠自濠梁轉入吴』。

嵩澤弔袁將軍二首［一］

黄霧春天海浪驚，斜陽江水哭殘兵。野禽飛上將軍樹，田父來耕滬瀆城［二］。劍蝕土花秋後冷，血侵鬼火夜深明。羊曇清唱桓伊笛[三]，并入蕭蕭暮雨聲。

將軍直欲挽天河，自築孤城捍海波。塞外天陰沉鼓角，墓門秋老挂藤蘿。亦知死去君無恨，曾向生前唱挽歌。往事千秋空灑淚，英雄努力奈時何？

注釋

[一] 嵩澤：即崧澤，地名，在明青浦縣。袁將軍：晉左將軍、吴國内史袁山松（又作袁崧）。見上卷《崧澤袁將軍祠》注釋[一]。

[二] 滬瀆城，即滬瀆壘。見上卷《雲間十咏・滬瀆壘》注釋[一]。

[三] 羊曇：晉謝安之甥。『羊曇清唱』，乃用羊曇過西州門而悼謝安之典。西州爲古城名，東晉置，爲揚州治所（今江蘇南京市）。據《晉書・謝安傳》，安雅志未就，遇疾篤，還都。聞當輿入西州門，自以本志不遂，深自慨失。尋薨。『羊曇者，太山人，知名士也，爲安所愛重。安薨後，輟樂彌年，行不由西州路。嘗因石頭大醉，扶路唱樂，不覺至州門。左右白曰：「此西州門。」曇悲感不已，以馬策扣扉，誦曹子建詩曰：「生存華屋處，零落歸山丘。」慟哭而去。』桓伊：東晉名將、名士、音樂家。善吹笛，《晉書・桓伊傳》：『善音樂，盡一時之妙，爲江左第一。有蔡邕柯亭笛，常自吹之。王徽之赴召京師，泊舟青溪側。素不與徽之相識，伊於岸上過，船中客稱伊小字曰：「此桓野王也。」徽之便令人謂伊曰：「聞君善吹笛，試爲我一奏？」伊是時已貴顯，素聞徽之名，便下車，踞胡牀，爲作三調。弄畢，便上車去。客主不交一言。』屠隆詩弔袁山松而寫到羊曇、桓伊，乃緣史載羊曇唱樂，桓伊挽歌，山松縱歌《行路難》，時人謂之『三絶』。《晉書・袁瓌傳》附袁山松傳：『山松……善音樂。舊歌有《行路難》，曲辭頗疎質，山松好之，乃文其辭句，婉其節制，每因酣醉，縱歌之，聽者莫不流涕。初，羊曇善唱樂，桓伊能挽歌，及山松《行路難》繼之，時人謂之「三絶」。』故屠隆詩下句『并入蕭蕭暮雨聲』，『并入』者，蓋指羊、桓、袁三人所發之音聲也。

弔二陸先生二首[一]

列侯門第舊王孫[二]，况有才名海内尊。孤鶴林皋寒月白[三]，雙龍風雨大湖昏[四]。星懸寶劍司空淚[五]，雪壓高牙烈士冤[六]。荒草牛羊夷墓道，何人脩竹問平原[七]？

玄圃離離總夜光，吴牋颯颯動寒芒。採花涇上春遊屐[八]，黄耳村邊校獵場[九]。金印光沉邊日紫，繡旗秋捲海沙黄。雙留秀句香南國，歲歲芙蓉谷水陽[一〇]。

注釋

［一］二陸：晉陸機陸雲。見上卷《二陸祠二首》注釋［一］。

［二］列侯：陸機陸雲兄弟爲三國時吴國丞相陸遜、名將陸抗之後。陸遜封江陵侯，其子陸抗襲封江陵侯。故居隆稱陸機陸雲爲『列侯門第舊王孫』。

［三］孤鶴：陸機自稱華亭鶴，《晉書·陸機傳》載其被殺害時，嘆曰：『華亭鶴唳，豈可復聞乎！』

［四］雙龍：喻陸機、陸雲兄弟。《晉書·陸雲傳》：『矯翮南辭，翻棲火樹；飛鱗北逝，卒委湯池。遂使穴碎雙龍，巢傾兩鳳。』

［五］司空：指張華。華晚年遷司空，故稱。《晉書·張華傳》載，張華曾望斗、牛之間常有紫氣而使豐城令雷焕掘得雙龍寶劍。陸機陸雲亦被人喻爲雙龍。又《晉書·陸機傳》載，兄弟入洛，張華大爲愛重，道：『伐吴之役，利獲二俊。』因而名氣大振。

［六］烈士：指陸機。太安初，成都王司馬穎舉兵伐長沙王司馬乂，以陸機爲大都督。《晉書·陸機傳》載，『機始臨戎，而牙旗折』，兵敗，爲怨家所譖，『遂遇害於軍中，時年四十三。二子蔚、夏亦同被害。機既死非其罪，士卒痛之，莫不流涕。是日昏霧晝合，大風折木，平地尺雪，議者以爲陸氏之冤』。

［七］平原：指陸機。陸機曾爲平原内史，世稱『陸平原』。

［八］採花涇：在明松江府華亭縣，相傳，三國陸瑁在此建別業，晉陸機、陸雲舊遊處。見本書詩集卷三《採花涇篇贈徐文卿》注釋［一］。

［九］黄耳村：村名，因黄耳冢名之。見上卷《雲間十咏·黄耳冢》注釋［七］。

［一〇］谷水：松江之别名。陸機《贈從兄車騎》詩：『髣髴谷水陽，婉孌崑山陰。』明陶宗儀《輟耕録·詩讖》：『谷水、雲間，皆松江别名也。』

夷光［一］

無奈蛾眉絶世妍，君王初召百花前。西園燭冷羞珠翠，北渚花繁誤管絃。裊裊春紗自谿水［二］，娟娟秋月又湖煙［三］。野風日漸銷宫粉，應傍垂楊理釣船。

注釋

［一］夷光：春秋末年越國美女西施。見本書詩集卷二《赤帝玄夷歌贈黄白仲》注釋［七］。

［二］谿水：指西施故鄉苧蘿山下浣紗之谿水。

［三］湖煙：此言吴滅亡後，西施隨范蠡隱於五湖之事。

要離［一］

孱然膂力氣横秋，壯士原將肝膽收。匕首血痕侵暮雨，高墳俠骨枕寒流［二］。么麽三尺乾坤裏，雄概千年姓字留。笑我鬚眉無乃似，不堪懷抱向君投。

注釋

［一］要離：春秋時吴國著名刺客。見本書詩集卷二《長歌行贈萬丘澤武選》注釋［七］。

［二］高墳：指要離墓。在今江蘇省無錫市鴻山。

伍員［一］

將軍已矣更何言，一劍蒼茫四海奔。生有黄金投瀨水［二］，死乘白馬泣江魂［三］。向來磊落恩讎盡，往事凄凉國史存。濁浪鴟夷知不恨，詎看回首葬荆門［四］。

注釋

［一］伍員：字子胥，春秋末期軍事家、謀略家。本楚國人，其父兄爲楚王所殺，伍子胥隻身逃往吴國，受到吴王闔閭重用，發兵擊敗楚國，破楚首都郢，子胥掘楚王墓，鞭屍三百，報父兄之仇。後子胥遭讒自殺。詩中所言諸事，參見《史記・伍子胥列傳》、《吴越春秋・闔閭内傳》、《太平廣記》卷二九一『伍子胥』條等。

［二］瀨水：河流名，溧水（在今江蘇省）之别稱。漢趙曄《吴越春秋・闔閭内傳》：『子胥等過溧陽瀨水之上，乃長太息曰：「吾嘗饑於此，乞食於一女子。女子飼我，遂投水而亡。將欲報以百金，而不知其家。」乃投金水中而去。有頃，一老嫗行哭而來，人問曰：「何哭之

悲？」嫗曰：「吾有女子，守居三十不嫁。往年擊綿於此，遇一窮途君子而輒飯之，而恐事泄，自投於瀨水。今聞伍君來，不得其償，自傷虛死，是故悲耳。」人曰：「子胥欲報百金，不知其家，投金水中而去矣。」嫗遂取金而歸。』

［三］江魂：伍子胥遭讒自殺，吴王夫差以鴟夷革盛其屍，投於江中。後世以鴟夷稱伍子胥，傳説其爲波濤之神。《太平廣記》卷二九一《神一·伍子胥》引載《錢塘志》載，錢塘江漲潮之時，伍子胥乘素車白馬於潮頭。

［四］荆門：伍員本爲楚人，故舉楚地荆門爲其家鄉之代稱。伍員墓有二座，一在其家鄉，今湖北省襄陽市老河口市付家寨鎮；一在吴地，今蘇州市吴中區胥口鎮。

范　蠡［一］

霸越摧吴蓋世雄，夢回都逐水煙空。朝提金印行邊塞，夕向滄波作釣翁。菱葉斜侵尊酒渌，荷花遥映寶釵紅［二］。越王臺上多絃管［三］，不及湖頭白苧工［四］。

注釋

［一］范蠡：字少伯，春秋末期楚國宛地（今河南淅川縣）人。著名政治家、謀士。出身貧賤而博學多才，助越王勾踐興越滅吴，一雪會稽之耻。相傳其功成名就後激流勇退，泛扁舟於五湖之中，自號『鴟夷子』。

［二］寶釵：指代西施。

［三］越王臺：在今紹興市種山（又名府山、卧龍山），《明一統志》卷四十五《紹興府》：『越王臺，舊在種山東北，越王勾踐登眺之所。宋汪綱復建在山之西麓。』

［四］湖頭：此指五湖邊。白苧，即白紵，吴舞曲名。湖頭白苧，言范蠡攜西施泛五湖，西施善《白紵》舞曲。

浣紗女

江中白石何磷磷，月明如見浣紗人。湖海茫茫識國士［一］，片言草草便捐身。綦履珊瑚疑有淚，冰綃霧縠清無塵。紅顔寧爲黄金死，不用投金瀨水濱[二]。

注釋

[一] 國士：此指如伍員類人物。

[二] 瀨水：河流名，溧水之别稱。見本卷《伍員》注釋[二]。

讀楚漢春秋

四海揚塵血戰中，不知蠻觸定誰雄。中原手劈鴻溝斷[一]，疋馬親從鳥道東。霸氣凄凉空蓋世，芒雲慘淡自歌風。閑呼濁酒看遺事，一嘯西山夕照紅。

注釋

[一] 鴻溝：古運河名，在今河南省滎陽市。楚、漢相争時，劃鴻溝爲界。《史記·項羽本紀》：『項王乃與漢約，中分天下，割鴻溝以西者爲漢，鴻溝而東者爲楚。』

讀吴越春秋

興亡吴越總英靈，潮湧春沙海樹青。空壁銜枚宵度馬，大江伐鼓畫揚舲。金塘緑浦迷寒雨，玉管銀箏散曙星。南國香殘西子去[一]，山人一枕夢初醒。

注釋

[一] 西子：西施。

讀高僧傳

白雲多在妙高峰[一]，大乘寧分南北宗。定去香煙酣獨鶴，醒來清梵出雙松。欲棲西極靈巖雪[二]，且聽東林慧遠鐘[三]。心似頭陀猶有髮，了知水月本無踪。

注釋

[一] 妙高峰：即須彌山。梵語『sumeru』，音譯『須彌』，意譯『妙高』。屠隆此處之妙高峰泛指佛山。
[二] 靈巖：山名。又稱靈巖觀音山，在今四川都江堰市。其佛教興盛，古寺始建於唐，爲梵僧阿氏多尊者創。
[三] 東林：廬山東林寺。慧遠：晉高僧，廬山東林寺開創者。

讀真誥

仙卿都水治華陽[一]，親注瑶篇五色光。金簡時時朝上帝，玉清一一隸虛皇。瓊臺高宴笙簫集，古洞明霞日月長。塵土無由望霄漢，得如雞犬白雲鄉。

注釋

[一] 華陽：道教之『華陽洞天』，在江蘇茅山。南朝著名道士陶弘景隱居茅山四十餘年，編撰成《真誥》等著作。陶弘景爲道教上清派代表人物之一。

讀王子年拾遺記[一]

王子才華一代懸，著書直欲掩談天[二]。丹淵紫海心寥廓[三]，脯鳳烹龍事杳然。未論玄珠窺象罔[四]，且看彩筆走雲煙。千秋欲起司空問〔五〕，佳氣蒼茫在斗邊。

注釋

〔一〕王子年：東晉王嘉，字子年，隴西安陽（今甘肅渭源）人。著《王子年拾遺記》（又稱《拾遺記》《拾遺録》），爲志怪小説集。

〔二〕談天：戰國齊人鄒衍，其語宏大迂怪，稱『談天』。

〔三〕丹淵：傳説中之水名。紫海：傳説中之海名。

〔四〕象罔：《莊子》中寓言人物。《莊子·天地》：『黄帝遊乎赤水之北，登乎崑崙之丘而南望，還歸，遺其玄珠。使知索之而不得，使離朱索之而不得，使喫詬索之而不得也。乃使象罔，象罔得之。』

〔五〕司空：指晉張華。王嘉《拾遺記》卷十：『其劒（干將、鏌鋣）可以切玉斷犀，（吴）王深寶之，遂霸其國。後以石匣埋藏。及晉之中興，夜有紫色冲斗牛。張華使雷煥爲豐城縣令，掘而得之。』

讀高士傳

清齋無事讀遺編，高韻泠泠體欲仙。但覺風來林屋洞〔一〕，不知身在上皇年〔二〕。花香酒熟逢明月，琴響山空入暗泉。竹帛功名鐘鼎食，浮雲回首即茫然。

注釋

〔一〕林屋洞：道教『十大洞天』之林屋洞天，在蘇州吴中區洞庭西山。

〔二〕上皇：太古帝皇伏羲氏。漢鄭玄《詩譜序》：『詩之興也，諒不於上皇之世。』孔穎達疏：『上皇，謂伏犧，三皇之最先者。』傳説伏羲氏之世，其民恬澹。

朱竹有引

莫廷韓寫朱竹袁文學微之便面〔一〕，余未之識也。廷韓曰：『宋元人多寫此竹，亦有題詠。』因索余詠焉。

帝子春魂迷絳紗[二]，龍孫秋老醉丹砂[三]。斑斑清淚啼成血，淡淡寒煙幻作霞。向以孤標託松柏，何來豔色妬桃花？鳳凰欲下驚飛去，怪殺琅玕换歲華。

注釋

[一]莫廷韓：莫是龍，字雲卿，更字廷韓。見本書詩集卷二《泖上澄照寺作》注釋[三]。袁文學微之：袁保德，字微之，以從戎更名度。華亭人，袁履善季子。與兄袁非之稱『雲間二袁』。宋懋澄《九籥集》文集卷五有《袁微之傳》。

[二]帝子：指堯之女、舜之妃娥皇、女英。相傳舜南巡死於蒼梧，二妃啼哭，淚灑竹，竹盡斑。二妃投水而死，爲湘夫人。屈原《九歌·湘夫人》：『帝子降兮北渚，目眇眇兮愁予。』王逸注：『帝子，謂堯女也。』

[三]龍孫：筍之別稱，此指竹。

夏夜衙齋宴集張玄超莫廷韓諸君限韻[一]

露下芙蓉月滿江，當筵且不問爲邦。水邊人語風吹斷，樹杪星河夜欲降。白喜璚枝常得並，即如神劒理應雙。願言永結丹霞侶，共指蓬萊瞰石窗。

注釋

[一]張玄超：張之象，字月鹿，又字玄超，别號碧山外史，晚年號王屋山人。上海龍華人。太學生，入貲授浙江布政司經歷。退隱歸，專事撰著。莫廷韓：莫是龍，字雲卿，更字廷韓。

讀皇甫司勳集却寄二首[一]

嘯傲滄洲意自如，早年文彩欲傾都。雨深草色存三徑，簾捲秋聲入五湖。鶴唳天空聞爽籟，龍眠海冷抱明珠。眼前南國朱顔在，得似夷光老去無[二]？

一編匡坐白雲房，落盡蘭膏夜轉涼。花覆清池響山溜，鐘侵疎雨雜風篁。身依物外千秋了，名在人間片語香。慚愧孤桐今爨下，知音未敢望中郎[三]。

注釋

[一] 皇甫司勳：皇甫汸，字子循，號百泉，長洲（今江蘇蘇州）人。嘉靖八年（一五二九）進士，官工部主事。謫黃州推官，召爲南京吏部稽勳司郎中，又謫開州同知，遷雲南按察僉事。有《皇甫司勳集》六十卷。

[二] 夷光：春秋時越國美女西施，一名夷光。

[三] 中郎：東漢蔡邕，其官至左中郎將，人稱『蔡中郎』。《後漢書·蔡邕傳》：『吴人有燒桐以爨者，邕聞火烈之聲，知其良木。因請而裁爲琴，果有美音。而其尾猶焦，故時人名曰「焦尾琴」焉。』

讀平蠻奇勳全録寄答曾大司空四首[一]

金印光寒照鐵衣，陰符黃石佐兵機[二]。旗銜夜色叢林度，馬踏空行閣道圍。益部聲驩瞻日月[三]，蠻王面縛拜天威。轅門疊鼓連橫吹，一道風煙獻捷歸。

密箐捫天峭壁崇，親提虎士躡層峰。乘空直擬神兵下，捲陣驚看殺氣濃。遂使邊人銷野哭，更教荒土徧春農。武侯仗鉞西征後[四]，再見勳名勒鼎鐘。

親挽銀河洗甲兵，夜郎邛僰走先聲[五]。廟堂此日資籌策，荒徼今來問姓名。千里封疆西塞闊，萬家煙火蜀都迎[六]。異人總爲匡時出，衡嶽無雲江漢清[七]。

大司空位接三台，帝念功臣實楚材。望重長城塞外起，時清寶劒匣中開。雲霓應下西人淚，星漢遥看北斗迴。聞道功成堪辟穀，月明親見赤松來[八]。

注釋

［一］曾大司空：指曾省吾，見本書詩集卷一《寄曾大司空》注釋［一］。《平蠻奇勛全録》即《確庵先生西蜀平蠻全録》。

［二］黄石：黄石公，授張良兵書之老父。與『陰符』并列，指兵書。

［三］益部：對漢代益州所屬廣大地區之稱呼。

［四］武侯：諸葛亮，謚忠武侯。蜀漢後主劉禪建興元年（二二三），南中諸郡叛亂。三年（二二五）春，亮率衆南征，劉禪賜亮金鈇鉞等具。秋，亂悉平。

［五］夜郎：漢時西南地區古國名。範圍爲今貴州省西北部及雲南、四川二省部分地區。邛僰：漢代臨邛、僰道之并稱。約當今四川邛崍、宜賓一帶。

［六］蜀都：指成都。

［七］衡嶽：南嶽衡山。

［八］赤松：赤松子，傳説中之仙人。

和孟孺新秋感興一首［一］

梧桐一葉下林皋，冷露無聲河漢高。候雁不曾來玉塞，秋光先已入金刀。機中涕淚含千緒，鏡裏流年感二毛。最是芙蓉宜水國，淡煙疎雨逐①輕舠。

校勘

①逐：程元方本作『泛』。

注釋

［一］孟孺：徐益孫，字長孺，又字孟孺，華亭人。國子監生，屠隆在青浦任上結識之好友。

酬鄔汝翼見贈之作[一]

婆娑吴越問前朝，來往空江送落潮。佳句全從僧舍得，雄心半向酒家消。寒山到處容雙屐，野艇無人挂一瓢。不爲西風傷歲暮，亂雲歸去卧①金焦。

校勘

① 卧：底本原作『師』，據程元方本改。

注釋

[一] 鄔汝翼：鄔佐卿，字汝翼。丹徒人，金陵按察使鄔紳之子。數歲即能爲詩，及長，詩書皆工。嘉靖年間，曾與鎮江名士陳永年、茅溱等聯社招隱寺。詩工豔體。有《金陵集選》。

送徐澤夫北上[一]

未盡賢豪握手情，詎堪今日送君行。明珠價重傾南國，騮馬霜高近北平[二]。萬頃水雲春落照，千山楓葉捲秋聲。五明宫樹華清月[三]，遥想王孫朝玉京[四]。

注釋

[一] 徐澤夫：徐元普，字澤夫，號五修。松江人，徐階孫。有學行，蔭中書舍人，著《徐澤夫詩》。

[二] 北平：北京之舊稱。

[三] 五明宫：道教傳説宫觀。唐吕巖《敲爻歌》：『仙童仙女彩雲迎，五明宫内傳真誥。』華清：太清，太空。

[四] 玉京：道家稱天帝所居之處。連同上句皆喻京城。

和王辰玉辛巳秋日直塘拜曇陽①大師新觀感懷之作[一]

紫殿新開野水流，便教蘿月照瓊樓。三千玉界霞光滿，十二雕欄海色浮。夢去祇鷲龍闕迥，書來忽報鳳車遊。去年曾賜茱萸佩，又是空山碧洞秋。

校勘

① 曇陽：標題原無「曇陽」二字，據目録詩題補。

注釋

[一] 王辰玉：王衡，字辰玉，號緱山。太倉人，王錫爵之子。萬曆二十九年（一六〇一）進士，官翰林院編修。「四十子」之一。負才早卒。有《緱山集》及《鬱輪袍》等雜劇。直塘：地名，今屬太倉市沙溪鎮。曇陽大師：王桂，字燾貞，太倉（婁東）人，明嘉靖間翰林學士王錫爵之次女。修道練氣，自稱曇鸞菩薩化身，取法名曇陽子。見本書詩集卷一《逍遥子賦》注釋[七]。新觀：即恬憺觀，又稱曇真宫，在太倉（婁東）。

和辰玉感大師樓前盆荷之作[一]有引

大師樓居時，其父炳喆道人以一盆荷貯樓前[二]，夏月花盛開。逮大師上昇之明年，荷忽萎死。辰玉見而感焉，賦七言近體二首，要余屬和。

鸞馭遥知上界逢，荷花不作去年紅。香銷玉砌蟲聲亂，露冷瓊簾月色空。豈是淚枯青瑣閣[三]，定應魂傍蘂珠宫[四]。閒窺緑水含惆悵，願託瑶天鳥使通。

注釋

［一］辰玉：王衡，字辰玉。大師：曇陽大師王桂。

［二］炳喆道人：王桂之父王錫爵道號。

［三］青瑣閣：指華麗樓閣。

［四］蘂珠宫：道教傳説中之仙宫。

送陸君策遊西湖［一］

青楓葉落大湖空，萬頃秋雲雪浪重。靈隱鐘聲沈暮①雨［二］，西泠月色度高松［三］。醉看鳧雁寒沙净，夢入芙蓉白露濃。定拜如來天竺上［四］，何由杖鉢一相從。

校勘

① 暮：底本原作『慕』，據程元方本改。

注釋

［一］陸君策：陸萬言，字君策。見本書詩集卷二《西泠歌贈陸君策》注釋［一］。西湖：指杭州西湖。

［二］靈隱：靈隱寺，在西湖西北之北高峰下，面對飛來峰。

［三］西泠：西湖一橋名。見本書詩集卷二《西泠歌贈陸君策》注釋［二］。

［四］天竺：山名，亦寺名。在飛來峰之南。山上有上、中、下三天竺寺。

喜顧益卿擢參浙藩却寄二首［一］

使君疋馬自南天，東海鯷人入貢年［二］。座颯雄風生燕頷，酒當明月照龍泉。千峰獨嘯煙霞上，八月揚帆雪浪前。父老如今高枕卧，威明握節已臨邊。

都門尊酒别蒼茫，魂夢三年向夜郎[三]。此日軺車滄海曲，異時斗笠水雲鄉。青霄肯負千秋約，白石堪爲五嶽糧。知爾雄心消未得，彎弓且欲挂扶桑。

注釋

[一] 顧益卿：顧養謙，字益卿。見本書詩集卷二《贈崑崙山人遊天台訪顧益卿使君》注釋[一]。

[二] 鯷人：古代東方海中種族名。《漢書·地理志下》：『會稽海外有東鯷人，分爲二十餘國，以歲時來獻見云。』宋樂史《太平寰宇記·江南道三·蘇州》：『海外鯷人歲時來見。』

[三] 夜郎：漢時西南地區古國名。此句關聯顧養謙任雲南僉事職，撫服順寧土官事。

行脚僧

芒鞋踏破萬峰霞，汗漫浮生泛海槎。野店清霜寒錫杖，山橋斜月卧袈裟。饑來到處供香積，春盡逢人問歲華。解得法輪元不住，流沙西去更無家[一]。

注釋

[一] 流沙：沙漠。指西域地區。

倪使君聞報暫還會稽却寄[一]

木落天空萬壑哀，主恩應許暫銜杯。家從秦望峰巒住[二]，人自若邪煙雨回[三]。鐘磬泠泠雲裏出，芙蓉杳杳鏡中開。更聞欲就西湖月，頓使鷗鳧入夢來。

注釋

［一］倪使君：倪涷，字霖仲，號雨田，浙江上虞人，倪元璐之父。萬曆二年（一五七四）進士，歷官撫州、淮安、荆州、瓊州知府等。倪涷因與當時首輔張居正不睦，爲其所忌，屢遭貶逐，萬曆八年（一五八〇）調任松江府同知。

［二］秦望：山名，在紹興府城東南四十里。見本書詩集卷三《贈董玉几山人》注釋［三］。倪涷爲官後徙居山陰。

［三］若邪：即若耶，溪名，在浙江紹興市南，溪水出若耶山，澄澈如鏡。

秋日登天馬山絶頂［一］

把酒崔嵬散客情，寺門黄葉積來平［二］。芒鞋夜踏空巖響，落日秋窺野水明。四壁藤蘿留半偈，萬家煙火帶孤城［三］。不妨高嘯松風下，坐待蒼茫海月生。

注釋

［一］天馬山：松江九峰之一。

［二］寺門：指天馬山蕭寺之門。

［三］孤城：指青浦縣城。

贈張谷吹先生二首［一］

門臨千頃水雲寬，黄葉疎疎照籜冠。未老朱顔堪學道，愛閒黑髪早辭官。秋煙竹色侵書帶，夜雨空香送藥欄。幾度對君名利盡，高齋清絶夢應安。

山山薜荔好裁衣，只有江鷗解息機。濁世浮名慚鹵莽，閒庭曉日愛熹微。圖書三徑真玄晏［二］，風骨千秋似武威［三］。安得共尋峰泖去［四］，一簑披却野雲歸。

注釋

［一］張谷吹：未詳。

［二］玄晏：晉人皇甫謐，有高尚之志，隱居不仕，自號玄晏先生。

［三］武威：漢之武威將軍劉尚。唐李商隱《少將》詩：『族亞齊安陸，風高漢武威。』

［四］峰泖：指松江府山水之九峰三泖。

寄答張太史二首［一］

伯仲卿家總不群［二］，殿香彩筆共氤氳。山風吹冷峨眉雪［三］，海日初紅華頂雲［四］。晉代雙龍尋寶氣［五］，漢家三篋辨遺文［六］。天空象緯遥相望，坐對芙蓉水國分。

仙郎豈是石麒麟，香案前頭侍從臣。殿敞九光臨太乙，花明五色傍鈎陳。如聞寶瑟湘江上［七］，欲解明璫漢水濱［八］。千載建安須七子［九］，獨憐王粲在風塵［一〇］。

注釋

［一］張太史：指張元忭（一作『汴』）。見本卷《寄張太史》注釋［一］。時張元忭使楚後還鄉。

［二］伯仲：疑稱張元冲與張元忭（汴），其爲同族。張元冲字叔謙，號浮峰，浙江山陰（今紹興）人。嘉靖十七年（一五三八）進士，授中書舍人，累擢吏科給事中。後爲右副都御使巡撫江西，師事王守仁。

［三］峨眉：峨眉山，代指蜀。張元忭爲南宋名相張浚之後人，祖籍蜀中綿竹。

［四］華頂：浙江天台山華頂峰，代指越。

［五］晉代雙龍：指晉陸機、陸雲兄弟。二陸初入洛時，得張華賞識，聲名大重。又相傳張華、雷焕識氣而得雙龍寶劍。二陸被後人稱爲雙龍。

［六］漢家三篋：用漢張安世典，《漢書·張安世傳》：『世書三篋，詔問莫能知，惟安世識之。』

［七］湘江：全句化用『湘靈鼓瑟』典故，切合張元忭使楚；亦扣其狀元身份，贊其有唐錢起作《省試湘靈鼓瑟》之才。

［八］漢水：全句化用鄭交甫遇漢皋遊女典故。相傳周朝人鄭交甫遊漢江，遇江妃二女，二女麗服華裝，豔逸無比，流盼生姿，贈所佩明珠與交甫。見漢劉向《列仙傳》卷上。後世文學家化用其事，如張衡《南都賦》：『遊女弄珠於漢皋之曲。』三國魏曹植《洛神賦》：『從南湘之二妃，攜漢濱之遊女。』

［九］七子：建安时期作家孔融、陳琳、王粲、徐幹、阮瑀、應瑒、劉楨等七人，被稱爲『建安七子』。

［一〇］王粲：字仲宣。少有才名，爲蔡邕所賞識。因關中騷亂，流落荆州長達十餘年，著名詩賦有《七哀詩》《登樓賦》等。後入曹操幕，賜爵關内侯。魏國建立，授侍中。

贈龍司理[一]

少年借問寶刀鐶，得似清朝玉笥斑。應有才名高白雪，了無時俗妬朱顔。秋花冉冉開湘水[二]，春竹青青映楚山。好道更如王子晉[三]，吹笙遥傍月明還。

注釋

［一］龍司理：指龍膺。見本書詩集卷二《贈龍君善》注釋［一］。時龍膺任徽州推官，故稱司理。

［二］湘水：與下句『楚山』，皆扣龍膺爲楚地人。

［三］王子晉：即王子喬，字子晉。神話傳説中人物，傳爲周靈王太子。見本書詩集卷一《逍遥子賦》注釋［三六］。

上瑶翁師相四首[一]

海日蒼茫出世氛，東華妙氣屬靈文。司空解識雙龍劒[二]，太史曾占五色雲[三]。銀燭絳紗宫樹合，金箋綵筆殿香分。從知鳳沼恩波闊[四]，一片丹心答聖君。

才名片玉早嶙峋，水碧空青物外珍。天上歲星知是朔[五]，人間靈嶽又生申[六]。朝憑玉笈窺東壁[七]，夜傍金河拱北辰[八]。共道相君調六氣，如今四海盡陽春。

四十三公霄漢間，趨朝劒佩日珊珊。身依禁闕絲綸地[九]，名在清都侍從班[一〇]。元老閒添新白髮，仙官不減舊朱顔。功成已入麒麟閣[一一]，留取他年問九還。

一從作吏向滄洲[一二]，五見條風百草柔。雁去祇憐天闕①迥，鷗飛敢狎水雲秋。驚心歲月紅塵老，極目關河紫氣浮。但説雕蟲堪自媿，無能拂拭舊吴鈎。

校勘

①闕：底本原作『關』，據程元方本改。

注釋

[一]瑶翁師相：申時行，字汝默，號瑶泉，晚號休休居士。長洲（今蘇州）人。嘉靖四十一年（一五六二）進士第一，授翰林修撰。萬曆五年（一五七七），由禮部右侍郎改吏部左侍郎，翌年兼東閣大學士，參與機務，旋陞禮部尚書兼文淵閣大學士，累進少傅兼太子太傅、武英殿大學士、吏部尚書、建極殿大學士。萬曆十一年（一五八三）出任首輔，八年後致仕。謚『文定』。著有《綸扉奏草》《申定公賜閑堂遺墨》等。《明史》卷二一八有傳。

[二]司空：指晉張華，其晚年遷司空，故稱。相傳張華、雷焕識氣而得雙龍寶劍。

[三]太史：此指掌天文曆法之官，該句用宋韓琦典，《宋史·韓琦傳》：『琦風骨秀異，弱冠舉進士，名在第二。方唱名，太史奏日下五色雲見，左右皆賀。』

[四]鳳沼：即鳳凰池。本禁苑中池沼，因魏晉南北朝時設中書省於禁苑，故稱中書省爲『鳳凰池』。唐代宰相稱同中書門下平章事，故多以『鳳凰池』稱宰相職位。後世沿稱。

[五]朔：漢東方朔。傳説東方朔爲歲星，見上卷《弔李太白》注釋[四]。

[六]申：申時行。

[七]東壁：本爲星宿名，即壁宿。因在天門之東，故稱。《晉書·天文志上》：『東壁二星，主文章，天下圖書之祕府也。』因以稱皇宫藏書之所。

[八]金河：指北京金水河。北辰：北極星。此喻皇上。

[九]禁闕：宫城前之樓觀。借指宫城或宫門。絲綸地：詔書所出之地。《禮記·緇衣》：『王言如絲，其出如綸。』孔穎達疏：『王言初

出，微細如絲，及其出行於外，言更漸大，如似綸也。』後因稱帝王詔書爲『絲綸』。

[一〇]清都：神話傳説中天帝所居之處，常以喻帝王之都城。

[一一]麒麟閣：漢閣名，在未央宫中。漢宣帝時，圖霍光、張安世、蘇武等十一功臣像於閣上，以表揚其功勳和作紀念。後人以畫像於『麒麟閣』爲最高榮譽。見本書詩集卷一《逍遥子賦》注釋[四二]。

[一二]滄洲：水鄉。此屠隆自言爲官於潁上、青浦。

送馮開之太史北上二首[一]

朱絃好爲故人停，三疊歌殘酒易醒。津樹數家依驛路，江猿兩岸送空舲。無端野日荒荒下，不盡湖天杳杳青。後夜相思何處是，萬松明月隔西泠[二]。

三年採藥訪桐君[三]，忍别滄江鷗鷺群。豈謂金門堪大隱[四]，祇緣玉牒重靈文。河橋柳暗人初去，山店花香夢欲分。暫入紅塵心不染，宫衣猶帶五湖雲。

注釋

[一]馮開之：馮夢禎，字開之。萬曆五年（一五七七）會試第一，授編修。

[二]西泠：西湖一橋名。見本書詩集卷二《西泠歌贈陸君策》注釋[一]。

[三]桐君：傳説爲上古或黄帝時醫師，採藥求道，結廬桐樹下，被稱爲桐君。明楊守仁修、徐楚纂《嚴州府志》卷十八『外志一』：『上古桐君，不知何許人，亦莫詳其姓字。嘗採藥求道，止於桐廬縣東山隈桐樹下。其桐枝柯偃蓋，蔭蔽數畝，遠望如廬舍。或有問其姓者，則指桐以示之。因名其人爲桐君，縣爲桐廬，江爲桐江，溪爲桐溪，嶺爲桐嶺，而山亦以桐君名焉。或曰自黄帝時，嘗與巫咸同處方餌，未知是否。有《葯録》一卷，行於世。』

[四]金門：漢代宫門金馬門，爲宦者署門。東方朔曾爲金馬門待詔，自謂避世於金馬門，見本書詩集卷一《贈張洪陽司成四首》注釋[三]。

北固山[一]

目斷吴雲沙岸窮，忽然水上出孤峰。隔江晴見維揚①樹[二]，絶浦風迴建業鐘[三]。日照牙旗明島嶼，天空疊鼓觸魚龍。捫厓手拄蒼藤杖，石濺寒潮上古松。

校勘

①揚：原作『陽』，據文意改。

注釋

［一］北固山：在今江蘇省鎮江市東北，臨長江。爲名勝。
［二］維揚：揚州之别稱。
［三］建業：南京之别稱。

贈唐嗣宗[一]

山色湖雲青黛濃，碧天遥映九芙容。自從劒化雙龍去，不乏瓊枝秀五茸。看是黄流宜玉瓚，朗如山月照春松。支公亦解憐神駿[二]，歎息孫陽向不逢[三]。

注釋

［一］唐嗣宗：未詳。
［二］支公：晉支遁，字道林，世稱『支公』。擅清談，好養馬。南朝宋劉義慶《世説新語·言語》：『支道林常養數匹馬。或言：「道人畜馬不韻。」支曰：「貧道重其神駿。」』

［三］孫陽：伯樂之原名。《莊子·馬蹄》：「及至伯樂曰：『我善治馬。』」唐陸德明釋文：「伯樂姓孫，名陽，善馭馬。石氏《星經》云：『伯樂，天星名，主典天馬，孫陽善馭，故以爲名。』」

陸君策至自茅山却贈[一]

怪得衣裳帶白雲，自言句曲禮茅君[二]。松邊清磬遥空斷，花裏名香静夜聞。五彩手揮銀不律，雙函親啟玉樞文。採芝更汲南泠水，江上歸來正夕曛。

注釋

［一］陸君策：陸萬言，字君策。茅山：在今江蘇句容市東南，道教稱爲第八洞天。

［二］句曲：句曲山，茅山之别稱。茅君：漢代茅盈、茅固、茅衷三兄弟。相傳其隱於句曲山，得道成仙。參見《梁書·陶弘景傳》及《雲笈七籤》。

含桃

玉盤擎來自寢宮[一]，猶令嬌鳥窺牆東。金粟斜穿瓔珞①紫，蒼龍夜吐珊瑚紅。丹霞洞冷光相妬，絳蠟臺高照欲空。不用樊姬歌麗曲[二]，頽然一醉香山翁[三]。

校勘

①珞：原本模糊，據程元方本改。

注釋

［一］寢宮：指宗廟。《禮記·月令》：『仲夏之月……是月也，天子乃以雛嘗黍，羞以含桃，先薦寢廟。』鄭玄注：『含桃，櫻桃也。』《淮南

子·時則訓》：『羞以含桃。』高誘注：『含桃，鶯所含食，故言含桃。』

［二］樊姬：指唐白居易家歌妓樊素。樊素善歌，口似櫻桃。白居易《不能忘情吟序》：『妓有樊素者，年二十餘，綽綽有歌舞態，善唱《楊枝》，人多以曲名名之，由是名聞洛下。』唐孟棨《本事詩·事感》：『白尚書姬人樊素善歌，妓人小蠻善舞，嘗爲詩曰：「櫻桃樊素口，楊柳小蠻腰。」』

［三］香山翁：白居易，晚年居洛陽香山，號香山居士。《舊唐書·白居易傳》：『會昌中，請罷太子少傅，以刑部尚書致仕。與香山僧如滿結香火社，每肩輿往來，白衣鳩杖，自稱香山居士。』

懷徐茂吴［一］

美人南國傍西湖，勝具高情迥自孤。入洞不煩明月照，捫崖時借白雲扶。馬蹄踏去多芳草，龍頷探來總夜珠。欲就煙霞尋野鶴，問君曾掃石牀無。

注釋

［一］徐茂吴：徐桂，字茂吴，長洲人。萬曆五年（一五七七）進士，除袁州推官。有《大滌山人集》，名列『弇州四十子』。屠隆與徐桂爲同年進士，後同入白榆社。屠隆曾爲徐桂父作墓誌銘，見本書文集卷十八《明故肇慶府别駕忠齋徐公墓誌銘》。

招杜山人不至作詩調之［一］

十年把臂驚何在，一笑長林花雨飄［二］。丰采真成看霧豹［三］，姓名終自耻陽喬［四］。蘇門氣盡聊相對［五］，石室煙深不可招［六］。莫以風塵嘲大令［七］，猶堪與客賦逍遥。

注釋

［一］杜山人：未詳。

〔二〕長林：指隱者所居之處。三國魏嵇康《與山巨源絶交書》：『此由禽鹿，少見馴育，則服從教制，長而見羈，則狂顧頓纓，赴蹈湯火，雖飾以金鑣，饗以嘉肴，逾思長林而志在豐草也。』

〔三〕霧豹：喻隱居避害之人。典出漢劉向《列女傳·陶答子妻》。

〔四〕陽喬：喻不召而自至者。亦作『陽鱎』『陽橋』『陽撟』。見本書詩集卷三《贈謝仲毓山人》注釋〔四〕。

〔五〕蘇門：蘇門山。魏晉人孫登善嘯，隱居此山。阮籍嘗於蘇門山遇孫登，與商略終古及棲神導氣之術。見本書詩集卷二《贈陳道醇》注釋〔七〕。

〔六〕石室：此指隱者所居之巖洞。《晉書·嵇康傳》：『康又遇王烈，共入山……又於石室中見一卷素書，遽呼康往取，輒不復見。』唐于鄴《贈隱者》詩：『石室掃無塵，人寰與此分。』

〔七〕大令：本爲古人對縣令之敬稱，此爲屠隆自嘲。

湘靈鼓瑟〔一〕

抱瑟凌波寶髻斜，仙衣片片是紅霞。江深雲冷迷斑竹，月白天青映暮花。忽駕飆車沉斷峽，尚留靈響在空沙。參差我亦思公子〔二〕，爲語夷光正浣紗〔三〕。

注釋

〔一〕湘靈：湘水之神。傳説湘靈爲舜之二妃娥皇、女英。晉張華《博物志》卷八：『堯之二女，舜之二妃，曰湘夫人。帝崩，二妃啼，以涕揮竹，竹盡斑。』《後漢書·馬融傳》：『湘靈下，漢女遊。』李賢注：『湘靈，舜妃，溺於湘水，爲湘夫人。』傳説湘靈思舜，常於江上鼓瑟。

〔二〕公子：語本屈原《九歌·湘夫人》：『沅有芷兮澧有蘭，思公子兮未敢言。』

〔三〕夷光：春秋末年越國美女西施之别名。

黄鶴樓〔一〕

王孫簫鼓泛①空舲，日出登樓望洞庭。隔竹萬家涵水碧，亂峰千樹插天青。風摇石壁春蕭瑟，氣薄魚龍晝杳冥。極目佳人江漢上，吟成楚曲不堪聽。

校勘

① 泛：底本原作『之』，據程元方本改。

注釋

[一] 黃鶴樓：故址在今武漢市蛇山黃鶴磯頭。今樓於一九八五年建於蛇山西端高觀山之西坡。

黃陵廟[一]

君山秋老白雲孤[二]，花映黃陵啼鷓鴣。黛色峰巒青不斷，月痕江水緑微鋪。空行神霧丹綃濕，曲度靈風寶瑟無。聞道九疑如罨畫[三]，年年芳草換蘼蕪。

注釋

[一] 黃陵廟：祠舜二妃娥皇、女英之廟，在湖南省湘陰縣北，濱洞庭湖。北魏酈道元《水經注·湘水》：『湖水西流，逕二妃廟南，世謂之黃陵廟也。』唐韓愈《黃陵廟碑》：『湘旁有廟曰黃陵，自前古以祠堯之二女舜二妃者。』

[二] 君山：洞庭湖中一小島，又名洞庭山、湘山。北魏酈道元《水經注·湘水》：『湖中有君山……湘君之所遊處，故曰君山矣。』君山有二妃墓、湘妃祠。

[三] 九疑：九嶷山，相傳舜葬此山。見本書詩集卷三《九疑篇贈周淑南》注釋[四]。

巫山高[一]

芙蓉萬朵疊峰文，忽變陰晴蕩夕曛。神女雙鬟迷暮峽[二]，瀟湘半幅剪秋裙[三]。人如宋玉毫端賦[四]，衣染荊王臺上雲[五]。千古楚才香杜若，相思脉脉水沄沄。

注釋

[一]巫山：在今湖北、重慶兩省市邊境。長江穿流而過，形成三峽。漢樂府鼓吹曲中有《巫山高》，後世時有詩人以此題作詩。屠隆此作爲律詩。

[二]神女：傳説中之巫山神女。見宋玉《高唐賦》《神女賦》。又巫山有神女峰，傳説爲神女所化。

[三]瀟湘：指湘江。『瀟湘半幅』，乃扣巫山雲雨而以瀟湘圖畫形容之，北宋山水畫家宋迪畫《瀟湘八景》，其中有『瀟湘夜雨』圖。

[四]宋玉：楚人，戰國末著名辭賦家，其所創造之巫山系列文學形象、意象深入人心。

[五]荆王：楚王。荆王臺上雲，典出宋玉《高唐賦》，見本書詩集卷三《九疑篇贈周淑南》注釋[九]。

送陶比部懋中北上[一]

天涯相見各躊躕，遷客蕭然意自如。暫向東山窺石鏡[二]，揭來南國採煙蕪。燈前氣色高星漢，眼底波濤失太湖。怪道魚龍作風雨，袖中君有大秦珠。

注釋

[一]陶比部懋中：陶允宜，字茂中，一作懋（楙）中，號蘭亭，會稽陶堰（今浙江紹興陶堰鎮）人。萬曆二年（一五七四）會元，授刑部主事，官至兵部員外郎。有《鏡心堂集》《陶駕部選稿》。比部，陶允宜曾任職刑部，故稱。

[二]東山：指隱居或遊憩之地，典出東晉謝安於會稽之東山高卧。陶允宜亦會稽人，『遷客蕭然意自如』，暫居故鄉。石鏡，明浄如鏡之石。李白《廬山謡寄盧侍御虚舟》：『閒窺石鏡清我心。』陶允宜家有鏡心堂。

送王辰玉徐孟孺薄遊金陵二首[一]

正好修真静掩關，問君何事馬蹄間。花香九陌長干酒[二]，雲氣諸陵建業山[三]。秋入徐卿金筍冷[四]，天高王子鳳笙閑[五]。南朝宮觀西峰月，采得璚芝滿袖還。

泠風渺渺若空行，遥指南天片月明。雙樹煙蘿尋卧佛，六朝絲管問啼鶯。總多黄鵠淩霄氣，不淺丹崖出世情。此去經過勾曲下[六]，華陽定遺鶴書迎[七]。

注釋

[一] 王辰玉：王衡，字辰玉，王錫爵之子。徐孟孺：徐益孫，字長孺，又字孟孺，華亭人。

[二] 長干：金陵之古里巷名。

[三] 建業：金陵之別稱。

[四] 徐卿：未詳。

[五] 王子：王子晉，傳爲周靈王太子，有仙才，吹笙能作鳳凰之鳴，遊伊洛之間，被浮丘公引上嵩山修煉，後乘白鶴升仙。見本書詩集卷一《逍遥子賦》注釋[三六]。

[六] 勾曲：句曲山，即茅山，爲道教名山。在今江蘇省句容市東南。

[七] 華陽：指南朝著名道士陶弘景。其隱居茅山，號「華陽真逸」。

白榆集校注詩集卷之六

七言律詩二

送陸太僕北上[一]

鶴姿龍性馬曹閒，吏散天空晝掩關。即使有官居九列，豈應無夢到三山[二]。帆前明月嬌絲管，江上泠風吹珮環。極目蒼茫高樹裏，孤雲不斷鳥飛還。

注釋

[一] 陸太僕：陸樹德，字與成，號平泉，陸樹聲弟。松江華亭（今上海市松江區）人。嘉靖四十四年（一五六五）進士，歷嚴州推官、刑部主事，改禮科給事中，再歷太常少卿、南京太僕卿，以右僉都御史巡撫山東。卒年七十九，祀鄉賢。

[二] 三山：方丈、蓬萊、瀛洲，傳説中之海上三神山。

寄曾司農[一]

新年苦憶醉屠蘇，水抱孤城雁鶩呼[二]。竹院厨煙青列岫，蘭舟野吹隔通都[三]。使君瀟灑來三峽，下吏從容狎五湖[四]。一别相思難見面，陽春花發比菖蒲。

注釋

[一] 曾司農：未詳。
[二] 孤城：此指青浦縣城。
[三] 通都：四通八達之都市。
[四] 五湖：此泛稱湖泊。

寄周允登文學[一]

當時曾共卧煙霞，一片青林帶白沙。雲護香巖寒貝葉，江深春水漲桃花。同袍握手心猶在，異國銷魂鬢欲華。早晚歸來還傍汝，五株楊柳半畦瓜。

注釋

[一] 周允登：未詳。

水　仙

娟娟湘洛浄如羅[一]，幻出芳魂儼素娥[二]。夜静有人來鼓瑟，月明何物去凌波。蕭疎冷豔冰綃薄，綽約風鬟露氣多。直是靈根堪度世，妖容知不傍池荷。

注釋

［一］湘洛：湘水和洛水。湘水有湘靈之傳説，唐錢起《省試湘靈鼓瑟》：『善鼓雲和瑟，常聞帝子靈。』洛水有洛神之傳説，曹植《洛神賦》：『凌波微步，羅襪生塵。』

［二］素娥：白衣美女。擬水仙。

芍藥

鮮紅黯紫總芳菲，更向風前動舞衣。借問何年薦宮寢，却教人喚作花妃。荔裝寶帶黄金束，霞拂輕綃絳蠟圍。宛似玉環池上宴[一]，香車十里醉中歸。

注釋

［一］玉環：唐楊玉環。唐李濬《松窗雜録》：『開元中，禁中初重木芍藥，即今牡丹也。得四本，紅、紫、淺紅、通白者，上因移植興慶池東沉香亭前。會花方繁開，上乘月夜召太真妃以步輦從。詔特選梨園子弟中尤者，得樂十六色。李龜年以歌擅一時之名，手捧檀板，押衆樂前欲歌之。上曰：「賞名花，對妃子，焉用舊樂詞爲？」遂命龜年持金花牋宣賜翰林學士李白進《清平調》詞三章。』李白詞中，牡丹與貴妃相提并論，合二爲一。又五代王仁裕《開元天寶遺事·解語花》：『明皇秋八月，太液池有千葉白蓮數枝盛開，帝與貴戚宴賞焉。左右皆歎羨，久之，帝指貴妃示於左右曰：「争如我解語花？」』

大士蓮

佛土莊嚴妙相通，繽紛法座寶花紅。根來九品金沙地[一]，香散諸天玉界中。泥濁故知心不染，波澄照見色還空。六時那竝花開落，惟有清池皓月同。

注釋

［一］金沙地：指佛教所稱極樂國土之七寶蓮花池。鳩摩羅什譯《佛説阿彌陀經》：『極樂國土，有七寶池，八功德水充滿其中，池底純以金沙布地。』

羅漢松

何年蒼叟住禪林［一］，百尺婆娑萬壑陰。四果總來成佛印，一官應不受秦侵［二］。靈根歲月跏趺久，老幹風霜面壁深。謖謖回飇響空谷，猶聞清夜海潮音。

注釋

［一］蒼叟：喻蒼松。

［二］秦：指秦始皇。一官，指『五大夫』之官號。全句謂不受秦始皇之封官。《史記·秦始皇本紀》載：『二十八年，始皇東行郡縣……議封禪望祭山川之事。乃遂上泰山，立石，封，祠祀。下，風雨暴至，休於樹下，因封其樹爲五大夫。』漢應劭《漢官儀》謂始皇所封樹爲松，後因稱松樹爲『五大夫』。

猿

劒術曾將通臂誇，不爭五嶺與三巴［一］。天寒木落收山果，水暖沙晴嘯浦花。長共幽人分石①屋，終知野性在煙霞。疎林賴爾增高韻，一隊蒼山白②日斜。

校勘

①人分石：底本原空缺，據程元方本補。

②蒼山白：底本原空缺，據程元方本補。

注釋

［一］五嶺：指位於今江西、湖南、廣東、廣西四省間之大庾嶺、越城嶺、騎田嶺、萌渚嶺、都龐嶺，古代總稱五嶺。三巴：古代巴郡、巴東、巴西之總稱，略當今川渝之嘉陵江及綦江流域以東地區。五嶺、三巴古多猿猴。

水鳧

鵁鶄屬玉聊爲友，紫荇青蒲可作房。流浪豈知天地闊，生來只夢水雲鄉。回風冷戲菱花亂，淡月斜飛蓮葉香。自喜一官長傍汝［一］，移家還擬住滄浪。

注釋

［一］自喜一官句：屠隆自謂任縣令於潁上、青浦，均水鄉，樂與水鳧爲伴。

新鶯

初來閣外弄春暉，上下花間試學飛。小語未全調玉管，薄寒深自護金衣。龍池［一］萬柳栖應怯，紫殿千門見總稀［二］。九十韶華愁易老，啼殘紅藥緑陰肥。

注釋

［一］龍池：宫苑中池名，所指非一。唐興慶宫有龍池，李白《侍從宜春苑奉詔賦龍池柳色初青聽新鶯百囀歌》：『池南柳色半青青，縈煙嫋娜拂綺城，垂絲百尺挂雕楹。上有好鳥相和鳴，間關早得春風情。……始向蓬萊看舞鶴，還過茝若聽新鶯。新鶯飛繞上林苑，願入簫韶雜鳳笙。』又錢起《贈闕下裴舍人》：『二月黄鶯飛上林，春城紫禁曉陰陰。長樂鐘聲花外盡，龍池柳色雨中深。』

［二］紫殿：帝王宫殿。《三輔黄圖·漢宫》：『武帝又起紫殿，雕文刻鏤黼黻，以玉飾之。』

宫中白鸚鵡

皓質無塵縞素裳，宫中曾號雪衣娘[一]。似從肥婢偷香粉，竊向梅妃學淡妝[二]。玉户碧紗春掩映，梨花寒月夜微茫。縱然誦得《波羅蜜》，争似閑飛隴樹長。

注釋

[一]雪衣娘：又稱雪衣女，喻白鸚鵡。《太平御覽》卷九二四引唐鄭處誨《明皇雜録》：『開元中，嶺南獻白鸚鵡，養之宫中。歲久，頗聰慧，洞曉言詞。上及貴妃皆呼爲雪衣女。性最馴擾，雖常飲啄飛鳴，然亦不離屏帷間。上令以近代詞臣詩篇授之，數遍便可諷誦。上每與貴妃及諸王博戲，上稍不勝，左右呼雪衣娘，必飛入局中鼓舞，以亂其行列，或啄嬪御及諸王手，使不能争道。忽一日飛上貴妃鏡臺，語曰：「雪衣娘昨夜夢爲鷙鳥所搏，將盡於此乎？」上使貴妃授以《多心經》，記誦頗精熟，日夜不息，若懼禍難，有所禳者。上與貴妃出於别殿，貴妃致雪衣娘於步輦竿上，與之同去。既至，上命從官校獵於殿内，鸚鵡方戲於殿檻，瞥有鷹搏之而斃。上與貴妃歎息久之，遂命瘞於苑中，立冢，呼爲鸚鵡冢。』《多心經》，即唐玄奘譯《般若波羅蜜多心經》。

[二]梅妃：唐玄宗妃子江采蘋。元陶宗儀《説郛》卷一百十一下載曹鄴《梅妃傳》：『淡妝雅服，而姿態明秀，筆不可描畫。性喜梅，所居闌檻悉植數株，上榜曰「梅亭」。梅開賦賞，至夜分尚顧戀花下，不能去。上以其所好，戲名曰「梅妃」。』

宫中黄鸚鵡

一入雕籠奪翠裳，羽毛新得染鵝黄。銅池淺淡嬌明月[一]，金屋曈曨晃太陽[二]。語罷斜侵宫柳色，朝回遥接衮衣光。佳人玉手親調處，妬殺釵頭雙鳳凰。

注釋

[一]銅池：宫殿簷下承接雨水之銅槽。《漢書·宣帝紀》：『金芝九莖，産於函德殿銅池中。』顔師古注：『銅池，承霤是也，以銅爲之。』

［二］金屋：華美之屋。

雁字

塞上秋光雁幾群［一］，題書南去問湘君［二］。遥連細月銀鈎淡，斜界明霞綵筆分。巫峽雲來增墨氣［三］，洞庭風起亂回文［四］。征夫寄爾千行淚［五］，夢斷蘇卿漢嶺聞［五］。

注釋

［一］塞上：泛指北方長城内外。秋來塞雁南飛。

［二］湘君：湘水之神。瀟湘洞庭一帶多雁，衡陽有迴雁峰，相傳北雁南飛，至此歇翅停回。宋人宋迪《瀟湘八景》，即有『平沙雁落』。傳説雁能傳遞書信。

［三］巫峽：長江三峽之一。巫峽屬巫山範圍，雲霧變幻莫測；復經文學之渲染，巫山雲遂被視爲天下雲霧之奇觀。

［四］洞庭：洞庭湖。瀟湘、洞庭多雁，古人詠之亦多，後者如唐盧照鄰《明月引》：『洞庭波起兮鴻雁翔，風瑟瑟兮野蒼蒼。』唐李益《春夜聞笛》：『洞庭一夜無窮雁，不待天明盡北飛。』

［五］征夫：指出征或戍邊之軍人。范仲淹《漁家傲》：『塞下秋來風景異，衡陽雁去無留意。……人不寐，將軍白髮征夫淚。』

［六］蘇卿：漢蘇武，字子卿，故稱。蘇武使匈奴，被扣留十九年，匈奴謊稱蘇武已死。後漢使者稱天子得蘇武係於雁足之書，責問單于，救回蘇武。《漢書·蘇武傳》：『昭帝即位。數年，匈奴與漢和親。漢求武等，匈奴詭言武死。後漢使復至匈奴，常惠請其守者與俱，得夜見漢使，具自陳道。教使者謂單于，言天子射上林中，得雁，足有係帛書，言武等在某澤中。使者大喜，如惠語以讓單于。單于視左右而驚，謝漢使曰：「武等實在。」』

七姊妹花

一種名花七樣妝，群姬同日嫁東皇［一］。大姨老去猶風韻，小妹生來欲擅場。竝向緑窗牽綵線，齊將紅袖勸雕觴。芳心豔態空相鬬，秦虢香車委道傍〔二〕。

注釋

〔一〕群姬：七姊妹花爲一種野薔薇，一蓓七花（亦有多至十花者，名『十姊妹花』），同時開放，體態艷美，故以群姬喻之。東皇：指司春之神。

〔二〕秦虢：唐楊玉環爲唐明皇貴妃，其大姐、八姐、三姐，被唐明皇分别封爲韓國夫人、虢國夫人、秦國夫人。虢國夫人、秦國夫人并稱『秦虢』。

寄題李之文青蓮館〔一〕

水上孤亭帶郭斜，幽人日日夢煙霞。東林淡月摇金①磬，北渚靈風濯藕花。時挾青蚨尋酒舍，偶因黄葉坐僧家。歌殘客散天如洗，一曲銅鞮入暮鴉。

校勘

① 金：底本原作『人』，據程元方本改。

注釋

〔一〕李之文：李先嘉，字之文，爲屠隆外甥。見本書詩集卷二《李之文落第詩以慰之》注釋〔一〕。青蓮館：李之文家園林。其著作即以亭館名之，有《秋水亭集》《青蓮館逸稿》。

寄題文長朝曦閣〔一〕

高閣朝曦遠黛明，三山不動海波平〔二〕。捲簾飛鳥破秋色，欹枕寒濤入暮聲。龍女曉沉衣袂冷，江花遥映管絃清。津樓浦樹空回首，曾踏金鰲背上行。

注釋

［一］文長：屠隆侄孫。屠隆有《贈文長諸孫》，見本書詩集卷二。朝曦閣：文長家閣名。

［三］三山：傳説中之海上三神山，爲方丈、蓬萊、瀛洲。

王孫行爲吴茂倩［一］

老去王孫富五車，可堪雙足在風沙。蝦蟇陵下金條脱［二］，燕子樓中玉辟邪［三］。萬里乾坤容落拓，十年煙雨憶豪華。多情多恨空銷歇，試看青門五色瓜［四］。

注釋

［一］吴茂倩：未詳。

［二］蝦蟇陵：古地名，在唐長安，爲歌樓酒館集中地。

［三］燕子樓：唐貞元中尚書張建封（按：今有人考證應爲張建封子張愔）鎮徐州，爲愛妾關盼盼所築，樓在徐州城西北隅。建封卒，盼盼樓居十餘年不嫁。唐白居易《燕子樓三首》：『燕子樓中霜月夜，秋來只爲一人長。』後泛指女子獨居之樓。

［四］青門：漢長安城東南門。《三輔黄圖·都城十二門》：『長安城東，出南頭第一門曰霸城門。民見門色青，名曰青城門，或曰青門。門外舊出佳瓜，廣陵人召平爲秦東陵侯，秦破，爲布衣，種瓜青門外。』召平瓜又稱東陵瓜、青門瓜、五色瓜，阮籍《詠懷八十二首》：『昔聞東陵瓜，近在青門外。連畛距阡陌，子母相鉤帶。五色曜朝日，嘉賓四面會。』

寄余相國四首［一］

新出黄麻拜相君，謳歌父老萬方聞。寒星曉映螭頭月，碧瓦初低殿上雲。紫氣雙龍纏北斗，朱絃一曲應南薰。

遠人敢望尚書履，目極秋空雁幾群。

至人心本在煙霞，偶領千官擁絳紗。共道五雲開相府，終然三島是君家[二]。朝行東閣看宮樹[三]，夜夢西湖映浦花[四]。自是餐梨堪辟穀[五]，更聞海上棗如瓜[六]。

赤山雷電破氤氲[七]，上帝曾煩太乙神[八]。不獨雄風吹鑄劍，懸知靈嶽又生申[九]。誤看天女三千隊，來作紗籠第一人[一〇]。日侍東華分妙氣[一一]，手提北斗散陽春。

江上秋風蕙草殘，可能歸去把漁竿。天吴夜出驚津吏[一二]，龍女宵啼媿灌壇[一三]。八①口無多甘薄禄，二毛猶不礙微官。故人爲相真堪喜，日月高臨滄海寬。

校勘

①八：底本原作『入』，據程元方本改。

注釋

[一]余相國：余有丁，字丙仲，號同麓，寧波府鄞縣人。嘉靖四十一年（一五六二）進士，授翰林編修。萬曆二年（一五七四）陞南京國子祭酒，後爲少詹事，陞太常寺，歷禮部左右侍郎，尋改吏部，充會典副總裁。萬曆十年（一五八二）六月，任禮部尚書兼文淵閣大學士，入閣參與機務，晉太子太保。遼東、滇南告捷，以贊助策劃功加少傅、太子太傅、建極殿大學士。卒謚文敏。

[二]三島：蓬萊、方丈、瀛洲。傳説中之三神山。

[三]東閣：即文淵閣。明洪武十五年（一三八二）始置，初在南京奉天門東，因稱東閣。成祖遷都北京，又於宮内東廡建文淵閣。後置文淵閣大學士。

[四]西湖：寧波府城之月湖，相對於東湖（東錢湖），稱西湖。

[五]餐梨堪辟穀：用唐肅宗李亨賜李泌梨事典，肅宗《賜梨李泌與諸王聯句》：『先生年幾許，顔色似童兒。夜抱九仙骨，朝披一品衣。不食千鍾粟，唯餐兩顆梨。天生此間氣，助我化無爲。』

[六]海上棗如瓜：用安期生事典。安期生，傳説爲居住於海上之神仙，《史記·封禪書》載，方士李少君語漢武帝曰：『臣嘗遊海上，見安期生，安期生食巨棗，大如瓜。安期生僊者，通蓬萊中，合則見人，不合則隱。』

［七］赤山：即赤堇山。赤堇山有二，一在寧波府鄞縣，《明一統志》卷四十六《寧波府・山川》：『在府城東四十里，山上有草名赤堇，縣因此山故，加邑名鄞。』一在紹興府城東三十里，《明一統志》卷四十五《紹興府・山川》：『在府城東三十里，一名鑄浦山，歐冶子爲越王鑄劒之地。《越絶書》：「赤堇山破而出錫，若耶溪涸而出銅。」』歐冶子鑄劒本在紹興之赤堇山，但余有丁爲鄞縣人，屠隆故意混用二山，以讚其才爲山川所出。

［八］太乙：即太一，道家所稱之『道』，指宇宙萬物之本原、本體。《莊子・天下》：『建之以常無有，主之以太一。』成玄英疏：『太者廣大之名，一以不二爲稱。言大道曠蕩，無不制圍，括囊萬有，通而爲一，故謂之太一也。』太乙神，即主萬物之神。漢袁康《越絶書・外傳記寶劒》：『當造此劒之時，赤堇之山，破而出錫，若耶之溪，涸而出銅……歐冶乃因天之精神，悉其伎巧，造爲大刑三，小刑二：一曰湛盧，二曰純鈞，三曰勝邪，四曰魚腸，五曰巨闕。』

［九］靈嶽：原典指四岳，即泰山、衡山、華山、恒山。申：原典指申伯。《詩經・大雅・崧高》：『崧高維岳，駿極於天。維崧降神，生甫及申。』屠隆以靈嶽喻赤山，以申伯喻余相國。

［一〇］紗籠第一人：化用唐人王播事典，五代王定保《唐摭言・起自寒苦》：『王播少孤貧，嘗客揚州惠昭寺木蘭院，隨僧齋餐。諸僧厭怠，播至，已飯矣。後二紀，播自重位出鎮是邦，向之題已碧紗幕其上。播繼以二絶句曰：「……二十年來塵撲面，如今始得碧紗籠。」』

［一一］東華：東華帝君，道教傳説之神。見本書詩集卷三《桃花嶺歌爲楊太宰賦》注釋［一一］。

［一二］天吴：水神名。津吏：管理渡口、橋梁之官吏。

［一三］龍女：龍王之女。灌壇：地名，此指灌壇令。傳説姜太公嘗任之。後以『灌壇令』代指有德行之地方官吏。見本書詩集卷三《桃花嶺歌爲楊太宰賦》注釋［九］。

元美先生偶出過青谿余拏舟相見城下竟夕嗒然別去明旦以二詩見詒率爾寄答［一］

九月湖清霜露繁，布衣相對總無言。煙鳧已入沙邊夢，漁火歸聞浦口喧。父老三朝驚紫氣，候人十里掃關門［二］。馬頭無那黄塵色，安得逍遥似漆園［三］。

注釋

［一］元美：王世貞，字元美。青谿：青浦。

［二］候人：掌管整治道路、稽查姦盜，或迎送賓客之官員。關門：函谷關門。此句化用函谷關令尹喜迎接老子典故，見《列仙傳・關令尹》。

［三］漆園：莊子。莊子嘗爲漆園吏。

豫章朱可大大理出宰語谿寄訊一首時不通聞問五稔矣［一］

江湖莽蕩不相逢，嘯入香爐第幾峰［二］？疎磬斜陽宜竹院，横琴素月且花封［三］。鴟將野色來官舍，鶴帶寒雲上古松。霜落語谿秋水碧，天教才子看芙蓉。

注釋

［一］豫章：古郡名，治所在今江西南昌。朱可大爲江西萬安人，屬古豫章郡。朱可大：朱維京，字可大（一稱大可），號納齋，朱衡子。萬曆五年（一五七七）進士。授大理評事，進右寺副。萬曆九年（一五八一）京察，謫汝州同知，改知崇德縣。入爲屯田主事，再遷光禄丞。萬曆二十一年（一五九三）上疏諫三王并封，被斥爲民。著有《訥齋集》《光禄集》。《明史》卷二三三有傳。朱維京時出任崇德知縣。崇德縣治在語谿鎮。

［二］香爐：江西廬山香爐峰，代指廬山。

［三］花封：對佳縣之美稱。見上卷《寄君房箕仲四首》注釋［四］。

百穀先生拏舟載酒追送征夫毘陵道上臨別感動爲賦此篇［一］

銀燭疎星夜色繁，樓船疊鼓響寒原。欲行坐惜帆前月，未去先銷馬上魂。此日提壺遥出祖，向來注水只當門。蕭蕭老樹雲陽道［二］，臨別踟蹰不忍言。

注釋

［一］百穀：王穉（又作稚）登，字百穀。征夫：此屠隆自稱。毘陵：亦作毗陵（『毘』同『毗』），古縣名。漢高祖五年（前二〇二）置毗陵縣，治所在今江蘇省常州市。後世稱常州一帶爲毗陵。

［二］雲陽：古縣名，今江蘇省丹陽市。唐李白《丁都護歌》：『雲陽上征去，兩岸饒商賈。吴牛喘月時，拖船一何苦。水濁不可飲，壺漿半成土。一唱督護歌，心摧淚如雨。』

再登仙師樓居觀諸靈蹟是師修道處［一］樓上遺有龕、劍諸法器，盆荷自師化後，不復著花。師所鑿井，水甚冽①。

鶴背人歸小有天，天風吹不散爐煙。龕留南嶽上清劍［二］，書寄雲華長史篇［三］。無復玉荷開豔蘂，尚遺金井汲靈泉。登臨不異蓬萊閣［四］，夜宿朱闌挂斗邊。

校勘

①冽：底本原作『列』，據程元方本改。

注釋

［一］仙師樓居觀：曇陽大師王桂之恬憺觀。見上卷《和王辰玉辛巳秋日直塘拜曇陽大師新觀感懷之作》注釋［一］。

［二］南嶽：衡山。

［三］雲華：雲華夫人。道教傳爲王母第二十三女，太真王夫人之妹，名瑶姬。王桂遺作有寄雲華長史篇，屠隆《夜宿恬憺觀二首》自謂『慚媿雲華篇，何時拾瑶草』，可與之對應。

［四］蓬萊閣：泛指仙閣。

寄題五嶽［一］有引

余少有五嶽之志，不幸牽於世網，並未得遊。萬曆壬午，以計吏北上，途中偶爾興懷，寄託五首。

中　嶽

高柱劘天白日停，千峰迴合晝冥冥。鳳乘秋月笙俱冷，虎嘯空巖殿不扃。一夕風雷松壑徙，九年霜雪石花青。竦身欲挂藤蘿外，夜聽金臺玉笥經[二]。

注釋

[一] 五嶽：中嶽嵩山、東岳泰山、南嶽衡山、西嶽華山、北嶽恒山。《周禮·春官·大宗伯》：『以血祭祭社稷、五祀、五嶽。』鄭玄注：『五嶽，東曰岱宗，南曰衡山，西曰華山，北曰恒山，中曰嵩高山。』

[二] 金臺：神話傳説中神仙之居處。

東　嶽

山驚石裂御屏開，知是元君控鶴來[一]。臺殿直愁天路杳，松杉寒借海潮迴。上方虛灝千峰月，下界濃陰萬壑雷。七十二君呼不起[二]，白雲秋冷暮鐘哀。

注釋

[一] 元君：全稱『天仙玉女泰山碧霞元君』，住泰山碧霞宫，爲泰山女神，又稱泰山夫人、泰山娘娘。

[二] 七十二君：傳説泰山封禪之七十二位君王。

南　嶽

開山帝命祝融神[一]，七十二峰朝玉晨[二]。入夜笙簫過半嶺，何年鸞鶴會群真。題書無奈玄夷去[三]，結屋還爲紫蓋隣。我亦冥心求至道，臨風涕泣魏夫人[四]。

注釋

［一］祝融：傳説爲帝嚳時火官，死後尊爲火神。《吕氏春秋·孟夏》：『其神祝融。』高誘注：『祝融，顓頊氏後，老童之子，吴回也，爲高辛氏火正，死爲火官之神。』又有其爲南方之神、古帝王諸説。宋羅泌《路史·禪通紀》謂祝融『葬衡山之陽，是以謂祝融峰也』。

［二］七十二峰：衡山山峰總數。玉晨：全稱『上清高聖太上玉晨玄皇大道君』。南朝梁陶弘景《真靈位業圖》：『第二中位，上清高聖太上玉晨玄皇大道君，爲萬道之主。』

［三］玄夷：玄夷蒼水使，傳説中授大禹治水金簡之人。見本書詩集卷二《赤帝玄夷歌贈黄白仲》注釋［二］。

［四］魏夫人：本名魏華存，字賢安，晉任城（今山東濟寧）人。在南嶽衡山入道，爲道教中之紫虚元君，又稱『南嶽夫人』『魏夫人』，亦稱『南真』。

西嶽

鉅靈一去不曾還［一］，神物當年擘二山。秋色芙蓉開浩蕩［二］，河聲日月走潺湲。金天瑟瑟多風露，玉女蕭蕭下珮環［三］。何事秦皇汎東海［四］，青牛紫氣自函關［五］。

注釋

［一］鉅靈：河神名。後魏酈道元《水經注》卷四《河水》：『左丘明《國語》云：華嶽本一山當河，河水過而曲行，河神巨靈，手蕩脚踏，開而爲兩，今掌足之跡，仍存華巖。』

［二］芙蓉：此稱荷花，指華山。華山有東、西、南、北、中五峰，狀似蓮華（花），故名華山。又其西峰亦曰蓮華峰。

［三］玉女：指傳説得道成仙之秦穆公女兒弄玉。

［四］秦皇：秦始皇。相傳始皇派人海上求仙。

［五］函關：函谷關。《史記·老子列傳》載老子過關事，唐司馬貞索隱引漢劉向《列仙傳》：『老子西遊，關令尹喜望見有紫氣浮關，而老子果乘青牛而過。』

北嶽

嵯峨北嶽插天門，山氣高寒不可捫。千嶂暑寧銷積雪，萬松雲不散朝暾。朱宫縹緲爐香細，絳節參差嶽帝尊。

欲駕罡風凌絶頂，群靈稽首問真言。

中途雨雪懷開之太史四首[一]

步兵美酒大官糜[二]，近與何人共玉卮？金馬直班青漢上[三]，石門稍冷白雲期[四]。笙歌萬騎宮車過，鈴索千花殿影移。借問虎跑僧寺水[五]，出山何似在山時。

萬松斜日挂疎藤，誰踏煙霞第一層。不忍便辭龍樹佛[六]，可能還憶虎谿僧[七]。心如盧阜千秋鏡[八]，官比峨眉六月冰[九]。聞道明光起草罷[一〇]，焚香長坐榻前燈。

玉笛金尊記昔遊，浪花千丈太湖舟。雲霄一出依丹鳳，煙水應難老白鷗。高館秘書星漢夜[一一]，微鐘碧樹禁城秋[一二]。請言爲客蕭疎事，月照銀鞍雪滿頭。

端明玉帶是前因[一三]，知道蓮花火裏新。山雪正宜邛竹杖，馬蹄不稱華陽巾。相思太史青藜閣[一四]，欲叩如來金粟身[一五]。好買名香添茗椀，爲余先報管夫人[一六]。

注釋

[一] 開之：馮夢禎，字開之。萬曆五年（一五七七）會試第一，授編修。

[二] 步兵：三國魏阮籍，好飲酒，因酒而官步兵校尉，《晉書·阮籍傳》：「籍聞步兵厨營人善釀，有貯酒三百斛，乃求爲步兵校尉。」後人稱其「阮步兵」，簡稱「步兵」。

[三] 金馬：金馬門，漢代宫門名。青漢上：天空上。

[四] 石門：此指隱者處所。漢焦贛《易林·革之旅》：「石門晨開，荷蕢疾貧，遁世隱居，竟不逢時。」

[五] 虎跑僧寺：虎跑寺，在杭州西湖南大慈山。寺中有虎跑泉。下句化用杜甫《佳人》「在山泉水清，出山泉水濁」詩句。

[六] 龍樹：印度古代高僧。善説法要。

[七] 虎谿僧：指晉廬山東林寺高僧慧遠。東林寺爲慧遠開創，寺前有虎谿，宋陳舜俞《廬山記》卷一：「流泉匝寺，下入虎溪。昔遠師送客過此，虎輒號鳴，故名焉。陶元亮居栗里山南，陸修静亦有道之士，遠師嘗送此二人，與語合道，不覺過之，因相與大笑。今世傳《三笑圖》，

蓋起於此。」

［八］廬阜千秋鏡：廬山石鏡。南朝宋謝靈運，唐李白、鮑溶、貫休等皆有遊歷、歌詠。李白《廬山謠寄盧侍御虚舟》：『閑窺石鏡清我心，謝公行處蒼苔没。』

［九］峨眉：峨眉山。

［一〇］明光：漢代宫殿名。此泛指宫殿。

［一一］高館：指編修所在之史館。

［一二］禁城：宫城。

［一三］端明：指蘇軾。蘇軾曾爲端明殿學士，因稱。蘇軾嘗以玉帶贈金山寺長老了元（即佛印），有《以玉帶施元長老元以衲裙相報次韻二首》詩。宋王十朋《東坡詩集注·禪悟》引師民瞻云：『佛印禪師，法名了元，饒州人。公久與之游，時住持潤州金山寺。公赴杭過潤，爲留數日。一日，值師挂牌與弟子入室，公便服入方丈見之。師云：「内翰何來？此間無坐處。」公戲云：「暫借和尚四大，用作禪牀。」師曰：「山僧有一轉語，内翰言下即答，當從所請。如稍涉擬議，則所係玉帶願留以鎮山門。」公許之，便解帶置几上。師云：「山僧四大本空，五蘊非有，内翰欲於何處坐？」公擬議未即答，師急呼侍者云：「收此玉帶，永鎮山門。」公笑而與之。師遂取衲裙相報。』下句『知道蓮花火裏新』，取意於《維摩經·佛道品》：『火中生蓮華，是可謂稀有。在欲而行禪，稀有亦如是。』如唐白居易《新昌新居書事四十韻》之悟：『浮榮水劃字，真諦火生蓮。』

［一四］青藜閣：原典指漢天禄閣，事見《三輔黄圖》卷六。屠隆此處以喻馮開之太史所處之『高館』。

［一五］如來金粟：金粟如來，即維摩詰大士。

［一六］管夫人：本爲元趙孟頫夫人管道昇之稱呼。字仲姬，一字瑶姬，青浦人。才調不凡，爲元代著名女性書法家、詩人、詞人。封吴興郡夫人，又册封魏國夫人，世稱管夫人。屠隆此處以管夫人比喻馮開之夫人，此前屠隆《與馮開之二首》文中，已有『賢嫂才調不下子昂管夫人』語，見《由拳集》卷一十七。

懷陳伯符［一］

城烏飛下啄寒沙，雪壓南滁十萬家［二］。忽憶仙郎在霄漢［三］，向來結客滿京華［四］。彩毫五色春裁賦，絃管諸生暮散衙。官薄名高知不恨，故人今日踏冰花。

注釋

[一] 陳伯符：陳泰來，字伯符。見上卷《寄陳伯符》注釋[一]。

[二] 南滁：對滁州南部地區之稱呼。此句參見本書詩集卷二《南滁大雪歌》。

[三] 仙郎：對陳伯符之美稱。霄漢：喻朝廷。

[四] 京華：京城之美稱。

懷沈箕仲[一]

四十爲郎若不聞，可曾圍帶減休文[二]。偶來握節臨蒼水，依舊閒曹卧白雲。萬里西風今日淚，一尊南浦去年分[三]。青山獨走柴門雪，濁酒寒燈夜夢君。

注釋

[一] 沈箕仲：沈九疇，字箕仲。見上卷《寄君房箕仲四首》注釋[一]。

[二] 休文：沈約，字休文，吴興武康（今浙江德清）人，南朝史學家、文學家。沈約老年腰圍瘦減，《南史·沈約傳》：『初，約久處端揆，有志台司，論者咸謂爲宜，而帝終不用。乃求外出，又不見許。與徐勉素善，遂以書陳情於勉，言已老病，百日數旬，革帶常應移孔，以手握臂，率計月小半分。欲謝事，求歸老之秩。』

[三] 南浦：南面之水邊。《楚辭·九歌·河伯》：『子交手兮東行，送美人兮南浦。』後常用指水邊送別處。南朝江淹《別賦》：『送君南浦，傷如之何！』唐白居易《南浦別》：『南浦凄凄別，西風裊裊秋。一看腸一斷，好去莫回頭。』

懷余君房[一]

千峰欲踏馬蹄穿，三五人家生暮煙。牛帶夕陽歸斷隴，雁銜殘雪下平田。好呼濁酒尋茅舍，不奈西風欺木綿。苦憶故人余水部，檢書燒燭地爐邊。

注釋

［一］余君房：余寅，字君房。見上卷《寄君房箕仲四首》注釋［一］。

淮南道中懷瞿孟堅［一］

思君寒月正揚舲，天闊波濤響洞庭［二］。寶劍西風生颯爽，彩毫南國借娉婷。高原立馬孤雲去，野館無人片月停。垂老悲歡燕市酒，輸君年少賦湘靈。干將舞罷叩哀絃［三］，爲汝揚眉霜月前。峽雨巫雲神女賦，瀟湘夢澤楚王田。不分鳧雁行寒夜，定有魚龍入大篇。已備金尊待銀燭，暫令天地隔風煙。

注釋

［一］瞿孟堅：瞿甲，字孟堅，瞿九思子。見本書詩集卷二《寄瞿生甲》注釋［一］。

［二］洞庭：洞庭湖。與下文湘靈、峽雨巫雲、神女、瀟湘、夢澤、楚王等，俱因瞿甲爲黄梅人，屬古楚地，故舉楚地事物言之。

［三］干將：本爲人名，春秋時吴國善鑄劍者。後用爲寶劍之名。

懷故人瞿睿夫聞其令子得雋楚中兼爲識喜［一］

梁獄書成四壁空［二］，馬蹄終日走枯蓬。魚腸夜氣沉銀虎［三］，匕首寒光死白虹［四］。老去衹傷和氏璧［五］，得來仍是楚人弓［六］。胸中五嶽知無恙，弱水西頭滄海東［七］。

注釋

［一］瞿睿夫：瞿九思，字睿夫。楚人。見上卷《寄瞿睿夫二首》注釋［一］。令子：指瞿甲，其年十九舉於鄉，「得雋楚中」即指此事。

[二] 梁獄：此用漢代鄒陽事典，《史記・魯仲連鄒陽列傳》載，鄒陽受誣陷系獄，自獄中上書梁孝王辯白，終獲釋。唐杜甫《寄李十二白二十韻》：『楚筵辭醴日，梁獄上書辰。』

[三] 銀虎：白虎，代指蘇州虎丘。相傳吴王闔閭葬此。漢袁康《越絶書・外傳記吴地傳》：『闔廬冢在閶門外，名虎丘……築三日而白虎居上，故號爲虎丘。』虎丘劍池，相傳沉埋有闔閭生前喜愛之『魚腸』等三千寶劍。魚腸劍，傳説歐冶子爲越王鑄，後越國獻吴。公子光得之，派刺客專諸以魚腸之劍刺吴王僚，遂自立爲王，是爲闔閭。參見《史記・刺客列傳》《越絶書・外傳記寶劍》《吴越春秋・王僚使公子光傳》等。

[四] 白虹：此句用荆軻俠氣干白虹事典，白虹代指荆軻。事見《史記・魯仲連鄒陽列傳》。

[五] 和氏璧：典出《韓非子・和氏》：『楚人和氏得玉璞楚山中。奉而獻之厲王。厲王使玉人相之，玉人曰：「石也。」王以和爲誑，而刖其左足。及厲王薨，武王即位，和又奉其璞而獻之武王。武王使玉人相之，又曰：「石也。」王又以和爲誑，而刖其右足。武王薨，文王即位……王乃使玉人理其璞，而得寶焉，遂命曰「和氏之璧」。』

[六] 楚人弓：化用『楚王失弓，楚人得之』典故，《公孫龍子・跡府》：『楚王張繁弱之弓，載忘歸之矢，以射蛟、兕於雲夢之圃，而喪其弓。左右請求之，王曰：「止。楚王遺弓，楚人得之，又何求乎？」』

[七] 弱水：傳説昆侖山下之一處水名，《山海經・大荒西經》：『（昆侖之丘）其下有弱水之淵。』屠隆該句以地域之廣大，稱贊瞿睿夫胸懷之寬廣。

彭城遇姜仲文使君[一]

逆旅彭城呼濁醪，忽驚窮巷有旌旄。片言遇合如神劍，千里躊躕解佩刀。寒月繁霜宜桂酒，華堂清吹雜蘭膏。雞鳴勒馬人難住，腸斷黄河冰雪高。

注釋

[一] 彭城：今江蘇省徐州市之舊稱。姜仲文：姜士昌，字仲文，丹陽人。萬曆八年（一五八〇）進士。見本書詩集卷一《登彭城子房山與仲文》注釋[一]。萬曆十年（一五八二），姜士昌以司農郎出爲徐州榷商使者。

哭張大[一]

張大孺穀，司馬公伯子也。少有高才俠骨，晚乃逃禪。風韻方踈，泉臺遽掩，哀哉！僕義存通家，歌以當哭。

少年①公子太豪華，結客曾過朱亥家[二]。萬里雙鞬燕市酒[三]，千金一曲杜陵花[四]。寶刀折去心俱死，俠氣銷來鬢已華。猶恨英雄回首晚，蓮臺西去隔恒沙[五]。

校勘

① 年：底本原作『乎』，據程元方本改。

注釋

[一] 張大：張邦仁，字孺穀，大司馬張時徹長子。乙榜舉人，官至邵武知縣，風流豪爽。有《張長公集》。《甬上耆舊詩》卷二十七有《邵武張長公邦仁傳》：『字孺穀，大司馬東沙公長子，人稱爲張長公。少負異才，省試三中乙榜，由明經授知邵武縣，以不能事上官罷歸。長公少豪，每出遊，賓客車騎過於司馬公。自白下至西陵，江南千餘里，無不知張長公名字者。余君房先生嘗爲作贊示吴人曰：「長公客吴中，左挾姝，右擁姝，前奏趨，後呼歙，若無吴門也者。及其訪要離，弔專諸，顧瞻霸氣，太息闔廬，雲涌風駛，潏蕩具區，差可觀吾長公乎。」其豪可知矣。』《由拳集》卷五《感懷詩五十五首》有《張明府孺穀》。屠隆曾爲張孺穀詩集作序，見本書文集卷四。

[二] 朱亥：戰國魏人，隱於大梁屠中，被侯嬴薦與信陵君。在竊符救趙事件中，朱亥椎殺將軍晉鄙。見《史記·魏公子列傳》。

[三] 燕市：戰國時燕國國都。屠隆此處指北京。

[四] 杜陵花：指妓女。唐韓翃《贈張千牛》：『急管晝催平樂酒，春衣夜宿杜陵花。』

[五] 蓮臺：佛座。恒沙：恒河沙。

雲間董逸少祝髮爲僧以詩慰之[一]

逸少，雲間名士。爲宗人所陷，褫其衣冠，盡斂其産。後余爲白其冤。無何，宗人之釋憾不已，逸少乃祝髮馬耆寺爲沙門[二]。余悲其志而復喜其勇猛也，作詩慰之。

一踏空門萬事非，西方天竺好皈依。向來恩怨俱流水，老去生涯止衲衣。皓月殘經松影入，寒霜清磬燭花微。

丈夫勝力關調御，滅盡嗔心始息機。

注釋

［一］雲間：此指青浦。董逸少：董光裕，字奕少（亦作逸少）。本書文集卷五《發青谿記》：『心了者，姓董，名光裕，字奕少，太學生，故侍御董公孫也。博學多識，尤精内典，爲人侃直有氣。』

［二］馬耆寺：在明松江府城東北，南宋紹興年間沂州馬耆山浄居寺僧人法寧建。先後有静居寺、北禪寺、馬耆寺諸名。元燬，明洪武中重建。

懷莫廷韓留滯燕京［一］

一自王孫遊上都，天寒雨雪老蘼蕪。馬分南北朝朝望，劍失雌雄夜夜呼。塞上詎堪聞觱篥，壚頭應不乏醍醐。風雲慘澹三千字，還取君家舊五湖。

注釋

［一］莫廷韓：莫是龍，字雲卿，更字廷韓，明松江府華亭人。見本書詩集卷二《泖上澄照寺作》注釋［三］。

懷沈肩吾太史［一］

遠人迢遞望煙霄，太乙青藜夜火摇［二］。馬踏沙河冰欲裂，雞鳴茅店雪初銷。風雲氣盡何言少，叢桂情深不用招。辛苦看山雙足健，肯因爲令失逍遥？

注釋

［一］沈肩吾：沈一貫，字肩吾。

［二］太乙青藜：化用漢劉向校書天禄閣事典，見本卷《中途雨雪懷開之太史四首》注釋［一四］。

金陵八詠［一］

石頭城［二］

讀罷名都佳麗篇，日華風色尚娟娟。内人一一工牋記，外宅朝朝奏管絃。芳草六朝龍輦跡，高城九陌馬蹄煙。吴歌商女君休聽，傍得秦淮酒肆邊［三］。

注釋

［一］金陵：南京之别稱。因戰國楚威王滅越後曾在此設金陵邑而得名。

［二］石頭城：古城名。故址在今南京清涼山。本楚金陵城，漢建安十七年（二一二）孫權重築，改名石頭城。

［三］秦淮：秦淮河。唐杜牧《泊秦淮》：『煙籠寒水月籠沙，夜泊秦淮近酒家。商女不知亡國恨，隔江猶唱後庭花。』

桃葉渡［一］

大江春日不生波，遊鯉嘉魴蘸緑蘿。細雨鏡花君不渡，好風桃葉奈愁何。朝臨綺閣龍綃冷，夜弄朱顔水調多。楊柳如煙籠月色，歡來有酒待儂歌。

注釋

［一］桃葉渡：渡口名，在南京秦淮河口。相傳因晉王獻之在此送愛妾桃葉而得名。《明一統志》卷六《應天府·關梁·桃葉渡》：『晉王獻之愛妾名桃葉，……獻之嘗臨此，作詩歌以送之。其詩曰：「桃葉復桃葉，渡江不用楫。但渡無所苦，我自來迎接。」後人因以名渡。』

雨花臺[一]

高僧説法指恒河[二]，零亂香花入座多。僧去臺荒鐘帶雨，天空地冷佛生蘿。數峰又復斜陽盡，千載其如浩劫何？悟到真如諸相滅，西來不必問曼陀。

注釋

[一] 雨花臺：在南京中華門外。宋周應合《建康志·臺觀》：『雨花臺，在城南三里，據岡阜最高處，俯瞰城闉。考證舊傳梁武帝時，有雲光法師講經於此，感天雨花，故賜名。』

[二] 恒河：發源於喜馬拉雅山南坡，流經印度、孟加拉，入海。

燕子磯[一]

峭壁懸崖石勢奔，魚龍不動大波渾。煙銷落日開天塹，浪捲孤峰插海門。楓葉下來秋水澀，蘆花深處夜漁喧。横波神女杳然去，月白沙清欲斷魂。

注釋

[一] 燕子磯：在南京東北觀音山，山石臨江屹立，三面懸絶，宛如飛燕，故名。

秦淮水

月映秦淮萬户煙，自吹長笛攪龍眠。微霜野寺聞鐘磬，落日人家泛管絃。酒舍誰開魚網下，官帆遥出女牆邊。洗殘香粉空流恨，潮去潮來是昔年。

莫愁湖[一]

盧家粉黛已荒丘，此地湖仍唤莫愁。蓮葉香來紈扇夜，菱花清照木蘭秋。珠殘石氏猶存井[二]，燕去張家尚有樓[三]。自是生情亦生恨，祇將煙月醉湖頭。

注釋

［一］莫愁湖：在南京水西門外。相傳女子莫愁居此，故名。史上名莫愁之女子不止一人，有洛陽莫愁，有石城（今湖北鍾祥縣）莫愁，故明張萱《疑耀》卷四《莫愁》云：『今金陵莫愁湖，在三山門外。相傳有妓盧莫愁家此，或後代倡女慕莫愁名，好事者因其人以名湖。』

［二］珠：緑珠，西晉石崇之愛妾。美而豔，善吹笛。後爲趙王倫親信孫秀索求，石崇不與，得罪孫秀。緑珠效死石崇，墜樓而亡。事見《晉書·石崇傳》。屠隆可能誤記，墜井而亡者爲唐喬知之婢碧玉（《舊唐書·喬知之傳》中稱窈娘），事類緑珠，且與緑珠有關聯。唐張鷟《朝野僉載》卷二：『周補闕喬知之有婢碧玉，姝豔，能歌舞，有文華，知之時幸，爲之不婚。僞魏王武承嗣暫借教姬人妝梳，納之，更不放還知之。知之乃作《緑珠怨》以寄之，其詞曰……碧玉讀詩飲泣，不食三日，投井而死。』

［三］燕：燕子樓，代指關盼盼。唐張建封爲愛妾關盼盼築燕子樓，建封卒，盼盼樓居十餘年不嫁。

蝦蟇陵[一]

彩毫金粉各成行[二]，南國風流總擅場。芍藥朱欄浮夜月，芙蓉水閣映初陽。客來簾外題宫扇，馬到花間踏殿香。今日淒涼陵下路，霜高平野散牛羊。

注釋

［一］蝦蟇陵：考南京無蝦蟇陵，唐時長安有此地名。

［二］彩毫：代指文人才子。金粉：代指佳人、妓女。

烏衣巷[一]

朱門大第屬飛霞，巷口今經第幾家？陵墓壇前生野蔓，秦淮浪裏漲寒沙。當時去矣梁間燕，春日來銜陌上花。一自騣騣龍騎北，六宫高樹暮棲鴉。

注釋

[一]烏衣巷：在秦淮河南。三國時，吴置烏衣營於此，士兵皆着烏衣，故得名。東晉時，王導、謝安等望族居此。唐劉禹錫《烏衣巷》詩：『朱雀橋邊野草花，烏衣巷口夕陽斜。舊時王謝堂前燕，飛入尋常百姓家。』

贈邢子愿侍御二首[一]

才子乘驄侍玉皇，紅雲紫霧照仙郎。青山面帶煙霞色，白簡身依日月光。霜落城烏三殿曙，花黏宮燕六街香。彩毫更濯銀河水，夜傍天孫賦七襄。

風期蕭灑佐清歡，銀燭高齋卜夜闌。欲罄厨中桑落酒，不知頭上惠文冠。君將氣色看龍劍，我自泥沙問馬鞍。此日千秋肝膽在，他年萬頃水雲寬。

注釋

[一]邢子愿：邢侗，字子愿。臨邑縣（今屬山東德州）人。萬曆二年（一五七四）進士，知南宫縣。萬曆十一年（一五八三）巡按三吴（今蘇州、常州、湖州一帶），次年陞湖廣參議。萬曆十四年（一五八六）陞任陝西太僕寺少卿。同年五月辭官歸鄉，築來禽館攻讀習書。善畫工書，能詩文，有《來禽館集》。屠隆萬曆十年（一五八二）進京上計時與邢侗結識。

贈陳玉叔先生二首[一]

美人南國氣翩翩，綵筆才名四十年。風雨雙鬟龍女牧，虹霓千騎楚王①田。香生蘭葉春裁賦，月映江花夜散筵。五嶽胸中真不減，官銜長掃白雲眠。

使君高調復高情，片語堪當十五城[二]。雲夢雕胡香飯冷，洞庭青雀大波平。黄金半爲窮交盡，白髮那因作吏生。握手相看忘罄折，不慙燕市酒人名[三]。

校勘

①王：底本原作『玉』，據程元方本改。

注釋

[一]陳玉叔：陳文燭，字玉叔，號五嶽山人等，沔陽（今湖北省仙桃市）人。嘉靖四十四年（一五六五）進士，授大理寺評事，出知淮安府，歷官四川提學副使、山東左參政、四川左參政、福建按察使等職，官至南京大理寺卿。博學工詩，有《二酉園詩文集》。《明詩綜》卷四十九有傳。

[二]十五城：該句用藺相如事典。《史記·廉頗藺相如列傳》載，相如隨侍趙惠文王赴秦王澠池之會，相如勇敢機智，隨機應變，「秦之群臣曰：『請以趙十五城爲秦王壽。』藺相如亦曰：『請以秦之咸陽爲趙王壽。』秦王竟酒，終不能加勝於趙」。

[三]燕市酒人：燕市飲酒之人，史有荊軻等。《史記·刺客列傳》：『荊軻嗜酒，日與狗屠及高漸離飲於燕市。』晉左思《詠史》：『荊軻飲燕市，酒酣氣益震。』今屠隆亦自列其間，如《酬黃清父四首》：『狂歌古得酒人名，手把荊高燕市行。』（見《由拳集》卷十一）《淮南道中懷瞿孟堅》：『垂老悲歡燕市酒，輸君年少賦湘靈。』（見本卷）

春夜同陳玉叔莫廷韓傅伯俊邢子愿胡元瑞集朱汝修齋中[一]

同心能得幾回論，肯惜天涯盡此尊。高詠直侵紅燭冷，幽居長有白雲屯。玉河星轉海疑曙，金柝①霜沉夜不喧。乍可對君清颯颯，別來魂夢在丘樊。

校勘

①柝：底本原作『析』，據程元方本改。

注釋

[一]陳玉叔：見前一首注。莫廷韓：莫是龍，字雲卿，更字廷韓。傅伯俊：傅光宅，字伯俊，號金沙，山東聊城人。萬曆五年（一五七

七）進士，歷官靈寶、吴縣縣令，河南道監察御史、南京兵部郎中、工部郎中、重慶知府、按察御史、督學政等。有《奏疏》《四書講藝臆説》及詩集《吴門燕市》《蠶叢》行世。邢子愿：邢侗，字子愿。胡元瑞：胡應麟，字元瑞，號少室山人，更號石羊生，明蘭溪縣（今浙江蘭溪市）人。萬曆四年（一五七六）舉人。有《少室山房集》《少室山房筆叢》《詩藪》等。傳見王世貞《弇州續稿》卷六八《胡元瑞傳》（《少室山房集》卷首作《石羊生傳》）。屠隆曾爲《少室山房稿》作序，見本書文集卷二。朱汝修：朱宗吉，字汝修。

燕市逢胡元瑞[一]

獨占江湖理釣船，水雲千頃浪花鮮。相思璚樹迷丹嶂，長嘯金華入紫煙[二]。寶劍論心千載上，疎燈照影一尊前。何年同訪牧羊子[三]，門掩松蘿洞裏眠。

注釋

[一] 胡元瑞：見上一首注釋。

[二] 金華：金華山。爲道教名山，在今浙江省金華市區之北。

[三] 牧羊子：指傳説中之仙人黄初平。晉人葛洪《神仙傳·黄初平》載，初平放羊金華山中，遇道士，隨其修道成仙。初平得道後亦稱赤松子。

同傅伯俊夜宿開之綺雲館[一]

門前不住馬蹄沙，雲白天青太史家。雙入微鐘人語細，風迴空館燭光斜。夜寒乞火分茶竈，日出呼童掃雪花。名理罷來無一事，焚香盥手讀楞伽。

注釋

[一] 傅伯俊：傅光宅，字伯俊。開之：馮夢禎，字開之。綺雲館：馮夢禎在京城之居所名。

贈郭汾源武選[一]

往①事閑憑濁酒論，風霜飽盡壯心存。幾吹鐵箋驚龍子，曾枕銅焦卧雁門[二]。黄石豈能銷髩髮[三]，紫泥終許濯崑崙[四]。相期好在煙蘿外，莫謂逍遥亦寓言。

校勘

①往：底本原作『住』，據程元方本改。

注釋

[一]郭汾源：郭子直，字舜舉，號汾源。見本書詩集卷二《秋夜同郭舜舉蔡伯華王季孺金玄朗詹政叔燕萬伯修宅聽李金吾彈琵琶》注釋[一]。

[二]雁門：雁門關。本句切郭子直曾爲山西參議。上句『幾吹鐵箋驚龍子』，切其爲浙江崇德(今屬桐鄉市)人，近海。

[三]黄石：即黄石公，授張良兵書之老父。此處指黄石兵書。

[四]崑崙：崑崙山，神話傳説中爲仙境。

壽沈太母七十詩[一]

鳳笙龍笛氣吹霞，虎綬鞶囊阿母家。湖上白雲調曲冷①，尊前紅燭出簾斜。送來玉洞千春釀，曾啖瑶池五色瓜[二]。聞道西王占女籍[三]，相將雞犬問桃花。

校勘

①冷：底本原作『泠』，據程元方本改。

注釋

［一］沈太母：未詳。
［二］瑶池：傳説爲昆侖山上之池名，西王母所居。
［三］西王：西王母，道教傳説爲女仙之首領。

訪劉仲修觀察［一］

靈巖日觀白雲房［二］，垂老移家傍帝鄉［三］。秋色晚披金掌露［四］，漏聲寒應玉河霜［五］。澆花看竹春長醉，擊筑彈碁夜未央。香滿六街塵似海［六］，可能無夢到滄浪。

注釋

［一］劉仲修：劉效祖，字仲修，山東濱州人。嘉靖二十九年（一五五〇）進士，除衛輝推官。徵授户部主事，歷員外郎中，出爲陝西按察副使。有《雲林稿》等。《明詩綜》卷四十九有小傳。
［二］日觀：泰山日觀峰。劉仲修爲山東人，故云。
［三］帝鄉：帝都，京城。
［四］金掌：漢武帝宫中金銅仙人擎承露盤之手掌。此借指宫中高大建築物。
［五］玉河：北京城内一條河流名，爲通惠河之一段。
［六］六街：唐、宋都城皆有六條中心大街，故以泛稱京城街市。

贈陳廣野給諫二首［一］

天子宵衣百辟臨，綵毫應得傍華簪。星迴北斗低朱户，氣轉南薰入鼓琴。垂柳馬侵馳道緑［二］，名花鶯語掖垣深［三］。清歡一借西山月［四］，共説煙蘿象外心。

僊人姑射立明光[五]，年少才名拜夕郎[六]。緑酒松花朝侍燕，紅鐙蘭葉夜薰香。閣中星斗書千卷，塞上風雷詔十行。休沐更聞多勝事，山空雲物冷衣裳。

注釋

[一]陳廣野：陳與郊，字廣野，號玉陽仙史，海寧人。萬曆二年（一五七四）進士，歷給事中，官至太常少卿。有詩文集《隅園集》，另有傳奇《靈寶刀》《麒麟罽》《鸚鵡洲》《櫻桃夢》及雜劇《昭君出塞》《文姬入塞》《袁氏義犬》存世。給諫，對給事中之稱呼。

[二]馳道：供君王行駛車馬之道，亦泛指供車馬馳行之大道。

[三]掖垣：皇宮之旁垣，即禁牆。

[四]西山：即今北京西山。爲太行山北段之餘脈。

[五]姑射：神仙般人物之代稱。典出《莊子·逍遥遊》：『藐姑射之山，有神人居焉，肌膚若冰雪，淖約若處子。』明光：漢代宮殿名。此泛指宮殿。

[六]夕郎：初爲黄門侍郎之别稱，漢時黄門郎可加官給事中，因亦稱給事中爲夕郎。宋洪邁《容齋四筆·官稱别名》：『唐人好以它名標榜官稱……給事郎爲夕郎、夕拜。』屠隆此處以稱官給事中之陳與郊。

同張助甫陳玉叔余君房萬伯修傅伯俊梅客生莫廷韓黄定甫朱汝修集盛泰甫山人宅得魚字時山人奉母東歸[一]

冠蓋如雲送隱居，馬頭明月篋中書。十年燕市金應盡，一夕吴歌酒不虚。楊柳條風飛野雉，桃花春水上江魚。故山猿鶴迎人處，碧洞丹霞好結廬。

注釋

[一]張助甫：張九一，字助甫，號周田，河南新蔡人。嘉靖三十二年（一五五三）進士，授黄梅知縣。擢吏部主事，歷任廣平同知、湖廣僉事、陝西按察使、山西布政使，至右僉都御史，巡撫寧夏。有《緑波樓詩文集》《朔方奏議》等。傳附《明史》卷二八七《文苑傳·王世貞傳》後。

陳玉叔：陳文燭，字玉叔。余君房：余寅，字君房。萬伯修：萬世德，字伯修。傅伯俊：傅光宅，字伯俊。梅客生：梅客生：梅國禎，字客生。莫廷韓：莫是龍，字廷韓。黄定甫：名一正，字定甫（父），揚州人。諸生，曾入太學。少而爲詩，以詩名郡。博涉群書，爲文雄卓典麗。輯有《事物紺珠》，傳見王世貞《弇州山人四部續稿》卷四十一文部《黄定父詩集序》、《（乾隆）江南通志》卷一百六十六《人物志》等。朱汝修：朱宗吉，字汝修。盛泰甫：無錫山人，書商，浪遊南北，廣交遊。王祖嫡《師竹堂集》卷十一有《贈盛泰甫序》。

贈朱汝修[一]

落日紅塵撲馬鞍，天教玄度得追歡[二]。尊前萬里能無淚，眼底千秋薄有官。歲月祇驚燕市老，水雲終許太湖寬。定交杵臼肝腸在[三]，慘澹黄河去住難。

注釋

[一] 朱汝修：朱宗吉，字汝修。

[二] 玄度：東晉名士許詢，字玄度。南朝宋劉義慶《世説新語·言語》：『劉尹云：「清風朗月，輒思玄度。」』劉孝標注引《晉中興士人書》：『許詢能清言，于時士人皆欽慕仰愛之。』

[三] 杵臼：春秋時晉國義士公孫杵臼。《史記·趙世家》載，晉景公佞臣屠岸賈滅殺世卿趙氏家族，趙氏門客公孫杵臼舍命保全趙氏孤兒。

贈羅敬叔[一]

有客高懸明月孤，白雲大叫踏匡廬[二]。曾依惠遠聞鐘磬[三]，更傍荆卿卧酒壚[四]。馬磧流星馳玉劍[五]，龍池萬柳拂金鋪[六]。與君相約鴻冥去，水滿桃花作釣徒。

注釋

［一］羅敬叔：羅治，字敬叔，南昌人。清曾燠《江西詩徵》卷五十九載：治爲隆慶中布衣，浪遊江湖。所至不謁權貴，以詩酒自豪。嘗推顧涇陽文爲江南第一手，顧後果冠南宫。有《大月山人集》。

［二］匡廬：江西廬山。見本書詩集卷一《送曾于健侍御左遷還吉水》注釋［一］。

［三］惠遠：東晉高僧，開創廬山東林寺。見本書詩集卷一《送曾于健侍御左遷還吉水》注釋［四］。

［四］荆卿：荆軻。《史記·刺客列傳》：『荆軻者，衛人也……之燕，燕人謂之荆卿。』

［五］馬磧：古鎮名，在陝西岐山縣。宋王存等《元豐九域志》卷三《秦鳳路·次府鳳翔府扶風郡鳳翔節度》：『次畿岐山，府東四十里，一十四鄉，馬磧、驛店二鎮。』

［六］龍池：宫苑中池名。此處爲泛指。

無題四首

月照重門啼暮鴉，蝦蟇陵口是卿家［一］。豈無秀句驚文苑，奈可雕車傍狹斜［二］。絃管夜聲迴急雪，蘼蕪春色帶平沙。一江桃葉真堪渡［三］，落日微風生浪花。

任俠逢人説寶刀，校書長自續蘭膏。樓前雁度關河黑，城上烏棲星漢高。羅襪香寒嬌洛浦［四］，綵雲天遠没江皋［五］。白楊紅粉西陵暮［六］，恨不吹笙向碧桃［七］。

誤謫風塵二十年，紅雲隊裏掌書僊。偶題紈扇人争寶，自賦長門不用錢［八］。殿脚芙蓉疎暮雨，宫腰楊柳入寒煙。春來雙鯉無消息，愁絶秦淮古渡邊。

不將綵筆畫雙眉，慣寫雲牋十幅詩。龍女妬他珠上淚，天孫偷得錦中絲［九］。六朝廢苑香俱滅［一〇］，三峽荒臺夢亦癡［一一］。儻悟無生空妙相，蓮花何必在清池。

注釋

［一］蝦蟇陵：唐時長安一地名。

[二]狹斜：本稱小街曲巷，特指冶遊之地。南朝梁沈約《長安有狹斜行》：『青槐金陵陌，丹轂貴遊士。方驂萬乘臣，炫服千金子。咸陽不足稱，臨淄孰能擬。』又沈約《麗人賦》：『狹斜才女，銅街麗人。』

[三]桃葉：此句活用南京秦淮河渡口名。

[四]洛浦：洛水之濱，借指洛神。漢張衡《思玄賦》：『載太華之玉女兮，召洛浦之宓妃。』三國魏曹植《洛神賦》：『凌波微步，羅襪生塵。』

[五]江皋：漢江岸，借指漢江遊女。參見本書詩集卷二《邵伯湖》注釋[三]。

[六]西陵：地名，在杭州西湖孤山西泠橋一帶。參見本書詩集卷一《逍遥子賦》注釋[四九]。

[七]吹笙向碧桃：糅合、化用仙人王子喬吹簫典故(參見本書詩集卷一《逍遥子賦》注釋[三六])與西王母給予漢武帝仙桃典故(見晉張華《博物志》卷八)。唐許渾《故洛城》：『可憐緱嶺登仙子，猶自吹笙醉碧桃。』

[八]長門：漢宫名。漢司馬相如爲被打入冷宫之陳皇后作《長門賦》，《文選·長門賦序》：『孝武皇帝陳皇后，時得幸，頗妒。別在長門宫，愁悶悲思。聞蜀郡成都司馬相如天下工爲文，奉黄金百斤，爲相如、文君取酒，因於解悲愁之辭。而相如爲文以悟主上，陳皇后復得親幸。』

[九]天孫：織女。

[一〇]六朝廢苑：指三國吴、東晉、宋、齊、梁、陳廢滅之宫苑。

[一一]三峽荒臺：化用楚王與巫山神女之傳説，參見本書詩集卷三《九疑篇贈周淑南》注釋[九]。

出京寄殷無美[一]

無美昔年嘗一見過，清夜篝燈，款①語歡甚。此後音問遂寥然。比入都門，各溷塵事，竟不成握手。臨發，留此寄之。

百花春借杜陵衣[二]，一夕清歡三載違。自是綵雲難得見，終知黄鵠愛高飛。小姬壓酒樓中卧，細馬馱笙月下歸。此日長安容任俠，垂楊何處不依依。

校勘

①款：底本原作『疑』，據程元方本改。

注釋

［一］殷無美：殷都，字無美。見本書詩集卷四《任城道中聞殷無美方衆甫梅客生諸君登第識喜》注釋［一］。

［二］杜陵：指唐杜甫，甫自稱杜陵野老、杜陵野客。杜甫春來典衣，《曲江二首》：『朝回日日典春衣，每日江頭盡醉歸。』後人用爲典故，如元宋無《悼郭祥卿録判》詩：『吏鞅晚淹彭澤米，酒錢春典杜陵衣。』明胡應麟《訪汪士能不值吳生留飲狹斜席中漫興二絶》：『滿蹊花色繡平沙，自在嬌鶯喚落霞。莫笑杜陵衣盡典，曲江還醉四娘家。』

送袁微之遊嵩少［一］

蕭然一騎犯風沙，東去名山子晉家［二］。白日有人乘野鶴，青天無路入桃花。流泉百道鐘聲冷，風磴千盤殿影斜。後夜思君魂縹緲，好從絶頂寄煙霞。

注釋

［一］袁微之：袁保德，字微之。見上卷《朱竹》注釋［一］。嵩少：嵩山和少室山，亦作嵩山之别稱。在今河南登封市。

［二］子晉：王喬，字子晉，傳説爲周靈王太子，在嵩山修煉升仙。故稱嵩山爲子晉家。見卷一《逍遥子賦》注釋［三六］。

寄李季宣［一］

未成握手恨飛翻，寶馬曾經一到門。神物合來應有數，征夫欲去黯無言。高樓紫陌遊絲暖，大艑黄河細浪喧。不接聲音能望氣，定依芳草夢王孫。

注釋

［一］李季宣：李梲，字季宣，儀征人。萬曆元年（一五七三）舉人，以鄉舉知濟陽縣。著有《青蓮館》《攝山草》《塞上擬古》諸集。

寄鄒進士爾瞻二首[一]

牂牁阻絶野猿啼[二]，澤國荒凉鳧雁悲。疊鼓秋高霜不到，瘴煙夜黑月來遲。不愁錦字千行斷，但聽鳴機雙淚垂。蠻女採花童子唱，日斜間過竹王祠[三]。

十里親朋送遠行，孤身一劍馬蹄輕。介推母在應難死[四]，萊氏妻賢好共耕[五]。海氣觸人蠻部暖，嶺花鋪野戍①雲平。但留七尺邊垂下，且莫揚眉説請纓。

校勘

①戍：原作『戌』，據文意改。

注釋

[一] 鄒進士爾瞻：鄒元標，字爾瞻。見本書詩集卷三《送鄒爾瞻給諫以言事左遷南比部》注釋[一]。

[二] 牂牁：古郡名。漢武帝元鼎六年（前一一一）開置，郡治且蘭（其地約在今貴州黄平）。牂牁郡範圍爲今貴州省大部及廣西、雲南部分地區。此時鄒元標尚在謫戍中。

[三] 竹王祠：夜郎王祠。傳説夜郎王生於大竹中，故稱竹王。《後漢書·西南夷傳·夜郎》：『夜郎者，初有女子浣於遯水，有三節大竹流入足間，聞其中有號聲，剖竹視之，得一男兒，歸而養之。及長，有才武，自立爲夜郎侯，以竹爲姓。武帝元鼎六年，平南夷，爲牂牁郡，夜郎侯迎降，天子賜其王印綬。後遂殺之。夷獠咸以竹王非血氣所生，甚重之，求爲立後。牂牁太守吴霸以聞，天子乃封其三子爲侯。』後西南多地有竹王祠。

[四] 介推母：春秋時晉臣介之推之母親。晉公子重耳逃亡，介之推追隨十九年。重耳歸國繼位（晉文公），行賞却不及介之推。介之推母子偕隱，後死於大火。《左傳·僖公二十四年》：『晉侯賞從亡者，介之推不言禄，禄亦弗及。……其母曰：「盍亦求之，以死誰懟？」對曰：「尤而效之，罪又甚焉。且出怨言，不食其食。」其母曰：「亦使知之，若何？」對曰：「言，身之文也；身將隱，焉用文之？是求顯也。」其母曰：「能如是乎？與女偕隱。」遂隱而死。』

［五］萊氏妻：春秋楚老萊子之妻。勸阻老萊子出仕，相偕隱於江南。漢劉向《列女傳·賢明傳·楚老萊妻》：『萊子逃世，耕於蒙山之陽……人或言之楚王曰：「老萊，賢士也。」王欲聘以璧帛，恐不來。楚王駕至老萊之門……老萊子曰：「諾。」王去，其妻戴畚菜挾薪樵而來，曰：「何車跡之衆也？」老萊子曰：「楚王欲使吾守國之政。」妻曰：「許之乎？」曰：「然。」妻曰：「妾聞之，可食以酒肉者，可隨以鞭捶；可授以官禄者，可隨以鈇鉞。今先生食人酒肉，受人官禄，爲人所制也，能免於患乎？妾不能爲人所制！」投其畚菜而去。老萊子曰：「子還，吾爲子更慮。」遂行不顧，至江南而止，曰：「鳥獸之解毛，可績而衣之；據其遺粒，足以食也。」老萊子乃隨其妻而居之。』

燕齊道中贈傅伯俊四首［一］

荒荒鉅野話情深，落日風沙海岱陰。許碏定遭王母譴［二］，東方聊作歲星臨［三］。人間只詫雙龍合，世外誰知五嶽心。暫去滄江治雲水，不妨花裏出鳴琴。

湖雨湖風侵縣衙，蘭橈長得泛蒹葭。絃歌不廢十千酒，煙火仍連三百家。聞道鬱林惟片石［四］，怪來王氏有丹砂［五］。宰官自愛澄潭月，照見空濛鏡裏花。

油碧輕車並馬行，少年塲裏舊知名。天寒岱嶽風雷盡，雪滿黄河波浪平。官舍客來春甕緑，雲堂僧散夜鐘清。異人手握靈蛇去［六］，一往翛然入化城。

對君猶恨識君遲，野鶴孤雲無住時。後果終成裴相國［七］，前身應是永禪師［八］。但存一片冰心在，安用千秋俠氣爲。欲折佩刀焚綵筆，雙棲皓月古松枝。

注釋

［一］傅伯俊：傅光宅，字伯俊。

［二］許碏：唐沈汾《續仙傳》卷上載其爲唐高陽人，遊歷甚廣，嘗醉吟曰：『閬苑花前是醉鄉，踏翻王母九霞觴。群仙拍手嫌輕薄，謫向人間作酒狂。』見本書詩集卷二《贈王季孺孝廉》注釋［七］。

［三］東方：漢東方朔，相傳其爲歲星精，見本書詩集卷四《弔李太白》注釋［四］。

［四］鬱林：指三國時吴人陸績，績曾爲鬱林郡（郡治在今廣西桂平市）太守，因稱。陸績爲官清廉，任滿歸吴，行李竟不足以壓船，取鬱

林之石以壓之。《新唐書・隱逸傳・陸龜蒙》載：『陸氏在姑蘇，其門有巨石。遠祖績嘗事吴爲鬱林太守，罷歸無裝，舟輕不可越海，取石爲重。人稱其廉，號「鬱林石」。』

［五］王氏：未詳。

［六］異人：此指傅光宅。靈蛇，喻文才。唐虞世南《門有車馬客》：『高談辯飛兔，摛藻握靈蛇。』

［七］裴相國：唐宰相裴休。唐孫光憲《北夢瑣言》卷六『裴相生於于闐國事』條：『唐裴相公休留心釋氏，精於禪律，師圭峰密禪師，得達摩頓門。密師《注法界觀》《禪詮》，皆相國撰序。常被毳衲於歌妓院持鉢乞食，自言曰：「不爲俗情所染，可以説法。」爲人每發願世世爲國王宏護佛法。後于闐國王生一子，手文有相國姓字。聞於中朝，其子弟欲迎之，彼國敕旨不允也。』

［八］永禪師：南朝智永和尚，稱永禪師。相傳唐房琯之前身爲永禪師。唐鄭處誨《明皇雜録》卷上：『開元中，房琯之宰盧氏也，邢真和璞自太山來。房琯虚心禮敬，因與攜手閒步，不覺行數十里，至夏谷村。遇一廢佛堂，松竹森映。和璞坐松下，以杖叩地，令侍者掘深數尺，得一瓶，瓶中皆是婁師得與永公書。和璞笑謂曰：「省此乎？」房遂灑然，方記其爲僧時，永公即房之前身也。』

東郡隆興寺贈覺蓮禪師［一］

蓮葉蓮花浄碧漪，香生香滅是禪機。自將明月添松火，閒剪秋空補衲衣。猿過講堂山果落，經殘佛閣野雲飛。虎谿谿上鐘聲午［二］，流水潺潺送客歸。

注釋

［一］東郡：指明東昌府，以其爲秦漢時之東郡地，故稱。隆興寺：在府城（聊城）東門外，洪武間建。覺蓮禪師：未詳。

［二］虎谿：在廬山東林寺門前。相傳晉代東林寺慧遠法師送客不過谿，過則虎輒號鳴，因名虎谿。

白閣燕集贈狄明叔將軍［一］

解印歸來尚黑頭，鷫冠野服卧菟裘［二］。嬾將大石磨金劍，賸有閑田放紫騮。竹樹微風含曲檻，花枝斜日墮空樓。相期好結洪厓伴，碧浪三山海外遊。

注釋

[一]白閣：泛指樓閣。唐李洞《題崔少府莊》：「有期登白閣，又得賞紅蕖。」前蜀貫休《讀賈區賈島集》：「青雲終歎命，白閣久圍爐。」狄明叔：臨清（今山東臨清市）人，家世武弁，仕至浙西參戎，三十解官歸。馮夢禎《快雪堂集》卷五四《快雪堂日記》：「丙申十二月初九，……狄明甫來。留敘，底暮而別。狄，臨清人，名某，家世武弁，仕至浙西參戎，三十解官歸。有文彩，家畜聲伎。」

[二]菟裘：地名，在今山東泗水縣。《左傳·隱公十一年》：「羽父請殺桓公，以求大宰。公曰：『爲其少故也，吾將授之矣。使營菟裘，吾將老焉。』」晉杜預注：「菟裘，魯邑，在泰山梁父縣南。不欲復居魯朝，故別營外邑。」後因以稱告老退隱之處。

寄輓程思玄太學[一]

少年文采照詞林，神理寧歸氣韻沉。荒土千秋埋玉樹[二]，廣陵一曲罷瑤琴。芸留壁蠹香初歇，羽折原鴒恨轉深。康樂近來應寂寞[三]，西堂夢破草蕭森[四]。

注釋

[一]程思玄：程問學，字思玄。見本書丁應泰《屠赤水白榆集序》注釋[一一]。程思玄萬曆十八年（一五九〇）卒。本書文集卷十六有《程思玄太學誄》。

[二]玉樹：此稱美程思玄爲佳子弟，典出《世說新語·言語》：「謝太傅問諸子姪：『子弟亦何預人事，而正欲使其佳？』諸人莫有言者。車騎答曰：『譬如芝蘭玉樹，欲使其生於階庭耳。』」

[三]康樂：康樂公。南朝宋謝靈運，襲封康樂公，因稱。謝靈運族弟謝惠連，聰敏而善屬文，深得謝靈運賞識。其《雪賦》，即以高麗見奇。謝靈運「見其新文，每曰：『張華重生，不能易也。』」（《南史·謝方明傳》）惜惠連早卒，年僅二十七歲。

[四]西堂：指謝靈運爲官於永嘉時所居之處，《南史·謝方明傳》載：「子惠連，年十歲能屬文，族兄靈運加賞之，云：『每有篇章，對惠連輒得佳語。』嘗於永嘉西堂思詩，竟日不就，忽夢見惠連，即得『池塘生春草』，大以爲工，嘗云：『此語有神功，非吾語也。』」

白榆集校注詩集卷之七

七言律詩三

長安即事四首[一]

五侯七貴退朝回[二]，繡箔珠簾大第開。身後豈能迷日月，手中空自挾風雷。龍章盡奪平沙冷，馬鬣無聲蔓草堆[三]。不放秦宮花底活[四]，西園零落總堪哀[五]。

青娥皓齒貢流蘇，白璧黄金轉轆轤。墮馬樓前梁冀宅[六]，當壚簾裏霍家奴[七]。袞衣窄袖花千樹，銀甲哀筝酒百壺。運去悲來煙草緑，墓門啼殺後棲烏。

星散花飛奈若何，浮雲黯靄問江河。宵衣叩閤聽銀漏，曉日揚鞭振玉珂。小苑芙蓉通御氣，大池楊柳借恩波。夕陽笑破邯鄲夢[八]，得似山中住薜蘿。

鳳輦朝隨御路長，龍池夜宿禁煙蒼[九]。紅雲閃爍傳天語，白日氤氳起電光。花燭千金駙馬第，彩衣十隊侍中郎。胡椒鐘乳今何處，好去閑門看夕陽。

注釋

[一]長安：指京都。

［二］五侯七貴：泛指權貴豪門。

［三］馬鬣：墳墓封土之一種形狀，代指墳墓。

［四］秦宮：東漢大將軍梁冀嬖奴。宮年少俊美，冀與妻孫壽争幸之。《後漢書・梁冀傳》：『冀愛監奴秦宮，官至太倉令，得出入壽（按梁冀之妻孫壽）所。壽見宮，輒屏御者，託以言事，因與私焉。宮内外兼寵，威權大震，刺史二千石皆謁辭之。』唐李賀《秦宮詩》：『皇天厄運猶曾裂，秦宮一生花底活。』

［五］西園：此泛指權貴家園林。

［六］梁冀宅：東漢大將軍梁冀之豪宅。相傳梁冀之妻孫壽發明墮馬髻，以爲媚惑。

［七］霍家奴：指西漢權臣霍光之寵奴馮子都，見《漢書・霍光傳》。漢辛延年《羽林郎》：『昔有霍家奴，姓馮名子都。依倚將軍勢，調笑酒家胡。』

［八］邯鄲夢：唐沈既濟傳奇小説《枕中記》中盧生在邯鄲客店所做之富貴榮華夢。

［九］龍池：代指宮苑。

任城覽眺［一］

二月任城花氣寒，登高載酒一憑欄。汀洲送目雲帆亂，隴阪驅車雪色殘［二］。商女春衣飄錦帶，王孫夜獵鬪銀鞍。多情太白樓前月［三］，照入金尊萬頃寬。

注釋

［一］任城：舊廢縣，舊治在今山東省濟寧市區。

［二］隴阪：山坡。

［三］太白樓：即太白酒樓，見本書詩集卷二《任城登太白酒樓》注釋［一］。

淮徐感興［一］

望國懷鄉感路岐，征夫兩鬢欲成絲。江南水闊魚難至，淮北春寒花較遲。斷磧馬蹄冰裂後，平林鶯語日斜時。

金書玉札無消息，碧海青天有夢思。

注釋

［一］淮徐：地域名稱，指古徐州一帶。

奉懷母夫人［一］

昔別長途雨雪飛，今來楊柳正依依。天邊自喜人南去，江上初迎雁北歸。淚與春波窺素髮，夢隨殘月下鳴機。舉杯明月花前劇，笑摘櫻桃媚舞衣。

注釋

［一］母夫人：屠隆母趙氏，江西參政趙瓚之女，屠濬妻。以子貴封太孺人。《由拳集》卷二十三有《趙太夫人行略》。

代内見懷［一］

馬頭明月劒頭塵，雁度關河獨愴神。惜別艱難因雨雪，斷腸容易是陽春。夢回芳草渾迷路，欲寄寒衣怕倩人。小吏封侯消息遠，年年雙睫在車輪。

注釋

［一］内：内人。屠隆妻楊枝，字柔卿。其父楊梧爲屠隆塾師，後以女妻之。以夫貴，封孺人。《甬上屠氏宗譜》卷三十一《賢淑》有《楊孺人傳》。

懷李之文之芳吴昌齡文長伯英諸子[一]

遊子欲從冰雪老，故人占斷水雲秋。高歌明月邀青雀，緩坐輕沙帶白鷗。僧舍竹邊聞謝豹，女郎花裏出筌箵。年來生事真堪妒，只把三江傲五侯[二]。

注釋

[一] 李之文：李先嘉，字之文，爲屠隆外甥。之芳：屠隆外甥，李先嘉之兄。吴昌齡：吴叔嘉，字昌齡。文長：屠隆侄孫。伯英：屠隆侄孫。

[二] 三江：此特指寧波之餘姚江、奉化江、甬江。餘姚江、奉化江在寧波城東門外合流，合流後稱甬江。合流處名三江口，其景爲一方之勝。

懷嘉則賓父伯翼長文田叔仲初鄭朗諸君[一]

相思公子住巖阿，歲歲衣裳剪薜蘿。水濺山花春屐冷，僧歸湖雨暮鐘多。犬能愛客沿谿送，猿不驚人帶月過。詎用移文心自媿，雲青沙白奈君何。

注釋

[一] 嘉則：沈明臣，字嘉則。賓父：李生寅，字賓父，號「暘谷山人」，鄞縣人，宋忠襄公李顯忠之後。約明神宗萬曆初前後在世。隱居不仕，家世有别業一區，在蕭皋，爲山水佳處，時來賓客相酬唱。《甬上耆舊詩》卷二十三《李賓父先生生寅傳》：「爲人風儀修整，性和雍，不立崖岸，意思蕭散。精名理……生平都無好，惟好爲詩，不肯作世人雕飾，天動神來，自然高妙，俱謂詩如其人……先生獨不仕，懷古慕道。」工詩，有《李山人詩》二卷。與屠隆同爲甬上詩文社友人，屠隆《栖真館集》卷二一有《李賓父山人傳》。伯翼：楊承鯤，字伯翼。長文：汪禮約，字長文。田叔：屠本畯，字田叔。仲初：柴應聰，字仲初，屠本畯之婿，鄞縣人。有詩名，著《自怡集》。《甬上耆舊詩》卷三十有傳。《由拳

集》卷十三有《讓柴仲初》，《栖真館集》卷一有《哭柴仲初一首》，卷十一有《柴仲初自娱集敘》。鄭朗：葉太叔（元叔），字鄭朗。後更名亭立，字介子。性耿介。寧波人，早年與屠隆同學。擅詩，極得沈明臣推奬。著有《思煙集》《蔵山稿》。傳見《甬上耆舊詩》卷二十一。以上均爲屠隆家鄉友人。

懷元美元馭敬美三先生[一]

王家珠樹羡雙棲，蘿薜門深斷馬蹄。已向竺乾修浄業[二]，更因莊叟見天倪[三]。書殘貝葉雲生牖，種得胡麻水滿谿。到日只愁雞犬去，千巖萬壑使人迷。

注釋

[一] 元美：王世貞，字元美。元馭：王錫爵，字元馭。敬美：王世懋，字敬美，王世貞弟。
[二] 竺乾：指佛。唐白居易《新昌新居書事四十韻因寄之郎中張博士》：『大底宗莊叟，私心事竺乾。』
[三] 莊叟：莊子。

懷王辰玉道兄[一]

昔與王喬理鳳笙[二]，露華明月傍瑶京。蕊珠經罷天初朗，沈水香銷夜轉清。白雪似侵姑射色[三]，紅霞忽送步虚聲。許家玉斧丹陽弟[四]，早晚看君鶴背行。

注釋

[一] 王辰玉：王衡，字辰玉，號緱山。太倉人，王錫爵之子，曇陽大師王桂弟。
[二] 王喬：即王子喬，字子晉。神話傳説中人物，傳爲周靈王太子。見本書詩集卷一《逍遥子賦》注釋[三六]。
[三] 姑射：藐姑射仙人。典出《莊子・逍遥游》。

［四］許家玉斧：東晉許穆（上清派第三代宗師）之子許翽，小名玉斧。丹陽句容人。道教稱『雷平山真人許君』。

懷王百穀陸伯生彭欽之徐孟孺郁孟野沈孟嘉曹重甫諸宜甫諸子[一]

離亭相送各沾膺，伐木歌成恨不勝。萬里飄零官舍酒，寸心愁絶濁河冰。烏啼霜落吴王劍[二]，馬去天空大帝陵[三]。到日桃花應滿縣[四]，碧山無恙五湖澄。

注釋

［一］王百穀：王穉登，字百穀。生於江陰，移居吴門（蘇州）。著名布衣詩人，『弇州四十子』之一。陸伯生：陸應暘，字伯生，松江華亭人。彭欽之：彭汝讓，字欽之，青浦人。徐孟孺：徐益孫，字長孺，又字孟孺，華亭人。郁孟野：郁承彬，字孟野，華亭人。沈孟嘉：據本書文集卷五《發青谿記》，沈孟嘉爲崑山人。餘未詳。曹重甫：青浦人，孝廉曹世龍子。太學生，好收藏書畫。《（萬曆）青浦縣志》卷八有屠隆爲其父所作《曹孝廉世龍誄》：『不佞爲由拳長，部下士曹太學重甫從不佞遊，甚善曾生，淹洽有文，博物鑒古。所居左圖右史，瀹茗爇香，工詩歌，美風調，而然諸信義，稱菰蘆中佳士。又雅多四方賢豪長者遊。其先尊公孝廉君負奇才，尤篤行義君子也。余同年友馮太史開之爲孝廉銘，車膳部子仁、王百穀並爲立傳，而重甫復以誄屬不佞。』諸宜甫：未詳，本書詩集卷八有《留别諸宜甫兄弟二首》，或爲同一人。

［二］吴王劍：此指蘇州虎丘劍池。

［三］大帝陵：三國吴主孫權之陵墓，又稱蔣陵，在今南京市鍾山南麓。孫權謚『大皇帝』，省稱『大帝』。

［四］縣：此指青浦縣。全句謂己上計至京之時，青浦縣應是花開時節。兼有『花縣』美稱之意。

鄒爾瞻自戍所賜環喜劇賦此[一]

孤臣迢遞去投荒，萬死飄零戍夜郎。雲黑蠻童過小隊，天青山鬼借陰房。三年瘴癘那聞雁，十月邊垂不下霜。今日一尊堪慟哭，鐵衣無恙見君王。

注釋

［一］鄒爾瞻：鄒元標，字爾瞻。以疏論張居正奪情事，謫戍貴州都匀衛。參見本書詩集卷三《送鄒爾瞻給諫以言事左遷南比部》、卷六《寄鄒進士爾瞻二首》詩及相關注釋。

同姜仲文使君登子瞻黄樓矚眺［一］

馬璧①沉河蜃氣平，蒼煙石碣暮濤聲。坐來空闊摇星漢，歌入滄浪採杜蘅。鶴去樓青簾半捲，城高水白月孤明。竝將彩筆酬千古，送盡飛鴻酒未傾。

校勘

①璧：原作『壁』，據文意改。

注釋

［一］姜仲文：姜士昌，字仲文，丹陽人。萬曆十年（一五八二）以司農郎出爲徐州榷商使者。子瞻：宋蘇軾，字子瞻。黄樓：故址在徐州（今江蘇徐州市）。蘇軾知徐州時，遇黄河决口，軾率民防水；水退之後，增築徐城。於其東門築大樓，堊以黄土，因稱黄樓。後樓爲登覽之勝。宋蘇轍、秦觀均有《黄樓賦》。

贈陸無從［一］

才子無官名轉高，知君自愛廣陵濤［二］。石壇松桂邀碁局，水殿芙容借綵毫。月上①江干時蕩槳，客來花裏坐焚膏。平生國士看能幾，不惜臨分解佩刀。

校勘

①上：底本原作『止』，據程元方本改。

注釋

［一］陸無從：陸弼，字無從。揚州人。諸生，好讀書交遊，工曲，著有傳奇《存弧記》等，詩文有《正始堂集》。

［二］廣陵：揚州之舊稱。廣陵濤，指廣陵之曲江潮。漢枚乘《七發》：『將以八月之望，與諸侯遠方交遊兄弟，並往觀濤乎廣陵之曲江。』唐大曆後，曲江潮不復見。

題柴仲初芳草齋［一］

幽人野性狎鷗群，更欲攜家就白雲。江穩浪痕推月出，林深鳥語隔花聞。開門延客犬初吠，選石哦詩日又曛。經罷香殘無一事，題書遥寄華陽君［二］。

注釋

［一］柴仲初：柴應聰，字仲初，屠本畯之婿，鄞縣人。有詩名，著《自怡集》。芳草齋：柴應聰齋室名。

［二］華陽君：南朝著名道士陶弘景。隱居茅山，號華陽真逸。

贈張念華侍御［一］

埋輪直氣總向①天，攬轡全清海岱煙［二］。調入雲門高九奏，星垂龍劍迥雙懸。秦餘遍踏桃花路［三］，禹穴深探宛委編［四］。國士千秋堪雪涕，心慚匕首報恩年。

校勘

① 向：程元方本作『回』。

注釋

［一］張念華：張文熙，字念華，廣西臨桂人。萬曆五年（一五七七）進士，屠隆同年。由讀書中秘改御史，巡按陝西、浙江，兼浙江鄉試考官，以應天府丞、太僕寺卿致仕。有《壬癸草》《雲巖集》《冏窀山房全集》《按浙録》《敉寧録》等。

［二］海岱：本稱渤海至泰山之間地帶，此泛指山海。

［三］秦餘：指桃花源人家，其先世避秦時亂而居此。

［四］禹穴：會稽宛委山禹穴，相傳大禹於此得書、藏書。

贈張肖甫司馬四首［一］

日出煙銷海岱平，簡書司馬得專征。雙龍似挾星辰下，萬騎長驅風雨行。南國文章通蜃氣，西湖歌吹斷邊聲［二］。

銅梁玉壘氣崔嵬［三］，金簡玄夷立馬來［四］。畫角登城擘河漢，樓船泛海度蓬萊。雄篇直與之罘壯［五］，片石真同峴首哀［六］。聞道採芝長獨往，桃花萬樹入天台［七］。

黃石英雄白兔姿［八］，凌雲文采伏波師。江空疊鼓驚長篴，雪滿營門捲大旗。羽扇綸巾天浩蕩，花箋斗酒墨淋漓。萬夫馬首來羅拜，獨夜光芒鵲印垂。

上相行邊風雨從，旌旗落日繞千峰。清江皓月開三秀，滄海洪波壓五松。帳下偏裨①閑射虎，尊前詞客競雕龍。山川靈氣歸真宰，總識丹霞世外容。

校勘

① 裨：原作『禆』，據文意改。

注釋

[一] 張肖甫：張佳胤，字肖甫。初號瀘山，以家在崌、崍兩山之間，更號崌崍山人（又作居來山人），重慶銅梁縣人。嘉靖二十九年（一五五〇）進士，歷任滑縣令、兵部職方、禮部郎中、蒲州知州、山西按察使、兵部右侍郎、兵部左侍郎、浙江巡撫等職，官至兵部尚書，授太子太保，卒贈少保。天啟初年，追謚襄憲。工詩文，爲『後五子』之一。有《崌崍集》。

[二] 西湖：指杭州西湖。萬曆十年（一五八二），杭州兵變，張佳胤以兵部右侍郎兼右僉都御史，巡撫浙江，戡亂有功。又擊敗島夷之犯。是年遷兵部左侍郎，加右都御史。

[三] 銅梁：山名。在今重慶市合川區南。山有石梁横亘，色如銅，故名。玉壘：山名。在今四川省理縣東南。唐杜甫《登樓》詩：『錦江春色來天地，玉壘浮雲變古今。』銅梁玉壘，作者舉以爲巴蜀名山。

[四] 金簡玄夷：傳説玄夷蒼水使授大禹治水金簡，見本書詩集卷二《赤帝玄夷歌贈黄白仲》注釋[二]。

[五] 之罘：山名。在今山東煙臺市北。《史記·秦始皇本紀》：『（始皇）登之罘，立石頌秦德焉而去。』相傳刻石文字出自李斯手筆。

[六] 峴首：山名。在今湖北襄陽市襄州區南。晉羊祜任襄陽太守，有政績。後人於峴首山立碑紀念。《晉書·羊祜傳》：『襄陽百姓於峴山祜平生遊憩之所建碑立廟，歲時饗祭焉。望其碑者莫不流涕，杜預因名爲墮淚碑。』

[七] 天台：浙江天台山。

[八] 黄石：秦末黄石公，授張良《太公兵法》之圯上老人。

訪王玄静[一]

是雅宜先生子[二]。余家族子爲閩臬參軍，爲倭奴所得，要千金贖還。時王君以幕僚間關萬死，乞哀當事諸公，族子賴以生還。

王君灑落名賢後，高誼千秋白日懸。傑閣平臨滄海月，空船長繫太湖煙。映門修竹疑初地，夾岸桃花閟洞天。載酒偶來同小阮[三]，醉時聊借石牀眠。

注釋

[一] 王玄静：王子陽，字玄静，號龍岡。王寵之子，唐寅之婿。

[二] 雅宜先生：王寵，字履仁，更字履吉，號雅宜子、雅宜山人，吴縣（今蘇州）人。與祝允明、文徵明並稱『吴門三家』『吴中三才子』。著

有《雅宜山人集》《王履吉集》《東泉志》《新安王氏統宗譜》等。

［三］小阮：晋人阮咸。因咸與叔父阮籍均爲『竹林七賢』人物，世稱阮咸爲小阮。唐李白《陪侍郎叔游洞庭醉後》：『三杯容小阮，醉後發清狂。』屠隆此處以稱王玄静。

贈馬水部［一］

使君爲吏自仙仙，彩筆縱横大曆年。水國秋雲生劒首，星橋明月落帆前。天寒十丈峨眉雪，香積孤峰太華蓮［二］。三載差池勞夢寐，相將攜手洞庭煙。

注釋

［一］馬水部：未詳。

［二］太華：西嶽華山。華山主峰稱蓮花峰。

張肖甫司馬招飲三茅觀絶頂是夜遂宿觀中［一］

山當凉月酒全消，步入流霞路轉遥。有鳥隔花窺絳蠟，何人映竹坐璃簫。海潮初過暮渚出，風雨忽來秋殿摇。更傍真人分紫氣，一官吾已夢冥寥［二］。

注釋

［一］張肖甫：張佳胤，字肖甫。三茅觀：道觀名，祀三茅真君，在杭州吴山，爲符籙派道教聖地。

［二］冥寥：鴻冥寥邈、廣大無邊之意，以稱蟬蜕塵囂、放遊天地、逍遥自適之境。屠隆亦以『冥寥子』爲號，有《冥寥子遊》二卷。

鄒爾瞻自戍所召拜省郎識喜二首[一]

帝念忠良補衮材，拜恩新自夜郎回[二]。星摇列炬鳴珂集，霧散爐香大殿開。路斷炎荒迴日月，天高嶽瀆走風雷。知君更有消摇意，馬首西山暮色來[三]。

黄沙自分老窮荒，青瑣那知拜夕郎。魂夢未能離野戍，恩波應已泣蠻王[四]。鐘聲浮動三秋月，花氣凄清五夜霜。正值垂衣歌有道，更兼鳴鳳滿朝陽。

注釋

［一］鄒爾瞻：鄒元標，字爾瞻。鄒元標以疏論張居正奪情事遭貶，張氏敗後，自戍所召還，萬曆十一年（一五八三）八月起爲吏科給事中。

［二］夜郎：古夜郎地，此稱鄒爾瞻所謫戍之貴州都匀衛古屬地。

［三］西山：北京西山。

［四］蠻王：對西南少數民族首領之稱呼。

傅侍御自海上戍所召還臺中作[一]傅君居戍所十年，還朝鬢髮盡白。

朝看水怪夜山魈，遷客魚龍伴寂寥。蓬髩雙侵窮島雪，鐵衣獨卧海門潮[二]。偶逢儓吏譚瑶草，夢與神人度石橋[三]。十載飄零惟一劍，主恩垂老賜還朝。

凄凉銅雀墓門空[四]，浩蕩金雞絶塞通。憲府已多新白簡，都人猶識舊花驄。五更風露衣痕冷，雙闕星河燭影紅。萬里脱衣①旋草疏，清霜皦日照孤忠。

校勘

① 衣：程元方本作『裝』。

注釋

［一］傅侍御：傅應禎，字公善，安福人。隆慶五年（一五七一）進士，除零陵知縣。萬曆三年（一五七五），徵授御史，疏陳三事，因語侵張居正，下獄窮治，後被謫戍定海。萬曆十一年（一五八三）正月召還。前後在定海戍所約十年。

［二］海門：内河通海之處。

［三］神人：指傳説中爲秦始皇於海上驅石作橋者。見本書詩集卷三《題王諫議家畫五大山水歌・錢塘》注釋［九］。

［四］銅雀：銅雀臺，漢末建安十五年（二一〇）冬曹操建。故址在今河北省臨漳縣古鄴城西北隅。屠隆此句化用南朝陳張正見《銅雀臺》詩：『凄凉銅雀晚，摇落墓田通。』下句對仗之『金雞』，指古代頒佈赦詔時所用之一種金首雞形之儀仗。屠隆《綵毫記・妻子哭别》：『浮生逐馬蹄，遇的是山精木魅，何日裏蒙雨露赦金雞。』

吴太史召還作［一］

曾飛片紙叫重閽［二］，歸老丘樊道自尊［三］。坐占水雲三萬頃，閒繙石室五千言［四］。經年不作華清夢［五］，此日重登金馬門［六］。烈士風霜知自保，鮮衣楚楚佩芳蓀。

注釋

［一］吴太史：吴中行，字子道，號復庵，武進人。隆慶五年（一五七一）進士，選庶吉士，授編修。萬曆五年（一五七七）因抗疏論座主大學士張居正奪情，與趙用賢同遭廷杖罷官。萬曆十年（一五八二）張居正死後復官。終於侍講學士，掌南京翰林院事，又被劾歸，卒。有《賜余堂集》。

［二］重閽：指宫門。

〔三〕丘樊：園圃，指歸隱處。

〔四〕石室：指藏書處。晉葛洪《抱樸子·内篇自序》：『雖不足以藏名山石室，且欲緘之金匱，以示識者。』

〔五〕華清：華清宫，代指宫廷。

〔六〕金馬門：漢代宫門名，爲宦者署門。

送劉惟衡給諫之留都〔一〕

青瑣儤郎在赤霄，主恩南去不爲遥。蟠龍山勢迴三殿，飲馬江流問六朝。綵筆千秋借雲氣，皂囊一路采歌謡。送君無恨臨河意，落木清霜映板橋。

注釋

〔一〕劉惟衡：劉一相，字惟衡，萬曆五年（一五七七）屠隆同年進士。歷任高平知縣、南京吏科給事中、稷山知縣、陝西按察司副使等。有《船政要覽》《燕喜堂文集》。留都：指南京。

送兵科給諫鍾道復年兄之金陵〔一〕

一紙封章動百蠻，拜恩東去列鵷班。天青霜磬南朝寺，石長寒松北固山〔二〕。七校旌旗屯大澤，九河樓櫓踞雄關。重臣坐壓咽喉地，兼理蘭舟煙雨間。

注釋

〔一〕鍾道復：鍾宇淳，字道復，一字履道，號順齋，松江府華亭縣人。萬曆五年（一五七七）進士，授遂昌知縣，後陞任南京兵科給事中。未幾授福建布政司參政，經蘇州便道歸家，得病不起，卒，年四十三。著有《括蒼吟稿》《南垣疏奏》等。

〔二〕北固山：在今江蘇省鎮江市東北，臨長江。爲名勝。

陳思進拜吏科給諫却贈[一]

水緑霞紅殿閣涼，争傳才子入明光[二]。雕鞍廣陌花無數，銀燭香爐夜未央。楊柳千行裁鳳詔，芙蓉十丈駕虹梁。會看同列班朝者，萬里孤臣自夜郎。時鄒爾瞻自貴竹戍所賜環，與君同拜。

注釋

[一] 陳思進：陳大科，字思進，通州人。隆慶五年（一五七一）進士。曾任紹興府推官。纍官至右都御史，兼兵部侍郎。總督兩廣，定安南有功。有《陳如岡文集》。

[二] 明光：漢宮殿名。泛指宮殿。

題陸敬承太史芸香館二首[一]

館在長安街，與宮闕相對。

紫殿何妨白屋貧，星河獨夜宿勾陳。斜簾半捲秋空雁，冷露全清御道塵。玉版金弢知太①史，疏籬野菊是幽人。暫時簪筆勞供奉，早晚松蘿許結隣。

寂寥真稱子雲居[二]，咫尺風塵隔玉除[三]。殿上壚香分縹緲，簾前宮樹借扶疎。花開犬吠朝廷客，燭冷烏棲夜校書。最愛月高斜日晚，紅霞散盡碧天虚。

校勘

① 太：底本原作『大』，據程元方本改。

注釋

［一］陸敬承：陸可教，字敬承，浙江蘭溪人。萬曆五年（一五七七）進士，授編修，充纂修會典官，兼掌誥敕。纍官至南京禮部右侍郎，卒後贈南京禮部尚書。有《陸禮部文集》十六卷。傳見《（康熙）金華府志》卷十七《人物》。《由拳集》卷五有《感懷詩五十五首·陸編脩敬承》。芸香館：陸可教宅館名。

［二］子雲：漢揚雄，字子雲。晉左思《詠史》其四：『寂寂揚子宅，門無卿相輿。寥寥空宇中，所講在玄虛。』唐盧照鄰《長安古意》：『寂寂寥寥揚子居，年年歲歲一牀書。』

［三］玉除：玉階，借指朝廷。

和王恒叔登玩花臺故息夫人臨妝處［一］

土蝕臺荒露草根，春來黄蝶滿西園。新宮歌舞花前宴，故國山河夢裏魂。風暖五雲籠繡箔，日斜雙燕語重門。年年抱得蘼蕪恨，不使君王見淚痕。

注釋

［一］王恒叔：王士性，字恒叔。號太初，又號元白道人。浙江臨海人，山西布政使王宗沐子。萬曆五年（一五七七）進士，授確山知縣，徵授禮科給事中。陳天下大計，言朝廷、官司、兵戎要務，深切時弊。上疏彈劾楊巍阿諛輔臣申時行，又請召還沈思孝、顧憲成等，忤旨，出爲四川參議，歷太僕少卿、鴻臚卿。著有《廣志繹》《五嶽遊草》。玩花臺：故址在今河南省息縣城西。相傳爲春秋時息侯夫人息嬀臨妝處。據《左傳·莊公十四年》載，息國被楚文王所滅，王納息嬀。『楚子如息，以食入享，遂滅息。以息嬀歸，生堵敖及成王焉。未言，楚子問之，對曰：「吾一婦人而事二夫，縱弗能死，其又奚言？」』息夫人事爲後人詠嘆，如唐宋之問《息夫人》：『可憐楚破息，腸斷息夫人。』唐王維《息夫人》：『看花滿眼淚，不共楚王言。』唐胡曾《息城》：『息亡身入楚王家，回首春風一面花。感舊不言長掩淚，只應翻恨有容華。』

贈林景徵侍御①［一］

直廬三載厭承明［二］，驄馬千花輦路迎。雁度秋河宫樹緑，烏啼古柏殿雲平。天津霜落旌旗遠［三］，淮甸風高鼓角清[四]。不獨袖中多諫草，雄文往往是西京[五]。

校勘

①底本目録中題作『贈林景侍御』。

注釋

[一]林景徵：林休徵，字景徵。福建興化府莆田縣人。萬曆五年（一五七七）進士，屠隆同年。歷官翰林院庶吉士，河南道御史等。

[二]直廬：侍臣值宿之處。漢承明殿有旁屋，即侍臣值宿所居，稱承明廬。

[三]天津：此泛指河流津渡。

[四]淮甸：淮河流域。

[五]西京：本稱漢長安，此指《西京賦》。

聖駕幸天壽山恭述[一]

千峰佳氣鬱蘢葱，地爽天高卜壽宫。裊裊鳳笙傳大殿，駸駸龍馬踏遥空。風雲騎士三河少[二]，日月旌旗六郡雄[三]。絶勝周王金母宴[四]，山花齊拱御筵紅。

注釋

[一]聖駕：皇帝之車乘，亦借指皇帝。天壽山：在今北京市昌平區北，明代十三個皇帝陵墓建於此。《明一統志·順天府·山川》：『天壽山，在府北一百里。山自西山一帶東折而北，至此群峰聳拔，若龍翔鳳舞，自天而下。其旁諸山，則玉帶、軍都，連亘環抱；銀山、神嶺，羅列拱護。勢雄氣固，以奠三陵，名曰「天壽」，實國家億萬年永安之地。』

[二]三河少：三河少年。漢代以河内、河東、河南三郡爲三河，轄境在今河南北部及山西南部一帶，地近洛陽。《史記·貨殖列傳》：『夫三河，在天下之中，若鼎足，王者所更居也。』因近京師之故，少年多氣度不凡。唐王維《老將行》：『節使三河募少年。』宋敖陶孫《詩評》：

『曹子建如三河少年，風流自賞。』

［三］六郡雄：六郡雄勇之士。六郡謂漢代隴西、天水、安定、北地、上郡、西河。《漢書·地理志下》：『天水、隴西，山多林木，民以板爲室屋。及安定、北地、上郡、西河，皆迫近戎狄，修習戰備，高上氣力，以射獵爲先……漢興，六郡良家子選給羽林、期門，以材力爲官，名將多出焉。』唐張九齡《奉和聖制送尚書燕國公説赴朔方軍》：『聞風六郡勇，計日五戎平。』

［四］周王：指周穆王。金母：西王母。《穆天子傳》卷三：『乙丑，天子觴西王母於瑶池之上。西王母爲天子謡曰：「白雲在天，山陵自出。道里悠遠，山川間之。將子無死，尚能復來？」天子答之曰：「予歸東土，和治諸夏。萬民平均，吾顧見汝。比及三年，將復而野！」』

聖駕幸老君堂僊人洞恭述［一］

巨石中開御道平，𤫊瓏玉洞水霞明。藤蘿偏映宮衣色，松桂俱含天樂聲。絳闕星河扶輦下，白雲僊仗隔花迎。蒲萄緑酒雕胡飯，月出瑶臺夜轉清。

注釋

［一］老君堂僊人洞：在今北京市昌平區十三陵鎮仙人洞村北蔣山，爲一天然溶洞，明代於洞前建有老君堂。

北上彭城別姜仲文二首［一］

征夫直似老風沙，暫解銀鞍問酒家。惜別空令悲往日，相逢不住是流霞。忽驚月出東林白，但恨天低北斗斜。好買雙舠分水國，一竿長得共蒹葭。

荒城濁酒送斜陽，數起門前指雁行。木葉時時作風雨，星河夜夜在衣裳。坐深熠燿初驚扇，秋冷莎雞半入牀。何物最能關別恨，野橋殘月照清霜。

注釋

［一］彭城：今江蘇省徐州市之舊稱。姜仲文：姜士昌，字仲文。

送徐華陽方伯入朝東還道經宣城因憶故君典太史［一］方伯及余俱與太史有葭莩之好。

五雲雙闕下崔嵬［二］，客路論心濁酒杯。殿閣西來接星漢，海天東去近蓬萊。金鞍細雨霓旌濕，鐵笛青煙畫舫開。定過陵陽尋片石［三］，故人丘壟白楊哀。

注釋

［一］徐華陽：徐元太（《明史》作泰），字汝賢，號華陽，宣城人。嘉靖四十四年（一五六五）進士，先後知江山縣、魏縣。陞吏部考功主事，萬曆五年（一五七七）分校闈試，以取同鄉沈懋學之嫌，左遷山東參政。改陜西按察使。官至南京刑部尚書。有《喻林》等。君典：沈懋學，字君典。宣城人。萬曆五年（一五七七）狀元，授修撰，乞病歸。萬曆十年（一五八二），朝廷再召，赴京途中病逝。與屠隆交好，約爲婚姻。

［二］五雲雙闕：指朝廷。

［三］陵陽：山名，在宣城。

送袁文轂左遷滄州别駕［一］

滄州好去采芙蓉，繞郭流波泛短舼。無那流言成市虎，轉看浮世薄雕龍。香清雲冷官衙暮，樓暝花繁水氣濃。豈謂謫居妨嘯傲，高齋盡日坐寒松。

注釋

［一］袁文轂：袁應祺，字文轂，見本書詩集卷五《送袁履善南遊天臺雁宕諸山兼訊袁黄巖明府》注釋［一］。滄州：明屬北直隸省河間府，今河北省轄市。

贈范國士侍御[一]

仙郎曾出理煙霞，山縣鳴琴日欲斜[二]。種朮采苓俱政事，青羊白鹿見官衙。冰心暫領西臺節[三]，天漢還乘北斗槎。好踏香爐峰頂去[四]，與君石上卧松花。

注釋

[一] 范國士：范儁，字國士。見本書詩集卷三《送范國士侍御以言事免官歸高安》注釋[一]。

[二] 山縣：指義烏縣。

[三] 西臺：御史臺之通稱。

[四] 香爐峰：江西廬山香爐峰。因范儁爲江西高安人，故云。

送吴山人游泰山[一]

匹馬長安落葉分，手提竹杖謁元君[二]。天門頂上騎黄鵠[三]，日觀峰頭攬白雲[四]。鐵笛剛風吹不斷，香爐寶殿夜猶焚。采芝儻憶同心語，好寄丹霞緑字文。

注釋

[一] 吴山人：未詳。本書詩集卷三有《贈吴山人昌齡》，或即其人。

[二] 元君：泰山女神，全稱『天仙玉女泰山碧霞元君』。

[三] 天門：泰山東南西北各有『天門』。

[四] 日觀峰：泰山峰名，位於玉皇頂東南，因利於觀日而得名。

贈朱文臣吏部[一]

同時作吏五湖邊[二]，只隔疎林一帶煙。粉署雞香行複道[三]，青絲馬首映連錢。簾前日落西山出[四]，城上烏啼北斗懸。玉樹蒹葭真忝竊[五]，檢書難燭自清緣。

注釋

[一]朱文臣：朱來遠，字文臣（一字文甫），號修吾。直隸廬州府廬江縣人，萬曆五年（一五七七）進士，屠隆同年。歷官秀水知縣、吏部文選司郎中、太常寺少卿。《（萬曆）秀水縣志》卷之四有小傳；何慶元《何長人集·蓬來室近稿·文類》有《朱奉常修吾先生行狀》。

[二]五湖：此指太湖。朱來遠曾爲秀水縣令，屠隆曾爲青浦縣令，故稱「同時作吏五湖邊」。

[三]粉署：尚書省之别稱。朱來遠任職之吏部、屠隆任職之禮部，若在唐代，均屬尚書省。明代已不設尚書省，此僅借其名。雞香指雞舌香，古代尚書上殿奏事，口含雞舌香。複道：閣道。

[四]西山：北京西山。

[五]玉樹：稱美朱來遠。蒹葭：屠隆自謙。謂二人品貌才能極不相稱却在一起。典見南朝宋劉義慶《世説新語·容止》：「魏明帝使后弟毛曾與夏侯玄共坐，時人謂『蒹葭依玉樹』。」

奉送大宗伯徐公致政歸三吴四首[一]

建禮秋高宿未央[二]，曾將彩筆事先皇[三]。孤臣江漢憐漂泊[四]，匕首虹霓自慨慷。萬里總看凋髩髮，三朝誰識飽風霜[五]。天寒歸去河冰合，督亢亭前落葉黄[六]。

神驥風稜烈士心，而今始得脱華簪。履聲漸與星辰遠[七]，馬跡應知雲霧深。古殿疎鐘林屋曉[八]，遥天落日太湖陰。他年使者詢黄髪，好向蒼厓頂上尋。

向曉登車冰雪殘，城頭北斗尚闌干。山川濟勝身猶健，鷗鷺尋盟夢始安。飛瀑濺花茶竈濕，冷風吹户石牀寒。

倏然獨領煙霞去，種得名園竹萬竿[九]。

老從天子乞閒身，面作桃花髩似銀。三殿鐘聲初送客[一〇]，五湖月色已邀人[一一]。林深小雨青芝長，門掩清谿白石鄰①。孤劍自傷知己去，風雷何日合延津[一二]。

校勘

① 鄰：底本原作『憐』，據程元方本改。

注釋

[一] 大宗伯徐公：徐學謨，字叔明，號太室山人。嘉定（今屬上海市）人。嘉靖二十九年（一五五〇）進士，授兵部主事，改中書舍人。歷官郎中、知府。以事罷歸，起南陽知府。進湖廣布政使，以右僉都御史巡撫鄖陽。官至禮部尚書。有《春明稿》《歸有園稿》《徐氏海隅集》《萬曆湖廣總志》等。生平事蹟見申時行所作墓誌銘，在《賜閑堂集》卷二六。周代有『大宗伯』官職，掌管朝廷禮儀，後世禮部尚書職責與其同，故明代亦稱『大宗伯』。徐學謨萬曆十一年（一五八三）由禮部尚書致政歸原籍。三吳：此一地理概念，各歷史時期或不同語境下所指之範圍有所差異，宋以後一般指蘇州、常州、湖州。明代，嘉定屬蘇州府。

[二] 建禮：本漢宮門名，爲尚書郎值勤之處，因用爲尚書郎之稱呼。未央：本漢宮名，此借指宮殿。

[三] 先皇：前代帝王，此指嘉靖皇帝。

[四] 江漢：指長江與漢水間及周圍一帶地區。徐學謨曾任荆州知府、湖廣副使（分巡襄陽）、湖廣按察使等職，爲人孤直，沉浮不定。

[五] 三朝：指世宗、穆宗、神宗三朝。

[六] 督亢亭：在明涿州城東南一十五里。見本書詩集卷三《贈别鍾公旦文學》注釋[六]。

[七] 星辰：代指朝廷或京華。

[八] 林屋：山名，在太湖洞庭西山。道教所稱『十大洞天』之一，號稱『元神幽虚之洞天』。

[九] 名園：徐學謨自早歲罷荆州守，歸故鄉後卽搆一園，名曰『歸有』。園中有竹千餘竿。

[一〇] 三殿：皇宮中之三大殿，借指皇宮。

[一一] 五湖：此指太湖。

[一二] 延津：即延平津，晉時屬延平縣（今福建南平市東南）。相傳晉時龍泉、太阿兩劍於此化龍而去。見本書詩集卷三《送范國士侍

御以言事免官歸高安》注釋[七]。

賦得西望瑤池降王母得瑤字[一]

親遣青童鶴駕邀[二],西來金母阿環朝[三]。龍紋珠履蒼煙濕,虎帶鞶囊赤電摇。半嶺剛風送簫管,一天凉月浸璚瑶。僊郎手進雕胡飯,千歲嵰州雪未消[四]。

注釋

[一] 西望瑶池降王母:此杜甫《秋興八首》其五中詩句。

[二] 青童:仙童。

[三] 金母阿環:西王母。南朝梁陶弘景《真诰·甄命授》:『所謂金母者,西王母也。』(宋)周密《癸辛雜識前集》『玉環』條:『荆公詩云:「瑶池森漫阿環家。」又云:「且當呼阿環,乘興弄溟渤。」則是以西王母爲阿環也。』

[四] 嵰州:神話傳説中之地名。晉王嘉《拾遺記》卷三:『三十六年,(周穆)王東巡大騎之谷……西王母乘翠鳳之輦而來,前導以文虎文豹,後列雕麟紫麏,曳丹玉之履,敷碧蒲之席、黄莞之薦,共玉帳高會。薦清澄琬琰之膏以爲酒,又進洞淵紅蘤、嵰州甜雪、昆流素蓮、陰岐黑棗、萬歲冰桃、千常碧藕、青花白橘。』

送徐孺旭還吴[一]

王孫征馬倦風煙[二],暫向東吴問秫田[三]。送客寒天遼海雁[四],遲人春水洞庭船[五]。醉逢王績花前酒[六],歸及緱山鶴上仙[七]。我亦曾眠林屋洞[八],因君回首一悽然。

注釋

[一] 徐孺旭:徐兆曦,字孺旭,嘉定(今屬上海)人,禮部尚書徐學謨長子。國子生,擅詩文,通書畫。有《嘯臺集》。

[二]王孫：本指王之子孫，後用以泛指貴族子弟或對人之尊稱，此以稱徐孺旭，表推敬。

[三]東吴：泛稱古吴地，此指徐孺旭所還之嘉定。

[四]遼海：遼東。遼海雁，泛指北方南飛之雁。

[五]洞庭：此爲太湖之别名。晉左思《吴都賦》：「指包山而爲期，集洞庭而淹留。」《文選》劉逵注引王逸曰：「太湖在秣陵東，湖中有包山，山中有如石室，俗謂洞庭。」

[六]王績：隋末唐初人，字無功，號東皋子，絳州龍門（今山西河津市）人。性簡傲，嗜酒，時稱「斗酒學士」。見本書詩集卷三《青谿道士吟留别京邑諸游好》注釋[二七]。

[七]緱山：又稱緱氏山，位於今河南省偃師市東南。緱山鶴上仙：指周靈王太子晉。相傳其在緱山升仙，乘鶴而去。見本書詩集卷一《逍遥子賦》注釋[三六]。

[八]林屋洞：即林屋洞天，在太湖洞庭西山。道教所稱「十大洞天」之一。

寄郁孟野[一]

薊門沙白捲枯蓬[二]，風急霜高吹斷鴻。鄭氏無能棲谷口[三]，幼安豈願客遼東[四]。疎燈茅屋鳴寒雨，短褐關河逗遠空[五]。早晚垂鞭動西笑，馬頭夭矯掛青虹。

注釋

[一]郁孟野：郁承彬，字孟野，華亭人。居隆爲青浦令時交好之士子。

[二]薊門：即薊丘，位於北京城西德勝門外西北隅。見本書詩集卷一《奉送蔡師出按淮陽》注釋[二]。

[三]鄭氏：指漢人鄭樸。樸字子真，漢褒中（今陝西漢中市）人。隱居雲陽谷口（今陝西涇陽縣王橋鎮），世號谷口子真。修道守默，漢成帝時大將軍王鳳禮聘之，不應，耕於巖石之下，名動京師。見《漢書·王貢兩龔鮑傳序》。

[四]幼安：東漢末三國魏著名隱士管寧，字幼安。北海郡朱虛（今山東省安丘、臨朐東南）人。避亂至遼東，講學三十餘年，從之者衆。後還鄉，亦不受徵聘。

[五]關河：關山河川。

雪夜集徐文卿宅[一]

雪滿燕山照玉京[二]，琴邊初聽落梅聲。暫違麋鹿丘中賞，終是煙霞物外情。長嘯不知雙闕迥[三]，片言俱帶五湖清[四]。花暝斗斜銀燭换，坐深凍雀下層城[五]。

注釋

[一]徐文卿：徐琰，字文卿，青浦人，大學士徐階侄。

[二]燕山：燕山山脈，自今薊縣東南綿延至海濱。玉京：指帝都。

[三]雙闕：宫殿前兩邊高臺上之樓觀。

[四]五湖：此指太湖，因徐文卿爲松江人。

[五]層城：高城。

寄胡從治開府二首[一]

關門西指控幽燕[二]，路斷當年飲馬泉[三]。醉倚筌篌供坐嘯，親隨刁斗出行邊。龍堆慘澹千旗雪[四]，雞肋騷尋萬騎煙[五]。掃盡胡塵天地朗，射雕還擬過祈連[六]。

縛虎雕龍氣總豪，雙鞬列校擁干旄。按歌玉板塡都護，立馬銀鞍試彩毫。風勁天寒霜隼疾，草枯日落塞鴻高。么麼豈有英雄骨，慙媿心知解佩刀。

注釋

[一]胡從治：胡同文，字從治，號松麓。浙江嚴州府壽昌縣人。嘉靖四十四年（一五六五）進士。初授刑部主事，纂修實録。外轉江西瑞州知府，陞廣東海道，調江西吉安、袁州兵備，以剛正不阿，解組歸田。起補山東曹濮兵備，陞江西布政司左參，引疾乞休。有《松麓文集》。

傳見《（康熙）新修壽昌縣志》卷七。

［二］幽燕：指京師一帶。其地戰國時屬燕國，唐以前屬幽州，故稱。

［三］飲馬泉：泉名，又名鸊鵜泉，在今内蒙古五原縣。此處歷史上曾是唐與吐蕃争奪之地。唐李益《過五原胡兒飲馬泉》：『緑楊著水草如煙，舊是胡兒飲馬泉。幾處吹笳明月夜，何人倚劍白雲天。』該詩原注：『鸊鵜泉在豐州（按五原唐屬豐州）城北，胡人飲馬於此。』居隆用指邊地。

［四］龍堆：白龍堆之略稱，古西域沙丘名。後指邊塞地。見本書詩集卷三《薊門行贈顧益卿使君》注釋［七］。

［五］雞肋：此處比喻邊關。語出《三國志·魏志·武帝紀》：『（劉）備因險拒守。』裴松之注引晉司馬彪《九州春秋》：『時（魏）王欲還，出令曰：「雞肋。」官屬不知所謂。主簿楊修便自嚴裝，人驚問修：「何以知之？」修曰：「夫雞肋，棄之如可惜，食之無所得，以比漢中，知王欲還也。」』

［六］祈連：即祁連山。《漢書·霍去病傳》：『去病至祁連山。』顔師古注：『祁連山即天山也，匈奴呼「天」爲祁連。』故祁連山又作祈連山，『祈』『祁』音同也，漢荀悦《前漢紀·孝武三》：『大月氏本匈奴同俗，居燉煌、祈連山間。』

寄梅客生明府［一］

長安十載酒人傍，彩筆生花劍吐光。地迥霜高飲馬窟，天寒日落鬬雞場。兩都奏賦稱才子［二］，三輔鳴琴自帝鄉［三］。總怪神君朝月朔，雙鳧咫尺得迴翔。

注釋

［一］梅客生：梅國禎，字客生。

［二］兩都：漢代指長安和洛陽，此喻明之北京和南京。漢班固有《兩都賦》，此喻梅國禎之文才。

［三］三輔：指京城附近地區。梅國禎時任固安知縣。固安縣明屬順天府，今屬河北省廊坊市。

雙林即事［一］

生事年年逐馬蹄，禪房何日借幽棲。雲深洞犬當花暝，香護林猿映竹啼。乞食僧歸殘雨外，窺簾月在暮鐘西。

了然心似空潭水，萬壑千峰宿虎谿[二]。

注釋

[一] 雙林：即娑羅雙樹，本指釋迦牟尼涅槃處，借指寺廟。

[二] 虎谿：廬山東林寺門前之谿名。相傳晉代東林寺慧遠法師送客不過谿，過則虎輒號鳴，因名。屠隆此處借指寺院。

寄吕使君二首[一]

才如洗馬暢玄風[二]，官是宣城列郡雄[三]。南國採桑千騎外[四]，西園飛蓋百花中[五]。窗臨瀑水僊巖映，月上寒松官舍空。幾向丹霞見顔色，陵陽歌吹送歸鴻[六]。

清風朗月倚參差，紅藥青苔識履綦。開逕不妨流水至，焚香長與白雲期。人如子晉霞衣薄[七]，書寄華陽鶴使遲[八]。亦有瓊花雜瑶草，僊郎無那隔山陂[九]。

注釋

[一] 吕使君：吕胤昌，字玉繩，號麟趾。浙江餘姚人，大學士吕本之孫，戲曲理論家吕天成之父。萬曆十一年（一五八三）進士，授安徽寧國府推官。萬曆十七年（一五八九）陞吏部主事。

[二] 洗馬：晉人衛玠，著名清談名士、玄學家，官至太子洗馬。

[三] 宣城：寧國府治所在地。

[四] 南國：南方。

[五] 西園：三國曹魏園林名，在鄴城，曹氏父子、鄴下文人常遊宴西園。屠隆此處泛指園林。

[六] 陵陽：山名，在宣城。相傳爲陵陽子明得仙之地。

[七] 子晉：神話人物王子喬，字子晉。相傳其喜吹笙作鳳凰鳴，被浮丘公引上嵩山修煉，後升仙。

[八] 華陽：南朝著名道士陶弘景，隱居茅山，號華陽真逸。茅山有鶴臺，鶴爲僊家送書使者，屠隆本書詩集卷五《送王辰玉徐孟孺薄遊

金陵二首》：『此去經過勾曲下，華陽定遣鶴書迎。』

［九］僊郎：此爲對吕胤昌之美稱。

都下贈洪孝先山人［一］

君是洪崖第幾孫［二］，自將雞犬住花源［三］。孤雲抱石藤蘿暝，凉月含風松桂繁。何事馬蹄行紫陌［四］，定應蓬累視朱門［五］。碧桃落盡鷽啼歇，閒殺空山洗藥盆。

注釋

［一］都下：都城。洪孝先：字從周。據《（光緒）永嘉縣志》卷十七人物志五：『洪孝先，字從周，以詩書畫名重都下。張崌崍、許雙塘、余同麓、何震川、潘澄川争折節下交。崌崍開府浙江巡甌，式其廬，辭以疾，固請乃見，終不往謁，時高其風。所著有《雁池集》。』

［二］洪崖：傳説中黄帝近臣伶倫之仙號。

［三］花源：桃花源。此指仙境。

［四］紫陌：指都城郊野之路。

［五］朱門：紅漆大門，指貴族豪富之家。

贈鄒舍人孚如［一］

年少金門可陸沉［二］，形骸落穆氣蕭森。胸吞夢澤魚龍舞［三］，家住瀟湘煙雨深［四］。繾綣直須桑下語，風流自賞篋中琴。他年好共棲南嶽［五］，滿地松杉落日陰。

注釋

［一］鄒舍人孚如：鄒觀光，字孚如，德安府雲夢（今湖北雲夢縣）人。萬曆八年（一五八〇）進士，授中書舍人。見本書詩集卷三《鄒舍人

歌》注釋[一]。

[二]金門：漢宮門名，學士待詔之處。

[三]夢澤：楚之雲夢澤。

[四]瀟湘：湘江與瀟水之並稱。此處借指楚地。

[五]南嶽：南嶽衡山。

送范屏麓大司成還吳興[一]

春城花色照行衣[二]，白馬驂驔落日微。天路終難借龍性，野人應不妒漁磯。雙溪緑雨飛青雀[三]，片石丹霞掩玉扉。手拍洪崖看六博[四]，香風滿路采芝歸。

注釋

[一]范屏麓：范應期，字伯楨，號屏麓。浙江烏程（今湖州市）人。嘉靖四十四年（一五六五）狀元，授翰林院修撰。歷中允，典南北文武試。官至國子監祭酒。萬曆十二年（一五八四）致仕還鄉。有《全拙堂集》。屠隆稱范應期爲大司成，因唐高宗龍朔二年（六六二）改國子監爲司成館，祭酒爲大司成，故用其稱。

[二]春城：春天里之都城。

[三]雙溪：指湖州府治西之苕溪和府治南之霅溪。

[四]洪崖：傳説中黄帝近臣伶倫之仙號。晉郭璞《遊仙詩》：『左挹浮丘袖，右拍洪崖肩。』

送喬曹長備兵井陘三首[一]

熊耳峰前牙帳明[二]，使君千騎出幽并[三]。風高鉅鹿宵弓勁[四]，雪盡滹沱春水平[五]。金劍雙龍吹斗氣，銅焦七校起邊聲。白猿黄石英雄略[六]，坐使天驕避姓名[七]。

新提虎竹散朝班，夾岸桃花黑水灣[八]。獵火如城連上黨[九]，大旗捲雪照陰山[一〇]。射鵰弓響單于遁[一一]，飲馬泉枯將士閒[一二]。此日垂楊牽別恨，太行西去是陽關[一三]。

粉署含香已有年[一四]，黄金横帶出行邊。平沙莽莽胡天盡，野日高高漢壘懸。白馬夜屯驃騎帳[一五]，朱旗曉散鸊鵜煙[一六]。丈夫久抱鷹揚氣，好取長繩縛左賢[一七]。

注釋

[一]喬曹長：未詳。井陘：關隘名，太行山支脈井陘山之關隘，又稱井陘口、土門關，爲經太行進出華北平原之要道，著名軍事要塞。《吕氏春秋·有始》：『何謂九塞？大汾、冥阸、荆阮、方城、殽、井陘、令疵、句注、居庸。』唐王維《送趙都督赴代州得青字》：『天官動將星，漢地柳條青。萬里鳴刁斗，三軍出井陘。忘身辭鳳闕，報國取龍庭。豈學書生輩，窗間老一經。』井陘關明代屬真定府獲鹿縣，今屬河北省石家莊市井陘縣。

[二]熊耳峰：屬太行山中段封龍山群峰之一，在今河北石家莊市元氏縣境内。

[三]幽并：指古幽州和并州之舊地。

[四]鉅鹿：縣名。明屬順德府（今河北邢臺市）。

[五]滹沱：河名。明李賢等《明一統志·真定府·山川》：『滹沱河，在府城南，自雁門来，經靈壽等縣，至直沽入於海。』

[六]白猿：白猿公，傳説爲古代善劍術者。漢趙曄《吴越春秋·勾踐陰謀外傳》：『處女將北見於王，道逢一翁自稱曰袁公，問於處女：「吾聞子善劍，願一見之。」女曰：「妾不敢有所隱，惟公試之。」於是袁公即杖箖箊竹，竹枝上頡橋未墮地，女即捷末，袁公則飛上樹，變爲白猿。』黄石：黄石公，授張良兵書之老父。唐杜牧《題永崇西平王宅太尉愬院六韻》：『授符黄石老，學劍白猿翁。』

[七]天驕：『天之驕子』之省稱。漢班固《漢書·匈奴傳上》：『單于遣使遺漢書云：「南有大漢，北有强胡。胡者，天之驕子也。」』後泛稱强盛之少數民族或其首領。

[八]黑水：水名。明李賢等《明一統志·真定府·山川》：『黑水，在定州界，池深而不流。』

[九]上黨：古郡名、地名。不同歷史時期，其所指範圍大小不一，其中心在古潞州一帶。《朱子語類·理氣下·天地下》：『上黨，即今潞州。……以其地極高，與天爲黨，故曰上黨。上黨，太行山之極高處。』

[一〇]陰山：山脈名，在今内蒙古自治區中部。見本書詩集卷三《薊門行贈顧益卿使君》注釋[五]。

[一一]單于：漢時匈奴君長之稱號。

[一二] 飲馬泉：泉名，又名鸊鵜泉，在今内蒙古五原縣。見本卷《寄胡從治開府二首》注釋[三]。

[一三] 太行：太行山。陽關：關名。在今甘肅省敦煌市西南，因位於玉門關以南，故稱。唐王維《渭城曲》：『勸君更盡一杯酒，西出陽關無故人。』屠隆此處用以泛指關塞。

[一四] 粉署：尚書省之别稱。與後文中『含香』同指在禮部官署任職。

[一五] 驃騎：漢朝驃騎將軍霍去病。史載霍去病轉戰邊地出擊匈奴等，捕首虜甚多。

[一六] 鸊鵜：地名，亦泉名（即飲馬泉）。唐時在豐州西受降城北，今内蒙古五原縣境内。

[一七] 左賢：左賢王，匈奴貴族之高級封號。

輓馬鍾陽大司徒先生[一]

落落三朝舊典刑，可堪河嶽走英靈[二]。山空土冷埋雄劍，風急天高隕大星。煉藥爐煙秋裊裊，藏書峽雨晝冥冥[三]。神遊八極何時返，髣髴牙旗捲幔亭[四]。

注釋

[一] 馬鍾陽：馬森，字孔養，號鍾陽，福建懷安人。嘉靖十四年（一五三五）進士，授户部主事。出知太平府，陞江西副使、按察使、左布政使，提陞巡撫。調任刑部右侍郎，後改任户部尚書。一度以病辭職歸故里，後任南京工部右侍郎，改户部，以右副御史總督漕運，兼巡撫鳳陽，陞南京户部尚書。隆慶元年（一五六七）調北京户部尚書。後辭官回鄉養親。萬曆八年（一五八〇）卒，謚恭敏。有《恭敏公集》。《白榆集》文集卷十九有《馬大司徒傳》。

[二] 河嶽：黄河和五嶽之並稱。河嶽英靈，指山川所鍾毓之英傑人物。

[三] 峽：指長江西陵峽之西段『兵書寶劍峽』，相傳諸葛亮藏兵書於懸崖上。

[四] 幔亭：指福建武夷山，其山有幔亭峰，故稱。馬森爲福建懷安人，因以福建名山言之。

贈劉衛尉[一]

呼鷹臺下見雄姿[二]，雷電縱横説劍時。座上兩都梁苑客[三]，門前六郡羽林兒[四]。雕窗夜醉西園酒[五]，綵筆親裁南國詩[六]。最是秋風雲夢獵[七]，桃花寶馬汗淋漓。

注釋

[一] 劉衛尉：劉承禧，字延伯，湖北麻城人，錦衣衛都督劉守有長子。萬曆八年（一五八〇）武狀元，官錦衣衛指揮。

[二] 呼鷹臺：臺名，又稱景升臺，在今湖北襄陽。宋曾慥《類説・襄陽耆舊傳》：『劉表爲荆州刺史，築呼鷹臺，作《野鷹來》曲。』

[三] 兩都：漢之西都長安，東都洛陽，合稱兩都。漢代辭賦家以兩都爲題材，創作了一批著名作品。梁苑客：西漢梁孝王東苑中之賓客。東苑又稱梁苑，爲著名園林，梁孝王喜賓客，辭賦家司馬相如、枚乘、鄒陽等均爲梁苑中之座上客。屠隆此句讚美劉承禧結交文士。

[四] 六郡：漢代隴西、天水、安定、北地、上郡、西河之統稱。羽林兒：羽林軍士。六郡出雄勇之士，漢興，六郡良家子選給羽林軍。見本卷《聖駕幸天壽山恭述》注釋[三]。

[五] 西園：三國曹魏園林名，在鄴城。曹氏父子、鄴下文人常遊宴西園，唐張説《鄴都引》：『晝攜壯士破堅陣，夜接詞人賦華屋。』

[六] 南國：此處指江漢一帶地方，《詩・小雅・四月》：『滔滔江漢，南國之紀。』因劉承禧爲湖北麻城人，故謂『綵筆親裁南國詩』。

[七] 雲夢：古楚地之雲夢澤。因劉承禧爲楚地人，雲夢獵乃化用典故，漢司馬相如《子虛賦》中，有鋪敘楚王雲夢澤打獵之盛况。

贈沈純父符卿四首[一]

憶昔投荒萬死輕，寒沙飛藿暮雲平。一尊若箇河梁送[二]，匹馬蕭然嶺徼行[三]。薜荔山魈銜霧氣，珊瑚龍子泣波聲。知君已領煙霞趣，白日空懸烈士名。

海上三年飽蕨薇，荔枝花外月痕微。曈曨曉日趨金殿，慘澹邊霜卧鐵衣。謫去自憐骸骨在，重來肯使壯心違？青冥閑看飛黄鵠，獨有孤雲無是非。

幾樹桄榔手自栽，金雞到海逐臣回。神靈呵護崆峒碣，儋客淹留沆瀣杯。竹暗蠻煙山鳥下，花深戍月嶺猿來。東園秘器西陵栢[四]，早見荒原蔓草哀。

曾挾風雷排九天，英雄氣盡是枯禪。紫騮亂踏長安月[五]，白鹿閑棲古洞煙[六]。寂寞祗深航海後，逍遥不待掩關年。桃花那隔秦人路，共掃空山片石眠。

注釋

［一］沈純父：沈思孝，字純父（一作純甫），號繼山，嘉興人。隆慶二年（一五六八）進士，任番禺知縣。陞刑部主事，以論張居正奪情杖戍南海。復起，纍官光禄寺卿、太常寺少卿、順天府尹、南太僕卿、右僉都御史、工部侍郎。『四十子』之一。有《行戍》《郊居》《西征》諸稿，《溪山堂》《吾美堂》等集。《明史》卷二二九有傳。屠隆曾爲沈氏貶戍南海時所撰《行戍集》作序，見本書文集卷三。

［二］河梁：橋梁，此指送别之地。典出舊題漢李陵《與蘇武》詩：『攜手上河梁，遊子暮何之？』

［三］嶺徼：稱五嶺以南地區。

［四］東園：官署名，秦漢置。掌管陵墓内器物、葬具之製造與供應。『東園秘器』，指皇室、顯宦死後所用之棺材。《漢書·佞幸傳·董賢》：『及至東園祕器，珠襦玉柙，豫以賜賢，無不備具。』顔師古注引《漢舊儀》：『東園祕器作棺梓。』西陵：指陵墓。

［五］長安：指京城。

［六］古洞：指廬山白鹿洞。唐李渤曾隱居讀書於此洞，有白鹿爲伴。

送殷無美出守夷陵二首［一］

如椽綵筆飲秋虹，南國專城氣自雄［二］。絶峽春雲神女賦［三］，平原大獵楚王風［四］。滿川花柳青猿外，夾岸篔簹緑雨中。十丈布帆千頃雪，使君把酒坐凌空。

山川祇是借靈文，地僻官閒澤國分［五］。春踏陽臺花上下［六］，夜焚蘭芷氣氤氲。將無歲月淹辭賦，一半生涯治水雲。彷佛黄陵聞寶瑟［七］，天青露白問湘君［八］。

注釋

［一］殷無美：殷都，字無美，一字開美，嘉定人。萬曆十一年（一五八三）進士，選爲夷陵知州。見本書詩集卷四《任城道中聞殷無美方衆甫梅客生諸君登第識喜》注釋［一］。夷陵：州名，明屬荆州府。舊治在今湖北宜昌市。

［二］南國：此指處江漢一帶之夷陵。

［三］絶峽：指長江三峽。戰國末期楚國鄢（今湖北宜城）人宋玉作《神女賦》，云：『楚襄王與宋玉遊於雲夢之浦，使玉賦高唐之事。其

夜玉寢，果夢與神女遇，其狀甚麗……。』

[四] 平原：此指江漢平原，古雲夢澤一帶。『平原大獵楚王風』，化用漢司馬相如《子虛賦》中鋪敘楚王雲夢澤打獵之盛况。

[五] 澤國：對其境内多沼澤地區之稱呼。

[六] 陽臺：絶壁上凸出之石臺，宋玉《高唐賦》謂楚襄王與宋玉遊於雲夢之臺。一説巫山中之一峰名（按，此峰名恐爲後人附會）。

[七] 黄陵：傳説爲舜之二妃墓所在地，在湖南省湘陰縣北，濱洞庭湖。

[八] 湘君：湘水之神。傳説舜南巡崩於蒼梧之野，二妃哀痛，投水而死，爲湘水之神。因思舜，常於江上鼓瑟以寄哀思。

舒崇孝陳鳳父王季孺徐伯衡史長靈諸吉士攜酒見訪賦贈[一]

石渠豪客善談天[二]，窮巷聊鑣問草玄[三]。莽蕩世情飛鳥外，淋漓酒態落花前。杯行露坐摇青漢，月出高城散緑煙。人道群真會句曲[四]，好風吹下紫霞篇。

注釋

[一] 舒崇孝：舒弘緒，字崇孝。通山（今屬湖北）人。萬曆十一年（一五八三）進士，選庶吉士，改吏科給事中。天啟中，贈光禄少卿。有《行意草堂稿》。陳鳳父：陳良軸，字鳳父，江西新建人。萬曆十一年（一五八三）進士，選庶吉士。工書法。王季孺：王萓，字季孺。見本書詩集卷二《秋夜同郭舜舉蔡伯華王季孺金玄朗詹政叔燕萬伯修宅聽李金吾彈琵琶》注釋[一]。徐伯衡：徐應聘，字伯衡，昆山人。萬曆十一年（一五八三）進士，選庶吉士，授檢討。京察中流言蜚語當貶，拂衣歸，家居十餘年，始起行人司副。後宦至太僕少卿，卒於官。著有《友竹居詩集》。《明詩綜》卷五九有小傳，收其詩一首。史長靈：史孟麟，字際明，一字長靈，號玉池，宜興人。萬曆十一年（一五八三）進士，選庶吉士。改兵科給事中、吏科都給事中。萬曆二十一年（一五九三）稱病辭歸。家居十五年，參與東林書院講學，頗孚時望。後召起故官。『梃擊案』發，以請立皇太孫，觸帝怒，貶兩浙鹽運判官。熹宗立，由南京禮部主事，累擢太僕卿。有《亦爲堂集》。

[二] 石渠：閣名。西漢皇室藏書處，在未央宫殿北。《三輔黄圖·閣》：『石渠閣，蕭何造。其下礱石爲渠以導水，若今御溝，因爲閣名。所藏入關所得秦之圖籍。至於成帝，又於此藏祕書焉。』

[三] 草玄：此屠隆以漢揚雄事自比。《漢書·揚雄傳下》：『哀帝時，丁、傅、董賢用事，諸附離之者或起家至二千石。時雄方草《太玄》，有以自守，泊如也。』

［四］群真：群僊。句曲：茅山之別稱，爲道教家所稱之第八洞天。

送王茂大出僉楚臬［一］

千言草疏挾風霜，一日乘槎指漢陽［二］。官舍峰霞飛紫蓋，扁舟煙雨下瀟湘［三］。綵毫氣吐青虹冷，瑶瑟聲和白芷香。知爾平生耽勝事，君王爲卜水雲鄉。

注釋

［一］王茂大：王亮，字茂宏（亦作茂大），後改字稺玉，號樓峰，浙江臨海人。萬曆五年（一五七七）進士，歷任進賢知縣，兵科給事中，湖廣、四川僉事，苑馬寺少卿兼管靖虜兵糧道事（駐陝西），後陞遷福建都轉鹽運司副使。有《王稺玉集》。屠隆有《王茂大修竹亭稿序》，見本書文集卷三。出僉楚臬：指王亮出任湖廣僉事。

［二］漢陽：漢水北，又府名。

［三］瀟湘：瀟水和湘水。屠隆精選『漢陽』『瀟湘』，以代指湖廣布政司所轄地區和王亮行途，同時爲下四句伏筆。

送趙汝師太史還吴二首［一］

偶來東觀覽人群［二］，歸去南中卧水雲［三］。除是山深堪獨嘯，若爲身隱不須文。天將黄鵠心俱遠，名在青城世得聞［四］。龍笛吹殘蛟蜃舞，詩成乞與洞庭君［五］。

高閣平臨藜火青［六］，焚香幾載坐春星。丹霞寒覆華陽館［七］，落日天荒征虜亭［八］。三殿豈能留折檻［九］，五湖乍可快揚①舲［一〇］。山齋緑樹堪銷夏，萬遍陰符大洞經。

校勘

①揚：底本原作『楊』，據程元方本改。

注釋

［一］趙汝師：趙用賢，字汝師，江蘇常熟人。見本書詩集卷二《去婦歸爲趙汝師太史作》注釋［一］。

［二］東觀：原爲東漢洛陽南宫内觀名，班固等曾於此修《漢記》。後因以稱國史修撰之所，或稱宫中藏書之所。

［三］南中：南方。

［四］青城：青城山，爲修道名山。在四川灌縣（今都江堰市），相傳東漢張道陵修道於此，道教稱爲第五洞天。屠隆此處用以泛指仙山。

［五］洞庭君：此指趙用賢。趙用賢家鄉近太湖，太湖别稱洞庭，因以『洞庭君』美之。

［六］高閣：二句化用漢劉向校書天禄閣，太乙之精以杖藜燃火照明授書之典故，參見本書詩集卷三《鄒舍人歌》注釋［六］。

［七］華陽館：屠隆自稱其燕京寓所，參見本書詩集卷三《顧朗生江左名流與余彼此相慕悦有年未嘗結詑余在燕京座客常滿時朗生亦客京師絶不相見比余被讒挂冠東去發舟潞河朗生提壺策蹇遠送河干且手出五詩贈别余感其高義賦長歌以贈之》詩注釋［二］。

［八］征虜亭：東晉征虜將軍謝安立，因以爲名。故址在今江蘇南京市南郊。

［九］三殿：皇宫中之三大殿。此借指朝廷。折檻：化用漢朱雲典故，《漢書·朱雲傳》載，雲爲槐里令時，請求成帝賜劍以斬佞臣張禹，反而觸怒成帝，命將雲拉去斬首。雲攀殿檻，抗聲不止，檻爲之折。經大臣勸解，雲始得免。後成帝明理，命保留折檻原貌，以表彰直諫之臣。

［一〇］五湖：太湖之别稱。

寄壽朱大司空［一］

北斗南行紫氣俱［二］，東山遥領白雲疎［三］。玉函太乙真人籙［四］，金簡玄夷使者書［五］。六博花間微雨後，一尊池上晚凉初。醍醐夜醉丹霞色，自引鸞笙駕鹿車。

注釋

［一］朱大司空：朱衡，字士南，一字惟平，號鎮山，江西萬安人。嘉靖十一年（一五三二）進士。歷知尤溪、婺源，有治聲。遷刑部主事、郎中，後出爲福建提學副使，纍官山東布政使。嘉靖四十四年（一五六五）改官工部尚書兼右副都御史，總理河漕。萬曆初被劾乞歸。有《道南源委録》《朱鎮山先生集》。

［二］北斗：此處用爲對朱衡之恭稱。
［三］東山：化用晉謝安東山高卧典稱美朱衡。
［四］太乙真人：天神名。
［五］玄夷使者：傳説中授大禹治水金簡之人。參本書詩集卷二《赤帝玄夷歌贈黄白仲》注釋［二］。

送朱可大水部奉使青齊暫還豫章壽其尊人大司空公[一]

親探泰岱篋中文[二]，遂踏匡廬頂上雲[三]。太傅弦歌高館合[四]，贊皇花石曲池分[五]。西清肯負鵷鸞夢[六]，南浦聊爲鷗鷺群[七]。舞罷萊衣①進天酒[八]，丹砂遥寄碧霞君[九]。

校勘

① 萊衣：底本原作『來衣』，據程元方本改。

注釋

［一］朱可大：朱維京，字可大（一稱大可），朱衡子。居隆同年。見上卷《豫章朱可大大理出宰語谿寄訊一首時不通聞問五稔矣》注釋［一］。青齊：古青州、齊州，此代指山東。豫章：古郡名，治所在今江西南昌。朱可大爲江西萬安人，屬古豫章郡。大司空公：指朱衡。
［二］泰岱：泰山。泰山又名岱宗，故稱。
［三］匡廬：江西廬山。相傳殷周之際匡氏兄弟結廬此山，故稱。
［四］太傅：晉謝安，因卒贈太傅，故稱。此以謝安比喻、恭維朱維京之父朱衡，與前首詩『東山遥領白雲疎』同一思致。
［五］贊皇：唐李德裕。趙郡贊皇（今屬河北）人，文宗時爲相，封贊皇伯，故被人稱爲『贊皇公』『李贊皇』。李德裕有平泉山居，爲唐代著名别墅園林，多花木泉石之勝，見李德裕《平泉山草木記》、唐康駢《劇談録》，以及《舊唐書·李德裕傳》等。
［六］西清：西廂清浄之處。漢司馬相如《上林賦》：『青龍蚴蟉於東葙，象輿婉僤於西清。』《文選》郭璞注引張揖曰：『西清者，葙（廂）中清浄處也。』
［七］南浦：古豫章地名，在今江西南昌西南。唐王勃《滕王閣》詩：『畫棟朝飛南浦雲，珠簾暮捲西山雨。』

［八］萊：老萊子，春秋末楚國隱士，孝養父母。『萊衣』爲『老萊衣』簡稱，《藝文類聚》卷二十引《列女傳》載其身穿五彩衣，取悦父母。

［九］碧霞君：泰山女神，全稱『天仙玉女泰山碧霞元君』。

送董伯念予告還吴興四首［一］

廣陌疎花撲柳條，馬嘶殘日酒初消。城隅宛轉飛塵亂，野樹參差暮色遥。水渌天空帆似雪，沙明人語月平橋。黯然夜讀江淹賦［二］，冷露中庭坐斗杓。

鳴笳伐鼓送仙郎［三］，大野平蕪帶郭長。纔上煙霄陪建禮［四］，又從雲水罷含香［五］。裁花初就辛夷塢［六］，薙草旋開紫葯房。調鹿呼猿俱盛事，日斜童子采昌陽。

作賦揮毫擥若華，輸君年少領蒹葭。馬蹄塵外行山路，雁柱聲中卧酒家。石壓湖船摧碧浪，樓虚水檻抱丹霞。凉風會送紅蕖落，歸到横塘及蓼花［七］。

嬾聽朝雞問馬鞭，華清煙月想吴天［八］。明珠南國邀文采，絲管東山借盛年［九］。江上白蘋催畫舫，省中嘉樹散瓊筵。孤桐歎息知音去，衰颯雙龍寶劍篇。

注釋

［一］董伯念：董嗣成，字伯念，烏程（今浙江湖州）人。見本書詩集卷三《走筆荅董伯念膳部》注釋［一］。董嗣成於萬曆十二年（一五八四）以疾告歸里，本書文集卷三有《送董伯念客部請告南還序》。吴興：湖州之古稱。

［二］江淹：南朝著名文學家。江淹賦，此指《别賦》。其賦首句云：『黯然銷魂者，唯别而已矣。』

［三］仙郎：沿用唐時對尚書省各部郎中、員外郎之慣稱。董嗣成官至禮部員外郎，故稱。

［四］煙霄：雲霄，此借指朝廷。建禮：本漢宫門名，爲尚書郎值勤之處，借指尚書郎。

［五］雲水：雲水之鄉，代指吴興。含香：古代尚書郎奏事答對時，口含雞舌香以去穢。此代指董嗣成之官職。

［六］辛夷塢：種植有辛夷之花塢。屠隆此處以及下句『紫葯房』，均形容董嗣成之家園勝景。

［七］横塘：古堤名，在吴縣西南。董嗣成由京城歸吴興經過之地。

[八] 華清：唐宫名，代指朝宫。

[九] 東山：化用晉謝安東山隱居、遊憩典故。

贈蕭以占太史二首[一]

綵筆雲霞莽不停，芙容削出萬山青。裁詩雪滿漁陽騎[二]，把酒風生督亢亭[三]。花覆桂橑①低廣殿，夜寒藜火照疎檽。一官未是千秋物，名落人間擬歲星。

紫蓋玄夷玉檢文[四]，向來嶽色助氤氳。荆王大獵驅寒雨[五]，漢女明妝下彩雲[六]。歌罷魚龍波上出，香清蘭茝月中分。屈平宋玉俱零落[七]，南紀滔滔已屬君[八]。

校勘

① 橑：底本原作『憭』，據程元方本改。

注釋

[一] 蕭以占：蕭良友，字以占，號漢中，一作漢冲。湖北漢陽人。萬曆八年（一五八〇）榜眼，授編修。官至國子監祭酒。有《玉堂遺稿》等。

[二] 漁陽：古地名，唐漁陽郡，治所在漁陽（今天津市薊州區）。

[三] 督亢亭：在明涿州城東南一十五里。見本書詩集卷三《贈別鍾公旦文學》注釋[六]。

[四] 紫蓋：南嶽衡山之紫蓋峰。玄夷：指玄夷蒼水使，傳説中授大禹治水金簡之人。參見本書詩集卷二《赤帝玄夷歌贈黄白仲》注釋[二]。

[五] 荆王：楚王。

[六] 漢女：漢水之神女。

[七] 屈平：屈原，名平，字原。屈原、宋玉爲楚國最著名文學家，舉以恭維蕭以占。

［八］南紀：南方。《詩經·小雅·四月》：「滔滔江漢，南國之紀。」

沈純父符卿蕭以占太史以孚民部龍君善司理集小齋作［一］

倒倚青天大白浮，客來恐是醉鄉侯［二］。不愁鳥外斜陽盡，自愛花間暝色留。露冷漢宮紈扇夜，燭深燕月絳河秋。諸君總把煙霞氣，會見雄文著五遊［三］。

注釋

［一］沈純父：沈思孝，字純父。蕭以占：蕭良友，字以占。以孚：蕭良譽，字以孚。蕭良友弟，萬曆八年（一五八〇）與兄同榜進士。歷任户部主事、户部郎中，陞寧國知府，河南提學副使，補廣西提學副使，陞福建、河南參政。龍君善：龍膺，字君善，時任徽州推官。

［二］醉鄉侯：對嗜酒者之戲稱。蘇軾《喬將行烹鵝鹿出刀劍以飲客以詩戲之》：「便可先呼報恩子，不妨仍帶醉鄉侯。」王十朋集注：「唐人詩：若使劉伶爲酒帝，亦須封我醉鄉侯。」

［三］五遊：指曹植《五遊詠》，該詩對後世遊仙詩影響極大，故屠隆以喻諸人之作。

同龍君善飲董伯念齋中時伯念以請告將歸吴興［一］

六街如水敞高筵［二］，萬樹宫鴉入暮天。日射斷虹收白雨，星含疎燭散青煙。何人自鼓瀟湘瑟［三］，有客將歸震澤船［四］。濁酒清歌君不醉，露華凄冷月空圓。

注釋

［一］龍君善：龍膺，字君善。董伯念：董嗣成，字伯念。吴興：湖州之別稱。

［二］六街：唐、宋都城皆有六條中心大街，故以泛稱京城街市。

［三］瀟湘瑟：湘靈所彈之瑟，乃寄相思之情。

［四］震澤：太湖之別稱。

送董繼可比部以言事左遷萬全幕僚［一］

漢殿初高折檻名［二］，群僚慷慨送君行。野風吹樹胡鷹下，邊月臨關代馬鳴。夢繞銅龍開禁曙［三］，霜高刁斗度寒聲。長歌出塞雄心起，落日弓刀雪色明。

注釋

［一］董繼可：董基，字巢雄，一字繼可，掖縣（今屬山東萊州）人。萬曆八年（一五八〇）進士，授刑部主事。萬曆十二年（一五八四），抗疏諫宦官操內廷，貶萬全都司都事。後遷南京禮部主事，陞任改光禄寺寺丞，終南京大理寺寺丞。萬全：全稱萬全都指揮使司，治所在宣府城（今河北省張家口市宣化區）。

［二］折檻：化用漢朱雲典故，見本卷《送趙汝師太史還吴二首》注釋［九］。

［三］銅龍：銅龍門，漢太子宫門名。門樓上飾有銅龍。此借指帝王宫闕。

送許西峪出守衡州［一］

朱陵紫蓋治南天［二］，七十二峰生暮煙［三］。官舍猿啼多緑樹，山橋馬跡繞紅泉。江妃映竹掩秋扇［四］，漢女凌波傍夜船［五］。定以雲霞銷簿領，使君爲吏是神僊。

注釋

［一］許西峪：許佽，字静夫，號西峪。河南靈寶人。以父許論恩蔭官生，歷戶部郎中。據《（乾隆）衡州府志》卷二十一《職官》，許佽萬曆十二年（一五八四）至萬曆十六年（一五八八）任湖廣衡州知府。衡州：治所在今湖南衡陽。

［二］朱陵：朱陵洞天，在南嶽衡山紫蓋峰下。

［三］七十二峰：衡山七十二峰。
［四］江妃：指湘靈。傳爲舜之二妃，故稱。
［五］漢女：漢水之神女。《後漢書·馬融傳》：『湘靈下，漢女遊。』

送關仲瑫還南海［一］

送君南去五羊城［二］，高木神飈天氣清。月滿布颿江水白，路盤山店嶺雲平。千林丹荔霜前色，萬户青猿雨後聲。歸到故國親友在，柴門濁酒飯香秔。

注釋

［一］關仲瑫：未詳。
［二］五羊城：广州城之别稱。

黄白仲由白下之燕見過邸中荅贈［一］

黄金臺冷問昭王［二］，醉卧胡姬酒肆傍［三］。邊草青青銷馬骨，朔雲漠漠壓魚陽。蟲吟風葉秋聲急，人語星河夜色凉。領取尊前千古意，天空大野立蒼茫。

注釋

［一］黄白仲：黄之璧，字白仲。見本書詩集卷二《赤帝玄夷歌贈黄白仲》注釋［一］。白下：南京之别稱。燕：指燕京。
［二］黄金臺：即燕王臺，戰國時燕昭王爲招賢納士所築。
［三］胡姬：指當壚賣酒之女子。漢辛延年《羽林郎》：『胡姬年十五，春日獨當壚。』

送蕭以孚民部出使江淮[一]

才子三都綵筆孤[二]，東方千騎使君殊。板橋明月窺紅樹，野櫂凉風下白蕪。定以煙霞銷簿領，不妨清夢狎鷗鳧。淮南舊是神仙地[三]，雞犬雲中信有無。

注釋

[一] 蕭以孚：蕭良譽，字以孚。見本卷《沈純父符卿蕭以占太史以孚民部龍君善司理集小齋作》注釋[一]。江淮：泛指長江與淮河之間地區。

[二] 才子：指西晉著名文學家左思。左思《三都賦》，曾使洛陽紙貴。屠隆此處以左思比蕭良譽。

[三] 淮南：地域名，此處所指之地爲今安徽淮南市。神仙地：神仙活動之地，舊有西漢淮南王劉安好神仙之道及『八公』方術、『雞犬升天』等傳説，參見本書詩集卷一《遊仙詩》注釋[二三]。

贈顔質卿舍人[一]

宰官身已證菩提，暫了塵緣①傍馬蹄。定去寒松飛野鶴，夢回殘月映朝雞。不隨酒士經韋曲[二]，時共高僧坐竹西[三]。采藥看花諸弟在，家臨長薄繞清谿。

校勘

① 緣：原作『緑』，據文意改。

注釋

[一] 顔質卿：顔素，字質卿，號與樸，安徽懷寧人。萬曆二年（一五七四）進士。參見本書詩集卷三《送顔質卿舍人同詹政叔登泰山》注

釋〔一〕。據《(康熙)安慶府志》卷十六《鄉賢》，顔素授中書舍人後，『尋丁内艱，居喪哀毁，鄰人罷社。遂閉户尋微，立意不復出。及再補原官，即草疏納告身乞歸。當事强留不得，竟移疾去，結廬石門豹嶺間，窮究古今，尤邃於《易》，四方從學者日衆，二十年不造郡邑之庭。』

〔二〕韋曲：地名。在唐長安城南郊，因韋氏世居於此得名。杜甫《奉陪鄭駙馬韋曲》：『韋曲花無賴，家家惱殺人。』仇兆鼇注引《杜臆》：『韋曲，在京城三十里，貴家園亭、侯王别墅，多在於此，乃行樂之勝地。』屠隆此處以泛指行樂之地。

〔三〕竹西：竹西寺，又名禪智寺，爲揚州名寺。此泛指寺廟。

贈任子賢舍人〔一〕

看君風骨帶煙霞，官舍清如處士家。聞道柴桑種五柳〔二〕，更從少室采三花〔三〕。空香風細鳥平樹，疎磬天青月度沙。話到長林成獨往〔四〕，不知身世是京華〔五〕。

注釋

〔一〕任子賢：任可容，字子賢，號養宏，懷寧(今安徽安慶)人。萬曆五年(一五七七)進士，授中書舍人。轉工部員外郎，營建定陵。萬曆二十五年(一五九七)由浙江處州知府陞廣東按察副使，專任惠潮兵備道。萬曆三十年(一六〇二)陞廣東左參政，以積勞卒於官。著有《丁戊草》。傳見《(康熙)安慶府志》卷十六《鄉賢》。

〔二〕柴桑：古縣名(今屬江西九江市)，晉陶淵明之故里。淵明《五柳先生傳》：『宅邊有五柳樹，因以爲號焉。』

〔三〕少室：山名。與太室山合稱『二室』，即嵩山。

〔四〕長林：高大之樹林，此指隱逸之處。典出三國魏嵇康《與山巨源絶交書》。

〔五〕京華：京城之美稱。唐張九齡《上封事》：『京華之地，衣冠所聚。』

送周少魯之南光禄〔一〕

征夫何事又長干〔二〕，却悟浮生在馬鞍。楓葉新霜南國冷，布帆秋水夕陽寬。滿衙疎磬連僧舍，入夜空香坐宰官。最是雨花臺上月[三]，一尊還得照清歡。

注釋

[一]周少魯：周弘祖，字元孝，號少魯。湖北麻城人。嘉靖三十八年（一五五九）進士。除吉安推官，徵授御史。遷福建提學副使。官至南京光禄寺卿。《明史》卷二一五有傳。南：指南京。

[二]征夫：此稱遠行出任之周弘祖。長干：長干里，古建康（今南京）里巷名。屠隆此處以代指南京。

[三]雨花臺：南京名勝，在中華門外。

送張侍御出僉閩臬[一]

籍甚臺端抗疏名[二]，馬蹄何事又南行。天霜木葉飛相送，驛路寒雲莽未平。帆影秋沉姑蔑雨[三]，猿聲暮起粵王城[四]。武夷曲曲隨征幰[五]，斜日疎煙父老迎。

注釋

[一]張侍御：未詳。出僉閩臬：指出任福建僉事。

[二]臺端：即臺雜、端公。《通典·職官六》：『侍御史之職有四，謂推、彈、公廨、雜事……臺内之事悉主之，號爲臺端，他人尊之曰端公。』

[三]姑蔑：古地名，在越國西境，地處今浙西金衢盆地。夏商時爲越（於越）地，春秋爲姑蔑，後屬越國。《國語·越語上》：『勾踐之地，南至於句無，北至於禦兒，東至於鄞，西至於姑蔑。』楚滅越，屬楚。秦建縣，其境在今浙江省衢州市境内開化、龍游一帶。姑蔑故城在今龍游縣。姑蔑故地爲張侍御出僉閩臬所經過之地。

[四]粵王城：即冶城，爲古閩越國都城，故址大致在福州屏山東南麓冶山一帶。明陳徵君《冶城懷古》：『惟有粵王城上月，年年流影照西湖。』

[五]武夷：福建武夷山。

秋夜同佘宗漢大令楊公亮太史王季孺吉士黄白仲山人燕宋忠甫君侯第得寰字[一]

列侯西第敞人寰[二]，凉月疎花綺席殷。白苧清歌歸扇箑，烏蠻小隊舞刀鐶[三]。河低宫樹微鐘歇[四]，霜冷林鴉火炬還。曲罷酒醒齋閤閉，蕭蕭落葉似空山。

注釋

[一] 佘宗漢：佘翔，字宗漢。官全椒知縣。見本書詩集卷二《排空歌贈佘宗漢山人》注釋[一]。大令：爲對縣令之敬稱。楊公亮：楊德政，字公亮。見本書詩集卷五《楊公亮太史奉使東藩暫留西湖却寄》注釋[一]。王季孺：王亹，字季孺。見本書詩集卷二《秋夜同郭舜舉蔡伯華王季孺金玄朗詹政叔燕萬伯修宅聽李金吾彈琵琶》注釋[一]。黄白仲：黄之璧，字白仲。見本書詩集卷二《赤帝玄夷歌贈黄白仲》注釋[一]。宋忠甫：宋世恩，字忠甫，世襲西寧侯。慕屠隆高才，以兄事隆，宴遊甚歡。君侯：爲對達官貴人之敬稱。

[二] 列侯：指西寧侯宋世恩。西第：西寧侯之府第。

[三] 烏蠻：古代西南少數民族名，此指著裝爲少數民族演員之舞隊。

[四] 河：銀河。

九日佘宗漢明府宋忠甫君侯李叔玄民部王受吾秘書季孺吉士秦君陽文學金玄朗黄白仲詹政叔三山人朱汝修楊士駿二保①御集佘冥寥館分元字[一]

金貂皂帽共英尊，海内賢豪此會存。客有清狂如鼓吏[二]，坐當蕭散是丘樊。暮砧聲斷沉河影，秋燭光寒上月痕。奏罷雕龍天莽蒼，更從茅氏問丹元[三]。

校勘

①保：目録詩題作『侍』。

注釋

[一] 佘宗漢：佘翔，字宗漢。宋忠甫：宋世恩，字忠甫。李叔玄：李開藻，字叔玄（一字叔鉉），福建永春人。萬曆十一年（一五八三）進士，授户部主事。歷山西、四川、山東、江西學政，官至南京太常寺少卿。《（康熙）永春縣志》卷九《人物志》有傳。王受吾：號青霞山人，本書詩集卷二有《青霞山人歌爲王受吾》。季孺：王荁，字季孺。秦君陽：秦爌（秦焜），字君陽，號元峰。無錫人，秦梁仲子。據《錫山秦氏宗譜》《錫山秦氏詩抄》，初名爌，入武英殿，更名焕章；入史館，更名焜。金玄朗：金朗，字玄朗，蘇州吴縣人。見本書詩集卷二《秋夜同郭舜舉蔡伯華王季孺金玄朗詹政叔燕萬伯修宅聽李金吾彈琵琶》注釋[一]。黄白仲：黄之璧，字白仲。詹政叔：詹濂，又名泮，字政叔（一作正叔），歙縣休寧人。以刻印奔走江湖。見本書詩集卷二《秋夜同郭舜舉蔡伯華王季孺金玄朗詹政叔燕萬伯修宅聽李金吾彈琵琶》注釋[一]。朱汝修：朱宗吉，字汝修。太醫院御醫。楊士駿：未詳，應同爲御醫。冥寥館：屠隆在京寓所名。屠隆自號冥寥子，作有《冥寥子遊》等。

[二] 鼓吏：掌鼓之吏。此用漢末名士禰衡典故，參見本書詩集卷二《于燕芳年二十以布衣上書自稱華亭民佘讀未竟色動亟命召入相見信有正平之才索予以長牋答之不許復索長歌又不許無何折節閉門讀書不與外事者三年佘聞而作此贈之》注釋[二]。

[三] 茅氏：指傳説中在句曲山修道成仙之茅氏兄弟。丹元：道教稱心神。《黄庭内景經·心神》：『心神丹元字守靈。』梁丘子注：『心爲藏府之元，南方火色，棲神之宅，故言守靈也。』

都下送茹懋集還毘陵[一]

乘風快讀五噫文，南去山川屬隱君。彩筆仍看摇海色，布衣終不染宫雲。孤帆木葉青天遠，水國芙蓉白露分。到日丹陽陵口路[二]，寒沙吾已夢鷗群。

注釋

[一] 都下：京都。茹懋集：茹天成，字懋集。無錫人。萬曆間山人，曾刻印漢劉向編《楚騷》《屈原傳》。參見本書詩集卷三《薊門行贈

顧益卿使君》注釋［九］之『茹生』。毘陵：亦作毗陵，古縣名。漢高祖五年（前二〇二）置毗陵縣，治所在今江蘇省常州市。後世稱常州一帶爲毗陵。

［二］丹陽：明鎮江府丹陽縣。陵口：地名，在今江蘇省丹陽市陵口鎮。

登檀州城［一］

大將開山巨石奔，北平天險控關門［二］。白雲王氣諸陵合［三］，黑水軍聲萬竈屯［四］。徼外風腥胡騎過，城頭日落戍樓昏。射雕牧馬英雄去，邊草青青古血痕。

注釋

［一］檀州城：即河北密雲縣城。檀州爲隋、唐、元時州名，明洪武元年（一三六八），省檀州入密雲縣，隸屬北平府。

［二］北平：北平府。關門：此指檀州城門。

［三］諸陵：指明代天壽山諸帝王陵墓。

［四］黑水：地名。

贈别于民部二首［一］

使君福地近華陽［二］，松桂陰森鶴影長。家養玉童教煉藥，官連粉署乍含香。冥心竹杖經山路，清夢藤花覆石房。黄帽青鞋吾自老，他年向汝乞僊方。

沙青水白布帆平，寥廓知君羨此行。邊雪孤城淹秣馬，江花兩岸送啼鶯。罷官正合稱居士，玩世寧容學步兵［三］。欲就大茅峰頂月［四］，碧桃千樹坐吹笙。

注釋

［一］于民部：未詳。

［二］華陽：華陽洞天，在江蘇茅山，道教所稱『十大洞天』之『金壇華陽洞天』。

［三］步兵：三國魏阮籍，曾官步兵校尉，人稱其『阮步兵』，簡稱『步兵』。

［四］大茅峰：江蘇茅山之一山峰名。

留别李叔玄計部［一］

蓬萊歸路指西陵［二］，天際孤帆細浪層。草緑鏡湖春放櫂［三］，花深雪竇暮尋僧［四］。黄塵驅馬真無賴，白日驂鸞媿未能。何處瑶華憶公子［五］，高霞半壁掩垂藤。

注釋

［一］李叔玄：李開藻，字叔玄（一字叔鉉），福建永春人。萬曆十一年（一五八三）進士，授户部主事。

［二］蓬萊：海上仙山名，屠隆此處以指代自己家鄉——濱海之寧波。西陵：古地名，今杭州市蕭山區西興鎮之古稱。有錢塘江渡口，稱西陵渡，亦稱西興渡。此處爲出入浙東所經之地。唐李白《送友人尋越中山水》詩：『東海横秦望，西陵遶越臺。』

［三］鏡湖：在會稽山陰。唐賀知章晚年乞爲道士還鄉里，玄宗勅賜鏡湖剡川一曲。明佘翔《送屠長卿還四明》：『車騎如雲結五都，少年誰不避呼盧。故鄉明日黄冠去，曾否君王賜鏡湖。』屠隆此詩之鏡湖，又指澄澈如鏡之湖。

［四］雪竇：山名，寺名，在今寧波市奉化區西，屬四明山範圍。

［五］瑶華：瑶華圃，傳説爲仙人居住之處。

登古北城懷顧益卿使君［一］

山川險隘割平荒，把酒登城暮色蒼。石虎騰驤開絶壁，玉虹夭矯駕飛梁。馬鳴青草逢關吏，箭落黄雲滿獵場。

聞道使君親出塞，天寒胡血染魚腸。

注釋

［一］古北城：在密雲縣東北長城之古北口，爲關城。顧益卿：顧養謙，字益卿。時任薊州鎮兵備。

集孫漢陽郊居［一］

幽意平生丘壑多，偶然立馬碧山阿。風簾裊裊侵疎竹，霄洞深深映緑蘿。借取玉壺澆磊塊，更煩銀燭照婆娑。嬌歌豔舞真堪住，其奈雞鳴月落何？

注釋

［一］孫漢陽：孫克弘，字允執，號雪居，華亭人，禮部尚書孫承恩子。以蔭爲應天府治，擢漢陽知府。擅畫，精於山水花鳥。傳見何三畏《雲間志略》卷廿一《孫漢陽雪居公傳》。

白榆集校注詩集卷之八

五言絶句

寄開之金山寺四首[一]

不與世路通，那得世人見。月出隱高峰，潮來捲大殿。
水氣結明霞，星光映浦沙。山僧無一事，洗鉢挂藤花。
故人幽棲處，天風吹海樹。欲往無津梁，目送高鴻去。
疎竹浄娟娟，鐘聲遞冷煙。從何得悟入，江水寺門前。

注釋

［一］開之：馮夢禎，字開之。金山寺：在金山（今江蘇鎮江市西北金山），創建於東晉，舊名澤心寺，唐改今名。清代道光以前，金山矗立於長江中，道光以後江道逐漸北移，金山與南岸陸地相連。

送林仙客還四明[一]

送子淩空去，白雲滄海頭。遥憐故鄉月，夜夜照沙鷗。

注釋

［一］林仙客：林芝，字仙客，號半士。鄞縣山人。身爲侏儒，跛一足，天性達觀，工於書法，諸體皆能，而尤善行楷，其時郡中碑碣題額之類，多其手筆。事見《寧波府志》。屠隆《由拳集》卷六有《東海病農歌爲林生賦》。四明：凡四明山範圍内，均可稱「四明」，此指林芝家鄉鄞縣。

江北謡十八首[一]

緑瓦鴛鴦殿，紅綃翡翠裙。金幢明晝燭，高坐碧霞君[二]。

金車聯玉驄，遊戲宛與洛[三]。君家採蘼蕪，邛家採芍藥。

女郎騎駿馬，帕首抹烏雲。一道流星去，西風吹繡裙。

大廟垂楊下，雜坐聽箜篌。馬鳴人影亂，内官來打毬。

客從臨洮來[四]，長刀角弓緑。日暮上酒樓，撾筀啖羊肉。

陌上羅酒漿，東郊拜墓罷。脱下黄衫子，紅裙樹間挂。

千錢與唱歌，百錢與賣酒。本是青州人[五]，家住黄河口。

日馱三百觔，峻坂高城下。傷哉冰雪中，汗血桃花馬。

西北誰家子，佩服麗且都。纏綿復婉孌，江南今不如。

馬上逢鄉里[六]，無奈馬蹄疾。寒暄欲一言，風沙忽相失。

黄葉滿寺門，山僧坐樹根。風烈池冰斷，沙高晚日昏。
作客十年歸，徘徊認故妻。閨中小兒女，驚見阿爺啼。
寒雲落葉間，鐵馬響空山。云是豪家子，高原出獵還。
野館宿枯茅，天寒夜淒切。風來竈下煙，月照牀頭雪。
黑風捲地沙，鳴鏑疾如雨。兩月各西東，相視不敢語。
官人及大賈，凌亂踏斜陽。借問萬里客，誰齎五嶽糧。
問妾何所有，金翠珊瑚樹。買時郎捨錢，不買郎應去。
五馬千金裘，映户遮垂柳。哀哀道傍兒，單衣不掩肘。

注釋

[一] 江北：指長江以北。
[二] 碧霞君：泰山女神，全稱『天仙玉女泰山碧霞元君』。
[三] 宛與洛：宛、洛，古之二邑名，即後世之南陽和洛陽。二邑常被借指爲北方之名都，如南朝齊謝朓《和徐都曹》：『宛洛佳遨遊，春色滿皇州。』
[四] 臨洮：府名，明代治所在狄道縣（今甘肅省臨洮縣）。
[五] 青州：府名，明代治所在益都縣（今山東青州市）。
[六] 鄉里：指鄉里人。

江南謡十九首

桂浦蕩蘭舟，紅妝歌緑水。歌聲風吹斷，摇入蘆花裏。
繫船秦淮口[一]，走馬長干中[二]。留君君不住，多謝石尤風[三]。
儂本江南人，記得江南曲。野隴飛斑鳩，春田放黄犢。

置酒彈阮咸，潮平月欲落。低頭何所思，無心顧絃索。
採蓮復採蓮，蓮花輸妾妍。湖頭明月上，翠被擁蒼煙。
五月楊梅熟，繡閣黄金縷。鰣魚不足啖，復啖西施乳。
大盤擎翡翠，小盤擎珊瑚。少婦推簾看，嗔無明月珠。
日落晚天碧，潮來江水渾。漁燈楓葉下，不覺到柴門。
雖有千萬頃，水旱兩不識。儂家不種田，歲歲收租食。
十千買一爐，百萬買一畫。妖童與豔姬，大艑閶門下。
菱花間藕花，緑水平如掌。堤邊油碧車，湖上青蓮舫。
風雨折茅屋，蝗蟲食稻田。儂饑儂不恨，何以辦租徭。
柳暗烏衣巷[四]，花明紅板橋。通波争蕩槳，乘月鬬吹簫。
石屋雙流映，桃花夾岸春。前谿籜冠者[五]，或恐是秦人[六]。
村村帶流水，遶屋是蒹葭。對門聞雞犬，舟楫過隣家。
江南饒水竹，臺榭碧嶙峋。昨日弦歌罷，明朝换主人。
朝從紫陌遊，暮向青樓歸。家中無斗粟，身上着羅衣。
朝發罨畫溪[七]，暮宿鴛鴦湖[八]。鴛鴦忽飛去，天水澄菰蒲。
儂擡竹兜子，誰得似儂家。放下竹兜子，西湖弄荷花。

注釋

[一] 秦淮口：南京秦淮河入江處。

[二] 長干：古代南京里巷名。見本書詩集卷二《排空歌贈佘宗漢山人》注釋[一〇]。

[三] 石尤：古代異聞故事中一婦人之名。元伊世珍輯《瑯嬛記》引《江湖紀聞》：『石尤風者，傳聞爲石氏女嫁爲尤郎婦，情好甚篤。爲商遠行，妻阻之，不從。尤出不歸，妻憶之，病亡，臨亡長歎曰：「吾恨不能阻其行，以至於此！今凡有商旅遠行，吾當作大風，爲天下婦人阻

之。」自後商旅發船，值打頭逆風，則曰：「此石尤風也。」遂止不行。婦人以夫姓爲名，故曰「石尤」。」

［四］烏衣巷：在古代南京秦淮河南。見本書詩集卷六《金陵八詠·烏衣巷》注釋［一］。

［五］籜冠者：戴竹皮冠之人。

［六］秦人：稱桃花源裏之人，因其先世避秦時亂而居此。

［七］罨畫溪：溪名，在今浙江湖州長興縣。

［八］鴛鴦湖：湖名，即今浙江嘉興南湖。

題水月主人［一］

有月江水白，無月江水黑。水落月亦沉，但見青天色。

注釋

［一］水月主人：未詳。

題無礙居士［一］

雲來太空陰，雲去太空朗。太空本無心，不厭雲來往。

注釋

［一］無礙居士：未詳。

六言絶句

和辰玉悼亡之作六首[一]

碧梧葉上輕霜，紅藕花間細浪。從來烏兔東西，只有青天無恙。
兩行燭盡花暝，一曲歌殘日①斜。不信空中明月，請看洞口流霞。
夜來夢得明珠，一笑泠然夢也。了知夢境非真，誰道人生亦假。
偶然步出谿頭，照見千山朗映。早時悟得清谿，何故磨銅作鏡。
鬧處蟲吟白露，閑時鳥踏青苔。人自不嗔花落，君休認取花開。
有識總歸煩惱，無情即是波羅。千秋萬歲帝女[二]，一年一度天河。

校勘

①日：程元方本作「斗」。

注釋

[一]辰玉：王衡，字辰玉，王錫爵之子，是時有喪妻之憂。
[二]帝女：指織女。《月令廣義・七月令》引南朝梁殷芸《小説》：「天河之東有織女，天帝之子也。」

省悟十首

門外馬頭塵起，山間竹裏泉鳴。一語向君説破，此是大地火坑。

瓦解須教作土，土合復還成瓦。四大百年偶聚，愚夫却認是我。
淡中得趣彌真，濃處回頭味短。飽時即厭烹鮮，樂極翻嫌絲管。
偶上前朝古墓，黄泥白骨英雄。爲是兒童弄影，不知影弄兒童。
新聞喪我良友，不哀仰視秋雯。浮雲聚散常事，不聞人哭浮雲。
萬事從人迷悟，狐狸粉黛葳蕤。迷者認爲粉黛，悟者知是狐狸。
逍遥聊借造物，登覽何用亭臺。地僻松風適至，日落山月又來。
世事海漚起滅，人身石火須臾。借問誰爲真我，元始當空寶珠。
秉燭隣家借火，乘筏渡口呼船。寶鏡都來自照，金針只在身邊。
厭境未免生境，簡緣亦是多緣。風霾霹靂半餉，依然一片青天。

七言絶句

戲贈沈生買吴姬二首[一]

吴姬年十四，甚麗而善吴歌。

十四吴姬白玉姿，芙蓉新月照蛾眉。花前調笑何曾[①]慣，只抱瓏瓏鳳管吹。
文君自願嫁相如[二]，宛宛垂楊日到初。海月湖煙天似水，船頭一曲聽神魚。

校勘

① 曾：底本不清，據程元方本補。

注釋

[一]沈生：沈懋學，字君典。本書文集卷六《與沈君典》：『足下買吴姬，王百穀已賦之矣，僕亦漫然捉筆。』

[二]文君：卓文君。相如：司馬相如。文君嫁相如事，見《史記·司馬相如列傳》。

胥　門[一]

年年春雨洗紅蘭，啼老宫鶯粉黛殘。芳草似牽當日恨，一江煙水髑髏寒。

注釋

[一]胥門：蘇州城西門之古稱。漢袁康《越絶書·外傳記吴地傳》：『胥門外有九曲路，闔廬造以游姑胥之臺，以望太湖，中闚百姓。』

館娃宫[一]

紅妝直是妬明霞，日照高樓扇影斜。依舊渌湖開曉鏡[二]，寶釵無奈没春沙。

注釋

[一]館娃宫：在姑蘇靈巖山上，吴王夫差得到越王勾踐所獻西施後所建。

[二]渌湖：指太湖。

小君山[一]

停舟夜望小君山，兩岸芙蓉水接天。可惜月明無寶瑟，淡煙一帶是湘川[二]。

注釋

[一] 小君山：山名，枕長江，又名瞰江山。在今江蘇江陰市君山公園。
[二] 湘川：湘江。

華陽洞[一]

松盤古色絳桃春，丹竈青童劈翠麟。月滿瓊臺天樂細，茅家昨夜燕南真[二]。

注釋

[一] 華陽洞：華陽洞天，在江蘇茅山，道教所稱『十大洞天』之一。
[二] 茅家：茅氏兄弟家。南真：即道教所稱南嶽衡山之紫虛元君，又稱『南嶽夫人』『魏夫人』『南真』。

禦兒港[一]

佳人湖上采菱歸，風亂雲鬟水濕衣。猶自含嬌弄雙槳，鴛鴦衝起鏡中飛。

注釋

[一] 禦兒港：港名。清秦蕙田《五禮通考》卷二百十《嘉禮》八十三：『禦兒，越地，一名語兒。在今浙江嘉興府石門縣東二十里。』即在今桐鄉市西南，石門鎮、崇福鎮地域。港臨官道，京杭運河邊。

恭送曇陽大師十九首[一]

列坐扶桑大帝前[二]，六銖五色照璚田[三]。直凌海面行空去，颯颯天風散紫煙。

西池南嶽坐相邀[四]，髣髴煙中白玉橋。手炙鵝笙踏雲語，靈音一半入瓊簫。

大洞真經宿世因，僊官千騎候靈人[五]。何時陽滌山中見[六]，親許桃花隔十春。

勾漏丹砂何日逢[七]，碧天秋水澹芙容。玄言大道千秋秘，揮手人間騎白龍。

王母行宫列宿分[八]，九微燈豔紫元君[九]。玉樓金闕非人世，空水茫茫載白雲。

擊罷昆庭寶瑟齊，白光兩道出天西。如來親見舒金臂[一〇]，池上蓮花不染泥。

朝看靈雨浄飛埃，更取瓊漿瀉玉杯。瓔珞玲瓏開寶扇，紅雲影裏列真來[一一]。

萬劫千生總智荒，牟尼何幸照迷方。同來士女皈蓮座，添得新香禮法王[一二]。

下方銀海月華生，上界瓊臺照夜明。水濺巖花修竹冷，蒼煙堆裏落碁聲。

花覆雲房星映沙[一三]，碧桃清磵泛胡麻。閒呼仙娣騎雙鵠，同向峰①頭眺落霞。

家鄉原在妙高峰[一四]，青桂紅蘭宛舊容。童子笑迎猿鶴舞，洞門親啟白雲封。

異香縹緲護金鐙，手捧琅函説大乘。欲攬慈雲天際遠，獨懸秋月照壺冰。

青天迢遞鶴書輕，翠蓋瑚輿引七星。花下玉鞭那可得，清齋夜夜誦黄庭。

行行口自説神鸞，兼授華陽九轉丹。忉利宫中知不住[一五]，一龕燈火薜蘿寒。

總持三教是吾師，來去翛然任所之。明白向人人不識，茫茫苦海渡何時。

亦知欲界遠西方，一飲醍醐是醉鄉。豈謂便攀龍馭去，且教心地得清涼。

仙駕嚴裝羽隊分，勑書先下玉晨君[一六]。明知不比人間别，亦自含悽望碧雲。

西天西去指恒沙[一七]，東海東頭棗似瓜。斜日乍明秋潦盡，萬人相送躡層霞。

一自瑶篇降玉除，日令五體在泥途。曇花解結菩提果，寶月堪爲舍利珠。

校勘

① 峰：底本原作「蜂」，據程元方本改。

注釋

[一]曇陽大師：王桂，王錫爵之次女。修道練氣，自號曇陽子。弟子號其曇陽大師。萬曆八年（一五八〇）九月九日羽化（辟穀而死）。見本書詩集卷一《逍遥子賦》注釋[七]。

[二]扶桑大帝：即東華帝君，又稱木公、東王公，道教傳説之神。見本書詩集卷三《桃花嶺歌爲楊太宰賦》注釋[二]。

[三]璚田：即瓊田。傳説爲東海祖洲上能生長靈草之田。《十洲記・祖洲》：『鬼谷先生云：「此草是東海祖洲上，有不死之草，生瓊田中，或名爲養神芝。其葉似菰，苗叢生，一株可活一人。」』

[四]西池：西王母所居之瑶池，借指西王母。南嶽：南嶽衡山，借指道教所稱南嶽衡山之紫虚元君，又稱『南嶽夫人』『魏夫人』『南真』。

[五]靈人：指道教傳説中南嶽魏夫人之師清虚真人王裒及其他仙人，王裒授魏夫人《大洞真經》等秘笈。見《太平廣記・女仙・魏夫人》。

[六]陽滁山：即陽洛山，傳爲南嶽魏夫人修道、升天處。

[七]勾漏：山名，在今廣西北流市東北，爲道家第二十二洞天。交阯出丹砂，晉葛洪曾求爲勾漏令以煉丹。

[八]王母：西王母。

[九]紫元君：道教傳説之女仙真，稱玉清聖祖紫元君，王裒之師。《太平廣記・女仙・魏夫人》：『王君又曰：「我受秘訣於紫元君。」』

[一〇]如來：釋迦牟尼佛之法號。

[一一]列真：群僊。

[一二]法王：對釋迦牟尼之稱呼。

[一三]雲房：稱僧道修行之房屋。

[一四]妙高峰：即須彌山。指佛山。

[一五]忉利宫：即佛教所稱之忉利天宫。

[一六]玉晨君：道教所稱上清高聖太上玉晨玄皇大道君。

[一七]恒沙：恒河沙，此指恒河。

寄傅伯俊二首[一]

當時同聽未央鐘[二]，今日相思煙樹重。只隔盈盈衣帶水，雲明沙白見青峰。

使君佳政掩三吴[三]，文藻江山絶代無。日照空沙呼雁鶩，雨深春草憶蘼蕪。

注釋

[一] 傅伯俊：傅光宅，字伯俊。萬曆五年（一五七七）進士，屠隆同年。曾官吴縣令。

[二] 未央：漢未央宫。此稱宫殿。

[三] 三吴：泛指吴地。

寄江陰胡明府[一]江陰有君山[二]。

使君乘月鼓雲和，山比黄陵青黛多[三]。渌水芳洲嬌杜若，白雲秋色醉湘娥[四]。

注釋

[一] 江陰：江陰縣（今江蘇江陰市）。胡明府：胡士鼇，字爾潛，號葵南，福建詔安人。萬曆五年（一五七七）進士，萬曆五年至十一年（一五七七—一五八三）任江陰縣令。

[二] 君山：即小君山，在今江蘇江陰市君山公園。

[三] 黄陵：傳説爲舜之二妃墓所在地，在湖南省湘陰縣北，濱洞庭湖。

[四] 湘娥：又稱湘妃、湘夫人、湘靈。見本書詩集卷三《題王諫議家畫五大山水歌·洞庭》注釋[九]。

寄題程氏百花亭[一]

紅雲澹蕩赤欄前，旭日微風三月天。欲挈一尊花下醉，醉來即掃落花眠。

注釋

［一］程氏百花亭：未詳。

湖上曲十首

芡實蓮房生浪花，鴛鴦鸂鶒卧空沙。拏舟唱入水雲去，日没數峰江月斜。

漠漠谿苕濕露光，重重水殿映初陽。何當身在空明裏，細帶無風桐葉凉。

吴越名山冠九州，水光空浸白雲秋。滄洲小吏何言傲［一］，日日低頭拜督郵。

使君滿面是煙霞，何事車中度歲華。月照簑衣風拂釣，夜來清夢到漁家。

自誇墨綬不離身，無那青山解笑人。舊日五湖煙雨客［二］，如今雙膝在風塵。

莫笑青谿老使君［三］，蟲絲蝸角暗龍文。只言馬首銷紅日，不道牀頭有白雲。

湖邊曾記踏花行，謖謖風篁十里聲。緑水青蓮人載酒，絳樓紅板伎吹笙。

妾住横塘水掩扉［四］，誤隨公子玉驄歸。採蓮蕩槳吾曾慣，那解當筵着舞衣。

夜泊湖頭自唱歌，蘆花月白水禽多。芙容獨抱清霜老，一片寒香摇素波。

歲歲驚心雪浪前，蘭舟賣却買湖田。儂耕婦饁更何事，鐵笛一聲穿隴煙。

注釋

［一］滄洲：濱水之地。屠隆此稱爲今之青浦縣。

［二］五湖：此指隱遁逍遥之所。典出范蠡功成身退隱於五湖之傳説，見《國語·越語下》。

［三］青谿：指青浦縣。

［四］横塘：古堤名。唐崔顥《長干曲》：『君家住何處？妾住在横塘。』屠隆此處爲借指湖堤。

題孟孺畫扇[一]

斷雨疎煙紫翠開，千巖萬壑水潆洄。山翁睡起垂楊下，門外何人載酒來？

注釋

[一] 孟孺：徐益孫，字長孺，又字孟孺，華亭人。見本書詩集卷二《泖上澄照寺作》注釋[三]。

喜王敬美督學棄官歸隱六首[一]

歲歲煙霞夢裏還，掛冠今日是青山。西來不踏咸陽雪[二]，一緉①芒鞋夜度關。

金閶秋色掛斜曛[三]，函谷雞聲馬上聞②[四]。借問歸來何所事，萬峰明月五湖雲。

鍾斷寒山犬吠村，竹邊猶怪水聲喧。青谿白石卿家物，從此紅塵不到門。

一遇真人跨紫鸞[五]，便從天子乞黃冠。桂花落盡無人見，只有山風吹石壇。

君家伯仲總仙郎[六]，零亂芙容五色裳。聞道大兄補桐柏③[七]，他年小弟治華陽[八]。

匡廬曾得寄幽蹤[九]，又復驅車太華峰[一〇]。萬事蒼茫今不問，夢回殘月在高松。

校勘

① 緉：原作「輛」，據文意改。

② 峰：底本原作「行」，據程元方本改。

③ 柏：底本原作「相」，據程元方本改。

注釋

[一]王敬美：王世懋，字敬美，號麟洲，江蘇太倉人。王世貞弟，時任陝西學政。萬曆九年（一五八一）六月，王世貞因侍王燾貞羽化事爲臺諫所劾，波及其弟世懋，世懋乞告歸。

[二]咸陽：陝西之城名、縣名。

[三]金閶：蘇州城之金門和閶門，借指蘇州。

[四]函谷：函谷關。

[五]真人：指王燾貞。

[六]伯仲：指王世貞、王世懋兄弟。

[七]大兄：指王世貞。桐柏：桐柏宫，道觀名。在浙江天台縣，唐司馬承禎始建。爲道教七十二福地之一。

[八]小弟：指王世懋。華陽：華陽洞天，在江蘇茅山。

[九]匡廬：江西廬山，又名匡山、匡廬山。相傳周朝時有匡氏兄弟結廬隱居此山，因名。

[一〇]太華峰：指西嶽華山。

董節母[一]

其夫墜海死。

機上流黄罷綺羅，月明清露下庭柯。桃花津口魚龍恨[二]，一曲箜篌公渡河。

注釋

[一]董節母：未詳。

[二]桃花津口：桃花渡口，位於寧波城三江口旁。此句及下句化用典故，晉崔豹《古今注·音樂》：『《箜篌引》，朝鮮津卒霍里子高妻麗玉所作也。子高晨起刺船而櫂，有一白首狂夫，披髮提壺，亂流而渡，其妻隨呼止之，不及，遂墮河水死。於是，援箜篌而鼓之，作《公無渡河》之歌。聲甚悽愴，曲終自投河而死。霍里子高還，以其聲語妻麗玉。玉傷之，乃引箜篌而寫其聲，聞者莫不墮淚飲泣焉。麗玉以其聲傳鄰女麗容，名曰《箜篌引》焉。』

題松庵上人卷[一]

水浸雲房鳥下池[二]，煙蘿暝色坐來遲。虎谿何處尋蹤跡[三]，月在深松人不知。

注釋

[一] 松庵上人：元代畫僧，居住南嶽，好作水墨葡萄以抒志節。

[二] 雲房：僧道或隱者所居之屋。

[三] 虎谿：在廬山東林寺門前。相傳晉代東林寺慧遠法師送客不過谿，過則虎輒號鳴，因名虎谿。

送長吉諸孫東還二首[一]

客館鸎啼白日斜，相逢相送總天涯。因君更憶西湖好[二]，一片歸心寄落花。

年來何日不思鄉，却送君歸欲斷腸。聞道小園剛半畝，不愁無地種垂楊。

注釋

[一] 長吉：屠隆侄孫。

[二] 西湖：此指寧波城中之月湖。湖在城西，故名。

寄姜仲文四首[一]

仙郎豈是石麒麟，綵筆千秋定有神。空説太湖三萬頃，何由一借採芝人。

才名束髮早傾都，得似延津寶氣無[二]。夢去雙雙青菡萏，投來一一紫珊瑚。

花滿平林風日温，天涯脈脈暗銷魂。偶因芳草思南國，不爲星河賦北門。

遥想文成五鳳樓[三]，宫雲長滿殿西頭。春江幸有雙魚在，一夜桃花水亂流。

注釋

[一] 姜仲文：姜士昌，字仲文。見本書詩集卷一《登彭城子房山與仲文》注釋[一]。

[二] 延津：即延平津之省稱，其地晉時屬延平縣（今福建南平市東南）。相傳晉時龍泉、太阿兩劍於此化龍而去。見本書詩集卷三《送范國士侍御以言事免官歸高安》注釋[七]。

[三] 五鳳樓：樓名，在唐東都洛陽。玄宗曾在此聚飲，衆多文人參加。後稱文章巨匠爲造五鳳樓手。

史相國墓下作四首[一]

長吉來[二]，言沈肩吾過史相墳[三]，弔古題詩，有『狐狸穿冢出平田』之句。余甚賞之，遂爲嗣響，因得四章。

霜落蒼藤老樹枯，眼看巨石壓重湖[四]。墓前只有山僧住，黄葉青燈照野狐。

鑿石開山丞相墳，大池秋草易斜曛。天青鬼火空沙黑，山鼠驚人入亂雲。

田夫自説史王孫，滿逕蓬蒿秋掩門。世上人磨銅雀瓦[五]，玉釵一半古苔痕。

朱門早啟亂鳴鑣，留得寒江弔暮潮。一片黄沙銷白骨，碑陰彷彿記前朝。

注釋

[一] 史相國：指史彌遠。史彌遠字同叔，鄞縣人，史浩之子。南宋淳熙六年（一一七九）以廕補承事郎，淳熙十四年（一一八七）中進士。官右丞相兼樞密使。其墓在鄞縣東錢湖畔。

[二] 長吉：屠隆侄孫。

[三] 沈肩吾：沈一貫，字肩吾。時爲翰林院編修。參見本書詩集卷五《寄沈肩吾太史二首》注釋[一]。

[四] 重湖：指東錢湖。

[五] 銅雀：漢末曹操所建之銅雀臺。銅雀臺之瓦，被後人取以制硯，宋何薳《春渚紀聞·銅雀臺瓦》：『相州，魏武故都。所築銅雀臺，其瓦初用鉛丹雜胡桃油擣治火之，取其不滲，雨過即乾耳。後人於其故基掘地得之，鑱以爲研，雖易得墨而終乏温潤，好事者但取其高古也。』

贈道者王宗峰先生[一]

碧眼方瞳炯日光，知君名字入華陽[二]。自從子晉吹笙後[三]，千古仙人好姓王。

注釋

[一] 王宗峰：王成孚，字宗峰，青浦人。見本書詩集卷二《王宗峰爲其友人嵩泉居士索詩輒爲賦之》注釋[一]。

[二] 華陽：華陽洞府。『名字入華陽』，意謂名字在仙籍。

[三] 子晉：仙人王子晉。

寄李之文[一]

珊瑚寶馬映江干，白晳郎君夾道看。莫把金丸容易擲，花邊白日已將闌。

注釋

[一] 李之文：李先嘉，字之文，爲屠隆外甥。

潘載父下第謁李臨淮歸詩以慰之[一]

落日黄金塵滿臺[二]，侯門謁罷賦歸來。江淮漂母今誰是[三]，零落王孫不用哀。

注釋

［一］潘載父：青浦人，太學生。李臨淮：李言恭，字惟寅，襲封臨淮侯。見本書詩集卷五《讀李惟寅貝葉藁却寄》注釋［一］。

［二］臺：燕昭王黃金臺。

［三］江淮漂母：漢淮陰侯韓信早年落魄時於淮陰城下所遇漂洗衣物之老婦。《史記·淮陰侯列傳》：『信釣於城下，諸母漂，有一母見信飢，飯信，竟漂數十日。信喜，謂漂母曰：「吾必有以重報母。」母怒曰：「大丈夫不能自食，吾哀王孫而進食，豈望報乎！」』

聞瞿孟堅擢桂楚中喜賦四首［一］

瞿孟堅諱甲，幼有奇才。年十三，從其父睿夫走闕下，作萬言書，歷抵公卿間，爲其父訟冤。短衣楚楚，面有塵垢。余時亦在闕下，聞而訪其父子邸中，握手勞苦，歡若平生。諸人①聞之，争相延款，名一日而遂傾都城。臨分凄斷，殊不勝情。別後以長牋見詒，磊塊嶔崎，悲壯欲絶。讀者悽然，咸歎英物。未幾，以才大譟楚中。歲壬午，遂薦鄉書第十人，賦以識喜。

短衣顦顇上書年，此日名垂霄漢邊。雲夢胸中吞八九［二］，大鵬海外擊三千。

少年綵筆掃秋雲，桂殿陰森露氣分。南國明珠龍女色［三］，蘭舟高壓洞庭君［四］。

親冤未雪氣難平，滿面風沙哭帝城。落落肝腸生秀句，黄童江夏不如卿［五］。

千山雲盡碧天虛，一日雙眉爲爾舒。取醉好沽燕市酒［六］，相思難寄楚江魚。

校勘

①人：程元方本作『公』。

注釋

［一］瞿孟堅：瞿甲，字孟堅，明湖廣黄梅（今湖北黄梅縣）人，瞿九思長子。年十九舉於鄉。見本書詩集卷二《寄瞿生甲》注釋［一］。楚中：指其家鄉楚地。

［二］雲夢：楚地古藪澤名。

［三］龍女：洞庭龍女。

［四］洞庭君：洞庭龍君，洞庭龍女之父。

［五］黄童：東漢黄香，江夏安陸（今湖北雲夢）人。《後漢書·黄香傳》：『黄香，字文彊，江夏安陸人也。年九歲，失母，思慕憔悴，殆不免喪，鄉人稱其至孝。年十二，太守劉護聞而召之，署門下孝子，甚見愛敬。香家貧，内無僕妾，躬執苦勤，盡心奉養，遂博學經典，究精道術，能文章，京師號曰「天下無雙，江夏黄童」。』

［六］燕市：戰國時燕國都城，此指北京。

唁鄒進士二首［一］

泥書才寄白頭親，又向黄沙作逐臣。身未拜官先上疏，如君真是報恩人。

臨風一讀淚千行，底是封書太慨慷。海草茫茫邊月白，不知何地賜投荒。

注釋

［一］鄒進士：未詳。

留别袁履善四首［一］

一尊濁酒送行人，疊鼓聲寒霜氣新。道在太丘終自廣［二］，家如范令不爲貧［三］。

足無雙舃亦堪仙，馬首騣騣入暮煙。輸與袁閎居士室［四］，禽魚日日在門前。

五嶽今遊第幾峰，棄瓢真有上皇風［五］。乘空原借先生杖，踏破郊原冰雪中。

當時譚藝總如雲［六］，今日河梁獨有君［七］。湖色疑從窗裏出，雁聲愁向客中聞。

注釋

〔一〕袁履善：袁福徵，字履善。見本書詩集卷五《送袁履善南遊天台雁宕諸山兼訊袁黄巖明府》注釋〔一〕。

〔二〕太丘：指東漢陳寔。陳寔曾任太丘長，後世稱其爲『陳太丘』。陳寔德行高尚，樂天知命，淡然自逸，《後漢書・荀韓鍾陳列傳》：『漢自中世以下，閹豎擅恣，故俗遂以遁身矯潔放言爲高。士有不談此者，則芸夫牧豎已叫呼之矣。故時政彌惛，而其風愈往。唯陳先生進退之節，必可度也。據於德故物不犯，安於仁故不離群，行成乎身而道訓天下，故凶邪不能以權奪，王公不能以貴驕，所以聲教廢於上，而風俗清乎下也。贊曰：……太丘奧廣，模我彝倫。曾是淵軌，薄夫以淳。』

〔三〕范令：指東漢范冉（或作丹）。范冉字史雲，曾被徵聘爲萊蕪縣長官，故稱范令。據《後漢書・范冉傳》載，冉少爲縣小吏，奉檄迎督郵，耻而遁去。桓帝時以丹爲萊蕪縣長官，遭母憂，不到官。後辟太尉府，以狷急不能從俗。議者欲以爲侍御史，因遁身逃命於梁沛之間，徒行敝服，賣卜於市。遭黨人禁錮，遂推鹿車，載妻子，捃拾自資。或寓息客廬，或依宿樹蔭，如此十餘年，乃結草室而居。所止單陋，有時絶粒，窮居自若，言貌無改。閭里歌之曰：『甑中生塵范史雲，釜中生魚范萊蕪。』

〔四〕袁閎：東漢隱士，袁安玄孫。《後漢書・袁安傳》附《袁閎傳》：『少勵操行，苦身修節。……累徵聘舉召，皆不應。居處側陋，以耕學爲業。……延熹末，黨事將作，閎遂散髮絶世，欲投跡深林，以母老不宜遠遁，乃築土室，四周於庭，不爲戶，自牖納飲食而已。……五十七卒於土室。』

〔五〕棄瓢：此化用許由典故，漢蔡邕《琴操・箕山操》載，堯時許由隱居箕山，常以手捧水而飲。人見其無器，以一瓢遺之。由飲畢，以瓢掛樹。風吹樹動，歷歷有聲，由以爲煩擾，遂取瓢棄之。上皇：太古帝皇伏羲氏。

〔六〕譚藝：指譚藝之人。此句謂當時在一起譚藝之人甚衆。

〔七〕河梁：本稱橋梁，典出漢李陵《與蘇武》詩。後借指送別之地。

留別辰玉道兄四首〔一〕

月照金爐香不寒，流鈴宵響碧雲端。怪來宛轉難爲別，明日黄沙在馬鞍。

列真曾此步珊瑚〔二〕，公子吹笙冰雪顔〔三〕。水緑雲青天上住①，相逢不忍去人間。

何緣得與佛齊肩，日日焚香齋閣前。金井醍醐銀絡索，蒼茫回首但風煙。

夜宿寥陽紫氣濃〔四〕，經聲裊裊和霜鐘。他年再訪煙霞侶，只恐桃花鮮誤儂。

校勘

①住：底本原作『在』，據程元方本改。

注釋

［一］辰玉：王衡，字辰玉，王錫爵之子，曇陽大師王桂弟。

［二］列真：群僊。

［三］公子：稱王衡。

［四］寥陽：寥陽宫，仙家宫殿，道教稱元始天尊所居，在大羅天上。此處喻曇陽大師恬憺觀。

留别徐孟孺道兄二首［一］

一詠河梁雙淚枯，傷心最是月痕孤。向來高館嬌銀燭，後夜寒塘照緑蒲。

萬頃湖光九片山［二］，相逢多在水雲間。雁臣一去茶煙冷［三］，獨櫂空明寂寞還。

注釋

［一］徐孟孺：徐益孫，字長孺，又字孟孺，松江華亭人。

［二］湖：指三泖。九片山：指九峰，即佘山、天馬山、横山、小昆山、鳳凰山、厙公山、辰山、薛山和機山等九座山峰，在今上海市松江區境内。

［三］雁臣：此爲萬曆十年（一五八二）冬屠隆青浦任滿，進京上計，告别朋友，時所作，故自稱雁臣。

留别陸伯生二首［一］

如雲相送木蘭風，星漢青青燭影紅。何處銷魂何處笛，月高霜落水煙空。

輸君湖上領煙霞，馬首荒荒一片沙。且醉宜城三百石[二]，放舟移去泊蘆花。

注釋

[一] 陸伯生：陸應暘，字伯生，松江華亭人。

[二] 宜城：古縣名，亦襄陽郡（州、府）治所。其地有金沙泉，釀酒極美。三國魏曹植《酒賦》曰：『其味有宜城濃醪，蒼梧漂清。』梁簡文帝蕭綱《烏棲曲》：『宜城醞酒今朝熟，停鞭系馬暫棲宿。』唐孟浩然《途中九日懷襄陽》：『宜城多美酒，歸與葛强遊。』又《峴山送朱大去非遊巴東》：『祖席宜城酒，征途雲夢林。』宋蘇軾《竹葉酒》：『楚人汲漢水，釀酒古宜城。春風吹酒熟，猶似漢江清。』故又作爲美酒之代稱，如唐王維《過李揖宅》：『一罷宜城酌，還歸洛陽社。』

留别彭欽之二首[一]

臨分惜别重凄凄，累夕留連到曙雞。潮來酒盡人應去，翻恨無情緑雨谿。

出門便隔萬重山，人自傷心水自潺。誰遣妖童歌寶扇，聽來曲曲是陽關。

注釋

[一] 彭欽之：彭汝讓，字欽之，青浦人。

留别周季華二首[一]

疊鼓巖城錦纜開，雲山合沓水瀠迴。儘將席上笙歌沸，莫使沙邊鳧雁哀。

輕舟遠送故人心，三弄桓伊江月沉[二]。最是昨宵魂易斷，亂山黄葉寺門深。

注釋

[一] 周季華：字祝素。吴江人，吏部尚書周用子，與其兄叔宗均爲紫柏禪師弟子。有《空一齋詩》。《（乾隆）震澤縣志》卷二十四有小傳。

[二] 桓伊：東晉名將、名士、音樂家，善吹笛，《晉書·桓伊傳》載，桓伊嘗爲王徽之作三弄。見本書詩集卷五《嵩澤弔袁將軍二首》注釋[三]。唐李郢《贈羽林將軍》：「惟有桓伊江上笛，卧吹三弄送殘陽。」

留别曹重甫二首[一]

共憐吾邑有曹丘[二]，歲晏其如走馬遊。江上無人管離别，女郎閑唱百花洲[三]。

萬人相送水西灣，獨爾臨河更出關。不用長途悲雨雪，栽花好待使君還[四]。

注釋

[一] 曹重甫：孝廉曹世龍子，青浦人。

[二] 曹丘：漢代曹丘生，楚人，辯士，嘗游揚季布之名於天下。事詳《史記·季布欒布列傳》。後因以「曹丘」或「曹丘生」作爲稱揚者之代稱。

[三] 百花洲：地名，在蘇州市胥江渡附近。

[四] 使君：此處爲擬曹重甫之語氣稱屠隆。

留别諸宜甫兄弟二首[一]

佳人竝著木蘭舟，夜夜驪歌唱不休。從有當筵紅燭暖，奈他霜葉入箜篌。

送客山山出白雲，薜蘿亦解罥行人。遥知紫禁花千樹[二]，不及清谿月一輪[三]。

注釋

［一］諸宜甫：未詳，上卷《懷王百穀陸伯生彭欽之徐孟孺郁孟野沈孟嘉曹重甫諸宜甫諸子》，其中亦有諸宜甫。

［二］紫禁：指北京紫禁城。

［三］清谿：指青浦縣。

留別沈孟嘉二首［一］

油車嫋嫋駕青騾，惜别其如良夜何。拚取尊前沉醉去，不知寒月渡黄河。

平生怕别爲情深，莫使逢人説破琴。野店荒雞空礩馬，高天無語去駸駸。

注釋

［一］沈孟嘉：昆山人。

留别郁孟野二首［一］

自向長途問鞍馬，淋漓雙淚不曾乾。而今相送水猶咽，夜夜①相思月更寒。

故人多難正棲遲，風急山空鵲墜枝。月照大河冰乍合，知君應念使君時。

校勘

①夜夜：程元方本作『後夜』。

注釋

［一］郁孟野：郁承彬，字孟野，華亭人。

百穀以七言絶句十首送行驚心動魄秀色可餐余復答以四絶可謂淫於詩矣[一]

石尤風勁浪花生，知是征夫未肯行。一別馬蹄寒欲裂，黄河冰合暮雲平。

踟①蹰一日看千峰，濁酒淋漓露氣濃。惟有寸心銷不得，相期各佩紫芙容。

漠漠寒煙散舳艫，山空樹老帶啼烏。蘆花兩岸千人送，不及王郎挈一壺。

惜別無爲雙淚流，風霜但保木綿裘。沙明水國花開日，朝罷還來坐白鷗。

校勘

① 踟：底本原作『如』，據程元方本改。

注釋

[一] 百穀：王穉（又作稚）登，字百穀。

金陵道中八首[一]

余平生足跡不到金陵，此行以計吏從浦口渡江[二]，不敢入城，覽眺風景，作詩紀行。

日出天高野色空，秣陵宫殿白煙中[三]。寒山不帶齊梁恨，水竹青青霜葉紅。

朱城碧瓦射朝暾，遠近千家瞰水村。御路荒凉龍輦去，古苔銀鑰繡宫門。

龍盤山勢入青天，六代豪華逝水前。香散蝦蟇陵下路[四]，行人車馬踏平田。

古垣蒼鼠逐麏麚，風葉霜藤墜晚鴉。野寺無門僧不住，一池淺水浸蘆花。

秣陵城外欲銷魂，石壓沙崩没水痕。野老夜分隣火去，隔牆黄犬卧松根。

大江曲曲抱金陵，浪捲空沙十丈冰。樓上絃歌喧估客，渡頭燈火亂漁罾。
白頭江上櫂船郎，風起潮來弄夕陽。不作城中香粉夢，一簑殘月滿天霜。
馬首蕭蕭看石城[五]，一生空賦白門行[六]。也知紅板橋頭月，不似黄茅店裏清。

注釋

[一] 金陵：南京之别稱。
[二] 浦口：小河入江之處。
[三] 秣陵：南京之别稱。
[四] 蝦蟇陵：本唐長安地名，屠隆誤記爲南京地名。
[五] 石城：石頭城，古城名，故址在南京清凉山。此處代指南京城。
[六] 白門：南京之别稱。六朝都建康（今南京市），其正南門爲宣陽門，俗稱白門。後用爲南京城之代稱。

山居雜興四十首

傍山結屋借煙霞，松裏藤蘿映月華。曉起不知風露冷，提壺汲水自澆花。
手摇青磬禮空王[一]，銀燭金爐爇異香。煮茗小嗔童子慢，開門爲掃落花忙。
家住翠微雲霧堆，野花山藥不須栽。自開碧沼通幽澗，㶉鶒鴛鴦日日來。
夢入紅泉翠壁西，新翻玉洞步虚詞[二]。鳳頭鵝管秦嬴和[三]，金母欣然一解頤[四]。
回風薜荔日初斜，驀地香來遶碧紗。忽漫掩書童子笑，不知山下有荷花。
夜宿谿南古佛堂，老僧黄①面説休糧。歸來經亂風開户，落葉飛花滿石牀。
梅花雪花相映寒，亂峰驢背夕陽殘。因之憶却年前事，漠漠黄沙撲馬鞍。
大石離奇壓樹根，千峰嵐氣鬱朝暾。偶然厨下見蒼虎，笑和白雲驅出門。

黃絛白帢紫陽巾，蕭散閑尋十里春。杖策沿谿踏②花去，行人却認是秦人。

殘碑斷石自斜曛，碧瓦朱宮蒼蘚紋。落葉蕭蕭狐兔出，牛羊不識史王墳[五]。

鳴鳩襏襫雨如煙，白鷺斜飛水滿田。牧吹半藏花塢外，酒香只在野橋邊。

煙霞道友最清虛，短髮鬖鬆久不梳。猶怪山人苦多事，一龕燈火半牀書。

經年少客到林丘，種竹移花事事幽。月動鳥驚林葉響，無人却是過獼猴。

累日清齋坐碧苔，牀頭閑却紫霞杯。麻姑送到蒲萄釀[六]，犬吠花開客又來。

騎驢偶入郭西門，故友欣然開一尊。爲問别來何所事，笑視青天無一言。

嬾讀牀頭瘞鶴銘，近來兼廢種魚經。身中故有延年藥，不向深山采茯苓。

較量寒暖問簾鈎，未必忘機似野鷗。抱膝雖然長閉户，送僧曾過碧山頭。

屋角桃花生紫煙，茅齋無事日高眠。家童不敢呼山客，唤取啼鶯近枕邊。

靈巖曲曲帶神皋，洞嵌清谿白石高。日澹天清波不動，樓前萬竹壓漁舠。

白雲頂上踏青螺，松桂無花月色多。但怪山人衣袂濕，不知身已在銀河。

鳴弦匡坐竹林西，鹿子呦呦謝豹啼。世事年來都忘却，也曾騎馬聽朝雞。

清谿水石③碧粼粼，琪樹瓊枝别有春。誰在花間最深處，但聞琴響不逢人。

棄却瘿瓢爲厭煩，卜④居真喜得山樊。已無夾道車塵擾，猶有當堦瀑水喧。

蒼山疊疊水淙淙，落日寒煙失數峰。最愛人家谿上住，秋來繞屋種芙容。

行盡煙廊入翠瓔，沙明水碧是瑶京。自將雞犬乘雲去，猶墮空中打麥聲。

好山當面月來時，分得疎花到曲池。一陣山風凉颯颯，石壇松子落殘棋。

山鳥⑤飛來茅屋低，藤梢垂過石闌西。三日掩齋看大洞，不知紅藥已成泥。

閉關禁足薜蘿陰，御氣還調出世心。肘上不妨生柳樹，門前風雪鹿蹄深。

紫霧紅雲忽滿空，金幢⑥玉女挾飛龍。無人出肅空回⑦去，笑指青天月一峰。

琳宮翠𪩘宿氤氳，鶴唳天空只自聞。昨夜石樓窗不閉，曉來飛入滿牀雲。

灌園鋤菜總⑧堪娱，笑殺雲霞性氣疎。誰領黄麻新拜相，幽居久絶故人書。

雨過紅蘭徑草深，惜花不是道人心。饒他一夜風吹却，好放黄鸝住緑陰。

夏天清曉坐虛簷，殘月如鈎尚在簾。已許關心無一事，夜來山鼠齧華嚴。

不是狂夫愛入林，世緣較淺道緣深。已將明月爲高燭⑨，更取山泉寫素琴。

香火⑩空山六代魂，生時華屋死荒村。黄沙不管英雄骨，潮去潮來洗墓門。

三春且治栽花圃，十畝先收種秫田。都水若無天帝詔，看花酌酒度流年。

磬聲自發滿斜陽，隱隱隔谿開竹房。三十年前曾一到，見栽松樹已成行。

隋家水殿楚章華[七]，絃管凄凄入斷霞。秦鏡一沉公主死，至今惟説邵平瓜[八]。

山露泠泠滴鐘磬，水霞冉冉上衣裾。野人偶出猿供爨，仙客何來鶴寄書。

莫⑪言風骨類仙人，滿屋煙霞未是貧。愛飲青谿啖山果，向來麋鹿是前身。

校勘

①黄：底本原作『差』，據程元方本改。

②踏：底本原作『雖』，據程元方本改。

③石：底本原作『不』，據程元方本改。

④卜：底本原作『十』，據程元方本改。

⑤鳥：底本原作『烏』，據程元方本改。

⑥幢：底本原作『幛』，據程元方本改。

⑦回：底本原作『向』，據程元方本改。

⑧總：底本原作『絲』，據程元方本改。

⑨燭：底本原作『獨』，據程元方本改。

⑩火：底本原作『入』，據程元方本改。

⑪莫：底本原作『英』，據程元方本改。

注釋

[一]空王：佛之尊稱。

[二]玉洞：對仙道所居巖洞之美稱。

[三]秦嬴：此指秦穆公女兒弄玉。相傳弄玉、蕭史夫妻善吹簫，後乘鳳仙去。見本書詩集卷五《水上聞簫》注釋[一]。

[四]金母：西王母。

[五]史王墳：寧波東錢湖畔有「王墳」，爲南宋宰相史浩墳墓、史彌遠墳墓。史浩封會稽郡王、越王；其子史彌遠封會稽郡王、衛王。

[六]麻姑：神話中仙女名。見本書詩集卷一《遊仙詩》注釋[一七]。

[七]隋家水殿：隋煬帝之豪華游船。唐皮日休《汴河懷古》：「若無水殿龍舟事，共禹論功不較多。」楚章華：楚靈王之章華臺。漢荀悦《漢紀・武帝紀一》：「楚靈王起章華之臺而楚人散。」

[八]邵平：秦末漢初人，爲秦東陵侯。秦亡後，淪爲布衣，於長安城東青門外種瓜，其瓜味甜美，世人謂之「邵平瓜」。

憶君典十四首[一]

共約功成歸種田，數間茅屋隔蒼煙。桃花雞犬渾無恙，只是斯人①去杳然[二]。

五湖蘭槳六橋花[三]，紅燭青娥散曙霞。流水浮雲何足恨，但傷寶劒葬寒沙。

自君去矣掩刀鐶，電滅花飛竟不還。猿鶴無聲松桂冷，愁雲漠漠敬亭山[四]。

不見麒麟行白日，止留狐兔吊青原[五]。玉樓金闕都無據，萬事低頭不敢言。

平生死友真堪媿，不得悲歌送夜臺[六]。七尺豐碑萬言字，碧苔蒼蘚後人哀。

英雄歸去是星辰，白骨留爲山鬼隣。世上休疑黄石事[七]，時清原不用斯人。

昨夜妖光起白虹，沉沉匣裏死芙容。可憐不見横秋日，土蝕煙銷入亂峰。

一日青驪擁絳紗，陵陽三載卧煙霞[八]。如何石上冬青樹，只當春風薝蔔花。

古廟空山易夕陽，酸風苦霧送文昌[九]。墨花零落猶香案，莫去遮須作國王[一〇]。

北海中郎恨有餘[一一]，虎賁言笑足躊躇。鮫人夜泣蒼龍去[一二]，有子今爲明月珠[一三]。

客散金銷罷綺筵，賈人來索郭西田。向來烈士寧逃死，不是功成韓令年[一四]。
娥眉散遺鏡無光，明月還來照曲房[一五]。腸斷香山老居士[一六]，白楊紅粉兩堪傷。
看君西笑欲飛翻，寶馬銀鞍尚在門。忽化寒灰三尺鐵，高天無處着啼痕。
平生俠骨苦難磨，膏火蘭香奈爾何。今日喜君離幻相，好參蓮座學維摩[一七]。

校勘

① 人：底本原作『入』，據程元方本改。

注釋

[一]君典：沈懋學，字君典。宣城人。萬曆五年（一五七七）狀元，授修撰，乞病歸。萬曆十年（一五八二）朝廷再召，赴京途中病逝。詳見本書詩集卷一《寄沈士範因憶先太史君典》注釋[一]。

[二]斯人：此人，指沈懋學。

[三]五湖：此處爲泛稱吴越之湖泊，沈懋學生前所遊歷。六橋：杭州西湖蘇堤之六橋，爲映波、鎖瀾、望山、壓堤、東浦、跨虹。

[四]敬亭山：在今安徽省宣城市北。沈懋學爲宣城人。

[五]青原：緑色原野，此指沈懋學墳塋所在地。

[六]夜臺：墳墓。

[七]黄石：黄石公，授予張良兵書者。屠隆屢以黄石之才比沈懋學，如《送沈君典北上四首》『黄石兵符鴻寶文，浮生一半五湖濆。』《哭君典太史》：『雄略推黄石，文章吐赤瑛。』

[八]陵陽：山名，在宣城。見本書詩集卷一《寄沈士範因憶先太史君典》注釋[四]。

[九]文昌：文昌星，又名文星，傳説該星主文運，故又以指文才蓋世之人。此處以稱沈懋學，沈爲萬曆五年（一五七七）狀元。

[一〇]遮須：遮須國，傳説中之國名，三國時之曹植爲其國王。宋曾慥《類説》卷三二引《洛浦神女感甄賦》：『蕭曠彈琴洛水之上，有女子曰洛浦神女也。曠曰：「或聞洛神即甄后，后謝世，陳思王遇其魄洛濱，爲《感甄賦》，改爲《洛神賦》，託於宓妃，有之乎？」女曰：「有之。妾即甄后也……。」曠曰：「思王今在何處？」女曰：「見爲遮須國王。」』

[一一]北海中郎：漢末孔融。漢獻帝時曾任虎賁中郎將、北海相，人稱孔北海。孔融富於文才，爲『建安七子』之首，性好賓客，喜抨議

時政，言辭激烈，後因觸怒曹操，被殺害。

［一二］鮫人：神話傳説中之人魚。晉張華《博物志》卷九：『南海外有鮫人，水居如魚，不廢織績……從水出，寓人家，積日賣絹。將去，從主人索一器，泣而成珠滿盤，以與主人。』蒼龍：即䅟龍，相傳爲黄帝時六相之一。《太平御覽》卷七九引《管子》：『黄帝得蒼龍，而辨乎東方。』此處比喻有相才之沈懋學。

［一三］子：指沈懋學之長子沈士範，見本書詩集卷一《寄沈士範因憶先太史君典》。

［一四］韓令：指唐韓愈。韓愈曾貶爲陽山縣令，因稱韓令。唐韓若雲《韓仙傳》載，韓愈侄韓湘學道，吕洞賓度之登仙。後韓湘又度愈成仙。

［一五］曲房：内室。

［一六］香山老居士：唐白居易，號香山居士。白居易有詩《燕子樓三首》，其三：『今春有客洛陽回，曾到尚書墓上來。見説白楊堪作柱，争教紅粉不成灰。』感傷張建封與其愛妾盼盼之事（參見本書詩集卷六《王孫行爲吴茂倩》注釋［三］）。

［一七］維摩：此指《維摩詰經》。

竹枝詞三十首

余發青谿［一］，途中作詩不下百餘首。一夕喟然自悔其苦。臨書罷，焚管城子，誓不復作詩。明旦上馬，適情事有感，忽得口號一首，杳不知從何來。沉吟自賞，連得數篇，因而蒐采江南民間風俗，次第成下里之謡三十首。既成，乃題之曰《竹枝詞》。因復恍焉自笑，魔之嬈人如此。顧情事鄙瑣，音調俚下，不堪奏諸士大夫，自比于山謳樵唱，不忍棄去，姑留他日令家童習之以侑酒。余之于此技斷除會應有日，今似未能也。

斑竹欄干兩邊開，枇杷樹下勸郎杯。歡莫留儂儂要去，蘆花潭裏趁潮來。

木槿編笆土築牆，田家住在水中央。四月穿綿六月冷，門前夜夜稻花香。

東海漁翁大板船，撈魚换酒浪頭眠。親見龍王第七女［二］，珍珠衫子繡裙邊。

水仙愛種水仙花，一灣江水廟門斜。女冠夜送小姑出，四野無人好月華。

夜醉江頭彈阮咸，江船十日住風帆。歡莫留他葱白襖，待儂脱下杏黄衫。

誰家女兒來浣紗，紅裙蘸水髻飛鴉。郎賣鯉魚荷葉蓋，鯉魚不買買荷花。

人生只當渡頭雲，犬吠鴉啼日又曛。月下枇杷花下酒，不澆儂口待①澆墳。

踏遍②東城南陌頭，子規叫罷叫斑鳩。紗帽不如布帽好，也無歡喜也無愁。

蓮③子花開湖水紅，東風日暮轉西風。妾心一似蓮子苦，郎心一似藕絲空。

吴歌不唱唱陽關，爲郎韝馬復裝鞍。今日金尊各自煖，明朝繡被大家寒。

女郎三五寺門前，蘭舟暫泊緑楊煙。拜罷如來整珠翠[三]，踏花羅襪暮霞鮮④。

昨日花開君不賞，今日花開雪滿頭。世上紅顔若長在，除非東海也西流。

但願相隨賣餅郎，不願裛粉事君王。君王爲王郎賣餅，布裙還是舊時裝。

玉雪青童二八年，紫駝白馬稱銀韉。白馬紫駝儂不愛，儂家苦菜熟油煎。

紫衣貴人造大墳，無奈狐狸穿樹根。狐狸不識貴人面，在時多少候開門。

一葉扁舟海中央，普陀寺裏去燒香[四]。平地翻舟風浪穩，人心賽過蓮花洋[五]。

鷂子高高飛貼天，蜻蜓只在蓼花邊。掙得黄金過北斗，閻家老子不愛錢[六]。

大官買園買四鄰，栽花種竹幾多春。聞道遼西又河北[七]，至今不見買園人。

提籃採桑後園西，女郎相留鬬草嬉。日暮蠶饑婆性急，閑情莫遣小姑知。

猿猴送果竹引泉，山雲不足借厨煙。千里風沙五更露，三公不换日高眠[八]。

樂莫笑來愁莫顰，爲人莫作小妻身。顰時生怕郎君怪，笑時又怕大娘嗔。

阿母出門花朵齊，阿奴出門兩行啼。不恨爺娘及阿母，阿奴只恨命來低。

夜裏耘田日裏耕，緑楊樹下聽黄鶯。小人種田睡得穩，相公做官遶牀行。

江上撑船也不村，撑船撑到長兒孫。高挂風帆摇膝坐，一邊水緑一邊渾。

脱却宫衣卸却情，焚香拜佛去修行。蛾眉有恩兼有怨，恩恩怨怨幾時平。

富家女兒縷金衫，貧家女兒竹頭簪。不看楊花同落地，半隨塵土半珠簾。

一點紅兼油木梳，彈箏勸酒醉模餬⑤。若有黄金填苦海，不如相送在西湖。

織絹娘兮織絹娘，織成那得做衣裳。昨日一縑送里正[九]，今朝一疋當官糧。

北斗天河夜夜移，富貴榮華得幾時。那見宋朝丞相府，如今改作藕花池。水陸珍羞百味兼，開筵請客客猶嫌。多少衆生供一筯，是誰痛苦是誰甜。

校勘

① 待：底本原作『侍』，據程元方本改。
② 遍：底本不清，據程元方本補。
③ 蓮：底本原作『蓬』，據程元方本改。
④ 鮮：底本原作『觧』，據程元方本改。
⑤ 𩸞：底本不清，據程元方本補。

注釋

［一］青谿：指青浦。
［二］龍王第七女：東海龍王第七女，職掌龍王珠藏。《太平廣記》卷四百十八《龍一·震澤洞》：『震澤中洞庭山南，有洞穴深百餘尺，……此洞穴有四枝：一通洞庭湖西岸，一通蜀道青衣浦北岸，一通羅浮兩山間穴谿，一通枯桑島東岸。蓋東海龍王第七女掌龍王珠藏，小龍千數衛護此珠。』
［三］如來：釋迦牟尼法號。
［四］普陀寺：此指浙江普陀山之寺廟。
［五］蓮花洋：海洋名，地處今舟山本島與普陀山之間。《（雍正）浙江通志》卷十四《山川·寧波府·定海縣》：『蓮花洋，《定海縣志》：「在縣東，往洛伽必徑此。」《普陀山志》：「倭人入貢，見大士靈異，欲載歸。海生鐵蓮花，舟不能行，懼而還之。得名以此。」』
［六］閻家老子：指閻王。
［七］遼西：遼河以西地區。河北：黄河以北地區。遼西、河北，泛指北方廣大地區。
［八］三公：古代朝中三種最高官銜之合稱。
［九］里正：即里長，爲鄉官。

集紫霞山房得山字[一]

五雲宮闕抱西山[二]，明月疎鐘萬竹間。誰唱陽關送雙淚，寒河無語夜闌珊①。

校勘

① 珊：原作『刪』，據意改。

注釋

[一] 紫霞山房：未詳。疑爲吴叔嘉在京寓所名，本卷有《都下逢吴叔嘉》：『桂醑蘭膏夜夜分，翛然自號紫霞君。馬蹄不入平津閣，只借閑房理白雲。』又參見《由拳集》卷七《送吴叔嘉北上》。

[二] 西山：北京西山。

長條曲爲友人賦二首

流水飛霞舊日①恩，梨花寒月閉重門。清明陌上香車路，認得蕭郎不敢言[一]。

手碎琵琶斷玉簫，青青誰竟折長條。背啼紅袖逢人笑，歲歲春風恨不銷。

校勘

① 日：底本原作『目』，據程元方本改。

注釋

〔一〕蕭郎：稱女子所愛戀之男子。唐范攄《雲谿友議》卷上「襄陽傑」條：「又有崔郊秀才者，寓居於漢上，藴積文藝，而物産罄懸。無何，與姑婢通，每有阮咸之從。其婢端麗，饒彼音律之能，漢南之最也。姑貧，鬻婢於連帥。連帥愛之，以類無雙，給錢四十萬，寵眄彌深。郊思慕無已，即强親府署，願一見焉。其婢因寒食來從事家，值郊立於柳陰，馬上連泣，誓若山河。崔生贈之以詩，曰：『公子王孫逐後塵，緑珠垂淚滴羅巾。侯門一入深如海，從此蕭郎是路人。』」

女蘿曲

女子有欲從人，而勢有所扞者。誓志守死，艱苦萬狀，竟得諧所願。友人爲余言其事，而賦之二章。

百折東流誓不回，女蘿宛轉恨難開。生憐卓氏琴中意〔一〕，死作韓郎墓上灰〔二〕。

燈前含笑伴流蘇，萬死紅顔骨可枯。沙上浣衣厨下爨，爲郎辛苦事諸姑。

注釋

〔一〕卓氏：漢卓文君。司馬相如曾以琴挑卓文君，見《史記·司馬相如列傳》。

〔二〕韓郎：韓憑，傳爲戰國時宋人。晉干寶《搜神記》卷十一載，宋康王舍人韓憑，娶妻何氏，美。康王奪之，韓憑夫婦殉情自殺。何氏留下遺書，願與丈夫韓憑合葬。

都下逢吴叔嘉〔一〕

桂醑蘭膏夜夜分，翛然自號紫霞君。馬蹄不入平津閣〔二〕，只借閑房理白雲。

注釋

〔一〕都下：都城。吴叔嘉：字昌齡，鄞縣人。

［二］平津閣：西漢丞相、平津侯公孫弘之館閣名。弘於閣中延請士人，後因以稱達官貴人延納賓客之所。

煙雨樓六首［一］

百尺蒼茫煙雨樓，青天蕩槳狎群鷗。千家樹色斜陽外，萬片紅霞月一鈎。
高樓突兀水雲間，日暮女郎堤上還。細浪輕帆沙漠漠，斜煙疎雨珮姍姍。
玉篷金尊載酒船，緑波新月伎釵前。晚迴津口人皆醉，無數鷗梟浪裏眠。
誰家白版映寒塘，修竹娟娟過女牆。妾本南湖湖上住［二］，凌波自愛繡鴛鴦。
郭外青波指亂峰，山光淡蕩水煙空。天寒澤國魚龍卧，鐵篴何人響夜風。
四月湖頭水氣凉，漁舟歸去傍垂楊。僧來野寺村村白，鳥戲青蓮葉葉香。

注釋

［一］煙雨樓：此指浙江嘉興南湖之煙雨樓。
［二］南湖：嘉興南湖。

石湖五首［一］

萬頃湖光開浩蕩，千尋峰色引玲瓏。石橋野寺無僧住，隱隱隔谿聞暮鐘。
林屋空虛敞洞天［二］，崖前古樹不知年。鳥啼寂寂辛夷塢［三］，花裏行人恐是仙。
前朝大寺剥寒苔，文字蒼茫斷碣哀。古木春深猶墜葉，亂煙堆裏拜如來。
天外雙帆出大湖，中流一點插浮屠。鳥飛不斷虛空碧，歌傍斜陽送百壺。
聞道王維住輞川［四］，當門閑掃落花眠①。千秋人去留三徑［五］，落日狐狸走墓田。

校勘

① 眠：底本原作『珉』，據程元方本改。

注釋

［一］石湖：湖泊名。在蘇州西南，與太湖相通。

［二］林屋：山名。在吴縣（今蘇州吴中區）洞庭西山，爲道教十大洞天之一，全稱『元神幽虚之洞天』。

［三］辛夷塢：種植辛夷之塢。塢，爲周邊高中間低之谷地。唐王維輞川別墅有辛夷塢，後世園林中時見以此命名之景點。

［四］王維：唐代著名詩人、園林藝術家。輞川：水名，亦山谷名，在陝西省藍田縣南。唐王維置別墅於此。《新唐書·王維傳》：『別墅在輞川，地奇勝，有華子岡、欹湖、竹裏館、柳浪、茱萸沜、辛夷塢，與裴迪遊其中，賦詩相酬爲樂。』王維《田園樂七首》：『花落家童未掃，鶯啼山客猶眠。』

［五］三徑：指隱士家園。漢趙岐《三輔決録·逃名》：『蔣詡歸鄉里，荆棘塞門，舍中有三徑，不出，唯求仲、羊仲從之遊。』晉陶潛《歸去來辭》：『三徑就荒，松竹猶存。』

吴江夜泊六首［一］

有客乘船吹洞簫，月波千頃浸平橋。菱花不見菱歌滿，澹澹星河夜色遥。

城郭微茫帶遠村，扁舟孤客坐黄昏。登艫一陣香風過，疑有凌波洛水魂［二］。

弦管嘐嘐十萬家，水摇星影散明霞。魚龍不妬狂歌客，曙色孤城斗柄斜。

寶帶垂虹卧緑波［三］，平堤如掌印青莎。小姑白石前谿曲［四］，按節嗚絃水調多。

魚蝦濁酒市盤餐，不管舟人報夜闌。醉後推篷明月上，水痕凉冷燭花殘。

從來傲吏狎滄洲［五］，賓從如雲清夜遊。城上烏啼天欲曙，月華斜抱水邊樓。

注釋

[一] 吴江：即松江，明李賢等《明一統志・蘇州府・山川》：『吴江，在吴江縣東，源出太湖，一名松江，又名松陵江，亦曰笠澤。流經崑山，入於海。』

[二] 洛水魂：洛水之神。三國魏曹植《洛神賦》：『凌波微步，羅襪生塵。』

[三] 寶帶垂虹：蘇州寶帶橋和垂虹橋。明李賢等《明一統志・蘇州府・關梁》：『寶帶橋，在府城西南一十里，跨澹臺湖。舊有石橋，南北跨百丈，下爲圜洞通舟檝者，凡五十三。歲久圮壞，正統間重建。長橋，在吴江縣東門外，舊名垂虹橋。橋東西千餘尺，横跨松江，前臨太湖，乃吴絶景也。』古人常以寶帶與垂虹兩大名橋並稱，吴江松陵鎮浮玉洲古橋楹聯：『十里波光連寶帶，一彎月影映垂虹。』

[四] 小姑：青溪小姑，傳説中之青溪神女。《樂府詩集》有神弦歌《青溪小姑曲》。白石：白石郎，傳説中之水神。《樂府詩集・清商曲辭四・白石郎之一》：『白石郎，臨江居，前導江伯後從魚。』

[五] 傲吏：不爲禮法所屈之官吏。晉郭璞《遊仙》詩：『漆園有傲吏。』屠隆亦以自稱。滄洲：濱水之地，亦以稱隱者所處之環境。南朝齊謝朓《之宣城郡出新林浦向板橋》詩：『既歡懷禄情，復協滄洲趣。』屠隆此處扣吴江而用之。

真如寺四首[一]

招提信宿十年前[二]，香飯清齋不取錢。佛首藤蘿僧舍雨，重來歲月總茫然。

空門寥落可幽棲，玉帶端明敢浪題[三]。一片蒲團空法界，蓮臺西去不沾泥。

年來短髮已鬅鬙，雲水生涯漸似僧。掃石焚香松樹下，破衣淅瀝挂疎藤。

流水潺湲到寺門，香殘經罷擁籬根。不關歲月區中事，且作煙霞物外言。

注釋

[一] 真如寺：明代，真如寺有多處，此指明嘉興府秀水縣（今屬嘉興市）之真如寺。《明一統志・嘉興府・寺觀》：『真如寺，在秀水縣南四里。唐至德中建。内有雪峰和尚住菴及宋司馬光所作真如院法堂記石刻。』

[二] 招提：寺院之别稱。

[三] 端明：指蘇軾。蘇軾曾爲端明殿學士，因稱。「玉帶端明」，用蘇軾嘗以玉帶贈金山寺長老了元（即佛印）事典，蘇軾有《以玉帶施元長老元以衲裙相報次韻二首》詩，見本書詩集卷六《中途雨雪懷開之太史四首》注釋[一三]。切合真如寺之名，屠隆又糅合蘇軾遊高安縣（今江西省高安市）大愚山之真如寺事典，蘇軾有《端午遊真如，遲、適、遠從，子由在酒局》詩。《明一統志·瑞州府·寺觀》：「真如寺，在瑞州府治（高安縣）東南，宋建，蘇軾端午遊此，有詩。弟轍並陸游皆和其韻。」

薊遼大捷鐃歌八首[一] 爲張肖甫大司馬賦[二]。

獵獵紅旗捲陣門，短兵夜合塞垣昏[三]。胡天向曉燕支哭，疲馬殘弓見血痕。

大捷歸來列校收，蒲萄銀甕坐箜篌。酒酣夜出巡邊壘[四]，壯士閒眠枕髑髏。

北斗寒光注湛盧，登樓談笑滅胡雛[五]。天高野曠妖燐語，雪滿陰山凍草枯[六]。

邊聲四起鼓填填，捲地西風吹控弦。戰苦不知胡騎盡，旗開刀響月如煙。

十隊并刀舞漢兒，千行綵組繫胡姬。降王面縛轅門外，帳下椎牛饗六師。

遼海霜弓寒雁急[七]，交河冰柝暮沙虛[八]。神騶一道如飛電，夜半軍中獻捷書。

黑山西去虜營空[九]，名姓遥驚郭令公[一〇]。點罷軍書諸將出，裁詩清嘯月明中。

督府親征雨雪瀌，馬頭橫吹雜銅焦。獻俘奏捷天王喜[一一]，口勑中官賜錦貂[一二]。

注釋

[一] 薊遼：薊州、遼東，明代爲防務重鎮。

[二] 張肖甫：張佳胤，字肖甫，萬曆八年（一五八〇）陞兵部右侍郎，萬曆十一年（一五八三）任兵部尚書，協理京營戎政，兼都察院右副都御史，總督薊、遼、保定軍務，萬曆十二年（一五八四）初取得薊遼大捷。

[三] 塞垣：指長城，亦指北方邊地。

[四] 邊壘：邊境之壁壘。

[五] 胡雛：胡兒，對胡人之蔑稱。

［六］陰山：山脈名，在今内蒙古自治區中部。見本書詩集卷三《薊門行贈顧益卿使君》注釋［五］。

［七］遼海：遼東。

［八］交河：河名，見本書詩集卷一《奉送蔡師出按淮陽》注釋［三］。

［九］黑山：在陰山山脈中段，即今大青山，因山色青黛而古稱黑山，傳有七十個黑山頭。唐戎昱《從軍行》：『昔從李都尉，雙鞬照馬蹄。擒生黑山北，殺敵黄雲西。』

［一〇］郭令公：指唐郭子儀。郭曾任中書令，因稱。郭子儀爲著名軍事家，曾平定安史之亂，又大破吐蕃等，厥功甚偉。

［一一］天王：天子。

［一二］中官：主管宫内事物之官，或宦官。

明月梅花詩四首

東風吹粉褪微紅，水曲娟娟照欲空。最是銷魂闌楯外，玉人香霧夜朦朧。

高樓玉笛氣氤氲，襄國櫻桃落後塵［一］。六尺珊瑚籠絳蠟，隔簾疑見李夫人［二］。

生來多恐是花妖，夢入羅浮凍不銷［三］。彷佛瀟湘龍女出［四］，碧天如水濯冰綃。

含姿顰笑總嫣然，雪盡平林散緑煙。乍淡乍濃看不定，衹應癡絶傍君前。

注釋

［一］襄國櫻桃：此以擬人法稱櫻桃花。襄國，爲東晉十六國時期後趙之都城名、郡名（今河北邢臺市），代指後趙。櫻桃，鄭櫻桃，後趙之美人，優僮出身，石虎寵惑之，立爲皇后。見《晉書·載記·石季龍上》。唐李頎《鄭櫻桃歌》：『石季龍，僭天禄，擅雄豪，美人姓鄭名櫻桃。櫻桃美顔香且澤，娥娥侍寢專宫掖。後庭卷衣三萬人，翠眉清鏡不得親。』

［二］李夫人：指漢武帝所寵幸之李夫人，有傾城傾國之色。李夫人早卒，武帝思念不已，相傳有方士招其神，隔帳帷而見之。《漢書·外戚列傳·孝武李夫人》：『李夫人少而蚤卒，上憐憫焉，圖畫其形於甘泉宫。……上思念李夫人不已，方士齊人少翁言能致其神。迺夜張燈燭，設帳帷，陳酒肉，而令上居他帳遥望。見好女如李夫人之貌，還幄坐而步，又不得就視……』。

［三］羅浮：道教名山，在今廣東省東江北岸。據舊題唐柳宗元《龍城録》載，隋趙師雄遷羅浮，一日天寒日暮，在醉醒間見一女子，淡妝

素服，但覺芳香襲人，語言極清麗。遂相與飲。頃醉寢。及覺，乃在大梅樹下。後常用爲詠梅典實。

〔四〕瀟湘龍女：即洞庭龍女。相傳龍女善紡織，詩人用爲典實，明馮惟訥《古詩紀》卷五十三《綿州巴歌》：「下白雨，取龍女，織得絹，二丈五。」屠隆《韓蘄王花園老卒歌和吴淵潁》：「光生珠貝鮫人探，寒透冰綃龍女織。」明陳繼儒《小窗幽記·集倩》：「龍女濯冰綃，一帶水痕寒不耐；姮娥擣寶藥，半囊月魄影猶香。」

古北口歌十首呈張制府〔一〕

疋馬春風古北平〔二〕，日光慘澹抱沙明。千群狐兔單于帳，萬騎熊羆上將營。

大峪砯崖響暗泉，荒荒古壘暮生煙。皂鵰忽破胡天碧，一一群峰墮馬前。

三月沙場雪未消，垂楊猶自舞寒條。角聲吹斷關山夢，一夜征夫鬢欲凋。

錦帳朱旗大漠孤，虎牙龍額氣吞胡。高原馬去如流電，塵起天昏鳥雀呼。

雄關虎豹據咽喉，疊鼓鳴笳滿戍樓。將士雕弓閒射獵，只今幕府有條侯〔三〕。

宛轉河流通地脉，參差城闕倚山形。填橋直似横三島〔四〕，鑿石何年役五丁〔五〕。

飛閣連雲石壁開，蒼茫劍指大旗回。漢兒打鼓胡兒舞，夜醉營門琥珀杯。

材官騎吹列成行，落日登城覽戰場。城下胡雛自來往，平岡水草放牛羊。

塞下①女兒髮覆肩，提刀上馬擘青天。獻盡軍中百戲罷，採花按板唱于闐〔六〕。

邊人卸甲事春農，黄犢水田處處逢。諸將當筵接詞客，滿城火炬照歌鐘。

校勘

① 下：底本原作「王」，據程元方本改。

注釋

[一]古北口：長城關隘之一，在密雲縣東北。《明一統志·順天府·關梁》：『古北口，在密雲縣東北一百二十里。兩崖壁立，中有路，僅容一車。下有澗，巨石磊磈，凡四十五里。自是而東，凡二十四關口，至峨嵋山寨。宋蘇轍《古北道中》詩：「亂山環合疑無路，小徑縈回長傍溪。髣髴夢中尋蜀道，興州東谷鳳州西。」』張制府：張佳胤，因總督薊、遼、保定軍務，被尊稱爲『制府』。

[二]北平：古郡名，秦漢至隋，均置北平郡。此指其地域。

[三]條侯：西漢周亞夫，封條侯，故稱。《史記·絳侯周勃世家》：『文帝擇絳侯勃子賢者河内守亞夫，封爲條侯，續絳侯後。』周亞夫爲著名軍事家，爲防範匈奴，保衛長安，曾駐軍細柳，治軍威嚴，又曾平定七王之亂。

[四]填橋：化用神人爲秦始皇於海上驅石作橋之傳説。見本書詩集卷三《題王諫議家畫五大山水歌·錢塘》注釋[九]。三島：指蓬萊、方丈、瀛洲三座傳説中之海上仙山。

[五]五丁：神話傳説中之五個大力士。見本書詩集卷二《彭城姜使君邀登蘇子瞻放鶴亭作》注釋[四]。

[六]于闐：本爲漢時西域國名（又作『于寘』），在今新疆和田一帶。屠隆該句『採花……于闐』，乃拆用古西域曲名『于闐採花』。唐李白樂府有《于闐採花》，蕭士贇題解引《樂録》：『《于闐採花》者，蕃胡四曲之一。』

詞

緑水曲① 西湖懷古[一]

萬疊青山，千層緑水，蘭舟蕩入涼雲。鶴墮無聲，鷗飛不斷，歌吹隔花聞。我欲喚起，琴高邀來[二]，邢鳳借僊人[三]。玉笛傍，蒼龍叫破氤氳。　行到湖天空闊處，畫大江、吴越此中分。酒滿琱觴，賓朋不減，看來只少湘裙[四]。但醉時，微唫散髮，高揖洞庭君[五]。

校勘

① 綠水曲：原四首詞總題曰『西湖懷古四首』，每首之詞調標於詞末，稱『右調某某』。四首詞調名稱及調式，均不見於前人，疑爲屠隆自度曲。今按當今通行慣例將詞調置爲題目，并各加『西湖懷古』四字。

注釋

[一] 西湖：指杭州之西湖。

[二] 琴高：神話傳說中之仙人。見本書詩集卷一《遊仙詩》注釋[一二]。『琴高邀來』爲倒裝句，謂邀來琴高。

[三] 邢鳳：傳說中人物，明王世貞《豔異編》卷二《邢鳳》載：『宋時有邢鳳者，字君瑞。寓居西湖，有堂曰「此君」，水竹幽雅，常偃息其中。一日獨坐，見一美女度竹而來。鳳意爲人家宅眷，將起避之。女遽呼曰：「君瑞毋避我，有詩奉觀。」乃吟曰：「娉婷少女踏春陽，無處春陽不斷腸。舞袖弓彎渾忘却，羅衣虛度五秋霜。」鳳聽罷，亦口占挑之曰：「意態精神畫亦難，不知何事出仙壇？此君堂上雲深處，應與蕭郎駕彩鸞。」女曰：「予心子意，彼此相同。奈夙效未及，當期五年，君來守土，相會於鳳凰山下。君如不爽，千萬相尋。」言訖不見。後五年，鳳隨兄鎮杭，乃思前約，具舟泛湖。默念間，忽聞湖浦鳴榔，遥見一美人，架小舟舉手招之曰：「君瑞，信人也。」方舟相敘，曰：「妾西湖水神也。千里不違約，君情良厚矣。」君瑞喜，躍過舟，蕩入湖心，人舟俱没。後人常見鳳與彩蓮女，遊蕩於清風明月之下，或歌或笑，出没無時焉。』僊人：即西湖水僊。『邢鳳借僊人』，謂借來僊人邢鳳。

[四] 湘裙：湘地絲織品制成之女裙，代指美人。

[五] 洞庭君：即洞庭龍君。『高揖洞庭君』句，意謂乞『湘裙』也。

水慢聲 西湖懷古

一片大湖何限，浸空城，碧浪崔嵬。白日孤懸，畫屏四合，翠微裹、擁出樓臺。落盡桐花，飄殘柳絮，正芙蕖冉冉將開。衣上冷香飛欲濕，輕鷗細帶，蘭槳共縈洄。　天放閑人，時容傲吏，水雲深處，相對且啣杯。君莫對此景，浪生憂喜，請看層波疊疊，前後相催。錢氏舞裙[一]，趙家歌扇[二]，零落總成灰。君去也，西湖無恙，歌舞又重來。

注釋

［一］錢氏：指十國時期之吴越國錢氏君主。

［二］趙家：指南宋趙氏君主。

青江裂石 西湖懷古

淼淼重湖[一]，背郭斜、永日坐蒹葭。四面山青不斷，樓閣外、亂水明霞。有畫船錦纜載詞客，金翹雜珮，强半挾吴娃[二]。水窮處，長林古寺，夏木緑陰遮。　回首望空明，白鷗隱隱飛來，帶一片輕沙。把酒問西湖，今來古往，都不管、興亡舊恨年華。且與君櫂扁舟，聽取哀弦急筑，散髮弄荷花。

注釋

［一］重湖：西湖因白堤而分裏湖、外湖，故稱重湖。宋柳永《望海潮》：『重湖疊巘清嘉。』

［二］吴娃：吴地美女。吴地稱美女曰娃。唐白居易《憶江南》：『吴娃雙舞醉芙蓉。』

水仙詞 西湖懷古

萬疊雲峰，個個芙蓉金掌。真堪賞。陌上花鈿，水邊蘭槳。一派笙歌鬪魚龍，空闊處、衆山皆響。遊女凌波羅襪冷，菱葉暗，浪花明，不霎時、雪卷青天蓬閬[一]。　與諸公、把酒酹波臣[二]，天風下來，一笑泠然蕭爽。明日西陵東去也[三]，回首六橋[四]，使人惆悵。

注釋

［一］蓬閬：蓬萊和閬苑。此形容西湖美景如仙境。

〔二〕波臣：對水族之稱呼。

〔三〕西陵：西陵渡，亦稱西興渡，爲錢塘江渡口，出入浙東所經之地。舊址在今杭州市蕭山區西興鎮。

〔四〕六橋：西湖蘇堤之六橋，爲映波、鎖瀾、望山、壓堤、東浦、跨虹。

白榆集校注文集卷之一

序一

皇明名公翰藻序

夫不翼而飛、無脛而走者，其惟方寸之牘乎？揚芬振藻，宣情吐臆，述事陳理，傷離道故，則此道勝矣。故襄王布令，而晉文寢謀；呂相遺書，而嬴秦短氣。叔向陳詞，則國僑謝過；樂毅削牘，則燕王悟心。目夷以善言得國，鄭伯以令辭保邦。魯連射書而燕將隕，蘇秦折柬而六國從。列雄而下，代有能言。薄昭致命於吴王，相如發難於巴蜀。漢祖宣威於尉佗，光武揚靈於河西。鄱陽白冤於囹圄，子卿布心於沙漠。锺繇、魏文，通情禁掖；秦嘉、徐淑，吐秀閨闈。以至金母垂元君之篇，南真著長史之什；登封有玉牒之文，洞庭傳水府之章。是知此道之貴，上重侯王，下及士庶，通天達人，際明徹幽。用廣機神，胡可廢也？

迨我太祖高皇帝取天下於胡雛之手，乾坤再闢，日月重朗，德肩羲軒，功絶湯武，而[1]神聖承之，醖釀鴻化。國家氣脉，磅礴亶厚。河嶽之靈，會爲人文，跨越近代，籠罩前古。學士大夫，文非周漢左史，不屑拈綴；詩非晉魏盛唐，不入伊吾。即交遊薄蹏之辭，亦往往規模列國，縱横諸子，清聲古色，大都斐然，亦既稱盛矣。諸君子稟材不同，好嗜靡一。故其爲辭，或閎大而肆，或簡直而[2]深；或清言而綺，或莊語而峭；或秀拔若春松之雲，或婉靚若秋蕖之月；或險絶而響裂石，或雍和而奏雲門。譬如鶴膝鳧脛，烏黔鵠白，殆弗可强。然就其材質之所近，而極其神情之所趨，莫不各有可觀。西施驪姬，殊色而共美；空青水碧，異質而同珍。兼收竝采，斯其爲天府之國也。

吴興凌君稺哲[一]，人倫之秀，好古藏書，爲當今鄴侯家[二]。諸所著述業遍方内，又博蒐我朝學士大夫尺牘，彙爲一書，命之曰《皇明名公翰藻》。夫氣以材成，語緣情異，體視其時，意生于境，烏能大同？其足寶愛一也。然華之發以根，物之貴在質。姝色自然，粉黛爲假；造物至妙，剪綵非工。即之爛然，而索之無味，則工也假也。即如學左氏之步者，字模句倣，非不儼焉。徐之而形色雖具，神氣都絶。何者？古之人有其事而言之，今之人無其事而亦言之，故辭雖肖，而情非真也。又毫穎之藻繪雖工，而問學之鎔鑄或寡也。優孟之誚可無懼乎？夫咸池、六英，不比其聲，而同謂之古樂；崆峒、之罘，不協其體，而同謂之古文。唐不擬六朝，六朝不擬魏晉，魏晉不擬周漢，子不擬史，《左》不擬《騷》，而皆卓然爲後世宗，則各極其至也。苟極其至，何物不傳？而必曰吾爲某體，過矣。凌君文章巨家，敬以是質之，且願有請于天下學士大夫也。

校勘

① 而：程元方本無。

② 直而：底本原作『有南』，據程元方本改。

注釋

[一] 凌君稺哲：凌迪知，字稺（一作稚）哲，號繹泉。浙江烏程人，凌約言子。嘉靖三十五年（一五五六）進士，官至兵部員外郎。家多藏書，勤於纂述，編有《皇明名公翰藻》五十卷、《古今萬姓統譜》、《左國腴詞》、《太史華句》等。

[二] 鄴侯：唐代李泌，歷仕玄宗、肅宗、代宗、德宗四朝，德宗時，官至宰相，封鄴縣侯。好山水，博覽群書。

竹箭編序

竹箭者，吾大越之美也。吾大越實以此駕勁吴。王君者[一]，吴人。吴人名編，則曷不取彼菰蘆而掩吾竹箭爲？王君蓋嘗遊越絶[二]，而遂掩之也。

君發蛇門[三]，由禦兒港東渡錢唐[四]，取道西陵[五]，然後浮甬東[六]，出海門，望三神山而歸。復遵會稽，立馬石①帆、秦望之上[七]，慷慨弔范蠡、計倪，諸君皆不在，而所謂竹箭者，獨蓊鬱如昔。于是感而欲掩之也。以君磊塊，發爲麗辭，吐爲佳言，是宜早致雲霄，鼓吹人代。乃夷光卒于浣沙，鄭旦終于采葛，亦足嘅矣。逞其雄心，跨越江海，既以撟舉菰蘆間，又欲掩吾竹箭而有之，嗟乎！君欲良奢矣。雖然，吾大越有物。赤堇之山[八]，破而出錫；若邪之谿[九]，涸而出銅。雨師灑掃，雷公擊橐，蛟龍捧鑪，天帝裝炭，太一下觀。若是者，君能併掩而有之邪？有之，則僕請以一矢從公出雲門寺，射虎南山矣。

校勘

① 石：底本原作『百』，據程元方本改。

注釋

[一] 王君：王稚（又作穉）登，字百穀，或作百谷、伯穀，號半偈長者、青羊君、廣長庵主等。生於江陰，移居吴門（蘇州）。隆萬年間著名布衣詩人，『弇州四十子』之一。有《王百穀集》，包括《延今纂》一卷、《采真篇》一卷、《梅花什》一卷、《燕市集》二卷、《金閶集》二卷、《青雀集》二卷、《晉陵集》二卷、《荆溪疏》一卷、《竹箭編》一卷、《客越志》二卷、《廣長庵疏志》一卷、《苦言》一卷。王稚登與屠隆交情甚厚，常往來唱和。

[二] 越絶：越地之邊境，泛指越地。古越國建都會稽（今浙江紹興），後以『越』代稱浙江或浙東地區。

[三] 蛇門：位於蘇州城東南隅，春秋時古城八門之一。

[四] 禦兒港：港名。禦兒爲地名，又名語兒，曾是吴越交界之地，今桐鄉市西南，石門鎮、崇福鎮地域。港臨官道，京杭運河邊。錢唐：即錢塘，杭州城之古稱。秦始皇二十五年（前二二二），在吴、越舊地設置會稽郡，錢唐縣是西漢會稽郡統轄二十六縣之一。唐武德四年（六二一）爲避國號諱，改錢唐爲錢塘。

[五] 西陵：古地名，今杭州市蕭山區西興鎮之古稱。有錢塘江渡口，稱西陵渡，亦稱西興渡。此處爲出入浙東所經之地。

[六] 甬東：甬爲浙東寧波之別稱，因境内有甬江而得名。此『甬東』泛指寧波。

[七] 石帆：山名，在紹興城東十五里。秦望：山名，在紹興府城東南四十里。見本書詩集卷三《贈董玉几山人》注釋[三]。

［八］赤堇：即赤堇山，在今浙江寧波東南，相傳爲春秋時歐冶子鑄劍之處。

［九］若邪：亦作若耶溪。在今紹興若耶山下，相傳西施入吴前曾在溪邊採蓮、浣紗。

宜真子傳後序[一]

余讀《宜真子傳》，乃信《齊諧》《搜神》諸書非繆悠也。事既靈異，文亦瑰奇，其言拯物除妖，則非鬼趣矣。學究拘攣，往往謂死者無知，不聞刀滅利存，豈應形亡神在。又安知大塊之中何所不有，何所不爲？死必無知，生何以能必有知？其生也，孰爲之知？其死也，孰爲之亡？司命者能造物能死物，獨不能使死者之有知邪？刀之與利一也，形之與神二也。一則合，故盡則俱盡；二則離，故亡不俱亡。物之生屬陽，陽故光融顯灼；物之死屬陰，陰故惚恍變幻。謂震旦之中有光融顯灼，冥寥之内必無惚恍變幻，非矣。夫暑不寒邪？日月不薄重淵邪？天地之混沌不闢邪？闢不復混沌邪？子不語怪①，説者多駕之。夫曰不語，是有怪矣，無怪何語也？且子之不語，其有不得已哉。《傳》又多及報應。夫生人之欲，寧有涯矣。昭昭者不能禁，以冥禁之，則報應之説行矣。雖然，萬靈之衆，王而丐者，壽而殤者，聖智而蠢者，福者禍者，何相遼也，豈盡偶爾邪？

余讀《宜真子傳》，則悚然矣。宜真子生稟異質，而又好行陰德，所以死爲清靈之鬼也，亦太幻矣。昔人有言[二]：『人以是一真不滅之性，而生死去來於天地之間，以淪②於生死，神識疲耗，不能復記，惟圓明不昧之人知焉。』其宜真子之謂與？且復皈我大師，進乎道矣。宜真子其仙乎？然學道無乃先去其幻哉。

罔伯之爲是傳[三]，蓋從宜真子之請也。宜真子醜四大之妄，厭有生之勞，脱輪轉之苦，極霄霏之致，而猶不忘情於人間竹素乎？則罔伯之文行幽冥所重故也。而罔伯固屬余文之，夫庸詎知宜真子之不胡盧我邪？

校勘

①怪：底本原作『性』，據程元方本及下文改。

②淪：底本原作『倫』，據程元方本改。

注釋

［一］宜真子：道家人物。屠隆《修文記》傳奇第四齣有角色宜真子，自稱『虚莩妙界六羽真人宜真子』。《宜真子傳》，王士騏作，《澹生堂藏書目》有著録，《明史》列入道家類著述。《白榆集》文集卷七《與王冏伯》贊：『承示《宜真子傳》，事固奇，文亦奇。干寶之筆，不足多矣。』

［二］昔人：指蔣之奇，字潁叔。宋仁宗朝舉賢良方正科，官至翰林學士同知樞密院事。其《楞伽阿跋多羅寶經序》有云：『人之以是一真不滅之性，而死生去來於天地之間，其爲世數，雖折天下之草木以爲籌箸，不能算之矣。然以淪於死生，神識疲耗，不能複記。惟圓明不昧之人知焉。』

［三］冏伯：王士騏，字冏伯。太倉人，王世貞長子。萬曆十七年（一五八九）進士，由禮部儀制主事，改吏部員外郎。編有《馭倭録》，著《醉花庵詩集》等。

貝葉齋藁序

余友李惟寅氏［一］，以貝葉名藁。貝葉者，禪家言，惟寅曷爲而以名其藁？蓋自貝葉齋所詮次而名也。然詩道大都與禪家之言通矣。夫禪者，明寂照之理，修止觀之義。言必寂而後照，必止而後觀也。兀然枯坐，闃然冥心，空而不空，不空而空，住而不住，不住而住。無見而無所不見，而卒歸之乎無見，而又不以無見名；無解而無所不解，而卒歸之乎無解，而又不以無解名。一旦言下照了，乃徹真境。夫詩道亦類是矣。語云［二］：『用志不分，乃凝於神。』夫天下之物，何者非神所到？天下之事，何者非神所辨哉？方其凝神此道，萬境俱失；及其忽而解悟，萬境俱冥，則詩道成矣。

古今能言者不少，往往以材溢格，以格掩材。體局于資，情傷於氣。作如牛毛，合如麟角，殺青之業及身而止。非必盡由天賦，則其凝神之不至也。神潛九天，則操蛇之神下；神潛九淵，則象罔之珠出。而況聲詩之道哉！惟寅之於詩，凝神可謂至矣。蓋自總角爲小侯，輒喜哦詩，輒與四方之名賢才士上下其議論。夫朱第門中多俠公子，平居所事事，或直以貴侈相高。乃惟寅一無所好，好爲詩，又故席家世，得弛于負擔，謝博士業，不分于佔俾，而以其少年英爽沈毅之力，一用之于詩。上而坱圠，下而莽蒼，無不潛也；巨而鯤鵬，細而蠕蠉，無不博也；遠而墳索、騷賦、漢魏齊梁以至正始大曆，無不習也；近而學士大夫、山人布衣，以至閭巷夫婦，伊吾暢①咏，無不察也。其力倍，故其氣足；其氣足，故其神凝。卓哉此道，則幾於化矣！

蓋予始讀惟寅詩，爲鴻響亮節，砰訇合沓，咄咄逼歷下生。今則加以湛思綿密，標韻宛至，才情錯出，氣格相參。其色澤如淥水芙蕖，映以秋月；其聲響如雲房清磬，間以松風。驟而讀之，如丹霞之出於石洞；索而味之，如山泉之入于齒牙。其莊嚴整麗猶列侯之故，其瀟灑冲淡居然布衣之風，則幾于化矣！如嚴維以禪家三乘品詩[三]，惟寅之詩其最上一乘也邪？余于此道，亦童而習之，顧其稟之天者既不厚，而又牽于佔僤，分于饑寒，故其道亦止而不進。今則化爲車下塵，去此道且日益千里。奈何復與惟寅抵掌而譚風人之致，而惟寅固時時向余抵掌不休也。其亦文王昌歜之嗜邪？

余覩古之爲聲詩者，卒高彭澤、右丞、襄陽、蘇州諸公[四]，則以其人俱躭玄味道，標格軼塵，發爲韻語，亦翛然清遠如其人，故足貴也。余聞惟寅築貝葉齋，日跏趺蒲團之上，而誦西方聖人書，與衲子伍，則惟寅之性靈見解何如哉，宜其詩之精詣至此！老氏有言：『雖有拱璧，以先駟馬，不如坐進此道。』余于惟寅之詩亦云。彼《淮②南》非《鴻烈》[五]，則劉安一俠公子耳。

校勘

① 暢：底本原作『惕』，據程元方本改。

② 淮：底本原作『惟』，據程元方本改。

注釋

［一］李惟寅：李言恭，字惟寅，號青蓮居士，盱眙（今屬江蘇）人。岐陽武靖王裔孫曹國公李景隆七世孫，萬曆三年（一五七五）襲封臨淮侯，守備南京。好學詩，折節寒素。室名貝葉齋，有《貝葉齋稿》四卷，屠隆、歐大任爲之序（歐序見《歐虞部集十五種》文集卷七）。另有《青蓮閣集》十卷等。詳見詩集卷五《讀李惟寅貝葉藁却寄》注。

［二］語云：《莊子・達生》載：『孔子顧謂弟子曰：「用志不分，乃凝於神，其痀僂丈人之謂乎。」』

［三］嚴維：《全唐詩》卷二百六十三小傳載：『嚴維，字正文，越州山陰人，至德二載（七五七）進士，擢辭藻宏麗科，調諸暨尉，辟河南幕府，終祕書省校書郎，與劉長卿善。』而以禪家三乘品詩者應爲嚴羽，此處或爲屠隆之誤。

子》。

［四］彭澤、右丞、襄陽、蘇州：分别指陶淵明、王維、孟浩然、韋應物。

［五］《淮南》《鴻烈》：《淮南子》原名《鴻烈》，西漢皇族後裔劉安帶領其門客編纂，劉安時爲淮南王，故後人稱此書爲《淮南鴻烈》或《淮南子》。

關洛紀遊稿序

夫①人貌天行，其敬美先生之游乎[一]？先生天才藻逸，少與伯氏立馳文譽[二]，爲海内宗。逮其中歲聞道，業已厭薄雕龍，舍華葆真，登于太上。天下之物，無一足驚其神者。然雅不廢遊，則以督學使者之勑，西入函谷，躡太華，涉軒轅之墟，討周漢之故。無何而飄然投劾，黄冠布袍，乘一舴艋下龍門三峽，經黄河，長流百折，長年、津吏莫知其督學使者。入洛，游嵩山少林，觀初祖面壁處，與高衲講經譚道，歸而掩關矣。諸所遊歷咸有紀。

先生道者。夫道曷遊也？遊又曷紀也？吾聞之，至人揮斥八極，震旦猶隘。故老氏出關，列子御風，蘆浮杯渡，縱覽山川，乘理往來，觸實蹈空，以自放焉。然後收其跌宕揮霍之氣，返于冥寂，據片石而栖，抱煙霞而瞑，則虚静極矣。先生之伯氏，文掩千秋，位至九列，生平宦遊，車轍馬蹄半天下。比其歸也，一授記上真而萬緣立盡，則上根法器之游于頓門也。先生之與伯氏，其摛英振藻②同，其名躋玄籙又同。清都美譚，何必減茅氏兄弟哉[三]？

蓋老氏西出關，爲關尹留五千言而去，今先生之關洛紀遊，其庶幾五千言之亞邪。從此掩關，將欲求先生之單辭隻語不可得，是斯文之鴻寶也。或謂先生耽煙霞之癖，而薄鐘鼎之聲，功業未竟，瞥焉抽身，以爲太早，是惡知賢達之致也。子房赤松，長源辟穀，季真鑒湖，真白華陽，標韻林壑，流照縉紳，傳諸後來，以爲盛事，豈可聖朝而無若而人乎？快哉兹游，是乃先生之所以滅跡五嶽者也，余蓋爲之䟢䟢心動矣。

校勘

①夫：底本原作『天』，據程元方本改。

②藻：底本原作『澡』，據程元方本改。

注釋

［一］敬美先生：王世懋，字敬美，號麟洲，江蘇太倉人。王世貞弟。嘉靖三十八年（一五五九）進士，歷任南京禮部儀制司主事、員外郎、尚寶縣丞、江西參議、陝西學政、福建提學，終於南京太常寺少卿。有《王奉常集》《關洛記遊稿》等。《明史》卷二八七有傳。據永瑢《四庫全書總目》卷一百七十八集部三十一，《關洛記遊稿》「乃萬曆辛巳，世懋官陝西提學副使，旋以曇陽子事，爲臺諫所彈，乃移疾自洛陽東歸時作。上卷遊記三篇，下卷詩七十七首。屠隆爲之《序》，亦全作二氏支離語，蓋一時士大夫習氣如斯也」。下文「督學使者」之稱即指世懋官陝西提學副使。

［二］伯氏：指王世貞，王世懋兄。詳見《屠赤水白榆集序》注。

［三］茅氏兄弟：西漢時咸陽茅氏三兄弟茅盈、茅固、茅衷相繼棄家學道，在江蘇茅山采藥煉丹，濟世救民，均修成正果，被奉爲道教茅山宗之祖師。

馮咸甫詩草序［一］

夫聲詩之道，其思欲沈，其調欲響，其骨欲蒼，其味欲雋，而總之歸于高華秀朗。其豐神之增減，大都視其材矣。材多則情贍而思溢，光景無盡；材少則境迫而氣窘，精芒易窮，則其大較也。宣父道臻神聖，文兼國華，故采詩婉暢，語語神來。以今讀之，如叩哀玉而撞巨鐘也。即令宣尼降而爲近體，必不作傖父之譚。楚氣雄慓，則屈宋擅其菁英；漢道昭明，則楊馬吐其鉅麗；魏騁鶻爽，則曹劉之步絶工；晉尚風標，則潘陸之聲特俊。六朝綺靡，詩道隨之。江、鮑、徐、庾，則其雄傑，雕繪滿眼，論者或置瑕瑜，然聲華爛然，而神骨自具，譬如蕣英芍藥，何嘗無質？驪姬南威，何嘗無情？固與剪綵貌影者異矣。夫山海氣厚，蒸爲雲霞，乾坤化廣，鍾爲靈哲，則文章道勝也。如木然闇鈍，冲然純白，真一而已，安用文之？如業已搦管摛辭，敷華流采，奈何貴死聲而薄俊響也？

華亭馮君咸甫［二］，弱齡稱詩，速悟漸詣。前三歲，君方爲諸生，以詩見投，出語雖工而神力尚乏，猶然措大本色；逮得雋南國歸，出《白下草》見視，如吸青霞乎，聲響頓殊，肝腸似易，比游燕諸作，復加以雄峭。近者復之秣陵［三］，泊金閶［四］，浮錢塘而西，而詩之神力更倍。合風霜之氣，盡宮徵之變，收山川之靈，則入于妙境矣。而所謂思沈調響、骨蒼味雋者，咸甫實有焉，故其材足稱也。余少好此道①，元神爲傷。材性不充，風味殆盡。而馮君方以盛年全力，奮於大雅。夫駃驥之行，一日千里，馮君當之；强弩之末，不穿魯縞，則僕是也。請燒君苗之研，以成孫子之名。

校勘

①道：底本原作『夏』，據程元方本改。

注釋

[一]馮咸甫：馮大受，字咸甫。松江人。萬曆七年（一五七九）舉人，曾任山陽知縣、慶元知縣。有《竹素園集》。王世貞《弇州山人續稿》卷五十三有《馮咸甫竹素園集序》，稱：『今中原之音豪厲而江左之音柔靡，咸甫則既能調之矣。』詳見本書詩集卷三《送楊漢卿之金陵兼柬馮咸甫》注釋[一]。

[二]華亭：縣名。明嘉靖二十一年（一五四二），分華亭、上海兩縣部分土地，建青浦縣。

[三]秣陵：金陵（今南京）之别稱，因秦代置秣陵縣。

[四]金閶：蘇州城有金門、閶門。金閶亦指蘇州。

觀燈百詠序

昔人謂陸士衡[一]：『人患才少，子患才多。』山川藏靈，風雅道盡，千百歲而後乃有王先生[二]。先生天才藻逸，發爲詩文，落筆吐語，如决黄河之峽，抽春蠶之絲，其深無底，其出不止。無論雄文大篇，富積瓊瑰，即《觀燈》之詠，多至百首。布意綿密，寄興婉麗。辭極雄放，旨歸朗暢。移宫變徵，盡妙極玄。語語作青霞之色，戛哀玉之聲，吾以爲盡，不知①復自何來，胡其多而工也？

夫物有一不爲少，百不爲多；多而不工，不如其已。夫衆草易繁，而瓊芝不盈畝；魚目至夥，而明珠不列肆。吾且爲瓊芝，吾且爲明珠，第亦恨其不多耳。又進之而爲玄霜紺雪，水碧空青，世人苦不得見，而靈境以爲常玩；交梨火棗，麟脯鳳髓，世人直聞其名，而至真以爲常味。他人之少而拙，與王先生之多而工，則天之賦材之分也。詩到詠物，雖唐人猶難之，大家哲匠，篇章寥寥，豈非以寫情境者易妙，體物理者難工也？今王先生之詠觀燈，則富至百絶，而奇思疊出，妙句天來，即先生不自知其所詣，而人又烏睹其化境哉？

余少好吟詠，才不勝情，往往尚興趣而乏風骨，飄爽之氣多而深沉之思少。及求先生詩于華實深淺之間，則幾悟矣。卓哉此道，吾師乎！吾師乎！

校勘

①知：底本原作「以」，據程元方本改。

注釋

［一］陸士衡：即陸機。陸機，字士衡，吴郡（今江蘇蘇州）人，吴大司馬陸抗之子，吴亡入晉，官至平原内史。以《文賦》聞世。有《陸士衡集》。『人患才少，子患才多』爲張華贊陸機語。

［二］王先生：指王會，字子嘉，號宏宇，青浦人。嘉靖二十三年（一五四四）進士，授屯田主事，榷南關税。官至廣東按察司副使。著有《九霞遺集》《觀燈百詠》《木蘭百詠》等。傳見《（光緒）青浦縣志》卷十八。

三山志序［一］

余登三山，然後悟天地靈秀、瑰異跌宕之觀無盡，而六合内外之變幻要眇而莫可究詰者何量也！夫茫茫元氣，谽谺翕張而出之，聚而成象，名之曰天，聚而成塊，名之曰地。又天地之氣，結而爲山，融而爲川。川之大者，是爲江海，而江海之中，又復有山。東方朔《神異經》所傳蓬萊、方丈、瀛洲三山，在大海中，多珍禽異獸，靈藥瑶草，往往爲高情勝氣者所豔慕。又相傳以爲巨鼇戴之，横波乘漲，世罕得登，幾于恍惚汗漫。而所謂金、焦、北固三山者，在潤州，靈詭空闊，庶幾大海三山之亞。北固峙潤州北，頫臨長江，沙岸若崩，海門若畫，業稱南徐巨觀。而金、焦兩山，則屹然大江中流，琳宫金刹矗其上，而黿鼉蛟蜃走其下。極煙雲之吞吐，洪波之硤擊，古今之遞遷，朝市之互更，人物之銷沉，而了莫之易也。振衣崇岡，濯足長流，頫仰之間，何其適也！

美哉斯觀！標韻者可以濟勝，抱奇者可以宣藻，立功者可以扼險，知道者可以觀化。玄朗之士，栖迹清曠，島嶼中起，洪波四周，畫大江而居之，纖埃不到，自爲一丘，與市塵隔絶。每當煙銷霞散，潮生月出，海天萬里，一碧無滓，灑然樂之，超若羽化。蜉蝣塵壒，如古焦先者流，穆乎清風，直出六合之外，故曰標韻者可以濟勝。文人名流，登而捫焉，覽其幽勝，收其鉅麗，而吐爲瑶華，文采照乎江山，而名字留於千古，如張處士、孫宗止，名章秀句，至今與此山爭雄，故曰抱奇者可以宣藻。英雄經略之才，乃心王室，憑高眺遠，顧瞻形勢，澤國設險，海門雄踞，扼咽喉而守要害，則萬夫莫能濟，姦人不敢窺，而大江南北，高枕而卧，故曰立功者可以扼險。江胡然而流？山胡然而峙？其翕蕩而不泐也，孰爲之宰？其浮空而不墜也，孰爲之根？是天地之至妙也，故曰知道者可以觀化。而又在東南内地，與三神山之遠浮海中、恍惚汗漫而不可究詰者異矣。其地勝，其形奇，其觀①巨，其理核，故足賞也。

萬曆辛巳冬日，余陪都憲零陵吕公登三山[二]。公言于督學使者蘄水李公[三]，李公欣然命二博士治《三山志》，而以前序見屬。夫天下名山，其高且巨者，無如五嶽；其神秀而幽邃者，無如三十六洞天；其奇峭而險絶者，無如峨眉、武夷。今三山高巨不及五嶽，神秀幽邃不及三十六洞天，奇峭險絶不及峨眉、武夷，而空曠有之，又兼此四美，庸可無紀乎？都憲、督學兩公，咸當代名賢鉅儒，一時咸以觀風而來，覽物紀勝，行垂不朽。而余得以職事廁名其間，則厚幸矣。山靈有知，又寧不愉快此舉也耶？

校勘

① 觀：底本原作『不』，據程元方本改。

注釋

[一] 三山：指鎮江北固山、金山、焦山。正德《京口三山志》，爲明張萊所撰。據《千頃堂書目》卷八載，朱文山有《京口三山續志》。屠隆題序之《三山志》，應爲後者，見《（康熙）鎮江府志》卷之四十七。

[二] 零陵吕公：吕藿，字忱卿，號日洲，零陵人（今湖南永州）。嘉靖三十四年（一五五五）解元，嘉靖四十一年（一五六二）進士，授户部

主事。歷任吏、兵、工三部郎中，太常寺少卿，萬曆九年（一五八一）任南京都察院右都御史。著有《巢雲閣集》。

［三］蘄水李公：李時成，字惟中，號會川，湖廣蘄水人，隆慶五年（一五七一）進士，萬曆八年（一五八〇）以四川道御史提調廬、鳳、淮、揚、滁、徐、和學政。

劉博士先生制義稿序［一］

夫楚，大國也，方千里者六，山包祝融、君山之奇，澤匯洞庭、雲夢之秀，江離射干、蘭芷杜若爲之揚芬吐芳。以故鐘爲人文，往往麗藻絶代，霞燦雲流。蓋自古倚相、靈均、宋玉、景差之徒［二］，以鴻鉅有聞，稱物華國寶；而世所傳襄陽耆舊，又多以高情勝氣，皭然摽人倫之雋，名流哲士代不乏人。至我朝高皇帝經營江漢，世廟①龍興，南國山嶽之秀益以鬱盤，楚材彬彬，於今極盛。

不佞所得把臂論交者，大都文藻貞亮，爲時名賢。比不佞來吴會［三］，則荆門樸野鄧君以名進士出宰海上［四］，不佞忝同官之義，一見語合，引爲石交。竊睹其文采鉅麗而器局温凝也，則見以爲黄流宜貯于玉瓚，雲門宜鼓于天廟，而迺淹一令，有識良嗟。君則又②時時言其友人劉先生也。劉先生者，其人明智端雅，才臻殆庶，無論其胸絓五車，識掩千古，即其所爲博士業，精詣妙解，則幾于化境，而猶然蹶于天路，莫汲王明。駑先龍驤，僕竊愧之。而先生所爲博士家言，不佞得而卒業焉，則所謂精詣妙解、幾于化境者，洵其有之，宜其見賞于樸野君之玄鑒也。不佞所徵楚材，江陵擅陳思之藻［五］，瀟湘體公幹之材［六］，黄梅父子稱文家之哲匠［七］，麻城伯仲爲當代之俊流［八］，明府播妙譽于河陽［九］，而先生復著嘉聲于博士。其他摽華揭朗者，指殆未易一二屈也，譬之幽蘭芳杜之屬，秀煙光而媚雲水者，庸詎可一擥而盡哉？故大楚之材靡得殫量矣。不佞將南登七十二峰，浮洞庭，謁黄陵，禮玄嶽，而徧訪楚之雋茂③，且以明府爲地主而交于先生，即今日之語，其介紹也邪。

校勘

①『世廟』前原有『説』，據程元方本及上下文意删。

② 又：底本原作『父』，據程元方本改。

③ 雋茂：底本原作『稟賤』，據程元方本改。

注釋

［一］劉博士：即下文中劉先生，名不詳，楚人，鄧炳之友。長於八股文。

［二］倚相：倚氏，名相。春秋時楚國左史，熟諳楚國歷史，精通楚國《訓典》，能讀古籍《三墳》《五典》《九丘》《八索》。常以往事勸諫楚君，使之不忘先王之業。楚靈王及楚平王期間，頗受楚國君臣尊敬。楚人遇有疑難常向其請教，譽之爲良史、賢者、楚國之寶。

［三］吳會：蘇州俗稱吳會。居隆爲青浦令，青浦故地曾隸屬蘇州府。

［四］樸野鄧君：鄧炳，字其文，號樸野，湖廣監利人。萬曆八年（一五八〇）進士，授上海知縣。官至户部郎中。

［五］江陵：指張居正，湖北江陵人。陳思：曹植，封陳思王。

［六］瀟湘：或指李東陽。其《滄浪吟》稱：『我家住在瀟湘東，長向滄浪憶釣翁』。公幹：指劉楨，字公幹，建安七子之一。

［七］黃梅父子：指瞿九思、瞿甲父子，湖北黃梅人。瞿九思，字睿夫，理學家。十五作《定志論》。後從同郡耿定向遊，肆力治學，著述頗多，有《樂章》《萬曆武功録》《春秋以俟録》《樂經以俟録》《孔廟禮樂考》等。子瞿甲，年十九舉於鄉。詳見本書詩集卷五《寄瞿睿夫二首》注釋［一］。

［八］麻城伯仲：指周弘祖、周弘禴兄弟。周弘祖，字元孝。號少魯。湖廣麻城人。嘉靖三十八年（一五五九）進士。官至南京光禄寺卿。有《内篇》《外篇》《古今書刻》《水竹居集》。周弘禴（一作宏禴），字元孚，號二魯，周弘祖弟。『弇州四十子』之一。有《澄海集》，撰《代州志》二卷。詳見本書詩卷一《聞周元孚至自楚卻寄》注釋［一］。

［九］明府：指鄧炳，時任上海知縣。

徐檢吾司理制義稿序［一］

夫竅非爲響，而響自符竅；根非爲華，而華自肖根。故文可以得士也。鴻鉅之士，其文典；騷雅之士，其文藻；沈毅之士，其文莊；清通之士，其文暢；柔①澹之士，其文婉；俊邁之士，其文勁；中庸之士，其文近；倏曠之士，其文玄。泛而覽之，十不失三；定而燭之，十不失七；衡而量之，十不失九。故物無遁照也。古之得士以夢、以卜、以後車、以弓旌、以安車蒲輪。蒐鴻跡之大人，而起白屋之寒畯，故田氓可庸，鼓刀可相，而牧②豕可侯也。而今③之得士，則取三寸之管吾伊而臨之，士即魁壘雄俊、蹈高摽朗④者，舍是亡以自見，而士之魁壘雄俊、蹈高摽朗者，亦往往以是得之而不乏，何者？聆響可以知竅，擥華可以尋根也。

八閩徐先生少而韶穎，早奮大路，出爲雲間理。某以負弩之役數侍先生，見先生博大温夷，洵長者。鑒裁朗徹，練若素官，閒雅清真，泠焉獨暢，嶽色霞姿，亭亭物表，而又虚心體物，宣誠勤事，兼玆數器，以有令聞。則竊歎武夷九壘之下，發祥挺異，若斯之靈也。既而郡邑諸生以先生所爲制義見示，某伏而讀之，則神駿雄爽，精詣玄解，格勁而亮，體法而裁，雅如其爲人。

嗟乎，讀徐先生文，朗若寫照矣！文胡不可以得士哉。譬之大谷，求之竅，谷也；求之響，亦谷也。譬之長松，求之根，松也；求⑤之華，亦松也。故以文得士，與其所謂以夢卜、以後車、以弓⑥旌、以安車蒲輪得者，大略等爾。神聖之包絡區宇、網羅豪俊，其籌畫詎遠乎哉？而我國家二百年以來，士之抱奇建策，揚芬流采，上贊三五，下康四國，竹素莫能朽，金石莫能泐者，耳目睹記，靡得殫述，而其有舍三寸之管以進者邪？何則聞蕭蕭之韻則知干雲之材，聽嘐烈之聲則知凌霄之器？士之魁壘雄俊者，不盡于文而文則宣之，吾得而覽觀焉，弗能逃也。文不能盡先生，而匪文則不能得先生，又烏可以筌蹄棄也？雖然，跬⑦步不已，跛鱉千里，丘陵學山而不至乎山，百川學海而卒至乎海，則人之器具可習，而藝文可鑄也。故學爲徐先生文者，盍自其人求之？

校勘

① 柔：底本原作『宋』，據程元方本改。
② 牧：底本原作『物』，據程元方本改。
③ 今：底本原作『士』，據程元方本改。
④ 朗：底本原作『門』，據程元方本及下文改。
⑤ 求：底本原作『然』，據程元方本改。
⑥ 弓：底本原作『方』，據程元方本及前文改。
⑦ 跬：原作『蛙』，據文意改。

注釋

［一］徐檢吾：徐民式，字用敬，號檢吾，福建浦城人。萬曆八年（一五八〇）進士，授松江（今屬上海市）府推官。後改任南京户部江西司主事，遷山西司郎中，出任安慶（今屬安徽）府知府，擢南京光禄寺少卿，歷通政司參議轉太僕寺少卿，陞都察院右僉都御史、巡撫江南。有《撫吴疏草》十二卷。

詠物詩序

夫①真宰握權，爐錘鑄物，不假雕刻，萬象森然，形隨性別，狀以情殊。散萬於一，總一于萬。前者推盪，後者遞遷，然而無弗肖也，故曰化工。棼而不雜，成而不變，運而不勞，是天下之絶巧也。偃師之爲木偶也，魯般之爲飛鳶也，宋人之爲玉楮也，楚人之爲棘猴也，工巧之極，至於亂真。然竭其神而役之，則神弗勝役也；假其物而造之，則物弗勝造也，是大冶所笑也。張僧繇之寫龍，三年而不點睛，點即飛去，可謂手奪造化，然而龍也乎哉？又九河四瀆之乘雲躋空而吞江蹴海者，弗可勝寫也，而騷人墨卿，乃欲收羅抉剔，窮妙極玄，操三寸之管城，而盡萬物之情狀，上發天機，下抽地軸，大暢靈氣，細極蠉蠕，精極情識，粗掩芳蕤。一篇之善，萬物不能逃其形；一語之工，大化不能争其巧。故有巧匠之所莫雕，良工之所莫繪者，一覽其文，宛然在目，非其胸羅真宰、筆含元氣者，不與焉。大禹鑄鼎，而神姦遁逃；倉頡造書，而山鬼夜哭，則其效也。藻雅②之士握管吐奇，枯毫斷鬚，動而盈牘，每至體物，輒閣不敢下，得非以中鮮妙思，手乏玄穎邪？且也抒心而妙者，十常八九；體物而工者，十③不二三。蓋古今難之矣。故雨昏青草，花落黄陵，則都官以『鷓鴣』爲號；舞人梨花，飛歸楊柳，則謝公以『蝴蝶』得名。物多則見賤，少則見珍，若使體物易工，則兩君之詩，何以獨擅嘉譽？使少不足貴，則二子之號，何以流照後來？李、杜登壇，稱詩家大將，凡所吟諷，揭雷霆而吼風雨，乃求斯什，不亦寥寥乎？則又其效也。

雲間張君［二］，博蒐古今詠物篇什，上自六代，下及國朝，彙爲一編，屬不佞選之，更爲之序。夫總千古之精英，抉萬品之情態，皇皇造物，庸無妬乎？予蓋竊恐張君爲丁甲所收，而其以波及不佞也邪。

校勘

① 夫：底本原作「大」，據程元方本改。
② 雅：底本原作「不」，據程元方本改。
③ 十：底本原作「丁」，據程元方本改。

注釋

〔一〕雲間張君：張之象，字月鹿，又字玄超，别號碧山外史，晚年號王屋山人。明上海縣龍華里（今龍華鄉）人。太學生，入貲授浙江布政司經歷。退隱歸，專事撰著。著述編纂不下千卷，有《四聲韻補》《韻學統宗》《詩學指南》《詩紀類林》《楚騷綺語》《彤管新編》《古詩類苑》《唐詩類苑》《唐雅》《回文類聚》《史記發微》《史記評林》《太史史例》《鹽鐵論新舊注》等。其中《古詩類苑》一百三十卷、《唐詩類苑》二百卷，收有一千四百多位詩人的兩萬八千多首詩，有花、草、果部等詠物詩門類。屠隆本書詩卷五有《夏夜衙齋宴集張玄超莫廷韓諸君限韻》。

劉魯橋先生文集序〔一〕

夫道生天地，天地生萬物。道者，天地萬物之所以生也。萬物靈矣，人於萬物尤靈矣。夫萬物之靈，人于萬物之爲尤靈者，道也。匪道，則塊然之形也。物之無情者，則無靈。道不在乎無情而有生①，則其所以生者，道也。

孔子之道爲萬世師，説者多歸功于其六經。六經者，孔子所以載道者也，非孔子之所以爲道者也。譬之藏珠于櫝，道則珠也，六經則櫝也，道生天地，天地生萬物，而孔子暢明之以開萬世，使不失其所以生者也。而又取而筆之六經，使其所以生生者不磨滅也。孔子而後，秦漢六朝，李唐五代，天地之氣韻趨而日下，人物之學術駁而不醇。若論其世，大都去道差近則小康，去道彌遠則大亂，而孔子之道卒不可得而磨滅。至於有宋，真儒輩出，此道遂以大明。然有宋以前多大亂極敝，而人類不殄者，道固不可磨滅也。大亂之世必有端士，至不肖之人必有良心，道曷嘗滅哉！使道有時而滅，則人類殄矣！由宋而後，天下不幸經胡元之亂，中國之統移于殊醜，腥穢之氣徧于神州，孔子之道卒不滅。有若許衡氏者，尚以性命之説倡於腥穢之朝。衡之學，誠不足羹牆仲尼，而要之，天固令斯人存其所以生生者之一脈也。譬之風霾蔽天，曜靈受障，而雲物稍薄，時漏其光芒，則知曜靈故在也。

我高皇帝掃除胡元，還我中國之正統，列聖繼之，輔以真儒，此道復大明。而餘姚王先生則揭良知以示學者[二]，學者如披雲霧而覩青天。夫良知者，人心之靈明也。立於清虚之境，而非實而滯迹；運於事物之表，而非虚而沉空。人之所以藏感于其寂，緣寂以起感，綜事物，操綱常，爐錘天地，宰制六合，無鉅無細，何者而非靈明之所爲也！故致良知，則大道畢矣。『良知』二字，孰不知之？至王先生揭出之，而人斯恍然覺悟，而寂感鉅細，不必他務遠索，而惟反而求之吾心之靈明。如夜行者，朗月在天，而猶操炬而行，試語以朗月，則炬可立廢，而不知朗月固在天也。豈尋幽摘新以駭耳目而奪心神者哉！

楚劉魯橋先生，蚤歲聞陽明『良知』之旨于毛道峰，精詣超悟，而②加之以反躬實踐，内存炯照，外務闇然，篤實輝光，表裏瑩徹，爲海内學者所師。嗟乎！陸子以虚靈爲宗[三]，而未嘗不體驗于事物；朱子以篤實爲事[四]，而未始不觀照于此心。陽明之『致良知』得之象山，而其通于寂感鉅細，則本之朱子，曷嘗有二哉！當其時，鵝湖之辯不過參考互訂，以求信乎此心而信天下。後世初非各立門户，以自爲矛盾。各立門户而自爲矛盾，則後世之私，而非先儒之意也。劉先生居嘗著論，深明其不然者以此。

某少事雕蟲，中歲猶不聞道。間③究心於天地萬物之理，則又雜取三教而泛濫求之，以故所見駁而不醇。先生不以某爲不肖。嘗進而與之語，見先生德性天成，温然凝然，洵任道之器。使其得志，其于世道詎小補哉！世固知先生，而未能大用，而令先生俯仰嘗格，時懷退志。此《大易》所以有不汲之嗟也！

校勘

①生：底本原作『主』，據程元方本及下文改。
②而：底本原作『布』，據程元方本改。
③間：底本原作『聞』，據程元方本改。

注釋

[一]劉魯橋：劉師召，號魯橋，湖北麻城人。萬曆九年（一五八一）至十年（一九八二）任松江府通判，講學著書，倡揚良知，梅國楨出其

門下。萬曆二十一年（一五九三）卒。

［二］餘姚王先生：王守仁，字伯安，號陽明。學者稱爲陽明先生，餘姚人。弘治十二年（一四九九）進士，歷任刑部主事、貴州龍場驛丞、廬陵知縣、右僉都御史、南贛巡撫、兩廣總督等職，晚年官至南京兵部尚書、都察院左都御史。因平定宸濠之亂軍功而被封爲新建伯，隆慶年間追贈新建侯，謚文成。陸王心學之集大成者，有《王文成公全書》。

［三］陸子：陸九淵，南宋哲學家，陸王心學代表人物。字子静，撫州金溪（今江西省金溪縣）人，書齋名『存』，世稱存齋先生。又因講學於象山書院（位於江西省貴溪縣），學者常稱其爲『陸象山』。有《象山先生全集》。

［四］朱子：朱熹，字元晦，一字仲晦，號晦庵、晦翁等。南宋徽州婺源（今屬江西）人。南宋著名理學家、思想家、哲學家、教育家、詩人，儒學集大成者，世稱朱子。有《四書集注》等。

白榆集校注文集卷之二

序 二①

比部招議序[一]

蓋自古稱好生之主必首虞舜，而虞舜之命咎繇者：『五刑有服，五服三就；五流有宅，五宅三居。』何若是犁然周詳也。天之好生大矣。陽生騶蕩，不廢陰殺。誠謂夫舍陰殺所以陽生者，未普也。其殺乃所以生也。植苗者除莠，夫豈不仁莠哉，除所以害仁者，不能復仁莠也。其曰：『與其殺不辜，寧失不經。』舜之心見矣。我國家律令，高皇帝所定也。列聖因時變推廣德意，益之曰例矣。其曰招者何？乃有司奉行三尺，遵律例而定人之罪之重輕，人各自以其罪之輕重而伏國家三尺。招是矣，曷以議爲？上之殺人，非誠甚惡斷除其人也，惡其意爾，是故恒求其所以生；不得其所以生，乃死之；死矣，未竟其所以死，則生之。豈好出入生死間哉！誠重之也。

今京師號輦轂[二]，民犯者成獄，司寇有不協，大理得駁問。比秋，將行刑，三司更推之，必亡枉乃聽伏。而五載，又大推至左右扶風外[三]。郡國設②觀察使，特司刑獄，間遣恤刑使者平反之，而其事權盡付之中丞臺、御史臺。而所遣中丞御史，必慎選其人，衣繡持斧，以行天下。歲有司所上斷獄，第不協臺使者，咸得而駁正之。使者即不悉聰明，務究得寃苦狀，而徒優遊、據尊重，奚所稱任使意也？

予往爲理官，業見《比部招議》一書，朝夕手之不置，蘄仰見古明刑弼教之遺，著之行事。已，由選部遷棘寺，猶不釋卷也。乃今奉天子璽書，使視江南，而予之憂益深矣。江南，古泰伯之鄉也〔四〕。當時斷髮畫體，侏儺音聲，隣蛟蜃而友龍子，意不復知有文物禮樂，如今世所稱説者。而其人，乃③多樸茂長老，上非有危法裁之，而下亦不知有上之危法。跡其行，要自與法遠，而匪以避也。此雖稍乏文彩，亦何害爲？古而今，號能讀書話言道理，都服而嫻容，豈直薦紳先生能之？至耦耕息販負擔之徒，亦靡不彬彬然足④觀也。然好盡出其智力以角，而虔劉其弱者，狎侮欺紿攩抋，罔弗至焉，戾積而身殉之，彼誠自負巧也，將不大拙乎哉！其以巧敗也，不可謂無知其巧；以拙敗也，又不可謂有知。有知而無知，之死也，寧不悲哉！其蹈冥也邪？

且予又鑒之漢矣。漢時不專使使論囚，而郡國守相得徑取中旨自決，而王温舒、義縱之徒出，至具私馬爲驛，上書族捕郡⑤人千餘家，不二日報可。流血數千里，而目眈眈，猶且恨⑥冬月行盡也，人主更能之，下璽書旌擢。漢德抑何短也！自非蛇虺毒螫，人苟有生理者，亦何可快意而婁剪之？烏在爲民牧哉？今聖天子命，使予得奉天子使，咸名稱行法而實不得專。又於其中法不能勝情者，獨取其尤誅之，令毫髮亡當，於心得暫緩，據實請。此其旨蓋在生，豈不遠過越漢也。

玆議也，期在洗冤抑，閔蠢愚，辨疑似以聞上，諸非大辟、戍遣、論鬼薪，下者並得從末減，亦既窮日夜，力校勘，情法稍增損之。俾刊佈爲式，凡撫屬之吏一一得宣而流焉。千載而下，煥然聖天子之德意，如舜日之重華，而予小臣得竊附於三就三居之列，則厚幸矣。

校勘

①二：底本原作『一』，據程元方本改。
②設：底本難辨，據程元方本補。
③乃：底本原作『戸』，據程元方本改。
④足：底本原作『定』，據程元方本改。
⑤郡：底本原作『那』，據程元方本改。
⑥恨：底本原作『惟』，據程元方本改。

注釋

[一]《比部招議》：陳璋所輯。陳璋字宗獻，浙江樂清人。弘治乙丑（一五〇五）進士。此書詳細記録明代幾宗大案之會審過程，且較完整保留了當時會審官員議擬罪名所上奏提本與皇帝之批答。屠隆此序文與王世貞《弇州山人四部稿》卷五十五《送比部陸子韶論決江南獄序》部分段落相似。

[二]輦轂：帝皇之車輿。代指京城。

[三]扶風：漢政區名，與京兆尹、左馮翊合稱三輔，治所長安。地屬京畿。後指京畿附近地區。

[四]泰伯：又稱太伯，吴國第一位君主。

劉子威先生澹思集敘①[一]

夫道之菁英爲文，文之有韻爲詩，蓋不知何所自始。古今人物，靡弗馳焉。大道默默，烏取砰訇？鑿破混沌，礫裂元氣，以雕大素而變希聲，則其敝也，而至人不廢。老氏糠粃一世，翻然以西，滅跡銷聲，黯爾冥寄，寧復馳神雕繪者？乃因文始而留五千言。五千言庸詎非文邪？而白雲謡于金母，青裙歌于玉童。即玄聖靈人，情②至亦語，語至，亦語語韻也。仰而睇之，夫雲蓊然而霞爛然，而雷電霍然，亦文也；夫調調刁刁，飈飉谽谺，觸穴爲嘯，遇松而簧，亦韻也。故鴻藻之士，氣韻清疎；蕭曠之夫，神情朗暢。必發而爲文采，鬱而爲聲歌。譬如根之有華，谷之有響，天動神來，惡得禁諸？然其淺深工拙，往往千里，豈惟格以代降，抑亦才緣質殊，舍文而獨稱詩？《三百》之降而兩漢也，晉、魏之降而六朝也，隋、陳之降而李唐也，如西日不返，東流靡回，雖有神功，莫之挽也。孟德、子桓之質而東阿之華也，彭澤之冲而江、鮑、徐、庾之綺也，沈宋之工而儲韋之澹③也，元白之纖而李杜之大也，如鶴長鳧短，烏黔鵠白，雖有智巧，莫之齊也。

我高皇帝取天下於胡雛之手，南北王氣，籠罩今古④；風雨岳瀆，盡吐厥靈。以故雕龍之業，亦光起前人，爰出異代。李、何、邊、徐諸君導其巨波[二]，濟南、瑯琊諸君揚共洪流[三]。於時子威先生則獨運靈匠，自鑄偉辭，有物必博，有玄必鈎，有思必湛，有語必瑰。若太和玄嶽，獨立天嶠，跋扈齊州，而不肯爲五嶽下。人海茫茫，日月湧起，雷霆下擊，鉅靈走死。造物不惜簸弄若兹，亦絶奇矣。琅琊棲心玄真，業焚筆研；先生深契要眇，常恐弗前。而猶有斯集者，何則？至人不廢也。先生思窮坱圠，語駕鴻蒙。奇古則神姦之鼎，雄爽則風胡之劒，險峭則懸厓之溜，深窅則澒洞之穴。乘蹻流電，不可端倪。亦既培塿子雲，轂雛崔、蔡，融屈賈而詣化，驅班⑤馬以入深。逮其爲詩，又何獨到也。程古則蘇李抗旌，三謝陪乘；體近則正始命格，大曆取材。當其得意，便闖古賦之場；至其幽遐，居然真誥之語。可謂思苦志勞，力勁神王，沉淵無底，排雲直上，披靡前後，自建一麾，良非偶也。

某少有蟲魚之癖，歲月既邁，疷焉告罷。偶聞澹漠之旨，不啻渴夫之飲甘⑥露。瑯邪、太原復時以謦欬見規[四]，稍思沉默以學希夷，恬愉以養丹元。墨卿之役，廢置久矣，而今乃爲先生所挑也。故菩提上果，猶有聲聞；大道神來，未除狡獪。結習之不易剗如此哉！夫綜物寫象，述事宣情，則此道爲勝。若求之性命，則此特其皮毛耳。『至寶不曜，真人含光』，三歎斯語，願與先生共勗之。

校勘

①敘：目録中爲『序』。
②情：底本原作『謂』，據程元方本改。
③澹：底本原作『象』，據程元方本改。
④古：底本原作『占』，據程元方本改。
⑤班：原作『斑』，據文意改。
⑥甘：底本原作『財』，據程元方本改。

注釋

[一]劉子威：劉鳳，字子威，長洲人。嘉靖二十三年（一五四四）進士，除推官。徵授監察御史，左遷興化推官，遷河南僉事。有《澹思集》十六卷。見本書詩卷一《寄答劉子威侍御》注釋[一]。

[二]李、何、邊、徐：指李夢陽、何景明、邊貢、徐禎卿，均爲弘治、正德年間『前七子』文學流派的主要成員。

[三]濟南：指李攀龍，字于鱗。號滄溟。歷城（今山東濟南）人。嘉靖二十三年（一五四四）進士，初授刑部主事，官至河南按察使。『後七子』領袖人物。明清人常以其籍貫稱其爲歷下、歷下生、濟南等。瑯琊：指王世貞。瑯琊（琅邪）與下文中太原，均爲王氏郡望。《廣韻》

載，王氏有二十一望，以太原、琅琊爲著。王世貞家族源出於山東瑯邪（琅琊）王氏。

［四］太原：指王錫爵。王錫爵家族源出於山西太原王氏。

南京鄉試齒録序代作①

王者網羅英俊，以賢不以齒。故華顛非老，童牙非少。才諝鵲起，鴻烈砰隱，要以其人何如，安問年爲？鄉試有録，録以齒者，何也？則讓之道勝也。唐虞遐規，帝道郅隆，百僚濟濟，後世爲楷。垂讓殳斨［一］，益讓朱虎、熊羆，伯夷讓夔、龍。即上材神智，不以先人，含德沖和，宅心柔澹，故其所摽樹者，亦光明俊偉，縣諸日月，而聲華到今，是讓之道勝也。先王之教人也，宗廟膠庠［二］，貴老尚齒。進飲食則拜，奉几杖則拜。温恭遜讓之禮，童而習之，以折其驕蹇之心，而養其從容温粹之度。當其時，士大夫之器局閎深，德業無玷，犁然多玉瓚黄流之選，詩書所稱，後世黯焉。帝王以還，代不乏俊邁之士。或好通脱而惡繩檢，習矜露而耻弢藏。拏拳曲跽，鄙爲俗儒；倨傲鮮腆，目爲快士。輕俊子弟，薄有才藝，至傲其父兄；童子何知，稍解伊吾，輒輕其先輩。讓之道蔑如也。藉令他日出而立朝，腹笥五車，言如春華，能如轉環，智如倒囊，其量不足稱也。嘗試以後世之士大夫與朱虎、夔、龍諸公絜②長較短，或材智不甚遠，而氣象自別。其所摽樹，奚啻星淵！士奈何不遵德讓哉！

不佞寡昧，謬司文柄於南國。峩峩南國，維士之藪。蓋自六朝以來，山川盤回，靈氣日開，文風日暢，家藏夜光，人握靈蛇，雕龍之業不可謂不盛矣。然竊聞之，俗沿浮華，士好揚詡。少負雋氣，操筆斐然，輒思傾江左之彦，貴都下之紙，前無古人，後無來者。則讓之道無乃缺乎？是不佞之隱憂也。南國之文盛矣，奈何復以文進之？是以水濟水也。故余於多士，不憂其不文，而憂其不讓。子雖神聖，不加于父；弟雖上喆，不先于兄。温然平和，沖然挹損。濟濟多士，雖與唐虞方駕可也。故士立③朝則以賢，居鄉則以齒。以賢則得真才，以齒則崇讓德。得真才則國臻於理，崇讓德則俗還其醇。聖王之立教作人，意亦弘遠矣哉！爾多士勗之。余將藉以報聖天子矣。

校勘

① 代作：目録中無。

② 絜：原作『潔』，據文意改。

③ 立：底本原作『大』，據程元方本改。

注釋

〔一〕垂：與下文中的益、伯夷，均爲虞舜之朝克讓之臣。據《尚書》載，舜以伯禹爲司空，禹讓稷、契暨皋陶。以益爲朕虞，益讓於朱虎、熊羆。以伯夷爲秩宗，伯夷讓於夔龍。

〔二〕膠庠：學校。周代，膠爲大學，庠爲小學。後作爲學校之通稱。

抱侗集序代作①

丹陽姜先生之爲吾邑博士也〔一〕，不佞某實出其門。先生學講性命，教本人倫，以作吾邑布衣韋帶之士。吾邑布衣韋帶之士沐浴大雅，瞿然顧化，亦既彬彬。而先生胸懷平澹，格韻清疎，振鐸之暇，留心吟諷。歲月云邁，積以成篇，躬殆庶之材而兼點也之趣。每讀先生詩，泠然飲冰矣。夫清流不出於淤泥，洪音不發於細竅。襄陽蕭遠，故其聲清和；長吉好異，故其聲詭激②。青蓮神情高曠，故多閎逵之詞；少陵志識沉雄，故多實際之語。詩本性情，寫胸次，捷于吹萬，肖于谷響，弗可遁也。

先生之詩，平澹清疎，如其爲人；閒涉世故，時輒扼腕。不佞某乃有以窺先生之際也。昔陶靖節蜉蝣塵壒，獨立物表，故其爲詩冲澹，幽人韻士嘗好習之。至讀其《荆軻》等篇，則知此老胸中磊塊之氣，曷嘗盡銷？先生實近之。先生蓋道足以淑身心，教足以澤萬物，材足以應世故，詞足以陶性靈，故可貴也。先生令弟大司成鳳阿先生〔二〕，金碧麗藻，煙霞體氣，知幾有道人也。先生於司成爲兄，清標遠韻，咄咄竝朗。京口三山之勝，獨鍾于姜。穆乎休哉，足以表俗。昔王祥于正始，不在能言之科，人間與談，理致清遠。先生以道學顯名，而所爲聲詩若此，有德者必有言，詎不諒哉！

某夙荷先生教，粗有成立。今則簿書刀錐，汨其性靈；風塵牛馬，損其神識。豈惟立德，即併其言失之，其何以復于先生？譬之市井之夫，而譚雲壑之致，低而内愧矣。

校勘

①代作：目録中無。

②激：底本原作『敫』，據程元方本改。

注釋

［一］姜先生：姜寀，字廷和，江蘇丹陽人，姜寶之兄。邑博士。著有《抱侗集》。

［二］鳳阿先生：姜寶，字廷善（一作惟善），號鳳阿，江蘇丹陽人。嘉靖三十二年（一五五三）進士，授編修，以不附嚴嵩，出爲四川提學僉事。遷國子監祭酒，官至南京禮部尚書。有《周易傳義補疑》《春秋事義全考》《姜鳳阿文集》。大司成爲國子監祭酒擬古官稱。

梁伯龍鹿城集序［一］

夫吴越，古龍子之國也。語英靈，則石帆、林屋摽其勝；考人物，則伍員、種、蠡擅其奇；選雄剽，則水犀君子賈其勇；徵妙麗，則夷光、鄭旦揚其輝。南徐以東，禦兒以北［二］，蓋天地秀拔遒上之氣偏焉。予讀《左》《國》《春秋》《越絶》諸書，即其所爲煙熅噴薄者，何其翕而愈張，出而靡已也。迨入皇代，益以纚縱。文章之伯，上掩天心；神仙之踪，下絶地肺。龍蟠之夫，滅跡霞表；鴻漸之士，高議雲臺。穆乎休哉！單前隻後，如天雞乍鳴，海日横出，未有若斯之烈者也。

余自汝潁税駕由拳［三］，攬轡山岡，紆軫群彦，載喜載怖，如竦身罡風矣。崑陽蓋有梁伯龍云。伯龍少時好爲新聲，是天下之絶麗。余聞而太息。以彼其才，令力追大雅，上可東阿、蕭統［四］，下不失爲王江陵、李王孫［五］，而胡乃自比都尉，侈爲豔歌？是以龍驤捕鼠也。近始得其古、近體讀之，儁才豐氣，往往合作。益大欣賞。其始一何皮相也。故知名姝國色，治容則治，素面則素；朱絃白雪，房中則房中，郊廟則郊廟。何不宜哉！

伯龍爲人長身嶽嶽，氣韻蕭疎，家貧晏如，翛然物外。所至山林褐博、王侯貴介無不争致伯龍，伯龍入户，把臂爲驩而已。譬如海鷗野鶴，時或近人，而終不依人。故其爲詩，當其綢繆，間多情語；當其蕭散，間多曠語。總之玄霜絳雪，非世所常珍。余於是而益歎吴風之亶厚也。夫草木之華，必歸之本根；文章之極，必要諸人品。延清澳洄[六]，君子賞其文而薄其人；襄陽清遠[七]，則此道益貴也。伯龍既長麗情，復多曠度，身有八尺之軀，而家無百畝之産，入媚其妻子而出傲其侯王，故天壤間何可無斯人？何可無斯語？

注釋

[一]梁伯龍：梁辰魚，字伯龍，號少白，又號仇池外史。江蘇昆山人。以例貢爲太學生，性格豪放，落拓不羈，好任俠，喜讀史談兵，工詩及行草，尤善度曲。著有第一部昆山腔傳奇《浣紗記》、雜劇《紅線女》等。另著有散曲集《江東白苧》，詩文集《伯龍詩》《遠遊稿》《鹿城詩集》等。《鹿城詩集》前有屠隆序，署「萬曆壬午年陽月東海友人屠隆撰」，此序作於萬曆十年（一五八二）。

[二]禦兒：禦兒涀，在吴江縣境。

[三]汝潁、由拳：屠隆萬曆六年（一五七八）冬由潁上調任青浦知縣。

[四]東阿：曹植，曾封東阿王。

[五]王江陵、李王孫：指王昌齡、李賀。

[六]延清：唐代詩人宋之問，字延清。後人鄙薄其人品濁垢。

[七]襄陽：指孟浩然。

范太僕集序[一]

詩者，伎也，其爲道也小，其爲象也假，而古今之人率馳焉，甚則畢一生之神力而爲之。曹、劉、潘、陸、顔、謝、江、鮑、徐、庾、陰、何、蕭、范[二]，以及三唐諸公，專門名家，其於詩，譬則其飲食裘葛，固也無論；即至人玄聖，匿跡含靈，英物大儒，崇鴻務鉅，非屑屑然爲詩者，而時或不廢。孔子神授聖智，嘗欲法天希言，而至手删《詩》以傳後世。

龜山之操，兕虎之詠，至今伊吾人口。竺乾古先生修真去妄[三]，總空一切，而間留偈語，詩格宛然。余讀《黄庭》《真誥》，金簡玉書，琅琅鏘鏘，盡作韻語。故知東華西池，南真北陰，鬱蕭彌羅之上①，蕊珠之中，曷嘗不以此物爲貴也？又況文士墨卿，暢情流響，夫何怪其殫精竭神，而終其身爲之哉？古今之人，才智不甚遼絶，殫精竭神，終其身而爲之。而格以代降②，體緣才限，儁流英彦逞其雄心於此道。淺者欲其深，深者欲其暢；蹇者欲其疏，疏者欲其實；弱者欲其勁，勁者欲其和；俗者欲其秀，秀者欲其沉；狹者欲其博，博者欲其潔，以並駕前人，詫美後世。其心蓋人人有之，而賦材既定，骨格已成，即終身力争，而卒莫能改其本色，越其故步而止。以精工存乎力學，而其所以工者，非學也；以超妙存乎苦思，而其所以妙者，非思也。三唐之不能爲六代，亦猶六代之不能爲三唐；五七言近體之不能爲《十九首》，亦猶《十九首》之不能爲五七言近體；徐、庾之不能爲陶、韋，亦猶陶、韋之不能爲徐、庾；青蓮之不能爲少陵，亦猶少陵之不能爲青蓮。世有智籠宇宙，力格羆虎，而用之聲詩則短；辯倒江海，巧雕衆形，而施之唫詠則拙。故雖小道，亦有不可强而能者。

雲間范太僕先生[四]，天資俊邁，器局端凝。爲郎、爲督學、爲大方伯，所至展采錯事，弘伐隱起，而閒情曠度，時寄之山川風月。車轍馬跡，殆半天下，而登覽唱和之什，布諸區内。雲散霞流，久而成集。不佞某得而讀之，大都沈雄和暢，出之自然。高者業據大曆上座，稍稍降格，亦不失錢鎦雁行。蓋先生身嬰天人之大寶，心覽性命③之玄超，故雖簿書填委，若在丘樊[五]；王事紛挐，不廢吟嘯。及其挂冠而歸谷水之陽[六]，輪鞅去體，禽魚來親，澡冰晞崖，益耽篇什。不佞以吏牘小暇，時得侍先生杖履于西佘、天馬之間[七]，見先生逸翰飈飛，嘉藻泉湧，口不言而神伏焉。

夫自三百篇而降，士大夫之攻聲詩者，何可勝道？然而英靈河嶽，代不數人；秀句瑶華，人不數首。其間刳心敝形，聲銷名滅，生有千萬言，而死不傳一字者，又不知其幾。比于候蟲，方以候鳴，亦以候止，此修名之士所爲涕泗嗟傷者也！顧萬物之形容聲響，皆有銷歇時，而惟精神不可磨滅。漢高帝、西楚霸王《大風》《垓下》之歌，不過三言耳，而萬古跌宕，千秋悲涼，則其雄豪沉鷙之氣不滅也。又況至人高士，陶洗性靈而發之者邪？孫公和塊處石室，竟日亡言，而後之人猶能道之。所以傳者不在言，即又安用多爲？而范先生之詩，固自有足傳者在，要不在詩。將閒情曠度時寄之山川風月，是乃先生之所以傳者也。

校勘

① 上：底本原作「土」，據程元方本改。

② 降：底本原作「隆」，據程元方本改。

③ 命：底本原作「今」，據程元方本改。

注釋

[一] 范太僕：范惟一，字于中，號洛川、中方，松江華亭人。嘉靖二十年（一五四一）進士，歷山東少參、浙江提學副使，官至南京太僕寺卿。

[二] 曹、劉、潘、陸、顔、謝、江、鮑、徐、庾、陰、何、蕭、范：分别指三國魏晉南朝時著名詩人曹植、劉楨、潘岳、陸機、顔延之、謝靈運、江淹、鮑照、徐陵、庾信、陰鏗、何遜、蕭統、范雲。

[三] 竺乾古：南北朝時，有匿名氏《正誣論》稱老子聞道於竺乾古先生。

[四] 雲間：松江府之别稱。據劉義慶《世説新語・排調》，陸雲曾對人自稱「雲間陸士龍」。陸雲爲吴郡吴縣華亭（後世松江府治所）人，松江因以「雲間」爲别稱。

[五] 丘樊：園圃，鄉村。指隱居之處。

[六] 谷水之陽：《史記》謂老子苦縣人，漢爲縣屬淮陽國，晉咸康三年（三三七）更名谷陽，蓋谷水之陽，因以爲名。

[七] 西佘：上海松江佘山，分東佘山與西佘山。天馬：天馬山，位於上海佘山西南。

王冏伯制義稿序[一]

夫出而必薄，盈而必缺，天之道也。不佞觀霞之燦也易流，崖之削也易泐，竹之表勁也必虚其中，華之香烈也必滅其色。故物莫有過盛，過盛則物妬之，吾不能無疑于冏伯。冏伯之先，自其王父以及于鳳洲先生與其仲父麟洲觀察[二]，振絶調，蹈習荒，掩靈秀，空人群，其盛至於無以復加。而銜風之末，猶爲冏伯，是天之驕王氏也。莊生不云乎：「風之積也不厚，則其負大羽也無力；水之積也不厚，則其負大舟也無力。」今王氏之積厚矣，有力矣①。天顧驕王氏乎哉？

昔先生大父司質司馬[三]，精誠耿亮，功在夷夏，而以讒死。天下匹夫匹婦冤之，比于宋之武穆。是造物所哀也。弇州兄弟之才之文籠罩千古，而汎愛相容，寬然長者，天下之饑寒不絶于門，而才畯不虛于席。進蒙其噓獎，退而詬詈之；朝沐其恩注，暮而齕齮之。兩先生弗聞也。進而噓注之歡然，噓注而詬詈而齕齮之歡然，退而詬詈齕齮之而復進復歡然，而曾不以此爲德不卒也。此其器量何如哉！是造物所賞也。造物哀而賞之，其錫必厚。即司馬之後是爲兩王，兩王之後是爲冏伯，固也何驕之有？

冏伯，士之駿也。我以爲駿，人以爲駑。至于一旦②以文冠其南國，南國遂帖然從而駿之。嗟嗟！此冏伯也，今一何駿，始一何駑乎？昔人之謂王藍田曰[四]：『家有名士，三十年而不知。』其家猶爾，矧他人哉。玉之在石也，和氏以刖；及其剖也，秦人奪之，趙人争之。玉非有改也。冏伯剖矣。吴故多名士，以予所見，其爲冏伯而未剖者，吴猶不乏。在事者惡得不注念也！弗念則皆駑也，駑而駿之，爲日不晚乎？以冏伯之才之文一冠南國，而南國帖然，則呼順風也。雖才且文，抑或以其弇州先生之子邪。以冏伯爲弇州子，則呼順風，弇州而有子若冏伯者，則風水之積厚也。

雖然，余終虞造物之妬子矣。陸士衡明知道家所忌，而猶冒而爲之，難以語智。周魯靈長，大都以忠厚謙冲之道勝也。冏伯祖父以精誠寬大承家，數世之後乃有冏伯，冏伯遵而行之，後未艾也，而其道在損。老子曰：『吾之所患，爲吾有身。及吾無身，吾有何患？』冏伯之用物弘矣，弘而不已，必有後憂。故冏伯之爲駿也、玉也、冠南國也，是皆所當損者也。究之，即冏伯亦損也。損則虛，虛則亡不遊矣，入水不濡，入火不熱，蹈③金石而無碍，步日月而無影，則虛之極也。冏伯誠思之。今則駿，始則駑；剖則玉，不剖則石。駿也，駑也，玉也，石也，何常之有？知其無常而猶屑屑然有之，是夢者之抱大珠，惟恐墜也。嗟嗟，冏伯之寤也久矣！

校勘

① 矣：底本原作『大』，據程元方本改。

② 旦：底本原作『且』，據程元方本改。

③蹈：底本原作『貫』，據程元方本改。

注釋

[一]王冏伯：王士騏，字冏伯。江蘇太倉人，王世貞長子。萬曆十年鄉試（一五八二）解元，萬曆十七年（一五八九）進士，由禮部儀制主事，改吏部員外郎。有《馭倭録》《醉花庵詩集》等。詳見本書詩卷一《送冏伯孝廉北上公車》注釋[一]。

[二]王父：指王士騏祖父忬，字民應，號思質，江蘇太倉人。嘉靖二十年（一五四一）進士，官至右都御史。因積怨嚴嵩父子，遭陷害致死。鳳洲先生：王士騏父世貞，號鳳洲，嘉靖進士，刑部尚書，文壇盟主。麟洲觀察：王士騏叔世懋，號麟洲。曾任江西參議，故稱『觀察』。

[三]先生大父：指王士騏祖父忬。

[四]王藍田：東晉王述，字懷祖，太原人。年少喪父，承襲父爵藍田侯。以孝侍奉母親，安貧守約，不求聞名顯達，故三十歲仍未知名。

東遊記序

予讀杜少陵詩『岱宗夫如何，齊魯青未了』，則心神泠泠爲爽也。岱稱東嶽，其上七十二君，丹書實籙在焉。白雲起于封中，曜靈出于日觀[一]。身在絶頂，罡風扶之；目極銀海，嘯通帝座。當下界雷電交作，風雨晦冥，上方且披豁虛灝，萬里朗徹。又元君所治，作鎮于東，笙簫鸞鶴，往往而見。靈區勝跡，固圖記所張皇，哲王英主所豔美，而幽人韻士所栖遁也。

余生平勝情勝具頗亦不乏，而車轍馬跡未得一捫梁父[二]，則天啜之爾。豫章朱大理可大與東阿于太史可遠東遊登岱[三]，立馬封中，半夜聞天雞，觀日出。齊州一指，大海一沫，澄光灝氣，了無端倪。振衣長嘯，謖謖與五松寒濤相應。骨雖未僊，輒使人有凌虛出世之想。咄哉，兩君茲游，一何奇絶也！兩君各得詩如干首，其道中所得者，總之屬于登岱。余讀其詩，太史深秀婉暢，骨格天成；大理峭拔沈雄，高華絶世。方之老杜，可謂異曲同工。故余以爲山靈之遇秦皇、漢武，何如一當兩君！

太史生長東土，岱其家山；大理以嫡居，故得偕太史同遊。雙標佳韻，並映崖谷，則泰山君之徼寵靈于兩君子也。余無從東行，日手《東遊記》一編，即宗生卧游然，而余五嶽之遊皆卧也。

注釋

〔一〕日觀：泰山觀日出之著名山峰。北魏酈道元《水經注·汶水》引漢應劭《漢官儀》：「泰山東南山頂名曰日觀。日觀者，雞一鳴時，見日始欲出，長三丈許，故以名焉。」

〔二〕梁父：山名，坐落於今新泰市境内徂徠山之東。據《史記·秦始皇本紀》，秦始皇曾有封泰山而禪梁父之舉。

〔三〕朱大理可大：朱維京，字可大（一稱大可），號納齋，江西萬安人，工部尚書朱衡子。萬曆五年（一五七七）進士。授大理寺評事，進右寺副。于太史可遠：于慎行，字可遠，更字無垢，號谷峰，山東東阿人。隆慶二年（一五六八）進士，授編修，官禮部尚書、太子少保兼東閣大學士，贈太子太保，謚文定。有《谷城山館詩文集》《讀史漫録》等。傳見《明史》卷二一七。《東遊記》爲朱維京萬曆九年（一五八一）京察前與同窗好友于慎行同遊泰山及周圍諸山之記遊專集。

〔五〕齊州：猶「中州」，古時指中國。

屠司馬詩集序〔一〕

家司馬天下豪逸，凌轢當代。自其少時，落筆吐語，光芒亂射，如乘蹻列缺，閃爍變幻，不可逼視，慨然有志于作者。及釋褐服官，出入中外，遂講古豪傑經濟大業，恥攻雕蟲，徒空文自見。及秉鉞于楚，奉詔修玄嶽，謁玉虚師相，探金箱寳笈，下而遇異人青羊橋上，怳焉有悟。則又冥心至道，栖神清虚，不欲以鞶帨之文自取銷精耗氣也。故其爲詩，貴跌宕而黜纖細，尚雄渾而薄雕鏤，務興趣而略聲律。其間有語直而意婉，體質而色華，句淡而味濃，調險而氣適。或情境所到，頃刻千言；或累月沈冥，不哦一字。是雄豪大人鉅麗之章，固非隅曲之士所爲嘔心枯形而得之者也。公晚年擺落世務，不以一物經心。時拈枯碁，時銜濁醪。罷則終日危坐，興至矢口偶成一詩，取適而已。了不求工，而天機流暢，顧有非嘔心枯形者所能到。嘔心枯形者，務以死求其驚人，而索之味短。公了不求工，矢口取適，而往往神來，則存乎養也。

司馬少負奇穎，中歲奮於勛烈，晚杜德機，含光塞兑，儻所謂古之有道哲人，非邪？若而人者，即不留一語，不垂一文，其神氣固足不滅，而况名章大篇，累累若此，何憂不傳？

余與公爲諸父行，而少于公甚。總角相眷，受公國士之知三十年。公年八十化去。余時作由拳長〔二〕，聞訃，爲位而哭公極哀，白日爲余慘淡匿光，道路聞之至哀慟。父老云，蓋至今公與張司馬同一尸祝[三]。而公子田叔有俊才淑質[四]，清真好道，與余爲同心交。即余不手定公遺文以傳後世，誰當定者？嗟嗟，子期亡，余琴可破矣！臨文三歎，心折于兹。

注釋

[一]屠司馬：屠大山，字國望，號竹墟，鄞縣（今寧波）人。嘉靖二年（一五二三）進士，官南京刑部員外郎，出爲吉安知府。後陞山東、福建布政使，官至兵部右侍郎兼都察院右僉都御史。與倭寇戰失利，黜爲民。罷官後，與里中故人縱飲爲詩。有《司馬詩》一卷。屠隆與大山同宗，故稱『家司馬』。屠大山爲屠隆侄輩而年長四十餘歲，故文中有『與公爲諸父行，而少于公甚』句。《由拳集》卷十九有《少司馬屠公傳》。

[二]由拳：古縣名。秦始皇三十七年（前二一〇）改長水縣爲由拳縣（縣治今嘉興南），屬會稽郡，東漢屬吴郡。屠隆知青浦縣時刻詩文集，以青浦縣屬古由拳地，因名《由拳集》。

[三]張司馬：張時徹，字惟静，人稱東沙公，鄞縣（今寧波）人。嘉靖癸未（一五二三）進士，授兵部主事，改禮部，出爲江西提學副使，歷福建參政、雲南按察使、山東右布政使、河南左布政使，以僉都御史撫四川，再撫江西，遷南京刑部侍郎改兵部，進尚書。與嚴嵩不和，嘉靖三十五年（一五五六）罷歸，時年五十六。致仕後，與屠大山、范欽日相往來唱和，時稱『三司馬』。喜獎掖後進，於屠隆有提攜之恩。著《芝園集》八十六卷，編《明文範》六十八卷。《列朝詩集小傳》丁集上、胡文學《甬上耆舊詩》卷八有傳，王世貞《弇州續稿》九十四卷有墓誌銘。屠隆《由拳集》卷五有《感懷五十五首·張司馬惟静》，卷二十二有《大司馬張公誄》。

[四]田叔：屠本畯，字田叔，又字豳叟，號漢陂，晚年自號豳叟、憨先生、乖龍丈人等。鄞縣（今寧波）人，屠大山之子。屠本畯爲屠隆族孫，兩人關係密切。

靖江朱氏族譜序

夫葵衛其足，葛藟陰其本根，萬物猶然，而况含靈之屬哉。先王之世最重宗盟，則以敦睦展親，義之所出也。古者如姬水、大嶽、神堯、李耳，必推其自。襲神明之器，嬰天人之實，彈壓神州，光起榮烈，恒必由之。魏晉以來，益重門伐矣，崔、盧、王、謝、顧、陸、朱、張，其在江左代號鉅宗。門寒地賤者，即身都將相，朱紫赫煜，而退而不敢與齒，必也求之芝草醴泉之云，無乃固哉。然而烏衣之胤世有門風，文藻器具亦在所染也。則宗盟之關乎人，不尠小矣。

靖江朱氏，僻在菰蘆，遡而求之，實故江左著姓。僊源靈根，判簿是始[一]；篳路藍縷，懷遠實開之[二]。判簿而上茫昧哉，懷遠以下，胡其蒸蒸也。江左于寓縣，無當一丸；靖江于江左，無當一粒。而朱氏乃巋然顯於龍子之國，至雲仍之盛，如在明君者[三]，遂以行義風調藉甚其聲。山輝川媚，烏得闕諸？乃知長松之磊砢，上干雲霄，下蔭茯苓；大澤之噴薄，細育蝦蛆，巨産龍蛇。其所由醞釀鬱蒸遠矣。

朱族故有譜，不盡雅馴，在明君乃聘太原王百穀先生纂修焉[四]。約繁文陋，雕龍繡虎，亦既彬彬，遂冠南國。其間稍多剗削，要還大雅。而宗人自愛其痂，日有嘵嘵，百穀與在明君堅持之不下也。王君以俊才朗識爲朱氏董狐、孫盛，此腕可斷而筆不可奪，彼宗人無趙宣子、桓大司馬力，奈何曲筆事人，而令後人嗅輒穢之也。快哉太原！金石比烈。今代乏信史矣，焚香開局，則有蘭臺石室在若而，夫不以登而令螢弧之管小試波臣之宮，又未免嘵嘵者口也，是士孫氏所嗟也。

注釋

[一]判簿：指朱暹，字明遠，樞密院判朱完孫，荆州刺史朱源澤子，曾任福建政和縣主簿。元季兵亂，朱暹率家人從太倉遷入靖江。王世貞《弇州四部稿》有《登仕郎鴻臚司賓署丞古沙朱君暨配王孺人遷葬墓誌銘》。

[二]懷遠：指朱巖，江蘇靖江人，朱暹孫，朱昶子。據清光緒五年（一八七九）《靖江縣志》記載，朱巖居靖西七里長安團，生有朱軏等五子。明正德初年，海盜作亂，朱巖挺身抵禦，被授懷遠將軍、太倉衛指揮，故稱『懷遠』。

[三]在明君：朱正初，字在明，江蘇靖江人。朱巖曾孫，朱軏孫，朱習子，王穉登親家。曾任鴻臚寺署丞、廬陵縣丞，與王穉登同修《馬洲小志》。另著有《燕遊集》《菰蒲集》等。

[四]王百穀：王稚（又作穉）登，字百穀。隆萬年間著名布衣詩人。此《靖江朱氏族譜》爲王稚登主修。

少室山房稿序

夫詩難言哉！摽拔藝苑，掩罩人羣，蓋搦管者率多雄心。然定精而索之，必有所不探；畢力而趨，必有所不至。覽觀古今學士大夫之作，事勝則傷致，情勝則傷裁，理勝則傷韻，氣勝則傷格，浮豔則傷骨，緊迫則傷神，是詩家之魔事也。世有小才，獵得一體，輒自斐然，驟之鼓吹而徐之音死，擥之春華而味之嚼蠟。翳豈不力，天則刑之。夫夜郎王惡知漢大哉！

余友胡元瑞[一]，束髮治詩，駸駸高步凋視，比于蒲稍躡浮雲而上，其氣盛，其才豐也。《十九首》如洞庭雲門，千秋寥寥，用其語則襲，不用其語則遠，作者爲短氣罷爾。元瑞獨奮而嗣響，不襲不遠，庶幾古人典刑。曹氏父子以下，取法而裁，匠心而運，詣妙境矣。而尤長于五七言近體，無音不亮，無思不沉，無體不厚，無骨不勁，無韻不飄，無法不比。其雄大而峭，峨眉、劍閣之秀；其縱横而整，昆①陽、鉅鹿之師。人曰于鱗不死[二]，固誠知言。然其離合變化，則不盡出于于鱗也。弇州兄弟汎愛兼容[三]，爲世溟渤，一至此道，便持不下，而獨盛推元瑞，海魚龍鮓，非司空疇賞哉！

余與元瑞同舉於鄉，兄弟之義甚好。知元瑞詩，自兩王公外宜無如余者，雖令元瑞自言之，大都若此矣。蓋自余爲吏，與元瑞不相聞者六年。癸未握手都門，數從海内諸名士游，余兩人遂益驩。元瑞謂余曰：『子修辭海上，士爭執牛耳而盟子。家藏靈虵，人厭鼎臠，獨胡生眇不聞謦欬之聲久矣。子且懸書以詫海内，海内冠帶同盟之士載書登藉，累累如雲，而獨寂然于金華牧羊兒[四]。余則不遭，亦子他日千秋之恨也。家有山房敝帚，徼享千金，子盍圖之？』余曰：『子詩業乞言兩琅邪，其爲千金大矣，余奈何復爲衝風之末乎？』乃元瑞請不已，而余之車馬復有行色，於是勉爾抽毫，面目沙土，口吻煙霞，余則愧之。顧余兩人之好，與余之知元瑞詩若此其深也，非是言，則天下不得聞，余惡能已哉。

校勘

①昆：底本原作『混』，據程元方本改。

注釋

[一]胡元瑞：胡應麟，字元瑞，號少室山人，更號石羊生，蘭溪（今屬浙江）人。萬曆四年（一五七六）舉人，與屠隆同年。有《少室山房

集》《少室山房筆叢》《詩藪》等。詳見本書詩集卷六《春夜同陳玉叔莫廷韓傅伯俊邢子愿胡元瑞集朱汝修齋中》注釋〔一〕。

〔二〕于鱗：李攀龍，字于鱗，明代『后七子』文學集團領袖。

〔三〕弇州兄弟：與下文『兩王公』均指王世貞、王世懋兄弟。王世貞號弇州山人。

〔四〕金華牧羊兒：原指晉人黃初平，後世借稱世外之人。據晉人葛洪《神仙傳·黃初平》載，初平放羊金華山中，遇道士，隨其修道成仙。

嘯廬四賦序

文章者，靈明之器也。上帝之所命，鬼神之所憑，日月五曜之所會，嶽瀆風雨之所奔，其爲物閎矣。劉向發祥于青藜，文通乞靈于彩筆，子雲吐奇于白鳳，王孫徵異于玉樓，秀絶之姿，即得之天授，自非精神所潛，胡由獨詣也！文章道鉅，賦尤文家之最鉅者。包舉元氣，提挾風雷，翕蕩千古，奔峭萬境，蒐羅僻絶，綜引幽遐，而當巧自鑄，師心獨運，豈惟樸遬小儒却不敢前，亦大人鴻士所怯也。卓哉此道，盛推西京。建武之中，長卿其傑，識者謂其賦不似從人間來。稍降而執戟，便遜前人。譬之良馬，工步輙方，蒲稍毛色僅存，神骨頓減。彊弩之末，則有景純、玄虛諸公，雖非天來，亦復砰隱。比及皇代，王氣鬱昌，文藻連翩，此道終缺。北地、盧柟〔一〕，差稱矯然，亦鉛刀承龍劒之乏爾。二百年後，乃有董生〔二〕。

董生好古躭奇，軒軒撟舉，他文尚多未備，而獨逞其雄心慓氣于四賦。方其研精索之，枯形嘔心，神氣四揚；逮其即成，拊玉擬金，掩罩區宇。出以示時人，時人未之奇也。余適歸自萬里，董君揚明以其賦來謁，屬余敘之，若左太冲之徼寵靈于玄晏先生然者〔三〕。余始讀之，咄咄神爲王也；再①讀之，矍然慴伏；三讀之，魂魄爲漭瀁晃朗，若蹈虛空而翔冥極。嗟乎，玄珠喫詬，離朱之所不能得，而董君得之，溘而夕死，固可無恨！余又聞君賦將成，遂感異夢，信也。詎有此道而不通神靈者哉！昔長卿賦出，帝乃出不同時，太②冲一當皇甫君言，都下遂爲紙貴。余既賞君才，而又歎君之不遇。雖然，以俟千秋萬歲可也。

校勘

①『再』字後至文末，底本錯簡至詩集卷二《南滁大雪歌》之『童子撈魚谿水』後，今據程元方本改。

②太：原作『大』，據文意改。

注釋

〔一〕北地：即李夢陽，生於甘肅慶陽，爲古時北地郡所轄，故稱『北地』。明前七子文學集團領袖。盧柟：一作盧楠，字少楩，一字子木，自稱浮丘山人，浚縣（今屬河南）人。以貲爲國學生，博聞强識，恃才傲物，人稱其爲盧太學。有《蠛蠓集》五卷。

〔二〕董生：即下文中『董君揚明』。董大晟，字揚明（一作陽明），鄞縣人。據《（康熙）鄞縣志》，董大晟『博學工文，著《海曙樓賦》，淵泓得體，不滯不詭。又有《雪月風花賦》，並爲世所稱。』有《嘯廬四賦》，亦善八股制義。見本書文集卷四《董揚明制義序》。屠隆《由拳集》卷十七《與李之文》云：『董陽明博雅士，僕居四明時，雖不時時還往，然契義相期矣。昨至海上，使人持足下書，渠自爲長歌一章、長牋一首見投，僕爲書答之，復爲賦詩一章附致之，成足下雅意。』

〔三〕左太冲：西晉左思，字太冲。

白榆集校注文集卷之三

序　三

李山人詩集序[一]

夫水之觸石也，松之遇風也，泠泠蕭蕭，嘹烈而清遠。出而土囊，吹而爲吷，胡其夐乎？則其所託者然也。騷人墨卿，無代無之。後人乃往往好讀仲長統、梁鴻、鄭子真、尚平、韓伯休、陶靖節、王無功、孟襄陽諸家言[二]，豈非以其抱幽貞之操，達柔澹之趣，寥廓散朗，以氣韻勝哉？孫公和獨處石室[三]，嗒然而已。嗣宗對之長嘯[四]，意盡而退。至半嶺聞嘯聲振崖谷，若數部鼓吹。顧視，乃向人嘯也，而嗣宗輒用自失。高韻勝氣，一嘯而足，即安所事謦欬之言？故詩不論才而論性情，亦存乎養已。世有心溺珪組，口胃煙霞，其言雖佳，其味必短。何者？爲其非真也。

余友李山人賓甫，少而辭榮，中歲石隱。家幸不乏負郭，弛於負擔。所居有林皋泉石之勝，灌園垂釣，與禽魚親。發爲詩歌，力去雕飾，天然冲夷。語必與情冥，意必與境會，音必與格調，文必與質比。非獨其材過人，蓋根之性情者深哉。則其所得於丘壑之助不小也。少室、終南，詎不翛然？一絓時榮，體氣遂別。雖復津津雲林，如嚼蠟何？『惟其有之，是以似之。』此山人之所以幽絶足賞也。

余少家黿鼉之窟，野性甚習。蓋庶幾有山人之心，不幸爲世網所羅，幽人之致滅矣。而猶復與山人津津不已，是天台子微之所以笑盧公也[五]。雖然，神遊八極，青蓮庸詎非嘗在供奉之班者邪[六]？

注釋

［一］李山人：李生寅，字賓甫（一作賓父），號暘谷山人，鄞縣人，宋忠襄公李顯忠之後。約明神宗萬曆初前後在世。隱居不仕，家世有別業一區，在蕭皐，爲山水佳處，時來賓客相酬唱。工詩，有《李山人詩》二卷。與屠隆同爲甬上詩文社友人，屠隆《由拳集》卷五《感懷詩五十五首》有《李處士賓父》，《栖真館集》卷二一有《李賓父山人傳》。詳見本書詩集卷七《懷嘉則賓父伯翼長文田叔仲初鄭朗諸君》注釋［一］。

［二］仲長統：字公理，山陽高平（今山東金鄉西北）人。東漢末思想家，博學有文才，個性倜儻，敢於直言，時人視爲『狂生』。曾被舉爲尚書郎，後參丞相曹操軍事。《後漢書・仲長統傳》稱其『每論説古今及時俗行事，恒發憤歎息，因著論名曰《昌言》』。梁鴻：東漢人，娶同縣孟光，後夫婦同入霸陵山中，以耕織爲業。因事過京師，作《五噫歌》。鄭子真：西漢時隱居於雲陽谷口，成帝時大將軍王鳳禮聘之，不應，世稱谷口子真，又稱鄭谷。尚平：漢隱士。子女婚嫁畢，即不問家事，出遊名山大川，不知所終。韓伯休：即東漢人韓康，隱於霸陵山中。恒帝備厚禮徵聘，中途遁走，以壽終。陶靖節：即陶淵明。王無功：初唐詩人王績，罷官歸隱，好嗜酒。孟襄陽：唐隱逸田園詩人孟浩然。

［三］孫公和：名孫登，晉人，隱於蘇門山土窟中，好讀《易》，鼓一弦琴。阮籍曾前往拜見，與談不答。

［四］嗣宗：阮籍，字嗣宗，陳留（今河南開封）人，魏晉時詩人，『竹林七賢』之一。

［五］子微：唐道士司馬承禎，字子微，隱居天台山。盧公：唐盧藏用，居終南山，中宗時以高士名得官，累居要職，人稱隨駕隱士。劉肅《大唐新語・隱逸》載：司馬承楨在開元中詔至闕下，將還山，盧藏用指終南山曰：『此中大有嘉處。』承禎徐曰：『以僕視之，仕官之捷徑耳。』

［六］青蓮：李白，號青蓮居士。曾被唐玄宗召爲翰林供奉，後掛冠而去。

贈楊大夫應召北上序［一］

夫吏道尚循良，古今譚之。則天子所使牧寧區寓，牧養元元，俾無敗羣，斯其職也。釋此不務，務栩其精神，獵華弔詭，爲嶔崟斬絶之行，以鬭奇買名，驟而施之，可以得志。然于計安黔首之道，蔑如也。又或婞阿闒茸，猾稽圓通，巧以游於世，而規取大利，亦時人所賢，無乃非莊士之操哉？乃若爲吏而寬然仁慈，悶然淳樸；行安而志和，神安而氣定；周詳整暇，兀若丘山；覃思致精，壹意黔首；上不立奇節以驚時，下不習繞指以媚俗，而吏道醇白，絶無瑕類，則吾鄞大夫楊侯是也。

鄞于越絶爲最鉅［二］，西控吴楚，東接溟渤，俗華民貧，枵若大瓠。然飛蓋結駟者，出輒成羣，風之靡也。務日以煩，侯之胸中殊不煩。若冠帶雲集，案牘山纍，厥嘵嘵者，其下如沸，侯悉徐而聽之。蓋人人靡弗得信其口，既而徐出一言剖之，亦人人靡弗厭其心。其神氣固常凝寂也。事上官共而無諂，禮鄉士大夫敬而無隨；治事勤而不苛，出令詳而不細，而精神計畫，壹以爲天子牧養元元爲急。故陽春之意，常多于秋霜，士庶亦以生我之恩附焉。連袂而歌，交口而頌，無間黄稚婦孺。蓋自古以寬和得黔首心，未嘗有若我侯者。卑窣無論，即高自嶄絶，炎炎隆隆，鬭而獵取一時聲譽者，久之且索然銷沉。彼不茂其根而茂其華，效固若此。侯惟温温愷悌，不爲名高，而聲實隱起，遂爲東諸侯冠。語有之：『鼓鍾于宫，聲聞于外。』然是豈侯之心哉？侯知奉職循理而已！今夫水性好平，長風下擊，濤如連山，水不辭爲下，百川歸之。至於稽天，侯之政平而善下，世之務嶄絶奇詭者，卒莫先焉，故上善若水。

侯今行矣，朝謁至尊，莫列臺省，則他日之風稜嶽嶽、龍矯而鶻擊者，庸獨非侯耶？嗟乎！余東南罷矣，固①侯所耳而目②之。當人主前席侯，時訪問民間所疾苦，余願侯首以海壖之氓置對[三]。余與邑父老子弟，世世儌侯大惠，雖在闕下[四]，猶東也。是役也，侯部下士方君、陳君等數十曹何實乞贈言于余。侯之居東，惠愛在氓黎，而章縫之徒佩德尤切焉。余觀多士，趾未及河之津，而面面皆慘色，其在父老子弟可知矣。

校勘

①固：底本難辨，據程元方本補。

②目：底本原作『日』，據程元方本改。

注釋

[一]楊大夫：與下文『楊侯』均指楊芳。楊芳，字以德，巴縣人。萬曆五年（一五七七）進士，補宜黄令，期年大治。萬曆七年（一五七九）調鄞縣令，政績斐然。萬曆十一年（一五八三）八月擢户科給事中，纍遷至户部侍郎、湖廣巡撫。時楊芳以鄞縣令行取入都。

[二]越絶：越地之邊境，泛指越地。古越國建都會稽（今浙江紹興），後以『越』代稱浙江或浙東地區。

[三]海壖：海邊之地，亦泛指沿海地區。

[四]闕下：宫闕之下，借指帝王所居之宫廷或京城。

送大宗伯徐公致政歸三吴序[一]

夫干將莫邪，神物也。俯截海水，仰抉浮雲，其用良可寶也。鑄而成之，詎易乎哉？赤堇之山破而出錫，若邪之谿涸而出銅。雨師灑掃，雷公擊橐。蛟龍捧爐，天帝裝炭，太乙下觀。其成若斯之難也。異人豪傑，稱社稷之器，噌吰砰隱，光昭金石，垂千秋名，故非偶然也。其生必挺河嶽之氣，而其成必有操鼓鑄之權者。出入于蠻煙瘴雨，憂勞于百折劻勷，展轉于死生禍福，然後神完氣定，而可任大事。若今大宗伯江左徐公是也。

公爲人磊落淹通，博物知古，明于當世之務。與之譚，洞極三才，兼綜萬變。陳先民之所常言，吐洪蒙之所未有，了如倒囊而出物。德器凝重，不爲物先，迫而後起。事無大小，靡不倉卒立辦。游刃於虚，無有足難先生者。而尤善當事變，撼之不摇，驚之不怖，有古大臣風。公材故自得之天授，乃按其生平，其所玉成于鼓鑄者，良深哉。

初爲祠部郎，有聲。時世廟躬修玄默，饗祀郊畤。上英明嚴重，百司頗難於祗承，而公爲祠官，槩贊鴻禮，咸惟公勞，有如不由公則不協。諸郊廟疏辭樂章，多出公手。間有不出公手，輒無當於上心。大宗伯甚倚重公，公亦孳孳恖飭。在事凡六年，出爲荆州守。大宗伯吴公深惜之[二]。荆州沃野俗獷，宗室多横不法。公用包荒馮河，恩威大著。沙市者，荆州稱上腴，一郡仰給。而景殿下心薄封土，用宵人言，計奪沙市以自廣。沙市者，荆人待以爲命。而景王以穆廟親弟取上旨[三]，收沙市，何啻泰山壓卵。公曰：『沙市者，荆人以爲命，不可不争。夫此非天子之尺土，奈何親王得規以爲利？』以計給王使，而身就詔獄。時同事一二大吏，懼撓天子骨肉親，禍且叵測。太守實首難而波及同事，罵公不容口。公以死持之，而神氣屹不爲撓。上特原公，其事竟得寢。公知爲黔首死爾，事寢而特見原，繄非公本懷也。

余聞之楚人，公去荆州時，公老子弟爲歌謡，而慟哭遮公者，擁車前後幾百里。及由藩臬晉御史中丞，開府鄖陽。時江陵相國有父喪[四]，他中丞動以數千金爲奠賻，最少者不下千金，率取之郡中。鄖陽守某業先意爲公治千金，而微探公旨。公大駭，笑曰：『寧有爲天子撫臣，而以千金賻相國家喪者？禮則有奠，餘非所敢知。』守以例爲公置奠禮稍華，公又却之曰：『禮哀有喪，華何爲者？』易之而後行。江陵先是心服公爲守狀，至是雖不懌，返其奠，而益敬公大節凜凜若此。

及公由鄖陽入爲少司寇，未幾，遂晉大宗伯。江陵謂公曰：『秩宗典禮，廢墜已久，賴公一振刷之。』公視事後，與諸司日夜講求。凡國家大小之禮，仰規先生。下合當世，務定畫一，以爲楷模。諸所釐正梨然。每與江陵議大典禮，恒鑿鑿持正論，無所阿。江陵雖强愎，内不能平，而恒勉從公。江陵刻深好諛，敢排天下公議，而直行其胸臆。所引用多從諛小人，竟以此敗。而獨能心知公材，拔之稠人，登之大位，以彼其盛氣恣睢，一言且語，所當無不立靡者，而特屈體容公，卒能殫心擘畫，興于禮樂。雖江陵一隙之明，實公平生鴻材亮節，有以折服姦雄心耳。

公在南宫三年[五]，適山陵事峻，覃恩加公宫保，而公遂乞身。天子特念公勤勞久，優詔許公乘傳歸。嗟乎！公老矣，而神明視履尚未衰，何輒謝事？然聞之：『功成名遂身退，天道也。』公及未衰而完身名以東，東則有虎丘、洞庭在，擥結煙霞，婆娑而遨焉，公則適矣。第老成去國，有識所嗟。不佞幸得以職事從公後，方竊自喜朝夕咨諏，庶其不迷，而公乃東。一旦遇朝廷議大典禮，不佞輩瞀瞀其何所裁？是不佞輩之戚也。他日主上或思黃髮，行首及公，其胡能遂安枕東山片石哉[六]？

注釋

[一]大宗伯徐公：徐學謨，嘉定（今屬上海市）人。嘉靖二十九年（一五五〇）進士，官至禮部尚書，居隆任禮部主事時爲其下屬。徐學謨萬曆十一年（一五八三）由禮部尚書罷歸原籍。詳見本書詩卷七《奉送大宗伯徐公致政歸三吴四首》注釋[一]。

[二]大宗伯吴公：吴山，字日静，江西高安人。嘉靖十四年（一五三五）進士及第，授編修。纍官至禮部尚書。

[三]景王：朱載圳，明世宗第四子，明穆宗朱載垕弟，封景王。

[四]江陵：指張居正，湖北江陵人。

[五]南宫：此指主進士試之禮部。

[六]東山：晉謝安早年在會稽之東山隱居高卧，後經朝廷屢次徵聘復出。後人常以『東山』稱謝安，或稱隱居之地，或以稱隱者，或謂隱居。

送殷無美出守夷陵序[一]

夫人徼山川，山川亦徼人。穆天子游崑崙，涉瑶水，而後與西王母遇。軒轅氏登具茨、崆峒[二]，而後得一當廣成子。人不徼山川乎？會稽以神禹，茅山以叔申，匡廬以匡君，焦山以焦處士。山川不徼人乎？幽人曠士，目窮九州，胸絓五嶽，即一瓢一衲而從之，亦足愉快。而况綰符結綬，得天下佳山水處，卧而撫之，半治簿書，半理芝朮。人吏散去，白雲下來，泠然足暢也，又何羡交戟之下乎？昔謝玄暉出守宣城，窗中遠岫，庭際孤松，標韻蕭遠，至今猶稱謝家青山焉。風華映人，遠哉。人世目金華爲清虚[三]，鄙簿領爲穢賤。夫清濁，寧視其境，視其心爾。故跡寂心喧，金華亦有穢賤；跡喧心寂，簿領亦有清虚。大丈夫朝釋草履，暮綰理人印，得以專城南面，而爲其所欲爲；而又得坐擁靈區秀壤，結人外之孤悰，而寄胸中之寥廓，是人生大快事也。

余友殷無美，江左名士。結髮讀書，以蝥弧①先登藝壇。南國之彦，靡然從風。年逾四十，始起家進士。以彼其才，有國鴻寶。乃上不留金馬之門[四]，下不直含香之署，而僅領荆南斗大一州以出。人多爲無美抱忿悁不平，謂騰空之驥，不以捕鼠；剸象之劒，不以割凫。嗟！無美而以捕鼠割凫邪？余謂不然。陸士龍之于吏道甚習，嘗爲宰，有異政，而卒以文掩。皮相之士，往往謂文人即摛藻如春華，無益殿最毛髮[五]。斯揚子雲之所以薄雕蟲，曹東阿之所以求自試也。無美斧藻之辭，業聞于天下。所不知者，吏道也。而無美雖儒生，爲人顧深沉有計略，可與成大事。試之牧伯，且以綜核精彩，大鬯風猷，爲文士解嘲，而又以吏隱領略山川風物。美哉斯遊，又安所用其忿悁不平爲也！

寰區山川風物之美，莫如荆南。蓋自古記之，七十二峰之上，朱陵紫蓋[六]，兀立雲表。洞庭雲夢，浮天無際。薄魚龍而吞日月，片颿浮大江而上，蕩潏衝擊，波濤相硋，使人心氣恐怖，驚其險絶。若夫順流東下，方舟如箭，鳥啼猿嘯，峰巒來迎，瞬息千里，使人神骨冲舉，樂其凌虚。仙靈怪異，則有巴陵黄鶴之遺焉；雄豪恢詭，則有七澤大獵之事焉[七]；妙麗恍惚，則有涇陽龍妹、巫峽神女、漢皋湘浦之靈焉；閎肆鉅麗，則有倚相屈宋之材焉。蘭芷射干，茳離蘼蕪，參差曆亂，咸可采擷。大丈夫握盈尺之組，儼然莅荆王故國，而遐歷周覽六千里之山川風物。暇日，集賓客，登陽臺，把酒吟眺，即神女滅没隱見，修容端静，不復敢以片雲點使君巾袖。躡君山，謁黄陵廟，而髣髴聽湘靈鼓二十五弦，時倚春竹，時隔暮花，亦足悒矣。詎必騎一款段，日盤跚蹴蹐長安道上，而後稱顯融得志哉？

嗟乎，無美行矣！ 海上有得道神人，方且餐霞絶粒，而遊乎太清之表。浮雲三事，若將浼焉。固無美平生師友也，即欒巴、王喬，安知不爲無美哉。余嘗濫青谿長，不習爲吏，而刳心去智；亦嘗與海上得道者伍。蓋庶幾無美同調乎！ 無美行矣！ 南嶽祝融之神且命掃地十里，而候使君前茅矣。

校勘

① 弧：原作『狐』，據文意改。

注釋

[一]殷無美：殷都，字無美，一字開美，號斗墟，嘉定人，『四十子』之一。萬曆十一年（一五八三）進士，選爲夷陵知州。官至兵部職方郎中。有《殷無美詩集》《殷無美文集》《爾雅齋文集》。屠隆本書詩卷七有《送殷無美出守夷陵二首》。

[二]具茨：山名，嵩山之餘脈，在今河南省密縣。崆峒：山名，傳説軒轅黄帝訪廣成子於崆峒之上，聞至道，得長壽。

[三]金華：即金華殿，在漢未央宫，爲帝王受業之所。後亦借指内庭。

[四]金馬：指金馬門，漢代宫門名，學士待詔之處。《史記・滑稽列傳》：『金馬門者，宦〔者〕署門也。門傍有銅馬，故謂之曰「金馬門」。』後也以金馬門代指朝廷或翰林院。

[五]摛藻如春華，無益殿最毛髮：班固《答賓戲》有『雖馳辯如濤波，摛藻如春華，猶無益於殿最也』句。

[六]朱陵：朱陵宫，道家所稱三十六洞天之第三洞天。前蜀杜光庭《洞天福地記》：『第三洞，南嶽衡山，周迴七百里，名朱陵之天。』

[七]七澤：楚地多沼澤，相傳古時有七處，漢司馬相如《子虛賦》：『臣聞楚有七澤，嘗見其 ，未覩其餘也。臣之所見，蓋特其小小者耳，名曰雲夢。』後『七澤』概指楚地湖泊。

王茂大修竹亭稿序[一]

夫詩者神來，故詩可以窺神。士之寥廓者語遠，端亮者語莊；寬舒者語和，褊急者語峭；浮華者語綺，清枯者語幽；疎朗者語暢，沉著者語深；譎蕩者語荒，陰騺者語險。讀其詩，千載而下，如見其人。士不務養神而務工詩，刻畫斧藻，肌理粗具，氣骨索然，終不詣化境。古之名家哲匠，懸諸通都白日，與天壤俱，非其詩傳，神傳也。

余友天台王茂大，才氣豪逸，天藻爛然。爲人抗爽，表裏洞達，望而知其豪士莊人。以萬曆五年進士出宰進賢，吏道醇白，冠東諸侯。召入諫垣，言事忼慨。無何，外補楚臯。王君不少芥蔕，笑謂人曰：『楚故大國之風哉，三湘七澤，自昔稱空闊鉅麗，荆王之所馳騁，屈宋之所悲歌，漢臯湘浦之所出没幻化。魚龍雜遝，荇藻參差。余所治衡嶽，則有祝融、南真在焉。七十二峰，實邀余杖履。余五嶽之遊，實始於衡。快哉兹遊！帝寵靈小臣多矣。』余觀于茂大之處此，而彌信茂大之標韻，翛然物表。間讀其所爲詩，亦秀逸跌宕，淋漓不休，肖其爲人甚。茂大之詩，神來哉！天台一時蓋有兩王生云，其一爲恒叔[二]。恒叔蕭曠玄解，有出世之度，詩亦冲融，其台嶺之秀所鍾邪！一栖兩雄，余懼山靈之罷于奔命矣。

注釋

[一]王茂大：王亮，字茂宏（亦作茂大），後改字爲穉玉，號樓峰，浙江臨海人。萬曆五年（一五七七）進士，任進賢知縣，兵科給事中。有《王穉玉文集》。時王亮出爲湖廣僉事。詳見本書詩卷七《送王茂大出僉楚臯》注釋[一]。

[二]恒叔：王士性，字恒叔，號太初，又號元白道人。浙江臨海人，萬曆五年（一五七七）進士。詳見本書詩集卷七《和王恒叔登玩花臺故息夫人臨妝處》注釋[一]。

送董伯念客部請告南還序[一]

吳興董伯念，童牙稱奇。稍長，高視遜聽，豐意千秋之業。讀書自黄虞、墳典而下[二]，即《齊諧》、稗①官，無所不窺。下筆自古文韻語，周漢隋唐而下，即近體新聲，無所不詣。覽其譔結，往往神來。徜徉恣肆，驅白浪乎；丰容擢秀，吸青霞乎。當其意得，蛟龍上馳，雷霆下擊；閻浮震旦[三]，須彌崑崙，時吐胸臆；而日月五星，嶽瀆風雨，悉趨毫端。驟而逼之神驚，靜而對之氣爽。其才如此。爲人通脱暢朗，飄飄欲僊。與之遊，輒生人外之想。少負奇穎②，賢而抱虚。長于朱扉，華而能素。秉心尚通，縱而知檢。雄文早達，貴不及汰。白屋寒畯之士雲歸之。古有東阿[四]、蕭統以藻揚，伯倫、無功以快稱[五]，平原、大梁以俠著[六]，伯念庶幾焉。而尤好不佞。

不佞薄收東海聲，伯念耳之甚習。比南宫一接，目擊道存，歸語客曰：『居生果然快士。向也吾聞其聲，今望見其氣矣。』自是引爲臭味，雖吴國雙勾、延津二物[七]，不是過也。居無何，伯念頗厭居含香之署，請告還吴興。

吴興東連越絶，西接姑胥[八]，山水秀潤甲天下。罨畫谿上，青沙白石，紅蕖紫荇，歷亂而參差；嘉魴素鯉，鴛鴦屬玉，飛鳴而上下；瓊樓紺宇，畫橋遊舫，襍遝而周遭。天清地晶，丹霞映空，松栝③怒號，風雨忽至，則天目諸山之變幻也；梅花萬樹，桃柳綺錯，煙窗雲島，雞犬秦人，則青芝諸山之幽絶也。伯念曠士，乃一朝歸而盡有之。蠟屐捫厓，擊楫橫波；風吹巖阿，月出浦口；山采芝苓，水擷菱芡；朝餐沆瀣，暮領殘陽。意興所之，累月忘返。覽六博于花間，弄寶瑟于石上；尋高僧于古剎，逢異人于深林。則可以離垢絶塵，凌虚逕度，又何戀一曹郎之榮乎？

不佞故海上披裘帶索之夫也[九]，偶邀時幸，竊禄下寮。生平有煙霞之癖，口夜不忘丘壑間，而苦貧無負郭一頃飽其妻孥。不得已就五斗，中外風塵馬蹄，未嘗不結思東南之佳山水。于伯念行尤極惘惘，不自知其神與俱馳矣。雖然，世亦有有之而無，無之而有者。夫仰熙丹霞，煩澡渌水，身在靈壤，心嬰好爵，是有之而無者也；外溷世法，内宅清虚，足蹈九州，腹隱五嶽，是無之而有者也。伯念歸而有君家之天目，而不佞留而有吾胸中之四明，其爲消摇，一也。君即安得以其所謂變幻者、所謂幽絶者詑我哉！

校勘

① 稗：原作『裨』，據上下文意改。

② 穎：原作『潁』，據上下文意改。

③ 栝：原作『括』，據上下文意改。

注釋

[一] 董伯念：董嗣成，字伯念，號青棠。烏程（今浙江湖州）人，禮部尚書董份孫。萬曆八年（一五八〇）進士，年方二十。授禮部主事，

陞主客司郎中。萬曆十二年（一五八四）以疾告歸里。本書詩集卷七有《同龍君善飲董伯念齋中時伯念以請告將歸吴興》《送董伯念予告還吴興四首》。

〔二〕黄虞：黄帝、虞舜之合稱。墳典：三墳、五典之並稱。

〔三〕閻浮：須彌山四大洲之南洲，盛産閻浮樹。震旦：古代印度稱中國爲震旦。

〔四〕東阿：指東阿王曹植。

〔五〕伯倫：劉伶，字伯倫，『竹林七賢』之一。無功：初唐王績之字。兩人皆以嗜酒聞名。

〔六〕平原：指戰國時趙國公子平原君。大梁：戰國魏都，此處指魏國信陵君。

〔七〕延津：即延平津，古代津渡名。據《晉書·張華傳》載，豐城令雷焕得龍泉、太阿兩劍，以其一與張華。後華被誅，劍即失其所在。雷焕死。其子持劍行經延平津，劍忽躍出墮水。使人入水取之，但見兩龍蟠縈，波浪驚沸。劍亦從此亡去。延津二物，即指龍泉、太阿兩劍。

〔八〕姑胥：即姑蘇，蘇州别稱。因夏代名臣胥封地在吴而得名。吴語中，『胥』『蘇』兩字音相近，後漸演變爲『姑蘇』。

〔九〕披裘帶索之夫：指清貧孤高之士。漢王充《論衡·書虚》：『傳言延陵季子出遊，見路有遺金。當夏五月，有披裘而薪者。季子呼薪者曰：「取彼地金來！」薪者投鐮於地，瞋目拂手而言曰：「何子居之高，視之下，儀貌之壯，語言之野也？吾當夏五月，披裘而薪，豈取金者哉！」』帶索，以繩索爲衣帶，形容貧寒清苦。

行戍集序

夫貪夫殉財，烈士殉名。古今以爲名言，余獨曰不。財最穢濁，故溺貪夫；名近虚清，故動烈士。語是矣，而非其至。何以故？夫金可鎔而不可改其剛，蘭可焚而不可易其香。隼在㲉，猛氣具；虎方乳，雄心存。彼且然，而彼亦不自知其所以然，此天性也。

藤蘿善附，松柏獨秀。庸夫選耎，壯士義烈，亦猶汪罔之不爲僬僥，嫫母之不爲夷光哉！聶政刺客之雄耳，意氣所激，猶蒙面抉眼，自滅其名，非其姊以死白之，後世誰當知者？而况卓落大賢，英偉沉毅。夫既天植其性，而又佐以古今，博以義理，彼其胸中之跌宕，方且糠粃六合，浮漚天地，烏睹千秋小名乎！夫萬乘在前，斧鉞在後，直鈎推之，曲鈎引之，自非百鍊之剛，瞀亂戰隕，五色無主，何暇修名？修名者，曲士之規，非卓落大賢之操也。

故相江陵[一]，陰賊鷙刻，操下如束濕，暴而宣慾，睚眦殺人。多布腹心中外，伺察採訪。凡侵及江陵者，即片言細事，亡不以聞，立得奇禍。中外道路以目。會江陵父死，僂一旦大權去已，人乘其後，且獲罪叵測，謀奪情不奔。大小臣寮，其儔不畜憤。而就李沈君純父時爲比部郎[二]，與同舍郎艾君輩四三君子[三]，先後上疏争之。江陵大怒，上疏者並得重譴。沈君廷杖至八十，謫戍南海。逾四年而江陵死，沈君等皆賜環。

當其裹創忼慨出都門，都人士女無不蘇蘇泣數行下，而君故豁如。此之南海[四]，蠻煙瘴霧之與俱，狐貍山鬼之爲友，姦人伺影，凶類含沙。當其時，命何止一椰葉哉？而君又豁如。日提一壺，尋野人山客，相與啖荔枝而聽鶯聲桄榔樹下，怏然自適，頹然自放。又安知其身爲遷人，遠在瘴海，時與死鄰哉？以故發爲詩文，沈雄俊爽，鎮壓百代。何則？其神完，其氣定也。夫蘇屬國十九年雪嚳，所當萬死，自分此身終胡地灰耳，詎能料其白首歸國乎？沈君南戍，伺影含沙者滿前後，令江陵緩數年不死，君之爲嶺徼遊魂必矣[五]，生還何望焉？此非以死生爲旦晝、以四大爲幻妄者不能辨，而謂其持七尺博千秋小名乎？

純父在南中[六]，所爲詩文，名曰《行戍集》。新都理龍君善遇純父燕邸[七]，驩若平生。讀其集，歎賞不已。擕之篋中，將命工剮于官舍，而沈君則以敘見屬。夫桑陰杵臼，片語即合，風期同也。君善少年，挺洗馬之姿，兼平原之藻，翩翩氣俠，雅擅南國俊流，宜其與純父一見相賞，輒忘形骸也。而不佞某並得幸于兩君子，愉快矣。雖然，純父業耻殉名，而君善復傳其集，無乃非烈士意乎？夫純父有道者，視荼如薺，齊夷險死生，而時寫性靈寄之筆墨。即文字可滅，性靈不可滅也。老氏西出關，涉流沙，有身之累盡遺矣，而猶爲尹喜留五千言。彼豈以名故哉？

注釋

[一]江陵：指張居正，湖北江陵人。

[二]沈君純父：沈思孝，字純父（一作純甫），號繼山。嘉興人。隆慶二年（一五六八）進士，任番禺知縣，陞刑部主事，以論張居正奪情杖戍南海。後複起，從戍所歸爲太常寺少卿。詳見本書詩集卷七《贈沈純父符卿四首》注釋[二]。時居隆在京爲禮部主事，乃爲沈氏貶戍南海時所撰《行戍集》作序。就李：即檇李，古地名，在今浙江省嘉興西南，舊時爲嘉興別名。

[三]艾君：艾穆，字和甫，號純卿，湖南平江人。嘉靖三十七年（一五五八）舉人，纍遷刑部員外郎。因與沈思孝合疏直諫張居正奪情，

被貶涼州（今甘肅青海一帶）。後複起，遷僉都御史巡撫四川，以病歸。

［四］南海：南海縣，明屬廣州府。

［五］嶺徼：指五嶺（大庾嶺、越城嶺、騎田嶺、萌渚嶺、都龐嶺）以南地區。

［六］南中：此泛指南方。

［七］龍君善：龍膺，字君善，又字君禦，武陵人。萬曆八年（一五八〇）進士。時任徽州推官。

田翁壽詩序［一］

夫木難媚澤，瑶琨潤山，寶劍之藏，必有異氣，龍湫之上，常吐神光。精華所暢，惡能閟諸靈明？碩偉之夫，出好託于薄仕，退每結於高霞。始覩人群，終踐大道。故南華漆園［二］，王喬葉縣［三］，稚川勾漏［四］，許穆長史［五］，流眄九州，息影五嶽。鍊形石室，頓轡雲空。東攬若木，西涉層城。鼎融八石，口饜五芝。斯天壤之俊民，丘樊之逸韻也。

潁川春野田翁，少標奇藻，長冠人倫。以兼綜千古，非竹素不掩，故下帷以廣識；鼓鑄群才，非鑪錘不運，故造士以宣規；淘汰性靈，非幽通不滌，故援神以治心；調煉神炁，非涉事不精，故薄遊以玩世；終抱冲玄，非擺落不暢，故遺妄以完真；欲專修緯，非斷緣不純，故式穀以貽後。翁子姓繁昌，芝蘭鬱烈，有子田勸［六］，大貝南金，發藻詞林，騁步天路。翁志抗霞外，跡寄寰中。方且治青精以爲餌，取沆瀣以爲漿，匪獨永年，遂將度世。洪崖叔卿［七］，起鳳吹于花間；玉女麻姑，下龍笙于煙際。快哉靈超①，飄然虚趯，宇宙甕盎，萬物蚍蜉矣。

余聞之：淮南八公，雞犬竝去，丹灶存焉。蒙莊濠梁、老氏苦縣［八］，皆翁之鄉人也。龍沙八百，豈偶哉！夫塞兑含光，至人所寶。余乃妄肆雕繪，爲諸公鞶帨倡令。翁聞之，有胡盧而登于蘇門也。

校勘

① 超：底本原作『起』，據程元方本改。

注釋

［一］田翁：田勸之父，號春野，潁州（今阜陽縣）人。

[二]南華：莊子别稱，曾任漆園吏(屬小官吏)。

[三]王喬：漢明帝時爲葉縣令，每初一至十五自縣詣朝，不乘車騎。

[四]稚川：晉葛洪字。傳葛洪曾爲勾漏縣令，並在此修煉，後成仙。勾漏在廣西北流境，因其有溶洞勾曲穿漏，故名，爲道家第二十二洞天。

[五]許穆：晉人，因曾官護軍長史，故稱。傳入華陽洞得道，道教尊爲上清派第三代宗師。

[六]田勸：潁州(今阜陽縣)人。萬曆十一年(一五八三)進士。授密雲縣令，後陞户部主事。晚年病歸，值歲荒，捐穀千石，賑濟鄉里。

[七]洪崖：傳説中仙人，曾與仙人衛叔卿等在終南山一同博戲。事見葛洪《神仙傳·衛叔卿》。

[八]蒙莊：即莊子。濠梁：淮河南岸支流濠水上之石梁，在明鳳陽府舊城西南(今鳳陽縣境内)，昔莊子觀魚處。苦縣：春秋楚邑，在今河南鹿邑東。傳老子爲苦縣厲鄉曲仁里人。

鄒孚如制義序[一]

王者乘日之車，御以六氣，鞭以風霆，而駕赤縣神州。赤縣神州將奔走焉。豈惟籠群愚，亦籠聖智，雖有英雄異人不得逃。古之王者登俊于朝，其途不一。總之，其相以氣，其合以神。無徒索之皮毛，故無擇乎夢卜疇咨，耕釣鼓刀，戎夷纍囚，飯牛牧豕。朝脱草履，暮列端揆。上無生平之素，下無根柢之容。物情不駭，而名實卒符。自非寥廓之觀，曷由得之？

當其時，士亦多神智，大賢行義粹白，功烈茂明，非後世可及。是其故何也？則神龍之綱不挂兔罝，黄鵠之繒不下小鳥也。後世慾利彌增，神識彌減，不能得士於寥廓，而得士於皮毛，則一切索之以言，而士争飾言以應。漢以策，則士工射策；唐以詩，則士習稱詩。至我皇代以制義，則士修制義。夫三事大臣，運斗杓以酌元氣；群寮牧伯，惠黔首而康四方。何與貼括①哉？此老博士家業，不足以得世之神智大賢明甚，而世之神智大賢，乃往往亦以此得之。何者？士有抱非常之器，而國家以常格籠士，士雖神智，非此不登，出其土苴，亦無所不辦也。

余友鄒孚如，楚奇士。爲文包黄虞、周秦、東西二京，胡其洸洋閎肆也。詩綜古近體，雄儁哉，氣颯颯而逼人。而爲人亦好深湛之思，不欲鹵莽苟趨時俗小名，而雅意以凝神完氣，駕千秋之業。此其品，不在常調矣。

一日，以其平居所爲制義見遺，令不佞卒業焉。不佞手之而捧腹。何物鄒生，以千金享其家敝帚邪？不佞生不能從盧敖、雲將游於廣莫之野，則當左提劒客，右挾酒人，而向燕市聽吹竽鳴瑟，安能老傍博士，習寧馨語？已而徐念，夫夫何爲者？彼其志，宜不在齷齪庸流下，而一旦舉此物示我，庸得無意乎？稍取寓目，輒覺有異。再讀之，又異。已而淋漓其間，乃大歡詫，幾失夫夫也。夫酒，荒淫物也。自劉伯倫好之，則酒亦有至德焉。鍜，最庸業也。自嵇叔夜爲之，則鍜亦有神解焉。故制義之業，措大爲之則措大，英雄爲之則英雄也。士抱非常之器，而以其雄心俛而就制義，循衆塗以明獨造，借常格以吐奇言，託麤器以寓精理，則至矣。

乃今觀孚如之文，流標萬古，簸弄三才；義取師心，法必程古；厥風欲暢，厥理欲玄。當其抉宇宙之秘，若剖判而出其藏也；當其傳先民之神，若同堂而據其座也。爲制義若此，儻亦所謂不朽之烈乎？烏睹制義之不若詞賦哉？昔者司馬長卿賦子虚②[二]，盛稱楚雲夢，其言閎廓奥衍，讀之坐空天地。孚如雲夢産，山澤靈氣，實生斯人，宜其瑰奇若此矣。

校勘

① 括：底本原作『拞』，據程元方本改。

② 子虚：底本原作『不古』，據程元方本改。

注釋

[一] 鄒孚如：鄒觀光，字孚如，德安府雲夢（今湖北雲夢縣）人。萬曆八年（一五八〇）進士，授中書舍人，遷吏部主事。官至南京兵部郎中，陞太僕少卿，未上任而卒。精於經學，建『尚行書院』，親自講學，學者多信從。與江西吉安鄒元標齊名，時稱『二鄒先生』。有《鄒孚如集》。

[二] 司馬長卿：漢司馬相如，作有《子虚賦》，鋪敘楚王雲夢澤打獵之盛況。

高以達少參選唐詩序[一]

世之推英雄，率卑詩，曰：『士挾日月，提雷霆，鼓鑄六合，而成巨人名，則有山河大業在，安事詩？詩即工如李杜①，高陽徒爾。』余謂推英雄言良是，而未盡也。

夫詩者，技也。技，故其道不尊。令明王在宥，以斗大印置豪傑將相，仲尼南面，顔曾列坐，而進退兩廡下賢人。黄帝鉅鹿之戰，光武昆陽之師，兩軍相持，長戈亘雲，急矢如雨。當其時，詩固無毛髮用。措大持一詩，向屠沽兒市杯醪片臠，輒唾之不顧。何如阿堵，乃濟日用。夫詩安能與死龜之殼、敗鼓之皮同價哉？而學士大夫，往往不廢者何？夫天地之生物，用風雷雨露爾，而不廢雲霞。夫雲霞何用之有？萬物之生，用牛馬雞狗爾，而不廢麟鳳。夫麟鳳何用之有？醍醐、甘露，雪藕、交梨，無療饑之益，而有消煩之功，世竝珍之。詩于道不尊，于用②無當，而千秋萬歲不廢。故不尊之尊蔑倫，無用之用滋大。市杯臠，則不如阿堵；濟日用，則不如皮殼。而舒暢性靈，描寫萬象，感通神人，或有取焉。

昔者趙簡子夢之帝所，聽鈞天廣樂。李王孫，才鬼耳，帝且召而賦玉樓焉。故知帝亦貴詩也。仲尼手删《三百篇》，鼓吹人代矣，而又自爲《猗蘭》《龜山》諸操，金石其聲，故知仲尼亦貴詩也。西王垂《白雲》之謡，真誥著《雲林》之什，伯陽、平叔譚金丹大道，何與于詩？而語語節奏。故知列真亦貴詩也。大覺金僊修無上了義，即山河大地無所不空，乃其所爲偈贊，居然詩也。故知竺乾先生亦貴詩也。泗上亭長，生平以馬上自雄，拔山扛鼎之夫，即劍術且薄而不爲，而爲詩《大風之歌》，跌宕哉！『虞兮虞兮』，又何悲凉也！隆中人抱王霸之資，于世固不屑屑，而猶託之《梁甫》，以吐其風雲之氣。古壯士英物，何嘗不貴此道，獨所謂推英雄者賤焉？渠亦無乃度才量力，而曲護其短邪？夫誠自掩也，何賤之有？誠賤也，又何掩焉？

學士大夫之賤詩者，代不乏；而其稱詩者，亦代不乏。乃詩自《三百篇》、漢魏而下，獨推唐。唐以詩登士，士弗工詩，則弗登。故合山川之靈而畢其力以趨之。有林卧讀書數十年，而後發之爲詩者。取之千秋而收之一③語，索之人外而得之目前，構之累月而成之晷刻。當其思澀，嘔血刳心，玄鬢蚤白；當其神來，心曠氣爽，凡骨立僊。略而讀之，則山川花月，機杼有限；徐而味之，則飛雲流霞，意象無窮。故語山川，則躁競之意煙消；談放曠，則鬱結之胸霧散。灑以清凉，則内熱者飲冰；煦以温辭，則苦寒者挾纊。賦邊霜，則征夫霣涕；詠閨月，則思婦動魂。煙疾雄深，則風雨驟至；妙詣玄解，則神物下來。是唐人之所長也。後世畢一生之精神于帖括，以應有司，何暇詩？及吾成名，爲之未晚。一旦進賢加首，輒抗顔而稱詩。一篇甫出，讚者已在旁，何其速肖也。雖有瑕瑜，曷由知乎？

古人讀書數十年，以全力而凝神于千秋；今人生平未嘗從事，以枵腹而求肖于一旦，又何怪詩之不古也？唐人詩如『明月松間照，清泉石上流』，『野曠天低樹，江清月近人』，『雨中山果落，燈下草蟲鳴』，『夜静江水白，路迴山月斜』，此似常境常談，究其所以，非腹有萬卷、胸無一塵者不能辨，奈何輕議詩哉！

楚高以達先生所選唐詩，余④得而卒業焉，精且備矣。昔高廷禮氏選《唐詩品彙》[二]，備矣而太濫；約而《正聲》，精矣而多遺。至李于鱗選[三]，更加精焉。然取悲壯而去清遠，采峭直而舍婉麗，重氣骨而略性情，猶不無遺恨焉。先生所選，精且備矣。譬如鮫人入海，所得皆珊瑚木難，洵英靈之府哉！先生爲人耿介高曠，風塵表物，于世無所好，而好詩，宜其鑒裁玄朗若是。後之學詩者請以茲選爲寶筏，可乎！

校勘

① 杜：底本原作『杜』，據程元方本改。
② 用：底本原作『間』，據程元方本改。
③ 一：底本原作『千』，據程元方本改。
④ 余：底本原作『祭』，據程元方本改。

注釋

[一] 高以達：約生活於明萬曆年間，生平未詳。

[二] 高廷禮：初名棅，字彦恢，後改名廷禮，號漫士。福建長樂人，『閩中十才子』之一。永樂初以布衣徵爲翰林待詔，遷典籍。論詩主唐音，編唐代詩歌選集《唐詩品彙》，初編九十卷，後又補十卷，收六百八十一家詩六千七百餘首，明確將唐詩分爲初、盛、中、晚四期，特重盛唐。另編有《唐詩正聲》《唐詩類》《初唐詩紀》等。著有《嘯臺集》《木天清氣集》。

[三] 李于鱗：李攀龍，字于鱗。號滄溟。曆城（今山東濟南）人。明代『後七子』領袖人物，主盟文壇二十餘年，有《滄溟集》。所編《古今詩删》，選各代之詩，影響頗大。後又摘取其中唐代詩歌編爲《唐詩選》，成爲當時通行之學塾啟蒙讀本。

白榆集校注文集卷之四

序四

浙江鄉試録序代作

夫士，國之寶也。中流一壺，深井一綆，緩急須焉，失則不濟。藉令帝王之雄略，以獨運興理，則無爲貴士矣。嘗聞古之得士者，神哉，曰風后力牧，曰帝予良弼。索之茫昧，而得之惚荒。卒之襄城道登，殷后用昌，非龍非彲，非虎非羆。所獲霸王之器具，以卜也。以卜而若持左券于渭之陽，此何以故？又杵臼桑陰，立談而收豪俊，斯古人寥廓之觀乎？而後世之得士，則以言。夫鶩斯之羅，不張黄鵠；兔罝之綱，不絓神龍。言惡能得天下踔絶奇偉之士，而收鴻罶茂明之勳哉？

在昔干將之靈，一嘑而至，維神；豐城之寶，望斗間而知，維氣。神發爲氣，氣發爲聲。故提衡而量，縣鑑而索，弗能逃也。今夫噌吰①闉闍與吹萬答者，其鉷必鉅；映然噫然，響如蜩螗者，其竅必微。蕭蕭泠泠，若琴若築者，發于清籟也；蓬蓬勃勃，鬱律號嗄者，出于土囊也。士修其言以備采聽，一聲而神氣傳②。故士之博大者辭偉，清真者辭潔，雄鷙者辭莊，温夷者辭和，端直者辭莊，穆愉者辭簡，秀異者辭華，沈古者辭樸，洸洋者辭肆，躁競者辭佻，刻深者辭艱，淺中者辭率。執而聽之，十得其九。間有駕虛而掩實，飾似以亂真，善聽者不瞀也。

嗟乎！今博士所操三寸之管爾，此何與陶鑄二儀、沐浴萬靈，而揮斥八極之任哉？顧王者乘日之車，御以六氣，而駕赤縣神州，赤縣神州將奔走焉，豈維籠群愚，亦籠豪俊。天下踔絶奇偉之士，鴻畧茂明之勳，往往遂從三寸之管出。夫夫即心薄風雲，手挈造化，非是，莫以登。故士不務修其聲，而務煉其氣；不務煉其氣，而務調其神也。

浙，古越絶地，則水國也，其民明秀。天台、雁宕[一]，連亘四明[二]；禦兒、括蒼[三]，横絶姑蔑[四]。秦望、沃洲[五]，遥睇玉笥[六]。羅刹之險，夾以海門；天目之源，匯於震澤[七]。洪濤巨石，憑陵而砰湃；魚龍罔象，出没而瀺灂。三山之中，僊都福庭隱焉；宛委之上，禹書金簡存焉。山川風氣，鬱葱乎烈哉！人文之盛，有自來矣！乃今皇德滲漉，聲教誕敷。大海以東，家握靈蛇，人詑竹箭。五尺童子，莫不知貴西京而薄梁陳，賤小言而尊大雅，亦既霞蔚飈馳，泱泱其風矣。顧今南國之所急者，非修辭也。夫國家方以辭登士，而謂辭非士所急，何居？枝葉茂則本實衰，鼙帨繁則靈光泄。斯欲與推英雄，論才程能，胡可得哉？即陶鑄二儀、沐浴萬靈而揮斥八極，以寸管進而終不以寸管辦，必也内抱澄朗，外履純白，懷仁負義，皭於皦日，而後摛爲菁英，發爲麗藻，其言鑿鑿副名實而不務空譚浮誇。斯其大人之操乎？用是，仰稱明天子側席之求，而下免羣有司蔽賢之罰，則儌厚幸矣。

不佞讀《吴越春秋》及《越絶書》，越自昔豈不蒸蒸多賢哉？大要以忠智功能進，主盟中華，光此禹穴[八]，不聞獵華抒采，提氂弧③而先登藝壇。提氂弧④而先登藝壇，不烈于今日矣？而識者固未肯輒加今之君子于句踐諸臣上，則名實之辨哉爾。多士名實相副，以奇抱吐訟議，的然物華國寶者，非不雲附而櫛比。其間庸保無一二駕虚掩實、飾以亂真，以瞀昏有司而溷乃盛典如前所稱者？有之，則校士者之大懼也。夫士有七尺，所營千秋，登在三事，前有旂常，後有竹素。皇王之術，亦大矣。今取英雄大業，而以蟲魚一技卜之，一旦策足要津，漫無所短長，而徒沾沾蟲魚自喜，第令爲國家肩鉅應猝，將曷倚辦？甚而呰窳懷二心，不惟公家之急，而日取醲醪大胾、鮮衣怒馬，爲斯多士之螟螣也爾。多士其深思哉！上據無極之高，下臨不測之深，而目光不亂，神氣之守也。以蹈水火，以入金石，凝神其至也。神氣苟完，真宰在我，而何所不土苴？而何所不糠粃？古豪傑之操胥是物也。

校勘

① 吰：原作『呿』，據上下文意改。

② 傳：原作『傳』，據上下文意改。

③ 弧：原作『狐』，據上下文意改。

④ 弧：原作『狐』，據上下文意改。

注釋

［一］天台：山名，在今浙江省天台縣北。雁宕，山名，在今浙江省樂清市。

［二］四明：寧波之别稱，以境内有四明山而得名。四明山，在鄞縣西南，距城一百五十里。羅濬《寶慶四明志》卷四《敘山》記：『山有峰，最高四穴在峰上，每天宇晴霽，望之如户牖，相傳謂之石窗，故兹山名曰四明山。』

［三］禦兒：又名語兒，曾是吴越交界之地，今桐鄉市西南，石門鎮、崇福鎮地域。括蒼：山名，地處浙東中南部，南呼雁蕩，北應天台，西鄰仙都，東瞰大海，以其色蒼蒼然接海，故名括蒼。

［四］姑蔑：古地名，在越國西境，地處今浙西金衢盆地。夏商時爲越（於越）地，春秋爲姑蔑，後屬越國。楚滅越，屬楚。秦建縣，其境在今浙江省衢州市境内開化、龍遊一帶。姑蔑故城在今龍遊縣。

［五］秦望：山名，在紹興府城東南四十里。見本書詩集卷三《贈董玉几山人》注釋［三］。沃洲：山名，位於浙江新昌縣東。

［六］玉笥：山名，道教所稱三十六小洞天之第十七玉笥山洞，在今江西永新縣。

［七］震澤：今太湖之古稱。

［八］禹穴：在會稽宛委山。傳大禹於此得黄帝所藏金簡書，復藏之。

有門頌略解敘①

天台智者大師以止觀二義，爲學人津梁。雙修雙詣，凡聖同塗，稱宗門正覺矣。宋學士大夫高朗超穎②者，往往好譚禪悦，蓋多再來人。而陳忠肅瑩中尤深入妙解，得天台教觀，作《三千有門頌》。大都遣有無，冥空假，總偏中，同開合，妙孤通，闡門理，去能所，即凡佛。其言簡約精深，字字若吐古德老宿之口。今之縉紳，最高者負經濟，稱詩文，下者没溺聲利，有能窺忠肅之一字者，誰邪？

余友馮太史開之［一］，天資絶異，淹通多才，尤深佛學。開之所嚴事沙門爲妙峰法師［二］，機鋒神竦，余每向風慕之。會解官南還虎林，而友人汪修伯氏③以其所爲《有門頌略解》來問敘[三]。余少事雕蟲，晚乃歸心三寶，於此道醯雞爾，其何足知法師之妙義玄旨？亦聊以表一時之信心，故法師所許也。

校勘

① 敘：目録作「序」。

② 潁：原作「頴」，據文意改。

③ 氏：底本模糊，據程元方本補。

注釋

[一] 馮太史開之：馮夢禎，字開之，號具區，別署真實居士，秀水（今浙江嘉興）人。萬曆五年（一五七七）會試第一，授編修。詳見本書詩集卷一《春日風雪過開之綺雲館作》注釋[一]。馮夢禎爲晚明著名居士，與屠隆關係密切。作有《有門頌略解序》：「宋時天台之教盛行，無論僧徒，即號爲士大夫者類能言之。今觀陳瑩中先生所撰有門頌，抑何言約義辨也。今相去僅四五百年，而海內緇流無能舉天台一字一言者，况士夫乎。妙峰覺法師，奮然爲鳴陽孤鳳，幾二十年講者，或竊笑斥爲異物。而法師益精其說，不爲動。今則稍習矣，海內賢士夫或有起而助法師者矣。惜餘非其人也，因請法師出有門頌略解行於世，以聳動今之士大夫。台教中興，在此一舉，餘日望之。」

[二] 妙峰法師：諱真覺，俗姓王。江蘇昆山人。因拈香嗣月亭明得法師（別號「千松」），故又號「百松」。二十一歲往蘇州竹堂寺，從虛白禪師受具足戒。後閱大藏，得四明尊者《妙宗鈔》，宛如夙契，遂潛心天台一家教觀。嘉靖四十三年（一五六四），受天台之請，並長住天台，直至圓寂。相繼開演《楞嚴經》《妙法蓮華經》《妙宗鈔》《法華玄義》等經疏，被尊爲繼四明尊者之後的天台宗第十八祖。有《有門頌略解》（即《三千有門頌略解》）等著作行世。馮夢禎有《妙峰覺法師塔銘》。

[三] 汪修伯：鄞縣人，屠隆同鄉，與范欽、馮夢禎亦有交遊。早年醉心文藝，中年后習佛，本書同卷有《壽汪修伯序》。

居來先生集序[一]

夫物無盈器，器無兼量。必兼而盈焉，千百世偶有之。玄造不縱物以防汏，不私物以滅公。余讀《居來先生集》，竊疑于天道縱而若私，必有以也。夫陽燧靺鞨之寶，赤堇延津之靈，寧與凡物同賈哉？

先生西蜀異人，起家滑令，以神明聞。入佐秩宗，洊登大僚，敭歷中外餘三十年。大都廟堂開雲臺，建鴻禮，則置先生交戟下，而朝夕咨其大猷；疆圉有非常緩急，則出先生風煙馬箠間，而倉卒倚其石畫。頃海上脱巾之徒，噪於轅門，至辱及大吏。姦氓乘之，橫掠都市，莫敢誰何。業煩朝廷東顧憂，乃出先生，以少司馬杖鉞開府。至則用奇計禽馘渠魁，散其徒黨。談笑指顧，而東南帖然。方内召先生，無何，而西北有事，則又道徙先生。薊門提劍西嘯[二]，甫及鮮裝，而漁陽大捷至矣。獻俘告廟，書勛旂常，郁烈乎休哉！朝廷蓋倚先生若左右臂，載驅載馳，殆罷於奔命。

而先生所至，則又主持風雅，弘獎人倫，推轂名士。暇日或引元戎小隊，觴詠山間水涯，流連日夕，憺矣忘歸。蓋結交盡天下之賢豪，而登覽盡天下之靈壤。即薄牘填委，高韻蕭然；羽書交馳，意氣整暇。門列戎士，座盈詞人；出按營壘，人譚羽衲。口不絶于軍政，而手不輟乎篇翰。雖孟德鄴都之風、庾公武昌之雅，方斯蔑如。以故發爲詩文，往往天藻飈激，玄思神來，氣必摧堅，才必破的。束髮與瑯邪、歷下諸君子對壘[三]，若晉楚治兵中原，卒難主客，憑軾而觀者每走下風。所題詠方輿佳山川，時踐九州，時摽五嶽，山靈海若，爭寶焉。至吐名理，散朗神澄，能使深源掩口，支公却步。見於嶽麓道院雪庵禪師諸文，何其超超玄著也。

古英雄提劍而起，仰抉浮雲，俯斵海水，功略茂矣，而或乏掞天之辭；風雅韻士，篇抒鳳藻，語菀虹梁，文心麗矣，而或缺經世之具。廊廟之彦，修其三事，鄂不韡韡乎，置之丘壑則枯；山澤之臞，驂麐麚而擘雲霧，標亦泠然矣，投之大事或窘。先生獨得其盈，身兼數器，峨眉、劍閣之秀，益部、參井之祥，其盡集于先生一人邪？不佞以雕蟲竊東海虛聲，其中故枵然無有也，而先生誤以爲竹箭也者而收之。不佞銜國士之遇，誠莫知其所以爲報，而先生乃以集序見屬，且曰：『余文媿左太冲，待玄晏之文而不朽。』嗟嗟！先生之爲太冲，不啻過之矣。不佞玄晏也乎哉？然而不佞頗自許知先生深。夫靈明一竅，叫窅窱而出之，何所不辨？先生心握上玄，德超純白，觸之機械，推之波流，守於規中而動于吹萬，宜其道學勳業、辭賦文章，收前哲之難兼，而成一人之獨詣，含①光若翳，流照若爍，道固然耳。夫瀛海之波，浸絶大地；陂塘之潦，涸不崇朝。量烏可同日語哉？耽圖史，稱詩賦，而不聞大道，雖甚汪洋，則陂塘之潦也。

校勘

①含：底本原作『舍』，據程元方本改。

注釋

[一]居來先生：張佳胤，字肖甫，初號濾山，以家在居、來(崌崍)兩山之間，更號居來山人(一作崌崍山人)，重慶銅梁縣人。嘉靖二十九年(一五五〇)進士，萬曆八年(一五八〇)陞兵部右侍郎，萬曆十一年(一五八三)任兵部尚書，協理京營戎政，兼都察院右副都御史，總督薊、遼、保定軍務，萬曆十二年(一五八四)初取得薊遼大捷。官至兵部尚書。見本書詩集卷七《贈張肖甫司馬四首》注釋[一]。

[二]薊門：即薊丘，位於北京城西德勝門外西北隅，以薊草多得名。

[三]瑯邪、歷下：指王世貞、李攀龍。

董揚明制義序[一]

今學士之爲制義，匪小物也，要以寸管代素王玄聖口吻，磔裂元氣，蒐剔三才，而總歸於人倫日用。自非學綜識淹，引物連類，澡浴丹府，葆龢靈光，握環中而吐之，尠臻其妙。故莊嚴爾雅者，必備孝弟之性；閎儁奇偉者，宜抱卓絕之資。險則氣譎，佻則心輕。華士浮豔，淺夫庸鄙。水鏡在縣，若別胡漢。我明先輩之爲制義，率尚渾樸，其流也微傷於俗。頃海內二三深中之士，則古取物，師心運椎，厥氣欲矯，厥理欲玄，稍駕飛黃之騎，而後輕俊慕效，競相勦模。法不稟先民，理不詣玄窟，童牙枵腹，徒豪其氣；執狂豎之心而代賢聖之口，語高而格卑，辭詭而味索。作俑濫觴，伊誰之責哉？

吾友董君揚明，少稟異姿，沈雄博古，六經子史而外，雖禹都二酉、金簡玉𤤬、祕典靈書、齊諧神異[二]，靡所不窺。而爲人通微朗鑒，宅心道真。嘗撰《嘯廬四賦》，余業序之。魁磊洸洋，變幻滅没，方軌二京，鞭笞六代。其他古文韻語種種，合作而至。所爲博士家言，則又埏埴大化，師摹聖哲，審氣存神，久之而透入靈殼，達於化境。無論淺俗，瞠乎後塵，即好奇負氣，不深維昔人所以立言之意，而空取飛揚跋扈爲者，遇之當膽落神悚。

嗟嗟！夫物貴真也。真色不假粉澤，真材不藉丹堊。夫儒亦有真耶？則董君揚明是已。以彼其才，上可金華蘭省，下亦不失牧伯諸司。而猶然婆娑逢掖，環堵蕭條，不穀竊竊焉仰屋太息矣。君社友爲選刻制義凡如干首，而以序見屬。方今懸書以詫海内者如雲，嫫嬙並御，碔玉雜陳。辨而寶之，世應不乏身毒大秦之目哉！

注釋

[一] 董揚明：董大晟，字揚明（一作陽明），鄞縣人。與下文中的董君謨爲兄弟輩。詳見本書文集卷二《嘯廬四賦序》注釋[一]。

[二] 禹都：相傳禹曾於會稽宛委山得黄帝所藏金簡書。見《吴越春秋·越王無余外傳》。二酉：原本指大酉、小酉二山，在今湖南省沅陵縣西北。相傳山有洞穴藏書，秦人曾隱此讀書。見《太平御覽》卷四九引《荆州記》。後即以『二酉』喻藏書處，或稱豐富之藏書。

董君謨制義序[一]

夫一峰一巒，詎不遒上？一都一邑，詎不閎偉？若捫閶風而踏縣圃[二]，即五嶽猶藩籬間物也；若登須彌頂而下觀四大洲，即南瞻部猶塊然甕盎也。夫雷霆之響，必撼山嶽；滄海之決，必浸地軸；日月之朗，必晃六合；神劍之斷，必截雲霓。鉅靈之跡，必無細影；奇瑰之夫，必無常調。斯又何怪乎？然而世人耳目，習之則安，驟之則駭。故雷霆日月，亦怪亦常；縣圃須彌，亦常亦怪。是恒物之不可與語奇也，細人之不可與語大也，耳目移之也。

余少以大奇駭人，居爲人譚，出爲人指。若虎市遊，若日宵出，朝吐一辭，暮而布之通都。吾以爲師心之語，人以爲志怪之書也。泬寥蒼茫，四顧無徒。未幾，而稍稍有屬和之者。其初則縣圃須彌也，浸而五嶽，浸而南瞻，浸而雷霆，浸而日月，則後來者左提右挈。彼夫之伐，不眇小也夫？士有七尺，所操三寸，日營九有，而妄意千秋，徒取伊吾片語爾。士之所爲，侔于造化、參于神明者，不止此也。即其所爲伊吾片語，方之玄夷滄水、金箱玉笈諸書，亦不止此也。而小逾格外，小吐胸中，輒群譁而怪之，一胡卑卑不振哉！今古惠施、鄒衍，安所投足矣？

董君謨少以奇聞越絶，心雅慕余。余時爲五湖長，兩削牘而奏之，奇氣咄咄來逼人。牘一至，余悶而不應。再至，遂決然起，娓娓而不休。比余東，相見桑陰，晷不移而合，若延平二物然。無何，出古文辭。無何，出博士家語。語有在六合之外，而索之則近；有在六合之内，而掉之則遠。有古人之所未道，而取之若故；有古人之所已道，而出之若新。總之，雄駿霍落，不凡品也。立于群譁之中，廓而開之，則余爲難；振于布響之後，推而大之，則董君爲難。且余力方倦竭而願逃于陰，前有萬古，後有千秋，則董君也。昔衛夫人見右軍而泣，而右軍竟以掩夫人。君且爲右軍，余何泣哉？

注釋

［一］董君謨：董光宏，字君謨。鄞縣人，董樾之侄。萬曆二十九年（一六〇一）進士，授刑部主事，進員外郎。巡查八閩，平反最多。擢河南按察僉事，遷參議，晉副使。鎮汝州。後又陞河南布政使參政、陝西按察使、順天府尹、南京大理寺卿。不畏權貴，因不賀魏忠賢生祠落成，而招陷害。有《秋水閣副墨》。

［二］閬風：即閬風巔，神話傳説中之山名，在昆侖山上。《楚辭・離騷》：『朝吾將濟於白水兮，登閬風而緤馬。』王逸注：『閬風，山名，在崑崙之上。』《海内十洲記・昆侖》：『山三角：其一角正北，干辰之輝，名曰閬風巔；其一角正西，名曰玄圃堂；其一角正東，名曰崑崙宫。』古人認爲是神仙所居。

彭欽之北征稿序［一］

余昔宰由拳，所推轂逢掖知名士，蓋以彭君欽之爲白眉。欽之才，湛鬱爾雅，無所不詣。爲人兼容汎愛，倜儻然諾；從善如流，慕義若渴。以急窮交，赴患難，破千金産，至身自食貧不悔。與友朋游，面折人過，退而掩護。所提獎人善，惟力惟口。士多附焉。余既雅知欽之，故不難折節以請，欽之亦好余落穆無町畦。蓋兩人交深甚，莊不間情，驩不及媟，無慙古人。其後余好譚二氏，而欽之更神情超朗，深味道真。以是復相與結人外緣。

余之歸隱，欽之適北還。相見，則欽之道業益進，詩文亦日益精。其氣昌以雄，其理玄以奥。左右縱横，動臻妙境。離合變化，永垂名言。其必傳何疑？蓋自欽之之聞道，而心靈開悟，識達語超。自欽之之北征，縱覽西北山川、帝王宫闕，而耳目充廣，意氣軒舉，故宜詩文之崒嵂遒上如此。而欽之貧，亦日以到骨。累抱玉而南，南見刖；一抱玉而北，北復刖。季子之喪敝，盡矣。夫力田不已，必有豐年。從古懷才抱道者，泥途坎壈，終以遭遇，獨稱馮唐、顔駟空老耳。嗟！人士行修，或短於才，才高或薄於義，卒困巖穴有之。以欽之之才、之行，而終不一遇邪？

無論人間世耳目，即上帝之所封植者，將何人也？

余竊觀輓近輕俊士，薄有才藝，務華營外，挈鈴而趨。此其才，未當彭君十一，而聲稱譁然，所至逢迎蜂涌。彭君用拙任真，名不大顯，布衣藜藿，蕭然也。夫士駕虚巧取盈造物，名過其實，所得幾何？抱高世之姿，修介持之行，而清身約己，茹蓼甘荼，俯仰之間，足以不恨。故當不以彼易此。余蓋與君同病。君爲逢掖而蕭然，余嘗爲吏而蕭然猶逢掖，宜其舉世敝帚，而君猶見收也。嗟乎！余與君之本懷，吾兩人自知之。吾兩人之所處逆旅也，方且修空浸假而空萬緣，浸假而空山河大地，浸假而空其七情四大。一朝而離形出殼，何所不廢？彼區區雕蟲者，胡有焉？即以爲遊戲三昧，可乎？

欽之近稿以《北征》命篇，方冀州爲捐貲付剞劂。冀州，欽之好友。右文存故，稱賢使君。而君社友徐孟孺、董玄宰、陳仲醇爲之批評[二]，剖玄析微，無一語不破的。江表名流，同堂比肩，盛矣！吾於是而益信雲間之無所不有也。

注釋

[一] 彭欽之：彭汝讓，字欽之，號九麓，青浦人。國子監生，萬曆元年（一五七三）中鄉試副榜。有《木几冗談》《九麓集》《北征稿》《南遊稿》《擊築稿》等。屠隆爲青浦令時對其頗爲賞識。彭汝讓曾爲屠隆《由拳集》作後敘。傳見《（光緒）青浦縣志》卷十九《文苑傳》。

[二] 徐孟孺：徐益孫，字長孺，又字孟孺，華亭人。國子監生，『弇州四十子』之一。屠隆在青浦任上與其相識，結爲好友。徐益孫曾爲《由拳集》作序。董玄宰：董其昌，字玄宰，一字元宰，號思白，又號香光居士，松江華亭（今上海松江區）人，人稱『董華亭』。萬曆十七（一五八九）年進士，官至禮部尚書，曾任太子太保等職。著名書畫家。陳仲醇：陳繼孺（孺一作『儒』），字仲醇，號眉公、麋公等，華亭（今上海市松江）人。諸生。年二十九即隱居昆山。後築室東佘山，杜門著述，屢奉徵召，皆不就。明崇禎十二年（一六三九）卒，年八十二。《明史》卷二百九十八有傳。擅詩文書畫，有《眉公全集》《晚香堂小品》等。

柴仲初移居詩序[一]

余友柴仲初，少有俊才，神韻散朗。毫端麈尾，玉雪壺冰，雅爲流輩所賞愛。郭北幽曠，城隅水田，竹樹蕭森，居然有桃源之盛，乃從闤市徙居之。而仲初又善病，經年杜門，所居既幽，罕結駟紆軫，鳥語蛙聲，彌喧彌寂。仲初時據竹榻焚香，手一編，蕭然若避秦，與人世隔。或同調來過，剪韭烹葵，濁醪相命。仲初則抵掌清言，商略文章，討求松桂，翛翛泠泠，細大有致，聽者忘倦。客來不迓，去不送。唐人有言：『林疑中散地，人似上皇時。』仲初有焉。

余束髮與仲初善，中年宦遊，闊絶良久。頃挂冠歸來，數過仲初居。愛其幽勝，輒移日而不能去。仲初亦雅如，余每過，未嘗不投轄也。而余菟裘，且距仲初居不半里而近。晚歲託鹿門之隣，是余之大幸也。夫蓋自仲初之移居，社中諸友咸有詩。仲初爲裒集，並附其所自爲近作，將剟以傳，而屬余爲序。

夫達人者，將郵傳萬物，蘧廬天地，安問環堵？而屏闤離溷，以求清虚，亦曠士所急。彼桃花源、辛夷塢，豈獨其地勝哉？蓋亦存乎其人焉。余讀諸公與仲初詩，皆清遠閒適，稱其爲幽居，即仲初之廬，他日與桃源、輞川並傳者，實賴是詩。彼嘉林秀壤，爲邨氓野叟擅而湮没不聞者，豈少哉？

注釋

[一] 柴仲初：柴應聰，字仲初，屠本畯婿，鄞縣人。有詩名，著《自怡集》。《甬上耆舊詩》卷三十有傳。詳見本書詩集卷七《懷嘉則賓父伯翼長文田叔仲初鄭朗諸君》注釋[一]。

張孺穀詩集序[一]

張孺穀，余鄉大司馬東沙先生長子[二]。少爲諸生，倜儻任俠，慕公子無忌、要離、田光之爲人。讀書蚤慧强記，善古文辭。然其志在凌厲横絶，不屑屑以雕蟲自見。勝①大司馬訾，故不乏。好賓客，急窮交。自騷雅名士、劍客酒人，逮六博蹴鞠，臂鷹牽犬之徒，無不延接，食客常滿。人有急難投之，借身爲地，以窮告，傾囊畀之。稍與賓客醉酒家胡，燕趙雜坐，絲肉並飛，有睥睨一世態。而其中磊塊，人莫能窺。嘗從酒中攘臂慷慨曰：『令吾得騎快馬，提壯士十萬出塞下，虜焉支，縛名王，北奪祁②連山而還，何論大將軍青、去病哉？李青蓮云豪士無所用，彈絃醉金罍，顧安能布帽方履，谿刻作老措大面孔？』

中歲以諸生貢爲邵武令。令故事，束身堂上，折腰貴人，如三日新婦。而孺穀故自豪，不習噂喧咿嚘。上官積不能堪，所以中之者良深。遂免官歸，而身亦漸老。于是，翻然一洗少年豪舉，返于枯寂，修上座業。日與其細君焚香持齋古佛前，而誦《楞嚴》《維摩》。習定觀空，蕭然老居士。從此修持，彼岸不遠。無何，不起矣。

嗚呼，惜哉！孺穀才高力勁，歌詩雄壯跌宕，兼工婉麗，情語津津。生平負氣瓌偉。嘗道經彭城、沛碭、淮陰間，弔楚漢帝王將相，哀音亮節，尤稱擅場。以彼其才，令得出爲國家當一面，必能鍧鏗砰隱，摽豎奇勛。時無知者，卒以汶汶，即其所爲騷壇之技，亦尚奪于彈碁擊劍，未究其止。然已稱雄作者。揚滄海必無小波，叩洪鐘必無細響。有昔大梁、春申以俠聞，東阿、昭明以藻著，並未聞晚節回心，臻乎大道。孺穀庶幾兼之，而末年又能剗除結習，皈依禪宗。豈非古豪傑之所難能哉？

余束髮出大司馬公門下，受知最深，故余亦雅知孺穀。孺穀即世後，其弟孺願爲刻其詩，而屬余敘之。嗟乎！世之好皮相，見孺穀儻蕩遊乎酒人，則以爲僅僅游閒公子之有俠氣者，豈知其中固踔偉不凡？而其晚節，乃冥心大道。道雖未成而卒，然視世之終生濡首迷塗而不悟者，奚止萬里？余故表而出之，令天下後世無皮相公子也。

校勘

① 勝：程元方本作『席』。

② 祁：原作『祈』，據文意改。

注釋

[一] 張孺穀：張邦仁，字孺穀，鄞縣（今寧波）人，大司馬公張時徹長子。風流豪爽。乙榜舉人，官至邵武知縣。《甬上耆舊詩》卷二十七有《邵武張長公邦仁傳》。詳見本書詩集卷六《哭張大》注釋[一]。

[二] 大司馬東沙先生：指張時徹，字惟静，人稱東沙公。官至南京兵部尚書。詳見本書文集卷二《屠司馬詩集序》注釋[三]。

壽汪修伯敘①[一]

夫盈虚消息，天之道也。萬物芸芸，各歸其根。雷霆砰磕，霖雨霢霂，倏而收之，霜降水落。百鳥嚶鳴，百卉敷榮，無隱乎爾。未幾而萬寶告成，蟄蟲墐户。豈維造物，人亦宜然。雄儁魁壘之士，始而發藻宣奇，光芒横射；晚乃弢精埋照，宅乎道真，純德上善。所貴士有七尺。以此焦明蚊蚋，雨過氣蒸，紛然而出，瞥而消散矣。無論賤氓傭隸，營營擾擾，流浪塵壒，即世所稱雄儁魁壘者，挾奇才，負盛氣，或抗雲臺之烈，或讐虎龍之文，或以精神籠罩六合，或以權譎股掌群愚，旁睨逖聽，眼空千秋而不聞道，徒取意氣，才名播弄，爲一朝遷改，泡影空花，與倏而蒸出，倏而飄散者，曷異焉？

余鄉汪修伯，束髮讀書，奫宏淹博。雖爲諸生，力攻古文辭，兼長詩賦。意氣跌宕，才思飈發。筆擅雕龍之文，口窮非馬之辯，四座坐風，見聞辟易。而才高數奇，布衣坎壈。中歲大悟，晚益了然。識世界之妄立，知四大之虚幻，而況鬬智競巧赴名與功，秏氣損神，以博濃豔，曾不須臾駭電流雲，亦大惑矣。乃塞兑希言，刳心遺累，修能仁氏之業，習定《楞嚴》，觀慧《般若》，棄博士諸生，而作老居士。少年習氣，一剗而盡。從此精進，覺路非遥已。

余嘗歎班、揚、崔、蔡、曹、劉、潘、陸、徐、庾、江、鮑之徒[二]，文采奕奕，照千古矣，惜不聞道。名列清華，而身歸流浪。由斯以譚，蚊乎蚋乎，良可沈惋。雖阮嗣宗和光於酒德，嵇叔夜洞幾於養生，庶幾有悟，賢於諸子，而韜斂未盡，蕩漾猶存，蘇門先生猶然不取也。修伯盡去一切，皈依覺皇，文人結局，何以尚之？嗟乎！今而修伯同時者，按其才氣，高者在伯仲間，下則泰垤爾。而或乘順風挈鈴而趨，聲響鞺鞈，士争奔走，猶復沾沾名場，没没慾海，自許文人才士而止。而修伯以數奇，身不絓朝榮，名不出里閈，故才氣品格等爾。孟堅顯而武仲晦，安石榮豔，深源淒涼。士生有幸不幸，信哉！老氏有言：『知我者希，則我貴矣。』修伯業聞大道，超三界，即區區朝菌之榮，烏足爲修伯稱説哉？顧竊見古獨往之士，滅跡逃名，若韓康、孫登、臺佟輩，終爲人知，照映萬禩者，並賴文字。是乃余之所爲修伯刺刺不休者也。

修伯今年已六十，蓋聞道則見性，見性則住形。長年何疑？而修伯之學，以横竪出三界爲極，以萬劫不壞爲宗。則世法之所謂壽，又奚稱焉？

校勘

① 敘：目録作『序』。

注釋

［一］汪修伯：鄞縣人，屠隆同鄉友人。早年醉心文藝，中年后習佛。見同卷《有門頌略解敘》注釋［三］。

［二］班、揚、崔、蔡、曹、劉、潘、陸、徐、庾、江、鮑：分别指漢至南北朝時著名文人班固、揚雄、崔駰、蔡邕、曹植、劉楨、潘岳、陸機、徐陵、庾信、江淹、鮑照。

壽曹翁序［一］

不佞迂而好古，其爲青浦，後科條，先德化，尊賢敬老，竊慕古式干木，載白眉，禮龍丘［二］，訪任棠之義［三］。部中父老耆德，歲時延之，堂皇命坐，賜食寒暄，慰勞維謹。或單車詣其家物色焉，表以棹楔，復其差傜。時曹翁世禄，字某，年逾八旬，名德最邵，不佞殊禮禮之，翁益以感奮，鄉士率瞿然顧化。逮不佞去青浦數歲，翁猶康彊無恙，時使人起居不佞。而翁子慈暨孫某等，則乞不佞一言爲翁壽。不佞往居青浦，視黔首真如己子，三老真如父兄。即今去之良久，而魂氣脈脈相關屬，一如居青浦時。每青浦士民間來省不佞者，驩然出接，不啻逆旅邂逅生平親故。矧曹翁行義，尤不佞素所禮遇者邪！

翁之爲人，不佞已不能詳。大都孝事寡母，悌撫幼弟，義訓諸子，信處友朋。歲輸粟賑饑，問左誦義。即親黨待以舉火者，無慮數十家。上海黃令，廉而卒於官，翁爲置田，歲令其子收租以養。邑苦水潦，令下令築堤，翁率先負臿從事，貧民力詘者助之，邑潦不爲菑。平居端方慎潔，鄉人負不義，匿不敢以聞；有就訟者，望問而返。人以比漢王彥方云。諸子若孫，咸彬彬稱賢，佩服翁訓，無敢逾繩尺。而翁有猶子曹孝廉任之［四］，則以文學與不佞善。

嗟嗟，世風日下久矣！爲令洿池其身，而炰烋其下。當其在時，上下相仇也，惟恐不旦暮去。旦暮去，而其民愉快若猛獸之出境，而令亦掉頭不顧，何止秦越相視？以不佞之凉德，去邑數年，而其父老猶然眷眷不已。不佞横遭仇口，有呼天泣血、走數千里相存者，甚或提章詣闕，髮上指冠。而不佞則益用愧恨。曩時無德以及黔首，而爲之父老子弟者存厚道，敦古風，斯已勤矣。於是，樂而爲之一言。

注釋

［一］曹翁：名世禄，青浦人。《（萬曆）青浦縣志》卷五『義士』載：『曹世禄之事母極孝，輸粟賑饑，與其子曹慈傾産周急，捐田助役。』

［二］龍丘：據《後漢書·任延傳》載，西漢末隱士龍丘萇，隱居會稽郡龍丘山（今龍遊縣東），與同郡嚴光、鍾離意相友善。任延爲會稽都尉時，以禮延聘爲議曹祭酒。後用爲禮遇賢士之典。

［三］任棠：東漢漢陽上邽人，隱者。曾誘導漢陽太守龐參清明理政。《後漢書·龐參傳》有載。

［四］曹孝廉任之：曹世禄之侄曹任之，或即爲曹重甫。曹重甫，曹世禄兄曹世龍之子，屠隆在青浦任上交好之諸生。詳見本書詩集卷七《懷王百穀陸伯生彭欽之徐孟孺郁孟野沈孟嘉曹重甫諸宜甫諸子》注釋［一］。

白榆集校注文集卷之五

記

秦氏新阡記

夫人生遊四海，死入冥寥。即貴如侯王，賢如神聖，咸化白骨。予觀古人無一在者，高陵大寢，或犁爲土田矣。即古所稱長生久視，亦不能白日行遊國都①，謂蜕形而入清虚。藉令清虚實有之，未免去人間世，與化白骨者何異？形則同盡，神則同返于真，生之不足恃如此。達人不肯以一世過影之身多營過勞，而務宣其侈心。何況冥寥無知，又何戀焉，而憂及身後之白骨也！故蒙莊、楊王孫之事，達者往往喜道之。雖然，此賢智之士所自爲高，而非仁人孝子之心矣。夫仁人孝子之愛其親，豈有窮哉。天命苟在，生則欲其無涯；大運苟終，死則不能延其晷刻。于是乎哀傷慘戚，無所於寄之。則美而棺槨，豐而丘墓，以爲死者有知乎，庶慰彼泉下；死者無知乎，吾以盡吾區區而已。是仁人孝子之用心也，是聖賢之所不非也。若聖賢自處以達，而爲之人子者又以達事之，則何仁于烏鳶螻蟻，而不仁于親親者哉？夫仲尼不云乎：『古者不修墓。』言古者墓必封嘉，而無所事修也。

秦氏新阡者，在太湖軍將山之巔，兀立五湖中，雄秀甲東吴，稱善地。蓋吾師勾吴秦方伯先生與其尊人通參公之阡也[一]。秦氏之先隴故在九龍山，至故通參公，而方伯先生改卜于軍將山。及方伯先生下世，先生諸子燝等遂以先生葬山之陽焉[二]。

先生文行朗絶，爲我朝名德醇儒。不佞某以薄藝，受知爲先生門下士。不佞自潁陽渡江〔三〕，而先生甫下世，躬束生芻，哭先生靈輀下。至是，先生諸孤以新阡記見屬某。

惟山川之秀，實生偉人。鬱葱之氣，結爲嘉祥。仁人孝子之所爲，必擇善地而葬者，固以栖神妥靈，亦以錫胤昌後。然結秀發祥之地，惟有德神者爲能居之。淺薄之夫，雖求之不能遇，雖遇之不能有也。秦氏世多君子，以敦實長厚聞于吴中。累傳至先生，而德業昌明，益以碩大，有嘉祥者，非秦氏而何？

聞始有事兹丘，掘地得古銅章徑寸，鏤東方曼倩像贊。其文古質，類神仙家語。往牒謂曼倩歲星精，世傳其過紫海，遇崑崙巨靈。事甚怪，至人秀世不可端倪。若是，則先生將證大道，與東方生諸君逍遥清虚不可知。雖然，余稱達人，即無論其仙乎不仙，要之委命待盡，去留無心，則槃槃一丘，不過寄仁人孝子之用心。達者固不有。夫不有其一丘，即身後名，又何有矣！而狀而銘而記，無乃徒煩其辭乎？昔仲尼之表吴季札，不過曰『延陵季子之墓』。夫延陵，先生之鄉人也。

校勘

①都：底本原作『鄰』，據程元方本改。

注釋

〔一〕勾吴：原吴國之别稱。周代立國於江南之姬姓吴國，被稱爲『荆蠻勾吴』『夷蠻之吴』。後代指吴地。秦方伯：秦梁，字子成，號虹洲，無錫人。嘉靖二十六年（一五四七）進士，授南昌推官，歷吏科給事中、南京太僕寺少卿、浙江左參議、山東按察司副使、浙江提學副使、湖广按察司、江西右布政使等職。有《秦方伯集》。秦梁曾官布政使，因稱『方伯』。屠隆早年受知於任浙江提學副使之秦梁。通參公：秦瀚，字叔度，號從川。無錫人，南京兵部尚書秦鳳山族侄，秦梁父。邑稟生，以子秦梁封奉政大夫、通議司左參議。

〔二〕先生諸子爣：秦爣（一名焜），字君陽，號元峰，秦梁仲子。據《錫山秦氏宗譜》之《錫山秦氏詩抄》，秦君陽初名爣；入武英殿，更名焕章；入史館，更名焜。

〔三〕潁陽：潁水之北，指潁上縣。屠隆萬曆六年（一五七八）冬由潁上調任青浦知縣。

重修餘干縣學祭器庫記代作①

夫天地之大德曰生。天地之生萬物也，有日月以照臨之，雨露以潤澤之，寒暑以節宣之，而又必生聖人以教之。明道立法，作經垂憲，以教萬世無窮者，孔子也。道之所在而法立焉。大之綱常，細之事物，何者非道？道者非他，性命之理也。孔子修之以爲教，而後王本之以立法。遵道者有庸，違道者有禁。禁而弗率，王者且操三尺以議其後。三尺之外，又設士大夫之清議以榮辱之。而薄海内外，罔敢弗飭，則以聖人之道明也。

萬世而下，所以君明臣良，父慈子孝，兄友弟共，夫婦肅雍，交遊忠信，三尺之童可以入市，方寸之符可以行萬里。民生之欲無涯矣，而禁不得逞，即有果于一逞者，而議其後者輒至。而九州六合，生齒之繁，日以保聚生育，無逢菑患，其誰之力也哉？微聖人之道，之教行于萬世，則後王之法其何所據而立？而生民即欲裹糧而出其門跬步，何可得？然後乃知聖人之功大也，然後乃知聖人之功與天地埒也。彼有所謂以清虚寂照爲道者，非不淵微以深。顧其道，詳于心性而略于人倫，以之治心理性則妙，而用之天下國家則或滯，故爲天下國家者無取。然後乃益知聖人之功大也，然後乃益知聖人之功與天地埒也。廟貌九州，俎豆萬葉，豈偶然哉？

饒州餘干縣學，故有祭器如干及其藏庫。歲久圮壞，缺祀事，弗肅典，禮廢墜，識者悼之。今博士臨川李君中以茂齡來領邑教[一]，慨然捐俸新之，祭器、藏庫焕然大備，祀典孔嘉，多士興起。其有功于吾道甚大。不佞聞而韙之。李君臨川世家，蔚有文行，方在妙歲，蓋天禄石渠之選，匪堇堇老一青氊者。乃今觀其行事若此，吾道其有人乎？不佞家弟某出君門下，故不佞習其人而爲之記，則舉聖人之道之大者，以告吾鄉之士大夫。苟無忘聖人之道，其亦無忘李君之勤。

校勘

①代作：目録中無此二字。

注釋

[一] 李君中：李中，臨川人，時任江西饒州餘干縣教諭。

傾蓋亭記

不佞覽古，有概于名德高隱，標韻幽邈。許由箕山，蒙莊漆園，龐公鹿門，子真谷口，貞白句曲，彼皆匿跡埋光，反視收聽，逃名如逃仇，棄利若棄穢，高蹈深入，長往不願。不佞誠心高之，然猶疑焉。丈夫失時則淹，時來則駕。可貧賤，亦可富貴。卷舒在手，取則龍蛇，斯亦鉅士之操，何終身草澤爲？則乃無細乎？及不佞起布衣，竊五斗，有四方之役，塵勞外擾，憂喜內煎。垢不及沐，饑不及餐。據堂皇，捫腹枵然，神識疲耗，而吏猶抱牘前。夜漏且盡，甫就蓐，兩睫未及下，而門者傳柝，攬衣起矣。溽暑扶服，汗流至踵，而僕僕不得休。時而車中遺溺，至不可忍，而無奈車何。此時而思箕谷諸君，天人矣！彼何見之蚤也？以天下爲事者，最下者博刀錐之腴，高者邀殺青之譽。利不足言，即殺青之譽，能加于白骨不邪？而舍其所至適，而就其所至憂勞，諸君子弗易也。

新都程君德厚[一]，蓋新都之隱君子也。嘗爲諸侯王門客，尋脱屣去之，築樗園，長原里老焉。少有豪舉風，慷慨好事，而其後乃一切屏棄，翛然枯寂。樗園中多池亭竹石之致，而外抱長川大峰以爲觀。日引故人賓客，遨其中爲樂。復構亭其中①，題之曰『傾蓋亭』。上有樓，虛窗玲瓏，然吐納日月，出入雲霧，憑欄下眺，則黃山、白嶽、天馬、金雞、松蘿、金竺、珠樹嶺諸勝，紫翠異景，昏旦殊狀，咸來遶②几席如列障。亭右有一大池，相傳③曰瑶池。水光湛湛，與空樓映。池上復有大堤，堤上雜植桃柳。每青陽之月，丹霞緑煙，爛若錯綺；遊鱗上下，倉庚來鳴。程君冠方山冠，躡遠遊履，曳杖微吟繞堤行。里故通衢，車蓋旁午。君遇客無問遠近，語合即揖而登樓，呼童子烹葵取酒，晤對竟日。興至輒復相與起，婆娑徐行。或引釣竿臨流，得嘉魴，即以佐酒。夏日則與客泛一舴艋清波白石間，而聽榜人《採菱》《白苧》之歌甚適，風流聞于天下。客凡過此者，無不願得一御程君，而亭下之客常滿。其內君孫媼復募工鑿一井亭下，鑿不三仞，甘泉飛出，香冽異常。汲常遍里中，里中稱便。余友子虛氏命之曰『瑶井』，父老以爲蓋程君夫婦名德之祥云。

程君有子曰無過者[二]，南海歐楨伯之門人[三]。雅秀而温，且多長者遊，浸浸嚮用。而君則老園亭，逍遥出世，行與箕谷諸君子揖讓異代爾。彼其視世法之憂勞，奚啻萬里？是不佞之所忻忻慕悦也。不佞蓋有君之心，誤困世法。夫④世之君子，患無其心耳。苟有君之心，旦暮遇之，今日蓋予寄也。不佞豈能終以世法易逍遥哉？無過君介子虚氏來索亭記於不佞，不佞有君之心者。他日且欲以三山爲園，滄溟爲池，而亭之太虚之上，挾程君而遨焉。嗟，程君來，余且與君傾蓋邪。

校勘

① 中：程元方本作『旁』。

② 遶：底本原作『遠』，據程元方本改。

③ 傳：底本原作『箕』，據程元方本改。

④ 夫：底本原作『天』，據程元方本改。

注釋

[一]程君德厚：程德厚，安徽休寧人。據歐大任《歐虞部集》文集卷十《樗園記》，程德厚名淳，早年爲魯府引禮舍人，年未五十即歸隱園田。有三子：懋時、懋昭、懋易。

[二]無過：程懋易，字無過，程德厚第三子，歐楨伯門人。歐大任《樗園記》稱其『學足以顯名當世』。

[三]歐楨伯：歐大任，字楨伯，號侖山。廣東順德人，南海縣明屬廣州府，故稱南海歐楨伯。官至南京工部虞衡郎中，別稱歐虞部。『廣五子』之一。曾參加修纂《世宗實録》，博涉經史，工古文詩賦。一生著述甚豐，有《歐虞部集》及《百越先賢志》《廣陵十先生傳》等。傳附《明史》卷二八七《王世貞傳》後。《由拳集》卷五《感懷詩五十五首》有《歐博士楨伯》。

長水塔院記①[一]

余嘗與袁長史福徵、沈徵君明臣、馮吉士夢禎[二]登泖塔，坐藏經閣。憑欄矚眺，四面空水迴絶大地，浮圖巋然矗立煙雲空翠間。洪濤硋擊，日夜撼其下。川魚沙鳥，芙蕖菱芡，參差歷落。鐘磬之音泠泠然，與波浪相答。少頃，斷虹蜿蜒，横挂木杪；日氣霞彩，下射湖心。殿閣迴映閃爍，陡作黄金相。又頃之，月出東海，波空如鏡，流光蕩漾，直似浮金刹去。余心灑焉樂之！時與諸君各賦詩紀遊。

蓋幽峭空曠，離絶塵世，足資高流棲遯、詞人登覽，洵雲間山水川之最勝也。按《圖經》，泖者[三]，谷水也。故秦由拳，長水縣[四]，始皇時童謡告異，野媪示兆。一日陷爲谷水，而泖名焉。每遇天水澄徹，隱隱下見城郭、衢道、井甃。又器皿故物，往往浮出，間多神異，傳諸好事者。余則悽惻以傷，此與禹母空桑②之譚、歷陽化湖之事，何其大類也。余聞之，數無常住，物必有③壞。大化遞遷，倏起倏滅，若空若幻。滄溟揚塵，天地墮劫，即大物不能逃，而況一邑於何有？釋氏等之爲露電空花，眇不可執。陵谷相尋，從古有之。即吾今日之肩摩轂擊者，安知非昔之洪波巨浸？今日之洪波巨浸，又安知不爲後之肩摩轂擊也？而世人據螻蟻寸壤，假蜉蝣刻漏，馳蝸角之名，嚼蟲臂之血，忘旦夕之命，而營千歲④之圖。及其聲銷影沈，瞥焉一夢，難以語知。

余覽泖之勝，則蕭灑以樂。而尋泖之故，則凄其以傷。其樂也，以物樂；其傷也，以物傷。浪喜浪戚，往來於胸。是發於浮想，非真⑤性也。是爲物所轉，非轉物者也。然余之戚，其起于樂乎？有樂即有戚，無樂何戚？無樂無戚，外境常移，真性常湛，而心地常樂。樂根于性，凝然而寂，炯然而照，是謂如如。如如之樂，不可得而樂，不可得而戚，其庶乎？余蓋未能而浪有喜戚，奈何不爲長水之壞哉？何者？往來者，不停之運也；成壞者，必至之期也。委順者，至人之幾也；執着者，萬物之妄也。萬物遭不停之運，乘必至之期，則壞固妄也。當其未壞，亦妄也。以物執物，故卒不能離於妄；以妄求妄，故卒不能逃於壞。而識者顧謂真性不壞，歷萬劫而無恙，超諸有以獨存。儒者之所存養，二氏之所修煉，皆是物也。而其間稱不壞者，獨云釋氏。

釋氏者，以無慾爲本，以空寂爲宗，以上乘爲歸，以了義爲極。不執于一，不着于相。不名真，不遂妄。不貪成，不怖壞。亦無喜，亦無憂。不執于一，故其幾圓；不着于相，故其道妙。不名真，故離妄；不遂妄，故當真。不貪成，故能成；不怖壞，故不壞。亦無喜，故不住于喜；亦無憂，故不住于憂。萬物之變，不撓其和；諸有之苦，不滑其府。不滑不撓而觀照一，觀照一而後去來如如。視長水之成，一浮沫之聚也。其壞，一游塵之散也。究而言之，則滄海一浮沫也，天地一游塵也。夫是之謂超然。而余向者之浪喜浪戚，隨境風而轉，不亦細乎？

余蓋學空於釋氏者，而方爲由拳小吏，性既通脱，不能俛而就世之纓紼，又丁世味頗澹，而業縛一官。嘗俯仰意不自得，未幾則空之矣。幼事雕蟲一技，于世味無所好，而好此雕蟲小名，又未幾而空之矣。而識者顧又謂真性無待于物，凡有待于物者，皆妄也。子其有待邪，其無待邪？其得之自性邪，其猶假物以勝之邪？子欲空其官，而假詞賦以勝之，則官空；又欲空其詞賦名，而假釋氏之説以勝之，則名空。而苟非真得之釋者深，是未免有待也。有待於物，物在則勝，物過則遷。此哀樂之所以未超也。且子知空，而不知不空之所以妙也。吁嗟哉！余之于此理，其終身乎？雖然，余至此，蓋亦幾有大悟焉，而皆于登泖發之，是泖余助也。

塔始于唐乾符⑥間，僧如海所創建殿宇。塑諸聖像者，嘉靖間比丘某。築藏經閣者，其徒自正也。閣成，延四方高衲，課誦其中不輟。而大宗伯陸公樹聲倡緣爲置大藏[五]，割腴田數十畝，以供香火。遂爲吴中名刹云。寺僧某因袁、馮二君請記于余，且謀刻諸君詩于石。蓋以泖屬予封内，而曩泖上之游余實與焉，遂不能辭。宗伯公及袁、馮二君俱標韻玄朗，深于禪學，即文章又爲天下巨手，皆非余之所能窺。而余以淺俗吏强顔奮筆其間，中復間及禪宗語，譬之運水河伯，是皆可笑也。脱以爲此守土者之事，非以其人若言則可爾。

校勘

①屠隆《鴻苞集》卷三十有此文，用以參校。

②桑：底本原作「宋」，據程元方本及《鴻苞》改。

③有：底本原作「肩」，據程元方本及《鴻苞》改。

④歲：《鴻苞》作「載」。

⑤真：底本原作「直」，據程元方本及《鴻苞》改。

⑥乾符：原作「觀符」。唐代無觀符年號。據《（乾隆）青浦縣志》卷十五《寺觀》，長水塔建於唐乾符年間。今改。

注釋

[一]長水塔院：福田寺長水塔院，位於青浦泖河中沙洲。據《（乾隆）青浦縣志》卷十五《寺觀》，塔建於唐乾符年間（八七四—八七九）。據《（嘉慶）松江府志·藝文志·金石》，萬曆九年（一五八一）屠隆撰此記，莫雲卿篆碑額。

〔二〕袁長史福徵：袁福徵，字履善，松江華亭人。嘉靖二十三年（一五四四）進士，由刑部員外郎謫知沔陽州，後遷唐府左長史，爲閹宦所陷，褫職下獄。事白歸里，以詩文棋酒自娱。詳見本書詩集卷五《送袁履善南遊天台雁宕諸山兼訊袁黄巖明府》注釋〔一〕。

〔三〕泖：古湖名，即三泖（上泖、中泖、下泖）。古代泖水之大體位置在今上海市青浦區西南、松江區西和金山區西北。《吴地志》載：『泖有上、中、下三名。《圖經》：西北抵山涇，水形圓者曰圓泖，亦曰上泖。南近泖橋，水勢闊者曰大泖，亦曰下泖。自泖橋而上，縈繞百餘里曰長泖，一名谷泖，亦曰中泖。』

〔四〕由拳、長水縣：古縣名。秦始皇三十七年（前二一〇）改長水縣爲由拳縣（縣治今嘉興南）。長水塔院所在青浦縣，屬古由拳地。

〔五〕陸公樹聲：陸樹聲，字與吉，號平泉，松江華亭（今上海市松江區）人。嘉靖二十年（一五四一）會試第一，選庶吉士，授編修。以太常卿掌南京國子監祭酒，官至禮部尚書。晚年歸鄉，日與筆硯爲伍，著述繁豐，有《陸文定公集》等。

發青谿記〔一〕

萬曆十年壬午，余以青谿長上計。十一月十二日暮，發青谿。時雨沉沉不止。父老子弟、縉紳縫掖挐舟相送，傾城而出，踉蹡如雲。長年高索，顧直十倍恒時，商旅至壅不得行。余心媿甚。令何德于民，其以勤此父老子弟、縉紳縫掖爲也？時道者王宗峰來送〔二〕。宗峰名成孚，故諸生。五十棄青衿學道，脇不貼席者五年，光景殊勝，蓋結丹矣。與余爲方外交，余爲卜一庵余山之麓，得一意静養，庶幾其道之大成。然其爲人，修眉碧眼，望而知其非凡品也。

十三日，舟抵婁東。謁恬憺觀，告辭曇陽大師〔三〕，訪太原公元馭、瑯邪公元美觀中〔四〕。時太原以其尊人大故〔五〕，歸伏苫①次。瑯邪則以伯子士騏得俊南都第一人〔六〕，還里暫往視之。此兩觀主皆不在，獨一祝史司扃鑰。天風颯來，旛幢微動，日在殿角，爐煙裊裊散滿庭中。先是，師化後，嘗神歸者再，獨太原、瑯邪得接光采，他人莫有聞者。後始稍稍知之。至是入拜師龕，業塞以壁，加堊焉，靈響闃然，回顧彷徨，依依不能去。遂過隔水禪堂訪無心有，故師所度弟子也。與之言，清疎有致，不減支公。

頃之，往吊太原公。太原公與弟督學君天性至孝〔七〕，毁瘠過哀，蓋哭其尊人，一夕而髭鬢爲白。余相見勞苦，語以滅性之戒甚切，兩君頷之。太原公曰：『學道無所得，不幸大故，哀傷難遣。未免爲情識所縛，心實媿之。』余曰：『大忠大孝，道之根本。發乎至性，疇曰不可？亦節之而已。』是夕去宿敬美憺圃[八]。憺圃者，敬美棄官歸築棲隱處也。堂頗宏敞，室逶迤周遭，使人入幾迷焉。余曰：『爲園如此，即于憺字得無小戾乎？』敬美笑曰：『吾爲園若此，而心不着，何害憺？』余曰：『黄金爲屋，白玉爲堂，聖人居之則聖，不着也；凡人居之則凡，着故也。憺固在心，寧在園矣？』是夕，彭欽之汝讓、曹子念昌先、徐孟孺益孫、澤夫元普、郁孟野承彬、陳仲醇繼儒、家諸孫和叔本中皆在[九]。飯罷，諸子别去，獨余與和叔宿佛堂中，夜静籟寂。五鼓，敬美起，焚香燃燭，朗誦經呪。梵音清徹造空際，餘響答靈風，猶在竹間，何異夜宿蕊珠翠瓔之房哉！蓋太原好習静調御，瑯邪兄弟好持誦爲苦行，亦各有見焉。

明旦，復以籃轝至觀拈香，則邑中士民數百餘人踪跡而至，向余博顙。余第謂之曰：『禮佛。』衆羅拜階下，崩角之聲，聞于數武，亦稀有盛事也。余曰：『我在邑無狀，何從得此？令不能媚其民，而民媚令乎？始吾每謂若曹不厚於義而有恌心，而今者勤渠於一雁臣乃爾。雖然，若曹歸休矣。』衆應曰：『小民實荷明府恩，不忍一旦去其父母，且空國而來。有抵姑蘇者，有崑山者，有累累於路者，買舟裹糧，且咸願遠送。長途無已，請以大江爲限。』余愧其言，不能阻也。

頃之，瑯邪公來邀遊弇園，而吴門袁太常洪愈適至[一〇]。太常清謹，號吴中名德，而頗豪於酒。余雅不善杯酌，調微不同，而一見驩然入也。酒十行，相與泛小舠池上。闊水浩淼，不減江湖。高峰刺天，巨石壓水，如僧如佛，如笠如筍，如刀如劒，如獅如虎，離立奇竦，輪囷戍削，詭狀非一。日漸向夕，殘陽欲斂，孤月乍吐，竹樹蕭疎，煙水微茫，明晦濃淡，變幻掩映。舟人蕩槳至水窮處，忽轉入巖洞，又别一境。往來環繞，若不可端倪。諸君指顧而樂之，而余以心在師觀，了不相②關。太常酒興益劇，顧謂余曰：『余無他長，不解學道，頽然一醉而到羲皇，亦道也。』余笑曰：『彼得全于酒而猶尚若是，而况得全于天者乎？』諸君品題竹石，娓娓不倦。一客曰：『明月照渌水，露華侵古藤。』余應聲曰：『願辭池上月，去就佛前燈。』客曰：『湖山甚佳③，風月大適，今我不樂，死矣。』余曰：『湖山風月信可樂，樂而不返，是吾與若之所以死也。』瑯邪公曰：『屠君以四歲之積念大師，今者之來，即一日而五十三參，不爲數數，而錮之湖山間邪？其縱之。』余遂别去。

入觀中，遇瞿太虚[一一]，邂逅④晤語，言言至理。余心醉其人，庶幾至人乎！不佞蓋願學而未能。是夜，跏趺大師蓮座下，至三鼓起，步月中庭。有一人在階上，問之，則邑人范孝子也[一二]。孝子名應龍，嘗刲股⑤以已親疾。貧而賣卜，得錢，具一日饍粥，餘者即以賑人，若嚴君平之爲人。而又好道，奉佛唯謹。今年春，東至明州，航海登普陀巖，禮觀音大士。還過余舍，徑入，望空四拜，趨出，不聞於主人。主人聞而物色之，滅跡矣。逮十月，余婦奉母東歸[一三]，應龍操一舟追送江上。老母覺而將出錢勞之，不告而去。比余北，則又北送之河濱。余初入觀，此人尾其後，一武一拜，而入謁上真。是夕隨余在觀，至夜分猶踟躕不去。漏下四鼓，余入宿太原公修道室中，呼與俱。其篤信苦行如此。

明日，往唁太原公。太原公命兒衡陪余[一四]，因引余登師樓居。樓是師修道處，樓上奉列真如觀中，下奉師像，雲篇龍篆，故劍遺塵，及靈蛇鐵籠，皆在焉，比于軒轅之弓矣。樓前一井，師所命鑿。余汲飲之，水甘冽如醍醐。盆荷二，師昔愛玩，每歲花開甚盛。比師化去之明年，萎矣。與衡相視而歎。衡字辰玉，大師同母弟也，生而韶秀玉潤，聰穎絶世，弱齡有老成器局。自少與師同嬉遊，長而友愛甚篤，時時以道要授衡。衡亦超悟，一有所聞，盡屬牋記。精理玄解，如出自師口。語在大師外傳中。辰玉挺衛玠之名理，兼士龍之文弱，近以哭其大父致疾，神氣懾懾，體不勝衣。夜與余聯牀談道，理思清遠，豈徒使平子絶倒，亦可令慧遠退步。談末中夜，太夫人憂其疾憊，使人登樓促辰玉就寢，曰：『屠君神氣所謂十倍曹丕者，機鋒天妙，阿衡非其敵也。』辰玉曰：『爲語太夫人，阿衡與屠君談忘疲矣。屠君實已吾疾，何憊之虞？』而余終懼勞苦辰玉，以爲太夫人憂，連促之去。辰玉固不肯，余乃手攬辰玉出而楗户焉。辰玉猶叩門求入，大呼曰：『吾力猶足對屠君，奈何以一丸泥，西封函谷也？吾受吾師密旨，其盡以語君。』余曰：『不願聞也，余已夢在華胥之國矣。』嗟嗟！辰玉何必不若許長史家玉斧哉？冲虚高介，皦然物表，而用情不佞，婉孌多姿。余爲感動云。

十六日，拜辭上真及我大師，别太原兄弟，握手叮嚀，悽愴欲絶。元美、敬美出郭相送，故吉安太守張公振之亦來[一五]。張公之爲吉安守，敏過劉牧之，清過胡威父子，聲譽甚著。以他事忤一當路，拂衣而歸，革一敝篚箱，餘俸錢二十四銖。獨行君子哉！是夕舟行，平江如砥，月皦如晝。友人舫相並，呼過余舟，譚玄啜茗，登艫矚眺，萬里空碧，飄然凌虚，不知霜露之侵衣也⑥。

質明抵闔閭城下[一六]。邑士民咸來集，無論農氓商旅、輿臺胥吏、沙門羽士，百姓之嘗蒙恩及有罪者，輿臺胥吏之在官及被黜者，無弗異至，蓋不下數千人。而諸士大夫各置酒虎丘餞余，比部郎袁公福徵爲之祭酒[一七]。袁公者，歷落磊塊人也，居官剛直，嘗發巨璫姦利事，幾陷虎口。歸而不問生業，惟以燒丹學道爲事。好遠遊，一瓢一笠，往來放蕩山水間。交不辭褐賤，行不擇所之，口不避權貴，心不藏機械。郡縣大夫多不識其⑦面，顧獨好從余遊。余之入計，作絶句四十章，又作律詩四章送行。余未抵吴門，公已候之虎丘十日矣。是夕，大高氣清，月色轉朗，余與袁比部及諸公以烈炬入山，捫幽崖，陟磴道，入大寺禮天竺古先生，觀吴王試劒石，窺緑蘿井而下。與諸公布席千人座，飛觥促膝，聯韻賦詩。邑士民千人環而視之如城。比余翻焉起，人影零亂，足聲轟轟切雲。因想吴王雖有霸心，不勝其淫慾，外厲戎馬，内飭池臺。一朝零落，巋然丘墓。榮華非長有之物，衰歇乃必至之期，俯仰一嘅，使人之意也銷。復登諸公樓船，把醆清言，四鼓乃罷。余先與皇甫司勳、劉子威侍御、張伯起兄弟約[一八]，過吴門必造其廬，至是頗畏人事紛挐，遂止不往。而王百穀適以是日至自靖江，使人先以書聞。余暫過之，飯罷辭去。吴郡諸公無至者。

十八日，舟發閶門，士民始稍稍辭回。富家一二姓及徽歙人行貨邑中者，有奉金錢爲余長途資斧，謂明府貧，無以買騎，跽泣不起。余曰：『若曹所以扶老攜幼，數百里遠送計吏者，以吏賢故也。若以貧私若曹金，是不賢也。不賢又何送焉？』固却之。

是日，僧心了來送[一九]。心了者，姓董，名光裕，字奕少，太學生，故侍御董公孫也。博學多識，尤精内典，爲人侃直有氣。族孫董侍郎某[二〇]，以比部郎論劾嚴相國父子，謫戍。嚴氏敗，起戍所，至大僚。後還里中，而負氣凌物，暴横鄉里，殺人無算。董君⑧頗規之。侍郎銜焉，誣光裕非侍御出，而奪其資。有田十頃，童奴四十八人，盡被侵奪，累陷光裕死地。屬有天幸，得不死。及侍郎爲怨家所殺，磔其屍，而侍郎家遂乘此誣光裕與聞其事，中之有司，以大械械光裕於市月餘。吴中人聞之，無不心傷其冤。會有事屬余按治，余遂盡白其冤狀，返其僮奴，歸其田業，人心快之。上其事監司，監司下他所司，事復不白。光裕遂更名心了，祝髮爲沙門。以余爲知己也，至縣門膜拜，徑去。余聞而使人追還相見，勞之曰：『彼夫之怨深矣，是必宿生之業，是寧可逃？人在火坑，無從脱離。彼夫持之急，以至於此。使公出火坑，上蓮臺者，伊入之德也。德又可仇乎？恩仇嗔恨，與髮俱落。忍辱仙人，吾師也。天人、阿修羅于此分界，公其念之。』余爲處分其家事，遂投馬耆寺焚修。至是來送，以金剛子念珠見贈。是日即別去。耆民邵儒以瓜果來獻，加以木綿布。余受其瓜果，而却其布。此人已老疾龍鍾，拜至地，僵不能起，而連呼曰：

『吾布！吾布！』左右不覺失笑。余媿劉寵，此人絶似若邪山中老人云。

抵錫山，訪故人孫太史、秦公子[二一]，相見驩甚。夜泊城下，諸名士送者咸有篇什，仍索余詩留别。時送者八人，人各二章。是夜共賦七言絶句十六章，作書復倍之，憊矣，淫精耗氣，可不戒哉！王百穀挐舟後至，以七言絶句十章見贈，驚心動魄，秀色可餐。崑山沈孟嘉作七言律十章[二二]，雄渾奇麗，篇篇合作。而諸公詩即人人殊，莫不各臻妙境。百穀最佳，句有曰『如何一片空山月，纔照離人便不圓』，『馬蹄蹀躞貧難顧，狐腋蒙茸借却行』，絶膾炙人口。其他殆難枚舉。疇言青浦令行李輕于榆葉？載月光十斛，勝黄金千矣。又百穀雅擅驚座之口，夜深娓娓，佳言如屑。人言聽王先生雄談，賢于十部鼓吹。相攜踏月入慧山，呼童子汲第二泉烹茗，人啜一甌，飲甘露天漿不啻也。山氣作清寒，衣裘頓失。煙月溟濛，不甚明了，而奇峰古木，合沓蔽虧，如罳罘、障子隔紗籠，掩映可愛。余與諸子各分大石而坐，徘徊良久。比下山，群雞咿喔矣。

廿一日，舟抵丹陽吴大帝陵口[二三]，水道阻塞，棄舟登陸。送行者别去，拜于道左，各黯然魂銷。誦唐人『丹陽郭裏送行舟』之句，無不泣下者。諸公贈言不下百首，余所和答堇當三之一，然亦罷于奔命矣。夫大道莫先于簡緣，含光塞兑，兀如枯蜩，豈不翛然冷寂哉？而余實有羶行，以奔走士民，是道家所忌也。第又念水之淺也，蛟龍不遊。余奈何能行其凉德，以解體此邦之人邪？

廿二⑨日亭午，發丹陽城。行五十里，宿白兔。晡時，信步至一野寺，門楗不啟。使人叩之，有行脚僧十人打坐門中，見余皆起。問之，云：『自河南伏牛山來。某等苦凡心不斷，行朝南海普陀觀音大士，止宿於此。』余曰：『佛在普陀邪？余普陀山下人也。和尚航海，由明州出東門[二四]，渡桃花津，大江之上，余家在焉。門臨江水，庭中古柏三章，則余家也。』少選，主僧出，引余拜世尊。佛堂楚楚，後有竹石小齋，余欣然欲移榻寺中。業已僦⑩旅舍，不可乃止。

時余邑萬尉亦以入計行[二五]。尉楚靖州人，居官貧甚，不攜其孥，橐裝蕭條，至不能顧一騎。向余涕洟，余乃挈之以行。由白兔走句容，遥禮三茅君，深以不得一杖策華陽爲恨。由句容抵金陵，馬上望金陵諸山及城郭，宫殿、園林，闤闠之盛，在煙雲杳靄中。朱門碧瓦，青山紅樹，參差合沓，洵古佳麗地也。尋古英雄如孫伯符、仲謀諸公，古豪華如陳叔寶諸君，古才俊綺縟如梁昭明、薛道衡、江總諸子，古美麗如陳公主、張麗華、盧家莫愁，而皆不在。尋古名跡如長干、白門、莫愁湖、烏衣巷、蝦蟇陵、雨花臺[二六]，即又苦無暇日行遊，爲之小欷歔感慨。既乃笑曰：『何見之晚也？人代推遷，如大江之波浪焉，迭處之而迭去之，以至今日。奈何以浮漚往迹，而傷吾性靈也？』

余以計吏，不敢入都城，又爲嚴程所限，不得頓轡踟蹰，乃由江浦渡江。從者挐一舴艋渡余。余以大江浩淼，冬月風濤叵測，不宜以舴艋渡，而從者固請不已，謂此地故無巨舟。不覺發恚，聲色頗厲。有頃，長年操二巨舟至，乃渡。渡而心殊悔恚怒也。氣之不易調也，命之不易知也，學道之謂何？終歲調氣，一朝而失之。前路之不易過者，固多⑪矣，必也從容無恚，而易巨舟以濟，乃得之哉？江上望宣城，傷沈太史[二七]。此太史發引之月也。白車素馬，余⑫媿且痛焉。

廿六日，達南滁。大雪，渡清流關，其行甚困，而所見山川風景亦甚奇。境内有瑯邪山、庶子泉，俱從輿中過，不及一問其處。瑯邪主人亦非復醉翁。時作詩懷長安諸故人，多以風雪起興。山上茅屋三五家，白茅爲雪所壓，而突有青煙。門前枯柳，作扶踈玉樹。童子臨谿撈魚；女兒布裙帕首，賣酒喚客，當壚數錢；翁媪擁榾柮煨蹲⑬鴟。三五家自相往來，生遊山上，死葬山下，不知官府之榮枯⑭，不聞城市之變遷，亦無功名，亦無離别。余自歎以爲不如也。是夕，與同年李西安相見逆旅[二八]，各説行路難，相視而歎，泥沙在衣矣。由滁走大柳、池河諸處，由臨淮渡淮河[二九]，經宿州而北。日行冰雪，晚宿茅茨，寒燈濁醪，情事淒絶。因想温庭筠⑮『雞聲茅店月，人跡板橋霜』，風景宛然如畫，非歷其地，烏知其言之工也！

十二月初一日，始抵彭城[三〇]。彭城故西楚霸王分王地，漢先主嘗作牧此州。古英雄血戰之地，至今人物風氣，沉勇慓急，不改往昔。所謂項王戲馬臺及先主祠[三一]，俱不及登。會丹陽姜仲文士昌以司農郎出爲徐州榷商使者[三二]，余甫下馬入逆旅，而仲父來[三三]。仲父，大司成姜公寶仲子[三四]，年纔弱冠，明潤如玉人，有俊才楚楚。與余爲神交，一見驩甚。爲余置酒徵歌，軟語款洽，寒暄徐益孫、郁承彬良至，洵一南國俊流也。臨分踟蹰，定交而去。

明日，渡黄河，遇吾鄉吴甌寧[三五]，相約偕行，稍破寥寂。黄河堤邊，余騎一黄驢，緩步沙上。風日美好，群山尚蒙殘雪，河水斷冰，千萬片浩浩東下。帆檣車馬，雜沓相亂。雖甚勞頓，亦自有致焉。

入山東界上，遇故人吴德承界河[三六]，時爲界河郵吏，及其弟吴山人昌齡[三七]，乃先朝吴仁甫學士孫[三八]，與余有親，又同居桃花津上，爲比鄰，少同筆研，相善。昌齡歲一至署中，德承不相見者數年。至是余當入覲，而德承使遊徼卒偵余前路，且十餘日矣。余感其意，爲之忻然停驂，留連止宿，追往道故。燈下語及兩小授書童子師，澄江風日，晚步白沙邨，已爲二十餘年前事，殊不勝隙駒石火之感！平明別去，而山人則走馬送余兖州城[三九]，然後別去。馳驅鄒魯[四〇]，顧瞻孔孟遺風，人民龐厚，故是聖賢之鄉，而文學稍缺。然江南近世文學彬彬盛矣，而吾終不敢謂其勝於鄒魯。務華絶根，是吾憂也。

臘月初六日，至東阿縣[四一]。縣疑是曹子建封地，而不及考典故。有管仲三歸臺址，然亦不可考矣。夜宿東平州，余同萬尉登城晚眺，煙沙莽莽，一望凄然，大是塞上光景。是夜東隣宿一吏，橐裝爲胠篋所殆盡，而余幸以免。余從東吴龍子國來，所得諸子夜光明月良不貲，而彼夫不知也。視李君虞所遇江上豪客，彼猶未免傖父邪！鞍馬累日，面目皴皺，鬢髮爲枯，而懷抱殊不作惡，亦竟忘其罷。馬上口占詩，日可數十首，槀之腹中，歇馬酒肆，輒索筆研書之。作《逍遥子賦》一篇以見志，亦馬上腹槀也，余默自校勘。世緣都輕，嗜好最寡矣，獨此文字一障，結習較深，迄不能遣，遣之復來，亦奈之何哉？乃知大美無美，至言無言，我師真神人也。途中雖備一輿，而愍輿人不任勞苦，多下而乘騎。

初九日，至德州。城郭雄壯，人物繁華，北方一大州也。出郭渡浮梁，走馬河濱。風色向微，煙沙不起，垂鞭而觀落日。少頃，月作半圭，挂枯楊樹上。柴門未掩，牛羊歸來。客投前村，馬蹄甚疾。比及解鞍，肆中懸燈待客矣。至十四日抵都門。明日入城。駪駪在途，一月有奇，征夫之苦，閲歷殆盡。比入城，而風塵馬蹄之役方始已。故山松檜能無笑人？

校勘

①苦：底本原作『苦』，據程元方本改。

②相：底本原作『也』，據程元方本改。

③佳：底本模糊，據程元方本補。

④逅：底本原作『遞』，據程元方本改。

⑤股：底本原作『恐』，據程元方本改。

⑥侵衣也：底本原作『侵一包』，據程元方本改。
⑦其：底本原作『預』，據程元方本改。
⑧君：底本原作『在』，據程元方本改。
⑨二：底本原作『三』，據程元方本改。
⑩僦：底本原作『就』，據程元方本改。
⑪多：底本原作『心』，據程元方本改。
⑫余：底本原作『奈』，據程元方本改。
⑬蹲：底本原作『蹕』，據程元方本改。
⑭枯：底本原作『祜』，據程元方本改。
⑮温庭筠：原作『孟東野』，誤，今改。

注釋

［一］青谿：青浦之別稱。《由拳集》卷十二《青谿集敘》：『青谿者何？青浦也。青浦，古由拳地，居雲間西鄙，爲澤國空波。四周多鷗、菱芡，景小楚楚。』屠隆萬曆十年（一五八二）十一月以青浦知縣進京上計，途中歷一月有余。

［二］王余峰：名成乎。初爲諸生，年五十入道。

［三］曇陽大師：王燾貞，名桂，字燾貞，嘉靖年間翰林學士王錫爵次女，太倉人。因聘夫早夭，轉而修建恬淡觀，矢志修道練氣，自號曇陽子，並收其父王錫爵以及王世貞兄弟等人爲徒。萬曆八年（一五八〇）九月九日羽化（辟穀絕食而死）。屠隆在青浦令上，拜王燾貞爲師學道。後文中『師』『大師』『我師』等均指王燾貞。

［四］太原公元馭：王錫爵，字元馭，號荆石，太倉人。嘉靖四十一年（一五六二）會試第一、廷試第二，授翰林院編修，纍官禮部侍郎、禮部尚書，萬曆二十一年（一五九三），入閣爲首輔，次年辭。謚文肅。瑯邪公元美：王世貞，字元美，號鳳洲，又號弇州山人，太倉（今江蘇太倉）人。明代文學家、史學家。『後七子』領袖。纍官至刑部尚書，移疾歸，卒贈太子少保。有《弇山堂別集》《嘉靖以來首輔傳》《觚不觚録》《弇州山人四部稿》等。太原、瑯邪（琅琊），均爲王氏郡望。《廣韻》載，王氏有二十一望，以太原、琅琊爲尤著。王錫爵家族，源出於山西太原王氏；王世貞家族，源出於山東瑯邪（琅琊）王氏。兩家同姓不同宗，但世代交好。錫爵少世貞八歲，以兄稱之。

［五］尊人：指王夢祥，字奇徵，號愛荆，王錫爵、王鼎爵父。以子誥封詹事府詹事翰林院侍講學士。

〔六〕士騏：王士騏，字冏伯，王世貞長子，萬曆十年（一五八二）鄉試解元，萬曆十七年（一五八九）進士。官終吏部員外郎。

〔七〕督學君：指王世懋，字敬美，號麟洲，江蘇太倉人。王世貞弟。嘉靖三十八年（一五五九）進士，歷任南京禮部儀制司主事、員外郎、尚寶縣丞、江西參議、陝西學政、福建提學，終於南京太常寺少卿。有《王奉常集》《關洛記遊稿》等。《明史》卷二八七有傳。王世懋時任陝西學政，故稱「督學」。

〔八〕敬美：王世懋，字敬美。

〔九〕彭欽之汝讓：彭汝讓，字欽之。青浦人，國子監生。屠隆爲青浦令時對其頗爲賞識。曹子念昌先：曹昌先，字子念。王世貞之甥，『弇州四十子』之一。應諸生試不售，棄去。習古文辭，爲其舅王世貞所重。世貞兄弟歿，子念意不自得，遷蘇州卒。有《塊然閣集》十卷。徐孟孺益孫：徐益孫，字長孺，又字孟孺，華亭人。國子監生。『弇州四十子』之一。屠隆在青浦任上與其相識，結爲好友。澤夫元普：徐元普，字澤夫，號五修。松江人，徐階孫。有學行，蔭中書舍人，著《徐澤夫詩》。郁孟野承彬：郁承彬，字孟野，華亭人，屠隆爲青浦令時交好之士子。陳仲醇繼孺：陳繼孺（孺多作『儒』），字仲醇。見本書文集卷四《彭欽之北征稿序》注。家諸孫和叔本中：屠本中，字紹華，一字和叔，號舜宇。屠滽重孫，屠隆族孫，屠大貞次子。諸生。

〔一〇〕袁太常洪愈：袁洪愈，字抑之，號裕春。吳縣人，嘉靖二十六年（一五四七）進士，累仕湖廣參政，南太僕少卿，萬曆間以南吏部尚書致仕。卒贈太子太保，謚文節。

〔一一〕瞿太虛：瞿汝稷，字元立，號太虛，又號洞觀。常熟人，嘉隆間翰林院學士瞿景淳之子。以父蔭補官。三遷刑部主事，萬曆中，歷任黄州、邵武、辰州知府，尋遷長蘆鹽運使。後以太僕寺少卿致仕。佛教居士，有《石經大學質疑》《指月録》《瞿冏卿集》。

〔一二〕范孝子：范應龍，青浦人。爲人篤信厚道。《鴻苞》卷四十七有《范孝子傳》。

〔一三〕余婦：屠隆妻楊枝，字柔卿。其父楊梧爲屠隆塾師，後以女妻之。以夫貴，封孺人。《甬上屠氏宗譜》卷三十一《賢淑》有《楊孺人傳》。

〔一四〕衡：王衡，字辰玉，號緱山。太倉人，王錫爵之子。詳見本書詩集卷五《和王辰玉辛巳秋日直塘拜曇陽大師新觀感懷之作》注釋〔一〕。

〔一五〕張公振之：張振之，字仲起，號起潛，太倉人，嘉靖三十八年（一五五九）進士，授處州推官，擢監察御史，南京兵部員外郎，歷吉安、杭州知府，終按察副使，有《詒清堂集》。

〔一六〕闔閭城：蘇州之別稱。吳王闔閭元年（前五一四），命大夫伍子胥築城，稱闔閭城。《史記·吳太伯世家》唐張守節正義：『吳，國號也。太伯居梅里……至二十一代孫光，使子胥築闔閭城都之，今蘇州也。』

〔一七〕袁公福徵：袁福徵，字履善，號太冲（一號非之），松江華亭人。見同卷《長水塔院記》注。

［一八］皇甫司勳，皇甫汸，字子循，號百泉。長洲（今江蘇蘇州）人。嘉靖八年（一五二九）進士，時官南京吏部稽勳司郎中。詳見本書詩卷五《讀皇甫司勳集却寄二首》注釋［一］。劉子威侍御：劉鳳，字子威，長洲人。嘉靖二十三年（一五四四）進士，嘉靖甲辰進士。居隆曾爲其《澹思集》作序。詳見本書詩集卷一《寄答劉子威侍御》注釋［一］。張伯起兄弟：張鳳翼、張獻翼。張鳳翼，字伯起，號靈墟，別署冷然居士，張獻翼之兄，長洲（今江蘇蘇州）人。『四十子』之一。戲曲家，存世戲曲有傳奇《紅拂記》《虎符記》《祝髮記》《灌園記》《竊符記》等。張獻翼，字幼于，後更名敉。嘉靖中國子監生。爲人放誕不羈，言行詭異，與兄鳳翼、燕翼並有才名，時稱『三張』。精於《易》。有《文起堂集》《紈綺集》《讀易紀聞》《讀易韻考》等。

［一九］心了：俗姓董，名光裕，字弈少，侍御董公之孫。出家前爲太學生。

［二〇］董侍郎：董傳策，字原漢，號幼海。南直隸華亭縣（今上海市松江）人，嘉靖二十九年（一五五〇）進士，授刑部主事。嘉靖三十七年（一五五八）因偕同僚上疏彈劾奸相嚴嵩積惡誤國六大罪，引起世宗震怒，被拘入獄，後謫戍南寧。穆宗即位後，官復原職。隆慶五年（一五七一）改南京大理卿，進南京工部右侍郎。萬曆元年（一五七三）改南京禮部右侍郎。有《奏疏輯略》《采薇集》《幽貞集》《奇游漫記》等。

［二一］孫太史：孫繼皋，字以德，號柏潭。無錫人。萬曆二年（一五七四）狀元，授翰林院修撰。歷任經筵講官、少詹事兼侍讀學士、禮部轉吏部侍郎等職。晚年講學於東林書院。卒贈禮部尚書。有《孫宗伯集》十卷。秦公子：秦焜，江西布政使秦梁仲子。字君陽，號元峰。

［二二］崑山沈孟嘉：未詳。

［二三］丹陽：揚州。

［二四］明州：今寧波。以境內四明山得名，也稱四明。公元前二二二年秦始皇平定楚國後，設會稽郡，現今寧波市爲其鄞、鄮、句章三縣。其後兩漢、六朝皆屬會稽郡。隋開皇九年（五八九）三縣合併爲句章縣，唐武德四年（六二一）置鄞州，八年（六二五）改稱鄮縣（以縣南有鄮山得名），屬越州。唐玄宗開元二十六年（七三八）置明州。南宋光宗紹熙五年（一一九四）收明州爲慶元府。元代爲慶元路。明朝初，改爲明州府。明太祖洪武十四年（一三八一）爲避國號『明』，取『海定則波寧』之義，改稱寧波府。其名沿用至今。

［二五］萬尉：楚靖州人。餘未詳。

［二六］白門：六朝都城建康之正南門（即宣陽門），俗稱白門。

［二七］沈太史：沈君典。

［二八］李西安：未詳。

［二九］臨淮，今屬安徽鳳陽縣，地處淮河中游，蚌埠市東部。《明史》卷四十地理志：『臨淮，鳳陽府臨淮縣，北濱淮。』

［三〇］彭城：又名涿鹿，均今江蘇省徐州市之舊稱。劉邦、項羽皆起於彭城，項羽建都於此。彭城境內歷史上發生過許多戰事，爲兵家必爭之地。

［三一］項王戲馬臺：項羽滅秦後自立爲西楚霸王，定都彭城，於城南因山築臺，以觀戲馬，故名戲馬臺。

［三二］姜仲文士昌：姜士昌，字仲文。丹陽人，南京禮部尚書姜寶次子。萬曆八年（一五八〇）進士，歷官户部主事、員外郎，陝西提學副使，江西參政。天啓初，贈太常少卿。

［三三］仲父：即姜士昌，姜寶仲子。

［三四］姜公寶：姜寶，字廷善。嘉靖三十二年（一五五三）進士，官編修。不附嚴嵩，出爲四川提學僉事，再轉福建提學副使，纍遷南京國子監祭酒。官至南京禮部尚書。

［三五］吴甌寧：吴禮嘉，鄞縣人，萬曆八年（一五八〇）進士，時任甌寧知縣。官至廣東道御史。

［三六］吴德承：吴叔嘉兄，鄞縣人。時爲界河郵吏。

［三七］吴山人昌齡：吴叔嘉，字昌齡。鄞縣人，吴仁甫之孫，與屠隆有親。《由拳集》卷五《感懷詩五十五首》有《吴徵君叔嘉》。

［三八］吴仁甫：吴惠，字仁甫，鄞縣人。正德辛未（一五一一）進士，選翰林庶吉士，授檢討，轉國子司業。嘉靖初陞南京翰林侍講學士，歷官至太常寺卿。有《北川文集》。

［三九］兖州：明兖州府，位於山東西南。治所嵫陽，今屬山東濟寧。

［四〇］鄒魯：鄒國與魯國之並稱。因鄒爲孟子故鄉，魯爲孔子故鄉，後亦以鄒魯代指文化昌盛之地。

［四一］東阿：縣名。明初屬於東平府（改屬東平州），明洪武十八年（一三八五）後屬兖州府。

重修首山乾明寺觀音閣記①［一］

夫出世者貴禪理，貴其清虚；在世者尚儒術，尚其實際。貴清虚者薄世法，謂其躁競而多累；尚實際者薄出世法，謂其空廓而亡當。是皆末流之僞言，非玄同之初旨也。夫儒者以仁義禮樂治方内，提日月而燭幽闇，三才是模，萬靈是鑄。亡儒即亡人道，所關繫豈尠哉？釋氏乃空一切，悉取山河大地而幻之，是儒者所貶。然天下之道，惟空實兩端。不有其實，空何由存？不有其空，實何由傳？釋氏所守者，靈明一竅。靈明而内，何所不真？靈明而外，何所不妄？彼其視震旦萬緣，咸以爲本來之障，而一切遣之。妄去則真來，障徹則性露。是能仁氏之寶也。此似與天地萬物了不相關，不知有爲之法從無爲起。

天地萬物，惟其能空之，而後能有之。世之土苴、黄屋、浮塵三事者②，乃足與辦筌宰大業。即上帝生物，何者不倚虛空立？恩之若忘，畀之若棄，而後元氣淋漓，而出之若炙轂。儒者乘理觀化，蕩煩滌囂，跳於陰陽之外，而立於冥寥之先。然後揮斥八極，神氣不變，以空爲實，實之所爲不壞。仲尼無意必固我，空之謂也。若儒者不楬其中，而日以天地萬物膠其府，縱衡瞀亂，則桎梏之夫耳，又何理焉？故儒釋之不同者，在世、世出，而其大原同也。儒之用處本實，實運而空存；釋之精處本空，空極而實顯。儒貴人倫，亦去有所。去有所者，空也。釋云真空，亦稱妙有。妙有者，實也。若纓紼煩躁，而自同桎梏，何名爲儒？頑空斷見，而淪于死灰，何名爲釋？余見佛子之徒之謬悠曶荒者，往往以性空自詫，而非薄儒者，以爲拘執。夫佛之寛衍何不容，而非溥儒者，彼其性空乎？未邪？而俗儒不達，又或矜詡名實，而詆訶西方大覺，以爲偏枯，與媾爲鬬。吾怪其波流也，自非精詣玄覽之士，烏能究其指歸乎？

首山乾明寺，故有觀音閣。寺建唐開元間，歲久且圮。鄉人③重修之，而劖豐碑山上，乞不佞一言。不佞謂儒以綱常名實宣教人人，其誰不蒸蒸？而釋用善權廣化，開諭惷愚，含④靈之屬，尤奔走焉。而離惡去垢，惟恐後時。即宣教淑人，亦輔儒者之不逮，世奈何欲以儒廢釋哉！夫儒可廢釋，則生人以來，所經明聖豪傑，非一手一足矣。

校勘

①《鴻苞》卷三十有此文，用以參校。

② 者：《鴻苞》無此字。

③ 鄉人：《鴻苞》作「某」。

④ 含：底本原作「舍」，據程元方本改。

注釋

［一］首山：位於河南襄城縣南，爲八百里伏牛山之首，故名首山。乾明寺在首山西北面，有「中州第一禪林」之譽。因寺建在山陰，故俗稱「背影寺」。

爲義公三山遊記

秣陵長干寺沙門欽義[一]，高逸弘通，嚴持戒律，博習教典，兼精辭賦，名流江表。余客新都，與義公晤於汪伯玉司馬太函，一見語合。無何，余還甬東，而義公渡江來朝普陀，訪余紫烟閣，劇譚名理，間及藝文。義公機鋒穎妙，余心異之。義公曰：『貧道髫年祝髮，嘗縱遊名山道場，偏參善知識。蚤歲西遊峨眉朝普賢，北遊五臺朝文殊，迄今東航海抵普陀，朝觀音大士，所至皆遇佛顯化，光景殊勝。且窮歷名山大川，神皋靈壤，險狀峭絶，雜遝參差，欣然有會於中。嘗欲爲文紀之，則恐筆不逮心，亡以宣揚大教，發抒靈炁。願子爲我記三山遊[二]，貧道請得口之吾子筆焉。』余曰：『僕有盛情，亡勝緣。始困制科，後苦婚宦。生平未經奇遊，又寧有奇作？胸中五嶽，時時隱起。乃今甫掛神武冠，尚平、許邁[三]，何所不可？而母年八十有八，不敢遠出。即上人譚天下名山道場，脉脉神越，願得以一言買名三山，爲他日遊覽左券，幸甚！』於是，上人口之，而余筆焉。

義公年十七，隨師入楚，由巴東浮巴江。巴江險急，震旦所亡，水清泚可鑒。其上群峰岸巚，往往刺天。兩岸狹束，僅容一刀。水中亂石，谽谺怒張，利如鋒刃。舟上行者，百丈牽挽，難於升天。下者建瓴躍矢，瞬息千里，彌迅彌險。所歷瞿塘、灩澦、白帝、黄陵、三峽之間，峰巒秀媚，草樹蒙茸，鳥啼猿嘯，使人且喜且愕，神骨蕭爽。

從東行萬里抵峨眉。未至峨眉三十里，望兩峰濃黛欲滴，似明似滅，乍遠乍近，來迓人。俄而峰頂佛光忽起，光五彩作横空巨梁狀。衆驚顧以爲虹霓，獨義公心知其佛光。少選，梁上復起一圓光如滿月，光中現出一白象，其上乘一菩薩，衣裳瓔珞宛然。若月中現山河大地，影而明瞭。過之良久，圓光冉冉墜東峰，梁光隨滅。詰朝登山，參普賢道場。山周迴千里，形半彎如娥眉，故以名。兩名刹一曰白水，一曰黑水，俱在山半。其餘叢林以千計，僧徒以萬計。又明日，登天門絶頂。天門者，兩石若擘開，高而插天，人從石中度。罡風峭勁，殿宇不可以覆瓦，瓦皆以銅、鐵、錫爲之。其上多奇花怪木，靈禽異獸。鳥有如鴝者、如雀者，俱能言，誦佛號郎郎，聲徧山谷。小獸有如松鼠者，能隨大衆禮佛。後雙足人立，擎前雙足作合掌狀，人拜亦拜，了不怖人。以米飼鳥雀結緣，群飛下食，繞人前後，如素狎習。然稍起一機心，瞥焉翔舉矣。一花五色若蕣英，不知何名。有放光石，日照之，則有光作五色，閃爍射人。

山高寒，六月飛雪。陰厓積萬歲冰，中産雪蛆，玉色可愛。人登山，夏月披裘。冬月僧衆移居山下，留一二苦行者，掩户地炕而居。義公所遇，多高衲異人，參合心印，證明真詮。義公以是開朗。

後二十九，北游長安。從涿鹿入代州，上五臺。五臺者，五峰平列如臺，故名。一名清凉山。按《華嚴經》云：『大支那國有山名曰清凉。其中常有一萬肉身菩薩於内修行。』即此山。上有清凉石，廣僅丈許，可立千人。上闊下狹，狀若仰盂。盤旋摇動，久而不墜。義公登東臺，禮菩薩罷，出據峰頂矚眺。山距遼海千里，微茫窅靄，遠見海色。時日向西，見峰影雜人影，隨落照而去，直墜海面。義公目眩魂駭。咄咄奇事，蓋亦菩薩顯迹云。時關中人王大理道純卹刑太原，在山下召僧徒齋誦，爲二親祈年。作念某嘗聞此山靈異，某至而不得睹見，豈其意固未誠邪？頃之，見燭忽吐花，迸開如五色寶蓮，蕊瓣瓊瓏。少頃，變作狻猊狀。其上坐一菩薩，光彩如畫。王君愕眙大喜，遍召徒衆入觀，無不歡呼頂禮。久之漸隱，燭亦旋滅。比王君入室更衣，燭明如故。時義公親見其事，王君亦自撰《神燭記》。嗟乎！佛力靈響煜霅如此哉！

萬曆丙戌春，義公東渡羅刹，走會稽，由甬江出鰲柱峰下，泛海朝普陀觀音大士。一葦在大海，水浮天無岸。海上諸山遠近歷歷，大者如拳，小者如粟。天黑風起，波濤洶湧。義公寂照觀空，兀然不動，但高吟謝康樂詩『揚帆采石花，挂席拾海月』[四]。普陀一名落伽山，孤懸海中。四方僧衆士女來朝者，殆無虚日。夫文殊、普賢、觀音並古佛，應身出世，助佛揚化，普度衆生。各就南贍名山以爲道場，是宜九有奔走，萬載皈依。而義公先後卓錫覽勝尋真，參佛證道，斯以勤矣。《金剛經》云：『以色見我，以音聲求我，是人行邪道，不能見如來。』故阿難發心起於愛，如來三十二相，是爲妄想攀緣，故受摩登伽障。而觀世音以七寶座舉示我曇師，曇師不愛，大士稱善久之。由斯以譚，色相之不可入道顯甚。而義公所至，皆遇佛光殊相。何以故？夫佛氏實修實證，妙明言①，徹光相。其所必有時而顯現，可爲衆生起信。學人若愛戀染著，適足爲障。見而不愛，愛而不住，何礙於見哉？

余觀古今文人藻士，好遊天下名山川，崇躋幽探，務窮勝絶。以此散其胸懷，解其煩懣，是未免於住也。取境解心，境在則解，境去旋縛。此其於道，亡毛髮益，祇長生滅之途，增去來之業耳。古來林栖穴居之士，標格翛然，風流掩映，而並不聞證道度世，此其驗也。義公三山遊，足表信心，且明無住是非，徒擘結雲霞，討求松桂，蓋以助教宣化，開示迷津。其與尚平、許邁之遊，猶有間焉。余故爲筆而記之。

校勘

①言：程元方本作『瑩』。

注釋

〔一〕欽義：明代僧人。俗姓王，字湛懷。金壇（今屬江蘇）人。十歲投金陵大報恩寺出家，二十歲遠遊名山，參訪耆宿。久之，複歸長干，新安汪仲嘉募資建一閣與居，遂不復出。工詩善畫，與憨山、雪浪並稱『長干三詩僧』。長干寺，位於南京聚寶門外。

〔二〕三山：文中指峨嵋、五臺、普陀三山。

〔三〕尚平：指東漢尚長。尚長字子平。爲子嫁娶畢，即不復理家事。見嵇康《高士傳》。許邁：字叔玄，一名映，丹陽句容人。放絶世務，以尋仙館。父母尚存，未忍違親，朔望時節還家定省而已。父母既終，乃遣婦孫氏還家，攜其同志遍遊名山。後用尚平、許邁爲不以家事自累之典實。

〔四〕謝康樂：南朝宋謝靈運，襲封康樂公，因稱。

國泰光禄壽藏記〔一〕

余諸子大來，字國泰，襄惠太宰孫〔二〕，簡肅司寇後〔三〕。襄惠寬仁，簡肅嚴重，咸有古大臣風。國泰少侍簡肅京師，時世廟在服，袁州父子恣睢〔四〕，百僚望塵頤指。獨簡肅正色無所阿。袁州睚眦，所當立中奇禍。簡肅以清忠受知世廟，莫能誰何。而簡肅亦益厚自毖慎，戢下甚嚴。國泰兢兢遵繩尺，靡逾跬步，有佳公子聲。簡肅由大廷尉歷司寇，總内臺久。春秋既高，累乞骸骨。以世廟特眷，不得請。卒于官。國泰扶喪南，經營襄事，務殫心力，以孝稱。

簡肅友愛諸昆季，推蔭敘兄之子，而國泰由太學官光禄丞。名家子用才能受知主者，浸浸嚮用。屬有齕之者，出貳通州〔五〕，非其好也。擘畫幹理，當機立辦。得稍以暇日羊尚狼山。風采掩映，監司器之。居通二年，慨然歎曰：『世味行盡，羇栖何爲？吾寧以折腰吏故，久寒白沙翠竹盟？』一朝投劾去。當路惜其才，留之。通父老亦挽轍遮道，竟不爲留。

歸而就簡肅墓旁，壘石穿池，栽花種竹，爲怡老計。簡肅清約如寒士，身殁之後，遺産枵然。國泰好客多情，不廢觴咏。性復慈愛，病施醫藥，死捐棺殮，久而不倦。卜簡肅墓右，豫爲壽藏，曰：『生之有死，如晝之必夜，潮之泌汐。古昔以來，紛紛擾擾，今誰在者？同掩土杯。夫土杯，何情之有？衮衣垂綃也而掩，韋布藍縷也而掩，英雄哲士也而掩，憨騃臃腫也而掩，桐棺裸形也而掩，珠襦玉柙也而掩。吾生而爲穴，歿則歸之，無爲子孫憂，不亦善乎？』嗟嗟！若國泰，幾達矣。

不佞黑髮挂冠，洸洋自放。城中半畝之宫，栽卉木卧榻前。曉起科頭，手抱甕灌園。外客不至，呼妻孥，討松桂，話桑麻，了不關人間世。斯亦有國泰之心者。國泰亦雅好余，時治一尊，邀余醉簡肅墓下。不佞居恒有詩，云：『雲深鷄犬稀，日落狐兔走。因嗟泉下人，勉進杯中酒。』相與浮白歌呼，起而觀漲海月，冉冉生乎巖岫，天風颯颯而吹衣裾，即以了生死，齊修短。夫蒙莊、禦寇，吾與若師乎！

注釋

[一]國泰光禄：屠大來，字國泰，鄞縣人，屠滽孫，屠仕子，屠僑嗣子，屠隆族侄。由太學生官光禄寺丞，仕至通州判官。

[二]襄惠太宰：屠滽，字朝宗，號丹山。鄞縣人。明成化二年（一四六六）進士。官至吏部尚書，進太子太傅。卒後謚襄惠。有《丹山集》。

[三]簡肅司寇：屠僑，字安卿，號東洲。鄞縣人，以族伯屠滽四子屠仕之子屠大來爲嗣。正德六年（一五一一）進士，纍官至刑部尚書、都察院左都御史，卒贈少保，謚簡肅。有《東洲雜稿》《南雍集》等。

[四]袁州父子：嚴嵩、嚴世蕃父子，袁州府分宜縣人。嘉靖朝權臣。

[五]通州：明代通州屬北平府（後改名順天府），領三河、武清、香河、漷縣四縣，與今北京通州區範圍大小不同。

程氏萬石堂記①

新安程辰州汝揚先生者[一]，古廉直恬愉士也。自起家計部，出守辰州，在仕路逾二十年。歸而垂橐蕭然，内無蛾眉靡曼之娱，外無山園池館之適，布衣藿食，埒於儒生。所居村落間，日拂几晏坐，以著書味道爲事。出則扉履徒步，與田父野老吟眺丘澤。罄歷官俸錢，僅僅築一室，顔曰『萬石堂』。棲息其中，宅心物外，絶跡公府，翛然王倪蒲衣、石户之農之風[二]，士論高之。累薦不起，卒以壽終。

余嘗讀唐李文饒《平泉記》[三]，曰：『後世以平泉一木一石與人者，非吾子孫也。』嗟乎，贊皇公胡其不達哉[四]！夫大化遞遷，萬形推賣，何主弗易？何物弗凋？計吾身與吾子孫世世據而有之，必不能。今贊皇公與平泉木石安在？即秦漢隋梁帝王宮室之盛，窮極壯麗，悉蕩爲飛煙，化爲冷灰，過者興歎。悲乎！曹東阿之言『生存華屋處，零②落歸山丘』[五]，而世之士大夫闇於銷沉之理，往往朘民膏以豐崇，殫精神以營建，雕楹丹戺，連雲亘天。轉眄易主，或塗荆榛。亦大惑矣。

辰州公廉吏，生平砥志，僅構一堂。無華飾，無長物，一爐一几，左圖右史。門無雜賓，座無媟友。登斯堂者，淵穎之士研討藝文，玄寂之流商訂大道。暇日課子若孫，程于先民，繩以德義，如是而已。此可不謂曠達寥廓大人哉？

余按公友何少愚侍御所爲公狀，當其爲司農郎，奮身嬰虜鋒，以給邊餉；抗陸衛尉，以脱諸賈人于難；犯袁州父子，而信三尺法力；援胡少保，爲國家保全勞臣。其爲辰州也，禱城隍而去虎災，走群望而禳旱魃，卜豹祟③而爲火政④[六]，却香稻貢而寧沅辰元元，可謂嶽嶽大臣之概。及以失谷中丞歡，議調也，遂飄然投劾去，曰：『身既隱矣，焉用文之？』風翛憀穆遠。

而公之子涓[七]，又博學工文，上掩崔、蔡[八]，下轢左、潘[九]。伯氏潞，亦彬彬質有其文，世其家學。夫漢石氏奮及諸子慶、建[一〇]，用長者以功名終，徒醇謹而已，其父故無能立偘偘大節希聲。汲長孺諸子，亦未聞有文采斧藻漢德，以耀于無窮。乃辰州公之介特義概既如彼，而諸子之翩翩麗藻復如此。若然而方漢萬石君家，當不啻過之。嗟乎！及今時而士之風衰矣。甫釋褐出寄百里，不踰年而翬飛奕奕，原田每每，僮奴成林，陂池相屬矣。若辰州公者，豈非薦紳鄉老餼羊乎？是余之所爲記也。

余又讀海陽令陳德基所爲《程先生酒德傳》[一一]，其稱先生飲酒盡一斛不醉。平居慷慨，願自附于劉伯倫[一二]，荷鍤而傲天地；阮步兵持《大人先生論》[一三]，埋照而遊于逍遥鄉；王東皋自署『醉鄉侯』[一四]，而以斗酒失學士。觀其與胡少保、汪司馬諸君長安轟飲洸洋狀[一五]，則公又曠朗踔絶，與斤斤繩墨迂儒天壤矣。宜其生平所樹立不凡如此哉。

校勘

①《栖真館集》卷二十有此文，用以參校。

② 零：底本原作『泠』，據程元方本、《栖真館集》改。

③ 崇：原作『崇』，據文意改。

④ 政：程元方本難辨，《栖真館集》作『備』。

注釋

［一］程辰州汝揚：程廷策，字汝揚。安徽休寧人。嘉靖三十二年（一五五三）進士。由户部主事，陞郎中，出爲辰州（今屬湖南省懷化市）知府，卒官。有學問，尤精《易》，著述頗豐，有《高言忠孝經訂注》《讀易瑣言》《中星圖説》等。《太函集》卷三十七有《程辰州傳》。

［二］王倪蒲衣：典出《莊子》：『齧缺問於王倪，四問而四不知。齧缺因躍而大喜，行以告蒲衣子。蒲衣子曰：「而乃今知之乎？有虞氏不及泰氏。有虞氏，其猶藏仁以要人，亦得人矣，而未始出於非人。泰氏，其卧徐徐，其覺於於，一以己爲馬，一以己爲牛；其知情信，其德甚真，而未始入於非人。」』後用爲古時達者、智者之象徵。

［三］李文饒，即唐李德裕，武宗時出任宰相。雖身居要職，而有閒雅之志。

［四］贊皇公：即唐李絳，元和中拜相，歷仕憲、穆、敬、文諸朝，直言敢諫，以直道進退。

［五］曹東阿：即曹植。『生存華屋處，零落歸山丘』兩句出自其《野田黄雀行》。

［六］豹崇：此處指西門豹之事。西門豹以能揭破巫術，爲民破邪而爲後世稱道。

［七］涓：程涓，字巨源，安徽休寧人。辰州知府程廷策子，制墨大家程君房族弟。徽州著名出版家。據《（嘉慶）休寧縣志》，程涓工詩文。家有來鹿園，賓朋茗飲，酬唱爲樂。曾爲屠隆《白榆集》作序。有《千一疏》《巨源集》。

［八］崔蔡：東漢崔駰、蔡邕的並稱。兩人皆以文章聞名。

［九］左潘：晉左思、潘岳的並稱，兩人以詩賦名噪一時。

［一〇］石氏奮：漢代石奮，因侍高祖恭敬而得寵，位及九卿。其子石建、石慶等四人均以謹慎小心著名，官至二千石。景帝號石奮爲萬石君。

［一一］陳德基：陳履，字德基，東莞人。隆慶五年（一五七一年）進士，授蒲圻縣，調休寧，補浙江崇德縣，擢蘇州府海防同知，擢户部郎中，遷廣西副使，以病免。有《懸榻齋集》。休寧縣治所在地爲海陽镇，故稱陳『海陽令』。

［一二］劉伯倫：魏晉名士劉伶，字伯倫。放達不羈，常攜酒坐鹿車出行，讓人背鍤在後跟隨，醉死便埋。

［一三］阮步兵：即晉阮籍，所作《大人先生傳》諷刺禮法之士，主張以自然爲本，超世絶群，遺俗獨往，浮世逍遥。

［一四］王東皋：即唐詩人王績，字無功，號東皋子。解職還家，以酒爲好。

［一五］胡少保：胡宗憲，官兵部尚書，加少保。汪司馬：汪道昆，曾任兵部左侍郎。

白榆集校注文集卷之六

書一

與沈君典[一]

足下之行，慘澹自傷。長河落日，高丘飛煙，無物不足助僕悲心。吳門作數日留，雄豪千古，要離、專諸，遂覺傖父相當。其時若不佞而在，恐便有雷電破山，吳王試劍石且寸寸裂。故不敢與諸君俱。仁兄還宛陵，大浸稽天。此當是澤國魚龍，妒足下掌上兩明珠。孫夫人不作漸臺魂[二]，幸矣。雖東吳亦復苦潦，徒跣露禱，不佞視往歲加虔焉。而冬春間，僕率邑氓大修堤防，先事爲備，今年敝邑得獨不爲災。此中士民，咸多不佞成勞。知仁兄憫念不佞篤至，故敬以聞。

足下昔爲上帝仙史，今作人間歲星，既取貴仕，又享榮名。天祿石渠，足稱遭遇；五嶽四瀆，不失逍遥。所取諸造物多矣。虛己以遊於世，聲垂天壤。他日竹素之烈，固在也。今願足下第優游郊園，勿以天下事挂諸眉端。八口之計，更不必問。天下大矣，寧有餓死沈郎哉？即銅山金埒，不敢願足下有之。福不可過，樂不可極。此固自愛惜，亦誠天下正理。今足下已無不足。足下如猶有所不足，爲子之造物者，不亦難乎？稍留心絲竹，此無損足下千古英雄。英雄或逃于此，未必根之至情。即至情小有所鍾，正亦何害？足下故白知，不佞饒①舌乃爾。

開之忘機人，胸中亦時了了。古人有言：『富貴他人合，貧賤親戚離。』世人恒態。某公多客，以此乃其淄澠，故自無恙。不佞無他腸，直以闊疏多過，間亦勉爲慎密，時露故態。數奉教足下，疇昔之夜，佳言如屑，僕陽怒而陰伏之。門多投刺，往往難以理遣。大都文章交游，雅不宜於此官。不佞不蚤自知，失足雕蟲。又誤聽蘇長公『上可陪玉皇上帝，下可陪卑田院乞兒』，性之所近，非藥石可攻。乃觀仕宦，有口不談文，門不通客，索居自全，宜可無咎，而又或以他故敗。不佞併容頗廣，而心常泊如。自信亡慾，以故處溷雜之地，立風波之中，而污名不得及。是不佞雖疎，亦有以自主，非全孟浪者。惟以疎故，過亦不少矣。足下幸終教之。

孫夫人三詩，是足下代爲之，雅麗纏綿。爲寒荊回環讀而解之，寒荊喜形於色矣。嘉惠種種，具辱深情。女蘿之約，幸足下勿竟寒盟。不佞家世人材，或不辱足下。宣城去甬東數百里，山川不大遥。若同築室武康山中[三]，作比鄰，復何言？惟是不佞貧。貧非足下所棄也。如欲得富人，世豈少季倫、君夫輩？其誰不願一當沈郎？不佞之拳拳仁兄，亦非以太史公故。如君典布衣蕭然，更自可貴爾。日下正擬遣訊，而信使適來，甚喜。遂令與使者俱。所願孫夫人舉一嘉兒。豈忍以不佞故，詛孫夫人弄瓦？姻連之期，何必今日？足下買吴姬，王百穀已賦之矣，僕亦漫然捉筆。開之别後，復來宿齋頭三日。今去客江陰，卧白雲小君山上。不佞業詒書，促之東矣。

校勘

① 饒：底本原作『僥』，據程元方本改。

注釋

[一] 沈君典：沈懋學，字君典，宣城（今屬安徽）人。萬曆五年（一五七七）狀元，授修撰，乞病歸。萬曆十年（一五八二），朝廷再召，赴京途中病逝。與屠隆交好，約爲婚姻。詳見本書詩集卷一《寄沈士範因憶先太史君典》注釋[一]。

[二] 孫夫人：沈懋學之姬，白下人。萬曆八年（一五八〇）沈、屠兩家約爲婚姻，后屠隆長子金樞娶孫夫人所出女天孫（字七襄）。《由拳集》卷十一有《代内以玉簪遺孫夫人三首》。

[三] 武康山：湖州武康縣（今屬德清縣），境内有武康山、計籌山等，古有仙道傳説、隱士棲居。

與周元孚[一]

一別足下，豈惟相見難，即寓書亦難。寓書楚中，則足下入長安；比寓書長安，則足下又南。茫茫震旦，亦大泬廖，何故人之難尋也？首夏，開之至自錢塘[二]，君典至自宛陵[三]。其他二三同聲，咸不期而來集。傷離合歡，握手相勞，頗極綢繆之義，寫宛篤之情。乃獨不見足下，臨食而歎，彷徨以悲。

僕生平疎朗通脱，寡所嗜好。獨有金石契分，屬在深中，不能自遣。年來謬挂世網，孑焉離索，垢溷滿于堦序，煩囂結于肺腸。伐木之懷，益以成癖。嘗妄意仕路險艱，世味淺薄，誠得退遯荒野，栖于幽絶。雲房山館，前有茂樹，後有長流；上鳴黄鸝，下泳素鯉。佳晨載臨，淑氣始暢。良朋聚首，時而隱囊紗帽，時而竹杖皮冠。心絶濁世之塵，口吐幽人之語。浦咏則泠風共度，巖嘯則空谷響答。以此卒歲，復何羨人間之浮榮哉？僕偶以薄藝收虚聲當世，本無器具足采。至經濟大業，尤生平所短。謝幼輿自謂一丘一壑，差可當之。足下天授英姿，身兼數器；氣壓恒岱，才擬干將。持以用世樹立，必有可觀。而近亦頗抱且語之嗟。才大用小，往往託興郊園。夫從古賢豪，功名非可力致，時至則取之。故商山之軌，足並漢傑；鹿門之聲，不減隆中。足下故用世長才，要不得違時獨駕。若進不策名麒麟，退猶可投情麋鹿。使僕得手拍足下之肩，共探鴻寶于枕中，拾瑶草于海上。即天地可遺，而况區區幻泡過影哉？

僕居此中，取則龍蛇，不敢以穢德自點，爲世人所摘；亦不屑作諂子面孔，爲俗眼所憐。僅而遠於利害，便可抽身。髣髴五岳三山，近垂眉睫矣。足下努力自愛。良晤何期，我心悵結。開之頹然自放，終當是煙霞中人。君典過吴門，買一小姬歸，沾沾自喜。然縱衡用世情未去懷中矣。而君典謂僕爲文字交，謂足下爲經濟交，其然乎？足下居郊園，儻能杖策訪我吴會[四]，一盡要言，銷三年積抱，亦天壤間一快事。

注釋

[一]周元孚：周弘禴（一作宏禴），字元孚，號二魯，湖北麻城人。『弇州四十子』之一。萬曆二年（一五七四）進士。詳見本書詩集卷一

《聞周元孚至自楚卻寄》注釋［一］。

［二］開之：馮夢禎，字開之。

［三］君典：沈懋學，字君典。

［四］吴會：蘇州俗稱吴會。居隆爲青浦令，青浦故地曾隸屬蘇州府。

奉張鳳陽公

某不肖，幸得隸明公掃除之役。明公之陶鑄宵人，雖陽春乘令而吹萬之悦物，不過也。某故曲轅之才，得不大淪落，則亦惟明公之玄造在。當是時，蓋亦相忘于鑪錘之中，罔知所德。及一旦去樂土，履巉嵒，風波難人，菉葹載路，然後知疇昔之徼幸不淺。譬如品物，苦嚴霜，畏烈風，而後思陽春耳。

三吴故囂虚，文勝而俗靡。人情物態，所不敢盡言，大都難處之狀非一。而某自直躬坦中，以虚舟遊于世人，固無難也。蓋風波由人作，亦多自取。某抱其款款之愚，不習爲世人機事。即門外機事山積，不以一挂其眉端。今且漸以疎直無用見寬。儻得免于大戾，無爲明公羞，是明公之教也。

小吏回拜明公，華牘中殷殷多衷言，居然父兄子弟之愛，捧讀沾襟，誠感之矣。承明公囑，去吏取小集。文藝非爲令事，然不敢向長者自閟。而敝同年馮開之爲某彊刻武林［二］，益以近藁垂成矣。容嗣請門下。今第奉上舊刻，非敢衒薄藝買此虚聲，勉爲知己。敬遣小吏候明公百福。不盡拳拳。

注釋

［一］張鳳陽：張登雲，字攀龍，山東寧陽縣人。隆慶五年（一五七一）進士。歷官遼海道臺、陝西布政副使等。好爲詩古文詞，有《葛石山房詩》。傳見《（光緒）寧陽縣志》卷十三。據《（光緒）鳳陽縣志》卷六，張登雲萬曆五年任鳳陽知府。

［二］武林：即武林山，浙江杭州市西靈隱天竺諸山别稱，亦代指杭州。俗傳本名虎林，唐因避太祖李虎諱改名武林，見葉紹翁《四朝聞見録》。一説五代吴越時有異虎出此山，故名虎林，後或訛『虎』爲『武』，見楊正質《虎林山記》。

與唐惟良[一]

客歲長安把臂，相視而笑，遂吐肝腸。金石之言，泠泠在耳，何能一日去懷中？僕以小吏走馬淮泗上[二]，足下乃亦抱其磊塊，戢翼江沚。維揚去下蔡[三]，山川不大遥，冗賤區區，八行並廢。自後僅一脩候，下執事屬行李北上，郵筒空回。既而不佞以吴會之役抵廣陵[四]，則足下又赴江以西之命[五]。日月云邁，寒暑感人，眷焉同聲，悲風謖謖起矣！足下天放賢豪，凌空躡虚，八極湫隘。浮榮幻泡，坐而懸解。聞過真州時，父老擁馬首以萬數，留三日不得行。足下之爲令如此，實千百年來所罕覯，便足自託于世，從此挂冠，不負男子。視中庸之徒，身都將相，軒然金紫，而百姓見之如途人者，奚止萬里也。

不佞弟俛首下吏，屬當孔道，第安義命直行其胸臆，不知有人間榮辱事。要自度非青雲貴人，回盻丘壑，煙霞不遠。願足下早歸來，共訂入林之期。天下事，大槩可知矣。翁、徐二令來，乃得附此椷。短言寂寥，未盡積抱。二令温温雅人，足下當自賞識。漫及之。近作書一扇頭，奉去覽教。西望長江，悵矣心飛。

注釋

[一] 唐惟良：唐邦佐，字惟良，蘭溪（今屬浙江）人。隆慶二年（一五六八）進士，授泰和知縣，改如皋、儀真，入爲刑部主事。謫兩淮運司判官，改贛州府判官，遷光州知州。有《唐比部集》。《明詩紀事》庚籤卷九、《明詩綜》卷五十一、《（光緒）蘭溪縣志》卷五有傳。《由拳集》卷五有《感懷詩五十五首·唐比部惟良》。

[二] 淮泗：淮河和泗水。淮、泗在淮陰故城北交匯，水路通達。

[三] 維揚：揚州之别稱。《尚書·禹貢》：『淮海惟揚州。』惟，通『維』。後截取『維揚』二字爲名。下蔡：古邑名，故城在今安徽淮南市鳳臺縣。

[四] 吴會之役：萬曆六年（一五七八）冬屠隆由潁上縣令調任爲青浦令。青浦故地曾隸屬蘇州，蘇州俗稱吴會。廣陵：指揚州。

[五] 赴江以西之命：彼時唐邦佐由兩淮運司判官改贛州府判官。

與王百穀[一]

胡原荆侍御真磊磊丈夫[二]。死不足哀，貧又何傷？要自日月行天，雷電横照六合。媿鯫生小才，無能揚其大者。世有此人，而不佞不得一當，今九京不作矣，痛悼何已？

胡之所善顧君[三]，往歲入京，十顧不佞於邸中，不遇。比不佞出都門，追及于報國寺，作長夜之談。觀其人，殊英雄，豪有力，雙臂如鐵。自言持大刀殺賊狀，使人髮立。飲酒盡不佞一石，猶言不佞貧措大，無酒醉客也。此真胡公友。得見此君，庶幾胡公不死。

王山人善此兩公，其人當亦快士。幸致鄙人傾向。墓銘書兩通去，一致胡氏孤，一留先生案頭。别來念先生良切，何以慰我？

注釋

[一] 王百穀：王稚（又作穉）登，字百穀。隆萬年間著名布衣詩人。屠隆好友。

[二] 胡原荆：胡涍，字原荆，號蓮渠。無錫人。嘉靖四十四年（一五六五）進士，歷知永豐、安福二縣，陞廣西道監察御史。神宗即位，因奏請進言不慎，被斥爲民。萬曆七年（一五七九）卒。詳見本書詩集卷二《贈崑崙山人遊天台訪顧益卿使君》注釋[五]。

[三] 顧君：指顧養謙，字益卿，號冲庵，南直隸通州（今江蘇南通城區）人。嘉靖四十四年（一五六五）進士，官至南京户部侍郎、兵部侍郎，總督薊遼諸軍務。平生膽氣過人，臨事多機智，所在之處皆有聲望。詳見本書詩集卷二《贈崑崙山人遊天台訪顧益卿使君》注釋[一]。

與李開府[一]

往歲君侯建牙海上，即崆峒使節、扶桑大弓不過也。而僕以一孱書生，襲故緼袍，負杖叩轅門。君侯一見，降階把臂，遂吐五衷。語云：『相馬失之瘦，相士失之貧。』夫僕亦大難相矣。將索之于形骸，則僕孱然六尺，白皙纖瘦，殊少丈夫之槩；叩其才具，則力謝縛虎，文慚雕龍，固里中兒所不敍。君侯何從得之，而一見謬賞，引爲相知？僕且至于今不能自喻其故，况他人哉！

疇昔之日，海上貔貅，燈前鷺燕，僕想而豔之，何時再把磚礫，埒君侯鬚，作一快語也？疆圉之事，方倚重君侯，君侯安得高枕而卧天台石梁之上？幸尚爲蒼生彊起。

僕自别麾下，日淪鄙賤。刀筆之役，不足奉君侯談柄。僅以寒暄常語，小展三年闊懷。伏惟君侯亮察。

注釋

［一］李開府：李超，字升霄。號天衢，松門（今屬浙江温嶺市）人。自幼習武，世襲指揮職。嘉靖間爲戚繼光、俞大猷部將，平倭有功，陞台金嚴參將。萬曆初年任寧波府總兵。後官至京城護軍都督。屠隆《由拳集》有《贈李將軍十六韻》等多首酬贈之詩。

與周國雍吏部［一］

某之居由拳，蓋三辱先生薄蹏矣。自顧虚薄，何以得長者綢繆之歡若此？身爲賤吏，賢士大夫奴視之。冠蓋東西行而過青谿，某卷韝負弩，伏謁車輪馬足下，塵加於額矣，不詘即讓。偶作好顔色眄睞，或得一二温語，則大喜出望外。以此日淪泥塗，望貴人長者如天際真人，不復敢以姓名通。即以姓名通，罕所省答，罷①矣。而先生獨不自尊重，時時折節存下吏。每讀八行，何款款篤至也。以爲不肖某作吏小有狀而收之乎？則不肖某之作吏，實無狀，雅不爲貴人長者所假借。以爲録其雕蟲之薄技乎？則黔驢耳。此何足當有道門下，而謬見拳拳，引爲知己？此先生之自爲長者，某何德焉？然某蓋自以此益自濯磨，雖濩落于世，猶有知我者，奈何輒自棄爲？而某之作吏，實不敢過爲菲薄，以負長者。采聲華于士大夫之口，某則奚藉？若問之閭閻父老，亦無大罪過。無論宦達，庶幾不内慚冥冥，而外挂昭晰，請以此報知己。

天道降大眚于三吴，今年復遭雨潦。不肖先事爲堤防以障水，邑得不爲災。然徒跣踉蹡，亦良苦矣。入暑遂善病。吴山人來［二］，以病見山人齋頭，甚驩。而莫廷韓與俱［三］，遂乞得廷韓詩及小景奉獻。某爲言先生向慕廷韓，廷韓神脉脉往矣。吴山人快士，文藻翩翩。媿某爲吏貧，無能厚遇山人。山人亦故翛然自稱披裘公[四]，不敢漫以他客禮污巇賢者。此真不辱周先生。拙集久閟不敢出，爲同年馮開之彊持去，重付剞劂工，旬日且完。完當持一册請教大雅。此非令事業，不能自閟，行懼薄技爲祟。先生何以終教之？某不勝大願。

校勘

①罷：底本原作『羅』，據程元方本改。

注釋

[一] 周國雍：周光鎬，字國雍，號耿西，廣東潮陽人。隆慶五年（一五七一）進士，授浙江寧波府推官，歷南京户部主事、吏部郎中，官至都察院右都御史，寧夏巡撫。著有《明農山堂匯草》等。

[二] 吴山人：或即吴叔嘉。本書詩集卷三有《贈吴山人昌齡》。吴叔嘉，字昌齡。鄞縣人，吴仁甫之孫，與屠隆有親。

[三] 莫廷韓：莫是龍，字雲卿，更字廷韓。明南直隸松江府華亭（今上海松江）人。不喜科舉業而攻古文辭及書法、繪畫，以貢生終。詳見本書詩集卷二《泖上澄照寺作》注釋[三]。

[四] 披裘公：指清貧孤高之士。事見王充《論衡・書虚》。

奉劉觀察先生[一]

吾師單車迢遞，萬里入黔中，某無時不翹首南雲。烏蠻五谿，瘴癘毒淫。言念吾師，實身涉其地，能不淒其以傷？時時①博詢鴻鯉，三吴邇來絶無滇南士大夫宦游之蹤，亦無一相識官南中者。積不得郵筒之便，每欲遣一介走候，輒畏萬里遠道而止。顧維長者平生之義若何，而闊疎至此？良遠于人情，悚焉知罪矣。六月中旬，有言通州顧觀察公以入賀行[二]，暫過桑梓。某遣急足即其家訊門下蹤跡，乃知吾師罷尊公憂還蜀，五内摧愴。爲念長者間關萬里，蒙櫛煙霧，憂勞孔多，復抱此大痛，蕉萃西還，行路嗟傷，矧在不肖。

不肖某居潁一歲，日夜澡滌，加之以勤，惟恐一旦瑕纇，爲知我羞。自以潁川之治，可無大過。江以北監司諸公，久且亮不肖奉職循理，朴直無他，眷注頗多異等。則以淮蔡間一僻壤小邑，人情簡質，冠蓋稀疎，將迎既寡②，俯仰無難。第褆身子民，一行其胸臆足矣。而偏鄙少士大夫遊客，群情多口之縱横。監司諸公之采聽，多寄之閭閻編民。以故不肖得少展其尺寸。嘗以暇日理四封之事，人稍稱平，受知主者。志行既孚，若居彼中，或庶幾免乎？監司亦雅相愛，顧不肖久於小邑，不肖亦雅安之。詎謂量移之命從中出。時詣督府臺，見遮留者數千人，不能得。不肖與彼中諸父老大慟而行，而自抵吴中。

吴中事體，與江以北大異，雅不與性相宜。吴中之俗好虚浮，而不肖簡直；吴中以將迎儇巧爲通人，而不肖身有傲骨。又不幸早竊文字虚聲，而此中爲詞人遊士之藪，真贋相錯。且多吴越故鄉，門中之刺日滿。一切屏門却埽，即多失望而去，横作口語，廣爲延納，采浮獵譽，易生悔吝。三吴外號腴壤，中實枵虚。民貧賦重，詐僞萌起。富者鐘鼎豪奢，貧人采蒐茈而食。遊閑公子以白金置酒，以千金市奇珍寶玩，而閭閻小民以數口男女易斗粟。若青③浦新邑，則故雲間兩大縣之割惡壤棄土也，四方有罪亡人之窟，而姦利之聚落也。兩歲來復苦大潦，事如蝟毛。不肖某以身肩之，作苦行頭陀。奉職循理，褆身子民，一視居潁時，而拙益加焉。將迎儇巧，既非性之所近，勉而爲之，此機不熟，取罪必多。譬如嫫母學爲巧笑，不足取憐，益增奇醜。故不肖今務一以拙直自命，不敢以呰窳敗德，亦不願以通人有聲。幸無大戾負平生，辱門下。而可榮達，非所望也。某雖不能以滑稽委曲，諧俗趨時，而自守頗嚴，泥塗不及。久而亦且以愚疎無他見原，甘心者少。如是，或庶幾免于大戾乎？伏惟門下教之。

不肖命薄，三十年來，饑寒摧折。凡世間之艱虞，亡不涉歷。僥倖一官，百憂煎人。今如蓼蟲，久居蓼中，相忘于苦矣。要之青雲骨薄，紫煙分深，聊成薄遊之名，願附勇退之義。然非吾師之所望不肖于疇昔者也。

奔喪以來，貴體安否？諸公子讀書，風氣日上，足慰鄙心。西望蛾眉、劒閣，逖矣懸神。不盡耿耿，統蘄崇督。

校勘

① 時：底本原作「行」，據程元方本改。
② 寡：底本原作「且」，據程元方本改。
③ 青：原作「清」，據文意改。

注釋

[一] 劉觀察先生：劉翾，字元翰，又字見嵩，四川内江人。嘉靖四十一年（一五六二）進士，先令渭南，以異政召爲御史，後備兵浙江，禦倭寇有功，陞大參。劉翾任浙江巡海副使時於屠隆有知遇之恩。詳見本書詩集卷三《寄劉觀察先生》注釋[一]。劉翾父劉望之萬曆八年（一五八〇）卒，劉翾回鄉奔喪，即文中所謂『罹尊公憂還蜀』。

[二] 通州顧觀察公：指顧養謙，字益卿，號冲庵，南直隸通州（今江蘇南通城區）人。歷任廣東參議、浙江右參議等職，故稱。

與顧益卿觀察[一]

往歲蒼黄出都門，得與先生把臂毗①盧閣上，一夕雄談，略盡寥廓奇事。平明上馬，先生入都，僕即長途。酸風淡日，煙沙障人，回望低垂，魂凝欲絶。已報先生崎嶇萬里，單車入滇中。僕亦從淮徐之間，踉蹡奔走。每遥睇彭城落日，芒碭長雲，則想見先生英雄氣色。無何，渡江東來，益苦賤冗。南天寥絶，音問久疎。日爲胡原荆侍御撰墓碑[二]，知先生胡公金石交，臨文含毫，抒寫磊塊，居然臭味，更思先生。碑文甫成，寄王百穀。

百穀書來，云輶軒以北上暫過桑梓，使人飛動。咫尺海陵[三]，如隔黄姑津矣[四]。先生天下奇男子，無論胸中吞吐六合，蕩漾千古，即神力勁氣，何數龍門公渡鴨緑江？又慷慨忠義，闊而不疎，英雄哉！某孱書生耳，纖瘦白皙，宛宛如弱女子，顧無朱亥之壯，而有要離之心。以此區區，謬爲先生所收。時方困一小吏，砥志束修，屈體自貶，大都細人瑣屑，不足聞于長者。而世道仄隘，方且以噌吰駭俗，此大可笑。夫神物何常，至人達變。鉅跡宣朗，不難幽玄。大聲砰鍧，忽焉闃寂。進則闊步天壤，退則立枯山林。終期與先生滅跡塵坌，抱影雲霞。

今吾與先生事，大略可知矣。生天有途，無墮苦海，伏惟先生熟慮焉。吴越山川雖秀美，殊少峻絶幽曠之致。要之，非五岳不足寄吾兩人逍遥。先生將選何山之石乎？抑尚雲閣情深、煙嵐道遠也？胸懷孔多，握管欲盡，了無端倪，何日得一面，盡此五衷？聞行李尚北，倉卒遣訊，殊屬草草。胡侍御墓碑一通奉往。都門別後，賦得長歌一篇，久未寄上，今書扇頭並往。

校勘

①眦：底本原作『毗』，據程元方本改。

注釋

［一］顧益卿：顧養謙，字益卿。歷任廣東參議、浙江右參議等職，故稱觀察。

［二］胡原荆：胡涍，字原荆。萬曆七年（一五七九）四月卒。屠隆撰有《明故御史蓮渠胡公墓誌銘》，見本書文集卷十八。

［三］海陵：顧養謙爲南直隸通州（今江蘇南通城區）人，通州漢時爲海陵縣地。

［四］黄姑津：傳説中天河之渡口。黄姑爲牽牛星之别名。

與開之［一］

西湖五日主人，千秋欣賞。何當喚起逋僊，同醉菰蒲暝色。第此老才致，不足當足下下風，然其標韻差勝爾。不知秋氣忽從何來，感我白苧。涼風天末，君子在懷。既歎睽離，復嗟摇落。我心何矣？

不佞鄙媿中歲不聞道，乃天性自近踈朗。近年以來，群動勞人，萬事都遣，可兀如枯蜩。但未能忍饑，然亦可三日不食矣。本無辟穀術，何得便爾，此當是脾氣不佳。然不佞則從小若此，終日不再食以爲常，而恒不知饑。近更寡欲，益不饑。平生好蔬食，不好肉食。能持齋累月，不思醲鮮。此儻是修真學道之本。而所可恨者，不讀奇書，不遇異人，不聞至論。間嘗一味道德參同，苦不入也。男子在世，若薄富貴而不取，又不能栖神抱炁，入無窮之門，而徒以文士託于天壤，亦左矣。往足下許我丹砂，曷不及時努力？不佞方日夜引領望足下，而足下不能勤修其身之不濟，何以濟人？日來遨于湖海，如得奇書，遇異人，幸即見報。安得與仁兄遂聚首煙霞水石之間，共圖此事也？悒邑何已！悒邑何已！湖上近與何人裴徊？作何舉止？幸示之。

注釋

［一］開之：馮夢禎，字開之。

與君典[一]

旬日不聞問，不任瞻馳。孫夫人遂以握蘭[二]，吾兩人天下有心人，上帝知之矣，疇昔之夢果不虛。而仁兄即惠以芳問，金石大義，表表若此哉。仁兄天上卿雲，人間威鳳，後世於史策見姓名者，方且聃然吐舌，恨不同時。不佞么麽，乃得以班行，辱在肺腑。爾汝盡忘，形骸不隔。異代豔慕，當已無窮。誠又得以女蘿相結，金蘭益深，更不復知不佞作何狀得此于人代間，幸甚！幸甚！猥以鄙賤，仰攀雲天。款款之愚，似不宜徑違，託在心知，敬懇開之轉致。先以辭令，當敬走蹇脩。仁兄大雅，不敢以俗調相加。知能亮督，謹伏地而俟後命。

注釋

[一] 君典：沈懋學，字君典。

[二] 孫夫人：沈懋學之姬。

與楊伯翼[一]

僕三致薄蹏于足下，足下缺然不答，如扣雲中君，冥冥空墮煙霧。足下雙眼方空天下，予小子豈能有望焉？第生平豔足下才，得片語便如奉日南珠[二]。以是不無少芥蒂。然僕亦有以自解。足下洵才賢有如是，竹素上古人，僕又何望？望足下之念良已矣，而向人言楊伯翼惟口是視，揚詡一如初，則區區緇衣之好，都屬五衷矣。

家田叔間語僕以故[三]，令僕慚媿欲死。僕不肖頗修白雞絮酒之禮，鄉故人大老先後物故，弔使相望，而獨遺尊公[四]，良亦有説。蓋當是時方居潁，潁故僻壤下邑，冠蓋罕至，家耗動至經年不一通，不及聞尊公訃。至吴會而後聞之。僕私心以爲經年而後弔，不如遂已之。失弔先大夫之罪，且浮于不報書十倍。此惟肉袒以待足下，又何敢求多故人。乃足下猶然捐牋記見存，僕兹爲恧爾。讀見寄詩，以爲曹東阿耶，東阿不如足下質；以爲孟德、子桓耶，藻黜復不滅。吾不能名伯翼，譬食鳳脂麐脯，但知其美爾，固不得遽定其品也。田叔歸，便敢布此言。當有顯請，不宣備。

注釋

[一]楊伯翼：楊承鯤，字伯翼，寧波鄞縣人。御史楊美益之子，工詩善書，交遊名士，極有聲譽。詳見本書詩集卷二《寄贈楊伯翼》注釋[一]。

[二]日南：漢郡名，武帝時設立，在今越南中部。其地産珍珠。北朝周庾信《擬連珠》：『日南枯蚌，猶含明月之珠。』

[三]家田叔：屠本畯，字田叔，屠隆族孫，兩人關係密切。

[四]尊公：指楊美益，字以謙。楊承鯤之父。嘉靖二十六年（一五四七）進士，官太僕寺少卿、山西監察御史等。

與開之

足下定是上界高真暫謫人間世，流浪混迹，山河大地，入眼盡空。讀最後一札子，閎放疎朗，可謂躡虛如履實，觸實如蹈虛。塵埃中物品，胡得有此胸懷、有此口吻？瑣瑣細士，不能有加於君卿豪末，而饒舌不自休，真蚍蜉撼大樹，仰天蹋地，逡巡自穢。君卿上而玉清，下而糞壤；大而五嶽，小而壺中；或佩椒蘭，或入堇斟；或拍麐脯，或啖尸蛆；或陪玉皇，或偶牧豎，無所不可。不佞之言，未免猶有蓬之心乎？然區區之私，則願君卿爲龐公、司馬子微[一]，倏然清絶；不願君卿爲白香山輩，混俗和光。蓋本末雖同，風操差異。高明辨之。

弟讀《傳》記修真冲舉事，則見以爲文士或好奇多寓言。今寓内目覩此事，乃信世人皆有靈根。煉炁絀觿，則翔舉青漢；蒙惡被垢，則自墮沈淪。今縱不能修上真之道，奈何終負塵穢，爲凶人下鬼？念此泫然，道心頗生，日以寂寞。君卿選何山之石？不佞不負杖相從者，有如日。然爲君卿計，似宜尚爲尊公一出。不佞了今日令事，結廬修真，其五年以爲期。過此則不佞之木拱矣。卿幸速圖之。

注釋

［一］龐公：指東漢龐德公，襄陽人。躬耕於襄陽峴山之南，曾拒絶劉表之禮請。後攜妻子隱居鹿門山，采藥以終。見晉皇甫謐《高士傳》卷下。司馬子微：唐司馬承禎，字子微。早年於嵩山師事潘師正，後遍遊名山，隱居浙江天台山，自號『天台白雲子』。道教上清派茅山宗尊爲第十二代宗師。

與李之文［一］

舉犬子甫六月爾［二］，辱沈君典太史許婚。事之本末，具婚書中。亦奇矣。要之君典、開之，終是吾煙霞道友，不止稱眷屬也。君典未舉女時，即以生女見許。不佞以貧爲解，沈君稱：『正取足下貧。世有石季倫，吾不與也。他日快壻，吾自食之，不以累爾窮措大。』已而果生女，即走使見報。不佞貽書，猶未敢顯然將前辭。而君典答書，輒稱神僊眷屬矣。世間有此一片有心人，漫以相聞，爲玉麈尾添一談柄。

不佞邇來世味都空，兀兀作黄面瞿曇［三］。退食即翛然枯坐，第未知何日遂超苦海爾。平居親友聞問盡絶，世味可知憺矣。不佞故自物外人，諸君未詧爾。開之近刻成，奉去一册。此刻尚闕，世間得此者，四三君而外，不以濫及。幸知之。

注釋

［一］李之文：李先嘉，字之文，鄞縣人，屠隆外甥。詳見本書詩集卷二《李之文落第詩以慰之》注釋［一］。

［二］犬子：屠隆長子，原名大諄，字國教，小字阿雲；後更名金樞，字西昇。萬曆八年（一五八〇）生，萬曆二十八年（一六〇〇）卒。娶沈懋學女天孫。

［三］黄面瞿曇：瞿曇亦譯『俱譚』『具譚』『喬答摩』，即釋迦牟尼佛姓氏。《遼史·禮志》六：『悉達太子者，西域淨梵王子，姓瞿曇氏，名釋迦牟尼。以其覺性，稱之曰「佛」。』如來爲金色身，故云黄面。此處屠隆以黄面老禪自比。

與君典約婚書[一]

蓋昔者歲在丁丑，不佞北上公車，頓轡中都，裴徊高皇帝湯沐邑，肅然穆莊者久之。夜宿逆旅，則夢入赤墀，朝見今主上。出而遇張無垢先生左掖下[二]，把臂驩甚。相與共歌錢起《湘靈詩》，仰見白雲在天，作微絳。既寤，心殊異之，頗自負。已，入廷試，大魁得君典。洎今歲夢之帝所，神賚余以童子，童子不肯行，要一女子與俱而後行。不佞即以語開之。及余舉此兒，彌月之明日，而仁兄與開之適至。詰朝，遂爲湯餅客也。仁兄摩此兒頂，許之曰佳。蓋啼聲未試矣。而輒稱孫夫人且有身，數當得女，得女以字此兒。再越月，而報孫夫人舉女[三]。仁兄竟弗寒盟，豈惟吉夢是踐？則金石大義，上帝信之矣。且其事之本末，一何奇也！今日之講，豈偶然哉？抑仁兄其無垢後身耶？不腆之幣，敬徼寵靈，永以爲好。他日去人間世，藥爐茶竈，攜妻子及雞犬同入桃源深山中，願世世爲婚姻。即安能舍開之矣？

注釋

[一] 君典：沈懋學，字君典，與屠隆爲兒女親家。

[二] 張無垢先生：南宋張九成，字子韶，號無垢居士、橫浦居士。錢塘（今浙江杭州市）人。歷官著作郎、宗正少卿、禮部侍郎等，著有《橫浦集》二十卷及《孟子傳》等。

[三] 孫夫人：沈懋學姬妾。孫夫人所生之女天孫，字七襄。自幼聰穎，深得父兄寵愛。嫁屠隆長子金樞。屠隆每有所作，沈天孫與屠隆之女屠瑶瑟皆能和之。年僅二十一歲卒。著有《留香草》四卷，《明詩綜》等有選録。

與百穀[一]

《竹箭編》敘，對使屬草，媿不能工。承教。今多客，此初下車時則然。今爲日晡市，望見者掉臂不願矣。臣門如市，臣心如水。公以爲三日新婦，乃僕猶處子爾。又如木偶坐堂皇，上言拊循則知有令，而犯民秋毫則如無令。若是即日開門延客，猶令見客，百姓不見客也。令不愛髮膚而易民五斗，又不愛五斗而分予客。五斗而外，有不以道入一緡者。請要上帝而詛之。世人無論，公亦云云耶？

今者僕世情轉淡，兀然頑空矣。南冠君子故王孫，身有乞兒骨，乞則就人，人憐之則不受，而復去乞，誤溷賢者，至爲賦無衣，恐終不能爲若德爾。苧帳敬領。紅蠟三十枚，助足下清夜譚名理。

注釋

［一］百穀：王穉（又作穉）登，字百穀。屠隆爲其《竹箭編》作序，見本書文集卷一《竹箭編序》。

與以德［一］

某抵吴會，兩食新矣。塵溷中僅一再奉訊大人及賢嫂夫人，乃此心則時時注存仁兄，不以百勞，故置之也。八月中旬見邸報，仁兄有歸省之請，知仁兄故純孝，結念家山。某則久切停雲，相見有日，陡焉聞報，喜見眉端矣。追憶高館張燈，流連達曙。靈山策足，日夕忘歸。歲月云徂，清歡不再。今足下復暫歸，爲九龍地主。東南湖山，無一不作氣色，以待杖屨。不佞弟困此斗大城子，亡由便奉清塵。望氣則邇，問程尚遥，空有飛動。仁兄拜兩大人膝下，與諸父老故人敘契闊罷，不識便可櫂舟東下，與弟一會峰泖上不？

曇陽師真遂證大道［二］，位列上清，以九月九日羽化，寶籙玄言，丹書僊篆，僅有存者。君典幸授玄教爲弟子，不佞弟亦濫蒙甄收。仁兄天上人，道心夙固，靈根必深。恨不蚤歸來，親見此事。師旨甚密，不忍匿不以聞于兄，幸秘此言。君典復與弟爲女蘿之契，更思足下爾。諸留面盡。

注釋

［一］以德：孫繼皐，字以德，號柏潭，江蘇無錫人。萬曆二年（一五七四）狀元，授翰林院修撰。官至吏部侍郎。詳見本書詩集卷五《訊

孫以德太史》注釋［一］。

［二］曇陽師真：王燾貞，號曇陽子。萬曆八年（一五八〇）九月九日『羽化』（辟穀絶食而死）。詳見本書詩集卷一《詠懷詩四首》注釋［一二］。

與袁黃巖［一］

古人云：『同病同憐。』僕虛薄無能，爲羈紲吏固當。足下麗藻絶代，亦復鎩羽霄漢，失足泥塗，有識搤擥。然足下猶得居海上洞天，清曠幽邈，窗①中遠岫，門外長流。薄領之暇，方且躡石梁，泝桃源，尋方平、麻姑煉藥處，不忝僊令。而僕乃墮吴會風塵，非錮形骸于案牘，則磨歲月於馬鞍。即洞庭、虎丘遥挂眉端，九峰、三泖近接几席［二］，而煩憂積胸，塵沙障目，終歲不得一寄逍遥。此視足下，更自僊凡異道、靜躁殊趣矣。

往辱佳翰，形疎神密，遂講綢繆，草草答書，不盡肝臆。兹袁履善先生南遊名山［三］，經過台宕［四］，遂託此君一問訊足下。袁先生故濟南吴郡石友，虎龍之文，羔羊之節，初任俠烈，今返玄真。聞其遂已挂名石室，時采藥靈山，踪跡幾半天下。矯矯關尹，當不失真人。

校勘

①窗：底本原作『摠』，據程元方本改。

注釋

［一］袁黃巖：袁應祺，字文穀，號肖海，揚州興化人。萬曆二年（一五七四）進士，授黃巖知縣，擢户部主事，督理昌平糧餉。有《浮玉山人集》。傳見《（光緒）黃巖縣志》卷十一。

［二］九峰：指佘山、天馬山、横山、小昆山、鳳凰山、厙公山、辰山、薛山和機山等九座山峰，在今上海市松江區境内。三泖：上泖、中泖、下泖。古代泖水之大體位置在今上海市青浦區西南、松江區西和金山區西北。

［三］袁履善：袁福徵，字履善，號太沖（一號非之），松江華亭人。嘉靖二十三年（一五四四）進士，由刑部員外郎謫知沔陽州，後遷唐府

左長史，爲閹宦所陷，褫職下獄。事白歸里，以詩文棋酒自娛。見本書詩集卷五《送袁履善南遊天台雁宕諸山兼訊袁黄巖明府》注釋[一]。

[四] 台宕：浙江天台山和雁宕山之合稱。明徐渭《書石梁鴈宕圖後》：『台、宕之間，自有知以來，便馳神於彼。』

與王元美先生[一]

日從政理之暇，諦觀深省，乃知文字業習，殊損元神。因妄求真，恍若有悟。修持之要，在淘洗漸頓，不染塵垢，不著色相。以境驗真，以事鍊心。静中所得，動處用之。常動常静，常有常虚。久之，浄瑩圓朗①，庶幾有證。夫心不與造化合，身未離魔境，即遇真人，挈將安往？己未有得，師何能爲？以是知向者既奉師真之教[二]，復必欲見師真之面，未見以爲悔者，即安心也。

校勘

① 朗：底本原作『門』，據程元方本改。

注釋

[一] 王元美：王世貞，字元美。

[二] 師真：王燾貞，號曇陽子。屠隆在青浦令上，拜王燾貞爲師學道。

再與元美先生

某爲令，則得吴中，人間煩懣事大都歷盡。今獨意得一當王先生，且又得聞師真教勑。人生有此兩事，即不虚墮地一場。某之拙劣，欲以令起家取功名，難矣。自分無經濟長才，浮沉一世，碌碌何爲？日月不居，河清難俟。便欲解去印綬，栖跡靈山，長依皈有道門下。大道即不成，逍遥五岳，委順去來，翛①然作一山澤之癯，于某足矣。

所願先生于入關後，尚許小子一叩玄門，某不難蓬首垢面，執先生爨下掃除之役，敢②私布腹心。稍③可虞者，某爲吏廉，家無半頃之田、一椽之屋，上有老親，似未能超然。然以某計之，即爲官人，十年而往，貧猶今日爾，固不如早掛冠，自逃苦海。饑寒之事，儻杖友朋。愚意如此，先生云何？

前累求大筆不④見應，僅裝潢一絹素往乞書。嚮者見答《采真》之作，將懸之齋頭，時時如奉眉宇。從此以後，恐墨妙益不可得爾。《師真傳》一如指教更定，另録一通奉去。大作成，千萬示教。不宣。

校勘

①儵：底本原作『脩』，據程元方本改。
②敢：底本原作『收』，據程元方本改。
③稍：底本原作『消』，據程元方本改。
④不：程元方本作『未』。

與開之

君典姻事，辱仁兄從臾，敬謝深情。張公、善卷[一]，遊踪佳不？仁兄簪冠鳩杖，幾偏吴越名山，固不待尚平了婚嫁之緣。不佞近世緣頗遣，獨有一官爲鄣，去此當不遠。煙霞道友，寧舍開①之？聞武康山中[二]，田磽确不可畊，如何卜居？弟意欲從西湖最深處，皈依天竺先生。

東南善地，更有天目山中。若天台、雁宕，于吾兩人稍不便。仁兄一抵吴門，幸即過青谿，堇遣小吏候行李闔閭城下，千萬勿留滯他所。顒望面商去就爾。師真靈跡，不佞言之更詳于君典。足下聽之，不啻遊化人之國也。飛舠②以來吴門，爲弟覓一綴紫陽巾、玉瓶，並《維摩經》《高僧傳》各一部。

校勘

① 開：底本原作『聞』，據程元方本改。

② 舠：原作『刀』，據文意改。

注釋

［一］張公、善卷：張公洞、善卷洞，位於江蘇宜興。

［二］武康山：位於湖州武康縣（今屬德清縣）。

與君典

師真行後，兩從夢境示元馭、元美先生，同夕同夢，同教勅語。云：『是攝魂去，非夢也。拳拳以諸君退悔爲慮，此後精進不已，五年必見，見當授以道要。如自淪落，即不得見。非特不見，禍罰從之。』其言如此，使人懍懍。苟居官抗節清忠，念念不忘修持，不染世垢，官爵功業固無妨大道。授道之後，要須抽身。若決性命之理以博浮榮，蔑清净之教以崇嗜欲，豈惟師真所棄，亦太上所不與也。

十一月初一日，龠且進觀，仁兄能一至不？至則幸密以聞。元美先生已謝人間事，屏居觀中。平生親友盡絶，獨猶通不佞輩二三同心爾。直塘還，遂爲《師真傳》奉覽。初成寄元美，元美謂宜秘。後得師真意，不妨便傳。闡道宣教，開化後人，亦在所不禁。若不佞不作，或爲遠德好事者妄傳失真，無益于道，不若遂傳之。第不佞居此中，尚未可出，今所見獨元美與足下矣。元美業稍爲核實，更求有道印正焉。不備。

注釋

［一］元馭：王錫爵，字元馭。元美先生：王世貞，字元美。

答劉誠意書[一]

海内譚士指屈，閎廓瓌姿，文武器具，今天下有君侯爾。先太師青田公[二]，英靈間氣，古今神人。道登陰符，智宣黄石。功存丹書，義蹈滄海。用能光輔日月，再清華夷。寄情蹤於溟滓，等富貴若浮雲。寥寥千載，不三數公，北斗第六亮哉。

如某鯫生，每讀遺編，想見大人龍德，輒使青天雷電，生于胸懷。造物者何乃復生哲孫如君侯者？是知先太師之靈不泯矣。伯禽昌姬，召虎嗣奭，正宜推誠翊運，茂明駿鉅，益光先烈。括蒼之轅，不敢聞命。棨戟門中，復有李臨淮[三]。其人彬然儒生，好賢結客，差亞于大梁公子，僕之友也。君侯寧得不與握手驩乎？薄領勞人，草草裁答。别楮所云，敬聞命矣。不宣。

注釋

[一] 劉誠意：誠意伯劉世延，字芝田，自號石圃居士。青田人，劉基十一世孫。嘉靖二十八年（一五四九）二月襲誠意伯，屢領南京軍府，後以罪廢。隆慶二年（一五六八）複爵。萬曆三十四年（一六〇六），坐罪論死。

[二] 青田公：指劉基，青田人。明開國丞相，封誠意伯。劉基死後，後裔世襲誠意伯爵位。

[三] 李臨淮：李言恭，字惟寅，號青蓮居士，江蘇盱眙人。明武靖王開國功臣李文忠裔孫，襲封臨淮侯。詳見本書詩集卷五《讀李惟寅貝葉藁却寄》注釋[一]。

與沈君典

師真入龕後，兩王公東西分禪堂[一]，栖息其中矣。昨孫以德書來，傾注足下甚雅，言師真事而豔之。此君亦大是法器。人言許旌陽《石函記》中語，數定今日。若是，海内應有人，第恐下官福德薄爾。開之來述君典語，足下故是天上人，如鄴侯、子房。他日雲中舉手，幸無忘故人。故人即亡狀，請以守廁之役，爲卿伴侶。乃下官鄙意，清心寡慾，自是我輩事。積功修行，縱不能證果，猶不失爲善人，固當勝慾海中了此生。生爲凶人，死爲刹鬼，良可愍也。種菽不熟，猶勝種荑；爲善無證，猶勝爲惡。僕意以此決矣。仁兄當爲天下一肩鉅大，下官計不能佐下風，且爲足下豫選名山，以待杖屨。他時數口恐未免相累。

日來精進若何？趙太史、瞿太虚及徐孟孺向道甚勇[二]，其人亦良佳，兩王公爲薦之師真矣。母夫人而下安不？老親、荆人輩各各無恙。犬子骨氣稍長，當勝阿爺，終愧秦家鳳凰樓上客。天寒雨雪，漕艘銜尾，日與千夫長走牛馬中。間憶灞橋驢背風景，忽而自哂。

注釋

[一] 兩王公：指王錫爵、王世貞。

[二] 趙太史：指趙用賢，字汝師。江蘇常熟人。詳見本書詩集卷二《去婦歸爲趙汝師太史作》注釋[一]。瞿太虚：瞿汝稷，字元立，號太虚。常熟人，佛教居士。徐孟孺：徐益孫，字長孺，又字孟孺。華亭人。

與孫以德[一]

不佞爲令三歲，官譽日退，道心日長，今則如深山道士，蹔寄市廛。眼前光景，種種可厭。長林大壑，無日不挂襟懷。世路崎嶇，人情儇①巧。抱樸守真，知其不利也。老親奉佛，不御醲鮮；婦也賢明，頗甘貧賤。去彼浮囂，還我故物，澹矣何求？足下呼順風，揚嘉聲，旦暮公孤，願無以榮華而忘道素。卿自靈根法器，益以修習，是爲功上加功。若徒崇階榮名而已，即竹帛所稱，終似與性命二字無與。惟足下念之。

校勘

① 儇：底本原作『偎』，據程元方本改。

注釋

[一]孫以德：孫繼皋，字以德，號柏潭。無錫人。詳見本書文集卷五《發青谿記》注釋[二一]。

與田叔[一]

三十年流浪幻泡，結習世緣。然自度身過多、心過少，靈根固無恙，天似不欲使慧業文人永湛苦海。實啟其衷，翻然從摩登伽幻業中回頭，極力鍊磨，滌除玄朗。每自紛拏間，退省家山伴侣，無踰田叔。夫種種色相，都屬幻妄。圓明了照，不出虚静中來。顧法界無妄不生真，必無垢是名爲真清浄，必不擾是名爲真定。一切修持，須向境上試得過方是。即如平居懲忿，不知遇忿能不動；不平居窒慾，不知遇色能不動。不若無事閴然，遇境輒亂，則爲頑空；靈明静定，萬物紛至，至性如如，乃爲真空。

不肖今爲令，諸塵囂猥冗，勞形滑神，無一不備。以此鍊性，近頗有得力處。第習氣根株，芟除爲難爾。足下静中所得何如？静中操持，遇境不亂。必如此加功，似爲喫緊。足下何以教我？曇陽大師以道家虚静兼釋氏圓通，而從精嚴實相處着力，教本人倫，理兼性命，真吾師也。離合在手，去來無礙。示化後，婁通肹響，以警教諸子。吾曹修行能不悚然？

田叔清真，惜不見大師。如其一叩蓮花座，決當存注。雖然，吾之有心，即心即佛。足下第精進，如不肖得不墮落，五年之後，請以田叔見我大師。他日伴侣，不肖深致意焉。願言自愛。《大師傳》刻成矣[二]，敬奉去四册。足下作敘另刻，可以此爲據。刻成寄我。

注釋

[一]田叔：屠本畯，字田叔，鄞縣（今寧波）人，屠大山之子。屠隆族孫。

[二]《大師傳》：曇陽子王燾貞逝去後，留有《師真遺言》，屠隆作有《師真傳》，王世貞作有《曇陽大師傳》。

與君典

足下間氣好男子，弟徼天之幸，既稱同袍，復忝眷屬。日夕恒懼墮落，慙負大君子。師真龕入觀，弟亦謹以瓣香、短疏，往參承者多如故。瑯琊公遂入關，精進甚勇，大是如來之阿難。太原公抱微恙，尚爲七情所牽，非久當自解脱。使者至自婁上[一]，拜命之辱，儀文過腆，何以堪此？感激，感激。適貌得師真像二幀，裝潢已成。一留齋頭供養，一奉去，知兄處尚少此爾。日承令兄老伯翁惠問，幸爲一語謝私。《師真傳》敬如來教，刊定一二矣。

開之自張公、善卷來[二]，再宿官舍，今向西湖去。喜此兄翻然遠蹈，超慾海，入净土，且作頭陀行矣。蓋此兄通爽，真放下屠刀、立地成佛者。方樓居，大出懺悔語。不佞即泫然下拜，渠亦九頓首以謝我。此去或可保其不復作昔日態。亡羊補牢，猶未爲晚爾。約以月朔至婁上，恭謁師觀，報細君病，乃東，而且爲月圓期。當是師真嗔其穢德，未許溷彼蓮花座下。上真慈善，他日儻不棄，自新使還。屬有郡司馬行部之冗，草草不宣。

注釋

[一] 婁上：指婁東太倉，文中所提及之瑯琊公王世貞、太原公王錫爵家族所居。

[二] 張公、善卷：宜興張公洞、善卷洞，代指宜興。

白榆集校注文集卷之七

書二

奉王宗伯元馭先生[一]

吾儕小人，幸得依歸大道，即湯火可蹈，何論其他。不貪不淫，官亦何害？如其有害，亦非不肖所動心。且世之犯忌諱亦多矣，獨諱修身學道邪？老母奉佛數十年，久斷酒肉。荆人蕭然荆布，不愛繁華。今姑婦日向大師蓮座前焚香燃燭[二]，而學誦《金剛》《心經》，都無所事事。不肖清羸，寡所嗜好。近習調心鍊性，世緣漸空。若是可以已矣。請以數年爲期，尋靈山而隱跡，此意决矣。先生與吾師，俱非可誕謾相欺者。《師傳》不妨遂行[三]，幸長者亮之。

注釋

[一]王宗伯元馭：王錫爵，字元馭。纍官禮部侍郎、禮部尚書。
[二]大師：與下文『吾師』均指曇陽子王燾貞。
[三]《師傳》：指曇陽子王燾貞逝去後，屠隆所作《師真傳》。

與王冏伯[一]

承示《宜真子傳》，事固奇，文亦奇。干寶之筆，不足多矣。復拜嘉惠種種，非所敢當。主臣，主臣。足下第益修青紫之業，辭榮遂初，返於大道，如嬾殘之相李長源[二]，會須有時。此儻亦尊公之意也。足①下天才藻逸，洵是鳳雛，不媿王先生家兒。代興之事，今在足下。勉旃，勉旃。不佞官譽既薄，文心復減。遥慕玄理，資似不近。無一可望，即得作一山澤之臞足矣。平生緇衣之好實有之，才美如足下，良所傾心。第泥涂之下，不生青雲。細人齒牙，恐無爲聽爾。如何？如何？

承命作《宜真子傳叙》，輒以一言上之。足下教②我，爲我起居尊公大人及宗伯公父子[三]。聞王次公學憲先生抵家[四]，當遣一使過婁上，容嗣布。不一，不一。

校勘

① 足：底本原作「天」，據程元方本改。

② 教：底本原作「敬」，據程元方本改。

注釋

[一] 王冏伯：王士騏，字冏伯，太倉人。王世貞子。所作《宜真子傳》，《明史》將之列入道家類著述，屠隆爲序，見本書文集卷一《宜真子傳後叙》。

[二] 李長源：李泌，字長源，唐京兆（今西安）人。歷仕玄宗、肅宗、代宗、德宗四朝，德宗時，官至宰相，封鄴縣侯。常以神仙道術自晦。

[三] 尊公大人：指王世貞。宗伯公父子：指王錫爵、王衡父子。王錫爵萬曆六年（一五七八）進禮部右侍郎。

[四] 王次公學憲：王世懋，字敬美，號麟洲。太倉人，王世貞弟。歷任陝西學政、福建提學等職。

與王元美先生

先生習静調心，聞大有得。每自觀中來者，無不心醉。僕日慁塵勞，幾成虚度，長恐辜負師真接引，爲門下知人之累。二六時中，無論廣堂屋漏、簿書清燕、車中枕上，朝夕不忘提醒此心，而名障慾根苦不肯斷。世上萬緣，獨此二物爲難除。隆自學道以來，凡可以去此二賊者，真惟力是視，隱而不發，直以經歲。隆方私自意，念已遂降此魔。偶有所感，瞥然動念。乃知病根尚在，特潛隱不發爾。

夫澄流不如清源，治末不如芟本。先生加功，當進於此。神秀云『時拂塵埃』，六祖云『本來無物』，菩提正覺，必歸六祖。然神秀之旨，何可廢也！恐當以神秀爲筏，六祖爲岸矣。必以筏然後及岸，必及岸然後舍筏。不拂塵埃而直求無物，有是理乎？我聞有縛斯有解，無縛何解？今隆解而縛，縛而解，解而旋縛，安在無縛無解？一着于有，即爲有所縛；一着于空，即爲空所縛。不有不空之間，又將何歸？學道者，所以成仙作佛也。成仙作佛，在去相也。有意①于世緣，則世緣爲相；有意於成仙作佛，則仙佛亦爲相。然不仙不佛，而都忘之，即又易牽於世緣。故功亦大難，云何而可？先生業逃於空谷，萬緣盡屏。隆方多歷外境，日與萬緣涉，奈何加功？空谷易定，而難於試；外境易試，而難於定。苟身動而心静，則市廛亦深山；身静而心動，則深山亦市廛。今先生身心俱静矣，不知暗瞀默省，萬緣之中，尚有一二足動念者不？若非稍從境上一試過，恐未可的然自信。昔棲霞大師之所以論坐圜者，可念也。

隆於種種塵慁中求清凈其功，難於克大敵，力去病根。時時撲滅，時時動念；旋滅旋動，旋動旋滅。漸次降伏者，往往有之。此都自境上試覺其然，獨無如名障慾根之難去矣。慾根是衆人所同，名障是吾輩爲重。若先生於此二者脱然，道更何屬？夫圓寂照了、割水吹光、盡廢擬度、經悟心性者，聖賢居士之根也；勤心苦行、研磨煎滌、蠶絲牛毛、計日計功者，下劣凡夫之事也。隆今退處于凡夫，不敢徑希乎解脱。如此不已，儻微有進處，以不負長者，誠灰滅無恨。

昨於范府公所，見《師真遺言》，不勝悚異。中有曇氏再興之説[一]，爲是師真乎？爲是他人乎？涅槃之日，恨不得一頂禮佛足。儻此時幸面授片語，今日信心成就，或庶幾可望。咫尺靈山，不見世尊，不肖機緣可知矣。而又不得時時侍兩先生函丈下[二]。嗟，天乎，何絶我宵人之甚也！夫三十二相，不可以見如來。即心是佛，僕當自勉。然俯伏參承，從古不廢。僕今得數侍迦葉、阿難，即如奉世尊。奈何天復間之？

適自郡城回，舟中兀坐，一念起處，無非兩先生，所不能已已。遂作一箋投之門下，敬以所疑求印善知識，幸不恡德音。《師真遺言》乞惠二册，不敢數以竿牘溷荆老。幸道問訊。

校勘

①意：底本原作『之』，據程元方本改。

注釋

[一]曇氏：即瞿曇氏，釋迦牟尼佛姓氏。代指佛教。

[二]兩先生：指王世貞與王錫爵，兩人均學佛好道，拜曇陽子爲師。

與君典[一]

兄抵婁東之四日[二]，弟即遣一力來，則尊駕已發矣。其人直追至吴門，不及而還。計此時已達宛上[三]。北行定於五月何日？幸示知之。

昨元美先生有書，云：『適見長安有報書宗伯公者[四]，欲令促兄速北。』兩王先生致此意[五]，當是有見。足下抱此瑰奇，宜用于世。此正大丈夫表見之秋，且國家厚恩，不可不報也。願無首鼠。更望足下重發深思，懷仁負義。上畏神理，下念人情。事無細大，一以天下萬世之公處之。謹飭繩墨之士，難于開張；俶儻豁達之夫，難于細密。寬然長厚者，貴于擊斷；耿亮凱直者，貴於和平。故古今人物，必以唐郭令公、韓稚珪輩身兼數器，爲世完人。足下念之。

弟心仁而術淺，志大而才疎。用吾款誠，亦足爲國家任一節。而世無知者，坐困小吏。即今夢想，惟有煙波。所賴友朋傑然樹立，光明俊偉，以無絓後世文人學士之口吻。然後退栖巖谷，同修净業，弟當爲足下豫結一茅爾。入都與諸故人相見，儻齒牙之餘偶及不肖，幸爲言屠生兩更災邑，弟甘苦如蓼蟲。外此非所敢望于游揚①也。相見未期，臨書惋悵。

校勘

① 揚：底本原作『陽』，據程元方本改。

注釋

[一] 君典：沈懋學，字君典。

[二] 婁東：婁江之東，指太倉，王世貞、王錫爵之故鄉。

[三] 宛上：指宛陵，安徽宣城古稱。沈懋學爲安徽宣城人。

[四] 宗伯公：指王錫爵，萬曆六年（一五七八）進禮部右侍郎。

[五] 兩王先生：指王世貞、王錫爵。

與元美先生

讀《法藏碎金》[一]，博收精詣。既探妙理，復多名言，真堪作吾道津梁。僕無識，竊以爲遠勝蘇、黄諸君子譚禪。宜其有殊勝靈響，晚年當遂證果。豈亦裴相國之宿緣邪[二]？經教之外，若求禪書，恐無出其右者。願先生督之。

三徑新成，長日掩關。松風花雨，時時北窗下，無論菩提心。即唤先生爲羲皇上人，可乎？某身雖有官，心却無事。訟堂喧囂，亦蕭然時有北窗意。心境兩寂，情累不染，虚室生白，漸入靈明，則先生爲勝；凉喧煩惱，種種苦人，隨事校勘，實際磨鍊，則余小子亦差可着力。但久不獲一侍兩王先生，未免以此動念爾。

《法藏碎金》手録一過，《真誥》檢且逾半[三]，旬日可歸璧矣。惟《高僧傳》都未寓目[四]，久留。裝潢人精勤可喜，敬謝！凡夫之人，久不望見鞭影，退轉可憂也。

注釋

[一]《法藏碎金》：宋晁迥撰，共十卷，皆融會佛理，隨筆記載，亦有釋門語録，故名。

[二]裴相國：唐宰相裴休，留心釋氏，精於禪律。

[三]《真誥》：南朝梁代道士陶弘景撰，道教典籍。

[四]《高僧傳》：一作《梁高僧傳》，南朝梁代僧人慧皎撰，記載自東漢永平至梁代天監間著名僧人之傳記。

與長安諸故人書

以某之不肖，當三吴孔道[一]。當三吴，則以令。令而復連遭歲之不登，憂勞積苦，所不忍言。此而能一日安其身，不即陷于大戮，輒以爲難。見有沉深，有敏捷，有便儇。其於吏道甚習，世共指之曰能，而或先某受不幸去。某之三年畏途，而得旦夕緩于大戮，進寸退尺，以自處于庸衆之間，則區區恃此一片心爾。又數奉教大君子，實不敢苟。而夫氣有必化，物有必壞，世亦遞遷，官豈常住？惟能不内媿于此心。即有不幸，大君子必見亮。某之日有惴惴，則亦不懼失此官，而懼他日無以見大君子。某今直以日爲歲，視一令若桎梏。譬之野麕，身伏巨檻，意在長林。口非游辭，心誠實際。

某始居此中，頗不調于口。口之不調，則亦惟疎直之故。久之，亦竟以疎直見寬。今編户謂某無他，能以婦人小仁暱其民。而縉紳先生亦多謂某無他，直疎耳。太行嶃絶，瞿唐磞湃，固云地險，亦由人自作。今某日用款款之愚，且爲嬰兒，且爲虛舟，若是，可得遂免予大戮？未邪。要之，求此心見亮于交遊者，某之所切也。此外可都置弗問矣。幸大君子終惠教之。茲給由吏北上，便布此裏言。久疎問候者，某爲遠方疎賤吏，安義命當如是，伏惟長者并原之。

注釋

［一］三吴：宋税安禮《歷代地理指掌圖》以東吴蘇州、中吴常州、西吴湖州爲『三吴』。屠隆任縣令之青浦居三吴之中。

奉曾大司空［一］

竊惟丁丑之歲，某幸叨屬司馬署，得數侍尊嚴［二］。荷相公不鄙夷小子，採其虛聲，收其薄技，賜以獎飾，借以温顏。既總憲留都，復蒙惠手書，慰誨懇至。自顧平生，喜溢分涯。恭維老相公門下，河嶽英靈，乾坤間氣。生應嘉運，出爲匡時。忠勤磊落如武侯［三］，魁奇倜儻如汾陽［四］，明達凝重如晋公［五］，沉毅渾厚如忠獻［六］，知幾有道又如文成、鄴侯［七］。此真文武將相，身兼數器，風威稜稜，偉材異人經濟之業。論其大者，即如西平九絲、凌①霄諸蠻之役［八］，運籌決策，百發百中，譬如庖丁提刀，由基握矢②。焦勞誠款，輿疾誓師。開誠結下，虛懷用人。發謀鄭重，當機立斷。舉事完全，卒奏巨功。拓土開疆，殲彼部落，奠我氓黎。椎結望風，蠻王搏顙，四夷震動，邊陲晏然，爲萬世之利。其他鴻勛茂烈，所至砰隱，雖詩書所稱無以加。兼以憐才下士，惟恐弗及，廣心洪度，卓然古大臣風。下視某等么麽豎子，寧有一足當相公者？而覆茹包荒，不難折節以成就後進。如真宰之鑪錘萬物，滄海之爲百谷王。一念精誠，足貫日月。此天下士之所以延頸想望，瀝③膽輸心而不已者也。

某東海鯫生，庸孱無能，力不折秋蟲之股，智不若鼯鼠之技。平生讀書操管，學爲文章，亦涉獵而不精，空疎而無用。今濫吹邑小吏，兢兢爲國家守三尺，罔敢呰窳以辱身隳行。仰忝相公疇昔之知，顧才智寡昧，尺寸無聞，百里不效，他又何言？而相公猶然眷念無已，即不肖得不感激自淬，益勵初心？雖才性有限，命數已定，不敢妄冀進取，而禔身守官，無玷清議，乃某之所可力勉者。伏蘄相公終惠教之。

自去歲辱華札下及，刻骨摇魂。常思一修寸牘，仰候臺安。而下吏卑瑣，棨戟森嚴，消沮逡巡，次且不果。無何，敝邑故滎④陽楊令云且北上謁相公長安，僭附空椷，寄訊下執事。而後楊令竟不成行，復爾蹉跎。卑職守分畏法，又弗敢顓遣一介入京，儼然修問。每一念及，秖益悚惶。既而踟躕展轉私念，當今鉅人鴻德有如相公，百代殊絶，千古景仰。假令生不同時，猶將追風采而興羡，抱史册而長嗟，慕義無窮，執鞭靡及。而況至人鉅公同時並出，竊又得以侍眉宇，承謦欬，辱一言之譽，其爲人生慶幸何如！而乃局促泥塗，裴徊岐路，卷舌裹足，息影不前，是鄙庸媮惰，無志者之所爲。某竊又耻之。是以興念懸思，中夜永歎，不能已已。

近有至自京師者，以《平蠻奇勛全録》見惠。某長跽發讀之，有以仰見相公石畫神智，安邊鄙，益社稷，成天地功，不勝景慕。敬譔鄙語四章，將以奉獻。而卑職待罪兩邑，任滿三載，適給由吏役北上，迺僭削一牘，再拜北向，緘付下吏，進之門下。奏樂天都，運水河伯，其爲惶懼，非言所宣。伏乞大君子鑒而容之，某不任殞越瞻仰之至。

校勘

①淩：底本原作『稜』，據程元方本改。

②矢：底本原作『天』，據程元方本改。

③瀝：底本原作『歷』，據程元方本改。

④滎：原作『熒』，據文意改。

注釋

[一]曾大司空：指曾省吾，字三省，號確庵。湖廣承天府鐘祥縣（今屬湖北荊門）人。嘉靖三十五年（一五五六）進士。萬曆八年（一五八〇）任工部尚書。萬曆十年（一五八二）致仕。編著有《確庵先生西蜀平蠻全録》，即後文中之《平蠻奇勛全録》。詳見本書詩集卷一《寄曾大司空》注釋[一]。

[二]尊嚴：與下文之『老相公』，均指曾省吾之父曾璠。曾璠字子玉，嘉靖四十一年（一五六二）壬戌科進士。初爲刑部主事，治獄有聲，後擢陝西布政使參議。因子在朝爲官，曾璠主動回避，告老還鄉。

[三]武侯：三國諸葛亮，謚號忠武侯。

[四]汾陽：唐郭子儀，封汾陽王。

[五]晉公：唐裴度封晉國公，世稱『裴晉公』。

[六]忠獻：據同卷《與管登之》篇中『古惟郭令公、韓忠獻諸君，宣鴻業于史册』句，此處『忠獻』指北宋宰相韓琦，謚忠獻。

[七]文成：劉基，謚號文成。明朝開國元勳，才力雄厚，通經史，懂軍事，精象緯，運籌帷幄，民間傳其神機妙算。鄴侯：唐李泌，封鄴縣侯，世人因稱李鄴侯。既是著名政治家，亦慕神仙，博覽群書。

［八］九絲、凌霄：九絲山、凌霄山，位於興文縣（今屬四川省宜賓市），川南少數民族『都掌人』起事盤踞之地。《（光緒）珙縣志》卷十三載：『山都掌蠻有凌霄、九絲、都督諸寨』。

奉徐大宗伯［一］

去歲有自京師還者，具言相公謬知不肖某，拳拳德意甚悉。某惴焉循省，私念樗散下材，雅乏當世之譽，雲泥路隔。某於相公又無一日之雅，安所得宵人豎儒而稱之，竊意傳者誤爾。已而龐孝廉至自都下，問語不肖以故，某始踬踬動色搖魂。千古曠蕩之知，遊神域外，辨氣斗間。如司空鑒物，遠望而知。匪惟知之，又力爲遊揚而推轂之。此非世之明智神人，不能以寥廓得士。非其人之果才且賢，不足以當此異常之知。顧某何人，幸遘此遇？

恭惟相公閣下，學貫天人，文掩今古。德合溟涬，情符太上。功成天地，名在華夷。真所謂身兼數器，間氣偉人。向風慕義者，海内延頸。而某生平之景跂鴻鉅，真惄如調饑，每思以姓名一通于大君子不可得。乃不意一旦受此特達之知于門下，且又不假紹介，無所因緣，而特恩異數，驟加于襪線之夫。昔者管鮑稱千載相知，後世罕及。然亦必俟交久知深，未有若某之于相公者也。

相公天下冠冕，人物權衡。苟受其知，即襪線之夫，遂且揚眉抗手而齒于人數。雖有瑕纇，亦將藉以自掩。陽春吹萬，真宰鑪錘。長養成就，爲德匪小。雖至愚鄙，能不銜恩？感激之私，殆非筆札所盡。顧獨念相公知人，詎欲其人之感恩？即有感恩，亦不在牙吻間津津自道。某又畏法奉公，安賤吏①之分，長安故人寒暄疎闊。以故久念德意，中心藏之，逡巡不一自通者，兩歲于兹。既而展轉私度，寥寥宇宙，知己實難。眇焉小子，實無所短長，而僥倖荷大君子之破格奬拔，以立于世。方之司空，則身非寶劍；擬之管鮑，則情非故交。如此而猶恬然漠然，曾無一語以道向往，即相公盛德包容，不責報癡蠢，某豈復人情哉？所以踟蹰彷徨，中夜興歎，而不能已已。

某最不肖，束髮讀書，粗習文藝。才乏用世，學媿通方。志芳而性拙，心仁而術疎。其中空虚，了無足採。及通籍領邑潁上［二］，初出涉世，寡昧昏瞀，倀倀無之。徒以一念款誠，自託于父老子弟之上。而潁故小邑，俗沿簡樸。久之而父老子弟，咸安其拙。其與不肖，真如一體，驩然無間，以得免于大戾。上而監司，下而黔首，業已相安，無復他志。居無何，而青浦之命從中下②[三]。戒行之日，黯矣銷魂，雖去其骨肉親戚不啻也。比入吳，吳素號文物都會，聲華茂盛甲天下。而不肖某以愚直之性處之。事棼難理，賦重難完；多口難調，群情難揣。舉事周章，大以窘步。而某之區區愚鄙，固守不變。積③戾良多，久之亦漸亮而見寬，今亦且稍安其拙。

不肖之前後履歷如此。既荷大君子知己之恩，或不嫌一吐胸臆。至如相公之所推轂某者，無一于此。捫心顧影，長恐一朝呰窳，蹔負知己。是用蚤夜刮磨，罔敢自穢自棄。相公神識，諸當瞭然，始終惠教而成全之，是在相公留意，某不敢干，自頂至踵，敢忘斯德。兹因待罪兩邑，任滿三載，遣小吏給由北上，便布空緘。北嚮頓首，敬候臺福。所恃知己在上，鄭重其辭，直抒慺慺，仰溷尊嚴。某不任祇懼戰汗感激之至。

校勘

① 吏：底本原作『里』，據程元方本改。
② 下：底本原作『中』，據程元方本改。
③ 積：底本原作『責』，據程元方本改。

注釋

[一] 徐大宗伯：徐學謨，嘉定（今屬上海市）人。嘉靖二十九年（一五五〇）進士，官至禮部尚書，屠隆任禮部主事時爲其下屬。詳見本書詩卷七《奉送大宗伯徐公致政歸三吳四首》注釋[一]。

[二] 潁上：指潁上縣（今安徽潁上縣）。春秋時名慎邑，秦漢置慎縣，南北朝稱『樓煩』。隋大業二年（六〇六）定名潁上縣，屬潁州。據《太平寰宇記》卷十一：『以地潁水上游爲名。』屠隆萬曆五年（一五七七）任潁上知縣。

[三] 青浦之命：屠隆萬曆六年（一五七八）冬由潁上縣令調任爲青浦令。

與管登之[一]

某竊聞之，丈夫之槩有二①。蓋得之昌黎，而與其旨差異。丈夫者，得志則弘經世之略，沉毅不發，當機立斷，仁誠而術高，才鉅而心細，嚴而有度，闊而罔疎，光明磊落，皦如日星，屹如衡岱，流照天壤，遺榮後來；不得志則抗出世之操，青崖當門，白雲度牖，引蘿月而爲侶，聽山泉而洗心，擷百家之菁華，參②二氏之同異，絶嗜寡欲，冥心寂照，道臻希夷，名書帝籙。快哉！此兩者，略盡豪傑生平之大都。古惟郭令公、韓忠獻諸君，宣③鴻業于史册；箕谷、富春、天台、華山諸君，摽高韻于煙霞。各擅其微，罕能相兼。兼之者，世獨稱文成、鄴侯。又白香山、蘇子瞻，廟堂籌策，雖遜郭韓；巖穴風流，不減天隱。世并高之，念之則清肌骨，譚之則香齒牙。若夫高牙大纛，粉白黛緑，又何稱焉？昌黎夫亦猶有童之心乎？至如吮毫秃穎，腐腸嘔心，工雕蟲之技，獵藻繪之聲，抑亦細矣。進可郭韓，退可天隱，經世出世，惟其所遭。求之當代，則有登之先生其人焉。今登之之名滿寓内，雖童子授一編者，咸識先生爲曠古之傑，何所事不肖之稱之也！

不肖自入吴來，既賤且冗。古之爲守令者，職事而外④，間覽其境内山川，折節于賢人高士，以爲美譚。而今則爲世大禁。又古之吏治貴清静，今之吏治貴苛細。簿書敲朴，足了一日，固無暇爲風流標致之事。某之入吴，無論虎丘、寒山、石湖、凌屋諸勝，遠莫能至。即所謂九峰、三泖，近在履舄之下，亦經年而不一寓目。遊客文士，惠然投刺于門，未嘗不爲倒屣。苟其人，抱龍丘之節，畏陽喬之名，匿跡收聲，長嘯林表，多不及先。風塵溷人，侵尋作俗吏面孔，負當世大雅之器如先生，下至田夫婦孺，猶能知之。某亦有耳目腹腸，庸得憒憒乃爾？

吴中高流，又有趙太史與先生[二]。雙起朗映，并稱南金。僕之傾注一也。久坐塵冗，未一論心，比之不登寒山、虎丘，尤爲缺事。某雖不肖，雌伏卑棲，猶得北面斐東[三]，雁行檇李[四]，嚴事海陵[五]，締好宣城[六]。蹇拙之夫，幸以拙收于當世之豪傑，往往期保歲寒，動引管鮑。則以僕才性雖疎，而肝膽頗實，友朋不棄。職此之由，乃不謂百里而失登之及天水公兩先生，邈然吴越也。

僕學不知古，智不諧俗。經世出世，兩俱茫然，業爲浮世一大瓠。性亦簡澹，了無營好，獨有折節賢豪一念未灰爾。每懷高風，情不能已。敢遣一介，將荒棫道其慺慺之悰于門下。伏惟高明鑒原。職事作苦，無由倚櫂闔閭城下，一造精廬。書去神馳，先生儻有意乎？請以執鞭從事。

校勘

①二：底本原作「仁」，據程元方本改。
②參：原作「忝」，據文意改。
③宣：底本原作「寅」，據程元方本改。
④外：底本原作「所」，據程元方本改。

注釋

[一]管登之：名志道，字登之，號東溟，太倉（今江蘇太倉）人。耿定向學生。隆慶五年（一五七一）進士。歷官南京兵部主事、刑部主事，後被張居正外放爲廣東僉事。著有《問辨牘》《孟義訂測》等。《國朝獻徵録》卷九九有傳。
[二]趙太史：趙用賢，字汝師，號定宇。江蘇常熟人。隆慶五年（一五七一）進士，選庶吉士。萬曆初授檢討。
[三]婁東：婁江之東，指太倉。此處以兩王先生之故鄉婁東指代王世貞、王世懋。
[四]檇李：古地名，在今浙江省嘉興西南。此處指代檇李人馮夢禎。
[五]海陵：指顧養謙，字益卿，南直隸通州（今江蘇南通城區）人。通州漢時爲海陵縣地。
[六]宣城：指沈懋學，安徽宣城人。

與瞿睿夫[一]

向承仁兄手自削牘，縷縷百千言，吐肝瀝膽，同氣有加。第每一披，雙涕輒隕。關山迢遞，吏事艱虞。南鴻久疎，北斗在望。友道非缺，心素多違。春間僅得于周府公行致一牋，而府公單舸遄發，草草數行，含鬱之悰，又復不盡。回思往日，邈矣千秋。

仁兄之事，不審比者作何處分？方今聖明御世，賢相匡時。如捧大明，下照幽隱；譬瀉雲漢，以潤焦枯。豈應使才名忠信之士，久在覆盆？計仁兄必且湔雪宿垢，飛揚嘉聲，與諸君子窺圖書于秘府，識豪傑于東觀。而弟故遠，莫能知爾，幸不惜一言見慰。弟三年作吏，兩更劇邑，精力銷亡，神識疲耗。髮半蒼然，體臞面黄。年才四十，殆已成翁。親朋相驚，何至作如此狀？此某之職事應爾，復何置辭？獨向故人言其近履如此。

注釋

［一］瞿睿夫：瞿九思，字睿夫，黄梅人。曾因聚衆反對知縣違制苛派，受誣下獄，長流塞下。屠隆作《爲瞿睿夫訟冤書》，遍告中外。詳見本書詩集卷五《寄瞿睿夫二首》注釋［一］。

與張陽和太史［一］

某不肖竊禄兩邑，任滿三載，治行無聞，罪狀甚著。仰仗門下寵靈，幸免黜罰，例得以二親之恩命請，上干龍章之寵，下伸烏鳥之私。所譔制詞，應出門下大手筆。以此長跽緘情，披瀝陳懇。

伏惟門下山川間氣，文章鉅公。片語南金，四海共寶。儻蒙不鄙夷小子，俯賜 言，慰先嚴于下泉［二］，光垂白于堂上，其自不肖而下以及子孫，世食明德，其何敢忘！下情耿切，伏冀大君子垂仁採納。某不任瞻仰殞越頂戴之至。

注釋

［一］張陽和：張元忭（一作汴），字子藎，號陽和。山陰（今浙江紹興）人，張岱曾祖。隆慶五年（一五七一）進士第一，授翰林修撰。詳見本書詩集卷五《寄張太史》注釋［一］。

［二］先嚴：屠隆父屠濬，字朝文，號丹溪，卒於嘉靖四十五年（一五六六）。以貧故，棺木久在淺土。萬曆九年（一五八一），屠隆欲歸葬先父，作《先府君行狀》（見本書文集卷十六），并向王世貞、張元忭等乞墓志銘。

奉陸大宗伯［一］

先生道登希夷，心懷太上。海内欲丐其言不可得；得單語雙字，輒比卿雲。乃爲余小子操穎①。伏讀名篇，冲雅和粹，如其爲人。千秋而下，想見眉宇。拜大人長者榮施，傳之子孫，當爲世寶。感激之悰，非言所宣。

頃泖塔僧以馮吉士書來[二]，索《藏經閣記》。泖乃勝地靈區，又先生作大檀越其上，何物小子，敢爾漫語，其以點太湖之石也？顧獨念長水標秀菰蒲，先生會靈嶽瀆，使小子得以一言厠其間，行且與赤烏之碑②同不朽，固不肖之所攘臂欲前者。是以忘其淺陋，僭紀盛事，敬請教門下。伏惟大賜繩削，去其冗長，正其譌謬。嫫母匿醜，計藉粉澤。某在下風，以俟嘉命。

校勘

① 穎：原作『潁』，據文意改。

② 碑：底本原作『禪』，據程元方本改。

注釋

[一] 陸大宗伯：陸樹聲，字與吉，號平泉，松江華亭（今上海市松江區）人。嘉靖二十年（一五四一）會試第一，官至禮部尚書。晚年歸鄉，日與筆硯爲伍。據乾隆《江南通志》卷四十五《輿地志・寺觀三・松江府》：『澄照禪院，在泖中。……陸樹聲與弟樹德置常住田。』

[二] 馮吉士：指馮夢禎，字開之。萬曆五年（一五七七）會試第一，廷試後選翰林院庶吉士，授編修。

與倪郡臣[一]

明臺江右之政高于古人，天下有耳有目者，其誰不見聞？方期出入瑣闥，敭歷清華，以茂明德業，用慰父老，是朝廷之所以優勞臣，亦臣子之所以益砥節也。不意蹭蹬于時，僅以需次量移郡貳。一官方遷，四海稱屈。乃今復蒙此聲也，何武之去輿思，爵不酬伐；陽城之政非拙，罰則已苛。某聞報駭愕，扼腕腐心。雖連叩閽人，思欲一登堦序，問其寒暄，吐其煩懣，而貴體尚在卧疴，咫尺不見恩府。俯仰天地，裴徊古今。世路無憑，造物難詰。仕宦如此，真使人竹帛心灰，煙霞念起。謹遣吏恭候貴體無恙。

夫風雲未期，升沉有命。一官幻泡，人生亦浮。得意恒有可憂，失馬安知非福？况公論久而後定，天理晦而後明。伏願我公以從容寬舒處之。從古賢人君子，多于此處着力。某猥以下情激切，不自知其放言至此。不任殞越瞻仰之至。

注釋

［一］倪郡臣：倪涑，字霖仲，號雨田，浙江上虞人，爲官後徙居山陰。萬曆二年（一五七四）進士，歷官撫州、淮安、荆州、瓊州知府。倪涑因與當時首輔張居正不睦，爲其所忌，屢遭貶逐，萬曆八年（一五八〇）調任松江府同知，故文中有『蹭蹬于時，僅以需次量移郡貳』句。

與孫文融吏部［一］

追維昔者旅食長安，得御大雅，輒荷許義金石，尋盟歲寒。每捧讀南國詩人之句，實感知己。雖齊相之識然明，司空之賞士衡，方斯蔑如。顧某何人，足以當此？一出都門，遂困世法。言念大義，何能去懷？而明公即轉天曹，地位清嚴，瞻仰臺階，如叩閶闔。嘗思一修寒暄，逡巡不敢。亦知明公忠信耿亮，善體下情。某之闊焉，久不通訊，必且以知命安分見寬，必不以爲簡。蓋某愚而畏法，私計遠方疎賤吏，斷無奏刺天曹諸公之理。以故跼蹐久之。已而謀之所親信者，謂雲霄故人，苟無私情，寒暄不廢。嵇生雖嬾，猶通尺素山公。某嬾不敢同于叔夜，而音問久疎，洵謹畏之過。矧明公廣休休之德，躬吐握之風，天下士延頸而望，交口而贊，恨不得一當孫先生。某雖不肖，猶嘗辱門下一日之知，誠不當以疎賤爲解。顧方今聖明在上，百度肅清，某爲守土小吏，無故不敢遣一价入都，存其故人于數千里外。每興思念，輒復踟躕。三年不將一字，一日而腸九回矣。

恭聞明公德業日崇，華實並茂，當寧欽重，倚爲蓍龜。他日文章藏于名山，勳庸勒于鐘鼎，誠哉河嶽英靈，鳳麐上瑞。甚盛，甚盛。某自違清範，勞苦備嘗。才不足以立名，智不足以諧俗。執其固陋，日以窘步。第必不敢自處淤泥，以辱知己。伏望明公終而教之。

某待罪三載，兹當給由例，得遣吏賫文赴部，便布空械，敬問臺福。家有老親，今年八十有三，將以仰希龍章之寵，下伸烏鳥之私。伏惟明公以孝治天下，某奉職雖無狀，儻幸録其三年犬馬微勞，俯賜提掖，其自老親而下，實拜恩休。某不任頂戴殞越之至。

注釋

［一］孫文融吏部：孫鑛，字文融。浙江餘姚人。萬曆二年（一五七四）會試第一，歷仕太常寺少卿、吏部郎中、兵部侍郎、加右僉都御史，遷南兵部尚書，加封太子少保，參贊機務。詳見本書詩集卷一《送孫文融扶太夫人喪還勾餘》注釋［一］。

與顧益卿少參［一］

近閲邸報，知明公移參浙藩，私心殊爲故鄉諸父老識喜，謂今者皇甫度遼在邊，東人庶幾息肩時矣。而嘉則先生書來，謂使節以八月過吴門，久不得的耗。適上海潘方伯至［二］，乃知旌干業已東下。某不能暫解印綬，修負弩之役于金閶道上，惋悵何如？敬以二詩及小集，遣一急足奉候使君。又弗敢趨①俗調，用樸遬小禮。區區之衷，望明公亮察。

校勘

① 趨：程元方本作『隨』。

注釋

［一］顧益卿：顧養謙，字益卿。時官浙江右參議。詳見本書詩集二《贈崑崙山人遊天台訪顧益卿使君》注釋［一］。

［二］潘方伯：潘恩，字子仁，號湛川，更號笠江，南直隸上海縣（今上海市）人。嘉靖二年（一五二三）進士，歷官山東副使、江西副使、浙江左參政，以禦倭有功，陞右副都御史，巡撫河南。潘恩遇事敢爲，不懼强禦，疏劾徽王朱載埨貪虐、伊王朱曲楧驕横，名聲大震。進左都御史，致仕。萬曆十年（一五八二）十月十六日卒，年八十七，贈太子少保，謚恭定。有《笠江集》。傳見王世貞《弇州山人四部續稿》卷一百三十九文部《資政大夫都察院左都御史進階榮禄大夫贈太子少保謚恭定笠江潘公行狀》及《明史》卷二〇二。《白榆集》文集卷十七有《資政大夫

都察院左都御史進階榮禄大夫贈太子少保謚恭定笠江潘公神道碑》。

與王百穀[一]

不佞點臺簡，則不成其爲渤海；洿省牘，則不成其爲勾漏。進退失據，大足資人談柄。然震旦①亦寥廓，當世似不可無此拓落，令妝點聖明，標異林壑。繩墨之士，沾沾一官，世豈少哉？適見潘方伯[二]，云足下盛言不佞，甘心黨人無所悔，可謂我鮑子。欲下拜。

敬美[三]挂冠事，絶類賀老，而勇决過之。吾曹賴此公生色。偶爲賦詩七章，敬書一扇，奉去求教。未得識凌君[四]，辱惠問先及。又足下爲之言，當有以慰藉之。聞益卿使君過吴門，亦以一札往。嘉則欲往看小君山[五]，然後飲慧山泉，曾發足下？吴門衣帶水隔，咫尺不見佳人，幾一歲餘。長江若練，使我魂銷。

校勘

①旦：底本原作『且』，據程元方本改。

注釋

［一］王百穀：王稚（又作穉）登，字百穀。詳見本書文集卷一《竹箭編序》注。

［二］潘方伯：潘恩。見前文注。

［三］敬美：王世懋，字敬美，號麟洲，江蘇太倉人。王世貞弟。萬曆九年（一五八一），世懋官陝西提學副使，旋以曇陽子事，爲臺諫所彈劾，稱疾辭官。

［四］凌君：凌迪知，字稚哲，號繹泉，凌約言子。明浙江烏程人，嘉靖三十五年（一五五六）進士。官至兵部員外郎。編有《古今萬姓統譜》《左國腴詞》《太史華句》《皇明名公翰藻》等，屠隆曾爲後者作序。見本書文集卷一《皇明名公翰藻序》注。

［五］小君山：山名。在今江蘇江陰縣君山公園。

與凌稚哲[一]

門下博①物好古，爲當世張司空、李鄴侯[二]，僕雅嚮往。由拳去吴興，百里而近。天目落眼，谿雲如畫，想見使君隱囊紗帽，徜徉長松修竹之下。吏牘侵人，不能以賤姓名一通款曲門下，乃辱惠問先及，掩面自慙。

某中歲不聞道，涉歷世艱，流浪苦海。官既拓落，學植亦荒。惟日夜思逃深山以自寬，則又奈此世網何？所諭《皇明名公翰藻》序，似當得海内鴻儒鉅筆，光此盛美。僕如學語新鷪，泠泠調舌，花邊柳外可耳，惡得奏諸九天鳳嘯之側，重其羞澀也。然門下有命，義不可辭，容勉綴以進，亦將藉此爲請教之地。僕生平尺牘，多散漫不收。今小集中，僅僅存其近札。門下方廣蒐珊瑚木難、大秦明月，而欲溷以魚目，何②邪？率爾奉復，百不宣一。

校勘

① 博：底本原作「搏」，據程元方本改。

② 何：底本原作「河」，據程元方本改。

注釋

[一] 凌稚哲：凌迪知，字稚哲。見前文注。

[二] 張司空：西晉張華，官至司空。李鄴侯：唐李泌，封鄴縣侯。

答王敬美道兄[一]

快讀七絶，深秀幽峭，使原倡無色。又讀《關洛紀遊》，閎麗險絶，真與嵩、華二嶽摽勝千古。卓哉此道，通神極玄，可以無憾。再觀先生發難潤師，從生得無生，以幻修幻。步入嶺雲盡，坐深山月空。莫怪相逢易分手，扁舟不往是禪心。此名正知見，大覺悟。即未入綿竹山，豈遂領西來宗旨邪？文章道勝，從悟入得之，又何怪其神奇乃爾？先生再來人，不獨爲吾師甄收，兼爲列真所重。使節西征，布衣東下。出函關，渡龍門，涉黄河，輕軒冕如土，等四大若浮。高明勇猛如此，固知大師天眼不失人。濃豔氣盡，恬憺立躋，道應在眉睫間矣。

某下材淺器，方困世網，石火煎人，何從解脱？讀公文章，占公道氣，真作天際真人想。饑渴之懷，非敢誑語。願言努力精進，務期舍筏，勇退何爲？幸深念之。凡夫効忠聖賢，大可笑爾。辱委敘新刻，當勉附青雲。忽思先生刻見和七絶于卷末，因自校勘，此即名根，何緣與公共剗除之。嘉惠過崇破例，登拜敬謝。

注釋

［一］王敬美道兄：王世懋，字敬美。萬曆九年（一五八一），王世懋因曇陽子事爲臺諫所彈劾，從陝西提學副使任上稱疾辭官，歸隱學道。

與鳳洲先生［一］

聞先生今者脩道，益大精進，喜慰無量。某近奉上命，有履畝之役，蒙犯霜露，郊行野宿，至勤劬矣。然亦以此得稍寓目境内招提山水，差足自娱。適至黄渡，問土人，云此中去婁上州里而近。便欲微服間行，一訪先生觀中。第念觀察使者在，踪跡不可自秘。又恐先生不欲某有此行也，以此彷徨路衢不敢前。而思念先生，情興業發不可已。方匏繫縣中，既未敢輕出；今以公役，遍歷四鄉，在外且久。封壤相接，煙火相望，而咫尺不一涉虎谿，則膝行望風，更何日之有？區區欲以此保頭上冠，將千秋萬歲亡恙邪？敬待命郊外，惟先生進退之。

舟中得《四懷詩》，末及印公［二］，亦見向往。一書兩牋，其一上記室，一投印公。又白鑞壹星，送印公一齋之需，乞先生爲之轉致。不盡懸懸。

注釋

［一］鳳洲先生：王世貞，號鳳洲。

[二]印公：指王鼎爵，字家馭，號和石，太倉（今江蘇太倉）人。王錫爵弟。王鼎爵時任南京吏部驗封司郎中，故有此稱。詳見本書詩集卷一《詠懷詩四首》注釋[一]。

與荆石先生[一]

大師顯化綿竹，此言得之范司理[二]。司理得之張無錫[三]。無錫君業遣家僮還蜀訪的信，非久當①到。蓋張乃蜀人也。其詳具廷尉先生前日書中[四]，想達左右矣。某近以履畝之役，久在郊外。相望婁江，欲操一小舠，徑②造精廬，一侍玄論而還。顧身爲小吏，舉動不敢輕率。又恐非先生所欲也。裴徊岐路，欲行不前，神則脉脉往矣。墟里咫尺，一别兩年。區區顧惜微官，謹守世法。欲行畏彼吠厖，夙夜牽於多露。人生踽躇如此，令人不歡。在邑中無輕出之理，今業越在郊野，即便道一過存先生，似無所不可。謹先使人奉問，惟長者命之。速香二觔五兩、檀香一觔、降香一觔，奉觀中清齋之用，幸爲鑒存。舟中興懷，恭譔小詩四章、書一牋請教。不一。

校勘

① 當：底本原作『士』，據程元方本改。

② 徑：底本原作『運』，據程元方本改。

注釋

[一] 荆石先生：王錫爵，號荆石。

[二] 范司理：范守己，字介儒，號岫雲，又號禦龍子，洧川（今河南長葛）人。萬曆二年（一五七四）進士，時任松江府推官。詳見本書詩集卷五《送范司理之南比部》注釋[二]。

[三] 張無錫：張守朴，成都府郫縣人，萬曆五年（一五七七年）進士，知無錫縣。

[四] 廷尉先生：王世貞，官至刑部尚書。

與田叔①[一]

古人云：『境殺心則凡，心殺境則僊。』又曰：『静處煉氣，鬧處煉神。』静處做好，不如鬧處做更好。心要養得虚静，直是死灰，任他翻天覆地，打動不得。至塵溷喧擾、事物匆忙中，尤須回光内照，還認得箇真我，莫遂逐了這事物去。事物衝過一翻，則心地平穩一翻。平居安閑無事，陶養心性，正在境上校勘。果然如何？來諭云『一遇不順，無明頓生』，如此，是足下工夫淺也。又向在静中修習事物上校勘少也。一夫横語，便分出是非，生出煩惱；假令萬境紛沓，横衝直撞，如何試得過去？即此心地何由得到虚静？蓋静中之静不是静，處動而不失安閒，乃爲真静。禪家修止觀，覺妄心才動，便宜止住。止而不住，則用吾之見解照破之。止觀雖非二事，實有此二義。即如横語入耳，惱怒心生，便急止住。一時止他不住，須理會楚漢、曹劉不過一場閑氣。此悠悠之徒所關繫，有何大事，而以區區動我心地，怒之亂性，勝之不武，着甚要緊？一過清凉矣。

不肖鈍根淺器，苦心此道，人間世毁譽利害，震撼擊撞，寵辱是非，風波起伏，猥細煩勞，殆已嘗盡。每在劻勷之中，時時照管，時時磨煉，常調此心。近頗覺得力。物在不亂，物去即清。是僕之得力在鬧處，不在静處也。非敢謂遂已近道。顧既與足下辱在同心，不敢不以愚見質之高明，且願有請也。司馬公不以學道聞[二]，然自今追考其平生，實類有道。故僕作《私謚議》多及此語。不審足下以爲何如？敬美自秦中還，著《關洛紀遊》，屬不肖爲之叙，奉去一册。近以履畝之役，久出郊外，稍得覽憩境内山水招提，以此爲適。每見江鷗野麋，興發林樾，想終是此中人。念田叔林居，如望空際。

校勘

① 此文亦收於《鴻苞》卷三十九。

注釋

［一］田叔：屠本畯，字田叔，屠大山之子。屠隆族孫。

［二］司馬公：屠大山，字國望，號竹墟，鄞縣人。官至兵部右侍郎兼都察院右僉都御史，與范欽、張時徹並稱爲『東海三司馬』。屠隆爲作《貞靖先生私謚議》（見本書文集卷十六）。

與楊伯翼［一］

讀足下近作，如吸日月之華，秀爽欲絶。僕居吴會，得縱觀海内作者如林。語工者格卑，氣勁者味短；尚纖濃則乏風骨，吐胸臆則傷體裁。作如牛毛，合如麐角，罕有當意者。每得卿詩，便驚異寶。乃知天之賦才，故自不同。不佞沈溺此道，年來積苦，思欲罷棄雕龍，紬華返素，至手瑶篇，不覺情態復生矣。不佞久厭塵垢，奈此苦海。一旦誤收于至人，如赤日渴夫，暫飲清凉水，不自知其相入也。吾師再來人，成就乃爾。我輩五欲凡夫，譚何容易？語云：『種穀得粻，種蘭得香。蘭穀不成，猶勝棘刺。』從此寡慾簡緣，道何負於人哉？

若謂仙凡有骨，非力學所致。大道無成，不如退就五慾。他日兩失之，則非通論也。依于大道，力修清净。成則上善，不成猶藉以寡過。清净冲漠，久乃益真；聲利醲華，味短易盡。足下所知也。大道如底，其朗如日。上智凡夫所共由，烏得謂爲軒轅、廣成、老氏、伯陽之私物［二］，世人必不可學，學之輒以爲天下笑也？佛氏言衆生亦有佛性，儒者言人皆可以爲堯舜，在慧業文人可知矣。《神僧傳》《列仙傳》，今班班可考。冲舉尸解，其事爛然。六合内外，以其耳目之所未嘗經而不肯信，今業經耳目矣，而不信如故，即又可奈何？茫茫震旦，有上帝，有岳瀆，有人物，而獨無神仙邪？鄙儒之言：『天下豈有神仙？盡幻妄耳。』既無神仙，胡得獨有幻妄也？足下高明人，言下當悟。中歲學道，僕以爲晚。文人才子，少不聞①道，老行五慾。無論大道，此豈男子之雅致美談哉？興言若狂，我心耿耿。

校勘

① 聞：底本原作『問』，據程元方本改。

注釋

［一］楊伯翼：楊承鯤，字伯翼，鄞縣人。詳見本書詩集卷二《寄贈楊伯翼》注釋［一］。

［二］軒轅：黄帝。《史記·五帝本紀》：『黄帝者，少典之子，姓公孫，名曰軒轅。』廣成：即廣成子，傳説中之仙人。晉葛洪《神仙傳·廣成子》：『廣成子者，古之仙人也。居崆峒之山石室之中。黄帝聞而造焉。』《黄帝内經》中，多有黄帝問道於廣成子之對話。老氏：即李耳，字伯陽，又稱老子、老聃。春秋末期楚國苦縣（今河南省鹿邑縣）人，著名思想家、哲學家，道家學派創始人。著有《老子》五千言，亦名《道德經》。伯陽：魏翱，字伯陽，道號雲牙子，東漢著名黄老道家，著《周易參同契》。

與李山人［一］

新詩日就綿密，當其得意，何必減杜少陵？足下無莊生之傲，何善鼓盆如此？有小兒女，夜半索梨栗，得無攪足下詩思乎？往得讀蔡山人、曇師詩，清温足賞，惜不多見。甬句東近多奇物［二］，僕出門纔六易寒暑，後來之秀咄咄逼人。不知四明山作何狀，出許大靈怪乃爾。

注釋

［一］李山人：指李生寅，字賓父，號『暘谷山人』，鄞縣人，有《李山人詩》二卷，屠隆爲之作序（見《白榆集》文集卷三《李山人詩集序》）。《栖真館集》卷二一有《李賓父山人傳》。

［二］甬句東：甬上句章之東。據史志記載，句章城始建於周元王四年（前四七二），爲越王勾踐所築。公元前二二二年，秦設置句章縣，屬會稽郡。《國語·越語》載：『勾踐之地，……東至於鄞。』

白榆集校注文集卷之八

書　三

爲瞿睿夫訟冤書[一]

夫風蟬雨蚓，得其候則鳴。反舌過時，則世指之曰不祥。今隆之爲黄梅人瞿九思訟冤者，此某之候也，非以爲不祥也。某居東海，九思居南海，惟是風馬牛之不相及也。平生非有期功之親，杯酒接殷勤之歡。即問以其人之脩短白黑，茫然耳。古者蓋有緹縈、朱勃、郭亮、寒朗、劉向，其人者，能以其言白人沈冤，至義聲傾動千古。彼皆于父、師、交遊之間，言其至情，情至則切交，親則易阿，猶有説也。豈某與九思之謂哉？風蟬雨蚓，彼鳴其候爾，無所爲、無所求也；今者隆之言瞿九思者，亦無所爲、無所求也。故曰此某之候也。蓋昔者舜爲帝，禹爲司空，咎繇爲理。當其時斷獄，天下①則無一夫稱冤者。《詩》《書》所稱，蓋誠無之，非其有之而文之也。如使萬物沐清和之化，而一夫獨抱向隅之嗟，則大聖賢之所必問。何者？不欲以一夫而傷清和之化。一夫至細，而傷清和之化至鉅也。

今夫瞿九思者，楚一夫耳。束髮以才名耿亮聞江漢之上，一旦從吏議，罷孝廉，徙塞外，而非其罪也，則天下之人冤之。何故？豈非舜、禹、咎繇之世，而有此一夫者冤也？豈非以一夫者之才名耿亮，天下所知也？某不敢汎陳今古，即以楚往事言之。當楚懷王時，王聽不明，讒夫鬬口，民之沈于覆盆者或不少矣，獨一屈子之事不白，則天下後世冤焉。《往日》《回風》諸作，千秋而下，讀之則凄其酸心。又何説也？則屈子之麗藻絶代，放在江潭，令其抱憤懣之氣，而以雄雋深秀、峭絶之語吐之。而其徒有宋生者，又爲之附麗鴻響，以砰訇後來。故其冤最著也。然屈子之所以離難者，以其當楚懷王時。若生舜、禹、咎繇之世，則無此難。屈子而當楚懷王，則江潭之累也；而生舜、禹、咎繇之世，則記《尚書》、著典謨之史官也。今聖明在服，大臣忠良。九州萬物，欣欣向榮。清和之治，遠駕上古。而猶有懷才抱潔如九思，沈冤如九思者，是聖哲所隱也。

九思之罪，蓋坐以士民徂擊其邑令長，褫乃衣冠，長流塞下。夫使九思所坐誠真，是亂民也，罪無赦。而天下之人輒冤之，則惡得真？且徂擊令長，非一手一足之力也。令長爲天子牧養元元，視元元若子，則令其慈母也，居則戴，去則戀，久則思，何徂擊之有？即一夫倡難，萬姓捍焉，難何由興？令之不才，炰烋其民，民不能堪。即邑中群起而仇之，豈一夫之以也？九思所坐，其果出一夫徂擊，如古朱亥博浪之爲乎[二]？果以邑人同作不道乎？如出一夫發難，則九思之罪何辭？如謂以邑人亂，則此一令者，或者邑人之所同仇也。邑人同仇，而以一夫獨坐，可乎？且民之所懷，其誰能傾？民之所仇，其誰能芘？黄梅之事，某以爲令實爲之。必也治其無良，則邑人之罪；而以『鼓衆倡亂』曖昧不明之辭，坐一書生，則何説也？某雅聞九思以才名爲令所禮[三]，平生固了無睚眦之傷，何至相仇如此？即如杯酒失歡，非有深怨，又何至遂鼓不好亂之衆，而一夫奮臂，持挺如雲也？九思所坐，無亦才名爲禍，蛾眉取憎爾！固天下所共冤，聖君賢相所必察也。

某與九思何爲哉？方漁釣海上，不過聞滔滔江漢，有年少負奇才之瞿九思，文掩中州，名在南國。又未幾聞其以詿誤受惡，爲塞下遷民，心傷其冤而已。比以公車之役，薄遊長安，聞九思方擊登聞鼓，奏書自訟于聖天子丹陛之下。有子甲[四]，年十三，博聞强記，落筆如駛，才視其父。爲書累千言，歷抵公卿大臣，稱父冤，願附緹縈之義。某聞而壯之。相過逆旅，勞苦如平生歡。見九思温焉醇謹，子甲髮纔覆額，短衣楚楚可憐。試以文章，倚馬立辦，的然先秦兩漢聲。某此時忼慷而泣數行。即欲爲之作一牋，投當世之明公大人，以大白其事，如弦上之矢矣。某亦何所爲，亦何所求哉？

賤臣隕霜，庶女感風，匹夫匹婦，足關天道。皇皇上帝，固不以其微細而遺之也。况九思大楚美才，包洞庭雲夢之秀，擷蘼蕪蘭芷之芳。上可石渠東觀[五]，下猶不失牧伯庶司[六]。今陛下夢寐賢哲，以興治理，有才若思，誠廟廊所急。若以無罪見枉，卒從吏議，而令文藻清譽之士貫木荷殳，遠投窮邊，以飼豺虎，悲吟于黄沙白骨之場，躑躅于酸風烈日之下，則孤憤之篇[七]，且與龍堆、馬邑同其不朽[八]。又令十三童子，牽衣卧路，吐其少年英詞秀句，長謠《孤兒吟》[九]，爲行道傷嗟，見聞扼腕。早違嚴父，必至淪落葦間，文采銷滅而無所成。此甚非所以愛惜人材、培養國脉也。區區之愚，蓋爲人材國脉，寧詎止爲思一夫乎？古語云：『相馬失之瘦，相士失之貧。』司馬子長之下蠶室，亦興歎于家無資財，交游莫救；乃若大俠郭解之徒[一〇]，至使大將軍爲之言[一一]。世之常態，古今所同。方九思爲文學有聲，家席先人之舊業，足具饘粥。此時交游賓客動引青松，指白日，執手而稱相知。今一旦無罪而下于理，聲名摧損，家業蕩破，父子垢首囚服，蒼皇北走，裋褐蕭蕭，泥沙滿面。平生交親，掉臂不顧。某切痛之。某與九思父子，無一日之雅，徒激于氣義，愍其冤狀，而冒爲之言。誠出不肖朴誠，又以媿夫交親而掉臂，有凉德者也。

伏惟明公，秀甲河嶽，德侔造化。神明之智，燭彼蔀屋；陽春之澤，下及昆蟲。縣寓戴仰，華夷咸頌。今九思父子，不特一昆蟲也；其含冤，不止一蔀屋也。明公調和四海，萬物欣欣，協氣流鬯，而猶然使一夫向隅，明公不忍也。特無爲明公言之者。某海濱一介布衣，韋帶之士，躡草履登朝，疎愚罔知忌諱，直吐胸臆，以進于下執事。明公誠亮其無他，俯聽芻蕘，煎雪誣枉，起九思父子之白骨而肉之，則天下懷才抱義之士，有不肝腦塗地而向明公者，非夫也。惟下執事圖之。某惶恐死罪。

校勘

①下：底本原作『卜』，據程元方本改。

注釋

[一]瞿睿夫：瞿九思，字睿夫，湖北黄梅人。舉萬曆元年（一五七三）鄉試。以聚衆反對知縣違制苛派，受誣下獄，長流塞下。子甲，年十三，爲書數千言，歷抵公卿，訟父冤。屠隆作《爲瞿睿夫訟冤書》，遍告中外。詳見本書詩集卷五《寄瞿睿夫二首》注釋[一]。

[二]朱亥：戰國時魏人，以屠爲業。曾於博浪徒手搏擊魏師，破秦軍，解邯鄲之圍。參見《史記·魏公子傳》。

[三]令：指萬曆初黄梅縣令張維翰。《明史》卷二八八《瞿九思傳》載：『縣令張維翰違制苛派，民聚毆之。維翰坐九思倡亂。巡按御史向程劾維翰激變。吏部尚書張瀚言御史議非是，九思遂長流塞下。』

[四]甲：瞿九思子瞿甲，字孟堅。《由拳集》卷六《瞿童子詩》序：『瞿童子名甲，楚人瞿九思子，抱才甚奇。年十三，徒步走京師，上書相

公訟父冤，辭情忼慨。』

[五]石渠：即石渠閣，漢宮中藏書之處。東觀：亦是漢代宮中藏書之地。代指機要處。

[六]牧伯：州牧與方伯的合稱。庶司：衆官、百官。

[七]《孤憤》：戰國末法家代表人物韓非著作。《史記·老子韓非列傳》載：『（韓非）悲廉直不容於邪枉之臣，觀往者得失之變，故作《孤憤》。』

[八]龍堆：即白龍堆，沙漠之名，在西域中。《漢書·匈奴傳》揚雄諫書：『豈爲康居、烏孫能踰白龍堆而寇西邊哉。』馬邑：戰國時趙地，秦置馬邑縣，漢屬雁門郡，在今山西朔縣境。漢武帝元光二年（前一三三），漢以馬邑城誘匈奴單于，使大軍伏馬邑旁谷，匈奴覺之。漢軍無功。見《史記·匈奴傳》。龍堆、馬邑，文中均系泛指，意謂戰爭勝利，將士自邊境回師。

[九]《孤兒吟》：漢代樂府民歌有《孤兒吟》。

[一〇]郭解：西漢人，以任俠聞名，常藏匿亡命，任意殺人，並私鑄貨幣。後被漢武帝徙往關中，仍與當地豪强勾結。因門客殺人，被指叛逆，族誅。

[一一]大將軍：指衛青。《史記·遊俠列傳》載：『及徙豪富茂陵也，解家貧，不中訾，吏恐，不敢不徙。衛將軍爲言：「郭解家貧不中徙。」上曰：「布衣權至使將軍爲言，此其家不貧。」解家遂徙。』

答董生書[一]

僕往授金不律于東皇先生[二]，下撞碧海，上撩青霞，噌吰赫煜，震旦咸賞。獨無奈丹元君見苦何？而往愬真宰，夜使五丁鉅靈挾雷電見收，幾爲所得。比領教至人，謂管城君太横，雕繪滿眼，靈明受障，何由得見本來？其姑務埋照沈彩，以還樸真。僕始于是櫝而弢此君，封以大海紫泥，而下葳蕤巨鑰。此君性不受弢，時露光怪。則取如來金剛杵，將槌碎之，又惜不忍下。此君慨慨在櫝中四三年于兹。猛虎在檻，毒龍投鉢，終不忘風雲騰躍心。而主人翁又重負此君，不能置之天上白玉堂，而下與刀錐同處。譬如洞庭神女風鬟憔悴而牧[三]，雨工既已受弢，猶勝辱彼夫之手。丘壑緣多，凌霄氣盡，乃不意今日復爲足下所發也。

足下之好僕至矣，兩惠投瓊，以明相憶。赫蹏翩翩，何其絶麗也。吾家不律甚神異，豈耄我而遁逃向子，形留神往邪？不然，何此君猶故，而精光銷亡也？我四明洞天，上有璚芝靈草，下有赤水丹砂。秀淑之氣，蟠結人群。故多隽朗，近益斐然。響奏金石，字挾風霜。屈指詞林，漸及足下。足下不律矯矯作騫霞之鳳，搏秋之隼矣。

夫太山之雲，合以膚寸，而澤徧六合；黄河之流，出于如絲，而瀾助滄海。大人鴻士，出漸行遠，積深發鉅。斯光耀天壤，聲垂後來。足下不觀曜靈之浴咸池、挂于扶桑乎？其始蒼蒼凉凉，其後乃如探湯。故自光音天人下來，至于今如一日；若石火流電，一瞬過矣。文考、子安、蕭統、陳思，彼皆以絶代之才，夭其天年，大都坐此。僕少不解事，沾沾以五彩毫自喜，婁爲天帝所怒，雷甲長神往往下窺。每片語將出，風雷交發，震怖欲死。幸帝原之，謂毫端雖縱横，而胸臆頗柔澹。以故稍得寬假，至今日亦危矣。足下方在弱齡，幸慎之。僕願足下爲曜靈，不願足下爲石火流電也。少而善自韜慎，神完氣足，何物不辦？何遠不到乎？僕故少此，今以助足下。

久不答華札，蓋正適僕焚筆研時。比爲足下大黄、谿子所發[四]，遂復犯綺語之戒，伸紙濡墨，娓娓不休。如河朔健將，老學枯禪，方跏趺面壁時，豪少年過而飛鞚，舞刀横槊，誇其雄俊而挑之。始嗒然冥然，再挑之，忽起而應焉。遂忘其故禪也。僕之與足下，何以異此？海上楊伯翼者[五]，僕之友，亦足下之友也。其爲文，宏麗不及僕，而奇峭過之。足下日與周旋，一栖兩雄，自足千古。其尚放，僕收氣滅焰而密修實行，無復以丈二長殳見挑也。他日褐衣布帽，相見大江之沚，請作世外譚，勿溷迺公事。

注釋

[一] 董生：四明人，屠隆、楊伯翼之友。或爲董大晟，字揚明（一作陽明），鄞縣人。屠隆本書文集卷二《嘯廬四賦序》稱：『董生好古躭奇，軒軒撟舉，他文尚多未備，而獨逞其雄心慓氣于四賦。』

[二] 不律：筆。《爾雅·釋器》：『不律謂之筆。』郭璞注：『蜀人呼筆爲不律也，語之變轉。』

[三] 洞庭神女：《太平廣記》卷四一九『柳毅』條引《異聞集》云：『唐柳毅過涇川，見有婦人牧羊於道左。問之，對曰：「此非羊也，雨工也。」何謂雨工？曰：「雷霆之類也。」』

[四] 大黄、谿子：古代弓弩名。

[五] 楊伯翼：楊承鯤，字伯翼。鄞縣人。詳見本書詩集卷二《寄贈楊伯翼》注釋[一]。

與荊石先生[一]

比來益苦拮据，上官操下如束濕，内理簿牘，外羅將迎，真無刻暇。每侍兵使者，披肝瀝膽，以世調外相看，足爲不肖鮑叔。想因尊者弘獎，日漸深篤。不肖無以致此。近謁督撫公，殊禮深眷，有逾於初，亦不知何自得之？疎愚之人，守其區區固陋，既無長才遠略自結上知，又不能滑稽巧佞以諧時俗，罪譴且語，則其固然。會有天幸，上官日薄其責，誠出望外，敬謝大德。

和石先生又復乞身[二]，吾道大自生色。大官要路，未見嶄然樹立，風味似只如此。鴻漸卿列，白首進賢。身歿之後，乞一二恩典以表墓道，則布衣之極矣。一照破之，有何大光景？次公此歸，知達者不悶也。即以世俗論之，兄爲學士，弟爲督學，此猶不足，必如何而後爲足哉？童子何知，對尊者放言如此。主臣，主臣。

不肖某日溷俗塵，染緣更深，願乞先生一言指迷。長安之使，計獻歲初旬當回。此舉殊非素心，尚容再細求教。不一。

注釋

[一]荊石先生：王錫爵，號荊石。太倉（今江蘇太倉）人。萬曆六年（一五七八）張居正柄國，錫爵以抗張居正辭歸。時已鄉居三年。

[二]和石先生：王鼎爵，號和石，王錫爵弟。王錫爵以抗張居正歸鄉後，王鼎爵又於萬曆九年（一五八一）冬從河南提學副使任上投劾還鄉。

與鳳洲先生[一]

先生文字，上帝所重，在天下人可知。初學小生，能拈弄筆墨者，即思摳衣一見王先生，得王先生片言以爲重。某不肖偶得幸於先生，數年以來，絶不敢以筆札之役，仰溷長者。即先君棄不肖十六年於茲[二]，而以家世貧賤，故尚在淺土，未得鑱片石而銘也。每欲抱情摶顙，求長者銘先君，逡巡不敢。及先生屏去外緣，壹意修大道，益不敢啓此口，然往來於胸中未已也。

近聞長者在關中，雖焚筆研，猶問爲相知一搦管。某迺復萌此念，思徼寵靈于長者。先子布衣至性，頗有被裘王倪之風。一二行事類有道，而蹤跡又有奇可傳者。嘗私撰一行狀，未敢遌以爲請。謹齋沐奉叩。儻長者以不肖故，憐而破格許之，容以狀往，悚息聽命矣。婁上兩學使者先後乞身[三]。自子喬而後，有道達人多好姓王，何也？先子之銘十六年，不敢向長者長跽乞銘，而迄今尚不欲得他人文字，此其情可念也。唯先生圖之。

注釋

[一]鳳洲先生：王世貞，號鳳洲。

[二]先君：屠隆父屠濬，號丹谿，卒於嘉靖四十五年（一五六六），距寫此信之萬曆九年（一五八一）已有十六年。屠隆乞銘後，王世貞爲作《屠丹谿公墓志銘》，見《弇州山人續稿》卷九三。

[三]婁上兩學使者：指婁東（今江蘇太倉縣）王世懋與王鼎爵。王世懋曾官陝西學政，王鼎爵曾官河南提學副使。

與麟洲先生[一]

和石先生遂繼先生芳躅[二]。不聞通明之後，即有稱祖征虜亭者[三]。甚盛，甚盛。以金籠頭，散放水草，故自天壤。每讀王無功辭賦[四]，至『殷憂一世，零落千秋』，『榮深責重，樂不供愁』，『古藤曳紫，寒苔布緑』，『洞裏窺書，巖邊對局』，『雜樹相糾，長條交茹』，『葉動猿來，花驚鳥去』，想見王先生標格。垤蟻裩虱，轉足自醜矣。

某比益苦吏事如焚，適道幽人佳話，便自瀟然飲冰，何況松桂當門、流泉遶砌、高栖遠覽如先生者乎？《關洛紀遊》稾乞再惠二册，小叙不妨即行。大道默默，不當擊鼓以求亡羊。業已爲之，又安用掩耳盜鈴爲？日以度田之役百冗，久失一訊。率爾裁書，不盡想仰。

注釋

［一］麟洲先生：王世懋，號麟洲。萬曆九年（一五八一），王世懋以疾乞休，歸隱學道。

［二］和石先生：王鼎爵，號和石。王錫爵弟。王錫爵以抗張居正歸鄉後，王鼎爵又於萬曆九年（一五八一）冬從河南提學副使任上辭官還鄉。

［三］征虜亭：在今江蘇省江寧縣東。《梁書》卷第五十一《陶弘景傳》：『永明十年，上表辭禄，詔許之，賜以束帛。及發，公卿祖之於征虜亭，供帳甚盛，車馬填咽，咸云宋、齊以來，未有斯事。朝野榮之。』後以祖於征虜亭爲榮休象徵。

［四］王無功：唐王績，字無功。下文中引文出自其《遊北山賦》。

與王和石督學［一］

先生與麟洲先生同視學政，一入關西［二］，一遊宛洛［三］。先後挂冠，風疎雲上，高標朗映，何必減陶通明拜表還句曲？惜無公卿祖帳征虜亭勝事，于此可占世道人情。士大夫志溺于腐鼠，智昏於金注，塵勞外縛，得失內煎。白首一進賢冠，如捧琉璃盤行九折坂，惟恐或墜也。先生風操如此，可謂超類絶塵，而世人猶欲皮相寥廓士，且若之何？昔許由讓天下而逃，而逆旅主人疑其竊履；漁父不愛執圭之爵，而子胥以爲利其寶劍也。人之度量相越，豈不遠哉？軒車入鄉，山靈喜可知也。

某身羈一邑小吏，不能扁舟奉詣，仰睹紫芝琉璃，進賢求之此輩，則某是也。雖然，麏麚駿乘，鵁鶄入室，塵容狎人，野性終在。從此而往，即致位卿列，出入金紫數十年，一旦無常，貴人之骨不化乎？三春之華，當其灼灼，爛然滿眼；須臾委於糞壤，光景安在？隙駒石火，昔人所蹉，疇謂先生不達也？歸就三逕，父兄師友，論心問道，慶快何如？遣使緘詞，聊表不佞緇衣之好，伏惟高明亮察。侑以不腆，悵爾神馳。

注釋

［一］王和石督學：王鼎爵，字家馭，號和石。官至提學副使。

［二］關西：指函谷關以西。王世懋（號麟洲）官陝西提學副使。

［三］宛洛：南陽與洛陽。王鼎爵官河南提學副使。

奉李觀察[一]

某才疎識闇，獨抱其狷介之愚，而自託于孤危之迹。俯仰今世，孑焉畸人。不謂此生何幸，得濫荷曠蕩之知於明公。每侍臺慈，略去苛禮，忘形忘分。欵語移時，言言胸膈，輒退而自喜，爲得所遭。恭惟明公英靈間氣，物望儒宗，博大寬仁，神明朗鑒，誠百代卓絶奇偉之賢。俯視下走疎庸，不啻眇矣。誠不自意，何修而得幸於大人先生，若此之篤至也！虞翻有言[二]：『天下一人知己，可以不恨。』況某之荷殊遇深眷者，又世之卓絶奇偉者哉？明公以陽春造物，靡市私恩，而某亦勉持素心，耻爲巧佞，即今日之感恩銜遇，刻骨銘衷，似不必津津于齒頰間道其感激。但恩出異常，人非土木，欲終默則情不能已，第言之則辭不易宣。區區下情，伏惟亮察。自此之後，朝夕兢兢，恒恐不才墮落，自負明賢知顧是懼。誓于此生，靡敢蹔忘。咫尺臺階，瞻仰天日。每思摳衣叩謁，輒以簿領所羈，格于明禁，亦恃心神孚契，不在形骸。然泰山北斗之思，烏能一夕而去夢寐哉？

蒙諭取小集，敬獻上二册，統祈仁慈鑒亮。某不任殞越之至。

注釋

[一] 李觀察：未詳。

[二] 虞翻：字仲翔，會稽餘姚（今浙江餘姚）人。三國時吴國官員、經學家。

與趙汝師太史[一]

人之相與，有同堂接席，朝夕周旋，而味未嘗不短；有形曠影絶，咫尺河山，而神未嘗不親。神氣苟同，即形骸可廢也。某家海門，少狎江鷗野梟，習成嬾性，而不幸爲造化勞人。嬾自其性，而勞又有以奪之，以故事多報罷。然某爲人坦中，意復頗能耐喧。而居恒難于絶俗，不爲物先，來亦不却；未嘗喜事，事亦不少。則咎不在涉境，而在坦中也。案有簿牘，門多將迎。其踪跡則然，或非其好。至如先生者，第在當世，若習以爲常，誠一入史册，便令千古景仰。某則日接大賢邑屋，煙火相望，雞犬相聞，三年不將片辭，無一日而去胸臆。士大夫郵筒不乏，而獨久缺先生之一椷也。夫門前之刺，有可不接者，而某則無有不接；當世大賢，有必不可失者，而某則坐而失之三年。以某爲簡緣耶？則未見其簡。以某爲好事耶？則又似有不好者。此其疎而坦中，大要可睹也。日嘗受教于大人長者：『子溷溷而可，業抱隨夷之心，而日有鄭莊之累。胡不稍自峻其龍門，而自取煩喧爲？』某敬諾而不能從也。僕豈不知將迎之足以損官譽，喧囂之足以耗心神哉？性偶不近高峻，不能彊而就之，然亦不能與人相比爲污行，此或高明所諒耳。

先生高曠清真，皭然物表，貞不絶俗，和不狥時，真僕之師也。平生緇衣之悰，誠切于夢寐。往君典嘗爲僕言，先生亦有意乎不肖者。近晤箕仲[二]，言先生更深，而莫君之言先生更深。即僕向往之私，遂如丸之脱於手。僕不肖，既賤且愚，不自知何故，時時得當世大賢豪傑心。豈以雕蟲末技差足鼓吹詞林？抑或以其人坦中無腸見收也？蓋僕之失處以疎，其得處亦以疎。賢者所取顧，往往在此。巧如轉圜，捷如激矢；巖如九層之臺，深如無底之壑，世亦不乏，僕烏能然？歲云暮矣，百務填委，草草修此牋奉候長者，聊以致其三年積仰。聞刻管、韓二子，將以叙見屬，而不果，何也？區區此心，願附門下青雲。伏惟先生鑒察。

注釋

［一］趙汝師太史：趙用賢，字汝師。隆慶五年（一五七一）進士，選庶吉士。時趙用賢因抗疏論張居正奪情，遭廷杖六十板，被貶爲平民後回常熟家中

［二］箕仲：沈九疇，字箕仲，鄞縣人。屠隆友人沈明臣之侄。萬曆五年（一五七七）與屠隆同科進士。詳見本書詩集卷五《寄君房箕仲四首》注釋［一］。

與朱秀水[一]

適以捕亡倉卒，發賤刺不及附八行起居仁兄。過蒙垂情，兼辱大教，既感且恧。東望勞神，青谿就李[二]，真盈

盈一水隔爾。數載蹉跎，不將尺素，同心之義謂何，何寥落至此也？乃知作吏之苦，至使人人道並廢，可歎矣。而仁兄神明豈弟之聲，則耳熱心醉，已非一朝。以此當夢遊神交可乎？開之時亦來，道仁兄風采，朗如玉山。平湖君温夷截肪[三]，皭然並映。秀州一時有兩君子在[四]，事可不謂盛哉？弟布衣時，曾薄遊就李，宿真如寺六夕。于今十五年，寺僧亦忘其姓名。當是時，未投刺一人，葦一獨行鴛鴦湖上[五]，遶堤看芙蓉木蘭，無人知者。再遊何日得及？使君在日過之，沙門或以紗籠相處爾。一笑。小集同一扇求教仁兄，伏乞亮察。勞苦使者，并以爲謝。

注釋

[一] 朱秀水：朱來遠，字文臣（一字文甫），號修吾。直隸廬州府廬江縣人。屠隆同年，萬曆五年（一五七七）任秀水知縣，治邑六載。《（萬曆）秀水縣志》卷之四有小傳。詳見《白榆集》詩集卷七《贈朱文臣吏部》注釋[一]。

[二] 青谿：青浦之別稱。屠隆萬曆六年（一五七八）至十年（一五八二）任青浦知縣。就李：即檇李，古地名，在今浙江省嘉興西南。朱來遠时任秀水知縣，屬嘉興府。

[三] 平湖君：或指陳泰來，字伯符，一字上交，平湖（今屬浙江嘉興）人。萬曆五年（一五七七）屠隆同年進士。

[四] 秀州：指嘉興。五代時錢氏置秀州，治嘉興縣。至北宋政和以前亦稱秀州。明嘉興府領嘉興、秀水等七縣。兩君子指朱來遠與陳泰來。

[五] 鴛鴦湖：湖名，在嘉興。

奉徐司理[一]

往蒙恩府相約，聯舟並行，侍教清燕。歡悰良晤，殊愜下情。不謂候送吴府公良久，又以議處京糧逾時，追隨仙鷁，瞻望不及。既違德意，亦負素心。悵惘，悵惘。竊念恩府久勞於外，跋履山川，蒙犯霜露，駪駪在塗。春日暮矣，五葺芳草，言念王孫大人，得無過勞乎？

青浦諸生郁承彬[二]，揚馬英標，瑚璉美器。某夙聞其人，一見相賞，許以國士，差可無雙。不幸以家貧母老，負米秣陵。偶因鄰人之難，遂及池魚之殃。以詿誤罷諸生，而非其罪也。某心傷之，嘗以官諍之督學使者，至再，至三；又嘗爲之抵書兩都諸明公[三]。其事業已大白，督學大人心許之，而牽於成案，慎重其事，尚未得請。今茲郁生之抱怨，亦微得之學憲之意旨，乃蒙恩府神明燭物，洞察其冤，辨①孤桐於爨下，收神物於獄底。且無因至前，不知恩府何自得之？臨軒數語，宛篤悃愫，直欲燃死灰而起白骨，士林相傳，有至泣下者。某也聞之，能不感動？敢敬爲寒畯一頓首稱謝。自後有可以拔此生於泥塗者，伏望明公相而圖之，以終此大惠。某不任頂戴悚激之至。

校勘

① 辨：原作『辯』，據文意改。

注釋

[一] 徐司理：徐民式，字用敬，號檢吾，福建浦城人。萬曆八年（一五八〇）進士，時任松江（今屬上海市）府推官。屠隆曾爲徐民式制義稿作序，見本書文集卷一《徐檢吾司理制義稿序》。

[二] 郁承彬：字孟野，華亭人，屠隆爲青浦令時交好之士子。屠隆爲郁承彬説情事見本書文集卷十《與房侍御》。

[三] 兩都：北京和南京。《明一統志》卷一《京師》：『古幽薊之地，左環滄海，右擁太行，北枕居庸，南襟河濟，形勝甲於天下，誠所謂天府之國也。我太宗文皇帝龍潛於此，及纘承大統，遂建爲北京。』《明一統志》卷六《南京》：『古金陵之地，自周末時已有王氣，秦始皇謂東南有天子氣，諸葛亮謂龍蟠虎踞真帝王都，即此地也。……至我太祖高皇帝，功德隆盛，奄有四海，乃定鼎於此，爲京師，始足以當形勢之勝。永樂中於北平肇建北京，正統中以北京爲京師，遂以此爲南京，實根本重地云。』

與辰玉[一]

適聞兄有鼓盆之憂，爲之怛焉動念。我師業已知之矣。修短有數，自不可逃。大師道成，功及眷屬，嫂夫人當生忉利天宮無疑。又聞兄哀傷特甚，幸稍節之。昔人有言：『太上忘情，最下不及情。情之所鍾，正在我輩。』即烏得不哀？第兄既栖心道門，當希太上之旨，不宜以中下自處。恩愛枷鎖，正是生死種子。此賢夫人所以不免也，兄豈得復爾？逝水滅燭，哀亦何益？以兄明智，當能自寛。束帛瓣香，恕不躬往。

注釋

[一]辰玉：王衡，字辰玉，號緱山，王錫爵之子。是時有喪妻之憂。詳見本書詩集卷五《和王辰玉辛巳秋日直塘拜曇陽大師新觀感懷之作》注釋[一]。

答金伯韶[一]

仁兄才名滿東南，需以歲月，當代風雅惟足下主盟。乃退然挹損，弘獎過情，豈惟鍾期笑人？亦無乃非仁兄本懷乎？弟年來日苦吏事侵尋，鬢髮爲短，四十成翁，元陽走失，未免朝露之歎。比且欲向金仙蓮座下，焚筆研矣。足下方握風雅之權，南面而指揮，奔走天下豪俊，而弟且奄奄作苦行頭陀，任兄説詩説禮，舌吐青蓮。其如弟之嗒然不應，何已矣哉？西京、大曆之業，且放足下獨步。歷下生殫精此道[二]，才不副氣，亦足千古。足下努力，當據其處，何故讓人？

小詩一首送開之北行者，足下試讀之，可知鮑昭才盡[三]。春花秋實，各有其時。足下自愛。

注釋

[一]金伯韶：金九成，字伯韶，秀水（今嘉興）人。萬曆四年（一五七六）舉人，與屠隆同年。據清沈季友《檇李詩繫》卷十五小傳：『九成字伯韶，號望虞，秀水人。幼以神童稱，誦讀餘暇，便能旁涉稗官野乘，出語驚人。萬曆丙子年十九領鄉薦，屢上公車不售，乃焚去郵傳，不復北上。浮沉肆志，與酒人劍客、禪衲道侣締遺世超方之交。年僅三十九卒。著有《借竹軒稿》《春懷小草》《讀史小論》，詩亦清利不俗。』王世貞《弇州山人四部稿》亦有傳。屠隆《栖真館集》卷八有《贈金伯韶同年》。

[二]歷下生：李攀龍，字于鱗，家近東海，號滄溟，濟南人。明清人常以其籍貫稱其爲歷下、歷下生、濟南等。爲明中葉文學團體『後七子』發起者和核心領袖。

[三]鮑昭：即鮑照，南朝宋時著名文學家。『照』作『昭』，蓋唐人避武后諱所改。

答傅伯俊[一]

開之解禪宗，多聞彊記，掊擊玄門不遺餘力。然廓落宏肆，未就實際。説經説典，口墜天花，機鋒誠難與抗。而貢高浮氣，欲傾須彌山。開之每對僕風生，僕泠然了無酬答，謹避其鋒，而心殊不以爲然。儒者之於二氏，日尋干戈，此殆非祖師初意。三家之旨，將無不同。在世出世，各闡道揚教。人倫實際，則儒者是宗；超脱清虚，則二氏爲妙。要之皆不出乎一心。儒者將心體事，以就其實。事盡而累遣，何實非虚？二氏屏事澄心，以還其虚。慧生而境見，何虚非實？即以二氏言之，泥有爲之法，執長生之説，此外道彼家則爾。上焉者性命雙修，虚極静篤，與波羅蜜智何異？調神出殼，與道合真。漏盡義了，入滅涅槃。可謂殊塗同域。

吾想世尊、大士、太上、金母，虚空之上，乘理往來，當不啻椒蘭密友。如開之所云：『一棒一喝，相見必仇。若酒人罵座，擔夫争道，當無已時。』此大可笑也。開之非惟不曉玄門，亦未達禪理。不從心性上大鍊一番，而徒多記教典，向人饒舌不休，自增口業。即一部《大藏》，反爲渠障魔，到那無常，一字也都用不着。蓋開之病，全坐在太聰明伶俐，博聞彊記，機鋒雄辯。以此蓋世降人，談道彌多，去道彌遠。僕不識經典，寡所聞見。且姑從方寸上作理會。心本清，染物故濁；心本静，撓物故動。心本空，着物故塞；心本靈明，障物故暗。以漸去之，還吾本體。制其發，不若除其根。頓未能除，不若以漸。漸至神明朗徹，何義不了？何功不成？初學地人，且須調心御氣，寡欲去好。學爲善人，有何玄妙？只務平常。由此言之，千經萬卷，千言萬語，更何處用着？開之自負辯才，雖視小弟，謂僕不習講師，懵無見解。僕亦厭開之寥廓泛濫，無所棲泊。舌端爛然，惚昧真性。以是不同。利器鈍根，要亦天賦。開之若能力去知見浮氣，一返本始，詎可量哉？

足下聰穎絶人，意思蕭然，洵進道之器。僕本愚陋寡識，徒以一片肝腸爲師真所收，而于大道茫無入處。今所見，第知學爲好人而已。學爲好人，進則人道，退亦無損。吾無多岐，何虞其亡羊？五岳之期，願與足下同之，幸無相負也。

注釋

[一] 傅伯俊：傅光宅，字伯俊，號金沙，山東聊城人，萬曆五年（一五七七）進士，屠隆同年。詳見本書詩集卷六《春夜同陳玉叔莫廷韓傅伯俊邢子愿胡元瑞集朱汝修齋中》注釋[一]。

答汪文學①[一]

麟川先生足下：

夫走煩囂者思空虛，逃空虛者思跫然，物情故爾。僕涉世未久，所當通都孔道、簿書錢刀之事，外損筋骨，內耗元神。計其所遭，大非其平生所習。譬如野鶴爲人家雞，雖羽翮摧頹，風雲氣在。天性寬仁，不幸有羶行，爲萬物所歸。又以雕蟲末技，竊海內虛聲。而伎倆眉宇，不甚駭人。以故遊道日廣，酬應日繁，無信陵之賢[二]，而有鄭莊之累[三]。種種起滅，種種去來，野馬空花，總屬幻妄。當其味盡，厭倦可言。譬如赤日暍天，煩敲鬱攸，每思陰山寒雲，峨眉積雪。夫道亦何負於人哉？解煩去鬱，平情散懷，凡夫得之，以出苦海；凝神抱虛，黜聰益慧，至人得之，以結聖果。夫道亦何負於人哉？譬如群飲於河，小大充量矣。下士聞道則大笑。非故笑之，坐於其所不知也。蝶也嗜香，蠅也嗜臭，性之所近，真不可强。蛆日處於糞也，自彼視之，亦何異於栴檀、蓮華者哉？故處五濁之中，而譚清虛之道，則蛆也。鳳安雲霄，蛆安厠溷，習乃安焉。故鳳亦笑蛆，蛆亦笑鳳，其所由來久矣。

僕於大道，未窺一班，而稟性疎朗。疎朗之與清虛，頗爲近之。不幸身在垢溷，解脱無由。譬之糞蛆，雖未離糞，然已覺矣。無論迷，覺矣而不力，猶迷也；無論穢，潔矣而不盡，猶穢也。宿根難拔，結習難除。內境難清，外緣難簡。鈍根之人，易行而難解；利根之人，易解而難行。凡庸闒茸者，多爲俗所牽；聰明特達者，多爲智所鬬。總之，敝形耗神，都失本來面目。學如牛毛，成如麟角。何怪哉？

足下聰明男子，博聞强記。伏讀來札，纚纚百千言，富矣。其於此道，似有解矣。燭物明理，我輩不難，而難於含光塞兑，以還清虛。自古不乏高明之士，而多以其精神見解用之功業文章而止。即功垂天壤，文掞河漢，其於性命，曾何損益毫毛？是僕之所大懼也。足下勉之。夫道戒饒舌，僕已矣，何言？

校勘

① 此文亦收於《鴻苞》卷三十九。

注釋

［一］汪文學：號或字麟川。餘未詳。

［二］信陵：指信陵君魏無忌，魏昭王少子，魏安釐王異母弟，戰國時期魏國著名軍事家。因被封於信陵（今河南商丘市寧陵縣），後世稱其爲信陵君。其禮賢下士，急人之困，與春申君黄歇、孟嘗君田文、平原君趙勝並稱『戰國四君子』。《史記》卷七十七有《魏公子列傳》。

［三］鄭莊：西漢陳人。好黄老言，任俠自喜，聲聞梁楚間。孝景時，爲太子舍人。武帝時，纍官大食令。客至無貴賤，皆執賓主之禮留之，山東之士翕然稱之鄭莊。後爲客所累，陷罪，贖爲庶人。複起，官汝南太守。

與李惟寅［一］

昨邑中有一諸生至自秣陵，手持公一書、二扇，佳篇奇麗，秀色可餐，信得六代山川之助，南國詞人，遂奪精爽。神伏，神伏。一水盈盈，旌旄在望，無從把臂，日有懷人。計以上計日取道白門［二］，一圖傾倒。恐計吏無入南都理，則當以北還微服過之爾。歐楨伯在［三］，可得日夕不？比部郎范公岫雲［四］，先是爲雲間李，好學慕古，爲人深湛，翛然清遠。今居閒曹，日閉户焚香，讀書而已。明公儻欲識其人乎？則請先之。

家有諸孫和叔［五］，先太宰丹山公嫡孫也［六］。少有奇抱，多讀周、秦、漢、晋書，尤工舉子業，卓爾家駒。先太宰故長厚聞於天下，今諸孫多椎魯，獨此子賢而有文，某雅念之。太宰箕裘，至和叔中衰甚矣。又復落筆。過縣齋，旬日别去，遊白門，將一覩燕磯、牛首之勝，以充拓心胸，發舒文章，而懷中之刺苦無投者。某爲引見門下，以遊五侯。即無樓君卿喉舌、谷永①筆札［七］，或其庶幾明公不賤逢掖，幸破例況之。渠意在得金陵主人一片寒氈，希明公留心。近作數章書扇頭，玉印二枚、小集一册附往。

校勘

① 谷永：原作『郭雲』，或爲同音之誤。今據文意改。

注釋

[一] 李惟寅：李言恭，字惟寅，襲封臨淮侯。

[二] 白門：六朝都城建康之正南門（即宣陽門），俗稱。

[三] 歐楨伯：歐大任，字楨伯，廣東順德人。博涉經史，工古文詩賦。

[四] 范公岫雲：范守己，字介儒，號岫雲，又號禦龍子。洧川（今河南長葛）人，萬曆二年（一五七四）進士，授雲間（今江蘇省松江縣）司理。時任南京刑部主事。詳見本書詩集卷五《送范司理之南比部》注釋[二]。

[五] 和叔：屠本中，字紹華，一字和叔，號舜宇。屠湳重孫，屠隆族孫，屠大貞次子。諸生。

[六] 丹山公：屠湳，字朝宗，號丹山。官至吏部尚書，進太子太傅。

[七] 樓君卿：《漢書・遊俠傳・樓護》載：『樓護字君卿，……爲人短小精辯，論議常依名節，聽之者皆竦。與谷永俱爲五侯上客，長安號曰：「谷子雲筆札，樓君卿脣舌。」』後因用樓君卿脣舌爲善於辭令之典。谷永：字子雲，西漢長安人。博學經書，工於筆札。後以『谷永筆札』爲擅長文章、書畫之典。

與冏伯[一]

騏也果駿，振鬣長鳴，萬馬俱瘖矣。世眼多翳，故知孫陽笑人。男子失時則窮，得時則駕。龍蛇其德，總屬偶然。幸弗作『春風得意馬蹄疾』之語。足下一第，乃其故物，不敢爲知己稱慶，獨憙王氏青箱之業寄託有人，尊公得壹意玄修[二]。此足大快爾。

四明黄君漢陽[三]，以北上春官，便道謁尊公，并詣足下，幸作傾蓋之雅。北上聯鑣，足稱聯璧。此君儁爽，故當不辱冏伯。不腆之儀，隨例漫往，幸存之。

注釋

［一］冏伯：王士騏，字冏伯。萬曆十年（一五八二）中鄉試解元。

［二］尊公：王士騏父王世貞。

［三］黄君漢陽：據下文《與鳳洲先生》，黄君爲孝廉黄仲高。清全祖望《續甬上耆舊詩》卷一小傳：『黄刑部景莪，字仲高，工部景章之兄。萬曆三十二年進士，刑部員外郎。』

與鳳洲先生［一］

去力還，得詩三章，字字如許長史、玉斧口中語［二］，氣韻蕭疎。讀之泠然足快。媿草蟲土蚓，難和雲鳳之音爾。佳公子擢桂還［三］，某不得曳錦帶，躡珠履，來作堂上賀客。神馳，神馳。聊以世法，遣使修賀。幸存之。己卯孝廉黄君仲高［四］，年少有奇才。爲人如衛洗馬、潘懷邑［五］，而名理玉屑，亦復不滅。兹北上公車，道出吴門。生平望王先生，不啻卿雲列宿。而懷中有刺，御李無因［六］。某敢爲之介紹，希法眼爲一青。以彼朗潤，或金臺宫中掌書焚香童子也。一笑。

注釋

［一］鳳洲先生：王世貞，號鳳洲。

［二］許長史：許穆，東晉丹陽句容人，因曾官護軍長史，故稱。許穆年少知名，儒雅清素，博學有才。後歸隱於茅山，道教尊爲上清派第三代宗師。玉斧：許穆之子許翽，小名玉斧，道教稱『雷平山真人許君』。屠隆以許穆、許翽父子喻指王世貞、王士騏父子。

［三］佳公子：指王世貞子王士騏，萬曆十年（一五八二）中鄉試解元。

［四］黄君仲高：黄景莪，字仲高，又字漢陽，鄞縣人。萬曆三十二年（一六〇四）進士，官至刑部員外郎。

［五］衛洗馬：西晉衛玠，衛瓘孫，官至太子洗馬。風采卓絶，被時人譽爲『璧人』，二十七歲早逝，有『看殺衛玠』之典。潘懷邑：西晉潘岳，字安仁，後世以潘安稱，美才貌。

［六］御李：東漢李膺以聲名自高，士有被其容接者，名爲登龍門。荀爽謁之，因爲之御，喜曰：『今日得御李君。』事見《後漢書》卷六十

七《黨錮列傳・李膺》。後因以『御李』謂得以親近賢者。

與徐長孺[一]

足下不諧于俗，或亦有之。然賢者高情遠韻，出世軼塵，可謂玄超，不可謂落魄。落魄云者，或箕踞散髮，逃于荒淫中。雖皭然外爲慁忞，甚則并其内失之。足下天姿朗潤，玉瓚黄流，神情故超，風格乃峻。此自仲宣、子建輩中人[二]，方之正平、彭羕[三]，不亦遠乎？固知君典之命足下，與足下之自命，終不若僕之月旦爲當也。僕豈剪剪之夫，以落魄爲不美哉？足下實不似之，然足下宜亦爲此游戲三昧，僕類癡人説夢矣。

僕邇來宦況日疎，閒情轉篤。夜來得大奇夢，晨起仰視霄漢，直欲突然冲舉，身未生羽翰，彷徨無所之。因欲與高賢一散幽襟，又不可得。家僮催束死牛皮帶，復加以進賢冠。誠太無聊，漫爲知己一吐。《快賦》絶麗，讀之再三，如披大王風。

又

當此大運，度世者八百人有奇，吾輩儻不得與，當是罪孽深重。河清不可再俟，言之惘然。丈夫七尺，僕乃侏儒。侏儒亦可爲上帝弄臣，置我白玉樓中，鼓吹鈞天，當不減李王孫，何爲見遺？豈終作人間一溷子已耶？阿鼻地獄中，恐亦着吾輩不得。僕生平好慈悲，若入地獄，便須偷啟鐵楗，令萬鬼散走，出苦海之大荒。亦一快心事。

昨聞元美遂得證果，爲之泫然久之。蓬萊山上，向來無此大學問神仙，此子乃遂得之。僕雅不解妬，此不能不動念。此言未可聞于路人，幸秘之。積功修行，足下勉旃。《歡賦》請教。佳叙大是潘陸門風，骨力風調，稱其爲才子矣。祇媿拙劣不能當。

又

母夫人老疾，非藥餌所延。不得已，蚤暮焚香，叩頭數十。明信苟孚，或幸而有濟，然不可必矣。刲股之類，則小夫疏節，非賢者事。開之昨往婁江訪二王先生，數日再過齋頭。能一至此不？此君終奇物。

又

開之寄新集到，泛濫自讀之，意甚得也。吾自知我鍾期不出户，然終不可不與足下一商之。能偕欽之及黄茂才見枉乎[四]？新凉可人，政堪泛青谿舴艋。

又

日居委巷，聞有原憲之貧[五]。使賢者至此，無乃守土之過。敬割俸錢三十銖，奉太夫人爲甘毳之烏①。

又

終朝馳逐，至漏下之四鼓，尚不得即安。咫尺懷故人，言何能宣？明珠暗投，世事從古。然足下當能自廣。豈有有才如徐長孺，而長貧賤者耶？第恐富貴咄咄逼卿爾。然僕之所望于故人，不在富貴。卿第安之。

又

茅生當爲一言，實欲更廉其狀。足下第感其一餉之德，正無論其爲人。其惠也可却，其死也可哀。此足下盛德事。適讀其五言律，亦復有佳語。惜負才自放，不能深詣。若小加磨鍊，便足軼塵。開之抵華亭[六]，與公等周旋信樂，僕未免齋頭岑寂耳。此子談天炙轂，大可人意，當以世外求之。

校勘

① 烏：底本原作『寫』，據程元方本改。

注釋

［一］徐長孺：徐益孫，字長孺，又字孟孺，華亭人。國子監生。徐益孫曾爲《由拳集》作序，故文末有『佳敘』之語。

［二］仲宣：王粲，字仲宣。子建：曹植，字子建。

［三］正平：東漢末禰衡，字正平，恃才傲物。彭羕：東漢末人，字永年。囂張自矜。

［四］欽之及黄茂才：彭汝讓，字欽之，號九麓，青浦人。國子監生。黄茂才：未詳。

［五］原憲：字子思，亦稱原思、原思仲。春秋末魯國人，孔門七十二賢之一，以安貧樂道著稱。

［六］華亭：縣名。明嘉靖二十一年（一五四二），分華亭、上海兩縣部分土地，建青浦縣。

與傅吴縣［一］

遠道聯鑣，殊適我願。書來乃持首鼠，何故？子不思我，豈無他人？大笑。君典世緣種種，而學相如茂陵之好不已［二］，所謂閻王偶忘勾汝，汝乃自求押到者。天壤間留得此君，領略風月，故自嘉。區區爲此，非敢與亡者故爲異同。此關四年勘一線不破，又何貴聰明男子哉？

足下愛人以德，良善。猶苦不蚤耳。沈公子荷仁兄厚恩，自頂至踵，蒲服造謝。知仁兄不勝虎賁中郎之恨矣。既不得追策長途，相見之期，乃在闕下。臨書惘然。

注釋

［一］傅吴縣：傅光宅，字伯俊。時任吴縣縣令。

［二］相如：指司馬相如，字長卿，西漢辭賦家。據《西京雜記》載，相如將聘茂陵人之女爲妾，卓文君作《白頭吟》以自絶，相如乃止。此以『相如茂陵之好』指沈懋學納姬事。

白榆集校注文集卷之九

書 四

與吕心文[一]

五十日泰興令，摽韻峻絶，彭澤、都水雁行也[二]。語谿之上有明園[三]，勝吴下顧辟疆[四]。良時氣爽，風日熹微，嘉賓載盈，絲竹雜作。咄哉此樂，可以忘年。復有名篇照映雲蠶，宜其脱屣銅墨，忽如飄風。僕雖鄙無識，每懷元道州眉宇，輒令名利之心都盡。而足下所善沈嘉則、馮開之，亦僕之友也，即聲欬雖隔，聲氣固通。徒以屬當孔道，既賤且冗。投瓊義重，伐木風遐。匪爲媿之，又自恨矣。足下五十日泰興，棄去恐後；僕四載由拳長，猶然兀兀不肯休，宜其不敢自通於左右也。

讀君典記文，適先太史公子在坐[五]，相對泫然，不勝茂陵遺草之感。往歲聞君典、開之偕嘉則大醉友芳園[六]，酒闌逐客，滅燭移室，鬮出紅銷，客去髠留[七]，遂盡一石。開之貽書相詑。日月幾何，已爲陳迹矣。嗟乎！人生若此，即紅綃之會，烏得不數數哉？

僕居常妄謂天下大事，惟有兩端：其一脩身學道，抱炁栖神；其一快意當前，及時行樂。而鐘鼎竹帛不與焉。膠擾憂勞，日坐火宅，下之下者也。足下端居默觀，當大了了。僕方縛世法而談超然，亦影子耳。何時一披玄朗，虚往實歸也？

注釋

［一］呂心文：呂炯，字心文，號雅山，嘉興府崇德縣人（今桐鄉市崇福鎮）。嘉靖三十四年（一五五五）舉人，授泰興縣令，五十日而歸。馮開之《快雪堂集》卷九有《呂先生行狀》，屠隆《栖真集》卷二十一有《呂心文傳》。

［二］彭澤：指陶淵明，曾任彭澤縣令，在官八十餘日即辭官歸隱。都水：指南朝陶弘景，道教上清派代表人物之一。據傳陶弘景升仙後爲蓬萊都水監。

［三］語溪：位於浙江北部，乃桐鄉市崇福鎮古稱。

［四］顧辟疆：吳郡吳人（今江蘇蘇州），事蹟見於東晉孝武帝司馬曜年間。顧辟疆家有名園，爲史載第一例蘇州私人園林。《世説新語》載，王獻之自會稽經吳，聞此名園，徑來訪之。

［五］先太史公子：沈有則，字士范，沈懋學子。萬曆三十八年（一五五九）進士，官行人。二年後奉命使楚，兼送母歸，至東平州因母病逝傷悲而亡。有《紫煙閣文集》。

［六］嘉則：沈明臣，字嘉則。

［七］髡：淳于髡。戰國時期齊國著名政治家和思想家，以博學多才、善於辯論著稱。《史記·滑稽列傳》載：齊威王使淳于髡至趙國請救兵，得『精兵十萬，革車千乘』，威王大悦，置酒後宮，髡大談飲酒之道：『男女同席，履舄交錯，杯盤狼藉，堂上滅燭，主人留髡而送客。羅襦襟解，微聞薌澤，當此之時，髡心最歡，能飲一石。』

與朱可大［一］

都門一別，五見蕙草殘矣。故人之念，宛如車輪。自仁兄以才見妬，踪跡杳然，時便謂與東林慧遠爲隣［二］，玩弄虎谿明月［三］。風塵之吏，未敢遥通尺素。邇忽聞故人出宰，乃得語谿［四］。是天以水國賜足下也。芙容菱芡，鳷鶄鸂鶒，何物不宜人？安問謫居哉？語谿距青浦，一衣帶水隔，不早自知問訊無恙，此中良恨。

邑中有呂泰興［五］，作令五十日翻然挂冠，五柳先生之亞也。聞其人楚楚有致，其家有園亭水石之勝，可寓杖屨。弟不識其人，友人沈嘉則與之善，而雅言之。遷客無聊，或當時一過遣不？小詩一章，不足覽觀，第以明余心向往。縣齋多暇，敢希報章。小集爲開之所刻，并致一册。大費雌黄，跂足以竢。大計當以何日行？策馬燕郊，把袂非遠。

注釋

［一］朱可大：朱維京，字可大（一稱大可），號納齋，江西萬安人。萬曆五年（一五七七）進士。時任崇德知縣。詳見本書詩集卷六《豫章朱可大大理出宰語谿寄訊一首時不通聞問五稔矣》注釋［一］。

［二］慧遠：晉高僧，世人稱遠公。慧遠於廬山東林寺掘池植白蓮，同慧永、慧持、劉遺民、雷次宗等結社，同修浄土之法，稱白蓮社。見晉無名氏《蓮社高賢傳》。

［三］虎谿：在廬山東林寺門前。相傳晉代東林寺慧遠法師送客不過谿，過則虎輒號鳴，因名虎谿。

［四］語谿：位於浙江北部，乃桐鄉市崇福鎮古稱。朱維京時任崇德知縣。

［五］吕泰興：吕炯，字心文。嘉興府崇德縣人，曾任泰興縣令。

答朱在明［一］

足下今之信陵、春申也，而菁華風調過之。不佞醉心，故非一日，乃儼焉辱信使，承明貺，良足喜矣。若文字之役，故非征夫所任，而百谷先生從艎中從臾甚力，辭之不可。率然濡筆，何足仰答大雅。要之王君大篇，縣諸日月矣；彊弩之末，何所事？么麽數語，足下其以承君山之乏惟命，置而覆君家之醬瓿亦惟命。第冒潤筆，益以汗顔爾。

明年渡江，猶及與陽雁相值，足下有意乎？能操一舠，候僕沙渚之上，請分鷗席而盟之。河干相送如雲，征夫罷于奔命矣。氣息惙惙，略具，不宣。

注釋

［一］朱在明：朱正初，字在明。江蘇靖江人，王穉登親家。曾任鴻臚寺署丞、廬陵縣丞，與王穉登同修《馬洲小志》。屠隆爲朱氏作《靖江朱氏族譜序》，見《白榆集》文集卷二。

寄辰玉[一]

兩王先生爲弟破例出送河津，獨足下負約不至，意不無小望焉。然卿之苦情，業亮之矣。自去顔色，便減清虚。父老子弟、山人詞客，提壺走雲陽道上如雲矣[二]。飲酒作詩，頗耗神氣。無乃非先師與道兄意乎？道上寒山落木，紅燭青驪，觸目關心，俱牽别恨。足下焚香看經罷，亦嘗一念及征夫不？

孟孺、欽之青雀相並[三]，無夕不留連。水窮舟澀，不得不問車馬。諸君乃别去，各懷黯①然，聲涕俱下。明年以足下寵靈，泛桃花水東下，當首過高齋，了巴山夜雨時約。如不信此言，請臨河而盟之。留别詩手録一册，附去求教。爲我語尊公，彊飯自愛。

校勘

①懷黯：底本難辨，據程元方本補。

注釋

[一]辰玉：王衡，字辰玉，號緱山，王錫爵之子。

[二]雲陽：即丹陽，秦時置雲陽縣。今屬鎮江。

[三]孟孺：徐益孫，字長孺，又字孟孺，華亭人。國子監生。欽之：彭汝讓，字欽之，號九麓，青浦人。國子監生。

答張肖甫少司馬[一]

明公間氣也，勳業彪炳，文章鉅麗。心胸澒洞，器局端凝。翕赫權奇，上薄雲天，下絶地紀。天下人無間于英雄婦孺，咸知明公。神物異寶，垂三不朽，爲萬世規。獨立環視，足空人代。而明公自虚懷曠度，多所包容。折節白屋，弘獎寒畯，常有以自下者。此明公之志念深矣，天下士所爲提肝挈膽而歸明公以此。

某海上鯫生，少事筆研，不自揆度，常思抵掌而交諸公。屬徼天幸，多辱諸君子盻睞，謬列同心。獨恨生平踪跡出入，常與明公左，未獲一奉卿雲之光。時與士大夫扼腕言之，即欲修一赫蹏，奏其薄技，以自通於門下。會某處疎賤，簿書勞人，而明公方在長安，居重地。踟躕岐路，未敢輕溷尊嚴。每於清風朗月，私懷惘然。及明公以本兵開府全浙，密邇聲光，節鉞甫臨，恩信旋布。芟除大憝，銷折姦萌，不數月而底定南國，閭左晏然。登名山，覽滄海，雄章秀句，下照波臣，視昔羊叔子、杜征南蔑如也[二]。

某以是益想仰大人龍德須眉若何，而胸中之奇迺爾。御李之思，至形夢寐矣。首夏行役如婁東，與瑯琊兄弟譚及明公[三]。會旌干正辱臨海上，遂求瑯琊折柬①爲通，將摳衣修謁，一慰生平。日夜行抵官奴城[四]，而明公南行一日矣。悵怏可言。鄉士大夫爲某言明公雅念小子，聞小子不日且東，爲隆停驂數日，相遲不至而後行。顧某何人，而鄭重長者用情若此？某益以感激嚮往彌誠。計在七月北征，不及雙星之夕。虎林肅候[五]，晤對非遥。忽拜明貺華緘，神爽飛動，書辭悃款，相念良殷。故知人言不虛，可勝欣躍。又蒙賜一官舫，長年業先三日來。敬佩德意，容相見時九頓首階除。先遣一介，將其荒陋之辭偕使者陳謝。生平雕②蟲小技，爲友人謬辱劂工。敬獻之大雅門下，仰求教益。不宣。

校勘

① 柬：原作『東』，據文意改。

② 雕：原作『調』，據文意改。

注釋

［一］張肖甫少司馬：張佳胤，字肖甫，萬曆八年（一五八〇）陞兵部右侍郎，故稱。萬曆十年（一五八二）春，浙江巡撫吴善言奉詔減月餉，杭州兵變，張佳胤兼右僉都御史，署浙江巡撫，奉命勘亂。因對浙江兵變鎮壓有功，獲神宗傳詔嘉獎，賜飛魚服，遷兵部左侍郎，加右都御史。

［二］羊叔子：晉人羊祜，字叔子。任襄陽太守，有政績，後人於峴首山立碑紀念。《晉書·羊祜傳》：『襄陽百姓於峴山祜平生遊憩之所建碑立廟，歲時饗祭焉。望其碑者莫不流涕，杜預因名爲墮淚碑。』杜征南：西晉名臣杜預，卒贈征南大將軍。

［三］瑯琊兄弟：指王世貞、王世懋。

［四］官奴城：鄞縣别稱。《(康熙)鄞縣志》卷二三《雜記考·古跡》云：『孫恩作亂於會稽，劉裕戍守勾章，與數十人覘賊，與賊衆遇。有奴名桂者，匿其得免。後劉裕於此立官奴城以報。』

［五］虎林：古山名，即武林山，浙江杭州市西靈隱天竺諸山别稱，亦代指杭州。

與徐觀察[一]

惟明公河嶽英靈，文武器具，秉鉞東方，底定南國。雄略勳名，爲當今第一。建牙開府，晋司鼎鉉，以光廟社而垂竹素，當計日取之。某雖欽英風，尚阻色笑。間者嘗以賤姓名通，未及一望見卿雲之光。瞻仰踟躕，形於夢寐。北上欲覓一舫，正①擬修不腆之牘，溷瀆臺慈，偶吴門王文學百穀來越中[二]，曾及之。百穀爲言歸出虎林[三]，且具言之顧使君[四]。無何，而舟人儼焉以札子至寒家，報舟楫已具。固知明公神識蚤見，迺其用情于不佞某，何其深篤至此。悚激，悚激。

某在七月初旬促裝而北，尚期停橈錢塘，一挹丰采而後行。先以短刺，自明向往崖略，不莊。伏惟明公亮在。

校勘

① 正：底本原作『止』，據程元方本改。

注釋

［一］徐觀察：當爲徐汝陽。徐汝陽，字敬吾，臨川人。隆慶進士。《(雍正)江西通志》卷八十二有傳，曾『以僉事討賊廣東』。據《明神宗實録》卷一一九：『萬曆九年十二月庚子，除原任廣東副使徐汝陽爲浙江副使。』談遷《國榷》卷七十二：『(萬曆十一年閏二月)録浙江定變功，加張佳胤右都御史，仍管兵部左侍郎事；按察副使徐汝陽、顧養謙各陞俸一級。』事迹與文中所稱『秉鉞東方，底定南國』相符。

［二］王文學百穀：王穉登，字百穀。隆萬年間著名布衣詩人。
［三］虎林：古山名，即武林山，浙江杭州市西靈隱天竺諸山別稱，亦代指杭州。
［四］顧使君：即下文《與顧觀察益卿》中之顧養謙，字益卿。屠隆萬曆十一年（一五八三）陞禮部主事，因川資匱乏難以北上赴任，顧益卿爲其準備官舫。

與顧觀察益卿［一］

官舍風雨，公厨盤餐。名理清言，留連永夕。在世世出，兩寄深情。千秋神合，可以無恨。恨西陵之檝促人，茫茫長江，孤帆碧空，搔首躊躕，使人悵絶。聞明公道體彊健，已出視事，喜劇，喜劇。北征官舫，往嘗與百穀一言之。百穀遂具言，且徼寵靈于明公。某亦擬作一書，仰溷長者。後因槖裝蕭瑟，未能挈室而行。某且獨身操輕舠北，家中數口，徐作後圖。以故未敢奉聞。今者舟人儼焉持觀察公札來［二］，乃明公業已爲辦此事。鄭重長者，用情若此，何可當？何可當？既已具此舫，便留以待老母妻孥行。某的于七月行，未及雙星之夕。雙星之夕計當在虎林，望見顏色，指河漢而言别也。草率布謝，不盡欲言。

注釋

［一］顧觀察益卿：顧養謙，字益卿，時任浙江按察司副使。屠隆得顧養謙助官舫，萬曆十一年（一五八三）七月離家赴禮部主事任。
［二］觀察公：即上文中之徐觀察，時任浙江按察司副使徐汝陽。

與馮開之

檇李哭尊公罷［一］，不見仁兄，心更折也。急趨而北，猶思道上握手。何意弟走鉅野，兄遵長河，東西相去，邈矣天涯。比入薊門，事事凄絶。過趙汝師太史［二］，乃是仁兄故居。汝師高品，亦弟所習，然交情大自别。相約登堂譚語，移晷去矣。視疇昔拜賢嫂，狎佳兒，夜雪宿綺雲館，香鑪茗椀，名理申旦，何啻隔一世再①世乎？顧獨念兄此室，何不留以待弟，而爲汝師所得？當是待此備長途舟檝爾。舟行何日抵家？小大眷屬無恙不？良以爲念。弟兩爲邑長吏，歸而槖中裝如洗，徧貸無所得，幾不成行。勾吴公子者見念[三]，乃得治北裝。

七月初旬，獨身從雲陽吴大帝陵口舍舟而陸[四]，日夜馳一百八九十里。自陵口十有八日而抵都門，業踰牒期，法應坐，幸當事者見寬。而弟體中已罷甚，不復可支。一踏春明[五]，萬苦攻人，外困風塵，内苦桂玉。第此來閉關墨守，將迎荒減往時。從此簡緣省事，以安性命而尊餘生，或佹得之爾。丈在苫次，胸懷如何？阮嗣宗哀樂兩失，其中不必法也。

鄒爾瞻自戍所還[六]，竟拜省郎，蘭省中則遂假重趙武選。吴、趙兩史[七]，並以南金見珍。世道若此，人生快事。獨吾君典溘死，而不得見乎陽春，能不痛矣！老母、弟婦約以八月初四日離家，不知何日舟過貴里。長途得無缺于資斧？日夜以爲憂。向微勾吴公子高義，則弟且侍老母、偕妻孥入四明山，斵苓采芝，爲老居士，豈不亦甚適邪？何以長安馬蹄爲？若然，即不當浪德此公子矣。

足下苦墻茨之變，今何如？往嘗爲足下向龔府君、顧令君苦口，顧已遷去，龔用情不？丈要當以柔道處之，乃舉玉玦可也。會劣冗，有言不盡。

校勘

① 再：底本原作『悔』，據程元方本改。

注釋

[一] 尊公：指馮夢禎之父谿谷先生，萬曆十一年（一五八三）六月卒。本書文集卷二十有《祭馮谿谷封君文》。

[二] 趙汝師太史：趙用賢，字汝師。萬曆初授翰林院檢討，因抗疏論張居正奪情，遭廷杖罷官。萬曆十年（一五八二）張居正死後複官。

[三] 勾吴公子：秦焜，字君陽。資助屠隆北上赴任。

[四] 雲陽：即丹陽，秦時置雲陽縣。今屬鎮江。陵口：今江蘇省丹陽東南。見卷五《發青谿記》。

［五］春明：指春明門，唐代長安城門名，爲城東三門之中門。後以春明門代指都城。

［六］鄒爾瞻：鄒元標，字爾瞻。萬曆五年（一五七七）進士，以疏論張居正奪情事，謫戍貴州都勻衛。張氏敗，自戍所歸，起爲吏科給事中。詳見本書詩集卷三《送鄒爾瞻給諫以言事左遷南比部》注釋［一］。

［七］吴、趙兩史：指吴中行與趙用賢。吴中行，字子道，號復庵，武進人。隆慶五年（一五七一）進士，選庶吉士，授編修。萬曆五年（一五七七）因抗疏論座主大學士張居正奪情，與趙用賢同遭廷杖罷官。萬曆十年（一五八二）張居正死後復官。詳見本書詩集卷七《吴太史召還作》注釋［一］。

與劉觀察先生[一]

自昔年遺二力弔先廷尉公[二]，及寒暄吾師左右，山川遼阻，遂久絶緘題。數從人問蜀道便鴻，了不可得，日夜念之。去歲，以入計行。臨發，私度謂吾師此時服闋，必得相遇薊門，一傾宿抱。不意車騎更躊躇中道，不入春明。無何，而報先生且懸車而西。鑠金點玉，古人所悲；掇蜂拾煤，聖賢不免。高才投閒，盛年丘壑，謂用人何？門生聞之，中夜而歎，難以語人。

往遇令弟先生以華亭丞來[三]，道出青浦。某候之十里外，延入縣齋。置酒張燈，娓娓夜語。載欣載慰，恍見尊顏。且令弟鬚眉色笑，絶類吾師。某感而益嗟，殆難爲别。未幾遂北。及覲事竣還，則令弟又有解糧入京之行，道上相左。而某亦旋聞儀曹之擢，自春徂夏，遷延在家。至七月初旬，促裝北上，尚得遇令弟于長安邸中，握手相勞，大慰渴饑。稍稍得聞先生起居狀。乃經年缺訊，既恨且媿，終無以自解矣。

某以八月初九抵都門，十二日抵敝任。仰仗寵靈，長途無恙。顧以期促，單騎陸行，不及攜家，老母妻孥，尚在後發，至今不得音問，未免懸勞。某此行良苦，可爲知己道，未可與世人言也。此身之外，都無長物，至力不能僦一居室，而栖市口窮湫隘處。諸君來過者，咸問何故居此。騎一款段黄馬，曰何故騎此，某不能對也。家人後發，舟行又乏役夫。比從當事者覓得一郵符，而使小力馳至前途，候之十月中，計可得達京師矣。

五年作令，得一曹郎，於某自足無所苦，獨苦長安粟玉薪桂爾。方今聖明在御，朝政肅清，苛細之政一掃而寬舒，往言事得罪諸賢盡還顯秩，海内訢訢向風。不肖得以一閒曹郎，快睹其盛。獨念吾師早謝事山林，良爲遺恨。然采芝種术，獨占煙霞，又何不適？願先生第安之。師母、諸公子而下俱安不？冗次脩書，不莊不備，奈何？

注釋

[一] 劉觀察先生：劉翾，字元翰，内江人。嘉靖四十一年（一五六二）進士，嘗任浙江巡海副使，觀察寧波。禦倭寇有功，陞大參。屠隆早年見知於劉翾。詳見本書文卷六《奉劉觀察先生》注釋[一]。

[二] 先廷尉公：劉望之，字商霖，號一巖，内江人。劉翾父。嘉靖五年（一五二六）進士，以參議分守銅仁，官至大理寺卿。萬曆八年（一五八〇）卒。有《一巖文集》《正韻便覽》《魏縣志》行世。《内江縣志》《（雍正）四川通志》卷九有傳。《白榆集》文集卷二十有《祭大廷尉劉公》。

[三] 令弟先生：指劉翱，劉望之次子，劉翾弟。隆慶二年（一五六八）進士，時任華亭縣丞。

與沈士範[一]

華陽方伯過家山[二]，曾修一書，託其從人致之掌記者。客長安不數日，崖略作八行，甚知罪過。僕于同調二人，先太史及就李馮開之爾[三]。太史物故，開之又以太公之喪東，僕今居長安無聊矣。令兄罷昌平鎮還京邸[四]，亦大索莫。僕自十月朔感寒疾，伏枕四日，櫛沐甫兩朝，不及省候令兄者半月矣。良自歉然。二日前，有家僮至自彭城，老母舟以九月廿又九日發彭城，計十月半後，可得抵春明門矣。家兄護送老母[五]，外父則送荊人[六]。八口在船，俱幸無恙。讀華札，知貴宅自尊慈而下，各各平安。甚慰。

僕入京，出入蘭省，多清暇。署中如水，可以焚香讀書。獨苦東方曼倩之貧爾，而舟中人又以空乏來告。太史公有言：『廉吏可爲而不可爲。』然烈士寧瘦無腴，雖貧，亦楚楚有致哉。入有華屋麗姬，出有鮮衣怒馬，閒左所豔，僕不願也。乃對長安諸公，日婆娑自得，絶不作措大面孔。男子饑即饑爾，安能向人搖尾也？收薛邑之責者，當未有息肩。足下一青衿，雖立虀粉，何能爲？第忍之，一朝見天日，了此未晚也。如今日，獨可奈何？僕居貧而疎財。往爲令，日以俸錢畀故人賓客，徒其身貧耳，未始逋人銖兩也。趙太史言身負人逋[七]，無面孔向人。此士大夫之深戒也。

足下天才高朗，器局温醇，登之、汝師通詫足下爲實勝乃翁[八]。僕謂乃翁亦不易勝，而其人材若此，大自斐然。努力雲霄，幹蠱起衰，足下事也。

青山之盟久寒，日夜疚心。襄事亦未諗舉于何日，想亦爲力詘故爾。明年欲圖一長差，計可得往，哭故人宿草。裁書叙心，臨風耿塞。

注釋

[一] 沈士範：沈有則，字士範，號少逸。宣城人，沈懋學長子。萬曆三十八年（一六一〇）進士，著《九邊策要》《紫煙閣》。《（光緒）宣城縣志》卷十八人物志有傳。

[二] 華陽方伯：徐元太（《明史》作『泰』），字汝賢，號華陽，宣城人。萬曆五年（一五七七）分校闈試，以取同鄉沈懋學之嫌，左遷山東參政。官至南京刑部尚書。詳見本書詩集卷七《送徐華陽方伯入朝東還道經宣城因憶故君典太史》。

[三] 先太史：指沈有則父沈懋學，字君典。

[四] 令兄：指沈有容，字士弘，沈懋敬次子，沈有則堂兄。萬曆七年（一五七九）武舉，先後任昌平、薊鎮千總，抗倭名將，並參與收復澎湖戰事。官至山東副總兵官，繼陞任都督，充總兵官。有《閩海贈言》。

[五] 家兄：屠隆有五兄，佃、侯、俅、俛、仍，長兄屠佃萬曆八年（一五八〇）已卒，屠仍出繼屠浙，此處家兄應是侯、俅、俛中一人。老母：屠隆母趙氏，江西參政趙瓚之女，以子貴封太孺人。《由拳集》卷二十三有《趙太夫人行略》。

[六] 外父：指屠隆岳父楊梧。據《甬上屠氏宗譜》，屠隆妻子楊枝之父楊梧，山人，人稱『北江先生』。荆人：屠隆妻楊枝。

[七] 趙太史：趙用賢，字汝師。隆慶五年（一五七一）進士，萬曆初授翰林院檢討。

[八] 登之：管志道，字登之。見本書文集卷七《與管登之》。

與李大參[一]

某自違尊顔，風塵作苦，仰仗明公寵靈，出入蘭省無恙。干旄久駐吴中，彊圉不警，海壖按堵。東方泰岱，南國甘棠，固已永鐫父老子弟之口矣。邇者越國徼天之幸，得遂借軺車。某在京邸聞之，東嚮取酒酹地，敬爲桑梓識喜。而不佞某疇昔以奔走下吏，辱明公肺腑之愛，今且復得以部下子弟，叨父師教育之恩。私竊自慶此生又何幸如之。

惟明公卓然有道大君子，神智淹通，器局宏偉，天下事懸解了徹，迫而後應，而并包吐納，寬然長者。至其文理密察，中故井井，遠韻靈襟，時出萬物之表。即方外方内，何所不臻？第恐井渫見珍，時急異寶，終致大位。三事勞神，則蓬萊度索之期，尚屬渺茫爾。苟無廢性命，壹意精修，即服官守職、旁午糾棼中，固可潛鍊心神，密緯真炁。所至施仁澤物，又足滿其三千，亦何害其爲了事大丈夫哉？某非知道者，以愛厚明公之極，妄陳其憒憒若此。幸明公留意焉。不備。

注釋

〔一〕李大參：未詳。

與陸君策〔一〕

往與足下醉西泠橋上，醉我家東湖，醉虎丘，醉峰泖，爲日亦久，爲歡亦暢。乃别來終抱耿耿，何邪？再别吴王試劒石下，與大帝陵口之别，覺微不同。陵口之别，握手踟躕，數視日影，河梁之義，足爲千秋凄凉；姑蘇之别，追隨竟日，撒手即行，差近草草。然僕以爲草草之别，深于踟躕。何也？畏别也。所畏者别，小遲則生情生恨，益不可任，故忍而斷之，一麾輒往。然而别後之恨，又何可言？文通多情人，『黯然銷魂』四字，描寫真若畫。

君家元量當已行，八行計已達久。所幸有偕計之期，抱握非遠。所不知此時僕尚在春明門不？臨書惘然不盡。

注釋

〔一〕陸君策：陸萬言，字君策，號咸齋，松江府華亭人。萬曆四年（一五七六）舉人。與其兄萬里並工書畫。

與彭欽之[一]

足下日在貧病，而座上之客長滿，茗奴麯君佐清歡，無日無之。即細君之簪珥，那得不盡也。烈士暮年，壯心不已。足下年猶未暮，雖貧，豈得輒爲潦倒之計？窮孟嘗差不俗耳。第多言多事，耗損元神。此乃可懼者。

僕此來交游酬應頓減昔時。出自蘭省，門庭寂然，盡日無剥啄聲，大可焚香讀書。固是僕簡緣省事之效，亦以子雲官冷、鮑昭才盡，名位不足奔走時人耳。足下可爲我賀矣。

若孟野北征[二]，相見非遠。獨不知與足下握手，當在何時？念之不能置。廷韓之客[三]，更多于足下，比不甚罵曇陽弟子不？如僕濫稱弟子，口吻煙霞，蹤跡馬蹄，都無長進，真可罵也。婁東諸王先生久不通問，風塵之人，無面孔向紫煙客。猶以回光返照，一念不曾暫舍，庶幾他日得見天日。奈何，奈何？偶得小詩一首奉懷，知不足供解頤，聊以識僕向往。

注釋

[一] 彭欽之：彭汝讓，字欽之。詳見本書文集卷四《彭欽之北征稿序》。

[二] 孟野：郁承彬，字孟野，松江府華亭人，屠隆爲青浦令時交好之士子。

[三] 廷韓：莫是龍，字雲卿，更字廷韓。華亭人。詳見本書詩集卷二《泖上澄照寺作》注釋[三]。

與郁孟野[一]

朱、聶二孝廉，圖叩闕上書，已有生氣矣。僕蟣蠓之力，亦與有勞焉。足下那得束手老困蓬蒿中，又令里僮行其胸臆也。不及與賤眷同舟行，想一時不能束裝故，亦以僕不在，使足下差池若此。恨，恨。家僮至自彭城，老母舟已離彭城十餘日矣。想十月廿後可得到都門，良爲懸懸耳。

僕以一蘭省郎婆娑都下，無所恨，獨恨足下未有處所。爲德不卒，未能遺之胸懷，拳拳以此。雲間風景，近來何如？舊遊何日？久在彼中，一旦去之，未免關心。二三故人，不大落莫不？村中女郎學道事，聞其竟成。文成、五利之詐[二]，那得言人情不相遠也。李將軍乃垂翅東歸，則以射不穿札故，豈杜征南其人邪[三]？閒中偶得奉懷詩一首，録去求正。

注釋

[一]郁孟野：郁承彬，字孟野。

[二]文成、五利：漢武帝時兩方士。《文選》李善注：『文成將軍李少翁、五利將軍欒大，皆方術士。』

[三]杜征南：西晉名臣杜預，卒贈征南大將軍。《資治通鑒》載：『預身不跨馬，射不穿札，而用兵制勝，諸將莫及。』

與徐長孺[一]

李長源夜抱九僊骨[二]，朝披一品衣，辟穀餐梨，而身任國事。若陶通明、賀季真[三]，必挂冠而去，乃稱修真。胡以不同若此？僕日逐長安馬蹄，終朝罷勞，夜則思卧。不卧，則又有客夜譚。所謂密緯真炁者，何可得？欲了大事因緣，計必脱頭上冠乃可。顧事勢有不能遂超然者。每一思省，祇益三浩歎矣。白首一官，終填蒿丘，萬分不甘心。世網牽人，無能解脱。日復一日，流年不待人。奈何，奈何？足下云『聖功不離，心息相依』，此是至理。邇來不委頓于馬上，則傴僂于人前。息何由調？心何由静？塵勞之後，易以昏沉。求稍逸其身，惺然者便失之。以此都無精進處。獨有榮枯得失，並不入據靈臺，猶可不大至墮落耳。

瑯琊、太原暨辰玉公子[四]，比復何爲？久乏便羽，一字不通，良用惘惘。宗峰王翁走路得不錯不？謂成至真，必假黄金粉黛，僕斷不敢信，不敢從。吾徒欲苦去色財，而反助其煙焰邪？男子學道修真，要足三才，參神聖，見上帝。我自家屋裏無有可辨，而外假婦人，又謂黄金可致仙人地位，即與輸粟得官者何異？竊恐無是理也。太原大賢以上人，親受仙師指授，其所見云何？足下高明絶世，便中幸有以教我。

注釋

［一］徐長孺：徐益孫，字長孺。詳見本書文集卷五《發清谿記》注。

［二］李長源：唐李泌，字長源。歷仕玄宗、肅宗、代宗、德宗四朝，德宗時，官至宰相。常以神仙道術自晦。

［三］陶通明：南朝陶弘景，字通明，號華陽隱居，人稱『山中宰相』。賀季真：唐賀知章，字季真。

［四］瑯琊、太原暨辰玉公子：指王世貞、王錫爵、王錫爵子王衡。

報張肖甫司馬［一］

某方作一書報明公，而老母適至。蒙明公所遣①護送長差二人，告行見臺下邊鎮，遂以原修八②行附往。茲復因尊使行，輒再致一牘。黄沙層冰，邊風如刀。明公即擁重裘，出行塞上，得無尚苦寒乎？昨聞之政府，亦極念明公南北驅馳，久勞于外。第以時方急大賢偉人，國家倚重明公，奚啻金城千里？計非河山帶礪，不足酬勞臣殊勳矣。

若以鯫生區區愚見，定知明公乃裴晋公、李鄴侯輩中人。淮蔡功成，緑野何時？已見朝披一品衣，未聞夜抱九僊骨。登臨山水，擥結煙霞。濟勝之具，亦須及神明視履未衰，至寶吐光，神劒出匣。雖欲謝人，人故不舍。想明公結念丹臺石室時，不能不動惘惘爾。抑聞之道家有言户樞流水，又云火終日動而未嘗有我。明公即處劻勷，遊刃于虚，喧寂惟一，固當無耗元陽者。何日得伏謁車塵，一陳固陋？臨風耿塞，伏惟爲社稷、爲吾道自愛。不宣。

校勘

① 遣：底本難辨，據程元方本補。

② 八：底本原作『入』，據程元方本改。

注釋

[一] 張肖甫司馬：張佳胤，字肖甫，萬曆八年（一五八〇）陞兵部右侍郎，故稱。張佳胤萬曆十一年（一五八三）任兵部尚書，協理京營戎政，兼都察院右副都御史，總督薊、遼、保定軍務。

報張肖甫大司馬[一]

某之北上，辱明公相攜，登吳山，望西泠六橋，把酒清言，遂至娓娓。明公蓋不①以小子無識而屈體虛懷，披誠接引，意氣良高于古人。又累拜明貺，禮數過崇，前路舟車賴以不乏。老母舟發，又荷明公拳拳垂情，給符遣役，長途挈敝舟而行，時使人問老母無恙。某聞之感泣下拜。世有大人長者，爲後輩用情之厚，若此者乎？無論明公鴻材偉抱，即此一片肝腸，故自能使聞者人人下淚。乃今而知明公，果非今之人也。

老母舟自與仙鷁相失後，受驚恐者三。最後至交河[二]，爲巨木破舟，老母、荆人而下，僅以身免。某生平無長物，僅有圖書數簏，今第已問之水濱。是夕舟壞，老母而下，相攜野棲蘆葦中。詰朝易他舟前。今幸抵河西。自非仰仗明公寵靈，事必無幸。感何可言？日夜望前茅入都門，得侍左右，不謂復借邊隅。伏念明公社稷重器，封疆勞臣，南北奔走，頭顱漸白②，雖忠臣盡瘁，烈士苦心，當不辭行役。顧朝廷之勞苦明公，亦至矣。邊鎮多事，北地冰霜，極願長者加衾加餐。咫尺臺光，可勝瞻戀。不宣。

校勘

① 不：底本原無此字，據程元方本補。

② 白：底本原作『曰』，據程元方本改。

注釋

[一] 張肖甫大司馬：張佳胤，字肖甫。萬曆十一年（一五八三）屠隆赴禮部主事之任，得張佳胤助官舫及錢物，與家人先後北上。

〔二〕交河：位於今河北境內。

與趙汝師太史①〔一〕

隆亡所知識，嘗沈吟繙閱靈人化書，悉謂大道不出方寸靈明。太上所云虛極靜篤，盡之矣。而虛極靜篤，不全在掩關習靜中得來。掩關習靜，萬緣屏息，方寸憺如，便自以爲虛靜，不知遇物觸境，能保其不動如故不？譬之操舟者，必浮江海，必遇風濤，然後乃信其善操舟；不浮江海，不遇風濤，即云『我習水』，稱舟師，不足信也。

古人云『境殺心則凡，心殺境則仙』，不聞其畏境之殺心，而盡屏去之也。坐圜先生掩關十年，自許業空一切，纔出關時，爲友人所撩撥，勝心旋發，十年何爲？禪家以事鍊心，不取②禪定以此。且心隨境轉，了無定主者，常見也；盡屏一切，兀坐苦空者，斷見也。神明內宅，觸境不動。境去輒空，常應常靜。喧寂唯一，乃名如如。《關尹子》有言〔二〕：『不惟無思無爲者，名爲無我；雖有思有爲者，不害其爲無我。火終日躁動，而未嘗有我。』又云：『古之聖人，不去天地去識。』今夫害我之靈明者，情識也，非天地也；妨我之靜虛者，亦情識也，非境也。公患不能爲火爾。今公惡緣境之爲害，而思逃于空谷，自以爲息機養形，非也。則是不去識，而去天地也。有是理哉？試觀喧寂動靜之旨，則知息機蓋不在掩關也；味户樞流水之言，則知養形蓋不在習靜也。公胡不姑以其身置之境上，令煩囂溷雜、鞅掌紛拏之物，種種在前，果能不染不？又令可喜、可怒、可驚、可懼之事，種種經心，果能不動不？能之，又何必③急于離境？若尚未也，又何貴急于離境？不如且以世間萬緣，飽④嘗習察，磨煉其心。以一切智易一切識，以一切心平一切境。總之，本無一切，亦是假名。從此修習，漸熟漸輕，靈光漸露，大藥漸生，向後掩關未晚也。

今天下之望，歸于明公，少婆娑可立致大位，而爲其所欲，爲三千八百。古人所急，在清微之上，尚降而爲之。公業操在手，而自擲之，何也？古之君子，患不逢時而名不立。今天下以明公爲景星卿雲，而君相虛己以求明公甚力，不可謂不逢時矣。出處大節，士君子所重。如其秋毫有礙，棄三事直灰塵耳。今公之所⑤遭，秋毫無礙，何急而爲掩關之計也？豈以間者細人微語芥蔕邪？若然，則公之方寸，若風中之燭，浪中之漚，雖掩關百年，何益？

校勘

① 此文亦收於《鴻苞》卷三十九，用以参校。
② 取：《鴻苞》作「敢」。
③ 必：《鴻苞》無此字。
④ 飽：底本原作「胞」，據程元方本改。
⑤ 所：《鴻苞》無此字。

注釋

〔一〕趙汝師太史：趙用賢，字汝師。萬曆初授翰林院檢討。詳見本書文集卷八《與趙汝師太史》注釋〔一〕。

〔二〕《關尹子》：《道藏》中稱《文始真經》，全稱《無上妙道文始真經》。道家著作，據稱爲周代關令尹喜撰，成書年代不詳。《關尹子》引文原文爲：「人無以無知無爲者爲無我。雖有知有爲，不害其爲無我。譬如火也，躁動不停，未嘗有我。」

與李觀察〔一〕

明公之知某至矣，即古人無以加。某不能以古人報明公者，非夫也。蓋昔者堯以天下與舜，舜以天下與禹，則受，受不聞其何如感也；堯以天下與許由，湯以天下與務光，則逃，逃不聞其何如感也；周以齊與太公，太公受之以傳子孫，不聞太公之德周也。齊人以三公與陳仲子，仲子不受，去而爲人灌園；吴人以吴與季札，季札不受，去而終身爲布衣。不聞二子之德齊、吴也。晏嬰解驂以脱越石父于難，越石父歸晏子後，不惟不見德，又告去也；人下壺漿以飯爰旌①目〔二〕，以嗟來食黔婁〔三〕，活二子之命也，二子不惟不見德，又從而吐且怒也。

夫天子三公，大物也。脱難之與活命，恩非細也。古人不聞指青天，誓白日，雪涕淚，雕肺肝，飄然而來，飄然而去，幾與浮雲泠風等。乃一稱相知，則有漆身吞炭，抉目剖心，燔妻子，湛七族，慟哭流涕而不止者。竊嘗疑之，寥廓之士，澒洞之夫，智括天壤，量包陵谷，啗之不動，怖之不驚，摩之不恩，轢之不怨，浮雲泠風，靡大不細，而獨區區急一知己者何？以知己洵難也。黄鵠一遇風雲，則六翮冲舉；騏驥掩以泥沙，則兩耳低垂。蓋觀于不知己者，而後知知己之難也。

余觀士之在不知己之前，低眉蒿目，俛仰蜿蜒。我以爲青天，彼以爲黄泉；我以爲如矢，彼以爲繞指。我摽隆隆，彼曰庸庸；我遵蕩蕩，彼曰委巷。我方彼圓，我曰彼玄。唱則不和，和則不唱；馳則不張，張則不馳；茹則不吐，吐則不茹。舉步則蹶，轉喉則觸。將降心而逶迤，則掉于有激；將開口而别白，則恥于自明。豪傑遭之，疇不蓼矣？語云：『人固不易知，知人亦不易。』所謂不易者，多端哉。事出常格，則越拘攣難；勢有適然，則諒生平難。地隔千里，則照遐遠難；幾在蔀屋，則察幽闇難。外和其光，則燭至隱難；内守其神，則紬皮相難。迹嫌疑似，則持篤信難；語涉雷同，則用獨見難。毁譽失真，則核實難；多口屢至，則不惑難。武王黄鉞，義士非之；子見南子，子路不悦。夫武王不見信于伯夷猶可，孔子不見信于子路，何哉？是越拘攣之難也。管仲家貧，則臨財而貪；有母在，則臨難而逃；時不利，則策事而多敗。向微鮑叔，則管氏一妄庸人也。毛義以親故，捧檄而喜，見者鄙之。及其屢徵不出，然後媿歎，以爲不可測。若不觀其後日，則毛生一饕富貴人也。崔浩謂高允乏矯矯風節，及國史之難，浩也聲嘶股栗，而允條荅從容，非矯矯風節乎？是諒生平之難也。漢武帝曰：『東方朔在朕側十有八年，而不知其爲歲星。』夫朔日侍武帝之側，而不知其爲歲星，况遠在千百里之外者乎？是照遐遠之難也。鄭袖爲楚宫人所賣，至于截鼻；王嬙爲毛延壽所毁，棄在幽宫。晁錯爲袁盎所中，紿載東市；顔真卿爲李希烈所陷，畢命賊庭。人主咫尺不得見，對面不得譚。是察幽闇之難也。壺丘子幾發于踵，示以波流，則鄭國之神巫不能相玄；珠沉于赤水，則契詬離朱索之不得。許由不受堯之天下，而逃至于逆旅主人，逆旅主人疑其竊履；披裘公五月披裘而負薪，季札教之以取遺金，披裘公曰：『吾五月披裘而負薪，豈取遺金者哉？』是燭至隱而紬皮相難也。尹吉甫之繼妻以蜜致蜂，而穽伯奇于死；顔子掇煤而食，雖仲尼亦不能辨。必託以祭祖，而後顔子之心迹始明。是信嫌疑之難也。匡章不孝，通國稱焉，孟子與之遊，雖其徒猶惑之。是破雷同之難也。阿大夫治阿而阿不治，而譽言日至；即墨大夫治即墨而即墨治，而毁言日至。非齊威之明，則刑賞[2]倒置，是核實之難也。曾參之母方織，或告之曰：『曾參殺人。』其母曰：『吾子非殺人者。』及其告者三至，其母投杼而走。夫以曾參之賢，不能必信于其母，况無參之賢與母之親者哉？是不惑于屢至之難也。

宵人鄙夫，洿池其身矣。然匿情求名，足以移聽；趨迎儇巧，足以奪心。于此而辨其不肖，不亦難乎？賢人貞士，動挾日月矣。然收其實，不采其華；弢其神，不曜其光。醇朴孤貞，耻于自炫；方正耿亮，拙于逢迎。于此而辨其貞賢，不亦難乎？乃若貴倨大人，而欲知其群下之賢否，尤難矣。何者？名位隆炎，則奔走自衆；貴賤遼絶，則障蔽易生。我用吾之聰明，則揣摩不盡中也；我寄耳目于人，則議論不盡公也。宵人儇巧易喜我，喜則不肖益不得聞。何者？我喜而人談其不肖，不易入也。人或曲護其短而粉飾其美以迎我。賢人方士易忤我，忤則賢益不得聞。何者？我忤而人談其賢，不易入也。人或曲隱其善而攟摭其短以迎我。人曲護其短，而粉飾其美以迎我，久之則其賢牢而不可破；人曲隱其善，而攟摭其短以迎我，久之則其不肖亦牢而不可破。嗟乎，傷哉！此知人者之大懼也。非甚公且虛，有不蹈斯弊者，鮮哉！

士高步冥寥，不傍藩籬，通脱跅弛，不修細謹，我以檢柙求之，十失其九。砥志苦心，修行慎獨，與神明伍而不與世俗諧，我以蹤跡揣之，亦十失其九。廣心竑議，馳騖九州，圖鐘鼎之勳而略襪線之任，我以細事知之，亦十失其九。凝静深沉，屹如丘山，遲而若鈍，迫而復動，是社稷之器也，我以捷給偵之，亦十失其九。丰采英毅，襟懷疎暢，智如炙轂，事若迎刃，可以應國家之倉卒，而緩急倚辦，是濟變之才也，我以持重膠之，亦十失其九。寬仁有度，温温愷悌，若騶虞麟趾然，我以闒茸短之，亦十失其九。慷慨激烈，義形于色，我以亢暴目之，亦十失其九。行潔志芳，翛然風流，率性而行，不飾邊幅，廉而或奢，清而混俗，内約妻子，外豐朋友，我以小廉律之，亦十失其九。知人若斯，其難也。古人安得不慟哭哀傷，而以死報知己哉？

某天性闊疎，少以豪縱自喜，晚乃深悔，返就繩墨。爲人明白洞達，絶無町畦，不設城府。不畏陽過而畏陰譴，不修廣庭而修屋漏。其爲吏，嚴于治身而疎于接物，廉于取材而濫于施予，簡于將迎而詳于民事。善媚黔首而或傲上官，陽示華豔而陰求清約，口游漭瀁而心抱朴真。又生平之虛聲誨其妒尤，雕蟲掩其本實，其爲人，顧不甚難知哉？

某束髮時，嘗受知兩司馬[四]。逮其物故，某哭盡繼以血，爲之尸祝于家。然兩司馬之知某者，以文爾。而明公則獨知某之心。此非神明澄朗、水鏡在懸，胡可得也？蓋某之爲人，雖某不能自知，即知之亦不能自名，即名之亦不能自解。嘗端坐凝神，俛得之而俛失之。既承明公絶代相知，請略陳固陋。

某于天下一物無所好，頗好讀書，則又涉[3]獵而不肯精。好畜書，雖禹都二酉、金弢玉版之秘，偶而得之，隨即失去，不甚愛惜。或謂某曰：『汝所不好，悉長物也。若古人秘書、鄴架之寶，既已好之，何故不存？』曰：『某疎不及此，以俟他日。』此其不可解者一也。

所最好者，二三知己聚于一室，清夜張燈，焚香啜茗。高譚性命，剖析玄微。參三氏之異同，窮九流之要眇。間以世法，旁及神怪。掉而之六合之外，收而返六合之内。濃必有理，澹必有致；亂必有序，放必有歸。清遠之中，時出莊語；謔浪之内，亦多名言。聽之使人魂拍拍而飛動，神惝怳而遊于四荒。然多言數窮，損精耗氣。退而未嘗不悔，悔而迄不能改。譬之貪夫殉財，淫人好色，内省生平，獨有此一嗜，亦幾成癖矣。而或倉卒與人相遭，欲作寒暄一語，若病瘖然，急索之，愈不可得而罷。每爲人所嗔，以爲慢己。夫劇談能辨萬言，而胡倉卒寒暄不能作一語？終夜饒舌，亦終日而危坐。此其不可解者二也。

生平坦直，不能欺人謾語。内可驗妻子，外可證賓客。明可對人言，幽可質神理。亦既完醇抱朴④，冲然不漓；而或吐辭落筆，雕繪鞶帨。駕徐庾之浮巧，兼朔皋之不根，令遠聽之徒，見以爲華而不實。雖復語以精誠，不信。此其不可解者三也。

爲人實陰重，不泄人之隱情，入耳有經數十年罔漏諸口。當其嗒然忘我，能於萬衆中收視反聽，若空谷籟寂者然。雖風雨驟來，雷霆下擊，龍蛇震蕩，江河倒流，天魔倏興，祅鬼跳梁，處之憺如。又當風波百折，毀譽叢生，呼吸翻掌，禍福不旋踵，亦能静以鎮之。其色不動，其神不擾。乃或縱步而往，縱心而適，縱口而譚，挑撻跌宕，大類輕佻之夫。此其不可解之四也。

上無擇于王公，下無擇于厮養，泛愛兼容，其門如市。而性或不同，情或見匿。勢赫可畏，調俗難諧。間有同巷而不能承其顔，屢接而不能舉其姓，往往以耿介獲罪。此其不可解者五也。

處家不治生産，問以妻孥之年、童僕之數、米鹽之有無，皆不能舉。室後構一小樓，皆婦爲之，自初創以至落成，某未嘗一寓目焉。遇寒而衣，遇饑而食。織絍、井臼、竈突，經年而不一至其處。有僕夫在某家三年，人試問以姓名，茫然也。有金錢畀人，恣其出入，報盡即已，不詰其數也。時人並目之曰疎。然其爲令，黔首之至于前，一目輒不忘。又能舉其父母妻子昆弟，記其室廬，知其隱事。事關民瘼，終夜而思之。一夫入于犴狴，一人絓于法網，一事未竟，一錢未明，無時不往來于胸中，必了此而後朝食。又雅類不疎。此其不可解者六也。

又性素習嬾，一几一榻，意欲移之，以嬾故，輒止；雖食，亦嘗以嬾廢，亦復不饑。然爲其民請命，爲其身謝過，嘗拜天日，禮北斗，蒲伏明神，即終夜不寢，累月不解。上帝百神，蓋無時而不稟稟目前。偶發邪志，忽若霹靂砰訇，驚汗蔌籔而止。爲人頗輕于七情，得喪榮瘁，絶不入居靈臺，而獨苦名慾根不斷。時有小怒，若燎枯草，一焰過矣。嘗治怒三年。其始如以蚍蜉撼石，了不爲動；如以婦人調劣馬，了不爲使。苦心而調之，遇觸輒發，過而後覺，覺而悔之晚矣。其後發半而後覺，雖覺，不爲殺。其後發而隨覺，急調之，少殺焉。其後將發輒覺，覺而調之輒止。又其後調之熟而平，欛柄在我矣。又三年治慾。若頓重兵堅城之下，雲梯地道攻之，百端不破；若以巨石壓草，石去草生；若以冷泉沃渴吻，暫時清涼，過而復熱。獨可奈何哉？嘗借上清之劒斬之，逾年而不動，業自謂已斷。其後忽不覺復動，乃知其根固在也。又三年治名。有小過必自暴之，有小善秘之不令⑤人知。人之毁己，即不色怒，其心必有不釋然者；人之譽己，即不色喜，其心亦必有德其人者。徐而思之，事有在我，有不在我。聞人之譽則喜，聞人之毁則怒，以吾之心神，而僕僕焉爲人毁譽之役，不亦勞乎？譽則喜，毁則怒，抑何褊也？毁得其真，吾方惴惴思改；毁不得其真，于我無與也，而怒何爲者？譽當乎我，我之所固有耳；譽不當乎我而浮焉，我媿且懼也，而喜何爲者？人之譽我者不少矣，而又怒人之毁，必欲要世之人而盡譽我，虚名滿世，何爲乎？有如一旦先朝露，此名能及白骨否也？蓋自此而根日以漸減。某之調心勤苦若此。至其性所嬾，雖强之亦不爲。此其不可解者七也。

爲令所得俸錢，盡以與九族親故，不留一錢，其婦亦助成之。當其不給，簪珥略盡。偶發豪興，治酒徵歌，賓從如雲，觥籌如雨，雖五侯之門不過也。詰朝洗盞，而厨無晨炊。世人見某如此，遂妄有臆度，某置不辯。往以入計事竣東還，而饑于路。從友人乞貸[五]，乃得東。而聞禮曹之擢，貧不能治北行之裝，遂家居半年，入四明山中，採藥不返，所知勸駕。其後貸于勾吴[六]，而始成行。昔者王陽之爲人，天下服其廉而怪其奢，世疑以爲有丹砂；乃人知某之廉者少矣，豈非以奇迹駭人哉？此其不可解者八也。

若而夫者，而明公能從衆中知之。詎不難于古人哉？某居吴會，一月不見明公，則低回而思。明公與某言，亦恒移日而不能去。其所扼腕談性命者十九，談世法者十一，談爲人者十五，談爲吏者十三。大都各披其誠而不相匿，各攻其短而不相恕。忘形骸而不及⑥于褻，略苛禮而不比于慢。情同昆弟，義兼師友。相知如此，可以無恨。

明公嘗爲某言：『天地清皛，其出如竅者，道也；人生五濁，陷于大戮者，慾也。神龍有慾，故物得豢之；人而無慾，則魔事不能嬈之。子無慾矣。』某矍然離席曰：『談何容易，明公不知僕矣。某視天下之物，一無所好。至于男女之慾，亦猶夫人耳。兼之名根爲障，去道彌遠。蓋嘗書紳以銘，要神以誓，苦行以自罰，虛心以自度，至于寒暑晝夜，展轉反覆，若制毒龍，若克大敵。爲力甚勤，取效甚少。久而漸熟，差減于初。而明公輒許某爲無慾，得無傷知人之明乎？』

公曰：『男女之慾，去之爲難者何？』某曰：『道家有言，父母之所以生我者以此，則其根也。根故難去也。古天竺先生號稱離慾，蓋以空得之。雖上帝所治，猶爲慾界。高真上仙，偶動一念，輒往人間。而古帝王廣設后妃、御妻、世婦。儒者曰以廣繼嗣，非爲慾也。亦或以不能遣之，而以此正人道，防淫也。漢高祖、光武、昭烈、唐文皇，咸振世英雄，識量不凡，而閨闥婉孌之情，幾與常人等。項羽、石虎之流，雄猛虓暴，殆非復人情。至兒女子周旋，雄猛之氣，一時都盡。蘇子卿、胡邦衡、文丞相諸公，非世所謂秋霜皦日之士哉？而亦不免留情于此。孔子云「吾未見好德如好色者也」，其辭亦痛切足悲哉！根之所在，難去若此。即聖人不能離慾，亦澹之而已。離則佛，澹則聖，抑而寡之則賢，縱而宣之則凡。』

公曰：『然則名何以難去也？』曰：『亦根也。根故難去也。今夫三尺童子，人稱其賢則喜，稱其不肖則艴然怒。童子何知？則豈非性生者哉？杜征南沉碑于水[七]，曰：「後世安知深谷不爲陵者？」其好名亦太甚矣。彼修名之士，固無足論。神禹受命于玄夷使者以勤萬民，功在河洛矣，而所至亦往往劖巨石。仲尼曰：「君子疾没世而名不稱。」又曰：「闇然而日章。」夫既闇然矣，安用日章爲？蓋似亦未能忘情于章者。至于巖穴枯槁之士，脱屣朝市，抱影雲霞，彼其滅迹而長往，固已無羨乎人間之小名，然亦竊有可揣者。韓康賣藥于市，不貳價，一女子嗔曰：「子非韓伯休邪，何爲不貳？」韓康乃歎曰：「吾賣藥，逃命也，而令女子知吾名，安用居此爲？」遂去之。若伯休可謂不好名矣。然伯休之名，而令市井之女子知之，其名亦太盛矣哉，尚⑦可不逃乎？則伯休蓋逃名者也，非所謂不修名者也。孫登處于石室，無人知者。阮嗣宗訪焉，與之譚論，登悉不應。乃對之長嘯⑧，意盡而退。至半嶺，聞有聲如數部鼓吹，則登嘯也。夫公和晦迹深山，人與之譚則不對，與之嘯亦不省，則亦已矣。何其人退至半嶺，而復以數部鼓吹者壓之？公和蓋似猶有勝心焉。余觀至道之人，躡景登遐逍清都，而猶往往不忘情于人間之文字與其所遺之祠宇，何也？昔真人謂司馬子微曰：「子名在丹臺石室，何憂不僊？」乃竊意古之靈人幽士，滅迹閟影，視人世之小名不啻幻泡。彼蓋有所以易之者，在人世爲枯槁，在天上爲榮華。使其去人世之幻泡，而并去其所謂丹臺石室者，亦恐其未免于無聊。名之難去蓋如此。』

聖賢不能無名，而其好與人異。樹其根不能不發而爲華，聖賢蓋爲根設也，非爲華設也。乃根實而自華，及其華脱而根在。世人之好名者不然，抱一藝則急于人知，修一善則急于人知。名之所在而奔走焉，有得有不得，而喜慍生焉。以精神佐奔走，以喜慍佐毁譽，甚至有無其實而欲以智力盗有其名者，欺天罔人，罪莫大焉。性靈安得而不受傷哉？大道安得而不受障也？吾人亦損之而已。老氏有言：『爲學日損，爲道日益。』此之謂也。

夫某之有慾如此，而明公輒許某爲無慾，明公其殆不知余哉！獨奈何以古人之知德明公也？蓋某于天下物，一無所好。而獨苦此名慾二根，所以求去之者，不可謂不勤。顧天下知某之無所好者寡矣。知某之無所好者猶或有之，知某之求去二根，用心若此其苦，而用力若此其勤者，蓋百無一二焉。而明公知之，安得不難于古人哉？雖然，某之德明公之知若此者，亦名根也，又淫于辭矣。

敬致一通，使明公知余過。

校勘

①旍：底本原作『旅』，據程元方本改。
②賞：底本原作『當』，據程元方本改。
③涉：底本原作『汝』，據程元方本改。
④朴：底本原作『扑』，據程元方本改。
⑤令：底本原作『今』，據程元方本改。
⑥及：底本原作『反』，據程元方本改。
⑦尚：底本原作『倘』，據程元方本改。
⑧嘯：底本原作『肅』，據程元方本改。

注釋

［一］李觀察：未詳。

［二］爰旌目：《吕氏春秋》寓言故事中人物，屠隆以其潔身自好、不受嗟來之食喻處貧困中之君子。

［三］黔婁：春秋時貧士，齊人（一説爲魯人）。隱居不仕，修身清節。晉皇甫謐載之入《高士傳》。晉陶潛《詠貧士》：『安貧守賤者，自古有黔婁。』本文中屠隆爲分辨冤情，剖白心跡，大量用典。限於篇幅，不一一出注。

［四］兩司馬：指張時徹、屠大山。

［五］友人：指傅光宅，字伯俊。屠隆上計畢離京時曾向傅光宅告貸。

［六］勾吴：指秦焜所在。秦焜曾資助屠隆北上赴任。

［七］杜征南：西晉杜預，著名政治家、軍事家，伐吴建功。卒贈征南大將軍，後世因稱『杜征南』。杜預沉碑事，《晉書·杜預傳》載：『預好爲後世名，常言「高岸爲谷，深谷爲陵」，刻石爲二碑，紀其勳績，一沉萬山之下，一立峴山之上，曰：「焉知此後不爲陵谷乎？」』

白榆集校注文集卷之十

書五

與汪仲淹仲嘉書[一]

仲淹、仲嘉二先生大雅足下：

在昔雁行奮翅，頡頏藝林，爲千秋美譚者，東阿、子桓[二]，應瑒、應璩[三]，平原、清河[四]，康樂、惠連[五]，聲中金奏，氣干星虹，盛矣！乃今世兄弟振藻①，一栖兩雄，在吴則有王氏二美[六]，在新都則有卿家伯仲。儁才靈氣，飄飄乎如子晉、延壽[七]，共舉桐柏；茅盈衷固[八]，分治華陽。文彩朗映，人代豔仰。

不穀結髮論交，幾遍海內，乃獨於卿家兄弟未有當也。往歲龍使君入都[九]，不穀嘗奏記伯氏司馬[一〇]，尚未及通二仲足下。未幾，僕中讒者投劾而南。六月抵西湖，就水國芙蓉，則聞賢兄弟且走虎林會不穀。不穀蓋日夜望闕門紫氣，久之，履綦杳然。乃東。東而白榆使者至自大鄣[一一]，則伯氏實與龍使君移書招僕入白榆社。始知仲淹方抱幽憂之疾，曩日行李所以不果發，坐此耳。某越在東鄙，蕞爾龍子小國，悉索敝賦，不足以當上國之十一，其何敢以與黄池之盟？

維是軒轅、玉虚，靈蹟名都，夢寐久已。聞命之日，即裹糧杖策，蹋大雪，渡西泠來。不審仲淹先生病，業有起色否？僕雖無枚生《七發》，足已卿疾，倏然名理，何必減叔寶、平子[一二]，能使仲淹神骨清泠，體氣和暢，或者更賢於

《七發》也。然聞仲淹實深於禪悦，即所稱卧痾，安知非維摩居士示疾乎？審如是，有文殊所不敢前，何况僕哉？仲嘉無恙？詹生来，顧不得風霜隻字以爲長恨。車馬冉冉近天都峰，相見把臂，作大笑。先此布聞。

校勘

① 藻：原作『操』，據文意改。

注釋

［一］汪仲淹：汪道貫，字仲淹，號次公。歙縣（今屬安徽）人，汪道昆胞弟。補博士弟子員，博學强記，氣概英邁，工詞賦，旁及書法。著有《汪次公集》。仲嘉：汪道會，字仲嘉，汪道昆從弟。諸生，遊太學，屢試見遺，乃棄舉業。爲詩秀色天然，盡去雕飾。著有《小山樓稿》。兄弟齊名，時稱『二仲』。

［二］東阿、子桓：指三國魏曹植、曹丕兄弟。曹植封東阿王；曹丕字子桓。

［三］應瑒、應璩：應瑒，字德璉，建安七子之一。與其弟應璩齊名，兩兄弟作品合爲一集《應德璉休璉集》。

［四］平原、清河：西晋陸機、陸雲兄弟。陸機曾任平原内史，陸雲曾任清河内史。

［五］康樂、惠連：南朝宋謝靈運、謝惠連兄弟。謝靈運封康樂公，爲謝惠連族兄。

［六］王氏二美：王世貞，字元美；弟王世懋，字敬美。江蘇太倉人。

［七］子晉：東周王子喬，字子晉，得道成仙後，號『桐柏真人』；延壽：東漢王延壽，字文考，一字子山，作有《桐柏廟碑》。故文中云『共舉桐柏』。

［八］茅盈衷固：西漢茅盈及其弟茅固、茅衷。茅盈字叔申，咸陽（今屬陝西）人。《茅山志》《太元真人東嶽上卿司命真君傳》記其少時修道於恒山，有異操，後隱於句曲山（今稱茅山，在江蘇西南部），修煉服氣、辟穀術，並以醫術救治世人，創立道教茅山派。後其弟茅固、茅衷從其修道，時人稱大、中、小茅君。後世稱茅氏三兄弟爲『三茅』。此處以茅盈衷固代指兄弟。

［九］龍使君：龍膺，字君善，又字君禦，武陵人。萬曆八年（一五八〇）進士，爲徽州推官，歷任國子監博士、禮部主事、陝西參政等職。時任徽州推官，與汪道昆交往密切，共組白榆社。

［一〇］伯氏司馬：指汪道昆，汪道貫、汪道會之兄，官至兵部侍郎。

［一一］白榆使者：即下文中之詹生。下篇《報龍君善司理》載：『詹生充白榆使者至四明。』大鄣：大鄣山，亦稱『三天子鄣』，地處皖贛

邊界，安徽歙縣東南。

［一二］叔寶：衛玠，字叔寶。平子：王澄，字平子。均爲晉代名士。《世説新語・賞譽》載：『王平子邁世有俊才，少所推服。每聞衛玠言，輒歎息絶倒。』南朝・梁・劉孝標注引《衛玠别傳》：『（衛）玠少有名理，善通莊、老。琅邪王平子高氣不群，邁世獨傲，每聞玠之語議，至於理會之間，要妙之際，輒絶倒於坐。前後三聞，爲之三倒。時人遂曰：「衛君談道，平子三倒。」』意指議論精當奥妙，使人嘆服。

報龍君善司理[一]

不佞弟故自人外人，往濫吹蘭省，居恒有拄笏西山意。四明山靈，藉手伊人，得早還初服，幸矣，幸矣。足下青松心竟不改，千里相招，書辭忼慨。始知『皓首以爲期，枉駕惠前綏』，古人語殆爲吾兩人設。詹生充白榆使者至四明，食不下嚥，鵠立庭中，敦迫上道。不佞遂發白嶽、黄山之興[二]，冥寥遊且始於此矣。第無謝朓驚人詩，足酬賢使君高雅。許遠遊、王詢輩娓娓名理[三]，差亦不乏。弟方奉道清齋，性又不善麯君，無煩烹羊宰牛，治平原十日飲。止須多畜名香，瀹佳茗，以迓黄冠道人，足矣。

昔李青蓮罷供奉，浪遊人間。始客任城依賀監，後寓當塗，歸陽①冰，風流文采，照映千秋。僕於青蓮無能爲役，仁兄視當塗、任城兩君，不啻過之。且也司馬公當今人文海岱，僕此行非惟畢願白嶽、黄山，亦樂附兩君子青雲。以此月十二日發官奴城[四]，旬日可抵大鄣[五]，把臂入林矣。詹奴還，先此奉報。聞足下方抱鼓盆之戚，不佞且以《南華》諸篇奏之棐几，一散君懷。相見在即，不盡願言。

校勘

① 陽：原作『湯』，據文意改。

注釋

［一］龍君善司理：龍膺，字君善，時任徽州推官。見前文注。

［二］白嶽：齊雲山，位於安徽休寧縣城西，古稱白嶽，與黄山南北相望，素有『黄山白嶽甲江南』之譽。

[三]許遠遊：即許邁，東晉丹陽句容（今屬江蘇）人，字叔玄，小名映。出身士族，采藥修道時改名玄，字遠遊，後被道教奉爲地仙。王詢：字元琳，琅邪人，王羲之侄。出身名門，書法世家，其祖父王導、其父王洽均善書。有《伯遠帖》。

[四]官奴城：鄞縣別稱。詳見上卷《答張肖甫少司馬》注。

[五]大鄣：大鄣山，亦稱『三天子鄣』，地處皖贛邊界，安徽歙縣東南。

答李惟寅[一]

含香之署如僧舍，沉水一爐，丹經一卷，日生塵外之想。蘭省簿牘[二]，有曹長主之，了不關白，居然雲水閒人。獨畏騎款段出門，捉鞭懷刺，回飈薄人，吹沙滿面，則又密想江南之青谿碧石，以自愉快。吾面有回飈吹沙而吾胸中有青溪碧石，其如我何？每當馬上，千騎颯沓，堀堁紛輪，僕自消摇仰視雲空，寄興寥廓，踟躕少選而詩成矣。五鼓入朝，清霧在衣，月映宮樹，下馬行輦道，經御溝，意興所到，神遊仙山，托詠芝①术，身穿朝衣，心在煙壑，旁人徒得其貌，不得其心，以爲猶夫宰官也。

江南神皋秀壤，多自左掖門下題成[三]。足下住秦淮渡口，煙銷月出，水緑霞紅，距風沙之地萬里，而書來忳傺，殊不自得。何也？大都士貴取心冥境，不貴取境冥心。此中蕭然，則塵壒自寓清虚；内境煩囂，則幽居亦有龐雜。足下以爲然不？鄒爾瞻以言事忤明主[四]，又有秣陵之行。此君清身直道，有國之寶也，足下當與朝夕。嘉晨芳甸，條風駘宕，南睇美人，匈如結矣。

校勘

①芝：底本原作『之』，據程元方本改。

注釋

[一]李惟寅：李言恭，字惟寅。詳見本書文集卷一《貝葉齋藁序》注。

[二]蘭省：即蘭臺，漢代皇家藏書處。後指秘書省。與前文含香署同指禮部曹郎之官署。

［三］左掖門：左右側門，如人之肘腋，而常指宫中旁門。左掖唐時隸門下省。

［四］鄒爾瞻：即鄒元標。因責張居正專權，被廷杖謫戍。

與顧益卿［一］

李牧今在邊矣，漁陽涿鹿之間［二］，如增築一長城。足下才名雄略爲時人物色，南北奔走，何時稅駕？乃不知足下滌除玄覽，聞道有年，詎止英雄伎倆哉！第云英雄亦屬皮相。僕文弱六尺爾，幸不爲世眼所窺，而身多雕蟲一技，未免以筆札爲人役，淫精耗神，時時有之。人有求此不得者。乃知甘井直木之喻，有足痛心者。

足下治薊州［三］，有美醞，當君在事，僕醉客之具且取給焉。薊州固僕貢獻之國矣。僕居長安貧，日乞燕市米［四］，而座客不減。無步兵之厨，而有北海之累，奈何？然僕固不以此小損其消摇之致，常動常照，主人翁尚無恙也。足下日講兵事，以薪近火，得無然其胸中須彌不？婁上兩王匿跡雲霧［五］，時時爲人篡取，豈鴻飛尚不高邪？而僕與足下又苦未能遠舉。寥寥此道，終無人哉。從紛挐中潛煉密緯，僕與足下願各努力。

注釋

［一］顧君：顧養謙，字益卿。時任薊州鎮兵備，後進爲右僉都御史，巡撫遼東。顧爲人倜儻豪邁，以才武稱於薊遼。

［二］漁陽：地名，唐漁陽郡，治所在漁陽（今天津薊縣）。因其西北有漁山，城在山南，故名漁陽。涿鹿：地名，初以涿鹿之戰而聞名，史載爲黄帝與蚩尤作戰之古戰場。《史記·五帝本紀》：『蚩尤作亂，不用帝命，於是黄帝乃徵師諸侯，與蚩尤戰於涿鹿之野，遂禽殺蚩尤。』明時涿鹿屬京師保安州。涿鹿故城在今河北張家口市涿鹿縣南。

［三］薊州：位於天津之北，燕山脚下，春秋時期稱無終子國，隋代爲漁陽郡，唐代稱薊州，明時宣、大、薊、遼均爲防務重鎮。

［四］燕市：戰國時燕國國都。此指北京。

［五］婁上兩王：指婁東人王世貞與王錫爵。時王世貞以南大理卿還里，王錫爵亦告假省親不出。

與王元美先生

先生掩關塞兑，當遂有所證悟不？某被風塵，驅入火宅，車馬之勞，筆札之役，時時有之。年逾四十，而溷擲不休，精氣安得不銷亡？所幸胸無機事，七情差輕，得失熬煎，不關靈府。然文字一障，没溺深矣。大道斷非江鮑徐庾所了，流年石火，思之沉痛。含光養神，多言損慧。自古聖賢咸務諓嘿，惟南華先生縱横恣肆，排倒千古，簸蕩三才，言語之盛，剖判以來無兩。而先生終證大道，不聞以高文雄辯洩其靈光，何也？豈其神氣内守，終日言而未嘗言，若兒啼天籟也。僕中無所得而日事洸洋，自非南華，耗損必矣。乃今尚未見衰相現前，覺精力較之少年時不減，第恐漸耗漸零，一朝而覺晚矣。此魔能使人飛揚快爽，去之爲最難。先生何以教之？

今天下之望，盡歸于婁上四王先生[一]。桃李不言，下自成①蹊。物不貴雞鶩，而貴孔鸞也。雖然，願先生取白雲封户，無輕問短轅也。不直則道不見，請竟言之。先生業謝人間事，修心煉性，作了道丈夫，便應翛然長往。一行出山，追逐紅塵，妨廢大事，空擲流光，前功盡棄。故不應出。此甚淺之乎談王先生者。境風欲冥，喧寂惟一。大丈夫欛柄在手，何避涉境？涉境不迷，是大自在。事了不了，皆可拂衣。何必鑿坯而逃，乃得爲是。顧先生所處時勢，有不可出者。何則？丈夫進退，欲其有據也。先生與三先生閒居空谷，寂照煌煌，洞此久矣。僕何必癡人説夢邪？主上注念荆翁深矣[二]，恐不可免。道故有恰當者在，不必安排，大事因緣定不在九列三事。世人之説曰：『上意不可違。』又云：『道自委蛇，無妨秣馬。』僕無識，妄意以爲皆遷就之語也。都水、軒轅、子微、希夷[三]，俱常蒙人主逼取之，竟以揮手不聞云。道故委蛇，惟宋齊丘[四]，進則三公，退則九華先生。三公九華，數數往來，後世不聞人言九華先生賢于都水諸公也。區區杞人之慮，妄肆其胸臆，惟四先生深計之。悼恐，悼恐。

校勘

① 成：底本原作『處』，據程元方本改。

注釋

［一］婁上四王先生：王世貞、王錫爵、王世懋、王鼎爵，俱爲婁東人。萬曆九年（一五八一）至十二年（一五八四）間，王世貞以南大理卿還里，王錫爵亦告假省親不出；王世貞弟王世懋、王錫爵弟王鼎爵二人亦俱以提學副史一自陝西、一自河南乞歸，一時號稱『四王』。

［二］荆翁：王錫爵，號荆石。

［三］都水：指南朝陶弘景，道教上清派代表人物之一。據傳陶弘景升仙後爲蓬萊都水監。軒轅：黄帝。傳説軒轅黄帝訪廣成子於空同之上，聞至道，得長壽。子微：唐司馬承禎，字子微。道教上清派茅山宗尊爲第十二代宗師。希夷：陳摶，字圖南，號扶摇子，宋太宗賜號『希夷先生』，北宋著名道家學者。四人俱爲古時隱逸得道者。

［四］宋齊丘：本字超回，改字子嵩，豫章（今南昌）人。歷任吴國和南唐左右僕射平章事（宰相），晚年隱居九華山，號『九華先生』。

與沈嘉則書［一］

婆娑蘭省，曹務總歸曹長，了不相關白。平明入署，如坐僧舍，焚香讀書，亦甚清適。出門騎馬，風沙被面。謁客投刺，獨苦苛禮。以筆札事人，僅當鼓吹。風雅之業其衰乎？居長安貧甚，生平無長物，止有圖書數篋，乃爲波臣所妬。五紽之絲亦如之，挈以鬻於市，不售，則及細君簪珥［二］。而細君又雅有桓氏之行［三］，縞衣練裙，頭無金雀，耳無明月。生平亦無程鄭之交可以告貸，胸中五車不足當一囊。吟成五字，持向屠沽易斗粟，嫚笑而不答。彼無所用之。京師士大夫，近復習煩文，多浮費，其何能給？而門前之客通不減，時或甑中生魚，而譚笑盈坐。僕自通脱，未嘗不以實告客。有脱粟，無酒，則與客飯脱粟而已，而名理不廢。腰間僅有一銀帶，爾亦毁之，以佐酒資。爲令六載，蕭然如此，而市上人猶妄以胸臆見度乎？饑寒僕所堪，必不足動其靈府①。而内給妻孥，外供賓客，未免大費支分。然自覺消摇之致，絶不爲減。蓋僕從此有悟，非孟浪處此者。萬緣都輕，百慮都剗，獨有文字一障，尚苦葛藤。嘗以一篋與田叔，力欲焚筆硯，不能也。

先生老矣，雕龍之辭，業已千秋。雖②布衣乎，家有負郭，反勝於余之有官者。淋漓彩筆，浩蕩杖履，僕勸先生一朝盡舍之。鳥去猿來，水窮雲起，於此中儻得少趣，此大丈夫結局之時也。而先生故是寥廓人，當下立辨。區區此言，亦屬不智矣。數千里遠訊，臨風悵馳，惠而好我，其無忘瑶華之音。

校勘

① 府：底本原作『者』，據程元方本改。

② 雖：底本原作『雖』，據程元方本改。

注釋

［一］沈嘉則：沈明臣，字嘉則。鄞縣人。詳見本書詩集卷一《明月榭賦》注釋［二］。

［二］細君：古稱諸侯之妻爲細君，後爲妻之代稱。此處指屠隆妻楊枝，字柔卿。以夫貴，封孺人。《甬上屠氏宗譜》卷三十一《賢淑》有《楊孺人傳》。

［三］桓氏：指桓少君，西漢大臣鮑宣之妻子，古時賢婦典範。

與王太初田叔二道友①［一］

僕居長安，澹矣寡營，蕭然髮僧。獨可笑文字之癖，日甚一日，深入膏肓。功德之水不能洗，上清之劒不能斬。婆娑含香，曹務殊簡。署中焚沉水，坐南窗修竹下，正②可調神御炁，密緯潛修。無端詩興撩人，遣之不去。騎馬道上，手捉馬箠而心役萬境，即冰③雪在地、風沙彌空不自覺。五鼓朝天入宮門，顧見星月，便爾蕭森。身方與朝士趨蹡，而趣已在西泠天竺上。當其意得，山河大地，入眼俱空。僕年四十，精已銷亡。塞兑④葆光，長恐不及。奈何虐使元神，坐令雕耗，明知其害，莫能剗除。何也？嘗細察病根，尋其起滅。夫大慧不耀，至寶不華。五慾慾也，文字亦慾也。五慾近濁，故爲愚夫所溺；文字之慾近清，故爲哲士所馳。總之，罷耗毒藥，流轉根因，一墮其中，拔足難矣。

孔欲無言，厥有六籍；佛空諸相，亦垂藏經。神王發藻于大洞，青童揚葩于玉書，太上抽玄于五千，西池摽情于四韻。余讀《楞嚴》《維摩》，神幻精光，文心絶麗；余讀《丹經》《真誥》，高華深秀，韻語尤工。得道之人，銷聲匿景，身世兩遺，遊戲虛空，土苴萬物，而猶似不忘區區者。若云彼寧渠意在修辭，以包元氣，載大道，如是而已。夫意不在修辭，即凡陋蹇拙而可，何必龍驤虎攫，崢嶸其辭也？必龍驤虎攫，崢嶸其辭，是猶不忘區區，又況我輩能不濡首哉！然而不可不戒也。

今夫嬰兒終日號而不嗄，大塊終日噫而不傷，純氣之守也。至聖靈人，從妙明吐華，真竅流響，其神不勞，其氣不耗，嬰兒大塊爾。文人藻士，刳心以思，役志以索。思而不來，魂惝恍而馳六合；索之不得，意蕩漾以冥鬼神。丹元君如車輪然，推而跬步，推而萬里，推而鴻荒，推而眉睫，有不受傷者，豈理哉？從古文士，竭一生之精力以從事此道，其言皆留永年，而其身不免早謝，坐此故爾。

嗟乎！丈夫墮地，有此靈光，上可證入無上，歷劫超塵；次可修還大丹，驂鸞駕鶴。何乃空以其身爲蠹魚？即三食神僊字，何益矣？低回自度，投袂而起，力驅此障，去而復來，是我輩之宿業、人生之大魔也。僕及此時，尚未見大損。譬之小火熬油⑤，微波泐石。當其細微，不見可患；一朝耗盡，何嗟及乎！而僕猶以此障雖重，他嗜則寡，得喪頗齊，榮枯不問，機輕智慮，心絶經營。或以此不遂凋落，亦危矣。

僕受教太原先生[二]，每戒以雕蟲小技障我本來，而瑯邪先生則云[三]：『生意方茂，且放東君發舒一場。華落葉脱，當歸本根，會須有時。若早自閟結，政恐萬寶告⑥成時，更吐華萼，將如之何？』夫瑯邪故文士，安得不云爾？一劍而斷，立收奇功，後可無慮。今日不能自割，從此以後，皆可憂之時。東君發舒，華落葉脱，以歸本⑦根，上善也。而境久戀則逾熟，逾熟則難去。東阿、昭明、江淹、鮑照，春華爛然，終其身不見脱落而死⑧，最⑨上遮須，下沉冥獄。冥獄固墮惡緣，遮須亦是鬼趣。可哀也。都水有言[四]：『寧爲才鬼，毋爲頑仙。』僕則曰：『寧爲頑仙，毋爲才鬼。』嗟乎，僕已而已而，耻與東阿諸君伍，且暮借上清之劍矣。足下清真人，文章一緣，與我同病。劍借乎未？願共圖之。

校勘

① 此文亦收於《鴻苞》卷四十，用作參校。

② 正：底本原作『王』，據程元方本、《鴻苞》改。

③ 冰：底本原作『水』，據程元方本、《鴻苞》改。

④ 兑：底本原作『免』，從《鴻苞》改。

⑤ 油：底本原作『泏』，據程元方本、《鴻苞》改。
⑥ 告：底本原作『生』，據程元方本、《鴻苞》改。
⑦ 本：《鴻苞》作『正』。
⑧ 死：底本原作『夾』，據程元方本、《鴻苞》改。
⑨ 最：底本原作『敢』，據程元方本、《鴻苞》改。

注釋

［一］王太初：王士性，字恒叔，號太初，又號元白道人。浙江臨海人，萬曆五年（一五七七）進士。詳見本書詩集卷七《和王恒叔登玩花臺故息夫人臨妝處》注釋［一］。田叔：屠本畯，字田叔，屠隆族孫。

［二］太原先生：指王錫爵。王錫爵家族源出於山西太原王氏。

［三］瑯邪先生：指王世貞。王世貞家族源出於山東瑯邪（琅琊）王氏。

［四］都水：指南朝梁陶弘景。據傳其升仙後爲蓬萊都水監。

答元美先生

某邇來默自校勘，百慮漸灰，七情荒澹，獨有名障慾根，葛藤未斷。所謂慾根，恨不得遂絶。若云火宅，凡夫靡然焦灼，實所未然。至於名根，較爲更重。言語文字，往往馳騖其間。每成一篇，急欲知音相賞，飛揚爽快，不能抑止。以爲好名邪？則是本因一時得意，快讀技癢，似非爲名。以爲不好名邪？何故津津向人，如狂如癡？即此津津向人，如狂如癡，縱非爲名，快意當前，不能抑止。不足語凝神定性之學，明矣。氣多揚而善浮，思不沈而作苦。以此，不大受凋傷，然必非了性命之道也。若夫榮悴得失，了不相關，二六時中，絶無計較，亦無嗔恚，居貧晏如，眉頭日揚，但恐住于逍遥，必不自作煩惱。此雖令大師以六通神智照之，亦必以爲信然者。

所云名慾二根，病染深重，不能剗除，害道障心，莫此爲甚。每對人言，未嘗不抱大痛。不知何時向先生言？名根頓輕，慾根尚重，談何容易？當是先生言之誤邪？不然，某醉夢時作書爾。敢自首實，以正妄語之罪。大丈夫年逾六十[一]，官至九列，文成四部，名垂千秋，以騷雅登壇，以大道結局，于先生足矣。業從火宅而就清涼，詎宜復捨清涼而就火宅？果然高蹈遠引，風期如此，大自快人世間。兒女子識不足采也。渠意不過欲王先生作大官，而黯其里閈爾。

書到，即與孫文融選部言之[二]，報云鳳洲先生鴻冥故自佳，然一辭輒允，於朝廷大體覺未然。須其再疏而遂，則朝廷與此公斯爲兩得。報書甫至少選，而孫君遂有母夫人之變矣。自臺省敢諫四三君子相繼被①斥之後，此中時事又一更易。杞人之慮方深，纓紼不被于體，高翔寥廓，徜徉人外，其樂可言。承來教，貇至道義之愛，鐫在五衷矣。

校勘

①被：底本原作「斤」，據程元方本改。

注釋

[一]大丈夫：與下文中「王先生」「鳳洲先生」均指王世貞，嘉靖五年（一五二六）十一月生，萬曆十二年（一五八四）二月陞南京刑部右侍郎，引疾辭歸。時年近六十。

[二]孫文融：孫鑛，字文融，號月峰，浙江餘姚人。曾任吏部郎中，整頓銓法，聲名卓著。選部爲吏部之故稱，東漢末年，選部即是吏部。

答王元馭先生[一]

往來糾紛，文責填委，誠有如先生所諭。然雕蟲之辭，某鄙①性實好爲之，每成一首，不勝其愉快，思浮氣揚，不能降伏。今尚未覺疲耗，久之，未有不受傷者。每念及性命大事，悔恨於此，決意勑斷，取筆研焚之，示不復爲。未幾技癢，宿病旋發。譬之甘酒嗜肉之徒，雖受五戒，嗜好不除，不自覺其易犯也。

某今在此中，貧遂刺骨矣。生平罕程鄭交，無從告貸。荆婦頗有桓氏賢行[二]，無簪珥可脱。某腰下止有銀帶一條，亦毁以佐朝夕。將鬻其雕蟲之辭乎，百首詩篇不易斗粟。爲郎俸薄，如東方生苦饑，而不肖之眉頭未嘗一日不揚也。來書云先生多病，此當不損先生靈光，即病亦魔事爾。瑯邪先生辭九列②之命，是矣。第先生恐終不免，何以蚤策之？

校勘

① 鄙：底本難辨，據程元方本補。

② 列：底本原作『耶』，據程元方本改。

注釋

［一］王元馭：王錫爵，字元馭。

［二］荆婦：指屠隆妻楊枝，字柔卿。

答敬美［一］

澹圃主人無恙［二］？實修實證，比復何如？某無所知識，竊意以爲塵境亦有解脱，靈境亦有束縛。性地澄空，萬緣起滅，總屬浮漚。如其不然，即一猿一鶴、一花一木，亦足爲障也。長公先生亦既棄去九列，第先生尚恐不免蠅逐蛾赴，營營求進而一退不前。王先生鴻冥鳳舉，翔于寥廓，而弋者未已。故是芝草瑶花，以物外見寶；亦知雲卧難安，清緣難享也。霞島煙窗，以大石塞户，封之以白雲，雖有彌天之網，豈能羅幽人于九萬之上哉？

孫文融由選部轉奉常之三日［三］，然後爲先生投所寄八行，明日而孫君有母氏之變矣。某之任真推分，不妄通貴人，此可槩見。使者來，不得先生一字，私心頗怪之。萬里相念，無忘瑶華。

注釋

［一］敬美：王世懋，字敬美。

［二］澹圃主人：指王世懋。萬曆九年（一五八一）棄官歸隱後，在家鄉太倉修築澹園。

［三］孫文融：孫鑛，字文融。時由吏部郎中進兵部侍郎。

答開之［一］

不佞比厭苦銀不律，亡賴使神氣飛揚，丹元受障。奈術譚虚無之道，爲思借祖龍之焰斷之，而顧影踟躕，忍不能决。又邇者僕舊業日尊，虚聲益譟，羊肉不慕蟻而蟻慕羊肉，將迎亦太廣矣。有時焚香掩關，無奈户外之屨，少不自持，輒舍我主人翁，而靡然從之。内宅未寧，靈光不見，何時可得了①生死乎？斯志士之大痛已。文字交遊而外，他無足關吾方寸者。以故雖處喧溷②，而不減逍遥，更從聖賢口頭拾得『回光反顧』四字，奉作津梁，差爲得力。恐與足下入處微不同。足下深入，善權廣化，擺落脱灑，近維摩居士，辯才無礙。第于實際處，亦尚少爾。然任道之器，必歸足下矣。

元美先生疏辭新命，甚善。獨苦其眷屬童奴，亡不欲王先生爲大官者。元美不可不自堅。丈夫進退有據，乃可辭於天下。且無論大道，即皮毛亦當顧惜也。阮嗣宗胸懷故自暢［二］。賢嫂、兩郎君，俱無恙不？

校勘

①了：底本原作『痛』，據程元方本改。

②溷：底本原作『泗』，據程元方本改。

注釋

［一］開之：馮夢禎，字開之。

［二］阮嗣宗：阮籍，字嗣宗。魏晉時詩人，『竹林七賢』之一。

與殷無美[一]

一夕劇譚，自足千古。足下領夷陵以出，夷陵故荆南山川最勝處。足下賢豪人，山靈借杖屨，使陽臺之神通刺使君，稱部下女子，亦人生快事也。

注釋

[一] 殷無美：殷都，字無美。詳見本書文集卷三《送殷無美出守夷陵序》注釋[一]。

與呂麟趾[一]

足下風骨秀異，神情散朗，河陽、洗馬[二]，罕見其儔。凌雲奏罷，蓋一日而傾其都人。及領理官出治，謝朓青山，雲氣在窗楹間。神仙吏隱，又何清絶也！夫泰山千盤，日觀萬仞，仰出雲表，下臨滄溟，則必蒸爲丹霞，結爲瑶草。是太傅公之風氣亶厚也[三]。某不佞得與王吉士季孺稱結髮交[四]，而吉士與足下爲雁行兄弟，故敢託王君爲之容，願奉盤匜進御足下。

足下所治青山下，有故太史沈君典。無論其標韻蕭疎，天藻横逸，即忼慨義俠，以千金散客，以七尺借人，亦大有古田光先生腹腸者[五]。又性好丘壑，雅眷煙霞，在世世出，兩足欣賞。不幸異人靈物，爲上帝所急。一朝長逝，千秋悲凉。嶽瀆無光，風雲氣盡。伯喈傷神于虎士[六]，子期掩恨于山陽[七]。當其生時，人拾咳唾，家借姓名，士歸之如雲；瞥而銷沉，蓬蒿生門徑，蒼苔没履綦。而市人責收子母之息者，時時在門。哲人至此，何知天道？所幸有子孝廉[八]，温美如玉，修辭藻麗，駸駸有先太史風，而氣性沉著。可喜太史有後哉！

不佞某與沈君義存伐木，情兼女蘿。淹棄三載，且宿草矣。生約彈冠，死慚挂劍，而太史一棺亦尚在淺土。相隔萬里，日夜痛心。足下好男子，風流自賞，慕義無窮。幸顧念亡太史而收其遺孤，是在長者。僕與郡二千石及宣城長俱無生平，足下肯爲一致拳拳，高義寥絶千載矣。

注釋

[一]吕麟趾：吕胤昌，字玉繩，號麟趾。浙江餘姚人，大學士吕本之孫，戲曲理論家吕天成之父。萬曆十一年（一五八三）進士，授安徽寧國府推官，萬曆十七年（一五八九）陞吏部主事。

[二]河陽：西晉潘岳，嘗爲河陽令。洗馬：西晉衛玠，官至太子洗馬。均爲古時才、貌俱佳男子之代表。

[三]太傅公：吕本，字汝立，號南渠，又號期齋。浙江餘姚人。嘉靖十一年（一五三二）進士，纍官至太子太保、文淵閣大學士，吏部尚書。有《期齋集》。

[四]王吉士季孺：王亶，字季儒，號少廣。浙江慈溪人。萬曆十一年（一五八三）進士，選庶吉士，授編修。《（天啟）慈溪縣志》第八卷小傳載，王亶在朝，『是時屠隆入爲儀曹郎，兩人相推重，傾動都門』。見本書詩集卷二《秋夜同郭舜舉蔡伯華王季孺金玄朗詹政叔燕萬伯修宅聽李金吾彈琵琶》注釋[一]。

[五]田光：戰國時燕國處士，有勇谋，世稱節俠。見《史記·刺客列傳》。

[六]伯喈：東漢蔡邕，字伯喈。著名學者、文學家。

[七]子期：向秀，字子期，竹林七賢之一。晉嵇康、吕安亡後，友人向秀經過其山陽縣（在今河南焦市境内）舊居，聞鄰人吹笛，不禁追念亡友，作《思舊賦》。

[八]有子孝廉：與下文之『遺孤』，均指沈懋學之子沈有則，字士範，號少逸。沈懋學萬曆十年（一五八二）病逝，距屠隆寫此信時已有三載。

與張洪陽司成①[一]

夫世不乏英雄豪傑，躬絶異之姿，有非常之器，揮霍踔厲，高步遠覽。辯雕衆形，智落天地，而不能自御其炁；簸弄寰區，驅走風雲，而不能自調其神。萬物役之，陰陽推之。生營六合，死掩一丘。起滅轉遷，總歸流浪。世之所號稱鉅人，與肖翹何異乎？斯志士之大痛，故貴聞道也。古來得道者，或閟影空山，或逃名城市。或迹溷穢殘而領清虛之趣，或身都將相而抱出世之心。有無并遣，情境雙冥。客有去②來，郵常自若。謂之至人，則今洪陽先生其人也。

伏讀二氏遺書，嘗恨笙鶴不存，金僊滅度，玄珠難索，心印無聞，乃不意當吾世而遇洪陽先生。比來待罪雲间，亦嘗得與婁東先生周旋，私其緒論矣。自念物有家寶，道存我度，攀緣造請，空耗心神。道不在是，即省事簡緣，請斷自洪陽先生始。既而又念往從載籍中，見古得道至人，向風遥慕，恨不得供爨下掃除之役。今業幸與此人同時，踟蹰退沮，自失清緣，是爲無志。以故往來胸懷未已也。而屬趙汝師太史居恒言先生甚設，亦謂如先生者，不可不蚤自通，冀一聞至論，拔其蓬心。奈何對面而失一有道長者？彼膝行掃地者，何人哉？又許爲某介紹，令得扣其門牆。太史之愛某至矣，某是以氣結腸回，遂不能已。

某東海鯫生，不幸失足雕蟲，沾沾自喜；江、鮑、徐、庾，幾負此生。中歲頗得聞緒論于化人，翻然從火宅回頭，大自創艾。某爲人不設城府，踈暢忘機，澹于世味，似差可進道。而聞見爲障，自迷本來。頃從二六時中，覺照磨鍊，亦既苦心矣。而結習難除，舊緣③難遣，障蔽未徹，性地未明，石火浮漚，良足抱痛。嘗默自校勘，衆緣頗輕，獨苦雕蟲一障，業染深重。頃思借上清慧劍力斷之未能，漏泄靈光，耗損真炁，害莫大焉。上僅遮須，下受苦趣。蚤夜念此，芒刺可言。太原則曰[二]：『文字葛藤，不剪將蔓。』瑯邪則曰[三]：『第令敷⿴巴㐅④，剥落有時。』夫人命短促，俟河之清，浪死虛生，大海一沫。前期既失，後劫難圖，能不痛矣？

先生了道丈夫，應身住世，若濟苦海，寶筏在兹。某是用洗心皈依，五體投地。伏惟鑒其虛懷，不恡鞭影，請誓皦日，佩以終身。小詩四章，仰塵聽覽。某方戒雕蟲，而復以雕蟲自獻，可笑如此。容圖面質，不盡拳拳。

校勘

① 此文亦收於《鴻苞》卷四十，用作參校。

② 去：底本原作『六』，據程元方本、《鴻苞》改。

③ 緣：《鴻苞》作『根』。

④ ⿴巴㐅：底本原作『地』，據程元方本、《鴻苞》改。

注釋

[一] 張洪陽司成：張位，字明成，號洪陽。時任國子監司業。詳見本書詩集卷一《贈張洪陽司成四首》注釋[一]。

[二] 太原：指王錫爵。王錫爵家族源出山西太原王氏。

[三] 瑯邪：指王世貞。王世貞家族源出山東瑯邪（琅琊）王氏。

與蔡使君肖兼[一]

滄海以東，三神山在焉。金銀爲宫，丹霞爲垣。元氣迴合，洪波遞繞。其上①有玉牀藥竈、瓊芝瑶草、蒼麐紫麟、青羊白鹿，高真上僊所居。神區靈境，不絶世路，而世路自絶。高真上僊時時與人接，而人自不接僊真。東又有扶桑大帝暘谷，神王高居寥陽之宫，翠瓔之房。冠芙蓉，衣雲霧，清聲寥寥，而朗誦金函玉書。龍君坐靈虚殿，柱以白璧，砌以青玉，鋪珊瑚之牀，褰水精之簾，深黑空洞，電光隱隱。靈妃龍女，服冰綃，躡珠履，乘月夜出海上。人時有見之者。大士住落伽山，臺殿兀立，鐘磬孤懸。篔簹栽于空中，蓮花吐于海面。佛燈神炬，白毫妙相。大衆闐轄，川后震驚[二]。在內地則有金峨、雪竇[三]，四明洞天，分東華之妙炁，結人外之玄壤。山川盤鬱，凌厲區中。幽人棲止，大都慕其窅深；韻士揚②芬，往往譚其神秀。

乃明公領郡得此③，儼然飈車煙轡，作十洲三島長[四]，半治士民，半治雲水，亦愉快哉！而明公固木難異姿，煙霞遠韻，風流文藻，暉映東諸侯。山川與人，庶幾雙美。时殘雪消凍，條風扇芳，麥秀草芊，花事行盛。明公以神明愷悌和其士民，風俗回醇，郡務清簡。而使君稍乘暇日，驅車露冕，行春郊原，酒尊茗椀，而就嘉樹下，聽黃栗留。暢矣，暢矣。飛觴授簡，恨僕不得載筆以從。顧僕傴僂府中趣出，騎款段，蹩躠道上。每從揚塵堀堁中憩，江南之脩篁茂林、青沙碧石，未嘗不搖搖動魂也。僕抱丘壑之心，又缺經世之具，紫衣金魚，知非貴骨。雲窗煙島，差有清緣。明公察之不？夫心嬰好爵，口述長林，達者所嗤，亦小子之大懼也。明公澄湛暢朗，足共此語，故不敢以寒暄俗調仰溷清虚。伏惟崇炤。

校勘

①上：底本原作『盃』，據程元方本改。

②揚：底本原作『也』，據程元方本改。

③此：底本原作『比』，據程元方本改。

注釋

[一]蔡使君肖兼：蔡貴易，字爾通，又字道生，號肖兼，同安浯州（現金門）人，嘉靖四十三年（一五六四）中舉，隆慶二年（一五六八）進士。授江都令，遷南京户部陝西司主事，陞員外郎，歷禮部郎中、知寧波府、貴州按察副使，終浙江按察使。蔡貴易時爲寧波知府。

[二]川后：傳説中之河神。

[三]金峨：指金峨山，位於今寧波市鄞州區横溪鎮境内。雪竇：指雪竇山，位於浙江省奉化市溪口鎮西北，爲四明山支脈最高峰。

[四]十洲：傳説大海中神仙居住之處。三島：亦稱『三山』，傳説中之海上三神山。

與孫文融[一]

不佞某不奉瑶華之音，八易伏臘矣。此來日夜望見顔色，屬足下方在要路津，不敢燕見，亦無從通一刺，以明相憶。故人之義，爲何寥絶若此？足下光明粹白，志業已信。上不負人主，下不負友朋。即邈若山河，良用愉快。往歲北上，爲王敬美寓八行，久在敝笥，未達典書。敬美訝無報音，以殷豫章见誚[二]。僕答云：『銓曹公尊重，不敢自通。須俟其一旦去重地，乃敢前。』而奉常清華，差減昔日尊重。然僕到門，猶廩廩惴公餘威也。人信不可以無官哉！敬美書馳上，椷封漫滅矣。足下爲貴官，而使故人引嫌至此，蓬心未除可知。僕近者胸中有五嶽，欲一澆足下長安一斛塵，何時可得晤言也？

注釋

[一]孫文融：孫鑛，字文融。見本書文集卷七《與孫文融吏部》。

[二] 殷豫章：晉人殷羨，字洪喬，官至豫章太守。《世説新語・任誕》載：『殷洪喬作豫章郡，臨去，都下人因附百許函書。既至石頭，悉擲水中，因祝曰：「沉者自沉，浮者自浮，殷洪喬不能作致書郵！」』

又與孫文融

適作八行致敬美，書將發，而婁上使者持元美、元馭兩先生書至。元美業已掩關，黄冠加首，從華陽秘監[一]遊于方之外矣，詎宜以一官再出，如九華山人宋齊丘[二]也。王先生上疏石隱哉，吾黨應共成之，必得請乃可。渠寧恐不得請，託僕爲之緩頰諸公間。長卿故吃於口，焉能爲元美遊説？又罕識貴人面孔，自念獨足下可告耳。昔人有言：『鴻飛冥冥，弋者何慕焉？』王先生抱影雲霞，慕者未已，豈其飛向未冥邪？君子愛人以德，華陽句曲，風華映人，豈可使聖朝而無若而夫哉？事在足下，幸亟圖之。

注釋

[一] 華陽秘監：指晉人許穆，曾官護軍長史，後入華陽洞得道，道教尊爲上清派第三代宗師。

[二] 九華山人宋齊丘：宋齊丘，字超回，後改字子嵩，豫章（今南昌）人。歷任吴國和南唐左右僕射平章事（宰相）。晚年隱居九華山，號『九華先生』。

與元美先生

長安人事，如置弈然，風雲變幻，自起自滅，是非人我山高矣。南華先生云[一]：『與其是堯而非桀，孰若是非之兩忘。』諸君子下地獄種子，僕洗耳不聞也。乃先生之耳，無所用洗矣。趙汝師落落然雞群野鶴哉，然不離是非。此行謀石隱矣，僕又以爲且不必爾。汝師在國家若獅豸，即喑喑無聲，能令百獸震恐。以此爲三千①八百，他日名書上清，何急而息影滅跡也？聞先生近日神大王，甚喜。抱雲霧長往，在先生固其所。海内君子頭顱種種，脱就一官，輒喪其平生。老至而耄及，利令智昏耶？先生福德完矣。陽滌山中之約[二]，頗有近耗不？

校勘

① 千：底本原作『下』，據程元方本改。

注釋

[一] 南華：莊子別稱。

[二] 陽滌山：即陽洛山，傳爲南嶽魏夫人修道、升天處。

與元馭先生[一]

長安邇來議論太多，譸張聚訟。二三少年，負氣言事，懷慨至煩。當事諸大佬併力彈壓之，似非盛世之所宜有也。二三少年徒空言耳，發之當，采①之；不當，亦應容之，以開言路，養士氣。即不能容此，一在事之臣折之足矣，何至恐不能勝，而合諸公之力以排之也？多口嘵嘵，謂是非有兩端，僕以爲無有兩端也。先生高翔寥廓，兩耳不聞，詎不快哉？趙汝師真千仞之鳳[二]，其于含光守中，尚未至乎？其至持節南還，遂有長往之興。先生以爲是不？不肖在風塵中，無一精進，虛生浪死，良可大懼。生平知愛，獨有先生。何以慜之？汝師還，便布數行，不莊不悉。

校勘

① 采：底本原作『米』，據程元方本改。

注釋

［一］元馭先生：王錫爵，字元馭。

［二］趙汝師：趙用賢，字汝師。萬曆初授翰林院檢討。詳見本書文集卷八《與趙汝師太史》注釋［一］。

與徐大宗伯［一］

師行時，某不能遠送旌干，僅隨諸屬吏出國門，拜馬首而別。轉盻車塵，天青日落，雲樹蒼茫，黯焉低回，目窮心斷。計行李日夜行冰霰中，登頓跋履，仄仄念之。一入里門，故山生色。猿鶴相候，雲霞來迎。寓獵屐于巖阿，放蘭橈于水曲。暫釋重務，返於逍遥。其樂何言？

某自顧樗散，謬辱鑪錘，南宫婆娑，數侍清讌。若侯①芭之事執戟［二］，裴迪之在輞川。鞭箠相使，盤匜進御。人生遭逢，良足自慶。不謂紫氣漸遠，真人乃東。中郎去來［三］，孤桐絶響。司空不在，劒鍔無光。臨食廢箸，徬徨以嗟。命之不淑，可知矣。邇者世路嶮巇，人事翻覆，瞿唐巫峽，風波駭人。言念吾師，業脱纓紼，徜徉林泉。眷丘中之緣，愜物外之賞。松風入耳，蘿月在懷。真作飛天仙人之想，又何問浮雲變態乎？殷無美領夷陵以出［四］，東入桑梓，便希區區。屬某方抱病休沐，崖略不莊，伏蕲台炤。

校勘

① 侯：原作『候』，據文意改。

注釋

［一］徐大宗伯：徐學謨。萬曆十二年（一五八四），神宗朱翊鈞營建陵室，徐學謨予以反對，爲持異議者中傷，乞歸。

［二］侯芭：又名侯輔，西漢巨鹿人，揚雄弟子，從雄學《太玄》《法言》。

［三］中郎：東漢蔡邕，因其官至左中郎將，人稱『蔡中郎』。蔡邕爲著名文學家、書法家，又善鼓琴，精通音律，曾裁爨桐爲焦尾琴。

［四］殷無美：殷都，字無美。詳見本書文集卷三《送殷無美出守夷陵序》注釋［一］。

與房侍御[一]

不佞某生幸與明公同鄉邑，束髮而想聞明公之丰采，至于今尚未獲奉大君子之末光。頃前茅入都門，竊自喜進御有日，乃馬蹶堀堁間，竟阻色笑。今者明公持督學使者節出按南國，南國之雋業已延頸跂足，日夜望東壁文星之照臨[二]。而不佞嘗領邑符吴會，則某固明公鞭箠下士也。生平未借交左右，似不得輒有所關説。第地方之事，有人冤當雪，公議當信。既未竟于前圖，不無待于今日。敢昧死爲門下陳之。

青浦縣諸生郁某[三]，德性粹温，天才俊朗。物華國寶，玉瓚黄流。既精博士家言，兼擅古文詞賦。洵東阿之麗藻，而南國之雋流也。十三早遊鄉校，二十累冠諸生。兼之丰姿秀麗，器識端凝。才美有聲，行檢無玷。家貧力學，負米授徒。上事寡母，下撫幼弟。人稱其孝友，不聞他過。往年因吴江縣監生某某肄業留都，延某講藝，郁生以貧故與俱。某故貴介子弟，頗負俠好飲，郁某嘗累規之。偶酒中，與費監生者各使酒相詬，遂至箠擊。費生大①受窘辱，不甘，泣訴大司成戴公[四]，通蒙训責。後司成密訪其事之始末，彼時有惡郁生者乘機波及，誣以同飲。司成不察，庭發其事，謂郁生名爲講藝，實同流淫。留都及故鄉人士，亡不知郁生之不在座者。耳目可采，誠難掩飾。不幸風聞于前任督學李公，謂事發成均，不暇深察，遂以荒飲論黜。時某既憐人才，復傷事枉，當衆庭救，首列其珪璋美材，次舉其孝友大節。監生作過，與郁生何干？今監生俱安然無恙，而郁生反獨以荒飲論黜，豈不冤哉？又其寡母，一生經歷萬苦，撫育此子早歲成名。今若使其青年才子，錮盛世以終身；白首寡嫠，廢辛勤于一旦，誠可傷心。以一官保之不足，又加以八口，長跽力請凡七起，而督學之意稍回，許某再加體訪，别有處分。無何，而前院梅墩邵公、少魯周公、楚石陳公[五]，皆力爲之言。李公见闕説者多，反懷猶豫。本縣移文申復，未蒙准行。及後細加體訪，始悉冤狀。面諭某：『郁生之事果屬虚枉，已往無論，候本院將行，令本生自行赴訴該縣，再爲申理，必全此生。』不意李公旋聞家喪，倉皇南歸，不及了此。公甚悔其事，云且修書與新院王公，賴彼煎雪。不謂王公不久又以請告去，使此生久沉泥塗。而不佞某爲德不卒，私心耻之。今幸遇明公新膺簡命，以臨東南。伏惟明公博大仁明，士林山斗。當明公旭日方升之候，是郁生死灰復燃之時。業聞長安諸明公已有憐郁生而爲之地者，顧其事經某手，水木本源，某而不言，誰當言者？伏惟明公察某之至情，固非率爾摇其脣舌，爲寒士作説客者。干犯台嚴，死罪，死罪。

校勘

①大：程元方本作『稍』。

注釋

[一]房侍御：房寰，字心宇（一説字中伯，號心宇），浙江德清人。隆慶二年（一五六八）進士，授福建漳浦知縣。官至提學御史。

[二]東壁：星宿名，即壁宿。因在天門之東，故稱。《禮記·月令》：『（仲冬之月）日在斗，昏東壁中。』東壁主文章。

[三]郁某：郁承彬，字孟野，華亭人，諸生，屠隆爲青浦令時交好之士子。屠隆爲郁承彬説情事亦見本書文集卷八《奉徐司理》。

[四]大司成戴公：戴洵，字汝成，號愚齋，别號樟溪，自稱無能居士。浙江奉化人。嘉靖四十四年（一五六五）進士，官至國子監祭酒。

[五]梅墩邵公：邵陛，字世宗，號梅墩，餘姚人。隆慶二年（一五六八）進士，選庶吉士，授御史，歷大理少卿，巡撫南贛、湖廣，官至刑部侍郎。少魯周公：周弘祖，字元孝，號少魯。麻城人。嘉靖三十八年（一五五九）進士。官至南京光禄寺卿。楚石陳公：陳薦。據何三畏《雲間志略》卷四《郡司理楚石陳公傳》：『陳薦，字君庸，號楚石，湖廣之祁陽人也。由隆慶辛未進士授官爲松郡理刑。』纍官吏部尚書、刑部尚書、户部尚書。時任監察御史。

白榆集校注文集卷之十一

書　六

與顧益卿[一]

湯君高卧禪房[二]，不肯爲不佞屈，僅得抵掌徜徉千古，作一夕歡。是時有采陵①行酒[三]，湯生淋漓，意色甚屬。僕大笑。措大眼孔小，見么麽變童便令銷魂。籠絡英雄止須此一物足矣，又何所貴頎長七尺美男子！足下便何自稱之？當是慈明向使君津津不休[四]，渠誤認作金臺宫中吹紫笙玉童故也。咄哉，使君亦復津津！嘗念石季龍鬆髯如戟[五]，低回櫻桃[六]；隆准公絶世英雄[七]，婉轉藉孺[八]。何況慈明與使君？僕則學道人，了空一切。此物得之開之尊人馮太公，今不妨便舉以畀足下，又何難遣視使君塞垣也。一童子嫣然騎駿馬，持薄蹏走數百里致主人之命彊吏，胡風吹面，黄沙滿衣，大是佳事。旬日内當遣，足下須以夜光杯盛葡萄酒醉之。

蘭省客名過其實，奔走都人，而貧日甚。牀頭酒錢空，亡以留客。有將門子以三十金爲壽，求不佞居間投幕府。不佞利其酒資，爲發一牘使君。平頭奴留數日，以原椷返，云使君且行部邊徼，今遂以其事矣，書亦遂焚棄，不復足聞於執事者。隆中卧龍抱影人外，長吟《梁父》，大是煙霞之姿。不幸爲劉豫州篡出，驅馳王路，終夭天年。希夷公見中原有主，退棲華山，竟了性命。竹帛鐘鼎，虚誤英雄，不知凡幾。足下高朗寥廓，道門白眉，乃以材具爲時人物色。而名根尚在，雄心未除，恐不免終作李衛公、郭代公輩中人而止。石火電光，良可爲懼。張肖甫司馬功略滿天地[九]，顛毛種種矣。不佞兩遺書勸之：『鄭侯晉國，携手同車。淮蔡功成，綠野何時？已見朝披一品衣，未聞夜抱九僊骨。』張公無所不答，獨無一字答此語。苦海溺人如此！

向見沈公子[一〇]，道足下念先太史至矣。此子一言一涕。足下真古一片有心人，令要離、荆卿諸公在，亡不斫頭陷胸，願爲足下死者。雁門關前萬世德[一一]，其人豪有氣，可稱同調。足下識之不？元美遂問泉石，敬美尚不忘雞肋。心聞非久，且膏車秣馬矣。長安得此君來一涠，亦快人。國家倚足下如長城，銅焦鐵騎，直老邊垂已爾。何時得奉顔色？臨風長想。

校勘

① 陵：程元方本爲『蔆』。

注釋

[一]顧益卿：顧養謙，字益卿。

[二]湯君：指湯有光，字慈明，通州（今北京通縣）人。邑諸生，萬曆年間曾入顧養謙薊遼幕府。詳見本書詩集卷三《薊門行贈顧益卿使君》注釋[九]。

[三]采陵：孌童名。

[四]慈明：湯有光，字慈明。

[五]石虎：字季龍，羯族人，東晉十六國時代後趙第三位皇帝，後趙開國皇帝石勒養子。廟號太祖，謚號武帝，爲史上著名暴君。

[六]櫻桃：指鄭櫻桃，東晉十六國後趙人，優僮出身，得石虎寵惑，先後譖殺石虎二妻。後石虎稱帝，立櫻桃爲皇后。《晉書·載記·石季龍上》：『季龍寵惑優僮鄭櫻桃，而殺郭氏。更納清河崔氏女，櫻桃又譖而殺之。』

[七]隆准公：漢高祖劉邦之别稱。《史記·高祖本紀》載：『高祖爲人，隆准而龍顔，美須髯，左股有七十二黑子。』

[八]藉孺：即籍稻，漢高祖劉邦男寵，與高祖同坐臥，公卿皆賴其關説。事見《史記·佞幸列傳》。

[九]張肖甫司馬：張佳胤，字肖甫，萬曆八年（一五八〇）陞兵部右侍郎，故稱。

[一〇]沈公子：沈懋學之子沈有則，字士範，號少逸。

［一一］萬世德：字伯修，號邱澤（一作丘澤），晚年更號震澤，山西偏關縣人。詳見本書詩集卷二《秋夜同郭舜舉蔡伯華王季孺金玄朗詹政叔燕萬伯修宅聽李金吾彈琵琶》注釋［一］。

與姜仲文［一］

不奉雙魚展訊足下半歲矣，亦復久絶瑶華之音。各在風塵，紛輪躑躅。送盛年於雞肋，鎖壯心於馬蹄。可歎也。不佞弟疎庸人，上不能抗跡霞外，抱一守中，了性命之事；下不能高議雲臺，樹勳揚烈，垂竹帛之聲。空以三寸斑管自雄，爲世人妄立文士品目。生平所得，他未必無可稱。總之，以雕蟲技掩。即此一技，又不能博收深造，務極玄解，一一當古作者。譬之野火閃爍，流潦汪洋，一瞬而已。又性不善弢藏，名過其實。牘盈棐几，門多履綦。自握筆爲文，而外往往以騎馬踉蹡、銜杯譚笑奪之。讀書精理，時自知絶少。目無六合，胸無千秋，而日取枵腹轆轤而出之。文不程古，語每師心。當其神來，光采横射；或瞀焉味盡，意致索然。所謂家無擔石，一擲百萬。而時人好以耳食謬相推許，坐致溷擾，削氣侵精。每一念省悔，輒思棄此敝帚，逃於空虚。而塵網羅人，又忍不能决。隙駒石火，奈此流光，何是不佞所爲臨食而歎、仰屋而思者也。

足下美如玉瓚，温如截肪，當事者不置之西清、東觀之間，而令鞅掌錢刀，驅馳孔道神駿監車，龍淵補履。非其任矣。一日之中，焚香攤書，會有幾時？白日速行，青鬢易老，何時同問一丘，共了大事？追維歇馬彭城，翦燭官舍，鳥啼霜冷，月落斗斜。戲馬弔項王之霸圖，放鶴懷蘇公之遠韻。連宵枕藉，累日沉冥。故歡杳然，言之心斷。足下握節于外久矣，楊柳雨雪，征夫所嗟。何時及瓜，日望天末。尊公負東山之望重矣［二］，竟眷泉石，與冥鴻競爽乎？身尚濁世，名書上清，宜其灰塵三事若遺迹也。

嫂夫人好不？老母、荆人及小兒女，俱幸無恙。貴同年蕭氏兄弟、鄒孚如、龍君善、董伯念［三］，俱與弟投分不淺，而伯念以同舍郎追隨更密，獨足下離逖在千里之外。今君善、伯念亦東行矣。足下對清風朗月，頗念故人不？何得眇然不將一字也？伯念去，便寓此箋，以半歲無書，不覺娓娓。日不乏北來鴻，可竟忘我爲？

注釋

[一] 姜仲文：姜士昌，字仲文。丹陽人，南京禮部尚書姜寶子。萬曆八年（一五八〇）進士，時任職户部，故稱『鞅掌錢刀』。

[二] 尊公：指姜仲文父姜寶，字廷善。嘉靖三十二年（一五五三）進士，官編修。因不附嚴嵩，出爲四川提學僉事，再轉福建提學副使，纍遷南京國子監祭酒。官至南京禮部尚書。

[三] 蕭氏兄弟：蕭良友、蕭良譽兄弟。蕭良友，字以占，號漢中，一作漢冲。湖北漢陽人。萬曆八年（一五八〇）庚辰科榜眼，授編修。官至國子監祭酒。有《玉堂遺稿》等。其弟蕭良譽，字以孚。萬曆八年（一五八〇）與兄同榜進士。官至福建、河南參政。鄒孚如：鄒觀光，字孚如。詳見本書文集卷三《鄒孚如制義序》注釋[一]。龍君善：龍膺，字君善。詳見本書文集卷三《行戍集序》注。董伯念：董嗣成，字伯念。詳見本書文集卷三《送董伯念客部請告南還序》注釋[一]。

與元馭先生[一]

張生來，得先生手書，知爾時且爲尊大人舉襄事[二]。荷鍤入山，伐木負土，在鳥猶傷，先生勞苦可知。琅琊先生遂得棲穩煙霞[三]，青山生色。然而望真人紫炁者，未已也。威鳳高飛寥廓，人思罻羅；雞鳧日在藩籬，過者不盻。夫物貴賤，在所處矣。

不肖某淺薄，徒以一片心爲先生收録，日夜兢兢，惟恐濩落，爲知己羞。二六時中，省身克己，反照内視，長懷靡及。而風塵馬蹄，昏溷不休。性地未明，結習未盡。嘗念古來聰明男子不少，胸有千古，筆有萬言。或開口高譚性命，仰墜天花，怱怱悠悠，終成虚度。而了緣證道，賓於上帝者，往往屬之草野抱朴之賢。塞兑含光，以踐大道，令寒山清。夫平叔、桓闓與江鮑徐庾諸公競角，文采不及，明矣；而了性命大事，乃在彼，不在此。豈非以抱真守一者，不散純白，摛英掞藻者，坐洩靈光也？某雕蟲一技，不加于人，而自寶敝帚，享以千金。操刀欲斷，忍不能下。每念石火流電，涕下如縻。先生何以拯之？南望屏息以聽。吴興董客部[四]，開美士。神情散朗，貴能挹損，某比者同舍良友也。以予告而南，便修謁門下，幸先生有以教之。不盡欲語。

注釋

[一] 元馭先生：王錫爵，字元馭。

[二] 尊人：王錫爵父王夢祥，字奇徵，號愛荆。卒於萬曆十年（一五八二）。

[三] 琅琊先生：琅琊一作「瑯琊」，代指王世貞。王世貞家族源出於山東瑯邪（琅琊）王氏。

[四] 董客部：董嗣成，字伯念，號青棠。烏程（今浙江湖州）人。時爲禮部主客司郎中。

與汪伯玉司馬[一]

今海内駕千秋之業，有瑯琊與先生爾[二]。草昧羣雄，倔起田間，霸一方，建旗鼓，以中原爲事，人譚王氣，家握靈符。一旦事定功成，真人受命而羣雄煙滅，祇爲驅除。又有明於天人之際，知大命之有歸，審才力之不敵，而甘心佐命，依人以立小功者。此雖與犄角之徒成敗異勢，而其消折英雄之氣一也。學士大夫以文章命世，垂千秋名，代不過一兩公而止。彼當其時搦管修辭，與一兩公分曹對壘，盛氣而不下者，計豈應少哉？乃卒歸煙滅。而千秋名遂屬之一兩公而止。故有生存千萬言，死不留一字。志士念此，有足悲心者。

夫真人身膺大寶，宰割神州，固也受命于帝。河嶽英靈，含芬揚藻，光映千秋，若劉向動乎太乙，徐陵識於志公。即文人，不可謂非受天之命也。世有椎英雄，雅不嫻文辭，曲護所短，乃曰：『大丈夫采秋實爾，安事春華？夫麒麟凌煙之上，豈必藻有文哉？』嗟嗟！結繩以還，乃有文字。明聖所爲，天之制也。仲尼不删六籍乎？令麒麟凌煙，不托文字，後世誰知者。大禹功在河洛，萬世稱①神，而其始乞靈於南嶽玄夷使者之文。留侯以三尺劍佐漢祖定天下，而素書三篇，實授之穀城黃石。金簡玉函，亦上帝所寶也。世有椎英雄，寧有椎帝哉？

今天下文章，屬之瑯琊與先生，若麟鳳之爲百獸長，滄海之爲百谷王，千秋之名終歸焉。而他搦管修辭者，即目營四海，氣凌萬夫，恐未免卒爲兩先生驅除而止。某東海鯫生，束髮好雕龍之業，此其匹夫之意念，亦不淺矣。而不幸與兩先生同時，今年四十，精已銷亡。長恐以一生心力，而並爲大軍前茅所驅。將悉索敝賦，東濟師婁水之陽，南頓甲大障之陰，以一决雌雄。則重懼衆寡不敵，立而虀粉，爲天下笑；將投戈解甲，俛而受軍政戲下，則又奈此雄心何？何具須眉名夫也？

僕居嘗妄自衡度，以爲丈夫生不能受命于帝，雄長斯文，寧爲彭城、天水，毋爲留侯、李藥師，寧爲尉佗、夜郎，毋爲竇河西。雖近倔彊，不見事機，亦磊磊有片氣哉。以故僕生東海，四十年而未通尺一門下。比年以職事入吴會，嘗與元美兄弟周旋，雖義托同心，亦頗氣存彊項。王先生賞其鶻俊，惡其跳梁，然未嘗不相歡也。既而瑯琊黄冠入道，返于清虚，金帛既空，圖書亦散，盡捐有身之累，並棄千秋之辭。而先生亦且漸厭五車，歸心三寶。是文人之掉頭，英雄之結局，孰有善于此者哉？

僕最不肖，藝事多疏，而于大道尤茫無入處。然此兩者，皆其心所好也。初見藻士之競爽，則欲驅車而涉詞林；繼羡化人之逍遥，則又欲乘筏而登覺海。此兩者，皆非其才力所任，恐俱無成而身亦將老矣。夫兩俱無成，則步益窘；步窘，則心日灰；心灰，則慾漸寡。是入道之梯也。故僕今者于天下事一切可已，顧獨念業與先生同時，而絶不一通，終屬欠事。夜郎王黄屋海島稱得意，終身不通中國衣冠，而稟其正朔。彼烏知漢大哉？雖以自尊，亦自小也。故敢將不腆之辭，謹布腹心左右。昔僕不能爲先生下，今能矣。願先生毋以汪罔氏也者，而戮以釁鼓。某不勝幸甚。

貴郡理龍君[三]，荆南佳士，先生忘年而與之交，僕有以仰見先生之度。今得從雲夢生之後[四]，而抵掌大業，可乎？溷瀆清嚴，悚息以聽。

校勘

①世稱：底本難辨，據程元方本補。

注釋

[一] 汪伯玉司馬：汪道昆，初字玉卿，後改字伯玉。官至兵部侍郎。

[二] 瑯琊：代指王世貞。王世貞家族源出於山東瑯邪（琅琊）王氏。

[三] 龍君：龍膺，字君善，又字君禦，武陵人。萬曆八年（一五八〇）進士，時任徽州推官。

〔四〕雲夢生：指鄒觀光，字孚如，德安府雲夢（今湖北雲夢縣）人。萬曆八年（一五八〇）進士。與江西吉安鄒元標齊名，時稱『二鄒先生』。古時常以雲夢代指古代楚地。

報董伯念〔一〕

足下乘大艑東下，布帆錦纜，長笛短簫，煙月滿篷窗，星河在鷁首，凌空蹈虛，快意可言。弟自別足下，風塵紛溷，日甚一日。時時脱細君繡襦簪珥，向燕姬壚頭貰酒佐客歡。客跳地仰天，大呼浮白，不知鮑宣家桓夫人耀首之具盡矣〔二〕。蘭省客亦大豪舉哉。足下牀頭子母錢狼藉，客亦不乏如平原、大梁，雲母帳下，水晶簾前，盡珠履紛褷，然不如貧吏風韻更勝耳。

足下去後，握手論心，便頓減昔日。人生真自有相知，不復可强。宋西寧小侯至自秣陵〔三〕，攜詩人黄白仲北〔四〕。此兩生殆將奪伯念座，其人才亦大可念。詹政叔苦爲曹長所持〔五〕，不得一試史局。僕古爲燥，心計使盡，諸公亦多爲之關白，竟不得請，使人氣短。今婆娑長安酒家，狂如鼓吏，殆非其真面孔，亦游戲三昧耳。僕將爲作肖甫、益卿諸公書〔六〕，送之塞上。而邊風勁甚，未有貂裘，逡巡不發。知足下念之。金生在徐繕部家，如鼠入太倉，腹中日日果然飽欲死，貝君更落莫可念矣。

注釋

〔一〕董伯念：董嗣成，字伯念。見本書文集卷三《送董伯念客部請告南還序》注。

〔二〕桓夫人：桓少君，西漢大臣鮑宣之妻，古時賢婦典範。

〔三〕宋西寧：宋世恩字忠甫，世襲西寧侯。慕屠隆高才，以兄事隆，宴游甚歡。後爲刑部主事俞顯卿彈劾與屠隆淫縱，被停俸半年。

〔四〕黄白仲：黄之璧，字白仲，號娑羅居士。浙江上虞人。工詞章，善書畫，與屠隆友善，名重一時。有《娑羅館詩集》。《（光緒）上虞縣志》有傳。

〔五〕詹政叔：詹濂，又名泮，字政叔（一作正叔、淑正），歙縣休寧人。以刻印奔走江湖，善朱文印。交遊甚廣，汪道昆招屠隆入白榆社，即由詹政叔遣家奴邀請。

〔六〕肖甫：張佳胤，字肖甫。益卿：顧養謙，字益卿。

與張大司馬肖甫〔一〕

十一月二之日，屠某頓首奏記肖甫先生有道門下：

某不佞以雕蟲一技，鼓吹人代。又生平持一片肝腸，推置人腹。爲小吏以寬和廉潔，媚於黔首。又好采月旦，清議扶忠，直獎人倫。都人士見以爲無他大過，多暱就之。達者謂不佞某有羶行，物情蟻慕。居長安歲餘，無問縉紳逢掖，通刺掃門，屨長滿。某亦傾身延獎，令各得其所而去。非獨砥行修名，亦以厭物免禍。猶恐當事者以某空持文墨議論而曠廢吏事，日夜兀兀，留神簿牘。送流光於馬蹶，銷壯心於竿影。鬢髮日短，精已淪亡。長恐一旦先朝露，填溝壑。思息影長林，逃名空谷。坐惜神炁，保其餘年。而老母在堂，妻少子幼。六載廉吏，無家可歸。踟躕低回，臨風太息。區區顧慮以此，不謂一朝爲人魚肉若是也。名乃造物所忌，交遊將迎，易招悔吝，亦竊嘗憂之。不謂一夫作仇，橫肆不根，遂摧頹至此也。

禍大奇矣。方口語陡興，舉國駭愕。名公大人，賢豪長者，傾都而來視不佞，扼腕慷慨，義形於色者，何止萬口。雖武夫宿衛、閭巷小人，洶洶譊譊，無不爲不佞稱冤。陛辭之日，午門下環而觀者，倏如堵城。貂璫緹騎切齒伊人〔二〕，大罵陰賊，梃下如雨。公論如此，而某迄不免，豈非數哉？然某得此長安中，足以長嘯而去，無恨矣。事業已往①，何復呶呶？承明公下問，敢略陳其顛末。

西寧侯宋世恩，恂恂雅如儒生。生平慕李臨淮之爲人〔三〕，欲脱去貂蟬氣習，而以辭賦顯名。新從秣陵解府印還燕，即托人爲介紹，執贄通刺，願就講千秋業，稱北面弟子。不佞力謝不敢當。固請以兄禮事不佞，不得已，許之。九月，置酒張戲，大會賓客，詞人無論，縉紳布衣不下十數人，不佞與焉。措大燕五侯之第，酒酣樂作，客醉淋漓，狂態有之。冤哉！獨不佞某不善酒，亦不能狂。當諸客豪舉浮白時，某瞑目趺坐，作老頭陀入定。客相戒：無驚其神也。西寧凡兩觴不佞，不佞亦一觴西寧。西寧不解事，時向人抵掌言：『屠先生幸肯與宋生通家乎？』又向不佞言：『徼天寵靈，業蒙先生許某稱弟。異日者，家弟婦將扶伏拜太夫人、嫂夫人堂下。』座客多聞此語，實未行也。仇人欲甘心不佞之日久，自某之入京，日夜偵不佞行事，無所得。不佞故多賢豪長者游，蹤跡皎然，難可媒孽。西寧者，紈褲武人子，可借以惑人報仇。又適聞有通家往來語，又酒中狂態可採摘，遂文致張皇其辭。嗟呼！家僅一僮一婢，何關渠家事，而亦攟摭其中邪？其所誣衊，姑無論事情，即以理度之，通乎，不通乎？疏上，主上令廉訪其事。廉訪而了無實狀，乃坐伊人挾仇誣陷，而坐某以詩酒放曠。兩議罷。又及不佞青浦之政。嗟嗟！上所置問疏中污蔑事爾，業廉無之。伊人之傾險，何辭而乃别求他細過，令與險者同罷邪？又及青浦之政，青浦之政應罷邪？又今日是問青浦之政時邪？一夫持論，萬口莫争。斯其故，不可知已。

某歸已，青山白雲，紫芝瑶草，焚香誦經，尋真采藥，何事不可？世路險哉，心灰氣盡。家有介推之母，萊氏之妻，白首林泉，已矣何恨？明公死生交，義高於古人。遠别長離，此爲慘怛。

校勘

①往：底本原作『住』，據程元方本改。

注釋

[一]張大司馬肖甫：張佳胤，字肖甫。官至兵部尚書。

[二]伊人：指俞顯卿，字識軒，松江府上海縣人。萬曆十一年（一五八三）進士，刑部主事。此信寫於萬曆十二年（一五八四）十一月二日，屠隆向張佳胤申訴受誣罷官因由：刑部主事俞顯卿與屠隆有宿仇，暗中偵伺其行事已久而無所得，遂摘取西寧侯宋世恩家此次詩酒之會，疏劾屠隆放曠。上令廉訪而了無實狀。最終，坐屠隆於青浦令任上以詩酒曠疏政務而罷官。關於此事，《明實録》萬曆十二年（一五八四）十月甲子（二十二日）載：『刑部主事俞顯卿劾禮部主事屠隆與西寧侯宋世恩淫縱諸狀，並及陳經邦。上以顯卿出位瀆奏，並屠隆、宋世恩等，該科其參看（勘）以聞。』《明實録》萬曆十二年（一五八四）十月丙寅（二十四日）載：『屠隆上疏自辨，並參俞顯卿。西寧侯宋世恩亦上疏自辨。於是吏科都給事中齊世臣等交參之。上削隆、顯卿籍，奪世恩禄米半年。』《列朝詩集小傳》丁集中《屠隆傳》載：『隆在郎署，益放詩酒。西寧宋小侯少年好聲詩，相得歡甚。兩家肆筵曲宴，男女雜坐，絶纓滅燭之語，喧傳都下，中白簡罷官。』《萬曆野獲編》卷二十五《詞曲·曇花記》載：『今上甲申歲，刑部主事俞識軒顯卿論劾禮部主事屠長卿隆。得旨，兩人俱革職爲民。俞，松江之上海人。爲孝廉時，適屠令松之青浦。以事干謁之，屠不聽，且加侮慢。俞心恨甚。至是具疏指屠淫縱，並及屠帷簿。至云日中爲市，交易而退。又有「翠館侯門，青樓郎

署」諸媟語。上覽之，大怒，遂並斥之。屠自邑令内召甫年餘，俞第後授官衹數月耳。睚眥之忿，兩人俱敗，終身不復振。人亦惜屠之才，然終不以登啟事也。西寧夫人有才色，工音律。屠亦能爲新聲，頗以自炫。每劇場輒闌入群優中作技。夫人從簾箔中見之，或勞以香茗，因以外傳。至於通家往還亦有之。何至如俞疏云云也。』

[三] 李臨淮：李言恭，字惟寅，號青蓮居士。襲封臨淮。

答張質卿侍御[一]

昨張居來制府書至[二]，道先生雅念不肖某。不肖某横被仇人中傷，實爲無罪。污名業蒙當事湔白，乃坐以酒過。嗟嗟！坐酒過應與傾險者同議邪？凶德宵人，無故而發難，巇士大夫。巇之而其事實，即以其罪罪之；巇之而其事不實，則别求他細過。此何故哉？且令被誣之人與誣人者同罪，何其輕重失倫？是烏可長也！人實暱就不肖，天下大矣，萬耳萬目，寧可盡塗？此其人必有可取，一旦以仇人不實惡口，必逐之而快乎？即論酒德，人之召不肖，直以酒爲名爾，以爲名也者。先生察之，不肖能勝鸜鵒杯幾杯？又雅不善驩呼孟浪，淹淹名理則有之，必也坐以雕蟲一技，不肖乃俛而無説矣。世方以逐屠生爲快，屠生返林間采芝種藥，徜徉兩大藏作老居士，亦足適。曾無毛髮損，獨如後世陽秋何？此在事之責。挂席乘風，從此長往，青山是吾故人。

注釋

[一] 張質卿：未詳。

[二] 張居來制府：張佳胤，字肖甫，以家在居、來（崌崍）兩山之間，號居來山人（一作崌崍山人）。萬曆十一年（一五八三）任兵部尚書，協理京營戎政，兼都察院右副都御史，總督薊、遼、保定軍務。

寄王元美元馭兩先生[一]

不肖隆以雕蟲一技竊負虚聲，又天性寬仁忠信，不侵然諾。好急人之難，揚人之善。有此羶行，爲物情所歸。

居長安歲餘，海内縉紳掃門通刺，户屨嘗滿。隆不能掩關滅跡，又重懼得罪於時賢，傾身延獎，務令各得其所而去。非獨立名行而了世緣，亦以厭物情而免禍釁。猶慮當事者以隆空持文墨議論而曠廢吏事，日夜兀兀，留神簿領。鬚髮日短，精已銷亡。長恐一旦先朝露，填溝壑。思息影長林，逃名空谷，坐惜神炁，保其餘年。而老母在堂，妻少子幼，六載廉吏，無家可歸。每踟躕低回，臨風太息，區區顧慮以此。不謂一朝爲人魚肉，遂以至是也。

禍亦大奇，請略陳其梗概。刑部主事俞顯卿[二]，傾險反復，天性好亂。初入刑部，構陷堂官潘司寇[三]，排擠同僚，提牢生事，風波百出。僚友疾之如寇讎，畏之如蛇蠍，此通都士大夫所盡知也。不肖向待罪青浦，俞以上海分剖，隸治青浦，暴橫把持，鄉閭切齒。不肖每事以法裁之，復以詩文相忌，積成仇恨。比長安士大夫盛傳其構陷堂官事，不肖偶聞而非之。語泄于俞，大仇深恨遂愈結而不可解。頃者，西寧侯宋世恩，新從留都解府印還。此君賢公子，雅好士。慨然欲脱去貂蟬氣習，而以辭賦顯名。託友人爲介紹，執贄通刺，以藝文就正，稱北面弟子。不肖力謝不敢當。固請以兄禮事不肖，不得已許之。一日置酒張戲，大會賓客，無論縉紳山人，同席不下十餘人。酒酣樂作，衆客盡歡，豪舉浮白，狂態有之。冤哉！獨不肖不善酒，亦不能狂，在門下所素知者。當諸客淋漓時，隆面壁瞑目趺坐，作老頭陀入定，客相戒無驚其神也。西寧凡兩觴不肖，不肖亦一觴西寧。西寧不解事，頗號於人，謂不肖與彼以千秋之業相砥，通家之好幸甚至哉。又與不肖言：『屠君業以弟畜我，弟婦何可不一登堂，謁太夫人、嫂夫人？』座客多聞此語者。而山人布衣，復好揚詡。顯卿聞其事而生心焉。又不肖好從建言，得罪諸公游，居則杯酒相勞，出則長歌送行，爲當時所不悦。顯卿廉知其故，益挾以爲奇貨。一則計圖報仇，二則意在希合。日夜偵不肖行事，無所得。不肖故多賢豪長者游，蹤跡皎然，難可媒櫱。近見有西寧交好，謂彼紈褲武人子，可借以惑人報仇。又適聞有通家往來語，又酒中狂態可指摘，遂肆誣衊，張皇其詞。疏入，主上下其事，令廉訪，了無實跡。持議者乃坐顯卿挾仇誣陷，而别求不肖詩酒疎狂細過。及追論青浦之政，謂放浪廢職。並議罷。嗟呼！上所置問疏中污衊事爾，廉訪既無端倪，則伊人誣陷之罪偏重，何辭乃别求細過，又追論疏外前愆，文致傅會，而令被誣之人與仇誣者同罷邪？又及青浦之政，青浦之政應罷邪？又今日是問青浦之政時邪？

當口語陡興，舉國駭愕。縉紳臺省諸公，傾都而來視不肖，扼腕慷慨，義形於色者，何止萬口？雖武夫宿衛、閭巷小人，洶洶論論，無不爲不肖稱冤。陛辭之日，交戟外環而觀者，倏如堵城。貂璫緹騎，盡傷不肖無妄，交口而罵伊人以虜，衆共擊之，梃下如雨。公憤如此，而一夫持論，萬口争之不能得，斯其故，不可知已。豈非數哉！

不肖奉老母東歸，此去青山，早還初服，亦伊人之惠。焚香讀書，采芝種藥，無所不可。家無負郭，則有西山之棄瓢在。已矣何言？介子推有云：『身既隱矣，焉用文之？』顧念官可去而名不可污，不懼爲衆人所疑，而懼爲先生所短。萬一心迹不白，他日何面同見先生？所以不願叩丹陛披陳，而急急向先生置辯。伏惟先生道眼照察。然不肖不能晦迹逃名，以致游道太廣。虚名累身，爲造物所忌，姦人乘之，坐招悔吝，真道門所棄。隆知罪矣。從此以後，披髮入山，惟有痛加懲創，匿迹收聲，以自託於櫟社之材，以求終不負大君子之教。區區此心，敢布諸門下。不知門下尚許之不？隆業奉老母出守涑潞河之干[四]，待明春冰解，揚帆南下。先遣一介奉問，臨書悚汗。

注釋

[一] 王元美：王世貞，字元美。元馭：王錫爵，字元馭。

[二] 俞顯卿：字識軒，松江府上海縣人。萬曆十一年（一五八三）進士，刑部主事。疏劾屠隆與西寧侯宋世恩淫縱。詳見同卷《與張大司馬肖甫》注釋[一]。

[三] 潘司寇：潘季馴，字時良，號印川。烏程（今浙江吴興）人。嘉靖進士，先任九江府推官，後以御史巡按廣東，進工部尚書兼左副都御史，後改刑部尚書。著名水利專家，有《兩河管見》《兩河經略》《河防一覽》等治河之書。

[四] 潞河：即白河，又稱北運河。主河段在今北京市通州區。

答胡從治開府[一]

嘉平月廿八日，屠隆頓首奏記從治先生足下：

隆之於雕蟲之技甚淺，偶徼天幸，竊虚聲海内。又生平提一片熱心腸，行軆行，爲士大夫所暱就。比居長安，户屨常滿，殆罷於奔命。年甫四十，精已銷亡。筆札口吻，鼓吹人群，座無君卿，客稱不樂。以故酒食嘉招，亦委無虚夕。然生平雅不善麯君，不能勝鸚鵡杯一杯兩杯。近奉天竺生戒，不御腥膻。又性不解鼓吏，諸君淋漓狂態，淹淹名理則有之。長安薦紳謂隆無他腸可近，蓋絶不聞睚眦之傷。徒以名過其實，爲神理所忌，又或是宿生之業。

一夫作仇，風波陡起。伊人業坐傾危，而隆亦不免。嗟乎！身非宋玉，口無微辭。將以僕爲漢長卿乎？今之文君不新寡。謂淳于先生醉一石邪[二]？而主人未嘗滅燭。當魏其燕灌將軍時，座客如雲，童奴如雨，朱門如海，誰爲紅葉者？其事寧須呶呶置辯哉？奈何令被誣人與誣人傾危者同罪也？且詩酒神僊之罪，與傾危同科邪？

雖然，李青蓮十一直金華，十九卧酒家，簪筆供奉能幾日，中常侍一言逐矣。而屠生者，令低回刺促，龍鍾白首一蘭省郎，余恐青蓮笑人也。所可媿者，陶通明拜表挂冠，天子令百官祖餞征虜亭；賀秘監請爲黄冠，人主賜鑑湖一曲，至親爲賦詩寵行。古名士去國，風流冠冕如此。而不肖乃布衣皂帽，蕭然一騎出都門。方之古人，亦云不幸。苟以達人之眼覷之，此皆浮雲爾。若都水以征虜增重，秘監待鑑湖爲榮，何名達士哉？

隆今歸矣，以一官還朝廷，以虚名還造化。四明山上，八窗玲瓏，下瞰白波，上擘海日，則樊夫人丹竈存焉。僕且側身從之，願充掃除之役。第恐山中亦有若伊人者，復以樊夫人污我，奈何？則請邀上帝而盟之。千里相念，書辭慷慨。分義殷篤，中心藏之。復拜買山錢，更謝鄭重。臨風裁報，惟有惘然。時方倚公等救火，知不能早抽身，他日裴、郭功成，幸勿忘四明山中之約。

注釋

[一] 胡從治開府：胡同文，字子尚，又字從治，號松麓。浙江嚴州府壽昌縣人。嘉靖四十四年（一五六五）進士，官至江西布政司左參。詳見詩集卷七《寄胡從治開府二首》注釋[一]。

[二] 淳于先生：淳于髡，戰國時期齊國著名的政治家和思想家，以博學多才、善於辯論著稱。《史記・滑稽列傳》載：「齊威王使淳于髡至趙國請救兵，得『精兵十萬，革車千乘』。威王大悦，置酒後宫，髡大談飲酒之道：『賜酒大王之前，執法在傍，御史在後，髡恐懼俯伏而飲，不過一斗徑醉矣。若親有嚴客，髡帣鞲鞠跽，待酒於前，時賜餘瀝，奉觴上壽，數起，飲不過二斗徑醉矣。若朋友交遊，久不相見，卒然相睹，歡然道故，私情相語，飲可五六斗徑醉矣。若乃州閭之會，男女雜坐，行酒稽留，六博投壺，相引爲曹，握手無罰，目眙不禁，前有墮珥，後有遺簪，髡竊樂此，飲可八斗而醉二三。日暮酒闌，合尊促坐，男女同席，履舄交錯，杯盤狼藉，堂上燭滅，主人留髡而送客。羅襦襟解，微聞薌澤，當此之時，髡心最歡，能飲一石。故曰酒極則亂，樂極則悲；萬事盡然。』

答沈肩吾少宰[一]

讀先生手書，至理名言，超超玄著，如發石室丹臺之藏矣。攜歸山中，能忘佩結？僕寥廓之夫，萬事擺落，此自得之天性，非關學道。偶遭此風波，視之若浮雲幻泡，漠不與丹元君事。一官雞肋，豈千秋長住之物乎？爲恩爲仇，亦是妄緣。今屏居泬寥，掩關習嬾。二六時中，著衣吃飯，都不復記憶身嘗有官。從何處来，却從何處去。伊人雖嘗横肆貝錦[二]，亦久忘之。即胸懷偶及，亦絶不作瞋恚想。此詎便謂已到三摩地哉？人間世要自有此一等落落穆穆人。此去鳥啼猿嘯，水碧沙明，楊柳覆船，桃花夾崖，步步可憐。故人當羡此行，無多設勞苦語。三事在身，先生寧得蚤脱苦海。李長源、韓稚圭[三]，亦是神僊中人。願努力青雲之上，三千八百，蚤自圖之。即此爲别。

注釋

[一] 沈肩吾太史：沈一貫，字肩吾，號龍江、蛟門。寧波鄞縣人。隆慶二年（一五六八）進士，官至南京禮部尚書，後兼東閣大學士，加少傅兼太子太傅、吏部尚書、建極殿大學士。沈一貫時任吏部左侍郎。

[二] 伊人：指俞顯卿，字識軒，松江府上海縣人。萬曆十一年（一五八三）進士，刑部主事。疏劾屠隆與西寧侯宋世恩淫縱。詳見同卷《與張大司馬肖甫》注釋[二]。

[三] 李長源：唐李泌，字長源。歷仕玄宗、肅宗、代宗、德宗四朝，德宗時，官至宰相。常以神仙道術自晦。韓稚圭：北宋韓琦，字稚圭。相州安陽（今河南安陽）人。天聖（一〇二三）進士，其經歷極豐富，歷仁宗、英宗、神宗三朝，立二帝，爲相十載，亦曾被貶在外十餘年。著名政治家、賢相，封魏國公。著有《安陽集》。《宋史》有傳。

答王季孺

五言律五首，字字超諧，篇篇合作。有神有氣，有情有致，殆難摘賞。篋中夜光，足詫波臣矣。擊汏揚舲，青春作伴。此去水雲澹蕩，魚龍瀺灂，夢已①落西泠、若邪之間，大自愉快。眼前幻池，去我久矣。僕又作答肩吾書，云：

『詎便謂已到三摩地？人間世要自有此一等落落穆穆人。』非關道力，僕之脱去人我，恬夷平等，不下地獄種子。方津津得意，他日以見上帝，可列清班，以入史傳陽秋，亦不知。名士品目，香山端明，攜手同車。足下乃欲鑿我混沌，殆將何寶邪？且僕生平，亦有何洿池其身，而今迴車改玉也？所諭山水興長，交游龐雜，千秋名下士常態耳。即今去此結習，意將何營？蘇長公上可陪玉皇，下可悲田院。若使一遭摧頽，便改面孔，何爲長公？意致都盡。僕此去，保不爲惡耳，不能便改名士面孔也。足下忠我，鑒其意即可。

校勘

① 已：底本原作『足』，據程元方本改。

注釋

[一] 王季孺：王荁，字季孺。見本書詩集卷二《秋夜同郭舜舉蔡伯華王季孺金玄朗詹政叔燕萬伯修宅聽李金吾彈琵琶》注釋[一]。

[二] 肩吾：沈一貫，字肩吾。見前文注。

答徐文卿[一]

公子温朗如玉，標韻泠泠，胸懷平澂，色笑可憙。僕良所欣賞。往在青谿，猶以世法隔閡，形骸頗疎。一把臂都門，遂成石契。婁迴美盼，數接芳筵。桂馥蘭馨，不覺其入矣。風波陡興，劍分珠剖；歧路煙沙，城隅雨雪。能無悵？而僕天下好男子，朗月冰壺，騶虞芝草，自信其必然。天下遠聽之士，謂文人多輕薄。以常理見度，妄有品目則可。至如吴會士大夫，周旋之日久，誰不相信？而伊人忍肆口語，一旦至此極。顧影自照，萬萬無以取之，必也索之宿世之業已爾。以不肖一片肝腸，伊人者莽不畏神理若此，不祥孰大焉？此業在人理之外，了無足論。而愛我者，乃遂往往進藥石。何也？夫藥石云者，謂其人既失之往事，將以救其末流。僕受伊人無道，有何大謬，而必圖迴車改玉也？必欲僕鑒於伊人，而力去其愛人好士，豈弟疎朗，無人我，絶町畦。乃僕之所寶者，維此耳。今悉去之，即何貴於長卿面孔哉？且僕之愛人好士，豈弟踈朗，無人我，絶町畦，胡至必應取伊人之侮若此？不歸之命而歸之僕，有以取之，曰戒其將來。是莫酷於愛我者之言，比之伊人更烈也。行休矣。僕今者以對諸公，則諸公爲政；他日謁上帝，則僕爲政。吐氣信眉，當在此時。今亦安能與人呶呶黑白乎？四明若黛，若邪如鏡，芙蕖菱芡，屬玉鵁鶄，一朝歸而有之。可使腹中一餐無飦，而不可使眉頭一日不揚，請從此長往。介推有言：『焉用文之？』

注釋

［一］徐文卿：徐琰，字文卿。松江人，大學士徐階侄。官太僕寺寺丞。

與黃白仲[一]

會稽自神禹會萬玉帛，是用開千秋靈爽。越王拓雄圖，羅刹江上[二]，山川名壤，甲于越絶。乃竹箭之號雖崇，騷壇之風未暢。謝太傅東山絲管，冠冕江左，人倫之儁，陽秋豔仰。乃其辭藻，何寥寥也？王逸少大令神情朗秀，風華映人，臨池一技，妙絶古今，遂作書家麟鳳。而雕龍之章，尚多媿色。即世所傳《蘭亭》一叙，非不楚楚有致，譬之小池流水，野徑踈花，一目一賞，意態都盡。蕭統妙選東西二京以及魏晉齊梁諸名家，此文乃擯而不録。六代以後，蓋罕英流名品。

不謂此時乃有白仲，沃洲宛委之靈氣，蜿蟺盤礴，大暢於白仲。白仲眇小文弱，六尺男子爾。胸懷磊磊，何多奇也。白仲之才，如泰岱五松①、少室三花，青霞上結，丹泉下走，都無塵凡色相。淋漓瑰放，神情並來。僕結髮論交海内，今天下豈不多才，要如白仲獨立環視，的然無兩。余觀白仲書法，方之二王法度，未敢便謂相當如何。至其色態婉秀，骨力勁爽，縱横大書，驚魂動魄，亦可謂前無古人，後無來者矣。

昨承四律送行，揮之巨幅。詩既宏放奔逸，語語芙蓉；書復環偉神奇，滿紙雲氣。廣庭披覽，天日爲朗，長風忽來，急取酒浮大白，歡呼欣賞，大叫欲狂。即欲作數語奉報，屬有他客，草草裁書。既發，而私心殊夭閼不快者累日。故復作此牋，道本懷向往，猶以筆不逮心，未盡抒寫。世有才若而夫，而布衣流落，四海無家乎？是使不佞戟手仰罵司命者也。不佞業操深心，欲載白仲南下，同舟共濟，提獎千秋，乃復爲宋侯留[三]，不佞氣盡。僕日挂帆長往矣，留書以明相憶。白仲自愛。夫天豈虚生白仲哉？并謝宋侯，承隔雲水。

校勘

① 松：底本原作『公』，據程元方本改。

注釋

[一] 黄白仲：黄之璧，字白仲，號娑羅居士。浙江上虞人。工詞章，善書畫，與屠隆友善，名重一時。有《娑羅館詩集》。《（光緒）上虞縣志》有傳。

[二] 羅刹江：錢塘江之别名。

[三] 宋侯：指西寧侯宋世恩。

答顧益卿[一]

足下赤手撑乾坤，不顧妻孥，不問生産，乃爲故人分俸，故人何以堪？茹懋集留通州城五日[二]，已訂同舟之約，暫入京别游好。再得湯慈明青春作伴，更喜家田叔乘一樓船北上[三]，僕今載以東還。醝使者惠以郵符、長年、鼓吹，長途差不寂寞。江苦獨行，無友生爲侣。今得湯、茹二丈同舟，領略江雲海月，嘯咏菰蒲，鳴榔擊汰，遂忘其身爲逋臣矣。兩生酒德頗不淺，舟中苦無麯君，停船日沽村醪，恐不堪供吟嘯。聞使君牀頭尚多此物，幸分數甕來。湯君復别去。想使君衙齋大寂寞，政可焚香禮天竺先生，誦《楞嚴》《法華》，結跏趺坐，外了人緣，内修净業，當在此時。僕東歸，便須葺一小菴，作老居士生涯。他日相思，則有四明山中瑶草，可寄足下。足下髮漸短矣，早了三事，圖英雄結局，無空老風塵爲也。

注釋

［一］顧益卿：顧養謙，字益卿。

［二］茹懋集：茹天成，字懋集。萬曆間無錫山人，曾刻印漢劉向編《楚騷》《屈原傳》。《白榆集》詩卷七有《都下送茹懋集還毘陵》。

［三］家田叔：屠本畯，字田叔，屠隆族孫。

答詹君［一］

足下入都門一日，而傾其都人，徵辭賦，索筆札，閧如雲矣。昔李北海甫至長安，長安道上每出聚觀者若堵城。智永師以書法奔走，一时鐵限爲潎，筆冢成林。古人好事，大都若此。足下淹通①多聞，提螢弧②先登藝壇，意氣徜徉，籠罩千古。又發石函之藏，探鹿苑之旨。名理精絶，超超玄著，足使深源吐舌，支公却步，故宜豪俊傾心，海内延頸。雖然，此皆大英雄人皮毛爾，文字筆札，誠無與吾内真。即名理機鋒，推倒一世，舌端長吐五色寶蓮，天女來獻花，龍王聽説法，終非了當，反障本來。

僕少疎暢，中年不聞道，而天性擺落，輕於世緣。獨無奈雕蟲鼓吹，虚名累身。居長安，交游酬應，不減足下。猶自以了緣混俗，照心煉性，庶幾火宅蓮花。而讒人中之，遂脱羅網。僕於雞肋浮榮，覰破已久；風塵馬蹄，良所厭苦。今者業徼惠伊人，早還初服。名山靈壤，何事不了？布帽青鞋，又何戀乎？而足下欲僕輕外齊物，寶吾内真，其尚懼僕作殷中軍咄咄書空態耶［二］？中軍名理，如何一旦爲此舉止？乃知口吻煙霞，直無益此中毛髮事。僕之輕得喪，去人我，絶仇恩，要自得之天性，非關道力。然其歸，欲常使逍遥灑脱，眉頭無日不揚，是吾所寶。白香山、蘇端明，吾師也。足下教我，故是愛我深，然或者未知屠生之生平，故略吐露若此。

春流挂席，南行甚快。何從得與足下一把臂論心。臨風軫結。佘宗漢真寥廓士［三］，此公學道，如以菜作虀。黄白仲之才，如穆天子八駿，非凡馬步驟。與之語道，尚隔津梁，然大自英物。

校勘

①通：底本原作『道』，據程元方本改。

②弧：原作『狐』，據文意改。

注釋

［一］詹君：指詹濂，又名泮，字政叔（一作正叔、淑正），歙縣山人。與汪道昆、屠隆等交好。

［二］殷中軍：殷浩，字淵源，《晉書》因避唐高祖李淵之諱，改爲深源。東晉大臣，曾任中軍將軍。《世説新語·黜免》記：『殷中軍被廢在信安，終日恒書空作字，揚州吏民尋義逐之，竊視，唯作「咄咄怪事」四字而已。』

［三］佘宗漢：佘翔，字宗漢，莆田人。嘉靖三十七年（一五五八）舉人，官全椒知縣。有《薜荔園集》四卷。費元禄《甲秀園集》卷三十文部有《全椒令宗漢佘先生傳》。

白榆集校注文集卷之十二

書 七

答詹君[一]

足下始以僕文人之雄爾，一何皮相天下寥廓士也？雖然，夫聞道，譚何容易哉？僕性故通脱擺落，人間世紛溷龐雜，了不絓胸懷。少讀《道德》《南華》，徜徉自放。近稍聞竺乾之旨，觀空除妄，以求真常。而不幸置身薄領，失足雕蟲。萬物奔其虚聲，豪傑慕其擅行。將迎酬應，履綦如雲，竿牘如蝟。甘井直木，良足嗟傷。每從紛紛鼎鼎中回光返照，主人翁尚自無恙，顧賓客盈座，毫麈竝揮。當其辭賦神來，譚鋒天妙，瀉河漢於紙上，摧須彌於舌端，快意當前，坐空六合，津津不休。靈光漸洩，神炁暗損，而不自覺。

余觀雪山、嵩少、天台、華山大聖靈人，總之凝神於澹，合氣於漠，絶無今時文人淋漓跌宕之態，夫道豈江鮑徐庾諸公所了哉？雖云鬧處煉神，静處煉氣，順緣對境，政足觀心。墮寂沉空，恐罹斷見，然必有得之。夫欛柄在手，然後能將心殺境，以事煉心，能所雙忘，喧寂兩妙。如其不然，鮮不逐外緣而喪真我者。道人涉境，彼其所涉，一針一草、一衣一食而外，足亂神耗炁者，能幾何？不幸以文章爲名下士，四海雲合，櫛比而奔走之，身罷於揖讓，手罷於批答，口罷於雄談，心罷於思構。如是，而猶自命曰：『我抱火德，動而無我。户樞流水，應而不壞。』吁，亦危矣！即古人，亦胡然必託深山大谷，面壁斷緣哉？雖曰回光，必有時不回；雖曰返照，必有時不照。我輩實修默勘，獨覺其然。故簡緣省事，大道津梁；多務泛交，尊生螟螣。及一朝而去頭上冠，揮手紅塵，返於雲壑，如野鶴出籠，胡鷹掣鎖，方且愉快自得，又何戀雞肋而坐生窮愁也？

所謂得喪、人我、仇恩，世竝趨之，結爲葛藤，煎爲膏火。我將有以曉之。夢得寶珠，認以爲得；覺而無有，何物爲得？四大偶合，認以爲我；忽而土灰，何物爲我？情識尚在，有恩有仇；一旦銷亡，恩仇安在？之三者，悉幻而勞勞焉。役吾之真我以佐之，則大惑矣。暗行穴中，妖狐鵂鶹，群疑填腹；一秉短炬，陰霾頓消。故萬事無當一照破也。僕嘗笑殷深源名理精詣[二]，當時掩絶高賢，信安之廢，何至書空咄咄？遇事對境之難如此。僕無故橫被惡聲，與讒人同坐，亦可謂屈抑詬辱之至矣。友朋衝冠，通都扼腕，而僕視之漠如。以一官付之浮漚，以仇口付之宿業，逍遥灑脱，眉頭日揚。蓋至是而始信平居抵掌，今稍得力，可無作殷生舉止。然亦豈敢謂便是了道哉？夫心不可有住。住於憂愁，則憂愁爲障；住於歡喜，則歡喜爲障。道亦無逍遥，道亦無灑脱。今僕亦差勝於書空咄咄者爾，三摩地果止是乎？

足下政在萬緣中跌撲，時自叫唤，時自提醒，隨來隨受，跡混心定。此自大英雄人氣力。但校勘古之至人，多從静鬧處修，不聞專向静討，亦不聞專向鬧求。或在紅塵上滾跌數十年，而後掩關息影，以了聖功；或穴居面壁數十年，而出涉人緣，以試勘心地。凡夫之人，身在學地，都無習静工夫，而欲竟向紅塵境上了道完真，直超三界，此必無之理也。

伏讀足下來書，言言精理破的。蓋知足下居嘗實用心於道門，行路而知險夷，飲水而知冷煖，必非徒事口吻者。世人見足下才藝絶倫，聲名方譟，將迎酬應，一如僕向①來，則以爲英雄之本色、才俊之白眉爾，是都人士不又皮相足下乎？足下庶幾所謂欛柄在手、心境如如者也。

吾兩人眇未相接，各以文章意氣輕立品目。至批覽手札，神領玄解，乃知吾兩人者，政當索之煙霞物表，豈徒以雕龍鞶帨兩相賞者邪？片語既合，千秋在兹。深欲與足下張燭夜譚，了此大事。顧廿四日，僕攜家登舟矣，足下儻有意必來，請停橈灣上三日，以遲美人。三日不至，僕則掛帆長發矣。長安中士大夫，自張洪陽、沈肩吾外[三]，復有王太初諫議[四]。其人恬夷通朗，道門良友，足下識之不？初解樊籠之人，衹宜杜門裹舌，逃於空虚。一遇同心，便不覺娓娓，可笑矣。永隔雲水，相望爲馳。

校勘

① 向：底本原作『回』，據程元方本改。

注釋

〔一〕詹君：指詹濂，又名泮，字政叔（一作正叔、淑正），歙縣山人。與汪道昆、屠隆等交好。

〔二〕殷深源：殷浩，字淵源，《晉書》因避唐高祖李淵之諱，改爲深源。見前文注。

〔三〕張洪陽：張位，字明成，號洪陽。沈肩吾：沈一貫，字肩吾。

〔四〕王太初：王士性，字恒叔，號太初。時任禮科給事中。詳見本書文集卷三《王茂大修竹亭稿序》注。

答陸君策郁孟野曹重甫〔一〕

駕大不根，蔑我貞良，是名爲仇；繳惠伊口，蚤遂初衣，是名爲恩。爲恩爲仇，總屬妄緣。友朋動稱衝冠髮立，欲自附於荆卿、聶政之義；又以寥廓相許，一笑而置勿問。此兩者，兩得之。僕則日夜念西湖荷花爾。煙舠①雨舫，上奉老母，下挈妻孥，尋六橋舊事。此時猶薄范少伯規規圖霸越，功成乃去，僕以爲政不必爾。憶三君子往歲從不佞浮西湖，以鐵纜纜螭頭兩巨舫，櫂入②芙蕖最深處。天風四面，至屝履雜陳，簫葭間發，念此泠然。今復能從不？從則當別買一舟載三君子。如其不然，恐人謂三君子徒能從官人游，不能從布衣也。

自潞上發舟，一路諸公曾不以身名摧廢見畜，倒屣投轄，倍於曩時。數千里佳山川名蹟，留題殆遍。胸中逍遥，通不爲減，眉頭日揚。射陽湖上遇元馭先生〔二〕，拳拳以逍遥爲禍本，莊老乃長卿之賊。欲不佞閉關息遊，絶跡五嶽，一切剗去，歸乎簡寂。其言甚切。僕故受歡喜理障，雖書紳佩帶，恐終不能改。雖然，元馭亦微傷迫仄，少寬舒，交儆可也。聞元美先生惑於仇黨語〔三〕，將謂長卿真作漢之長卿。此乃咄咄怪事，鼎鐺今遂亡耳邪？范孝子如龍不可維縶〔四〕，奈何雲間又生此人？益信大國無所不有。十四日，偶倚篷窗，忽見使者在岸上，喜愕久之，如見三君子顔色。且莫把手，我心飛動。

校勘

① 舠：原作『刀』，據文意改。

② 入：底本原作『天』，據程元方本改。

注釋

［一］陸君策：陸萬言，字君策，號咸齋，松江府華亭人。郁孟野：郁承彬，字孟野，華亭人，居隆爲青浦令時交好之士子。曹重甫：青浦人，孝廉曹世龍子。太學生，好收藏書畫。

［二］元馭先生：王錫爵，字元馭。

［三］元美先生：王世貞，字元美。

［四］范孝子：范應龍，青浦諸生。詳見本書詩集卷一《范生詩》注釋［一］。

與徐司理[一]

不肖爲令無狀，爲部中世人所仇，遂至投劾。猶幸仇口所巇非其罪，得面目無慙天日。奉母南還，布帆無恙。不肖故生平任真推分，覷破一切，天性平澹，能不作世人罷官咄咄書空態。旁人見不肖轉肥，眉頭比往日更揚。此實際，非謾語。陳生云[二]：『母氏仁慈，生能容介子之隱；婦也賢明，死不没黔婁之行。』不肖今日之謂也。

江上有水田十七畝，斥鹵侵焉無已。則請鬻文賣賦，足以自給。上帝之生人，貧人多，富人少；病鬼多，餒鬼少。不肖猶喜爲人，爲人而爲士大夫，士大夫而有文，胸中差辨妍醜蒼素，以此托於天壤，足矣。人自爲猿鶴，人自爲沙蟲，又何問焉？聞明公見愛極切，眼具寥廓，義存灰恫，獨古之人有之爾。幸被齒髮，其何能忘？逋臣無入舊疆之理，不得一奉顏色，徒怔怔忡忡。承胡太尊亦見念，未敢輕寓一書，溷瀆公府。青浦邑諸生沈嘉猷[三]，大奇才，不肖物色之久，渠銜國士之感。昔年不肖以轉官北上，此生徒步遠送六合道中。兹不肖南下，又操單舸走迎不肖京口，遂失郡試之期。蒲伏束書，求府公補試。恐府公不知此生高才高義，及所以失期之故，故敢一聞之左右，幸悉力周旋之。不肖此回青浦，故士民不忘遺簪，遠迓慰勞者甚衆。乃曹上舍任之、諸文學從禮、范孝子應龍[四]，情更切至，敢并以聞。

注釋

［一］徐司理：徐民式，字用敬，號檢吾，福建浦城人。萬曆八年（一五八〇）進士，時任松江府推官。

［二］陳生：陳束，字約之，號後岡，鄞縣人。嘉靖八年（一五二九）進士，授禮部主事。纍官至河南提學副使。與王慎中、唐順之等稱『嘉靖八才子』。有《陳後岡集》。

［三］沈嘉猷：青浦諸生。余未詳。

［四］曹上舍任之：曹任之，青浦義士曹世禄之侄。本書文集卷四《壽曹翁序》：『翁有猶子曹孝廉任之，則以文學與不佞善。』或即爲曹重甫。曹重甫，曹世禄兄曹世龍之子，屠隆在青浦任上交好之諸生。諸文學從禮：諸從禮，號海門，青浦監生。據《（光緒）青浦縣志》卷二十一，諸從禮熱心公益，『縣有大役，必力任之』，萬曆間，曾獨力修建青浦北門外『海門橋』。

答馮咸甫［一］

昔①聞含沙射影，今之含沙，乃射無影。人苟不畏上帝，即何所不至？深則空花一切，歸猶作越國男子。人能奪我頭上進賢冠，其能損我胸中五嶽耶？波旬闡提，何世無之？乃不意出自名區秀壤，九峰松桂含羞矣。僕今者奉老母避暑吴山下，且買湖舠，看西泠六橋荷花，登天竺禮古先生。以新秋凉風，渡羅刹而東。東則有四明石牀丹竈在。早還初服，藉手伊人。僕近嘗有詩云：『脱我今日之紅塵，還我舊時之白雲。』『欲就大茅峰頂月，碧桃千樹坐吹笙。』『千提瓢笠辭三殿，足躡煙霞到十洲。』『水緑鏡湖春放櫂，花深雪竇暮尋僧。』『鶴背竦身挑紫霧，馬頭揮手別紅塵。』『曉起初辭丹鳳城，夜來已夢白鷗汀。』『五株楊柳門前緑，九節菖蒲石上青②。』『千層海浪接天來，四面罡風石扇開。』『玉女窗中飛忽下，手持瑶草唤儂回。』『到日夏雲凉葉暗，滿天湖雨六橋西。』此足知僕之近況。僕自人間世落落穆穆人，忌者不察，誤以爲鵷雛，可嚇耳。足下幸勿以殷中軍坐愁咄咄伎倆相寥廓③士，此披裘公所以笑延陵先生也。

伏讀近作，足下近豈嘗覽異書，逢異人邪？何其精彩射人若此。再覩別牋，知足下方坐史雲之困。阿堵濁物，向不肯逐清士脚跟走。以足下絶代才美無度，謝太傅捉鼻向細君，政恐不免。何故歎老嗟貧，作措大面孔？僕與足下同病。江上有田十七畝，斥鹵侵焉。嘗與文卿書[二]：『大丈夫可使腹中一餐無飯，不可使眉頭一日不揚。』足下第少須之，夫貧非足下所患。陳季④儒道醇、董其昌玄宰、黄孟威兄弟諸子[三]，皆有書及不佞。不佞坐冗，未能一一修答。幸出此書一示諸公。

校勘

① 昔：底本原作『惜』，據程元方本改。

② 青：底本原作『有』，據程元方本改。

③ 寥廓：底本原作『參靡』，據程元方本改。

④ 季：底本原作『李』，據程元方本改。

注釋

[一] 馮咸甫：馮大受，字咸甫。詳見本書文集卷一《馮咸甫詩草序》注[一]。

[二] 文卿：徐琰，字文卿。松江人，大學士徐階侄。

[三] 陳季儒道醇：即陳繼儒，字仲醇，一字道醇。董其昌玄宰：董其昌，字玄宰。黄孟威：黄廷鳳，字孟威，號純所，青浦縣人，萬曆十七年（一五八九）貢生，萬曆三十二年任江西石城縣令，陞雲南大理府同知，終武定府知府。以風雅聞。《（乾隆）青浦縣志》有傳。

與鄒彦吉督學[一]

家諸孫回自勾吴，得明公手書詩箑，把玩娓娓，恍披卿雲。明公心如冰壺，龍蛇其德，視身外長物，直浮漚石火爾。僕區區以世俗之見，皮相天下寥廓士，所謂有蓬之心者邪？然在世世出，丈夫欛柄在手，當不壹意以鑿坯爲高。惟高明深計之。不穀此身閒矣，政可屏俗了緣，力踐大道。而外魔内障，尚爾糾纏。銜杯削牘，揮塵命毫，往往爲累。豈云道緣淺薄，實繇此志不雄猛爾。

王弇州云：『丈夫脱手浮榮，即五嶽九州，何處不適？安能老死於陵仲子行遥？第須此中不染著，得羼提三昧。』乃元馭公則云：『老莊逍遥，太能誤人。朝士挂冠，有閉關下楗爾。即尚平五嶽之興，且無漫及。』兩君子爲不穀忠臣，其言亦兩足采。雖然，渠亦各自言其實際乎？乃不穀姿故近弇州，距太原差遠。『此中不染著』五字，大要喫緊。此中脱染着，無論放曠拘局，何適而可！明公以爲然不？

新都汪伯玉司馬與一二同聲，以書相招遊黄山、白嶽，使者正在敝廬，時下且膏車秣馬矣。由吴興走宣城，弔亡友沈君典，取道三天子都，然後由義興過梁谿[二]，與足下會，計程當在嘉平月矣。孫以德撤闈而西[三]，尚留里中，野人未敢造次通一字，幸道相憶。秦君陽公子[四]，僕之鮑叔也，聞且東歸，足下須爲我謝之。小集一册，奉去竄定。

注釋

[一] 鄒彦吉：鄒迪光，字彦吉，號愚谷，無錫人，『四十子』之一。萬曆二年（一五七四）進士，歷官工部主事、黄州知府、湖廣僉事。有《羼提齋》《調象庵稿》等集。

[二] 義興：古縣名，隋文帝開皇九年（五八九），廢義興郡，改稱義興縣。縣治在原義興郡郡城（今江蘇宜興市），宋避太宗趙光義諱改宜興。梁谿：流經無錫之河流，後用爲無錫之别稱。

[三] 孫以德：孫繼皋，字以德。無錫人。

[四] 秦君陽：秦燿（秦焜），字君陽。無錫人。曾資助屠隆。

答詹政叔[一]

自與足下别廣陵[二]，抵虎林，避暑吴山下三月。數奉老母，挈細君，泛舟西泠六橋，采荷花，擷菱芡，登三天竺禮古先生。歸坐一室，蔭小山茂樹，蕭蕭泠泠，體氣甚暢。恨不得與政叔同木蘭青雀爾。以重九後抵明州。遠客乍歸，親朋來見。黄花白酒，日入陶然，大是愉快事。時下促裝，正欲出門走宣城，弔亡友沈君典。奈所厚故人賓客眷戀征夫，時時牽衣卧轍，不放出門，以此尚在低回。而政叔適以書來，又得新都諸公手牘，知不鄙東海生，招之入白榆社。僕此時興已脉脉飛動在黄山、白嶽間矣[三]。第政叔既奉諸公命，走四明招不佞，則胡不竟渡羅刹，而留滯虎林？書到，可急問西陵之舟。家山有金峩、雪竇、石窗、赤水[四]，横絶大海，又有鼇柱、落伽[五]，可寓杖屨。足下來而一覽諸勝，四明亦有酒人詞客，可相與徜徉。罷而同出門，無妨踏雪過青山、宛上[六]，取道三天子都也[七]。承以莫君文字之役相委，業拜大命，然亦必須足下到乃就。蓋以此要足下耳。從貴可改槀桂。此子來，驟而短髮蓬鬆，何故？

注釋

[一]詹政叔：詹濂，又名泮，字政叔（一作正叔），歙縣休寧人。交遊甚廣。

[二]廣陵：指揚州。

[三]白嶽：齊雲山，位於安徽休寧縣城西，古稱白嶽，與黄山南北相望，素有『黄山白嶽甲江南』之譽。

[四]金峩：指金峨山，位於今寧波市鄞州區横溪鎮境内。雪竇：山名，在今寧波市奉化區西，屬四明山範圍。石窗：四明山有四窗巖，其四個洞穴如窗户，稱石窗，能透日月星光，四明山亦以此得名。赤水：四明山有丹山赤水，爲道教第九洞天。袁桷纂《（延祐）四明志》卷一載：『福地記三十六洞天，九曰四明山，名丹山赤水之天，上有四門。』

[五]鼇柱：鰲柱峰，位於甬江入海口。落伽：普陀山，一名落伽山。

[六]青山：又名青林山，位於安徽當塗。宛上：指宛陵，安徽宣城古稱。

[七]三天子都：古山名，即休寧縣之率山。

報汪伯玉司馬[一]

不佞挂冠神武，將母南還，避暑西湖。虎林人相傳明公且至，不佞日夜望真人東行，共采芙蕖菱芡，醉西泠月色。無何，報明公以仲氏卧痾，不果行。某於重九後，亦奉家慈南渡羅刹[二]。仲冬初旬，詹生從虎林走平頭[三]，以明公及龍司理手書來[四]，辱長者招入白榆社。不佞雅抱尚禽五嶽之興，婆娑蘭者非其好，日逐馬蹄，奈此雞肋。嘗賦《冥寥》以見志，長安諸公聞而頗怪之。天眷海客，徽惠讒人，得蚤脱世網。所謂横絶四海，矰弋安施？維是白嶽、黄山夢寐久矣。至生平慕悦長者，何啻百谷之赴滄海，羽族之宗威鳳。而明公則又虚懷折節，奬引後來，惟恐不及。不佞所謂延頸拭目，益以歸心。

書到旬日，詹生遂至。某初心欲先以八行奉聞，卜獻歲問新安之艇。乃白榆使者盛道先生及龍使君所以想望至意，鵠立勸駕，敦迫再三，即包胥泣血，南八斷指，殆無以過。某是用感激，秣馬膏草，且不辭犯大雪，走山陰道上。以此月十二日出門，從西陵渡經餘杭懸雷山下[五]，取道三天子都，計下旬可得與明公相見。一再宿高齋，拜肇林道場罷[六]，便當走白嶽，朝玉虚師相[七]。留新安一月，逼除還四明。王正之月爲老母壽，元夕後，不妨再作黄山遊，尋軒轅、容成舊跡。言之愉快。臨發，先此奉報。幸驅山頭白雲，迓我行李。

注釋

[一] 汪伯玉司馬：汪道昆，字伯玉。萬曆三年（一五七五）以兵部侍郎致仕。

[二] 羅刹：羅刹江，錢塘江之别名。

[三] 詹生：詹政叔。

[四] 龍司理：與下文『龍使君』均指龍膺，徽州推官。

[五] 懸雷山：一名垂雷山，位於余杭縣西南。

[六] 肇林道場：汪道昆所建肇林精舍。據石國柱修、許承堯纂《（民國）歙縣志》卷二：『肇林院，在千秋里，即松明山，汪司馬道昆建。昔延名僧開講，道昆與戚繼光同來參禮，聽法者千人。又嘗於蘇州半塘寺請善繼上人血書華嚴經藏之。後由汪道會、吴廷相還經典禮，皆極隆重。今圮。』

[七] 玉虚師相：相傳玄武真君得道升天後曾被玉帝封爲『玉虚相師』。

與陳廣野給諫[一]

丘中之賞，暫違鴛鷺，與禽魚親。足下今日便可拍洪厓之肩，但恐青山不久爲足下所有。長安馬蹄催人，奈何！七月北征，辱足下追之就李，又追之吴門，虎丘携手連日夕。猶憶與君科頭坐磐陀石上，萬木交陰，涼颸滿天，素月西流，河漢左界。爲歡惜别，魄動神飛。明日，陵口望故人，盈盈一水矣。大江湯湯，不澆長恨之端。亂流而渡，低焉黯淡。蘇李託咏于携手，文通寄意于消魂，方之吾兩人，千秋同恨。

方别時，足下見囑云：『卿誠見念，不必長牋。即草草數字，數寄平安。要在明兩人之相憶耳。』乃一入春明門，人事差池，流光駃疾。瓶水知天寒，枯桑知天風，倏忽半載矣。僕既不將片楮，君亦久絶雙魚。駪駪征夫，積勞雨雪。巢林卧習嬾煙霞，豈北風之無便，亦南鴻之久疎。目如電光，腸如車輪。所不相思，請邀皦日。

足下謁王少宗婁東[二]，得聞至人緒論不？業北面太原，稱上足弟子，徒傳和氏衣缽，而不求道門心印，竊爲故人惜之。僕今雖在風塵中，隨境觀心，不忘覺照。道眼漸明，世諦漸解。前所云傷離惜别，亦作遊戲三昧，未敢以此故自障性靈。足下聰明絶世，稍讀化人遺書，聽禪那要語，回心入道，言下足了。幸無以慧業文人，畢此一生也。區區肺腑之愛，願足下深念之。

久不見令弟遷轉，何也？昨聞之當事者，計不出殘臘矣。青瑣貴僚，陳思進、鄒爾瞻俱佳士[三]。足下彈冠，正在此時，可勿久戀泉石。都門把手，日夜望之。

注釋

[一]陳廣野給諫：陳與郊，字廣野，海寧人。萬曆二年（一五七四）進士，歷給事中，官至太常少卿。給諫，對給事中之稱呼。詳見本書詩集卷六《贈陳廣野給諫二首》注釋[一]。

[二]王少宗：王錫爵，太倉人，萬曆六年（一五七八）進士，歷禮部右侍郎。少宗伯爲禮部侍郎别稱。

[三]陳思進：陳大科，字思進，通州人。隆慶五年（一五七一）進士，官給事中。本書詩集卷七有《陳思進拜吏科給諫却贈》，屠隆自注：『時鄒爾瞻自貴竹戍所賜環與君同拜。』

與傅伯俊[一]

蓋昔者舜有羶行，萬物蟻慕，從世法論，大善已。若以化人之旨勘之，文殊深入善權，廣化衆生，故未取道。大智人尚爾，何况我輩。士大夫人我山高，九疑三峽，物情不親，故自地獄種子。若披肝折節，風華映人，萬物蜂涌而歸之，奔走將迎，罷于應接，亦是輪轉根因。雖非惡業，總屬理障。愛人下士，久而深入，住于此境，何由得超三界？便落陰陽。一落陰陽，便有凋謝。此吾與足下同病也。擺脱榮利，蕩滌煩囂，遇①行必修，遇功必累，以求逍遥之致，栖自在之林，未爲不是。若執心住此逍遥，又生束縛，自在亦是塵勞，三摩地似不如此。

足下比者氣益和，政益平，蕭灑標致，爲江左楷模。三尺童子皆知頌賢使君，名流京邑，盛矣，盛矣。第恐嬲溷横生，摇精耗神。願稍存節省，以保性命之期。人情既宜榮進自定，業秩滿三載，不久折腰。讀足下來書，似頗苦邑務艱難，欲早解脱。僕又願足下勿以爲苦。分所應得之處，且莫遇之，胡不能少需而坐生厭苦也？蘇子卿雪窖十九年，令小生厭苦，不可一朝，安復能十九年爲？僕不解藏人善，侈口而談伯俊之賢，不遺餘力，如此而已。若謂僕游揚諸公間，而能以口舌爲足下速取此物，則爲不知命，亦誑足下。

僕爲令六載，未嘗一日厭苦折腰。及入爲蘭省郎，猶時津津爲令風味。何者？身在閑曹，曹務甚簡於縣事，部郎差貴于令君。然亦有冗，則世俗苛禮，車輪馬蹄，居其大半。與其爲車馬所役，寧爲黔首憂勞。且人之苦樂，原只②在心不在境。若其中有以自得，則爲令亦有樂；若其中無以自得，則爲京朝官亦有苦。足下聰明，辨此早矣。子愿使君[二]，開美士也，持斧三吴，恩信甚著，亦頗有調外之趣。聞與足下相驩如昔。留都鍾諫議行時[三]，曾寓一緘問子愿，不審已達不？便間幸爲致區區。新醝使者羊君[四]，疎暢爽直，大有玄風，當爲伯俊知己。聞老伯母不就板輿之養，家居安適不？老嫂與諸姬，想一一無恙也？仁兄出有賓朋，入御琴瑟，亦善石湖林屋。年來頗曾一寓杖屨不？雲霞之氣，在窗楹間。水波瀺灂，時時清人耳，何得言非僊吏也？

校勘

① 遇：底本原作『過』，據程元方本改。

② 只：底本原作『人』，據程元方本改。

注釋

［一］傅伯俊：傅光宅，字伯俊。詳見本書文集卷八《答傅伯俊》注［一］。

［二］子愿使君：邢侗，字子愿。萬曆十一年（一五八三）以御史按巡蘇松，即文中『持斧三吴』。詳見本書詩集卷六《贈邢子願侍御二首》注釋［一］。

［三］鍾諫議：鍾宇淳，字道復，一字履道，號順齋，松江府華亭縣人。萬曆五年（一五七七）進士。時任南京兵科給事中。詳見本書詩集卷七《送兵科給諫鍾道復年兄之金陵》注釋［一］。

［四］醝使者羊君：指羊可立，字子豫。萬曆十二年（一五八四）任兩淮巡鹽御史。醝，古同『鹺』，盐。詳見本書詩集卷一《送羊子豫侍御出按江南》注釋［一］。

與馬用昭[一]

日讀閩中十家詩，各有所長。如林鴻、兩王[二]，近世胡得有此哉？五七言古清蒼深秀，玄詣神解。字挾丹霞，氣帶瀑布。意必會境，語必標趣。且格雖疊而不複，態愈出而轉佳。景物叢鬱，風華遒上。胸中五嶽，萬轉千盤。紆曲不窮，陰森皆在。徐讀而細味之，了如身在長林，回映石壁，坐對高僧于青松白雲間，而譚無生妙理，雖未至之，曠焉幽絶。近體差降，亦多中唐佳境。寥寥天壤，乃有此人，有此作，而流播未遠，索莫其聲，何居？于麟、子相生平負氣[三]，高其舉趾，以今求一語如林子羽者，了不可得。日夜徒挈鈴而走，闉鞳砰訇，聲滿六合。故知人之成名與不，亦有幸不幸。又視其人之自爲標詡，巧而取此物也。子羽詩俱在，安知後世無賞音①？足下能知二三君子詩選傳之，取孤桐灰滅中，此中郎之識也[四]。微足下，僕老死不見二三君子，不敢忘謝。聞袁舍人亦佳品[五]，恨未見其人。今足下比隣朱汝修輩中人也[六]。

校勘

① 音：底本原作『昔』，據程元方本改。

注釋

[一] 馬用昭：馬熒，字用昭。福建懷安人，户部尚書馬森子。萬曆四年（一五七六）與同鄉袁表同編《閩中十子詩》。據黄孔昭《吾野集》之《閩中十子詠》，十子者，福清林鴻，長樂陳亮、高廷禮，閩縣王恭、唐泰、鄭定、王褒、周玄，永福王偁，侯官黄玄。

[二] 林鴻：字子羽，福清（今屬福建）人。洪武初，以人才薦，授將樂縣儒學訓導。居七年，授禮部精膳司員外郎。性脱落，不善爲官，年未四十，自棄職歸。爲閩中十子詩派之冠，有《鳴盛集》。兩王：當在王恭、王褒、王偁三人之中。王恭，字安中，閩縣人，居長樂沙堤，自號皆山樵者。永樂四年（一四〇六）以儒士薦修《永樂大典》，授翰林院典籍，投牒歸。有《白雲樵唱集》《鳳臺清嘯集》《草澤狂歌集》。王褒，字中美，侯官人。洪武二十六年（一三九三）舉人。嘗爲長沙學官，知永豐縣，召入，預修《永樂大典》。有《養静齋集》。《閩中十子詩》存其詩兩卷。王偁，字孟揚，又字密齋，永福人。洪武二十三年（一三九〇）舉於鄉，永樂初，薦授翰林院檢討，充《永樂大典》副總裁。坐解縉黨，下獄死。有《虚舟集》。

[三] 于鱗：李攀龍，字于鱗。明中葉文學團體「後七子」發起者和核心領袖。子相：宗臣，字子相，號方城山人。江蘇興化人。嘉靖年間進士，官至福建提學副使。「後七子」之一，有《宗子相集》。

[四] 中郎：指蔡邕。《後漢書·蔡邕傳》：「吴人有燒桐以爨者，邕聞火烈之聲，知其良木。因請而裁爲琴，果有美音。而其尾猶焦，故時人名曰『焦尾琴』焉。」

[五] 袁舍人：指袁表，字景從，閩縣人。嘉靖三十七年（一五五八）舉人。萬曆初授中書舍人，轉户部，官至黎平知府，後因病歸里。詩宗唐開元、大曆年間詩派，與名士結詩社，精研詩詞格律，並善書法，爲閩中人士所推重。萬曆四年，與同鄉馬熒編《閩中十子詩》。

[六] 朱汝修：朱宗吉，字汝修，壽州人，太醫院御醫。有《朱汝修詩草》。

與沈士範[一]

去冬從詹侍御得手牘一緘[二]，旋託寄八行，想已入掌記。身在數千里外，河水迢遞，鯉魚難達。昔在任昉物故，平生交游掉臂，物態凄凉。劉君心恨其事，至作絶交書以寫不平。先太史在日[三]，諸公景從，海内櫛附，動稱氣類，咸願嘔心。奔走而赴之者，日以如雲。太史喜譚握吐之風，不倦倒屣之事，延接酬應，至此以罷。一日運去時移，煙消霧散。

嗟嗟！君不見鮑管貧時交，此道今人棄如土。悠悠此輩，已矣何言？而不穀平生與太史之義，何如乃亦踪跡寥寥？斷縻泛梗，雖束縛王事，踉蹌道途，其于故人分義，亦太疎索矣。仰慚皦日，俯愧下泉。雖復累頻增喙，其又何以解免？纏綿宛至，所可自信其不渝者，獨有此心已爾。向推轂令兄于張大司馬[四]，屬當言官建白，大汰邊塞冗官，不敢收，署云：『且轉屬楊大將軍盻睞之。』令兄微有不滿，尚未察其深中。肖甫一片有心人，平居念君典甚至，當不坐世人態者。老母自入京，患痰火兩月，入春始愈。作此牋時方起牀第，以兩女奴挾而行，亦可喜事。

注釋

[一] 沈士範：沈有則，字士範，沈懋學子。

[二] 詹侍御：詹事講，字明甫，別號養貞，江西樂安人，萬曆五年（一五七七）進士，萬曆十三年（一五八五）出任兩浙巡鹽御史。官至北直隸提學御史。有《詹養貞集》。明吴道南《吴文恪公文集》卷二十有《侍御詹養貞先生傳》。

[三] 先太史：指沈懋學。

[四] 張大司馬：與下文『肖甫』均指張佳胤，字肖甫，官至兵部尚書。

與張肖甫大司馬[一]

明公居東，脱巾弄兵之徒隨旂鼓而靡，海外有截，天吴恬波，一指薊門。營壘甫定，而疆圉之大捷至矣。提貔貅以拔祁連，斬鯨鯢而封京觀[二]。馬上露布至都門，都人以手加額，動色歡呼，無不取酒北面，酹地而頌明公威德。人歌《破陣》，家製《鐃歌》，書勳奉常，獻俘太廟，何其盛也！然後知干將鏌鋣之鍔，水斷蛟龍，陸剸犀象，霆掣風馳，何往不利？天下士大夫歎明公以爲天威，而服朝廷知人有神算。從此以往，邊人父老婦孺，有息肩之期矣。羽書駁石，駭電流星，明公當之，勞苦萬狀。此何時，而猶瞥念及幺麼書生？據鞍削牘，文辭鄭重，情事綿密。豈惟明公多情，篤不忘舊，亦仰見明公戈矛矢石間，神完氣充，意思整暇。此成功之本也。

老母入都門，苦寒，痰火病發，伏枕月餘，至今尚未離牀第①。遠承寒衣之惠，屬某致感激再三。不佞某又蒙惠燕市取酒貲。明公既愛某，而又時時念及小人之母，此其恩不可忘也。欲以其身爲侯生劇孟，空有片心，奈此六尺。

崖略報謝不盡。《鐃歌》十章，奉獻轅門，伏惟裁覽。

又

連朝凍雲垂垂，都城雪花如手，含香之署凄然懷冰矣。日與二三同心，擁榾柮，煨蹲鴟而啖之，有少黄米酒佐名理，差遣寂寥。一出門，騎馬銜泥，手皸膚折，馬毛蝟縮，僕夫凍且欲僵。朔風有權，濁酒無力。此時念明公正在邊徼，人煙蕭疎，積雪丈許，寒氣當十倍于都城。胡馬一鳴，鐵衣不解，纛旗夜捲，笳吹亂發。按壘行營，想見凄絶。帳中取琥珀大碗，侍兒進羊羔酒，而聽歌者歌《出塞》《入塞》之曲。朝提猛士，夜接詞人。雖凄其，亦大雄豪有致哉！不知幕下頗有差足當明公鼓吹，如昔陳琳、孟嘉其人者不？此時恨小子不得奉么麽六尺，而侍明公牀頭捉刀之旁。國家倚明公如長城，驅明公如勞薪，亦以雄略不世出故，此莊生所以有櫟社之嗟也。雖然，春明門中，終當借明公盈尺之地，列侯東第，計亦非遥。但不知何時西謁青城先生[三]？

校勘

① 第：原作『第』，據文意改。

注釋

[一] 張肖甫大司馬：張佳胤，字肖甫，官至兵部尚書。

[二] 京觀：指戰爭之勝者爲了炫耀武功，收集敵人屍首，封土而成之高冢。

[三] 青城先生：毛起，字潛濱，四川夾江人。嘉靖二十六年（一五四七）進士，由庶吉士謫外，歷蘇州知府、山東濟南府知府、山東按察司僉事、禮部郎中等。有文名，人稱青城先生。

與高吏部[一]

先生高卧瑶潭[二]，清川佳樹，調鶴引猿，領丘中之緣，了人外之理。不意近世士大夫，乃見都水、勾漏風華，映人若此。僕往一再至潭上，輒如入天台石梁，青松白雲最深處。側聆玄論，如飲縣崖寒溜，而啖雪藕冰梨，未嘗不泠然快爽也。吏事牽人，逡巡辭去。一别幽人家，便被風塵，驅入火宅，至今私恨不數數叩柴荆，尋幽賞也。先生潛心此道有年，丹砂行就矣。肯下寶筏，一渡迷人不？

注釋

［一］高吏部：高士，字澣甫，號南洲。華亭人。嘉靖二十六年（一五四七）進士，司理寧波。後於吏部主事任上告歸，筑有瑶潭别墅。何三畏《雲間志略》卷十五有《高吏部南洲公傳》。

［二］瑶潭：高士别墅，位於華亭。

與莫秋水[一]

足下江左騷雅領袖，煙月總管，一踏吴土，通都若狂，奔走足下。江南花事行盛，湖邊青雀，陌上紫騮，過從必衆。一花一石，履綦何處不到，題咏何處不徧。竊恐山靈大妬足下，夜半以鬼物盜公綵毫，奪公繡腸，令足下化爲一椎男子，腹不復羅奇字，口不復吐佳言，憨然臃腫向人飲啖而已。豈不令屠生拊掌稱大快哉？足下謂世間必無此事，然宇宙亦寥闊矣，風雷六丁而下，取人間書，一夕而徙其山川，變其人物。故鮑照才盡，少陵文而不貴，造化播弄，事皆有之。足下不可不懼。

吴中煙霞丘壑，甲于天下。人文、圖史、器物之盛，亦如之。足下坐而雄據，嘯咤其間，不可謂非大福利人。顧言稍事挹損，返于清疎。大要藻麗雄俊之士，風華映人，而每患多事；清真抱朴之夫，簡素足尚，而常乏文采。亦名缺陷，從古難兼。僕以規足下，足下必還以規僕。然則吾兩人，務各去其所長，而取其所短可耳。

注釋

［一］莫秋水：莫是龍，字雲卿，更字廷韓。號秋水。明南直隸松江府華亭（今上海松江）人。不喜科舉業而攻古文辭及書法、繪畫，以貢生終。

與陸君策[一]

僕挈槖行後，太湖、洞庭遂落君手。長嘯紫煙，酣暢朗月，笳簫競發，魚龍噴薄。時頗念使君不往。使君以清谿官舍爲公等山厨；使君朝爲青谿長，暮爲煙霞主人，一鶴守門，客至闌入，松花荇菜，河轉天明；使君略施盥櫛，放衙視事，勑客暫退。日向晡，吏散爲啼，賓朋復來集。夜闌更端，語或跌宕，恍惚掉而出六合之外。而吏民不疑，官長不罵。人生此樂，坐空千古。今俛仰陳迹矣。新使君長者，鞠躬愛人，勤于職事，而標韻當復大減。公等此後入青谿，索莫哉。衆芳亭明月無恙[二]，虚照清池，緑樽空矣，回翔城隅水曲，知爾銷魂。天地間事事如此，習家池與山公[三]，今日俱安在哉？此書宜①出示諸公，一歎而罷。

校勘

① 宜：底本原作『空』，據程元方本改。

注釋

[一] 陸君策：陸萬言，字君策，松江府華亭人。

[二] 衆芳亭：在青浦縣廨中。見本書詩集卷一《衆芳亭燕坐》注[一]。

[三] 習家池：晋襄陽豪族習氏園池，又名高陽池。《晋書·山簡傳》：『簡鎮襄陽，諸習氏荆土豪族，有佳園池，簡每出遊嬉，多之池上，置酒輒醉，名之曰高陽池。』山公：山簡。南朝宋劉義慶《世説新語·任誕》：『山季倫爲荆州，時出酣暢。人爲之歌曰：「山公時一醉，徑造高陽池。日莫倒載歸，酩酊無所知。復能乘駿馬，倒著白接籬。舉手問葛彊，何如并州兒？」』南朝梁劉孝標注：『《襄陽記》曰：漢侍中習郁，於峴山南依范蠡養魚法作魚池，池邊有高隄，種竹及長楸，芙蓉、菱芡覆水，是遊燕名處也。山簡每臨此池，未嘗不大醉而還，曰此是我高陽池也。』

與陸平泉宗伯

某之居雲間，文質無當，吏道多疎，尤雅不工於眉睫諧俗取憐。而明公顧反好之，謂：『青浦令破雕剗僞，去其圓巧之風，而獨守純白，不作世俗吏伎倆。故收之灰塵煙焰之中，賞之拘攣物色之外。』今世仰明公，何復減天際真人，而乃不自尊貴，抑首下心。每一相見，移座促膝，動至娓娓，省區中之緣，譚人外之理。譬若寒溜疎鐘，泠然相答。蓋明公神宇內寧，靈竅外朗，剖析要眇，洞極天人。諧笑總是禪機，咳唾俱含至理。某第側聆諦聽，即能使炎熱全消，滓穢盡滌，不啻飲迦諾迦尊者清涼水而歸。刹那之間，肉身菩薩，何復知銅墨之在體哉？

某雖不幸爲世諦所縛，而此中從紛輪垢溷中，時時回顧，差覺主人翁無恙。境有起滅，不逐遷流，若慈母引赤子入世，一步一顧，庶無迷失。則近者自覺照之一字，得力頗多，而此機尚生，結習甚熟，猶無奈葛藤之難頓剪也。

注釋

［一］陸平泉宗伯：陸樹聲，字與吉，別號平泉。松江華亭（今上海市松江區）人，官至禮部尚書。張居正稱『朝廷行相平泉矣』，讚歎陸樹聲有德行。詳見本書文集卷七《奉陸大宗伯》注釋［一］。

［二］雲間：松江府之别稱。

與瞿文學睿夫

五噫出都門，浮雲莽蕩，總屬虛幻。足下胸中洞庭、雲夢無恙不？祝融七十二峰上，可以修真煉藥。天窗玲瓏，雲氣出入，石扇訇然，玉童手開，桃花迷人，何知人代？又漢江湘浦，沙青水碧，坐攬空明，招靈妃神女石上弄寶瑟，亦快哉！汨羅君愁憤逼仄，眉頭不揚，不足與游。青雲事業，有令子在，昔天台華陽，何必珪組。不患足下無仙骨，第患無道心耳。通明先生有言：『寧爲才鬼，毋爲頑仙。』夫頑猶仙焉，丈夫死可爲鬼哉？足下今不頑，駕鶴驂鸞，千萬努力。荆君子口吻理學，乃爲郭景純《青烏經》所誤[二]，大尋干戈。他日欲入宣尼兩廡下，顧何得配享孤竹君二子廟乎？一笑。六千里外，握手無期。故人之心，已挂荆門郢樹。

注釋

[一] 瞿文學睿夫：瞿九思，字睿夫。詳見本書詩集卷五《寄瞿睿夫二首》注釋[一]。

[二] 郭景純：郭璞，字景純，兩晉時期著名學者、文學家。其風水著作《葬經》託名青烏子所撰。

白榆集校注文集卷之十三

書　八

與周元孚[一]

不見足下，已七載矣。入都門，得與叔南朝夕[二]①，稍知足下楚中近耗。叔南少年奇才，爲人亦疎暢有致。周氏多才，幾與江左大小令珣珉家等矣。日夜望足下入長安，吐此隆思積念。不謂遂有州牧之命，行李且東。燕市和歌，不審又在何日？氣結腸回，令人益追恨往時吴門之役也。箕仲日唯杜門[三]，望腰下金魚，風雲之氣幾盡。子冲時拮据兵事[四]，寄來《塞上》諸篇，雄風颯颯，深沉人也。趙生入吏曹後，頗深居簡出，失向來跌宕，豈其體固爾邪？懋權、君房領使節出[五]，逍遥大伾、四明之上。魏君意近沉著，而風氣未暢，僕以爲不如法護。君房朗潔，神骨泠然，可求之人外。所命劉介卿、鄒孚如未之識[六]，足下所賞，定非凡品。

僕游道差廣矣，日以雕龍之辭，佐人鼓吹，摇精耗神，道家大忌也。所幸世情澹甚，膏火不煎。不然者，早索我于枯魚之肆矣。出世之學，終當自了。户樞流水，虚以游于人群，庶其不遂淪落。此途斷是火宅，早晚掉臂，寧爲白首紅塵矣。吉水鄒爾瞻從南荒回，入華省，百煉不渝，竟犯主上怒，南遷。此人匪止勁直，清真寡慾，終道門良友也。瑯琊公黄冠加首，入山已深，廟堂强以珪組招之，計應取白雲封户耳。清時風尚如此，亦可人事。

校勘

①夕：底本原作『少』，據程元方本改。

注釋

［一］周元孚：周弘禴，字元孚。湖北麻城人，周弘祖弟。詳見本書詩卷三《聞周元孚至自楚却寄》注釋［一］。

［二］叔南：即周淑南，麻城人。周弘祖（字少魯）子，周弘禴（字元孚）侄，劉守有婿，屠隆門人。詳見本書詩集卷一《九疑篇贈周淑南》注釋［一］。

［三］箕仲：沈九疇，字箕仲，鄞縣人。屠隆友人沈明臣之侄。萬曆五年（一五七七）與屠隆同科進士。詳見本書詩集卷五《寄君房箕仲四首》注釋［二］。

［四］子冲：于瑱，字子充，後更名達真，改字子冲，號完璞。歷城（今屬山東濟南）人。萬曆五年（一五七七）與屠隆同年進士，授澤州知州，官至陝西布政使。于慎行《谷城山館文集》卷二〇《明故亞中大夫陝西布政使司右參政完璞于公墓誌銘》記：『子冲與同時名士沈箕仲、屠長卿輩相倡和，爲歌詩，名滿闕下。』

［五］懋權：魏允中，字懋權，號昆溟，河南南樂人。萬曆八年（一五八〇）進士，任太常博士、吏部考功主事。詳見本書詩集卷四《寄魏懋權太常》注釋［一］。君房：余寅，字君房，鄞縣人。萬曆八年（一五八〇）進士，官至太常寺少卿。詳見本書詩集卷五《寄君房箕仲四首》注釋［一］。

［六］劉介卿：劉如寵，湖廣蘄州人，字介卿，號應沙，萬曆八年（一五八〇）進士，曾任懷慶府推官。官至開封知府。鄒孚如：鄒觀光，字孚如，雲夢人。萬曆八年（一五八〇）進士，曾任職吏部主事、南兵部郎中。

答王恒叔［一］

空谷無所見聞，大自幽適。日高春或始櫛沐，香爐經卷，以爲生計。亦坐子午，當其嗒然，無所不喪，亦不知四大安在，何處亦尚。偶作寂寞想，結一二故人胸懷，便令揮去。至破釜，去我已遠。四威儀中，都不復作念。不佞默自校勘，於萬緣殊澹，猶存一二葛藤，所不得打成一片，居恒苦之。乃若眼前所遭得失恩怨，私竊喜其天性超超，無事擺落。而足下傳人言，疑不佞頗動念。攬書良駴。不佞屏居於此，掩關滅跡，即邊使者見念[二]，屢以健兒來迓，業謝不往。盡日無跫然之音，不知何人見不佞，見不佞動念觖觖乎？且余中未有其端，而人已見其迹，可畏哉！或仍是好事者自爲臆度耳。此自關吾性地，事安置呶呶然，不忍令足下畜疑也。殷深源名理超詣，至使支公却不敢前。一旦廢徙信安，咄咄書空，何其無聊。不佞素無殷君之譽，那得不爲人疑？第得足下信我，足矣。然必欲足下信我，不佞動念矣。旌干有南行日，必尋我四明山中。此中可無來也。

注釋

[一]王恒叔：王士性，字恒叔。浙江臨海人，萬曆五年（一五七七）進士。詳見本書詩集卷七《和王恒叔登玩花臺故息夫人臨妝處》注釋[一]。

[二]邊使者：指顧養謙，字益卿。時任薊州鎮兵備，邀約鄉居之屠隆遊邊塞。

與黃白仲[一]

鄒陽獄甫解矣[二]，歲亦云暮。天寒，層冰蕭然，短褐凄其可知。乃讀手書，磊落雄快，絶不減向來面目。至五七言近作，跌宕儁爽，足空九州，欲傲天地。男兒胸中磊塊如此，豈世網所能羅哉？縱能羅其六尺之軀，安能羅其千秋之氣也？咄咄！屠生之於白仲，兩不辱黨人。西寧翩翩好文[三]，甫即騷壇，横見摧折，余懼其一時意氣都盡。今能留白仲，遇之如初，西寧竟雅士不俗，亦不辱吾黨，可喜。日夜望白仲來潞上，今爲西寧留，不佞意粗安。請以獻歲聯鑣一過之。雲間彭欽之走數千里來依不佞，甫脱裝，而不佞已中流言落籍，遂相尋潞水之陽。其人南金白璧也，驟見足下書若詩，爲之骨驚神悚，願以盤匜交足下矣。閒中得長歌一章，頗淋漓自快。敬録求政，并呈西寧。

注釋

[一]黃白仲：黃之璧，字白仲，號娑羅居士。浙江上虞人。工詞章，善書畫，與屠隆友善。

［二］鄒陽：西漢文學家。齊人。初從吴王劉濞，有《上吴王書》，勸劉濞勿起兵叛漢，劉濞不聽。鄒陽後去爲梁孝王門客，被讒下獄，有《獄中上梁王書》申訴冤屈。釋放後，爲梁孝王上客。後以『鄒陽獄』之典指被人讒害或指冤獄。

［三］西寧：宋世恩，字忠甫，世襲西寧侯。慕屠隆高才，以兄事隆，宴游甚欢。後爲刑部主事俞顯卿彈劾與屠隆淫纵，被停俸半年。

答鄒孚如吏部［一］

孚如先生足下：

嗟乎！第謂不佞去可惜，即已至，必求其故，有蓬之心矣。不佞雕龍之技，所不敢自知。乃一片肝腸，明於皦日。當爲令，凡可佐黔首之急者，毛髮不愛，六年一日也。居長安，號多客。客自以爲卿雲威鳳也者，而日暱就之。客就長卿所抵掌，非藝文，則性命。藝文性命，何負於客哉？謂長卿遊乎酒人，人借長卿爲名爾。每對文酒，諸公浮大白，啖肥鮮，淋漓盤礴。長卿既雅①不善麯君，又絶五葷，終夕而手不近鸚鵡杯。比散，客業酕醄，而長卿醒然上馬去。又或聯鑣款門，無可爲供具，則入問細君之簪珥。簪珥略盡，繼以鷫鸘。鷫鸘既典，乃鬻圖書。腰間僅有一銀帶，亦銷之以佐晨炊。爲令六載如此，此其人果大洿池不肖者邪？又何至甘清約若斯人之甚也。

嗟乎！客賓就長卿，訾長卿多客。凡諸訾長卿者，皆疇昔就長卿者也。諸公則浮白擊鮮，頽然自放，而令手不近鸚鵡者坐酒過，祇堪絶倒。雖然，此火宅也，不佞一旦去之而就清凉，快矣！野鶴出籠，何天不可飛乎？四明山中，則有舊時之石房在。取白雲封户，青猿守之。長安是非，人我山高乎，又烏得到煙霞世界？即到，泠風吹之，散矣。挂帆南下，風日漸佳。海月江雲，遂落吾手。他無足言。所委傳文，嬾不復作。足下意誠堅，必辨此而後去。元孚入京，足可朝夕。聞夢白且請告，幸爲問之，何日可得出春明門也？

校勘

①雅：底本原作『鴉』，據程元方本改。

注釋

[一] 鄒孚如吏部：鄒觀光，字孚如，曾任職吏部主事。

答陳伯符[一]

屏居以來，履綦都絶，乃不知足下喪子之戚。王恒叔一歲而殤其四子[二]，觀其意自豁如，當不作西河先生舉止，第丘壑之姿。以足下寵靈，得早還初服，幸矣。一脱京洛風塵，事事閒曠。日高春始起櫛沐，焚香攤書，了不關人間世。孫太初有云[三]：『佛容爲弟子，天許作閑人。一瓢一笠，從此始矣。』方婆娑蘭省，輒賦《冥寥》。心纏機務，泛詠皋壤。世人見之，莫不抵掌而笑，目爲怪迂。不知今日遂成實境，不佞豈亦有先知乎？足下云：『老母在堂，且無爲五嶽遊。』此言是也。丈夫意度蕭遠，即蔀屋亦有煙巒；器局誠卑，雖山林亦是堀堁。不佞嘗竊非尚禽必託五嶽以爲高也，袁閎終身土室，君公大隱墻東，彼其風華，詎不蕭蕭映人哉？河冰漸澌，挂颿非遠。故人努力青雲，他日尋我石窗雪竇。陸司空僅一接緒論爾[四]。足下疎朗峭勁，人物冠冕，司空亦今之張茂先也[五]。豈延津神物，近在宇下，而望氣不見邪？

少年人患不峭勁，百鍊之剛，尚化繞指。始便脂韋，後將何化乎？若足下以侃侃取忤，司空何爲司空哉？然乃公多聞淹通，神鑒朗徹，一片熱心腸，真下菩提種子，蓮花妙舌，堪作天人師。足下亦不可不知也。雲間彭欽之，高才博學，行業粹美，玄風名理，不減許詢。江左名士，此爲白眉，足下物色之久矣。廩既縣官有年，積苦眼迷日色者，蓬累之下，青袍誤人。思欲一觀上國之風，自託訾生以遊六館。生平企慕伯符若渴，念于足下，業稱北面。未敢造次通謁，託致殷勤，行且探懷中之刺往矣。嘉惠種種，其自老母而下，悉荷明況。主臣，主臣。臨當分攜，投筆惘惘。

注釋

[一] 陳伯符：陳泰來，字伯符，一字上交，平湖（今屬浙江嘉興）人。萬曆五年（一五七七）屠隆同科進士。詳見本書詩集卷五《寄陳伯

符》注釋[一]。

[二]王恒叔：王士性，字恒叔。萬曆五年（一五七七）進士。

[三]孫太初：孫一元，字太初，自稱關中（今陝西）人。好老氏書，辭家入太白山，因號太白山人。工詩，多與名流倡和，與何景明、李夢陽、吴謹相頡頏，世稱『四才子』。

[四]陸司空：陸樹聲，字與吉，别號平泉。官至禮部尚書。

[五]張茂先：西晉張華，字茂先。

答李玄白[一]

玄白李先生大雅：

往不穀與就李馮開之游甚洽，繼通於賀生伯闇[二]。伯闇至今猶屬神交爾。最後識玄白虎林，一見語合，臭味不啻也。不穀抵四明甫逾月，而使者遠渡羅刹，走官奴，以瑶華之音來。陳辭纚①纚，氣積②雌霓，色奪芙蓉，光掩木難，聲扣哀玉。前無東阿，後無蕭統矣。中間推許不穀過當，中心好之，忘其奇醜。鍾子期不笑人地下乎？然無廮瘤，貴在悦己情，提肝挈膽，以奉盤匜。雖然，白衣蒼狗，從古嗟傷；皦日青松，譚何容易。當不穀盛時，榮名被身，進賢加首，人望須眉，家拾咳唾。掃門而壞刺者争號登龍，把臂而論交者動引管鮑。一旦遭讒去國，身名兩摧，生平心知，半③懷觀望。夫此所傷者長卿皮毛耳。至其所爲長卿真我無恙也。其胸絓今古、口④吐佳言猶故，而炎涼聚散，朝暮迥若兩人。何論齪齪者，夫即號稱當世之有道石交，頓改面孔。居恒疑朱公叔、劉⑤孝標爲過激[三]，乃今韙之。夫長卿自如，而人自山河矣。曩時之皦日青松，何爲哉？故不穀願與玄白載書刑馬而約交，則必如古之人，無爲世人之石交矣。

不穀無他腸，其爲人疎而無町畦，於外物澹而寡所嗜好。自以讒人去雞肋官而浮名破，自世人以市道交不穀而交情破，自不穀以言語文字招忌取悔而言語文字之障破，天去其疾矣。乃今則蕭寥閑寂，屏居無營。闢地栽名花，焚香讀異書。佛奴道民，煙朋霞友，泠然獨暢，逍遥人外。安問其他？不穀觀玄白温粹開美士，業好鄙夫，願與白首，請努力前期。夫讀書爲文而不聞大道，則才鬼爾。彼口先民之行，而操世俗之心者，大要坐此。惟玄白努力。《由拳集》一册奉覽，僕且以覆醬瓿⑥，而⑦足下猶然索之乎？

董君謨[四]，吾郡之俊，玄白延之，得良友矣。然董氏更有大晟陽明者[五]，淹博奇偉，與君謨雁行，而才亦伯仲。足下寧識之不？隣舍中脱有青氊一片地，可并羅致也。十月初旬，當走宛上，弔亡友沈君典。歸塗可得奉晤。崖略之悰，頗宣筆札。餘留面譚。

校勘

① 纚：底本原作『辭』，據程元方本改。
② 積：程元方本作『横』。
③ 半：底本原作『平』，據程元方本改。
④ 口：底本原作『日』，據程元方本改。
⑤ 劉：原作『鎦』，據文意改。
⑥ 瓿：底本原作『民』，據程元方本改。
⑦ 而：底本原作『四』，據程元方本改。

注釋

[一] 李玄白：李衷純，字廣霞，號玄白。秀水（今屬浙江嘉興市）人。少以詩文知於王世貞。萬曆四十年（一六一二）順天舉人，授如皋縣令，陞南京工部主事，轉兵部員外郎。出知邵武府，終兩淮鹽運使。有《激楚齋草》。

[二] 賀伯闇：賀燦然，字伯闇。秀水（今屬浙江嘉興市）人。萬曆二十三年（一五九五）進士。官至吏部員外郎。有《六欲軒初稿》。

[三] 朱公叔：東漢朱穆，字公叔，南陽宛（今河南南陽）人。家世衣冠，爲人剛正不阿，初舉孝廉，後爲侍御史。出爲冀州刺史，因彈劾權貴、抑制豪强而受到誹謗，下獄治罪。後徵拜爲尚書。感時俗澆薄，作《絶交論》。劉孝標：劉峻，字孝標，南朝梁學者兼文學家，以注釋劉義慶等編撰之《世説新語》而著聞於世。曾有感廉吏任昉死後家業不振，子孫流落，而平生舊交莫有收恤，乃循朱穆《絶交論》之意，著《廣絶交論》以譏任昉舊交。

[四] 董君謨：董光宏，字君謨。鄞縣人。詳見本書文集卷四《董君謨制義序》注。

〔五〕大晟陽明：董大晟，字陽明（一作揚明），鄞縣人。董君謨兄弟輩。據《（康熙）鄞縣志》，董大晟「博學工文，著《海曙樓賦》，淵泓得體，不滯不詭。又有《雪月風花賦》，並爲世所稱。」詳見本書文集卷二《嘯盧四賦序》注。

答徐孟孺〔一〕

欽之來〔二〕，得足下書，分明是一篇大禪師語録，足下肉身菩薩也。別來知日長進，言言妙理，字字真詮，計應非鑿空杜撰出來，自是靈明一竅，吐欲許大道理。足下豈遂已得牟尼寶珠邪？爲之歡喜無量。生平道義金石交，獨有屠長卿，那得不一引手？足下他日涅槃時，狠死揪住師兄衣帶不放，是必求足下度脱我。雖然，足下此書，無一字不下筏，僕頑然不知，猶向足下求度。玄珠在前，瞪目不見，空費索摸，逾索逾昏。足下得無胡盧我邪？若要佛度我，除非我自度。不自努力，惟求他人，即令千佛環繞，日夜提撕，亡毛髮益。

僕挂冠以來，尚苦人緣種種。上爲先君子營襄事，母年高八十有八，妻孥尚幼，婚嫁未始，親朋酬應，一切難捐。溷汩喧囂中，此時何處覓得真屠長卿？維稍辦得寬心平等，與萬境隨緣，捱捩滚跌，一步一回顧。自家主人翁，如此照管不已。儻一朝得見真屠長卿面目，今日直是無可奈何。自計無可奈何，而撒手放下，是忘；因無可奈何，而妄想强求，是助。此又添一層無可奈何。平等捱捩，不知可是法門不？虞長孺靈心妙識〔三〕，加以實際，此是大根器人，是我輩修行榜樣。向嘗與此君在清源舟中譚半日，大要説僕病根，平等寬舒之意多，簡徑精嚴之功少。升天不遥，成佛尚遠，此所謂頂門一鍼。雖僕亦自知之無奈，生平染着，泛愛兼容，寬舒落穆，落在此窠臼中，一時不能挣扎得出。此雖非惡業，其爲損炁摇精，昏沉靈識，與惡等爾。明知故犯，迄不能戒。每想到眼光落地，不曾辦得資粻，通身汗出。每從五鼓醒時，恐悚危懼，斷自今日簡緣，持苦行。比及天明，朝霞旭日，花明柳媚，魚泳鳥啼，忽不覺逗出逍遥歡喜心。客無老幼賢愚，來到面前，欣然相接，問厨中有少茶酒乎。隨分留話，領畧風月，便忘却日前話頭，早又被歡喜魔引了去也。又或隨其緣力，急人窘難，提獎人倫，成就後進，便認作是道業善緣。又苦無一副嚴厲面孔，捍物阻人，客日以進，緣日以增，思得危①處静坐一時，了不可得。何以故？平等故也。平等是道②，囂溷是業。兩者久戰不勝，足下何以鞭我？所③諭命宗，時頗得要領。

欽之此來，相共印證，更大自明了。第此事尤非塵囂中可辨。深山一茅，令人日夜結想。聞董玄宰、陳仲醇道器卓然[四]，與欽之四三公左提右挈，盡可商量生死大事。獨僕此中苦無良友。此中最高明者，詩文功名而已。因無同人彼此提醒夾持，所以話頭易忘却。一棍一棒不放饒，死友何可少也？足下不來，欽之又以人緣急告去，真自惘惘。八月乘浙江潮來，同謁大士落伽山，良快。幸勿負約。僕於月終且作宣州行，當以急足相聞。足下可偕欽之，會僕鴛鴦湖上。欽之詩遒上可喜，業爲敘之。臧晋叔踈朗玄暢士[五]，向風慕之久矣。詩來楚楚，才與情兩足賞。不能作一書相報，深用觖然。雲間同調若陳、董數公，本欲通八行爲訊，乃欽之行太促，方作孟孺書畢，憊矣。念以亡益寒暄，損耗心力，可惜也，遂罷不復作，幸道本懷。袁長史業問錢唐櫂[六]，以貧不能裹粻中止。即此一節，今士大夫中有此不？楞嚴法施足矣，復益以白金。足下貧士，何爲此？龍華會上，乏國王大臣布施，獨貧人夫妻施氈衣，作旃檀香氣，殆足下之謂邪？寫經墨一函、金扇一握，附緘欽之去。神越峰泖矣。

校勘

① 危：程元方本作『塊』。

② 道：底本原作『乃』，據程元方本改。

③ 所：底本原作『行』，據程元方本改。

注釋

[一] 徐孟孺：徐益孫，字長孺，又字孟孺，華亭人。

[二] 欽之：彭汝讓，字欽之。青浦人，國子監生。

[三] 虞長孺：虞淳熙，字長孺，號德園，錢塘人，著名佛教居士。萬曆十一年（一五八三）進士，授兵部主事，遷吏部員外。萬曆二十一年（一五九三）因黨争罷歸。有《虞德園先生集》。

[四] 董玄宰：董其昌，字玄宰。陳仲醇：陳繼儒（儒一作『孺』），字仲醇。詳見本書文集卷四《彭欽之北征稿序》注。

[五] 臧晉叔：臧懋循，字晉叔，號顧渚，浙江長興人。萬曆八年（一五八〇）進士，官至南京國子監博士。精研戲曲，兼長詩文，編有《元曲選》，著《負苞堂集》。

〔六〕袁長史：袁福徵，號履善，松江華亭人。官唐王府長史。

再答徐孟孺[一]

欽之來，得手書數百言，無一字非大道津梁。欽之別去甫數日，使者復來。書辭提誨迷人，神情透露；長歌亭亭霞表，氣韻高華。足下業聞大道要眇，而友朋分義，猶然罥①結如此，得無黏泥帶水，不超脱邪？忘而不忘，用而不用，當無戾太上之旨。欽之出門後，僕益以蕭寥。樓前雜樹花木，漸以成林。終日坐對，每當心會處，欣然獨笑。客來略去禮法，盤礴清陰。第此中絶少玄曠士，不敢作分別相，隨意晤言。即世俗人來，不共譚世俗事。檢點煙霞，討求松桂。渠雖不盡解，勿以相强。有偶及市朝事，急以白麈尾揮去，不令溷乃公。以故身在城郭，何異桃花源矣。時下獨有走宣城弔沈君典一事未了，上慙天日，頩愧下泉，數往來胸懷。習嬾既久，出門甚難。又以貧不能治遠行裝，要須以清和前努力一行。且令急足相聞，邀足下及欽之會於就李、吴門間。以故人方在當路[二]，絶意不欲問婁東櫂。辰玉能圖一晤[三]，甚快。足下津津落伽大士、阿育王舍利，乃僕士人，東歸半歲，尚未一往。疎散如此，又何能勤心苦行，以求了道出世也？

元美先生掩關之日久，聞其亦未盡脱舊時伎倆。一絲不斷，便有去來；一有去來，便墮生滅。苦哉！學人於此，可爲泣血。足下今日見解，便是千佛寶藏。至於實修實證，恐亦尚輪黄面老子。故慧業文人，不難於知見，而難於實際。僕與足下交儆，可乎？今歲是必力圖一晤，諸維面盡願言。老母妻孥俱無恙。問使者，知太夫人康福，足下遂作人外家翁矣。石火之光，真自可念。

校勘

①罥：底本原作「骨」，據程元方本改。

注釋

［一］徐孟孺：徐益孫，字長孺，又字孟孺，華亭人。

［二］故人：指王錫爵，萬曆十三年（一五八五）入閣，故云『方在當路』。

［三］辰玉：王衡，字辰玉，王錫爵之子。

與王辰玉［一］

辰玉道兄足下：

彼己之子，爲我解天弢。自邛之南，無物不適。自失頭上冠，世之奔走官人者不進；自時名摧破，附虚聲者不進；自萊蕪之釜生魚，競錢刀者不進。又以僻居窮海，眇四方過客，甫入里門，猶有父兄三老，過而執手勞苦，久之，亦不復來，門可羅鳥雀矣。

僕生平無他嗜好，六尺而外，都無長物，架上唯有圖書數百卷，往往人持以去。年來絶嬾，不讀書，萬事盡捐，一絲不掛。細君賢，有治家才。往歲僕北上計，以俸餘急構小樓三間，前望浮屠，後枕城郭，大江日夜湯湯走其下，僕歸而一朝有之。樓前褷樹花木，力不能得名花嘉木，又不欲以此亂人意，止取野草樹蒙茸，小有致而已。樓之下，即以居老母、荆人。春日板輿，良足愉快。客至，見此中風景蕭疏如野園，輒問内宅尚安在。既而知此中即是，頗歎慕不已。栽竹數箇，宜春雨，宜冬雪；松兩株，宜秋月，宜晚風。或以爲居不宜松，張處度屋上陳尸［二］，僕置不問。有客以筍魚留，共脱粟清譚。譚多在人世外，或及方内，急取松下風澆之。筍魚有時不給，空譚竟日。客去，掩關焚沉水香一縷，隨意讀儒釋書數行。倦則跏趺，稍調攝元神，不令脅貼牀席。日復日，歲復歲，隨緣挨捩。身在今日，絶不計念明朝。以此習定觀空，庶幾一旦得見本來面目。衣食婚嫁，不以留之胸中久矣。猶憶曩爲令時，作詩云：『老去何妨無食，生來猶喜爲人。』當作蘭省，輒署《冥寥》，一笠一瓢，輕舉六合。士固有志，今日乃成實際語。

足下兩詒書，拳拳問僕近況，故敢略述本末。書辭久不答，亦以嬾故。孟孺一月之中，修問者再，故人情深矣。而書中玄理破的，大是黄面瞿曇口中語［三］。孟孺真如良馬望鞭影而馳，何憂不旦暮彼岸也。孟孺屬館辰玉所，便布此訊。辰玉琴絃，累斷累續，今當得外國鸞膠，千秋歲永固。政恐兒女情深，道心退墮，須從愛河急猛回頭。如僕外緣遺盡，此情亦復不滅，可畏哉！

弇州先生近日精進何如[四]？偶快意作此書，書成小罷，不能更修弇州問，幸道區區。君家叔氏竟爾淹忽，尊公神傷原鴒矣。有便寄信，無忘故人，更望以要言鞭我。

注釋

[一]王辰玉：王衡，字辰玉，號緱山。太倉人，王錫爵之子。時有喪妻之憂，故文中有『琴絃累斷累續』語。本書詩集卷八有《和辰玉悼亡之作六首》。

[二]張處度：東晉張湛，字處度。《世説新語》記，張湛好於齋前種松柏。時袁山松出遊，每好令左右作挽歌。時人謂：『張屋下陳屍，袁道上行殯。』

[三]瞿曇：亦譯『俱譚』『具譚』『喬答摩』，即釋迦牟尼佛姓氏。如來爲金色身，故云黄面。

[四]弇州先生：王世貞，號弇州。

與汪伯玉司馬[一]

歲晏浪遊入新安，辱長者以國士見收，寥廓相許，知己之感，可泐金石矣。逼除，還里門，奉椒觴，北堂逡巡。元日親導板輿，侍慈親看花燈火樹，愉快可言。別時成約，先生且以花時與不穀會於西湖，同如婁東訪元美先生，取道宣城弔亡友沈君典。不穀日夜引領，望使者西來，業膏車秣馬以待。今年花事甚早，王正月海國桃李大放，計西泠六橋間，亦爛熳矣。幸先生杖屨早發，毋令緑葉成陰也。想仲淹、仲嘉當從行[二]，不可不攜鄔君以來。覆瓿之業，以累先生爲敘而傳之。昔蔡中郎寶王充《論衡》，僕每舉以爲中郎遺恨。《論衡》俚淺駁雜，伯喈過采，不足語知言。政恐後世之惜司馬，亦猶僕今日之惜中郎也。願先生痛加斧鉞，無事姑息。不穀好覽觀古今人物，文士深湛博大，標韻既遠，體格故莊，識妙心靈，知幾有道，無有如先生者。東海男子，六尺足以相投無恨。敢布腹心，維先生照察。

注釋

〔一〕汪伯玉司馬：汪道昆，字伯玉，官至兵部侍郎。

〔二〕仲淹：汪道貫，字仲淹，汪道昆胞弟。仲嘉：汪道會，字仲嘉，汪道昆從弟。見本書文集卷十《與汪仲淹仲嘉書》注。

與龍君善司理〔一〕

挂冠以來，人情山河，獨足下高義，足驅千古。歲暮還家園，老母和愉，妻孥歡喜，椒觴花炬，親朋來集。念使君不能忘。別司馬公〔二〕，約以花時會於湖上，同入吴閶，不審竟能來不？足下瓜期過久矣，非遠内召，報至，幸以急足相聞。第當飛舸渡西陵，候干旄天竺、六橋之間，流連青翰舫，縱譚名理，送足下南徐，臨大江而別。千萬勿負故人此意。

承司馬公留近草，許爲序而傳之。足下亦何可無一言寵靈不佞？維大雅留神。卿家丈人陳玉叔先生委作《草堂雜咏》〔三〕，足下命作《栖雲館》《百泉》，詩俱成，書兩紙奉去。獨新安遊記未就，以未及登黄、白兩山，誠内慙，難於命管。容徐圖之，相見當有以報也。

又

君善仁兄有道足下：

往歲不佞客新都，屬足下有采石之役，不佞亦旋別伯玉司馬而還。別司馬時業成約，以獻歲會於西湖，同如婁東訪元美司寇。及春間得足下左遷報，此時擬足下旦暮西，司馬當送之湖上，必踐初約，走急足甬東。不佞則飛小舸徑渡西陵，日夜望東來使者，兩睫張而不下。良久杳然。不佞以不得東來的信，日復一日，且望且待，竟成蹉跎。亦緣家居貧甚，不能裹粻，大負初心。自後聞伯玉果送足下湖上，盤桓旬日，始趨婁東。又聞足下曾渡西陵，一會陳立甫〔四〕。乃通不以信使相聞，使不佞①幾立化爲石。何也？魏南嶽夫人云：『張良三期，可謂篤道而明心矣。』司馬與足下竝好道長者，何爲失信不佞若此乎？又聞足下與司馬公會元美後，即飄然還武陵②，尋列僊毛女，采藥茹芝，修度世之業。果然吾道大幸。

四月中，立甫以職事抵四明，見訪，出足下《答司馬》十絶。讀之，始慷慨欲絶，無何，飄揚欲僊。『白日惟孤劒，青山有敝廬。』『不妨稱逐客，原是避秦人。』去國之言如此，胸中復着何物邪？足下挺衛玠之標，馳平原之藻。乃其爲吏，前無古人，以寛大行其神明，以持重見其擘畫。蓋自縉紳縫掖，下逮閭閻婦子，交口而頌，人無間言。僕以爲自生民以來，未有得人心如足下者。下之人以爲威鳳祥鸞，上之人以爲烏鳶死鼠乎？則爲善者懼矣。呼天扼腕，何足以云？司馬《閔世》諸篇，真無愧古之遺直，公論不在朝而在野。所謂『閔世』，世誠可閔爾。『方從桂樹隱，不讓桃花源』。足下即終老沅辰之間無恨。第觀足下年甚少，才甚老，所遭遇幸猶不乏明時，隱計太蚤，須以光明大業一暴於天下，然後商量出世事未晚。若不佞則白首青山，黄冠皂帽，此其時矣。久有泛洞庭、登衡嶽之志，聞辰州丹砂甚富，秋冬間請以道民野服訪足下武陵，先此奉報。小詩六首奉懷，不盡覼縷。

校勘

① 佞：底本原作『夜』，據程元方本改。

② 陵：底本原作『陸』，據程元方本改。

注釋

［一］龍君善司理：龍膺，字君善，時任徽州推官。詳見本書文集卷三《行戍集序》注。

［二］司馬公：指汪道昆，官至兵部侍郎。

［三］陳玉叔：陳文燭，字玉叔，號五嶽山人。沔陽人，龍膺岳丈。詳見本書詩集卷六《贈陳玉叔先生二首》注釋［一］。

［四］陳立甫：陳汝璧，字立甫，湖廣沔陽州（今湖北仙桃）人，陳文燭嗣子。萬曆十一年（一五八三）癸未科進士，授紹興府推官，遷禮部主事。博學善書，著有《蘭省集》《隱園詩》。郭正域《合併黄離草》卷二十四有《禮部儀制司主事陳立甫墓誌銘》。

與陳立甫司理［一］

往歲僅一奉顔色於京邸，乃不謂足下見念深也。江樓一夕，遂當千秋。詰朝送足下郭西，屬干旄方出，野人不欲久坐官舫，遂去。不及一握手，耿耿久之。不佞遊道頗廣，人情物態多所諳嘗。當不佞盛時，盻睞羽翼，欬唾珠璣，雖『陸大夫燕喜西都[二]，郭有道人倫東國[三]』，殆①無以過。盱衡揚眉，士以雲合影附，青松白水，爭託心知。一旦摧頽②，交游掉臂。夫市人何論？即世之號有道賢人不免。名在賢者而有世俗心，則湯湯者誰爲砥柱矣？不佞以是息影掩關，一切謝絶。古人有言：『君平既棄世，世亦棄君平[四]。』身世兩棄，則可以斷緣遺累，抱一完神，徼幸厚矣。當不佞之薄有名位，志芳而行羶，爲物情所附。將迎酬應，形神俱罷。一毛一髮，悉非我有。長恐一不戒於風露，苕枯葦折，爲有道所嗟傷。瞥而撒手，遂逃空虚。蓬户掩兮井逕荒，青苔滿兮屨綦絶。園種邵平之瓜，門栽先生之柳。曉起急呼童子問③：『山桃落乎？』『辛夷開未？』手抱甕灌花，除去蟲絲蛛網。時不巾不履，坐北窗，披涼風，焚好香，烹苦茗，忽見五色異鳥來鳴樹間。小倦，竹牀藤枕，一覺美睡，蕭然無夢，即夢亦不離竹坪花塢之旁。醒而起，徐行數十步，則霞光零亂，月在高梧。妻孥來告詰朝厨中無米，笑而答之：『明日之事，有明日在，且無負梧桐月色也。』婦亦頗領此意，相共怡然。二六時中，胸懷不絓一物，從此修煉，所謂既無拘滯之情，亦不作奇特之想。推分任真，庶幾一朝得見自性，即闡提冤業，泡影空花，去我久矣。

足下録人摧廢之餘，殷殷良厚，温美開士，真不佞所傾心。又禹穴、蘭亭近在眉睫，尚未及一歷覽冥搜。今幸有蓬萊僊吏爲東道主，是宜裹糧杖策而來若邪谿上，與君侯浮青雀舫，采荷花佐觴，是大快心事。乃天道方熱，道民日披襟散髮，就清陰茂樹下，顧安能跼蹐一舴艋，如坐甑中，遠赴使君也？請以新秋爲期，惟足下寬我。爲足下畫得曇陽大師像一幀，謹裝池奉去。見像明心，即心即像，即像即心。幸足下努力此道。火宅蓮花，政在仕路。《歸田辭》乃野人游戲語，業託敝郡林山人芝手書一册子奉覽[五]，外寄龍君善書一緘、詩六首，敬致左右。南歸有便，爲轉寄龍君。

校勘

① 殆：底本原作『居』，據程元方本改。
② 頽：底本原作『顔』，據程元方本改。
③ 問：底本原作『同』，據程元方本改。

注釋

〔一〕陳立甫司理：陳汝璧，字立甫。時任紹興府推官。

〔二〕陸大夫：指西漢陸賈，以説尉佗臣服於漢，高祖拜之爲太中大夫。陳平以錢五百萬遺賈爲食飲費，賈以此遊長安公卿間，名聲籍甚。見《漢書》卷四三《陸賈傳》。

〔三〕郭有道：東漢名士郭泰，字林宗。能以德行導人，人稱有道先生。『陸大夫燕喜西都，郭有道人倫東國』兩句，出自《梁書》卷十四《任昉傳》。

〔四〕君平：嚴遵，字君平。西漢高士，好黄老，講授《老子》，賣卜於成都。

〔五〕林山人芝：林芝，字仙客，號半士。鄞縣山人。詳見本書詩集卷八《送林仙客還四明》注釋〔一〕。

與陳玉叔方伯〔一〕

玉叔陳先生大雅足下：

往歲得明公閩中書，見念拳拳矣。細察來書辭旨，大都勖僕以窮愁發憤，著書立言，勒成一家，副在名山，垂之千秋。在昔左吕司馬竝以此抒藻流聲，幽通宣①鬱。此誠士大夫處困之上善。顧不佞區區此心，更欲有進於此者。業承明公知我，敢輙布其一二。

天地間虚無生自然，自然生大道，大道生天地，天地分陰陽，陰陽生萬物。人生兩間，無論虚假幻緣，種種結聚，種種起滅，無與於我。即四大幻形，亦名假合。倏聚倏散，泡影空花，亦非真我。所謂真我，維有一點靈光，乃虚無自然本來面目，名爲智慧。自形生之後，根塵相因，智慧流爲情識，一真馳于萬境。下者嚼血肉，競錐刀，自同癡蠢；高者務功名，雕文采，希聲豪傑。雖事有清濁，品有貴賤，要之，見不離人我，情不免去來。損氣耗真，曾無益性命之毛髮。即如管、晏運籌而立功，賈、馬操筆而揚采，須臾事爾。一日蓋棺，空留功業文章，於白骨何知？白骨既朽，所謂不朽，亦虚語爾。以故古人之至人達士，往往輕一切幻泡而重吾真我，必不肯以曹、劉、顏、謝之業，而易三教聖人②之事。

夫釋氏了義觀空，猶有三十二分；老氏致虚守静，尚垂五千文。彼爲性命設也，非爲文字設也。不佞少而蠢愚，壯不聞道，業已失足雕蟲，亦既譟虚聲宇内矣。近頗聞化人緒論於達者，而又適初解天弢，返於閒曠，方大悔曩時之妄用其心於無益之地。思力剗去浮虚，一求真諦，尚苦結習難除，沉屙難愈，净業未究，文魔累侵。且將瘞智公之筆，燒君苗之硯，而足下更焰而助之邪？

不佞天之棄民也。將以立言垂不朽，如足下所云，則才力萎綿；將努力大道，如僕所自許，則根器淺薄。斯兩者，皆非不佞所任也。顧鄙願寧修大道而不至，不欲託文字而無成。請自今以往，隨時省③過，隨事煉心，日覓我本來。庶幾一朝顯露，幸而遂得牟尼，亦我自有之物；不幸而不得，且作隨緣之人。如是畢吾餘生已爾。著書立言，急而託於世，請不復敢聞命。書辭久不答，恐明公終不達鄙人之心，故復娓娓至此。然自察多④言矣，所謂結習難除如此哉！龍君善當世才子，其爲吏前無古人，過采讒言，當事之責。向承命作《草堂集詠》，業寄之君善所，不審達不？今再録一通以往。

校勘

①宣：底本原作『宣』，據程元方本改。
②人：底本原作『八』，據程元方本改。
③省：底本原作『有』，據程元方本改。
④多：底本原作『少』，據程元方本改。

注釋

［一］陳玉叔方伯：陳文燭，字玉叔，龍膺（即文中之龍君善）岳丈。曾任淮安知府，故稱方伯。

與王元馭閣老[一]

先生乃竟爲時羅致，豈鴻飛尚未冥邪？隆往回自入計，嘗與先生語：『東山之望日重矣。』恐終不免先生捉鼻掉頭不問也。今果然。顧黄麻初下，朝野相慶，如元祐相司馬。此一行力樹三千八百，一垂雲臺之名[二]，乃了上清之業，若李長源、韓稚①圭[三]，亦何所不可？隆竟以虚名累身，遭讒離枉。今南還四明雪竇，得壹意了性命大事，亦徼惠讒口。業以一官等空花，仇恩作幻泡，一瓢一笠，白首青山足矣。勉旃先生，幸勿復以僕爲念。

校勘

① 稚：底本原作『雅』，據程元方本改。

注釋

[一] 王元馭：王錫爵，字元馭。曾因得罪張居正辭官歸故里。萬曆十二年（一五八四）十二月，王錫爵入閣拜禮部尚書。後官至首輔。

[二] 雲臺：漢宮中高臺名。光武帝時，常於雲臺召集群臣議事。

[三] 李長源：唐李泌，字長源。官至宰相，常以神仙道術自晦。韓稚圭：北宋韓琦，字稚圭。爲相十載，亦曾被貶在外十餘年。封魏國公。

與君善[一]

君善仁兄有道足下：

仁兄爲吏，玉雪冰壺，自古未有兩。當事者憒憒乃爾。弟雖物外人，不能不爲仁兄抱孤憤衝冠。當足下單舸下巖瀨，入虎林，弟不能蚤以急足偵行李，追送故人，可勝長恨。王正月，曾附尺素訊起居，到時足下已東。五月初旬，修八行，作五言律詩六首。苦無南去鴻鯉，乃遣奴送之陳立甫司理所，轉寄武陵。無何，得報尊公以衛輝李轉四明郡丞[二]，念吏卒南迎使君前茅者，可得作書郵，遂再削此牘，以明相憶拳拳。

弟奉道多年，向苦塵勞不斷。挂冠以後，得壹意了大事因緣矣。而詩酒交游，猶復爲障。去來離合，道念不純。近以一念堅誠，爲聖賢所愍，忽於五月十五日得人生希覯奇證，遂決志謝絶一切塵緣，力修大道。顧獨念足下仁者，何能遺諸胸懷，亦自覺絶慮忘情，未符太上。足下天姿開美，器局粹然。作吏潔己愛人，已積實際功行。又見退食奉道禮佛，清净離垢，大自再來人。頃處毁譽升沉，政足調心煉性。想道眼觀之，空花泡影，了不關靈臺中事。從此益充長道心，超超玄著，進可應務隨緣，退可出世證果。欛柄在我，何往不宜？

君方年壯，經濟未有究竟，政不必急爲石隱計也。弟所注念在此一段，大事未暇及。區區寒暄常語，幸深見省察。以足下事尊公，固是通家子弟，生平未有往返。今爲邦大夫，未敢倉卒通賤姓名，幸爲叱致。握手未期，臨風悵結。

注釋

［一］君善：龍膺，字君善。

［二］尊公：指龍德孚，字伯貞，龍膺父。武陵人。嘉靖七年（一五二八）舉人，授河南衛輝推官，陞寧波同知，轉南京户部員外郎。有《對湘樓集》。

白榆集校注文集卷之十四

書　九

與邢子愿[一]

子愿邢先生有道：

趙生自楚還，得手書，讀之綢繆宛至，故驩津津，金石不渝。且名言精理，字字寶筏，引我迷人，佩以無斁。來書云：『竊恐道心之損，不於除目而於西湖。色空空色，或不免鸚鵡籠中背誦，了不關一點靈臺。』斯言也，深且學人隱錮之疾。豈維不佞當書座右，洵可永作千古慧炬尼珠。

初祖西來意，不立文字，見性成佛。六祖本來無物，竟悟禪那，妄識盡捐。靈光孤露，安事萬卷千經？後世聰明士大夫，博綜古今，多記教典，譚玄説妙，倒峽懸河，通不理會真元。識見逾多，性靈逾障，絶似唐宫中雪衣孃日誦《波羅》。彼寧渠識《波羅》爲何物？所以譚者如雲，百無一得。如子愿云云，切中今士大夫錮疾。且向未聞足下皈依大乘禪，而吐論了如出黄面瞿曇口，何以故？當是乾慧宿根。

不佞奉道以來，自知非超悟上根，欲以苦行實修，漸次拔滌，精心嚴律，向極操守。不幸身作計吏，繼轉禮官，屝履泉奔，塵緣蝟集。不能力執欛柄，律因緣破，心逐境遷，其爲退墮何疑。二六時中，從苦海時時返照，時時悔咎。緣去稍清，緣來復溷。四大業落苦海，前浪推之，後浪疊之，遂無一刻不是紛溷境。倏照倏迷，乍離乍合。一日十二時，有萬天堂，有萬地獄。焚心痛骨，真無可奈何。每一念至，便思身挂衲衣，手提應器，飄飄舍衛，栖遁叢林。而母年九十高，妻孥幼小，莫可脱離。

近去雞肋，遂謝馬蹄。自失頭上冠，奔走官人者掉臂；自貧無阿堵，競錢刀者滅影；自遭讒蒙詬，附虛聲者不來。門如水矣！頃以是得刳心息累，專氣壹神，嚴奉律制，力收散亂。近者蒙聖賢愍念苦心，得非常異證，遂發雄猛，益事苦修。蓋鈍根之人，不得不如此。將來究竟，尚未可知。然一切塵緣，則斷盡矣。

去年足下與不佞約作泰山主人，不佞以此願未了，頗置方寸。顧念道心方復，定力未成，恐一出門，便逐脚跟轉。自春入夏，禁足小樓。計將以初秋一走宣城，弔亡友沈君典，便乘興渡江訪足下濟上。又苦貧甚，不能裹糧，終當以一托鉢往耳。足下又云：『非久且挂神武門冠，婆娑靈巖、日觀。』果然不？ 代才子，鳴琴之政，惠滿南宮；持斧之風，聲高東海。於子愿足矣。

世寧有不散歌舞筵邪？所願達人回首，去妄尋真。過眼繁華，雷光泡影。歸根結局，此道貴矣。維我子愿深念之。數千里遺使，寄此區區。別楮所陳，更希鑒亮。

注釋

［一］邢子愿：邢侗，字子愿。山東臨清人。邢侗萬曆十二年（一五八四）陞湖廣參議，故文中有『趙生自楚還』句。

答方衆甫[一]

與足下别，三見蕙草緑矣。花縣飛觴[二]，蘭省促膝，故驩杳然。客歲，將母南還，不能遠赴使君期，至今勞結。東郡遇徐孟孺，同尋太白酒樓。蒼茫揮手，頗不盡踟躕情。舟甫渡揚子，欽之、君策、孟野、重甫[三]，相機操單舸來。蕩槳乘流，論心累日，直至西湖，相共看荷花。臨江而别，了不作兒女子悲。此之暢敘，乃足豔想。

初入里門，猶有父兄、三老、少年相過慰勞；久之，屨綦遂絶，墐户蕭條。小樓前有隙地，盡種花竹，僅半歲便已扶疎。披襟散帙，坐茂樹，就涼風，不復知此身安頓在何處。南郭子綦所謂『嗒然吾喪』，我想政是僕此時光景。家居貧甚，三旬九食，庶幾近之。謀生計拙，委心聽命，不能與造物争權。僕本是太白、賀監放浪人，今顧返而學鑿坯灌園者，豁刻自處。不飲酒，不茹葷，脱粟一盂，苦蕒、馬齒莧以斷送餘年，足矣。

邇來自覺道念長進，爲聖賢所愍，頗有殊證，遂能刳心遺累，壹意辨生死大事。其爲福利大矣，又安問其他？足下清真，出自天性。爲吏故當超超玄著，不染世味。士大夫要須識得此一段境界，世法世出，何往不宜？老母今年八十有八，神明不衰。荆人固窮，可方鴻妻、萊氏[四]。兩兒子初學句讀[五]，大能伊吾唐人五七言詩，日可十數首。他日解把阿爺遺經殘卷，作老措大即足，不必擔世榮。如昔人必欲高其門第，僕以爲猶然世俗心不達耳。足下覲還郡中，聞僊眷業又北去。何必官人，爲官人婦亦奔走碌碌如此。小詩四首奉寄，即取數聯别書薄蹏，可懸之官舍。幽人之語，恐不稱官人。累承捐俸，故人義高，何以爲報？

注釋

[一]方衆甫：方應選，字衆甫，亦作衆父，華亭（今屬上海）人。萬曆十一年（一五八三）進士。官知汝州，至盧龍兵備副使。見本書詩集卷二《贈方衆父》注釋[一]。

[二]花縣：原指晉潘岳爲令之河陽縣（在今河南省孟州市西），因岳使滿縣遍種桃花，人稱『河陽一縣花』。後常以『花縣』稱美縣治。

[三]欽之：彭汝讓，字欽之，青浦人。君策：陸萬言，字君策，松江府華亭人。孟野：郁承彬，字孟野，華亭人。重甫：曹重甫，青浦人。

[四]鴻妻：東漢梁鴻妻孟光。梁鴻家貧好學，不仕，與妻孟光隱居霸陵山中，以耕織爲業。後避禍去吴。居人廡下，爲人舂米，歸家，孟光爲之備食，舉案齊眉，守貧高義，相敬如賓，世傳爲嘉話。萊氏：春秋時楚隱士老萊子妻，有超逸之志。晉郭璞《遊仙詩》曰：『漆園有傲吏，萊氏有逸妻。』

[五]兩兒子：屠隆長子金樞，原名大諄，字國教，小字阿雲；後更名金樞，字西昇。萬曆八年（一五八〇）生，萬曆二十八年（一六〇〇）卒。次子玉衡，原名大誠，字國民；後更名一衡、玉衡，字仲椒，號紫玄，又號遹真。萬曆九年（一五八一）生，順治十一年（一六五四）卒。

再與子愿[一]

天下事有不敢言者，大足厘漆室憂。仁兄身兼數器，張乖崖救火人[二]，乃令轉馬曹邪？世事可知矣。岱宗之下，可以棲遲。功不挂雲臺，名不可垂丹臺石室乎？計行李從楚澤還，此時政入里門，坐凉風，臨水亭，單衫白帢，把磚礫，看荷花，便是蓬萊僊伯。顧何如驅馬黄埃中，流汗浹體也。

弟以去年九月後，始歸自西泠。家有半畝宫小樓，前餘隟地，急栽花竹數株，今年遂已扶疎。閉門却掃，儘可逍遥。獨無奈史雲之甑生塵矣。弟爲令廉，又好急窮卹難，官舍常無隔宿糧。以青浦入覲事竣，而南行囊罄矣。分聊城傅伯俊裝[三]，乃得抵家。抵家數日，即得儀部報。時有四壁在，不能治北行。遷延半歲，業罷棄雞肋物。勾吴故人聞而爲治裝[四]，始能入省。居都下，長苦東方生乞米狀。客在座，貰酒大都倚辦細君簪珥及圖書、鷫鸘裘。腰下僅有一銀帶，急時銷付酒家。長安相知作《銷帶行》記其事[五]。蓋一旦罷蘭省，困可知已。

今則藜藿不充，三旬九食。先君子在淺土二十餘年，尚未得大歸，僅有江上盈尺地，無從備石槨。與九十老母相共啖脱粟，猶然不繼。誠無面孔仰戴天日。四明窮海絶地，非貧子所宜居。故人賓客相見，大半鬼揶揄兒。吴中故人秦君陽公子，力勸弟做梁伯鸞故事，移家梁谿，蓋爲問田廬小具。而父即未葬，母年又高，不能旦暮徙居之。弟又苦心學道，不問家人晨炊。頃蒙聖賢夢境證度，益以遺緣昔累，壹意精修。以仁兄觀弟志行若此者，恐終須是此路上人。今世一切都無論矣，獨苦老母妻孥無可托者。辱仁兄見念深，累許捐貲爲弟買山，業有成約。遣使相存，逡巡歲餘未遺，何也？人間世猗頓、陶朱不少，患不高義。高義者，或身是黔婁。仁兄兼此兩者，而又與弟講金石之好，傅大士、龐老功行，願仁兄努力。施一惡人，不如施一路人；施一路人，不如施一善人。功當相萬。弟既受仁兄恩，亦不得茫無所報，負此幽冥業債，爲轉輪根。因力勸兄蚤回頭向大道，所以報也。

敬遣家諸孫震奉詣仁兄[六]，幸無爲德不卒。儻使至而仁兄不在家，震不能待，見弟此札後，可遂以信使來。弟交遊滿天下，獨以八口投仁兄，其故可知已。漢宣帝黄龍元年鼎一枚奉去。焚沉水香，讀二氏書，此鼎已經吴越間博雅者多人鑒定，真漢物，非贋。震，郡諸生，以父憂涉遠道。足下幸善遇之。聞濟南多清泉白石，如江南趵突、珍珠，泠泠足洗心骨。且泰山在望，秋間當得一訪仁兄。出處大致，幸以語我。

注釋

[一]子愿：邢侗，字子愿，山東臨清人。邢侗萬曆十四年（一五八六）五月辭官歸鄉，築來禽館攻讀習書。居隆罷官后生活窘困，向其告貸。

［二］張乖崖：張泳，字複之，號乖崖，謚忠定，宋太宗、真宗時期治郡名臣，尤以治蜀著稱。宋朱熹《五朝名臣言行録》卷三「張詠」條載：「少時謁華山陳摶，遂欲隱居。摶曰：『公方有官職，未可議此。其勢如失火家，待君救火，豈可不赴也。』」

［三］傅伯俊：傅光宅，字伯俊。屠隆萬曆十一年（一五八三）上計畢，離京時曾向傅光宅告貸。

［四］勾吳故人：即下文「吳中故人秦君陽」，秦焜，字君陽，無錫人。曾資助屠隆北上赴禮部主事任，屠隆罷官後勸其移家無錫。

［五］長安相知：指王萱，字季孺，一字季夏。慈溪人。萬曆十一年（一五八三）進士，選庶吉士，授編修。據《甬上耆舊詩》卷十九：「王季夏太史爲作《銷帶行》以記其事。」見本書詩集卷二《秋夜同郭舜舉蔡伯華王季孺金玄朗詹政叔燕萬伯修宅聽李金吾彈琵琶》注釋［一］。

［六］家諸孫震：屠本震，字紹慎，一字文起，號梅龍。屠大正次子，屠隆侄孫。嘉靖二十二年（一五三三）生，崇禎四年（一六三一）卒。庠生。

與李濟南［一］

不穀挂冠南下，吳中交知獨明公信使遠存，不遺故簪棄履，義高於古人。不穀往居青谿，明公宜不在後車數内，今日見顧，特異常流。人倫鑒若此，宜其及也。

不穀兩爲令，實操冰霜苦心，又好以奉錢急窮周困，官舍居恒無隔宿糧。一旦以無罪罷蘭省，困可知已。將母南還，四壁尚在。僅有負郭十七畝江田，多爲斥鹵侵，無年。三旬九食，殆無以過。先君權厝二十餘年，尚未歸土；母年九十，不辨甘毳。誠無復顔面仰戴天日。而不穀又好刳心學道，還山以後，一切俱空，獨苦家人蕭然無生計。將棄去不顧，滅迹深山，則人道有缺。遂眷此環堵，浮沉世諦，則石火可傷。坐使物外之人，進退維谷。古人云：「廉吏安可爲也？」近且以八口遠托臨邑邢子愿［二］。不穀與邢君無生平，往歲以計吏在長安，偶集朱汝修宅［三］。邢君走一介，託友生求見不穀。時邢君已將有持斧三①吳之役，不穀謝不敢見。邢君少選至：「奈何以一雞肋物驕天下士，邢生傖父哉！」及命未下，第講交遊禮。不穀慨然起：「世乃有大雅若君卿，僕安可過自局促，而不以成君高？」長揖據上坐。長安以此兩賢之。自後不復相見。

往歲不穀以無罪去國，屬子愿以楚藩督餉抵山東，所至問：「屠長卿安之？免官不論，吾知其母老，家貧無擔石②，何以爲生？吾且捐俸爲其買山。」不穀深心德之，而信使未至。今聞其轉馬曹還里，乃遣家諸孫震往，以八口累邢君。不穀既修净業，第得稍免内顧憂，即飄然長往空山枯寂矣。念今世界有高義若邢君及足下，烏可使之泯没無聞？故特爲留此字人間。又以明公爲此君邦大夫，遂以奉聞。聞邢君亦且有林泉意，部中得士若此，敢爲使君賀。所患子愿不在家，去使恐餒於路，幸使君念之。新城張令[四]，僕同門年友，老成閎達，蘭谿之政卓然。并幸留念。

校勘

① 三：底本缺，據程元方本補。

② 石：底本原作「不」，據程元方本改。

注釋

[一] 李濟南：李伯春，字友卿，號約齋。上海人。隆慶五年（一五七一）進士，官至湖廣參政。時仕濟南知府。何三畏《雲間志略》卷二十有《李參知約齋公傳》。

[二] 邢子愿：邢侗，字子愿。萬曆十一年（一五八三）以御史按巡蘇松，即文中「持斧三吴之役」。萬曆十二年（一五八四）陞湖廣參議，即文中之「楚藩」。

[三] 朱汝修：朱宗吉，字汝修，壽州人，太醫院御醫。

[四] 張令：張新，字元鼎，一字銘盤，太倉人。萬曆五年（一五七七）進士，授蘭溪知縣。萬曆十年（一五八二年）任新城（今山東桓臺縣）知縣，政聲著。陞工部主事，北京都水司郎中，加贈奉政大夫。同卷有《與張新城元鼎》。

與秦君陽[一]

去冬曾遣一使修候，時丈尚在長安。入春來，舍中絶跫然之音，無從問丈踪跡所向。弟又枯寂習嬾，久缺起居。此念往來起伏無已時。眼前浮雲得失，丈得無芥蒂胸中邪？世界事，偶然而聚，偶然而散。聚不知所來，散不知所往。海漚空花，都無堅牢；形骸軀殼，生豈一人？大地山河，今非一主。當其得來，怡然而喜；當其失去，悄然而悲。一旦形散神離，得失何物？浪憂浪喜，總屬妄因。譬如夢得寶珠，覺不在手；夢離兵刃，寤乃虛怖。漢祖唐宗，竭英雄一生精力，收合散亡山河入掌，受用幾何？轉眄煙冷，棄捐宮掖，拋擲山河。即黃金爲棺，寶玉爲殉，與皚皚白骨，了不相關。生前得失，浪生憂喜；時移事往，祇有悲凉。人方在憂喜之中，不暇論到悲凉之境；稍一提醒，回頭萬念灰矣。萬物芸芸，各有賦命。君陽身爲貴介，家有負郭，美衣甘食，僮奴滿前。世界中人試等君陽而上勝君陽者，能復有幾？等君陽而下不及君陽者，何限？見幾知足，斯爲達人。區區雞肋小物，丈當不以留之胸中。如弟一旦以無罪去頭上冠，家徒四壁，其爲窮愁宜何如？而弟未嘗一日失逍遥。誠知此分矣。近則刳心學道，已作枯禪。蓋以弟身實際語奉告，非敢孟浪，幸見原察。

頃有人自京邑還，云足下於春間暫還鄉山，想抵家已久。敬裁此牋，奉訊無恙。作此書，因念及京邸周旋，古人所不能爲。每對士大夫娓娓，便淒然欲淚。學道遺情，此情尚未能遣。去使與山東邢子愿使君有約，故弟業逃身物外，獨苦八口無依。移家梁谿，初心不改。弟以老母結念諸子姓，難以一朝飄然。客歲過梁谿，亦以丈不在，無主者。行抵四明，生計都絕。無從向市上人乞斗米一錢，糲飯苦菜，僅足延生。有時不給，神氣自旺。何者？腹中無食，心頭亦無事也。新秋決入梁谿晤足下，盡吐胸臆。先此布問太夫人、夫人，想各多福。

注釋

[一] 秦君陽：秦焜，字君陽，無錫人。曾資助屠隆北上赴禮部主事任。屠隆罷官後，秦勸其移家無錫。

與張新城元鼎[一]

仁兄遂領海岱名邑，正大賢展布胸中時。揚聲策勳，當更高於江南治狀。吾道幸甚。弟以疎迂得過當路，仇家秉之謗讟爲祟，遂爾挂冠。仁兄標明雲臺，不佞弟栖神巖谷，出處不同，喧寂殊致。爲龍爲蛇，亦各安其所矣。杜門息緣，了與人世隔絶，屬以八口托臨邑邢子愿，特遣家諸孫震遠赴邢君。而弟貧如范史雲[二]，不能爲去使至往返糧。所慮子愿萬一不遇，諸孫且爲中途餒鬼，故以此字付之子，令其蒲服謁足下。幸少濡沫之。

弟兩爲令，力持冰霜，又好以俸急窮交，卹苦難。今日坐取顛躓，雖謀身太疎，落拓可笑，然①其人亦可念矣。足下問故人近狀，業作蒲團上苦行頭陀。邢君許卹我八口，且遂入四明雪竇最深處。數字爲念，不及其他。

校勘

① 然：底本原作『我』，據程元方本改。

注釋

[一] 張新城元鼎：張新，字元鼎。萬曆五年（一五七七）進士，初授蘭溪知縣，萬曆十年（一五八二年）任新城（今山東桓臺縣）知縣。詳見本卷《與李濟南》注釋[四]。

[二] 范史雲：名丹，一作范冉，東漢時人。古代廉吏典範。

與李使君[一]

足下同之文浮海朝大士[二]，可得見聖燈佛光否？揚帆采石華，挂席拾海月，壯游自佳，恨僕不得同行。然閉室焚香修三觀，無時不見妙相，領潮音胸中，故不乏溟渤矣。海上初回，便入山尋石窗瑶草，足下游興勃勃如此，使宗少文終媿尚平子[三]。病足，不能走晤，神爽爲飛。

注釋

[一] 李使君：未詳。

[二] 之文：李先嘉，字之文，鄞縣人，屠隆外甥。詳見本書詩集卷二《李之文落第詩以慰之》注釋[一]。

[三] 宗少文：宗炳，字少文，南陽涅陽（今河南鎮平）人，南朝宋隱士、書畫家。尚平子：指東漢尚長，字子平。《宋書·宗炳傳》載：宗炳『好山水，愛遠遊，西陟荊巫，南登衡嶽，因而結宇衡山，欲懷尚平之志。有疾還江陵，歎曰：「老疾俱至，名山恐難遍睹，唯當澄懷觀道，臥以遊之。」』

報元美先生[一]

元美王先生有道門下：

不佞某得先生手書者三，得詩一，缺然無一字奉報者，有故。某東還後，發弘誓，願屏除萬緣，及海内交游竿牘，又不欲生分別想。故於先生處，亦遂罷問訊。又以太原公方在熱地[二]，尤不欲通婁東信。匹夫耿介過矣。頃林居，數聞先生拳拳見念，遂瞥爾動心。冬月，辱汪伯玉司馬見約，以今歲花時相聞，會於湖上，同如吴門訪先生。曩頗不能自堅，許與西行。乃春來司馬使負約不至，某亦禁足不出門矣。

欲了宣城哭沈君典宿心，會家居貧甚，不能裹糧，獨負良友下泉，深以爲恨。某兩爲令，懷冰霜苦心，又好以俸錢急窮濟困，官舍長無隔宿糧。乃今之爲黔婁、萊蕪可知已。日與老母啖脱粟、苦蕢及馬齒莧。細君嘗病痁，至無一文錢向醫師取藥物，相視而笑，病亦尋愈。困時以方生墨三觔貨之舊識貴介子[三]，易子母錢，徧歷數家，不售竟返。故篋薪粲，有時不繼，絶不向人口及。三旬九食業與家人以定力持之，介母萊妻了不作嗟怨，非惟不出口吻，亦不見眉端。所得苦中之趣如此。既失進賢冠，又貧無阿堵，親朋不至，蓬累之門，竟日不啟，始覺耳目神明，乃爲我有。萬念都灰，冥心此道。近頗得證驗，益助勇猛。閒中既無一事相關，無以送長日，稍取三教之理，參其同異，尋其要歸，著爲一書。頗爲此事染着，亦屬理障。今亦將完矣，尚未敢出，終當請教先生。

先生邇來起居何似？大事因緣，想已了當，幸教下根之人。令弟敬美先生在仕路，能不忘道念，作火宅蓮花活計不？令子冏伯讀書何處？聞諸郎風氣日上，可不挂有道胸懷。以嚮往一念，草此荒牋，遣老奴奉訊，維先生鑒原。四方向先生乞文字者如雲，僕不能以賣文取一斗米。先生罷於津梁矣，有可令走四明假手不佞者乎？幸留念。

注釋

［一］元美先生：王世貞，字元美。

〔二〕太原公：王錫爵。熱地，指朝堂。王錫爵萬曆十二年（一五八四）十二月起爲禮部尚書，兼文淵閣大學士。

〔三〕方生：方于魯，初名大漱，字于魯。因曾以『于魯』款墨進貢，得到皇帝賞識，遂改名爲于魯，改字爲建元。原籍歙縣（今安徽歙縣），徙居新都（今安徽休寧）。早年學詩，曾加入汪道昆『豐干社』。後棄文經商，精於制墨、造箋，創『九玄三極』墨，有『一代墨聖』之譽。有《方建元詩集》。

與汪伯玉司馬〔一〕

首夏作一書，取三教之理，詮次大略，求先生印可。力不能顓遣一介，蹉跎至今。某頃已刳心遺緣，力修上座之業，『君平棄世，世棄君平』，有身之累都盡矣。閒中無以送長日，以經世出世二義著爲一家言，業已垂成，尚未敢出，當虛心請教先生矣。聞杖屨從吴門走梁谿，入長干，由采石渡江，取道謝家青山，弔沈君典。不審何日返三天子都？某久負宛陵之約，慙愧良友泉下。蓋緣不佞邇來貧益甚，不能治出門三日糧，惟有禁足小樓，討求性命大事而已。此月望前後，將決計作宣州行。行則尚力圖與先生一會。

隆所著書，多天壤間最大事，間出古人未道語，竊妄意做今代未有書。四顧寥寥，獨念先生某千秋知己。故欲手此書，急走新都，面受大教。往辱先生許爲某刻《白榆集》，如已命工，則卒成之。若猶未也，幸遂已其事。何急而爲人謀覆瓿之具！弇州先生一寄詩，三詒尺牘，某都無一字爲報。弇州得無督過深乎？息交遊，謝竿牘，欲斷自婁東。始以太原公在熱地，世人趨婁東者益以如雲，不佞耻之，故不欲和聲附影，蟻慕羊肉。然聞弇州見念彌深，知已索我寥廓之外矣。嬾不及修問仲淹、仲嘉兩令弟，幸道某本懷。寓書者爲敝鄉胡生來臣〔二〕，温美士，惟先生一盻。

注釋

〔一〕汪伯玉司馬：汪道昆，字伯玉，官至兵部侍郎。

〔二〕胡生來臣：胡來臣，鄞縣人。餘未詳。

寄王荆石閣老[一]

射陽湖舟中得奉至教[二]，句句肝腸，言言精理。洵不肖某終身韋弦佩以南還，靡間晨夕。某於人間世，實無所好，恬於進取，委心安命，用拙忘機。不幸以雕蟲小技，偶竊虚聲，爲當世耳食人所暱就。某又疎中熱腸，操行都無崖異，將迎龐雜，取忌招尤。不肖蓋約己豐人，捐身利物，時時爲天下人種福結緣，而此身都無毛髮利於天下。遠聽不察，見形生疑，似是多欲多事，穢溷塵壒中人。無論悠悠行路，不鑒深衷，即季札披裘，尚屬皮相。其爲坳枉何如？介推有言：『身既隱矣，焉用文之？』

某自抵家，痛自刻厲，日念至人之訓，杜門息影，歸于苦空。亦幸以既賤且貧，世情人絶迹不至。泥垣墐户，盡日無屐綦聲。得壹意刳心，伐毛洗髓，討求净業。緣愚鄙苦行，爲聖賢垂愍，夢境證驗。此後便能劃累遺緣，益助勇猛。粉身碎骨，不敢退墮此志矣。所苦①范萊蕪之貧，三旬九食，藜藿不充；介母萊妻，甘心無怨。一家悉知皈依三寶，庶幾類龐居士家，以此畢餘②生，足矣。古人有云：『君平既棄世，世亦棄君平。』物外之人，與人代長絶，了不復交關故知。乃先生方在當路，尤非野人所宜通，所以不修寒暄一字者，易歲矣。

適敝郡秦司理北行[三]，譚及真人紫炁，遂爾動念。某以肖翹微質，獲蒙曇師收録門墻，乃坐仇詬，大玷師門。罪廢以來，刻意煎滌，顧先生所日夜望不肖之自新者何如，不得已，故敢粗述不肖近履，仰慰拳拳。乃若曇師在天之靈，則天眼洞觀悉矣。無生之理稍窺，有身之累都盡，某於人世亦復何求？要須知區區此訊，斷非有所望於先生者，亦以不能忘曇師之德耳。勉旃先生，努力三事，上清功行，正在此時。願和中平氣，以天下萬世心，處事待物。傳説比於列星[四]，魏公終歸紫府[五]，余小子不勝願望欣慰。請從此謝故人，幸勿復爲念。

敝郡秦司理，滿胸中一片陽春，海上爲理六年，仁及窮檐蔀屋。於其行，父老子弟萬人奔走，如赤子之失慈母。爲吏如此，中古所無。先生至性善，善心長，敢附以聞。餘不敢及。

校勘

① 苦：底本原作『吾』，據程元方本改。
② 餘：底本原作『俞』，據程元方本改。

注釋

〔一〕王荆石閣老：王錫爵，字元馭，號荆石。王錫爵萬曆十二年（一五八四）十二月以禮部尚書銜兼文淵閣大學士入内閣。
〔二〕射陽湖：位於鹽城東南。
〔三〕秦司理：未詳。
〔四〕傅説：殷商時著名賢臣。商王武丁從版築修路之奴隸中發現傅説，擢拔爲相。傳説傅説死後爲列星。《莊子·大宗師》：『傅説得之（道），以相武丁，奄有天下，乘東維，騎箕尾，而比於列星。』宋蘇軾《潮州韓文公廟碑》：『故申、吕自嶽降，傅説爲列星，古今所傳，不可誣也。』
〔五〕魏公：指北宋大臣韓琦，封魏國公。紫府：道教稱仙人所居。

與王恒叔〔一〕

李生走天台，謁甘使君〔二〕。時不佞偶有小冗，崖略數字，爲寒暄而已，無何大悔。不佞與仁兄生平道義之雅，何如經年修問，胡得草草若爾？一入塵緣，便有乖迕。此弟學道不得力處。

不佞自入春以來，杜門禁足，絶不輕通賓客，亦以四壁蕭然，世情人不至，坐卧小樓，修頭陀行。足下書來，詫我以台雁之勝，使道民津津復動褰裳濡足之念。來札更云欲訪弟四明雪竇間。不佞此月初旬暫走宣城，弔沈君典太史。且間道一看九華，涉狄浦，尋金竹山觀世音新道場。計以重陽前後，了台雁之願，與足下把臂入林。乃聞杖履有東來意，遂持兩端。非足下急航普陀，則不佞先渡石橋。孰先孰後，專俟後命。

書辭致疑於弟①語，既究禪觀，更講還丹，以爲此不無矛盾。至所稱觀火之説，剖析三教，深微玄明。至哉斯言。又謂：『佛則真性常存，空無所待；僊則渣滓猶在，犯形必毁。如已究禪觀乎，則靈光千劫，何假九還？如更講還丹乎，則尚涉有爲，安見真性？』語良是矣，不佞亦知之。第不佞寡昧，見後世三教之徒，各立門户，互尋干戈，所謂與媾爲鬭，末法參商。竊以爲三教之理，同堂共室。儒者順性命以還造化，義存没寧；道家煉性命以齊造化，理完不死；佛[2]氏悟性命以超造化，妙在無生。儒所謂明德，道所謂靈光，佛所謂般若，其道一耳。特入有三門，是名三教。儒爲在世法，二氏爲世出法；道凋三光，佛超萬劫。此其不同也。所云『佛悟性而長存，道犯形而有壞』，乃是命宗之人，以長生爲事，用坎離鉛汞鍊己築基。河車轉運，火候抽添，分主賓，按子午，存口訣，談下手，煉形修命，結丹成胎。此全是有爲之法，爲長生度世而設，以命起因，亦以命證果。所以礙形氣而往來，與天地而成壞。《楞嚴》所指十種僊人，胥是物也。不知道門亦有上乘。廣成摽其窈冥，柱下發爲虚静。無爲自然，直悟真性。而精自然化炁，炁自然化神，神自然化虚。此都無火候藥物之名，運用抽添之事。性徹而命自超，此所謂還丹，即佛氏之見性，與道門轉丸之丹迥異矣。《文始經》云：『見精神而久生，忘精神而超生。』夫見精神而久生，命宗修長生者是也；忘精神而超生，性宗修大覺者是也。命宗之僊，拘形滯氣，報盡還來；性宗之僊，入聖豫流，與佛同果。君不聞西方金母與觀音大士，虚空之中，時時同在一處所，而重陽七真及吾曇陽大師，皆從僊悟佛，以佛修仙乎？

足下今第修無上菩提，見性歷劫，則不必講還丹而般若，即丹不必求長生，而永劫不壞是也。乃不佞方要三氏之指歸，著太函之定論，則不得不立論爾。要之，僕之安身立命處，亦惟大覺金仙也。雖然，實修實證，不落言詮，頓悟法門，則無所住而生其心。慧能以一言了道，安事呶呶入葛藤窠臼？不佞願與足下勉之。足下清真簡澹，道器卓然，弟踈愚落穆人，於人間世一無所好，獨以平心熱腸，爲物情所歸，坐取紛溷。近者痛自剗除，遂能返於簡寂。一身之外，都無長物，居貧晏如，從此修持，庶幾得見自性。大事因緣，須與足下面作商量，非筆札可盡。

聞足下盧墓所有清谿好山，茅屋數間，沙上鷗鳧，煙中雞犬，大有幽居之趣，令人結想。三之日作此書，下春即作虎林行。馮開之信來，政待僕西泠六橋上。足下如欲相會，可急策蹇以至。弟於虎林當有十日留，不能出門。請示東來的期，且遲子候濤落伽間矣。因甘應溥與弟有約，遣力詣之。恨前書潦略，致有此冗語。雖犯能仁氏綺妄之戒，亦足以見不佞繫心仁兄若此之篤至矣。甘君爽剴通偉士，與足下論心譚道，相得可知。吴生流落公子，以尋子來見足下。病還，足下乃不忘情於一見，逆旅人贈金，甫至之明日，而吴生即從西陵來。蓋其遊困甚，夏衫破盡，面目枯槁。得足下五金，遽覺蘇蘇有人色。菩提心冥感乃爾。

弟所著經世出世書，業脱稿三本。會紹興陳立甫司理見而强攜以去[三]，未得奉教，如之何？弟此書成，便可做世間無事人矣。

校勘

①弟：底本無，據程元方本補。

②佛：底本原作『拂』，據程元方本改。

注釋

[一]王恒叔：王士性，字恒叔。浙江臨海人。

[二]甘使君：即下文中之甘應溥。甘雨，字子開，又字應溥，號義麓，江西永新人。萬曆五年（一五七七）進士，選爲翰林院庶吉士，歷官南京兵部員外郎、南京禮部郎中，改福建鹽法道，總理通州、濟寧河道。萬曆二十一年（一五九三）降爲粤西督學，後任貴州督學，改閔臬副使，四十年（一六一二）陞湖廣參政，未及上任，卒於家。有《古今韻分注撮要》《白鷺洲書院志》等。傳見《（同治）永新縣志》卷十六。

[三]陳立甫：陳汝璧，字立甫。時任紹興府推官。

與甘應溥[一]

不穀自黄冠入道以來，自分人外人，禮數既捐①，野性轉篤。李生草草告行，率爾寓書，荒鄙無狀。仁兄不即加督過，更答以温言，直陳胸懷，居然長者通偉。度不穀閲盡世人，獨念沈宣城高才俠節，靈心熱腸。當其家食，數千里慕義，赴之如雲；一旦遘危疾，鄉父老子弟徧走郡望，願以身代之者無算。其品如此，仁兄知之深矣。徒以草疏一節取忌江陵[三]，承望風旨者，幾搆奇禍。君典過于懲創，遂謀稍逃於酒色以自污。嘗與弟叶此深衷，弟不然之：『郭汾陽功高位重，不得不爾。子無汾陽之勞，而有相如之累。子所自託，人即舉以爲子之罪。禍本在此矣。』君典聰明絶世，豈肯向火坑中作活計者？不幸天不祚貞良，溘焉早世，使悠悠此疑，千古不釋。是弟之所爲君典痛心疾首也。頃仁兄方爲亡友白此疑枉，而傳聞稍僞，輒呶呶向仁兄置論，可謂忠於事君典，闇於知足下。然寧負甘君，不負沈郎，僕之心也。

不穀以仇口挂冠，家徒四壁。介母萊妻，相共貧苦，三旬九食，殆無以過。坐是，久不能裹糧千里哭君典青山，抱此長恨。數日内且勉强出門，一修白雞絮酒之敬於君典。重陽前後，或得杖策入天台，望見賢使君顔色耳。又聞干旄將有四明之役，恐弟未回，無從伏候軒車委巷，奈何？台宕之願，終須酬之，業與王恒叔約矣[四]。

校勘

① 捐：底本原作「損」，據程元方本改。

注釋

［一］甘應溥：甘雨，字子開，又字應溥，號義麓，江西永新人。見前文注。

［二］沈宣城：指沈懋學，字君典，安徽宣城人。

［三］江陵：指張居正，湖北江陵人。

［四］王恒叔：王士性，字恒叔。浙江臨海人，萬曆五年（一五七七）進士。

與蘇君禹[一]

不佞弟自去秋將母南還，杜門滅跡，青苔黄葉滿貧家，屢綦寂然，盡日枯坐，可謂世外間人矣。無事出門，海内交遊竿牘并廢。追憶湖上畫舫，茗椀棊枰，蓮房芡實，徘徊六橋三竺間，恍然隔世事。兀坐齋頭，時時結想故人抵掌千秋，清言娓娓。屬按部行役，歲無寧居。野人久不敢以寒暄常語，仰溷清嚴。仁兄當能寬我形骸之外。

友人沔陽陳玉叔書來[二]，力勸弟修名山之業，著經世出世一書，以成西蜀趙文肅公未就餘志[三]。夏日山居無事，業成此書。亟欲請教大雅，恨足下方在嚴重地，未得自達耳。適辱甘應溥使君八行，遂削荒牘，託應溥郵致左右，一寫積懷。臨風瞻遡。

注釋

[一] 蘇君禹：蘇濬，字君禹，號紫溪。福建晉江人，萬曆五年（一五七七）進士。曾任刑部主事、浙江提學僉事、參議，萬曆二十二年（一五九四）遷廣西按察副使，二十七年（一五九九）轉參政，因鎮壓岑溪瑶民起義功，擢陞爲貴州按察使。以病歸家，未幾卒。有《紫溪集》《周易冥冥篇》等。

[二] 陳玉叔：陳文燭，字玉叔，號五嶽山人，沔陽人。

[三] 趙文肅公：趙貞吉，字孟静，號大洲。四川内江人。嘉靖十四年（一五三五）進士，選庶吉士，授編修。歷官徽州通判、南京吏部主事、户部右侍郎，至禮部尚書兼文淵閣大學士。謚文肅。

答胡從治開府[一]

往不穀待罪蘭省，與足下都無生平歡，先生則載幣槭書，千里走健兒，闕下定交。不穀豈豐城獄中神物乎，何望氣而知其人也？及不穀横被仇口以出，先生則又馳咫尺之書，且并爲治南還裝。書辭慷慨，至恨不得伏闕抗章，以明東海小臣無罪。寥寥千秋，義高寒朗。不穀抵四明山中，甫及食新，而汾代之使又在門矣。蓋至今兩面孔尚未相對。雖古稱神交，何有若此者？

不穀挂冠以來，生平椒蘭相許，往往化爲艾蕭。張謂有言[二]：『縱令然諾暫相許，終是悠悠行路心。』而先生之用意乃若爾，求之於古，未見其人。壯士急知己，夫斬衣沈族，何足以云惜也。不穀六尺嫣然弱女子狀，又黄冠入道矣，少年英雄之氣灰矣，無能爲豫讓、荆卿之報。雖然，先生義存王孫爾。其見趣，寧出淮陰擊絮媪下哉？不穀之坐困也以細人，而其見收也以英物。當世賢豪長者爲高義，亦尚不少。而獨念先生者，古人所難。若然，不穀可以托於天壤矣。不穀有胸懷之言，難與世人輕吐。伏計先生用意在古人之上，故遂披露無復隱。

不穀束髮蚤慧，讀書十行俱下。爲詩若文，模古人則古人，寫胸臆則胸臆，掇①之而已。神無所不詣，法無所不稟。爲人寥廓疎朗，以六尺爲天下死，而毛髮無所利於天下。長爲吏千里，號神明。持身若冰，愛民若子，好善若渴。一日十二時中，無一刻不惝②恍見上帝神靈。上帝神靈亦監臨肸蠁，有嘑輒應。慨然思以縣令起家，作功名如范蠡五湖、子房赤松、李長源一動天文，足矣。不謂時命乖謬，當事者以仇口見罷而非其罪，此念遂化冷煙。急理雲霞舊業，掉頭撒手，便作世外人，刳心息累，了人生一段大事因緣。脱之紅塵，還其青山。落籍雲臺，挂名石室。造物之意將在此也，今業行其效矣。

獨以不穀爲吏時，厲志太苦。一旦黄冠加首，貧過萊蕪。而母年八十有八，妻少子幼。頃纍欲棄家，入名山洞府而不返，而母妻牽裾。揆之人理，不可棄去。尚爾依栖環堵，殊非本懷。誠得負郭百畝之田，上奉老母，下畜妻孥，無媿人倫，乃合天道，此世界無可托者。遼陽開府顧益卿，往歲許爲不穀買山，想以兵事嬰心，忘之耳。欲走一介詣顧使君，貧士力不能治遠行裝，且聞白衣人出關有禁。今修一扎，奉從治先生，煩先生爲不穀特遣一力直抵遼陽，致不穀書於益卿所，令益卿遣一力直抵四明。不穀第所得百畝之田，則在世、出世兩大事濟矣。以先生風格，當慨然爲不穀任此無疑。儻先生遂欲分取益卿仁義，更善。非所敢望矣。作大檀越，成欲一黄冠道人，此是上清功行。兩君子勉之。

益卿，奇男子，意氣肝腸不減足下。今日令故人作此舉止，此當輸君一籌矣。往僕兩爲令，冰蘖其操無論，推俸錢以急九族貧交，惟恐不及，官舍恒無隔宿糧。今日數千里仰食故人，所謂遠望西江之水，大都索我枯魚之肆爾。雖然，不穀形枯神不枯，一點靈光，自信歷劫無壞。經年禁足小齋，習静修觀。長日無事，偶取經世出世二義，作《三教玄同》一書。旁及山川辭賦，幽人寂士，大抵作清泠致語，讀之欲使人心骨俱暢者。將成矣，而爲新都汪伯玉司馬相期西湖。甫至，而會王季孺太史持節至自桑乾，云與先生大修平原十日飲，快甚。坐間蓋無日不念道人。泰山邢子愿，年少有心人，翩翩才藻，與不穀有日觀之約。便思衲衣托鉢，一度黄河，捫岱嶽，直走雁門，出汾晉，訪先生塞下，續王生舊歡。奈母年春秋高，理不可遠出，徒矯首望關門紫氣，結念如何！先生一代詞人。詞人多偃蹇流落，先生今開府擁旄，竪功名西北，此文章家稱命達矣。蓬萊三山，近在君家宇下，顧何日歸訪安期、羨門[三]？僕曾與先生約，他日請徑走登萊，相共尋海上靈藥瑶草。第聞胡先生一朝解印綬，謝人間事去，僕則提應鬼出門矣。學道之人，久不作冗長語，爲先生破例，亦以深情所寄，不覺津津。諸惟先生亮在。

校勘

① 掇：底本缺，據程元方本補。

②惝：底本原作『悄』，據程元方本改。

注釋

[一] 胡從治開府：胡同文，字子尚，又字從治，號松麓。浙江嚴州府壽昌縣人。嘉靖四十四年（一五六五）進士，官至江西布政司左參。詳見本書詩集卷七《寄胡從治開府二首》注釋[一]。

[二] 張謂，字正言，河内（今河南沁陽縣）人。天寶二年（七四三）登進士第，官至禮部侍郎。其詩辭精意深，《全唐詩》收其詩一卷。引詩出自其《題長安壁主人》，全詩爲：『世人結交須黄金，黄金不多交不深。縱令然諾暫相許，終是悠悠行路心。』諷世風日下，多勢利之交。

[三] 安期、羨門：傳説中兩位仙人之名。安期，亦稱『安期生』『安其生』，秦漢期間燕齊方士活動之代表人物。《史記·秦始皇本紀》記載：『三十二年，始皇之碣石，使燕人盧生求羡門、高誓。』羨門，《史記集解》引韋昭曰：『古仙人。』

啟

上吴門相公啟[一]代作

伏以天道高明，歸神功於八柱；聖謨宣朗，資哲輔于三台。曉入彤闈，日麗黄扉之色；宵還禁直，花黏赤舄①之香②。身登鼎鉉，平泰階之六符；手握斗杓，奠皇圖于萬葉。乃忠良之上伐，亦儒者之極榮。恭惟老相公老師閣下，少號聖童，秉動静方圓之哲；夙成偉器，爲文章禮樂之宗。東吴麗藻，代有聞人；南國英靈，兹焉獨冠。家住具區澤國，才吞碧浪之聲；境移林屋洞天，語秀青霞之色。玉瓚黄流，德器瑟焉温朗；泰山喬嶽，風稜屹矣端凝。臚傳而太史占雲，蚤擅崑山片玉；賦奏而至尊擊節，何誇璧水群英。年踰四十，朝野之望獨隆；位正三公，調燮之勳斯赫。玉貌朱顏，步出而宫花俱映；金章紫綬，坐來則庭燎相輝。文武並用，迴萬國于陽春；忠智咸宣，弼一人之聖德。宇宙古今，際此千萬百年極治之象；薄海内外，咸頌一二三元老碩輔之勳。自殷周而還，于斯爲盛，即詩書所稱，何以加焉？

某衡茆賤品，襪線微才。揣分量能，乏匹夫之淺智；乘時徼幸，忝君相之宏恩。溷迹班行，技慙鼯鼠；濫竽侍從，文謝雕蟲。乃因過分之榮，遂遘非意之疾。水宿山栖，一無足録；君恩師義，兩未能酬。登西巘而占象緯，知帝星台座之休明；依北斗而望京華，奈煙水雲山之邈絶。犬馬至微，尚知帷蓋之報；江湖雖遠，敢忘廊廟之懷？謹以尺書，仰干台聽。人難縮地，語不宣心。某不任云云。

校勘

① 舄：原作『寫』，據文意改。

② 香：底本原作『我』，據程元方本改。

注釋

［一］吴門相公：指申時行，長洲（今蘇州）人。萬曆十一年（一五八三）出任内閣首輔，八年後致仕。詳見本書詩集卷五《上瑶翁師相四首》注釋［一］。

上江陵相公啟［一］代作

伏以帝恢至理，在翼貞良；天産上材，借靈嶽瀆。三台四輔，躬赤舄以匡時；北斗南箕，佐紫薇而布令。故風牧克相軒后，則皇國夢彼華胥；夔龍仰贊陶唐，而泰運旋登沕穆。德配神明，華夷歸美；功存亭毒，竹素流光。

恭惟老相公老師閣下，上智超凡，至人秀世。當五百歲之昌期，應風虎雲龍而翊運；産六千里之大楚，滙荆襄漢沔以锺祥［二］。衡山昔奠九州，稟炎帝祝融之氣；太和今冠五嶽［三］，借玉虚師相之神。是用占清班于妙歲，矢忠智而出入三朝；輔今上于冲年［四］，受顧命而調和四海。佐真宰以平泰階，開日月星辰之運；執斗杓以酌元氣，會陰陽風雨之時。東夷重譯，輪珍賨于闕庭；北虜望風，走降王于輦道。萬國享登臺之樂，一夫絶向隅之聲。即詩書所稱何以加？自剖判以來所未有。

某溲渤下材，誤入藥籠中物；樗疎賤品，偶占桃李餘春。學慙吐鳳，補衮職媿無其能；文乏雕龍，玷清華實非其分。頃因狗馬之病，遂邀麛鹿之期。顧葵藿微情，久傾向日；奈蒲柳孱質，尚爾從風。竊念聖主獎拔之仁，復想老師教育之德。君恩師義，總屬高深。野宿林居，殊懷慙悚。抱煙霞而偷逸，雖屏青山；瞻日月而興懷，敢忘紫禁？惟身伏田野，跡遠巖廊。所以瞻戀空馳，寒暄久曠。玆者熏沐恭裁短楮，敬布私衷。伏惟台①慈鑒亮，某不任殞越惶恐之至。

校勘

① 台：底本原作『治』，據程元方本改。

注釋

[一] 江陵相公：指張居正，字叔大，號太嶽。江陵（今湖北江陵）人。嘉靖二十六年（一五四七）進士，選庶吉士，授翰林院編修。隆慶元年（一五六七）二月由禮部右侍郎陞吏部左侍郎兼東閣大學士，參贊機務，四月進禮部尚書兼武英殿大學士，四年（一五七〇）任吏部尚書兼建極殿大學士。自隆慶六年（一五七二）神宗即位到萬曆十年（一五八二），任内閣首輔，掌國政達十年之久。卒後，贈上柱國，謚文忠。不久以言官交章彈劾，詔奪其上柱國、太師、謚號及其他官職，籍没家産。天啟中複官。有《江陵張文忠公全集》（又稱《張太嶽集》）。

[二] 荆襄：東漢荆州治所漢壽，漢末移治襄陽，故稱荆襄。張居正楚人，故有此語。

[三] 太和：太和山，即今湖北武當山，爲道教名山。

[四] 今上：指明神宗朱翊鈞，穆宗朱載坖第三子。隆慶六年（一五七二）穆宗駕崩，朱翊鈞即位，年方十歲，年號萬曆。在位初之十年，内閣首輔張居正主持政務。

上山西相公啟[一]代作

伏以至人出世，玉瓚之德無私；上相匡時，衮衣之光有赫。周楨降命於嶽神，大昌姬曆；漢道乞靈于昴宿，克熾炎精。文正著盛德于三朝，則天門開朗；忠獻見卿雲於五色，而廟社重光。蓋威鳳翔寥，達時乃出；方諸陽燧，惟氣是求。

恭惟老相公老師閣下，三晉人豪[二]，千秋國寶。西京麗藻，毫端奪參井之文章；北斗儒宗，門下總河汾之禮樂。士風雄厚，人物故自陶唐；天性塞淵，德器屹并山嶽。黑髮而正公孤，調和六氣；朱顏而稱元老，師表百僚。周召同心，輔聖天子于冲年睿德[三]；蕭曹寧一，奠我國家于累洽重熙。華夷勳業，異域猶問起居；金石精誠，婦豎咸知名姓。是誠人文之巨觀，儒者之極盛。

某學慙博物，缶音而誤厠雲門；文未成章，魚目而仰干照乘。偶徼大幸，自貽片玉之羞；濫①在清班，虚竊壺冰之號。履禁地則黯爾魂摇，窺秘書則茫然目眩。處非其分，每戴君相之恩如天；揣己無能，欲措臣子之躬無地。頃因狗馬病作，遂使麏鹿心生。躡雙屐于青山頂頭，敢忘魏闕？結一椽于白雲堆裏，未穩卑棲。仰帝座于中天，獨觀朗曜；望台垣于半夜，載喜昌明。蓋乏才能而清華忝竊，恐負乘之足羞；苟知遇而林壑偷安，念報恩之何日？是以當中宵而徬徨，每攬衣以躑躅。顧宿疾尚延，孱同蒲柳；初心未遂，徒切傾葵。雲泥之路邈隔，鴻鯉之訊久疎。念日比于懸旌，罪詎堪以擢髮。兹者敬肅蕪辭，用候台履。某不任云云。

校勘

①濫：底本難辨，據程元方本補。

注釋

[一]山西相公：指張四維，字子維，號鳳磐，又號午山。蒲州（今山西永濟西）人。嘉靖三十二年（一五五三）進士，任編修。隆慶元年（一五六七），陞吏部右侍郎。萬曆初期，得首輔大臣張居正引薦官禮部尚書，入内閣參預機務。萬曆十年（一五八二）張居正去世，遂代爲内閣首輔，力反張居正遺政。次年以父喪離職。謚文毅。著有《條麓堂集》。

[二]三晉：春秋末年晉國被韓、趙、魏三分，故後人稱晉國舊地爲三晉。地域範圍約當於今山西全省、河南省中部和北部、河北省南部和中部。張四維晉人，故有此語。

[三]聖天子：指明神宗朱翊鈞，穆宗朱載垕第三子。隆慶六年（一五七二）穆宗駕崩，朱翊鈞即位，年方十歲。萬曆初期，首輔大臣張居正柄政，張四維任東閣大學士，入内閣參預機務。

謝江陵相公啟[一]代作

伏以三台朗曜，開妙氣于東華；四海陽春，酌太和于北斗，捧卿雲于蓬島，下方誰不生光？升曒日于扶桑，大地曾無私照。昴宿匡時，父老謳歌於西漢；蕭韶奏律，遠臣鼓舞於南熏。

恭惟老相公閣下，五嶽奇姿，千秋間氣；夔龍德望，關洛儒宗。正元宰以秉國樞，萬方延頸；矢忠良以酬帝眷，百辟輸心。陽和式遍於遐陬，枯朽遂沾乎汪澤。

某材同襪線，職濫封疆。三載吴門，實深積釁；一朝益部，復忝新恩。波臣龍子之鄉，既不能竭涓埃于東海；蠶叢魚鳧之國，又何由布威德于西陲？是皆納垢包荒，賴大人之偉度；吹枯植朽，荷玄造之至仁。感惟刺骨，言不宣心。睹漲海之波濤，雖去吴能無回首；望連雲之棧閣，將入蜀尚爾摇魂。扣帝闕其靡由，仿佛天門之色；仰台垣而徒切，夢寐衮衣之光。某不任欣躍感戴之至。

注釋

［一］江陵相公：指張居正，湖北江陵人。自隆慶六年（一五七二年）神宗即位到萬曆十年（一五八二），任内閣首輔。見前文注。

謝吴門相公啟[一]代作

伏以龍德正中，逢時則駕；鴻庥遠被①，翊運彌昌。建神功于八柱，何物非恩？司真宰于三台，有生胥戴。

恭惟老相公閣下，河嶽奇英，鳳麐異彩。手握金杓，調六氣于時令；口吹玉律，散四海以陽和。

某志切涓埃，材同瓦缶；濫竽憲府，秉鉞江壖。三年東土，媿保釐之無功；再歷西陲，荷恩榮之有赫。時維七月流火之秋，方興農事；詎意大浸稽天之患，陡作波臣。慨稼穡之滰傷，過深閉閣；睹閭閻之蕩析，悲慙向隅。是惟待罪而靡皇，敢冀蒙恩而濫擢。兹皆賴師相念一日有龍門之雅，或假二天于雁塔之私。情既屬於枌榆，恩幸叨于橈散。拜棨戟而銷魂，戀戀金閶之月；望劍門而極目，迢迢玉壘之雲。口莫揄揚，心知感激。平生山斗，中夜台垣。某不任欣仰頂戴之至。

校勘

①被：底本原作『彼』，據程元方本改。

注釋

［一］吴門相公：指申時行，吴縣人。萬曆十一年（一五八三）出任内閣首輔，八年後致仕。詳見本書詩集卷五《上瑶翁師相四首》注釋［一］。

謝浙江相公啟［一］代作

伏以天門日朗，光照窮簷；大地陽回，春生幽谷。當黄扉命下，極四海咸慶風雲；荷丹昭遠來，某一夫實先雨露。顧寸心之感激，詎尺素之能宣？

恭惟老相公閣下，東華靈寶，北斗儒宗。青年及第，太史奏絳殿之雲；黑髮公孤，上相捧瑶天之日。

某河西庸品，江左濫竽。三載徒縻，一官莫効①。拜兹榮命，益悚殊恩。開府建牙，已媿東方之千騎；搴帷就道，復慙西土之雙旌。恩實深于吹嘘，感難忘乎銜結。立吴門而儗疋練，目極魂摇；登劍閣而望三台，形留神往。某不任欣躍感戴之至。

校勘

①効：底本原作『交』，據程元方本改。

注釋

［一］浙江相公：應爲余有丁。余有丁字丙仲，號同麓，浙江鄞縣人。嘉靖四十一年（一五六二）進士第三名，授翰林編修。萬曆元年（一五七三）陞左春坊左庶子，掌南京翰林院事。萬曆二年（一五七四）陞南京國子監祭酒，後又任禮部、吏部侍郎。萬曆十年（一五八二）任禮部尚書兼文淵閣大學士，入閣參與機務，晉太子太保。遼東滇南告捷，以贊助策劃功加少傅、太子太傅、建極殿大學士。卒謚文敏。文中『青年及第，太史奏絳殿之雲；黑髮公孤，上相捧瑤天之日』，與余有丁生平經歷相吻合。

壽董大宗伯啟[一]代作

經世雄文，會日月星辰之運；匡時上宰，調陰陽風雨之和。簡德業於帝心，發英靈於嶽降。

恭維上柱國大宗伯潯翁相公閣下，天目奇姿，文心鉅匠。名成三策，少年藉才子之稱；賦就《兩都》，一日貴長安之紙。碧雞金馬，崇班清映乎冰壺；威鳳祥麟，藻思光生乎彩筆。遂登講幄，佐盛德于青宮；爰正秩宗，掌邦禮于紫禁。久勞廊廟，士民仰北斗之尊；暫夢煙霞，遠近繫東山之望。時屬三秋，忻逢嘉節，天高八月，適誕偉人。借桂輪以代華燭，朱顔照見桃花；取天樂以張瓊筵，緑髮明于黛色。交梨火棗，供自西池；仙曲雲謡，傳來金母。蓋皇明之運祚有赫，知元老之壽考無疆。

某昔承人乏，作牧名邦。朱門清燕，數奉音徽；緑野逍遥，時陪杖屨。仰德星之曜里，契洽椒蘭；荷甘露之灑心，義存金石。逮自移官以來，未嘗不感念疇昔。陟香山之高標①，停雲而憶白傅；望澄江之如練，臨風以懷謝公。伏惟壽比嵩高，芳流竹素；名齊綺皓，位自伊周。某不任忻忭瞻馳之至。

校勘

① 標：底本原作『摽』，據程元方本改。

注釋

［一］董大宗伯：據下文中『潯翁相公』之稱，應爲董份。董份字用均，號潯陽山人，烏程（今湖州）南潯鎮人。嘉靖二十年（一五四一）進

士，授翰林院編修，參與纂修會典，轉右春坊右中允，管國子司業事。歷任吏部左侍郎兼翰林學士、工部尚書、禮部尚書。萬曆二十三年（一五九五）病卒，年八十六。有《泌園集》行世。

疏

督府交代疏代作

伏惟開府建牙，實乃紀綱重地；宣威布德，必須經略鴻材。矧天梯石棧，間關素號益都[一]；玉壘峨眉[二]，險①絶無如蜀道。國家咽喉之處，更重南中；廟堂籌策之勞，累勤②西顧。是惟得人，乃稱任使。詎意宏恩，謬及菲③材。臣性資戇直，智計凡庸。濫竽江左，久玷烏府之榮；秉鉞東方，莫拯鯨波之眚。歲事多虞，祇自深臣子尸曠之責；民饑當卹，尚④未宣君父浩蕩之仁。忽荷新恩，益慙舊職。蜀部關心，已睹西人之旌節；吴雲回首，敢忘東土之黔黎？戴天履地，微誠願比于蟣蠓；足國安邊，綿力誓捐乎犬馬。春和秋肅，仰希先哲之寬嚴；内安外攘，務布朝廷之威德。臣無任感激屏營之至。爲此具本，專差齎捧，謹具奏聞。

校勘

① 險：底本原作『儉』，據程元方本改。
② 勤：底本原作『動』，據程元方本改。
③ 菲：底本原作『能』，據程元方本改。
④ 尚：底本原作『句』，據程元方本改。

注釋

［一］益都：成都古爲益州，又稱益都。

［二］玉壘：指玉壘山，位於四川理縣東南。多作成都代稱。

白榆集校注文集卷之十五

論 附諸考小序

三吴水利總論

夫成天下之大事者，其志欲鋭，其心欲誠，其量欲虚，其識欲遠，其智欲習，其機欲斷。六善不備，事罕底績。古有移王屋之山者，其志鋭也；蹈吕梁之水者，其心誠也。匹夫之言可以集事，其量虚也；九州之大可以燭照，其識遠也。長途之智則先老馬，用其習也；狐疑之來則示玉玦，貴其斷也。此六善者，天下之事所以成也。古之聖哲大人經營天下，澤被當時，流照後世，率用此道，况水政哉？

夫水政者，聖王之所修以利民，其利害之相懸，則天壤矣。此非可以智嘗而懸斷也。談三吴水政者雖多端，大約不出治水、治田兩者。而治田之與治水，實相表裏。要之，治田所以治水也。水之利害繫于田，水政修則田獲其利，水政不修則田受其害。而治水、治田兩者，自不可缺。治田而不治水，則田功罔施；治水而不治田，則水政尚缺。均非完計①也。昔人之推水學者曰郟亶[一]，曰單鍔[二]。郟亶詳于治田，單鍔詳于治水。兼而用之，水政舉矣。

請先言治水。三吴巨浸，厥有太湖。汪洋浩森，綿亘三萬六千頃。三吴諸水，咸入太湖，而分注三江，以入大海。是吞吐元氣、翕蕩東南之一大關鍵也。南則杭湖天目諸山發源，苕、霅等谿由湖州七十二溇而入。西則金陵溧水、溧陽、九陽江、洮湖、荆谿諸水，由常州百瀆而入。北有運河，受京口大江及練湖諸水，北由江陰一十四瀆入于大江，東由常熟、崑山之三十六浦入于大海。而入江海不及者，亦由武進、無錫諸港以入太湖。太湖三面受水，獨[②]湖東[③]一面瀉之三江，以入大海。然三江水道，僅有吴江一十八港入江。是太湖三面受水，一面分流，吞多吐少，易蓄難洩。水口一有鯁塞，則停緩無力。天時一遇淫雨，則泛溢爲災。是水口之宜通而不宜塞，彰彰明甚也。太湖之水，由江入海。大江之水，日接海潮。江水清而海潮濁，海潮每來，常有淤塞；江水清駛，隨輒滌去。以故向無水患。自吴江將洩瀉太湖，一帶故道建長橋，築挽路，以便漕舟，水道始鯁，泥沙淀積，而太湖之水往往漫衍矣。況三吴地形東來漸低，蘇州爲常鎮之下流，淞江爲蘇州之下流。蘇淞並海，地岸反高于腹裏，形如仰盂。洪波流潦，尤易內注。太湖水口既已鯁塞，淫雨乘之，大風適作，海水湧入。太湖既漲，不能復受，則常鎮諸邑之水合於蘇州，而蘇州已先被其患。蘇州諸邑之水又合於[④]淞江，而淞江之患益深。

蓋自有宋以來，三吴水災志不絶書。渰没田禾，漂蕩廬舍，澤國千里，民化魚鱉。雖朝廷下令遣官，累有修濬，時通時塞，得失相參，利害相半，迄未聞有爲三吴遺千百年之水[⑤]利者。萬曆五年，朝廷乃簡命臺使者懷安林公[三]，以璽書來督三吴水利。奉命驅馳，矢謨宣力，蒙犯霜露，郊行野宿，無間寒暑。晝夜訪諸縉紳，謀諸三老。相地形之高下，尋水道之源委。權其利害，察其得失。深知三吴之水，匯于太湖，瀉于三江而入于大海。既已得水利之要領，而各郡各邑江湖、河渠、浦港、浜塘之類，條分縷析，又無不合治水之機宜，是以數年之内水利大興。

今總四郡之成事，約而言之，則瞭然矣。開吴淞江壅塞四十餘里，以復大江入海之故道。濬吴江之吴家港、長橋、南北灘、龐山湖口，使太湖積水徑達于淞江，以澱山湖直[⑥]接太湖之流，其來甚徑易。而爛路港不足以洩之，故于青浦濬大小山涇，以洩澱湖之水，而南入于泖。又濬蹌開河，以接大漕港。濬橫塘、橫泖，以接蒲匯塘。濬崑山澱湖諸口，使湖水分注千墩道、褐趙屯、大盈、崧子、盤龍等浦，而北入于江。又以三泖北納澱湖，南連浙水，西入長洲、吴江諸蕩，故于華亭濬秀洲、官紹、監鐵等塘，金山、三汊等河，上下橫涇沙、竹岡塘、金匯、塘運鹽河，以洩南北兩淮之水于黄浦。于上海濬蒲匯、六磊、竹岡等塘，周浦、三林、都臺等浦，新港、黄家溝、嚴茂塘，以洩東西兩涯之水于黄浦。總之，合流吴淞，以入大海。又以吴淞出海之路，頗覺遼遠，不能徑達，則泖澱北注諸水，淞江或不能盡容。故于崑山濬夏駕浦、大尾、赤涇諸水，于嘉定濬顧浦、吴塘、南鹽、鐵北、橫瀝、西練、祁彭、越浦、華亭涇、南翔河、湄浦、張家浜，以洩淞江北行之水于婁江。三江并行，恐難盡洩，復濬太倉之湖川塘、楊林塘、七浦塘、潞漕塘、洪泗浦，以洩陽城、巴城諸湖東行之水而入海。濬常熟之白⑦茆塘、許浦、梅李塘、福山塘、耿涇塘、三丈浦，以洩尚湖、昆承湖及毗陵、晉陵諸水，徑入大江。濬江陰之東西雷溝、舜河、利港、北横塘、九里河、山塘河、青陽河，以洩五瀉河、芙蓉湖諸水，亦入大江。其治水次第如此。故太湖有所洩瀉，三江有所分注。衆水盡治，下流俱通。

下流既通，上源宜導。于是，濬宜興之西氿裏河、武進之白鶴谿、金壇之荆城港及長蕩之裏河，以洩洮湖、荆谿諸水而入運河。濬武進之孟瀆、丹陽之九曲河、丹徒之鐵猫港，以洩潤州上流諸水而入大江。上源既導，則下流可接。下流既通，則上源益順。又恐新洋江過于深闊，分引江水，北流引入渾潮，將來不無淤塞之憂，故于夏駕口、慢水江口並建二閘，時乃啟閉，慎乃宣防。庶幾水不外趨，潮不倒注。吴淞之通可垂久遠，而水利興矣。

水利既興，田乃可治。治水而不治田，豈惟田工之虧，終爲水政之缺。何也？蓋三⑧吴雖號稱澤國低窪，而中間田畝亦自有高下。高田十居二三，下田十居六七。高田所患在旱，下田所患在水，而兩者利害，又每相懸。大旱之歲，水涸岸出，低窪下田幸而一熟，而在高田則已盡枯；大潦之歲，水浸上行，堽阜高田幸而一熟，而下田則已盡没。是惡可不爲之所也？下田所患在水，則不可無障，而所以障其水者，圩岸也；高田所患在旱，則不可無蓄，而所以蓄其水者，溝渠也。下田不脩圩岸，則太湖雖通，而適遇水潦，一時洩瀉不及⑨者，何以障水而免患？高田不濬溝渠，則江海雖大，而適遇旱暵，江海流注⑩不到者，何以蓄水而灌田？

于是，公又條爲治田六事，刊布書册，移檄有司。而又力勸親督，高田令濬溝渠，下田令修圩岸。今諸郡各邑，犁然舉行。溝渠濬，則高田有以蓄水，而旱不能爲災；圩岸修，則下田有以障水，而水不能爲災。是治田之事，正治水中之最切要者也。故曰：治田治水，相爲表裏。治田所以治水也。

三吴之言水利者，代有其人。興水利者，累聞其事，而策非萬全，功成小補，未有建石畫、垂永利，如今日者也。良由公之志鋭而心誠，量虚而識遠，智習而善斷。志鋭則前無畏途，心誠則精貫金石，量虚則下情悉達，識遠則利害畢照，智習則事至不迷，善斷則機來無失。故其建立非凡而成就宏遠也。

某忝公屬吏，嘗相從畚鍤間，日挹公丰采，聞公議論，觀公作爲，知其事之始末頗詳。是以不辭庸鄙，而爲之著論。以俟後之君子，有所考鏡焉。

校勘

① 計：底本原作『誠』，據程元方本改。
② 獨：底本原作『濁』，據程元方本改。
③ 東：底本原作『有』，據程元方本改。
④ 於：底本原作『水』，據程元方本改。
⑤ 水：程元方本作『永』。
⑥ 直：底本原作『一』，據程元方本改。
⑦ 白：底本原作『向』，據程元方本改
⑧ 三：底本原作『二』，據程元方本改。
⑨ 及：底本原作『乃』，據程元方本改。
⑩ 注：底本原作『淫』，據程元方本改。

注釋

[一] 郟亶：北宋水利家，字正夫，太倉人。嘉祐進士。宋神宗熙寧三年（一〇七〇）上書條陳蘇州水利，提出『辨地形高下之殊』『求古人蓄泄之跡』等『六德』，又提出『治田利害大概』七條。五年（一〇七二），任司農寺丞，提舉興修兩浙水利。旋遭呂惠卿攻擊，罷歸。以其所陳之説行於居處水田，有成效，遂圖狀重申舊説，複召爲司農丞。於温州知縣任上病故。著有《吴門水利書》。

[二] 單鍔：北宋水利家，字季隱，宜興人，嘉祐五年（一〇六〇）進士。得第後不就官，獨留心研究太湖水利。乘小舟遍歷蘇、常、湖諸州，考其形勢，著《吴中水利書》。蘇軾獻其書於朝，不用，遂隱不仕。

[三] 懷安林公：林應訓，字子啓，福建懷安人。隆慶五年（一五七一）進士，任南昌縣令。萬曆四年（一五七六）陞南京御史，專督蘇松常鎮四郡水利，疏浚江河湖塘。經五載而功成，江南水患平息，百姓受惠。萬曆十年（一五八二）十二月由南廣東道御史任致仕。

水考紀略

水考者，水必考而後明也。東南水利，以百川爲支，以震澤爲匯[一]，以三江爲襟帶，以大海爲宗，以常鎮爲上源，以蘇淞爲下委。要其利害之大端，不過視水道之通塞而已。書稱三江既入，震澤底定，言巨浸之委輸不壅，而百川通流也。百川之水匯于震澤，震澤洩于三江，三江入于大海。蓄①洩以時，灌溉常足。

吾見水之爲利而不爲害也，禹跡既遠，世代纍遷，疏鑿之政，廢而不講。上流壅閼，則下流横溢。一遇淫潦，能不爲菑？何也？百川之水道不通，則不能盡趨于震澤；震澤之水口不導，則不能盡洩于三江；三江之咽喉復滯，則不能盡入于大海。而欲其不爲菑也，得乎？蓋大海之所以能納江湖百川之水者，以其洩于尾閭，如沃焦然。故萬水歸之而不盈也。震澤雖巨，容納百川，苟不得三江以洩之于大海，而欲總三吴之水，積之震澤，勢必不能。内不得洩，外必不復能受，則不惟震澤之溢能使平陸成川，而一渠一瀆之水，皆足以爲菑矣。故疏濬之政，不可不講也。

唐宋無論，如我明三吴之興②水利者，前有夏忠靖原吉[二]，後有周文襄忱[三]。其所建立宏偉，非不爲三吴永利，而水道靡常，積歲既久，不無湮塞。至我林公爲之經畫[四]，然後江湖底定，百川流通，一復古昔之舊。其有功于三吴，豈尠小哉？蓋經始於萬曆之五年，至九年而後竣工。爰作《水考》一書[五]，以告成事。

執權秉憲，非命不尊。故先之以《詔令》。岷山、桐柏、崑崙、嶓冢，莫不有源。不窮其源，曷泝③其流？故次《水源》。血脉和暢，然後榮衛敷腴，川澤通流，然後灌溉獲利。故次《水道》。天道玄邈，菑祥時有。知而謹之，人事足貴。故次《水年》。得失殊狀，利害相參，則有三老長年可採而用，用罔不臧。故次《水議》。人臣之議，以尊主安民。境外雖專，而有不可以不禀令者，非疏不達。故次《奏疏》。官有專職，斯事有考成。自大禹爲司空，代不乏人。諸所竪立，往往垂之史册，照耀來兹。故次《水官》。事貴初謀，民難慮始。宣揚德意，以告有衆，以束庶官，則文具不可缺也。故次《公移》。天下之事，未有不先經畫，而能底績者。上以權肅令，下以令趨事。上下之間，如指臂然。故次《水政》。十人聚而謀之，一人斷而行之。胼胝四載，神禹爲之而有顯績。即飢寒暑雨胡辭焉。故次《治水》。凡志士勞臣之所爲，日夕兢兢，不遑啟處，以興水利者，罔非爲田工也。治水而不治田，水將曷利？故次《治田》。以告成事，以開後人，是不可無紀也。若施伐足爲引嫌，則禹貢可以無作。故次《水績》。水利聿興，將以永利。非見之文字不傳，非託之金石不固。故次《水碑》終焉。後之欲求林公之勤勞者，觀於此書，則幾矣。

又

三吴地形，在浙惟杭州爲最高，湖州次之，嘉興又次之。在直隸，惟鎮江爲最高，常州次之，無錫又次之。太湖當浙、直之下流，蘇、淞又居太湖之下流，故山源奔注，自高而卑。若鎮常，若建康，若杭嘉湖，凡趨於湖者，皆源也。若蘇，若淞，凡通其流於海者，皆委也。源莫大于天目，委莫大于三江。備列之圖，以俟司水者考焉。

校勘

① 蓄：底本原作『畜』，據程元方本改。

② 之興：底本原作『海而』，據程元方本改。

③ 泝：底本原作『沂』，據文意改。

注釋

［一］震澤：今太湖之古稱。

［二］夏忠靖原吉：夏原吉，字維喆，湖南湘陰縣人。由鄉薦入太學，選授户部主事。建文初擢户部右侍郎。明成祖即位，陞遷尚書。永樂初，糾工十萬疏浚吴淞水道，繼又賑濟浙西饑民。成祖北征韃靼時，奉詔輔助太孫留守，總理行都九卿事務。宣宗時，入閣預機務。卒贈太師，謚忠靖。有《謙謙齋集》《夏忠靖集》。

［三］周文襄忱：周忱，字恂如，號雙崖，吉水（今江西吉水）人。永樂二年（一四〇四）進士，選庶吉士，進文淵閣。宣宗宣德間官工部右侍郎，巡撫江南，在任二十二年，減田賦，修水利，惠政大著。景泰中，以工部尚書致仕。卒謚文襄。有《雙崖集》。

［四］林公：指林應訓。見前文注。

［五］《水考》：即《三吴水考》。蘇、松、常、鎮諸府水利修浚後，林應訓命張内蘊、周大韶等編輯此書。書共十二類，分《詔令考》一卷、《水利考》四卷、《水年考》一卷、《水官考》一卷、《水議考》二卷、《奏疏考》三卷、《水移考》一卷、《水田考》一卷、《水績考》一卷、《水文考》一卷。以下諸篇即是屠隆爲各門類所作之序。

水利圖说

夫水有源流委折，書載之詳矣。乃其道路錯沓，迤邐盤旋，則累句字莫悉也，非圖曷以也？圖自河馬兆其端倪，而澗瀍東西[一]，洛都定鼎，姬公圖以復辟焉。矧今日之水，有一名兩地、數派同源者。使必屬之詞，幾爲詞所掩，寧詎能條分縷派、爛焉如掌？可無煩身歷，而坐鏡眉睫哉？故詞之所不能載，載而不及詳者，則爲之圖。其府析而州，州析而縣也。大禹敷土之遺乎？抑亦周官經野之制也？

注釋

［一］澗瀍：瀍水與澗水之並稱。古都洛陽，瀍水直穿城中，澗水環其西，故多以二水連稱謂其地。

詔令小序

水利先詔令者，一以宣天子之德意，一以重臣子之事權。奏功集事，恒必因之。主上尊居九五，而神運萬方；身在穆清，而慮周四野。其于水利之廢興，生民之利病，譬如捧大明以燭幽遐，所在洞然明了。故命官專督，畀以一方生靈之寄，惟恐後時，而必重其事權，錫以璽書。所以計安元元者，至切也。人臣而膺兹簡命，命專則人思殫精，權重則事無掣肘，而疏鑿底定之政，可次第舉行。以延訪盡人情，以講求合機宜，以舉刺肅諸司，以賞罰勸工役。百爾有衆，所以雲蒸風動，而踉蹡奔走畚鍤之下者，惟此以鼓舞之。此水利之所以先詔令也。

水源考小序

裘必有領，事必有綱。治水而不窮其源，寧免汎濫之虞？故大禹導河，自積石導江，自岷源長流通，日夜湯湯，東注于海，然後蕩析之災不作。不窮其源，而惟疏流分派，譬如治病而徒治其表，非完計也。三吴水利，以湖爲匯，然而非始于湖也。湖受諸谿，諸谿源于諸山嶺，蓋皆有所自來也。知其所自來，鑿其上流，疏其下流，利而導之，时乃蓄洩，備乃灌溉，厥利鉅矣。故水之有源，天地之元化，聖哲之上智，不能外也。職治水者，尚其留念焉。

水道考小序

水道者，水之所經行也。八紘九野之水[一]，莫不由故道以趨于海。大哉，海之爲百谷王也。譬之人身之血脉，流通則無恙，壅逆則爲災。是故神禹之智，弗能外焉。曰禹之治水，水之道也。水道既通，然後蓄洩之政舉。蓄洩之政舉，然後灌溉之利興。吴中之水，其最鉅者曰三江，曰五湖，其餘陂塘浦蕩以百千計，其故道俱瞭然可覽睹矣。不濬其下流，不循其故道，而欲治水，雖神禹不治。作《水道考》。

注釋

[一] 八紘：八紘，大地之極限，猶言八極。《淮南子·墬形訓》：『九州之外，乃有八殥……八殥之外，而有八紘。』九野：《列子·湯問》：『八紘九野之水，天漢之流，莫不注之。』張湛注：『九野，天之八方中央也。』

水年考小序

治水紀年者何？謹災祥也。降災者天，回天者人。是故修德以銷之者上，立事以防之者次，變沴既作而後攘臂畚鞲以赴之者下。水旱之災，國家通患。迺吴中之所謂災者，獨水爲棘矣。夫吴，澤國也，諸水浩淼，易蓄而難洩。一遇淫雨積潦，蛟龍鼓怒，陽侯弄權[二]，惡風乘之，洪波巨濤，砰湃横溢。豈惟禾稼渰傷，即廬舍井竈蕩爲水鄉，民其魚乎！惟守土者勤修德義，敬天勤民，朝夕欽欽，而又講求水政。事先豫防，疏壅塞以通水道，置堰閘以時啟閉，築圩岸以障流潦，濬溝洫以時蓄洩。如是，則天且降康。不幸而遇災，而吾先事有備，災其如我何？是守土者之所宜留心也。古昔以來，年代遞遷，災異時有，備録謹書，一披覽則廩廩悚畏矣。作《水年考》。

注釋

〔一〕陽侯：古代傳説中之波濤神。借指波濤。

水議考小序

天下之事，明者議之，亦明者用之。議于有衆，斷于一人。斯事無遺策，而動無僁尤。鹽鐵之論，漢庭公卿卒屈于文學。是故事貴議也。宋濮安懿王之議〔一〕，發言盈庭，而迄無定論，百世而下非之。是故議貴斷也。况夫水政之古今殊軌之近異，宜沿革利病，了不可執。治病有方而拘于方，則靡效；用兵有法而泥于法，則敗。神而明之，存乎其人，是惡可無議也？大人碩士，謀謨廟廊；蒭蕘父老，商榷田野。苟有裨於水政，採而用之，胥石畫也。雖有嘉言，棄而弗録則虚；雖有神智，愎而自用則舛。夫謀定而後戰，與夫不謀而戰者，其成敗之相距，豈有算哉？

注釋

〔一〕濮安懿王：趙允讓，宋英宗生父。宋仁宗無嗣，死後以濮安懿王趙允讓之子趙曙繼位，是爲英宗。即位次年之治平二年（一〇六五），詔議崇奉生父濮王典禮。侍御史吕誨、范純仁、吕大防及司馬光、賈黯等力主稱仁宗爲皇考，濮王爲皇伯；中書韓琦、歐陽修等則主張稱濮王爲皇考。英宗因立濮王園陵，貶吕誨、吕大防、范純仁三人出外。史稱此争論爲「濮議」。

奏疏考小序

夫水利，下奠民生，上關國計。水利興，則民安而國計盈；水利不興，則民病而國計詘。斯勞臣志士之所爲日夕經營而不已者也。巖穴之賢，私議于田野；縉紳之士，公言于朝。寧私議者罔成功，公言者有顯效？誠使章朝入而命夕下，即方寸之牘，可以活億萬之生靈，而垂千百年之長策，是經世者之所大快。然非老成卓識，平生得于父老之所講求而耳目之所覩記，即策水政之成敗利害，如燭照而數計，惡可形之章奏，聞之廟堂？不然，空談臆度，郢書燕説，豈可以民生國計嘗試而漫言之哉？《書》載《禹貢》，酈道元著《水經》，司馬遷作《河渠書》，班固作《溝洫志》，今其形勢經制，班班可考，而用之三吴，或不盡合。故知古知今，識時務者爲俊傑。慎毋輕疏水哉！

水官考小序

水之有官，專治水之責也。以水名官，以官治水，將平成之績是賴，非以備員也。是故六卿分職，厥有司空；諸曹率屬，亦置都水。在外則有水利臬大夫、郡司馬。朝廷每修水利，輒遣公卿大臣往督其事，而以百執事佐之。近復命憲臣以璽書行事。諸所建白重且鉅者，請奏于上。其餘一切，皆得從便宜，彈厭諸司。諸司有不率不力者，皆得論刺之。其事權良重必也。憲修政舉，事迺奏功。奠我元元，福利社稷。用光史册，以告來世。斯其無負于任使乎？

朝廷設官，各有專責。故吏治不清，則問太宰；户口不蕃，則問司農；典禮多缺，則問秩宗；戎事失戒，則問司馬；刑獄叵平，則問司寇；地利未盡，則問司空；憲法罕飭，則問執法；小民靡寧，則問司牧；邊鄙多警，則問疆吏；水利湮廢，則問水官。此朝廷之所以使天下于指臂，而坐策四海者也。作《水官考》。

公移考小序

按：農田便宜，國有令甲，而興除委折，首藉規圖。匪繇查勘覈實，每致擘畫乖方。蓋計功者先其事，策事者申其約。此古重三令五申，而漢庭守畫一之法也。不然者，詢謀不詳，曉示不設，則耳目不一，施爲必紊矣。洵經理根本之計，在公移云。

水政考小序

夫追往鏡來，考古準今，國是資焉。東南水政，國計民生，胥此乎賴，豈細故哉？薦紳大夫，仰承簡命，下惠元元，各出其智，以殫力從事。要在剗虛文，修實政，去近利，建遠圖。嘗謂治水猶治疾，苟見垣一方，則俞、扁在吾一心［一］，乃方書何可不覽也？前事者，後事之師。衆議集，便宜備，經畫舉矣。作《水政考》。

注釋

［一］俞、扁：指上古時俞跗、扁鵲兩位名醫。《史記·扁鵲傳》稱，扁鵲『飲藥三十日，視見垣一方人。以此視病，盡見五臟癥結，特以診脈爲名耳』。

治水考小序

夫治水者，水自治也，非治水也。以水治水，而非以我治水也。水以流通爲性。通則利民，壅閼則溢而爲患。窮其本源，尋其故道，導其壅而使之行，如是而已。即以三吴言之，宣、歙以上之水，可入於蕪湖，而不可入於荆谿；蘇、常以下之水，可趨於三江，而不可積於震澤。入於蕪湖則順，入于荆谿則壅；趨於三江則順，積於震澤則壅。雖有神聖，欲出胸中之獨見，逆水性而從事，舍故道而奏功，吾知其不能也。故曰治水者，水自治也，非治水也。負薪用璧，親操版鍤，蒙犯風露，無問寒暑。凡所爲日夜胼胝而爲之者，惟次而已。

治田考小序

夫治田者，所以治水也。田之所患在水旱，下田患水，高田患旱。三吴號稱澤國卑濕，乃其間亦自有高下。下田患水，而所以障水者在圩岸；高田患旱，而所以蓄水者在溝洫。圩岸修，則宣防有備，而水不能爲災；溝洫修，則儲蓄有備，而旱不能爲災。此治田之大略，乃水政中之最喫緊者也。

治水而不治田，時而水潦，河道雖通，而一時洩瀉不及者，無隄何以障之？時而旱暵，江河雖大，而窵遠灌注不到者，無溝何以蓄之？水政何裨焉？故曰治田者，所以治水也。然其中經畫處分，亦煩且勞矣。自非高爽篤誠、卓然負大人之器而又實究心細民之業者，莫得而辦。觀于近事，其效可覩见矣。

按：治水治田，相爲表裏。前已叙之詳矣。今林公某首開吴淞江[一]，以通震澤；次開蘇淞下流諸河，以達三江，則下委既治。次開常鎮諸瀆，以導下流，則上源亦修，而治水之功畢矣。復刊布治田六事，通行四郡，責令所司，各就田之高下開溝渠，築圩岸，然後旱潦有備，民以永賴云。

注釋

[一] 林公某：指林應訓。見同卷前文注。

水績考小序

古人有言：『非常之元，黎民懼焉。及臻厥成，天下晏如也。』夫展輿圖于指掌，殫精神于河渠，泝委尋源，殺流分勢，究其通塞之故，相其高下之形，籌其利害之幾，而務立爲將來永久之利。望渺茫，莫得要領。其初議，亦大落落矣。逮其事定功成，民乃永賴。是非獨才智有餘，則其精神之所到也。語云：『弗慮何獲？弗爲何成？』是故事弗可無績也。績用弗成，所以勤事者安在？紀水績者語成勞也，非自多其功伐者也。是《禹貢》之遺也。

水碑考小序

嘗觀《河渠》《溝洫》二書，言治水者甚悉。蓋國之利害所關，故備論其事云。《禹貢》紀蹟，玄圭告成。後世之追求明德者，可考而鏡焉，則以聖人之不廢竹素也。東南澤國，儲餉所寄，講求水政，其事靡得殫。紀其所經營擘畫，必筆之竹簡，勒之金石。凡以存前事，而告來世。斯亦嘉惠元元之心，非獨嫺於文辭，鈎奇炫彩，沽後世名。此與杜征南之沉碑異矣[一]。百世而下，尋斷碣於荒煙野草之間，讀遺文於騷人韻士之筆，則經制了然在目，慨慕興懷，思所以踵乃故蹟，篤美前人，民瘼其永有瘳乎！太上立德，其次立功，其次立言。君子所稱三不朽者，立言最下。而聖賢之功德鴻鉅，非托之立言者，則不能聲施後世，爲後世楷程。故言亦足貴也。

注釋

［一］杜征南：西晉杜預，著名政治家、軍事家，伐吴建功。卒贈征南大將軍，後世因稱『杜征南』。杜預沉碑事，《晉書·杜預傳》載：『預好爲後世名，常言「高岸爲谷，深谷爲陵」，刻石爲二碑，紀其勳績，一沉萬山之下，一立峴山之上，曰：「焉知此後不爲陵谷乎？」』

白榆集校注文集卷之十六

策

一問①

問：人道尚正，兵道尚詭。天下之事，其變無窮。持衡懸鑑，靡得而一。願與多士商之。

謂兵在地險，則天府百二無改也，秦胡以短？漢胡以綿？謂兵在糧餉，則積貯飛輓無改也，蕭何胡以昌？李密胡以亡？澤蛇魚書，同一譎怪也，一以之帝，一以之虜，成敗是何風馬也？陰符六甲，同一神異也，一以興周，一以覆宋，禍福是何霄壤也？仁義一也，湯武用之則王，宋襄用之則殃。仁義同，而收效千里者何居？兵法一也，趙奢用之則勝，趙括用之則敗。兵法同，而見功遼絶者何故？減竈增竈，張疑不同，而同歸于克敵制勝；擊刁②斗，不擊刁斗，紀律不同，而同歸于宣威立功。

漢高帝以巴蜀一隅，東摧彊楚，而以天下之衆困於白登[一]；唐文皇以晋陽一旅[二]，南捲亡隋，而以四海之師挫於遼左[三]。豈豪傑衡風之衰乎？項羽氣壓諸侯，所當立靡；及其敝也，制于田父。淮陰智包六合，所向無前；及其敗也，死于婦人。豈英雄彊弩之末乎？

謂兵貴多也，則苻堅六十萬之衆，誠投鞭足以斷流也，何以卒阸於淝水？而曹孟德則又以許昌全師走玄德於新野。謂兵貴寡也，則李陵五千之騎，誠空拳以冒白刃也，何以卒没于匈奴？而班定遠則又以三十六人立奇功于西域。兵事尚幾密，故有以銜枚宵度克蔡州之師，而又或以火牛鼓譟而破燕軍；兵事尚鎮静，故有堅卧不起定軍中之亂，而又或以閉門修齋而僨西事。拔劍斫案，事以斷成也，而孟明之違衆[四]，而行亦斷也，胡爲而卒有殽師之辱？力主和議，事以怯敗也，而越人之力請，行成亦怯也，胡爲而卒收霸越之功？殷浩才名不減謝安，而成敗之迹頓殊。仲達智略不下武侯，而雌雄之形甚判。若此者，果何説與？變出無常，權難預設。故天下之大務，非膠固拘曲之士所了也。爾多士夙抱磊塊，行且出而經略天下，其間得無若唐之李衛公、郭汾陽其人者在乎？

請詳著于篇，以觀爾多士之器具。

對：天下之事若布奕，天下之機若轉丸。古今之變若疊浪而捲波，英雄之智若朝日而夕月。布奕者，一布則一局，再布則再局。積而至於千布，無有同時。轉丸者，一轉無端，再轉亦無端。積而至于萬轉，無有窮時。後者之浪疊前者之浪，至於排山倒海而靡算也；一日之日經千日之日，至於亘古歷今而常新也。故聖賢之爲人品也，若龍；而其以權赴機也，若鬼。大英雄豪傑之處心積慮也，曒於天日；而其以智籠萬變也，巧於狙公。聖賢豪傑之人品以方，而其機智以圓。天下之常事以正應之，而天下之變事以權應之。以方故不詭於道，以圓故濟事。以正應之則有定法，以權應之則無有定法。狡獪滑稽，難以爲人；拘攣曲局，難與立功。是機也，聖賢豪傑借之以行其公忠，而奸雄宵人亦盜之以濟其淫慝。不可不辨也。請因明問，而以生平③鄙見，爲執事仰陳之，執事試財擇焉。

天下形勝，秦得百二。漢以龍興，秦以虎視。而運祚修短不齊者，漢制百二之勝，以鎮撫夷夏；而秦扼百二之險，以炰烋黔首。漢有道之長，而秦無道之短也。蕭何料關中户口以轉漕給餉，李密據洛口倉以雄視東都。而事業興敗迥别者，何調足兵食而志平禍亂，密倚恃富饒而罔恤士民；何以寬大昌，密以驕矜亡也。漢祖托詭於澤蛇，陳涉匿詐于魚書。同一譎怪，帝張之而爲興王之圖，涉張之而爲盜賊之行，成敗烏得不風馬也？呂望發跡于陰符，郭京喪師于六甲。同一神異，呂躬聖德而智超神人，郭挾無賴而計出市井，禍福惡得不霄壤也？湯武之仁義以靖難救民，而宋襄之仁義以姑息養亂。譬之參苓菖陽，用之扶衰年則効，用之救急症則否。趙奢之讀兵法，妙用在心，而趙括之讀兵法，執不知變。譬之奕譜方書，用之知變則効，而用之不知變則否。孫臏減竈，兵彊則示之以弱，以弱誘敵而致勝；虞詡增竈，兵弱則示之以彊，以威敵而全軍。勢不同也。程不識常才，以紀律行師，故每擊刁斗自衛，而師賴以完。李廣異材，出奇于紀律之外，故不擊刁斗自衛，而兵無不克。材不同也。

漢高帝、唐文皇，其始也，以兢業之心，御方張之衆，而勘亂舉事，故巴蜀、晉陽之旅，卒以亡秦而破隋；其終也，以驕盈之氣，役久罷之師，而黷武不休，故白登、遼左之行，卒以挫威而辱國。勇如項羽，所當立靡。及其敝也，制于田父。拔山氣盡，蓋世心灰。勇不足恃也。智如淮陰，所向無前。及其敗也，死于婦人。始以智興，終以智烹。謀不足恃也。苻堅以六十萬衆挫于淝水，而孟德以許昌全師大破玄德。魏公之衆堅，而秦王之衆不堅也。班超以三十六人立功西域，而李陵以五千步卒陷没匈奴。班超之算勝，而李陵之算不勝也。李愬銜枚宵度，以密謀用全力，故一舉而蔡州平；田單鼓譟火牛，以盛氣振弱勢，故一舉而齊地復。瑟何可以膠柱調乎？周亞夫之堅卧不起，以鎮静而定倉卒之變；王欽若之閉門修齋，以恇怯而長敵人之威。劍何可以刻舟求乎？孫權拔劍斫案，知其可勝而奮焉以進，赤壁一炬，遂保江東；孟明違衆獨行，不知其不可勝，而冒焉以逞，于殽一師，身敗子虜。當斷不斷，不當斷而斷，同歸于亂也。

宋人力主和議，一弱不振，而臣主溺于晏安，南渡之興，終以航海。越人力請行成，用弱爲彊，而君臣奮于薪膽，會稽之卒，終以沼吴。宋以弱亡，越以弱彊。用弱何常也？殷深源以浮氣虚名，而當姚襄雄武之傑，故功名挫損，廢死信安。謝安石以高才雅度，而當苻堅驕罷之夫，故大捷淝陽，勳垂竹帛。武侯機權神鑑，才與誠合，故雖提益都疲卒，而乃能彈壓中州。仲達狐鼠爲心，姦雄小智，故雖號用兵如神，而不免貽羞巾幗。人品不同，事業亦異。即才名相逼，器具相埒，而如龍如豬，爲虎爲鼠，胡可同日語哉？

大都佳兵者，不祥之器，聖人不得已而用之。小仁者，大仁之賊。殺人以安人，則聖人爲之。故黄帝不廢鉅鹿之師，文王不廢于崇之役。然而不約于仁義則賊，不講于孫吴則亂。不按成法則冥，不達时變則固。民命不可以試也。王昭遠指揮三軍[五]，自方諸葛，而不免摧喪之羞；薛大拙自負材氣[六]，非薄卧龍，而身死亂軍之手。自非老成端亮、深計遠識之士，疇能勘亂定難，拓土開疆，著旂常而盟帶礪哉？

我高皇帝再造華夷，廓清區甸。列聖承之，文經武緯。風雨嶽瀆，大闡厥靈，瓌人傑士若唐李衛公、郭汾陽其人者，世固不乏。而愚非其人也。甕盎之見，惟執事進而教之，幸甚。

校勘

①一問：底本無標題，據目録補。

②刁：原作『刀』，據文意改。下文同。

③平：底本原作『乎』，據程元方本改。

注釋

〔一〕白登：白登山，今山西大同東北。漢高祖兵困白登，事見《史記・劉敬叔孫通列傳》：『漢七年，韓王信反，高帝自往擊之。至晉陽，聞信與匈奴欲共擊漢，上大怒，使人使匈奴。匈奴匿其壯士肥牛馬，但見老弱及羸畜。使者十輩來，皆言匈奴可擊。上使劉敬複往使匈奴，還報曰：「兩國相擊，此宜誇矜見所長。今臣往，徒見羸瘠老弱，此必欲見短，伏奇兵以争利。愚以爲匈奴不可擊也。」……上怒，罵劉敬曰：「齊虜！以口舌得官，今乃妄言沮吾軍！」械系敬廣武。遂往，至平城，匈奴果出奇兵圍高帝白登，七日然後得解。』又《漢書》卷一《高帝紀》：『上從晉陽連戰，乘勝逐北，至樓煩，會大寒，士卒墮指者什二三。遂至平城，爲匈奴所圍，七日，用陳平秘計得出。』

〔二〕唐文皇：唐太宗李世民，謚號唐文皇。晉陽：今山西太原西南。隋末，李世民隨父親李淵起兵晉陽，進軍關中，攻陷長安。後建立唐朝。

〔三〕遼左：貞觀十八年（六四四），李世民無視『隋主三征遼左，人貧國敗』前車之鑒，發兵征高麗，結果失敗而回。

〔四〕孟明：春秋時虞國人，名視，字孟明。爲秦穆公將領。秦晉崤之戰，孟明被晉軍俘獲。後放回。見《左傳》僖公三十三年。

〔五〕王昭遠：五代十國後蜀樞密院事。王昭遠平時自比諸葛亮，目空一切，實則既無運籌帷幄之謀，又無領兵打仗之勇。乾德三年（九六五），北宋攻打後蜀，後蜀帝孟昶命王昭遠領兵抵抗。由於指揮不力，後蜀軍三戰三敗，一潰千里。

〔六〕薛大拙：薛能，字大拙，汾州（今山西汾陽）人，唐會昌六年（八四六）進士。曾任京兆尹、工部尚書、感化軍節度使、忠武軍節度使等職。廣明元年（八八〇），徐州軍經許州，薛能以徐師爲舊部，遂館之州内。忠武軍懼爲徐軍所襲，經部將周岌煽動，襲能並殺其全家。薛能爲人驕矜，做詩好自立異，每每賦詩貶損諸葛亮，如《籌筆驛》：『葛相終宜馬革還，未開天意便開山。生欺仲達徒增氣，死見王陽合厚顔。流運有功終是擾，陰符多術得非奸。當初若欲酬三顧，何不無爲似有鰥。』譏諷諸葛亮之功業。

表

賀皇子誕生

奏爲慶賀事：臣近接邸報，恭遇萬曆十年八月十一日未時，皇第一子誕生[一]。臣躬逢大慶，不勝欣躍。竊惟華渚流虹，大地發祥于帝曆；瑶光貫月，高天呈彩于皇圖。麟趾振振，德徵仁厚；螽斯蟄蟄，慶洽陽和。雲仍繼美，衍國家有道之長；千億宏開，實宗社無疆之福。恭惟皇上，沉幾炳朗，妙性冲玄，孝奉慈闈，穆矣兩宫，雍肅仁沾，黎首熙然，四海清和。

蓋惟協氣交暢于寰區，是以皇天首錫乎元嗣。嘉祥式啟，會嶽瀆風雨之靈；英哲挺生，協日月星辰之運。龍種鳳雛，俊偉豈同凡品？金枝玉葉，扶疎夙植靈根。傳宣宫府，百辟咸歡；詔諭華夷，萬方胥快。玉壘崇基，喜宗祊之世篤；銀潢衍泒，占國脉之靈長。

臣職忝封疆，欣逢盛美。目極雲中，望龍顔之咫尺；心懸日下，亟虎拜以趨蹌。伏願天眷彌隆，聖謨益慎。立教以淑，冲人出入起居之有度；正學以端，蒙養凝丞保傅之無違。神聖繩繩，國本繫苞桑之固；元良翼翼，宗祧奠磐石之安。臣無任歡欣鼓舞之至。謹具本，差官某齎捧謹奏，稱賀以聞。

注釋

［一］皇第一子：指朱常洛，明神宗朱翊鈞長子，萬曆十年（一五八二）八月十一日生。母親孝靖皇后王氏，原爲宫女。萬曆二十九年（一六〇一），經歷長達十五年之争國本事件，被立爲太子。泰昌元年（一六二〇）九月二十六日病逝，終年三十八歲，史稱『一月天子』，廟號光宗，謚號『崇天契道英睿恭純憲文景武淵仁懿孝貞皇帝』。

賀皇上[一]

奏爲慶賀事：恭遇皇上册兩宮徽號禮成，臣誠歡誠忭，稽首頓首稱賀者。伏以聖心報本，積誠素格，皇穹大孝光前，倫制莫先禁闥。親恩罔極，非備禮何以答其劬勞？母道至隆，非大號何以揚其休美？

恭惟皇帝陛下，玄資天授，神明早著于沖年；上智夙成，仁孝益聞于鼎盛。問寢兩宮，曉日每馳鳳輦；宵衣五位，卿雲長護龍樓[二]。慈闈掬育，燕貽式穀于元良；聖孝顯揚，鴻號永光乎史册。加仁聖以懿安之稱[三]，仰闡母儀之肅穆；加慈聖以宣文之號[四]，用章閫範之休明。玉札金函，遠勝丹臺之册；星輝霞彩，居然紫府之書。史館裁成，彩筆光生殿陛；至尊親上，絳桃喜動慈顔。

臣幸生全盛之昌時，快覩尊親之盛典。爲臣將母，錫類恩深；移孝作忠，服勤敢懈。伏願皇上德業日新，仁孝益篤。重熙累洽，保大業于億千；文武聖神，駕美號於三五。臣無任瞻天仰聖，忻忭舞蹈之至。爲此具本，遣官某齎捧謹奏，稱賀以聞。

注釋

[一] 皇上：指明神宗朱翊鈞，明穆宗第三子。隆慶六年（一五七二），穆宗駕崩，朱翊鈞十歲即位，次年改元萬曆。在位四十八年，爲明朝在位時間最長皇帝。

[二] 龍樓：漢代太子宫門名。《漢書·成帝紀》：『上嘗急召，太子出龍樓門，不敢絶馳道……。』顔師古注引張晏曰：『門樓上有銅龍，若白鶴、飛廉之爲名也。』

[三] 仁聖：明神宗朱翊鈞嫡母陳氏。萬曆六年（一五七八），加尊號『仁聖貞懿皇太后』。

[四] 慈聖：明神宗朱翊鈞生母李氏。萬曆六年（一五七八），加尊號『慈聖宣文皇太后』。

賀仁聖皇太后徽號[一]

奏爲慶賀事：恭遇皇上册尊仁聖懿安皇太后禮成，臣誠歡誠忭，稽首頓首稱賀者。伏以唐風亶厚，平陽錫福于慶都；周道休隆，鎬洛發祥于文母[二]。聖慈育後，禎符開萬曆以齊天；大孝光前，美號軼千秋而配帝。神人胥快，朝野交歡。

恭惟聖母仁聖懿安皇太后陛下，閫範肅雍，躬明德節儉之化；慈恩浹洽，邁亶仁堯舜之稱。佐穆廟以諧神人，三靈時若；啟今上以清夷夏，四海晏然。蓋惟功德靈承于宗廟，是以揄揚永光于册書。龍章焕奕，琅函上映星虹；鴻號巍峩，金简高懸日月。華陽真誥，何必羡朱陵南嶽之尊？閬圃雲謡，直似降金母西池之札。罔極恩酬，仰見皇情之悦豫；無窮祚衍，更欣壽域之宏開。臣無任瞻仰踴躍之至。爲此具本，專差官某賫捧謹奏，稱賀以聞。

注釋

［一］仁聖皇太后：陳姓，通州人，錦衣衛副千户封固安伯陳景行之女。明穆宗朱載垕繼妻，皇后。明神宗嫡母。明神宗即位，上嫡母尊號『仁聖皇太后』，居慈慶宫。萬曆六年（一五七八），尊爲『仁聖貞懿皇太后』。萬曆十年（一五八二），尊爲『仁聖貞懿康静皇太后』。萬曆二十四年（一五九六）七月，陳太后崩，謚號『孝安貞懿恭純温惠佐天弘聖皇后』。

［二］文母：指太姒，周文王之妻，周武王之母。太姒天生姝麗，聰明淑賢，分憂國事，嚴教子女，尊上恤下，深得文王厚愛和臣下敬重，被後人尊稱爲『文母』。

賀慈聖皇太后徽號[一]

奏爲慶賀事：恭遇皇上册尊慈聖宣文皇太后禮成，臣誠歡誠忭，稽首頓首稱賀者。伏以慈闈毓德，安貞協九廟之靈；宸極酬恩，大孝慰四海之望。慶都卜于帝嚳，仁明用啟唐堯。太姒思媚姜任[二]，恭順以昌；周烈太陰星朗，絳闕昭回。長信宮深[三]，紅雲拱護。

恭惟聖母慈聖宣文皇太后陛下，坤維奠位，泰運開期。篤生上智，應虹流電遶之祥；羽翼聖躬，啟日照月臨之德。蓋盛美久孚于中外，而顯號超軼于古今。金函炳焕，移來洞府靈篇；玉札輝煌，遠邁雲華仙誥。恩深鞠育，萬邦聞母后之慈；禮極尊崇，四海頌吾皇之孝。王道無私，仁風沕穆；太平有象，國運靈長。臣無任瞻仰欣躍之至。爲此具本，專差官某齎捧謹奏，稱賀以聞。

注釋

[一]慈聖皇太后：李姓，漷縣人，明神宗朱翊鈞生母。十五歲進入裕王府，爲裕王朱載垕生第三子朱翊鈞，進而由都人（宮女）陞爲側妃。裕王登基後被封貴妃。萬曆元年（一五七三）朱翊鈞登基，爲母親李氏上尊號『慈聖皇太后』。六年（一五七八）三月，加尊號『慈聖宣文皇太后』。十年（一五八二），加尊號『慈聖宣文明肅皇太后』。二十九年（一六〇一），加尊號『慈聖宣文明肅貞壽端獻皇太后』。三十四年（一六〇六），加尊號『慈聖宣文明肅貞壽端獻恭熹皇太后』。四十二年（一六一四）二月崩，上尊謚『孝定貞純欽仁端肅弼天祚聖皇太后』。

[二]姜任：姜指周文王祖母太姜，任指周文王之母太任。《史記》卷四《周本紀》：『太姜生少子季歷，季歷娶太任，皆賢婦人。』

[三]長信宮：漢代宮殿名。《三輔黄圖·漢宮》：『（長樂宮）有長信、長秋、永壽、永寧四殿。高帝居此宮，後太后常居之。』

議

貞靖先生私謚議[一]

不佞嘗聞之，火發外明者，薪之盡也；神智外馳者，朴之散也。外無雕傷，其中則完。故至人屏黜浮華，獨存其照。蓋不佞自童牙從司馬公，見其泊然亡好，翛然寡營也。公爲人敦厚清真，聞道殊蚤。方出而涉世，器重如砥，機發如栝，負大人之望者數十年，其所當靡弗辦，其所觸靡弗了者。逮其歸也，而斂華歸根，回光内燭，世緣頓盡，若枯蜩然。

余觀士大夫之退處無聊，最下者没于錐刀聲利，最高者逃于詩酒山林。是皆有所託，以自娱樂而遣其胸懷，內則不足，而外假于物以勝之。迺公一無託也。秩爲列卿，儉若寒士。家本世禄，産不踰中人。履綦之跡不涉於公府，疾遽之聲不加于臧獲。口無厚味，身無華衣。簡緣省事，靡足絓其丹扃①者。酒德頗不淺，或一飲一石，或累月而斷杯酌。即少以天才自高，跋扈於雕龍之業，比其晚年，亦一切罷遣，曰：『思慮煩則耗心力，綺語多則走元陽。老夫幸不及于耄，不復能與文士角技也。』一几一榻，終日默默而已。是其中必有以自足而無假于外也，是其心必有以自娱而無羡乎物也。火不外揚光乃含，智不外馳神乃凝。故公老而彌壯，望之若仙。蓋得之守元抱一，則至人其幾也。世人營營，以萬物自勞，久而情識疲耗，四大無主。至於臨終，未有不憒憒者。公病且逝，智鑒朗然，言動從容，卒歸乎正，且有幢節羽騎之異焉。信乎！公形雖終，而神氣不散。此其證也。

公既殁，吾鄉之士大夫懷思哲人，不能已已，則相率而議私謚先生。按謚法，清白守節曰『貞』，寬樂令終曰『靖②』。先生實兼之，乃私謚曰『貞靖先生』。夫清白守節，賢者所能，宜未盡公之至性純德。至寬樂令終，則幾矣。夫清白守節者，與人爲徒；寬樂令終者，與天爲徒。是先生之所實也。

我國家令甲，大臣卒于家者，率得請謚、請祭葬於朝。公臨終，戒其子畯勿爲請[二]。子畯受公治命，竟莫請也。公之守道履貞，而不慕世之浮榮，殆其性然。夫不慕公朝之榮典，又胡羡鄉士大夫之私評？而鄉士大夫迄不能已于此舉者，則人心之公也。

不佞受知公③深，誠語其生平，令管鮑有媿色。而公之子畯④，清真好道，雅有父風，與不佞方爲雲霞交，相期世外。知公之心，贊公之德，非不佞其誰？而不佞固終不能以一語贊公也。世人務其外，至人務其內。間有知公者，貌耳。

校勘

① 扃：底本原作『扁』，據程元方本改。
② 靖：底本原作『智』，據程元方本改。
③ 公：底本原作『心』，據程元方本改。

④ 畯：底本原作『峻』，據程元方本改。

注釋

［一］貞靖先生：屠大山，字國望，號竹墟，鄞縣人。嘉靖二年（一五二三）進士，官至兵部右侍郎兼都察院右僉都御史。萬曆七年（一五七九）卒，得年八十。《由拳集》卷十九有《少司馬屠公傳》：『余於公爲父行，而齒最少，自童子受公知，知公最深。』《白榆集》文集卷二有爲屠大山所作《屠司馬詩集序》，云：『余與公爲諸父行，而少于公甚。總角相眷，受公國士之知三十年。』

［二］畯：屠本畯，字田叔。鄞縣人，屠大山之子。曾以父蔭任太常寺典薄、禮部郎中、兩淮運司同知，官至福建鹽運司同知。

誄

程思玄太學誄［一］有序

萬曆十八年十一月初九日丁未，新都程君太學思玄卒。嗚呼，哀哉！君諱問學，字思玄①。其先自周伯符仕成王，封國于程，因以爲氏。在戰國，有程嬰存趙孤。歷漢魏晋，咸有聞人。晋元譚由東阿渡江，爲新安太守，因家黄墩。陳有靈洗爲開府，儀同三司，有功于民，卒謚忠壯，敕建廟黄墩，春秋祠焉。明興，有仁叟者渡漸江居，率東新安里，今爲由溪。至思玄八世矣。其詳具余所爲君考《程處士傳》中［二］。母邵氏，錢塘人，爲孝惠皇太后從女姪，生思玄。處士逐什一，教思玄兄弟業儒。

思玄幼而穎異。肅皇帝乙卯［三］，島夷犯境，程氏避地婺源。旦日衣冠焚香吁天，祈父母壽及里閈毋罹兵燹。後同諸兄弟讀書巖山，下帷發憤，天藻菀起。會山寇犯里，思玄從里中諸豪俠壯士習弓馬，十發九中。人咸異之，有奇儁之目。莊皇帝二年［四］，就業南雍［五］。先後大司成姜公延善、范公伯禎、少司成周公順之［六］，咸器君瑰琰才。博士吴門文壽承尤與君善［七］，汪司馬伯玉先生及許相公並賞君朗秀。隆慶六年秋，入會稽，探禹穴宛委，蒐玉書金簡。尋蘭亭，求王謝遺蹟。東訪陽明先生廬，遂與同曹講性命之學。風格峻整，不言躬行。師汪見臨卒建業，君經紀其喪甚悉。諸兄程子敘病瘵，人畏不敢近，君朝夕眎疾。其婦吴先子叙卒，越三日，子叙亦卒。君臨哭盡哀，部署後事惟謹。人以是稱君有德度長者。

屢應應天試，文甚美，弗録，爲當事者所搤擘，嗟焉！壬午，復赴南都。試畢，從其兄元方入句曲、良常謁三茆君［八］，信宿華陽洞天，庶幾左元放神芝三種之遇云[九]。歸而依司馬公白榆社，因交太史沈君典、李本寧，司理龍君善、徐茂吴，司諫丁元父、王孫來相如與不佞[一〇]。所居芸窻棐几，茗盌薰爐，所陳列三代彝鼎、唐宋圖卷，所交與高人韻士，名理蟬連，風翛如也。

歲丁亥，復從元方泛彭蠡，入湘漢。登黄鶴樓，裴徊江夏弔禰處士，陟君山謁帝子，髣髴聞湘靈鼓瑶瑟，與楚諸公唱和盈緗帙。將之下雉拜吴明卿[一一]，之黄州謁耿中丞[一二]，朝玉虚君嵩上會，迫于試，事不果。歸而遂得脾病。至十八年，侵尋轉劇，元方爲卜易林，得繇曰：『稷爲堯使，西見王母。』君曰：『余其當遂返于西方乎？』元方解之曰：『當求西方聖人。』于是齋戒諷懺，又遣醮祠白岳、太和。病久不解，元方所爲君禱醫者無不至，竟不起。得壽僅四十有四。

嗚呼，哀哉！余晤君太函，見君美秀如玉，風采朗映，貌與材咸若衛洗馬，而壽差過之。美好之器，濁世不能久有，蓋自昔然乎？遂作誄曰：

程之先世，遐德宣朗。立孤存趙，節士曰嬰。靈洸桓桓，爲世虎臣。生都貴卿，没爲神明。思玄蚤慧，風氣遒上。元遜書驢，蒼舒稱象。章美内含，菁華外鬯。質行謹醇，格度高亮。姿美安仁，神清叔寶。蘭沼波澄，松林日杲。名理奕奕，如其嫮好。孝友濃至，踔立髫年。避地省曠，朝旦吁天。喪其塾師，諸兄不禄。瘵也弗避，臨而雪哭。鴒原孔敦，在三義篤。抱藝抒藻，卒業成均。瑶篸玉筍，琳琅映人。劍也惟寶，駿賞其神。有才若兹，胡嗟不遇？騁轡上都，驤首天路。彤闈玉墀，美也無度。纍起纍蹶，人嗟數奇。玉璞誰剖，蘭幽莫知。步則彳亍，衷乃愉怡。迺尋句曲，信宿僊館。東上會稽，策足委宛。齋禮玄夷，恭探金簡。洪波可乘，蓬萊匪遠。復浮湘漢，擊汰揚舲。擥勝大别，取酒洞庭。聞篴龍君，聽瑟湘靈。南遊秣陵，山川佳麗。雲霞籠葱，鬱哉王氣。大江乘橈，鐘阜頓轡。亡崇弗躋，亡幽弗憩。六朝精靈②，先③驅擁彗。端居匡坐，虛室生白。超然高潔，翛然簡寂。圖書在庋，彝鼎陳席。軒臨茂樹，户蔭修篁。都梁解穢，顧渚消煩。嘉賓來集，風恬日暄。飲必名釀，吐必清言。天忌美好，嬰兹疾疢。得繇大奇，西見王母。伯氏友于，哀蘄奔走。胡竟不救，遄即夜臺。白日昏只，悲風颯來。玉樹蒿艾，神龍土灰。蠹死魚枯，鄴架塵埃。名理已矣，大雅永摧。嗚呼，哀哉！

校勘

① 君諱問學，字思玄：底本原作『君諱問字，學思玄』，據程元方本改。

② 精靈：底本缺，據程元方本補。

③先：底本缺，據程元方本補。

注釋

[一]程思玄太學：程問學，字思玄，休寧人。徽商程鎖仲子，程問仁（字元方）弟。太學生，有詩名，曾與屠隆同入白榆社。萬曆十八年（一五九〇）卒，年四十四。本書文集卷十九另有《程思玄小像贊》。

[二]程處士：程鎖，又名封，字時啟，號長公，休寧人。徽商程悅長子，程元方、程思玄父。少時從鄉里縉紳學詩，後從商，生意遍及江浙，成巨富。晚年釋賈歸隱，召賓客研習詩書，切磋學問。曾奉詔捐助工程，授魯藩引禮，未赴任。生平事蹟見汪道昆《太函集》卷六一《明處士休甯程長公墓表》和屠隆《白榆集》文集卷十九《程處士傳》。

[三]肅皇帝：朱厚熜，明憲宗朱見深之孫，明武宗朱厚照之堂弟。武宗死後無嗣，朱厚熜以皇室近支繼皇位，年號嘉靖。廟號世宗，謚號『欽天履道英毅神聖宣文廣武洪仁大孝肅皇帝』。

[四]莊皇帝：朱載坖，明世宗朱厚熜第三子，母杜康妃。明世宗病死後繼位，年號隆慶。廟號穆宗，謚號『契天隆道淵懿寬仁顯文光武純德弘孝莊皇帝』。

[五]南雍：明代設於南京之國子監，稱『南雍』。

[六]姜公延善：姜寶，字延善，隆慶二年（一五六八）任國子監祭酒。范公伯禎：范應期，字伯禎，浙烏程縣人。嘉靖四十四年（一五六五）進士第一名，授翰林院修撰，歷任中允、經筵講官，萬曆十二年（一五八四）官至國子監祭酒。周公順之：周怡，字順之，南直隸太平縣人，嘉靖十七年（一五三八）進士。隆慶初任南京國子監司業。

[七]文壽承：文彭，字壽承，號三橋，江蘇長洲人。文徵明長子，繼承家學，以明經廷試第一，仕爲國子博士。善書畫，精於篆刻，開文人治印之先河。著有《博士詩》。傳附《明史》卷二百八十七《文徵明傳》後。

[八]元方：程問仁，字元方，休寧人。徽商程鎖長子，程思玄兄。《白榆集》初刻本爲程元方萬曆二十二年（一五九四）所刻。

[九]左元放：漢左慈，字元放。《茅山志》載：『左元放既得道，聞此神山，遂來山，勤心禮拜。五年許，乃得其門，入洞虛，造陰宮。三君授以神芝三種。』

[一〇]丁元父：丁應泰，字元父。詳見書首《屠赤水白榆集序》注釋[一二]。來相如：朱多炡，字貞吉，號瀑泉。嘗變姓名爲『來相如』，字不疑。占籍南昌。明宗室，寧王朱權六世孫，弋陽僖順王曾孫，八大山人朱耷祖父，封奉國將軍。蹤跡遍吳楚。萬曆十七年（一五八九）卒，年四十九，私謚清敏先生。善詩歌書畫，有《五游》《倦遊》詩若干卷。生平見《大泌山房集》卷七十七《朱貞吉墓誌銘》《南昌縣志》卷三十三。

［一一］吴明卿：吴國倫，字明卿，興國（今屬湖北黄石）人。嘉靖二十九年（一五五〇）進士，『後七子』之一。下雉：縣名。漢高祖時黄石設下雉縣。

［一二］耿中丞：耿定向，字在倫，別號楚侗，人稱天台先生。黄安（今湖北紅安）人。嘉靖三十五年（一五五六）進士，歷官行人、御史、學政、大理寺右丞、右副都御史至户部尚書。晚年辭官回鄉，與弟耿定理、耿定力一起居天台山創設書院，講學授徒，潛心學問，著有《冰玉堂語録》《碩輔寶鑒要覽》《耿子庸言》《先進遺風》《耿天台文集》等。

行狀

先府君①行狀［一］

嗟乎！先府君無禄即世十有五年，於茲尚未得劖片石，卜尋丈之地而大歸也。不肖孤蓋負死罪十有五年。每仰視天目，游人間世，怛焉嘔心。當爲布衣，以貧故，歲就食四方，甚困，無能舉襄事。後幸叨第，授一官，官復補外，在外無請告者，以故先木久在淺土。抱此大痛至于今，尚困一官，歸葬未有期。念之，腸寸寸裂矣。第及此時，願得世之大人先生一言，章布衣之行，慰彼下泉。儻一日得歸卜葬地，劖石從事，不肖孤死且不朽。於是，孤自爲府君狀。

府君姓屠氏，諱某，字朝文，號丹溪。其先大梁人，宋南渡遷鄞，家焉。始祖季［二］，數傳至祖子良，世居鄞甬江北。地方數里，大江四面環而抱之，海門之秀奔薄雄結，代生偉人。太宰襄惠公滽貴［三］，貴其三代。其他支咸顯，號鉅姓大家。惟府君自其祖子良、父璞以及府君，三代布衣。

府君自少廓落無他腸，頗好弄自肆，操弓矢彈丸爲童子之遊。稍長讀書知大義，輒棄去。家故有中人産，與海客乘巨艦，絶島而漁。大風破舟，浮一木，得升島上，苦饑，囓絮衣而食之，七日不死。獼猴擲果飼府君，夜則玄熊守之。後遇海舟過，呼而得濟以歸。而漁不休，風濤數破舟，喪其貲殆盡。伯父以役逋官錢累千百，日夜齕府君，曰：

『爾，余手足也。余逋孔多，爾有産，其鬻之以償。不然者，爾安得高枕卧？』府君竟鬻其第以償，而貧益甚。結草屋數間江沚，夜爲颶風所折。府君笑曰：『吾以兄故鬻産，至託葦苕而居，而天又折之，豈欲余坐風露之下也？』復葺敗茅棲焉。手種黄花，采以爲食。入問厨中無炊米，出門而眺大江。家人牽其裾曰：『厨中無飯，視大江何爲？人恒貧，必思求食。不得已，即少卑窪而可。奈公之束手何？』府君曰：『黔婁如食嗟來，不至餓死。』時襄惠、簡肅諸公先後貴于朝[四]，宗人多藉以自潤，而府君貧如故。

嘗操舟江上，有二賈持巨櫝求共載者，舟人發之，皆珊瑚、木難、文犀、玳瑁，重寶以出海。奸闌得之，賈窘，跽請曰：『願以半餉公，貸兩人死。』府君曰：『汝以身嘗鯨鯢之波，而探驪龍珠，匹夫罪孰大焉。吾不私汝寶，亦不罥汝罪也。』謝遣之，其人泣拜去。諸子或告曰：『某魚鹽可偵得之。』府君曰：『爾非津吏，安得偵？』又與人分一金，不平，質成府君。府君斥之曰：『汝無賴，欲掠人金邪？』直之。

居常有饑色，而聲如洪鐘。每歸自他所，未至一里，嘯聲輒先聞，家人恒以聲候其歸。晚年舉不肖孤，十歲令就外傅。貧不能具饘粥，而遇不肖孤過慈。不肖孤或從講舍歸，不舉火，府君撫以温言，即忘其枵腹。平生無城府，雅不喜耳語。嘗視孤館中，大言『質明未有晨炊，令兒讀書良苦』，不肖孤頗羞之。府君曰：『此士之常，何羞也？』家人或有小秘事，不敢聞於府君，府君不善爲藏也。

里中豪釋憾于長君，中之温御史。逮長君不在，逮府君。温操下急，所當多立死。府君自苦曰：『吾食貧六十年，不能嫚語。何惡之能爲御史捕治，原廓而聞田奴乎？』夜卧鼻息如雷。家人憂懼，不知所出，夜半呼之醒，曰：『此何時而黑甜，明旦且見主者。』府君徐應曰：『明旦事在，今夕須睡爾。』掉頭擁襆被，鼾聲自若。已，長君來就逮，乃釋。

府君晚年益返于樸，如大上人以灌園治圃自娱。秋日則手藝菊數百本，遶舍前後，時時引群兒嬉。所言不出園圃事，絶口不絓世務。雖白首號太公行，然遭小子、曾孫于路，亦折節惟謹。人笑之曰：『太公尊重過，折節童子，非禮。』府君亦笑而不答。行既最尊，日飲人以和，子姓後進多暱就。府君偶面數宗人一豪少年過，少年怒，攘臂欲無禮於府君。府君敬謝之，乃慙而退。有戚屬兄弟争産者，愬於府君，府君弗善也，其人嘵嘵者久之。府君爲不聞，第以手指其圃曰：『某花佳不？』其人遂超然，意消去。

不肖孤少而端謹，長習文藝浮華，從少年爲通脱自快，又身有傲骨。府君不喜，數召責讓曰：『小子浮薄，雕蟲何爲？吾老矣，自以無用於世，懸鶉茹藿終身，然心不藏機械，口不吐滑稽，可無媿山澤之臞。爾乃攻文辭，獵虛聲當世，其勿以浮藻雕玄真之心。小子念之！』不肖孤二十爲諸生，走千里負米姑蔑[五]。姑蔑人不能厚遇，困歸，泊舟富春江上。夢府君衣冠乘②馬，導從而至，告去。不肖孤泣拜送之，幢蓋冉冉西没。既寤，大駴，日夜行促歸。未至十里，令奴馳訊所親，或以往江北對。不肖孤心動，命易衣，奴不可。令奴馳往五里訊，而不肖孤竟私易衣。奴還，則府君下世七日矣。

府君平生無疾。未卒前一月，舍中菊爲盗者竊，府君大懊，夜犯霜露，遶籬行防盗，卒以此得疾。卒之日，猶晨起進飯。飯罷，危坐而逝。明日，一道士來，言夜夢府君高冠大馬，西行經長林，風謖謖墮木葉。嗟乎！府君生大江上，寥廓滈涬之氣實鍾焉，故居貧不悶，儵然解脱。至其去矜銷智，杜德機自混，近被衣王倪矣[六]。家人嘗笑府君朴直，號爲『無腸公』，府君輒囅然曰：『直者，死當爲神，他日索我三神山。』嗚呼！不肖而便儇以巧，則有府君之命在。

府君生于弘治十年，卒於嘉靖四十五年，得年七十。子六人：佃、侯、俅、俛、仍、隆，隆即不肖孤。女二，孫十五人，女孫六人。將以某年月日卜葬府君江上，謹爲狀如左。敢告賢者，哀而銘焉。

校勘

① 君：目録中作『出』，誤。

② 乘：底本難辨，據程元方本補。

注釋

[一] 先府君：屠濬，字朝文，號丹溪。鄞縣人。祖子良，父璞，三世布衣，世居鄞之江北。與屠滽爲同一高祖。少讀書，後棄儒業商賈。以子隆貴，贈文林郎。《由拳集》卷二十二有《先君丹溪公誄》。事跡亦見王世貞《弇州山人四部續稿》卷九十三《明故勅贈文林郎直隸松江府青浦縣知縣丹溪屠公志銘》。

［二］季：屠季，字邦彦。南宋理宗開慶元年（一二五九），自江蘇常州府無錫縣遷居鄞縣，爲甬上屠氏始遷祖。

［三］襄惠公滽：屠滽，字朝宗，號丹山。成化二年（一四六六）進士。官至吏部尚書，進太子太傅。卒謚襄惠。著有《丹山集》。

［四］簡肅：屠僑，字安卿，號東洲。正德六年（一五一一）進士，纍官至刑部尚書、都察院左都御史，卒贈少保，謚簡肅。

［五］姑蔑：古地名，在越國西境，地處今浙西金衢盆地，其境在今浙江省衢州市境内開化、龍遊一帶。

［六］王倪：古時以王倪爲達者、智者之象徵，典出《莊子》。

白榆集校注文集卷之十七

神道碑銘

資政大夫都察院左都御史進階榮禄大夫贈太子少保謚恭定笠江潘公神道碑[一]

萬曆壬午十月十六日，都察院左都御史笠江潘公卒于家。明年癸未，巡撫都御史郭公思極以訃聞[二]，上震悼，賜諭祭者二，遣官營葬，贈太子少保，仍命詞臣核公行實，賜謚恭定。公三朝耆德，生榮死哀。朝廷所以優禮褒嘉之者，洵兩無負。天下聞而韙之。公之子學憲君允哲、方伯君允端[三]，將以十二月某日葬公賜塋陳涇之兆，乃遣使持王廷尉元美所爲狀，而走數千里乞文於余，竪之隧道，以垂不朽。夫公之上伐鴻名，永光竹素。耆德懿行，簡在帝心，良足不朽。顧安所事余言？而余以景行余鄉之哲人，敢載筆從事。

按狀：公諱恩，字子仁，别號笠江。其先毘陵人[四]，元季有添二公者，避兵徙上海，遂爲上海人。添二公生静菴公肖孫，肖孫生瑞原公麟，仕爲所大使。麟生默軒公慶，以公貴，贈都察院左都御史。默軒公性朴誠，好行陰德，稱長者。識者謂潘氏發祥之自，實始于公。公有二子，其季爲頤庵公奎，以才仕爲項城尉，課最當遷，自免歸，蕭然林泉，有高人氣韻。頤庵公始娶于趙，蚤卒。繼娶錢，乃生公。後用公貴，封爲按察僉事。錢先逝，贈宜人，最後贈左都御史。錢爲夫人，而公復爲趙請，得贈如錢云。

公生而端凝穎異，垂髫若成人。稍長，授經應制科，輒以才藻傾其儕輩。而公顧讀書，剖析三才，揚確千古，闚皇王之略，究當世之務，居然大人器局，雅不欲群墨卿。即弄柔翰，以自畢其生平也已。

嘉靖壬午，公年二十七，舉應天鄉試第九人。明年，登進士甲科，出知祁州。先是，州賦役頗不均。公至，爲册籍，均額糧，清弊竇，犁然稱平。聽訟明允，即庭中狺狺嚣嚣，匿以求逞，公徐而聽之，蓋人人靡弗信其口。已，徐而出一言剖之，亦人人靡弗厭其心。以治行高等，調禹州。禹州有諸侯王，悍不受約束。既聞公治祁先聲，心憚之，稍稍斂戢。而公顧以嚴自治，而以寬平治人。其人乃大折服，守藩臣禮。又善節縮積貯，屬歲不登，出所積賑，黔首無饑者。尋擢南京刑部員外郎，州民謳歌，思公生而廟食，以配鄭上卿公孫僑、漢丞相故潁川守黄霸。語在州乘中。

居南都一歲，以錢夫人憂歸。服滿，補刑部員外郎。時天下當鄉試，執政者議遣京朝郎出典其事，公得河南。所拔多知名士，若少傅郭公朴、尚書劉公自强、魏公尚純、侍郎喻公時[五]，咸公所進，至與公並貴而同聲。

遷廣西按察僉事，提督學政。廣以西故密箐大藤壤，其俗多椎不文。公至，則躬先教化，增益藝文，而尤拳拳以士務華絶根爲戒。西人彬彬興起，至今蘭臺石室、九列百司諸賢時有之，遂與上國埒。靖江王驕，禁其國尉卒子弟毋得充諸生，有試者，必以賄，不則罪其父若兄。公移文長史司：『古立賢無方，王奈何錮人於聖世，而又以賄假人，失藩服奉公之義？復爾，先論劾長史。』王聞之懼，乃止。而公嘗署按察篆，有大猾得罪，匿王宫中。公捕之正法，王滋銜之。其後，與御史監司競而上疏，首誣公。上爲遣給事法曹緹騎勘其事，王坐奪禄，國臣以下抵罪，公亡所侵。

考最，賜誥，進四川布政使司左參議，分守川東西北三道。所至，督有司省刑薄賦，察冤理枉，蜀人至今德之。遷山東按察副使，巡視海道。所部登萊歲饑，俗獷民逃，枹鼓之聲不絶於儌。公多方設法，安集流離，禁戢跳梁，海上閭左始訢訢有樂生之心。會御史檄公監試事，録成進御。時相釋憾于御史者，摘録中語，以爲謗訕。詔逮御史及公。時傳上怒叵測，公徐曰：『上明聖，詎忍以口語殺人？君威譬之雷霆，寧妄下擊人？即下擊人，寧可逃乎？』尋得赦，謫廣東河源典史，道轉贛州府推官。丁顧庵公憂，服除，補①福州府。亡何，轉南京太僕寺丞，再轉南京禮部祠祭郎中。復爲江西按察司副使，整飭贛州兵備，兼分巡嶺北道。往來絶儌，敉寧軍民，掃平峒蠻，公伐爲多。

遷浙江左參政，分守杭嘉湖道。方行部鹽官，而島寇猝至，圍之數十匝，時無見兵，城中大恐。公親督吏民，晝夜立矢石間，畫戰禦之策。賊知有備，乃解圍去，城賴以完。進云南按察使，未赴。擢江西右布政使。居亡何，遷浙江左布政使。首革藏吏出納之弊，郡邑來上賦者無所苦，亦不得因緣取羡奇。又數佐其直指使者禁斥貪墨，以惠綏元元。入覲，與太宰御史大夫抗辯賢否，往往理直，多虚懷從公。事竣②，擢都察院右副都御史，巡撫河南。下車，問閭閻父老所疾苦與郡邑群牧有司不職狀，恩行如春，威行如秋，風裁隱起。徽恭王以左道蠱上[六]，其子庶人載埨益行恣睢[七]，多掠良家子女充後宫，侵奪民田，所戕殺不辜無算。事聞，下公按治。公與御史悉發其姦利不道事，論廢，徙皇祖陵，消其國秩，盡奪占産還民。其後，伊庶人復横[八]，公又輒撲其燎原，翦其羽翼。伊竟得罪，境内晏然。

遷刑部右侍郎，尋擢南京工部尚書。通工平税，國課以充而民不見朘削。又督修皇祖陵及孝陵有功，荷上白金綵幣之錫，召爲刑部尚書。時都御史章公焕論事[九]，名觸上諱，詔下法曹，將坐以誹謗。公謂：『此偶然，人臣言事不慎，洵有罪，寧敢誹謗君父者？』巡撫云南都御史游公居敬將征東川夷[一〇]，調發兵食，頗擾民，而與沐黔國有隙，沐中之，被逮，將坐以擅興師激變。公謂：『游特行事不當物情耳，師奉明旨，非擅興；夷情故狡叵測，非激變。』二公雖竟遠戍，得不死。公之執法明允不苛，類若此。改都察院左都御史，益嶽嶽持大體，秉憲貞度，不嚴而肅。所條上飭臺綱，剔吏弊，蘇民瘼，前後二十餘事，咸中窾竅，上皆嘉納之。以二品滿三載，上特遣中涓賜鈔緡羊酒予誥，進階資政大夫，封二代，録一子入太學。會大風霾，自陳不允。偕太宰考察百僚，一以公議。當是時，分宜尚在事[一一]，凛③不能奪其操。所黜陟幽明，群情帖服。充廷試讀卷官，屬方伯君成進士，爲刑部郎，以材調禮部。有言官摭其事，論太宰及公，公復自陳。上念公春秋高，優詔許致仕，而特爲太宰明所以遷方伯君，意謂亡所私。

公既歸，闔門謝事，一以經史自娱，著作日富。詩自唐開元、大曆以上，遡漢魏六朝；文自昌黎、四子，而直追先秦兩漢。才必就格，氣必根理。泛濫百氏，而要歸諸六經。公即鴻鉅大人，以勳烈顯，而操觚之業若此，雖號稱雕龍名家者猶下之。且雅善玄素之道，鍊精炁，修玄牝，日與羽客方士講五金八石，蓋庶幾葛稚川、陶都水之流。又得彭祖術，神明視履，老而不衰。即無論冲舉事，或可逍遥長年。而大運告去，以脾疾終。嗚呼，痛哉！距其生，蓋弘治丙辰之三月二十六日也，享年八十有七。

公爲人豐下廣顙，眉目朗秀，望而知其爲有道貴人也。生平魁磊侃直，不善爲骫骳，而儀度温温，了無峻厲色。

譬之大海，長風下擊，洪濤隱隱；當其不激，平波萬里，澒洞混茫。淺者蓋莫得而窺其量焉。而藏用韜光，虛以游世，以故歷中外，涉夷險，處大憝之縱衡，當權宰之簸弄，而從容閑暇，卒能以功名福德自完，難矣！當其奔走劻勷，經營天下數十年，外罷筋骨，内耗心神，見以爲用世之器。及歸，治菟裘，撫雲壑，與抱朴尚玄之士，日談性命而尊餘生。即出世之韻，又何倏遠哉？乃知曩日之營營而無損者，以虛故也。

公至性孝友，事頤庵公及錢夫人備極情文，生死無憾。逮其歸老，而諸弟温州君惠、刑部君忠、光禄君恕相繼來歸[一二]，年齒皆七十以上，爲築四老堂于宅西，大備幽人之致。日相扶攜，婆娑芳園嘉樹間。而學憲、方伯及公少子都事允亮[一三]，以休沐歸省，侍公尊壘。綵衣金紫，光照林壑。鐘鼓蕭管聲，與山溜松篁相應，以畢人生之歡，而極天倫之樂。古香洛耆英，乃聚一門。嗟乎，詎不盛哉！公念有餘田，首捐以供墓祭，歲時合族而饗之。教其不知而恤其不足，有齊相晏子、宋范文正風。自公之歸，中丞臺、御史臺無歲不薦公於朝。上老之，特詔進公榮禄大夫。今上之六年，復詔有司具幣餼存問，時人榮之。至是卒，上所覃恩崇典，鴻禮有加弗替，至謚曰『恭定』，貌公一何肖也！即聖天子知公深矣！

公始娶于包，早卒，贈宜人，加贈夫人。繼曹氏，封宜人，加封夫人，先公卒。子男三：長即允哲，陝西提學副使。娶王氏，贈孺人，加贈恭人。繼項氏，再封如王。次即允端，四川右布政史。娶顧氏，封安人，加封宜人。次即允亮，南京後軍都督府都事，先卒。娶儲氏，贈孺人。繼王氏，封孺人。咸以學術世其家。女一，受南寧府通判瞿講聘而殤。俱曹夫人出。孫男八：雲驥，國子生，娶孫氏；云樞，官生，娶楊氏；雲龍，國子生，娶顧氏；雲夔，國子生，娶莫氏；雲鳳，國子生，娶趙氏；雲獻，國子生，娶吕氏；雲柯，娶顧氏；雲楚，聘姚氏。孫女六：長適官生陸彦楨，次適國子生徐元普，次適國子生艾大有，次適國子生喬拱宸，次受王士驌聘，次未字。曾孫男二：嗣定，聘王氏；紹定，尚幼。曾孫女四：長適國子生顧元起，次受庠生吴玄聘而殤，次受喬一琦聘，次未字。

所著有《易經輯義》三卷、《詩經輯説》七卷、《詩韻輯畧》五卷、《美芹録》二卷、《祁州志》八卷、《笠江集》若干卷行於時。銘曰：

高陵片石，削成刺天。太山喬嶽，回絶綿延。蔽虧莽亘④，杳無其端。尺澤之水，空碧下映。觸而激之，蕩漾靡定。茫茫大壑，洪廓深靚。濤混六合，平則如鏡。世有偉器，固非常倫。含光塞兑，不耀其神。迫而復動，霍然嶙峋。及其收之，電滅飈舉。舞中桑林，音協大吕。龍蛇其德，其用無涯。出掉日月，入閟雲霞。卓爾瓌碩，德音孔嘉。在易九三，公之謂邪。見而復潛，疇測其遐。勛業既了，婚嫁亦畢。五岳在胸，三山在室。默朝上帝，夢游崑崙。一朝長别，行逝神存。古也疇匹，子房長源。

校勘

① 補：原無，據文意及王世貞《弇州山人四部續稿》卷一百三十九文部《資政大夫都察院左都御史進階榮禄大夫贈太子少保謚恭定笠江潘公行狀》補。

② 竣：原作「峻」，據文意改。

③ 凜：底本原作「廩」，據程元方本改。

④ 亘：底本原作「至」，程元方本作「互」，據文意改。

注釋

［一］笠江潘公：潘恩，字子仁，號湛川，更號笠江，南直隸上海縣（今上海市）人。嘉靖二年（一五二三）進士，官至工部尚書、刑部尚書，以都察院左都御史致仕。萬曆十年（一五八二）十月十六日卒，年八十七，贈太子少保，謚恭定。詳見本書文集卷七《與顧益卿少參》注釋［一］。

［二］郭公思極：郭思極，字致中，魏縣人。隆慶進士，擢御史，晉大理少卿，尋陞僉都御史，巡撫應天。以母憂歸。

［三］允哲：潘允哲，字伯明，號衡齋，上海人。潘恩長子。嘉靖四十四年（一五六五）進士，歷任新蔡縣令，陝西提學副使。事跡見何三畏《雲間志略》卷十七《潘學憲衡齋公傳》。允端：潘允端，字仲履，號充庵，上海人，潘恩次子，嘉靖四十一年（一五六二）進士，授刑部主事，仕至四川右布政使。萬曆五年（一五七七）解職回鄉，在宅西營豫園。生平勤學好古，擅詩文，通園藝，好戲曲古玩。何三畏《雲間志略》卷十七有《潘方伯充菴公傳》。潘恩與二子皆爲進士，故有「一家父子三進士」之説。

［四］毘陵：亦作毗陵（「毘」同「毗」），古縣名。漢高祖五年（前二〇二）置毗陵縣，治所在今江蘇省常州市。後世稱常州一帶爲毗陵。

［五］少傅郭公朴：郭朴，河南安陽人，嘉靖十四年（一五三五）年進士，官至吏部尚書兼武英殿大學士，謚文簡。尚書劉公自强：劉自强，字體乾，河南扶溝人。嘉靖二十三年（一五四四）進士，官至刑部尚書。魏公尚純：魏尚純，河南鈞州人，嘉靖十一年（一五三二）進士，官至工部尚書。侍郎喻公時：喻時，河南光州人，嘉靖十七年（一五三八）進士，官至工部侍郎。

［六］徽恭王：朱厚爝，明英宗朱祁鎮曾孫，徽莊王朱見沛孫，徽簡王朱祐枱庶子。嘉靖五年（一五二六）襲封徽王，二十九年（一五五〇）薨，謚號恭王，史稱徽恭王。

［七］載埨：朱載埨，朱厚爝次子，襲封徽王。荒誕無道，在鈞州欺壓百姓，强搶民女。潘恩巡撫河南時疏劾其貪虐，終獲罪。

［八］伊庶人：指洛陽伊王朱典楧，敬王朱訏淳庶第一子。嘉靖二十三年（一五四四）襲封伊王。驕横無道。潘恩疏劾其罪狀，終廢爲庶人。

［九］章公焕：章焕，字懋實，一字揚華，號羅浮山人。長洲（今江蘇蘇州）人。嘉靖十七年（一五三八）進士，督理南京倉儲右副都御史。以赴任不及時爲言者所劾，謫戍廣東。後由刑部主事改吏部並擢南京太僕寺卿。有《華陽漫稿》等。

［一〇］游公居敬：游居敬，字行簡，號可齋，福建南平人。嘉靖十一年（一五三二）進士，纍官至都察院副都御史，巡撫雲南。

［一一］分宜：指嚴嵩，袁州府分宜縣人。嘉靖朝權臣。

［一二］温州君惠：潘惠，字子迪，隆慶四年（一五七〇）由例貢生仕温州通判。刑部君忠：潘忠，字子藎，嘉靖十三年（一五三四）舉人，授仙游縣令，官至刑部郎中。光禄君恕：潘恕，字子行，官至光禄寺監。三人皆爲潘恩之弟。潘氏四兄弟相繼出仕，故有『同胞兄弟四軒冕』之説。

［一三］學憲：指潘恩長子潘允哲，仕至陝西提學副使。方伯：指潘恩次子潘允端，仕至四川右布政使。都事允亮：潘恩季子潘允亮，字寅叔，別號槜庵，官南京後軍都督府都事。

明故光禄大夫柱國少傅兼太子傅吏部尚書建極殿大學士贈太保謚文簡豫所吕公神道碑［一］

文簡公以宿學名德，受知穆廟。迨今上以冲①年嗣位，遂采物望，登三事。維時寅亮之業，煜雪茂明，而又②知幾乞身，終始醇白。爲一代完德鉅人，實首推公。

公姓吕，名調陽，字和卿，號豫所。其先楚興國之大冶人。洪武初，遠祖文勝從軍天長，徙桂林，遂家焉。曾大父鑑娶于劉，生綱，即公大父。綱耻隸軍伍，始折節讀書，補郡弟子，蚤世。生子璋［二］，自號古愚子，即公父。古愚公束髮讀書，才名藉甚，僅用歲薦，仕爲徐聞令。有惠政，徐聞人至今尸祝之。比居鄉，與其配張太夫人莊好行陰德，鄉人慕義無窮。而識者謂吕氏先兩公咸以儁才夭閼，不甚暢融，卜其後宜大。古愚公生二子，長應陽，爲諸郡生，卒。次即公。

公生有異徵，蚤慧，望而知其國器。生十九年嘉靖甲午，舉于鄉。庚戌③，賜及第第二人，授翰林編修。癸亥，稍遷國子司業。乙丑，擢春坊諭德。隆慶改元，遷南京國子祭酒，尋改國子祭酒。冬，擢南京禮部侍郎。戊辰，改禮部，侍莊皇帝講帷，拳拳以弼成主德、康乂生靈爲己任。諷議凱切，咸發于至誠，穆廟每爲動容采納。踰年，改吏部，尋以吏部左侍郎兼翰林院學士掌詹事府事。壬申，今上初即位，拜禮部尚書。維時穆皇升遐，沖聖嗣服，廟堂多大典禮。公以淹博鴻儒，在秩宗④重地，所條上纖鉅犁然，悉稱上旨。物望既久屬公，而上亦雅知公端亮，遂以公兼文淵閣大學士，入參機務。踰年，進太子少保。甲戌，修《穆廟實録》成，加少保，直武英殿尚書如故。丙子，一品秩滿，進少傅兼太子太傅、吏部尚書直建極殿。時上富于春秋，聖資英朗，孳孳嚮意文學，講求治理。公日在左右，造膝陳謀，數裨天下大計。上之初年，吏修其職，民安其業，清和咸理，夷夏晏然，公有勞焉。上亦侍公特⑤優，兩手書榮褒，多尚方珍遺厚賚，中官存勞絡繹于家。蓋自昔輔臣所未嘗蒙。

時江陵在首揆[三]，治尚操切，號爲綜核。其後漸絞如束濕，中外稱不便。而公獨用寬和長厚濟之。江陵爲人陰刻鷙深，擅行胸臆。公知不可以口舌争，徒用呶呶損國體，無毛髮益。乃陽示共和，不輕爲異同，而陰從其中調劑酌救。然又慎密不洩，中外莫知其所以調劑酌救者，即江陵亦不自覺。第德公恂恂不懻忮，有所計畫，莫逆而已。以故終公在事，不顯與江陵開參商之釁，而使天下陰蒙息肩之庥。江陵之政雖束濕乎，而天下無事，厥有繇哉！其後江陵漸益多慾，虓猛悁忿，誣上行私，公知終不可與共事，度勢又竟莫能奪，起而呶呶，徒身名不完，習而安焉，他日疇分其咎者。于是，潛懷去⑥志。而會公亦有足疾，步微蹇，乃上疏乞骸骨。上方倚注公，不許。疏凡十上，乃得請，詔賜乘傳，資以白金文綺，令御醫侍藥，使者護行。

歸道興國，與鄉賢士大夫吴大參國倫輩追往道故[四]，相與徜徉楚佳山川，繫念桑梓，裴徊一月乃去。抵家，而神益王。闔門養重，有古大臣韋疏風。居一年，至冬十二月，公晨起猶對客如常，亭午病忽作。越三日，爲庚辰元日，公自起櫛沐，坐正寢，翛然而逝。訃聞，上爲震悼，輟朝一日，詔禮官議卹典加渥，將作起墳，增太保，謚文簡，蔭一子中書舍人。其始終眷遇如此。

公爲人内和外莊，貌共心毅。喜怒不形于色，可否不形于口，而深中了了。析名理，極幾微，洞三才，淹通澄湛，卒辨大事。屹不可動，而樸茂簡重，尤喜澹泊。雖都卿輔，被蟒玉，而蕭然韋布，浮榮聲利眇不入其靈臺丹府。江陵之際，所處大難，而公善調之，卒之人我兩得，身名並完。始陰有其勞，而終以脱屣物外。自非知幾有道，鮮克臻此。公先後立朝，一同考官，一副一主會試，甄采識拔，得士爲多。三任成均，正身端範，埏埴俊髦，蒸蒸興起，有辟雍振鷺之風。一奉命教習庶吉士，士咸成令器。爲主國楨，洊登鼎鉉。於穆哉！懿德偉功，永垂竹素。西南間氣，實始于公。

公天性至孝。方起家史官，迎古愚公暨太夫人就養京邸。每尚食，公親執匕箸，張夫人進羹，曲盡誠敬。兩尊人夜寢，偶中煤毒，公從夢中心動，若有人掖之而寤。起視，則兩尊人方僵，不能言。公急沃以水，乃甦。人以爲孝感。公貴，累贈曾大父、大父、父光禄大夫、柱國少傅兼太子太傅、吏部尚書、建極殿大學士，妣皆贈一品夫人，配張累封一品夫人。少傅滿，蔭一子中書舍人。先是，南部會覃恩，蔭一子入監讀書。及卹蔭凡三，而長子興周舉進士[五]，爲祠部郎。次興齊又以公歸之明年舉于鄉。福德綦隆，延及胤嗣。天之所以報施善人，亦厚矣。

公生正德丙子二月十八日，卒萬曆庚辰正月一日，年六十有五。子男四：長即祠部君興周，次即舉人興齊，次興文、興武。興周娶湖廣少參宋逢表女，興齊娶太僕丞秦致恭女，興文聘封川令陶昶女，興武聘吴大參國倫女。女四人，長適舉人毛如綸，次適諸生蕭如莅，次適諸生常任，次尚幼。孫男一人，嗣簡，興周出，聘延郡丞屠炳言女。銘曰：

和風卿雲，淑氣清晶。維公之表，岱嶽崚嶒。溟渤澄泓，維公之中。濟若水火，張若琴瑟。習而調之，海宇以謐。知幾引疾，消揺巖巒。令終維始，身名乃完。羽葆鼓吹，高墳峩峩。懸諸日月，公名不磨。

校勘

① 冲：底本原作「仲」，據程元方本改。
② 又：底本原作「尺」，據程元方本改。
③ 戌：原作「戍」，據文意改。
④ 宗：底本原作「完」，據程元方本改。
⑤ 特：底本原作「持」，據程元方本改。

⑥ 去：底本原作『夫』，據程元方本改。

注釋

[一] 豫所吕公：吕調陽，字和卿，號豫所，謚文簡。廣西桂林人。嘉靖二十九年（一五五〇）廷試一甲第二名，授翰林院編修。歷任國子監祭酒、禮部尚書、文淵閣大學士、太子少保、太保、少傅兼太傅、吏部尚書等。與張居正合編《帝鑒圖説》，參與修纂《世宗實録》《穆宗實録》。

[二] 璋：吕璋，字古愚，廣西桂林人，吕調陽之父。以明經授廣東徐聞令。以子貴，贈少傅兼太子太傅、吏部尚書、建極殿大學士。《（雍正）廣西通志》卷七十九有傳。

[三] 江陵：指張居正，湖北江陵人。萬曆前期内閣首輔。

[四] 吴大參國倫：吴國倫，字明卿。嘉靖二十九年（一五五〇）進士，吕調陽同年。官至河南左參政。

[五] 興周：吕興周，吕調陽長子。萬曆五年（一五七七）進士，屠隆同年。歷官禮部祠祭司郎中、光禄少卿應天府丞等。

墓誌銘一

明故勑封劉安人墓誌銘[一]代作

余蓋與同邑太史張公元忭連姻[二]，太史有道霞爽人也。歲辛未，太史以廷試第一人官翰林。之二年，而喪其先大夫冏卿内山公[三]。又五年，而安人劉又見背。太史至性純孝，泣血嘔心，行道傷之。乃自艸狀而乞銘于余。余與太史生同邑屋，復忝同心，而又重之以女蘿之好。余而不銘安人，誰當銘者？

按狀：安人姓劉氏，處士東山翁曉之長女也。處士爲人嚴重耿介，不妄取與。事後母及撫若弟，以孝友聞。安人自幼婉嫕不凡，處士愛之。載詢載卜，以字内山公。年十七歸焉，婦道甚習。當是時，先大父封驗封公好義務施，旹日不給，而處士家故饒。安人歸，奩具頗盛，悉毁易以佐朝夕，而身縞衣練裙，有桓氏風。内山公爲儒生，以貧故，終歲館于外。安人獨持門户，力拮据潃瀡，上奉翁姑，而下乳太史甚劬。其後，内山公既貴，太史復列在近侍，家浸浸用昌，而安人儉素如故。食必脱粟，衣必重澣，以無忘拮据潃潃时。姑趙不禄，時内山公方成進士，京師一切含殮，安人獨身任之，巨細以禮，擢毁欲絶。後歲伏臘，念姑趙未嘗不嗚咽流涕，見者爲之動容。

内山公以祠部郎入典制誥，秩近清華，而散局不事事。安人處之怡然，勸公任真推分，而絶躁競之心。已而再遷儀制。時世宗皇帝英明多事，數舉鴻典。公以淹通夙儒仰贊大宗伯，擘畫日不暇給。而安人理家，益務簡静，使公得一意講國家章程。公之爲儀制最有聲，則安人之内助有力焉。久之，公以臬副視學全楚，遷江西參政。明年，左遷雲南憲副。奉命征武定叛酋，出奇擣虚，斬馘逐北，還其俘虜，遂定滇南。以功遷甘肅行太僕卿，而忌者肆爲譸張文致，公遂就逮。太史扶掖，倉皇治萬里裝。時公以積勞被病，安人涕泣慰公曰：『古勞臣烈士，以功横離冤抑，若伏波將軍、雲中守魏尚、陳子公者不少，暫被晻汐，而其事卒明。願公寬之。』忌者廉公罪狀，無所得。然猶坐廢。公歸而築鏡波館湖上，徜徉爲終焉計。安人進賀公曰：『公勤渠中外，憂讒蒙詬有年，今日湖山落公手，消摇雲霞，是忌者所賜也。』

明年辛未，太史對公車及第，待詔金馬門。明年，上書訟公冤，有詔特原之。人曰内山公功高見枉，不旋踵而其子遂大魁天下，所以報也。疇謂天道遠乎？安人獨有憂色，曰：『神理惡盈，物戒多取。兒盈而取多矣。不持之，將有後憂。』身逾益甘澹泊，而日勉太史以立身報主。又明年，太史以星變，草疏將上，恐駭其父母，匿不以聞。從知而告之故，安人自若曰：『兒蒙主上恩重，義存捐糜，吾復何憂？』已而疏入不報，安人則垂涕謂太史曰：『汝父甫脱于風波，老矣。奈何復越位蹈不測，以爲老父憂？』未幾，而内山公卒，安人號曰：『幸及其身見兒子成名，而冤亦大白，瞑矣！』其識見不凡類如此。

癸未夏，太史至自楚，爲安人壽。及秋，病脾，太史欲請告，安人不可，曰：『兒以國慶行，而疾請邪？且我自度無大恙，奈何以王事將母？』太史猶遲回，安人日促之，不得已，遂行。抵虎林，報疾劇。馳歸，三日不起矣。安人生平奉竺乾教惟謹，至是疾劇，太史呼謂安人曰：『母嚮修西方，一心不亂，此正其時也。』安人頷之，澄心定氣，翛然而逝。其不墮苦趣，可知矣。

安人從内山公中外勞詬，貴而能儉，困而不懟。始終夷險，一禀于大義，絶不作人間世兒女子態。可不謂賢明踔厲哉？宜其篤生哲人，爲有國之寶也。太史胸中鴻鉅，先登藝壇，而尤精于性命之學。禔身服官，皦然不滓①，是安人之教也。

安人生于正德丙子四月之五日，卒于萬曆癸未十二月之二十有五日，享年六十有八。以内山公貴，封安人。子三人，長即太史元忭，娶王氏，封安人，宜興縣丞大配女。次元憬，即庠生，娶高氏，給事中鶴女。次元恂，娶沈氏，貢士大綬女。女②一，適任子趙淳卿御史大夫某子。皆庶母陳出。元忭所生孫二：長汝霖[四]，國子生，娶朱氏，少宗伯某之女；次汝懋，邑庠生，娶王氏，庠生應禎女。孫女一，許聘范某，黄州府知府可奇仲子。曾孫五：燿芳、爀芳、炳芳、煒芳[五]，汝霖所生；烱芳。曾③孫女二，汝懋所生。將以某月某日，奉安人柩合内山公葬于天柱山之官山嶼，而余爲之銘曰：

賢哉夫人，從夫于官。蒙詬弗怒，遇榮弗驩。盈而持之，哲人是觀。勞臣弗庸，龍蛇興悼。闇翳必章，明于天道。煌煌令子，玉瓚黄流。揚鑣雲路，獵纓九州。世徵母訓，敬姜其儔。太史握節，自楚歸壽。堂上樂作，進爵祼卣。願無還闕，留侍左右。母曰駪駪，豈遑將母？遺④而疾劇，中道還奔。屬纊猶誡，夙夜惟寅。奉道天竺，無廢人倫。神爽不亂，遺垢離塵。

校勘

① 淳：底本原作『深』，據程元方本改。

② 女：原脱，據文意補。

③ 曾：原脱，據文意補。

④ 遺：底本原作『造』，據程元方本改。

注釋

[一] 劉安人：處士劉曉之長女，張天複妻，張元忭母。

[二] 張公元忭：張元忭（一作汴），字子藎，號陽和。浙江山陰（今紹興）人，張岱曾祖。隆慶五年（一五七一）登進士第一，授翰林修撰。詳見本書文集卷七《與張陽和太史》注釋[一]。

[三] 内山公：張天複，字複亭，號内山，又號初陽，晚更號鏡波釣叟。山陰（今浙江紹興）人，張元忭父，張岱高祖。嘉靖二十六年（一五

四七）進士。歷任禮部主事、雲南按察司副使、甘肅道行太僕寺卿。

［四］汝霖：張汝霖，字雨若。浙江山陰人，張元忭長子，張岱祖父。萬曆二十三年（一五九五）進士，歷任廣昌、清江縣令、户部主事、湖廣副使。

［五］燿芳：張燿芳，浙江山陰人，張岱父。屢試不第，後爲山東魯王府長史。

吴孺人墓誌銘［一］

吴孺人者，余鄉張大司馬公次夫人［二］，公子邦侗孺愿母也［三］。余受知司馬公童牙。蓋余貌白皙，文弱而神王，相者謂是清羸不揚，而公奇之。余文故跌宕，主者按劍，而公知之，每奏一篇，泠然獨賞。余爲人落落穆穆，遊于人外，檢柙之士不附，而公獨喜其疎暢①。難哉！

公之即世，余抱國士之痛良深。而又數從公子邦侗遊。邦侗爲人，温美如琳瑯。蓋自其長君高才豪有氣［四］，而邦桐與次君則以儒雅聞［五］。里中頌公諸子彬彬有王謝門風。公配陳夫人稱賢明，而吴孺人又賢。孺人之先，爲宋侍郎吴公矜。父春山公業儒，與司馬公爲布衣交相驩。孺人生而婉嫕不凡，讀書差了大義。春山公愛之，不輕字里中兒。公既貴，求所以佐陳夫人蒸嘗者。聞春山公女賢，而又以微時相歡，故娶孺人。上以承事公及陳夫人，而下和其諸姬，甚得司馬公心。宦轍所至，孺人亡不從。閨門之教，不嚴而肅。

比司馬公歸老湖上，主盟斯文，士奉盤匜而進御者如雲。公傾身接引，供具豐嘉，多取給孺人，咄嗟而辦。公博大爽塏，好周故人。賓客窮，待公舉火者甚衆。孺人善推曲體，率不以煩公。春山公早世，遺兩孤子子，孺人母畜之，迄以成立。僮奴子指撫之，咸有恩愛，異母子一如己子。及邦侗稍長，就外傅，孺人則教之折節下士，以砥礪成名。而又時時勑其慎交與，所與賢豪長者，禮鄭重惟謹。輕俊浮佻之夫，雖及其門，無爲通。以故邦侗文行踔厲，清聲斐然，孺人之教也。

孺人既病，而邦侗且從有司省試，念孺人，不欲行。孺人曰：『生死，命也。而母不死，復何憂？脱必死者，而即朝夕侍牀第②，能免③乎？賢如介推、萊氏，豈其有官？若以先公之靈，獲一儁南國，亦門祚之福也。』于是邦侗行就試。畢急返，返則孺人捐館舍三日矣。邦侗以母終不及含殮也，爲之呼天泣血，不欲生者久之。

按：孺人所處微難，而能使上下雍肅無間言，以大人長者教其子，絶不爲沾沾兒女小仁。既病，遣其子就試語，明于生死之際，近達矣。所謂讀書而差了大義者耶？此可與古敬姜、樊姬齊德，周伯仁之母又何足爲孺人道哉？

孺人生一子，即邦侗，郡諸生。娶黄氏。生孫男一，子朝，聘毛。孫女一，許楊。生于嘉靖癸巳年正月十二日，卒于萬曆壬午年八月十五日，享年五十。銘曰：

司馬名德，孺人相之。婉矣卷耳，懷哉螽斯。惟雍惟穆，以倡諸姬。歇歷中外，相從馬箠。高門華筏，母以儉先。縞衣練裙，桓之佐宣。賓厨豐腆，口不食鮮。舉火三百，母有勞焉。生死大矣，謂如朝露。孺人曰嘻，不戀不怖。以備女史，千載是慕。

校勘

① 暢：底本原作『揚』，據程元方本改。
② 第：原作『第』，據文意改。
③ 免：底本原作『也』，據程元方本改。

注釋

[一] 吴孺人：儒生吴春山之女，張時徹側室，張邦侗生母。卒於萬曆十年（一五八二）八月。
[二] 張大司馬公：張時徹，字惟静，人稱東沙公。鄞縣人，官至兵部尚書。詳見本書文集卷一《屠司馬詩集序》注釋[三]。
[三] 邦侗孺愿：張邦侗，字孺愿，張時徹季子。以父任官光禄署丞。有《張孺愿詩略》。
[四] 長君：指張邦仁，字孺穀，大司馬公張時徹長子，風流豪爽。見本書文集卷四《張孺穀詩集序》。
[五] 次君：指張邦伊，字孺覺，張時徹次子。以父蔭仕陝西苑馬寺少卿、高州府知府等。有《京兆詩草》。

明故錦衣菴泉栗公暨配安人劉氏合葬墓誌銘[一]

不佞承乏南宫，與栗孝廉可仕遊甚驩[二]。孝廉人倫之儁，气温而行莊。文辭藻蔚，卓有時名。即諸昆弟彬彬，咸玉瓚黃流之品也。歲甲申夏，其父菴泉公卒于家。可仕偕其兄太學君可學，持余友董伯念所爲狀[三]，乞銘不佞。不佞自與孝廉善，都人士往往爲余口孝廉兄弟及其父菴泉公賢不置。蓋菴泉公起田間，教諸子興于文行，敦龐倜儻，號長者。諸子生而才，而咸好義輕①財，傾身下士，士雲附焉。以故栗氏之賢，在燕趙間甚著。不佞既交驩孝廉兄弟，而又雅知栗公賢，即義，固當銘公。

按狀：栗公諱昇，字顯夫，別號菴泉。其先河間之任丘人[四]，公始移家京師。公父宇，母黃氏。宇之先德，德之先林，世農家淳朴。至宇，始知向學習文。公即不廢農，顧讀書，好覽觀古傳記，識往事。間與人談古今，娓娓率中窾，策事成敗若指掌。生平善善惡惡，喜成人美，而要歸于厚。爲人長不逾中人，而方面大耳，眉目朗秀，望之魁然。幼時遇道士田間，年可七十，脩髯跣足，神氣軒舉。執公手曰：『君雖秉耒，終非蓬蒿中人。後十五年當富貴，子孫賢而有顯者。』言訖，徑去如飛。公心蓋知道士非常人也。年二十，而娶安人劉氏，良家女，有婦德。公兄晨以吏事留都下，公與安人悉力問父若母甘毳。家貧，歲大饑，與父出糴于真定，道遇胠篋者，弓矢相向，欲掠其子母錢。公曰：『此老人吾父，吾所以走他郡負米者，爲父爾。吾轉溝壑無恨，如老父何？』聲淚俱下。盜愍而舍之去。盜亦有人心哉？乃公之孝實感之矣。又歲大疫，公大母及父及季弟俱病，公與安人亦病，猶力疾周旋湯藥。無何，大母、父及季弟相繼卒。公慷慨流涕曰：『天禍栗氏深矣！吾家世有陰德，而神理奈何若此！兄留京師，所不滅栗氏者，事在我。』于是，又力疾拉血治三喪。虽阽危中，成禮井井。比兄歸，而窘甚，會麥方熟，公即推所穫分給兄。鄉里頌義焉。

歲丙辰，以長子旺中貴[五]，奉母黃如京師，乃入籍爲司隸校尉，累功遷錦衣百户。錦衣自昔號金吾緹騎，俗尚豪貴相高，多所睥睨。公師儉德，恂恂書生，謙和下人，不及于汰。至白屋寒畯，尤多德公者。居恒庭訓諸子曰：『夫學者，炬也。人不學，是冥坐不設炬，一室之内倀倀焉。余以貧而業農廢學，然尤時時考鏡古今。乃者家幸馳于負擔，諸子失時不學，則孤豚飽爾。』于是諸子咸奮于學。即中貴旺，亦讀書了大義，明習國家典故，在貂璫中，雅有賢聲。嘗爲朝廷司管鑰，他璫因以爲利，可至鉅萬。而旺奉身潔己，秋毫無所濡沫，服公教也。

公天性寬仁好施，安人及諸子體公意，咸喜急人之難。人以窮來歸，所以給之者，惟力是視。有飢不能活者，待以舉火；喪不能治者，待以襄事。或與人共利，諸子爭爲推讓，曰：『夫利者，身外長物也。寧能以阿堵故，損吾居身之珍？』安人事姑黃極孝。安人以疾先卒，黃痛幾絶，曰：『家方貧困時，若勤苦奉我。一旦小康，輒先舍我去。我何用獨生爲？』聞者爲之酸鼻。其得姑心如此。萬曆癸酉，黃亦尋卒。公居喪毁瘠，歸葬祖塋之旁。

戊寅，公實授昭信校尉，贈父如其官，贈母黃氏安人。公家既稍起，晚年亦與客觴咏逍遥，曰：『長安多大家戚里，朱輪華轂，吾家黔婁爾。然方之負襁褓傴僂田間時，天壤乎！此之不足而日有盈心，天道不予也。令子孫必待我而衣食者，我復何待邪？』而諸子故賢公，不貽公憂。壬午歲，季子可仕舉鄉試高等，而後公愉快可知也。踰年，公以病伏枕數月卒。卒之日，神氣澄寧，翛然而逝。公其天性近道，而了死生者邪？世人齷齪貧賤，洿池其身，委薾無復丈夫子氣。一旦得意，不勝其矜詡之心，汰而敗度，何厭之有？是兩失之者也。公食貧好義，困無恌心。晚景知止，盛無盈氣。達哉！處興衰之際，宜其去來無碍，動得翛然。即少時爲異人所物色，豈偶哉？不然，胡其言之驗也！公以安人歿後，繼娶張氏。張氏亦婉淑，撫安人子如己子。曷不肅雍，公刑于②之化足多云。

公生正德壬申二月十五日，卒萬曆甲申三月十八日，享年若干。安人生正德癸酉九月三日，卒隆慶戊辰八月二十五日，享年若干。丈夫子八：長旺，中貴，提督孝陵；次可學，次可中，國子生；次可仕，舉人；次可任，校尉。俱安人出。次可大、可教、可嘉，俱側室李氏出。女三人：一適國子生王化民，安人出，先卒；一張氏出；一李氏出。孫十人：長逢春，庠生；次長春；次芳春；次陽春；次萬春；次榮春；次同春；次元春；次際春；次兆春。孫女二人。曾孫女一人。將以某月某日，合葬某山之陽。而不佞爲之銘曰：

懸鶉茹藿，公之田間。而耕而饁，夫婦賓焉。一簑其雨，一犁其煙。樵人牧吹，上皇之年。錦衣美食，公之華轂。出有文馬，入有華屋。蒙上寵靈，日懼以恧。勉哉德議，庶其止足。晚節達生，爲園徜徉。惟賓惟朋，以咏以觴。以畢天年，元和無傷。何以方公，鹿門襄陽。

校勘

①輕：原作『經』，據文意改。

②于：底本原作『小』，據程元方本改。

注釋

［一］菴泉栗公暨配安人劉氏：栗可仕父母。栗昇，字顯夫，別號菴泉，河間任丘人。有子八人，以長子栗旺中貴遷錦衣百户、昭信校尉等。劉氏，栗昇髮妻。

［二］栗孝廉可仕：栗可仕，河間任丘人，栗昇四子。舉人。曾任山東汶上知縣。

［三］董伯念：董嗣成，字伯念。烏程（今浙江湖州）人，禮部尚書董份孫。萬曆八年（一五八〇）進士，官至禮部員外郎。

［四］河間：河間府，府治河間縣（今河北省河間市）。任丘：縣名，明代屬河間府。今河北任丘市沿用其名，但範圍大小不同。

［五］長子旺：栗旺，字希顔，號玉洲子。河間任丘人。栗昇長子。嘉靖三十二年（一五五三）入宫爲宦官，年方十八。萬曆六年（一五七八）奉諭提督孝陵兼領神宫監事。據王世貞《弇州山人四部續稿》卷七十文部《玉洲子傳》，栗旺『有弟七人，而皆淵著饒識行。其仲、叔游太學，而季遂舉鄉薦，第四弟以武功起官錦衣百戶，第五弟補博士弟子。』

白榆集校注文集卷之十八

墓誌銘二

明故御史蓮渠胡公墓誌銘[一]

不佞按往牒，見古豪傑俠烈雄傀之致，竊嘗疑之，謂文人好摇其筆端，多侈説。即以往事索諸當世，古今人或不相及矣。以不佞所聞于胡侍御，此何讓古人哉？夫若此者當世實有之，則何疑于往昔也？

按王山人狀[二]：侍御胡公諱洊，字原荆，家近蓮蓉湖，人稱爲蓮渠先生。世家無錫之胡家渡，蓋自宋安定先生瑗有子曰志正[三]，志正有子曰守權。守權生于如皋，遷無錫，其後又有遷烏程者。故胡氏有烏程胡、如皋胡、無錫胡，實一宗也。胡氏族繁，號巨家，然代多耆德隱田間，鮮起家貴仕者。蓋始自侍御公矣。公大父曰處士君良珮，父曰贈御史君觀，咸以豪爽遊于酒人。贈君年未四十早世，而伯兄及兄子亦以酒夭其天年。公母闞氏及伯姆趙氏、嫂錢氏，凡三嫠，以節聞。諸持門户以待公，闞孺人有力焉。公八歲而孤，幼聰穎，頭顱秀異，識者知非凡兒。有力而捷，嘗戲緣楹登屋梁，坐而誦書。孺人見之，恐驚之墜，伺門中。既下，笞而泣數之曰：『未亡人所以不早從先君子地下者，徒以兒故。兒無賴，予安用生爲？』公大感悟，持闞孺人泣曰：『兒自今不奉母教誓所以報父者，請死！』乃折節讀書，如成人。總角補學官子弟，娶浦氏。浦孺人有母亦寡，依孺人居。諸寡婦朝夕盡須於闞孺人，且每事求多焉，闞孺人所以慰藉諸寡者，惟力是視，而未①嘗乏絶。公稍長，恒以教授自給，與闞孺人茹荼蓼，備至矣。

嘗一試南都，不第歸，涉大江而誓曰：『丈夫子六尺而外無長物，家有四三寡嫠②，再來不取一第歸者，有如江！』歸而益發憤③修下帷之業。嘉靖甲子應試，道丹陽，有光如流星自馬首上燭天，竟二日夜不滅。公私心異之，遂舉應天鄉試。明年登進士第，當補令，有詔開館選庶吉士，公不往，曰：『吾曹取一官自効，不得意，寧爲車下勞薪，何必雕蟲？』而與其同年進士顧子某語合〔四〕，遂貰酒飲都亭下，不就選。公得永豐令以行。

永豐巖邑，民俗嚚好訟，數起大獄，大者隕命，小者覆家，連歲不解。公至，則盡廉其狀，以輕重本罪罪之，多所平反，而訟師、姦人悉置諸法，訟以大省。諸所擘④畫，動爲民垂久遠利，不事世俗小名，務惠愛黔首，而耻媚士大夫爲聲華。御吏胥以嚴明，時時發其姦利事。吏不無少望，而亦以此免于監司，久而顧更樂之。禔身以廉，即秋毫不擾細氓，僚屬化焉。時分宜籍没産散旁邑，鬻錢入官。他邑多私其上貨，而以下者與民，間取上直。民大患苦之。公一無所私，平直而鬻之。他邑或累月不入官錢，公立辦。郡守怪其速，疑以他財奏。既得之，乃歎服曰：『吏廉，其効如此哉！』有客邑中者，衣冠頗怪，號談性命而辯有口，邑中從之遊者幾千人，縉紳大夫亦往焉。公佯爲過從，察其狀有詐，乃言于衆曰：『少正卯之流也。宣聖而在，兩觀之斧且至矣。』立驅之出境。士大夫頗少公，謂不好士。無何，旁郡下檄貎索大盗，得之講所，即先談性命者。于是，從遊者耻之，閉户不出。而邑中或驚公先見，目爲神君。

公令永豐七月，而以闞孺人憂歸。歸之日，邑父老子弟號哭遮道至萬人。有書生喪冠而手抱大豹皮覆棺上，泣曰：『天乎！西陵之下，北邙之上，丘纍纍矣。他人不死，而死吾明府母，以奪吾明府耶？』公在事，既凛冰蘗之操，去而發所羡贖金，修蔣孝子祠。先是，周是修死建文，族黨坐戍頻年，子孫征調不息。公力白之臺使者，免其軍籍。蓋公之爲政，先忠孝大節如此。

服闋，補選江以西。諸官于朝者争欲得公，而安福時多貴人，有力，竟爲安福得之。公之爲安福也，諸拊循元元，豈弟惠愛，一視永豐，而稍濟以機圓。于是，聲名益籍籍出永豐上。而公顧自媿，謂不如。居永豐時，敦龐尚實，而不修世俗名。居安福期年，入覲，至蕭然不能具槖裝。抵京師，徒手謁諸貴人。長者頗怪其簡，已而知安福令實廉，不能具槖裝，更大相推重之矣。

未幾，召拜監察御史。先是，公與山人王叔承善。入覲還，公與山人同舟而西。臨别，山人握公手曰：『君行且内召，非夕郎，則臺御史，爲天子言官。君素戇多口，請努力爲前期，男儿無爲死杖下矣。』公笑而頷之。居無何，而公竟拜御史，用直言去。公爲御史，侃侃正色。立臺⑤中，巡東城，戚里豪右爲之肅然。今上即位，疏論中貴人事，交戟之内以目。既而出按遼東。會有天象相示異，乃止車輪無東，而疏時事。幾下於理。時相論救，公得削籍爲編民。公既叩闕下謝，而策一蹇驢出都門，男婦老稚觀之千數。門者中官某以白撅拔公背，復以千緡錢挂驢⑥首，拂公鬚曰：『真丈夫！吾爲公取酒以壯公行。』

公歸，貧無以爲家，而豪益甚，又稍以酒自污。生平慷慨，樂赴人急難。永豐李生犯法，京師同坐者十二人咸死。公居臺中，力爲李生地，得不死，戍⑦黔州。黔州故惡地，解戍者懼而自縊，李生度必不免。公爲託御史按黔者挈以去，而又爲貸金錢也。京邸比舍貢士某老而貧，選滇南博士，不能治行。會公貸得金三十，金不發封而盡畀之，曰：『吾爲子治裝。』其人感泣去。公爲諸生輒伉爽，人有不平，輒借身報仇。同學張生者，以徭與驛官搆。驛官辱張生，會公過，立擊驛官仆地。諸驛奴以鎖鎖公，公擊諸奴，諸奴披靡。竟牽驛官抵監司，監司抶驛官數十而直張生。然公即外峭直，而中實寛有度。讎家某數阨公微時。既貴，讎家惴惴不自保，而公置弗問。里中豪或橫啖公田廬，其後以券歸，公謝弗受。居恒食貧，而好施周急，出自天性。又雅好賓客，客時滿座上。供具不給，則或質一衣一器，取酒脯而與客歌呼豪飲。客以窮歸者，不難以其身，爲立致千金而已。嘗貧有一技片善者，必力爲遊揚以顯名當世。事以此多歸之，客日益進而家日益困。凡款遇賓客者，多以質貸給。一日，與友人某期，傾橐中治具而待之不至，乃以款他客。席且狼籍，而友人至。探橐中有一錢乎？無之，則質其練裙酒家，與客盡驩而罷。人蓋笑而目之爲黔婁孟嘗云。

公好遊，即爲令，嘗自乘一藍轝，入武功山采荔，竟日忘歸。入覲時，同行者道失公，則獨登匡廬香爐峰，長嘯而觀瀑布。比覲還，與王山人下錢塘，浮西湖，訪桐君采藥處。泊七里灘，拜嚴光先生。出偃王幕下，登爛柯山，翛然欲離塵度世矣。既歸，而遊道益廣，足跡幾遍梁楚吴越間。布袍方冠，無識其爲故御史者。登高陵險，有濟勝之具。每與客捫高嶺峭壁，離立獨竦，衆方眩慄不持，公輕身躍而上。客自下觀之，謂如排風騎氣，將遂絶天門，通帝座矣。嘗道晉陵，坐船首，見兩白龍挂雲表，水騰空上。舟人咸震怖失色，而公登艫，以兩手據舷，橫身直出舟外，仰而睇兩龍者久之。衆乃驚服。

公矯矯神爽，所善顧子，亦儻蕩有英雄槩。嘗會于都下，公飲顧子，醉而驩劇。顧豪有力，伸一臂向公曰：『吾臂可立御史。』公躍而立臂，觀者錯愕。兩生豪聞天下。公闊達有長者腹腸，洞見底裹。顧多材畧，即自頹然自放，而用世嘗周闊而不疎。此兩人志操小不同，嘗相得也。

公好面折人，諸有司不法，數被酒誦言之，不無嗛者。又樂爲人排難雪枉，數解大獄。鍾生者，與公同應甲子鄉試，而公有寒疾，生割氈衣半覆公。其後鍾生犯法，公徧請于郡縣、監司及臺使者，出之獄⑧中。越李生者，爲里豪所持搆，其宗兩丁輸作鉗徒，垂斃。公爲走越，言于諸當事者，竟直之。而馮生、盛生見枉于郡縣，公傷其寃，立白之。其白馮生，不知也。白盛生，盛生以四十金爲壽，公却之，曰：『吾傷若寃，爲解。寧爲金也？』兩生家至今尸祝公。公嘗負公賦，有司詰之。或曰胡公貧，有司曰：『胡公數解大獄，何爲貧？』曰：『胡公所造請，非其至戚且友，即寃抑不平者爾，實未嘗私人一金。待胡公而舉火者，不下數十家，而胡公家嘗不足。客至，時時解衣貰酒。何爲不貧？』有司乃大驚詫。公之闊略長者，而不飾行求名，類如此。公初見放歸，學士華公知公貧，捐負郭田二頃餉公。公謝曰：『不佞即貧無賴，奈何以逐臣數口累長者？』令江以西時，士大夫問遺，一無所受，受桐實見情。人謂公實嗜桐實。及公家居，而牀上之桐實常滿。嗟乎！此可以見公志操矣。

公平生務敦大節，不立小行。善不自揚，過不自掩，先人後己。雅不喜沾沾耳語，即閨幃細瑣，咸可語人，如揭日月行。逮其晚年，益逃於酒，息機埋照，示人以昏德。至醉後聞天下大計，悲歌慷慨，多扼腕不平。所幸愛姬，其友一言，出之無難色。何其勇于徙義也。

歲戊寅冬，暴寒，公驌驦既典，御袂而對客，病幾委頓，猶伏枕草縣大夫書救浦生。浦生老母爲叩頭吁天，乞公命。公病良已，飲如故。既趙媪卒，公爲之慟。日者謂殮不利于公，請避之。公曰：『生死，命也。吾豈以畏忌傷吾猶子情？』竟視殮而病，病竟卒。是日，乃有見公由惠山泉負杖逍遥吟而入黄公磵者。殆神遊乎？先是，公與客過胡橋，遇胡僧衣百結衣，垂八卦于胸，而出梵字示公。公推弗視，曰：『吾事去矣，視何爲？』僧笑而去。卒之夕，薪米盡絶，至無含金。須臾，會哭奠賻者充巷塞塗。疇謂人心無至公哉？嗟乎！世有中庸之徒，檠跽曲拳，務託于謹厚，一身而外，毛髮不假，至鄙細也，而終身富貴壽考。原荆以豁達之姿身兼數器，岸然放于天壤，而卒以濩落。是庸人之所爲口實也。天道如此，爲善者奈何不懼？然天之所以厚原荆者，當自有在。其微者不易言，豪傑志士終不以此奪氣。

公才英敏，讀書覽觀大義，下筆輒屈其儕輩。所著有《采真堂集》若干卷行于世。公生于嘉靖甲午十一月，卒于萬曆己卯四月，得年四十有六。婦即浦孺人。子二：長允懷，庠生，娶沈氏；次允協，娶陸氏。皆浦出。女三：一嫁鄭良輔，一嫁孫繼祖，一嫁曹祖鶴。孫一，某，允懷出。二孤將以是年某月日，葬君蠡湖之桃花塢。公友人王山人叔承、王太學穉登以墓銘見屬[五]。兩君不博求當世之貴人鉅公，而屬余小子。余小子不佞顧恒好談士大夫美行俠節，乃不辭而爲之銘。銘曰：

於乎原荆！六尺其行，而志充八紘。官不踰七品，垂千秋名。塊然蓬茨，恒饑無誉。妻孥見嗔，奔走豪英。閶闔之下雷轟轟，生無一鋌，死而哭滿城。

校勘

① 未：原脱，據文意補。
② 嫠：原作『婺』，據文意改。
③ 憒：底本原作『僨』，據程元方本改。
④ 擘：原作『劈』，據文意改。
⑤ 臺：原本缺，據程元方本補。
⑥ 驢：原作『顱』，據文意改。
⑦ 戍：原作『戌』，據文意改，下文同。
⑧ 獄：底本原作『獻』，據程元方本改。

注釋

[一] 蓮渠胡公：胡涍，字原荆，號蓮渠。無錫人。嘉靖四十四年（一五六五）進士，歷知永豐、安福二縣，陞廣西道監察御史。神宗即位，奏請『嚴馭近習，毋惑謟諛，虧損聖德』，觸怒中官馮保。慈甯宮火災，疏請遣出宮人，奏中有『唐高不君，則天爲虐』語，因進言不慎，神宗怒，被斥爲民。著有《采真堂集》。

[二] 王山人：即下文之山人王叔承。王叔承，初名光胤，以字行，更字承父，晚更名靈岳，又字子幻，號崑崙山人。吴江人。與王穉登同

爲萬曆年間著名布衣詩人。詳見本書詩集卷二《贈崑崙山人遊天臺訪顧益卿使君》注釋[一]。

[三] 安定先生瑗：胡瑗，字翼之。泰州海陵（今江蘇泰州）人。北宋著名學者、教育家。因世居陝西路安定堡，世稱安定先生。

[四] 顧子某：指顧養謙，字益卿。嘉靖四十四年（一五六五）進士，胡涍同年。爲人倜儻豪邁，官至右都御史兼兵部左侍郎。

[五] 王太學穉登：王穉（又作稺）登，隆萬年間著名布衣詩人。本書文集卷六《與王百穀》有『胡原荆侍御真磊磊丈夫。……胡之所善顧君，……王山人善此兩公，其人當亦快士』等句。

明故肇慶府别駕忠齋徐公墓誌銘[一]

徐氏其先出柏翳[二]，後世系遠莫可考。在宋有節孝先生者，以醇德懿行顯。數傳而從宋南渡，家長洲張陵。至勝國時，鶴皋公以訾雄吴中，食指萬計。公再遷甫里[三]，家世孝弟力田。至曾祖南山公，有氣操，悉推遺産諸兄弟，而獨身作勞。顧念揚聲亢宗，非經術不可，乃令其次子西涯君當户，而以長子春塘君受博士《易》，有聲，廩于縣官。及諸從子並用經術起，亦輒有聲，而咸困一第。世傳種粟得糧，種蘭得香，即徐氏諸子，文而不得一第者何？其猶有待耶！

西涯君娶于趙，舉一子，即公。幼有異質，授以詩輒誦，尤工儷語，屬對如響，識者知爲遠器。稟學春塘君，爲文輒傾其流輩。十八補邑弟子，益賜力文章，闖入作者堂奥，弸中彪外，曰：『神龍不貪于風雲，凌虚蹈空，非風雲不致。諸父不取此物，吾當力取之。』而文譽日以籍甚。學使者聞人公銓試士[四]，得公文，大奇之，置第一。無何，以選貢入京。聞人公雅負人倫鑒，一時所得日南木難，如歸太僕有光及公輩，咸海内知名士。明年，遊太學。士争願從公。公爲講經譚藝，間及當世之務，靡不纚纚中窾，雖匡鼎解頤，朱雲折角，不能過也。所至北面執弟子禮者如雲，多用公經術取貴顯去。而公獨數奇，屢①屈有司，又相繼值父母憂。歲癸酉，服闋就試，又報罷。乃歎曰：『弓能爲調而不能爲中，中者，非弓也；劒能爲利而不能爲割，割者，非劒也。余安用爲造物嗤？顧天之所不得困我者，學耳。』于是，益流覽六籍，汎觀百氏，文非先秦、西京，不以辱墨卿，居然大雅。而又刬浮敦素，爲時醇儒，彬彬質有其文。比謁選天曹，試文大奇，少宰李公默見而異[五]，曰：『若抱才大爾爾者，足籠罩多士，而俛而就此。此何異干將補履也。盍少需之？』公辭，乃以高第得端州司馬。

公爲人仁有度。時吏治尚苛細，率急如絞繩，以求當監司，博精明之譽。而公獨行愷悌，與吏民蕩滌煩苛，持大體而已。折獄尚矜恕平反，不取深文巧詆，爲黔首附焉。連攝大邑，寬仁長者一如倅郡時。畏壘尸祝，所至有之。又好折節下部中逢掖孝廉、巖穴賢者，嘉聲蔚起。郡故雜獠，枹鼓不絶。是時有酋長張快馬、梁青宗者，勇而阻險擾邊，督府患之，檄公捕賊。公設方畧誘至城下，悉就擒。時咸多公勞，而督府及治兵使者掩爲己有。公曰：『小臣用勞，大臣用智。今日之役，非督府、兵使者之伐而誰然？』由是，益厭薄浮名。未幾，遂自免歸，槖中蕭然。

先是，吴歲有倭患，所至焚燹，而公甫里舊業火焉。至是無以爲家。乃杖馬箠，薄遊臨安。樂臨安山水深秀，則歎曰：『四大假合，九州浮沫。苟容杖屨，一坯即足。何必吴門是吾桑梓乎？』因家臨安。以貧故，不能得美田宅，茅茨數椽蔽風雨。下瘠一頃，僅供伏臘。吴中士大夫沾一命歸，輒能以訾自潤，而公寒如故。誇者至舉公爲戒，亦以此高公清德。復念二親喪未入土，因求得葬地西湖，卜之曰吉，身間行寇中，奉二親喪葬湖上。而公益冲然快愉，日籜冠布袍逍遥虎跑、天竺之間。課其二子，治舉子業，相繼賓澤宮，才名益藉藉，稱吴二俊。人曰：『徐端州名不稱才，官不酬伐，殆疑天道。夫兹二俊者，所以報也。』公亦曰：『先君子以此物遺，吾不取而復以遺後人，是在孺子矣。』

公既徜徉湖山，完其天真，居恒康强無恙，年幾七十而視聽不衰。一旦病指癭，漸至不起。而二子竟先後取科第，如公言云。爲人頎而長身。少負耿介，不與俗諧。老而返于恬憺，守素履貞，見者興出世之想。好義周貧，出自天性。以困來投者，即傾囊給之，未嘗以乏爲解。宗有未亡人，生而養之，死爲之斂。德其世父之教，則爲立主祀焉。其内行淳備，篤厚人倫如此。

公諱某，字直言，號忠齋。生弘治乙丑六月一日，卒以萬曆甲戌二月七日，享年七十。娶褚氏，繼姚氏、水氏。生三子：長桐，鄉貢士，娶包氏，繼顧氏，褚出；次桂[六]，丁丑②進士，出爲袁州理，娶金氏；次梗，娶丁氏。女一，適饒一經。俱水出。孫男五：行忠，聘盛氏；行遠，聘孫氏；行簡，未聘。爲桐出。卿麟，聘馮氏；卿鳳，未聘。爲桂出。孫女三：長適盛應魁，早歿；次適丁芬。爲桐出。次尚幼，爲梗出。公之伯子桐及仲子桂等，將以某年月日，奉公及其母夫人合葬。桂乃自爲狀，而請銘不佞某。不佞某與仲子爲同年兄弟，以文行相砥，最厚善。不及事公，而及銘公，是某志也，又庸詎敢以鄙庸辭？乃爲之銘。銘曰：

操舟無風，力田無年。有文不登，有勞莫宣。泊以遊世，爲雌爲玄。玉輝于山，珠媚于淵。西泠之上，氅衣僊僊。或拾海月，或攬湖煙。含光葆真，而排冥筌。嗟哉先生，畸于人而侔于天。

校勘

①屢：原作「婁」，據文意改。

②丁丑：原作「甲戌」，誤，徐桂爲萬曆五年（一五七七）丁丑進士。今改。

注釋

［一］忠齋徐公：字直言，號忠齋。長洲人，徐桂父。官肇慶府別駕。

［二］柏翳：即伯翳、伯益，舜時調馴鳥獸之賢臣。

［三］甫里：古地名，今江蘇蘇州市吴中區甪直鎮。

［四］聞人公詮：聞人詮，字邦正，號北江，餘姚人。嘉靖五年（一五二六）進士，由寶應知縣擢山西道御史，督學南畿。官至湖廣按察司副使。

［五］李公默：李默，字時言，福建甌寧人。正德十六年（一五二一）進士，改庶吉士。後陞太常寺卿，掌南京國子監祭酒事。官至吏部尚書兼翰林院學士加太子少保。

［六］桂：徐桂，字茂吴。長洲人，居餘杭，徐直言子。萬曆五年（一五七七）進士，除袁州推官。屠隆與徐桂爲同年進士，後同入白榆社。《由拳集》卷五《感懷詩五十五首》有《徐袁州茂吴》。本書詩集卷五有《懷徐茂吴》。

張孺人墓誌銘［一］

海上張子所敬長輿［二］，爲人清真有奇才。不佞雅聞之，以故從汝陰單車東也，東輒向人起居張子。乃張子雅不欲爲陽鱎，其見不佞也最後，而其執禮最共。不佞媿不敢當，而心愈好張子。一日，手其所自爲母氏張孺人狀，而乞銘不佞。不佞守土吏，昕夕惟簿牘錐刀之是理，而暇①理墨卿爲？以與亡者謀及地下也。張子固請不已，又以其才故，于是，不辭而爲之。

按狀：孺人姓陶氏，故光禄署正陶翁之孫，太學古峰君之女，而鴻臚張公之配也[三]。孺人生有女德，陶翁謂太學君：『女也佳，毋輕字凡兒者。』而太學君嘗與鴻臚公父永城公同受經大父城南先生[四]，知鴻臚公秀美，歸白陶翁，而永城公雅慕孺人賢，遂委禽焉。年十八，歸鴻臚公。是時，城南先生以貢爲弋陽王傅，而永城公舉孝廉高第。鴻臚公方向學，孺人輒規之勤。于是，公學益奮，無間寒暑。丙夜篝燈，公把卷郎郎，而孺人以女紅侍。罷甚，孺人起焚香進茗，稍佐以名理，乃公則泠然獨暢，忘其罷矣。

會督學使者選公爲博士弟子，聲藉藉起，而孺人所以贊公學者不衰。家世儒，素食貧，孺人荆布力作，一如鴻妻。晝操井臼，夜登機杼，不自休。又時脱簪珥以佐緩急，弗以累永城公父子也。其後，城南先生下世，永城公仕爲歸德之永城令。而孺人之肩家政益劬勞，日夜拮据。家稍以裕，會島夷内訌，海上騷然。孺人携其小弱，越在荒野，盡喪其積貯。而歸德復有師尚詔之難，永城公守陴厲士，日立矢石間。無何，島夷數失利去，師賊就禽，而永城公且挂冠歸。孺人勞其姑趙孺人曰：『亂離如此，得相見足矣，遑恤其他？』

永城公之歸也，蕭然物外，好奕而逃于酒，酒人奕客常滿。孺人日潔釀脯佐驩，客即卒臨，咄嗟而辦。永城公嘗詫曰：『吾家有一婦，勝成都八百桑。使吾日與客婆娑坐隱者，新婦之力也。』及永城公見背，孺人事趙媪尤篤，食飲必親。趙儒素患眩，時仆於地，孺人卧起與俱。既老，病痾不能起，小遺牀笫間，婢子掩鼻，而孺人常手拭除之，無難色。永城公既卒，族群不逞者争譁鴻臚公，冀染指所有。公微不堪，孺人力勸公忍：『奈何以阿堵與鼷鼠輩競旦夕之命。』人給之産。産罄，而譁者亦止。于是，里中咸服孺人賢明。

逮鴻臚公拜官京師，孺人以不習舟，止不北。而鴻臚公久之亦不樂居交戟之下，遺書孺人曰：『東方先生下與侏儒齒，日乞米長安，奈此編貝何？即割大官臠肉，緊獨詒遺也？吾夢在五湖之旁矣。』孺人持書，泣謂諸子曰：『若父束髮學皇甫玄晏，耽于六籍，晚效相如以貲爲郎。今則如曼倩生，日乞長安米。有才無命，安用胸中萬卷爲？吾最後且勸乃公師張季鷹②。青雲之業，是在小子。』而諸子若長輿之少也才，的然物華國寶。深山大澤，實生龍蛇。庶幾天道邪？而孺人且復奄忽朝露也。嗟乎，兹尚可致詰哉？

孺人事永城公、趙媼至孝，事其父太學君、母陳如事其翁姑，事鴻臚公順而肅。撫諸子慈而嚴，待姻族厚而有禮，御諸婢子僮奴整而有恩。蓋無弗人人誦孺人賢。其最難能者，秉詩人樛木之德，視他姬如女，視他姬子如己子。此又去世俗賢婦遠矣！

孺人生于嘉靖二年癸未之正月十六日，卒于萬曆八年庚辰六月之初五。享年五十有八。子四人。長所敬，邑庠生，娶商城主簿唐公女。次所蘊，娶温州通判潘公女。次所効、所存，俱幼，他姬出。女二人。一適大名府通判王公子玉潤，一字封光禄監事趙公子一準。孫男三，重光、重啟、重隆，幼。孫女三，長適禮部郎中王公孫拱極，二幼。銘曰：

薑桂性辛，蘭之性也馨。曷習而辛？曷習而馨？是謂孺人。孺人之賢，則經與③史。詎④經史是學，而躬是履。有子長輿，蔚蔚斐斐。夫惟大雅，文質相底。嗟！非是母，不生是子。

校勘

① 暇：底本原作「假」，據程元方本改。
② 鷹：原作「膺」，據文意改。
③ 與：底本原作「興」，據程元方本改。
④ 詎：原作「調」，據程元方本改。

注釋

[一] 張孺人：陶古峰之女，張所敬之母。
[二] 張子所敬長輿：張所敬，字長輿，上海龍華人，張所望之兄。諸生，有文聲，人稱黃鶴山人。著有《峰泖先賢志》《酒志》《騷苑補》《秉燭叢談》《雪航漫稿》《潛玉齋稿》《春雪篇》《解技篇》等，輯《明詩藻》，並撰《西牌樓張氏世譜》。何三畏《雲間志略》卷廿一有《張文學長輿先生傳》。《由拳集》卷五《感懷詩五十五首》有《張文學長輿》。
[三] 鴻臚張公：張汝明，張所敬、張所望父，上海龍華人。入太學爲鴻臚序班。
[四] 永城公：張大魯，字子守，張汝明父，張所敬、張所望祖父，上海龍華人。嘉靖十年（一五三一）辛卯科進士，授永城縣令。王世貞

《弇州山人四部稿》卷一〇三有《永城知縣張君暨配趙孺人合葬志銘》。城南先生：指張武，張大魯父，張所敬、張所望曾祖父。上海龍華人。任弋陽王教授。潘恩《潘笠江先生集》卷十一有《弋陽王教授張公配朱孺人合葬墓誌銘》。

北嶽侯公暨原孺人合葬墓誌銘[一]

某年月日[二]，不佞同年真州長侯君[三]，以其從父公所爲尊公北嶽先生暨原孺人狀，乞不佞銘。不佞少業雕蟲，及作吏，漂轉吴楚間，風塵牛馬，學植荒矣。侯君爲尊公不朽圖，則胡不博求天下之文章鉅家？其以屬不佞也，身有朝菌之年，而欲爲人謀金石之固，謬甚哉！抑侯君其嗜芰之癖邪？癖而成之，不佞則靦矣。夫自傳軀襲紫、鐘鳴鼎食之家多奓口，述譔纍纍；而彼就藪澤，處閒曠，爲山谷之夫，其制行能貫金石、微風化者，顧恒弗得當鴻鉅，一備紀載。此世繇以多譽墓，乏信史也。蔡中郎居嘗謂生平所譔墓碑，惟郭有道足無媿色。不佞於北嶽先生亦云。

先生諱一位，字宗正，別號北嶽。少治《詩》，弱冠爲學官弟子員。學使者最其文，餼之廩食，聲藉甚。人言先生博一第，若操券而取之。已而輒試，輒不售。人又爲先生惋忼數奇。乃先生謂所力學者人，而所獲雋與否者天。利鈍得失，泊如也。先生氣度冲粹，言笑不妄，矩矱自將，若畫地而蹈者。居恒拊膺歎曰：『獨行不媿影，獨寢不媿衾。非吾人居身拱璧邪？』書屏几以見志。居喪則坐苫①讀禮，哀毁如孺慕。侍母病，爲調藥餌，進匕筯，昕夕不去側。晜弟雁次者凡十一人，先生友愛無少間。資財弗以入私橐，出分則自業其薄者。撫幼弟逾加矜恤，課之學，曰：『此與吾子奚殊矣。』于是，里中無不稱先生，其孝友若天性者然。與人交，坦中無町畦，人人以爲先生親己。然至面刺人過不少貸，能改，即相與甚驩，不復念。迺知先生蓋有意，非故讎也。讀書則上下數千百年，抵掌而談六合之務，若懸河貫珠，聞者忘倦。其爲文務簡奥，不作浮語。又好遊四方賢豪，其所從，皆丈人長者行，一時有名聲之士。

先生即弗自表樹，垂功名竹素，然潛居默静，伏其身而不見，何忝哲士之幽趣、雅人之遠圖哉！且以令子能其官，天子下書，寵其幽壤，不食報于身，而食報于子孫。足不死矣！古高門大第、金紫奕奕者，或豐于穠華，乏于德義，一時炎鑠，千秋凄凉。惟含貞抱素之人傳焉。鹿門谷口，氣韻遠矣。先生既躬幽素之標，而又以其文行昌大後人，至侯君與其從父咸以經術②起家，揚聲振藻。而諸所展錯，逡巡佩服，一遵繩墨，歸于德義。與世所稱炎鑠凄凉者，相距不啻千里。高陵大澤，上蒸雲霞，下産龍蛇，其北嶽先生之謂邪？又先生娶原氏，繼何氏。原孺人外彌內縫，茹荼履葛，相先生惟謹，以故得成先生高。人謂先生多得其助。

先生上世居潁上沿，而徙杞北之焦剌村，凡若干世業農。至先生始業舉子家言，後世子孫振振焉鵲起也。蓋開侯氏者，實繇先生。始祖從義生欽，欽生仲良，仲良生興，興生璽，璽以恩例爲壽官。璽生鐸，鐸以長子爲鴻臚登仕郎，贈如其官。再傳而及北嶽先生。生某年月日，卒某年月日。原生某年月日，卒某年月日[四]。先生舉丈夫子二。長即應徵，舉丁卯，再舉丁丑進士，受室張氏。次應科，府庠生，受室李氏。女二人，字庠生徐獻金。繼何，尚幼。張氏舉男孫三人，承芳、繼芳、紹芳。李氏舉孫男一人，仲芳。云銘曰：

長松之下，千人来蔭。龍子之宫，厥維巨浸。峩峩侯公，德曰朗陵。一世再世，雲蔚霞蒸。乃有淑媛，從公于隱，侃母鴻妻，令德夙禀。賢矣茂宰，有聲奕奕。鼎鉉台司，始于銅墨。孰酬之桴應？孰迅之矢激？所華匪文，所永匪石，其翁與媪之德。

校勘

① 苦：底本原作『苦』，據程元方本改。

② 術：底本原作『行』，據程元方本改。

注釋

[一] 侯公：名一位，字崇正，別號北嶽。杞縣（今屬河南）人，侯應徵之父。萬曆九年（一五八一）以子應徵貴，贈文林郎、直隸儀真縣知縣。原孺人：侯應徵之母。

[二] 某年月日：《（乾隆）杞縣志》卷二十二有屠隆《侯一位誌銘》，作『萬曆壬午秋八月既望日』。

[三] 真州長侯君：侯應徵，字公選。侯一位長子。萬曆五年（一五七七）進士，授儀真知縣，歷官戶部主事、員外郎、江南按察司副使、山東布政司參政。有《南巡漫稿》《都門草》等。《（乾隆）杞縣志》卷十四有傳。

[四] 生某年月日，卒某年月日：《（乾隆）杞縣志》卷二十二屠隆《侯一位誌銘》載，侯一位『生嘉靖元年七月十三日，卒嘉靖四十一年正月初十日』；原孺人『生嘉靖元年十月十八日，卒嘉靖三十六年九月十四日』。

明故正議大夫兵部右侍郎兼都察院右僉都御史侯公墓誌銘[一]

封疆之臣，爲天子捍衛邊圉，牧寧黔首，匪獨其智計深長、擅安攘之略，即其親冒矢石，蒙犯霜露，類以七尺之軀，而爲國家出死力，非苟而已也。文墨之士，往往好持勞臣短長而議其後，若魏尚、李牧，古今同慨。試令持文墨議論者當其處，而爲若所爲而止，寧止懼計略不効，全軀保妻子之念，又或移之。朝廷緩急，安所倚辦矣？若今少司馬侯公，所謂國家勞臣者，非邪？

按狀：侯公諱東萊，字道宗，號掖川先生，山東掖縣人。公爲人魁磊，少有大志，自諸生治博士家言，即慨然以古英雄奇功茂烈自負，不欲守空文，爲翦翦而已。嘉靖丙午舉于鄉，庚①戌成進士。授行人司行人，以才改南京浙江道監察御史。累上封事，語多切直，陞浙江嘉興府知府。嘉興俗故浮奢，公以悃愊②治之，椎雕爲樸，風爲一變，民以不佻。擢陝西按察司副使，備兵潼關。尋改山西井陘兵備。公兩轉咸在西陲，遂益留神邊事，講黄石素書甚習。以内艱歸，服除陝西西寧兵備，陞苑馬寺卿。歷陝西布政司參政兼按察僉事，備兵定邊。西事既益習，風猷卓然。陞河南按察使，威惠並宣，有神明聲。轉陝西左轄。陞應天府尹。未至，拜都察院右副都御史，巡撫甘肅地方。

時嘉峪西海諸虜涣無部落，而西寧凉莊各横擾邊。部臣請于甘鎮外境置夷廠，以甘州洪水扁多口合西海丙兔輩，以莊浪岔口合松山賓兔輩，爲互市。甘肅地險民貧，虜心無厭，公以恩威彈壓之。雖狡悍巨酋若黄台吉者[二]，公徂籠之市，法遂垂永久。又以部議四鎮間修長垣二千里，捍蔽中外。疏湖塘千頃，歲省額不下萬石，公實宵行蓐食成之。又創明海、許三灣、草溝井、大營四堡，以備非常。其甫開市甘肅，議虜入馬，而受中國所與番茶，虜之利，蓋與番合也。公曰：『朝廷以茶制番之命，而顧以其柄授虜乎？』使使説，已之。虜先以一隊嘗瓦剌，而日夜誘之戰，必甘心焉。有如瓦剌破則虜驕，驕則并逞于我。不勝則無所宣其忿心，而以我爲後，局皆非我之利。公遣人説虜曰：『攻瓦剌非便，奈何冒險行數千里而遥攻人？一以不利退，何所投足乎？』虜氣乃折。虜既不得逞于瓦剌，則以吐魯番爲事，而以哈蜜爲之地，走使者出嘉峪關圖，以中國要之。公曰：『關門所以限羌虜，奈何示以形，則漏師沮之？套虜實倚酋爲重，不欲酋東，乃酋亦無東意。酋不東，西事未已，則以鎖南堅參爲餌。』鎖南堅參者，烏思藏法王子酋所謂佛也。酋俗最敬事佛。公以計致鎖南堅參，自以其意諭，酋遂東，而虜謀益解。于是，乃布以恩信，召台吉以下厚犒之，宣示朝廷威德。虜畏且悦，咸羅拜，誓不復爲邊患，而西人始有息肩期。是役也，虜以四十萬甲頓之門庭，震撼飄忽，疾于風雨，岌乎危哉。公不動聲色，神運密謀，虜踉蹡奔走而入吾彀中，雖有衆，無所用之。西人高枕，遺數十年之安。厥功亦雄偉矣哉！主上亦深知公功，其所眷注，率多異數。遷少司馬，三遷公俸，七錫金幣，誥封二代，三廕公子。功高賞隆，兩無負哉。

西事既寧，公乃乞身。天子念公久勞疆埸，特允公歸逸劳。公歸，而日與故人賓客杯酒爲驩，或入山訪異人，理芝术，逍遥矣。會哭其子過哀，病作，遂不起。公之治邊陲則竟，而治山林則不竟，命也。抑豈出入經營數十年，未免罷且耗邪？公受室李氏，封淑人。男一人，世恩，任子，先公亡。女二人。長適姜憲副子諸生梅。次適徐圖，舉萬曆癸未進士。世恩娶方參議女，生二男，永昌，永顯。永昌亦以恩爲任子。銘曰：

爲虎爲羆，公之在西。爲蛟爲龍，公之歸東。西事劻勷，而公甚康。東歸方暇，公則長謝。蓬萊峩峩，公之家山。海風颯颯遊其間。

校勘

① 庚：底本原作『英』，據程元方本改。

② 愊：底本原作『幅』，據文意改。

注釋

〔一〕侯公：侯東萊，字道宗，號掖川。山東掖縣（今山東萊州）人。嘉靖二十九年（一五五〇）進士，授行人，擢監察御史。屢上封事，進嘉興知府。官至兵部侍郎兼右副都御史，巡撫甘肅，致仕卒。

〔二〕黄台吉：台吉爲蒙古對部落酋長之稱謂。冠以黄，爲特殊尊榮，即部落可汗之世子。

白榆集校注文集卷之十九

傳

程處士傳[一]

處士姓程，名鎖，字時啟。周伯符仕成王，封國于程，因以爲氏。戰國時有程嬰存趙孤，次子伯先封任城君。漢有歷侯黑。魏有東阿侯元昱。晉有元譚，由東阿渡江，爲新安太守，因家新安之黄墩。陳有靈洗爲開府，儀同三司，勳名甚著，卒謚忠壯，廟食黄墩。明興，有仁叟字明德者，由黄墩徙率東新安里，今爲由谿。

處士少奇穎，從鄉前輩授詩，爲文有藻思，同儕推服。父客死淮海，處士蒲伏奔喪，遺資悉没於人，奴復竊橐以逃。或勸處士追亡而後發，不可：『仁親爲寶，奈何緩父喪而急長物？』遂行歸。而至不能具饘粥，手自畚土，葬父姚林。母復命出，偵得奴山東匿，資蕩盡。抵淮收責，屬淮歲大饑，盡焚其券，垂橐而歸。鄉人誅逋者，趾錯於户。處士鬻田宅，脱婦簪珥，罄産以償諸責。家客曰：『君貧如此，所逋多富人，盍少需之而償？不遺毛髮，將何以卒歲？』處士謝曰：『某雖貧刺骨，安能逋人責而令吾父飲恨下泉？』償而身啜糜飲水，甘之。閉户，手一編諷誦。怨家操梃大詬于門，處士爲弗聞。人服其度。久之病作，母曰：『學而輒病，四方足餬其口，何必匏繫佔俾？』乃結賢宗十人，合資賈吴興。已又去賈秣陵。已又賈溧水，家焉。新安賈率好鮮衣遊酒家，華侈相高。處士獨不羞寒儉，且有心計，善策成敗，貲遂大起。處士雖稱賈人子，喜折節交當世賢豪鉅儒。在秣陵，日從涇縣吕楠、增城湛若水兩先生遊[二]，講性命之學。

歲己卯，倭奴内訌，吴越騷然，先聲且至新都，男婦纍纍竄山谷。處士號於衆曰：『吾土罙阻，控上游，備禦勢。便棄祖宗墟墓逃，將安往乎？』於是，倡義三老豪傑度形勝，據要害，結五營，營立一勇略者爲長，誓師忠壯祠下。日聚糧繕器訓練，爲戰守備，而瀼其不用命者，軍中肅然。寇聞而遁去，不敢犯。已而城休寧，城溧水，處士捐千金助工。其自奉嗇，而赴義豪如此。晚營菟裘，因巖爲屋，雜樹花竹扶疎，曰：『余其倦遊哉，是可老矣。』建樓奉母，教家童習歌吹，旦晚侑食佐驩。而與里中名士陳達甫、江民瑩、王仲房善[三]，詩名日尊。每風日佳好，授簡命觴，有翛然人外之想。殆賈而具高人氣韻者耶？嘗奉詔助工，授魯府引禮，不拜，而仍稱處士也。伯子問仁、仲問學、季問策並太學生[四]，有俊才，與不佞爲文字交，同入白榆社。

屠隆曰：『賈蓋有豪傑焉，令鴟夷子、馬伏波不遇合[五]，皮相者亦一賈耳，刘葵藿，收雞豚，志士歎之。匹夫起窮巷，手致千金，手散千金，此不亦有恢詭欻忽、吐歙張弛權術乎？充之則提握風雲，揚搉四海，宜其所立辦，惟不遇而小用之也。程處士操奇贏人，乃一發而建置五營防禦，雄略與段紀明、桓車騎何異[六]？且其急喪緩利，蒙詬忍辱，晚而婆娑山園，名士文酒，其居然幽人標格乎？而世之起帖括、都貴仕、朱丹其轂者，未必盡若而。夫世有玄宴先生，寧能以彼易此？』

注釋

[一]程處士：程鎖，又名封，字時啟，號長公，休寧人。生平事蹟亦見《太函集》卷六一《明處士休甯程長公墓表》。詳見本書文集卷十六《程思玄太學誄》注。

[二]吕柟：字仲木，自號涇野，學者尊之涇野先生。陝西高陵人。正德三年（一五〇八）擢進士第一，授修撰，爲劉瑾所忌，辭官。嘉靖年間任國子監祭酒、南京禮部右侍郎。學宗程朱，以窮理實踐爲主。著有《四書因問》《涇野先生文集》等。湛若水：字元明，號甘泉。廣東增城人。弘治十八年（一五〇五）進士，改庶吉士，授編修。歷官南祭酒、禮部侍郎、禮部尚書、兵部尚書。謚文莊。少時師從學者陳獻章，後與王守仁同時講學，各立門户，時稱『王湛之學』。有《甘泉集》三十二卷。

[三]陳達甫：陳達甫，名有守，號六水，別號天瀛山人，休寧人。爲邑諸生，屢試不第。有詩才，爲汪道昆等推重。有《六水山人詩集》，徐中行爲之作序。又與李敏、汪淮選《徽郡詩》八卷。江民瑩：名瓘，字民瑩，號篁南，又號霞石山人。因病棄舉子業，乃學養生，遍遊名山大

川，爲當時著名山人之一。有《江山人集》及醫學著作數種。事跡見汪道昆《太函集》卷四十五《明處士江民瑩墓誌銘》。王仲房：名寅，字亮卿，又字仲房，號十嶽山人，歙縣人。爲縣學生，不喜舉子業，專攻古文辭，結詩社。辭家遠遊，交遊甚廣，曾游胡宗憲、戚繼光幕府。中年以後談禪學道。有《十嶽山人詩集》，又編《新都秀運集》，收弘治、正德、嘉靖三朝徽州詩人詩三百首餘首。

〔四〕伯子問仁、仲問學、季問策：程鎖三子，長子程問仁，字元方；仲子程問學，字思玄；季子程問策，字獻甫。均爲太學生。《白榆集》初刻本爲程元方萬曆二十二年（一五九四）所刻。

〔五〕鴟夷子：即鴟夷子皮，春秋時范蠡之號。馬伏波：即馬援，字文淵，東漢茂陵人。少有大志，爲郡都尉，南征北戰屢建戰功。曾以伏波將軍討平交趾之叛，故稱。

〔六〕段紀明：段熲，字紀明，武威姑臧（今甘肅武威）人。東漢名將，因鎮壓羌人有功，陞護羌校尉，封都鄉侯，官至太尉。桓車騎：桓冲，字幼子，小字買德郎，譙國龍亢（今安徽懷遠西北）人，桓温弟。從温征伐有功，纍遷至揚、豫二州刺史。謝安輔政時，桓冲以車騎將軍都督豫江二州之六郡軍事。

馬大司徒傳〔一〕

昔臧孫氏稱三不朽，古哲人儁士所操，至鴻響茂明矣。千秋萬歲後，名與骨俱香者，託之竹素也。七閩山川〔二〕，包絡雲壑，周遭靈秀之氣私焉，栖霞之士鴻冥，駕時之英龍矯，獨大司徒馬公最著。公之即世，大廷尉瑯琊王公元美、少司寇長樂鄭公中孚、布衣太原王君百谷業爲之碑銘〔三〕。三君子當世大賢名士，其言足不朽司徒公無疑。而公子參軍熒雅好不佞言〔四〕，復以傳見屬不佞，謂古哲人儁士之所以千秋萬歲傳者，非其人傳，神傳也。古之君子，即動挾雷霆，名揭日月，要其所繇自豎，在其人之性靈胸臆則其大者。論人不取其大者，而好談其一二細事，以踔厲振矜而引爲奇節，則無爲貴大人之操矣。

按：司徒公宗系世代詳具諸君子傳志中，不佞故可得略而獨稱其大者。司徒公姓馬氏，名森，字孔養。家于閩鐘山之陽，稱鐘陽先生。其先代有陰德，公父贈公，驄益淳龐爲長者，夢鳳鳥之祥，生公。公少壯凝，有志大道。聞王文成之學于其徒林致之〔五〕，而折衷焉，謂：『近世儒者支離于説鈴而罔究性命，浮誇於鞶帨而不探本根，甚則陽剽其名而陰收其利，蓋儒之贋者。公務削華剗僞，而反而索之吾心之靈明，即吐爲菁英，發爲公業，是皆靈明一竅所繇出。』其學如此。

公登省試，上公車報罷，肄業太學，首爲大司成魏恭簡公所賞識[六]。在太學，因得盡交天下知名士，若歐陽文莊公德、鄒文莊公守益、羅文恭公洪先[七]，咸與公講業論心，其學大進。成進士，聘校畿輔試，所得才賢爲多。時信州相國之倩吴生者與焉[八]，吴生私請介紹謁信州，公謝之曰：『子休矣。吾以公典得子，而以私謁相公，朝廷得士之謂何？而因以爲利，不可。』

久之，授户部主事。治廠督餉，榷賈舶九江，咸以勤幹佐。公輸不乏，而所至羔羊之節甚厲。大司徒梁端肅公材雅重公[九]，數以公輔期之。由郎中出守太平，務長厚，敦禮讓，與黔首休息，閭左訟日簡，俗用還醇。至其爲父老請命，率持風稜岳岳，即貴勢人無所骫骳。中涓者道出太平，濫索，徒衆横甚。公以三尺裁之，璫屏息去。尤注意獄情，雪冤決濫，常恐不及。有死獄枉坐，公立平反之。他郡縣民有訟①，咸願質成于公，頌聲大作。太平治行，爲天下第一。

遷江西按察副使，備兵九江。九江故太平接壤，民向風慕義，不令而行。進按察使山東右轄，轉江西左，尋擢右副都御史。宦跡多在江以西，恩信舒暢，民間甘棠而畏壘之者無算。入爲少司寇，尋改少司徒，進大廷尉。持法明允，累平大獄。獄有枉濫，即發言盈庭，不難以身湔之。當其情罪既得，雖萬夫亦不奪也。廷中稱平。復爲户部右侍郎。未幾，致仕歸閩，再平亂卒。鄉人當公聊城一矢、汾陽單騎，不啻過之。餘年以薦起，自南京工部侍郎晉都御史，董漕政江淮，入爲大司徒。時穆廟初登極，賞額不訾。公悉心劑量，不乏而又多所裁省。有詔采滇南寶珠，公再疏力止之，勸上清心師儉，以風庶邦。新鄭專恣[一〇]，公累有所匡正。格不得行，乃乞身，歸侍太夫人食。

其後江陵浸用事，治尚束濕，中外嗷嗷。公居恒仰屋而歎：『春生秋肅，天道以四時成歲。今國家束濕而治，則天道有霜霰爾。安所用陽和之令哉？又恣行胸臆而多慾宣盈，敗無日矣。』公以是絶弗與通，即累薦亦不起。竟尚羊大王峰下以終[一一]。

公爲人寬和坦平，中不設城府。凡人間世一切是非人我，榮辱恩怨，絶不以一絓其靈臺。庶幾抱虚養朴、和以天倪者邪？公微時暴魘，夢廣成子飲以刀圭而甦，與之期：『待子五十年而遨于太清。』公友傅汝舟者[一二]，博學清曠，好道人也。數勸公以靈修密緯之事，公謝不從。而其忘機塞兑，寬然不悶，翛然寡營，夫寧渠非大道要眇本旨哉？道函三爲一，公謝廣成之名，而采廣成之實。所謂能之而能不爲者，非與？且公下世，距其夢時適五十，廣成之期不爽矣！又寧渠知公之不遨于太清邪？而公故不發周孔遺法，夫死，所以示也。公四子，曰熒、曰燮、曰焱、曰欻。熒起任子而左府都事，賢而有文，與余善。余故得聞公之大都若此。

校勘

①訟：底本原作『頌』，據文意改。

注釋

[一]馬大司徒：馬森，字孔養，號鍾陽，福建懷安人。嘉靖十四年（一五三五）進士，授户部主事，纍官至户部尚書。萬曆八年（一五八○）卒。詳見本書詩集卷七《輓馬鐘陽大司徒先生》注釋[一]。

[二]七閩：古代閩人分爲七族，故稱七閩。地域則指今福建及浙江南部一帶。

[三]大廷尉瑯琊王公元美：王世貞，字元美，太倉（今江蘇太倉）人，郡望山東瑯琊，官至刑部尚書。少司寇長樂鄭公中孚：鄭世威，字中孚，號環浦，福州長樂人，嘉靖八年（一五二九）進士，初授户部主事，累官至刑部右侍郎，謚恭介。布衣太原王君百谷：王稚（又作穉）登，字百谷，或作百穀，伯穀，隆萬年間著名布衣詩人。

[四]熒：馬熒，字用昭，福建懷安人，户部尚書馬森子。以父蔭官左府都事。萬曆四年（一五七六），與同鄉袁表同編《閩中十子詩》。本書文集卷十二有《與馬用昭》。

[五]王文成：王守仁，字伯安，學者稱爲陽明先生，謚文成。林致之：陽明弟子。

[六]魏恭簡公：魏校，字子才，號莊渠，學者稱莊渠先生，江蘇昆山人。弘治十八年（一五〇五）進士，官南京刑部郎中，改兵部郎中。嘉靖初年又爲廣東提學副使，纍官至國子監祭酒。謚恭簡。著有《大學指歸》《六書精蘊》等。《明史》有傳。

[七]歐陽文莊公德：歐陽德，字崇一，號南野，江西泰和人。嘉靖二年（一五二三）進士，授六安知州，歷任刑部員外郎、翰林院編修、南京國子司業、南京太常寺卿、禮部左侍郎、翰林院學士、禮部尚書等。卒贈太子少保，謚文莊。曾從學於王守仁，學務實踐，不尚空談。有《歐陽南野集》《南野文選》等。鄒文壯公守益：鄒守益，字謙之，號東廓。江西安福人。正德六年（一五一一）擢進士第一，授編修，逾年告歸。世宗即位，始赴官。因直諫忤旨，謫廣德州判官。後官至南京國子監祭酒，又因諫事落職。居家二十餘年而後卒，贈南京禮部右侍郎，謚文莊。鄒氏爲學，先宗程朱，後師事王守仁。有《東廓集》。羅文恭公洪先：羅洪先，字達夫，號念庵。江西吉水人。嘉靖八年（一五二九）擢進

士第一，授翰林院修撰，遷左春房贊善。罷歸，著書以終，謚文恭。有《念庵集》等。

［八］信州相國：費宏，字子充，號鵝湖，江西鉛山人。成化二十三年（一四八七）擢進士第一。嘉靖時官至少師兼太子太師，吏部尚書，謹身殿大學士，任首輔。卒贈太保，謚文憲。有《費文憲公集》。鉛山屬廣信府（即信州），故稱信州相國。

［九］梁端肅公材：梁材，字大用，號儉庵，南京金吾右衛人。弘治十二年（一四九九）進士，授德清知縣。歷任刑部主事，嘉興知府，浙江右參政，貴州、廣東左、右布政使等，官至户部尚書。卒贈太子太保，謚端肅。

［一〇］新鄭：指高拱，字肅卿，河南新鄭人。嘉靖二十年（一五四一）進士，選庶吉士，逾年授翰林院編修。明穆宗爲裕王時，任侍講學士。後以徐階薦拜文淵閣大學士。神宗即位後，張居正在太后前責其專恣，遭罷官。有《高文襄公集》。

［一一］大王峰：又稱紗帽巖、天柱峰，爲進入武夷山第一峰。

［一二］傅汝舟：初名舟，字遠度，又字木虚，號丁戊山人、磊老等，福建侯官（今閩侯）人，嘉靖前後在世。一生不求仕進，中年後求仙訪道，晚年慕仙家服食之事，遠遊桂、湘、鄂、齊、魯等地。善詩畫，工行草。有《傅山人集》等。

沈太史傳［一］

沈懋學，字君典，號少林，一號白雲山樵。宣城人，故侍御史古林先生仲子也［二］。君典爲人短小，闊廓魁傀，有英雄氣略，好《陰符》《黄石》，機穎絶世。平居慕子房、長源之爲人。自束髮，交遊多天下異人名士，酒徒劍客趾錯于户，無弗折節延欵者。讀書務涉獵多而不精，而落筆爲詩若文，流暢跌宕，頃刻千萬言，雖精者自以爲弗如也。人有以窮來歸者，不難捐千金畀之。苟可脱人於阨，即借六尺不辭。人稍稍以古俠烈稱焉。而内行醇備，高而不踈，博大寬仁，要歸于長者。識者迺知其巨人偉气，非直豪舉已也。

幼夢之帝所，見一大殿，榜曰『雄夫樓』。殿上多天官女真，一如后妃者，坐南面，其餘皆左右侍立。或髻而垂綃者，或冠而衣緋束玉者，五彩焜燿，爛焉奪目。南面者呼一天女下，而與君典同拜授辭焉。覺而心益自負。歲丁卯，就試秣陵。秣陵人孫翁女夢一黑龍當門據井。詰朝，而君典至僦居。孫翁以他客辭，女從後牽翁裾曰：『夜來兒得奇夢，此郎君貴不可言，大人弗失。』翁乃留之。是歲，君典得雋南都，孫翁遂以女屬焉，君典内之如夫人。上春官不第，則疋馬走塞下，從大將軍往來射獵，直遶飛狐以北、花馬以東［三］，縱觀九邊營堡壁壘、形勢要害之處。或與遊徼健儿椎牛檛鼓，吹觱篥，作《入塞》《出塞》曲，雜坐酣飲。醉則睨胡雛長嘯，枕弓刀獨卧沙月之下。意豁如也。

居久之，迺歸，則古林先生已謝世。哀毁逾禮，爲先生卜葬地。君典故善郭璞堪輿家言，躡草履，以一奴自隨，日行二百里，幽巖深谷，無處不到，而始得嘉地葬先生。自是，君典之名日起，客日進，家亦益貧，而重然諾好義不已。至其誦法先生，明習當世之務，周覽四海，貫折三才，揣之輒中，觸之輒了，鑿鑿可用于世，而不爲空言臆説。即得之交遊，閱歷亦不少。

萬曆丁丑，復上公車，薦南宫，奉大對，遂魁天下。天下無論縉紳之士，巖居穴處之夫，及相人日者、博徒賣漿者、談兵擊劍者，莫不以手加額，爲朝廷賀得士。天子命待詔金馬門。居無何，會江陵相國遭父喪[四]，朝廷有奪情之命。君典語人曰：『主上毗相國重，誠不可一日去左右。然父死不奔，如人子何？明王以孝治天下，不當奪相國情。且國家非有兵革之事，何情之可奪相國奔喪？是臣荷國厚恩，臣而不言，誰當言者？』策馬袖一疏，將上。會有攜其疏以去者，卒格不得上。乃貽①書相國父子百千言，反覆諷以大義，語甚切至。相國不從。而會有言先後相繼獲罪廷杖，君典隕涕往視，疏語亦稍稍聞，君典滋不自安，以病告休沐求去。執政惜其才，勉留再三，求去益力。頃之，得請，遂飄然南歸。

歸而高卧陵陽敬亭之上，擘結煙霞，玩弄雲月。逾年，而稍稍出遊白嶽、黄山、九華，泝②嚴光瀨[五]，踏西湖六橋，自禦兒港出由拳[六]，與不佞相見于五湖之旁。角巾野服，所至滅跡收聲，亡人識其爲故太史者。比有物色，即翻焉逸去。人望之如五彩卿雲，愛之不可見，見之不可駐，踪跡多在名山靈區，琳宫蕭寺。發而爲詩，益鉅麗瀟灑，讀之飄飄欲僊。蓋自是君典之名，亦重于南金北斗，而間亦有忌其名者。君典謀所以少晦，微逃于聲色，乃忌者即以聲色短之。不佞密以語君典曰：『郭汾陽之自污，以位極功高故也。子無汾陽之功，而有相如之累。子之自污，乃其所以媒謗者也。』君典曰：『他人僞污，吾欲真污。人以懋學爲無賴，有昏德，甚善。吾曰冥冥，人曰了了，是吾之憂也。』然君典性亦實微好之云。

由由拳之婁東，謁太原、瑯琊兩公。會曇陽大師道成，爲五陵教主，而多所皈依。君典口不言而心慕之。大師謂太原公曰：『此人豪爽有氣，而性好通脱。細謹者多檢押，通脱者易擺落。摽之切之，他日道門儻有一臂之力也。』及師將化，君典從宛上來求教於師，師見顧特異。臨去，師囑之曰：『無好名，無好事，寡欲以養身。』君典受師訓歸，益返柔善，而不能寡交遊，簡世緣，頗罷於酬應。時當路者愛君典才，日諷之出。君典辭不可，使者即其家，促就道。君典問出處于余，余以書勸駕：『上待君典厚，大恩靡酬，卧青山未穩也。子房、長源皆功成身退，訪道名山。若卒老嵒穴，安所稱英雄？』君典以爲然。業治裝將北，而病發。病且革，夢見大師來，又見漢壽亭侯過而視病，卒不起矣。嗟嗟，數也，奈何？

丁丑之役，不佞北，頓轡中都[七]，裴徊高皇帝龍興湯沐邑，遥拜陵寢，覽觀王氣。夜宿逆旅，夢謁至尊，遇宋張無垢左掖門下[八]，握手如平生。同謁拜上，上親歌《湘靈詩》送之。比傳臚，君典名在第一。出，相見左掖門下，則恍然中都逆旅夢中所見者也。而君典故過聽人言，一見傾注，亦不知其神氣之所以合，若亦有數然者。

久之，不佞領潁上出。明年，君典予告還里。及不佞自潁上移吴會，而君典來。來則不佞方舉一子，遂有婚姻之期。比同授記于大師，則又稱道門之友，所閡者形骸，所不隔者神氣。嘗相約事了拂衣，挈妻奴，攜茶竈雞犬，同入深山若桃源者，耦耕學道，領清虚於雲中，寄逍遥于物外，子孫世世爲婚姻，比古朱陳以名其村。言猶在耳，而九京不作矣。

君典有子有則[九]，少年高才，嫻於文辭，即聲標韻，肖君典甚。無乃君典之所不死者，如綫乎？訃聞，遠近哭者無算，獨不佞不哭，而爲之賦詩曰：『新聞喪我良友，不哀仰視秋旻。浮雲聚散常事，不聞人哭浮雲。』夫人皆有情，不佞獨薄乎哉？人言君典多交遊酬應，耗其神氣，而又頗不戒于牀第③，卒以夭其天年。是矣。然世人有塵緣外擾，得失内煎，伐性之斧，亦復不減，日坐火宅十倍君典者，而猶幸而獲延。君典雖多侵擾，而意度常廓如，絶無憂愁煩鬱足熬其中，其寛舒仁愛，又可不死。

君典甫病，四境之人，章縫褐博，負販乞兒，咸匍匐走群望，願以身代。君典死之日，里人踉蹡于途，曰：『沈太史死矣。』蓋宣城爲之罷市，無不至其柩前，長號數聲，搏顙而去者。即此固宜挽回神理，乃竟不免也。詎非數哉？然竊念疇昔之夢，君典固來自帝所，異物至實，亦帝所急也。而大師、漢壽亭侯實先後來視君典疾，即君典之化，而還其故物也。惡睹其不然哉？昧者又或以君典無年，疑大師之莫拯。中士畜疑，下士掩口。吾道果非耶？是何知四大假合，形骸非我。人之真我，乃在靈明。百年何修？殤子何短？若君典化而有悟，萬禩猶生。如其不然，使君典鬅鬙短髮而後死，何益毫毛？以君典才且賢，日望其奮出于功烈，以康濟四海，饑寒者待以温飽，煩冤者待以昭蘇，沉抑者待以拔起，鬱塞者待以舒暢，智謀勇略、懷才抱藝之士待以昂首而揚眉。一旦溘焉長辭，天下驚動。當其生也，四海奔命，赴之如雲；當其死也，六合淒其，不秋而瑟。是遵何德哉？嗟，君典死可矣。伊尹、太公、顏子、諸葛孔明咸稱王佐才④。伊、呂之才，盡用于天下。孔明用而不盡。顏子當其時，絲髮莫見所長，而後世終不以此定其衡品，謂三公果賢于顏氏子也。君典即不用而死，惡足没君典？論曰：

從古英雄豪傑，能噴薄日月，驅挾風雷，駕馭四海，奔走區内，而不能調其方寸之心。君典洵雄豪，喜游俠烈。道不足以調其心，心不足以御其氣。比受大師教，俠猶未除，竟以氣罩宇宙，轇轕紛紜，外擾其宅，内摇其精，而以短世，惜矣！然而顏氏子心齋坐忘，終日如愚，豈不調其心者？而亦不免于夭。彼真宰鑪錘，固不令物得跳而逃之也，必也。瑕瑜不掩，則君典之託焉者，是其短也。宋文丞相天性豪逸，居恒聲伎滿前。洎當國難，一朝棄妻子如敝屣。英雄烈士，其不可料固如此。而孔明則終身一黄髮，心境泊然，曰『鞠躬盡瘁，死而後已』，是真了性命者也。五丈原之上，詎謂其亡者？而君典固能爲文丞相，未必能爲孔明。嗟嗟！爲文丞相亦足。吾於君典奚憾乎？

校勘

① 貽：底本原作『始』，據程元方本改。
② 泝：原作『沂』，據文意改。
③ 第：底本原作『第』，據程元方本改。
④ 才：底本原作『本』，據程元方本改。

注釋

［一］沈懋學：字君典，號少林，一號白雲山樵。安徽宣城人，沈寵次子。萬曆五年（一五七七）狀元。詳見本書詩集卷一《寄沈士範因憶先太史君典》注釋［一］。

［二］古林先生：沈寵，字思畏，號古林，安徽宣城人。嘉靖十六年（一五三七）舉人，官知縣、御史、廣西參議等。隆慶五年（一五七一）卒。沈寵師事鄒東廓、歐陽德、王畿，爲南中王門學派成員之一。著有《古林摘稿》。傳見萬斯同《明史稿》卷三〇八。

［三］飛狐：指飛狐谷，在今河北省淶源縣北，兩崖峭壁，長百餘里，爲北方軍事要衝之地。花馬：寧夏花馬鹽池。

［四］江陵相國：指張居正。

［五］嚴光瀨：又稱嚴陵瀨、子陵瀨、子陵灘，在富春江，東漢嚴光（字子陵）隱居垂釣處。

［六］禦兒港：位於浙江嘉興府石門縣東，即今桐鄉市西南，石門鎮、崇福鎮地域。港臨官道，京杭運河邊。由拳：即青浦，古由拳地。

［七］中都：指鳳陽。

［八］張無垢：南宋張九成，字子韶，號無垢居士。詳見本書文集卷六《與君典約婚書》注。

［九］有則：沈有則，字士範，號少逸。沈懋學長子。

孫將軍傳［一］

孫將軍，名顯忠，錢唐人。仕吴越，官將軍，孝友忠亮，殁而爲神。宋嘉熙中，京尹趙與懽禱雨有應，上其事，勅封護國天澤侯，立廟錢塘金沙灘。廟中有天澤井，語在《西湖誌》中。萬曆十一年夏六月，不雨。杭州守張侯振之禱於廟社山川［二］，既望乃雨，不甚霑足。張侯爲人仁而勸，萬民憂形于色。一夕，神降於乩，自稱：『爲天澤①侯孫將軍，以生平孝友，立②志不欺，故殁而爲神。尋爲純陽聖師所録，署師雲水，職次玄宫有年矣。夫歲當旱，雨帝所禁也。侯精誠格天，帝爲之喜，雨可得十之三。則胡不禱於八盤嶺、先照壇、黄龍洞及龍井諸處？且即日澍③。余小子淪没已久，張侯仁者，能爲我一表章乎？惠而好我，其訪④我六橋之隈。』是時侯不知孫將軍何人，亦莫知八盤嶺諸處，以問左右，莫有對者。乃考湖誌，皆有之。侯悚然，命一屬吏忠篤者物色之而信，遂徧訪諸處，精心默禱，具如神指。是日，果大雨如注。

及訪神廟，荒圮矣。侯悽其以嗟，即許爲神表章，新其廟貌。移文監司，監司業俞其請。後一夕，神複來謝。自敘顛末及廟宇規則甚悉。即其所爲文字，亦殊宏麗不凡。屠隆曰：『夫神，人道邇哉，而奈何遠之？遠之則闇者怠，奓者肆矣。』

明有人主，百辟隸焉。冥有上帝，百靈隸焉。以分教握符，慶賞刑威于是乎出。而一切置之芒昧杳冥，謂悉蔑有也。人故敢蔑百靈，而莫敢蔑帝，則獨奈何一孤帝巍然于上哉？怠而肆者多行兇德，昭昭者或漏，冥冥者且詰之。懼而曰蔑有，庶其可逃，亦愚矣。夫其無也不能使之有，夫其有也蔑之而無乎？自古神明僊釋諸書，何止百千億萬卷，多出淹通大儒手，傳之至今。今所睹一二事，輒群譁而不信。即古百千億萬者，悉僞作邪？又胡信而傳之今也？

余甚習張侯，蓋清真有道長者，宜其通于神明若是。且侯與左右，咸莫測所謂孫將軍與八盤諸處，又疇爲發之？逮其如期而雨，雨且霑足，抑何翕煜桴鼓也！余自爲吏，無他，獨于水旱祈禳，蒿目焦思，靡敢自愛。而居恒二六時中，上帝百神，惝怳若有睹者，亦往往好從人譚鬼神事。世疑于癖，而余之有不敢爲者，亦多得其助。若孫將軍，則甚非夫子之所不語者也。

校勘

① 天澤：底本原作『澤天』，據上文改。
② 立：底本原作『吾』，據程元方本改。
③ 澍：底本原作『樹』，據程元方本改。
④ 訪：底本原作『妨』，據文意改。

注釋

〔一〕孫將軍：孫顯忠，字贊明，五代時履泰將軍，錢塘人，仕吳越。南宋嘉熙年間，臨安知府趙與驩在里湖金沙灘履泰將軍廟禱雨應驗，奏聞，敕封護國天澤侯。

〔二〕張振之：字仲起，號起潛。直隸太倉州人。嘉靖三十八年（一五五九）進士，授處州推官，擢監察御史，南京兵部員外郎，歷吉安、杭州知府，終按察副使。有《詒清堂集》。

贊

程思玄小像贊[一]

思玄恂恂，其人如玉。佩蘭與椒，郁其芳馥。文不含毫，書第過目。朗散多姿，清虚寡慾。掃地焚香，坐恒盥沐。芸窻棐几，左右緗軸。宅我高潔，蜕彼穢濁。交必名士，動必遠俗。擥勝湘漢，采真句曲。司馬主盟，藝藻雪煜。余覯函中，松颼謖謖，長轡未聘騁①，胡遽奄速？寄礫如棄，寄寶不宿。人之神俊，上帝所促。嗣輔洗馬，是以無禄。覽君遺照，我淚簌簌。

校勘

①騁：原作『聘』，據文意改。

注釋

［一］程思玄：程問學，字思玄。休寧人，萬曆二十二年（一五九四）初刻《白榆集》者程元方之弟。萬曆十八年（一五九〇）卒。本書文集卷十六有《程思玄太學誄》。

沈純甫像贊[一]

萬乘在前，臨以白刃。仰首信眉，龍比未俊。邊風如刀雪如花，黄沙茫茫，莽不見家。荼邪薺邪，子卿同車。石上寶瑟，松間綸巾。玉妃倚磵户，桃花照通津。一石不醉，長歌送春。神情散朗，風華映人，香山端明兩後身。丹籙金弢，秘記玉牒。填胸五車，補亡三篋。嶽瀆來趨，千秋一睫。該中壘之淹通，掩司空之博洽。夫其形魁然，其神獨曜。乘六氣而洸洋，揮八極而不掉。夫其形可貌也，其神不可貌也。

注釋

〔一〕沈純甫：沈思孝，字純甫（一作純父）。詳見本書詩集卷七《贈沈純父符卿四首》注釋〔一〕。

自贊

爾貌清臞而神内腴，其文則藻而樸自如。流浪四十年，行類滑稽而心轂雛。忘機剗僞，世共指以爲愚。愚未必然，乃名之曰疎。霜降水涸，華脱木枯。萬緣儻盡，五嶽可廬。人稱爲我，我不知其爲吾。

跋

跋荆堂銘卷

荆堂者何？樹荆於堂也。田氏三荆〔一〕，古稱兄弟之好也。新都程時啟先生生三子〔二〕：伯問仁元方，仲問學思玄，季問策獻甫〔三〕。並挺珪璋之彦，馳縹帙之聲，孝友篤行，契叶塤篪。樹荆於堂，所以識也。

嗟乎！人間世兄弟舞象，嬉戲徵逐，靡不驩然。長而授室析箸，哲婦内嗾，燕朋外間，持若敵國，日尋于戈。同氣之謂何？慾利蔽於靈府，物誘牿其真良。于鄢之傳〔四〕，鬩牆之詩，至不忍讀。程氏三子，不忘樹荆之意，敦薄俗，維衰風，其爲河源砥柱大矣。行義若此，文乃足貴。不然，曹子桓即麗藻絶代〔五〕，君子覽其處東阿王、鄴下黄鬚兒事〔六〕，令人臨文欲嘔。

注釋

［一］田氏三荆：喻兄弟之好。典出吴均《續齊諧記》：『京兆田真，兄弟三人，共議分財。生貲皆平均，唯堂前一株紫荆樹，共議欲破三片，明日就截之。其樹即枯死，狀如火燃。真往見之，大驚，謂諸弟曰：「樹木同株，聞將分斫，所以憔悴，是人不如木也。」因悲不自勝，不復解樹，樹應榮茂。兄弟相感，合財寶，遂爲孝門。』

［二］程時啟：程鎖，字時啟。徽州人。荆堂爲程氏堂名。見同卷《程處士傳》注。

［三］伯問仁元方，仲問學思玄，季問策獻甫：程鎖三子，長子程問仁，字元方；仲子程問學，字思玄；季子程問策，字獻甫。均爲太學生。

［四］于鄢之傳：指《左傳》之《鄭伯克段于鄢》，記載鄭莊公兄弟間矛盾斗争。

［五］曹子桓：曹丕，字子桓。

［六］東阿王：曹植，封東阿王。鄴下黄鬚兒：指任城王曹彰。兩人皆曹丕弟。丕毒殺彰，複欲害植。此指兄弟相殘事。

跋程節婦卷［一］

嗚呼！程母之貞，縣諸日月；嶺南宣城之言，亦縣諸日月。大嶽拳邪，海衣帶邪。嗟！程不死矣。余獨惜宣城昨日爾，而此箋僮爲陳跡。曹娥之碑。山陽之篴，兩足泫然。

注釋

［一］程節婦：未詳。

跋起信論

我聞修佛者修信心，成就夫大道，圓明具足，如百千朗日縣于虚空云。何衆生有信有不信？信者若以鉛磨鏡，愈磨愈明；不信者若以漆塗鏡，漸塗漸黑。其説有二。云何有二？衆生自無始以來，歷劫轉遷，流浪生死。衆生有雖居流浪中，其心常皈向菩提。若投種於地，常勸澆灌，漸次增長。以多生皈向故，如來乘其種智，一點即破，得不退轉地。衆生有居流浪中，其心常結縛世緣，歷劫不解，彌轉彌縛，善業日減，惡業日增，距如來覺路，若適越北轅入燕南轡，彌行彌遠。若一闡提墮三惡道，雖復語以大瀗，狂而不信，纍劫沉滯，終無悟脱。亦可哀矣！

馬鳴發大慈悲[一]，故作此論。破邪歸正，除妄求真。去執著，返性空。離垢溷，得清净。以智慧治無明，以精進治退墮，以勇猛治怯弱，以平等治分別，以不礙治攀緣。識即是智，舍識無智；凡即是聖，舍凡無聖。從前昏迷，回頭即悟。如然慧炬，照徹暗處；如布津梁，普度行客。苦海盡化蓮壹，恒河悉成黄金。善哉，馬鳴發此弘願！長干義沙門卓錫新安，特募善緣，鋟此論以開衆生迷塗。汪伯玉司馬、龍君善司理暨司馬弟仲淹、仲嘉[二]，咸佛門弟子，稱善知識，助成勝事，是故於此生夙①植菩提，種智蓮華會上。我見諸公，頂禮而爲上足。

校勘

①夙：底本原作『風』，據程元方本改。

注釋

[一]馬鳴：音譯『阿濕縛窶沙』，生活於西元一至二世紀間，古印度佛教詩人、哲學家，大乘佛教著名論師。主要著作有《佛所行贊》《金剛針論》《莊嚴滙陀》和《舍利弗頌》。《大乘起信論》亦托其名下。

[二]汪伯玉司馬：汪道昆，字伯玉。龍君善司理：龍膺，字君善，曾任徽州任推官。仲淹：汪道貫，字仲淹；仲嘉：汪道會，字仲嘉，均爲汪道昆弟。

箋紙銘

親朋擇交

青松指心，皎日蒞盟。酈吕相賣[一]，耳餘交傾[二]。款款陶陶，莫可備數。管鮑而下，此道如土。公叔所以著論[三]，孝標爲之太息[四]。白衣蒼狗，毋以爲金石。

注釋

[一] 酈吕：指西漢酈寄、吕禄。酈寄，酈商之子，吕禄之友。後見利忘義，出賣吕禄。典出《漢書·酈商傳》：『吕后崩。商疾不治事。其子寄，字況，與吕禄善。及高后崩，大臣欲誅諸吕，吕禄爲將軍，軍于北軍，太尉勃不得入北軍，於是乃使人劫商，令其子寄紿吕禄。吕禄信之，與出遊，而太尉勃乃得入據北軍，遂以誅諸吕。商是歲薨，謚曰景侯。子寄嗣。天下稱酈況賣友。』

[二] 耳餘：張耳、陳餘。據《史記·張耳陳餘列傳》，兩人初以敬慕爲刎頸之交，後因名利驅使而反目成仇。

[三] 公叔：朱穆公字公叔，有《絶交論》。

[四] 孝標：劉俊字孝標，作《廣絶交論》。

平安竹素

臨洮西垂[一]，瀟湘南沚。遼陽十年，朔方萬里[二]。蘼蕪牽恨，白雲忉悵。綺疏閣中，流黄機上。忽竹素兮遠歸，報遊子兮無恙。蘇卿鐵腸，竇家錦心。徐淑、秦嘉[三]，如瑟如琴。墮竹素兮雲中，暢歡樂兮莫任。

注釋

[一] 臨洮：古稱狄道，自古爲西北名邑、隴右重鎮、古絲綢之路要道，位於今甘肅省中部，定西市西部。

[二] 朔方：初爲漢郡名，治所朔方，在今内蒙古自治區杭錦旗北。《漢書·衛青傳》：『元朔五年春，令青將三萬騎出高闕，……代相李蔡爲輕車將軍，皆領屬車騎將軍，俱出朔方。』後泛指北方。

[三] 徐淑、秦嘉：東漢時夫婦。秦嘉爲郡上計吏，離家鄉隴西赴洛陽。徐淑寢疾還家，不獲面别，夫妻書信往還，詩詞酬答，各敘款曲。秦嘉客死他鄉後，徐淑兄逼其改嫁，淑守寡終生。

雨花箋

吐廣長舌，演微妙詞。恒河乾，須彌摧[一]。天女拱聽，龍神下馳。何寶花之盈座，焱繽紛而離披。

注釋

［一］須彌：原爲古印度神話中之須彌山，後爲佛教所採用，指一小世界之中心。

微波致辭

美東阿之麗藻，乃婉孌而多情。何靈人之委化，牽柔心于目成①。睠微波之漲縠紋，爰託以代尺素。游龍乍昂而倏低，驚鴻飛而不去。生以情始，亦以情終。苟綢繆之相結，雖異代兮猶通。

校勘

①成：底本原作「城」，據程元方本改。

江南春信

陽和洩，萬物孼，此華茁。疇爲遣使？東皇太乙。

蕉葉紙

其苗靈，其葉青。書倒薤，扶桑經。

郄林一枝①

誂名聃然，而有②才坌然。蔚桂枝之巉巉然，夫何對人主而沾沾然。

校勘

①鄧林一枝：底本從此篇至《結蜃樓》篇缺。據程元方本補。

②有：程元方本無此字。

三生果

認賊不真，蒸砂不熟。見在如來，過去忍辱。有香其舌，有紺其目。兆蘇端明，讖裴相國。自無前因，安成後果？居流浪中，何者爲我？

八行書

開日南[一]，通夜郎[二]。寄漢陰，報河陽。鯉魚遺，雁足翔。征夫淚，思婦腸。結綢繆，申慷慨。走萬里，維八行。

注釋

[一]日南：漢郡名，武帝時設立，在今越南中部。

[二]夜郎：古國名，亦地域名。在今貴州省西北部及雲南、四川二省部分地區。不同歷史時段範圍大小不一，《史記·西南夷列傳》：『西南夷君長以什數，夜郎最大。』李白曾坐永王兵亂，長流夜郎。其時之夜郎應在今貴州省。

三生花

菩提樹，優鉢花。發弘願，見釋迦。

竹簡

截瀟湘浦，斬篔簹谷，削以爲牘，書蝌蚪薤粟，其羲皇之俗耶？

五嶽藏書

桐柏霏煙，浮丘吐霞。靈篇北嶽，妙旡西華。玄夷蒼水，應神禹邪？岱宗玉牒，七十二家。峩峩太史，金匱石室。精靈呵護，風雨弗蝕。有光如虹燭奎壁。

博山雲

有雲裊裊，其上如結。博山乍焚，沉水未滅。崦送頹陽，峰吐東月。黄庭罷兮磬聲歇。

蟠桃三寶

崐崘之桃高嶙峋，花開結實，動三千春。朔兒無賴阿母嗔。清虚之上，乃有盜僊人。

大千春

木有大年，人亦有僊。彫三光，敝人埏。吾聞之，王喬偓佺。

帝城春

栗留鳴，澤雉馴。衆芳迴，柔條新。劇騶宕，帝城春。

富貴春

銅臺歌喧，金谷花繁。馬嘶南陌，火照西園。露華零，雷光奔。懷哉知止足，老氏垂遺言。

結蜃樓

欲明欲滅，似近似遠。瑀窗忽開，璚簾乍捲。日照轉麗，風吹或斷。海神登兮捋紅鬚，龍女憑兮摇翠裾。何精靈之不可究詰，洵一氣之縹緲而虚無。

貝葉箋

種自迦毗，移于華壤。盡一葉書，可周大藏。居士得之，時有佛雲護其上。

雜文

適志

何以適志？青山白雲。何以娱目？朝霞夕曛。上有長林，下有回溪。黄麛晝出，玄猿夜啼。耳聽松風，以當管弦。匡坐大石，手汲清泉。樂哉山居，可以徘徊。巖洞陡絶，豁焉中開。竹房内幽，石壇外朗。有客[1]清言，無客獨往。人世隔絶，神冥大虚。一事關心，焚香展書。

校勘

①客：底本原作『容』，據程元方本改。

白榆集校注文集卷之二十

祭文

祭大廷尉劉公[一]

嗚呼，無禄。我公之即世，不肖某蓋有大痛焉。往歲，某在諸生間，以薄藝受知長公觀察先生[二]，蒙先生國士之遇。某方坎廩，低眉槁容，自逃空谷，抱影莽蒼。而長公一朝賜以顔色，至其越拘攣，破常調，絀皮相，外驪黄，收彼爨下，拔之泥沙。憐才之心，明于皦日。大都古人之所難。某雖不肖，敢忘斯義？不肖尋竊一第京師，則長公以飛語西。及奉潁上之命，而長公又北，相左也。長公詒書某云：『家有老親，朝夕望不佞西。西且一伸烏鳥之私，即槁丘壑無恨。』而我公此時猶彊食，促長公北：『吾家世受國恩，所願兒子努力報明主。奈何以乃公爲解？』于是，長公北。北拜黔中之命，獨間關萬里去。而不肖某亦自淮蔡移吴會[三]，蒼茫奔走，不遑寧居。吴會又屬大浸，吏事如蝟毛而起，山川間之，不通聞問者，兩歲于兹。西望廷尉公，則烏道陡絶。南望觀察先生，則滇雲莽亘，上下寥廓，不自知其悲從中來也。

夫古人以知我之德等於生我，某推其所以事長公先生者事我公，分義豈淺哉？既不能南問觀察先生，又不能西問我公，歲之云邁，缺然如途之人，而公遂長逝矣。卒焉震悼，其何以勝？又傷觀察先生之遭百六也。天禍君子，外困萋菲，内當家難。去年喪其愛弟[四]，今年喪其尊人。天崩地裂，一胡慘也！某聞而三日哭。雖然，東土之聞而哭公者，繄豈某一夫之私？

我公嘗爲東諸侯，其政寬然長者，惠澤滲漉于元元之髓。至今相距數十年，而父老之思劉使君者，嘗如一日。今若父老輩聞公訃乎，東南行爲罷市。嗟乎！生躋九列，死近百年。士佩其教，民歌其德。已矣，我公九京可不憾矣[五]。不肖羈于職守，不能一修徐孺子生芻之禮[六]，僅遣一吏，椷辭捧帛，設椒漿柩下。邈棧道於雲中，望巴川于天表。目與魂俱西，靈其鑒之。

注釋

[一]劉公：劉望之，字商霖，號一巖。四川内江人，劉翾父。嘉靖五年（一五二六）進士。以參議分守銅仁，官至大理寺卿。萬曆八年（一五八〇）卒。詳見本書文集卷九《與劉觀察先生》注。

[二]觀察先生：劉翾，字元翰，又字見嵩。四川内江人，劉望之長子。歷任浙江參政、雲南監察御史等。劉翾任浙江巡海副使時於屠隆有知遇之恩。詳見本書文卷集六《奉劉觀察先生》注。

[三]自淮蔡移吴會：指屠隆萬曆六年（一五七八）末自潁上縣令調任青浦。

[四]愛弟：指劉望之季子劉翱，劉翾弟。隆慶二年（一五六八）進士。曾任華亭縣丞。萬曆七年（一五七九）卒。

[五]九京：九泉、黄泉之意。

[六]徐孺子：徐稺，字孺子，豫章南昌人。東漢著名高士賢人，經學家，以「恭儉義讓，淡泊明志」之處世哲學受世人推崇。《後漢書·徐稺傳》載：郭泰（林宗）母去世，稺往吊之，置生芻一束於廬墓前而去。人不知其意，泰曰：「《詩》不云乎，『生芻一束，其人如玉』。」

哭伯兄東山先生文[一]

嗚呼，痛哉！詎謂今日遂哭我兄也。吾家不造，三世食貧，兄又獨茹其苦。自先府君以賈敗，室如懸磬。兄爲長嗣，力當門户，百憂相煎。又遭外侮，下持於群小，上困於苛吏；内艱於衣食，外迫於官租。操舟而入海，不獲尺鱗，而苛吏私征魚租，動以百什計。家無一錢，而誅求不已。里中豪又從而魚肉之。念一歲間，桁楊犴狴無虛日。某不才，雖業文字，號稱儒生，蕭然裋褐，不得志于有司。故不爲鄉里所敬，無能一出吾兄于困。兄墮地六十年，憂愁貧苦，蓋居其强半。伸眉而開顔者，百無一日。幸而吾兄猶有以自遣，雖百憂交于前，遇奕而奕，遇樗蒲而樗蒲。即釜中生魚，爨下無灰，不問也。以故居百憂之中六十年，而未嘗作一日憂色。嗟乎！夫人有堂堂六尺，而生不能得一飽；居嘗枵腹，而猶以奕樗蒲自娱；六十年居百憂之中，而不作一日憂色。此其人，亦可謂拓落無他腸。而仇家日持之于下，苛吏日迫之于上，累擯于死。

逮其晚歲，不肖始得竊一第，補邑小吏，兄乃少抒六十年之煩憂。而不肖爲吏廉，奉國家三尺惟謹，小吏之俸，不足以飽諸兄，兄貧猶故也。去年，兄來省老母于官舍，不肖不能以禄入潤吾兄，而所以事吾兄者不敢缺。兄命不肖譔一言爲壽，而不肖云：『六十貧猶昔，無慚廉吏兄。』蓋勉吾兄以安貧守義，無以一第故，輒改其初。不肖官雖貧，苟小免飢寒而可，不當遂有侈心。亦且謂吾兄茹苦良久，天將憫其六十年之煩憂，而稍遺以晚歲之逸樂。外侮漸息，僅具饘粥，庶幾一伸吾同氣之懷，而兄則不待矣。

嗚呼！兄生人間世六十歲，而不得一朝之歡。及弟竊一第，庶幾少伸兄眉，而兄則不待。弟①爲小吏雖貧，視之布衣時則有間，其俸錢猶足爲兄具饘粥。原兄之情，誠得及見小弱弟叨一第爲一官，即枵腹如故亡恨。奈何遂病而死也？六十年憂愁貧苦則生，而一朝稍足伸眉則死。兄之命，何其苦哉！言之痛心，淚下不止。

某與老母一聞兄病，日夜懸念，亟割俸馳歸，迎醫禱神，猶萬一無恙。未幾，而竟以訃聞。老母以八十有餘之人，而哭吾兄千里之外。母既衰暮，豈復堪此大哀？不肖既痛吾兄，又懼傷老母。有涕則掩，有聲則吞。陽勸老母堂上，而私哭吾兄室隅。傷哉，玆情！苦耶，不苦耶？

嗚呼！人生五十不稱夭，兄年六十爲下壽。二子成立，婚嫁之事稍具。雁行六人，猶及見最少弟讀書成名而死。身後之事，則有弟在。願吾兄無含戚九泉。嗚呼，痛哉！尚饗。

校勘

①弟：底本原作『第』，據程元方本改。

注釋

［一］伯兄東山先生：屠隆有五兄，屠佃爲長，字治卿，號東山。萬曆八年（一五八〇）七月九日卒，享年六十有一。本書詩集卷四有《哭伯兄四首》。

祭杜夫人［一］

嗚呼！夫人明德朗徹，蓮華金掌，泠風迴雪。執櫛君子，蘋藻是潔。萬里長征，一病乃訣。疎簾夜空，短簫秋咽。芙蕖香死，履綦影滅。游魂何歸？三秦陡絶。神女騎龍，姮娥奔月。嗟嗟使君，心斷涕垂。千古沉痛，集於雙眉。空池冷波，高木商飈。入門抱影，朗月鑒之。尚饗！

注釋

［一］杜夫人：未詳。

祭二陸先生文［一］

遵太湖而頓轡兮，覽鉅野於脩岡。弔先賢之墟墓兮，藤蘿翳鬱而傍徨。時孟冬之玄月兮，風淒緊而彫傷。采蒹葭而臨水兮，白露下而爲霜。感華亭之唳鶴兮，送吾目於雙鴻。孤雲莽其起天末兮，懷二俊于江東。標朗秀之颯沓兮，泱焉賞鉅麗于司空。哀夫子之才大兮，遭逢時而多凶。洵嘉名之鵲奮兮，夫何叢蘭之敗于秋風。牙旗折而鼓音死兮，掩雙龍于重泉。風沙起而晝晦兮，亮精魂之所宣。身佩大將之印兮，口吐鴻儒之鉅言。閔四大之缺陷兮，吾獨嗟美好之難堅。肆猰貐之與鑿齒兮，又張羅而彌天。固犯道家之所忌兮，亦夫子之尤也。委去留而無心兮，蓀獨遺此丘也。創叢祠而薦藻兮，揚靈爽於千秋也。紛木落而艸枯兮，睇玄雲之若結。蒼山空而夜寒兮，河濺濺而聲咽。撫長劒而太息兮，緬想夫子之遺烈。尚饗！

注釋

〔一〕二陸先生：指晉陸機、陸雲兄弟。《晉書·陸雲傳》：『（陸雲）少與兄機齊名，雖文章不及機，而持論過之，號曰「二陸」。』

祭王博士〔一〕

嗚呼！先生德表鄉間，行高千古。人日之暮矣，蕭然一寒官。志操彌厲，解衣却金，貧士慕義，清身端範，賢者所式。生平擇地而蹈，寡欲保身，非自伐其生者，乃爲投牒故。北方苦寒，風雪所侵，嬰兹疾眚而柬。猶以尊生有素，外枯内腴，神氣充然，庶幾不死。竟厄大數，罔以延年。余雅高其爲人，爲之哭臨盡哀。

嗟乎善人，官不逾歲，禄不飽孥，殁不首丘〔二〕，殮不備禮，謂之何哉？爲善自天性，然厚植薄享，知先生不恨。生而顛頷，死當逍遥。世俗之所謂福澤，君子之所不貪。天之予善人或不在是，又何詰焉？嗚呼！槃槃一丘，誰爲大官？滔滔古今，誰爲長年？茫茫九州，誰爲故山？回也夭，憲也布衣，舜也蒼梧之野，聖賢豈乏于德哉！形柬一隅，神亡不之，請歸近延陵之墓而葬焉〔三〕。尚饗！

注釋

〔一〕王博士：未詳。

〔二〕首丘：代指故鄉。

〔三〕延陵：古邑名，大約在今常州、江陰等吴地沿江一帶地區。爲春秋吴邑，季札所居之封邑。此處指代季札。

哭君典文〔一〕

嗚呼！君典其生也，何爲其夭也？何爲夫既生之，必有以用之？生之而夭，不如無生。雙淚承睫，萬恨填胸。千古留不平之事，四海哀黄鳥之詩。帝胡可詰也？古稱龍馬、騶虞與丹穴之鳳，鍾彼異靈，鬱爲上瑞，光融顯灼，流照天壤。是皆非偶然也。天生君典，而卒不得與龍馬、騶虞、丹穴之鳳配美而埒祥，生之何爲者哉？東京之麟，夭於田父，至使識者掩面，拭淚而傷焉。嗟乎！夫麒麟不夭，夭者非麟也。而胡爲麟？而胡爲夭也？夫其生之而夭之，如麟何？此猶謂周德既衰，不復能有此希世之上瑞？今帝道方昌，聖明在服，而不能有一君典，何也？世固有百不爲多，一不爲少。天下之生久矣，往者之汐，即來者之潮。土合爲瓦，瓦解復爲土。艾蕭之榮枯也，蚊蚋之起滅也，欻忽變化，莫得端倪。幻泡空花，亦常事爾。而惟喪我君典，則曜靈無光，天地黯霮，士林蕭條，英雄扼腕，六合驚動而不止。嗚呼！此可以知我君典矣。虎徙則山谷奪色，龍亡則大澤爲空。匪空也，靈異盡也。荒荒宇宙，萬物如沙，而世終不可少此人，而天必奪之。其夢耶，真耶？固也靈物異寶，上帝所珍。鬱蕭之上，當亦不乏。何急而收斯人也？

嗚呼，痛哉！君典爲人，聰明絶世。束髮誦讀先王，明於當世之務。倜儻好義，忠信然諾。散千金以周貧，不責其報；捐七尺以赴難，不令人知。而又立大節，敦人倫，光明潔白，表裏洞然。豪傑歸心，海内延頸。無問識不識，咸歎詫以爲景星卿雲，而不登龍門，至相語爲不比於人數。嗟乎！有士若此，詎獨不可少留之，用爲天下人物楷模，而需朝廷一旦緩急耶？而天必奪之，何也？呼天蹋地，聲銷影滅。九閽下鑰，蒼虎守之。上帝嚴重，小臣恐怖而不敢前，俯仰躑躅。浮雲自馳，江河自流。嗟我良友，今安在也？

嗚呼！吾之哭君，非以婚姻，以交遊；非以交遊，以君典；非以君典，以英雄。天道若此，則無爲生英雄矣！吾方欲與君典激昂雲霄，共濟巨川，勉樹尺寸，以報明主，庶幾蒼蠅之附驥尾。而今已矣！吾又欲與君典訪赤松于海上，捫鴻寶于枕中，逍遥五嶽，擥結煙霞，左提右挈，以終踐大道。而今已矣！嗚呼，痛哉！蒼生之卜安石也，懶殘之讚鄴侯也，天台子微之許太白也，希夷先生之相乖崖也，百無一驗。溘焉長辭，而在世世出，兩付茫然。興言及斯，胡得不慘！

夫黄鵠死于彀中，松桂催于拱把。蘭柔玉①脆，世亦有之。乃君典之器不可謂不成，而其道不可謂不遇矣。公車之文，蒙聖天子親擢爲第一，晨謁丹陛，夕拜清華，不崇朝而名動天下，太阿之芒亦既出匣。及其予告而南，陵陽片石重于九鼎，海内人士仰而奔之，不啻百谷之赴滄海也。而一旦夭折，中道差池，蛾眉罷遣，賓客散去。昔也孟嘗之車如游龍，今也翟公之門可羅雀，而使被褐懷玉者喪氣於蓬蒿，拖紫綰金者聚歎於廊廟，哀王孫者含悽于南國，感知己者掩涕於西州。

嗚呼，傷哉！ 詎不痛矣？ 君典英雄人，少負風雲之氣而不減兒女之情，抱管葛經濟之材而忽於黄老尊生之道。弟嘗舉以規君，君謂：『事了拂衣，終講性命未晚。』嗟嗟！ 詎謂其晚矣？ 井以甘竭，蘭以香焚。君之聰明絶世而不察于此，豈非命哉？ 嗟嗟良友，舍我去矣，我復何心於人間？ 儻時命有限，不得輒相尋冥冥，一瓢一笠，請從此始矣。沉痛孔極，語不復文。束辭椷哀，大慟欲絶。劒去久矣，求之何爲？ 不負下泉，君典知我。如其不知，請要上帝而盟之。尚饗。

校勘

①玉：原作『王』，據文意改。

注釋

［一］君典：沈懋學，字君典，宣城（今屬安徽）人。萬曆五年（一五七七）狀元，授修撰，乞病歸。萬曆十年（一五八二），朝廷再召，赴京途中病逝。本書文集卷十九有《沈太史傳》。詳見本書詩集卷一《寄沈士範因憶先太史君典》注釋［一］。

祭封公王愛荆先生［一］

嗚呼！ 名山大嶽，劃截鴻濛。頫以深谷，蔭以長松。雲霞上結，龍子下宫。煙熅輪囷，戌削蘢蔥。鉅海洪波，日月相薄。吐納元氣，虚空包絡。懸而無滯，漏而不涸。灝溔混茫之中，毓瑶草而産靈藥。培塿之上，必無茂林。蕢土之器，必無洪音。峩峩浄飯，乃啟世尊。南嶽之生，亦曰陽元。有洩必薄，有散必屯。

穆哉封公，器博以碩。實生偉人，豹姿龍德。知幾有道，與時消息。才大而心小，洵含靈而匿跡。再世醖釀，乃挺神人。道臻無上，泰初爲鄰。千聖是友，上帝是賓。揭羲和于通塗，布寶筏于迷津。豈曰旁蹊？ 我持者正。豈曰爲凡？ 我寶者聖。給孤苦縣，密修顯證。譎譎訾訾，民之好徑。探璧崑丘，得珠懸流。水何注而弗東？ 木何春而弗秋？嗟我封公，亦又何求？言念令子，毁瘠以楚。痛填于胸，淚積于土。淨明忠孝，哀固其所。我哭以歌，不用長號。所奠非酒，乃擷谿毛。我躬不往，我心則勞。尚饗。

注釋

［一］王愛荆：王夢祥，字奇徵，號愛荆，王錫爵、王鼎爵父。以子誥封詹事府詹事翰林院侍講學士。據王錫爵《文肅奏草》卷十一《誥封詹事府詹事兼翰林院侍讀學士先考愛荆府君行實》，王夢祥萬曆十年（一五八二）卒。

祭御史大夫笠江潘公文［一］

世有達人，握造化權。坱圠爲馬，元氣爲鞭。應期乘運，獨立孤騫。萬事脱手，一往翛然。去來無礙，維公有焉。公産五茸，山川潏蕩。含靈抒采，抱德朗暢。弱冠登朝，飈舉雲上。歇歷中外，江壖海陬。時立交戟，時蹈神州。時陪建禮，時列爽鳩。提戈絶徼，擁旄道周。所至赫煜，惠問宜流。遂登八座，日侍九斿。肅寮總憲，嶽嶽山丘。允修三①事，中離百憂。公也處之，暇豫優遊。氣和而適，志邁而遒。動若駭電，静若潛虬。逮其收之，銷聲滅景。輦路長辭，湖山是領。遁日月光，與煙霞暝。蘿户晝蔭，石牀宵冷。神遊紫府，名在丹臺。松花作釀，芝草盈階。崑崙使去，華陽書來。簾挂玄圃，門掩蓬萊。是非兩謝，胡樂胡哀？蕭然一几，稱居士家。庭幽却掃，逕寂無譁。惟與海客，日營丹砂。八十餘年，顔如桃花。庶幾長生，留形住世。大運莫移，瞥矣淪逝。大化簸弄，榮枯相遞。賢聖皆滅，公能不去？欛②柄在我，浮漚世諦。蔓草飛煙，中有弗墜。往來虚無，御風騎氣。公乎歸休，胡足深涕？余與公善，如蘭如蓀。靈爽肅肅，儻謂知言。蕙殽在俎，桂酒在尊。雲旗獵獵，惝怳公魂。尚饗。

校勘

①三：底本原作「罪」，據程元方本改。

②欛：底本原作「儞」，據程元方本改。

注釋

［一］笠江潘公：潘恩，字子仁，上海人。嘉靖二年（一五二三）進士，官至都察院左都御史。萬曆十年（一五八二）卒，年八十七，謚恭定。本書文集卷十七有《資政大夫都察院左都御史進階榮禄大夫贈太子少保謚恭定笠江潘公神道碑》。詳見本書文集卷七《與顧益卿少參》注。

祭馮谿谷封君文［一］

嗚呼！茫茫亭毒，回薄蜿蜒。物有所必化，時有所必遷。奔爲流電，蕩爲飛煙。聖賢遭之，疇其不然。從古而有，我又何言？爲有情故，哀樂相煎。明知其如此，而嗟傷沈痛，卒莫可宣。

嗚呼先生！竟離此屯。昨日言笑，已爲陳人。惜也不永，天之逸民。大樸不削，穆乎清真。靡翿翿而富，靡戔戔而貧。在市弗喧，在垢弗塵。長遯丘壑，與煙霞隣。乃生異人，爲時所賓。始登貴仕，終踐大道。公曰天幸，及①而翁媪。而掩有之，神理所害。內守其府，弗盈其外。逍遥容與，不及于汰。時晞丹厓，時藻清瀨。一鑪一茗，以爲愉快。出聞野叟之論，入讀化人之書。而神澄澄，而貌于于。庶其禪那，與古天竺俱。即未至乎其至，延年又何論乎？而胡輒以齒死爲常？縱所憂公以齒死，公則用柔。吾不怛此一化，顧獨有疑于靈脩。嗚呼！人生則勞，死則暇，人之有情，爲情所謝。所無情者，亦無不化。公長已矣，悠哉泉下。仰睇浮雲，一哭而罷。

校勘

①及：底本原作「乃」，據程元方本改。

注釋

［一］馮谿谷封君：馮夢禎父。據《由拳集》卷十二《壽谿谷先生五十序》中「是爲萬曆七年己卯，而谿谷先生適壽五十」句，馮谿谷嘉靖八年（一五二九）生。據本書文集卷九《與馮開之》，馮父萬曆十一年（一五八三）六月卒，享年五十五歲。

祭李石麓閣老文[一]

維公江淮靈異，南國英爽。嶽瀆磅礴，元氣瀁漭。國寶物華，瑶琨篠蕩。純德内含，神明外朗。綵毫淋漓，風骨遒上。公車第一，振藻揚芬。玉洞三秀，銅池五雲。翱翔金華，洸洋雄文。含香校書，薰衣侍燕。頳霞朝閣，明河夜殿。遂正秩宗，洊司鼎鉉。才①大心小，氣和量虚。斟酌吐納，六合卷舒。以登上理，淳風穆如。寓縣訢訢，士也瞿瞿。相業光顯，史不勝書。身罥三事，神超寥廓。黑髮懸車，遂返初服。紫邏入林，清池映屋。山鳴粟留，水飛屬玉。北海賓朋，東山絲竹。口謝是非，心遺榮辱。樂而婆娑，如鳳如鵠。一朝帝念，飆車下迎。永辭區壤，復還太清。訃聞中外，天地晝晦。至尊震悼，父老雪涕。國有大喪，禮崇數異。祭葬易名，東園秘器。自古神人，乘理去來。來提日月，去躡風雷。浮世郵傳，海波相推。魏公紫府，都水蓬萊。神本不滅，化亦何哀？某辱真宰，鑪錘有年。方賴寶筏，以濟通川。典刑②凋謝，中心愴然。遠道緘辭，五情莫宣。靈氣肅肅，鑒此哀篇。尚饗。

校勘

①才：底本原作『木』，據程元方本改。

②刑：原作『形』，據文意改。

注釋

[一]李石麓：李春芳，字子實，號石麓。揚州興化(今江蘇興化)人。嘉靖二十六年(一五四七)進士第一人，授翰林修撰。以善寫青詞得明世宗賞識，陞翰林學士。歷官太常少卿、禮部右侍郎、禮部左侍郎、吏部侍郎、禮部尚書等職，加太子太保。嘉靖四十四年(一五六五)，兼武英殿大學士，入閣參與機務。隆慶二年(一五六八)，代徐階爲首輔，纍官至少師兼太子太師、吏部尚書、中極殿大學士。隆慶五年(一五七一)致仕。萬曆十三年(一五八五)卒，謚號『文定』。有《貽安堂集》十卷。

祭殷文通公文[一]代作

嗟我岱宗，巖嶂谽谺。盪胸決眥，亭毒無涯。穆哉靈文，七十二家。玉函金簡，吐日月華。之罘截海，蓬萊栖霞。秦漢遺烈，蒼茫在邪？飛仙神人，道高迹遐。是誕鉅公，人倫之彦。才諝温肪，神情朗散。筆含元氣，淋漓璀粲。蚤侍金華，黄流玉瓚。然藜校書，薰衣上殿。穆廟潛邸，輔導青宫。侃侃其論，嶽嶽其容。養就聖德，陶冶八紘。比登宸極，眷注日隆。遂由秩宗，正位端揆。垂紳搢笏，丹扆累規。列星佐商，崧高翼姬。身冐三事，心和天倪。友青羊君，赤松雨師。乞身盛年，濟水之涯。雲霄既辭，煙霞是領。有宫半畝，有田數頃。渌水蒼崖，遊筇釣艇。高躡峻嶒，深入幽迥。氣合混茫，心宅溟涬。柱下玄虚，漆園消摇。何理不徹，何境不超。一朝厭世，遊于冥寥。綵節捫霞，金鑣排霧。形化神存，凌空遥度。昔隸玉皇，今返其處。昧者不知，謂先朝露。官登元輔，僊列上清。古惟誰疋，稚圭文成。小子寡昧，北面先生。先生謬賞，琅玕英英。執經講業，佩服範型。中台忽圻，文昌再明。摧華不注，大地震驚。曳杖示夢，我心怔忪。活毛一奠，涕泗沾膺。尚饗。

注釋

[一]殷文通：殷士儋，字正甫，又字棠川，濟南曆城人。嘉靖二十六年（一五四七）進士。嘗官禮部尚書，兼文淵閣大學士，後晉陞少保，改爲武英殿大學士。隆慶五年（一五七一）辭官返歸故里。居家十一年，萬曆九年（一五八一）卒，追晉太保，謚號「文通」，後改「文莊」。有《金輿山房稿》。傳見《明史》卷一百九十三及于慎行《光禄大夫少保兼太子太保禮部尚書武英殿大學士贈太保謚文莊棠川殷公士儋行狀》。

戲爲生祭周叔南文[一]

嗚呼叔南，魂先魄逝。躍馬氣灰，擊劒心死。維匣有刀，維房有矢。淹淹下泉，一蹶不起。曲房長辭，玄堂永閉。風雲滲淡，日月飄忽。衣弗御而已塵，肉未寒而先骨。號樹間兮蟪蛄，悲牀頭兮蟋蟀。生時多營，嶔綺突兀。

追風飛兔，摩空爽鶻。手摧勁虜，足踏溟渤。雕龍搏虎，爲世英物。壯圖不成，飲恨而歿。於戲叔南，對酒不能飲，有客不能歡。纖月空墮，燭花空寒。哀角已盡，微鐘復殘。使我仰天而涕，廢箸而歎。

嗚呼！爾形頎頎，爾氣稜稜。固將望爾以千秋合遝，萬里驍騰。昨日之日，騁驊騮于天步；今日之日，掩狐兔于寒扃。而使俠士有恨，英雄無年。白璧中斷，紅粉早捐。三河氣咽，六郡心憐。華堂寶炬，散爲荒煙。茫茫獵場，犁爲墓田。天青射雕之野，地冷飲馬之泉。又何由逐輕車而出塞，隨都護而臨邊。

嗚呼！運遞必遷，物窮乃終。何日弗西？何水弗東？秋草罷緑，春花披紅。嗟夫君之盛年，何瞥焉而就木？形未離于人群，名已登于鬼録。若有人兮山之阿，羌俟子兮水之曲。風之生兮蕭蕭，靈之來兮肅肅。又安知龍女之晝遊，仿佛湘靈之夜哭。

嗚呼！世固以形存爲存，形亡爲亡，萬物擾擾，亦又何常？千秋神王，馬骨魚腸。一朝氣盡，西陵北邙。君之言笑如故，而黯焉摧藏。以慟哭而代管弦，又何必青楓之與白楊？

注釋

[一]周叔南：周弘祖（少魯）子，周弘禴（元孚）侄，劉守有婿，屠隆門人。麻城人。屠隆《栖真館集》卷七《哭周叔南》前有詩云：『叔南，余門人。其尊人少魯侍御、季父元孚民部，皆與余相善。』

陸太史夫人哀辭[一]

陸太史敬承喪其夫人[二]，痛悼而賦《神傷》。太史達士，賦《神傷》，神可傷乎？余爲作哀輓，而以曠語終焉。

有美玄娥，窈窕連娟。來偶哲士，相將盛年。士也早貴，交戟之裏。玉版金弢，爇蘭與芷。夫人相之，蹈道秉禮。鳧雁宵征，雞鳴戒起。婉不及媟，敬不廢歡。以肅以雝，如蕙如蘭。浣濯必親，拮据無難。備炊未餒，擊絮未寒。士也晏客，畜醑治餐。士也遠行，秣馬裝鞍。但見其紿，莫知其端。厥德乃並，厥情乃深。人憐以色，我憐以心。珊瑚爲珥，玳瑁爲簪。芙蓉羽帳，葡萄錦衾。百齡無恙，玉瑟雕琴。一朝遷變，榮華衰颯。花落辭條，珠亡去匣。月冷虹梁，雲棲畫閣。香奩晝空，金鎖夜合。鸞鏡在臺，蛛丝盈篋。雕牀綉被，儼然空陳。御巾襃粉，更有何人？衣焚爲灰，釵碎爲塵。慘不忍見，動魄傷神。素帷望影，望不可親。有時入夢，倘怳非真。

嗚呼夫君，亦孔之哀。仰天而哭，浮雲爲摧。入室而歎，悲風忽來。哀①能傷人，一夕夜臺。萬物紛輪，往來贍部。偶然而合，名爲夫婦。偶然而散，如電如露。大運行盡，去不能顧。美則琉璃，華則彩雲。魂消香滅，空遺羅裙。生游曲房，死委荒墳。千秋萬歲，同盡何云。死也孰化？生也孰造？瞥而成合，瞥而凋耗。執而號之，爲造物笑。恩亦飄風，愛亦飄風。逐情遺累，以翔太空。

校勘

①哀：底本無，據程元方本補。

注釋

[一]陸太史夫人：陸敬承之妻。

[二]陸太史敬承：陸可教，字敬承，浙江蘭溪人。萬曆五年（一五七七）進士，授編修，充纂修會典官，兼掌誥敕。纍官至南京禮部右侍郎，卒後贈南京禮部尚書。詳見本書詩集卷七《題陸敬承太史芸香館二首》注釋[一]。

祭張太夫人[一]

穆哉南國，代有靈媛。女嫛佩蘭，樊姬却鮮。婉嫕令淑，女史所賢。嗟太夫人，明德敬共。來賓華胄，斧藻是崇。擷芳采綠，曷不肅雝？是生令子，爲時偉器。姿煒其温，德冲而粹。脱穎惟矛，學富惟笥。服膺五禮，明于三事。婆娑蘭省，騰驤冏寺。當宁①是毗，民之攸暨。母也隨子，板輿京師。出入稟令，授之訓辭。行業以光，人譽飈馳。穆如清風，羔羊素絲。國論物望，旦暮斗杓。均調寓縣，羽儀清朝。胡母夫人，華髮是凋？鳳車下迎，鶴書見招。移家煙島，總轡雲霄。空棺葬劍，永夜聞簫。行徑鄉山，漢皋江浦。解佩靈妃，弄珠神女。順風而翔，乘霞輕舉。冷照消搖，澹乎容與。乃眷令子，扶喪而南。有涕蘇蘇，有氣淹淹。挂魂荆門，照影湘潭。悲風入户，冷月在簾。某等幸忝鵷列，于君雁行。而母亦母，凄其以傷。何以來哭，山尊澗香。靈其肅肅，鑒此中章。

校勘

① 宁：底本原作「守」，據程元方本改。

注釋

［一］張太夫人：未詳。

祭戚畹李太傅［一］

西北土厚，谽谺奥窔。恒嶽中天，太華雲表。盤爲松柏，蒸爲雲霞。祥鸞威鳳，琪樹瑶花。其積彌深，其出彌廣。巍巍太傅，中通外朗。純白是守，履潔好修。山林水碧，王國天球。篤生聖母，母儀天下。誕育真人，保世滋大。

四海樂康，公亦壽禄。玉帶緋衣，朱邸華屋。胡天不慭，國老告徂。蒼皇萬姓，奔走通衢。聖母哀號，至尊悼慜。天柱峰摧，大星石霣。九重覃恩，禮崇數異。鼓吹羽葆，東園秘器。龍眠卜葬，太山嶙峋。銅臺上食，玉匣是殉。形沉神超，躡霞排霧。喬木初頽，兔絲曷附？某等所用，奭焉嗟傷。陳辭寫痛，桂酒椒漿。

注釋

［一］李太傅：李偉，明穆宗孝定皇后李氏父，翼城（今山西翼城）人。李氏先侍穆宗朱載垕於裕王府，生神宗朱翊鈞。父李偉封武清侯，贈太傅、安國公。

主要引用、參考書目

經部

《尚書正義》，《十三經註疏　附校勘記》，中華書局一九八〇年版
《毛詩正義》，《十三經註疏　附校勘記》，中華書局一九八〇年版
《周禮注疏》，《十三經註疏　附校勘記》，中華書局一九八〇年版
《禮記正義》，《十三經註疏　附校勘記》，中華書局一九八〇年版
《春秋左傳正義》，《十三經註疏　附校勘記》，中華書局一九八〇年版
《春秋公羊傳注疏》，《十三經註疏　附校勘記》，中華書局一九八〇年版
《論語注疏》，《十三經註疏　附校勘記》，中華書局一九八〇年版
《爾雅注疏》，《十三經註疏　附校勘記》，中華書局一九八〇年版
《孟子注疏》，《十三經註疏　附校勘記》，中華書局一九八〇年版
《韓詩外傳集釋》，（漢）韓嬰撰，許維遹校釋，中華書局一九八〇年版
《五禮通考》，（清）秦蕙田撰，文淵閣《四庫全書》本

史部

正史類

《史記》，（漢）司馬遷撰，（宋）裴駰集解，（唐）司馬貞索隱，（唐）張守節正義，中華書局一九五九年版
《漢書》，（漢）班固撰，（唐）顔師古注，中華書局一九六二年版
《後漢書》，（南朝·宋）范曄撰，（唐）李賢等注，中華書局一九六五年版
《三國志》，（晉）陳壽撰，（南朝·宋）裴松之注，中華書局一九五九年版
《晉書》，（唐）房玄齡等撰，中華書局一九七四年版
《宋書》，（梁）沈約撰，中華書局一九七四年版
《南齊書》，（梁）蕭子顯撰，中華書局一九七二年版
《梁書》，（唐）姚思廉撰，中華書局一九七三年版
《陳書》，（唐）姚思廉撰，中華書局一九七二年版
《魏書》，（北齊）魏收撰，中華書局一九七四年版
《北齊書》，（唐）李百藥撰，中華書局一九七二年版
《周書》，（唐）令狐德棻撰，中華書局一九七一年版
《南史》，（唐）李延壽撰，中華書局一九七五年版
《舊唐書》，（後晉）劉昫撰，中華書局一九七五年版
《新唐書》，（宋）歐陽脩、宋祁撰，中華書局一九七五年版
《新五代史》，（宋）歐陽脩撰，（宋）徐無黨注，中華書局一九七四年版
《宋史》，（元）脱脱等撰，中華書局一九七七年版

《遼史》，（元）元脱脱等撰　中華書局一九七四年版
《明史》，（清）張廷玉等撰，中華書局一九七四年版

編年類

《資治通鑒》，（宋）司馬光編集，中華書局一九六三年版

紀事本末類

《明史紀事本末》，（清）谷應泰撰，中華書局一九八五年版

實録類

《明神宗實録》，中華書局二〇一六年影印本

雜史類

《國語》，上海古籍出版社一九七八年版
《戰國策》，（漢）劉向輯録，上海古籍出版社一九八五年版

別史類

《通志》，（宋）鄭樵撰，文淵閣《四庫全書》本
《路史》，（宋）羅泌撰，文淵閣《四庫全書》本

傳記類

《晏子春秋》，《四部叢刊初編》本

《古列女傳》，（漢）劉向撰，《四部叢刊初編》本
《高士傳》，（晉）皇甫謐撰，《叢書集成初編》本
《唐才子傳校箋》，（元）辛文房撰，傅璇琮等校箋，中華書局一九八七年版
《入蜀記》，（宋）陸游撰，文淵閣《四庫全書》本
《皇明詞林人物考》，（明）王兆雲撰，明萬曆間刻本
《甬上族望表》，（清）全祖望撰，寧波出版社2008年版
《甬上屠氏宗譜》，民國八年既勤堂活字本
《晚明曲家年譜》，徐朔方撰，浙江古籍出版社一九九三年版
《屠隆著作考述》，袁慧撰，《寧波大學學報》（教育科學版），一九九三年第三期
《明清浙籍曲家考》，汪超宏撰，浙江大學出版社二〇〇九年版
《屠隆年譜》，徐美潔撰，上海人民出版社二〇一五年版

載記類

《越絶書》，（漢）袁康撰，《四部叢刊初編》本
《吴越春秋》，（漢）趙曄撰，《四部叢刊初編》本
《蜀檮杌》，（宋）張唐英撰，文淵閣《四庫全書》本

史評類

《史通通釋》，（唐）劉知幾撰，（清）浦起龍通釋，上海古籍出版社一九七八年版

時令類

《月令廣義》，（明）馮應京撰，《四庫全書存目叢書》本

地理類

《水經注》,(北魏)酈道元撰,陳橋驛點校,上海古籍出版社一九九〇年版
《洛陽伽藍記校釋》,(北魏)楊衒之撰,周祖謨校釋,中華書局二〇一〇年版
《三輔黄圖校証》,陳直校証,陝西人民出版社一九八〇年版
《大唐西域記校注》,(唐)玄奘、辯機撰,季羨林等校注,中華書局一九八五年版
《元和郡縣志》,(唐)李吉甫撰,文淵閣《四庫全書》本
《太平寰宇記》,(宋)樂史撰,文淵閣《四庫全書》本
《廬山記》,(宋)陳舜俞撰,中華書局一九八五年版
《吴郡志》,(宋)范成大撰,文淵閣《四庫全書》本
《寶慶四明志》,(宋)羅濬撰,文淵閣《四庫全書》本
《剡録》,(宋)高似孫撰,文淵閣《四庫全書》本
《景定建康志》,(宋)周應合纂,南京出版社二〇〇九年版
《武林舊事》,(宋)周密撰,文淵閣《四庫全書》本
《方輿勝覽》,(宋)祝穆撰,文淵閣《四庫全書》本
《至元嘉禾志》,(元)徐碩撰,中華書局二〇〇六年版
《延祐四明志》,(元)袁桷撰,文淵閣《四庫全書》本
《明一統志》,(明)李賢等撰,文淵閣《四庫全書》本
《西湖遊覽志》,(明)田汝成撰,上海古籍出版社一九八〇年版
《長安客話》,(明)蔣一葵撰,北京古籍出版社一九六〇年版
《蜀中廣記》,(明)曹學佺撰,文淵閣《四庫全書》本
《三吴水考》,(明)張内藴、周大韶撰,文淵閣《四庫全書》本

《吴中水利全書》，（明）張國維撰，文淵閣《四庫全書》本
《水道提綱》，（清）齊召南撰，文淵閣《四庫全書》本
《江南通志》，（清）趙宏恩等修，文淵閣《四庫全書》本
《欽定日下舊聞考》，（清）于中敏等編，文淵閣《四庫全書》本
《嘉慶重修一統志》，《四部叢刊續編》本
《康熙鄞縣志》，《中國地方志集成叢書》本
《雍正寧波府志》，《中國地方志集成叢書》本
《光緒慈溪縣志》，《中國地方志集成叢書》本
《乾隆潁州府志》，《中國地方志集成叢書》本
《同治潁上縣志》，《中國地方志集成叢書》本
《萬曆青浦縣志》，明萬曆刊本
《乾隆青浦縣志》，乾隆五十三年刻本
《光緒青浦縣志》，《中國地方志集成叢書》本
《嘉慶松江府志》，《中國地方志集成叢書》本
《萬曆秀水縣志》，《中國地方志集成叢書》本
《光緒鳳陽縣志》，《中國地方志集成叢書》本
《光緒寧陽縣志》，《中國地方志集成叢書》本
《民國歙縣志》，《中國地方志集成叢書》本

職官類

《翰林志》，（唐）李肇撰，文淵閣《四庫全書》本
《歷代職官表》，（清）黄本驥編，上海古籍出版社一九八〇年版

政書類

《漢官儀》，（漢）應劭撰 孫星衍等輯《漢官六種》，中華書局一九九〇版
《明會典》，文淵閣《四庫全書》本

目録類

《集古録跋尾》，（宋）歐陽脩撰，《四部叢刊初編》本
《明清進士題名碑録索引》，朱保炯、謝沛霖編著，上海古籍出版社一九八〇年版
《明人室名别稱字號索引》，楊廷福、楊同甫編，上海古籍出版社二〇〇二年版
《澹生堂藏書目》，（明）祁承㸁撰，鄭誠整理，吴格審定，上海古籍出版社二〇一五年版
《千頃堂書目》，（清）黄虞稷撰，瞿鳳起、潘景鄭整理，上海古籍出版社一九九〇年版
《四庫全書總目》，（清）永瑢等撰，中華書局一九六五年版

子　部

儒家類

《荀子集解》，（清）王先謙著，中華書局『新編諸子集成』本
《説苑校證》，（漢）劉向撰，向宗魯校證，中華書局一九八七年版
《孔子家語》，《四部叢刊初編》本

法家類

《韓非子集解》,(清)王先慎著,中華書局『新編諸子集成』本

雜家類

《呂氏春秋》,(漢)高誘注,中華書局『新編諸子集成』本
《淮南子》,(漢)高誘注,中華書局『新編諸子集成』本
《論衡校釋》,(漢)王充撰,黄暉校釋,中華書局一九九〇年版
《風俗通義校注》,(漢)應劭撰,王利器校注,中華書局二〇一〇年版
《古今注》,(晉)崔豹撰,《四部叢刊三編》本
《顔氏家訓》,(北朝)顔之推著,中華書局『新編諸子集成』本
《封氏聞見記校注》,(唐)封演撰,趙貞信校注,中華書局二〇〇五年版
《夢溪筆談校證》,(宋)沈括著,胡道静校證,上海古籍出版社一九八七年版
《春渚紀聞》,(宋)何薳撰,中華書局一九八三年版
《類説》,(宋)曾慥編,上海古籍出版社一九九三年版
《能改齋漫録》,(宋)吴曾撰,上海古籍出版社一九七九年版
《容齋四筆》,(宋)洪邁撰,上海古籍出版社一九七八年版
《老學庵筆記》,(宋)陸游撰,中華書局一九七九年版
《貴耳集》,(宋)張端義撰,《宋元筆記小説大觀》本,上海古籍出版社二〇〇一年版
《雲谷雜紀》,(宋)張淏編, 張宗祥校,中華書局一九五八年版
《説郛》,(元)陶宗儀撰,文淵閣《四庫全書》本
《疑耀》,(明)張萱撰,叢書集成初編本,中華書局一九八六年版

《春明夢餘録》，（清）孫承澤撰，文淵閣《四庫全書》本

類書類

《藝文類聚》，（唐）歐陽詢撰，上海古籍出版社一九八二年版
《初學記》，（唐）徐堅撰，中華書局一九六二年版
《太平御覽》，（宋）李昉等編，中華書局一九六〇年版
《古今合璧事類備要》，（宋）謝維新撰，北京圖書館出版社二〇〇四年版
《山堂肆考》，（明）彭大翼撰，文淵閣《四庫全書》本
《圖書編》，（明）章潢，廣陵書社二〇一一年版

小説家類

《穆天子傳》，《四部叢刊初編》本
《山海經校注》，袁珂校注，上海古籍出版社一九八〇年版
《海内十洲記》，舊題（漢）東方朔撰，文淵閣《四庫全書》本
《神異經》，舊題（漢）東方朔撰，中華書局一九九一年版
《漢武故事》，舊題（漢）班固撰，中華書局一九九一年版
《博物志校証》，（晉）張華撰，范寧校証，中華書局一九八〇年版
《搜神記》，（晉）干寶撰，中華書局《古小説叢刊》本
《西京雜記》，（晉）葛洪撰，中華書局《古小説叢刊》本
《拾遺記》，（晉）王嘉撰，中華書局《古小説叢刊》本
《搜神後記》，（晉）陶潛撰，中華書局《古小説叢刊》本
《世説新語校箋》，（宋）劉義慶撰，（梁）劉孝標注，徐震堮校箋，中華書局『中國古典文學基本叢書』本

《幽明録》，（南朝宋）劉義慶撰，鄭晚晴輯注，文化藝術出版社一九八八年版
《述異記》，（南朝梁）任昉撰，文淵閣《四庫全書》本
《隋遺録》，舊題（唐）顔師古撰，叢書集成初編本，中華書局一九九一年版
《松窗雜録》，（唐）李濬撰，文淵閣《四庫全書》本
《朝野僉載》，（唐）張鷟撰，中華書局一九九七年版
《唐國史補》，（唐）李肇撰，上海古籍出版社一九七九年版
《集異記》，（唐）薛用弱撰，中華書局《古小説叢刊》本
《龍城録》，舊題（唐）柳宗元撰，上海古籍出版社二〇〇〇年版
《獨異志》，（唐）李亢撰，中華書局《古小説叢刊》本
《明皇雜録》，（唐）鄭處誨撰，田廷柱點校，中華書局一九九四年版
《雲谿友議》，（唐）范攄撰，古典文學出版社一九五七年版
《杜陽雜編》，（唐）蘇鶚撰，文淵閣《四庫全書》本
《劇談録》，（唐）康駢撰，古典文學出版社一九五八年版
《雲仙雜記》，（唐）馮贄編，《四部叢刊續編》本
《唐摭言》，（五代）王定保撰，上海古籍出版社一九七八年版
《開元天寶遺事》，（五代）王仁裕撰，上海古籍出版社一九六五年版
《北夢瑣言》，（五代）孫光憲撰，上海古籍出版社一九八一年版
《賈氏談録》，（南唐）張洎撰，文淵閣《四庫全書》本
《太平廣記》，（宋）李昉等編，中華書局一九六一年版
《談苑》，（宋）孔平仲撰，文淵閣《四庫全書》本
《南村輟耕録》，（元）陶宗儀撰，中華書局一九五九年版
《琅嬛記》，（元）伊世珍輯，中華書局一九九一年版

《萬曆野獲編》，（清）沈德符撰，中華書局一九五九年版

釋家類

《弘明集校箋》，（梁）僧祐撰，李小榮校箋，上海古籍出版社二〇一三年版
《高僧傳》，（梁）釋慧皎撰，湯用彤校注，中華書局一九九二年版
《續高僧傳》，（唐）道宣撰，郭紹林點校，中華書局二〇一四年版
《一切經音義》，（唐）慧琳撰，上海古籍出版社一九八六年版
《宋高僧傳》，（宋）贊寧撰，范祥雍點校，中華書局一九八七年版
《五燈會元》，（宋）普濟著，蘇淵雷點校，中華書局一九八四年版

道家類

《老子道德經校釋》，樓宇烈校釋注，中華書局『新編諸子集成』本
《關尹子》，（周）關尹喜撰（舊題），文淵閣《四庫全書》本
《莊子集解》，（清）王先謙著，中華書局『新編諸子集成』本
《列子集釋》，楊伯峻集釋，中華書局『新編諸子集成』本
《列仙傳》，（漢）劉向撰，上海古籍出版社一九九〇年版
《抱朴子内篇校釋》《抱朴子外篇校釋》，中華書局『新編諸子集成』本
《神仙傳》，（晉）葛洪撰，上海古籍出版社一九九〇年版
《真誥》，（梁）陶弘景撰，趙益點校，中華書局二〇一一年版
《墉城集仙録》，（唐）杜光庭撰，中國文史出版社二〇〇〇年版
《續仙傳》，（唐）沈汾撰，文淵閣《四庫全書》本
《雲笈七籤》，（宋）張君房撰，《四部叢刊初編》本

《繪圖三教源流搜神大全》，佚名撰，上海古籍出版社一九九〇年版

術數類

《焦氏易林》，（漢）焦贛撰，四部叢刊初編本

兵家類

《江南經略》，（明）鄭若曾撰，文淵閣《四庫全書》本

藝術類

《畫史會要》，（明）朱謀垔撰，文淵閣《四庫全書本》

集部

楚辭類

《楚辭補注》，（宋）洪興祖撰，白化文等點校，中華書局一九八三年版

《楚辭通釋》，（清）王夫之撰，上海人民出版社一九七五年版

别集類

《白榆集》，（明）屠隆撰，《續修四庫全書·集部》第一三五九册影印明萬曆龔堯惠刻本

《白榆集》，（明）屠隆撰，《四庫全書存目叢書·集部》第一八〇册影印浙江圖書館藏明萬曆龔堯惠刻本

《白榆集》，（明）屠隆撰，國家圖書館藏明萬曆二十二年程元方刻本

《白榆集》（全二册），（明）屠隆撰，臺灣偉文圖書出版社有限公司《明代論著叢刊》本
《屠長卿集》，（明）屠隆撰，浙江紹興圖書館藏本
《由拳集》，（明）屠隆撰，《續修四庫全書》本
《由拳集》，（明）屠隆撰，《四庫全書存目叢書》本
《栖真館集》，（明）屠隆撰，《續修四庫全書》本
《鴻苞集》，（明）屠隆撰，《四庫全書存目叢書》本
《屠隆集》，（明）屠隆著，汪超宏主編，浙江古籍出版社二〇一二年版
《屠隆詩編年箋注》，（明）屠隆著，徐美潔編年箋注，華東師範大學二〇一一年博士論文
《芝園定集》，（明）張時徹撰，《四庫全書存目叢書》本
《豐對樓詩選》，（明）沈明臣撰，《四庫全書存目叢書》本
《快雪堂集》，（明）馮夢禎撰，《四庫全書存目叢書》本
《王百穀集十九種》，（明）王穉登撰，《四庫禁燬書叢刊》本
《弇州山人四部稿》，（明）王世貞撰，文淵閣《四庫全書》本
《弇州山人四部稿續稿》，（明）王世貞撰，文淵閣《四庫全書》本
《太函集》，（明）汪道昆撰，《續修四庫全書》本
《甔甀洞稿》，（明）吴國倫撰，《續修四庫全書》本
《焦氏澹園續集》，（明）焦竑撰，《四庫禁燬書叢刊》本
《少室山房筆叢》，（明）胡應麟撰，《叢書集成續編》本
《少室山房類稿》，（明）胡應麟撰，《叢書集成續編》本
《大泌山房集》，（明）李維楨撰，《四庫全書存目叢書》本
《鹿城詩集》，（明）梁辰魚撰，國家圖書館藏明抄本
《小窗幽記》，（明）陳繼儒撰，陳橋生評注，中華書局二〇〇八年版

《西湖尋夢》，（明）張岱著，作家出版社一九九六年版
《方衆甫集》，（明）方衆甫撰，《四庫全書存目叢書》本
（其他如李白、蘇軾等之别集略）

總集類

《全漢賦》，費振剛等輯校，北京大學出版社一九九三年版
《文選》，（梁）蕭統編，（唐）李善注，上海古籍出版社一九八六年版
《六臣注文選》，（梁）昭明太子撰，（唐）李善並五臣注，《四部叢刊初編》本
《玉臺新詠箋注》，（陳）徐陵編，（清）吴兆宜注、程琰删补，中華書局一九八五年版
《全上古三代秦漢三國六朝文》，（清）嚴可均校輯，中華書局一九八五年版
《先秦漢魏晉南北朝詩》，逯欽立輯校，中華書局一九八三年版
《全唐詩》，（清）彭定求等編，中華書局一九九九年版
《全唐文》，（清）董誥等編，中華書局一九八三年版
《樂府詩集》，（宋）郭茂倩編，中華書局一九七九年版
《全宋詞》，唐圭璋編，中華書局一九六五年版
《全宋詩》，傅璇琮等主編，北京大學出版社一九九一年版
《國朝名公翰藻》，（明）凌迪知編，《四庫全書存目叢書》本
《皇明詩選》，（明）陳子龍、李雯等編，華東師範大學出版社一九九一年版
《明文海》，（明）黄宗羲編，中華書局一九八七年版
《盛明百家詩》，（明）俞憲編，《四庫全書存目叢書》本
《皇明十六家小品》，（明）丁允和、陸雲龍編，書目文獻出版社一九九七年版
《古詩紀》，（明）馮惟訥纂輯　文淵閣《四庫全書》本

《明詩綜》，（清）朱彝尊編，中華書局二〇〇七年版
《明詩別裁集》，（清）沈德潛編，河北人民出版社一九九七年版
《甬上耆舊詩》，（清）胡文學、李鄴嗣編，袁文龍點注，寧波出版社二〇一〇年版
《續甬上耆舊詩》，（清）全祖望輯選，方祖猷等點校，杭州出版社二〇〇四年版
《江西詩徵》，（清）曾燠編，嘉慶九年賞雨茅屋刻本

詩文評類

《文心雕龍注》，（梁）劉勰著，范文瀾注，人民文學出版社一九六一年版
《詩品集注》，（梁）鍾嶸著，曹旭集注，上海古籍出版社一九九四年版
《本事詩》，（唐）孟棨撰，中華書局《歷代詩話續編》本
《唐詩紀事》，（宋）計有功撰，王仲鏞校箋，巴蜀書社一九八九年版
《苕溪漁隱叢話》，（宋）胡仔纂集，人民文學出版社一九六二年版
《滄浪詩話校釋》，（宋）嚴羽著，郭紹虞校釋，人民文學出版社一九八三年版
《列朝詩集小傳》，（清）錢謙益撰，上海古籍出版社一九八三年版
《歷代詩話》，（清）何文焕輯，中華書局一九八一年版
《明詩紀事》，（清）陳田撰，上海古籍出版社一九九三年版
《晚明小品研究》，吴承學撰，江蘇古籍出版社一九九八年版
《晚明詩歌研究》，李聖華撰，人民文學出版社二〇〇二年版
《屠隆研究》，吴新苗撰，文化藝術出版社二〇〇八年版
《屠隆明浄道信仰及其性靈詩論》，徐美潔撰，上海師範大學二〇〇八年碩士論文
《屠隆研究》，劉易撰，華東師範大學二〇〇八年博士論文
《屠隆〈絳雪樓集〉及佚文探考》，張萍撰，《寧波大學學報》（人文社科版），二〇一七年第五期

辭書類

《中國歷史大辭典》，鄭天挺、譚其驤主編，上海辭書出版社二〇一〇年版
《中國文學辭典》，錢仲聯主編，上海辭書出版社二〇〇七年版
《中國古今地名大辭典》，戴均良等主編，上海辭書出版社二〇〇五年版

圖書在版編目(CIP)數據

白榆集校注 / (明代)屠隆撰;張萍,李亮偉校注
. —杭州: 浙江大學出版社, 2020.7
ISBN 978-7-308-20230-5

Ⅰ.①白… Ⅱ.①屠… ②張… ③李… Ⅲ.①中國文學—古典文學—作品綜合集—明代 Ⅳ.①I214.82

中國版本圖書館 CIP 數據核字(2020)第 086397 號

白榆集校注
(明)屠隆 撰
張萍 李亮偉 校注

責任編輯 王榮鑫 徐凱凱
責任校對 趙 珏 朱卓娜
封面設計 項夢怡
出版發行 浙江大學出版社
(杭州市天目山路 148 號 郵政編碼 310007)
(網址:http://www.zjupress.com)
排 版 浙江時代出版服務有限公司
印 刷 浙江海虹彩色印務有限公司
開 本 710mm×1000mm 1/16
印 張 49.75
字 數 1290 千
版 印 次 2020 年 7 月第 1 版 2020 年 7 月第 1 次印刷
書 號 ISBN 978-7-308-20230-5
定 價 198.00 元

版權所有 翻印必究 印裝差錯 負責調換
浙江大學出版社市場運營中心聯繫方式 (0571)88925591;http://zjdxcbs.tmall.com